BASTEI
LÜBBE

DIE ABENTEURER

HUBERT H. SIMON
und andere

Der Heilige Gral

BASTEI LÜBBE

BASTEI LÜBBE TASCHENBUCH
Band 14 228

1. Auflage: September 1999
2. Auflage: August 2000

Vollständige Taschenbuchausgabe

Bastei Lübbe Taschenbücher ist ein Imprint der
Verlagsgruppe Lübbe

Lektorat: Michael Schönenbröcher
Titelillustration: S. Boada / Agentur Norma, Barcelona
Umschlaggestaltung: QuadroGrafik, Bensberg
Satz: Fotosatz Steckstor, Rösrath
Druck und Verarbeitung: 52172
Société Nouvelle Firmin-Didot,
Mesnil-sur-l'Estrée, Frankreich
Printed in France

ISBN 3-404-14228-4

Sie finden uns im Internet unter
http://www.luebbe.de

Der Preis dieses Bandes versteht sich einschließlich der gesetzlichen Mehrwertsteuer

Inhalt

ERSTES BUCH

TOD IM MOOR

von K. H. Prieß

Die Suche nach dem Heiligen Gral begann an einem kalten, nebligen Wintermorgen von neuem.

Vielleicht ist es schon tausend Jahre her, seit das letzte Mal danach gesucht wurde, überlegte Gudrun Heber, während sie durch das kleine Flugzeugfenster blickte. Ihre Maschine hob mit dröhnenden Triebwerken ab, beinahe mühsam, und Nebelschwaden hüllten sie in einen feuchten Mantel. Gudrun konnte den Tower des Aberdeener Flughafens schemenhaft erkennen, bevor die graue Masse ihn und den Rest der Welt verschluckte. Man hätte die rauhe Küste der nördlichen Highlands sehen können und das bleiern schimmernde Meer, das gegen die schroffen Felsen anrannte – wenn der Nebel nicht gewesen wäre.

Gudrun lehnte sich in die weichen Sitzpolster zurück. Das Licht in der großen Fahrgastkabine war hell und nahm der grauen Öde vor den Fenstern viel von ihrer Wirkung.

Aber der Nebel und die kalte Nässe des Winters waren Realität, und Gudrun war sicher, daß sie in London noch mehr davon erwarten würde. In ein paar Stunden würde sie sich in den hektischen Straßen der britischen Hauptstadt befinden, und vermutlich würde es regnen. Dennoch wünschte sie sich, sie wäre schon angekommen. Herumzusitzen und tatenlos abzuwarten, das behagte ihr nicht.

Der dunkelhaarige Mann neben ihr, drahtig, schnurrbärtig und gutaussehend, schien dasselbe zu empfinden. Pierre Leroy blätterte in Notizen und Unterlagen, die er aus Oake Dùn mitgebracht hatte.

»Nun, Mademoiselle Gudrun«, begann er in nur halb scherzhaftem Tonfall, »ich schlage vor, wir besprechen, welche Wunder Londons wir uns vornehmen werden, sobald wir dort angekommen sind!« Wie immer, wenn er in Gudrun Hebers Muttersprache Deutsch verfiel, gab er sich keinerlei Mühe, seinen drolligen Akzent zu kaschieren. Eher das Gegenteil schien der Fall zu sein.

»Ich fürchte, von den Wundern Londons wirst du nicht viel mitbekommen«, erwiderte Gudrun auf englisch. Ihre grünen Augen blitzten spöttisch, als sie dem Franzosen einen langen Seitenblick zuwarf. »Ich habe nämlich schon Pläne für uns gemacht! Du fährst nach Oxford in die Bodleian Library, und ich kümmere mich um die Bibliothek im Britischen Museum. Dort war ich schon einmal, also werde ich mich diesmal schneller zurechtfinden.«

»Oxford, so so«, sagte Pierre. »Dunkle Mauern und altehrwürdige Hallen voller Gelehrsamkeit. Ein Ort, der für einen Mann wie mich wie ein Kloster ist!«

»Du vergißt die Studentinnen«, warf Gudrun fröhlich ein. »Ich habe sogar noch etwas Besseres für dich: Sir Ian hat einen Termin mit einer Literaturhistorikerin ausgemacht. Eine richtige Doktorin, an der du deinen Charme erproben kannst!«

»Mach dich nur über mich lustig!« rief der dunkelhaarige Franzose. »Du weißt ja nicht, was dir entgeht, liebste Gudrun!«

Gudrun lag eine passende Mutmaßung auf der Zunge, aber die behielt sie lieber für sich. Pierre Leroy berührte kurz ihr Knie, schaute ihr verschwörerisch in die Augen und flüsterte: »Aber wir haben ja noch viel Zeit vor uns, die wir zusammen verbringen werden. Mon Dieu, mein Charme wird dich schmelzen . . .«

Mit dieser Ankündigung vertiefte er sich zufrieden in die Dokumente, die immer noch auf seinem Schoß lagen.

Gudrun betrachtete die gewaltigen Wolkenformationen, die sich unter den Tragflächen des Passagierflugzeugs auftürmten wie endlose Gebirge aus Schaum. *Wir scherzen wie Oberstufen-Schüler auf einer Klassenfahrt,* dachte sie. *Warum auch nicht?*

Doch etwas in ihr revoltierte beharrlich gegen die Vorstellung, sie würden eine Art Bildungsreise mit Forschungsauftrag unternehmen. Gudrun hatte schon früher Vorahnungen gehabt, die sich manchmal auf erschreckende Weise verwirklicht hatten. Und sie hatte, seit sie für A.I.M. arbeitete, eine Menge gefährlicher Situationen meistern müssen. Eine Stimme in ihrer Seele warnte sie, daß es wieder gefährlich werden würde – vielleicht schlimmer als jemals zuvor.

Doch eigentlich war das nicht verwunderlich. Sie waren auf der Suche nach einem Objekt, das legendär war ... und das, glaubte man manchen Legenden, schon das Leben der Tapfersten gekostet hatte. Ein Bild entstand in ihrem Geist, aus einem bekannten Kinofilm: Ein Baum auf einer Wiese im Nebel, dicht an einem dunklen, sumpfigen Gewässer. Dieser Baum hing voller toter Ritter, die meisten schon verwest, und die Krähen pickten ihnen die Augen aus ...

Sie schob die grausige Vorstellung rasch von sich.

Das Klimpern des Gläserwagens, den eine Stewardeß über den schmalen Gang zwischen den Sitzreihen schob, half ihr dabei. Eigentlich hatte alles mit einem Geräusch wie diesem angefangen. Das Klirren von Glas- und Metallbechern gegeneinander, und die Wärme des Kaminfeuers, an dem sie noch vorgestern friedlich gesessen hatte ...

Gudrun hatte verwundert aufgeschaut, als sie das leise Klingeln und Knirschen hinter ihrem Rücken bemerkte. Mortimer, der alte und schon etwas senile Butler, trug ein großes silbernes Tablett vor sich her. Es war vollgestellt mit großen Zinn- und Glaskrügen, darunter kostbares altes Bleikristall. Der grauhaarige alte Mann stellte das Tablett seufzend auf einem Tisch neben der Tür ab

Gudrun sah zu, wie er begann, die Kelche sorgfältig auf der Tischplatte aufzureihen. Mortimer hatte offenbar ein kompliziertes System im Sinn, nach dem er die Gefäße ordnete, ihren Abstand und das Muster ihrer Aufstellung bestimmte. Er hatte einige Leinentücher und eine Flasche Reinigungsalkohol mitgebracht. Offensichtlich hatte er die Absicht, die wertvollen Kelche aus Sir Ian Sutherlands Sammlung gründlich zu reinigen.

Gudrun wandte sich wieder den sanft züngelnden Flammen in dem großen Kamin zu, genoß die Wärme und die Bequemlichkeit des weichen Clubsessels. Sie war erst vor einigen Tagen von Australien heimgekehrt, und die Schatten seltsamer Träume geisterten noch durch ihr Unterbewußtsein. Doch Australiens brennende Hitze war längst aus ihren Knochen verschwunden. Der Winter in den Highlands war ziemlich ungemütlich und das Kaminfeuer eine tröstliche Abwechslung. Der große halbdunkle Raum mit seinen zahllosen Büchern und den Stücken aus Sir Ians reichhaltiger Sammlung war die richtige Umgebung, um alle bisherigen Entwicklungen und Forschungsergebnisse in Ruhe zu reflektieren.

Gudrun hatte einige Tage im Krankenhaus in Alice Springs gelegen, bevor die Ärzte ihr gestatteten, den Rückflug nach Schottland anzutreten. Der Schlangenbiß, den sie im australischen Outback davongetragen hatte, war ohne Komplikationen verheilt.

Doch Gudrun fragte sich, ob in ihrem Unterbewußtsein nicht ganz andere Narben zurückgeblieben waren als die winzigen Punkte auf ihrem Bein, wo die Schlange zugebissen hatte. Sie hatte lange im Fieber gelegen, während australische Eingeborene versuchten, ihr zu helfen. Sie wußte nicht mehr, was sie geträumt hatte ... aber es mußten grauenhafte Dinge gewesen sein.

Es schien, als ob eine Stimme in ihrem Innern schrie: »Laß es ruhen! Rühre nicht daran! Diese Dinge sind gefährlich!« Sie zuckte zusammen, als sich die Tür zu dem großen stillen Raum mit einem Ruck öffnete. Es war Pierre Leroy, der federnden Schrittes in die Bibliothek platzte, als wäre ihm die ungewohnte Ruhe nach den letzten Abenteuern schon wieder zuviel geworden. Er schien sich an Gudrun wenden zu wollen, aber dann sah er Mortimer, der über seine Kelche gebeugt stand und leise vor sich hin murmelte. Der alte Butler ergriff mit äußerster Vorsicht einen kostbaren Zinnkrug aus der Sammlung, rieb heftig mit einem Tuch daran herum und legte es dann mit spitzen Fingern beiseite, als wäre es mit Schmutz durchtränkt. Er schüttete einen Schwung Ethanol in den Kelch und griff nach dem nächsten Tuch.

Der scharfe Geruch des Spiritus breitete sich schnell aus. Gudrun runzelte unwillkürlich die Stirn.

»Na, immer fleißig?« fragte Pierre, der Mortimer schon eine Weile über die Schulter sah.

»Es ist ja wohl mehr als notwendig, diesen ekelhaften Schmutz aus den Schalen zu entfernen«, erklärte Mortimer grimmig. Er deutete auf die Gefäße, die sanft im gedämpften Licht schimmerten. Sie sahen alle aus, als wären sie erst vor wenigen Minuten sorgfältig geputzt worden.

»Müssen Sie das unbedingt hier tun?« fragte Gudrun, als Mortimer erneut zur Spiritusflasche griff. Der durchdringende Duft des vergällten Alkohols war stark genug, um ihr deutliches Unbehagen zu verursachen.

»Sie haben ja keine Ahnung!« rief Mortimer zornig aus, in einer Lautstärke, die sogar Pierre erschreckte. »Sehen Sie das hier nicht? Das muß weg!« Er griff mit einer zitternden Hand nach einem prächtigen Stück aus Bleikristall und hielt es gegen das Licht der Flammen im Kamin. Das geschliffene Glas versprühte glänzendes Licht in allen Farben des Spektrums, fast wie ein Diamant.

Mortimer schien damit nicht zufrieden zu sein, denn er packte ein frisches Leintuch und wischte mit fanatischem Eifer an dem Kelch herum.

»Ich sehe nichts«, sagte Pierre freundlich, »doch ich muß sagen, Ihr Fleiß ist bewundernswert, mein Freund.«

»Ich habe doch gesagt, daß Sie keine Ahnung haben!« knurrte Mortimer wütend. Er besprenkelte den Kelch mit Alkohol, ohne sich darum zu kümmern, daß zahlreiche Tropfen zu Boden fielen.

Pierre kniete vor dem prasselnden Kaminfeuer nieder und streckte die Hände aus, als wäre er halb erfroren. Er zwinkerte Gudrun zu und flüsterte: »Offensichtlich eine akute Attacke des Morbus Putzfimmelus!«

»Ich weiß nicht«, murmelte Gudrun, die kaum hingehört hatte. Mortimer nahm ihre Aufmerksamkeit zu sehr in Anspruch. Der magere Körper des alten Mannes vollführte hastige, ruckartige Bewegungen, während er mit wildem Eifer wieder und wieder denselben Kelch putzte.

Es ging eine Erregung von dieser hageren Gestalt aus, welche die Anthropologin zutiefst beunruhigte. Das war nicht die übliche selbstgefällige Trägheit, die des öfteren Mortimers Handlungen bestimmte. »Der Mann ist ja wie im Wahn«, sagte Gudrun so leise, daß Pierre sie kaum verstand.

Der Franzose dachte einen Augenblick lang nach. Dann stand er auf und ging zu Mortimer hinüber. Er betrachtete die Spiritus-Lachen auf dem alten Edelholz des Tisches.

»Ich denke, Miss Heber hat recht«, sagte Leroy ruhig. »Sir Ian wird nicht begeistert sein, wenn Sie hier alles mit Alkohol vollkleckern.« Er griff nach dem silbernen Tablett, auf dem Mortimer alles hereingebracht hatte. »Kommen Sie, ich helfe Ihnen! Wir bringen den ganzen Kram in die –«

»Finger weg!« schrie Mortimer. Die Augen traten ihm fast aus dem Kopf, so aufgeregt war er. Er riß Pierre Leroy einen Zinnkrug aus der Hand, den dieser auf das Tablett stellen wollte. »Sehen Sie denn nicht, was los ist? Fassen Sie das nicht noch einmal an!«

Leroy trat einen Schritt zurück, völlig verblüfft. »Ich werde schon nichts zerbrechen!« entgegnete er. »Aber Sie können doch nicht –«

»Ich *muß*!« unterbrach ihn Mortimer. Sein Gesicht hatte sich dunkelrot verfärbt, und Leroy befürchtete, er würde jeden Moment einen Herzanfall bekommen. »Es hat nichts mit Können zu tun!« Mortimer riß einen weiteren Kelch vom Tisch und hielt ihn direkt vor Pierres Nase. »Da! Reicht das nicht?« schrie er.

»Ich sehe nur einen sauberen Kelch«, entgegnete Pierre.

Die Tür der Bibliothek öffnete sich, und ein kräftiger Mann in dezenter Kleidung trat ein. »Was ist denn hier los?« fragte Connor. Er mußte Mortimers Gebrüll gehört haben.

Doch der alte Butler beachtete den Neuankömmling gar nicht. Er wirkte, als würde er gleich in Ohnmacht fallen. Er fixierte den Kelch in seiner Hand voller Ekel und Entsetzen.

»Sauber?« kreischte er wild. »So ein Unsinn! Bin ich unter die Kannibalen gefallen?«

»Ich verstehe nicht, was Sie meinen«, erwiderte Pierre scharf.

Mortimers Hand zitterte wie Espenlaub, aber er hielt den Kelch eisern fest.

»Sie müssen es doch sehen!« keuchte er. »Diese herrliche Schale ist doch voller Blut!«

»Vielleicht sollten wir Dr. Mannors verständigen«, sagte Gudrun ernst. »Mortimer war ja schon immer ein bißchen sonderbar ... aber dieses Benehmen ist doch mehr als bedenklich!«

»Wenn ich nicht genau wüßte, daß es unmöglich ist, würde ich vermuten, daß auch er ... infiziert ist«, meinte Sir Ian Sutherland. Das sonst so beherrschte Gesicht des Earl of Oake Dùn zeigte tiefen Kummer. Nachdem er erfahren hatte, daß Mortimer scheinbar durchdrehte, hatte er alle Mitarbeiter in seinem Arbeitszimmer zusammengerufen. Alle – bis auf Valerie Gideon, die immer noch in Dr. Mannors' Klinik untergebracht war. Sie war eindeutig »infiziert«. Mit einem jener grauenhaften Würmer, die Sutherlands Widersacher Kar benutzte, um Kontrolle über die Gehirne ausgewählter Menschen zu bekommen. Noch wußten sie nicht, ob sie Valerie jemals würden helfen können.

»Aber es ist unmöglich, daß Mortimer mit einem Apophis-Symbionten in Kontakt gekommen ist«, fuhr Sutherland ruhig fort. »Sonst hätte sein absonderliches Benehmen eine Art Abwehrreaktion sein können – oder die Vorstufe zu einer feindseligen Aktion.«

»Wo ist er jetzt überhaupt?« fragte Tom Ericson. Der Amerikaner saß am Fenster, hatte die Beine ausgestreckt und schien in Gedanken versunken. Die Erlebnisse mit Gudrun in Australien waren geheimnisvoll genug gewesen, um sehr lange darüber nachzudenken!

Zum Beispiel war da die Frage, ob allein der Vorgang des Träumens Schnittwunden verursachen konnte – wie das bei Gudrun geschehen war.

»Ich habe ihn dazu bewegen können, seine Reinigungsaktion in der Küche fortzusetzen«, erklärte Connor. Seine kühle Stimme zeigte so wenig Emotionen wie sein verschlossenes Gesicht. Der Butler, Leibwächter und Vertraute Sir Ians ließ nicht erkennen, was er dachte. Er war erst gestern aus Indien zurückgekehrt, von seiner Mission, das Orakel in die Obhut von Mönchen zu geben.

»Mortimer ist vollauf damit beschäftigt, sämtliche Weinkelche und ähnliche Gefäße von eingebildetem ... Schmutz zu reinigen.«

»Er hat von Blut gesprochen!« verbesserte ihn Gudrun. Sie schaute sehr ernst in Sir Ians Augen. »Sie haben Tom und mir von dem Spuk erzählt, der sich während unserer Abwesenheit hier abgespielt hat. Könnte es sein, daß sich etwas Neues anbahnt? Vielleicht ist Mortimer diesmal derjenige, der als erster davon betroffen ist.«

Sutherland nickte. »Es ist möglich. Aber wir können leider auch eine andere Möglichkeit nicht ausschließen. Sie wissen alle, was ich damit meine!«

»Daß er ... geisteskrank geworden ist?« flüsterte Gudrun. »Nun, ich habe auch schon daran gedacht. Die Symptome – Halluzinationen, Zwangshandlungen – sprechen dafür. Aber nur ein Experte kann genaueres sagen. Dr. Mannors zum Beispiel.«

»Die Klinik ist in London«, sagte Connor. »Ich glaube nicht, daß Mortimer in seinem jetzigen Zustand begeistert sein wird, dorthin zu gehen!«

»Zur Not muß der Psychiater eben hierher kommen«, meinte Tom Ericson. Er wandte überrascht den Kopf, als Pierre Leroy zur Tür schlenderte. Die anderen folgten seinem Blick.

Der drahtige Franzose öffnete die Tür und blieb auf der Schwelle stehen. »Ich habe eine Idee, Leute«, sagte er lässig. »Redet nur weiter. Ich bin in ein paar Minuten wieder da!«

»Was haben Sie ...«

Leroy schloß die Tür sanft und schnitt Sutherlands Frage in der Mitte ab. Er ging mit raschen leisen Schritten Richtung Küche. Einige Schritte vom Eingang entfernt blieb er stehen.

Er konnte leises Klirren hören, und Mortimers Stimme, wie sie unverständlich vor sich hin murmelte. Es roch penetrant nach Spiritus.

Pierre Leroy nickte zufrieden, machte auf dem Absatz kehrt und eilte weiter. Die Tür von Mortimers Zimmer war unverschlossen. Pierre zögerte dennoch einen Augenblick, bevor er sie ganz öffnete. Für gewöhnlich respektierte er die Privatsphäre anderer Menschen.

Doch jetzt hatte er das Gefühl, nicht anders handeln zu können.

Mit einigen schnellen Blicken durchforschte er den Raum. Es hatte Zeiten in seinem Leben gegeben, in denen er gezwungen war, gewisse Erfahrungen in illegalen Aktivitäten zu sammeln. Er hätte nicht vermutet, daß er einmal sehr froh darüber sein würde.

Er beugte sich über die Zettel, die auf dem Nachttischchen lagen, neben dem fünfarmigen Leuchter, den Mortimer anstelle einer Nachttischlampe benutzte. Er schaute sie sich lange genug an, um sicherzugehen, daß nichts dabei war, was für ihn bedeutungsvoll sein könnte.

Dann begann er, Schränke und Schubladen zu öffnen, mit schnellen Bewegungen alle möglichen Dinge zu durchforsten und dann wieder akkurat zurückzulegen. Er wollte schließlich nichts in Unordnung bringen.

Er wußte nicht, wieviel Zeit vergangen war, als er zu dem Schluß kam, daß er alles durchsucht hatte.

Er seufzte leise und schaute sich noch einmal in dem ordentlichen Zimmer um. Graues Licht fiel durch die Fenster herein, und ein scharfer Seewind heulte um die düsteren Mauern der alten Burg. Pierre konnte die Schaumkronen auf den beeindruckenden Wellen unter der hohen Klippe sehen, auf der Oake Dùn erbaut worden war.

Da hörte er die Schritte vor der Tür, die sich polternd näherten.

Pierre unterdrückte einen Fluch. Den halben Tag war Mortimer ausschließlich mit seinen Kelchen beschäftigt, und ausgerechnet jetzt mußte er zurückkommen! Pierre Leroy schaute sich um, aber diesmal nicht so besonnen und langsam wie bei den letzten Malen.

Drei Sekunden später wurde die Klinke nach unten gedrückt, und die Tür schwang weit auf.

»Ich bin dafür, daß wir ihn noch eine Weile beobachten, und wenn sich sein Zustand dann nicht bessert, sollten wir wirklich an ärztliche –«

Gudrun zuckte zusammen, als ein gellender Schrei ihren Satz übertönte. Etwas am Klang dieser Stimme sorgte dafür, daß ihr die Haare zu Berge standen!

Der Schrei war kurz und schrill – und er enthielt den Unterton absoluten Entsetzens.

»Verdammt, was war das?« Tom Ericson schnellte aus seinem Sessel hoch, als wäre ein Schleudersitz losgegangen.

Sutherland ließ die Meerschaumpfeife, die er gerade gestopft hatte, auf dem Tisch liegen und erhob sich ebenfalls. »Wahrscheinlich ist es nicht unklug, einmal nachzusehen«, stellte er gelassen fest, während Ericson bereits die Tür zum Flur aufriß.

Gudrun Heber eilte hinter dem Archäologen her. Der nächste Schrei war näher – und heiserer.

Als Gudrun Tom endlich eingeholt hatte, war klar, woher die Schreie gekommen waren.

Mortimer stand neben der offenen Tür seines Zimmers. Eigentlich lehnte er an der Wand, als wäre alle Kraft aus seinen Knien gewichen. Er hielt einen großen Kelch aus matt schimmerndem Zinn mit beiden Fäusten fest umklammert.

Es schien, als kröchen ihm aus dem Gefäß alle Dämonen der Hölle entgegen, so entsetzt starrte der alte Mann in den Krug.

Doch offensichtlich brachte er es nicht fertig, das Gefäß wegzuwerfen oder auch nur loszulassen ...

»Mortimer, was ist denn los?« fragte Tom ruhig. Er legte eine Hand auf die Schulter des Butlers.

»Es ist ganz frisch!« flüsterte Mortimer, und seine Stimme jagte einen eisigen Schauer über Gudruns Rücken. Langsam streckte er die Arme aus und hielt Tom den leeren Krug unter die Nase. »Eben war es noch nicht da ... und jetzt ist er randvoll! Mein Gott, Mr. Ericson, sagen Sie mir – ist das Blut? Himmel, werde ich wahnsinnig?«

»Beruhigen Sie sich, Mortimer«, sagte Pierre Leroy. Er trat plötzlich aus Mortimers Zimmer, doch der Mann schien ihn nicht einmal zu bemerken. Pierre spähte in den leeren Krug und legte dem Butler eine Hand auf die Schulter. »Keine Angst, das ist nur Wein«, fuhr er gelassen fort. »Aber vielleicht sollten Sie den Krug trotzdem säubern.«

»Was hat das zu bedeuten?« fragte Sir Ian, während Mortimer langsam mit weichen Knien den Flur hinunterstakste, der Küche entgegen. Den Kelch hielt er immer noch fest, aber den Blick hatte er starr abgewandt.

»Was machst du überhaupt in seinem Zimmer?« erkundigte sich Connor an Pierre gewandt.

»Ich hatte eine Idee, und die hat sich als richtig herausgestellt«, erwiderte der Franzose gelassen. »Er hätte mich beinahe erwischt – doch er hatte nur Augen für die Weingefäße, als er hereinkam. Er nahm wie in Trance diesen Kelch vom Regal, und dann, auf der Türschwelle, hatte er wieder diese ... Vision. Ja, ich denke, Vision ist in diesem Falle ein besseres Wort als Halluzination. Er schaute in den Kelch und brüllte wie am Spieß. Ich vermute, daß er wieder Blut gesehen hat. Oder tatsächlich Wein!«

»Sie haben eben von einer Idee gesprochen, Pierre«, meinte Sutherland neugierig.

Leroy lächelte. »Ich hatte immer schon das Gefühl, daß Mortimer in einer besonderen Beziehung zum Orakel steht. Nun ist das Orakel nicht mehr im Schloß, nicht einmal mehr auf demselben Kontinent ... aber es scheint dennoch einen Weg gefunden zu haben, auf Mortimer einzuwirken. Zumindest war das meine Hypothese.«

»Und Sie glauben, das Orakel will uns durch Mortimer etwas mitteilen?«

»Es hat uns schon etwas mitgeteilt!« Leroy hob triumphierend die rechte Hand. Er hielt ein kleines Bild fest, in einem uralten Rahmen. Es war der mittelalterliche Holzschnitt einer Kreuzigungsszene. »Das hing an der Wand des Zimmers.«

»Und?«

Der Franzose drehte das Bild um. Hinten auf dem Rahmen war ein Memo-Zettel befestigt, der mit Mortimers etwas ungelenker Handschrift in großen Buchstaben beschrieben war. Die Nachricht war kurz und prägnant – unter einer Datumsangabe stand: »Jene, die fragen und jene, die suchen, finden die Antwort im Lapsit Exillis!«

»Das ist ja das Datum von heute!« rief Gudrun verblüfft.

»Aber ich bin sicher, daß Mortimer das viel früher geschrieben, die Nachricht versteckt und alles wieder vergessen hat«, meinte Pierre Leroy. »Seine Obsession mit den Kelchen sollte nur dazu dienen, daß wir uns Gedanken machen. Das Orakel wußte genau, daß ich in Mortimers Zimmer gehen und nach etwas Schriftlichem suchen würde. Wenn man die Überlegungen noch weitertreiben will, könnte man sogar die Hypothese aufstellen, daß das Orakel mir diese Idee eingegeben hat – ebenso, wie es Mortimers Visionen ferngesteuert hat. Vielleicht ist das Ganze ein Abschiedsgeschenk an uns!«

»Schönes Abschiedsgeschenk, wenn mir die Bemerkung erlaubt ist«, erklärte Connor in seiner etwas phlegmatischen Art. »Was ist ein Lapsit exillis? Und die Sprache – ist das verstümmeltes Latein?«

»Lapsit Exilier wurde der Stein der Weisen genannt«, stellte der Archäologe Ericson fest. »Aber der Name rührt etwas in meinem Gedächtnis an ... ich glaube, ich habe vor einiger Zeit etwas darüber gelesen!«

»Und ich habe vor kurzem etwas darüber gelesen!« rief Pierre Leroy. »Die Sache mit dem Wein und dem Blut! Ganz offensichtlich hat Mortimer nicht verstanden, was diese Vision eigentlich zu bedeuten hat.«

»Mach es nicht so spannend, Pierre«, mahnte Gudrun.

Sutherland lächelte sie an, und ein seltsames Licht glitzerte in seinen Augen. Das Jagdfieber eines Gelehrten. »Was Pierre uns sagen will«, begann er, »ist, daß Mortimers Halluzinationen und dieser Zettel eigentlich nur einen Schluß zulassen: Das Orakel will uns auftragen, etwas zu suchen. Und dieses Etwas ist – der Heilige Gral!«

Sekundenlang herrschte verdutztes Schweigen. Dann sagte Tom Ericson wie zu sich selbst: »Natürlich! Wolfram von Eschenbach nannte den Gral ›Lapsit exillis‹ – im ›Parzival‹.«

»Ja, ich kenne die Geschichte«, murmelte Gudrun Heber. »Aber ist dieser Hinweis nicht etwas zu vage? Noch fehlt der schlüssige Beweis, daß es sich wirklich um eine Nachricht des Orakels handelt.«

»Es ist die wahrscheinlichste Möglichkeit.« Pierre nickte versonnen. »Die Ritter der Tafelrunde ... Soweit ich weiß, waren das die Letzten, die den Gral ernsthaft gesucht haben! Könnte durchaus spannend werden, auf den Spuren von König Artus' Mannen zu wandeln.« Er grinste fröhlich, als hätte er soeben den Entschluß gefaßt,

Abenteuerurlaub zu machen. »Nun, Mademoiselle Gudrun, wollen wir gemeinsam die Suche aufnehmen?«

Eigentlich war Gudrun ja Anthropologin, und damit fiel die Suche nach einer Legende nur in ein Randgebiet ihres Wissensbereichs. Doch seit sie für A.I.M. arbeitete, hatte sie des öfteren auf Gebieten geforscht, die wenig mit reiner Anthropologie zu tun hatten. Und sie konnte nicht behaupten, daß ihr diese Ausweitung ihres Forschungsgebietes mißfallen hätte.

»Wenn Sie Lust haben, können Sie beide der Sache nachgehen«, erklärte Sir Ian. Er beobachtete, wie Gudrun und Pierre einen schnellen Blick wechselten. Es hatte Zeiten gegeben, da waren sie sich nicht besonders geneigt gewesen. Doch es sah ganz so aus, als hätte sich die gegenseitige Ablehnung mittlerweile in Wohlgefallen aufgelöst. »Ich gebe Ihnen einen offiziellen A.I.M.-Auftrag«, sagte Sutherland, nur mit der kleinsten Andeutung eines selbstironischen Lächelns.

»Angenommen!« verkündete Pierre Leroy. »Ritter Pierre Le Roi meldet sich zur Stelle! Nie war dieser Name passender, dünkt mir.« Er warf Gudrun einen feurigen Blick zu. »Wollt Ihr mit mir kommen, hochverehrtes Fräulein?«

Gudrun konnte seinem Geflachse nur ein müdes Grinsen abgewinnen. Sie wandte sich an Sutherland, als sie antwortete: »Wenn Sie diese Sache für so wichtig halten, werde ich mich gerne an dem Projekt beteiligen, Sir Ian!«

Sutherland nickte nachdenklich. »Aber erwarten Sie nicht zuviel von dieser Suche. Es gab schon andere, die dem Gral nachgeforscht haben. Es könnte sehr langwierig und zermürbend werden, den Spuren dieser uralten Legende zu folgen.«

»Es gibt für alles den richtigen Zeitpunkt«, meinte Gudrun impulsiv. »Vielleicht ist er jetzt gekommen!«

»Ganz meine Meinung«, sagte Pierre Leroy. Er nahm

Mortimers Zettel von der Rückseite des Bildes und hängte die Kreuzigungsszene wieder an ihren Platz. Gudruns Blick wurde von der alten, sehr stilisierte Darstellung des Leidens geradezu gebannt.

Das war der Augenblick, wo sich das erste instinktive Unbehagen in ihr regte.

So etwas wie eine düstere Vorahnung.

Dieses Gefühl drohenden Unheils war nicht geringer geworden, als sie sich von Pierre Leroy am Londoner Flughafen Heathrow verabschiedete. Sie hatten ausgemacht, daß Gudrun sich in Londons Bibliotheken und Archiven umschaute, weil sie darin eine gewisse Übung hatte. Pierre würde nach Oxford fahren, um in der dortigen Bibliothek zu forschen – und um eine Verabredung mit einer Wissenschaftlerin einzuhalten, die Sutherland für ihn vereinbart hatte.

Der Januarregen war eisig und die Straßen der Stadt verstopft. Pierre musterte die zahllosen Fahrzeuge, die sich im Schrittempo am Flughafengelände vorbeiwälzten, voller Resignation.

»Das ist vermutlich das Schlachtfeld eines modernen Gralsritters«, brummte er, bevor er in den kleinen Ford stieg, den die Verleihfirma am Flughafen bereitgestellt hatte. »Paß auf dich auf, Gudrun! Die U-Bahn soll auch nicht ganz ohne Gefahren sein!« Er winkte ihr zu, dann schloß er die Tür und fuhr los.

Gudrun nahm ihre Reisetasche auf und ging zurück in die belebte Halle des Flughafens. Bevor sie sich auf den Weg zum Hotel und zur British Library machte, wollte sie noch einen Anruf erledigen. Der Gedanke war ihr bei der Landung gekommen, und die Idee kam ihr plötzlich sehr plausibel vor.

Es dauerte eine Weile, bis sie ein freies Münztelefon

fand, und der Lärm ringsum würde vermutlich dafür sorgen, daß sie nicht lange telefonierte. Dennoch wählte sie entschlossen die Nummer von Oake Dùn.

»Hallo?« Es war Connors gelassene Stimme, die sich schon nach dem ersten Läuten meldete.

»Hallo Connor, hier ist Gudrun«, erwiderte die Anthropologin. »Ich wollte mich nur erkundigen, wie es Mortimer geht. Ist er immer noch ... verwirrt?«

»Wenn Sie damit seine übermäßige Beschäftigung mit bestimmten Trinkgefäßen meinen, kann ich Sie beruhigen, Miss Heber. Dieser Tick hat sich inzwischen gelegt. Wir sind alle sehr erleichtert darüber.«

»Wann hat es aufgehört?« fragte Gudrun. Sie spürte, wie ihr Herz heftiger schlug. Also hatte sie mit ihrer Ahnung doch recht gehabt!

»Vor einigen Stunden«, erwiderte Connor. »Ungefähr zu der Zeit, als Ihr Flugzeug in Aberdeen starten sollte. Er ließ seine Kelche stehen, an denen er die ganze Nacht geputzt hatte, und legte sich ins Bett. Inzwischen ist er wieder auf – aber er scheint sich nicht daran zu erinnern, daß er Blut in den Gefäßen gesehen haben will. Wir hielten es auch für besser, ihn nicht wieder auf diese Wahnvorstellungen zu stoßen.«

»Als ob es uns nur auf den Weg bringen wollte ...«, murmelte Gudrun nachdenklich vor sich hin.

»Wie bitte?«

»Ich frage mich, ob diese ... Visionen wieder anfangen würden, wenn Pierre und ich die Nachforschungen abbrechen sollten«, meinte Gudrun. »Aber dafür interessiert mich die Suche nach dem Gral viel zu sehr.«

»Gab es irgendwelche Schwierigkeiten?« erkundigte sich Connor.

»Wir sind gerade erst in London gelandet. Pierre hat sich gleich auf die Weiterfahrt nach Oxford gemacht. Ich werde mich hier in London umschauen. Bestellen Sie den anderen Grüße, Connor. Ich melde mich wieder, sobald ich etwas herausgefunden habe!«

»Danke sehr. Ich wünsche Ihnen viel Erfolg.«

Gudrun hängte den Hörer nachdenklich in die Gabel zurück.

Wenn das Orakel wirklich diese Gralssuche in Gang bringen wollte, dann mußte es doch auch wissen, daß die Suche Erfolg haben würde. Also – was gab es noch zu fürchten oder zu zögern?

Gudrun Heber hängte sich den Riemen der einen Tasche über die Schulter, hob die andere vom Boden auf und machte sich auf den Weg.

Die spitzen Türme im Collegebezirk stachen durch den grauen Regendunst der Stadt. Ein kalter Wind blies, aber Pierre Leroy fror nicht. Er hielt seinen Regenschirm schräg gegen den Wind und marschierte mit langen Schritten die Catte Street entlang.

Er hatte seinen Leihwagen auf einem Parkplatz in der Nähe der Magdalen Bridge stehen lassen und sich zu Fuß auf den langen Weg zur Bodleian Library im Herzen des alten Oxfords gemacht. Er wußte, daß der Verkehr in der Stadt beinahe so schlimm war wie der in London. Oxford war nicht nur die berühmteste Universitätsstadt, es war auch eine Stadt mit Industrie, die sich um den alten Stadtkern herum angesiedelt hatte.

Dr. Anthea Morrison erwartete ihn in einem kleinen Büro im ersten Stock des alten Bibliotheksgebäudes. Sie war eine schlanke, rothaarige Frau mit wachen hellblauen Augen, die Pierre keinen Moment lang losließen, während er sie begrüßte.

»Sie interessieren sich also für die Gralslegenden«, sagte sie nachdenklich, nachdem Pierre ihr die Hand gegeben hatte. »Sind Sie Historiker, Mr. Leroy?«

»Gewissermaßen«, erwiderte Pierre. »Aber ich forsche oft auf Gebieten, die sich überschneiden – und die sich manchmal nicht eindeutig definieren lassen.«

»Das klingt ja interessant«, sagte Dr. Morrison. »Ich habe bereits von A.I.M. gehört. Die wissenschaftliche Erforschung von Geheimnissen und Legenden ... Eine große Aufgabe, die sich Sir Ian Sutherland da gestellt hat. Aber es hat sich immer wieder gezeigt, daß interdisziplinäre Ansätze die fruchtbarsten sein können!«

»Nun, ich hoffe, daß das auch für mein Projekt gilt«, meinte Pierre. »Nehmen wir an, jemand wollte der Spur des Heiligen Grals folgen – wo würde er am besten ansetzen? Bei Thomas Malorys ›La Morte d'Arthur‹?«

»Das wäre eine Möglichkeit«, sagte Dr. Morrison. Sie setzte sich auf die Kante ihres Schreibtisches, und Pierre stellte mit Freude fest, daß sie sehr hübsche Beine hatte. »Aber erstens ist es fraglich, ob es so eine Spur überhaupt gibt – und zweitens soll Malory mit seinen historischen Quellen nicht allzu sorgsam umgegangen sein. Er war eher ein Dichter als ein Gelehrter im strengen wissenschaftlichen Sinn, und es kam ihm mehr darauf an, einen Roman über die alten ritterlichen Tugenden zu schreiben als Hinweise auf einen sagenhaften Artefakt zu geben. Zumindest ist das meine Meinung in dieser Angelegenheit. Wenn Sie andere Kollegen fragen, werden die Ihnen vielleicht etwas anderes referieren, Mr. Leroy.«

»Warum gibt es keine wirkliche Spur, die man verfolgen kann?«

Die Historikerin lächelte. »Oh, es gibt zum Beispiel die Hypothese, daß Josef von Arimathia einen bestimmten Becher mit nach England genommen hat, als er das römisch besetzte Palästina verlassen mußte. Es soll sich dabei um den Becher handeln, aus dem Jesus Christus beim Letzten Abendmahl getrunken hat und mit dem sein Blut am Kreuz aufgefangen wurde. Wie gesagt, Mr.

Leroy, dies alles läßt sich nur aus Legenden erschließen, denen sich vermutlich auch Sir Thomas Malory bedient hat, als er seinen berühmten Ritterroman schrieb – und das war schon Ende des fünfzehnten Jahrhunderts!«

»Dieser Becher wurde ›Heiliger Gral‹ genannt, und er soll in der Kathedrale von Glastonbury aufbewahrt worden sein«, sagte Pierre. »Sie meinen, das sei eine wacklige Hypothese..?«

Dr. Morrison nickte entschlossen. »Nach den Erkenntnissen, die ich kürzlich auf diesem Gebiet gewonnen habe, scheint es da tatsächlich einen Becher gegeben zu haben – aber es ist doch sehr zweifelhaft, daß dies wirklich der Heilige Gral ist, auf den sich die Gralssagen beziehen. Man muß mehr als nur die Gralslegenden sehen, wenn man sich mit dieser Materie befaßt, Mr. Leroy. Die Wurzeln dieser ganzen komplizierten Geschichte reichen weit in die keltische Vergangenheit zurück ...« Die Wissenschaftlerin unterbrach sich kurz, um auf die Uhr zu schauen. Offenbar hatte sie nicht die Zeit, Pierre Leroy eine mehrstündige Vorlesung zu halten. »Es gibt alte keltische Sagen aus vorchristlicher Zeit, in denen schon von einem magischen Gefäß die Rede ist. Eine Schale, die ganz ähnliche Eigenschaften wie der Gral haben sollte, taucht etwa im ›Mabinogion‹ auf, einer Sammlung walisischer Sagen. Vielleicht sollte man hinzufügen, daß der Titel ›Mabinogion‹ auf einem Mißverständnis der Lady Charlotte Guest beruht, die diese Geschichten Anfang des letzten Jahrhunderts übersetzt hat. ›Mabinogi‹ ist der korrekte Titel!«

Pierre hielt inne, sich Notizen zu machen. »Also hatten sowohl die alten Kelten als auch die mittelalterlichen Christen Kenntnis von einem magischen Kelch oder einer ähnlichen Schale, egal, wie man sie nun letztendlich nennen will. Und es ist während der Ausbreitung des Christentums auf den britischen Inseln zu einer Verschmelzung des alten und des neueren Legendenstoffs gekommen. Sehe ich das richtig?«

Die blauen Augen der Wissenschaftlerin leuchteten auf, und Pierre registrierte es mit Genugtuung. Es gefiel ihm immer und jederzeit, die Beachtung einer schönen Frau zu erringen. »Ganz genau, Herr Kollege«, stimmte Dr. Morrison zu. »Es gibt zum Beispiel die Sage vom mächtigen Krieger Bran, der eine magische Schale besaß ... und das Motiv von der Suche nach einem kostbaren, heiligen Gegenstand taucht bereits in keltischen Mythen und Gedichten auf.« Die Frau betrachtete Pierre Leroy nachdenklich, als fragte sie sich, was einen Mann wie ihn an solchen alten Geschichten interessieren konnte. Langsam fuhr sie fort: »Aber wenn Sie die Spur eines wirklichen Gegenstands verfolgen wollen, sind Sie auf Mutmaßungen angewiesen. Legenden und mittelalterliche Dichtungen können nicht als stichhaltige Beweismittel angesehen werden. Und bislang hat man in keiner Inventarliste eines mittelalterlichen Kaufmanns den Eintrag ›Heiliger Gral, 1 Stück‹ gefunden!«

Pierre lachte vergnügt. »Vielleicht finde *ich* diesen Eintrag«, meinte er. »Ich will Sie aber nicht zu lange aufhalten, Miss Morrison! Was würden Sie davon halten, wenn ich Sie heute abend in ein exquisites Restaurant einladen würde? Da könnten wir ein wenig mehr plaudern, und wir wären auch nicht strikt an die Einhaltung wissenschaftlicher Regeln gebunden.«

»Besten Dank, Mr. Leroy«, sagte Dr. Morrison freundlich, »aber heute abend esse ich mit meinem Mann.« Sie erhob sich von der Schreibtischkante und ging zur Tür. »Ich werde Ihnen jetzt die Bibliothek zeigen. Besonders die älteren Teile des Gebäudes dürften Sie interessieren. Die Duke Humfrey's Library beispielsweise ist wunderschön, und sie enthält zahlreiche alte Schriften, die Ihnen vielleicht nützen können. Allerdings muß ich darauf hinweisen, daß keine Bücher ausgeliehen werden. Niemals. Diese Regel wurde vor Hunderten von Jahren sogar schon gegen Könige durchgesetzt!«

Pierre ging an der Seite der Historikerin durch den stillen Flur des alten Gebäudes. »Was ist eigentlich aus dem Krieger Bran geworden, der diese magische Schale besaß?« erkundigte er sich.

Anthea Morrison lachte leise, ein angenehmes Geräusch in der grauen Ruhe ringsum. »Meinen Sie, daraus könnte man ableiten, ob der Besitz dieses Gegenstands erstrebenswert ist?«

»Wenn wir bei Bran anfangen, können wir den Weg der Schale vielleicht weiterverfolgen«, sagte Pierre. Seine Stimme klang nur halb scherzhaft. Die Frau warf ihm einen verblüfften Seitenblick zu. »Sie scheinen wirklich darauf aus zu sein, diesem Phantom eine reale Gestalt zuzubilligen, nicht wahr? Es wäre ja auch schön, einen magischen Gegenstand zu besitzen. Doch ich muß Sie warnen: Glück scheint er den wenigsten gebracht zu haben.«

Pierre dachte an die Darstellungen der Gralssuche, die er bereits im Kino gesehen hatte. Wenn man dies als Maßstab nehmen wollte, hatte Dr. Morrison unzweifelhaft recht.

»Bran der Gesegnete ist getötet worden«, sagte sie, als sie Pierre zum Eingang der eigentlichen Bibliothek begleitete. »Man hat ihm den Kopf abgeschlagen und vor den Mauern Londons eingegraben – als eine Art von Schutztalisman.«

Pierre berührte seine Kehle und grinste. »Schöne Aussichten«, sagte er.

Doch in der mittelalterlichen Umgebung, in der er sich jetzt befand, erschien ihm die Möglichkeit, seinen Kopf zu verlieren, als gar nicht mehr so unsinnig ...

Die elegante silberne Jaguar-Limousine glitt durch den Nebel, der dick und feucht über den Piers am Mersey hing. Es war spät in der Nacht, und die Nebelsuppe schluckte das Licht der wenigen Laternen im Hafenbezirk ebenso wie das sanfte Brummen des schweren Autos.

Timothy Robson saß im Fond der Luxuslimousine, hinter heruntergezogenen Rolläden. Ab und zu spähte er durch einen Spalt nach draußen und lehnte sich dann wieder zurück.

Er wollte nicht, daß jemand sein Gesicht im Fahrzeug sah – auch wenn die meisten Leute wußten, wem der Jaguar gehörte.

»Halten Sie mal einen Moment, Greg«, sagte Robson zu dem breitschultrigen Mann am Steuer. Der Jaguar rollte fast lautlos an den Straßenrand und kam zum Stehen. Der dichte Nebel reflektierte blendend das Licht der Scheinwerfer.

»Wir werden nicht verfolgt, Mr. Robson«, sagte Greg mit seiner dumpfen Stimme, in der die Hälfte der Vokale untergingen. »Ich hab' da drauf geachtet, Sir.« Der Ex-Boxer wandte Robson sein narbiges Profil zu.

Die Scheinwerfer erloschen.

Robson schaute durch die hintere Windschutzscheibe. Er konnte die Umrisse seines kantigen Gesichts als Spiegelung darin erkennen. Sonst war in der nebligen Straße hinter dem Heck der Limousine nichts auszumachen.

Robson wartete eine Weile, bevor er Greg das Zeichen gab, weiterzufahren. Die Scheinwerfer flammten wieder auf, und der Jaguar schob sich durch den nächtlichen Nebel wie ein U-Boot durch ein Meer aus Watte.

Neben einer Reihe schäbiger Lagerhäuser aus graubraunem Ziegelstein hielt der Wagen schließlich an. Tim Robson wartete, bis Greg aus dem Fahrzeug gesprungen war, um ihm die Tür zu öffnen. Erst dann stieg er aus, ein großer kräftiger Mann mit dunklen Haaren und bedächtigen Bewegungen. Er trug einen konservativen dunklen Anzug und konnte sehr gute Manieren zeigen, wenn er wollte.

Niemand wäre bei der ersten Begegnung darauf gekommen, daß Robson einer der wichtigsten Männer in der Unterwelt von Liverpool war. Er war der Besitzer einer ganzen Reihe von Bars, und über Strohmänner kontrollierte er alle Arten von Vergnügungsetablissements in der Umgebung der Stadt. Offiziell war er jedoch nur mit seriösen Unternehmungen in Verbindung zu bringen.

Tim Robson wollte, daß das auch nach der heutigen Nacht so blieb.

Er stieg mit schnellen Bewegungen die halbverfallene Laderampe empor, deren Umrisse im Nebel zu erkennen waren. Er konnte das träge Platschen der Wellen hören, die nur ein paar Dutzend Meter entfernt gegen die Hafenmauern schlugen.

Ja, dies hier war der richtige Ort.

Robson stieß entschlossen die rostige Stahltür auf, die in das Innere des Lagerhauses führte. Er starrte in das finstere Gesicht eines blassen jungen Mannes – und in den Lauf eines alten Webley-Revolvers, den dieser Mann in der Hand hielt.

»Schon gut, Venner«, knurrte Robson, und der junge Mann senkte seine Waffe hastig. Robsons harte dunkle Augen durchforschten das Innere des schäbigen Büros, das durch eine nackte, fleckige Glühbirne notdürftig erleuchtet wurde. »Wo ist sie?«

Jack Venner trat zur Seite und steckte den Armeerevolver lässig in den Hosenbund, unter seine Lederjacke. Er deutete in eine Ecke des Raumes, auf den schweren Stuhl, in dem eine zierliche Frau saß. Sie hatte lange, pechschwarze Haare und ein feingeschnittenes, ovales Gesicht, das auffallend hübsch war. Sie war offensichtlich eine Asiatin. Ihre Arme waren an die Lehnen des Stuhls gefesselt, und in ihrem Mund steckte ein Knebel. Ihre dunklen Augen starrten Tim Robson und die Männer in seiner Nähe voller Panik an.

»Die kleine Schlampe wäre uns fast entwischt«, sagte Jack Venner. Er rieb sich nervös über das Kinn, eine hastige, fahrige Bewegung, die er selbst nicht zu bemerken schien und dennoch ständig wiederholte. »Als sie uns kommen sah, ist sie hinten rausgelaufen. Als wir sie geschnappt haben, war sie gerade dabei, ihren Freund, den Polizei-Inspektor, anzurufen!«

In Robsons markantem Gesicht veränderte sich nichts. »Und? Hat sie es geschafft?«

»Wir sind gerade noch rechtzeitig dazwischengegangen. Irgendein dämlicher Bulle war am Apparat und wiederholte ständig die Nummer des Reviers. War wohl der Empfangschef!« Venner lachte heiser über diese Bemerkung, die er für sehr witzig zu halten schien.

Robson trat langsam auf das gefesselte Mädchen zu, blieb vor ihr stehen und schaute eine Weile sinnend auf sie hinunter. Er streckte eine Hand aus, berührte sanft das Kinn der Gefangenen und folgte mit dem Zeigefinger der langen schmalen Narbe, die vom Mundwinkel zum Kinn reichte. Mit etwas Schminke war die alte Verletzung leicht unsichtbar zu machen, doch jetzt hob sich die Narbe deutlich vom Gesicht des totenbleichen Mädchens ab. »Du hattest doch eine Warnung gekriegt, Kleine«, sagte Tim Robson, und seine Stimme war sehr traurig. Der Tonfall eines treusorgenden Vaters, der bitter von seiner Tochter enttäuscht wurde. »War Jack etwa zu sanft mit dir? Oder bist du nur zu blöde, um zu kapieren, daß man uns nicht zweimal hereinlegt?«

Das Thai-Mädchen starrte ihn aus aufgerissenen Augen an. Es versuchte etwas zu sagen, doch der Knebel hinderte es daran.

»Da holt man so ein armes Geschöpf aus dem Dreck, kümmert sich um sie und gibt ihr eine Arbeit – und zum Dank rennt sie zur Polizei und behauptet, zur Prostitution in einem dreckigen Bordell gezwungen worden zu sein! Und das macht sie nicht nur einmal ...« Robson schüttelte bekümmert den Kopf. »Ich finde, soviel Gemeinheit müßte eigentlich bestraft werden. Du könntest jemanden ins Gefängnis bringen, meine Liebe!«

Tim Robson fuhr fast liebevoll durch ihre dunklen Haare und wandte sich wieder ab. Seine Augen waren eiskalt, als er die beiden Männer musterte, die neben der Tür warteten. Der junge Jack Venner hielt seinem Blick keine Sekunde lang stand. Der zweite Mann, ein untersetzter Kerl mit kahlgeschorenem Kopf und wasserhellen, flackernden Augen, grinste schief. Er kaute lässig auf einem langen Streichholz. Vermutlich hatte er das in einem billigen Action-Film gesehen.

»Was hat sie gesehen?« fragte Robson ruhig.

»Sie weiß, wo die neuen Schlitzaugen untergebracht und vorbehandelt werden«, meinte Jack Venner. »Aber das interessiert die Bullen sowieso nicht. Schlimmer ist, daß sie mitgekriegt hat, wie Smokey den Stoff gebracht hat, und wie er weiterverteilt wurde ...«

»Wie konnte das passieren?« fragte Robson scharf. Venner zuckte hilflos mit den Schultern. »Sie hat sich aus ihrem Zimmer in den Keller geschlichen. Dora, die alte Schlampe, hat nicht auf ihre Küken aufgepaßt – und jetzt haben wir den Salat!«

Tim Robson warf dem gefesselten Thai-Mädchen einen forschenden Blick zu. »Sie hat tatsächlich noch mal mit den Bullen Kontakt aufgenommen! – Sie wollte uns wirklich reinreiten, was?«

»Wir sollten ihr klarmachen, daß so etwas nichts einbringt«, knurrte der Kerl mit der Skinhead-Frisur. Er nahm das zerkaute Streichholz aus dem Mund und deutete damit grimmig durch das schäbige, halbdunkle Büro. »Wenn sie ein paar Wochen im Krankenhaus zugebracht hat, wird sie –«

»Das hat sie schon hinter sich, Billy«, unterbrach ihn Robson sanft. »Es hat scheinbar nichts genützt. Schade.«

Die beiden Männer starrten ihren Boß fassungslos an.

Langsam wurde ihnen klar, was Tim Robson beabsichtigt hatte, als er den Auftrag gab, die kleine Nutte bei Nacht und Nebel zum Hafen zu bringen.

Robson starrte auf die schimmlige Tapete neben der Tür, als könnte er durch die Wand ins Freie schauen. »Es ist schreckliches Wetter draußen«, murmelte er. »Alles ist naß und glitschig. Man kann leicht ausrutschen, sich den Kopf anschlagen und ins Wasser fallen. Solche traurigen Unfälle passieren jeden Tag.« Er steckte die Hände in die Taschen des teuren Kamelhaarmantels und drehte sich zu Venner und Billy um. »Kümmert euch darum, ja?«

Er war schon auf dem Weg zur Tür, als Venner heiser hervorstieß: »Boß! Glauben Sie wirklich, wir sollten ... ich meine. .?«

Tim Robson blieb abrupt stehen. Er atmete tief durch, und dann wirbelte er herum und packte Jack Venner grob am Kragen. Der blasse junge Mann starrte entsetzt in Robsons grimmiges Gesicht.

»Was soll das?« fauchte Robson. »Hast du Manschetten, eine Frau umzubringen, du Idiot? Willst du lieber ins Gefängnis?«

Er stieß Venner zornig von sich.

Als er an den fleckigen Schreibtisch in der Mitte des Büros trat, schien er wieder die Sanftmut selbst zu sein. Er streckte die Hand aus und nahm den schweren Baseball-Schläger beinahe liebevoll von der Tischplatte. »Ich werde euch zeigen, wie man das macht«, sagte Robson kühl. Er musterte die beiden Kerle, als überlegte er, ob er sie gleich mit umbringen sollte. »Und ich will nie wieder einen Einwand von euch hören!« Er wog den Schläger nachdenklich in der Hand. Das vordere Ende war metallbeschlagen, aber das wäre gar nicht nötig gewesen. Man brauchte mit einem solchen Instrument nicht viel Übung oder Kraft, um einen menschlichen Schädel wie eine Eierschale zu zertrümmern.

Robson erwiderte gelassen den Blick des Mädchens. Sie zerrte an ihren Fesseln, und nackte Todesangst zeichnete ihr Gesicht. »Du hättest daheim bleiben sollen, Kleine«, sagte Robson bedauernd.

Dann holte er aus, eine lässige und dennoch kraftvolle Bewegung.

Das Metall an der Spitze des Mordinstruments in seinen Händen glitzerte kurz im schwachen Licht der Glühbirne auf.

Die Tür zum Büro öffnete sich knarrend.

Robson drehte sich um. Jack Venners Hand war unter der abgewetzten Lederjacke verschwunden, und Billy hatte plötzlich ein Schmetterlingsmesser in der Rechten.

Greg, der Chauffeur, stand auf der Schwelle.

»Da ist ein dringender Anruf für Sie, Sir«, brummte er gleichmütig. Er schien weder den erhobenen Baseball-Schläger noch die hilflose Gefangene wahrzunehmen. »Ein Mr. Jones aus London!«

»Jones!« Robson unterdrückte nur mit Mühe einen Fluch. Er warf den Totschläger auf den Schreibtisch zurück, schlug seinen Mantelkragen hoch und eilte hinaus.

Draußen war es still, feucht und kalt. Robson ließ sich auf den Beifahrersitz sinken und nahm das Autotelefon ab. Er schaute zum Lagerhaus zurück, aber die Tür war wieder geschlossen. Wenigstens darauf achteten diese Hampelmänner!

»Hallo?« knurrte Robson. Als sich die zögerliche Stimme von Jones meldete, unterbrach er ihn: »Hat man

Ihnen nicht gesagt, daß ich nicht zu sprechen bin? Für niemanden? Ich habe zu tun, Jones!«

»Es ist aber ungeheuer wichtig, Mr. Robson«, flüsterte Jones hastig. Er sprach langsam und gedehnt, als überlegte er bei jedem Wort, was er sagen sollte. Immerhin konnte man das Funktelefon-Netz nicht gerade als abhörsicher bezeichnen! »Ich habe die Umgebung unseres Mannes im Auge behalten, Sir. Es sieht so aus, als folgten gewisse andere Leute in seiner Spur . . .«

»Was für andere Leute?«

»Ein Mann und eine Frau. Sie arbeiten für A.I.M. Zumindest wurde über eine A.I.M.-Verbindung eine Verabredung mit jemandem in Oxford getroffen. Sie wissen, was das Analytic Institute for Mysteries ist, Sir?«

»Ich habe einmal davon gehört«, sagte Robson. »Aber so, wie es aussieht, werde ich mich näher damit befassen müssen. – Hat unser Mann schon Kontakt zu den beiden aufgenommen?«

»Nein. Zumindest nicht persönlich. Telefonische Verbindungen würde ich nicht ausschließen, halte sie aber für unwahrscheinlich. Ich glaube nicht, daß die beiden schon so weit sind!«

Robson atmete tief durch. Diese Sache hatte nichts mit seinen zwielichtigen Geschäften in der Unterwelt zu tun. Heute abend stand seine Existenz auf dem Spiel . . . doch das Ganze schien plötzlich fast bedeutungslos verglichen mit dem, was Jones' Anruf bedeutete.

Robsons Herz zog sich schmerzhaft zusammen bei dem bloßen Gedanken daran, was er verlieren würde. Wenn diese verdammten Schnüffler dem Club auf die Spur kamen!

Sekundenlang schlug eine Woge wilder, irrationaler Furcht über ihm zusammen, die er nur mit äußerster Mühe wieder zurückdrängen konnte.

»Mr. Robson?« quäkte Jones' Stimme aus dem Hörer.

»Ich erwarte einen genauen Bericht, Jones«, sagte Robson, und seine Stimme klang wieder ernst und gefaßt. »Schicken Sie mir alles an die bekannte Adresse, mit Fotos! Anrufe nur, wenn es dringend ist. Okay?«

»Ich habe verstanden, Sir«, erwiderte Jones.

Es klickte in der Leitung, und Robson war wieder allein in dem auskühlenden Jaguar. Er blieb einige Zeit lang in den weichen Polstern sitzen und starrte finster in den Nebel hinaus. Es kostete ihn Mühe, die Unruhe in seiner Seele zu zügeln.

Am liebsten hätte er Greg gerufen und wäre zurück in seine luxuriöse Wohnung in der City gefahren. Es gab weiß Gott Wichtigeres, als sich hier am Hafen mit einer äußerst dreckigen Angelegenheit zu befassen ...

Aber er wußte, daß Billy und Venner es vermasseln würden. Er würde es also selbst tun müssen, damit alles seine Richtigkeit hatte.

Timothy Robson seufzte, als er aus dem silbernen Jaguar stieg und zum Lagerhaus zurückging.

Er dachte an den Baseball-Schläger auf dem Schreibtisch.

Er würde die Sache hinter sich bringen, so oder so.

Pierre Leroy schaute nachdenklich in seinen Lieblingscocktail, doch er hatte offensichtlich weniger Freude daran als zu anderen Zeiten.

»Es könnte ein alter atlantischer Artefakt sein«, überlegte er halblaut. »Eine Schale oder etwas in der Art, die seit dem Untergang des Inselreiches von einer Hand zur anderen gewandert ist, die schließlich ins keltische Großbritannien kam und später von den englischen Christen für sich vereinnahmt wurde. Ein Gegenstand von unglaublich hohem technischem Niveau – oder sogar etwas Magisches. Wenn man diese Hypothese weiterverfolgt, müßte unser Gral viel älter sein als das Christentum. Und es gäbe einen Sinn, daß uns das Orakel darauf aufmerksam gemacht hat. Schließlich scheint das Orakel sich gut mit atlantischen Hinterlassenschaften auszukennen ...«

Von den Nebentischen in der kleinen Hotelbar klang das dezente Stimmengewirr der Geschäftsleute herüber, die sogar am Abend noch wichtige Angelegenheiten zu besprechen hatten. Zumindest taten sie, als wäre dem so.

Pierre fügte hinzu: »Das Orakel hätte uns ruhig genauer mitteilen können, wie dieser atlantische Artefakt zu orten ist!«

»Du hast also auch keine wirkliche Spur ausmachen können«, meinte Gudrun. Sie sah erschöpft aus, und das ließ sich auch durch die dämmrige Beleuchtung der großen Nische nicht verheimlichen. Sie hatte sich drei Tage lang durch verschiedene Archive und Bibliotheken gearbeitet. Pierre war aus Oxford zurückgekehrt, und nun war Zeit für eine Zwischenbilanz.

»Es gibt eine Menge schöner alter Geschichten«, sagte Pierre lächelnd und nippte an dem Cocktail, der den bezeichnenden Namen *Sexy 6* trug. »Aber keine davon hat mir gesagt, wo ich den Becher suchen muß! Kein Wunder, daß es zahllose Theorien über den Gral und seinen Verbleib gibt. Eine prominente Hypothese sagt zum Beispiel, Maria Magdalena hätte den Gral nach Frankreich gebracht, wo der Orden der Tempelritter zu seinem Hüter wurde. Die Tempelritter wurden im vierzehnten Jahrhundert ebenso plötzlich wie brutal zerstreut, und das macht es um so schwieriger, dem Gral nachzuspüren. Immer vorausgesetzt, daß sie überhaupt einmal ein solches Gefäß besessen haben, was viele Historiker für zweifelhaft halten!«

»Und Dr. Morrison hat dir auch nicht helfen können?«

»Sie hat mir ein paar Tips gegeben und mir die Bibliothek gezeigt«, erklärte Pierre. »Mehr war nicht drin. Sie ist eine vielbeschäftigte Frau.« Er grinste und fügte hinzu: »Und verheiratet!«

»War das ein Hindernis für dich?« fragte Gudrun spöttisch.

»Ich bin ein Gentleman!« rief Pierre mit gespieltem Entsetzen. Dann wurde er wieder ernst. »Ich würde mich aber nicht wie ein Gentleman benehmen, wenn ich Dr. Morrisons besten Hinweis unterschlagen würde! Sie sagte mir, ich sollte mich an einen Historiker wenden, der erst vor wenigen Monaten eine ähnliche Spur wie wir verfolgt hat. Inzwischen grast er Wales ab – insbesondere die walisische Nationalbibliothek in Aberystwyth.«

»David Summerfield?«

»Du hast also auch von ihm gehört!«

Gudrun nickte. »Summerfield ist unsere beste Spur. Weißt du, nachdem ich einen Tag in der British Library verbracht habe, bekam ich einen Hinweis auf eine alte Klosterbibliothek außerhalb der Stadt. Es dauerte eine Weile, bis sie mich überhaupt mit den Büchern allein ließen ... und dann hörte ich, daß angeblich neue Entdeckungen gemacht wurden. In einer verschütteten Mönchszelle im Keller wurden eingemauerte Tagebücher gefunden, in Bleibehältern aus dem späten Mittelalter.«

Pierre Leroy stieß einen Pfiff aus, der einige Geschäftsleute unwillig und streng herüberblicken ließ. Doch der Franzose kümmerte sich nicht um solche Empfindlichkeiten. »Und du behauptest, du hättest nichts gefunden!«

»Die Kirche hat die Tagebücher des Abtes unter Verschluß genommen. Gerüchteweise wurde laut, daß sich ein großes Heiligtum im Kloster befunden haben soll, bis ein mächtiger Ritter seinen Schutz übernahm. Ob das Kloster den Schatz freiwillig herausgerückt hat, ist natürlich auch zweifelhaft!« Gudrun hob den Zeigefinger, um die Bedeutung des folgenden zu unterstreichen – eine

Geste, die Leroy sehr süß fand. »Wie gesagt, das sind nicht einmal alte Sagen, sondern nur Gerüchte, die mir einer der Mönche unter dem Siegel der Verschwiegenheit anvertraut hat.«

»Gut, daß du dorthin gegangen bist, schöne Gudrun! Mir gegenüber wären die Mönche wahrscheinlich nicht so redselig gewesen«, meinte Pierre begeistert. »Gibt es Abschriften von diesen Tagebüchern?«

»Ja, die gibt es. Aber sie sind ausgeliehen. Und rate mal, an wen!«

»An den ominösen Mr. Summerfield, nicht wahr?« mutmaßte Pierre.

»Richtig gemutmaßt«, erklärte Gudrun. »Ich habe sogar seine Adresse bekommen.«

Pierre schaute auf den dicht beschriebenen Zettel, den Gudrun auf den Tisch legte. »Das soll eine Adresse sein?«

»Er wohnt in einem einsamen alten Haus im Hochmoor von Wales«, sagte Gudrun Heber. Ihr resignierter Gesichtsausdruck zeigte, daß sie mit abenteuerlichen Verwicklungen rechnete, bis dieses Haus gefunden sein würde. »Der nächste Ort ist fast zehn Meilen entfernt – daher die etwas umständliche Beschreibung, wie wir das Domizil unseres einsiedlerischen Experten finden können.«

»Dieser Summerfield scheint sich gründlich in die Materie eingearbeitet zu haben«, meinte Pierre Leroy. »Dr. Morrison deutete an, daß Summerfield seit Jahren auf dem Gebiet forscht, und daß er eine Menge Verbindungen zu wichtigen und auch zu geheimnisvollen Leuten geknüpft hat. Allerdings soll es nicht ganz einfach sein, mit dem Mann zurechtzukommen.«

»Das kann ich mir vorstellen«, stimmte Gudrun zu. »Ich habe immer wieder versucht, ihn zu erreichen, aber er geht nicht ans Telefon. Wahrscheinlich will er seine Ruhe haben.«

»Vielleicht ist er ja auf einer Forschungsreise.«

»Die Leitung war einmal auch besetzt«, wandte Gudrun ein. »Nun, wir werden ja sehen! Es wird uns nichts anderes übrigbleiben, als Mr. Summerfield in seiner Eremitage aufzusuchen. Die liegt irgendwo im Hochmoor zwischen Machynlleth und Welshpool. Aber mit Hilfe unserer Beschreibung sollten wir es finden.« Gudrun wedelte mit dem eng beschriebenen Zettel herum, auf dem Summerfields »Adresse« stand.

»Dann können wir wenigstens die Bibliothek von Aberystwyth besichtigen«, seufzte Pierre, der nicht allzu erfreut schien, noch mehr staubige Folianten wälzen zu dürfen. »Es sind aber gut dreihundert Kilometer bis dorthin, wenn ich mich recht an die Straßenkarte erinnere!«

»Dreihundert Kilometer, die hoffentlich nicht überall so verkehrsüberlastet sind wie die Londoner Gegend«, meinte Gudrun. »Wir können deinen Leihwagen nehmen. Es wäre bestimmt unklug, sich in einer einsamen Gegend wie Mittelwales auf öffentliche Verkehrsmittel zu verlassen!«

»Dann wollen wir morgen früh aufbrechen und uns heute abend amüsieren, Mademoiselle Gudrun!« entschied Leroy fröhlich. Er trank entschlossen den Rest seines Cocktails aus.

»Mach ruhig London unsicher, Pierre«, meinte Gudrun. »Aber erzähl mir morgen früh nichts von Kater und Müdigkeit. Ich gehe jedenfalls schlafen.«

Nach den Andeutungen, die sie über Summerfield gehört hatte, konnte der Mann recht anstrengend sein. Es war klüger, fit zu sein, wenn sie ihm gegenübertraten.

Gudrun hatte so eine Ahnung, daß sie im Moor mehr treffen würde als nur einen jungen Gelehrten.

Der graue Himmel hing tief über den düsteren winterlichen Hügeln, und Gudrun hatte manchmal das Gefühl, die vorübertreibenden Wolken berühren zu können. Eine schmale Straße schlang sich durch die karge Landschaft nahe dem Plynlimon-Hochmoor. Der eisige Wind rüttelte an dem kleinen Fahrzeug, mit dem Leroy und Gudrun unterwegs waren.

Nach der Enge und dem Lärm Londons war diese stille, einsame Gegend geradezu unwirklich. Gudrun betrachtete ein verlassenes graues Steinhäuschen am Wegrand und fühlte sich plötzlich um Hunderte von Jahren zurückversetzt.

»Vielleicht ist das hier genau die richtige Gegend, um historische Forschungen zu betreiben«, murmelte sie.

Leroy trat auf die Bremse und betrachtete zweifelnd ein verwittertes Holzschild, das auf einen matschigen Feldweg zeigte.

»Es ist jedenfalls nicht die richtige Gegend für ein Stadtauto«, erwiderte er.

»Der Beschreibung nach sind wir hier richtig«, sagte Gudrun. Sie hatten länger als den halben Tag gebraucht, um sich durch die verstopften Straßen um London und Birmingham zu kämpfen. Die letzten hundert Kilometer abseits der großen Bevölkerungszentren waren eine Wohltat gewesen. Sie betrachtete den schlammigen Weg, den ihnen das rissige Schild anbot. Es war keine angenehme Vorstellung, hier steckenzubleiben. Mitten in der Einsamkeit, mit dräuenden Regenwolken am Horizont und einem Tagesmarsch zur nächsten Tankstelle, wie sie vermutete. »Ob wir es riskieren sollen?«

»Wir haben keine andere Wahl«, sagte Pierre Leroy und ließ den Wagen anrollen.

Der blaue Ford brummte und schlidderte einen sanften Hang empor und arbeitete sich über den tückischen Untergrund wieder abwärts. Große Pfützen standen auf der narbigen Piste – doch das Hochmoor links und rechts davon sah atemberaubend schön aus. Sogar im Winter.

»Das muß es sein!« rief Gudrun, als sie ihren Blick von der Landschaft löste und das einfache Haus bemerkte, das zwischen treibenden Nebelschwaden aufgetaucht war. Es sah grau und alt und niedrig aus, doch es war nicht verfallen – und als sie näherfuhren, löste fester Kiesbelag den Schlamm ab, durch den sie bis dahin gewalzt waren. Ein großer windschiefer Schuppen stand neben dem Wohnhaus, dessen altmodische Fensterläden geöffnet waren. Als sie auf den Hof fuhren, sah Gudrun, daß die Tür des Schuppens einen Spalt offenstand. Ein kleiner Lada-Geländewagen war darin abgestellt.

Leroy folgte Gudruns Blick und stellte den Motor ab. »Sieht so aus, als ob er zu Hause wäre!«

Gudrun war froh über die groben Winterstiefel, die sie beim Aufbruch heute morgen angezogen hatte. Die Gummisohlen schmatzten in weichem Schlamm, während sie zur Vordertür ging, um zu klingeln.

Sie hatte gerade den Finger auf den rostigen Klingelknopf gelegt, als eine aufgeregte Stimme hinter ihr losbrüllte: »Was wollen Sie hier?«

Gudrun drehte sich erschrocken um. Leroy war vor dem Kühler des Kleinwagens stehengeblieben, und das aus gutem Grund.

Der lange Doppellauf einer Jagdflinte zeigte auf seinen Oberkörper.

Gudrun musterte den schmächtigen, dunkelhaarigen Mann, der die Flinte festhielt wie einen Knüppel. Offensichtlich war er nicht an den täglichen Umgang mit Feuerwaffen gewohnt – doch das machte ihn um so gefährlicher. In der ersten Aufregung konnten Schüsse losgehen, die nicht beabsichtigt waren ...

Der Mann mit der Flinte war aus dem Schuppen gekommen, als die beiden Neuankömmlinge sich dem

Haus zugewandt hatten. Ob das nun Zufall oder Absicht gewesen war, mochte Gudrun nicht entscheiden.

Der junge Mann starrte sie durch die Gläser seiner etwas altmodischen Brille an, voller Mißtrauen und Nervosität.

Eine gespannte Ruhe hing über dem Hof. Jede Sekunde dehnte sich zu kleinen Ewigkeiten.

Aber der Mann im grünen Parka machte keine Anstalten, die Flinte zu senken.

»Was wollen Sie?« wiederholte er nervös. »Sind Sie diejenigen, die mich dauernd mit diesen verdammten Anrufen belästigen? Wenn ja, rate ich Ihnen, schleunigst von hier zu verschwinden!«

»Ich weiß nicht, was für Anrufe Sie meinen«, sagte Pierre Leroy. Er stand nur ein paar Schritte von den Mündungen der Flinte entfernt. »Jedenfalls sollten Sie diese Kanone weglegen, bevor jemand verletzt wird! Wir werden Ihnen schon nicht den Kopf abreißen, Mr. Summerfield. Sie sind doch Monsieur Summerfield, oder?« Er beobachtete den Mann mit der Flinte genau und hoffte, daß die erwähnten Anrufe nicht gerade von jemandem mit französischem Akzent getätigt worden waren.

»Ja, ich bin David Summerfield.« Der junge Mann im Parka warf dem Londoner Nummernschild einen langen Blick zu. »Ich kann mich nicht erinnern, Sie eingeladen zu haben! Ich habe hier zu arbeiten. Also setzen Sie sich in Ihr Auto und verschwinden Sie!«

Seine Stimme klang weniger sicher, als er es wahrscheinlich gehofft hatte.

»Ich habe versucht, Sie anzurufen, aber es ist nie jemand ans Telefon gegangen«, sagte Gudrun mit ihrer sanftesten Stimme. Sie sah beunruhigt, daß Summerfields Finger am Abzug der Schrotflinte lag. Es war gewiß angebracht, den wildgewordenen Historiker etwas zu besänftigen. »Wir sind Kollegen, Mr. Summerfield! Wir sind beide Wissenschaftler, die für A.I.M. arbeiten. Haben Sie davon schon einmal gehört?«

»Kann mich nicht erinnern«, versetzte Summerfield gepreßt. Sein Blick huschten zwischen Gudrun und Leroy hin und her, als erwartete er jede Sekunde einen Angriff.

»Wir forschen auf demselben Gebiet wie Sie. Es geht um den Heiligen Gral!« rief Gudrun. »Den Kelch des Letzten Abendmahls ...« Die Läufe der Flinte zuckten herum, als hätte der Name etwas Bedrohliches ausgelöst. Summerfields Miene verhärtete sich wieder.

»Das habe ich mir fast gedacht!« fauchte er. »Machen Sie, daß Sie wegkommen! Auf Ihre Tricks falle ich nicht herein!« Er deutete mit der langen Waffe kurz in Richtung Auto.

»Was soll denn dieser Unsinn?« schaltete sich Leroy ein. Seine Stimme klang jetzt deutlich verärgert. »Wenn wir Ihnen etwas antun wollten, hätten wir da hinten einen Heckenschützen postiert, der Sie aufs Korn nimmt, während wir Sie ablenken!« Er deutete auf eine spärliche Gebüschreihe, etwa hundert Meter vom Haus entfernt.

Summerfields Blick folgte unwillkürlich Leroys ausgestreckter Hand. Die Flinte pendelte haltlos zur Seite.

Das genügte dem flinken Franzosen.

Er machte zwei blitzartige Schritte, packte den Schaft der Waffe mit einer Hand und stieß Summerfield mit der anderen grob zurück. Der junge Wissenschaftler torkelte rückwärts, stolperte und hätte sich beinahe in den Dreck gesetzt.

Aber er fand Halt an der Scheunenwand, richtete sich wütend auf und wollte auf Leroy losgehen.

Doch etwas in den dunklen Augen des drahtigen Mannes stoppte ihn. Summerfield blieb stehen, beäugte mißtrauisch das lange Schießeisen in Leroys Händen.

»Das hier ist kein Spielzeug!« fauchte Pierre Leroy.

»Und ich hasse es, wenn man damit auf mich anlegt!« Er fummelte an der Flinte herum, fand den Öffnungsmechanismus und klappte die Läufe mit einem Ruck herunter. »Sie ist noch nicht einmal geladen«, sagte Summerfield, trotzig und beschämt zugleich. »Ich wollte sie gerade reinigen, als Sie gekommen sind!« Er musterte Gudrun grimmig. »Nun können Sie mir ja die Wahrheit sagen. Schickt Sie dieser Kerl, der sich Jones nennt?«

»Sie hat Ihnen doch schon gesagt, daß wir von A.I.M. kommen. Analytic Institute for Mysteries«, antwortete Leroy an Gudruns Stelle. Er klemmte sich die Flinte mit den gekippten Läufen unter den Arm, als wäre er ein Jäger auf dem Heimweg. »Unser Chef heißt nicht Jones, sondern Sir Ian Sutherland, Earl of Oake Dùn. Wir sind Wissenschaftler, und wir brauchen in einer wichtigen Angelegenheit Ihre Hilfe, Mr. Summerfield!«

»Wir haben gehört, daß Sie der führende Experte auf dem Gebiet sind, das auch uns interessiert«, sagte Gudrun. »Können Sie eine Stunde erübrigen, um mit uns zu reden?«

Summerfield zuckte mit den Schultern. Er wich Leroys hartem Blick aus, als er zur Tür ging. »Na ja, wenn Sie wirklich nicht von diesen Gangstern geschickt wurden ...« Er drückte die Klinke herunter und machte eine ironisch übertriebene Handbewegung zum offenen Eingang hin. »Willkommen!« rief er, doch seine Stimme ließ erkennen, daß er eigentlich das Gegenteil meinte.

Gudrun trat ein und dachte sich, daß diese erste Begegnung wirklich besser hätte laufen können.

»Treten Sie ein, Inspektor«, sagte Tim Robson mit vollendeter Höflichkeit zu dem stämmigen Mann, der vor der Tür stand. Es hatte eine Weile gedauert, bis der Inspektor das parkähnliche Gelände vor der modernen Villa durchquert hatte – und keiner seiner Schritte war unbeobachtet geblieben.

Inspektor Hennessy betrat die große chromglänzende Eingangshalle und schenkte all dem modernistischen Luxus dort kaum mehr als einen Seitenblick. Hennessy war ein breitschultriger, kräftiger Mann, dessen kantiger Schädel langsam kahl wurde. Er hatte grimmige braune Augen, die an diesem Nachmittag besonders finster dreinschauten.

»Darf ich Ihnen einen Tee anbieten, Inspektor?« fragte Robson mit einem sanften Lächeln, das nicht in seine kühlen grauen Augen vordrang. »Ich verzichte, danke«, grollte Hennessy.

»Es dauert wirklich nur einen Augenblick, und es macht keine Mühe«, erklärte Robson freundlich. »Dafür habe ich schließlich meine Hausangestellten, Sir. – Setzen wir uns doch!«

Er deutete auf die breite Couch aus feinstem Ziegenleder, deren Sitzfläche in einem komplizierten Gestell aus Chromstahl ruhte.

»Ich werde mich nicht setzen, und ich werde auch keinen Tee mit Ihnen trinken!« erwiderte Hennessy. Seine Stimme duldete keinen Widerspruch. Er konnte nur schwer den Zorn daraus fernhalten, als er fortfuhr: »Mr. Robson, wir haben heute morgen am Hafen die Leiche einer jungen Thailänderin gefunden. Eine Miss Sudara Dehwat. Soweit wir wissen, hat sie längere Zeit in einem Ihrer Etablissements gearbeitet.«

»Oh, das ist aber traurig«, sagte Robson ernst. »Leider kannte ich die junge Dame nicht. War sie Kellnerin im ›Robson Palace Inn'?«

»Sie wissen ganz genau, was für Etablissements ich meine!« schnappte der Inspektor. »Miss Dehwat hat im ›Red Sexy‹ gearbeitet, einem Bordell am Hafen. Und Sie wissen das ganz genau, Mr. Robson! Sie tun zwar so, als hätten Sie nichts damit zu tun, aber ich kenne Ihre Verbindungen und Strohmänner ganz gut!«

Robson seufzte. »Wenn Sie so gut Bescheid wissen, Inspektor, dann können Sie mir bestimmt auch sagen, warum Sie mich mit diesem tragischen Todesfall belästigen. Ich habe die Frau nie gesehen, ich kenne ihren Namen nicht, und ich weiß auch nicht, auf welche Weise sie zu Tode gekommen ist.« Er warf Hennessy einen durchdringenden Blick zu. »Offen gesagt interessiert mich das auch nicht.«

»Die ganze Sache wurde so gedreht, daß es nach einem Unfall aussehen sollte«, erwiderte der Polizist. »Aber die Frau war schon tot, als sie ins Wasser geworfen wurde. Wir haben die Spuren von Fesseln an ihr gefunden.«

»In Bordellen sollen ja die wildesten Dinge passieren«, sagte Robson nachdenklich. »Ich weiß da nicht so genau Bescheid. Ich bedaure, daß ich Ihnen nicht helfen kann, Inspektor. Ich war seit gestern nachmittag hier im Haus. Ich kann Ihnen ein halbes Dutzend Zeugen nennen, die das bestätigen werden.«

Hennessy atmete tief durch. »Wir werden das überprüfen, Mr. Robson. Darauf können Sie sich verlassen!«

»Tun Sie, was Sie für richtig halten«, meinte Robson lächelnd. Er trat an die hervorragend bestückte Hausbar und nahm sich eine Flasche Scotch. »Möchten Sie auch einen Drink, Inspektor?«

Hennessy ignorierte das Angebot. »Sie hatten allen Grund, die Frau zu beseitigen«, knurrte der bullige Polizist. »Miss Dehwat hatte Verbindung zu mir aufgenommen. Sie hatte Informationen über einen Drogenring, den Sie angeblich leiten, Robson! Sie wollte im Austausch für das Bleiberecht und ein wenig Geld gegen Ihre Organisation aussagen. Aber das ist ja nun durch diesen ... Unfall verhindert worden!«

»Ich leite keine Organisationen oder – wie sagten Sie? –

Drogenringe.« Robson schüttelte mißbilligend den Kopf und ließ einen Eiswürfel in sein Glas Whisky fallen. »Sie hören nicht auf, mich zu belästigen, obwohl Sie es inzwischen besser wissen müßten, Inspektor!« Mit langsamen, geschmeidigen Schritten trat Robson näher, das Glas in der Hand. »Ich bin im Hafenviertel aufgewachsen, in einer hoffnungslosen, elenden Umgebung. Als ich dreizehn war, mußte ich für meine Mutter und meine drei kleinen Geschwister sorgen. Ich habe hart gearbeitet, und ich habe es zu etwas gebracht, Inspektor. Ich habe vielleicht keine höhere Schule besucht, aber ich bin durch eine eiserne Schule gegangen, die jeden Fehltritt sofort grausam bestraft!« Er hob das Glas zu einem angedeuteten Toast und trank einen langen Schluck. »Sie können mir keine Angst mehr einjagen, Inspektor. Geben Sie doch zu, daß es der nackte Neid ist, der Sie immer wieder hertreibt! Warum stellen Sie nicht den Abgeordneten nach, die sich im Hafenviertel zehnjährige Nüttchen kaufen? Oder den Bonzen, die Waffen und Plutonium in die Dritte Welt verschieben?« Robson musterte den Inspektor aus kalten Augen. »Aber das ist natürlich viel schwieriger, als zu versuchen, einen Emporkömmling aus den Slums zu ruinieren, nicht wahr?«

»Was Sie tun, Robson, ist genauso schlimm wie diese anderen Verbrechen«, erwiderte Hennessy. »Es wird Ihnen kein reines Gewissen verschaffen, wenn Sie sich einreden, daß es noch eine Million anderer Verbrecher auf der Welt gibt!« Hennessy marschierte mit schweren Schritten zur Tür, riß sie auf und drehte sich auf der Schwelle noch einmal um. »Ich weiß eines ganz genau, Mr. Robson. Eines Tages wird man Sie genauso finden wie dieses arme Thai-Mädchen. Tot und kalt in der Gosse! Und genau das haben Sie auch verdient!«

Die schwere Tür flog ins Schloß.

Robson stand am Fenster und starrte dem kräftigen

Mann nach, der über den hellen Kiesweg im Garten stapfte, so düster wie die blattlosen Eichen am Rande des Parks.

Tim Robson knallte sein Glas auf die Tischplatte, so fest, daß der Boden abplatzte. »Verdammter Bastard!« knurrte er, ein wildes, böses Geräusch aus der Tiefe seiner Seele.

Er wandte sich ab und brauchte einige Zeit, um sich wieder zu beruhigen. Dann trat er entschlossen an das Telefon auf der Bar und tippte eine lange Nummer ein.

Es dauerte fast eine Minute, bis jemand abhob. Eine ausdruckslose Männerstimme sagte: »Hallo.«

»Hier ist Timothy Robson. Ein unbedeutendes Clubmitglied.«

»Unbedeutend sind wir alle«, erwiderte die ruhige Stimme.

»Wir müssen eine neue Clubversammlung einberufen«, sagte Tim Robson hart. »Es geht um den erwähnten Freund, der kein Mitglied ist. Es sieht so aus, als wollte er seinen eigenen Verein gründen. Er hat Gesellschaft durch zwei andere bekommen – und die arbeiten für A.I.M. Ich habe recherchiert, was es damit auf sich hat, und ich denke, die Mitglieder würden sich freuen, etwas darüber zu hören.«

»Eine Clubversammlung ist eine große Angelegenheit«, sagte die Männerstimme, und diesmal glaubte Robson, ein leises Zittern herauszuhören. Besorgnis – oder Erwartung?

»Was ich zu erzählen habe, ist höchst interessant«, sagte Robson. Er zügelte nur mühsam seine Ausdrucksweise. Flüche waren in diesem Club nicht angebracht, und erst recht nicht, die Beherrschung zu verlieren. »Sorgen Sie dafür, daß der Club heute nacht zusammentritt. Am gewohnten Ort zur gewohnten Zeit.«

Stille.

Robson trommelte nervös mit den Fingerspitzen auf der Bar herum, bis endlich die Antwort kam: »Das geht in Ordnung, Sir. Wir werden einen angenehmen Abend haben, hoffe ich.« Das Zittern in der Stimme war stärker geworden, aber Robson war das verdammt egal. »Darauf würde ich nicht wetten«, knurrte er. »Auf Wiederhören!« Er knallte den Hörer auf die Gabel.

Er fragte sich, ob Hennessy ihn beschatten lassen würde. Diese Telefonleitung war sicher vor Wanzen, aber der Inspektor hatte ja noch andere Möglichkeiten. Der Kerl war wirklich sauer auf ihn – und das nur wegen dieser lächerlichen Sache mit der Thai-Mieze.

Dabei standen viel höhere Interessen auf dem Spiel.

Wirklich große Dinge!

Robson spürte, daß er der Versammlung heute nacht geradezu entgegenfieberte.

»Und diese Suche nach einer Legende ist Ihrem Earl of Oake Dùn soviel wert?« Summerfields Stimme war ziemlich skeptisch. »Zwei Mitarbeiter zu bezahlen, die unter Umständen jahrelang beschäftigt sind – das erfordert schon eine Menge Idealismus, ganz zu schweigen von dem nötigen Vermögen!«

Sie saßen an einem alten, roh behauenen Tisch unmittelbar neben der winzigen Küche. Durch das kleine Fenster hatte man einen weiten Blick über das Hochmoor. Nebelschwaden sammelten sich dicht über dem Boden. Bald würde es dunkel werden.

In einer Ecke des großen Wohnzimmers waren die eher spartanisch wirkenden Eßzimmermöbel aufgebaut, nahe bei einem riesigen offenen Kamin. Der Rest des Raumes war vollgestellt mit gewaltigen Bücherregalen und Gegenständen, die Pierre und Gudrun recht bizarr anmuteten.

Neben aufgehängten alten Bärenfallen und landwirtschaftlichen Werkzeugen waren halbzerfallene ausgestopfte Tiere zu bewundern, rostige Teile alter Rüstungen, verstaubte Vasen und Teekessel. Der Eingang wurde überschattet von einem Ding, das aussah wie ein bandagierter Giraffenhals samt Kopf. Gudrun hatte es vorgezogen, dieses alte Stück nicht näher zu begutachten.

»Beachten Sie das Zeug nicht weiter«, hatte Summerfield gesagt, als ihm die verwunderten Blicke seiner Besucher aufgefallen waren. »Ich habe das Haus von den Erben des früheren Besitzers gemietet. Das war ein alter Sonderling, und weil ich schnell einziehen wollte, sagte ich ihnen, sie sollten alles so lassen, wie es war. Ich finde, das Ganze hat seinen eigenen Zauber!«

Gudrun betrachtete die großen Bücherregale und fragte sich, wieviel davon zu Summerfields Arbeit gehörte. Pierre unterhielt sich inzwischen mit dem jungen Historiker über A.I.M., Sir Ian Sutherland und die Hoffnung, daß es nicht jahrelang dauern würde, bis greifbare Ergebnisse bei der Suche nach dem Gral erzielt werden würden.

Summerfield seufzte. Es war kühl in dem großen Raum, weil der Kamin schon vor einiger Zeit erloschen war, doch ihn schien das nicht zu stören. »Nun, ich muß Sie leider warnen«, sagte er zu Pierre Leroy. »Ich arbeite nun schon länger als fünf Jahre auf diesem speziellen Gebiet. Ich werde bald meine Doktorarbeit darüber vorlegen. Aber ich kann Ihnen keine Hoffnung machen, daß Sie ein reales Objekt finden werden, das man absolut beweiskräftig als ›Heiligen Gral‹ bezeichnen könnte!« Pierre nickte, aber er glaubte dem Mann nicht. Summerfield war immer noch nervös, und er schien die Angelegenheit schnell abhandeln zu wollen. Wahrscheinlich in der Hoffnung, daß sie enttäuscht abziehen und sich nie wieder bei ihm blicken lassen würden.

»Unwiderlegbare Beweise sind in den meisten Wissenschaften kaum zu erbringen«, erwiderte Gudrun gelassen, als befände sie sich in einem erkenntnistheoretischen Seminar. »Die Forschung ist ein ständiger Prozeß wiederholter Hypothesenbildung und anschließender Validierung.« Sie lächelte freundlich in Summerfields verschlossenes Gesicht. »Nein, uns kommt es nicht in erster Linie auf Beweise an! Wir wollen lediglich die Spur eines Artefakts finden, von dem man einigermaßen plausibel annehmen kann, daß es sich um den Gral handelt – oder auch die Schale von Bran dem Gesegneten, wenn man so will. Vielleicht kommt Ihnen das sehr spekulativ vor, aber wir sind leider gezwungen, auf schnelle Ergebnisse hinzuarbeiten.« Sie verschwieg, daß sie die Hoffnung hatten, eine atlantische Hinterlassenschaft relativ schnell als solche identifizieren zu können. Doch dazu mußten sie das Objekt erst einmal haben!

»Sie befinden sich da auf gefährlichem Gebiet«, erwiderte Summerfield zögernd. »Es gibt Leute, denen nicht paßt, daß in dieser Richtung geforscht wird. Und ich fürchte, diese Leute sind nicht sehr zimperlich, Miss Heber.«

»Sie haben einen Kerl erwähnt, der sich Jones nennt«, meinte Pierre. »Sind Sie bedroht worden?«

»So kann man es bezeichnen«, sagte der junge Wissenschaftler grimmig. Er spähte zum Fenster hinaus, den schlammigen Weg entlang, der sich im Nebel und im winterlichen Hochmoor verlor. »Jetzt sind sie nicht zu sehen, aber ich wette, die Kerle lauern irgendwo da draußen. Sie sind öfters ganz offen gekommen, haben sich an den Weg gestellt und das Haus mit Ferngläsern beobachtet. Manchmal einer, manchmal zwei. Ich wette, die wissen schon, daß Sie hier sind!«

»Vielleicht waren diese Leute nur Wanderer oder Jäger ...«, setzte Pierre an, doch Summerfield unterbrach ihn heftig: »Unsinn! Ich bin dauernd angerufen worden! Erst war dieser Jones ziemlich freundlich, doch dann wurde er immer bösartiger. Er hat mir Geld angeboten, wenn ich mit meinen Forschungen aufhören würde, und später hat er ganz offen angedeutet, daß mir hier draußen einiges passieren könnte. Zweimal haben mir irgendwelche Dreckskerle tote Katzen vor die Tür gehängt. Sie hatten den armen Viechern die Kehle durchgeschnitten! Wenn das keine Bedrohung ist, Mr. Leroy ...« Er deutete zum Fenster. »Immer wieder fahren sie da draußen herum, beobachten mich. Sie wechseln die Fahrzeuge, und ich nehme an, daß es nicht immer dieselben Kerle sind! Am schlimmsten war es vor kurzem, als ich die wichtigste Spur ...« David Summerfield unterbrach sich und fuhr etwas ruhiger fort: »Sie haben einmal versucht, mich nachts von der Straße abzudrängen. Nicht besonders ernsthaft – nur eine weitere kleine Warnung!« Der schmächtige, dunkelhaarige Mann sah äußerst verbittert aus. »Das war der Moment, als ich mir die Flinte besorgt habe. Ich kann nicht gut schießen, deswegen habe ich eine Schrotflinte genommen.«

»Warum geben Sie die Forschungen nicht einfach auf? Ich dachte, Sie hätten gesagt, daß das Ganze ohnehin nicht ergiebig ist!« Pierre beobachtete sein Gegenüber genau, nachdem er die Frage gestellt hatte.

»Ich lasse mich nicht von irgendeiner Sekte oder einem Geheimbund einschüchtern!« fauchte Summerfield. »Was auch immer die Ergebnisse meiner Doktorarbeit sein werden – ich werde sie beenden! Und zwar zu einem Zeitpunkt, den ich bestimme!«

Gudrun zog ihre Jacke enger um ihre Schultern und betrachtete intensiv die narbige Tischplatte vor sich. Eine Weile war es sehr still in dem kühlen, halbdunklen Haus im Moor.

Schließlich sagte Gudrun ernst: »Lassen Sie uns doch

die Karten auf den Tisch legen, Mr. Summerfield. Wir wissen doch alle, daß Sie bahnbrechende Erkenntnisse gewonnen haben. Wenn es anders wäre, hätte es niemand nötig, Sie zu bedrohen. Wir selbst sind auch schon bedroht, verfolgt und mit allen möglichen Waffen bekämpft worden, weil man eine Gefahr in uns sah! Und wenn ich von Waffen rede, meine ich damit keine akademischen Kampfreden!« Sie fixierte den Blick ihrer klaren grünen Augen auf Summerfields blasse, unsichere Miene. »Ich kann verstehen, daß Sie das Ergebnis Ihrer mühseligen Arbeit nicht verschenken wollen. Sie fürchten, Mr. Leroy und ich würden den Ruhm ernten, und Sie würden als ein kleiner Hilfswissenschaftler dastehen. Diese Angst kann ich Ihnen nicht nehmen – ich kann Ihnen nur hoch und heilig versprechen, daß weder Mr. Leroy noch ich irgendwelche Vorteile aus Ihren Forschungsergebnissen schlagen wollen. Wir wollen nichts weiter, als das Ding zu finden, das man einmal den ›Heiligen Gral‹ genannt hat. Wir werden es uns anschauen und vielleicht eine kurze Untersuchung durchführen – und dann können Sie damit machen, was Sie wollen! Ich bin selbst Wissenschaftlerin, und mir ist klar, was Sie mit einer solchen Entdeckung erreichen können. Sie wären mit einem Schlag einer der berühmtesten Forscher der Welt. Wir wollen Ihnen das nicht nehmen, Mr. Summerfield! Sie haben es sich redlich verdient! Aber wir müssen einfach einen Blick auf den Gral werfen. Es steht mehr auf dem Spiel, als Sie sich vorstellen können. Entdeckungen, die das Wohl der ganzen Menschheit betreffen!«

»Das Wohl der Menschheit steht doch schon lange auf dem Spiel, und ich fürchte, es wird sich nichts zum Besseren ändern«, knurrte Summerfield ärgerlich. Dennoch schien ihn Gudruns Ansprache beeindruckt zu haben. Zum ersten Mal sah er die junge Frau offen an. »Ich muß darüber nachdenken, was Sie gesagt haben. Geben Sie mir etwas Zeit. Sie können sich bestimmt vorstellen, daß meine Lage nicht einfach ist!«

»Sie haben etwas von einem Geheimbund erwähnt«, sagte Pierre Leroy ruhig. »Solche Leute sind gefährlich. – A.I.M. könnte Ihnen helfen. Arbeiten Sie mit uns zusammen, Mr. Summerfield! Wir haben Verbindungen bis in die United Nations. Und keiner von uns arbeitet bei A.I.M., weil er scharf auf eine akademische Karriere ist! Ich kann Mademoiselle Heber nur beipflichten: Wir werden Ihnen Ihre Ergebnisse nicht stehlen, Sir!«

Summerfield stand langsam auf. In seinem Gesicht arbeitete es.

»Ich werde uns einen heißen Tee machen«, murmelte er. »Ich schlage vor, Sie bleiben die Nacht über hier. Es ist weit bis zum nächsten Hotel. Wir können über die Sache reden. Und vielleicht fangen wir damit an, was *Sie* bislang herausgefunden haben!« Er lächelte plötzlich jungenhaft. »Wer weiß, vielleicht sind Dinge dabei, die *ich* noch nicht weiß!«

Leroy und Gudrun wechselten einen schnellen Blick, als Summerfield in der Küche mit dem Wasserkessel zu hantieren begann. Es dämmerte schon, und ihnen war nicht entgangen, wie der junge Mann immer wieder aufs Hochmoor hinausgeblickt hatte.

Er schien auf einmal recht froh zu sein, Gesellschaft für die Nacht zu haben. Gudrun dachte an die Flinte, die jetzt in der Ecke neben der Tür stand. Summerfield war furchtsam genug gewesen, sie damit zu bedrohen. Wer auch immer da draußen im Moor herumschlich, er mußte Summerfield gehörige Angst eingejagt haben. Vermutlich waren diese Leute noch zu ganz anderen Dingen fähig!

Als die Dämmerung über das einsame Hochmoor kroch, verstand Gudrun sehr gut, wie sich Summerfield fühlte.

Eine halbe Stunde, nachdem der Wagen vom Fernsehservice gekommen war, verließ Tim Robson seine Villa.

Eine große Gestalt im dunklen Mantel, den Kragen hochgeschlagen und den Kopf gesenkt, eilte zur Auffahrt, wo ein schwarzer Mercedes wartete. Ein breitschultriger Begleiter hielt einen riesigen Schirm dicht über den Kopf des vordersten Mannes, schirmte ihn gegen Regen und Sicht einigermaßen ab.

Der schwarze Mercedes fuhr an, daß der Kies unter den Reifen wegspritzte, und preschte auf das Tor zu, dessen Flügel sich wie durch Geisterhand öffneten. Der Wagen hatte kaum fünfzig Meter auf der Straße zurückgelegt, als ein unauffälliger Kleinwagen aus einer Parklücke fuhr und dem Mercedes folgte.

Die beiden Fahrzeuge verschwanden hinter einer Biegung der großzügigen Allee, die sich durch das Villenviertel zog.

Zwei Minuten später lief der Mann vom Fernsehservice aus dem Haus, den Werkzeugkasten in einer Hand, die Schirmmütze gegen den kalten Regen ins Gesicht gezogen. Er setzte sich hastig hinter das Steuer seines japanischen Lieferwagens und schlug die Tür zu, um der Wasserflut zu entgehen, die aus dem abendlichen Himmel stürzte.

Niemand folgte Tim Robson, als er den Lieferwagen aus dem Grundstück heraussteuerte. Er pfiff fröhlich vor sich hin, während das Fahrzeug an der hohen Mauer entlangpreschte, die das parkähnliche Gelände umgab. Die Polizei hatte nicht genug Leute, um jeden zu observieren, der seine Villa verließ. Das war ihr Pech – denn diesmal waren sie dem Falschen gefolgt!

Robson war sicher, daß sich die Aufregung der Polizisten bald legen würde. Sobald das nächste größere Verbrechen in der Stadt geschah, würden sie die Beschattungsaktion und ihre Ermittlungen abschließen. Aber bis dahin gab es gewisse Orte, zu denen sie ihm auf keinen Fall folgen sollten. Einer davon war der Club.

Robson passierte den Punkt an der Straße, wo einer seiner Leute in einem alten Lastwagen wartete, um eventuelle Verfolger in einen harmlosen kleinen Unfall zu verwickeln. Doch Robson war sich inzwischen sicher, daß er keine Spitzel im Genick hatte.

Er fuhr den Lieferwagen mit der Aufschrift der TV-Firma bis in die Außenbezirke von Liverpool. In einem stillen Parkhaus, das ständig halb leer war, suchte er sich im Halbdunkel jenen schlecht einsehbaren Parkplatz, den er schon früher für bestimmte Geschäfte genutzt hatte.

Robson ging um den Lieferwagen herum, öffnete die Heckklappe und verschwand im Inneren. Einige Minuten später kam er heraus, in einen unauffälligen Trenchcoat gekleidet, mit einem Schirm über dem Arm. Die silberne Jaguar-Limousine parkte einige Meter weiter, und Robson stieg ein. Greg ließ den schweren Wagen anfahren, während sein Boß es sich auf dem Rücksitz bequem machte.

»Billy und Jack haben sich über Funk gemeldet«, verkündete Greg mit seiner tiefen Stimme. »Keine Bullen, Sir!«

»Genau das, was ich auch beobachtet habe«, erklärte Robson gleichmütig. Die schwarzen Vorhänge im Fond waren zugezogen, wie immer, wenn Timothy Robson nicht erkannt werden wollte. Er hatte beizeiten dafür gesorgt, daß niemand den Jaguar mit ihm in Verbindung bringen konnte. Und er würde erfahren, wenn die Polizei auf das Fahrzeug aufmerksam wurde. Dann brauchte er nichts weiter zu tun, als es nie wieder zu benutzen – oder es für Ablenkungsmanöver einzusetzen.

Robson brauchte nicht nach draußen zu schauen, um zu wissen, welchen Weg Greg einschlug. Die Fahrt würde lange dauern. Er hatte also Zeit, sich Gedanken zu machen, wie er am besten vorgehen würde. Es gab nur eine Handvoll Männer, die im Club das Sagen hatten. Die anderen waren im Grunde nichts weiter als Hilfskräfte – verläßliche Leute, die taten, was man ihnen sagte. Als Gegenleistung durften sie ab und zu an einer der Versammlungen teilnehmen. Für Leute, die nicht wie Robson zum Inneren Kreis gehörten, war das eine Menge.

Tim Robson war sich sicher, daß die meisten bereit waren, für solch ein Privileg sogar ihr Leben aufs Spiel zu setzen. Aber er hatte nicht vor, jemanden aus dem Äußeren Kreis für seine Zwecke einzusetzen. Die meisten waren ganz normale, meist besser gestellte Bürger. Zuverlässig und treu gegenüber dem Club, aber ungeeignet für die Dinge, die Robsons tägliches Geschäft darstellten.

Mit dem Inneren Kreis verhielt es sich ähnlich. Diese Leute waren sehr mächtig, aber sie konnten kein Blut sehen. In den früheren Zeiten des Clubs war das einmal anders gewesen. Damals hatte man alles getan, um die Geheimnisse des Clubs und der Versammlungen zu wahren. Aber heutzutage hatten sogar mächtige und steinreiche Leute Angst – Angst vor politischen Verwicklungen, vor der Presse, vor der Polizei und den Steuerbehörden …

Robson lachte leise vor sich hin.

Diese Leute konnten verdammt froh sein, daß sie jemanden wie ihn in ihren Kreis aufgenommen hatten! Jemanden, der noch zu handeln verstand.

Er konnte sich noch gut an die Vorbehalte und die schrecklichen Diskussionen erinnern, als er das erste Mal zu einer Versammlung eingeladen worden war. Er hatte Sir Franklin Neville aus der Patsche geholfen, als dieser bei einem etwas zu ausgelassenen Spielabend um einige Millionen Pfund betrogen worden war. Robson hatte erfolgreich vermitteln können, was ihm Sir Franklins

Wertschätzung eingebracht hatte. Ihre Verbindung hatte im Laufe der Jahre beiden Männern einige geschäftliche Vorteile eingebracht, und eines Abend hatte Sir Franklin es für angebracht gehalten, ihn zu einer Versammlung mitzunehmen.

Welch ein Aufruhr!

Alle waren sehr höflich geblieben, aber Robson war sofort klar, worauf die Sache hinauslief. Man hatte einen exklusiven Zirkel gegründet, in den man höchst selten neue Mitglieder einführte – doch es war völlig unpassend, einen simplen Barbesitzer mitzubringen! Egal, wie reich er sein mochte – er war schließlich am Hafen aufgewachsen, und außerdem hatte er einen entsetzlichen Ruf!

Doch Sir Franklin Neville hatte ihn mitgebracht, er hatte das Haus und die exklusiven Gesichter gesehen ... und Timothy Robson war ein Mann, der extremen Schaden anrichten konnte, wenn er etwas von dem durchsickern ließ, was er über die Clubmitglieder wußte. Er hatte genug Quellen in der Sensationspresse, die sich über einen kleinen Hinweis von Robson, dem Bordellkönig, ein Loch in den Bauch gefreut hätten. Damals war er dreist genug gewesen, etwas in der Richtung anzudeuten. Immerhin war der eine oder andere Mann aus dem Zirkel schon zu Gast bei ihm gewesen. Es gehörte zu Robsons Erfolgsgeheimnis, sich die ›exklusiveren‹ Gäste sehr genau zu merken – denn die hatten noch etwas zu verlieren.

Damals war er noch bereit gewesen, den Zirkel zu erpressen, doch inzwischen wußte er, daß es wichtigere Dinge als Geld gab. Er hatte es an jenem Abend erfahren, als die Versammlung dem Ende entgegenging ... er hatte den Schatz gesehen, und er hatte sogar daraus getrunken.

Seither gehörte er zum Club. Mit ganzer Seele!

Heute nachmittag hatte er noch über den Mann gegrinst, der mit zitternder Erwartung auf die nächste

Versammlung gehofft hatte. Doch nun ging es ihm ganz ähnlich. Seit jenem Abend war etwas in seinem Blut, das ihm keine Ruhe mehr ließ. Er hatte nie wieder mit dem Gedanken gespielt, ein Clubmitglied zu erpressen oder zu betrügen. Er gehörte dazu, das allein war wichtig!

Er durfte zu den Versammlungen kommen, öfters als die meisten, denn das war ein Privileg des Inneren Kreises. Ein ungeheures Privileg, das nur die richtig einschätzen konnten, die es genossen hatten!

Tim Robson atmete tief durch, und das leichte Vibrieren in seinen Händen und Knien ließ wieder nach. Es war beinahe, als fühlte sein Körper die Nähe des Clubs, und dessen, was durch den Club bewahrt wurde.

Die Unruhe in ihm stieg, und er konnte sich nicht zurückhalten, einen der Vorhänge vom Fenster wegzuschieben. Kalter Nieselregen rann über die Scheibe vor seinem Gesicht, und die gespenstischen Schatten kahler Bäume huschten am Straßenrand vorbei. Kein Licht war weit und breit zu sehen, außer den hellen Scheinwerfern des Jaguars. Leise und kraftvoll raste das Luxusfahrzeug ins finstere Herz der Nacht hinein ...

Robson zog den Vorhang wieder zu.

Er dachte an die Diskussionen, die vor ihm lagen. Niemand traute sich, wirklich etwas gegen diesen Summerfield zu unternehmen. Er war ein Wissenschaftler – vielleicht lag es daran. Auf jeden Fall war er ein Kerl, der dabei war, ihnen Ärger zu machen. Und alle schreckten davor zurück, die richtigen Maßnahmen zu ergreifen!

Doch nun würden sie sich nicht länger dagegen sperren können! Summerfield hatte Verstärkung bekommen – und zu dritt würden sie nicht lange brauchen, um herauszubekommen, welches Geheimnis der Club bewahrte. Robson hatte sich eingehend über A.I.M. erkundigt. Diese Leute durfte man nicht unterschätzen!

Tim Robson blätterte in den Unterlagen, die er mitgebracht hatte. Er wollte alles beweisen können, was er sagte. Der Club mußte begreifen, daß der allerletzte Moment zum Handeln gekommen war. Er würde ihnen die ganze Arbeit abnehmen, mit seinen eigenen Leuten und seinen eigenen Verbindungen. Vielleicht würden diese überheblichen Leute dann endlich froh sein, einen wie ihn in ihre Reihen aufgenommen zu haben!

Er wurde aus seinen Gedanken gerissen, als der Jaguar schwungvoll durch eine enge Kurve fuhr. Sekunden später stoppte der Wagen abrupt.

»Wir sind da, Sir«, sagte Greg. »Ja«, murmelte Tim Robson. Er zögerte einen Moment, dann nahm er die kleine Aktenmappe unter den Arm, griff nach dem Schirm und stieß die Seitentür der Limousine auf.

Er ging mit langen Schritten in die Dunkelheit hinein.

Es war nicht gut, die Versammlung warten zu lassen.

»Ich glaube, heute nacht ist jemand ums Haus geschlichen«, sagte Gudrun beim Frühstück. David Summerfield starrte sie entsetzt über den Tisch hinweg an. »Sind Sie sicher?«

Pierre Leroy war froh, einen Grund zu haben, sich von dem salzigen Porridge abzuwenden, das ihnen Summerfield heute morgen kredenzt hatte. Leroys verwöhnter Gaumen hatte eindringlich signalisiert, daß es sich bei diesem Gericht um einen hervorstechenden Beweis für das Vorurteil handelte, daß die englische Küche im großen und ganzen ungenießbar sei.

»Wann war das denn?« fragte Pierre.

»Irgendwann in der Morgendämmerung«, entgegnete die Anthropologin. Sie hatte Pierre die Couch in der gruseligen Halle überlassen und sich in ein unbequemes Gästebett gequetscht, das Summerfield in einem der oberen Räume aufgebaut hatte. »Das Fenster war einen Spalt offen, deswegen habe ich Schritte gehört. Ich habe in den Hof runtergeguckt, und da war jemand. Ich konnte ihn gerade noch um die Hausecke verschwinden sehen, aber später war ich mir nicht sicher, ob ich mir das nur eingebildet hatte. Eine Weile habe ich noch gelauscht, aber es blieb dann still.«

»Was wollte der wohl anstellen?« murmelte Pierre. Er probierte mit äußerster Vorsicht den Kaffee.

»Vielleicht hier unten durch die Fenster schauen. Oder einen Weg finden, wie man am besten ins Haus kommen kann.« Gudrun sah Summerfield an. »Sie meinten doch, man wollte Sie in Ihren Forschungen behindern. Was wäre da einfacher, als Ihre Unterlagen zu stehlen?«

»Hier kommt man nicht so leicht herein«, sagte der Historiker. »Ich habe einige Sicherheitsmaßnahmen getroffen, als die Anrufe anfingen. Sie wissen schon, diese Angebote und Drohungen.«

»Sie sind bereit, für Ihre Forschungen eine Menge auf sich zu nehmen, David«, sagte Pierre Leroy.

Summerfield starrte ihn an, als verstünde er nicht, was der Franzose meinte. »Natürlich. Ich bin ein ernsthafter Wissenschaftler, und meine Forschungen sind mein Leben! Ich habe Jahre harter Arbeit in diese Sache investiert, und ich werde nicht einfach aufgeben!«

Pierre spielte mit dem Kaffeelöffel. Schließlich fragte er: »Sind Sie sich im klaren darüber, daß Sie vielleicht Ihr Leben aufs Spiel setzen?«

»Ich kann auf mich aufpassen«, erwiderte Summerfield. »So ernst wird es schon nicht werden.«

»Sie sind einer brisanten Sache auf der Spur. Was wäre denn, wenn Sie einfach ... verschwinden?«

»Wie meinen Sie das – verschwinden?« knurrte der junge Wissenschaftler ärgerlich.

»Ich habe den Eindruck, Sie unterschätzen den Ernst Ihrer Lage!« sagte Pierre Leroy eindringlich. »Sie sind einem Gegenstand auf der Spur, der ungeheure Macht besitzen kann! Ein Gegenstand, für den Menschen vielleicht noch ganz andere Dinge tun würden, als jemanden umzubringen! Man hat Sie bedroht und beobachtet, und heute nacht ist jemand ums Haus geschlichen! Woher wollen Sie wissen, daß Sie nicht demnächst entführt werden oder einen ›bedauerlichen‹ Unfall haben?«

Summerfields Augen hinter den Brillengläsern waren undurchdringlich. Er betrachtete Pierre wie ein interessantes neues Forschungsobjekt.

Schließlich schob er seinen Porridge-Teller beiseite und lehnte sich zurück.

»Also gut«, murmelte er. »Was wollen Sie?«

»Wir haben erfahren, daß Sie bestimmte Aufzeichnungen besitzen. Tagebücher eines Abtes, die erst kürzlich bei Ausgrabungen gefunden wurden und die nun von der Kirche unter Verschluß gehalten werden. Sie haben Abschriften dieser Dokumente, Mr. Summerfield.« Gudrun bemühte sich, so ruhig und sachlich wie möglich zu sprechen. Sie hatte die Befürchtung, daß Summerfield ihnen jeden Augenblick die Tür weisen würde. Der Mann war geradezu fanatisch darauf bedacht, sein Wissen für seine eigene Karriere zu benutzen. »Wäre es möglich, daß Sie uns diese Aufzeichnungen zeigen? Wir werden nichts davon an die Öffentlichkeit bringen! Das wird allein Ihnen vorbehalten bleiben.«

»Das allein wird Ihnen nichts nützen«, brummte Summerfield. »Ich bin schon seit Jahren auf dieser Spur, und Sie würden lange Zeit brauchen, dahin zu kommen, wo ich jetzt bin ... kurz vor dem Ziel!« Seine Stimme war heiser vor Erregung, und er starrte wild in Gudruns ruhige grüne Augen. »Ich werde diesen Kelch bald haben, Miss Heber! Ich werde ihn in der Hand halten, und ich werde dazu eine lückenlose Dokumentation seiner Herkunft liefern! Ich bin nur noch ein kleines Stück davon entfernt. Können Sie sich vorstellen, was das für eine Sensation sein wird . . .?«

»Ich habe den Eindruck, Sie wissen ganz gut, wer Sie eigentlich bedroht«, wandte Pierre ein. »Warum wollen Sie uns nichts darüber erzählen?«

»Ich habe keine Beweise, nur eine Ahnung«, erwiderte der Historiker. »Da gibt es einen Verein . . . oder Club, der schon lange Zeit existiert. Wenn wir Kontakt zu einem der Mitglieder bekommen könnten, dann hätten wir den entscheidenden Hinweis auf den Verbleib des Grals!«

Gudruns Herz schlug schneller.

Sie wechselte einen raschen Blick mit Pierre, der ebenfalls verblüfft schien. Summerfield stand auf, als wollte er eine Vorlesung halten. In seinem sanften Gesicht war der Triumph zu lesen, den er empfand. Der Triumph, endlich über den grandiosen Erfolg seiner Arbeit berichten zu können.

»Sie haben diesen Abt erwähnt, und seine Tagebücher. Das war die richtige Spur, Miss Heber. Er hat ausführlich über das magische Objekt berichtet, das sich lange Zeit im Kloster befand. Es hatte beileibe nicht die heilsame Wirkung, welche die mittelalterliche Christenheit dem Gral zugeschrieben hat. Es gab beträchtliche Unruhe, sogar Kämpfe darum, wer den Gral hüten und wer in seiner Nähe sein durfte. Die Leute führten sich auf wie Verrückte, wenn man den Eintragungen glauben darf, die damals gemacht wurden.« Summerfield seufzte. »Nun, ich will es kurz machen. Während der Reformationszeit fiel das Objekt in die Hände eines kriegerischen Adligen, der sich selbst zu seinem Hüter und Beschützer erhob. Die Aufzeichnungen darüber sind äußerst rar und lückenhaft. Es scheint aber so, daß sich im Laufe der Zeit ein regelrechter Geheimkult gebildet hat. Sicher ist nur, daß sich der Gral im letzten Jahrhundert nicht mehr im Besitz der Adelsfamilie befand, die ihn ursprünglich aus dem Kloster entfernt hatte. Ich habe in dieser Richtung sehr lange und gründlich nachgeforscht.«

»Könnte es sein, daß diese Familie. .?« begann Pierre, aber Summerfield unterbrach ihn sofort.

»Nein, das ist ausgeschlossen. Die Leute hätten keinen Grund dazu – sie haben den Gral schon im letzten Jahrhundert verloren! Offenbar an einen Geheimbund, der sich sehr simpel ›Der Club‹ nennt. Ein Familienmitglied scheint der Gründer des Clubs gewesen zu sein – und der Dieb des Heiligen Grals. Allem Anschein nach waren die Mitglieder des Clubs mächtig genug, alles öffentliche Aufsehen zu unterdrücken. Der Gral hatte den Besitzer gewechselt, und darüber durfte nicht mehr weiter geredet werden.«

»Und dieser Club ist es auch, der Sie jetzt bedroht?«

»Ich fürchte, ja.« Summerfield fuhr mit Bitterkeit in der Stimme fort: »In den letzten Wochen habe ich auch zunehmende Schwierigkeiten, an bestimmte Quellen zu kommen. Auf einmal sind manche Archive mit kostbaren alten Schriften für mich verschlossen, in denen ich vor ein paar Monaten noch ungestört herumstöbern durfte. Ich fürchte, da haben einige sehr einflußreiche Leute ihre Verbindungen spielen lassen. Wenn ich irgendwelche dunklen Punkte in meiner Vergangenheit hätte, säße ich wahrscheinlich längst im Gefängnis!«

»Sie haben keine Ahnung, wer sich heute in diesem Club befindet?« fragte Gudrun.

»Das ist ja mein Problem!« rief Summerfield aufgebracht, und einen Augenblick lang hatte Gudrun Heber das Gefühl, er spielte ihnen etwas vor. »Ich hätte doch längst zur Polizei gehen können, nach all den Dingen, die hier abgelaufen sind. Aber ich habe nichts weiter als ein halb abgeschlossenes Forschungsprojekt, dessen Hypothesen teilweise sehr spekulativ wirken. Ich habe niemanden, den ich beschuldigen kann. Ich habe noch keine wirklichen Beweise für die Existenz eines Objekts namens *Gral*! Jeder Polizist, dem ich meine Geschichte erzählte, würde mich für übergeschnappt halten. Für einen Paranoiker, der bei seinen Forschungen in der Einsamkeit ein bißchen seltsam geworden ist ...«

»Vielleicht stoßen wir ja auf einen Namen, wenn wir Ihre bisherigen Ergebnisse noch einmal gründlich durchgehen«, schlug Gudrun vor. »Drei Leute sehen mehr als ein einziger.«

»Es kann Wochen dauern, all meine Quellen und Schlußfolgerungen noch einmal zu überarbeiten«, brummte Summerfield. »Außerdem bin ich ein gut ausgebildeter Historiker! Sie können sicher sein, daß ich keine fehlerhaften Analysen in meiner Arbeit habe – zumindest nicht in den wirklich wichtigen Themenbereichen.«

Pierre seufzte leise und konnte gerade noch eine spitze Bemerkung zurückhalten. »Also, was schlagen Sie statt dessen vor?«

»Ich müßte noch einmal in die walisische Nationalbibliothek nach Aberystwyth«, sagte Summerfield. Er stand auf und begann, die leeren Teller abzuräumen. »Andererseits habe ich einen Stapel Fotokopien von alten Dokumenten, die ich auch noch durcharbeiten muß.« Er stellte das Geschirr in der Küche ab und ließ Wasser in das Spülbecken laufen. »Sie könnten mir vielleicht die Nationalbibliothek abnehmen. Gehe ich recht in der Annahme, daß Sie dort noch nicht nachgeforscht haben?«

»Wir sind erst seit wenigen Tagen an dieser Sache dran«, meinte Pierre. »Halten Sie es für klug, wenn wir Sie hier alleine lassen?«

Summerfield lachte leise. »Ich werde die Flinte laden und neben meinen Schreibtisch stellen!« verkündete er, während er nach Spülmittel suchte. »Ehrlich gesagt hatte ich ein wenig Angst, über die einsamen Straßen zur

Küste zu fahren. Ich bin froh, wenn ich in meinem sicheren Haus bleiben kann, nach allem, was bisher passiert ist! Schauen Sie sich die Bibliothek an, suchen Sie sich heraus, was Sie gebrauchen können! Und wenn Sie etwas Zeit haben, könnten Sie für mich herausfinden, was in den Annalen des Klosters Strata Florida über die Zeit zwischen 1820 und 1840 verzeichnet ist. Es könnte sein, daß ein Vorfahr der heutigen Clubmitglieder ein ehemaliger Mönch war – und wenn seine Familie bis heute in die Sache verstrickt sein sollte, hätten wir einen guten Hinweis!«

Gudrun nickte. Sie hatte ihren Notizblock gezückt und schrieb sich Namen und Zeitraum auf. Inzwischen hatte sich Pierre Leroy widerwillig ein Küchentuch gegriffen und begonnen, Summerfields Geschirr abzutrocknen. »Vielleicht sollte einer von uns zur Sicherheit hierbleiben«, meinte er.

Summerfield zuckte mit den Schultern. »Wenn Sie unbedingt wollen. Aber eigentlich bin ich es gewohnt, allein zu arbeiten. Außerdem dauert es für eine einzelne Person viel zu lange, die wesentlichen Informationen in einer so bedeutenden Sammlung wie der walisischen Nationalbibliothek ausfindig zu machen!« Er grinste Pierre beinahe fröhlich an. »Seien Sie unbesorgt, Mr. Leroy! Ich werde schon überleben, bis Sie beide wieder zurückkommen! Vielleicht habe ich dann sogar einen Namen herausgefunden, der uns zum Club leitet!«

»Hoffen wir's«, sagte Pierre. Wenn er an das Porridge dachte, war die Aussicht, eine Weile hier Gast sein zu müssen, nicht mehr so angenehm. »Denken Sie daran«, meinte Summerfield, bevor sie beide gingen, um ihre Sachen zu holen. »Das Kloster Strata Florida, im Teifi-Tal. Die Einheimischen nennen es Ystrad Fflur!«

»Keine Angst, wir sind nicht zum ersten Mal in einer Bibliothek«, sagte Pierre. »Und denken *Sie* daran, alle

Türen und Fenster gut zu verschließen, bevor Sie an die Arbeit gehen, mon ami!«

Er hob seine Reisetasche auf, die er neben der Couch stehengelassen hatte. Er sah, wie Summerfield die Flinte aus der Ecke holte, eine frische Schachtel Patronen aus einem Schränkchen nahm und zwei davon in die Läufe der Waffe steckte.

Pierre hoffte sehr, daß Summerfield die Flinte nicht benutzen mußte.

»Ist ja wunderbar hier draußen!« brummte Timothy Robson, und seine Stimme triefte vor Sarkasmus. Er hatte eine lange Fahrt über schmale Straßen hinter sich, wobei er zwei Drittel von Wales durchquert hatte. Und als Großstadtmensch hatte er für die winterlich-düstere Landschaft mit ihren braunen Hügeln nur Verachtung übrig.

Doch diese Gegend war der Höhepunkt.

Eben hatten sie noch einen langen Stausee passiert, und jetzt fuhren sie durch ein verlassenes, graues Dorf. Nur die Kneipe schien hier noch intakt zu sein. Ein altes Schild verkündete, dieser berauschende Ort hieße »Dylife«. Robson betrachtete die alte Bergbausiedlung, die Ende des letzten Jahrhunderts vor die Hunde gegangen war, und hielt Ausschau nach seinem hiesigen Verbindungsmann. Jones' rostiger Landrover stand auf einem schlammigen Platz neben der Straße.

»Fahr neben das Auto dort«, sagte Robson zu Greg. Die beiden Männer im Fond des unauffälligen grünen Austin Montego drehten ihre Köpfe.

»Sind wir da, Boß?« fragte Jack Venner neugierig.

Er wußte ebensowenig wie Billy McIntire, worum es hier eigentlich ging. Sie gehörten nicht zum Club, und Robson lag nichts ferner, als sie dort einzuführen. Sie waren brutale Kerle, die taten, was man ihnen sagte. Und das genügte. Sie hatten die schmutzige Sache mit dem Thai-Mädchen gut hingekriegt, und das hieß, daß er sich auf diese Männer verlassen konnte.

»Wir sind fast da«, sagte Robson. »Jones wird uns zeigen, wie wir zu Summerfields Haus kommen.« Er stieß die Wagentür auf und stieg aus. Die kalte feuchte Luft traf sein Gesicht wie ein Schock nach der langen Zeit in der trockenen Hitze des Wageninneren. Alle vier Männer trugen derbe, wasserundurchlässige Stiefel, grobe Hosen und olivgrüne Parkas, wie sie Jäger in dieser Gegend schätzten. Eine einfache Wollmütze, tief ins Gesicht gezogen, vervollständigte Robsons Aufmachung.

Unter der dicken Kleidung fielen die großkalibrigen Pistolen nicht weiter auf, die jeder der Männer trug. Und selbst wenn sie ihre Jagdgewehre aus dem Kofferraum holten, würde sich kein Zeuge etwas dabei denken.

Robson schaute sich gähnend nach Jones um, aber er konnte den Waliser nirgendwo ausmachen. Robson hatte sich die halbe Nacht bei der Versammlung um die Ohren geschlagen. Es war mühevoll gewesen, den Inneren Kreis zu überzeugen. Aber die Erwähnung von Sir Ian Sutherland und seinem Analytic Institute for Mysteries hatte Wunder gewirkt. Man kannte Sutherlands Verein, und man hatte schon von der unbestechlichen Zähigkeit gehört, mit welcher der Earl of Oake Dùn seine Ziele zu verfolgen pflegte.

Man war sich mit Robson schließlich einig gewesen, daß man der Schlange den Kopf abschlagen mußte, bevor es zu spät war. Die Schlange hatte ihren Kopf in Summerfields Höhle gesteckt, und sie würde ihn verlieren, wenn der Bau ausgeräuchert wurde!

Trotz seiner Müdigkeit und trotz der gefährlichen Aufgabe, die vor ihm lag, fühlte sich Robson eigentümlich glücklich. Er wußte, woran das lag. An dem unvermeidlichen Ritual, mit dem jede Versammlung beschlossen wurde. Dieses Ritual hatte ihm Kraft gegeben, ganz anders als die einfache Gier, die ihn sonst bei seinen Geschäften antrieb. Er fühlte sich nicht mehr wie ein raffinierter Gauner – sondern eher wie ein Ritter.

Er war der Hüter des Schatzes, und er würde alles für ihn geben ...

Rasche Schritte rissen ihn aus seinen Gedanken.

Jones kam aus der Kneipe gelaufen. Offenbar hatte er endlich gemerkt, daß sein Herr und Meister eingetroffen war. Der rundliche, rothaarige Mann mit dem gepflegten Schnauzbart blieb schweratmend vor den vier Ankömmlingen stehen. Jones war gewissermaßen ein Einheimischer, und sein unaussprechlicher walisischer Nachname hatte es Robson sehr erleichtert, ihn nur noch bei seinem Decknamen zu nennen.

»Sie sind früh dran, Sir!« rief Jones, als er Robson die Hand schüttelte. »Ich habe gerade die anderen drei Jungs weggeschickt, wie Sie es wollten!«

Robson nickte nur. Die drei Kerle waren gut genug gewesen, um Summerfield zu bespitzeln. Aber für härtere Angelegenheiten waren sie nicht zu gebrauchen. Es war zu hoffen, daß Jones so kaltschnäuzig war, wie er tat. Denn er brauchte den Mann, der sich hier so gut auskannte.

»Gut, Jones«, knurrte Robson. »Jetzt wird es ernst. Sind Sie bereit?«

Jones zwinkerte ihm zu und grinste. Doch das leichte Zucken in seinem Mundwinkel und der Schweiß auf seiner Stirn verrieten ihn. »Klar, Sir! Von mir aus kann die Jagd losgehen. Kann es gar nicht mehr erwarten, mein Gewehr auszuprobieren!«

»Mit ein wenig Glück brauchen wir die Dinger nicht«, erwiderte Robson.

»Das Haus ist sehr abgelegen«, flüsterte Jones, als

könnte man ihn von der entfernten Kneipe aus belauschen. »Niemand wird die Schüsse hören, und wenn doch, werden die Leute denken, daß Jäger unterwegs sind.«

»Trotzdem wird nur geschossen, wenn ich es sage!« Robsons Stimme duldete keinen Widerspruch. Er deutete auf Jones' schäbigen Geländewagen. »Fahren Sie voraus! Ich hoffe, die Kiste hält durch!«

Jones lachte, etwas zu schrill, wie Robson fand. Der rothaarige Mann klopfte auf die schlammbespritzte Haube des Landrovers. »Ist nur die Karosserie, Sir! Alles andere ist wie neu. Bremsen, Stoßdämpfer, Kupplung, und der Motor erst! Die Karre sieht nach nichts aus, aber ich hänge damit sogar die Bullen ab, das schwöre ich Ihnen, Sir!«

»Wir wollen doch nicht den Teufel an die Wand malen«, sagte Robson gelassen. Er musterte die anderen drei Männer. Ihre Gesichter waren ausdruckslos, ihre Haltung lässig. Billy McIntires blaßblaue Augen hatten einen seltsamen Ausdruck, als sei kein Massaker, sondern ein Bordellbesuch angesagt.

Wahrscheinlich wird er die beste Arbeit leisten, dachte Robson zufrieden, als er die Tür aufzog, um in den Austin einzusteigen.

Dann sah er das Fahrzeug, das auf der Straße vorbeibrummte.

Er hätte es vielleicht nicht beachtet, aber die Frau am Steuer war auffallend hübsch, mit schulterlangen dunklen Haaren und blitzenden grünen Augen. Robson sah sie sehr deutlich, als sie nur drei Meter an ihm vorbeifuhr.

Neben ihr saß ein schwarzhaariger Mann mit Schnurrbart, der hastig in irgendwelchen Unterlagen blätterte. Einer von der Sorte, die gefährlich werden konnte, erkannte Robson mit geübtem Blick. Er sah dem kleinen

Ford lange nach. Die Frau steuerte das Auto in zügigem Tempo durch die Überreste von Dylife.

»Fahren wir, Sir?« fragte Greg mit seiner dumpfen Stimme. Der bullige Chauffeur saß längst am Steuer des Austin. Robson überlegte blitzschnell. Er wußte, er hatte nicht viel Zeit. Er durfte jetzt keinen Fehler machen!

Er starrte Billy und Jack Venner hart an. »Raus mit euch!« fuhr er die beiden Gangster an. »Beeilung! – Ihr fahrt mit Jones! Jack, du übernimmst die Führung! Wenn die Lage günstig ist, greift ihr euch Summerfield. Fragt ihn ein bißchen aus, aber wartet mit allem anderen, bis ich zurückkomme!«

Der magere, blasse Venner starrte Robson verwirrt an. »Ich dachte, Sie kommen mit uns . . .«

»Habt ihr es nicht gesehen?« fragte Robson kalt. Er wartete nur eine Sekunde, bevor er selbst die Antwort gab: »Heber und Leroy sind eben an uns vorbeigefahren! Weiß der Teufel, wo die hinwollen – aber ich werde es rauskriegen! Und jetzt macht euch auf die Socken und schnappt euch Summerfield, bevor der auch noch abhaut!«

Während die beiden Männer zu Jones' Landrover eilten, ließ sich Robson in den Beifahrersitz des Austin fallen. Er deutete auf den fernen roten Punkt, der gerade über die nächste Hügelkuppe zu verschwinden drohte. »Folge denen, Greg! Unauffällig – aber rasch!«

Der olivgrüne Wagen schleuderte eine meterhohe Schlammfontäne in die Luft, als Greg Gas gab. Robson sah im Rückspiegel, wie sich Jones' Rover in die entgegengesetzte Richtung entfernte. Robson tastete nach der Browning in seiner Manteltasche. Auf diesen vorwitzigen Eierkopf Summerfield wartete eine böse Überraschung!

Und auf die schöne Frau im Auto vor ihm ebenfalls, soviel war sicher!

David Summerfield lehnte sich aufatmend zurück. Er drückte auf den Schalter, und der Bildschirm des Computers erlosch.

Summerfield war kein Mensch, der viel von lauten Gefühlskundgebungen hielt, doch jetzt stieß er einen lauten Freudenruf aus.

Er hatte es endlich geschafft!

Er hatte den Haken, an dem Sir Franklin Neville zappeln würde!

Dies war eigentlich keine rein wissenschaftliche Recherche gewesen, aber es war überraschend, was man mit ein wenig Hacker-Arbeit herausfinden konnte.

»Ihr verdammten Scheißkerle habt mir lange genug die Hölle heiß gemacht«, murmelte Summerfield befriedigt vor sich hin. »Jetzt schlage ich zurück. Euch wird noch Hören und Sehen vergehen!«

Er beachtete die Flinte nicht, die er neben dem Computertisch an die Wand gelehnt hatte, als er aufsprang, in den engen Flur hinauslief und die Treppe herunter in die Halle. Leroy hatte die Decken, unter denen er geschlafen hatte, säuberlich zusammengefaltet und auf die Couch gelegt.

Summerfield mußte grinsen, als er das sah. Die beiden neugierigen Schnüffler waren jetzt auf dem Weg nach Aberystwyth, und sie würden vermutlich nur ein paar Stunden brauchen, um herauszufinden, daß er sie hereingelegt hatte. Doch er hatte das Problem fast genial gelöst – sie wußten genug, um seinen Feinden die Polizei auf den Hals zu hetzen, falls ihm, Summerfield, etwas geschehen sollte. Aber das hielt er eigentlich für ausgeschlossen – Sir Franklin Neville war vielleicht korrupt und geldgierig, aber kein Killer. Bei Nevilles Freunden vom Club durfte es sich ähnlich verhalten, nahm Summerfield an.

Er hatte Gudrun Heber und Pierre Leroy einfach eine

Weile loswerden müssen. Sie konnten ihm hundertmal versichern, daß sie ihm seinen akademischen Ruhm nicht streitig machen wollten – doch Summerfield wußte es besser. Er kannte seinen eigenen Ehrgeiz, und er sah denselben wilden Arbeitseifer auch in vielen anderen Wissenschaftlern.

Warum sollte Miss Heber darauf verzichten, sich auf seine Kosten einen Doktortitel zu verdienen? Und diesem Leroy traute Summerfield durchaus zu, daß er den Heiligen Gral meistbietend an Museen versteigern würde.

Nein, die sollten nur reden, bis ihnen der Mund fusslig wurde!

Er, David Summerfield, würde bald den Ruhm und die Hochachtung der akademischen Welt ernten! Auch ohne die Hilfe von zwei neugierigen Angestellten eines zweifelhaften Instituts!

Und jetzt würde er sich aufmachen, um den Heiligen Gral abzuholen. Summerfield pfiff fröhlich vor sich hin, während er die knarrenden Türen des alten Schranks öffnete und seinen Reisekoffer herauszerrte. Er hatte ihn schon vor einiger Zeit gepackt, vorbereitet für diesen Moment. Wenn er sich aufmachte, um diesem Club aus reichen Gaunern und Spinnern zu zeigen, daß einen ehrlichen Wissenschaftler nichts aufhalten konnte! Er wußte, spätestens nach vierundzwanzig Stunden würde er Heber und Leroy auf den Fersen haben, aber das war gar nicht so schlecht. Wenn etwas schief ging, konnte er vielleicht sogar Verbindung zu ihnen aufnehmen!

Summerfield schwankte unter dem Gewicht des großen Koffers, der seine wichtigsten Dokumente und einige Reiseutensilien enthielt. Er wollte nicht das Risiko eingehen, daß jemand ins Haus eindrang und seine Doktorarbeit vernichtete, während er auf dem Weg nach Liverpool war.

Er stand schon am Heck seines Lada-Geländewagens, als ihm der schmutzigbraune Landrover auffiel.

Das Fahrzeug stand etwa einen Kilometer entfernt, direkt am Straßenrand. Summerfield riß die Augen auf und ließ seinen Koffer vor Schreck fallen. Die Kerle hatten so geschickt geparkt, daß er sie vom Haus aus nicht entdecken konnte! Doch das Schlimmste war, daß das Auto leer war.

Plötzlich schlug ihm das Herz bis zum Hals. Er riß den Kopf herum und spähte über die graubraune Fläche des winterlichen Hochmoors, starrte spärliche, blattlose Büsche an, als könnten sich dahinter ganze Bataillone von Feinden verbergen.

Nichts!

Am besten, er fuhr so schnell wie möglich davon!

David Summerfield griff nach dem Schlüssel in seiner Jackentasche.

Doch seine Finger sollten das kleine Stück Metall nicht mehr erreichen.

Der junge Wissenschaftler schrie auf, als er in ein Paar blaßblauer, lodernder Augen blickte. Der stämmige Kerl mit dem kurzgeschorenen Haar war wie ein Geist hinter dem Kühler des Ladas aufgetaucht. Er war in teure Jagdkleidung gehüllt, und er hatte ein langläufiges Gewehr an einem Riemen über der Schulter hängen.

Doch ein Blick in seine Augen genügte, um festzustellen, daß er eine besondere Art von Jäger war.

»Da staunst du, was?« sagte der Mann beinahe sanft. Er hatte keine Waffe in der Hand, aber allein der Ausdruck seiner durchdringenden Augen lähmte den Wissenschaftler. David Summerfield hatte Gewalt immer verabscheut und gemieden – doch er spürte instinktiv, daß der kurzgeschorene Kerl ein Meister der Gewalt war ...

»Verschwinden Sie von meinem Grundstück!« rief

Summerfield, und seine Stimme hallte schrill in seinen Ohren wider. Er wich zwei, drei Schritte zurück.

Bis ihn etwas Hartes, Klobiges aufhielt, das sich grob in seine Nierengegend drückte.

Summerfield wäre vor Entsetzen fast ohnmächtig geworden. Er taumelte, und nur die Hand auf seiner Schulter hinderte ihn daran, umzufallen. Die Hand stieß ihn vorwärts, und er stolperte über seinen Koffer. Er mußte sich gegen die Seitenwand des Ladas stützen, um nicht auf den Knien zu landen.

»Laß deine Hände da, wo sie sind, Junge!« sagte eine dünne, scharfe Stimme hinter ihm. Der harte Gegenstand war plötzlich in seinem Genick, kalt und widerwärtig. Summerfield war sicher, daß es sich um den Lauf einer Pistole handelte. Er spürte die Hand kaum, die ihn blitzschnell und routiniert abtastete. Er war viel zu sehr mit dem Gedanken beschäftigt, was passieren würde, wenn die Waffe losging.

»Laß den Ärmsten doch zufrieden, Jacky-Boy«, knurrte Billy, der Mann mit den bösen Augen. »Unser kleiner Freund trägt keine Waffe.« Er tätschelte Summerfield zärtlich die Wange, bis diesem die Brille verrutschte. »Stimmt's, Süßer?«

»Was wollen Sie?« krächzte Summerfield. Er dachte fieberhaft nach, aber ihm wollte kein Ausweg aus dieser entsetzlichen Situation einfallen.

Einer dieser Kerle zielte tatsächlich mit einer richtigen Pistole auf ihn!

»Wir wollten verreisen, was?« knurrte Jack Venner, als wäre das ein Kapitalverbrechen. Der magere junge Mann mit der Pistole trat heftig gegen den Hartschalenkoffer Summerfields. Der Historiker zuckte unwillkürlich zusammen. »Wo wollten wir denn hin, Sir?«

»Nach London«, log Summerfield. Er redete hastig weiter, aus Angst, sie könnten ihn jede Sekunde brutal stoppen: »Ich werde mir einen Job als Wissenschaftsjournalist suchen! Ihr kommt zu spät, Leute. Ich habe mich schon längst entschieden, mit dem Unsinn aufzuhören!«

»Unsinn?« fragte Billy McIntire neugierig, als hätte er das Wort noch nie in seinem Leben gehört. »Was meint unser Süßer denn damit?«

»Ja, sag uns, was du damit meinst!« fauchte Jack Venner, und allein sein Tonfall ließ Summerfields Haare zu Berge stehen.

»Ihr wißt doch genau, was ich damit meine!« schrie Summerfield. Er konnte sich nicht mehr beherrschen. Seine Knie zitterten, und wenn er nicht einmal brüllen durfte, würde er sich jeden Augenblick in die Hose machen. »Ihr verdammten Arschlöcher wollt doch, daß ich mit meinen Forschungen aufhöre! Ihr habt gewonnen! Ich höre auf! Also packt eure Kanonen ein und geht nach Hause! Bitte!«

»Was ist das denn für eine ungebührliche Ausdrucksweise?« fragte eine gemütliche Stimme mit unverkennbar walisischem Akzent. Summerfield riß den Kopf herum, in der Hoffnung, einen Bauern oder einen Polizisten zu sehen, irgend jemanden, der ihm helfen konnte. Doch er sah nur Jones, einen rundlichen, rothaarigen Kerl, dem sehr zu gefallen schien, was sich hier in der alten Scheune tat. »Redet man so unter Gentlemen? Du bist doch ein Gentleman, oder? Wenn man studiert hat, muß man doch ein Gentleman sein, habe ich nicht recht?« Billy kicherte. Jones zwinkerte ihm fröhlich zu.

Jack Venner schlug mit dem Griff der deutschen Armeepistole zu, die er in der Hand hielt. Nicht allzu hart, aber hart genug, daß Summerfield stöhnend in die Knie ging.

»Schluß mit dem Unsinn«, sagte Jack Venner kalt. Er hatte oft Gelegenheit gehabt, Tim Robson zu beobachten, und jetzt ergab sich endlich die Gelegenheit, seinen abwesenden Boß zu imitieren. »Bis jetzt haben wir nur ein bißchen Spaß gemacht, Summerfield! Aber es könnte ernst werden!«

Jones stellte sein langläufiges Jagdgewehr ans Scheunentor und sah neugierig dabei zu, wie Venner einen langsamen Halbkreis um Summerfield beschrieb, die schwere Pistole immer in der Hand. »Sehr ernst«, fügte Venner gelassen hinzu, und der Lauf der Waffe berührte Summerfields Ohr.

»Wir wollen alles wissen, was du herausgekriegt hast!« rief Jones. »Was hast du den beiden Schnüfflern gesagt, die hier waren? Was wissen die jetzt?«

David Summerfield drehte sich ächzend um. Er richtete sich langsam auf, den Rücken gegen das kalte Metall des Lada gestützt.

Seine rechte Schulter und der Arm waren von Venners Hieb wie gelähmt.

»Das sind eine Menge Fragen«, sagte Summerfield heiser, und er hielt Jones' Blick diesmal stand. »Seid ihr sicher, daß ihr die Antworten überhaupt kapiert?«

Der rothaarige Mann starrte ihn verblüfft an.

Billy McIntire trat blitzschnell vor und schlug zu. Summerfield krümmte sich zusammen und ging diesmal zu Boden.

»Nur nicht frech werden, Süßer«, sagte Billy freundlich. Er holte weit mit dem rechten Fuß aus, doch Venner stoppte ihn: »Laß das fürs erste. Sollten wir ihn nicht ins Haus bringen?«

Billy schüttelte den Kopf. »Hier können wir das Blut besser wegwischen, Jacky-Boy.«

Venner zuckte nervös mit den Schultern. Er wußte, zu welchen Dingen der gute Billy imstande war. Andererseits hatte Mr. Robson gesagt, sie sollten auf ihn warten!

»Na gut, dann bleiben wir hier«, sagte Venner kühl. Er winkte mit dem Lauf seiner P 38, um Billy zu signalisieren, er solle beiseite treten. Der Mann mit dem fast kahlen Schädel trat enttäuscht zurück.

»Ihr Lumpen!« keuchte David Summerfield. Sein Gesicht war blaß, doch die dunklen Augen hinter den Brillengläsern sprühten vor verzweifeltem Zorn. »Was wollt ihr nur ... von mir?«

»Das hat dir Mr. Jones doch schon gesagt«, erwiderte Jack Venner. Er grinste, als Summerfield ungläubig zu dem rundlichen Jäger hinschaute. »Ja, das ist Mr. Jones! Dein Gesprächspartner am Telefon! Er hat dich oft und lange gewarnt, aber du wolltest ja nicht hören ...«

Jones trat vor und ging in sicherer Entfernung leicht in die Knie, um Summerfield anzustarren. »Also – was hast du den beiden Spionen von A.I.M. erzählt?«

»Ihr wollt mich doch sowieso umbringen«, brachte Summerfield zu seinem eigenen Erstaunen hervor. »Tut es nur! Die Leute von A.I.M. werden dafür sorgen, daß ihr alle für den Rest eurer Tage in den Knast geht!«

»Und ich werde dafür sorgen, daß du dich nie wieder im Spiegel anschauen willst, Süßer«, erwiderte Billy. In seinen Augen loderte es, als er in die Tasche griff und ein Rasiermesser herauszog. Der scharfe Chromstahl schimmerte matt im grauen Licht des Hochmoors, als er das Instrument aufklappte. Billy kniete blitzschnell nieder, packte Summerfield an den Haaren und riß seinen Kopf hoch. Er legte die hauchdünne Schneide des Messers sanft an die Wange des jungen Wissenschaftlers.

»Ich glaube, ich schneide dir zuerst die Nase ab«, überlegte Billy McIntire halblaut. »Oder soll es lieber ein Ohr sein?« Er grinste, und das Lodern in seinen Augen nahm noch zu. »Komm, Süßer, entscheide dich.«

Summerfield wagte kaum zu zucken, als ihm Billy ins Gesicht brüllte: »Entscheide dich, du Bastard!«

»Er tut es«, stellte Jack Venner gelassen fest. »Also sag schon – was wollten die Leute von A.I.M. hier?« Billy kicherte und verstärkte ganz leicht den Druck der Klinge, betrachtete fasziniert und erregt den winzigen Blutstropfen, der sich plötzlich zeigte.

Summerfield keuchte ... doch er brachte kein Wort aus seiner zugeschnürten Kehle.

Ein scharfes, schnappendes Geräusch erklang.

Billy McIntire ließ ihn los und sprang zurück, als hätte Summerfield zu brennen begonnen. Jack Venner drehte sich hastig um, die Pistole halb erhoben. Jones erstarrte zu einer Salzsäule und sah plötzlich sehr lächerlich aus, vornübergebeugt, den Rest eines sadistischen Grinsens in seinem rundlichen Gesicht.

David Summerfield schaute an Jones' Schulter vorbei und sah den langen, schwarz schimmernden Lauf eines großkalibrigen Jagdgewehrs.

Das Gewehr lag in den Händen von Pierre Leroy, und die schmalen Augen des Franzosen musterten die drei Gangster über das dicke Zielfernrohr hinweg. Zu seinen Füßen lag eine schimmernde Patrone, die herausgeflogen war, als er Jones' abgestelltes Gewehr ergriffen und durchgeladen hatte.

»Ihr könnt die *Leute von A.I.M.* jetzt persönlich fragen, Messieurs«, zischte Pierre halblaut, ohne einen der Kerle aus den Augen zu lassen. »Leider ist die einzige Antwort, die ihr kriegen werdet, im Lauf dieses Gewehrs. Also fragt lieber nicht!«

Jack Venner hatte die Pistole angehoben wie auf dem Schießstand und zielte freihändig auf Pierres Stirn. Das Gesicht des blassen jungen Gangsters hatte plötzlich hektische rote Flecken.

»Wenn du schießt, nehme ich dich mit, du Froschfresser«, flüsterte Venner mit gepreßter Stimme.

Billy wich mit erhobenen Händen zurück, ohne sein Rasiermesser loszulassen. Doch er schien die Waffe jetzt völlig vergessen zu haben. Der Anblick von Leroy, der mit dem Gewehr auf Venner angelegt hatte, brachte Billy völlig aus dem Konzept.

»Hinten raus!« kreischte Jones, und seine Stimme hatte allen Hochmut verloren. Er zog den Kopf ein, als könnte ihn das vor einer Gewehrkugel schützen, und rannte in die dunkle Scheune hinein. Seine Panik steckte Billy an, und der Gangster eilte hinter ihm her, zu dem zweiten Ausgang, den sie vor einer halben Stunde schon benutzt hatten. Billy dachte nicht einmal mehr an das Gewehr über seiner Schulter.

Jack Venners Hand zitterte, aber er senkte die Armeepistole nicht. Pierre Leroy sah die Panik in den Augen des jungen Verbrechers, und der Franzose fragte sich einen Moment lang, ob er nicht als erster abdrücken sollte – bevor es Venner aus lauter Furcht tat! Leroy stemmte den Kolben des schweren Gewehrs fester gegen seine Schulter. Langsam verstärkte er den Druck am Abzug …

»Nicht schießen!« schrie Jack Venner plötzlich.

Er warf sich herum, ohne die Pistole loszulassen, und stürmte davon. Seine Kumpane hatten die hintere, enge Scheunentür offen gelassen, und er rannte auf das Viereck aus grauem Licht zu, als wäre es das Tor zum Paradies.

Pierre Leroy sah einen Augenblick lang seinen Rücken im Fadenkreuz des Gewehrs.

Dann drückte Gudrun den Lauf der Waffe nach unten.

»Du kannst ihn doch nicht erschießen!« flüsterte sie entsetzt.

Doch in ihren eigenen Händen lag Summerfields klobige Schrotflinte, gespannt und feuerbereit.

Pierre mußte wider Willen lachen, als er die große Waffe sah. Es gab weiß Gott keinen Grund dazu – doch die Anspannung war zu groß gewesen! Er hörte, wie sich die platschenden Schritte des letzten Totschlägers durch das nasse Gelände entfernten.

David Summerfield stand wie in Trance auf und taumelte ihnen entgegen. »O mein Gott, bin ich froh, daß Sie da sind!« stammelte er.

Dann fiel er wirklich in Ohnmacht.

Tim Robson brauchte seine ganze Selbstbeherrschung, um nicht zu fluchen, als er aus dem Auto stieg.

Er war dem roten Ford von Leroy und Heber eine Viertelstunde lang gefolgt, bis kurz vor den nächsten Ort. Dann war der Moment gekommen, als er sich fragen mußte, ob *er* derjenige war, der hier hereingelegt wurde. Denn der rote Ford wendete, raste an Robsons Austin vorbei und fuhr mit selbstmörderischer Geschwindigkeit die Strecke zurück, über die er eben gekommen war. Um nicht aufzufallen, hatte Robson zwangsläufig einen sehr großen Abstand einhalten müssen. Beinahe hätte er den Ford dabei verloren – und als er den Wagen endlich wieder sah, stand er neben dem Landrover am Rande der Straße, etwa einen Kilometer von David Summerfields Haus entfernt.

»Hatte der Kerl ein Funktelefon?« murmelte Robson vor sich hin. Er schaute noch einmal in den abgestellten Leihwagen, doch da war kein Anzeichen für irgendein Funkgerät zu erkennen.

Das nächste, was Tim Robson sehen mußte, waren seine Männer.

Sie rannten wie die Hasen über einen schlüpfrigen Pfad im Hochmoor, entgingen nur um Haaresbreite einem tiefen Sumpfgraben und erreichten schließlich die Straße, keuchend und schlammbespritzt.

»Was zum Teufel ist da unten passiert?« fragte Robson gefährlich leise, als die drei Kerle endlich vor ihm standen. »Ihr seht aus, als wäret ihr an ein Spezialkommando der Army geraten!«

»Sie sind uns ... in den Rücken ... gefallen!« brachte Jack Venner ächzend heraus, zwischen langen, pfeifenden Atemzügen. »Der Franzose ... und die Frau! Sie hatten beide Gewehre!«

»Wir hatten den Dreckskerl schon weich gemacht«, sagte Billy wütend. Er hatte offensichtlich eine bessere Kondition als sein Kumpan. »Ich dachte, du würdest uns die beiden vom Hals halten, Boß! Und da stehen sie plötzlich, mit Flinten in den Händen!«

»Ihr wart doch alle bewaffnet«, sagte Robson hart. Er musterte Billy McIntire drohend, und der Mann schien plötzlich um eine beträchtliche Strecke zu schrumpfen. »Und warum habt ihr nicht aufgepaßt? Braucht ihr drei Mann, um einen wehrlosen Gelehrten zu verprügeln?«

»Sie wollten ...«, begann Billy trotzig, aber Tim Robsons Handrücken traf ihn hart auf den Mund und brachte ihn zum Schweigen. Eine Sekunde lang schien der kurzgeschorene Mann zurückschlagen zu wollen, doch dann senkte er den Kopf und trat zurück.

»Mach mir nie wieder Vorhaltungen, du Arschloch!« sagte Robson flach. Er starrte Billy noch eine Weile forschend an, bevor er sich zu Jones umdrehte. »Wo ist dein Gewehr, Jones? Bist du ohne Waffe da runtergegangen?«

Jones deutete hilflos in Billys Richtung. »Ich hab es ihm ...«, begann er, doch der Blick des gedrungenen Schlägers brachte ihn augenblicklich zum Schweigen.

»Der Idiot hat es sich abnehmen lassen!« fauchte Billy McIntire. Er wischte sich trotzig Blut von der Unterlippe. »Er hatte zwei Gewehre dabei, und eins hat er mir gegeben! Das andere hat ihm der Franzose abgenommen! Ich hatte keine Chance, und Jack auch nicht! Der hatte uns beide im Visier, und er hätte uns eiskalt umgelegt!«

»Die Frau kam auch noch dazu, mit einer Schrotflinte!« sekundierte Jack Venner eifrig. »Mit dem Franzosen wäre ich noch fertiggeworden, aber gegen zwei ...«

»Halt's Maul«, sagte Tim Robson leise.

Augenblicklich wurde es sehr still. Man konnte das Säuseln des leichten Windes hören, wie er um die kahlen Büsche am Wegrand strich.

»Sie sind noch in der Scheune«, sagte Robson nach einigen Herzschlägen abgrundtiefer Ruhe. Er blickte aus schmalen Augen zu dem kleinen grauen Steinhaus hinüber. »Versucht zur Abwechslung mal nachzudenken, ihr Holzköpfe!«

Die Männer starrten ihn verständnislos an.

»Da!« Robson deutete auf die Telefonleitung, die auf wackligen Pfählen durch das Hochmoor lief, der nächsten winzigen Ortschaft entgegen. »Du kannst doch gut klettern, Billy! Geh hin und schneide das verdammte Kabel durch, bevor sie die Polizei rufen. Schnell!« Er winkte Greg, und der massige Chauffeur reichte Billy einen großen Seitenschneider aus dem Werkzeugkasten des Austin.

Billy nahm das Werkzeug und rannte dem nächsten Telefonmast entgegen, als ginge es noch einmal um sein Leben.

Robson wandte sich an Jones, der blaß und schuldbewußt von einem Bein auf das andere trat. Doch die erwartete Bestrafung für den Verlust seines Gewehrs blieb vorerst aus. »Du nimmst deinen Landrover, Jones, und suchst dir einen Punkt, von wo aus du die nähere Umgebung überblicken kannst. Du hast ein Walkietalkie?«

Jones nickte, und Robson fuhr fort: »Wenn die Bullen auftauchen, oder sonst etwas Störendes, sagst du uns sofort Bescheid! Du kennst die Gegend, du weißt, wohin du schauen mußt!«

»Es ist ganz einsam hier draußen, Sir!« rief Jones heiser, auf dem eiligen Rückzug zum Auto. »Die Straße ist ein Stück entfernt, und im Winter kommen da kaum Autos durch! Aber ich warne Sie, sobald sich was rührt, Sir! Sie können sich drauf verlassen!«

»Das hoffe ich für dich, Jones«, sagte Robson kalt. Aus den Augenwinkeln bemerkte er eine Bewegung auf dem Hof von Summerfields Anwesen. Er holte sein Fernglas vom Beifahrersitz des Austin.

Als er hindurchblickte, sah er, wie Summerfield hastig zur Tür des Wohnhauses taumelte, gestützt von Pierre Leroy. Gudrun folgte den beiden, das Jagdgewehr im Anschlag. Sie zielte genau in Robsons Richtung, und der große Mann duckte sich unwillkürlich, obwohl die Entfernung für einen sicheren Schuß viel zu weit war. Es dauerte kaum zwei Sekunden, dann schlug die feste Holztür zu, und die drei jungen Leute waren verschwunden.

»Euch kriege ich noch«, sagte Robson gelassen, mit einem kurzen Seitenblick auf Billy, der mit der Zange in der Hand zurückkam. Jack Venner stand mit den Händen in den Hosentaschen neben Greg. Der Chauffeur zündete sich in aller Ruhe eine Zigarette an.

Tim Robson ging zum Heck des Austin Montego und öffnete die Klappe.

Auf den ersten Blick schienen nur Deckenbündel darin zu liegen, doch als er den Stoff beiseiteschlug, kam der dunkle, ölige Stahl automatischer Waffen zum Vorschein.

»Das sind dieselben, die die Armee benutzt«, sagte Robson. Er nahm eines der Sturmgewehre, schob das Magazin hinein und lud durch. Er reichte die Waffe Greg. Venner bekam das zweite automatische Gewehr, und Robson nahm das letzte. Nur auf seiner Waffe war ein Zielfernrohr montiert. Robson stellte das Gewehr achtlos an den hinteren Kotflügel des Autos und öffnete die Munitionskiste. »Nehmt euch Magazine mit!« befahl er den anderen beiden Männern.

Billy McIntire betrachtete mißmutig sein Jagdgewehr. »Und ich?«

»Du hast ein Gewehr!« erwiderte Robson kalt. »Damit bleibst du hier und paßt auf unsere Fahrzeuge auf. Mit dieser Präzisionswaffe kannst du von hier aus jeden erledigen, der an die Autos will. Wir müssen mit den automatischen Kanonen schon etwas näher ran!« Robson holte einen großen roten Benzinkanister aus dem Kofferraum und stellte ihn neben Billys Füße. Leere Flaschen klimperten in der Holzkiste, die er dabei streifte. »Jeder von uns hat ein Walkie-talkie in der Tasche«, fuhr Robson fort. »Ich sage euch allen über Funk, was ihr zu tun habt. Besonders dir, Billy!«

»Was haben Sie vor, Boß?« fragte Jack Venner. Er betrachtete das lange, klobige Sturmgewehr in seinen Händen zweifelnd. »Wird der Krach dieser Dinger nicht die ganze Gegend rebellisch machen?«

»Stellt sie auf Einzelfeuer. Salven feuern wir nur, wenn wir unbedingt müssen«, sagte Tim Robson. »Los jetzt – wir müssen schnell handeln, sonst hauen die Kerle noch ab!«

»Im Moor kommen sie nicht schnell voran«, meinte Jack Venner. »Da könnten wir sie ganz gemütlich unter Feuer nehmen ...«

Robson lächelte freundlich.

»Also – hoffen wir, daß sie so etwas versuchen! Notfalls werden wir sie dazu zwingen.« Er nahm das automatische Gewehr unter den Arm und schlenderte den schlammigen Weg entlang. »Wir sind hier draußen ganz allein. Niemand wird unsere hübsche kleine Jagd stören!«

»Das Telefon ist tot«, sagte Gudrun und legte den Hörer wieder auf die Gabel.

»Das war ja zu erwarten«, brummte Pierre. Er stand an einem der kleinen Fenster und schaute auf die karge Moorlandschaft hinaus. »Diese verdammten Kerle verschwinden nicht! Ich fürchte, sie werden es noch mal versuchen!«

Summerfield saß am Küchentisch, ein halbvolles Glas Whisky in den Händen. Er hatte erst begonnen, sich von dem Schock zu erholen. »Wieso sind Sie zurückgekommen?« fragte er. »Ich meine ... Sie haben mir das Leben gerettet! Aber woher wußten Sie..?«

»Sie haben Strata Florida erwähnt, das Zisterzienserkloster«, sagte Pierre, ohne sich vom Fenster abzuwenden. Er sah, wie die Männer sich am Heck der Limousine versammelten, die sie neben dem roten Ford abgestellt hatten. »Wir sollten nach Annalen aus dem letzten Jahrhundert suchen. Zum Glück ist mir eingefallen, daß ich schon einmal etwas über Strata Florida gefunden hatte. Ich hab' es unterwegs nachgeschlagen. Und raten Sie mal, was da stand!«

»Daß die letzten Mönche um 1540 das Tal verlassen haben, und daß von dem Kloster heute nur noch ein einzelner normannischer Torbogen steht«, murmelte David Summerfield mit einem unsicheren Grinsen. Er nahm einen hastigen Schluck aus dem Glas. Heiser fügte er hinzu: »Wenn Sie sich daran nicht erinnert hätten, wäre ich jetzt vielleicht schon tot!«

»Diese Möglichkeit ist schwerlich auszuschließen«, sagte Gudrun grimmig. Sie überprüfte die Riegel an den Fenstern.

»Es ist besser, wenn Sie die Läden schließen!« rief Summerfield. Er stand auf und machte sich auf, um ihr zu helfen. »Wir sollten nur ein, zwei Fenster offen lassen. Dann sind die anderen sicher!«

»Ich fürchte, das wird auch nichts nützen«, meinte Pierre.

Etwas in seiner Stimme veranlaßte Gudrun, sich abrupt zu ihm umzuwenden. »Was meinst du damit?«

»Einer von denen hat gerade automatische Gewehre an die anderen ausgegeben«, sagte Pierre. »Jetzt gehen sie die Straße entlang – sie scheinen sich verteilen zu wollen!«

»Wieso sind wir nicht sicher, wenn wir die Läden schließen?« rief Summerfield entsetzt. Er hatte gerade auf der anderen Seite des Hauses ein Fenster aufgerissen und nach den hölzernen Schlagläden gegriffen. In dem alten walisischen Bauernhaus gab es keine modernen Rolläden.

»Jedes ordentliche Gewehr durchschlägt dieses morsche alte Holz«, knurrte Pierre Leroy. »Und ein automatisches Sturmgewehr sowieso! Wenn die anfangen, hier ganze Salven reinzuschießen, fliegen uns die Querschläger nur so um die Ohren.«

»Ich wünschte, Valerie wäre hier«, flüsterte Gudrun. Sie dachte mit Schrecken an die Situation zurück, als sie in Tiahuanaco in einer Felsenhöhle eingeschlossen gewesen waren. Ihre Gegner waren Söldner gewesen, ebenfalls mit automatischen Waffen ausgerüstet.

Vielleicht hätte Valerie Gideon als voll ausgebildete Mossad-Agentin einen Ausweg gewußt – doch Valerie lag in tiefer Narkose, in einem Zustand, der schlimmer war als ein gewöhnliches Koma ...

»Wir machen alle Fenster hier unten dicht und gehen nach oben!« verkündete Pierre Leroy. »Von dort aus haben wir ein besseres Schußfeld!« Er zog das Magazin aus seinem Gewehr und zählte die Patronen, die noch darin waren. Fünf. Nicht gerade berauschend.

Aber wenigstens hatte er ein großkalibriges Gewehr mit Zielfernrohr. Wenn sich diese Gangster zu nahe ans

Haus herantrauten, würden sie schon sehen, was ihnen das einbrachte.

»Geht schon rauf!« rief Pierre den anderen beiden zu. »Ich beobachte die Kerle!«

Gudrun nahm die Flinte, und Summerfield rannte mit der Schachtel voller Patronen hinterher. Gudrun blieb oben an der Treppe stehen, die in den ersten Stock führte. Falls die Killer wirklich ins Haus eindringen sollten, mußten sie erst die Halle durchqueren, um hier herauf zu kommen. Dann konnte man ihnen mit der Schrotflinte das Leben schwermachen.

Summerfield spähte in seinem Arbeitszimmer durchs Fenster.

Er sah zwei Männer auf einem gewundenen Trampelpfad durchs Moor eilen. Ein riesiger Kerl, den er noch nie gesehen hatte, und Jack Venner. »Ich glaube, sie wollen das Haus umstellen!« rief Summerfield. Er rannte zur Treppe zurück, Pierre entgegen, der nach oben hetzte und dabei immer zwei Stufen auf einmal nahm. »Warum hauen wir nicht einfach ab, solange wir es noch können? Wir steigen in den Geländewagen und fahren, so schnell es geht!«

Er wollte die Treppe hinunterspringen, doch Pierre hielt ihn am Arm fest.

»Bleiben Sie hier, David!«

»Noch können wir verschwinden!« schrie Summerfield. »Wenn wir uns beeilen . . .«

Pierre Leroy zerrte ihn mit aller Kraft zurück. »Hören Sie auf!« brüllte er. »Glauben Sie, das sind Kinderpistolen, was die da draußen mit sich rumschleppen? Die schießen hundert Löcher in Ihre Blechbüchse, Summerfield, bevor Sie ›Halt‹ sagen können!«

»Sie können nicht durch das Moor fahren, nicht einmal mit Vierradantrieb«, sagte Gudrun eindringlich. »Es gibt nur einen Weg hier raus, und auf den passen die Killer auf! Pierre hat recht! Am hellichten Tag haben wir keine Chance, an diesen Sturmgewehren vorbeizukommen!«

Leroy ließ den Historiker los, und der Mann setzte sich kraftlos auf die oberste Treppenstufe. Offenbar hatte er begriffen, daß sie recht hatten.

»Wir können nicht raus, aber die kommen auch nicht herein«, sagte Pierre Leroy mit harter Stimme. »Die Wände sind aus massiven Steinen. Sie können nur die Fenster unter Feuer nehmen, und die sind ziemlich klein. Irgend jemand muß die Schüsse hören, wenn die da draußen anfangen, Krieg zu spielen! Es ist nur noch eine Frage der Zeit, bis die Polizei hier auftaucht.«

»Bis die Polizei kommt, sind wir alle tot«, flüsterte Summerfield. »Wissen Sie, wie weit der nächste Ort von hier entfernt ist? Selbst wenn jemand Schüsse hört, wird er denken, es wären irgendwelche Jäger . . .«

»Nicht, wenn die Schießerei lange genug dauert!« rief Leroy. »Wir werden nicht einfach aufgeben, David! Vorhin haben Sie uns noch erzählt, Sie würden sich von ein paar Gangstern nicht behindern lassen! Was ist denn los mit Ihnen, Mann?« Er zerrte Summerfield auf die Beine und stieß ihn grob ins Arbeitszimmer. »Los, Sie schauen jetzt zum Fenster hinaus und sagen uns, wenn Sie etwas sehen! Aber seien Sie vorsichtig! Ich nehme das Nordfenster, Gudrun das Südfenster! Wenn einer von denen in Reichweite kommt, schieße ich. Vielleicht bringt es die Kerle zur Vernunft, wenn sie einen ihrer Kumpel ins Krankenhaus bringen müssen.«

»Wir dürfen uns nicht überraschen lassen, David!« rief Gudrun. »Wenn wir bis zum Abend durchhalten, können wir uns in der Dunkelheit davonschleichen. Das sind nur ein paar Mann da draußen! Die können nicht alles überwachen!«

Summerfield atmete tief durch, schwer auf seinen Schreibtisch gestützt. Schließlich nickte er. »Tut mir leid,

Sie haben recht. Wir werden ja wohl in der Lage sein, diese Gauner bis zum Abend auf Abstand zu halten. Vielleicht halten die gar nicht so lange durch und verschwinden schon vorher.«

»Sehr gut, David«, meinte Gudrun. Sie musterte den jungen Mann forschend. »Aber eine Frage muß ich Ihnen noch stellen. Sie wollten uns vorhin loswerden. Es ist nicht schwer, sich auszumalen, warum! Also: Wissen Sie, wer hinter diesem ominösen Geheimbund steckt, der sich *Club* nennt? Wollten Sie allein zu denen hingehen und ihnen den Gral abnehmen?«

Summerfield spähte vorsichtig durch die Gardine nach draußen.

»Die beziehen da draußen Posten, in ein paar hundert Metern Abstand«, murmelte er. »Schießen die Gewehre so weit?«

»Darauf können Sie wetten«, sagte Pierre. »Aber Sie haben die Frage noch nicht beantwortet, mein Freund!«

Summerfield wandte den Kopf und musterte seine beiden Retter nachdenklich. »Nehmen wir an, ich wüßte, wer den Heiligen Gral heute besitzt. Nicht irgendein Ding, von dem angenommen wird, es wäre der Gral – sondern das wirkliche Objekt! Wer sollte Sie beide daran hindern, von hier abzuhauen und ihn sich zu holen?« Er deutete auf die schwere Doppelflinte in Gudruns Händen. »Sie haben sogar meine Flinte an sich genommen! Und ich habe keinen Beweis dafür, daß Sie wirklich so uneigennützig sind, wie Sie be . . .«

Er schrie auf und warf sich flach auf den Boden, als das Fenster neben ihm quer durch den Raum spritzte. Mit einem dumpfen Klatschen bohrte sich etwas in die gegenüberliegende Wand und wirbelte eine Wolke von morschem Verputz hoch.

Gleichzeitig drang der scharfe Knall eines großkalibrigen Gewehrs von draußen herein.

Pierre duckte sich hinter Summerfields massivem Schreibtisch, und Gudrun war im Flur in die Knie gegangen. Zwei, drei weitere Schüsse krachten in kurzen Abständen – aus verschiedenen Richtungen und verschiedenen Waffen, wie deutlich zu hören war. Fenster zerbarsten, und Wände vibrierten unter Einschlägen. Die letzte Kugel wimmerte als Querschläger durch das Zimmer und verwandelte Summerfields Computermonitor in einen Trümmerhaufen.

»Sie wollten wissen, wer uns daran hindert, von hier abzuhauen?« Pierre Leroy lachte, ein wenig atemlos. »Das dürfte Ihre Frage wohl zur vollsten Zufriedenheit beantwortet haben, mon ami!«

Er schob mit dem Fuß einige Scherben beiseite, kroch zum Fenster und spähte kurz nach draußen. Er konnte zwei seiner Gegner ausmachen, gut gedeckt durch kleine Felsen oder den olivgrünen Austin, der weit entfernt an der Straße stand.

Er riß den Kopf nach unten, als am Heck des Austins eine kleine, kaum sichtbare Gaswolke aufstieg. Fast gleichzeitig fauchte etwas mitten durch das zerstörte Fenster und bohrte sich splitternd in den Türrahmen des Zimmers. Eine halbe Sekunde später war erst der Knall der Detonation zu hören.

»Geben Sie mir die Flinte!« rief Summerfield Gudrun zu. »Wir müssen doch etwas unternehmen!«

»Halten Sie den Kopf unten und den Mund geschlossen!« erwiderte Gudrun scharf. Sie robbte durch den Flur, in das nächste Zimmer. Eine Wand vibrierte schwach, und dann hörten sie den leicht gedämpften Knall des Sturmgewehrs.

»Ihre Flinte ist auf diese Entfernung nutzlos«, sagte Pierre Leroy. »Jetzt wissen wir, daß es diese Dreckskerle ernst meinen!« Er betrachtete nachdenklich das daumendicke Loch, das im Türrahmen klaffte. »Einer von denen hat ein sehr gutes Gewehr und ein hervorragendes Zielfernrohr, fürchte ich.«

»Das muß der Kerl mit dem Rasiermesser sein«, zischte Summerfield gepreßt. Zorn und Haß mischten sich in seinen Augen, als er den Mann erwähnte. Er hatte einen kleinen Schnitt von dessen Messer in der Wange. Nur ein Kratzer, aber er deutete an, was ihm wirklich hätte passieren können. »Der glatzköpfige Kerl hatte eine riesige Flinte umgehängt.«

»Gewehr«, verbesserte Pierre Leroy fast automatisch. »Es war ein Gewehr. Leider.« Seit er bei A.I.M. arbeitete, hatte er so oft mit Waffen und Waffenexperten zu tun gehabt, daß einiges von dem notwendigen Wissen auf ihn übergegangen war.

»Ist mir doch scheißegal!« fluchte Summerfield zornig. »Wir sitzen hier fest wie die Zielscheiben im Schießstand!«

»Wir hatten eben ein interessantes Thema erörtert, Mr. Summerfield«, sagte Pierre Leroy. Er hob das Gewehr an die Schulter, zielte kurz und jagte einen laut krachenden Schuß aus dem Fenster. Er sah den grünen Austin im Zielfernrohr vibrieren, bevor er sich wieder duckte. Die sollten sich ruhig daran erinnern, daß auch er bewaffnet war! Außerdem konnte es nicht schaden, Krach zu machen.

Wider Erwarten schossen die Kerle draußen nicht zurück.

Pierre hebelte eine neue Patrone in den Lauf seiner Waffe.

»Sie wissen, wer den Gral unter Verschluß hält«, fuhr er so gelassen fort, als würde er sich jeden Tag eine Schießerei mit Gangstern liefern. »Sie sollten dieses Wissen nicht für sich behalten. Falls die Kerle da draußen Ihnen nämlich eine Kugel verpassen, hätten sie damit ihr Ziel erreicht, könnten nach Hause gehen und sich ins

Fäustchen lachen. Ich gehe jede Wette ein, daß Sie keine Aufzeichnungen hinterlassen haben, Summerfield!«

»Ich weiß ja nicht einmal, ob Sie nicht auch zu irgendwelchen Gangster gehören, die hinter dem Gral her sind«, versetzte Summerfield scharf. Es paßte ihm gar nicht, was Pierre eben angedeutet hatte. »Für einen Wissenschaftler können Sie sehr gut mit einem Gewehr umgehen, Mister!«

»Wenn ich das könnte, hätte ich den Kerl da draußen getroffen«, erwiderte Pierre kühl. »Ich habe nie behauptet, daß ich Wissenschaftler bin. Aber ich habe studiert – und ich unterstütze Miss Heber. Wollen Sie sich ihr Diplom schicken lassen, mon ami?«

Die beiden Männer musterten einander. Summerfield schwieg, und Pierre fügte schließlich hinzu: »Gehen Sie rüber und unterstützen Sie Gudrun, wenn Sie etwas tun wollen! Wenn einer von den Kerlen näher als fünfzig Schritte ans Haus herankommt, dann benutzen Sie Ihre Flinte! Aber nicht früher, verstanden?«

Er sah finster hinter Summerfield her, der hastig aus dem Zimmer robbte. Dieser Kerl war so stur wie ein Panzer! Langsam verstand Pierre, warum man ihm gesagt hatte, mit Summerfield wäre nicht so leicht auszukommen.

»Der Hurensohn hat ein Loch in den Tank geschossen!« beschwerte sich Billy. Seine Stimme drang quäkend und deutlich beleidigt aus Robsons Walkie-talkie. »Jetzt läuft die stinkende Soße neben mir auf die Straße!«

»Sei froh, daß das Zeug nicht in Flammen aufgegangen ist«, erwiderte Tim Robson kalt. »Wir machen weiter wie besprochen. Halte dich bereit, Billy!«

»Aber der Sprit . . .«

»Es wird noch genug drinbleiben!« fauchte Robson.

»Jetzt halt das Maul! Ende!« Er senkte das winzige Funkgerät und blickte durch das Buschwerk zur Rückwand des grauen Hauses hinüber. Die Wurzeln der Büsche und einige niedrige Fichten gaben ihm eine ganz brauchbare Deckung. Es waren etwas mehr als zweihundert Meter bis zur Hauswand – für sein Sturmgewehr eine gute Entfernung. Er hatte einen Schuß zur Probe abgegeben, und er war mit dem Ergebnis zufrieden. Leider hatte sich der Kerl, der Jones' Gewehr hatte, nicht dazu verleiten lassen, den Rest seiner Munition zu verballern. Doch mehr als ein paar Schüsse konnten nicht in dem Magazin drin sein.

Robson hob das Funkgerät erneut an den Mund: »Ich rufe Jones. Jones, melde dich!«

»Bin dran, Sir. Hab' Ihre Schüsse gehört, Sir. Hier ist alles ruhig, Mr. . . .«

»Keine richtigen Namen!« unterbrach ihn Robson scharf. »Komm zurück und nimm Billys Posten ein. Er wird sein Gewehr an den roten Ford stellen! Hast du mich gehört, Billy? Ende!«

»Alles klar, Boß«, brummte der kurzgeschorene Mann mißmutig. »Ich bin bereit. Sind Sie sicher, daß die da drinnen nicht noch eine Maschinenpistole haben?«

»Wir geben dir Deckung, Billy. Keine Angst. Ende«, murmelte Robson.

Er nahm sein Sturmgewehr auf, spähte durch das Zielfernrohr und wartete ungeduldig, daß Jones endlich auftauchte.

Als der braune Landrover die Straße entlangfuhr und neben den beiden anderen Autos anhielt, griff Robson wieder zum Funkgerät. »An alle! Wenn Billy losfährt, läuft die Aktion! Also, Billy – auf geht's!« Er hatte alle Anweisungen über Funk gegeben, so knapp wie möglich und in der Hoffnung, daß sich in einigen Kilometern Umkreis niemand befand, der das Gespräch mithören konnte. Doch wer sollte sich schon in diesem öden Hochland herumtreiben, noch dazu bei solchem Wetter?

»Ich fang' an!« kreischte Billy schrill aus dem kleinen Funkgerät, wie ein übergeschnappter Discjockey. »Ich kooommeee!«

Robson hörte den Motor des Austin aufheulen, und fast gleichzeitig donnerte ein Schuß aus dem Jagdgewehr im Haus.

Tim Robson fluchte und riß sein Gewehr hoch.

Er sah den Austin schliddernd und dröhnend über den schlammigen Feldweg zum Haus preschen – und er sah Jones über die Straße taumeln und neben dem Landrover zusammenbrechen. Der Waliser hatte Billys Gewehr aufgehoben, aber er war nicht dazu gekommen, es abzufeuern.

Es krachte abermals, und die Windschutzscheibe des rasenden Austin verwandelte sich in ein undurchsichtiges Spinnennetz, in eine weißgrau starrende Fläche.

Dann begann Robson zu feuern, fast gleichzeitig mit Greg und Venner, die schnelle Feuerstöße aus ihren automatischen Waffen abgaben. Es hörte sich an wie das überlaute Zerreißen von Stoff, das tödliche Geräusch moderner Kriege ...

Robson jagte das ganze Magazin durch die beiden Fenster im ersten Stock.

Er brauchte nur wenige Sekunden dazu, und in diesen Sekunden schaffte es der Austin bis auf den Hof des alten Hauses. Er wirbelte mit quietschenden Reifen über den Kies und prallte mit ungeheurer Wucht gegen die Scheune.

Robson sah ungläubig zu, wie das Fahrzeug durch die brüchige Holzwand stieß, Summerfields Geländewagen streifte, sich drehte und dann gegen die steinerne Hauswand krachte.

»Diese verdammte Windschutzscheibe ...«, murmelte

Robson, und im gleichen Moment verwandelte sich das Wrack in einen Feuerball.

Billy hatte einen ganzen Kasten voller Molotow-Cocktails auf dem Beifahrersitz gehabt, um sie von der Scheune aus gegen das Wohnhaus zu werfen. Doch das war nun nicht mehr nötig.

Zehn Meter hohe Flammen schossen brüllend in den grauen, nebligen Himmel hinauf. Die geschlossenen Fensterläden im Erdgeschoß begannen augenblicklich zu brennen, obwohl sie ziemlich feucht sein mußten. Die hölzerne Eingangstür war völlig im Flammenmeer verschwunden.

Robson hielt angestrengt Ausschau, aber Billy tauchte nicht mehr auf. Er hatte es nicht geschafft, rechtzeitig aus dem Auto zu springen.

Tim Robson preßte die Lippen hart zusammen, zog das leere Magazin aus dem automatischen Gewehr und ließ ein frisches einrasten. Er lud die langläufige Waffe mit einer heftigen Bewegung durch, nahm sie in die linke Hand und benutzte das Walkie-talkie mit der Rechten.

»Achtung, Leute!« gab er mit gepreßter Stimme durch. »Ich fürchte, wir haben zwei Männer verloren. Aber die Bude brennt. Schießt auf alles, was sich zeigt! – Und dann gehen wir hinein!«

»Sind Sie verrückt, Boß?« schrie Jack Venner. »Wir sollten machen, daß wir hier wegkommen! Die verbrennen doch sowieso!«

»Ich will mit Summerfield reden, bevor es soweit ist. Ich muß sicher sein«, erwiderte Robson scharf. »Los, bewegt euch! In ein paar Minuten ist es zu spät, verflucht noch mal!«

Er stieß das Walkie-talkie in seine Manteltasche zurück, sprang auf und nahm sein Sturmgewehr in den Hüftanschlag – wie er es vor langer Zeit bei der Armee gelernt hatte. Mit langen Schritten ging er über einen feuchten, gewundenen Trampelpfad auf die Rückseite des Hauses zu. Ab und zu feuerte er dabei.

Rauch und Flammen hüllten eine Seite des Gebäudes ein. Funken sprühten hoch in die kühle Luft empor.

Tim Robson dachte an die Versammlung in der letzten Nacht und fühlte sich mehr denn je wie ein kampfesmutiger Ritter.

Qualm und Flammenzungen füllten den Raum aus. Gudrun und Summerfield taumelten hustend in den Gang. Gudrun warf sich gegen den Wissenschaftler und ließ sich neben ihn auf den Boden fallen, nur einen Augenblick, bevor erneut Geschosse durch die Fenster hereinpfiffen.

»Meine Unterlagen!« schrie Summerfield heiser. »Alle meine Aufzeichnungen werden verbrennen!« Er wollte in sein Arbeitszimmer kriechen, aber von dort tauchte Pierre Leroy auf und stieß ihn grob zurück. Das scharfe, ratschende Geräusch einer neuen Salve erklang aus dem Hochmoor, und Wolken von Putz platzten aus den Wänden über den geduckten Männern.

»Meine Unterlagen!« schrie Summerfield erneut. Er wollte sich an Leroy vorbeidrängen, doch der Franzose stieß ihm den Kolben des Gewehrs in die Magengrube.

»Runter!« schrie Pierre, packte Summerfields Hosengurt und zerrte ihn mit aller Gewalt auf den Bretterboden des Flurs herunter. Eine Kugel traf die Wand, wo eben noch Summerfields Kopf gewesen war.

Das Brüllen der Flammen war sehr laut, und beißender Qualm verhüllte die Sicht. Funken sprühten durch den Gang, angetrieben vom Luftzug. Alle Fenster im ersten Stock waren zerschossen, und ein kräftiger Wind fachte das Feuer wie in einem Kamin an.

»Wir werden alle draufgehen, wenn Sie sich nicht

zusammenreißen!« brüllte Pierre, und das schien Summerfield endlich zur Vernunft zu bringen. Der schmächtige Mann kauerte auf dem Boden und starrte Leroy entsetzt durch seine dicken Brillengläser an. »Die werden versuchen, uns am Rausgehen zu hindern!« fuhr Pierre fort. »Sie wollen uns verbrennen lassen, da bin ich sicher!«

Er starrte verbittert auf das lange Gewehr in seinen Händen. Er brauchte nicht nachzuzählen, um zu wissen, daß er nur noch zwei Patronen im Magazin hatte. Der Rauch brannte in seiner Kehle und seinen Augen. Aber er wehrte sich gegen die Schlußfolgerung, daß sie keine Chance mehr hatten! Es mußte einfach einen Weg geben!

»Wir müssen unten raus!« schrie Gudrun. Ihre Stimme klang dumpf durch das Taschentuch, das sie auf ihren Mund preßte. »Durch ein Fenster! Der Wind treibt den Rauch an der Hauswand entlang; das wird uns Deckung geben! Wir können es bis zum Geländewagen im Schuppen schaffen!«

Leroy nickte. »Dann ist das Feuer ... zwischen uns und den Killern«, stieß er heiser zwischen Hustenanfällen hervor.

Summerfield riß die Flinte an sich, die neben Gudrun auf dem Boden lag. »Also los!« rief der schmächtige junge Wissenschaftler. Zorn und Furcht mischten sich in seinem totenblassen Gesicht, aber er spannte die Hähne der Waffe und eilte geduckt zur Treppe.

Dicker dunkler Rauch quoll durch die Ritzen in den geschlossenen Fensterläden, sickerte wie eine zähe Flüssigkeit in die Eingangshalle mit ihren bizarren Ausstellungsgegenständen.

Dann wurde einer der Fensterläden grob aufgerissen, wie mit einem Brecheisen. Ein Gewehrkolben stieß die alten Glasscheiben nach innen, und eine bullige Gestalt sprang in die Halle.

Greg und Leroy feuerten beinahe gleichzeitig.

Die Salve des bulligen Gangsters fauchte dicht über Leroy hinweg, und der Luftzug der Geschosse ließ ihn den Kopf einziehen. Die Kugel aus seinem Gewehr flog an Gregs Schulter vorbei.

Dann brüllte Summerfields Flinte auf.

Der hünenhafte Killer taumelte zum Fenster zurück, verlor sein Sturmgewehr und rutschte an der Wand hinunter.

»Verdammter Dreckskerl!« schrie Summerfield erbittert. Er klappte die Läufe herunter, fummelte in seinem Hemd herum und fand zwei frische Schrotpatronen, die er in die Flinte stopfte.

Gudrun stolperte hinter ihm her, und Leroy kniete am Kopf der Treppe im dichten Qualm, das Jagdgewehr im Anschlag. Er schoß sofort, als jemand an Gregs Fenster auftauchte.

Der Mann taumelte zurück.

Summerfield riß seine Flinte hoch, aber ein zweiter Fensterladen öffnete sich an der gegenüberliegenden Wand. Eine kurze, mörderische Salve zerschmetterte die Fensterscheiben und schleuderte David Summerfield zur Seite.

Leroy und Gudrun sahen entsetzt, wie der schmächtige Mann die Treppe herunterrollte und leblos liegenblieb, das Gewehr noch in den Händen. Dann zielte Tim Robsons Sturmgewehr mitten auf Leroys Brust.

Durch das zweite zerschlagene Fenster streckte Jack Venner seine Armeepistole herein. Er blutete aus einem Streifschuß an der linken Schulter und hatte sein Sturmgewehr verloren – doch sonst war ihm nichts passiert.

»Los, die Hände in den Nacken!« schrie Tim Robson, ohne seine Waffe von der Schulter zu nehmen. »Runter da, schnell!«

Leroy ließ das nutzlose Jagdgewehr fallen. Er beeilte

sich, Robsons Befehl zu befolgen – schon allein, um sich um Summerfield zu kümmern.

Auch Gudrun kniete neben dem verletzten Mann nieder. Blut sickerte an mehreren Stellen durch sein Hemd. Sie starrte empor, in die Mündungen der Gangster. »Was wollen Sie denn von uns?« rief sie verzweifelt. »Wir haben doch nichts –«

Tim Robson unterbrach sie, indem er sie an der Schulter packte und von Summerfield wegzerrte. Hinter ihm brannte die große Eingangstür, aber er schien es nicht einmal zu merken. Er winkte mit dem Lauf des Armeegewehrs zu Leroy. »Los, setz' dich neben sie! Wird's bald?«

Verfolgt von Jack Venners Pistolenlauf, tat Pierre, was ihm befohlen wurde. Die Luft nahe dem Eingang war kaum noch zu atmen, und er spürte die sengende Hitze des Feuers auf der Haut. Jeden Moment konnte die schwere Tür zusammenbrechen, und eine furchtbare Feuerlohe würde in die Halle schießen und alles verschlingen.

»Ihr wißt, was ich von euch will!« schrie Tim Robson gegen das Donnern der Flammen an. Schweiß lief über sein Gesicht, und Glut schimmerte in seinen Augen und auf der dunklen Waffe in seinen Händen. Er beachtete Summerfield nicht, der leblos hinter ihm und Venner am Boden lag. »Dieser Idiot mußte sich ja erschießen lassen, also werde ich euch fragen. Antwortet schnell, wenn ihr hier herauskommen wollt!«

»Boß, laß sie uns umlegen und ab-«, begann Jack Venner voller Panik, aber Robson unterbrach ihn scharf: »Schnauze! Wir haben noch ein bißchen Zeit ... aber diese beiden Vögel nicht mehr!«

»Wir wissen alles über Ihren Geheimbund und über den Heiligen Gral!« schrie Gudrun Heber. Sie war aufgestanden und starrte zornig in Robsons fleischiges

Gesicht. Die Hitze des Feuers versengte ihr Nacken und Rücken. »Der Club! Sie gehören doch dazu, nicht wahr? Wir haben unser Wissen längst an das Institut, für das wir arbeiten, weitergegeben! Und wenn wir uns bis Punkt zwölf nicht gemeldet haben, geht alles an die Polizei und die Presse!«

Tim Robson starrte sie an, als hätte sie ihn mitten ins Gesicht geschlagen.

»Das ist Unsinn ...«, begann er, aber Leroy unterbrach ihn: »Na los, schießen Sie doch! Die ganze Sache wird hochgehen wie eine Bombe! Ihre einzige Chance, das Ganze zu stoppen, sind wir!«

Jack Venner hustete und wich zum Fenster zurück. »Boß, was reden die für einen Quatsch? Ich verstehe gar nichts mehr! Wir werden verbrennen, wenn wir nicht abhauen!«

Robson zögerte – aber nur sehr kurz.

Er lächelte beinahe freundlich in die Gesichter von Gudrun und Pierre, während Rauch und Funken durch die Halle zogen und die Konturen der Menschen verwischten.

»Ich werde das Risiko eingehen«, sagte Robson leise. »Ich glaube Ihnen nämlich nicht. Leben Sie wohl, Miss Heber, Mr. Leroy ...«

Der Lauf des Sturmgewehrs ruckte hoch, als sich sein Finger um den Abzug spannte, um einen weiteren Feuerstoß abzugeben.

In dieser Sekunde explodierte etwas hinter ihm.

Robson taumelte vorwärts, und der Feuerstoß riß lange Splitter aus dem Holzboden vor seinen Füßen. Er starrte Leroy und Gudrun ungläubig an und brach zusammen, während David Summerfield das Gewehr herumschwenkte und auf Jack Venner schoß. Der Historiker lag mit verzerrtem Gesicht auf der Seite, seine Flinte gegen die Hüfte gestützt. Es war keine gute Position für einen

Schuß, aber er war kaum zwei Schritte von seinem Ziel entfernt.

Jack Venner war tot, bevor er den Boden berührte.

Summerfield grinste grimmig. »Die hätten sich nicht mit mir anlegen sollen«, flüsterte er heiser. »Das zahle ich ihnen heim – allen voran diesem verdammten Sir Franklin Neville ...«

Gudrun Heber und Pierre Leroy standen neben dem schmutzigbraunen Landrover und betrachteten das brennende Haus. Nebel war aus dem Boden gekrochen und verhüllte dick und bleich wie ein Leichentuch die Sicht. Noch waren die Flammen stärker als die Nebelschwaden.

»Es ist unfaßbar«, sagte Gudrun leise. »Menschen ermorden Menschen – für was? Einen magischen Becher ...« Ihr Gesicht war rußverschmiert, ihre Kleidung zerrissen, aber bis auf ein paar Kratzer war sie unverletzt.

Sie hatten Summerfields Körper in eine Decke gehüllt und neben dem Feldweg auf den Boden gelegt. Er war gestorben, nur wenige Minuten, nachdem sie ihn aus dem Haus getragen hatten. Zu diesem Zeitpunkt war die Eingangshalle des alten Gebäudes bereits ein loderndes Flammenmeer.

»Wir werden es herausfinden«, sagte Pierre Leroy grimmig. »David ist nicht umsonst gestorben, das schwöre ich dir!«

Er hielt Gudrun die Tür des kleinen Leihwagens auf, und die junge Frau stieg zögernd ein. Feuerwehr und Polizei würden vermutlich nicht mehr lange auf sich warten lassen.

Doch die beiden Abenteurer waren entschlossen, sich nicht auf tagelange Verhöre, vielleicht sogar auf Untersuchungshaft einzulassen. Sie mußten die Spur des Grals aufnehmen, solange sie noch warm war.

Man würde sich um Summerfields und Jones' Leichen kümmern, die deutlich sichtbar am Wegrand lagen.

Pierre ließ den Ford an und fuhr los, in den Nebel hinein.

Keiner von beiden sagte ein Wort, während sie in dem schaukelnden kleinen Auto saßen.

Sie dachten an den Namen, den Summerfield genannt hatte, bevor er starb.

Sir Franklin Neville.

Sie würden dafür sorgen, daß dieser Mann den Namen Summerfield niemals mehr vergessen würde.

Als Gudrun sich umschaute, hatte der Nebel das Haus und alles andere verschluckt.

ENDE
des ersten Buches

ZWEITES BUCH

DIE GRALSJÄGER

von Hubert H. Simon

Die Luft war zum Schneiden, dicht wie der Nebel über den walisischen Hochmooren, und der Ventilator, der sich leise flappend über dem Tresen drehte, verquirlte den Rauch nur. Erleichterung brachte er nicht.

Lachen und Lärmen erfüllte den Raum, ein Chaos aus rauhen Männerstimmen und dazwischen das aufgesetzt wirkende Gelächter der Animiermädchen. Lian registrierte keine Einzelheiten. Wie eine alles verschlingende Flutwelle schlug der Lärm über ihr zusammen.

Abscheu und Ekel würgten die junge Frau, doch damit hatte sie sich längst abgefunden. Weil es kaum ein Entrinnen gab. Der Lärm und die kahlen, kleinen Zimmer waren seit beinahe zwei Jahren ihre Welt. Nicht mehr und nicht weniger. In ihrer Naivität hatte sie an das Paradies im goldenen Westen geglaubt, doch nur eine schmierige Absteige gefunden.

»He, Lian, beweg dich! Sind genug Männer hier. Oder ziehst du eine Unterredung mit dem Boß vor?«

Unbarmherzig fraß sich die Stimme des Barkeepers in ihre Gedanken. Mit einer unwilligen Bewegung nahm er ihr das erst halb geleerte Glas weg. Lian trank, um zu vergessen – doch seit dem Tod von Sudara half nicht einmal mehr der Alkohol. Aus weit aufgerissenen, blicklosen Augen starrte sie den Kerl hinter der Theke an. Sie haßte ihn, und er wußte es und machte sich einen Spaß daraus, sie zu quälen.

»Geh endlich!« herrschte er sie an. Seine Rechte zuckte vor, umklammerte Lians Handgelenk und drückte mit der Gewalt eines Schraubstocks zu. Er grinste breit, als sie vor Schmerz den Atem anhielt. Doch irgendwann würde ihm die Überheblichkeit vergehen; spätestens in dem Moment, in dem sie ihm ein Messer zwischen die Rippen stieß. Im Gefängnis konnte es nicht schlimmer sein als in dieser Spelunke, und dort würde sie vielleicht endlich wie ein Mensch behandelt werden.

Lian wurde vom Barhocker gezerrt und krachte gegen den Tresen.

Die linke Hand des Keepers hatte sich in ihrem schulterlangen schwarzen Haar verkrallt.

»Sei nett zu den Gästen!« zischte er. »Später werden wir beide uns miteinander befassen!« Das verächtliche Grinsen um seine Mundwinkel ließ Lian erschaudern. Steven Mills war ein Perversling, mit dem sich unter normalen Umständen keines der Mädchen eingelassen hätte. Leider besaß er die Macht, sich alles zu nehmen, was er brauchte.

Eines Tages ...! dachte Lian, und in Gedanken sah sie sich mit einem blutigen Messer in der Hand ...

Mills stieß sie schroff zurück. Lian taumelte und wäre wohl gestürzt, hätten nicht zwei kräftige Hände sie aufgefangen.

»Hallo«, vernahm sie eine wohlklingende Stimme hinter sich. »Nicht so eilig, junge Lady!«

Der Kerl nannte sie *Lady;* er mußte verrückt sein. Sie war nichts anderes als eine dreckige kleine Hure, die vor sich selbst Abscheu empfand.

Seine Hände lagen um ihre Taille, und während Lian sich unwillkürlich versteifte, wartete sie darauf, daß die Finger auf Wanderschaft gingen. Sie war es gewohnt, geil betatscht zu werden wie ein Stück Ware. Aber diesmal war es anders. Der Mann zog sie langsam zu sich herum, und gegen ihren Willen hob Lian überrascht den Blick.

Was sie sah, war nicht einmal so übel, verglichen mit den verschwitzten, stinkenden Hafenarbeitern, der Hauptkundschaft des *›Red Sexy'.* Der Mann war knapp einen Kopf größer als Lian selbst, hatte ein volles, fast rundes Gesicht und leichte Geheimratsecken. Seine blauen Augen wirkten eher sanft als aufdringlich, und er stank weder nach dem Schweiß eines langen Arbeitstages, noch nach dem übermäßigen Gebrauch von Kernseife. Er trug ein abgewetztes Sakko, Jeans und graue Turnschuhe.

Lian spürte den brennenden Blick des Barkeepers im Rücken.

»Hi, Fremder«, sagte sie. »Hast du Durst?«

Er sah sich um, bevor er sich wieder ihr zuwandte. »Einen Whisky«, bestellte er. »Und was trinkst du?«

Er stammte nicht aus diesem Viertel, das spürte sie deutlich. Vielleicht war er ein Geschäftsmann, der sich auf der Suche nach Abwechslung in die Hafengegend verirrt hatte.

Mills stellte die Getränke auf den Tresen.

»Wie heißt du?« wollte der Fremde wissen. Die meisten interessierte ihr Name einen Dreck, ihnen kam es nur darauf an, sie möglichst schnell auf die Matratze zu legen.

»Lian«, antwortete sie.

»Chinesin?«

»Thai.«

»Wann hast du Feierabend?«

Er war naiv. Früh um vier Uhr lief nichts mehr. Bei ihr nicht und bei keiner ihrer Kolleginnen. Dann sehnten sie sich wirklich nach ein paar Stunden Schlaf, und der Boß hätte ihnen gehörig auf die Finger geklopft, wäre es anders gewesen.

Schon der Versuch, in die eigene Tasche zu arbeiten, um sich irgendwann aus dem Teufelskreis der Abhängigkeit lösen zu können, zog überaus schmerzhafte Folgen nach sich.

»Zimmer drei ist frei«, sagte Mills in dem Moment.

Lians Freier wandte sich dem Keeper zu. »Wieviel?« wollte er wissen.

»Fünfzig Pfund. Lian ist ein gutes Mädchen.«

Der Mann fischte einige zerknitterte Zehner aus seiner Hosentasche und wollte sie auf den Tresen legen, doch

Mills wehrte ab. »Gib das Geld Lian! Abgerechnet wird später.«

Mit aufreizendem Hüftschwung stöckelte die Thailänderin zwischen den Tischen hindurch zur anderen Seite der Bar. Ein schwerer Vorhang verbarg den schmalen, spärlich beleuchteten Gang, der zu den Stundenräumen führte. Zimmer drei lag einige Treppenstufen höher, und es war nicht größer als zehn Quadratmeter. Abgesehen von der Dusche war das große Bett – vier gedrechselte Pfosten und ein durchhängender Baldachin – das einzige Mobiliar.

Lian entledigte sich ihres knappen Oberteils und ließ sich rückwärts zwischen die Kissen sinken. Mit einer aufreizenden Bewegung streifte sie dann den letzten Fetzen Stoff ab. Für einen Moment schloß sie die Augen, aber als sie sie wieder öffnete, stand der Mann immer noch mit dem Rücken zur Tür. Wie angewachsen.

Zögernd strich Lian über ihre Brüste. »Gefalle ich dir nicht?« fragte sie argwöhnisch.

»Ich will mit dir reden«, sagte der Mann.

»Reden?« Sie hatte sich offenbar verhört. Niemand ließ fünfzig Pfund springen, nur um mit ihr zu reden.

»Das Geld..?«

»Keine Angst, ich habe nicht vor, dich zu betrügen.«

Dann war es gut. Steven Mills hätte ihr niemals geglaubt. Ruckartig setzte sie sich auf, verschränkte die Beine im Schneidersitz. Daß der Fremde sie eindringlich fixierte, störte sie überhaupt nicht. Vielleicht war er andersrum. Oder er hatte Kummer und wollte sich einfach nur ausweinen. Auch so etwas sollte es geben.

»Seit wann machst du das?« wollte er wissen.

Die Prostitution? Seit knapp zwei Jahren. Aber das ging ihn einen feuchten Dreck an. »Ein paar Monate«, antwortete sie.

»Hast du nie daran gedacht, auszusteigen?«

Jeden Tag sehnte sie sich danach, ein normales Leben zu beginnen. Leider gab es keine Alternative. Sie hatte es einmal versucht. Einmal und nie wieder. Die Zeit im Krankenhaus hatte genügt, ihren Widerstand zu brechen. Beim nächsten Mal, das wußte sie, würde sie tot aus dem Wasser gefischt werden. Als abschreckendes Beispiel.

»Wer bist du?« fragte sie.

Der Mann kam endlich näher. Um seine Mundwinkel zuckte es verhalten. »Du wirst dich erkälten, Mädchen. Zieh dir was über. – Du kannst mich Buster nennen.«

»Buster – und wie noch?«

Er schüttelte den Kopf. »Ich will dir helfen, dir und den anderen Mädchen, die für Robson arbeiten.«

Sie starrte ihn an. Ungläubig erst, gleich darauf entsetzt. Und sie schüttelte heftig den Kopf.

»Du bist ein Bulle!« stieß sie hervor. »Nein, ich sage nichts. Weil ich nichts weiß. Sie müssen gehen, Mister. Bitte.«

»Wovor hast du Angst?«

»Ich habe keine Angst«, stieß Lian trotzig hervor.

»Dann ist es gut. Sudara Dehwat hatte auch keine Angst. Du hast Sudara gekannt?«

»Ich ...« Sie wollte leugnen, doch sie konnte es nicht. Sudara war ihre Freundin gewesen – die einzige. Aber sie hatte den Fehler begangen, sich an die Polizei zu wenden. Jetzt war sie tot, mit zerschmettertem Schädel aus dem Hafen gefischt.

»Wollen Sie, daß man Sie auch eines Tages aus dem Hafenbecken zieht, Miss Lian? Wir wissen, daß Sie mit Sudara Dehwat befreundet waren, und Miss Dehwat hat noch kurz vor ihrem Tod versucht, Inspektor Hennessy anzurufen.«

»Ein unglücklicher Zufall –«

»Leider nicht. Aber der Polizei fehlen Beweise. Beweise, die *Sie* uns beschaffen könnten.«

»Nein!« Lian schüttelte den Kopf. Eilig streifte sie ihren Bikini wieder über. »Ich kann Ihnen nicht weiterhelfen. Selbst wenn ich es wollte. Ich weiß nichts.«

Buster warf eine Visitenkarte auf die Kissen. »Wer immer im Hintergrund die Fäden zieht, er weiß, daß Sie mit der Ermordeten befreundet waren, und deshalb bedeuten Sie für ihn ein Sicherheitsrisiko. Unter der Nummer, die ich Ihnen aufgeschrieben habe, können Sie Inspektor Hennessy oder mich jederzeit erreichen. Sie sind schön, Lian, aber soll ich Ihnen sagen, wie eine Wasserleiche aussieht?«

Die Thailänderin nahm die Karte an sich. Eine Telefonnummer stand darauf, kein Name. Sekundenlang verlor sich ihr Blick in weiter Ferne.

»Nur die Polizei kann Ihnen helfen«, betonte Buster. »Vergessen Sie das nicht. Allerdings sollten Sie bereit sein, uns Namen zu nennen. Das ist ein Geschäft, von dem jeder profitiert; eine Hand wäscht die andere.«

Er ging. Zuvor fuhr er sich jedoch mit den Fingern durchs Haar und hängte sein Sakko lässig über die Schulter.

Lange Zeit starrte Lian abwechselnd auf die Tür, die sich hinter dem Polizisten geschlossen hatte, und auf die Karte mit der Telefonnummer. Dann stand ihr Entschluß fest. Mit zwei Fingern hielt sie die Visitenkarte und setzte sie mit dem Feuerzeug in Brand. Gierig leckten die Flammen über den imprägnierten Karton. Lian ließ die Karte in den Aschenbecher fallen und schaute zu, wie das Feuer die handgeschriebenen Ziffern verzehrte.

Als sie den Barraum wieder betrat, saß der Polizist an der Theke, einen zweiten Whisky vor sich. Lian zögerte kurz, ging dann aber entschlossen weiter. Steven Mills war bekannt für seinen Instinkt, mit dem er Unregelmäßigkeiten witterte.

Der Barkeeper bedachte sie mit einem unwirschen

Augenaufschlag. »Du hast lange gebraucht, Lian«, stieß er ungehalten hervor. »Die beiden Männer an Tisch fünf haben nach dir gefragt. Laß sie nicht warten.«

Das Thai-Mädchen verzichtete auf eine Antwort. Aus den Augenwinkeln heraus registrierte sie, daß der Polizist zahlte, sich erhob und ging. Gleichzeitig spürte sie einen starken Arm an ihrer Hüfte und zwei schweißnasse Hände, die sich unter ihr Oberteil schoben.

Der Alptraum begann von neuem. Er begann immer und immer wieder.

Nebel hing über dem Hochmoor zwischen Machynlleth und Welshpool im Osten von Wales. Einem Totentuch gleich lag er über dem Land und erstickte die karge Vielfalt allen Lebens. Nur das Raunen des Windes war zu vernehmen, unstet und geheimnisvoll wie meist um diese Jahreszeit.

Irgendwo in der Düsternis, zwischen den schemenhaften Silhouetten knorriger, weit ausladender Baumriesen und dichtem Unterholz, tobte seit Minuten eine lodernde Feuersbrunst. Ein Funkenregen stob wirbelnd in große Höhe empor und verwehte mit dem Wind, als brennendes Fachwerk in sich zusammenstürzte.

Gleich darauf tasteten die Scheinwerfer eines kleinen Leihwagens durch die milchige Düsternis. Mit aufheulendem Motor raste der Ford den holperigen Weg entlang, schlingernd, mit durchdrehenden Rädern, und ließ das brennende Haus hinter sich. Schlamm spritzte nach allen Seiten davon, aber darauf achtete Pierre Leroy kaum. Verbissen schaltete er in den nächsthöheren Gang.

Eine scharfe Linkskurve. Der Ford brach aus, rutschte auf dem schmierigen Untergrund, der schlüpfrig wie Schmierseife war, auf eine Gruppe von Bäumen zu. Gudrun Heber stemmte ihre Füße gegen das Bodenblech;

aus den Augenwinkeln sah sie, daß Pierre wie verrückt am Lenkrad kurbelte.

Sekundenbruchteile vor dem befürchteten Aufprall begannen die Antriebsräder wieder zu mahlen. Ruckartig schoß der Ford nach vorne, schrammte wohl nur auf Tuchfühlung an den Bäumen vorbei und schleuderte mit dem Heck nach der anderen Seite.

»Gegenlenken!« schrie die Anthropologin entsetzt.

Abermals drohte der Wagen auszubrechen. Aber Leroy dachte nicht daran, den Fuß vom Gaspedal zu nehmen. Er kurbelte wie ein Verrückter, um die Kontrolle über das Fahrzeug zurückzugewinnen.

Die nächste Kurve. Die Lichtkegel der Scheinwerfer huschten über eine brackige Wasserfläche – trügerisches Moor, in dem der Wagen in Minutenschnelle versinken würde.

Eine Schlammfontäne klatschte gegen die Seitenscheibe und raubte Gudrun die Sicht. Sekundenlang saß sie wie versteinert in ihrem Sitz, ihre rechte Hand verkrampfte sich um die Armlehne in der Türverkleidung.

»Mir mußt du deine Fahrkünste nicht beweisen«, schnaubte sie. »Das ist keine Rallye, bei der es Preise zu gewinnen gibt.«

»Vielleicht doch!« Pierre wandte nur flüchtig den Kopf. Er wirkte voll konzentriert.

»Du meinst – den Gral?«

»Naturellement.«

Gudrun blickte zurück. Ein rot glühendes Zyklopenauge im Nebel, mehr war von David Summerfields Haus nicht geblieben. Der Dachstuhl war eingestürzt, und es brannte bis auf die Grundmauern nieder. »Fehlschlag auf der ganzen Linie«, kommentierte sie bitter. »Summerfield ist tot, von seinen Aufzeichnungen bleibt nichts als Asche, und wir beide fliehen, als hätten wir alles zu verantworten.«

»Rede dir das bloß nicht ein! Ihr Deutschen habt das einmalige Talent, eine gute Sache so lange zu zerreden, bis eine schlechte Sache daraus wird. Hast du ein schlechtes Gewissen?«

Gudrun schwieg betreten. Endlich bog Pierre auf eine besser befestigte Straße ab.

»Wir müssen tanken und den Wagen waschen lassen«, bemerkte er nach einer Weile.

»Und den Tankwart fragen wir nach Sir Franklin Neville?«

»Warum nicht? Irgendwo müssen wir schließlich anfangen.«

Zwei Spuren waren ihnen geblieben. Der Name Neville, den Summerfield vor seinem Tod genannt hatte, und das erst vor kurzem entdeckte, aus dem späten Mittelalter stammende Tagebuch eines Mönchs. Die einzige existierende Kopie davon hatte Summerfield ausgeliehen, und sie verbrannte mit seinem Haus. Die originale Handschrift befand sich unter sicherem Verschluß, und nur hohe kirchliche Würdenträger hatten Zugang. Gudrun war bereits abgewiesen worden, und lediglich unter der Hand war ihr von der Kopie und Mr. Summerfield berichtet worden, ein Kreis, der sich mittlerweile geschlossen hatte.

Die ersten Wegweiser tauchten auf. Cymraeg, die älteste lebende Sprache in Europa, war wahrhaft zungenbrecherisch. Auf den Schildern begrüßte außerdem ein roter Drache, der Draig Goch, Einheimische und Touristen gleichermaßen. Nach Welshpool waren es nur noch wenige Kilometer.

»Croeso i Gymru«, murmelte Gudrun.

Leroy bedachte sie mit einem verwirrten Blick.

»Das heißt übersetzt ›Willkommen in Wales'«, erklärte die Anthropologin.

Pierre schwieg dazu. Jetzt, auf der ausgebauten Teerstraße, jagte er den Ford erst recht mit Bleifuß nach Osten. Der Verkehr wurde dichter.

Nach kurzer Zeit erreichten sie die Peripherie der Stadt. Leroy fuhr die erstbeste Tankstelle an, immerhin war der Tankanzeiger inzwischen bedrohlich weit in den Reservebereich abgeglitten.

Er mußte warten. Ungeduldig vertrat er sich die Füße. Gudrun hatte inzwischen eine Telefonzelle erspäht.

»Ich werde ein paar Worte mit Sir Ian wechseln«, sagte sie. »Vielleicht weiß er mehr über diesen Franklin Neville.«

»Und wenn nicht, kann er Auskünfte einholen«, versetzte Leroy.

»Genau das denke ich auch.«

Endlich löste sich die Schlange vor der Zapfsäule auf. »Prynhawn da«, sagte der Tankwart. Leroy beschränkte sich auf ein freundliches Nicken, das war besser, als sich bei einer Erwiderung die Zunge zu verrenken. Er nahm an, daß der Mann ihm einen guten Tag gewünscht hatte.

»Volltanken?«

»Randvoll, bitte.«

Der Tankwart hängte den Zapfhahn ein und griff nach Schwamm und Wassereimer, um die Scheiben zu säubern.

»Das bringt wohl nichts«, wandte Leroy ein. »Kann ich den Wagen hier irgendwo waschen lassen?«

»In der Halle. Shampoo und Bürsten sind da, den Rest müssen Sie allerdings selbst erledigen.« Er musterte Leroy, dessen Kleidung ungeordnet wirkte und dessen Stirn noch immer rußgeschwärzt war. Nur mit Taschentuch und Spucke hatte der Franzose den Ruß nicht entfernen können, sondern ihn lediglich verschmiert.

»Hatten Sie eine Panne, Mister?«

»So ungefähr.« Leroy zuckte mit den Schultern. »Zum Glück nichts von Bedeutung.« Nachdenklich kratzte er sich das Kinn. »Ich suche Sir Franklin Neville. Wo finde ich ihn?«

»Neville ...« Der Tankwart schüttelte den Kopf. »Und ein Sir ... Keine Ahnung. Mir ist nur ein Lawrence Neville bekannt, aber den werden Sie wohl nicht meinen.«

»Vielleicht doch. Was macht dieser Lawrence? Vielleicht ist Sir Franklin ein Verwandter.«

Der Blick des Tankwarts zeugte von Skepsis, während er den Tankverschluß zuschraubte. »Was die zweite Frage anbetrifft, Mister, ich weiß es nicht. Und zur ersten: Lawrence lebt davon, daß er Leute übers Ohr haut. Er ist einer von den windigen Maklern, die Ihnen alles verkaufen, selbst den größten Schrott. Im Moment –«, er überlegte angestrengt, »im Moment, glaube ich, sitzt er in Untersuchungshaft.«

Pierre zahlte den Sprit und die Waschhallenbenutzung gleich mit. Inzwischen hatte Gudrun ihr Telefonat beendet.

»Und?« wollte Leroy wissen.

»Später«, vertröstete sie ihn.

Der Tankwart öffnete ihr die Beifahrertür. Sie schenkte ihm dafür ein hinreißendes Lächeln. »Diolch yn fawr«, sagte sie.

Pierre reagierte unwirsch. »Du mußt nicht gleich mit ihm flirten«, protestierte er.

»Bist du eifersüchtig?« Gudrun lachte hell. »Ich habe mich nur bedankt.

»Vergiß es.« Pierre startete den Wagen viel zu ruppig. Mit sengenden Reifen fuhr er an.

»Moment mal, Monsieur«, protestierte Gudrun.

»Ich sagte doch: vergiß es!« Der Franzose ärgerte sich über sich selbst, das war ihm deutlich anzusehen. Zügig fuhr er in die Waschhalle ein, kontrollierte, ob alle Scheiben geschlossen waren, und erst als er den Wasserschlauch von der Wand nahm, wandte er sich wieder an Gudrun. »Falls du nicht naß werden willst, geh ein paar Schritte zurück.«

Der volle Wasserstrahl hämmerte gegen das Blech und spülte den Schmutz weg.

»Was hat Sutherland gesagt?«

»Bitte?«

Pierre mußte schreien, um das Rauschen des Wassers zu übertönen. »Ich will wissen, was du von Sir Ian erfahren hast!«

»Ich habe nicht mit ihm gesprochen. Tom war am Apparat, und er weiß natürlich nicht mehr als wir.«

Leroy steckte die Shampoobürste auf das Schlauchende und begann, den Leihwagen einzuschäumen. »Und Connor. .?« wollte er wissen.

»Connor und Sir Ian sind mit dem Hubschrauber abgeflogen«, erklärte die Anthropologin. »Tom sprach davon, daß sie sich in der Nähe von Sellafield mit Peter Henderson treffen wollten.«

»Henderson?« Leroy stutzte für einen Moment. »Du sprichst von der atomaren Wiederaufbereitungsanlage und dem Ressortchef der Kriegsmarine? Sellafield hat zwar einige Male für Schlagzeilen gesorgt, aber ich frage mich . . .«

»Tom meint, daß es Sir Ian nur darum geht, mit Henderson zu reden. Offensichtlich befindet sich der Ressortchef mit Regierungsmitgliedern auf einer Inspektionstour entlang der Küste. Sutherland legt Wert auf einen erneuten Einsatz der OCTOPUS; er ist mit dem Ergebnis unseres Tauchgangs nicht zufrieden.«*

»Zuviel Wasser«, kommentierte Leroy. »Außerdem kriegen mich keine zehn Pferde mehr in die Sardinendose von U-Boot. Und wenn du mich fragst – ich glaube

* siehe Band 14 203, Buch 1 ›Inferno unter dem Meer‹

nicht, daß die Militärs sich wieder breitschlagen lassen. Das würde ein teures Vergnügen.« Er trat einige Schritte zurück und betrachtete zufrieden sein Werk – der Ford war von oben bis unten in Schaum verpackt. »Künstlerisch wertvoll«, kommentierte er. »Falls Ian wirklich auf einem zweiten Tauchgang besteht, sollte ich mich vorher von Christo Javacheff engagieren lassen. Verpackungskünstler ist *der* Job.«

»Was willst du in Glanzfolie einwickeln? Atlantis?« spottete Gudrun.

Leroy antwortete mit einer Verwünschung und einem heftigen Wasserstrahl, der den Schaum quer durch die Halle spritzte. Anschließend wusch er sich Gesicht und Hände und trocknete sich dürftig mit seinem Taschentuch ab. Auch Gudrun säuberte sich von den letzten Rußspuren, und als sie die Halle verließen, waren beide wieder einigermaßen salonfähig. Sofern man zerrissene Jeans als Modegag akzeptierte.

»Was nun?« wollte die Anthropologin wissen.

»Was wohl«, erwiderte Leroy leichthin. »Wir besuchen Sir Neville.« Er fädelte sich in den stadteinwärts fließenden Verkehr ein.

»Gut gebrüllt, Löwe«, seufzte Gudrun. »Aber leider nur Imponiergehabe. Wie willst du Neville ausfindig machen, ohne die Behörden mit der Nase darauf zu stoßen, was wir vorhaben? Ich bin fast schon überzeugt davon, daß wir ihn in Wales bestimmt nicht aufspüren werden.«

»Sagt dir das deine weibliche Intuition?«

»Das sagt mir mein gesunder Menschenverstand. – Paß auf! Die Ampel war rot.«

Bremsen quietschten, während Pierre das Gaspedal durchtrat. Um höchstens einen Meter schlidderte er am Zusammenprall mit einem Lieferwagen vorbei.

»Es ist nichts passiert«, stellte er sachlich fest.

»Aber das hätte dumm ausgehen können. Wenn du schon wie ein Verrückter fährst, konzentrier dich wenigstens auf den Verkehr.«

»Du bist süß, Gudrun, wenn du dich aufregst.«

Sie verzichtete auf eine Antwort, verschränkte statt dessen die Arme und blickte stur geradeaus. Eine Weile schwiegen die beiden nebeneinander her – bis Leroy von der Hauptstraße abbog.

»Wo willst du hin?«

»Kleiner Schaufensterbummel«, erwiderte Pierre auf deutsch. »Isch dachte, wir sehen uns an diese – wie sagt man? – la ville.«

»Die Stadt.« Gudrun verdrehte die Augen. Sie wußte, daß sie den Franzosen nicht mehr ändern konnte. Er nahm das Leben leicht, manchmal sogar zu leicht. Aber vielleicht war das nicht einmal ein Fehler. »Fahr nach rechts!« rief sie unvermittelt aus. »Rechts rein!« fügte sie hinzu, als Leroy nicht sofort reagierte.

»Naturellement, Mademoiselle.« Großmütig winkte er einen Radfahrer vorbei. »Und weiter?«

»Geradeaus!« kommandierte die Anthropologin. »Vor der nächsten Kreuzung nach links auf einen der Parkplätze.«

Pierre folgte der Anweisung. »Da wären wir«, sagte er, als er den Zündschlüssel abzog. »Hast du ein gemütliches kleines Bistro entdeckt, in dem wir einen Happen essen können?«

»Zufällig stehen wir auf dem Parkplatz vor dem Hauptpostamt«, erklärte Gudrun Heber in schulmeisterlichem Tonfall. »Und wir beide gehen jetzt da rein und wälzen die Telefonbücher.«

»Nicht zufällig«, erwiderte der Franzose. Um seine Mundwinkel zuckte es verhalten. »Ich folge dem Wegweiser zur Post, seit wir die Tankstelle verlassen haben. Auch ein blindes Huhn findet mal ein Korn.«

Mittlerweile war es früher Nachmittag, die Post hatte ihre Schalter gerade erst geöffnet. Pierre Leroy ließ sich von einer charmanten jungen Dame zwei Stapel Telefonbücher aushändigen und zog sich zusammen mit Gudrun und der kiloschweren Lektüre in die Warteecke zurück. Die Sessel waren durchgesessen und das schmale Tischchen, auf dem die Bücherstapel nicht einmal Platz fanden, viel zu niedrig, doch das waren Nebensächlichkeiten, die wahren Forschergeist nicht behinderten.

Nevilles fanden sie viele, leider keinen Franklin und schon gar keinen Sir. Und die Zeit verrann wie im Flug.

Urplötzlich hielt Gudrun inne. »Hier, Pierre, das könnte er sein!« Ihr Zeigefinger verharrte unter einem fett gedruckten Namen: *F. J. Neville, Caribbean Imports.* Der Ort hieß Merthyr Tydfil.

»Verrate mir einer, wo dieses zungenbrecherische Kaff liegt«, murmelte Leroy ergeben. Ehe Gudrun darauf antworten konnte, rief er zum Schalter hinüber: »Miss, bitte, wo liegt Märtür Tüdül?« Alles was er erntete, war ein verständnisloser Blick. Gudrun mußte einschreiten, und sie sprach den Namen offensichtlich richtig aus.

»An der M4, ungefähr dreißig Kilometer nördlich Caerdydd«, lautete die Antwort.

»Caerdydd ist der walisische Name für Cardiff«, sagte die Anthropologin schnell, als sie sah, daß Leroy die Mundwinkel verzog, und dann stand sie auch schon in der Telefonkabine und wählte, und Pierre sah, daß sie sich mit jemandem unterhielt. Gleich darauf hängte sie wieder ein.

»Fehlanzeige. *F. J.* steht für *Fred John,* und ihm ist ein Sir Franklin ebenfalls unbekannt. Zumindest sind sie weder verwandt noch verschwägert.«

Der Stapel auf der einen Seite des Tisches wurde langsam niedriger, während sich die durchgeblätterten Telefonbücher auf der anderen Seite immer höher auftürmten. »Heute nacht träume ich davon«, seufzte Leroy. Nur Sekunden später zuckte er wie elektrisiert zusammen. »Franklin Neville, das muß er sein! In Dudley bei Birmingham, also bestenfalls etwas mehr als achtzig Kilometer entfernt. Wenn wir sofort losfahren, schaffen wir es noch vor dem Feierabendverkehr.«

Gudrun blätterte eifrig weiter. »Ruf an!« riet sie, ohne aufzusehen. »Nur zur Sicherheit.«

»Ich glaube zwar nicht, daß es nötig ist, aber wenn du meinst –«

Es war nötig. Franklin Neville war vor einem halben Jahr verstorben. Plötzlich und unerwartet. Pierre sprach mit seiner Witwe. Sie konnte ihm nicht weiterhelfen, erzählte nur, daß ein Neffe ihres Mannes, Franklin Thomas II, vor Jahren nach Kanada ausgewandert war, doch seither fehlte von ihm jedes Lebenszeichen.

»Vergiß es«, sagte Gudrun. »Das sieht nach einem Fehlschlag aus, und zwar auf der ganzen Linie.«

»Wir haben uns zwei Stunden sinnlos um die Ohren geschlagen? Mon dieu, isch begreife es nischt.«

Auch die letzten beiden Telefonbücher brachten sie bei ihrer Suche nicht weiter, und Gudruns Hoffnung, im letzten Band endlich fündig zu werden, erfüllte sich nicht. Meist war es doch so, daß das, wonach man suchte, erst ganz zum Schluß kam.

»Merde«, murmelte Pierre im Selbstgespräch. »Pas bien.« Aber das Leben von Archäologen bestand eben nicht nur aus Abenteuern, sondern zu mindestens achtzig Prozent aus staubtrockener Schreibtischarbeit oder dem Herumstöbern in noch staubigeren Archiven. Logische Folgerungen waren oftmals mehr wert als ein noch so bedeutender Zufallsfund. In letzter Zeit hatte er vergessen, wie langatmig und schwierig Nachforschungen sein konnten.

Er trug den letzten Stapel Telefonbücher zurück.

»Diolch yn fawr«, sagte er ausnahmsweise. Das Mädchen auf der anderen Seite des Schalters bedachte ihn mit einem belustigten Augenaufschlag. Offenbar hatte er die Betonung völlig falsch gesetzt.

»Sie haben nicht das Richtige gefunden, Mister? Das ist bedauerlich.«

Pierre zuckte mit den Schultern. »Das waren alle Bücher?«

»Natürlich.«

»Schade. Ich dachte nur –«

»Es sei denn, Sie wollen auch die Branchenverzeichnisse durchblättern. In einer halben Stunde schließen wir allerdings. Wenn es Ihnen trotzdem einen Versuch wert ist –«

Pierre erhielt erneut eine Menge bedrucktes Papier, jedoch nur einen Bruchteil dessen, was Gudrun und er bereits gesichtet hatten.

Nach nicht einmal zehn Minuten wurde die Anthropologin fündig. *Sir Franklin Neville,* stand da. *Antique dealer, houses and industrial plants.*

»Das ist er!« behaupteten Gudrun und Pierre wie aus einem Mund, und die Anthropologin fügte hinzu: »Besonders der Handel mit Antiquitäten macht ihn für uns interessant.«

Sie telefonierte, sprach einige Minuten lang. Danach strahlte sie übers ganze Gesicht.

»Wir fahren nach Birkenhead bei Liverpool, Pierre. Morgen früh um halb neun haben wir einen Termin mit Sir Franklin. Na, ist das nichts?«

»Du hast uns angemeldet?«

»Natürlich unter falschem Namen – solange wir nicht wissen, welche Rolle Sir Franklin spielt, bin ich lieber vorsichtig. Wir kommen vom Festland und suchen im Kundenauftrag nach Antiquitäten.«

»Lian!« Steven Mills' scharfer Ausruf hielt die Thailänderin zurück, als sie die Bar verlassen wollte, um sich in ihrer schäbigen und engen Wohnung wenigstens für ein paar Stunden allein hinzulegen. Vor zehn Minuten hatte der Keeper abgesperrt, inzwischen war er im Begriff, die Stühle hochzustellen. Morgens um sieben rückte die Putzkolonne an, um die Spuren der Nacht so gut es eben ging zu beseitigen.

»Ich bin müde«, murmelte Lian und gähnte herzhaft. Sie fühlte sich nicht gut. Seit der Polizist bei ihr gewesen war, drehten sich ihre Gedanken nur noch um Sudara. Ihr Tod war so sinnlos gewesen.

»Komm her!« sagte Mills scharf. In seiner Stimme schwang jenes Vibrieren mit, das es ratsam erscheinen ließ, seinem Befehl Folge zu leisten. Er konnte verdammt unangenehm werden.

Langsam ging Lian auf ihn zu. Sie waren allein, die anderen Mädchen hatten sich überraschend schnell zurückgezogen. Fast sah es so aus, als steckte Absicht dahinter. Sie traute Mills nicht über den Weg.

»Komm schneller!« herrschte er sie an. Er wuchtete soeben den letzten Stuhl verkehrt herum auf einen der Tische. Lian blieb zwei Schritte vor ihm stehen.

»Näher!« kommandierte er. Seine Rechte zuckte vor, umklammerte Lians Arm und zerrte sie ruckartig an sich. Sie roch seinen nach billigem Fusel stinkenden Atem, aber sie konnte nicht ausweichen, nicht einmal den Kopf zur Seite wenden, denn mit der anderen Hand umklammerte er plötzlich ihren Nacken.

Sie wehrte sich nicht. Das wäre ohnehin zwecklos gewesen. Steven Mills nahm sich immer, was er brauchte.

Unvermittelt gab er sie frei, doch mit zwei Fingern fuhr er aufreizend langsam über ihr Gesicht, zeichnete ihre Wangen nach, glitt tiefer. »Bist du ein artiges Mädchen, Lian?« flüsterte er. Seine Finger hoben ihr Kinn an, zwangen Sie, ihm in die Augen zu sehen. Sie spürte, daß sie zitterte, aber sie konnte nichts dagegen tun. Mills grinste schräg. »Warum sagst du nichts?«

»Ich ... ich bin artig«, stieß Lian hervor.

»Na also, es geht doch.« Seine Finger berührten ihr Oberteil und verhakten sich darin. Mit einem heftigen Ruck riß er das bißchen Stoff zur Seite. »Ich soll dich beschützen, Lian. Aber das kann ich nur, wenn du offen zu mir bist. Verstehst du, was ich meine?«

Sie nickte stumm.

»Ja, Steven, heißt das!« herrschte er sie an.

Lian wiederholte den Satz.

»Warum hast du trotzdem Geheimnisse vor mir? Glaube ja nicht, ich wüßte das nicht. So etwas tut kein braves Mädchen.« Er fixierte sie durchdringend und begann, seinen Hosengürtel aus den Schlaufen zu ziehen. Unwillkürlich wich Lian zurück. Obwohl sie wußte, daß es keinen Fluchtweg gab. Und vor allem – wohin hätte sie sich wenden sollen? Sie war eine Fremde in der großen Stadt, ihr Zuhause war die Bar.

»Heraus mit der Wahrheit!« Prüfend ließ Mills den Ledergürtel durch die Luft sausen.

»Ich weiß nicht, was du von mir willst«, keuchte Lian. »Ehrlich nicht.« Sie stieß einen schrillen Aufschrei aus, als der Gürtel ihre Hüfte streifte und einen roten Striemen hinterließ. Dabei hatte der Barkeeper nur leicht zugeschlagen.

»Hoffentlich hilft das deiner Erinnerung auf die Sprünge. Was wollte der Kerl von dir, dein erster Freier?«

»Das, was die anderen auch –«

Diesmal klatschte der Lederriemen von der anderen Seite auf ihre nackte Haut. Lian schrie gellend auf. Aber selbst wenn die anderen Mädchen sie hörten, keine würde kommen und ihr beistehen.

»Du hast hinterher nicht geduscht, Lian. Das festzustellen, war nicht schwer. Warum nicht? Habt ihr vielleicht nur miteinander geredet?«

»Er ... er konnte nicht ...«

»Der Kerl war ein Bulle, stimmt's?«

»Ich weiß nicht.«

Der dritte Schlag riß Lian zu Boden, wo sie wimmernd liegen blieb. Blut sickerte über ihren rechten Oberarm.

»Du weißt es also nicht«, höhnte Mills. »Hoffentlich fällt es dir bald wieder ein. Was hast du im Aschenbecher verbrannt? Einen kleinen Notizzettel.«

»Der Mann –«

»Steh auf, wenn ich mit dir rede!«

»– er hat irgend etwas inhaliert und danach das Papier angezündet.« Lian kam schwankend wieder auf die Beine.

»Stoff?« bemerkte Mills skeptisch. »Du behauptest, er hat Stoff genommen? Den Eindruck hatte ich nicht von ihm. Eher war er ein mieser kleiner Bulle, der dich aushorchen wollte. Ist es nicht so?«

»Nein, das stimmt nicht.«

»Er war wegen Sudara hier?« fuhr der Keeper ungerührt fort. »Aber das Miststück ist selbst schuld. Hat sich mit den Bullen eingelassen. Niemand, dem sein Leben lieb ist, tut so etwas.« Mit dem Handrücken schlug Mills zu. Die Wucht des Schlages warf das Thai-Mädchen nach hinten. Stühle polterten zu Boden. Aber bevor Lian sich stöhnend wieder aufrichten konnte, war Mills über ihr. »Du glaubst, ich spaße, ja? Dann mußt du noch lernen, zu gehorchen. Laß dich nicht mit den Bullen ein, Mädchen! Hast du das kapiert? Hast du kapiert!?«

Als Steven Mills endlich von ihr abließ, fühlte Lian sich, als wäre sie von einer entgleisten Achterbahn nachgeschleift worden. Ihre Arme und die Schultern waren taub, ihr Schädel dröhnte, und die aufgeplatzten und geschwollenen Lippen spürte sie schon gar nicht mehr.

Am schlimmsten aber war der Geschmack von Blut im Mund.

Wie durch einen dichten Schleier hindurch sah sie den Barkeeper, der sich erneut über sie beugte. »Jetzt sind wir wieder Freunde«, keuchte er. »Los, zeig mir, daß du mich magst!«

Lian nickte schwach. Ihr blieb keine andere Wahl. Willenlos ließ sie alles geschehen. Der von Flecken und Blutergüssen übersäte Körper, den Mills ohne Umschweife in Besitz nahm, das war nicht sie, sondern eine Fremde. Anders hätte sie die Demütigung nicht ertragen.

Ein letzter Rest ihres gequälten Verstandes schwor sich, den Barkeeper umzubringen. Doch gleichzeitig wußte sie, daß sie nie die Kraft besitzen würde, wirklich die Hand gegen ihn zu erheben. Zudem war Mills nur ein kleines Licht. Robson hieß das Schwein, das im Hintergrund die Fäden zog. Soviel hatte sie inzwischen herausgefunden.

Alles war schiefgelaufen! Diese verdammten Idioten hatten es nicht fertiggebracht, den lebensmüden Historiker Summerfield und die beiden Leute von A.I.M. umzulegen. – Daß er selbst zu den Idioten zählte, daran dachte Timothy Robson momentan nicht. Beinahe hätte es ihn ebenso erwischt wie Greg und Jones und Jack Venner. Und Billy hatte das Pech gehabt, von seinen eigenen Molotow-Cocktails gebraten zu werden. Wenn Robson es recht bedachte, dann standen die Schnüffler von A.I.M. mit dem Satan im Bunde, anders konnte es gar nicht sein.

Feuchtes Gras kühlte sein brennendes Gesicht. Mühsam hob er den Kopf und versuchte, die ringsum wogenden Nebelschwaden zu durchdringen. Er sah keine Spur mehr von dem brennenden Haus und den Gegnern.

Dabei waren die Flammen schon so nahe gewesen, daß

sie ihn beinahe verbrannt hätten. Auf allen vieren hatte er versucht, dem Inferno zu entrinnen. Und irgendwie schien er es geschafft zu haben, obwohl noch immer das Bersten und Krachen des einstürzenden Hauses in ihm nachhallte.

Die zähe Nässe, die sich klamm durch seine Kleidung fraß, wurde allmählich unangenehm, doch der erste zaghafte Versuch, sich aufzurichten, scheiterte kläglich. Sein Rücken schien eine einzige große Wunde zu sein. Wenn Robson sich recht entsann, hatte ihn der Explosionsdruck mit voller Wucht erwischt.

Tief sog er die kühle Luft in seine Lungen, und langsam klärten sich seine Gedanken. Aus der Ferne war Sirenengeheul zu vernehmen – Feuerwehr oder Polizei, oder beides. In seiner Erinnerung klaffte eine Lücke, ihm war nicht bewußt, daß er sich so weit von dem Haus entfernt hatte.

Zum Glück, gestand er sich ein. Nicht auszudenken, hätte ihn jemand in seinem hilflosen Zustand aufgespürt. Die richtigen Schlüsse zu ziehen, wäre wohl dem Dümmsten nicht schwergefallen.

Erneut versuchte er, sich aufzurichten. Diesmal schaffte er es. Lediglich ein stechender Schmerz an der Hüfte verursachte vorübergehend neue Übelkeit. Er ertastete eine Fleischwunde, ungefähr einen Finger tief, aber inzwischen verkrustet. Die Bewegung ließ die Wunde wieder aufplatzen und heftig bluten.

Tim Robson zerbiß einen Fluch zwischen den Zähnen. Er mußte froh sein, daß Summerfield ihn nicht mit der Flinte ausgepustet hatte wie Jack Venner. Von dem Streifschuß würde in ein paar Wochen nur noch eine häßliche Narbe zeugen.

Die Wunde tobte, als er sein Unterhemd in Streifen riß, um die Blutung wenigstens vorübergehend zu stillen. Er legte einen provisorischen Verband an. Danach war er kaum weniger erschöpft, als wäre er die Strecke von Liverpool bis ins Hochmoor zu Fuß gelaufen.

Auf den Fersen sitzend, das Gesicht in den Handflächen vergraben, verharrte er eine Weile. Das Sirenengeheul entfernte sich.

Sie schaffen die Leichen weg! dachte er. Wahrscheinlich wimmelte es am Brandort inzwischen von Spezialisten der Spurensicherung. Und vermutlich würden die Bullen über kurz oder lang das Moor absuchen. Er war zwei oder drei Stunden ohne Besinnung gewesen – wie lange wirklich, wußte er nicht, weil seine Uhr zerbrochen war –, folglich wurde es Zeit für ihn, zu verschwinden.

Schwankend kam er auf die Beine. Die Sirenen waren endgültig verstummt. Bedeutete das, daß die Bullen begonnen hatten, das Hochmoor zu durchkämmen? Vielleicht hatten sie seine Spur entdeckt.

Robson starrte in die Richtung, aus der er gekommen war. Der Gedanke, daß erstmals Indizien gegen ihn sprachen, bereitete ihm neues Unbehagen. Bislang hatte er es immer verstanden, sich Unannehmlichkeiten vom Hals zu halten.

Niemand hatte ihm je auch nur eine Ordnungswidrigkeit nachweisen können; er galt zwar nicht als Biedermann, doch er hatte nach außen immer eine weiße Weste bewahrt.

Seine Fußspuren zeichneten sich deutlich ab; sie hatten sich inzwischen zwar mit Brackwasser gefüllt, aber sie würden noch stundenlang zu erkennen sein. Und da lag eine Waffe im niedergetrampelten Gras – Jack Venners Armeepistole. Robson entsann sich zwar nicht, sie an sich genommen zu haben, im Moment kam sie ihm jedoch wie gerufen. Den Schlamm wischte er mit einer fahrigen Handbewegung ab, dann kontrollierte er das Magazin. Vier Patronen standen ihm zur Verfügung, das war mehr, als er zu hoffen gewagt hatte. Sollten die Bullen ruhig kommen, einen Timothy Robson würden sie niemals zur Strecke bringen.

Diesmal achtete er darauf, daß er nur wirklich festen Boden unter den Füßen hatte. Er lief langsam und schonte seine gerade erst wiederkehrenden Kräfte, zumal die Hüftwunde immer noch blutete und sich der Verband längst rot gefärbt hatte.

Hinter ihm erklang Rotorenlärm. Aber ziemlich rasch entfernte sich der Polizeihubschrauber in Richtung des nächsten Dorfes. Natürlich wurde zuallererst die Piste überwacht, auf der die Autos gefahren waren. Später würde der Pilot anfangen, Kreise über dem Hochmoor zu ziehen.

Als Robson eine schmale Schotterstraße erreichte, schätzte er, daß er seit mindestens dreißig Minuten wieder auf den Beinen war. Auf der Straße kam er schneller vorwärts als im Moor.

Die Kälte des Januarnachmittags spürte er kaum noch. Er war schweißgebadet. Nur die Wunde machte ihm zu schaffen; er verlor viel Blut, und der Verband löste sich allmählich.

Irgendwann erklang hinter ihm das Tuckern eines altersschwachen Motors.

Ein uralter Kastenwagen ratterte die Straße entlang. Robson blieb stehen und winkte. Ein bärtiges Gesicht starrte ihn von hinter dem Lenkrad an, aber der Kerl dachte nicht daran, anzuhalten.

»He!« rief Robson. »Nimm mich mit, Mann!«

Der Kastenwagen holperte vorbei, kaum schneller als fünfundzwanzig, höchstens dreißig Stundenkilometer. Robson bewegte die Arme wie Windmühlenflügel. »Halt an!« brüllte er mit sich überschlagender Stimme.

Erst hundert Meter weiter stoppte das Gefährt. Das bärtige Gesicht blickte kurz aus der Seitenscheibe, ein aufforderndes Kopfnicken folgte.

»Ich bin verletzt«, keuchte Robson. »Ein Jagdunfall.« Er blieb auf der rechten Seite des Kastenwagens stehen.

»Gehen Sie rüber, Mann, und steigen Sie auf den Beifahrersitz. Aber versauen Sie mir nicht die Polster.«

»Und wenn schon.« Ruckartig riß Robson die Fahrertür auf. »Das dürfte Sie nicht mehr kümmern.« Er zerrte die Armeepistole hinten aus seinem Hosenbund und winkte barsch mit der Waffe. »Aussteigen! Ein bißchen fix!«

»Aber –«

»Raus und Maul halten! Und dann lauf!«

Der Bärtige nahm die Beine in die Hand. Mit weit ausgreifenden Sprüngen verließ er die Straße und hetzte ins Moor. Robson grinste verächtlich, dann setzte er die alte Klapperkiste wieder in Bewegung.

Je weiter er sich in nördliche Richtung entfernte, desto klarer wurden seine Überlegungen. Das Schicksal des Heiligen Grals stand auf dem Spiel. Genau das, was er zu verhindern getrachtet hatte, war inzwischen eingetreten. Ob der Club dabei vor die Hunde ging, war nebensächlich – einzig und allein der Kelch zählte. Eines Tages würde er ohnehin Sir Franklin Neville in seiner Rolle als Gralshüter ablösen . . .

Daß Pierre Leroy und Gudrun Heber in der kurzen Zeit sehr viel herausgefunden hatten, bezweifelte er. »Wir wissen alles über Ihren Geheimbund und den Heiligen Gral!« hatte die Deutsche ihn angeschrien. Sie hatte geblufft, das stand für ihn fest. Summerfield hätte die beiden niemals in seine Geheimnisse eingeweiht. Er war einer von diesen verrückten Forschern, die den Ruhm allein für sich beanspruchten. Robson verstand derartige Beweggründe nur allzu gut. Allerdings hatten sich die Voraussetzungen inzwischen grundlegend geändert. Summerfield war zwar angeschossen, aber möglicherweise nicht lebensgefährlich verletzt worden. Robson hatte noch gesehen, wie die beiden A.I.M.-Leute ihn aus dem Haus gezerrt hatten. Vielleicht packte er aus, nun, da ihm endlich klargeworden sein mußte, daß sein Leben kaum einen Pfifferling wert war.

Nach schätzungsweise eineinhalb Stunden Fahrt erreichte Timothy Robson die Stadt Bala. Sein erster Weg führte zu einer Telefonzelle. Er rief Neville an.

»Es ist schiefgelaufen.«

Am anderen Ende der Leitung herrschte erst einmal Totenstille, danach war ein Geräusch zu hören, als schnappe jemand nach Luft.

»Sind Sie verrückt?« platzte Neville heraus. »Deshalb rufen Sie hier an –«

»Unser Freund und die beiden Spione haben meine Männer erledigt«, keuchte Robson. »Verstehen Sie, was das heißt? Sie wissen alles, und sie schrecken vor nichts zurück.«

»Dann tun Sie, was Sie für richtig halten. *Ich* weiß von nichts, und falls man mich fragt, werde ich sogar leugnen, Sie zu kennen.«

»Natürlich, das Risiko ist mir klar.« Robson dachte an den Gral und daran, daß er bald wieder daraus trinken würde. »Seien Sie auf der Hut, Sir!« sagte er warnend. »Vielleicht schleichen die drei schon um Ihr Haus.«

Sir Franklin Neville lachte amüsiert. »Sie unterschätzen meine Sicherheitsvorkehrungen. Ich nehme an, Sie werden sich wieder bei mir melden.« Damit legte er auf.

Timothy Robson starrte den Hörer an, bevor er ebenfalls einhängte. Er hatte Neville gewarnt, mehr konnte er momentan und vor allem aus der Distanz nicht tun. Was er jetzt brauchte, war ein heißes Bad, ein fester Verband und vor allem saubere Kleidung. Er hoffte, alles zusammen in einer Absteige zu finden, in der niemand dumme Fragen stellte.

Einen gellenden Aufschrei auf den Lippen, schreckte Lian hoch. Übelkeit würgte sie, und ihr Herz hämmerte rasend gegen die Rippen. Erst nach einigen Minuten, in denen sie steif aufgerichtet im Bett saß und kaum zu atmen wagte, beruhigte sie sich. Die Anonymität der Finsternis half ihr dabei. Sie hatte schlecht geträumt, hatte Steven Mills' schweißüberströmte Visage wieder über sich gesehen, aber der Barkeeper war nicht hier. Niemand außer ihr hielt sich in der engen Kammer auf.

Stöhnend ließ Lian sich auf das Kopfkissen zurücksinken. Jede Faser ihres Körpers schmerzte. Ihre Tränen waren längst versiegt; sie spürte nur eine grenzenlose Leere in sich.

Vergeblich versuchte sie, von neuem Schlaf zu finden. Draußen herrschte inzwischen heller Tag. Trotz der geschlossenen Rolladen fielen einzelne Sonnenstrahlen herein, geisterhafte Lichtfinger, die von einem angenehmeren Leben kündeten, und hin und wieder blitzten Staubpartikel auf wie verglühende Hoffnungsfunken.

Es gab kein Zurück – und keine Zukunft. Thailand war unerreichbar fern. Von dem Geld, das sie Nacht für Nacht verdiente, blieb ihr nur ein Bruchteil, zum Sterben zuviel, aber zu wenig für ein menschenwürdiges Leben.

Verkrustetes Blut bedeckte ihr Gesicht und ihren Oberkörper. Lian spürte die Narben, die Mills ihr zugefügt hatte.

Aber noch schlimmer waren die Narben auf ihrer Seele, sie würden nie wieder verheilen.

Lian vergrub den Kopf im Kissen.

Sie schreckte auf, als sie eine sanfte Berührung zwischen den Schulterblättern zu spüren glaubte. »Sudara?« murmelte sie. Doch nur ihre überreizten Nerven hatten ihr einen Streich gespielt. Die Freundin war tot, ermordet, weil sie sich nach Freiheit gesehnt hatte. »Ich kenne das Risiko, Lian«, waren ihre letzten Worte gewesen.

»Aber ist es nicht besser, in Ehren zu sterben, als ein Leben lang gedemütigt und gequält zu werden?«

Steven Mills' feist grinsende Visage verfolgte sie immer noch, selbst als Lian sich jäh aufrichtete und sich gähnend den Schlaf aus den Augen rieb. Plötzlich wußte sie, was zu tun war. Sie mußte handeln, solange sie noch einen Hauch von Selbstachtung empfand.

Sie erhob sich und schaltete das Licht ein. Das Rollo ließ sie unten; niemand brauchte zu wissen, daß sie schon wach war. Ein flüchtiger Blick auf den Wecker zeigte ihr, daß es wirklich erst kurz nach neun Uhr war, eigentlich viel zu früh, um aufzustehen.

Sie kleidete sich an, ohne sich vorher zu waschen, obwohl sie nichts lieber getan hätte, als nach Mills' Berührungen stundenlang zu duschen. Aber das Haus war viel zu hellhörig.

Das Türschloß krachte, als sie aufsperrte, und die Tür quietschte in den Angeln. Lian verharrte angespannt und huschte erst weiter, als alles ruhig blieb. Hinter einer der anderen Türen erklang gedämpftes Schnarchen. Die Thailänderin schlich zur Treppe, jeden Moment darauf gefaßt, sich irgendwo verstecken zu müssen. Sie war überzeugt davon, daß jeder ihr von den Augen ablesen konnte, was sie vorhatte.

Sie wußte genau, welche der schmalen Holzstiegen knarrte. Noch zweimal hielt sie inne und lauschte – von der zum Hafen führenden Straße erklangen gedämpfte Geräusche –, dann erreichte sie den Korridor, der zum rückwärtigen Ausgang führte. Kalter Rauch vermischte sich mit dem Aroma ausgiebig verwendeten Raumsprays. Lian beschleunigte ihre Schritte.

Der Hinterausgang war abgeschlossen, der Schlüssel lag auf der Kante des Oberlichts. Als sie dann endlich draußen stand, atmete die Thailänderin tief durch. Eine kühle Brise trug den Geruch von Salzwasser, aber auch von Teer und Abgasen heran. Es war der Hauch der Freiheit, nach der Lian sich stets gesehnt hatte.

Hinter ihr fiel die Tür ins Schloß. Nun gab es kein Zurück mehr. Mills würde unangenehme Fragen stellen und es nicht damit bewenden lassen, sie nur zusammenzuschlagen. Lian hatte den Schlußstrich unter ihr bisheriges Leben gezogen.

Im Laufschritt hastete sie vorbei an dem baufälligen Schuppen und den ausgeschlachteten Autowracks. Kies knirschte unter ihren Schuhen, aber sie achtete kaum noch darauf. Der Hinterhof verwilderte seit Jahren; die Pfosten des Stacheldrahtzauns ragten windschief aus dem Lehmboden, Brennesseln überwucherten ganze Schuttberge.

Lian erschrak schier zu Tode, als über ihr ein Rollo ratternd in die Höhe glitt. Eng preßte sie sich an die Hauswand, bis zu den Knöcheln in zähem Schlamm versinkend. Ratten huschten quiekend davon.

Minuten später erreichte das Thai-Mädchen eine der Seitenstraßen. Nach der morgendlichen rush-hour herrschte um die Zeit kaum noch Verkehr, und Lian fühlte sich wie auf dem Präsentierteller. Sie hatte keine Ahnung, wohin, wußte nur, daß sie die Gegend um das *›Red Sexy‹* so schnell wie möglich verlassen mußte. Überhaupt hätte sie sich wohler gefühlt, hätte sie rasch im Gewühl einer belebten Einkaufsstraße untertauchen können.

Im Laufschritt hastete sie weiter, gequält von dem Gefühl, verfolgt zu werden. Aber so oft sie sich umwandte, sah sie niemanden, der ihr Aufmerksamkeit schenkte. Ein paar Arbeiter standen beieinander und diskutierten heftig, ein Motorrad zog knatternd vorbei. Zwei Straßen weiter hupte ein Auto. Das Geräusch war schrill und nervtötend.

Alte, schmuddelig wirkende Backsteinhäuser bestimmten mehr und mehr das Bild. Und ebenso alt wirkten die knorrigen Bäume in den Vorgärten. Lian hatte sich nicht gerade die belebteste Gegend für ihre Flucht ausgesucht, aber das hatte sie vorher nicht wissen können. Sie hatte keine Ahnung, wo sie sich befand und in welcher Richtung die City lag.

Der Widerhall ihrer eigenen Schritte erschreckte sie. Lian begann zu rennen. Irgendwo kläffte ein Hund. Da war es wieder, dieses unerträgliche Gefühl, beobachtet zu werden. Auf dem Absatz fuhr das Mädchen herum. Mehr als hundert Schritte lag die letzte Einmündung entfernt, doch niemand war hinter ihr zu sehen. Dafür leuchtete das Rot einer Telefonzelle von der anderen Straßenseite herüber.

Lian hatte zwar die Visitenkarte verbrannt, doch sie besaß ein gutes Zahlengedächtnis. Buster Sowieso mußte ihr helfen, das Land zu verlassen.

Dafür würde sie ihm die Namen derer liefern, die mit Prostitution und Mädchenhandel, mit Drogen und Mord zu tun hatten.

Lian zitterte, als sie die Münzen einwarf. Nach dem zweiten Rufzeichen wurde der Ruf angenommen. Sie war viel zu aufgeregt und verstand kaum, wer sich am anderen Ende meldete.

»Geben Sie mir Buster, schnell!«

»Wen wollen Sie sprechen, bitte?«

»Buster. Er ist Polizist. Das hat er jedenfalls gesagt.«

»Wir haben drei Männer beschäftigt, die Buster heißen. Ohne genauere Angaben kann ich Sie leider nicht verbinden.«

»Hennessy!« platzte Lian heraus. »Inspektor Hennessy.«

»Dann meinen Sie wahrscheinlich Mr. Brody. Buster Brody.«

»Ja, wahrscheinlich.« Je länger das Gespräch dauerte, ohne daß sie einen Fortschritt erzielte, desto unruhiger wurde Lian. Gehetzt blickte sie nach draußen. »Holen Sie Brody ans Telefon, schnell!« rief sie.

»Ich bedauere, aber Constable Brody ist derzeit nicht erreichbar. Wollen Sie eine Nachricht für ihn hinterlassen?«

»Nein. Geben Sie mir den Inspektor!«

Ein Auto bog in die Seitenstraße ein, es war eine dunkle Limousine mit getönten Scheiben. Lian konnte nicht einmal erkennen, ob ein Mann oder eine Frau am Steuer saß. Langsam kam das Fahrzeug näher. Viel zu langsam.

Der Thailänderin stockte der Atem. Mills war gekommen, sie zurückzuholen. Er würde sie umbringen.

»Inspektor Hennessy«, erklang es aus dem Telefonhörer. »Hallo, wer ist da? Melden Sie sich!«

Doch der Hörer baumelte bereits unter dem Apparat. Von Panik erfüllt, stürmte die Thailänderin aus der Zelle. Die Limousine folgte ihr im Schrittempo, und sie beschleunigte, als Lian zu rennen begann.

Ihr Absatz brach ab, als er in der Fuge zwischen zwei Gehwegplatten steckenblieb. Lian taumelte, fing sich am Gartenzaun neben ihr ab und hastete barfuß weiter. Sie lief um ihr Leben, aber diesen Wettlauf konnte sie niemals gewinnen.

Plötzlich war das Auto neben ihr. Die Scheibe auf der Beifahrerseite glitt nach unten. Lian blickte in ein bärtiges, von Narben gezeichnetes Gesicht.

»Steig ein, Puppe, und mach keine Zicken!«

Sie hastete weiter.

Der Fahrer – Lian hatte gesehen, daß es Mills war – gab Gas und jagte das Auto auf den Gehweg. Die Beifahrertür wurde aufgestoßen.

»Zier dich nicht, du Nutte! Alles was wir wollen, ist ein bißchen Spaß mit dir.«

Lian warf sich erneut herum. Der Narbengesichtige

holte sie jedoch schon nach wenigen Schritten ein. Brutal zerrte er ihr die Arme auf den Rücken. Er lachte nur, als das Mädchen um Hilfe schrie.

In dem Moment heulte die Sirene auf.

»Die Bullen!« brüllte Mills. »Verdammt, Brad, steig ein!«

Lian erhielt einen Stoß in den Rücken, der sie der Länge nach hinschlagen ließ, doch sie fing sich einigermaßen ab und wälzte sich herum. Ihr Blick streifte die Limousine, und sie sah Mills, der sich vom Fahrersitz aus zur Seite beugte und eine Waffe auf sie anlegte. Nahezu gleichzeitig spürte sie einen harten Schlag im Brustbereich. Alles um sie her versank plötzlich in dichtem Nebel. Nur noch wie aus weiter Ferne drang das Heulen der Polizeisirenen an ihr Ohr. Die Streifenwagen kamen von beiden Seiten. Schüsse fielen, danach trat Stille ein.

Irgendwann beugte sich jemand über sie. Der Mann lächelte. Lian hatte schon lange niemanden mehr lächeln sehen. Sie kannte dieses Gesicht. »Buster ...«, formten ihre Lippen seinen Namen.

»Nicht jetzt«, sagte er hastig, und seine Finger berührten sanft ihre Wangen. »Sie sind verletzt, aber Sie werden es überstehen. Ich wußte, daß Sie ein mutiges Mädchen sind, Lian, deswegen habe ich das Red Sexy überwachen lassen. Die beiden Kerle werden Ihnen nichts mehr tun, sie sind tot. Aber gerade deshalb brauche ich Ihre Hilfe mehr als zuvor.«

Lian lächelte ebenfalls. Gleich darauf löschte eine wohltuende Ohnmacht alle Empfindungen.

Das Anwesen war riesig und wurde von einer hohen Mauer umgeben. Gegenüber dem wuchtigen schmiedeeisernen Eingangstor gab es im Schatten hoher Bäume einen Parkplatz. Ein Schild an der Einfahrt wies darauf hin, daß ausschließlich Kunden das Recht hatten, den Platz zu benutzen.

Gudrun und Pierre hatten sich noch am vergangenen Abend in einer Boutique in Welshpool neu eingekleidet, nicht der neuesten Mode folgend, aber auch keineswegs konservativ. Kurzum: Beide verbreiteten das Flair erfolgreicher Geschäftsleute.

Lässig lehnte die Anthropologin sich an den Ford und ließ ihren Blick schweifen. »Eine noble Gegend«, stellte sie unumwunden fest. »Sir Neville scheint ein angesehenes Mitglied der Gesellschaft zu sein.«

»Hast du etwas anderes erwartet?« konterte Leroy.

»Ich weiß nicht. Nach der Schießerei und Summerfields gelegentlichen Andeutungen war ich so ziemlich auf alles gefaßt.«

»Worauf warten wir noch?« fragte der Franzose. »Kratzen wir die goldene Oberfläche an, um zu sehen, was sich darunter verbirgt.«

Das Tor öffnete sich selbsttätig vor ihnen. Leroy zog nur die Brauen hoch, schwieg aber.

Ein breiter Kiesweg führte zu der Villa, die viel zu groß war, um nur Wohnzwecken zu dienen. Vermutlich hatte Sir Franklin hier seine Ausstellungsräume für Antiquitäten ebenso wie das Büro des Maklerunternehmens. Der Garten machte einen überaus gepflegten Eindruck; exakt geschnittene Hecken, Blumenbeete und feinster englischer Rasen bestimmten das Bild. Marmorstatuen flankierten den Weg, sie vermittelten dem Besucher den Eindruck, römische Geschichte hautnah zu erleben.

»Geschmackvoll«, kommentierte Gudrun.

»Laß dir nichts anmerken, aber sieh trotzdem genau hin!« raunte Pierre. »Die Statuen sind Kopien. Wenn mich nicht alles täuscht, stecken in den Köpfen Überwachungsanlagen.«

Gudrun warf den Kopf in den Nacken und strich

durch ihr Haar – eine unauffällige Bewegung, doch dabei musterte sie eine der Marmorgöttinnen. »Du hast recht«, antwortete sie auf deutsch. »Sieht so aus, als hätte Sir Franklin ein gesteigertes Sicherheitsbedürfnis. Ist dir auch der Hundezwinger aufgefallen?«

Sie betraten einen achteckigen Vorraum, der mit Möbeln aus dem Barock ausgestattet war. Ausstellungsräume grenzten an.

»Sie wünschen, bitte?«

Weder Gudrun noch Pierre hatten den Verkäufer kommen hören, der unvermittelt neben ihnen stand. Er trug einen dunklen Anzug, dazu die passende Fliege, nur sein Haar schien etwas zuviel Pomade abbekommen zu haben.

Aalglatt, dachte Gudrun. Laut sagte sie: »Ich habe gestern mit Sir Franklin telefoniert. Er erwartet uns.«

»Sie sind die beiden Händler aus Europa?!« Das war mehr Feststellung als Frage.

»Allerdings.« Pierre nickte knapp.

»Franzose?«

»Auch das ist richtig.«

»Wenn Sie sich einen Moment gedulden möchten. Bitte, sehen Sie sich einstweilen um – das Haus steht Ihnen offen.«

»Das ist äußerst liebenswürdig.«

Aus dem Moment wurden etliche Minuten. Mit Kennerblick inspizierte Leroy inzwischen einige der Ausstellungsstücke. Nicht ein Schrank war dabei, den er unter zwanzigtausend Pfund schätzte. Das rechtfertigte in der Tat die Überwachungsanlagen, die auch in den Verkaufsräumen geschickt getarnt angebracht waren.

»Sir Franklin Neville erwartet Sie!« Der Verkäufer führte die beiden in ein lichtüberflutetes Büro. Nahezu die gesamte Längsseite des Raumes war verglast und ermöglichte einen ungehinderten Blick in den Garten mit weitläufiger Terrasse und überdimensioniertem Zierfischteich.

Der Mann, der Gudrun und Leroy freundlich begrüßte, war schätzungsweise Mitte der Vierzig. Er hatte graues volles Haar mit einigen schwarzen Strähnen, eine hohe Stirn und überaus markante Gesichtszüge. Ungefähr so, wie man sich einen distinguierten Adeligen im allgemeinen vorzustellen pflegte. Seine blauen Augen versprühten Lebensenergie.

»Ich bin Franklin Neville.« Spontan streckte er Gudrun die Hand entgegen. »Und Sie sind Miss –«

»Machon«, sagte Gudrun. »Maria Machon. Mein Begleiter, Monsieur Bouille –«

»Es freut mich außerordentlich.« Neville bot ihnen Sitzplätze an. Beinahe versanken sie in den riesigen Ledersesseln.

»Darf ich Ihnen einen Cognac einschenken, vielleicht einen schottischen Whisky?«

»Danke, für mich nicht«, wehrte Gudrun ab.

»Monsieur Bouille?«

Leroy nickte knapp. »Ein Cognac kann nie schaden«, sagte er.

Neville schenkte zwei edle Kristallschwenker ein. »Bislang war mir nicht bewußt, daß mein Name auf dem Festland bekannt ist. So verhält es sich doch, wenn ich Sie richtig verstanden habe, Miss Machon? Hatten Sie eine angenehme Fahrt?«

»Keine Probleme. Weswegen wir hier sind, Sir Franklin ...« Sie machte eine künstliche Pause, als müsse sie über eine Formulierung nachdenken.

»Antiquitäten?«

»Besondere Antiquitäten; Dinge, die es in Deutschland oder Frankreich nicht auf dem Markt gibt. Oder sagen wir, nur unter Schwierigkeiten.«

Neville nippte nur an seinem Cognac. »Ich fürchte, ich

verstehe nicht ganz, worauf Sie hinauswollen, Miss Machon.«

»Monsieur Bouille und ich, wir haben gemeinsame Kunden, die das Besondere suchen, nicht einfach nur Chippendale-Möbel oder Rokoko-Kommoden. Dinge mit Vergangenheit, denen mehr als nur ein paar Jahrhunderte anhaften: Geheimnisse oder gar Mysteriöses.

Neville schürzte die Lippen. »Sie müssen mir genauer erklären, was Ihre Auftraggeber darunter verstehen.«

»Kursieren nicht Behauptungen, daß es in nahezu jedem schottischen Schloß irgendwann gespukt hat? Beschaffen Sie uns Türen aus solchen Schlössern, und wir zahlen Ihnen Höchstpreise. Oder hölzerne Treppen, Deckenbalken sogar – alles, was sich problemlos in Neubauten integrieren läßt.«

»Verrückt«, murmelte Neville überrascht. »Verzeihung«, fügte er sofort hinzu, »das geht selbstverständlich nicht gegen Sie.«

»Ich weiß«, nickte Leroy. »Aber wir leben davon, daß wir ausgefallene Kundenwünsche erfüllen, und die Geschmäcker ändern sich mit der Zeit. Mag sein, daß die Esoterik-Welle daran schuld ist; Übersinnliches ist in.«

»Um es gleich klarzustellen«, sagte Neville gedehnt und lehnte sich zurück, »ich befasse mich nicht mit derartigen Wünschen. Ich weiß, daß Japaner vor Jahren ein Schloß Stein für Stein abtragen und auf Honschu wieder aufbauen wollten, aber derartige Dinge kämen einem Ausverkauf unserer Kultur gleich, nicht nur einer Entmystifizierung.«

»Demnach sehen Sie keine Möglichkeit –?«

»Fahren Sie nach Schottland und reden Sie mit einigen Schloßherren. Mag sein, daß der eine oder andere Ihre Idee attraktiv findet und gerne sein Budget aufbessert.«

»Wir hatten gehofft, uns die Mühe vieler Einzelgespräche ersparen zu können«, erklärte Leroy.

»Gibt es jemanden, der unsere Wünsche erfüllen könnte, Sir Franklin?« wollte Gudrun wissen.

»Wie schon gesagt –«

»Und Waffen oder Gebrauchsgegenstände? Dinge, denen man nachsagt, sie wären magisch beeinflußt?«

Neville schüttelte bedauernd den Kopf. »Ich sehe keine Möglichkeit, daß wir miteinander ins Geschäft kommen.«

»Schade«, sagte Gudrun. Abgesehen davon, daß sie Sir Franklin Neville kennengelernt hatten, waren Pierre und sie nicht einen Deut weitergekommen. Das Herumgerede um den heißen Brei führte zu nichts. Sie mußte zum Frontalangriff übergehen und konnte dabei nur hoffen, daß Neville nichts mit dem Mördertrupp zu tun hatte, dem Summerfield zum Opfer gefallen war.

»Großbritannien ist reich an Sagen und Mysterien«, hörte sie sich sagen. »Gibt es im Süden Antiquitäten, die unseren Vorstellungen entsprechen? Cornwall war das Land von König Artus, Merlin und den Rittern der Tafelrunde. Excalibur, Morgan le Fays Zauberstücke, oder der Heilige Gral –« Sie lehnte sich ebenfalls zurück und blickte Neville auffordernd an. »Ich habe von Gerüchten gehört, daß der Gral wieder aufgetaucht sein soll.«

Sir Franklins Miene blieb ausdruckslos, nicht ein Muskel zuckte in seinem Gesicht. Lediglich in seinen Augen war ein flüchtiges Aufblitzen zu bemerken. »Ich weiß nicht, woher Sie Ihr Pseudowissen beziehen«, antwortete er gedehnt, »aber Sie sind zweifellos einem Scharlatan aufgesessen. Es gibt keine Beweise dafür, daß Excalibur jemals existiert hat. Auch der Heilige Gral ist nur ein Phänomen, vielleicht nur ein Symbol der unerschütterlichen Hoffnung, die in jedem Menschen wohnt.« Wie beiläufig warf er einen Blick auf seine mit Brillanten verzierte Armbanduhr. »Ich denke zwar, daß unser Gespräch nahezu beendet ist, Miss Machon, Monsieur Bouille, trotzdem bitte ich Sie, mich für einen Moment zu entschuldigen. Ich erwarte einen Anruf aus Fernost. – Darf ich Ihnen noch einen Drink anbieten?«

»Danke«, wehrte die Anthropologin ab. Sinnend blickte sie Neville hinterher, der die beiden Flügel der großen Schiebetür sorgfältig hinter sich schloß. Pierre wollte etwas sagen, doch Gudrun bedeutete ihm mit einem unmißverständlichen Blick, es nicht zu tun. Sie fürchtete, die Wände in dem Büro könnten Ohren haben.

»Schade«, meinte sie. »Sir Franklin wäre mir als Geschäftspartner sympathisch. Trotzdem werden wir wohl mit leeren Händen zurückfliegen müssen.«

»Ich gebe die Hoffnung nicht so schnell auf. Es gibt andere Antiquitätenhändler.«

Sie warteten volle fünf Minuten. Als Sir Franklin endlich wieder das Büro betrat, wirkte er gelöster als zuvor.

»Gute Geschäfte?« fragte Gudrun.

»Wie man es nimmt. – Wo waren wir stehengeblieben?«

»Bei der Erwähnung des Heiligen Grals.«

»Ich sagte schon –«

Gudrun unterbrach ihn mitten im Satz. »Haben Sie jemals von einem Geheimbund gehört, der sich der ›Club‹ nennt?«

Sir Franklins Zögern konnte nur einem aufmerksamen Beobachter auffallen. Aber Gudrun Heber war eine aufmerksame Beobachterin.

»Ja und nein«, sagte Neville. »Club ist ein alltäglicher Begriff.«

»Und im Zusammenhang mit dem Heiligen Gral?«

»Es tut mir leid, Miss, für Hirngespinste bin ich nicht zuständig.« Sir Franklin erhob sich und deutete eine Verbeugung an. »Sie verstehen hoffentlich, daß meine Zeit knapp bemessen ist. Vielleicht wird ein andermal ein Geschäft daraus. Wenn Sie mir Ihre Karte geben –«

»Das ist nicht mehr nötig«, wehrte Leroy ab. »Was wir wissen wollten, wurde gesagt.«

»Edgar wird Sie nach draußen geleiten. Haben Sie vor, nach Schottland zu fahren?«

»Ja.« Gudrun nickte zögernd. »Ich denke schon.«

Edgar war der Verkäufer mit dem Pomadenhaar. Er führte die Besucher aus dem Haus und blickte ihnen nach, bis sie das Grundstück verlassen hatten.

»Wie ist dein Eindruck?« fragte Gudrun, als sie den Ford erreichten und Pierre ihr die Beifahrertür aufschloß.

»Er weiß mehr, als er zugibt. Trotzdem kommen wir nicht an ihn heran. Uns bleibt nur noch eine Möglichkeit, falls wir nicht auf der Stelle treten wollen.«

»Irgend etwas haben wir falsch gemacht«, überlegte Gudrun.

»Selbstvorwürfe sind fehl am Platz, Cherie. Steig ein, damit ich losfahren kann.«

»Wohin?«

»Zurück nach London. Oder zumindest in die Nähe.«

Sir Franklin Neville wußte zu dem Zeitpunkt bereits, daß seine Besucher keineswegs Geschäftsleute vom Festland gewesen waren, sondern Mitarbeiter des Analytic Institute for Mysteries.

Edgar hatte auf sein Geheiß hin die Zulassung des Leihwagens überprüft. Der rote Ford gehörte einer Leihwagenfirma am Flughafen Heathrow, angemietet worden war er zunächst für die Dauer einer Woche von einem Franzosen namens Pierre Leroy.

Bislang hatte Neville sich sicher gefühlt, jetzt begriff er endlich, daß Timothy Robsons Warnungen keineswegs aus der Luft gegriffen gewesen waren. David Summerfield, der junge Historiker, hatte offensichtlich weit mehr über den Verbleib des Heiligen Grals herausgefunden, als bislang befürchtet. Und er hatte sein Wissen weitergegeben. Anders war es nicht zu erklären, weshalb die beiden

A.I.M.-Leute unter falschem Namen in Birkenhead erschienen waren.

»Edgar«, befahl Sir Franklin, »sorgen Sie dafür, daß der rote Ford beschattet wird. Ich will präzise wissen, wohin die beiden fahren und was sie vorhaben. Versuchen Sie außerdem, Mr. Robson zu erreichen, egal wie.«

Lian erwachte mit dem Empfinden, eine ungewöhnlich lange und beinahe endgültige Reise hinter sich zu haben. Der Tod hing immer noch wie ein unsichtbarer Schatten über ihr, aber alles um sie her war hell und freundlich, so völlig anders als die Zimmer im Red Sexy.

Sie empfand keine Schmerzen, nur ein dumpfes Pochen in der Brust, wo Mills Pistolenkugel sie erwischt hatte.

Von irgendwoher erklangen Stimmen. Lian versuchte den Kopf zu heben, doch die Bewegung war mühsam. Sie sah eine Reihe unverständlicher technischer Apparaturen neben dem Bett; Leuchtanzeigen flimmerten über winzige Bildschirme, und erst jetzt erkannte sie, daß mehrere dünne Schläuche in ihrer Nase steckten und ein Handgelenk mit Infusionen verbunden war. Die Panik sprang sie an wie ein wildes Tier, sie hustete, begann erstickt zu röcheln ... Sofort war eine Krankenschwester neben ihr.

»Beruhigen Sie sich, Lian. Alles wird gut werden, die Operation haben Sie ausgezeichnet überstanden. – Hören Sie mich, Lian?«

Sie nickte schwach. »Wie lange –?«

»Sie haben beinahe zwanzig Stunden geschlafen, aber der Schlaf hat Ihnen gutgetan.«

Ohne ihr Zutun fielen ihr erneut die Augen zu. Doch Lian wollte nicht schon wieder hinübergleiten in das Reich der wesenlosen Schatten, die ihr zuflüsterten, nicht zurückzukehren in die Welt der Lebenden ... »Mills«, stieß sie keuchend hervor. »Was ist mit ihm? Ist er ...?«

»Ich glaube«, die Schwester tupfte ihr sanft den Schweiß von der Stirn, »das kann Ihnen Constable Brody besser erklären. Er wartet seit Stunden darauf, daß Sie aufwachen. Fühlen Sie sich stark genug, mit ihm zu reden?«

Wieder nickte Lian, blinzelnd, mit tränenden Augen. Verschwommen nahm sie den Polizisten wahr, der sich über sie beugte. Besorgnis, aber auch Zuversicht spiegelten sich in seinem Gesicht.

»Hallo«, sagte er. »Es freut mich, daß es Ihnen gut geht, Lian.«

Die Thailänderin versteifte sich. Ein heller Ton aus einem der medizinischen Apparate klang plötzlich hektischer. »Sie haben mich benutzt«, stieß sie wütend hervor.

»Wir jagen einen Mörder, Lian. Er hat eine Frau getötet, und vielleicht war Sudara Dehwat nicht sein einziges Opfer.«

»Er hätte mich beinahe ebenfalls ...« Lians Stimme war leiser geworden und verstummte schließlich völlig. Die Erinnerung war noch zu frisch.

»Sie braucht Ruhe«, hörte die Thailänderin die Krankenschwester sagen. »Ich kann nicht zulassen, Constable, daß Sie die Frau unnötig belasten.«

»Nur ein paar Fragen.«

»Ich muß Sie darauf hinweisen –«

»Die Verantwortung übernehme ich, mit allen Konsequenzen. – Lian, können Sie mich noch hören? Die Polizei hat das Red Sexy überwacht, damit Ihnen nichts geschieht. Mills ist tot, er wurde erschossen, als er sich seiner Festnahme entziehen wollte. Aber gerade deshalb brauchen wir Namen, Lian. Wer hat den Mord an Sudara befohlen?«

»Ich ... ich habe Angst vor den Männern.«

»Die Polizei beschützt Sie, Lian. Wir haben einen Mann vor Ihrem Krankenzimmer postiert. Aber wir können nicht ewig auf Sie aufpassen. Nennen Sie uns Namen, damit wir die Täter einsperren können! Wer hat Miss Dehwat getötet? War es Mr. Robson?«

Lian brauchte lange, ehe sie antwortete.

»Ich weiß es nicht; ich weiß nur, daß er … den Befehl dazu gab.«

»Weiter, Lian! Bestimmt haben Sie ab und zu mitbekommen, mit wem Robson verhandelte. Hat er nahe Freunde, wer sind seine Geschäftspartner?«

Stockend nannte die Thailänderin einige Namen. Zwei davon waren dem Constable beileibe keine Unbekannten, doch sie waren den Maschen des Gesetzes aalglatt immer wieder entschlüpft. Endlich hatte er eine konkrete Handhabe, die Fahndung auszuschreiben. Mordverdacht.

Beim letzten Namen allerdings stutzte er.

»Sir Franklin Neville?« fragte er erstaunt. »Ich kann mir nicht vorstellen, daß er mit einem miesen kleinen Gangster vom Format Robsons –«

»Wenn Sie mir nicht glauben, warum sind Sie dann noch hier?« erwiderte Lian gequält. »Robson trifft sich seit Jahren mit Neville, in letzter Zeit aber zunehmend öfter.«

»Lian«, sagte Constable Brody und drückte ihr die Hand, »Sie sind ein tapferes und sehr mutiges Mädchen. Ich werde dafür sorgen, daß Sie in Zukunft niemanden mehr fürchten müssen.«

Die zweite Möglichkeit, von der Pierre Leroy gesprochen hatte, eröffnete sich etwas mehr als dreißig Kilometer nördlich von London und hieß St. Albans. Die Kathedralsstadt war nach dem ersten christlichen Märtyrer

Großbritanniens benannt worden, dem römischen Legionär Alban. Im Jahr 303 n. Chr. hatte man ihn enthauptet, beinahe fünf Jahrhunderte später war ihm zu Ehren eine Benediktinerabtei gegründet worden.

»Du vergißt, daß ich schon vor Ort war«, bemerkte Gudrun Heber amüsiert, als Leroy sich überrascht ihr zuwandte. »Derartige Informationen sind keine Hexerei.«

»Dann bin ich ja beruhigt. Und vollends zufrieden wäre ich, wenn du mir verrätst, wo das Tagebuch des Abtes aufbewahrt wird.«

»Auf keinen Fall in der Klosterbibliothek.« Gudrun kniff die Brauen zusammen und musterte den Franzosen von der Seite. Um seine Mundwinkel hatten sich tiefe Falten eingegraben. Das gefiel ihr nicht. »Hast du vor, das Tagebuch zu stehlen?«

»Ich?« erwiderte Leroy gedehnt. »Wo denkst du hin? Aber wenn wir Erfolg haben wollen – und den brauchen wir –, sind wir zu rigorosen Maßnahmen gezwungen. Ich werde mir die Aufzeichnungen zumindest ansehen. Hoffentlich sind sie gut genug erhalten, daß sie den Blitz einer Pocketkamera überstehen, ohne auseinanderzufallen.«

»Sie waren im Keller eingemauert, in einer verschütteten Mönchszelle, und außerdem in Bleibehältern verborgen.«

»Offenbar war es nicht nötig, sie zu restaurieren«, überlegte Leroy. »Das vereinfacht die Angelegenheit.«

St. Albans entpuppte sich als schöne und vor allem saubere Stadt. Viele der Häuser stammten noch aus dem 16. bis 18. Jahrhundert. Gudrun dirigierte Leroy quer durch den Ort, zwar mit einigen Umwegen, wie sich hinterher herausstellte, trotzdem erreichten sie die St.-Albans-Kathedrale ziemlich rasch.

»Mit über neunzig Metern Länge besitzt die Kathedrale das längste mittelalterliche Kirchenschiff der Welt«, dozierte die Anthropologin. »Erbaut wurde sie in ungefähr zwölf Jahren ab 1077.«

Der massive normannische Turm stach ins Auge. Pierre benutzte ihn als unübersehbaren Wegweiser, als er nach einem Parkplatz suchte und schließlich eine Lücke in einer Seitenstraße fand, gut und gerne einen halben Kilometer von der Kathedrale entfernt.

Sie hatten lange gebraucht, um von Birkenhead über Birmingham bis nach London zu fahren. Strichweise niedergehender wolkenbruchartiger Regen hatte kaum mehr als siebzig Stundenkilometer erlaubt, aber die Autobahn war ohnehin bis auf wenige Abschnitte dicht gewesen. Gegessen hatten sie unterwegs nichts, und Leroys Bemerkung, daß ein leerer Magen weder klettern noch brauchbare Fotos schießen könne, brachte Gudrun und ihn in ein kleines, aber gemütliches Restaurant mit durchaus guter Küche.

Vierzig Minuten später betraten sie die Kathedrale durch das Hauptportal. Außer einer Handvoll japanischer Touristen waren sie die einzigen im weitläufigen Langhaus.

Eine steinerne Kreuzwand trennt das Schiff vom normannischen Chor. Östlich schließt sich das Presbyterium an.

Gudrun führte Leroy zur Südseite. »Vor uns liegt die Kapelle des Abtes John Wheathampstead, in ihr befindet sich ein großes, aus Erz gegossenes Standbild von Thomas de la Mare, der bis zu seinem Tod im Jahr 1375 ebenfalls Abt war. Er scheint der Verfasser des Tagebuchs gewesen zu sein.«

Die Statue war ohne Besonderheiten, auch die Kapelle schien keine Geheimnisse zu bergen. Aber selbst wenn, dann wären sie während der wiederholten Restaurationsarbeiten längst entdeckt worden.

Pierre und Gudrun verließen die Kathedrale durch das südliche Kreuzschiff, in dem noch Reste der früheren angelsächsischen Kirche enthalten sind. Normannische Arkaden sowie einen Torbogen hatte man vor Jahren wiedereingesetzt.

Die Sonne stand immer noch hoch am Himmel. »Wie weit ist die Klosterbibliothek entfernt?« wollte Pierre wissen.

»Nur ein paar Kilometer. Ein Katzensprung.«

Leroy bedachte die Anthropologin mit einem nachdenklichen Blick. »Ich frage mich«, sagte er leise, »wie wir die Zeit bis zum Abend totschlagen können.«

»Auf jeden Fall nicht so, wie du dir das vorstellst«, konterte Gudrun. »Komm mit, ich zeige dir noch etwas.«

Nur wenige Schritte westlich der Kathedrale erhebt sich das sogenannte Abteitorhaus, ein Bau aus dem 14. Jahrhundert und Überrest des alten Klostergebäudes. »Heute beherbergt das Haus eine Mittelschule, die möglicherweise schon vor tausend Jahren gegründet wurde«, erklärte die Anthropologin. »Wir gehen jetzt zur Nordseite.«

»Hoffentlich erwartest du kein Trinkgeld für deine Ausführungen.«

»Warum nicht?«

Ein Baustellenzaun reichte bis halb in die Straße. Zum Teil war das Straßenpflaster weggesackt, vermutlich als Folge der riesigen Baugrube. Tafeln verkündeten den Erweiterungsbau der Schule.

»Seit einigen Wochen sind die Arbeiten eingestellt, genaugenommen seit der Entdeckung der aus dem Mittelalter stammenden Gewölbe. Durch die Baggerarbeiten wurden anfangs schwere Schäden verursacht, anschließend ist man jedoch dazu übergegangen, die Mauern Stein für Stein abzutragen. Offenbar in der Hoffnung auf weitere bedeutsame Funde.«

»Von hier stammt der Hinweis auf den Heiligen Gral?« Leroy stützte sich auf eine Absperrung und ließ den Blick schweifen. Einige wenige Mauerreste verrieten die jahrhundertealte ursprüngliche Bebauung. Aber die mächtigen Quadersteine standen gut einen halben Meter hoch im Wasser. Entweder drückte Grundwasser nach oben, oder es hatte während der letzten Tage sintflutartig geregnet. Armdicke Schläuche waren über das Grundstück verlegt, und das Laufgeräusch von Kompressoren verriet, daß das schlammige Wasser in die Kanalisation abgepumpt wurde. Große Hoffnung auf weitere unversehrte Funde brauchten sich die Verantwortlichen der zuständigen Baubehörde allerdings nicht mehr zu machen.

Geräuschvoll stieß Leroy die Luft aus. »Da sind Dilettanten am Werk«, stellte er unumwunden fest.

»Am liebsten möchte man hinabsteigen und helfen«, pflichtete Gudrun bei.

Hinter ihnen heulte ein Motor auf, eigentlich nichts Besonderes, denn der Verkehrslärm war allgegenwärtig. Die Anthropologin schien das Geräusch auch gar nicht registriert zu haben, lediglich Leroy wandte sich um.

Ein Auto raste über den freien Platz, der nur Fußgängern vorbehalten war, geradewegs auf sie zu.

Pierre reagierte instinktiv, als er Gudrun mit sich zerrte. Unmittelbar hinter ihnen radierten die Reifen über das Pflaster, zersplitterten Holzbalken und die Lampen der Absperrung, wurde dünnes Blech von der Wucht des Aufpralls deformiert.

Der Wagen geriet ins Schleudern und fegte mit dem Heck die Trümmer der Absperrung in die Baugrube, doch der Fahrer hatte ihn sofort wieder unter Kontrolle. Noch fünf Meter ... Leroy hatte das Gefühl, daß der Kerl hinter dem Lenkrad genau wußte, was er tat.

»Spring!« Er versetzte Gudrun einen heftigen Stoß in

die Seite, daß sie haltlos nach vorne taumelte, gleichzeitig hechtete er selbst über die hüfthohe Absperrung. Noch im Fallen riß er schützend die Arme hoch, während über ihm ein infernalisches Splittern und Kreischen anhob.

Sekundenbruchteile später schlug er auf. Brackige Nässe schwappte über ihn hinweg, drang ihm in Mund und Nase ein, und er glaubte schon, ersticken zu müssen, als er endlich freikam von dem zähen Morast. Prustend und spuckend wischte er sich mit beiden Händen den Schlamm aus dem Gesicht.

»Pierre«, vernahm er Gudruns Stimme hinter sich. »Danke.«

»Schon gut«, erwiderte er und versuchte, den Dreck von seiner Kleidung abzustreifen. Aber das war vergebliche Mühe. »Wer wollte eben noch hinabsteigen und helfen?«

Die Anthropologin ging nicht darauf ein. »Das war ein Versuch, uns umzubringen«, sagte sie tonlos. Bis zu den Knien stand sie im Schlamm und suchte vergeblich nach einer Leiter oder einer Möglichkeit, wieder nach oben zu steigen.

»Der zweite Versuch«, bestätigte Pierre. »Und ich gehe jede Wette ein, daß wir den Kerl wiedersehen werden.«

»Hast du ihn erkannt? War es Neville?«

»Eher einer von den Killern, die Summerfield auf dem Gewissen haben.«

Von oben gafften die ersten Schaulustigen herab. Und die beiden Arbeiter, die mit dem Abtragen der Steinmauern beschäftigt gewesen waren, kamen näher. Sie trugen immerhin hüfthohe Stiefel. Das erinnerte Gudrun wieder daran, daß sie jede Unebenheit unter den Füßen spürte. »In einigen Jahrhunderten werden Archäologen meine Schuhe aus dem dann festgebackenen Schlamm herauslösen«, sagte sie in einem Anflug von Galgenhumor. »Ich möchte zu gerne dabeisein.«

»Solange du deine Kreditkarte nicht verlierst, ist alles kein Problem«, erwiderte Leroy.

Oben wichen die Schaulustigen auseinander. Ein Polizist beugte sich über die Abbruchkante. »Sind Sie verletzt?« wollte er wissen.

»Wir hatten Glück«, erwiderte die Anthropologin. »Haben Sie den Wahnsinnigen erwischt?«

»Wir überwachen alle Ausfallstraßen.«

Das war Routine.

Die Anthropologin glaubte nicht, daß die Maßnahme irgendeinen Erfolg zeigen würde. Vielleicht brachte die Fahndung ein paar Betrunkene oder Temposünder zur Strecke, aber bestimmt keinen Killer.

»Wenigstens wissen wir jetzt, wie wir die Zeit totschlagen«, raunte Leroy ihr zu. »Uns erwartet eine Menge Papierkrieg.«

»Leider«, sagte Sergeant Bramshill. »Trotz der Ringfahndung haben wir den Wagen nicht aufgespürt. Es ist, als wäre er vom Erdboden verschluckt. An das Kennzeichen können Sie sich nicht erinnern, wenigstens an einen Teil davon?«

Geduldig schüttelte Pierre Leroy den Kopf. Während der vergangenen zwei Stunden hatte er immer wieder versucht, sich die Kombination ins Gedächtnis zu rufen. Vergeblich. Aber auch von den Passanten, die den Vorfall beobachtet hatten, war kein entscheidender Hinweis gekommen. Die Augenzeugen widersprachen sich sogar, was die Farbe des Autos anbetraf. Schwarz, behaupteten die einen, olivgrün oder sogar rot die anderen. Das machte die Arbeit der Polizei nicht gerade einfacher.

»Wollen Sie noch einen Kaffee, Miss Heber? Oder Sie, Mr. Leroy?

Beide winkten ab. Sie hatten geduscht und saßen in

polizeieigenen Bademänteln auf der Wache. Zum Glück waren die Räume angenehm beheizt.

Sergeant Bramshill zog das Protokoll aus der Schreibmaschine. »Fällt Ihnen noch etwas ein, was wir ergänzen müßten?«

»Nein.« Leroy schüttelte den Kopf. »Dir vielleicht, Gudrun?«

»Ich habe herzlich wenig mitbekommen.«

»Aber Sie hatten nicht den Eindruck, daß der Fahrer des Wagens betrunken war?«

»Das hatte ich nicht«, wiederholte Pierre.

»Also handelte es sich eindeutig um versuchten Mord. Das deckt sich mit den Aussagen einiger Augenzeugen.« Der Sergeant musterte erst den Franzosen und anschließend die Deutsche. Sein Blick war durchdringend.

»Sie sind Touristen?«

»Ja.«

»Und Sie sind zum erstenmal in St. Albans?«

»Was soll das?« protestierte Leroy. »Genau das haben Sie uns inzwischen mindestens ein halbes Dutzend Mal gefragt.«

»Und ich werde nochmals so oft fragen, wenn ich mir davon eine Aufklärung verspreche. Also, darf ich bitten?«

»Wir sind zum erstenmal in der Stadt«, sagte Leroy gepreßt. »Wir sind kurz nach dem Mittag mit dem Auto angekommen, haben eine Kleinigkeit gegessen und anschließend die Kathedrale besichtigt. Das ist alles.«

Bramshill machte sich eine Notiz. »War doch gar nicht so schlimm«, stellte er fest.

»Aber unnötig«, protestierte Gudrun.

Der Sergeant wandte sich ihr zu. »Festzustellen, was unnötig ist und was nicht, überlassen Sie bitte mir.« Seine Augen wurden größer, bekamen einen verträumten Ausdruck. Sein Blick fixierte Gudrun, schien sie regelrecht zu durchbohren. Im selben Moment bemerkte sie, daß der Bademantel verrutscht war und mehr von ihren Rundungen freigab als schicklich. Ruckartig raffte sie den Halsausschnitt zusammen.

Bramshill zwinkerte verwirrt, danach wanderte sein Blick zu Leroy zurück. Er schob das Protokoll über den Tisch. »Bitte lesen Sie das und unterschreiben Sie, wenn Sie damit einverstanden sind. Miss Heber ebenfalls. Viel wird allerdings nicht dabei herauskommen.«

»Unsere Sachen. .?« fragte Gudrun.

Der Blick des Beamten wanderte zur Uhr. Es war kurz nach fünf. »Ich nehme an, der Bote der Reinigung wird sie Ihnen jeden Moment zurückbringen. Die neuen Schuhe ebenfalls.«

Leroy unterschrieb. Anschließend schob er das Protokoll an Gudrun weiter.

»Wie können wir Sie erreichen? Ich meine, sollten die Nachforschungen noch erfolgreich werden.«

Pierre nannte die Anschrift und die Telefonnummer von Oake Dùn. »Falls Miss Heber oder ich gerade nicht anwesend sind, wird man uns verständigen.«

Draußen fuhr endlich der Lieferwagen der Reinigungsfirma vor. Minuten später hatten die beiden ihre Kleidung zurück, pikobello sauber, trocken und gebügelt.

»Ich nehme an, wir gehen auf dem schnellsten Weg zum Auto zurück«, vermutete Gudrun, als sie wieder auf der Straße standen.

»Halte die Augen offen!« mahnte Leroy. »Wir stehen bei irgendwem ganz oben auf der Abschußliste.«

»Hast du den Kerl hinter dem Steuer wirklich nicht erkannt?«

»Der Statur nach ... Aber nein, er ist in Summerfields Haus ums Leben gekommen.«

»Du meinst den Burschen mit dem fleischigen Gesicht?«

»Ich hatte den Eindruck.«

Ohne weiteren Zwischenfall erreichten sie den Parkplatz. Der rote Ford stand da, wie sie ihn verlassen hatten. Trotzdem umrundete Pierre aufmerksam das Auto und warf forschende Blicke in die Radkästen und unter die Einstiege. Aber da war kein hochbrisantes Päckchen, das ihnen jemand unters Blech geheftet hatte, um ihre Himmelfahrt zu besiegeln.

Sie verließen St. Albans mit einem unguten Gefühl. Leroy ertappte sich immer wieder, daß er in den Innenspiegel starrte und bei jedem dunklen Wagen zusammenzuckte, der sich von hinten näherte.

Die ausgedehnten Chiltern Hills mit ihren weiten Weideflächen und den Buchenwäldern schimmerten im Schein der Abendsonne purpurn. Trutzig erhoben sich die Klostermauern in den Abendhimmel.

Leroy hielt mit laufendem Motor am Straßenrand. Ein einsamer Austin Mini zog vorbei und verschwand jenseits der Hügel. Sonst war weit und breit kein anderes Fahrzeug zu sehen. Pierre parkte den Ford kurze Zeit später auf einem schmalen Feldweg, im Schutz einer dichten Hecke. Den letzten Kilometer legten Gudrun und er zu Fuß zurück.

»Die Bibliothek liegt im zweiten Stock, unmittelbar vor dem Treppenaufgang«, erklärte die Anthropologin. »Sie beherbergt eine Fülle interessanter Schriften, aber zweifellos nicht das Tagebuch des Abtes de la Mare. Ich vermute, daß sie im ersten Stock aufbewahrt werden. Wenn mich nicht alles täuscht, war der betreffende Flur mit einer Lichtschranke gesichert. Sei vorsichtig, Pierre.«

»Unkraut vergeht nicht.« Er rollte den Kragen seines schwarzen Pullovers bis unter die Nase hoch und zog die ebenfalls schwarzen Seidenhandschuhe an, die er sich unter den Hosenbund geschoben hatte. Die Kamera und ein Ersatzfilm steckten in der Gesäßtasche, eine Taschenlampe gehörte ebenfalls zu seiner Ausrüstung. »Ich bin mindestens so gut wie Al Mundy«, behauptete er.

Gudrun verzichtete auf die Frage, wer Al Mundy sei. »Bleib in Deckung«, riet Pierre. »Und falls etwas Unvorhergesehenes geschieht, verschwinde rechtzeitig. Einer von uns beiden muß dann Sir Ian informieren.«

Der Himmel hatte sich während der letzten Viertelstunde mit schweren Regenwolken verhängt. Das schwache Abendrot wich schnell der hereinbrechenden Nacht. Da Neumond war, würde die Finsternis vollkommen sein.

Schon nach wenigen Schritten verschmolz Pierre mit dem Gelände. So sehr Gudrun ihre Augen auch anstrengte, sie konnte ihn nirgendwo mehr entdecken. Drüben im Kloster waren viele Fenster hell erleuchtet, allerdings blieb fast das gesamte obere Stockwerk dunkel.

Ein qualvolles und vermutlich langes Warten begann. Gudrun erwartete nicht, daß Pierre schnell fündig wurde. Außerdem mußte er vorsichtig sein.

Vielleicht wäre es besser gewesen, im Wagen zu warten, doch inzwischen konnte sie daran nichts mehr ändern. Pierre würde sie, sobald er zurückkam, in der Nähe des Feldrains suchen. Deshalb blieb sie da, wo sie sich getrennt hatten, und breitete lediglich eine dünne Alufolie aus, um sich vor der aufsteigenden Bodenfeuchtigkeit zu schützen.

Träge flossen die Minuten dahin. Hoch über ihr zog ein Nachtvogel gemächlich seine Bahn, sie hörte den schweren Flügelschlag.

Obwohl Gudrun krampfhaft versuchte, wachzubleiben, fielen ihr nach einer Stunde die Augen zu. Sie schaffte es nicht, gegen die Müdigkeit anzukämpfen.

Sie träumte. Vom Heiligen Gral, einer der kostbarsten Reliquien der Christenheit. Jesus Christus sollte beim

Letzten Abendmahl daraus getrunken haben, und sein Blut war am Kreuz in diesem Kelch aufgefangen worden. Und während sie träumte, erinnerte sich ihr Unterbewußtsein, daß auch Sir Ian Sutherland vor einigen Tagen von einem Traum gesprochen hatte – von Fionn Mac Cuail, einer Sagengestalt, und dem vierkantigen Becher der Fenier. War das ein erster Hinweis auf den Gral gewesen, möglicherweise auf eine Beeinflussung durch das Orakel zurückzuführen? So wie auch Mortimer plötzlich und ohne jede Vorwarnung von dem Wahn befallen worden war, sämtliche Becher auf Oake Dùn putzen zu müssen?

Unruhig wälzte Gudrun sich von einer Seite auf die andere.

Sie schreckte auf und war schlagartig wieder hellwach, als zwei Scheinwerferkegel durch die Nacht stachen. Ein silberner Jaguar schnurrte die Straße zwischen den Hügeln heran, und hielt vor den Klostermauern. Auf die Distanz konnte Gudrun wenig erkennen, sie sah lediglich, daß der Fahrer ausstieg und gleich darauf mit einem Mönch im Innenhof verschwand.

Ein Blick auf die Uhr verriet ihr, daß Mitternacht nahe war. Und die Zeiger rückten unbarmherzig weiter vor.

Ungefähr zur selben Zeit, nahezu auf der anderen Seite der Erdkugel:

Suzy Duvall hatte das Geräusch des landenden Wasserflugzeugs gehört, aber als sie endlich die Pyramide verließ, war die Maschine bereits wieder gestartet und verschwand mit Nordkurs im strahlend blauen Mittagshimmel.

Auf dem schmalen Pfad von der Lagune her näherte sich eine einsame Gestalt.

»Jack!« rief Suzy, und in ihrer Stimme mischten sich

Freude und Ärger. »Jack Warden! Ich habe Sie schon vor Stunden erwartet.«

Der Mann – sein ansonsten fettig glänzendes, strähniges Haar wirkte ausnahmsweise gepflegt – verzichtete auf eine Antwort. Er taxierte die Eurasierin mit einem geradezu unverschämt anzüglichen Blick. Sie konnte seine Gedanken erraten, aber sie dachte nicht daran, mit ihm zu schlafen – nicht hier und nicht jetzt. In den wenigen Tagen, die er als ihr Stellvertreter in Bangkok fungiert hatte, schien er härter geworden zu sein, er war nicht mehr der kleine Kriminelle, der sich mit gelegentlichen Gaunereien mehr recht als schlecht über Wasser hielt. Jack hatte inzwischen einen Vorgeschmack von dem erhalten, was wirkliche Macht bedeutete. Und, daran zweifelte Suzy nicht einen Moment lang, er hatte seinen Manneskräften freien Lauf gelassen. Jack Warden, das spürte sie, hatte das Zeug zu Großem. Er war anders als Karney, der trotz aller Erfolge letztendlich der geborene Verlierer geblieben war.

»Du weißt, warum ich dich gerufen habe?« Die förmliche Anrede, die sie in letzter Zeit gebraucht hatte, erschien ihr hier draußen, in der Einsamkeit des Stillen Ozeans, fehl am Platz.

Warden quittierte die neue Vertraulichkeit mit einem überraschten Augenaufschlag, schwieg aber dazu.

»Kar ist am Ende«, fuhr Suzy Duvall ungerührt fort. Ihre Stimme klang so unbewegt, als rede sie über das Wetter und nicht über einen Menschen, der sich unaufhaltsam und immer schneller in ein Monstrum verwandelte. Wieviel sie ihm verdankte, war vergessen. Professor Richard Dean Karney hatte ein Spiel mit hohem Einsatz gewagt, und er hatte verloren. Das war sein Pech.

Warden kannte Kar nur flüchtig. Der Texaner war ihm unheimlich, zumal er in seiner Nähe ein Gefühl unerklärlicher Übelkeit gespürt hatte. Wahrscheinlich war Karneys körperliche Veränderung daran schuld, die Schuppen, die sich auf seiner Haut gebildet hatten, und die Krallenhand ...

»Du –«, er zögerte mit der vertraulichen Anrede, weil er sich von bildschönen Frau gleichermaßen angezogen wie abgeschreckt fühlte, »du fürchtest Kar?«

Sie winkte unwirsch ab. »Mein Stellvertreter sollte über vieles Bescheid wissen, auch über die Funktionen der Pyramide.« Ein kurzes, glockenhelles Lachen folgte. »Soweit ich sie selbst inzwischen kenne. Ich hoffe, du weißt das Vertrauen zu schätzen, das ich in dich setze. Eine solche Chance erhältst du kein zweites Mal. Richte dich danach.«

»Ich habe nicht vor, dich zu enttäuschen. In keiner Hinsicht.« Warden betrat hinter ihr die Pyramide, die nur mit einem Bruchteil ihrer Länge das kleine Atoll überragte. Der Großteil des uralten Bauwerks lag unter Wasser, von Korallenbänken wie von einem undurchdringlichen Panzer umschlossen.

Suzy führte ihn über ein endlos anmutendes Gewirr von Treppen und Korridoren tiefer in das Herz der Anlage. Schließlich öffnete sie die Tür zu einem kleinen Raum. Licht flammte auf. Bis heute hatte Suzy nicht herausgefunden, auf welche Weise die Helligkeit erzeugt wurde, doch sie nahm es als gegeben hin und zerbrach sich schon lange nicht mehr den Kopf darüber.

»Das ist dein Zimmer. Ich schlafe in unmittelbarer Nähe. Und Kar ...« Sie brachte den Satz nicht zu Ende.

Hinter ihnen erklang ein heiseres Keuchen. Auf dem Absatz wirbelte Warden herum.

Für einen Moment spürte er Pudding in den Knien, doch er hatte sich sofort wieder in der Gewalt. Der Anblick, der sich ihm bot, schockierte ihn. *Das* hatte er nicht erwartet.

Kars Oberkörper war fast nackt, das Hemd hing ihm in

Fetzen von den Schultern. Anscheinend hatte er selbst den Stoff zerrissen und sich die blutigen Striemen beigebracht, die seine Brust bedeckten. Das Blut war erst teilweise verkrustet, und zwischen den Narben schimmerten winzige Hautschuppen wie Metall.

Kar hielt den linken Arm abgewinkelt. Unaufhörlich öffneten und schlossen sich die Klauen mit den messerscharfen Krallen. Die Hand war das erste gewesen, was sich verändert hatte.

Kar gurgelte erstickt. Wieder schlugen die Krallen in seine Brust und hinterließen eine neue blutige Spur. Vergeblich versuchte er, mit der rechten Hand die Linke zurückzustoßen. Es sah aus, als hätte er die Kontrolle über sich selbst verloren.

»Hack den Arm ab!« keuchte er. »Suzy, ich –« Nur ein Röcheln drang noch über seine schmerzverzerrten Lippen.

»Ich kann nichts für dich tun«, sagte die Eurasierin schroff und wandte sich ab. »Versuche zu schlafen!«

Jack Warden konnte nicht anders, als dieses kantig verzerrte Gesicht anzustarren. Mund und Nasenpartie waren weit nach vorne gewölbt, die Nase selbst schien zum flachen Knochenrücken zu werden. Am Schlimmsten aber waren die Augen. Sie hatten nichts Menschliches mehr an sich. Das waren kalte, lidlose Reptilienaugen – die Augen einer Schlange oder einer Echse.

»Man sollte ... ihn erlösen«, stieß er schwerfällig hervor und schluckte krampfhaft. Sein Gaumen war plötzlich wie ausgedörrt.

»Noch brauche ich ihn«, erwiderte Suzy Duvall kalt. »Du mußt dich an den Anblick gewöhnen.«

Das Kloster wurde von einer hohen Mauer umgeben, die wie ein Schutzwall den Garten und die Gebäude umschloß. Lediglich von der Hügelkuppe aus hatte sich ein einigermaßen guter Einblick geboten. Die Mauer war alt und brüchig, sie erfüllte ihre Schutzfunktion längst nicht mehr, denn die Fugen zwischen den Steinen boten selbst einem ungeübten Kletterer ausreichenden Halt. Lediglich die Glasscherben, die irgendwann im Laufe dieses Jahrhunderts mit Mörtel auf die Mauerkrone aufgebracht worden waren, behinderten Pierre Leroy.

Minutenlang verharrte er bäuchlings und sondierte das Terrain. Unter ihm erstreckte sich ein Kräutergarten mit schmalen weißen Kieswegen, ein altertümlicher Ziehbrunnen bildete den Abschluß. Gut fünfzig Schritt entfernt gackerte Federvieh in der Finsternis. Ein Mönch war gerade damit befaßt, den Stall zu schließen. Eine Zeitlang stand er noch da und blickte prüfend zum Himmel empor, bevor er gemächlich davonschlurfte. Pierre wartete, bis der Mann hinter der nächsten Hausecke verschwand, ehe er sich nach unten schwang.

Der Boden war weich und schon für die neue Aussaat vorbereitet. Am Morgen würden die Mönche die Fußspuren des nächtlichen Besuchs deutlich verfolgen können, doch bis dahin waren Gudrun und er hoffentlich längst über alle Berge.

Ein Schatten in der Nacht, huschte Leroy zu den Gebäuden hinüber. In einigen Räumen im Erdgeschoß brannte Licht: der Küchentrakt, in dem noch eifrig gearbeitet wurde.

Fünf Meter weiter eine Tür – sie war verschlossen. Pierre hatte nichts anderes erwartet. Sein Blick glitt über die Wand des dreigeschossigen Hauses. Im fahlen Streulicht traten Unebenheiten plastisch hervor. Ein abgestuftes Blumenspalier zog sich in Richtung des südlichen Hausecks, mit einem Teil reichte es bis dicht unter die obere Fensterfront. Daneben führte das Fallrohr der Dachrinne herab.

Pierre zuckte jäh zusammen, als unmittelbar vor ihm ein Fenster geöffnet wurde. Ein kahlköpfiger älterer Mönch beugte sich nach draußen und betrachtete den Himmel. Pierre drückte sich eng an die Wand, er wagte kaum zu atmen. Der Mönch brauchte nur den Kopf zu drehen, dann mußte er ihn zwangsläufig entdecken.

»Was gibt es in der Dunkelheit Interessantes, Bruder Willuby?« erklang eine Stimme aus dem Hintergrund.

Ohne sich umzuwenden, erwiderte der Mönch: »Spräche ich: Finsternis möge mich decken, und das Licht um mich her sei Nacht, so ist doch Finsternis nicht finster bei Dir, und die Nacht leuchtet wie der Tag.«

»Amen«, murmelte Leroy unhörbar.

»Es ist eine schöne Nacht«, fuhr Willuby fort. »Leider riecht die Luft nach Regen.«

Langsam ließ Leroy sich in die Hocke sinken. Nur Sekunden später blickte der Mönch flüchtig in seine Richtung, zog sich dann aber sofort zurück und schloß das Fenster. Gleich darauf erlosch das Licht.

Pierre huschte in gebückter Haltung weiter. Prüfend griff er nach der Dachrinne. Die Farbe blätterte ab, aber auch das Blech verformte sich unter seinen Fingern und ließ sich leicht eindrücken. Abgesehen davon saßen mehrere Mauerhaken viel zu locker.

Das Rankgitter war besser befestigt und schien einigermaßen stabil zu sein. Es hielt stand, als Pierre vorsichtig daran rüttelte.

Ohne länger zu zögern, turnte er in die Höhe, darauf bedacht, so gut es eben ging, sein Gewicht gleichmäßig zu verteilen. Eine der nur zentimeterdicken Latten splitterte. Das Geräusch klang in der Stille wie ein Pistolenschuß. Doch niemand schien es gehört zu haben.

Gleich darauf war er oben. Wenn er sich weit genug zur Seite lehnte, erreichte er mit der rechten Hand gerade noch den nächsten Fenstersims. Der Stein war rauh und bot seinen tastenden Fingern ausreichend Halt, was er von dem Rankgitter nicht mehr uneingeschränkt behaupten konnte. Unter der Gewichtsverlagerung brachen die ersten Halterungen aus. Er sprang, hing für die Dauer eines erschreckten Herzschlags nur an vier Fingerspitzen, aber gleich darauf fanden seine tastenden Füße eine Unebenheit im Mauerwerk, an der er sich abstützen konnte. Sekundenbruchteile später zog er sich mit beiden Unterarmen auf den Fenstersims.

Die Enttäuschung folgte auf dem Fuß. Von unten hatte er nicht sehen können, daß das Fenster mit Brettern vernagelt war. Hier einzusteigen hätte bedeutet, einen Höllenlärm zu verursachen. Ans Spalier konnte er aber auch nicht zurück. Mehrere schräg abstehende Latten verrieten nur zu deutlich, was geschehen würde.

Das nächste Fenster lag gut drei Meter entfernt.

Pierre angelte nach der Taschenlampe, die an seinem Gürtel baumelte. Sekundenlang richtete er den Lichtstrahl in die Höhe, das genügte, ihn Einzelheiten erkennen zu lassen. Ein gemauerter Dachvorsprung ragte knapp einen halben Meter weit über. Mit etwas Glück konnte er, indem er sich auf den Fenstersims stellte, die Regenrinne greifen. Noch einmal leuchtete er nach oben. Das Blech machte zwar keinen ganz so desolaten Eindruck wie das Fallrohr, trotzdem blieb ein unkalkulierbares Risiko. Aber zurück wollte er dennoch nicht. Er brauchte das Tagebuch des Abtes. Viele hatten in all den Jahrhunderten den Heiligen Gral gesucht, doch nie war jemand dem Ziel wirklich so nahe gewesen. Fast erschien es Pierre zu einfach; das Gefühl, sich wie ein Blinder nur im Kreis zu drehen, wurde stärker. War vielleicht alles nur ein riesiger Bluff und hatte Summerfield, ohne es je zu begreifen, sein Leben an einen Traum verloren? Die Wahrheit lag in diesem Kloster verborgen.

Mit einiger Kraftanstrengung zog Leroy sich vollends

auf den Sims und richtete sich auf. Um die Dachrinne greifen zu können, mußte er sich ein Stück nach hinten lehnen. Das Gleichgewicht nicht zu verlieren, fiel schwer. Dann stieß er sich ab. Für den Bruchteil eines Augenblicks hing er ohne jeden Halt in der Luft, seine Fingernägel streiften über das Blech, er riß die Arme noch ein Stück höher, bog die Finger nach vorne – und spürte jäh das Halbrund der Dachrinne in der Hand. Er schwang weiter hinaus, pendelte zurück, versuchte, den eigenen Schwung möglichst schnell abzufangen. Ein Zittern durchlief die Konstruktion, ein Knirschen, das die Überlastung verriet.

Hastig hangelte Pierre weiter. Irgendwo löste sich eines der ineinandergesteckten Elemente, es gab einen kurzen Ruck, anschließend hing er ein paar Zentimeter tiefer – gerade das Stück, das er brauchte, um mit den Füßen wieder die Hauswand zu erreichen.

Das andere Fenster lag jetzt unter ihm. Zweimal versuchte er vergeblich, den Sims zu erreichen; ihm blieb keine andere Wahl, als sich einfach fallen zu lassen. Seine Knie stießen gegen die Scheibe, die klirrend zu schwingen begann, er riß sich die Hände an einem Mauervorsprung blutig, aber er schaffte es, sich in der Fensternische festzukrallen und nicht vom eigenen Schwung zurückgeworfen zu werden. Im Nachhinein, als er den Glasschneider zur Hand nahm, erschien es ihm beinahe wie ein Wunder, daß er nicht mitsamt dem Fenster nach innen gestürzt war.

Mit Bewegungen, die er längst im Schlaf beherrschte, ritzte er die Scheibe ein und zog ein Viereck nach außen, gerade groß genug, daß er durch die entstandene Öffnung hindurchfassen und die Verriegelung lösen konnte.

Der Raum diente als Abstellkammer für alle möglichen ausrangierten Gebrauchsgegenstände. Sogar ein angekohltes großes Kruzifix wurde hier aufbewahrt. Im

Schein der Taschenlampe orientierte Pierre sich, bevor er auf den Korridor hinaus trat.

Am anderen Ende des Ganges, im Treppenhaus, brannte Licht. Dennoch schien sich momentan in diesem Teil des Gebäudes keiner der Mönche aufzuhalten. Nur die knarrenden Dielen bereiteten Pierre Sorgen. Mehrmals hielt er inne und lauschte angestrengt. Aus den anderen Stockwerken drangen gedämpfte Stimmen herauf.

Das wuchtige, mit Schnitzereien verzierte Portal vor dem Treppenaufgang führte zur Bibliothek. Pierre riskierte einen Blick nach unten, sah aber nur die Schatten einiger Mönche.

Vorsichtig öffnete er die Tür und schlüpfte hindurch. Die Taschenlampe entriß endlose Regalreihen der Dunkelheit. Tausende wertvoller Schriften waren hier vereint, eine Fundgrube für jeden Interessierten. Pierre zog eine der alten Handschriften aus dem nächstbesten Regal und schlug sie willkürlich auf. Es handelte sich um eine Chronik, die von Tausenden von Pesttoten berichtete, von Ratten und Scheiterhaufen, auf denen die Leichen verbrannt wurden.

Schritte näherten sich. Sekunden später betraten zwei Mönche die Bibliothek. Grell flammte die Beleuchtung auf.

»Ich brauche meine Notizen«, sagte der eine, ein hagerer, beinahe schon dürrer Mann. Die altmodische Nickelbrille auf der Nase paßte nicht zu ihm. Er steuerte zielstrebig auf ein Schreibpult zu und nahm eine dicke Mappe aus dem Ablagefach. »Das Tagebuch befaßt sich überwiegend mit dem Leben vor sechshundert Jahren«, sagte er. »Trotzdem komme ich mit der Auswertung nur sehr schleppend voran.«

»Gerade deshalb verstehe ich den Anruf nicht«, wandte der andere Mönch ein, ein junger Mann, kaum älter als dreißig. »Wie kann ein Außenstehender wissen, daß einige Abschnitte den Heiligen Gral schildern?«

»Er nannte den Namen Summerfield«, erinnerte der Hagere. »Er sagte, daß der Historiker tot ist, in seinem Haus und mit der Kopie des Tagebuchs verbrannt. Und er warnte uns vor einer Deutschen und einem Franzosen, die seinen Tod verursachte haben. Inzwischen bereue ich, daß wir Mr. Summerfields Bitten nachgegeben haben. Gott möge mir diesen Fehler verzeihen.«

»Weshalb verständigen wir nicht die Polizei? Die weltliche Obrigkeit wird herausfinden, was Wahrheit ist und was Lüge.«

»Der Herr kennt die Seinen. Ich bete, daß er mir die Kraft geben möge, die richtige Entscheidung zu treffen.«

»Wann geben wir das Tagebuch in den Gewahrsam des Ordinariats?«

»Das habe ich inzwischen veranlaßt, Bruder. Nur noch diese Nacht und der morgige Tag, danach werden wir lediglich eine neue Kopie unser eigen nennen.«

Sie verließen die Bibliothek. Hätten sie nur einen Blick in die Höhe geworfen, hinauf zu den freitragenden Dachbalken, Pierre Leroy wäre nicht unentdeckt geblieben. Im allerletzten Moment war er an den Regalreihen nach oben geklettert.

Und nun stach ihn auch noch der Hafer. Lautlos folgte er den beiden, zumal er erkannt hatte, daß der Hagere mit der Brille der Abt war. Er verharrte am oberen Treppenabsatz, während die beiden ein Stockwerk tiefer den Korridor betraten.

Die Frage, wer im Kloster angerufen und die Nachricht von Summerfields tragischem Tod verbreitet hatte, ließ eigentlich nur zwei Antworten offen. Entweder Sir Franklin Neville, oder, was ebenso wahrscheinlich war, einer der Gangster. Derjenige, der in St. Albans versucht hatte, Gudrun und ihn ins Jenseits zu befördern. Das waren nicht eben die besten Aussichten.

Beinahe hätte er die Lichtschranke vergessen. Er reagierte erst, als er fast schon daran vorbei war. Sekundenlang stand er wie versteinert, bevor er registrierte, daß die Anlage nicht eingeschaltet war. Ihm fiel ein Zentnergewicht von der Seele.

Der Korridor endete nach wenigen Metern. Mehrere Türen zweigten ab, eine davon war nur angelehnt und ein schmaler Lichtstreifen fiel in den Gang. Pierre hörte die Stimmen des Abtes und seines Begleiters. Sie redeten über das Tagebuch und den Heiligen Gral.

»... einigen Überlieferungen zufolge brachte Joseph von Arimathia den Gral nach Glastonbury, andere Quellen sprechen davon, daß ihn Maria Magdalena auf ihrer Flucht aus Palästina mitnahm nach Frankreich. Das Tagebuch erwähnt nicht, welche der Versionen die richtige ist, hält aber fest, daß der Heilige Gral über Jahrhunderte hinweg verschollen war. Wir –«

Leroy zuckte zusammen, als das Schrillen eines Telefons den Sprecher unterbrach.

»Was gibt es?« hörte er den Abt fragen. »Wer? Um diese Zeit? Wegen Summerfield? – Natürlich, wir kommen sofort nach unten.«

Pierre schaffte es gerade noch, eine der anderen Türen zu öffnen und den dahinterliegenden Raum zu betreten. Durch einen schmalen Spalt beobachtete er, wie die beiden Mönche im Laufschritt und mit wehenden Kutten Richtung Treppe verschwanden.

Das war die Gelegenheit, auf die er gewartet hatte. Wahrscheinlich blieben ihm einige Minuten, bis der Abt zurückkehrte.

Das Licht brannte noch. In einer Ecke des Raumes stand ein antiquiert wirkender Geldschrank. Aber vermutlich war es einfacher gewesen, den Zugang im Korridor mit moderner Technik abzusichern als in dem mittelalterlichen Gemäuer einen wirklich schweren Tresor einzubauen. Die Tür des Geldschranks stand offen. Papiere lagen in den Fächern, eine Geldkassette und ein Bündel Banknoten – Pierre interessierte sich nicht dafür. Daneben ein Kopiergerät, das aber noch mit Spezialpapier arbeitete, und auf dem wuchtigen Eichenholzschreibtisch ein kleiner PC. Aber all das war uninteressant verglichen mit der in fleckiges Leder gebundenen, vergilbten Handschrift, die aufgeschlagen auf dem Tisch lag. Kalligraphische Seitenanfänge, markant geschwungene Buchstaben, zwischen einzelne Blätter Merkzeichen eingefügt – Pierre hätte nicht geglaubt, daß es so einfach sein würde, an das Tagebuch heranzukommen. Es wurde ihm sozusagen auf einem silbernen Tablett präsentiert.

Hastig schoß er die ersten Fotos. Er begann mit den offenliegenden Seiten und blätterte nach und nach zu den einzelnen Lesezeichen um, von denen er annahm, daß sie wichtige Stellen im Text markierten. Unaufhörlich klickte der Auslöser der kleinen Kamera, bis der erste Film voll war. Mit fliegenden Fingern wechselte Pierre die Patrone.

»Was machen Sie da? Wer sind Sie überhaupt?«

Das war's dann wohl gewesen. Wer wie ein Dieb kam, brauchte sich nicht zu wundern, wenn er als solcher behandelt wurde. Der Mönch stieß einen gellenden Aufschrei aus. Pierres Faust traf sein Kinn Sekundenbruchteile zu spät; er fing den schlaff werdenden Körper auf und ließ ihn sanft zu Boden gleiten. »Selig sind die Stummen, denn sie können niemanden verraten«, murmelte er im Selbstgespräch. Gehetzt blickte er um sich. Von der Treppe her erklangen polternde Schritte und ein Stimmengewirr. Fünf Männer stürmten den Korridor.

»Das ist er! Der Franzose!« gellte eine Stimme, die Pierre unter Hunderten wiedererkannt hätte: der Gangster, der in Summerfields Haus mit dem Sturmgewehr auf Gudrun und ihn angelegt hatte.

»Haltet den Mann fest!« rief der Abt.

»Zur Seite, verdammt!« brüllte der andere wenig christlich. In seiner Faust blitzte eine Waffe, nur konnte er nicht schießen, ohne einen der vorwärtsstürmenden Mönche zu treffen.

Für Pierre gab es nur einen Ausweg aus der Falle. Er nahm einen kurzen Anlauf, riß die Arme schützend vors Gesicht und sprang. Das Fenster splitterte unter seinem Aufprall, ein Stück des Holzrahmens wurde aus der Wand gerissen und bohrte sich schmerzhaft in seine Seite. Hinter sich hörte er den Gangster unbeherrscht fluchen.

Das Zimmer lag im ersten Stock, der Aufprall war dennoch hart.

Pierre hatte Glück, daß keiner der Kieswege unter dem Zimmer des Abtes verlief, sondern eine frisch umgegrabene Blumenrabatte. Die Erde dämpfte seinen Aufprall, und er raffte sich sofort wieder auf. Einige Glassplitter hatten sich in seine Arme gebohrt, doch sie lösten sich wieder, als er aufsprang und mit wilden Zickzacksprüngen davonhetzte.

Hinter ihm peitschte ein Schuß durch die Nacht. Gleich darauf ein zweiter. Pierre glaubte eine Kugel zu spüren, die ihn nur um Millimeter verfehlte. Dann war er weit genug vom Haus entfernt, daß ihn die Nacht verschluckte.

Die Umfassungsmauer. Aus vollem Lauf schwang er sich hoch, blickte von der Mauerkrone aus kurz zurück und setzte seine Flucht fort. Nur noch eine einsame Silhouette zeichnete sich in der hell erleuchteten Fensteröffnung ab, die anderen hatten bereits die Verfolgung aufgenommen.

Leroy hetzte hügelauf. Die Taschenlampe hatte er verloren, ebenso die Kamera. Zum Glück steckte der belichtete Film in der Brusttasche seines Hemdes.

»Pierre, hierher!« Gegen den Himmel zeichnete sich eine schemenhafte Gestalt ab. Gudrun winkte heftig mit beiden Armen.

»Was ist geschehen?« empfing sie ihn.

»Wir müssen zum Auto!« keuchte Leroy. »Beeil dich!«

»Wer hat geschossen?« Gudrun hatte Mühe, mit ihm Schritt zu halten.

»Unser spezieller Freund –«

Der Lichtschein etlicher Lampen bewegte sich inzwischen von der Klostermauer weg. Die Mönche wußten noch nicht, wo sie suchen sollten. Aber gleich darauf heulte ein Motor auf. Zwei Scheinwerfer zerrissen die Finsternis.

Pierre und Gudrun erreichten den Ford, als der silberne Jaguar einen Kilometer entfernt wendete. »Anschnallen und festhalten! Und beten, daß der Kerl uns diesmal wieder nicht kriegt!« Mit brachialer Gewalt trieb Leroy den Ford rückwärts über den schmalen Feldweg. Die Stoßdämpfer protestierten, aber sie fingen trotzdem den Ruck ab, als er die Teerstraße erreichte, die Lenkung bis zum Anschlag herumriß, schaltete und gleichzeitig mit Vollgas beschleunigte. Nur Zentimeter fehlten bis in den Straßengraben. Gudrun schnappte hörbar nach Luft.

Der Jaguar schoß durch die Kurven heran. Pierre sah die Scheinwerfer fast ständig im Spiegel. Momentan konnte der Verfolger das Auto nicht voll ausfahren, doch das würde sich ändern, sobald sie übersichtlicheres Gelände erreichten.

Pierre fuhr wie ein Verrückter. Aber der Kerl, der sich an seine Stoßstange geheftet hatte, war nicht minder verrückt. Mehrmals schloß Gudrun entsetzt die Augen und verkrampfte sich, aber immer schwebte ein Schutzengel über ihnen. Die Frage war nur, wie schnell dieser Schutzengel fliegen konnte.

Die Abzweigung nach London verpaßte Leroy. Kurz darauf wurde die Straße breiter. Es begann zu regnen, der Asphalt glänzte schon feucht, und die Scheibenwischer hinterließen häßliche Schlieren.

Pierre schnitt die meisten Kurven an. Während der Nacht war Gegenverkehr schon von weitem zu erkennen, aber die Scheinwerfer auf der anderen Straßenseite blendeten.

Der Jaguar holte auf. Beide Fahrzeuge war nun annähernd auf gleicher Höhe und rasten mit mehr als 150 Stundenkilometern nach Norden. Spurrillen im Asphalt machten die Fahrbahn tückisch.

Pierre nagelte das Gaspedal endgültig am Bodenblech fest. Im selben Moment, in dem der Fahrer des anderen Wagens versuchte, ihn abzudrängen. Es krachte dumpf, als die Stoßstange des Verfolgers den Ford am Heck erwischte und nach rechts schleudern ließ. Verzweifelt lenkte Pierre gegen. Ein zweiter Rammstoß folgte, danach hatte der Verfolger offenbar eingesehen, daß er so keinen Erfolg haben würde.

Der Ford fuhr jetzt auf der rechten Straßenseite. Ein Auto kam entgegen, hektisch betätigte der Fahrer die Lichthupe. Erst im allerletzten Moment zog er nach links von der Straße ins Feld. Pierre schickte ein Stoßgebet zum Himmel; nicht nur er hatte Blut und Wasser geschwitzt. »Höchstens Blechschaden«, kommentierte Gudrun, die sich im Sitz weit nach hinten umgedreht hatte und das andere Auto noch sehen konnte.

Der Jaguar war wieder neben ihnen und hinderte Pierre hartnäckig daran, die Fahrspur zu wechseln. Sekunden später glitt drüben die Scheibe nach unten. Ein feist grinsendes Gesicht wandte sich Gudrun zu, triumphierend hob der Kerl die Pistole.

»Festhalten!« Pierre bremste abrupt, der Ford geriet ins Schleudern und stellte sich quer, aber die Kugel, die einem von ihnen beiden zugedacht gewesen war, verfehlte ihr Ziel. Gleichzeitig gab der Franzose wieder Gas. Der Leihwagen walzte einen Begrenzungspfahl nieder, sprang über das Bankett in die angrenzende Wiese und pflügte mit aufheulendem Motor schlingernd durch feuchtes Erdreich. Zwanzig Meter weiter schoß er eine sanfte Steigung hinauf und schlingerte haarscharf an einem Fahrbahnteiler vorbei. Der Verfolger war indes über die Abzweigung der Autobahnauffahrt hinausgerast. Aus den Augenwinkeln sah Pierre noch die Bremslichter des Jaguars aufleuchten und den Wagen wenden.

Viel zu ruppig fädelte er den Ford in den fließenden Verkehr ein, von einem Hupkonzert und Bremsenquietschen begleitet, zog auf die rechte Spur hinüber und setzte zum Überholen an.

»Der Jaguar ist wieder hinter uns«, bemerkte Gudrun nach einer kurzen Atempause.

Die Warnanzeigen für Temperatur und Ölstand begannen fast gleichzeitig zu blinken. Trotzdem nahm Leroy den Fuß nicht vom Gas. Die Autobahn wurde dreispurig, aber vor ihnen fuhr eine Lastwagenkolonne, und die Brummis überholten sich gegenseitig. Die von den Kolossen aufgewirbelten Wasserschleier reduzierten die Sichtweite auf ein Minimum.

Zwei Kilometer bis zur nächsten Ausfahrt.

»Bist du gut versichert?« platzte Leroy heraus.

Gudrun blickte ihn entgeistert an. »Du hast Nerven«, erwiderte sie. »Das hättest du fragen sollen, bevor ich bei dir eingestiegen bin.«

»Also nicht –« Ohne zu blinken zog Leroy den Ford in die Lücke zwischen zwei Lastwagen. Einen bangen Augenblick lang war er fast völlig blind, die Wischerblätter schafften den schmutzigen Wasserschwall nicht mehr, der gegen die Scheibe klatschte.

In dem Moment schloß Gudrun mit dem Leben ab. Das war Kamikaze-Manier.

Aber dann war die Sicht plötzlich wieder einigermaßen klar, und Pierre bremste langsam ab. Er fuhr jetzt unmittelbar links neben einem riesigen Truck. Schneller als erwartet kam die Ausfahrt. Er schaffte es gerade noch, den Ford in die enge Kurve zu ziehen.

»Das war knapp«, ächzte er, als er in die einspurige Hauptverbindungsstraße einbog. »Siehst du unseren Verfolger noch?«

Gudrun schüttelte stumm den Kopf. Im fahlen Widerschein der Armaturenbeleuchtung wirkte sie totenbleich. Um Leroy stand es keinen Deut besser. Schweiß perlte auf seiner Stirn.

»Dann hat der Kerl nicht gemerkt, daß wir ihn ausgetrickst haben«, stellte er zufrieden fest.

Minuten später steuerte er einen einsamen Parkplatz an. »Du kannst dir die Füße vertreten, Gudrun.« Die Hände am Lenkrad, ließ er sich nach vorne sinken und preßte die Stirn auf das kühle Plastik.

Die Anthropologin löste lediglich ihren Gurt und lehnte sich nach hinten. Sie vergrub das Gesicht in den Händen. »Mir schlottern die Knie«, gestand sie. »Ich glaube nicht, daß ich auch nur einen Schritt weit gehen kann.«

Timothy Robson meldete sich noch während der Nacht, nachdem er die beiden A.I.M.-Spitzel auf der Autobahn aus den Augen verloren hatte, telefonisch bei Sir Franklin Neville. Zum erstenmal, seit sie sich kannten, erlebte er Neville ungehalten und aufbrausend.

»Ich hoffe sehr, Tim, daß ich mich in Ihnen nicht doch

getäuscht habe. Was ist eigentlich los? Erst das Mißgeschick mit Summerfield, und nun lassen Sie sich auch noch von zwei Dilettanten aufs Kreuz legen. *Dilettanten,* genau das Wort haben Sie gebraucht.«

»Es war nicht meine Schuld, Sir. Hätten die Mönche mich nicht behindert –«

»Muß ich Sie wirklich an die letzte Clubversammlung erinnern, Tim? Das war Ihr Auftritt, Sie haben den Plan entwickelt, dem Club jede Unannehmlichkeit fernzuhalten. Ich brauche wohl nicht zu betonen, in welche Lage Sie mich damit bringen.«

»Sir, Sie kennen meine Loyalität. Der Club und –«

»Keine Namen am Telefon. Wie schnell können Sie hier sein?«

»In längstens zweieinhalb Stunden.«

»Gut.« Neville hängte auf.

Robson kitzelte so ziemlich das Letzte aus der Jaguar-Limousine heraus. Allerdings gab es nur wenige Autobahnabschnitte, auf denen er die PS wirklich ausfahren konnte. Was ihm jetzt noch fehlte war eine Polizeistreife, die ihm wegen Geschwindigkeitsüberschreitung im Nacken saß.

Er erreichte Birkenhead fast auf die Minute zweieinhalb Stunden nach seinem Telefongespräch mit Sir Franklin. Die Nacht lag noch über der Metropole Liverpool, als er auf die M 53 entlang des River Mersey einbog.

Timothy Robson wurde bereits ungeduldig erwartet.

»Der Heilige Gral befindet sich in höchster Gefahr«, eröffnete Neville ihr kurzes Gespräch, kaum daß sie einander im Salon gegenübersaßen. »Wenn erst die Öffentlichkeit von seiner Existenz erfährt, werden Staat und Kirche versuchen, die Reliquie an sich zu bringen. Das darf nicht geschehen.«

Wortlos waren sie sich darüber einig, daß dies das

Ende des Clubs bedeutete. Sir Franklin Neville, dessen Familie den mystischen Kelch seit Jahrhunderten allen Wirrungen zum Trotz in ihrem Besitz hatte, sah sich zu recht als Hüter des Grals. Und Timothy Robson, der Bordellkönig, der anfangs nicht gezögert hätte, den Club und jedes seiner Mitglieder auf gemeine Weise zu erpressen, war längst auf eine Art geläutert, die er selbst nicht verstand. Auch er gehörte zu den wenigen Eingeweihten, die das Privileg genossen, bei ihren Zusammenkünften aus dem Heiligen Gral zu trinken. Seither hätte er sein Leben für den Club gegeben.

Sein privater Lebenswandel, die dunklen Flecken auf seiner Weste, das war eine Angelegenheit, die mit dem Gral absolut nichts zu tun hatte. Manchmal glaubte Robson, daß in seiner Brust zwei Seelen wohnten, die eine gütig und voll Hingabe, aber nur während der Zusammenkünfte, die andere geldgierig und brutal wie eh und je.

»Ich habe Leroy dabei überrascht, als er das Tagebuch fotografierte«, sagte Timothy Robson. »Auf der Flucht verlor er die Kamera. Das hier« – er warf Sir Franklin eine Filmpatrone zu – »habe ich vorsichtshalber an mich genommen.«

Ein Aufleuchten huschte über Nevilles Miene. »Dann ist kein größerer Schaden entstanden?«

Robson hatte sich erhoben, er ging zur Bar und schenkte sich einen Whisky ein, den er hastig leerte. »Dieser Leroy hatte einige Minuten Zeit, in denen er mit dem Tagebuch allein war«, sagte er, und schenkte sich ein zweites Mal ein. »Als ich den Film aus der Kamera nahm, waren lediglich sieben Aufnahmen belichtet. Ich gehe davon aus, daß ein zweiter Film existiert.«

»Das heißt, Leroy und Heber werden vielleicht erfahren, wo der Gral Jahrhunderte hindurch aufbewahrt wurde«, überlegte Sir Franklin Neville. »Schenken Sie mir auch ein Glas ein, Tim. Ich habe jetzt einen Drink nötig.«

»Sie wissen, was in den Aufzeichnungen des Abtes steht?«

»Ich halte es zumindest für naheliegend, daß Thomas de la Mare einen bestimmten Ortsnamen erwähnte.«

»Dann haben die Schnüffler zu früh triumphiert.« Robson stellte beide Gläser auf den Tisch und ließ sich wieder in den Sessel sinken. »Wo liegt der Ort? Ich werde die beiden gebührend empfangen.«

Noch war also nicht alles verloren. Timothy Robson sah sich wieder in seiner zukünftigen Rolle als Gralshüter und Nachfolger Nevilles. Diesmal würde er die Deutsche und den Franzosen zwischen die Finger kriegen.

Seine Unterhaltung mit Sir Franklin wurde noch sehr aufschlußreich.

»Pierre! Mein Gott, wir sind eingeschlafen.« Ruckartig fuhr Gudrun Heber im Beifahrersitz hoch und starrte durch die Seitenscheibe nach draußen in die beginnende Morgendämmerung.

Es hatte aufgehört zu regnen. Dunstschwaden schwebten wie ein feiner Schleier über dem Land, aber die Sonne würde den Wasserdampf rasch aufsaugen. Blutrot stieg sie soeben über den Horizont herauf.

Leroy ließ lediglich ein unwilliges Brummen vernehmen. Er hing noch immer vornübergesunken über dem Lenkrad und schlief den Schlaf der Gerechten.

»Pierre!« Gudrun griff nach seinem Oberarm und schüttelte ihn. »Wir sitzen hier wie auf dem Präsentierteller.«

Sie waren das einzige Auto auf dem Parkplatz. Auf der Straße flutete der erste Berufsverkehr vorbei.

Leroy murmelte irgend etwas, was die Anthropologin

nicht verstand. Schläfrig drehte er den Kopf auf die andere Seite. Im nächsten Moment fuhr er wie von der Tarantel gebissen hoch. »Parbleu. Warum hast du mich nicht geweckt?« Er war plötzlich hellwach. »Du hast selbst geschlafen«, argwöhnte er. »Wir haben die ganze Nacht verschlafen?«

»Für diese tiefschürfende Erkenntnis gebührt dir der Nobelpreis«, erwiderte Gudrun spitz. »Wir können von Glück reden, daß wir noch leben. Nicht auszudenken, wenn unser Verfolger hier aufgetaucht wäre.«

Leroy gähnte herzhaft und massierte sich die Schläfen. »Er hat uns nicht gefunden«, erwiderte er zögernd. »Glück hat auf Dauer eben nur der Tüchtige.«

»Schön.« Gudrun klappte die Sonnenblende herab und betrachtete sich im Spiegel. Mit angefeuchteten Fingerspitzen wischte sie den Schlaf aus ihren Augenwinkeln. »Was wird nun?« wollte sie wissen.

Ächzend schwang Leroy sich ins Freie. Tief atmete er die kühle Morgenluft ein, verschränkte die Hände im Nacken und begann mit Rumpfbeugen.

»He«, rief Gudrun ärgerlich. »Wir können nicht ewig hier herumstehen.«

»Habe ich auch nicht vor.« Pierre reckte die Arme in die Höhe und dehnte die Wirbelsäule.

»Was dann?«

»Wir fahren ... in die nächste größere Stadt ...« Er joggte ums Auto herum. »Solltest du auch tun ... Bringt den Kreislauf in Schwung.«

Gudrun öffnete immerhin die Beifahrertür und streckte sich. Sinnend blickte sie den vorbeifahrenden Autos nach. Unwillkürlich zuckte sie zusammen, als ein heller Wagen ebenfalls auf den Parkplatz einfuhr, doch es war nicht der silberne Jaguar.

»Okay, ma chére, ich bin wieder fit.« Pierre schwang sich hinter das Lenkrad. »Als nächstes lassen wir den

Film entwickeln. Ich bin gespannt, ob wir dem Gral ein Stück nähergekommen sind.«

Bei Wolverton fädelten sie sich wieder in den Autobahnverkehr ein. Die Sonne stand inzwischen als aufgeblähter roter Glutball über dem Horizont. Pierre bog später auf die Westroute ab, Richtung Birmingham, wählte aber, nachdem ein Polizeihubschrauber über der Autobahn kreiste und im Radio ein schwerer Unfall einige Kilometer voraus gemeldet wurde, bereits die Ausfahrt nach Coventry.

Nach einiger Suche fanden sie ein Fotogeschäft und überraschenderweise auch einen Parkplatz in unmittelbarer Nähe. Der Laden hatte noch nicht geöffnet. Gudrun besorgte in einer nahen Metzgerei einen kleinen Imbiß, der ihr besser schmeckte als ein ausgiebiges Frühstück. Nach der nächtlichen Verfolgungsjagd rebellierte ihr Magen ohnehin noch.

Zehn nach acht zog die Inhaberin des Fotoladens das Gitter vor der Eingangstür hoch. Sie war eine schon grauhaarige ältere Dame mit Nickelbrille, aber einer Weltoffenheit, wie man sie selten fand. Ehe Pierre es sich versah, hatte sie ihn in ein tiefschürfendes Gespräch über Paris im allgemeinen und das Künstlerviertel Montmartre im besonderen verwickelt. Es stellte sich heraus, daß sie als Malerin zwanzig Jahre in Sichtweite von St.-Pierre-de-Montmartre gelebt hatte.

»Morgen gegen Mittag können Sie die fertigen Bilder abholen, Monsieur Leroy.«

»Mon dieu, ich brauche sie heute. Sofort. Wir sind nur auf der Durchreise und können unmöglich so lange warten.«

»Ich verstehe.« Die alte Dame bedachte erst Pierre mit einem aufmunternden Lächeln und danach Gudrun. »Sie beide sind auf der Hochzeitsreise.«

»Nein«, wehrte Gudrun ab.

»Aber Kind, hier fahren viele Paare durch, die aus Gretna Green kommen. Das ist die natürlichste Sache der Welt, Sie brauchen sich nicht zu genieren.«

»Wir sind nicht verheiratet.«

»Nein?« Sie wirkte enttäuscht. »Schade«, murmelte sie. »So ein schönes Paar. Das erinnert mich an meine Jugend. Jean-Paul hieß er, ein stattlicher Mann –«

»Sie haben eine Dunkelkammer?« unterbrach Pierre ihren Redeschwall.

»Natürlich. Ich entwickle und vergrößere die meisten Aufnahmen selbst. Nur das ist mir geblieben, seit ich nicht mehr male.«

»Dann haben Sie bestimmt nichts dagegen, wenn ich Ihre Dunkelkammer für eine Weile benutze.«

»Monsieur, ich –«

»Danke, Madame.« Pierre hauchte ihr einen Kuß auf die Stirn, und bevor sie ernsthaft protestieren konnte, nahm er seinen Film von der Ladentheke und hängte sich bei ihr unter. »Sie zeigen mir, wo alles steht, und ich werde Super-Bilder entwickeln, aufgenommen mit einer Kamera für nur vierzig Pfund.«

Die beiden verschwanden hinter dem Vorhang, der einen Teil des Verkaufsraums abtrennte, und die alte Dame blieb minutenlang weg. Wäre sie dreißig Jahre jünger gewesen, Gudrun Heber hätte nicht einen Moment lang daran gezweifelt, daß Pierre im Rotlicht der Dunkelkammer mehr fixierte als nur einen Film.

Sie begann, die ausgestellten Porträtfotos zu betrachten. Es waren eindrucksvolle Aufnahmen.

»Der Monsieur ist ein netter junger Mann«, erklang es unvermittelt hinter ihr. »Und so charmant. Lassen Sie ihn nicht aus, Kindchen, innere Werte sind heutzutage eine Seltenheit.«

Gudrun setzte schon zu einer Erwiderung an, schwieg dann aber betreten. Ihre Gefühle waren einzig und allein ihre Angelegenheit. Pierre war für sie ein Freund, ein guter Kumpel, aber mehr?

Andere Kunden betraten den Laden, plauschten mit der Inhaberin. Die Zeit verging eigentlich wie im Flug, bis Pierre wieder auftauchte.

»Und?« wollte Gudrun sofort wissen.

»Nicht übel«, erwiderte der Franzose.

Er hatte die Abzüge im Format 30 mal 24 gemacht, 36 Aufnahmen, ein schöner Packen.

»Darf ich sehen, Monsieur?« bat die alte Dame.

Die Enttäuschung, als sie die Bilder durchblätterte, war ihr anzumerken. Nach der zehnten Aufnahme blickte sie Pierre irritiert an. »Das sind Buchseiten –«

»Ich habe nichts anderes behauptet, Madame.«

»Ich dachte –«

»Schon gut.« Er legte eine Hundert-Pfund-Note auf den Ladentisch. »Reicht das für Fixierbad, Papier und so weiter?«

»Das ist zuviel.«

»Für den Rest trinken Sie ein gutes Fläschchen Wein, französischen natürlich. Sie wissen gar nicht, wie wichtig die Fotos für uns sind.«

Die Frau starrte noch auf die Ladentür, als die beiden längst schon verschwunden waren. Sie betrieb das Fotogeschäft seit fünfzehn Jahren, aber so etwas hatte sie noch nicht erlebt. »Eigenartig«, murmelte sie im Selbstgespräch. »Welcher vernünftige Mensch fotografiert schon Buchseiten?«

»Nicht alle Aufnahmen sind so scharf, daß man sie auf Anhieb mühelos entziffern könnte«, sagte nahezu zur selben Zeit Pierre Leroy. »Aber das wenige, was ich in der Dunkelkammer bereits gelesen habe, dürfte reichen, uns weiterzubringen. Das Tagebuch des Abtes scheint tatsächlich eine Goldgrube zu sein.«

Sie hatten sich in einen Pub gesetzt, an einen kleinen

Nebentisch, von dem aus sie den Parkplatz und ihr Auto im Auge behalten konnten. Das war vermutlich sicherer, als die Bilder im Wagen zu betrachten. Pierre hatte inzwischen ohnehin schon mit dem Gedanken gespielt, den Ford der Verleihfirma zurückzugeben und auf ein anderes Fabrikat umzusteigen. Doch das hätte bedeutet, nach London zurückfahren zu müssen und noch einmal einige Stunden zu verlieren. Wahrscheinlich stand es nicht dafür.

Gudrun Heber hatte zwei Aufnahmen vor sich liegen, die zwei unmittelbar aufeinanderfolgende Seiten des Tagebuchs dokumentierten. An einigen Stellen hatte sie Mühe, die Handschrift zu entziffern. »Hier«, wandte sie sich an Pierre und tippte mit dem Zeigefinger gleich auf die ersten Zeilen, »wie würdest du das entziffern?«

Leroy warf einen flüchtigen Blick nach draußen und rutschte danach näher an ihre Seite. ». . . der Kelch«, las er halblaut; niemand saß in ihrer Nähe, der ihnen zuhören konnte.

»Soweit bin ich auch gekommen«, spottete die Anthropologin.

». . . der Kelch des Lebens« – Pierre stutzte einen Moment – »und des Blutes Christi – so könnte es heißen.«

»Der Heilige Gral also, entweder in der Version des Joseph von Arimathia oder der Maria Magdalena. Dabei scheinen die Gralssagen ursprünglich heidnischen Vorlagen entsprungen zu sein. Die Sammlung walisischer Sagen im Mabinogion berichtet von einem geheimnisvollen Kessel der Wiedergeburt und bringt diesen in Verbindung mit dem Helden Bran –«

»– der außerdem eine Schale besessen haben soll, von der es heißt: ›Welche Speise man sich darin auch wünschte, sie erschien sofort‹.« Pierre zwirbelte seinen Oberlippenbart, als Gudrun ihn überrascht anschaute. »Dr. Morrison in Oxford hat mir davon erzählt.«

Die Anthropologin nickte knapp. »Offenbar erst in der zweiten Hälfte des zwölften Jahrhunderts wurde der Gral mit dem Christentum in Verbindung gebracht. Eine Verschmelzung heidnischer Elemente mit christlicher Tradition fand statt.«

»Wortklauberei«, wehrte Pierre ab. »Warum gehst du das Thema nicht von der anderen Seite an? Vorausgesetzt, der Gral, oder wie immer man ihn nennen will, ist wirklich eine der größten christlichen Reliquien, dann haben heidnische Völker natürlich versucht, eigene Legenden zu entwickeln, zwangsläufig sozusagen, schon um die lästige Konkurrenz aus dem Feld zu schlagen. Daß sie letztlich damit gescheitert sind, spricht für die Überlegenheit des Grals.«

»Über tausend Jahre lang gab es nicht den geringsten Hinweis auf seine Existenz.«

»Vielleicht war die Zeit nicht reif. Der Gral kam erst wieder ins Gespräch, als die Kreuzzüge ihren Höhepunkt erreicht hatten.«

»Auch heute kriselt es an allen Ecken und Enden der Welt. *Der Kelch des Lebens ...*« Nachdenklich ließ Gudrun die Worte auf der Zunge vergehen.

Leroy schob ihr eine andere Vergrößerung hin. »Lies das, und du wirst wissen, was der Abt gemeint hat!«

Da war die Rede von vergiftetem Wasser, an dem mehr als dreißig Mönche jämmerlich gestorben waren. Ihre Leiber waren aufgequollen wie Brotteig, und das Blut war durch die Haut nach außen getreten. Nur ein Novize hatte die Heimsuchung des Herrn unbeschadet überstanden.

»Er schöpfte das Brunnenwasser mit einem dreiteiligen Kelch, den seine Mutter ihm auf dem Totenbett gab«, las Pierre halblaut. »Dies tat er jedoch erst zu einer Zeit kund, da die Prüfung dank der Güte des Herrn schon von uns genommen ward. Jeder, der aus dem Kelch trank, genas an Leib und Seele.« Pierre nahm die nächste Seite zur Hand. »Vielleicht errätst du den Namen des Novizen, der die Mönche und den Abt vor dem sicheren Tod bewahrte.«

»Sag du ihn mir.«

»Neville!«

Gudrun pfiff wenig damenhaft zwischen den Zähnen hindurch. Einige Männer an der Theke wandten sich zu ihr um.

»Ich denke«, sagte Pierre verschwörerisch, »die Nacht im Kloster hat sich gelohnt.«

Sie fanden noch einige interessante Beschreibungen, die eine wundertätige Wirkung des Kelches unter Beweis stellten. Und sie lasen, daß Neville fünf Jahre nach der wundersamen Heilung samt dem Kelch aufgebrochen war, um in der Einsamkeit zu fasten und seine Erfüllung zu suchen.

Der Ort, an den er sich zurückgezogen hatte, war namentlich erwähnt: Pont Pen-y-benglog.

»Verrate mir einer, wo das Kaff liegt.« Leroy seufzte ergeben.

»In Wales«, sagte Gudrun.

Inspektor Hennessy war ein Mann mit eiserner Geduld. Es gab wenig, was ihn wirklich erschüttern konnte, vor allem wußte er, daß die Zeit sein Verbündeter war und für ihn arbeitete, auch wenn es manchmal keineswegs den Anschein hatte. Er konnte warten, wochenlang, aber irgendwann schlug er zu. Meist dann, wenn niemand mehr damit rechnet.

Im Fall der jungen Thailänderin, die mit Schädelbruch aus dem Hafenbecken gefischt worden war, reagierte er besonders heftig. Von Anfang an war ihm klargewesen, daß sie einem eiskalten Mord zum Opfer gefallen war, obwohl die Kollegen der Spurensicherung einen Unfall nicht gänzlich ausschließen konnten.

Sudara Dehwat hatte versucht, ihn anzurufen. Leider vergeblich, weil der Beamte am Telefon den Ernst der Lage überhaupt nicht begriffen hatte. Danach verlor sich ihre Spur – bis zu dem Moment, als Hafenarbeiter sie bäuchlings im Wasser treibend entdeckt hatten.

Für Inspektor Hennessy gab es nur einen Tatverdächtigen: Timothy Robson.

Seit Jahren war er hinter Robson her, erstmals wegen einer Sache im Bereich der Beschaffungskriminalität, die zwar sehr viel Staub aufgewirbelt hatte, letztlich jedoch ergebnislos im Sand verlaufen war. Prostitution, Menschenhandel, Aufbau eines Drogenrings – die Liste war lang, doch nie hatte Hennessy Robson etwas nachweisen können, nicht einmal einen lausigen Verkehrsverstoß.

Aber inzwischen hatte er sich festgebissen. Lians Aussage war nur noch die Bestätigung für ihn gewesen. Robsons Villa wurde intensiver als zuvor rund um die Uhr beschattet; Hennessy wollte alles wissen, jedes Detail.

Auch die anderen Namen waren interessant. Zwei der Männer arbeiteten offiziell für Robson, die übrigen waren bislang nicht mit ihm in Verbindung gebracht worden, allen voran Sir Franklin Neville. Neville, letzter Sproß einer alten Adelsfamilie, galt als angesehener und erfolgreicher Geschäftsmann, der sich nie das Geringste hatte zuschulden kommen lassen. Seine ersten Gehversuche in der Politik hatten eine überraschende Akzeptanz breiter Bevölkerungsschichten bewiesen, was nicht zuletzt an Nevilles sozialem Engagement lag. Mehrfach hatte er unverschuldet in Not geratene Familien aus eigenen Mitteln unterstützt und damit langwieriger Bürokratie den Boden unter den Füßen weggezogen. Das war es, was bei der Masse ankam.

Seit der Name Neville gefallen war, grübelte Inspektor

Hennessy darüber nach, was einen Mann der besten Gesellschaft und einen skrupellosen Gangster wie Robson miteinander verband. Noch mußte er sich die Antwort darauf schuldig bleiben, aber er hatte seinen Assistenten Brody losgeschickt, Sir Franklins Anwesen in Birkenhead zu observieren.

Zu nachtschlafener Zeit hatte Brody bei ihm angerufen und ihn informiert, daß Robsons silberner Jaguar bei Neville vorgefahren war. Und dann, eine dreiviertel Stunde später, hatte sich der Constable zum zweitenmal gemeldet und mitgeteilt, daß er sich an Robson drangehängt hatte. Der Gangster hatte offenbar nicht die Absicht, nach Hause zu fahren, sondern war erst auf die A 550 nach Süden und später, hinter Aston, auf die A 55 abgebogen, die entlang der Nordküste von Wales verlief. Das war vor ziemlich genau zwanzig Minuten gewesen; seither fehlte von Brody jedes Lebenszeichen.

Unruhig starrte Inspektor Hennessy das Telefon an. Er wartete darauf, daß der Constable sich wieder meldete. Ausgerechnet diesmal war Brody allein, hatte sich kein anderer Wagen an der Verfolgung beteiligen können.

Vielleicht ... Hennessy schob alle Befürchtungen weit von sich. Es war verrückt. Während sein Assistent einen mutmaßlichen skrupellosen Mörder jagte, wartete er in seinem winzigen Apartment auf eine Nachricht, die er ebensogut im Dienstwagen empfangen konnte. Warum saß er nicht längst ebenfalls im Auto und folgte Brody?

»Weil es nichts bringt, verdammt.« Er drosch die zur Faust geballte Rechte in die geöffnete linke Hand und begann eine unruhige Wanderung, drei Schritte hin, drei Schritte zurück, wie ein gefangenes Raubtier im Käfig.

Dann schrillte das Telefon.

Er hob noch während des ersten Läutens ab.

»Inspektor Hennessy –«

Nicht Buster Brody war am anderen Ende der Leitung

und auch keiner der Männer, die sich vor Robsons Villa die Nacht um die Ohren geschlagen hatten, sondern einer der diensttuenden Beamten auf dem Revier.

»Inspektor, soeben sind interessante Neuigkeiten über den Ticker hereingekommen. Sie betreffen die Nachforschungen im Fall der Thailänderin.«

»Schießen Sie los, Mann!« schnaubte Hennessy.

»Die Polizei von Llanidloes bittet um Unterstützung bei der Identifizierung mehrerer Toter. Im Gebiet Plynlimon Fawr, das liegt ungefähr auf der Verbindung von Welshpool nach Aberystwyth an der Westküste –«

»Ich weiß, wo Plynlimon liegt!«

»– dort hat es eine Schießerei gegeben. Außerdem ein bis auf die Grundmauern niedergebranntes Wohnhaus. Alles deutet auf einen Bandenkrieg hin.«

Plynlimon. Das war Wales. Auch Robson befand sich momentan in Wales. Hennessys Gedanken überschlugen sich schier. Die A 55 im Norden hatte gute Anschlußmöglichkeiten nach Aberystwyth.

»Einer der Toten konnte von den Kollegen in Llanidloes identifiziert werden«, fuhr der Wachhabende fort, ohne auf Hennessys Überlegungen Rücksicht zu nehmen. »Deshalb wenden sie sich an uns. Der Tote wohnt in Crosby – ich meine natürlich, er hat dort gewohnt. Und nun halten Sie sich fest, Inspektor –«

Hennessy verdrehte anklagend die Augen, was ihm herzlich wenig einbrachte angesichts der Tatsache, daß kein Bildtelefon zur Verfügung stand. »Schießen Sie endlich los, Mann!« schnaubte er. »Oder halten Sie Ihr Ratespiel für besonders witzig?«

Enttäuschung schwang in der Stimme des anderen mit. »Der Tote ist ein gewisser Jack Venner. Ich dachte mir, da Sie den Namen auf Ihrer Liste –«

»Ich komme!« brüllte Hennessy in den Hörer und legte auf.

In dem Moment wäre er jede Wette eingegangen, daß er die Namen der übrigen Toten kannte: Billy McIntire, Greg Anderson …

Er hatte die Wohnungstür noch nicht hinter sich ins Schloß gezogen, da klingelte das Telefon erneut. Mißmutig blickte Hennessy den Apparat an, aber dann entschloß er sich, auch dieses Gespräch anzunehmen. Man konnte nie wissen.

Constable Brody war der Anrufer.

»Ich habe ihn verloren, Sir«, meldete er kleinlaut.

»Sie haben ihn *waaas*?«

»Verloren. Es tut mir leid, Sir, aber ich weiß selbst nicht, wie das geschehen konnte. Robson muß spitzgekriegt haben, daß er verfolgt wurde. Jedenfalls ist er kurz hinter Abergele runter von der A 55, und ehe ich mich versehen habe, ist er auf einem Feldweg …«

»Sparen Sie sich die Schilderung Ihrer Blamage«, fuhr Hennessy dazwischen. »Wo stecken Sie jetzt, Brody?«

»Kurz vor Llaneilian-yn-Rhos. Ich habe versucht, Robson wiederzufinden, aber –«

»Vergeblich, ich weiß. Kommen Sie zurück, Brody, und zwar schnell! Bevor Neville ebenfalls die große Verschwinde abzieht.«

»Sie meinen –?«

»Ich meine gar nichts, ich *weiß* es!«

Eigentlich kämpfte er immer gegen dasselbe Problem. Er hatte zu wenig Leute, und die waren mit viel zu vielen verschiedenen Aufgaben betraut. Für eine lückenlose Observierung hätte er den doppelten Personalstamm benötigt.

Wütend und enttäuscht zugleich ließ Inspektor Hennessy die Tür hinter sich ins Schloß fallen.

Jack Warden begriff schnell, und er schien auch einiges Verständnis für Zusammenhänge zu entwickeln, die ganz und gar nicht offensichtlich waren. Jedenfalls faszinierte ihn die Anlage zur Zeitlosen Ortsversetzung, das Herzstück der Pyramide östlich des Kermadec-Tonga-Grabens.

Die Fremdartigkeit dieser Technik brauchte ihm niemand zu erklären. Und daß sie in enger Wechselwirkung mit dem irdischen Magnetfeld arbeitete, über das vermutlich die Energieversorgung erfolgte, wußte er inzwischen von Suzy.

Er hatte vergessen, daß er sich hundert Meter unter dem Meeresspiegel befand, und daß möglicherweise schon ein einziger Schaltfehler einen vernichtenden Wassereinbruch zur Folge haben konnte.

Sieben dünne silberne Säulen trugen eine ovale, beidseitig geschliffene Kristallplatte, deren größter Durchmesser annähernd zwei Meter betrug. Ein verwirrendes Linienmuster spiegelte sich auf der Oberfläche: Magnetfelder, die unter den Kontinenten ebenso verliefen wie entlang der Tiefseegräben.

Sobald man sie mit den Fingern berührte, ebenso wie die vielen fremdartigen Symbole, konnte man nahezu jeden beliebigen Ort auf der Erde einsehen, ein schier unbegreiflicher Vorgang. Außerdem war es möglich, ohne Zeitverlust dorthin zu reisen. ›Transmitter‹ nannten Science-fiction-Autoren ein solches Gerät. Wenngleich die Funktion sicherlich gänzlich anders war, so zählte doch das Ergebnis.

Jack Warden experimentierte. Und Suzy Duvall stand neben ihm und überwachte jeden seiner Handgriffe.

Über der Kristallplatte hatte sich ein kugelförmiges Hologramm stabilisiert. Es zeigte dichten, unwegsamen Dschungel.

Langsam veränderte Warden die Einstellung. Schroffe

Felsen wurden sichtbar, dahinter ein schmaler Küstenstreifen. Er hatte wahllos irgendeine einsame Insel im Nordpazifik für seine Experimente ausgesucht.

»Wenn ich möchte, jetzt und hier, ich könnte mich auf diese Insel versetzen lassen?« wandte er sich an Suzy. »Diese Anlage – das ist der Stein der Weisen. Weißt du wirklich, was sie wert ist? Du kannst die Welt beherrschen.«

Die Eurasierin nickte bedächtig.

»Leider wurde eine der Stützsäulen beschädigt. Seither gibt es Probleme mit der Zeitlosen Ortsversetzung. Die Anlage benötigt viel Zeit, um sich mit Energien aufzuladen, zumindest habe ich das aus Kars Erklärungen herausgehört. Ich glaube, er wußte selbst nicht, was genau geschehen ist. Jedenfalls gab es einige Fehlschläge.

Ich rate dir, die Zeitlose Ortsversetzung nicht zu benutzen, wenn du dir nicht völlig sicher bist, daß die Energie ausreicht. Wahrscheinlich ist auch die zurückzulegende Entfernung ausschlaggebend. Wenn du nicht als völlig deformierter Körper enden willst, sei vorsichtig.«

Ein halb ersticktes Gurgeln hinter ihnen ließ die beiden herumfahren.

»Kar!« entfuhr es Suzy erschrocken.

Karney hatte die Halle betreten, ohne daß sie auf ihn aufmerksam geworden waren. Er war wirklich nur noch ein Häufchen Elend, halb Mensch, halb Monstrum. Sein deformierter Körper stand nur unsicher auf den Beinen, sein Gesicht wirkte verzerrt, die Reptilienaugen glotzten starr, und den linken Arm mit der Krallenhand hielt er abgespreizt.

Einen heiseren Zischlaut ausstoßend, torkelte er näher.

Pierre Leroy und Gudrun Heber waren sofort wieder aufgebrochen und auf der Autobahn M 54 bis kurz hinter Telford gefahren. Von dort aus führte die A 5 weiter, quer durch die Grafschaft Shropshire nach Wales.

Pont Pen-y-benglog, im Tagebuch des Abtes erwähnt, existiert auch heute noch. Es liegt unweit des Westufers des Sees Llyn Ogwen, hoch im Norden von Wales, ungefähr zwischen der Lleyn Peninsula und Anglesey, oder, einfacher ausgedrückt, im Norden von Gwynedd. Auf der Straßenkarte, die Gudrun an einer Tankstelle kaufte, war Pont Pen-y-benglog unmittelbar an der A 5 eingezeichnet.

Die Fahrt über die größtenteils einspurige Straße nach Nordwesten war monoton und einschläfernd. Schon hinter Shrewsbury wechselte Leroy mit Gudrun am Steuer ab und machte es sich im Beifahrersitz so bequem wie es eben ging. Kurz darauf war er eingeschlafen, und seine gleichmäßigen tiefen Atemzüge verrieten, daß er den Schlaf nötig hatte. Erst als Gudrun in Cerrigydrudion hielt, um noch einmal zu tanken, übernahm Pierre wieder das Lenkrad.

Die Landschaft wurde karger und eintönig, aber keineswegs langweilig. Nordwales ist ein Fremdenverkehrsgebiet, das Clwyd und den nördlichen Teil von Gwynedd umfaßt, eine der faszinierendsten und bezauberndsten Ecken Großbritanniens.

»Eigentlich kein Wunder, daß Henry Neville sich in diese Region zurückzog«, stellte Gudrun unumwunden fest. Sie hatte die Straßenkarte umgedreht und den Text auf der Rückseite studiert, der etliche Hinweise auf Sehenswürdigkeiten gab. »Man spricht von sieben Wundern von Wales, die sich allesamt im Norden befinden. Der Berg Snowdon ist mit 1085 Metern der höchste britische Gipfel südlich von Schottland. Wußtest du das, Pierre?«

Leroy schüttelte den Kopf. »Woher auch?« erwiderte er.

»Pont Pen-y-benglog und der Snowdon liegen kaum mehr als sieben Kilometer voneinander entfernt«, fuhr die Anthropologin fort. Von Nordwesten aus kann man den Gipfel des Berges mit einer kleinen Zahnradbahn erreichen. Die Fahrt dauert rund zweieinhalb Stunden und führt durch eine großartige Landschaft mit eindrucksvollen Schluchten. – Du kannst dir also ausrechnen, welches Gelände uns erwartet.«

Über ihr weiteres Vorgehen hatten sie sich ohnehin noch nicht unterhalten. Sie wußten, daß im 14. Jahrhundert der Novize Henry Neville nach Pont Pen-y-benglog gegangen war, wahrscheinlich um sich dort niederzulassen, und daß dieser junge Neville den Heiligen Gral besessen hatte.

Eigentlich war das herzlich wenig, aber die einzige brauchbare Spur, der sie momentan folgen konnten. Und, das hatte Gudrun ohne mit der Wimper zu zucken festgestellt, ein Ertrinkender klammerte sich sogar an den dünnsten Halm. Ähnlich sah sie ihre Situation – sie würden sich durchfragen müssen.

»Neville hat den Gral nach Wales gebracht«, sagte Pierre Leroy unvermittelt, und sein Tonfall ließ erst keine Zweifel daran aufkommen, daß er fest davon überzeugt war. »Und weißt du, warum er ausgerechnet Wales ausgesucht hat? Bestimmt nicht der Landschaftsschönheiten wegen.«

»Sondern?« wollte Gudrun wissen.

»Das keltische Wales ist ein Land der Zauberbrunnen; ihre Wasser sollen alle Arten von Wundern bewirkt haben. Mag sein, daß Henry gehofft hat, in solcher Umgebung das Geheimnis des Grals zu lösen.«

»Du sprichst vom St. Winifred's Brunnen in Holywell?« erkundigte sich die Anthropologin.

Leroy seufzte ergeben. »Woher weißt du das schon wieder? Kann man vor dir keine Gedanken geheimhalten?«

»Weibliche Intuition«, bemerkte Gudrun. Sie lachte hell, als sie Pierres verwirrten Gesichtsausdruck sah. »Ich habe vor ein paar Minuten auf der Karte davon gelesen«, sagte sie dann schnell. »Du brauchst dich also nicht zu sorgen, daß alle Frauen künftig deine geheimsten Gedanken erraten könnten. – Holywell liegt an der Mündung des River Dee, aber der Fluß entspringt ein paar Kilometer südlich unseres momentanen Standortes. Außerdem gehört der St. Winifred's Brunnen zu den sieben Wundern und wird sogar als das Lourdes von Wales bezeichnet. Die Waliser nennen ihn *ffynnon.* Es heißt, daß das Brunnenwasser viele Leiden heilen soll, unter anderem Wahnsinn und Krebs.«

»Wie ich dich kenne, hast du immer noch Informationen parat«, sagte Leroy. »Also heraus damit. Ich höre dir gerne zu.«

Schwang da ein leicht ironischer Unterton in seiner Stimme mit? Gudrun war sich dessen nicht völlig sicher. »Das war schon fast alles«, meinte sie, »abgesehen davon, daß sogar Könige den Brunnen aufgesucht haben. So illustre Namen wie Richard Löwenherz, Heinrich V. und Eduard IV.«

Rauh und gebirgig präsentierte sich das Land zu beiden Seiten der schmaler gewordenen Straße. Gudrun schwieg jetzt und ließ fasziniert die immer neuen Eindrücke auf sich wirken, diese Vielfalt von Bergen, Hochmooren, Seen und Wasserfällen. Dabei war sie überzeugt davon, daß sich dem Autofahrer nur ein verschwindender Bruchteil der dramatischen Schönheit des Landes offenbarte.

Endlich kam der Llyn Ogwen in Sicht – Llyn ist das walisische Wort für See – und nur Minuten später auf der anderen Straßenseite die Häuser von Pont Pen-y-benglog.

Der Ort war nicht besonders groß, ein kleines Dorf mit freundlichen Häusern und sauberen Straßen; ein paar Hunde, Schafe und spielende Kinder. Frauen beim nachmittäglichen Dorftratsch, gefüllte Einkaufstüten in Händen. Interessierte Blicke galten dem Ford, der auffällig langsam von der Hauptstraße abfuhr.

Pierre Leroy hielt auf dem freien Platz vor dem erstbesten Pub. Ein paar Autos standen hier, aber nicht der Wagen, der ihnen in St. Albans gefolgt war.

Gudrun deutete Pierres suchenden Blick richtig. »Erwartest du wirklich, daß wir schon wieder verfolgt werden? Der Kerl hatte bestimmt nicht die Möglichkeit, das Tagebuch einzusehen.«

»Gehen wir einfach mal von dem für uns ungünstigsten aller möglichen Fälle aus«, erwiderte Leroy. »Valerie würde es jedenfalls so halten.« Valerie Gideon, die ehemalige Mossad-Agentin und inzwischen ebenfalls Mitarbeiterin von A.I.M., lag ruhiggestellt in der Londoner St.-Margarete-Klinik, in einer Art künstlichem Koma. Eindeutig war ein Wundkanal nachgewiesen worden, der hinter ihrem rechten Ohr begann und durch Knochen und Gehirnmasse zur Zirbeldrüse führte. Kar hatte ihr einen Parasiten eingepflanzt, der sie zur willenlosen Befehlsempfängerin machte, und beinahe hätte sie in seinem Auftrag Sir Ian Sutherland getötet, den Gründer und Finanzier von A.I.M.*

»Während du die Straße im Auge behältst, Pierre, werde ich mir eine kleine warme Mahlzeit genehmigen«, sagte Gudrun.

Leroy legte ihr seinen Arm um die Hüfte und zog sie mit sich in Richtung Pub. »Soll das heißen, ich wäre über-

* siehe Band 14 203, Buch 5 ›Töte Sutherland!‹

vorsichtig? Das trifft höchstens auf die Auswahl unserer Honeymoon-Suite zu. Wir beide werden in diesem Dorf übernachten, Cherie – eine angenehmere Variante als gestern.«

Gudrun boxte ihn in die Seite. »Ich dachte, Monsieur hätten sich seine Hörner längst abgestoßen. Aber wenn du gerne eine zweite Nacht im Auto verbringen willst, ich hindere dich nicht daran ...«

Der Eigentümer des Pubs vermietete auch Zimmer.

»Um diese Jahreszeit ist nie viel los.« Er musterte Gudrun und Pierre und wandte sich nach dem Schlüsselbord um; sechs Haken, sechs Schlüssel. »Ich gebe Ihnen unser schönstes Doppelzimmer. Mit Südblick auf den Y Garn. Sie werden zufrieden sein.«

»Kein Doppelzimmer«, wehrte Leroy ab, was ihm ein Stirnrunzeln des Wirtes eintrug und einen noch überraschteren Augenaufschlag der Anthropologin. »Wir sind nicht verheiratet«, stellte er dann in einem Tonfall fest, der sein Bedauern darüber nur allzu deutlich offenbar werden ließ. Erklärend fügte er hinzu: »Miss Heber und ich sind lediglich Kollegen. Wir sind hier, um Material für unsere Doktorarbeit zu sammeln.«

»Zwei Einzelzimmer also?«

Pierre nickte zögernd.

»Ihr Gepäck –?«

»Ist noch im Auto. Das hat Zeit.«

Der Wirt zeigte ihnen die Zimmer, die recht gemütlich eingerichtet waren. »Sie sprachen von einer Doktorarbeit«, wandte er sich an Leroy. »Ich kann mir nicht vorstellen, daß unsere Hochmoore und die Berge so ergiebig sind ...«

»Wenn es Sie interessiert, reden wir gleich darüber«, schlug Gudrun vor. »Vorher hätte ich allerdings gerne einen Happen gegessen.«

Sie erhielten einen erstklassigen Lammbraten mit Pfefferminzsoße, der sogar Leroys verwöhnten Gaumen zufriedenstellte, dazu zwei Schoppen Merrydown.

»Ausgezeichnet«, bekundete Pierre, als der Wirt eigenhändig wieder abtrug. »Wie sieht es aus, Mister –«

»Gruffydd. Llywelyn Gruffydd.«

Er konnte den Namen partout nicht aussprechen. »– Mister«, fuhr er ungerührt fort, »haben Sie ein Viertelstündchen Zeit für einen Plausch?«

Llywelyn angelte nach einem Stuhl und setzte sich verkehrt herum hin, die Ellenbogen auf die Rückenlehne gestützt. »Noch ist nichts los«, sagte er. »Aber in einer Stunde können Sie hier kaum noch treten. – Noch ein Wein, Mr. Leroy?«

Pierre wehrte ab. »Später.« Vielleicht brauchte er noch einen klaren Kopf. »Sie leben schon immer in Pont Pen-y . . ., in diesem Dorf?«

»Ich bin ganz in der Nähe geboren, in Gwastadnant, das liegt südöstlich, am Pass of Llanberis.«

»Die Vorsilbe Llan bedeutet Kirche?« wollte Gudrun wissen.

»Ganz recht, Miss. Mehrere Dörfer in unserer Region gehen auf mittelalterliche Kirchenbauten oder Abteien zurück, von denen heute allerdings nicht einmal mehr Ruinen zu finden sind.«

»Ist Ihnen der Name Neville geläufig?« fragte Pierre Leroy.

Llywelyn Gruffydd kratzte sich hinterm Ohr. Daß er abwechselnd mit der Frau und dann wieder mit dem Franzosen redete, aber immer nur einen von beiden ansehen konnte, da er zwischen ihnen saß, schien ihm wenig auszumachen.

Ein wenig erhielt das Gespräch dadurch jedoch den Charakter eines Verhörs.

»Henry Neville?« ergänzte die Anthropologin.

»Ich weiß nicht. Der Name Neville ist nicht gerade selten, aber ein Henry –? Wissen Sie wenigstens ungefähr, wo er wohnt?«

»Er hat gewohnt«, bemerkte Gudrun. »Schätzungsweise um das Jahr 1350 herum, genau wissen wir das aber noch nicht.«

Llywelyn war schlichtweg verblüfft. »Ist das für Ihre Doktorarbeit wichtig? Wer wann wo gelebt hat, interessiert doch heutzutage außer ein paar Geschichtsprofessoren niemanden mehr.«

»Haben Sie eine Ahnung, Mister«, wandte Leroy ein. »Gefragt hat Sie jedenfalls noch niemand nach diesem Henry Neville?«

»Nein. Sollte jemand?«

»Das war nur ein Scherz meines Kollegen«, bemerkte Gudrun. Es war amüsant, wie Pierre und sie sich gegenseitig die Bälle zuspielten. Auch sie spürte inzwischen dieses Kribbeln unter der Haut, das nichts anderes war als ihr erwachtes Jagdfieber. »Unsere Doktorarbeit befaßt sich mit dem Klosterleben im 14. Jahrhundert, ausgehend von der 793 gegründeten Benediktinerabtei St. Albans. Henry Neville war ein Novize dieser Abtei. In alten Schriften ist erwähnt, daß er, obwohl als Heilkundiger sehr berühmt, ein Leben als Einsiedler vorzog. Pont Pen-y-benglog ist in diesem Zusammenhang bereits erwähnt.«

»Wir gehen davon aus, daß die Einwohner dieses Dorfes oder der näheren Umgebung irgendwann schon von Mr. Neville gehört haben«, fuhr Leroy fort. »Vielleicht existieren Dorfchroniken mit entsprechenden Hinweisen, oder es gibt Landschaftsnamen, Ruinen vielleicht, deren Name sich von Henry Neville ableitet. Nach rund sechshundert Jahren den Spuren eines Menschen zu folgen, ist kein leichtes Unterfangen.«

Llywelyn Gruffydd blickte immer noch von einem zum anderen. »Tut mir leid«, sagte er schulterzuckend,

»zumindest auf Anhieb kann ich Ihnen nicht weiterhelfen. Ich hätte es gerne getan –«

»Falls Ihnen doch noch etwas einfällt, Mister, bitte geben Sie uns Bescheid.«

»Haben Sie vor, die Umgebung zu erkunden?«

»Natürlich.«

»Die Moore sind nicht immer harmlos. Sie sollten einen Führer nehmen, der sich auskennt. Ich empfehle Ihnen Gelert Gwyddelod.«

»Wo finden wir den Mann?«

»Heute nicht mehr. Er ist nach Caernarfon gefahren. Aber morgen werde ich Sie mit ihm bekannt machen.«

Pierre und Gudrun holten ihr Gepäck aus dem Auto, das allernötigste, was sie an Toilettenartikeln eingesteckt hatten. Danach – zu ihrer Überraschung riß der tagsüber noch bewölkte Himmel nahezu völlig auf – machten sie sich daran, den Rest des Dorfes zu erkunden. Möglicherweise lief ihnen jemand über den Weg, der wirklich schon von Henry Neville gehört hatte.

Gruffydd hastete ihnen rufend hinterher. »Miss Heber, Mr. Leroy, warten Sie!« Er war einigermaßen außer Atem, als er endlich zu ihnen aufschloß. »Mir ist da etwas eingefallen. Es gibt eine Höhle südwestlich von hier, in einem Steilhang des Y Garn. Sie heißt Henry's Cave. Ich dachte nur, weil Sie doch den Namen Henry erwähnten.«

»Danke, Mr. Gruffydd«, sagte Gudrun. »Ich denke, Sie haben uns damit sehr weitergeholfen. Ist der Weg gefährlich, oder können wir heute noch zu der Höhle gehen?«

Der Wirt zögerte. »Hin schaffen Sie es problemlos, aber falls Sie sich vor Ort umsehen wollen, kommen Sie in die Nacht hinein. Das Mindeste, was Sie brauchen, sind Lampen und festes Schuhwerk. Mit Lampen kann ich Ihnen aushelfen. Auch mit einer Wanderkarte.«

Timothy Robson hatte nicht schlecht gestaunt, als er den Verfolger bemerkte, der ihm vermutlich schon seit Birkenhead mehr oder weniger dicht an der Stoßstange klebte. Er behauptete von sich, jeden Bullen zwei Meilen gegen den Wind zu riechen, und wenn der Kerl da hinter ihm kein Bulle war, wollte er eine Ladung Stoff zum halben Preis abgeben.

An Zufälle glaubte Robson grundsätzlich nicht. Die Bullen hatten ihm in letzten Zeit zu oft aufgelauert, aber er hatte es immer wieder verstanden, ihnen eine lange Nase zu drehen, sei es durch wiederholten Fahrzeugtausch oder geschickt inszenierte Ablenkungsmanöver. Aber diesmal ... Der Gedanke, daß ihn der Verfolger bei Sir Franklin abgepaßt hatte, behagte ihm herzlich wenig. Eigentlich konnte nur die Sache mit Summerfield daran schuld sein. Er hatte damit rechnen müssen, daß die Polizei die Toten identifizieren würde, anhand von Finger- oder Gebißabdrücken. Nur daß es so schnell geschehen würde, überraschte ihn. Greg war sein Chauffeur gewesen; klar, daß folglich eine Spur zu ihm führte. Vermutlich hoffte Inspektor Hennessy wieder einmal vergeblich, ihn endlich festnageln zu können.

Robson trat das Gaspedal durch. Der Wagen hinter ihm beschleunigte ebenfalls.

Zehn Minuten später war der Aufpasser weg. Robson hatte einen ähnlichen Trick angewendet wie den, mit dem Leroy ihn gelinkt hatte.

Um mich zu kriegen, seid ihr Burschen nicht ausgebufft genug, dachte er zufrieden. Lediglich die Sache mit den A.I.M.-Leuten wurmte ihn. Er hatte die beiden unterschätzt. Doch einen solchen Fehler beging man nur einmal. Im Moment war er im Begriff, die Karten in diesem Spiel neu zu mischen, danach würde er alle Trümpfe in der Hand halten.

Timothy Robson hatte seine Fahrtroute mit Bedacht

gewählt. Ebenso die Männer, die er während der nächsten Stunden aufsuchte, jeder ein ehrbarer Geschäftsmann, aber auch jeder mit einem Schwachpunkt, der ihm, wurden gewisse Dinge publik, das Genick brechen konnte. Zu einem Zeitpunkt, als Robson noch bereit gewesen war, den Club seines eigenen Vorteils wegen zu erpressen, hatte er seine Beziehungen in jeder Hinsicht genutzt, um die Mitglieder des inneren wie auch des äußeren Zirkels in die Hand zu bekommen. Inzwischen wußte er, daß es wichtigere Dinge gab. Seit er erstmals aus dem Heiligen Gral getrunken und die wohltuende Wirkung an sich selbst verspürt hatte, war ihm klar, daß er kein anderes Clubmitglied würde betrügen können. Zwischen ihnen bestand ein Zusammenhalt, wie Robson ihn nie zuvor kennengelernt hatte.

Cordwainer Boyd war Inhaber eines Reisebüros und seit zwanzig Jahren verheiratet. Was ihn jedoch nicht daran hinderte, mehrmals im Monat in Liverpool über die Stränge zu schlagen. Robson wußte genau, wer vom Club in seinen Etablissements verkehrte. Aber nicht deshalb hatte er Boyd ausgesucht, sondern seines Hobbys wegen. Er war ein ausgezeichneter Sportschütze, und ob auf Scheiben, Tontauben oder Menschen geschossen wurde, das machte zumindest für Robson wenig Unterschied.

James Cooper und John Whaley kannten sich mit Schußwaffen ebenfalls bestens aus. Der eine, weil er noch bei den Falklands mit dabei gewesen war, der andere ein ehemaliger Polizist, der aus gesundheitlichen Gründen den Dienst quittiert hatte und in die Transportfirma seines Schwiegervaters eingestiegen war.

Alle drei gehörten dem äußeren Zirkel an mit der Hoffnung, eines Tages in den inneren Kreis aufgenommen zu werden. Sie waren ausführende Organe, so wie jetzt, Eingeweihte, die zwar in den Genuß kamen, aus dem Gral zu trinken, die aber nicht an allen Zusammenkünften teilhatten.

In Boyds Kombi fuhren sie zu viert nach Süden. Ihre Waffen lagen gut verstaut im Kofferraum.

Sie hatten geschworen, den Gral zu beschützen und notfalls ihr Leben für den Kelch einzusetzen. Sie hatten nicht geschworen, für den Gral zu töten. Robson bezweifelte, daß auch nur einer von ihnen zu einem Mord fähig sein würde. Aber darauf kam es nicht an. Er selbst würde nicht zögern, den Zeigefinger zu krümmen.

Snowdonia in Nordwales konnte zu recht als ein Paradies für Wanderer und Bergsteiger bezeichnet werden. Einen Vorgeschmack auf das, was der gesamte Naturschutzpark zu bieten hatte, bekamen Gudrun Heber und Pierre Leroy schon kurz nachdem sie das Dorf verlassen hatten. Das Gelände wurde felsig, von kargen Wiesen durchzogen, auf denen bestenfalls Schafe oder Ziegen ausreichend Futter fanden. Daß die ersten Bezwinger des Mount Everest tatsächlich im Snowdon-Gebiet trainiert hatten, erschien gar nicht mehr so abwegig.

Der Berg Y Garn, kaum mehr als drei Kilometer abseits der Straße gelegen, war nur 946 Meter hoch. Der Anstieg führte in vielfachen Windungen durch geröllübersätes Gelände. Schroffe Steilhänge bestimmten zunehmend das Bild. Die Felsen sahen aus, als hätte ein Heer von Riesen versucht, sie mit gigantischen Schwertern zu spalten. Hie und da war dies auch gelungen, dann hingen mächtige Gesteinsplatten bedrohlich weit über, als wollten sie jeden Augenblick mit Donnergetöse in die Tiefe stürzen und endgültig zersplittern.

Am Fuß eines mit Buschwerk überwucherten Steilhanges blieb Gudrun stehen.

»Diese Einsamkeit muß man erlebt haben, wenn man

sie begreifen will«, sagte die Anthropologin leise. »Ich weiß nicht, wie es dir geht, Pierre, aber ich habe das Gefühl, als wäre die Zeit stehengeblieben.«

»In spätestens eineinhalb Stunden geht die Sonne unter«, erwiderte Leroy wenig pathetisch. »Bis dahin sollten wir die Höhle gefunden haben, wollen wir nicht unverrichteter Dinge umkehren.«

Der Weg, eigentlich nur noch ein Trampelpfad, führte nun steil bergauf. Bald war nicht einmal mehr ein Pfad zu erkennen. Sogar Pierre begann zu bezweifeln, daß Sie nach Einbruch der Nacht trotz der starken Lampen weiterkommen würden.

Nebel zog auf. Wie eine dichte weiße Wand quoll er von Norden heran und brandete an den Felsen empor – ein Moloch, der mit tausend Armen unaufhaltsam in die Höhe kroch.

Überraschend wurde das Terrain wieder leichter. Brauner Moorboden bestimmte plötzlich das Bild, kein trügerischer Morast, sondern bestenfalls mäßig feuchter Torf. Dürres, kniehohes Gestrüpp bildete den einzigen Pflanzenwuchs.

Diesmal blieb Leroy stehen und zog Karte und Kompaß zu Rate.

»Wir sind dicht vor dem Ziel«, stellte er fest. »Ein paar hundert Meter noch, dann müßten wir die Höhle eigentlich sehen können.«

»Glaubst du, Henry Neville hat wirklich einen Hinweis auf den Heiligen Gral hinterlassen? Zehntausende von Menschen dürften ihn in der Zwischenzeit bemerkt haben.«

»Vielleicht ein Hinweis, den nur Eingeweihte verstehen«, gab Leroy zur Antwort.

Der Nebel holte sie ein und raubte dem Land die Tiefe. Jedoch wurde er nicht so dicht, daß er die beiden einsamen Wanderer behindert hätte.

Die Abendsonne verlor ihren Glanz. Ein verwaschener Fleck fahler Helligkeit blieb, der langsam in einem Meer aus Watte versank. Und das Stahlgrau des Himmels im Zenit überzog sich allmählich mit Düsternis.

Leroy warf einen forschenden Blick in die Runde. »In den Alpen würde ich einen Schlechtwettereinbruch vermuten«, sagte er. »Hier scheint der Nebel an der Tagesordnung zu sein.«

»Hoffentlich«, erwiderte Gudrun. »Der gute Llywelyn wird sich abtun, falls unsere Betten unbenutzt bleiben.«

Pierre ging nicht darauf ein. »Sieh doch, da oben«, rief er unvermittelt aus, »das kann nur der Eingang zur Höhle sein!« Mit ausgestrecktem Arm deutete er in die Höhe.

Höchstens noch vierzig Meter entfernt gähnte im graugrünen Fels ein dreieckiges, gut doppelt mannshohes Nichts. Grob in den Stein gehauene Stufen führten hinauf.

Gudrun Heber war Leroys Arm mit den Augen gefolgt. Aber sie sah nicht nur den dunklen Höhleneingang.

Seitlich, nicht ganz so weit entfernt, traten vier Männer hinter einem Felsen hervor. Scharf zeichneten sich ihre Silhouetten vor der untergehenden Sonne ab.

Jäger! schoß es Gudrun durch den Sinn. Doch wer jagte im Nebel inmitten felsiger Einöde? Und keiner, der sich auf das waidmännische Handwerk verstand, ging in Anzug und mit Hut auf die Pirsch. Zumindest drei der vier Silhouetten wirkten auf Anhieb wie biedere Geschäftsleute.

Der vierte trug lediglich eine Kappe als Kopfbedeckung und einen weit fallenden Parka. Die linke Hand hatte er in der Hosentasche vergraben, in der rechten hielt er eine langläufige Flinte lässig mit der Mündung nach unten.

Gudrun konnte sein Gesicht zwar nicht erkennen, aber

schon die Statur verriet ihr, wen sie vor sich hatte. Es war der Kerl aus Summerfields Haus, ihr nächtlicher Verfolger auf der Autobahn und wahrscheinlich auch derjenige, der in St. Albans wie ein Verrückter auf sie losgefahren war.

Daß sie ausgerechnet vor der Höhle aufeinandertrafen, bedeutete, daß Pierre und sie der richtigen Spur gefolgt waren. Ein schwacher Trost.

»Miss Heber und Mr. Leroy. Welch freudige Überraschung, Sie beide wiederzusehen.«

»Mir wäre es lieber gewesen, wir hätten uns an einem zivilisierteren Ort wiedergetroffen. Einer Polizeiwache zum Beispiel«, giftete Gudrun.

Der Kerl stutzte, danach lachte er dumpf. »Sie haben Humor, Miss, das gefällt mir. Schade, daß ich Sie nicht in einem meiner Etablissements unterbringen kann.«

»Hören Sie, Mister«, begann Leroy. »Wenn Sie uns abknallen, nutzt Ihnen das gar nichts. Glauben Sie, wir wären so dumm, uns ohne jede Rückversicherung hierher zu wagen? Wenn wir bis morgen mittag nicht zurück sind, erhält die Polizei einen verschlossenen Umschlag mit allem, was wir bislang herausgefunden haben. Das dürfte genügen.«

»Ich glaube Ihnen nicht.« Der Kerl blieb drei Schritte vor Leroy stehen und hob langsam seine Flinte. Ein spöttisches Lächeln umspielte seine Mundwinkel. »Ich habe Ihnen schon in Summerfields Hütte nicht geglaubt, und was sollte sich inzwischen geändert haben? Wer hindert mich daran, Ihnen beiden eine Kugel durch den Kopf zu jagen?«

Aus dem Stand schnellte Pierre nach vorne. Seine Rechte bohrte sich in die Magengrube des Gegners, während er mit der Linken gleichzeitig den Lauf der Flinte umklammerte und mit aller Kraft zur Seite drückte.

Ein Schuß peitschte durch die beginnende Nacht und hallte in vielfachem Echo zurück.

Bevor Pierre reagieren konnte, krachte der Kolben der Flinte zwischen seine Rippen. Nach Luft ringend, taumelte er rückwärts – im nächsten Moment verlor er den Boden unter den Füßen und stürzte.

»Pierre!« schrie Gudrun gellend auf. Sie glaubte ihn schon zerschmettert am Fuß des steilen Abhangs, aber dann sah sie, daß er sich im letzten Moment an einem schroffen Felsblock festgeklammert hatte. Hilflos baumelte er zwischen Himmel und Erde, unfähig, sich aus eigener Kraft wieder nach oben zu ziehen.

Ohne auf den Kerl mit der Flinte zu achten, ließ Gudrun sich auf die Knie nieder. Mit beiden Händen griff sie zu, umklammerte Leroys Handgelenke und zerrte ihn in die Höhe.

»Verdammt«, keuchte sie, »warum helfen Sie mir nicht?«

»Wenn ihr Freund sich das Genick bricht, brauche ich ihn nicht zu erschießen«, erwiderte ihr Gegenüber.

»Ein Mord mehr oder weniger, kommt es Ihnen wirklich darauf an?«

»Sie sehen das falsch, Miss Heber –«

Immer noch keuchend, zog Leroy sich endlich über die Abbruchkante hinweg in Sicherheit. »Danke«, stieß er schwer atmend hervor.

»Sie sollten sich lieber nicht bedanken«, riet der Kerl mit der Flinte. »Möglich, daß Sie es noch bereuen, sich nicht das Genick gebrochen zu haben. Das geht wenigstens schnell und schmerzlos.«

Unwillkürlich wich Suzy Duvall zurück. Auch Jack Warden schien nicht zu wissen, wie er sich verhalten sollte.

Kars deformiertes, mit Schuppen übersätes Gesicht

wirkte ebenso starr wie seine Augen. In diesem Zustand, so hilflos er schien, mochte er gleichzeitig unberechenbar sein. Sein echsenhaftes Zischen wurde lauter, er röchelte, ließ menschliche Laute folgen. Zweifellos machte seine Verwandlung auch vor den inneren Organen nicht halt.

Die Frage war, ob er sterben würde. Manchmal wünschte Suzy ihm den Tod, weil es vielleicht die Erlösung für ihn bedeutet hätte.

Blut rann aus Kars Mund. Als er Warden anfauchte, sah es für einen Moment so aus, als hätten sich auch seine Zähne bereits verändert. Suzy glaubte zwei kräftige spitze Eckzähne gesehen zu haben. Aber sicher war sie sich dessen nicht.

Kar stand jetzt vor der Kristallplatte und starrte das Hologramm an. Langsam schüttelte er den Kopf. Ein Haarbüschel fiel zu Boden, eines der letzten, die noch seinen Schädel geziert hatten. Suzy wußte, was danach kam. Die Haut verhornte, verfärbte sich in einer Mischung von Ocker, Bronze und grünlichem Schimmer und bildete Schuppen.

»Cha ...« Kar veränderte die Einstellung. Für ein paar Sekunden schien die Bildwiedergabe in sich zusammenzufallen. »Va ... Valerie!« stieß er hervor.

Suzy kannte den Namen. Valerie Gideon, eine Mitarbeiterin von A.I.M. Kar hatte ihr einen Symbionten eingepflanzt, sie damit zu seiner hörigen Sklavin gemacht. Und beinahe wäre es ihm gelungen, seinen Gegner Sutherland ins Jenseits zu befördern.

London erschien im Hologramm, die Tower-Bridge, Big Ben. Dann ein größeres Gebäude, helle, freundliche Zimmer. Ein Krankenhaus.

»Valerie!« keuchte Kar kaum verständlich. »Die Symbionten! Jemand muß ... alle beseitigen!« Seine Hände verkrampften sich. Ihm war anzusehen, daß er sich nur noch mit größter Anstrengung auf den Beinen hielt.

»Gefahr!« krächzte er noch, dann brach er gurgelnd vornüber, schlug auf die Kristallplatte und rutschte seitlich ab. Als er den Boden berührte, schien sich der geschundene Körper aber schon wieder zu entspannen.

»Er hat das Bewußtsein verloren«, stellte Warden fest.

Suzy war bleich geworden. Jedoch nicht wegen Kar. Sie dachte nur daran, was geschehen wäre, hätte er mit seinem Gewicht die Platte zerbrochen.

Ein helles Knistern erklang von der beschädigten Säule her. Irrlichternde Funken huschten über das silberne Material, gleichzeitig erlosch die Bildwiedergabe.

»Wir haben zu lange experimentiert«, stellte Suzy fest und ließ eine deftige, wenig damenhafte Verwünschung folgen.

»Was hat Kar gemeint?« wollte Jack wissen. »Was ist an ein paar kranken Menschen, daß sie ihm und damit auch uns gefährlich werden können?«

»Ich weiß es nicht«, erwiderte die Eurasierin gedankenverloren. »Aber ich werde es herausfinden.«

»Versucht lieber nicht, um Hilfe zu rufen. Um diese Zeit hört euch niemand mehr.« In ohnmächtigem Zorn mußte Pierre Leroy es geschehen lassen, daß der Kerl ihm die Arme auf den Rücken zerrte und ihn mit Handschellen fesselte. Gudrun erging es nicht anders. Angesichts der MPi-Mündungen, mit denen die anderen sie in Schach hielten, schien es besser, sich in das Unvermeidliche zu fügen. Immerhin hatten die Burschen nicht vor, sie sofort zu erledigen, denn das hätten sie mit einer kurzen Salve einfacher haben können.

»Was haben Sie vor?« wollte Gudrun wissen.

»Ein kurzer Ausflug«, erwiderte der Kerl im Parka spöttisch. »Ein paar Dutzend Meilen, mehr nicht. Aber ihr werdet staunen.« Mit dem Interesse eines Fleischbeschauers musterte er die Anthropologin. Seine Hand glitt durch ihr Haar, umschloß ihr Kinn und tastete interessiert weiter. »Nicht übel«, bemerkte er zufrieden. »Die Araber würden eine beachtliche Summe für dich springen lassen –«

»Nimm die Pfoten weg!« Mit einer ruckartigen Bewegung versuchte Gudrun, sich dem Kerl zu entziehen. Sie erreichte damit lediglich, daß er ihr wütend ins Gesicht schlug.

»Du Mistkerl!« schnaubte Leroy. Ein Stoß mit einer Waffe zwischen die Schulterblätter ließ ihn vorwärts taumeln.

Die letzte Helligkeit geisterte durch den Nebel, ein fahles, fernes Abendrot, das den Y Garn verzauberte. Für einen Moment glaubte Gudrun, daß sich das Land veränderte, doch nur die Schatten der Nacht krochen zwischen den Felsen hervor. Tausend Augen starrten plötzlich durch die Dunkelheit, ein Raunen und Wispern hob an wie von unzähligen feinen Stimmen. Trotz der Lampen fiel es zunehmend schwerer, den richtigen Weg zu finden.

Unvermittelt wandte Leroy sich um. »Wer seid ihr?« wollte er wissen. »Zumindest ihr drei wirkt nicht wie Gangster.«

»Maul halten und weiter!« kommandierte der im Parka. Die anderen nannten ihn Timothy.

Pierre dachte nicht daran, dem Befehl Folge zu leisten. »Ihr wißt, wo der Gral verborgen ist?« bohrte er weiter. »Ihr bildet euch ein, seine Wächter zu sein?«

»Du willst den Heiligen Gral sehen?« fragte Timothy schroff. »Du wirst ihn sehen – und danach sterben.«

Nach gut einer Stunde Fußmarsch erreichten sie ein einsam geparktes Fahrzeug. Gudrun und Pierre wurden geknebelt und in den geräumigen Kofferraum des Kombis verfrachtet. Als der Deckel zuschlug, waren sie endgültig allein mit ihren Ängsten und Befürchtungen. Gudrun spürte, daß Pierre sich an sie schmiegte, sein Gesicht berührte ihren Nacken, doch zu mehr war er nicht in der Lage. Immerhin schaffte er es, sie vorübergehend abzulenken.

Die Fahrt führte über holperige Wege, und mit der Zeit machte sich der Gestank von Abgasen breit. Vergeblich zog Pierre die Beine an und versuchte in der qualvollen Enge, den Kofferraumdeckel aufzutreten. Schon nach zwei Versuchen war er schweißgebadet und rang keuchend nach Atem. Es war besser, sich ruhig zu verhalten und abzuwarten.

Nach kurzer Zeit wurde die Fahrt gleichmäßiger, holten sie sich keine neuen Prellungen und Blutergüsse mehr.

Wie lange sie im Kofferraum eingesperrt gewesen waren, vermochten hinterher weder Gudrun noch Pierre zu sagen. Vielleicht eine Stunde, möglicherweise aber auch länger.

Greller Lichtschein blendete sie, als jäh ihr stinkendes Gefängnis geöffnet wurde.

Die Luft, die ihnen entgegenschlug, war kaum besser, roch nach Benzin und Öl, dennoch füllten sie gierig ihre Lungen.

Hart zupackende Hände zerrten Gudrun hoch und stellten sie auf die Füße. Tränen verschleierten ihren Blick. Sie hatte Mühe, zu erkennen, daß sie sich in einer Art Tiefgarage befanden. Mehrere Autos parkten hier, durchweg Nobelkarossen.

»Geh schon!« herrschte jemand sie an. Sie wurde vorwärts gestoßen, durch eine schmale Tür, eine stählerne Treppe hinauf. Das hallende Geräusch unzähliger Schritte steigerte sich zu dumpfem Gewittergrollen.

Ein langer schmaler Korridor schloß sich an. Gudrun blinzelte noch immer, wenngleich ihre Augen sich allmählich an die grelle Lichtflut gewöhnten. Tränen rangen über ihre Wangen.

Der Raum, den sie betraten, war eine geschmackvoll eingerichtete Bibliothek, die unschwer erkennen ließ, daß der Eigentümer des Hauses nicht gerade den ärmeren Bevölkerungsschichten angehörte. Die Anthropologin bemerkte Kunstwerke, deren Wert sie jeweils auf mehrere zigtausend Pfund schätzte.

Einer der Männer erlöste sie endlich von dem Knebel, der inzwischen zur Qual geworden war. Gudrun verschluckte sich, hustete krampfhaft und platzte ungehalten heraus: »Was soll das alles? Wohin hat man uns gebracht? Was geht hier vor?«

Timothy schüttelte nur stumm den Kopf. Mit einer knappen Geste befahl er, die beiden Gefangenen wegzuschaffen.

»Hören Sie«, protestierte Leroy. »Wenn wir bis Mittag ...«

Er verstummte abrupt.

Die Szenerie, die sich ihm darbot, war schlichtweg gespenstisch.

Constable Brody war ein ehrgeiziger Mann. Nach der Schlappe mit Robson setzte er alles daran, daß ihm nicht auch noch Sir Franklin Neville entwischte, obwohl er keineswegs verstand, weshalb ausgerechnet Sir Franklin unter Beobachtung stand. Wenn jemand über jeden Verdacht erhaben war, dann er.

Brody übertrat so ziemlich jede Verkehrsregel, die er übertreten konnte. Deshalb schaffte er es in Rekordzeit zurück nach Birkenhead.

Neville kannte ihn nicht. Also spazierte er geradewegs in das Geschäft – er trug Zivil – und erkundigte sich ausführlich nach Antiquitäten. Er erhielt zwar Auskunft, doch nach einer Weile täuschte Sir Franklin einen wichtigen geschäftlichen Termin vor und ließ ihn mit Edgar allein. Brody war klar, daß er den interessierten Käufer nicht gerade überzeugend gespielt hatte, dafür fehlte ihm schlichtweg das Hintergrundwissen. Aber zumindest hatte er sich davon überzeugt, daß Neville das Haus noch nicht verlassen hatte.

Er schaute sich noch eine Weile in den Ausstellungsräumen um, von denen aus er die Einfahrt im Auge behalten konnte, und als er schließlich ging, ohne sich auf ein bestimmtes Stück festgelegt zu haben, wußte er, daß Neville immer noch im Büro saß. Die Villa hatte keinen rückwärtigen zweiten Zugang.

Den ganzen Tag über lungerte Constable Brody in der Nähe des Anwesens herum.

Nur einmal, am frühen Nachmittag, erschien Inspektor Hennessy höchstpersönlich und brachte ihm zwei Spesen-Sandwiches. Bis dahin hatte weder Sir Franklin einen Schritt vor die Haustür getan, noch war der Gangster Robson wieder erschienen.

»Bleiben Sie dran, Brody!« bat Hennessy. »Ich weiß, daß da ein ganz großes Ding läuft. Spätestens ab Mitternacht werden Sie abgelöst; der Chief Superintendent hat zwei weitere Leute bewilligt.«

Das war nicht viel, aber besser als nichts. Brody ahnte, welche Überredungskunst der Inspektor aufgewendet haben mußte, um überhaupt eine Personalaufstockung zu bekommen. »Ich halte die Augen offen«, versprach er.

Daß er sich damit fast ein wenig zuviel zumutete, spürte er, als ihm schon am frühen Abend immer wieder die Augen zufielen. Er hatte Mühe, sich noch wachzuhalten, und mehrmals zuckte er jäh zusammen, weil ihm seine überreizten Sinne Trugbilder vorgaukelten.

Die Zeit schleppte sich dahin. Das Einzige, wonach Brody sich inzwischen sehnte, war sein Bett und vierundzwanzig Stunden ungestörter Schlaf, ohne Telefon, ohne Wecker und ohne Türglocke.

Endlich erschien ein Wagen in der Auffahrt. Sir Franklin saß selbst am Steuer.

Wie schon am Morgen Robson, fuhr auch Neville auf die A 550 nach Süden. Brody gab über Funk eine kurze Mitteilung an Inspektor Hennessy.

Zu seiner Überraschung behielt der Verfolgte hinter Aston die Richtung bei und fuhr auf der einspurigen A 494 Richtung Clwyd.

Der Raum war groß und düster. Es gab keine Fenster, jedenfalls keine, die auf Anhieb zu sehen gewesen wären, denn schwere Vorhänge deckten die Wände ab. Die in üppigen Falten fallenden Stoffe dämpften zugleich jedes allzu laute Geräusch.

Brennende Kerzen bildeten die einzige Lichtquelle. Auf Anhieb zählte Gudrun Heber mindestens zwölf siebenarmige Leuchter, doch einige davon waren möglicherweise nur Spiegelungen. Überrascht registrierte sie, daß in dem Raum mehrere großflächige Spiegel so geschickt verteilt waren, daß ein optisch weitläufiger Eindruck entstand. Man mußte schon genau hinsehen, um den Betrug überhaupt zu bemerken. In Wirklichkeit schien der Raum kaum mehr als fünfzig bis sechzig Quadratmeter zu messen.

Sieben Personen erwarteten die Neuankömmlinge. Es waren Männer, nicht eine Frau. Vier von ihnen trugen schwarze Nadelstreifenanzüge, dazu weiße Hemden und schwarze Fliegen.

»He«, platzte Leroy ungewollt heraus, »für wessen Beerdigung seid ihr bestellt?«

Niemand antwortete ihm. Die vier, je zwei zu jeder Seite, bildeten eine schmale Gasse. Timothy stieß die beiden Gefangenen vor sich her, auf drei der Männer zu, die zwar auch dunkle Anzüge trugen, doch zusätzlich weit fallende blutrote Umhänge übergestreift hatten, die mit einer schmalen goldfarbenen Kordel in der Taille zusammengehalten wurden. Im Brustbereich, in goldener Stickerei, prangte das Kreuzsymbol.

Moderne Kreuzritter, dachte Gudrun. Im gleichen Moment erkannte sie den mittleren der drei.

»Sir Franklin Neville!« entfuhr es ihr.

Der Antiquitätenhändler nickte bedächtig. »Miss Heber alias Maria Machon«, sagte er leise. »Ich hätte es mir denken können.«

»Was soll die Farce?« protestierte Leroy lautstark. »Haben Sie vor, über uns zu Gericht zu sitzen? Weshalb? Was haben wir verbrochen? Ich verlange, daß Sie uns augenblicklich –«

»Schweigen Sie! Entweihen Sie nicht diesen Raum mit Ihrer rüden Art.« In einer herrischen Geste hob Neville beide Arme. Pierre verstummte überrascht.

»Kniet nieder!« befahl Neville. »Erweist dem Heiligen Gral eure Referenz!«

»Ich sehe keinen –« Abermals brachte Leroy den Satz nicht zu Ende. Timothy trat ihm von hinten in die Kniekehlen, daß er beinahe gestützt wäre. Schäumend vor Wut, aber doch inzwischen beherrscht, folgte er Gudruns Beispiel. Sie hatte es vorgezogen, sich kommentarlos zu fügen.

Sie mußten Zeit gewinnen, möglicherweise bot sich ihnen dann eine Chance zur Flucht.

Die Männer hinter ihnen hatten den Raum waffenlos betreten. Lediglich Timothys Parka ließ eine Ausbuchtung unter der linken Achsel erkennen; vermutlich trug er als einziger eine schwere Pistole im Schulterholster.

»Ihr werdet den Heiligen Gral zu Gesicht bekommen,

eher als euch lieb sein wird«, sagte Neville. »Was habt ihr herausgefunden?«

»Alles«, sagte Leroy trotzig.

Nevilles Blick schien ihn zu durchbohren. Eine ungeheure Kraft lag in seinen Augen verborgen, der Wille, das wohl am besten gehütetste Geheimnis dieser Welt niemals preiszugeben.

Pierre erschauderte unwillkürlich. Sir Franklin war ein glühender Fanatiker – zumindest was den Gral anbetraf.

»David Summerfield hat unsere Warnungen in den Wind geschlagen –«

»Sie haben ihn getötet!«

»Er hat sein Leben selbst verpfuscht. Er wußte zuviel, und er wollte dieses Wissen der Welt preisgeben, um selbst zu Ruhm und Ansehen zu gelangen.«

»Das ist noch lange kein Grund, einen Menschen umzubringen«, schnaubte Gudrun aufgebracht.

»Wir haben ihm angeboten, Mitglied des Clubs zu werden. Mr. Summerfield verzichtete darauf.«

Pierre und Gudrun warfen sich einen überraschten Blick zu. »Davon hat er uns nichts gesagt«, bemerkte Pierre.

»Wahrscheinlich hat er Ihnen manches verschwiegen. Summerfield war eine Koryphäe auf seinem Gebiet, aber auch ein Einzelgänger.« Neville gab sich einen merklichen Ruck. »Wir schweifen ab«, stellte er fest. »Ein Mensch, der Fehler wiederholt, hat nichts dazugelernt. Miss Gudrun Heber, Monsieur Pierre Leroy, ich frage Sie beide, ob Sie gewillt sind, sich den Gesetzen des Clubs zu unterwerfen.«

Pierre verzog die Mundwinkel zu einem verächtlichen Grinsen. »Bleibt uns überhaupt eine andere Wahl?« wollte er wissen.

»Sie könnten ablehnen.«

»Was geschieht dann? Ergeht es uns wie David Summerfield? Sie sind Barbaren, meine Herren.«

»Ist es Barbarei, dem Leben zu dienen, dem Kelch des Lebens, in dem Christi Blut am Kreuz aufgefangen wurde? Noch sehen Sie das alles aus Ihrer Sicht, Monsieur. Aber ich frage Sie: Was würde die Menschheit aus dem Heiligen Gral machen? Sie würden den Kelch untersuchen, ihn vielleicht sogar zerschneiden, ihn auf jeden Fall seiner heilbringenden Wirkung berauben. Und wahrscheinlich würden Mord und Totschlag regieren, weil jeder den Gral besitzen will. Kriege wurden schon aus weit geringeren Anlässen geführt.«

Eine Weile herrschte atemloses Schweigen. »Sie teilen sicher meine Ansicht, Miss Heber?« wandte Neville sich an die Anthropologin.

»Ihre Ziele mögen gutgemeint sein«, antwortete Gudrun, »nur leider bedienen Sie sich der falschen Mittel. Sie stehen nicht über den Menschen, Sir Franklin, sie stehen bestenfalls mit ihnen auf einer Stufe. Was macht Sie so versessen darauf, zu glauben, das Schicksal hätte Ihnen eine besondere Rolle zugedacht? Nur weil Sie Ihre Ahnenreihe zufällig bis auf einen gewissen Henry Neville zurückführen?«

Sir Franklin preßte die Lippen zusammen, bis sie nur noch einen schmalen Strich bildeten. Ihm war anzusehen, daß er mit sich selbst kämpfte.

»Kommen Sie!« stieß er gleich darauf hervor. »Vielleicht lernen Sie verstehen, wenn Sie das Wunder mit eigenen Augen sehen.«

Die beiden Kuttenträger an seiner Seite wandten sich um und öffneten einen Vorhang im Hintergrund. Ein weiterer, kleinerer Raum wurde sichtbar. In seiner Mitte erhob sich ein länglicher Altarstein, ein kostbar gesticktes Tuch war darauf ausgebreitet. Brennende Kerzen standen zu beiden Seiten, und dazwischen –

Obwohl Gudrun etwas Ähnliches erwartet hatte, konnte sie einen überraschten Ausruf nicht unterdrücken.

Auf dem Altar standen drei Kelche, jeder blank poliert und im Widerschein der Kerzen wie ein Juwel funkelnd.

»Der Heilige Gral!« sagte Neville ehrfürchtig.

»Welcher der drei ist es?«

»Das werden Sie selbst herausfinden! Aber treffen Sie Ihre Wahl gut. Sie werden aus einem der drei Kelche trinken. Gift werden Sie trinken! Nur der Heilige Gral besitzt die Kraft, dieses Gift zu neutralisieren, das ansonsten innerhalb von Minuten Ihren Tod herbeiführt.«

»Sie wollen ein Gottesurteil?« fragte Leroy ungläubig.

»Ist das nicht die gerechteste Art der Wahrheitsfindung? Wählen Sie falsch, töten Sie sich selbst. Im anderen Fall werden Sie in den äußeren Zirkel des Clubs aufgenommen und für immer zu uns gehören.«

»Nein!« widersprach Leroy heftig. »Ich denke nicht daran, diese Farce mitzumachen.«

»Dann, Monsieur Leroy«, sagte Timothy hinter ihm, »werden Sie das Gift auf jeden Fall trinken.«

Einer der Kuttenträger schüttete aus einer Karaffe eine gelbgrüne Flüssigkeit in die Kelche. Danach reichte er Neville die linke Hand.

»Die Lady hat die erste Wahl. Beten Sie, Monsieur Leroy, daß sie gut wählt.«

Der Vorhang wurde hinter Gudrun geschlossen. Sie war mit den Kuttenträgern allein. Einer öffnete endlich ihre Handschellen.

Drei Kelche standen auf dem Altar. Jeder war bis zur Hälfte gefüllt.

Gudrun begann zu schwitzen. Kalter Schweiß rann über ihren Rücken. Unwillig fuhr sie sich mit dem Handrücken über die Augen. Sie zitterte.

»Entscheiden Sie sich!«

Der eine Kelch wirkte wie ein Weinglas mit gleichmäßigem Stiel, der sich erst am unteren Ende zu einem runden Fuß verbreiterte. Matt schimmernde Perlen waren in den Fuß eingelassen, Rubinsplitter bildeten am Kelch selbst ein stilisiertes Kreuz – das achtspitzige rote Tatzenkreuz, Symbol der Tempelritter. Mit diesem Zeichen auf ihren Mänteln waren die Ritter König Ludwig VII. von Frankreich zum Zweiten Kreuzzug gefolgt. Impulsiv griff Gudrun nach dem Kelch, aber als sie ihn anhob, zögerte sie. Wer sagte, daß dies wirklich der Heilige Gral war? Vielleicht ließ sie sich von Äußerlichkeiten blenden. Sie hob den Blick, doch die Gesichter der Männer auf der anderen Seite des Altars waren wie versteinert. Nicht ein Muskel regte sich in ihnen.

Der zweite Kelch war eher ein Becher, der sich nach unten gleichmäßig verjüngte, etwa eine Handbreit über dem Boden aber wieder breiter wurde. Es war ein einfaches Stück, lediglich mit einigen grünen Steinen geschmückt, die Smaragde sein konnten, ebensogut aber auch nur weit weniger wertvoller Olivin, der in Vulkangestein zu finden war. Auf der Kanaren-Insel Lanzarote hatte Gudrun vor einigen Jahren selbst größere Olivinkristalle aus der Lava herausgeschlagen.

Der dritte Kelch war von geradezu klassischer Form, mit tief geschwungener Trinkschale, sanft gerundetem Fuß und einer kugelförmigen Verdickung in der Mitte. Bildhafte Verzierungen bedeckten das Äußere, eine künstlerisch aufwendige Arbeit, die zweifellos großes Fingerspitzengefühl erfordert hatte. Am Grund seiner Innenseite, durch die gelbe Flüssigkeit nur verschwommen zu erkennen, prangte ein großer Edelstein.

Die Entscheidung fiel schwer.

Der Gral ist der Becher eines Zimmermanns! durchzuckte es Gudrun. Kein wertvolles Stück also, eher der unscheinbare Kelch, in den möglicherweise eigenhändig geschürfter Olivin eingelassen war.

Diesmal griff sie entschlossener zu. Die Flüssigkeit war geruchlos. Bevor sie den Becher jedoch an die Lippen setzte, zögerte die Anthropologin erneut.

Fast hätte sie eine Kleinigkeit übersehen. *Er schöpfte das Brunnenwasser mit einem dreiteiligen Kelch, den seine Mutter ihm auf dem Totenbett gab,* stand im Tagebuch des Abtes zu lesen, und die Rede war darin eindeutig von dem Kelch des Novizen Neville gewesen.

Ruckartig stellte Gudrun auch den zweiten Becher auf den Altar zurück und griff nach dem dritten, den mit den Verzierungen.

Diesmal trank sie. Ein eigenartiges Prickeln rann durch ihre Kehle, ein Gefühl, als würde das Gift bereits die Speiseröhre zerfressen.

Sie hatte sich geirrt. Hektisch pulsierte das Blut durch ihre Adern, der Pulsschlag hämmerte in den Schläfen, laut und dröhnend, als müsse er ihre Qual übertönen. Sie taumelte, aber schon war Sir Franklin neben ihr und stützte sie, während ein anderer Kuttenträger den Kelch wieder füllte.

»Die Schwäche geht rasch vorüber«, sagte Neville. »Danach fühlen Sie sich wie neugeboren.«

Sie hatte die richtige Folgerung gezogen! Die Erleichterung darüber wich der Besorgnis, wie Pierre sich entscheiden würde.

Als Leroy vor den Altarstein geführt wurde, hatten die Männer Gudrun bereits seitlich hinausgetragen. Zumindest glaubte er das. Die Chance, aus dem Heiligen Gral zu trinken, stand eins zu drei – ein Vabanque-Spiel.

»Ihre Gefährtin gehört jetzt zu uns«, sagte Neville stolz. »Sie hat die richtige Wahl getroffen.«

Siedendheiß durchlief es Pierre. Gudrun hatte es also geschafft. Aber wie? Ihm schwirrte der Kopf, er war kaum in der Lage, einen klaren Gedanken zu fassen, geschweige denn, diesen auch festzuhalten.

Drei Becher. Zwei davon brachten den Tod. Schierlingsbecher. Er fragte sich, wie der Gral das Gift neutralisierte. Aber das war unwichtig. Was einzig und allein zählte, war, den Heiligen Gral von den anderen zu unterscheiden. Er konnte sich nicht konzentrieren. Verdammt, warum. .? Hilflos schlug er die Hände vors Gesicht und massierte mit den Fingerspitzen die Nasenwurzel. *Bleib ruhig!* mahnte er sich. *Aufregung hat noch nie geholfen.*

Drei tiefe Atemzüge, danach griff er wahllos zu, drehte den Kelch mit dem geraden Stiel prüfend zwischen den Fingern. In vielen Formen war der Gral schon dargestellt worden, als Kelch ebenso wie als Schale . . .

Er stellte den Becher zurück, hob den nächsten. Die wunderschönen Verzierungen hatten zweifellos einen tieferen Sinn, aber momentan interessierten sie ihn nicht. Er drehte den Kelch, begutachtete ihn, als ginge es lediglich darum, eine besondere Antiquität käuflich zu erwerben.

War da nicht eine matte Stelle? Pierre zögerte. Aber wirklich – unmittelbar unter dem Rand war der Kelch rot verschmiert.

Lippenstift!

Er hätte jubeln können, aber er unterließ es wissentlich. Statt dessen setzte er das Gefäß an die Lippen und trank, ohne länger darüber nachzudenken. Bis auf ein paar Tropfen leerte er den gesamten Inhalt, danach fuhr er sich mit dem Ärmel über die Lippen und blickte Neville herausfordernd an. Den Gral hielt er immer noch in der Linken.

»Und?« fragte er. »Was geschieht nun?«

Das Prickeln in seinem Körper irritierte ihn. Nicht daran denken, daß er womöglich doch den falschen Becher geleert hatte! Warum sagte Neville nichts? Wartete er darauf, daß das Gift zu wirken begann?

Endlich kam der Mann auf ihn zu, nahm ihm den Heiligen Gral aus der Hand und stellte ihn sanft auf den Altar zurück. »Ich hätte nicht geglaubt, daß Sie beide es schaffen würden.« Er streckte Leroy die linke Hand hin, doch Pierre übersah sie geflissentlich.

Neville überging die ablehnende Geste mit einem Schulterzucken. »Sie gehören zu uns, Pierre, ob Sie sich nun damit abfinden wollen oder nicht.«

Der Vorhang wurde wieder geöffnet. Gudrun hatte schon angespannt darauf gewartet. Einen freudigen Aufschrei auf den Lippen, warf sie sich dem Franzosen an den Hals. Niemand hinderte sie daran.

»Du lebst, Pierre. Mein Gott, ich fürchtete schon –«

»Unkraut vergeht nicht«, erwiderte er lässig, und obwohl es ihm gefiel, daß sie die Arme um seinen Hals geschlungen hatte, schob er sie sanft von sich. »Danke!« hauchte er.

»Wofür?« gab sie ebenso leise und für die Umstehenden nicht verständlich zurück.

»Ich erkläre es dir später.«

»Sie wollten alles über den Gral erfahren«, wandte Neville sich an Pierre und Gudrun. »Ich werde Ihnen Gelegenheit geben, Ihre Neugierde zu stillen –« Er wollte noch mehr sagen, aber er kam nicht dazu. Ein dumpfes Poltern hallte durch den Raum, gleich darauf wurden Stimmen laut. Jemand protestierte lautstark und schrill.

»Die Bullen!« stieß Timothy ungläubig hervor. »Wie haben sie. .?« Weiter kam er nicht, denn die Tür wurde aufgestoßen.

Zwei uniformierte Polizisten stürmten herein. Timothy Robson hatte da bereits seine Pistole aus dem Schulterholster gerissen und eröffnete sofort das Feuer. Der erste der Beamten taumelte zur Seite und brach zusammen, der zweite warf sich bäuchlings zu Boden und erwiderte im Liegen die Schüsse.

»Geben Sie auf, Robson!« erklang es von der Tür her. »Diesmal haben Sie keine Chance!«

»Hennessy, scher dich zum Teufel!«

Robson hielt einen der anderen Männer an sich gepreßt und benutzte ihn als Schutzschild. Wieder schoß er. Die Antwort war eine Salve aus einer Maschinenpistole, die Vorhänge zerfetzte und einen Kerzenleuchter.

Mehr bekam Gudrun von dem losbrechenden Chaos nicht mit. Pierre zerrte sie mit sich hinüber in den Altarraum. Neville, der sich ihnen entgegenstellte, rammte er mit der Gewalt eines wütenden Stiers den Schädel in die Magengrube und hebelte ihn über sich hinweg.

»Nimm den Gral! Schnell!«

Hinter ihnen Befehle, ein Stakkato von Schüssen, Schreie und eine dumpfe Explosion. Rauch wölkte auf. Irgend jemand hatte eine Nebelgranate gezündet.

Blindlings stürmte Pierre durch die Vorhänge. Eine Tür – er hatte keine Ahnung, wohin sie führte, aber ihm blieb keine Zeit, sich zu orientieren. Falls die Polizei Gudrun und ihn schnappte, würde Sutherland sie zwar schnell wieder herauspauken, aber der Gral war dann verloren.

Sie hetzten einen Gang entlang, stolperten Treppen hinab, hasteten durch eine Zimmerflucht. Ob das Haus umstellt war, würden sie früh genug erfahren.

Der Hinterausgang. »Warte! Da entlang!« Gudrun schaute Leroy zwar verblüfft an, schwieg aber. Wieder eine Treppe, ein halbes Stockwerk, dann eine Galerie. Fenster, die bis zum Boden reichten und nur mit einem hüfthohen Gitter gesichert waren. Unmittelbar daran anschließend ein Garagendach, in der lichtlosen Schwärze des Gartens mehr zu ahnen als wirklich zu erkennen.

Pierre öffnete eines der Fenster und schwang sich nach draußen. Das Moos dämpfte seine Schritte auf den Dachziegeln. Mit der Geschmeidigkeit einer Katze huschte er weiter. Auch Gudrun kam mit der flachen Neigung gut zurecht.

Sie sahen einen Polizisten stehen, drüben, beim Hintereingang. Der Mann schaute nicht in ihre Richtung. Sanft abfedernd schwangen sie sich nach unten, huschten geduckt weiter. Obstbäume schirmten sie ab.

Dann der Zaun zum Nachbaranwesen. Sie schwangen sich hinüber, hasteten weiter. Hinter ihnen wurde noch immer geschossen, aber sie wußten, daß sie es geschafft hatten.

»Der Gral gehört uns«, stieß Gudrun schwer atmend hervor, als sie nach mindestens einem Kilometer endlich innehielten. Sie hatten keine Ahnung, wo sie sich befanden, allem Anschein nach in einer größeren Stadt.

An einer Straßenkreuzung wartete ein Taxi. Pierre öffnete die Seitentür. »Fahren Sie uns nach Pont ...«

»Pont Pen-y-benglog«, half Gudrun aus. Llywelyn Gruffydd wartete vermutlich schon sehnsüchtig auf sie.

Das Taxi fuhr nach Süden und bog erst nach gut zwanzig Kilometern auf die A 5 ein. Gudrun streckte sich im Fond aus. Das war immer noch bequemer, als im Kofferraum zu liegen.

Sanft spürte sie Pierres Hand auf ihrem Oberschenkel. Kein Wort fiel, aber sie verstanden sich auch ohne lange Reden.

Sie hatten den Heiligen Gral erbeutet, und nur das allein war wichtig.

»Nichts«, sagte Constable Buster Brody voll Inbrunst. »Kein Gramm Kokain, kein Heroin, nicht einmal Haschisch.«

Der Einsatz in Ruthin war ein Fehlschlag gewesen. Drei verletzte Polizisten, einer davon so schwer, daß er sofort operiert werden mußte, und eine Menge offener Fragen, die viele schlaflose Nächte kosten würden.

Sie hatten ehrenwerte Bürger verhaftet, die zweifellos schon in ein paar Stunden wieder auf freiem Fuß sein würden, sobald ihre Anwälte sich einschalteten. Was sollte man ihnen vorwerfen? Selbst Beihilfe zum Mord war niemandem zu beweisen. Timothy Robson war tot, von mehreren Polizeikugeln getroffen. Und auch Sir Franklin Neville lebte nicht mehr. In unnatürlich verrenkter Haltung lag er vor dem steinernen Altar, einen Kelch fest umklammert.

»Wahrscheinlich Gift«, vermutete Inspektor Hennessy. »Brody, sichern Sie eine Probe für das Labor.«

Zwei der Beteiligten waren ihnen entwischt. Sie fanden die Spuren im feuchten Gras. Ein Mann und eine Frau. Aber mit Sicherheit waren die beiden längst über alle Berge.

ENDE
des zweiten Buches

DRITTES BUCH

ELWOOD

von Robert de Vries

Der 10. Januar war genauso naßkalt und ungemütlich, wie es im Norden Schottlands bislang fast jeder Tag des neuen Jahres gewesen war. Ein beständiger Nieselregen hatte sich über das karstige Land gelegt, von Windböen gepeitscht und immer wieder von dunklen, tiefhängenden Regenwolken genährt, die von Westen heranrasten, als hätten sie in Skandinavien noch einen dringenden Termin. Und wahrscheinlich hatte der ebenfalls mit Regnen zu tun.

Die Dämmerung hatte schon früh eingesetzt, und der sanfte Lichtschein, der aus den Fenstern von Oake Dùn drang, kündete von wohliger Wärme und Geborgenheit im Innern des Schlosses. Dort war Mortimer gerade dabei zu kontrollieren, ob die Bediensteten ihre Arbeit auch pflichtgemäß verrichtet hatten – was eigentlich stets der Fall war, aber Kontrolle konnte nie schaden –, als die Türglocke läutete.

Der greise Hausdiener blieb wie angewurzelt stehen und lauschte. Erst als ein zweites Läuten bewies, daß er sich nicht verhört hatte, setzte er sich auf die ihm eigene, höchst gebrechlich wirkende Art in Richtung der Eingangstür in Bewegung.

Natürlich, seufzte er innerlich, nie kam man dazu, seine Arbeit in Ruhe zu beenden. Seit mindestens sechzig Jahren arbeitete er hier, und in all den Jahren hatte es wohl keinen einzigen Tag gegeben, an dem er nicht durch irgend etwas gestört worden wäre. Manchmal kam es ihm fast so vor, als läge ein Fluch über diesem Schloß!

Nach dem vierten Läuten hatte er schließlich die Tür erreicht, öffnete und blickte mit finsterer Miene auf denjenigen, der sich erdreistet hatte, die Ruhe auf Oake Dùn zu stören – und das unangemeldet.

Es war ein Mann, der aussah, als sei er direkt einem zweitklassigem Agentenfilm entsprungen: schwarzer Anzug, weißes Hemd, schwarzer Hut, Krawatte. Die einzige Regung in seinem schmalen, etwas kantigen Gesicht, mit der er auf das Erscheinen des Butlers reagierte, bestand aus einem kaum merkiichen Hochziehen der rechten Augenbraue.

»Guten Abend, Sir«, sagte Mortimer. »Sie wünschen?«

»Ich bin hier, um Ian Sutherland zu sprechen.«

Mortimer musterte den Mann abschätzig. Einem anderen wäre wahrscheinlich die ausdruckslose Stimme aufgefallen, mit der er gesprochen hatte, oder daß im Schloßhof kein Wagen stand, mit dem er hergekommen sein konnte, oder daß er ohne Schirm und Mantel im Regen stand und sein Anzug dabei nicht einmal naß zu werden schien – doch Mortimers kalkbedeckte Gehirnwindungen hatten es längst aufgegeben, sich Gedanken über Dinge zu machen, die über rein häusliche Pflichten hinausgingen.

»Werden Sie erwartet?«

»Ich weiß nicht.« Ein erneutes leichtes Heben der Augenbraue. »Ist das wichtig?«

Mortimer reagierte mit einem pikierten »Hmpf«. Warum nur glaubte jeder, ein Schloßherr hätte den ganzen lieben langen Tag nichts anderes zu tun, als auf dahergelaufene Vertreter oder Gelegenheitsarbeiter zu warten?

»Und ob das wichtig ist! Sir Ian ist ein vielbeschäftigter Mann. Darf ich fragen, in welcher Angelegenheit Sie ihn sprechen wollen?«

»Man hat mich geschickt, um Valerie Gideon von dem Parasiten zu befreien.«

Mortimer sah den anderen mit geweiteten Augen an.

»Parasiten?« Angeekelt verzog er das Gesicht. Als ob es auf Oake Dùn solch widerliches Ungeziefer gäbe! »Tut mir leid. Ich glaube nicht, daß Sir Ian daran Interesse hätte. Unser Schloß ist sauber.«

»Sauber?«

»Nun gut«, lenkte er ein, »wenn Sie unbedingt wünschen, werde ich Sir Ian von Ihrem Angebot unterrichten.« Er fischte einen Notizblock und einen heruntergeschriebenen Bleistift aus dem Jackett. »Ich schreibe es mir besser auf, dann kann ich nichts vergessen. Also, wie war das? Sie sind hier, um..?

»Man hat mich geschickt, um Valerie Gideon von dem Parasiten zu befreien.«

»Ach ja, richtig«, erinnerte sich Mortimer. Er hielt den Block so dicht vor seine Augen, daß er ihn fast mit der Nasenspitze berührte, und schrieb angestrengt: »... Parasiten befreien.« Er hob den Kopf. »Und Ihr Name?«

»Elwood.«

»Mr. Elwood, aha. Und Sie sind Kammerjäger?«

»Kammerjäger? Nein. Ich bin ein *Diener*.«

»Diener«, notierte Mortimer. Er schüttelte bedauernd den Kopf. »Also, große Hoffnungen sollten Sie sich da nicht machen. Ich wüßte es, wenn Sir Ian noch einen Hausdiener einstellen wollte.« Er steckte den Notizblock wieder weg. »Aber ich werde ihm ausrichten, daß Sie da waren. Erkundigen Sie sich doch morgen noch mal. Einen schönen Abend noch.«

Damit schloß er die Tür. Doch kaum hatte er sich ein paar Schritte entfernt, da läutete es erneut. Stirnrunzelnd kehrte er zurück und öffnete abermals.

»Was gibt es denn noch?«

»Ich bin hier, um Ian Sutherland zu sprechen. Man hat mich geschickt, um Valerie Gideon von dem Parasiten zu befreien.« Es klang haargenau so wie beim ersten Mal.

Mortimer zog ärgerlich die Augenbrauen herab. Wenn der Mann etwa glaubte, auf die dreiste Tour weiterzukommen, dann hatte er sich getäuscht.

»Ich habe Ihnen doch gesagt, daß Sir Ian nicht zu sprechen ist und Sie es morgen noch mal versuchen sollen«, wiederholte er ungehalten. »Am besten, Sie melden sich vorher telefonisch an, damit Sie den Weg nicht umsonst machen.« So, das war jetzt wohl deutlich genug gewesen!

»Telefonisch?«

Mortimer seufzte. Wie konnte jemand nur so begriffsstutzig sein? Nicht auszudenken, wenn er sich das irgendwann einmal erlauben würde.

»Ja, Telefon. Das sind die kleinen Apparate, durch die man miteinander sprechen kann. Wenn Sie mich nun bitte entschuldigen würden. Ich habe noch zu tun.«

Er warf die Tür ins Schloß und wartete kurz, ob der Mann es wagen würde, nochmals zu läuten, doch es blieb ruhig.

Mit zufriedener Miene und dem rechtschaffenen Gefühl, seinen Aufgaben pflichtgetreu nachgekommen zu sein, kehrte Mortimer zu seinem Rundgang zurück. Als ob Sir Ian es nötig hätte, sich von derart aufdringlichen Burschen stören zu lassen oder gar auf deren Dienste angewiesen wäre.

Parasiten, pah! Doch nicht hier – dafür sorgte er schon.

Der Heilige Gral!

Wie jedesmal, wenn Ian Sutherland den silbernen Kelch mit den schmuckvollen Verzierungen und den eingelassenen Edelsteinen ansah, verspürte er ein Gefühl von Ehrfurcht. Jahrhundertelang hatte dieser Gegenstand die Phantasie der Menschheit genauso angeregt wie das sagenhafte Eldorado, das mythenumwobene Shangri-La oder das versunkene Atlantis. Auf irgendeine Art und Weise war er fast so etwas wie ein Stück ›lebendige Geschichte‹.

Ein Stück, das sich nun auf Oake Dùn befand. Nach ausgiebigen Nachforschungen in Südengland und Wales hatten Pierre Leroy und Gudrun Heber es schließlich in Frankreich entdeckt, wo es sich in den Händen eines verbrecherischen Sammlerzirkels befunden hatte, und mit nach Oake Dùn gebracht. Auf die Spur des Artefakts waren sie dank einer Weissagung gekommen, die ihnen das Orakel von Delphi zurückgelassen hatte. *Jene, die fragen, und jene, die suchen, finden die Antwort im Lapsit Exillis,* hatte es darin geheißen. Eine Aussage, die sich eindeutig auf den Heiligen Gral bezog, denn so war er in der mittelalterlichen Literatur bezeichnet worden.*

Sutherland konnte sich des Verdachts nicht erwehren, daß das Orakel sie nicht nur aus reiner Freundlichkeit auf diese Spur geführt hatte, sondern daß es damit eine bestimmte Absicht verfolgte – welche auch immer. Wer konnte schon die Gedankengänge eines dreibeinigen beseelten Hockers begreifen, der allem Anschein nach in die Zukunft schauen konnte und eigenen Aussagen zufolge aus purer »Weisheit« bestand? Obwohl es ihnen bislang wertvolle Hilfen gegeben hatte, hatte der Earl of Oake Dùn sein Mißtrauen ihm gegenüber nie ablegen können. Er vermochte den Grund dafür nicht konkret zu benennen; es war einfach nur das ungute Gefühl, von jemanden oder auch *etwas,* über dessen Absichten, Ziele und Beweggründe sich nicht das Geringste sagen ließ, ohne eigenes Wissen als Handlager benutzt zu werden. Und für derartige Gefahren hatte er während seiner politischen Aktivitäten ein recht sicheres Gespür entwickelt. Es war eine der Grundvoraussetzungen, um sich in dieser Branche länger als ein paar Wochen zu behaupten.

Insofern war er fast erleichtert, daß das Orakel nicht mehr auf Oake Dùn war. Die Betonung lag auf fast, denn immerhin hatten sie damit eines der mysteriösesten Artefakte verloren, die man sich vorstellen konnte – ebenfalls solch ein Stück ›lebendiger Geschichte‹, wenn auch noch in einem viel wörtlicheren Sinne. Doch Ian Sutherland

* siehe Band 14 203, Buch 5 ›Töte Sutherland!‹

war sicher, daß sie ihm wiederbegegnen würden. Wie hatte es doch gesagt, als er von La Paz aus mit ihm gesprochen und für Valeries Rettung einen Gefallen angeboten hatte? »*Die Zeit, da du mir eine Gabe entrichtest, ist noch nicht gekommen.*« Bislang hatte sich alles als wahr erwiesen, was das Orakel gesagt hatte.

Das plötzlich einsetzende Rattern des Computer-Druckers schreckte ihn aus seinen Gedanken auf. Er sah, daß Connor sich vom Bildschirm abwandte und sich eine Zigarette ansteckte.

»Das war vorläufig die letzte Versuchsreihe«, sagte er.

»Mon Dieu«, stöhnte Pierre Leroy und rieb sich die Augen. »Das wurde auch langsam Zeit.«

Sutherland nickte. Seit dem frühen Morgen befand er sich mit Connor, Pierre und Tom Ericson in den unterirdischen Räumen von Oake Dùn, die mit modernen Laboranlagen ausgestattet waren. Natürlich konnten sich diese nicht mit denen renommierter Universitäten messen, aber sie ermöglichten es, zahlreiche Untersuchungen gleich hier durchzuführen. Die meiste Arbeit hatten dabei Connor als Computerspezialist und derjenige gehabt, der sich mit den technischen Einrichtungen am genauesten auskannte. Doch die anderen hatten es sich nicht nehmen lassen, jeder Phase der oft ermüdenden Versuchsreihen beizuwohnen. Nur Gudrun, die als Anthropologin am wenigsten beitragen konnte, hatte es vorgezogen, den Tag oben zu verbringen, obwohl sie alle paar Stunden herunterkam, um sich nach dem Fortgang der Untersuchungen zu erkundigen.

»Und?« fragte Sutherland. »Die Ergebnisse?«

Connor riß den Ausdruck ab und überflog die Daten.

»Im großen und ganzen dasselbe wie bisher. Es hat wieder rund zwölf Minuten gedauert, ehe der Kelch das Gift neutralisiert hat. Dabei sank seine Außentemperatur innerhalb von fünfzehn Sekunden von 22° auf 16° Celsius. Und auch das schwache elektrische Spannungsfeld ist wieder entstanden.«

Sutherlands Blick wanderte zu dem silbernem Kelch, der in einem großen Glaskasten mit genau kontrollierten Versuchsbedingungen stand, zur Hälfte mit einer farblosen Flüssigkeit gefüllt und mit einem halben Dutzend Meßfühlern verbunden. Gudrun und Pierre hatten berichtet, daß der Gral die Fähigkeit besaß, Gifte unschädlich zu machen, und die Versuche der letzten Tage hatten das bestätigt: Der Kelch neutralisierte alle flüssigen oder einer Flüssigkeit beigemischten Gifte – gleichgültig ob es sich um Cyanide, Insektizide oder pflanzliche Giftstoffe handelte. Das alles hatten sie in Versuchen nachweisen können, aber es bedeutete noch lange nicht, daß sie irgend etwas darüber herausbekommen hatten, *wie* er das schaffte. Es war ein Prozeß, der schlichtweg allen bekannten physikalischen Gesetzmäßigkeiten widersprach.

Magie – wahrscheinlich war das das richtige Wort. In den letzten Monaten waren die Abenteurer immer wieder mit Vorgängen konfrontiert worden, die sich – selbst wenn man seinen nüchternen Menschenverstand behielt – nur so erklären ließen. Und stets war es im Umfeld uralter, aus längst vergessenen Zeiten stammender Überreste dazu gekommen. Es hatte den Anschein, als hätte man einst mit auf ganz anderen Grundlagen beruhenden, teilweise äonenüberdauernden Kräften gearbeitet, deren Handhabung oder Kontrolle heute längst in Vergessenheit geraten war.

Ian Sutherland machte sich keine Illusionen, daß es noch lange dauern konnte, dem Gral seine Mysterien zu entreißen. Wenn man der mittelalterlichen Literatur glauben durfte, besaß er sogar die Fähigkeit, Krankheiten zu heilen und Unsterblichkeit zu verleihen – Dinge, die so phantastisch waren, daß Sutherland bislang kaum über die sich daraus ergebenden Konsequenzen nachzudenken gewagt hatte. Zuerst mußten sie herausfinden, ob dem wirklich so war und wie sich diese Fähigkeiten aktivieren ließen.

»Ich werde morgen noch einmal das Datenmaterial durchgehen und nach Auffälligkeiten suchen, die wir bislang übersehen haben«, meldete sich Connor zu Wort.

»Einverstanden«, nahm der Earl of Oake Dùn den versteckten Hinweis auf. »Machen wir für heute Feierabend.«

Nachdem sie die Versuchsanordnung abgebaut und den Heiligen Gral wieder im Tresorraum verschlossen hatten, gingen sie hinauf in die Bibliothek, in deren Mitte eine gemütliche Sitzgruppe aus Leder eingerichtet war. Hier hatte Sutherland schon so manche Nacht mit Stöbern in den alten Werken zugebracht. Es war, wie es ein kluger Mann einmal formuliert hatte: Lesen war Denken mit einem fremden Gehirn. Leider hatte die Hektik der letzten Monate dem Earl of Oake Dùn kaum Zeit dazu gelassen.

»Na, Jungs«, rief Gudrun Heber ungewohnt locker, als sie wenig später dazukam und ebenfalls Platz nahm. Nach den Strapazen in Frankreich schien ihr die Erholung der letzten Tagen spürbar gutgetan zu haben. »Hat sich noch irgend etwas getan?«

Sie informierten die Deutsche über die Ergebnisse der letzten Untersuchungsreihen. Im wesentlichen hatte sich nichts Neues ergeben.

»Wir werden nicht umhin kommen, dem Gral mit modernster Labortechnik zu Leibe zu rücken«, resümierte Sutherland danach. »Dazu reicht die Ausstattung hier auf dem Schloß nicht aus. Ich habe mich deshalb entschieden, ihn möglichst rasch in geeignete Hände weiterzugeben.«

»Sie denken an Professor Radcliffe von der Yale-Universität?« fragte Tom Ericson, der dort bis vor kurzem als Dozent gearbeitet hatte. Als er dort vor zehn Monaten seinen vierunddreißigsten Geburtstag feierte, hatte er noch nicht geahnt, daß sich sein Leben und Weltbild im Laufe des nächsten Jahres von Grund auf ändern würde. Ernest Radcliffe war der Präsident der Universität und hatte für A.I.M. schon das *Auge der Göttin Khom* untersucht, bevor es unter mysteriösen Umständen verschwunden war.

»Ich habe an ihn gedacht«, sagte Sutherland. »Aber es behagt mir nicht, den Gral so weit weg zu bringen. Ich möchte ihn lieber in relativer Nähe haben. Und da die Universität von Edinburgh in dieser Hinsicht ebenfalls recht gut ausgestattet ist, werde ich ihn dorthin bringen. Ich weiß, daß man dort die notwendigen Geräte für eine Altersbestimmung hat, und das würde uns schon einen wichtigen Schritt weiterbringen.«

»Anhand des Obsidian-Steines?« fragte Tom Ericson. Einer der in den Kelch eingelassenen, kunstvoll geschliffenen Edelsteine war aus diesem Material – ein Glasstein, wie er von schnell abkühlender Lava ausgebildet wurde.

»Richtig.« Ian Sutherland nickte Tom anerkennend zu.

»Ein guter Gedanke«, stimmte auch Connor zu. »Der Stein dürfte mit ziemlicher Sicherheit zur selben Zeit bearbeitet worden sein, in der auch der Kelch gefertigt wurde.«

»He!« rief Gudrun und blickte reihum. »Kann mir jemand von euch Schlaumeiern mal erklären, wovon ihr gerade redet? Vergeßt nicht, daß ich nur eine dumme, unwissende Anthropologin bin.«

»Von einer Hydrationsschichtsdatierung«, erklärte Tom.

Gudrun bedachte ihn mit einem säuerlichem Blick.

»Oh, vielen Dank, Herr Professor. Ich versteh' zwar immer noch Bahnhof, aber jetzt weiß ich wenigstens, wie man das buchstabiert. Also, wenn du deine Studenten früher genauso unterrichtet hast, dann gute Nacht!«

»Wenn Obsidian geschliffen wird«, gab Connor Auskunft, »bildet sich auf seiner Oberfläche eine hauchdünne Hydrationsschicht, die eine konstante Wachstumsgeschwindigkeit hat. Aus ihrer Dicke kann man somit den Zeitpunkt des Schliffes zurückberechnen, und das recht genau.«

»Danke, Connor! *Sie* hätten Archäologie lehren sollen.«

»Ich glaube, Butler ist da doch der aufregendere Beruf«, antwortete er.

»Ist der Gral in Edinburgh überhaupt sicher?« wechselte Pierre Leroy das Thema.

»Ich denke ja«, antwortete Sutherland. »Professor McMurphy, mit dem ich dort zusammenarbeite, ist ein vertrauenswürdiger Mann, der absolutes Stillschweigen bewahren kann. Ich habe heute mittag bereits mit ihm telefoniert und ihm unser Kommen für morgen angekündigt.«

»*Unser* Kommen?« fragte Tom.

»Ja. Ich dachte, daß Sie mich begleiten, Dr. Ericson. Sie kennen sich mit den fachlichen Dingen am besten aus, und es wird Sie bestimmt interessieren, Professor McMurphy kennenzulernen. Ich werde ihn übrigens noch zwei weitere Fundstücke untersuchen lassen. Und zwar den Kristallsplitter aus der Jademaske und die Kralle, die ich in den Katakomben gefunden habe.«

Den Kristallsplitter hatte Tom aus Lima mitgebracht. Das glitzernde Stück hatte in der Jademaske des Maya-Herrschers Pacal gesteckt.*

Tom hatte berichtet, daß er von den Menschen, die in Peru unter seinen unheilvollen Einfluß geraten waren, als *Sternensplitter* bezeichnet worden war. Das Knochenstück

* siehe Band 14 203, Buch 3 ›Der Fluch der Maske‹

hingegen, das einer gebogenen Kralle glich, hatte Sutherland selbst in den erst kürzlich unterhalb des Schlosses entdeckten Katakomben gefunden. Dazu war es gekommen, als unvermittelt überall in und um Oake Dùn miteinander kämpfende Clanskrieger aus dem Nichts aufgetaucht waren, manchmal immateriell, manchmal körperlich. Niemand wußte mit Sicherheit, was diesen Spuk ausgelöst hatte.

Vielleicht die Energie-Welle, die bei der Zerstörung des *Tores nach Atlantis* entstanden war und um die ganze Erde gelaufen war. Vielleicht hatte es auch irgendwie mit einer Maya-Statue, einem Stonehenge-Modell und einem Tonkrug zu tun gehabt, die Sutherland damals gefunden und allesamt kurz und klein geschlagen hatte, womit der Spuk überraschenderweise beendet gewesen war. In den Trümmern des Kruges hatte er dieses Knochenstück entdeckt und sich schon damals vorgenommen, es analysieren zu lassen.*

Mortimer betrat die Bibliothek, um sich nach ihren Wünschen zu erkundigen.

»Bringen Sie uns eine große Kanne Tee«, trug Sutherland ihm auf. »Eine kleine Stärkung wird uns jetzt guttun.«

»Sehr wohl, Sir«, erwiderte Mortimer. Mit schlurfenden Schritten entfernte er sich.

»Ach ja, Mortimer. War in der Zwischenzeit irgend etwas? Anrufe oder so?«

Der greise Hausdiener blieb stehen und wandte sich um.

»Nein, Sir, nichts. Alles ruhig. Nur ein Kammerjäger war vor zwei oder drei Stunden da und hat seine Dienste angeboten.«

»Ein Kammerjäger?«

* siehe Band 14 203, Buch 7 und Band 13 912, Buch 9

»Ja, jedenfalls hat er das gesagt. Später hat er allerdings behauptet, er wäre Diener. Und dann meinte er, wir hätten Parasiten hier auf Oake Dùn. Ich habe ihm geraten, sich morgen noch einmal zu melden, ihm aber keine Hoffnung gemacht, daß –«

»Warten Sie, Mortimer! Was haben Sie da eben gesagt – *Parasiten*?«

Sutherland hatte sich in seinem Sessel kerzengerade aufgerichtet und legte die Pfeife weg, die er gerade zu stopfen begonnen hatte. Parasiten – das Wort hatte ihn ebenso elektrisiert wie alle anderen in der Runde. Denn das war der Begriff, mit dem sie jene wurmartigen Symbionten bezeichneten, mit denen ihr geheimnisvoller Gegenspieler Kar Menschen geistig unterjochen konnte. Sein letztes Opfer war Valerie Gideon gewesen, die ebenfalls für A.I.M. gearbeitet hatte. Seit drei Wochen lag sie in einer Londoner Klinik in einer Art künstlichem Koma. Es war die einzige Möglichkeit, sie dem geistigen Einfluß des Parasiten zu entziehen. Eine Heilungsmethode gab es nicht.

»Ja, Sir. Wie ich schon sagte, da war so ein Mann, der sich als Kammerjäger anbot. Oder als Diener. Warten Sie, Sir, ich habe mir das alles aufgeschrieben.« Es dauerte eine Zeitlang, ehe er diejenige Jackettasche gefunden hatte, in der er den Notizblock verstaut hatte. »Hier steht es ja. Ein gewisser Mr. Elwood. Er sagte, man hätte ihn hergeschickt, um Miss Gideon von Parasiten zu befreien. Ich nehme an, er meinte damit das Gästezimmer, in dem sie –«

»Mein Gott!« Ein kurzer Blick reichte aus, um Sutherland wissen zu lassen, daß alle anderen haargenau dasselbe dachten. Als sie das Orakel nach Indien gebracht hatten, hatten sie es in erster Linie deshalb getan, weil es ihnen dafür Valeries Heilung in Aussicht gestellt hatte. Und womöglich war jetzt der Zeitpunkt dafür gekommen – oder besser: er hätte gekommen sein können. »Und Sie haben ihn so einfach wieder gehen lassen?«

»Selbstverständlich«, bekräftigte der Diener. »Ich habe ihn sogar zweimal auffordern müssen zu gehen.«

Sutherland sprang auf und eilte dem Ausgang entgegen.

»Wir müssen nachsehen, ob er irgend etwas zurückgelassen hat. Vielleicht eine Botschaft.« Und als er an dem grauhaarigen Diener vorbeikam, fügte er kopfschüttelnd hinzu: »Mortimer, es ist wirklich das reinste Glück, einen so umsichtigen Mann wie Sie auf dem Schloß zu haben.«

»Oh, danke, Sir«, freute sich Mortimer. »Sie wissen doch, daß Sie sich auf mich verlassen können.« Er runzelte die Stirn. »Äh, Sir, bitte vergessen Sie nicht, einen Schirm mitzunehmen. Draußen stürmt es.«

Doch Sutherland hatte die Bibliothek längst verlassen, und die übrigen Abenteurer folgten ihm.

Noch immer zog der Earl of Oake Dùn das rechte Bein leicht nach. Vor Wochen hatte ihm eine Kugel aus dem Oberschenkel geholt werden müssen, die Valerie ihm unter der geistigen Kontrolle Kars verpaßt hatte. Die Wunde hätte längst vollständig verheilt sein können, wenn er nicht den Fehler gemacht hätte, schon wenige Tage nach der Operation wie ein Besessener durch die unterirdischen Katakomben zu hetzen. Dr. Morrison, der langjährige Hausarzt des Schlosses, hatte ihm anschließend schlimmste Vorwürfe gemacht und ihn zu strengster Ruhe gemahnt, wollte er nicht sein restliches Leben lang humpeln.

In der letzten Woche hatte Ian Sutherland sich daran gehalten und sich weitmöglichst geschont, doch im Moment verschwendete er wieder einmal keinen Gedanken an den Rat des Arztes.

Als er die Außentür aufriß und hinauslaufen wollte, prallte er überrascht zurück. Um ein Haar wäre er frontal in den schwarzgekleideten Mann gerannt, der direkt vor dem Eingang stand, als gäbe es in einer stürmischen Winternacht wie dieser nichts besseres zu tun, als nur mit einem Anzug bekleidet im Regen zu stehen.

»Ich bin hier, um Ian Sutherland zu sprechen.«

Ungläubig starrte er den Mann an.

»Das – äh – bin ich«, stotterte er.

»Man hat mich geschickt, um Valerie Gideon von dem Parasiten zu befreien.«

Sutherland benötigte zwei, drei weitere Atemzüge, um seine Fassung zurückzuerlangen.

»Sie sind Mister. .?« formulierten seine Lippen mit der Small-Talk-Übung vieler Cocktailparties fast automatisch. Es war nicht nur die Überraschung, daß der Mann noch immer hier stand, oder sein seltsames Aussehen – nein, am befremdlichsten war die ausdruckslose und gleichförmige Stimme, mit der er gesprochen hatte. Auch sein Gesicht war dabei vollkommen unbewegt geblieben – wie sich überhaupt an ihm mit Ausnahme der Mundpartie nichts auch nur um einen Millimeter bewegt hatte.

»Elwood«, sagte Elwood.

Wie eine Maschine, die einen eingeübten Text herunterspulte!

Mit einem Male hielt Sutherland es nicht einmal mehr für ausgeschlossen, daß der Fremde so bewegungslos hier stand, seit Mortimer ihn vor Stunden abgewimmelt hatte. Und er machte den Eindruck, als würde er noch weitere Stunden stehenbleiben, wenn man ihn nicht hereinbat.

»Ja, richtig.« Sutherland straffte den Oberkörper und machte eine einladende Geste, die ihm seltsam überflüssig vorkam. »Treten Sie doch ein. Ich würde vorschlagen, daß wir alles weitere drinnen besprechen.«

Wortlos setzte Elwood sich in Bewegung, und als Sutherland sich umdrehte, bemerkte er, daß die anderen

Abenteurer sämtlichst hinter ihm standen. Und ebensowenig entgingen ihm die brennenden Blicke, die Gudrun, Tom und Pierre ihm entgegenschickten. Er signalisierte ihnen mit einem knappen Kopfnicken, daß er sie verstanden hatte.

»Connor wird Sie in die Bibliothek bringen«, sagte er zu dem Schwarzgekleideten. »Dort können Sie sich ein bißchen aufwärmen. Sie müssen ja völlig durchgefroren und durchnäßt –«

Er brach ab, als er sah, daß der Anzug des Fremden kein bißchen naß wirkte. Kein einziger Regentropfen schien sich darauf verfangen zu haben.

»Was meinen Sie?« erkundigte Elwood sich.

»Oh, nichts, schon gut.« Sutherland beschloß, sich später darüber Gedanken zu machen. »Folgen Sie einfach meinem Butler.«

Er wartete, bis Connor, dem der Blickwechsel zwischen dem Schloßherrn und den anderen keineswegs entgangen war, zusammen mit Elwood in der Bibliothek verschwunden war. Dann wandte er sich an Gudrun und Tom.

»Ich weiß, was Sie sagen wollen. Das ist einer dieser schwarzgekleideten Männer, denen sie in der Unterwasserpyramide begegnet sind, nicht wahr?« Natürlich wußte er, was seinen späteren Mitarbeitern dort widerfahren war.*

Tom und Gudrun nickten einvernehmlich.

»Genau«, bestätigte die Deutsche. Ein düsterer Zug schlich sich in ihr Gesicht, als sie daran zurückdachte. »Sie haben die Diplomaten damals ihrer Erinnerung beraubt.«

»Und Sie, Pierre, haben im Sudan eine ähnliche Begegnung gehabt?« Damit spielte er auf die Umstände an,

* siehe Band 13 912, Buch 1 ›Der Weg des Orakels‹

unter denen der Franzose und Valerie das Orakel von Delphi gefunden hatten.* In beiden Fällen waren die Abenteurer auf diese geheimnisvollen Männer gestoßen, die im Auftrag einer unbekannten Macht zu handeln schienen.

»Ja, aber nicht nur das. Gudrun und Tom haben mir schon erzählt, wie sehr sich diese Männer alle ähneln – aber wenn man mir den hier bei einer polizeilichen Gegenüberstellung zeigen würde, würde ich Stein und Bein schwören, daß er haargenau derjenige ist, dem wir damals begegnet sind.« Er lächelte freudlos. »Vielleicht sollte ich ihn mal danach fragen.«

»Ich kann nicht glauben, daß es Zufall ist, daß er ausgerechnet *jetzt* hier auftaucht«, rief Tom erregt. Er warf einen Blick in Richtung der Bibliothek und dämpfte die Stimme. »Was, wenn er gar nicht gekommen ist, um Valerie zu retten, sondern um sich den Gral unter den Nagel zu reißen?« Und als der Earl of Oake Dùn seine Stirn nachdenklich in Falten zog, fügte er hinzu: »Solange der Bursche auf dem Schloß ist, sollten wir ihn keine Sekunde aus den Augen lassen. Und zusätzlich sollten wir rund um die Uhr eine Wache im Tresorraum aufstellen.«

»Ist das nicht ein wenig übertrieben, Dr. Ericson? Der Raum ist hervorragend gepanzert, und die gesamte untere Etage läßt sich elektronisch sichern.«

»Denken Sie daran, daß einer von denen in der Unterwasserpyramide glatt durch eine Wand gegangen ist! Ich weiß, wir haben schon darüber gesprochen, daß das auch an der Wand gelegen haben könnte, aber der Gral ist zu wertvoll, um ein Risiko einzugehen.«

»Und der Kerl im Sudan hat die gesamte Munition in dem Berg mit einer Art bläulicher Lichtblitze in die Luft

* siehe Band 13 912, Buch 1 ›Der Weg des Orakels‹

gejagt«, erinnerte Pierre. »Später hat er Valerie und mich damit betäubt, und zum Schluß ist er sogar spurlos verschwunden!«

Sutherland ließ sich mit der Antwort einen Augenblick Zeit.

»Angenommen, dieser hier hätte all diese Fähigkeiten«, gab er dann zu bedenken. »Warum sollte er dann läuten und warten, bis wir ihn hereinbitten? Er hätte den Gral doch viel einfacher rauben können.«

»Trotzdem«, beharrte Pierre. »Ich habe ein ungutes Gefühl. Er ist auf keinen Fall so harmlos, wie er tut.«

»Seit der damaligen Begegnung habe ich mir nichts sehnlicher gewünscht, als einen von denen in die Finger zu bekommen«, knurrte Tom. »Die Gelegenheit, ihn uns näher anzusehen, dürfen wir auf keinen Fall ungenutzt verstreichen lassen. Mich interessiert brennend, was das für Burschen sind und für wen sie arbeiten.«

»Mir geht es nicht anders«, bekannte Sutherland. »Aber wir dürfen nichts tun, was Valeries Heilung gefährden könnte. Ich habe vor, ihn bis dahin als ganz normalen Gast zu behandeln.«

»Und *dann*?«

»Wir werden sehen«, meinte Sutherland. »Vielleicht gelingt es uns ja schon vorher, ihm das ein oder andere zu entlocken.«

»Wie Sie meinen«, sagte Tom. »Ich werde auf jeden Fall meinen Colt aus dem Zimmer holen. Sicher ist sicher.«

Während er nach oben ging, begaben sich Sutherland und die anderen in die Bibliothek und gesellten sich zu Connor und Elwood, die bereits Platz genommen hatten. Der Mann in Schwarz saß so aufrecht, als wolle er die Bequemlichkeiten des dicken Polstersessels partout nicht nutzen.

»Mr. Elwood«, eröffnete Sutherland das Gespräch, nachdem sie sich eine Weile angeschwiegen hatten und er abgewartet hatte, bis Tom wieder dazugekommen war. »Gestatten Sie, daß wir Ihnen ein paar Fragen stellen?«

»Ja.«

»Sie haben gesagt, man hätte Sie hergeschickt ...«

»... um Valerie Gideon von dem Parasiten zu befreien.«

»Ja, ich weiß. Können Sie uns sagen, *wer* Sie hergeschickt hat?«

»Derjenige, der die Macht dazu besitzt«, kam die Antwort ohne jedes Zögern. »Cahuna.«

Die Abenteurer horchten auf. Es war das erste Mal, daß sie diesen Namen hörten. Welche Rolle verkörperte er in diesem Spiel?

»*Cahuna*?« wiederholte Sutherland an ihrer aller Stelle.

»Ja.«

»Wer ist das?«

»Derjenige, der mich hergeschickt hat.«

»Nein, ich meine: Was für eine Person ist das?«

»Derjenige, der mich hergeschickt hat.«

Sutherland spürte, daß er so nicht weiterkam. Es war, als ob man bei einem Programm eine fehlerhafte Eingabe machte und immer dieselbe Antwort erhielt – Error, Error ...

»Wie sieht dieser Cahuna aus?« versuchte er es anders. »Ist er ein ... Mensch?«

»Das weiß ich nicht. Ich habe ihn nie gesehen.«

»Aber – wie hat er sie dann herschicken können?«

»Sein *Ruf* ist an mich ergangen.«

Sutherland griff nach seiner Pfeife, die er vorhin beiseite gelegt hatte. Er brauchte jetzt etwas, das er in den Händen halten konnte. Genauso wie Pierre, dessen unruhige Finger mit Connors Feuerzeug spielten.

Es dauerte ungefähr eine Viertelstunde, ehe sie in Erfahrung gebracht hatten, daß Elwood weder etwas darüber sagen konnte, wo und unter welchen Umständen er seinen Auftrag erhalten hatte, noch wie er hierher gelangt war. Seine Erinnerung setzte offenbar erst zu einem Zeitpunkt ein, an dem er sich bereits in der Nähe von Oake Dùn befunden hatte, draußen bei den Klippen. An weiter zurückliegende Dinge – auch eine frühere Begegnung mit Pierre und Valerie – vermochte er sich nicht zu erinnern. Oder er *wollte* nicht.

Ihr Mißtrauen ließ zwar nicht nach, aber immer mehr trat die Wißbegierde in den Vordergrund. Jedem war klar, daß sich ihnen hier wie aus heiterem Himmel die Möglichkeit aufgetan hatte, mehr über die größeren Zusammenhänge oder die im Hintergrund wirkenden Kräfte zu erfahren. Wieviel das sein würde, ließ sich nicht abschätzen, aber immerhin beantwortete der Mann in Schwarz jede ihrer Fragen ohne Widerstand oder sonst irgendeine erkennbare Regung. Über eigene Initiative schien er jetzt nicht mehr zu verfügen. Doch das mußte natürlich lange nicht heißen, daß es auch so blieb.

»Wer oder was sind Sie überhaupt?« griff Pierre in das Gespräch ein, das mehr ein Frage- und Antwortspiel war.

»Ich bin Elwood. Ich bin ein *Diener*.«

»Ein Diener? Was ist das?«

»Jemand, der dient.«

»Der wem dient?«

»Demjenigen, der die Macht hat, den *Ruf* auszusenden.«

»Verstehe.« Pierre rieb sich nachdenklich über das Kinn. »Zum Beispiel dieser Cahuna?«

»Ja.«

»Ist er der einzige? Oder gibt es noch andere?«

»Das weiß ich nicht.«

Pierre seufzte. Sich mit diesem Mann zu unterhalten, war, als würde man sich im Kreis bewegen. Oder auf einer Spirale, die sich nur ganz, ganz langsam auf den Kern der Sache zudrehte.

»Und Sie ...«, übernahm Tom den Faden, »was ist mit Ihnen? Sind Sie ein Mensch?«

»Nein, ich bin ein *Diener*.«

»Wieso nein? Ist ein Diener denn kein Mensch?«

»Ein *Diener* ist ein *Diener*. Der Sinn seiner Existenz ist es, zu dienen.«

Tom beugte sich vor und sah Elwood über den Tisch hinweg eindringlich an.

»Wieso schließt das aus, daß Sie ein Mensch sind?«

Zum ersten Mal schien der Mann in Schwarz zu zögern. Nur einen winzigen Augenblick, aber dennoch unübersehbar.

»Das weiß ich nicht«, sagte er dann. »Vielleicht könnte ich es beantworten, wenn Sie mir sagen, welches der Sinn der menschlichen Existenz ist.«

Tom holte tief Luft. Das war wohl die große, unbeantwortbare Frage, die die Menschheit seit Anbeginn beschäftigte: Warum war man auf der Welt? Was war der Sinn des Lebens?

»Ich glaube nicht, daß es irgend jemanden gibt, der das zu sagen vermag«, erklärte Tom. Mißtrauisch musterte er den Mann. »Sagen Sie, Mr. Elwood, warum erzählen Sie uns das alles eigentlich so bereitwillig?«

»Ich kann keinen Grund erkennen, es nicht zu tun.«

»Das ist keine Antwort.«

»Nicht?«

»Nein.« Tom machte eine unwirsche Geste. »Hat dieser Cahuna Sie etwa angewiesen, was Sie uns erzählen sollen?«

»Nein.«

»Warum tun Sie es dann?«

Ein kurzes Heben der Augenbraue.

»Es ist mir nicht angewiesen worden, es nicht zu tun.«

»Aber genauso gut könnten Sie es auch lassen?«

»Das ist richtig.«

»Schön. Aber Sie tun es trotzdem. Warum?«

»Ich kann keinen Grund erkennen, es nicht zu tun.«

»Ich sagte schon, daß mir das nicht reicht«, beharrte Tom unbarmherzig. »Ich will wissen, warum Sie es *tun*! Also?«

»Ich kann keinen ...« Elwood brach ab. Obwohl sich in seinem Gesicht nichts regte, schien er unsicher. Es dauerte ein paar Sekunden, ehe er antwortete. »Ihre Fragen sind so ...« Wieder ein Zögern. »... unvorausberechenbar. So folgewidrig. Ich hätte mir die meisten dieser Fragen nicht zu stellen gewußt.«

Die Abenteurer wechselten erstaunte Blicke. Nicht nur, daß es das Längste gewesen war, was Elwood bislang gesagt hatte, nein, zum ersten Mal hatte er eine Regung gezeigt, die ihn nicht nur wie eine bloße Maschine wirken ließ.

»Welche der Fragen hätten Sie sich denn auch selbst gestellt?« fragte Sutherland.

»Ob ich ein Mensch bin!«

Sie sahen ihn überrascht an, und wohl jeder spürte die Tragweite, die hinter diesen Worten lag. Es machte Elwood fast ... menschlich.

Schließlich war es Sutherland, der wieder das Wort ergriff und die Sprache auf Valeries Heilung brachte. Trotz allem Hin und Her brachten sie nur in Erfahrung, daß Elwood in Valeries unmittelbaren Nähe sein mußte, um einen Erfolg zu erzielen. Wie es dann weiterging, vermochte er nicht zu sagen, aber er war sich sicher, daß er es dann schon wissen würde. Seinen Worten zufolge hatte man es sich wie eine Art versiegelter Information in seinem Kopf vorzustellen, von der er zwar wußte, daß sie da war, aber nicht, was sie enthielt. Und sie hatten achtundvierzig Stunden Zeit, sie abzurufen.

»Bis übermorgen nachmittag also«, sagte Sutherland. »Das dürfte uns vor keine großen Probleme stellen. Ich werde heute abend noch Kontakt zu dem Klinikchef aufnehmen, und wenn ich ihn aus dem Bett reißen oder von einem Gala-Dinner wegholen müßte.«

»Sie wollen jetzt noch nach London aufbrechen?« erkundigte Connor sich.

»Nein, aber ich will sicherstellen, daß uns morgen die beste ärztliche Kontrolle zur Verfügung steht. Es wird reichen, wenn wir uns morgen früh auf den Weg machen. Dann bleibt immer noch genügend Spielraum, falls irgend etwas Unvorhergesehenes passiert.« Sutherland wandte sich an Elwood. »Es spricht doch nichts dagegen, daß Sie die Nacht auf Oake Dùn verbringen?«

»Mir ist angewiesen worden, für die Dauer meines Hierseins Ihren Anordnungen Folge zu leisten.«

»Gut.« Sutherland nickte zufrieden. Das vereinfachte die Sache natürlich.

Er wurde abgelenkt, als Mortimer in die Bibliothek kam, mühevoll ein Tablett mit einer großen Kanne und dem dazugehörigen Teeservice balancierend. Als er sich der Sitzgruppe näherte, sah ihn wohl schon jeder – vielleicht mit Ausnahme Elwoods – über den Tigerkopf des prächtigen Felles am Boden stolpern, aber entgegen aller Vorahnungen erreichte er sein Ziel wohlbehalten und stellte das Tablett auf dem Tisch ab.

»Schon gut, Mortimer«, sagte Connor, als er die Tassen verteilen wollte. »Den Rest mache ich.«

»Sehr wohl.«

Mortimer entfernte sich gemessenen Schrittes und verließ die Bibliothek, während Connor die Tassen verteilte und füllte. Er zögerte, als die sechste Tasse an der Reihe war.

»Möchten Sie auch einen Tee?« fragte er Elwood.

»Zu welchem Zweck?«

Connor sah einen Moment lang hilflos aus.

»Na, um ihn zu trinken natürlich.«

Elwood betrachtete das dampfende Getränk in den anderen Tassen, dann wanderte seine Augenbraue nach oben.

»Flüssigkeitsaufnahme also.« Verwundert bemerkten sie, daß er die Hand hob und eine seltsam steife Bewegung machte, als würde er sich über das Kinn reiben – und Pierre kam diese Geste seltsam vertraut vor. »Verstehe. Ich bin zwar nicht darauf angewiesen, aber ich kann auch keinen Grund erkennen, es nicht zu versuchen.«

»War das ein Ja?«

»Ja.«

Der Mann in Schwarz sah aufmerksam zu, wie die anderen ihre Tassen nahmen und in kleinen Schlucken tranken, ehe auch er dasselbe tat, und diesmal glaubte Connor, darin seine eigenen Bewegungen wiederzuerkennen.

»Und?« erkundigte Gudrun sich. »Wie schmeckt es?«

»Mir fehlen die Vergleichsmöglichkeiten. Aber ich würde sagen – wie erhitztes Wasser mit Beimengung eines aromatisierenden Extraktes.«

Gudrun mußte lächeln.

»Nun«, meinte sie, »Gewissermaßen ist es das ja auch.«

Tom, der die Deutsche mittlerweile gut kannte, merkte allein an dieser Reaktion, daß Gudruns Argwohn zu schwinden begonnen hatte. Er selbst war noch lange nicht soweit.

»Ist Valeries Heilung eigentlich der einzige Auftrag, mit dem man Sie hergeschickt hat?« fragte er geradeheraus.

»Nein«, kam es ohne Zögern.

Tom warf Sutherland einen vielsagenden Blick zu, der soviel besagte wie: Ich habe es Ihnen ja gesagt!

»Weswegen sind Sie noch hier?« fragte er.

»Das weiß ich nicht. Noch nicht.«

»Und wann werden Sie es wissen?«

»Wenn ich Valerie Gideon von dem Parasiten befreit habe.«

Also noch so eine versiegelte Information! Tom machte ein mürrisches Gesicht. »Und das sollen wir Ihnen glauben?« knurrte er.

Ein Hochziehen der Augenbraue. »Ich erinnere mich nicht, das geäußert zu haben.«

»Dann will ich noch etwas deutlicher werden, Mr. Elwood: Ich frage mich, woher wir wissen sollen, ob Sie uns überhaupt die Wahrheit erzählen.« Er sah den Mann in Schwarz herausfordernd an, doch der schwieg. »Was ist los? Warum antworten Sie nicht?«

»Sie haben mich nichts gefragt.«

Tom gab einen ärgerlichen Laut von sich.

»Und ob. Ich habe doch eben ganz deutlich –« Er brach ab. Nein, das hatte er nicht. Er hatte *sich* gefragt.

Aus Gudruns Richtung war ein leises Kichern zu hören. Als sie seinen unwilligen Blick bemerkte, wurde sie sofort wieder ernst und legte schuldbewußt die Hand auf den Mund.

»`tschuldigung.« Sie sah ihn treuherzig an. »Ist mir nur so rausgerutscht.«

Tom wandte sich wieder Elwood zu, doch ehe er etwas sagen konnte, kam ihm dieser zuvor: »Was bedeutet ...?« Und dann ahmte er ihr Lachen nach. Es klang so echt, als versuche ein Buckelwal, E-Gitarre zu spielen.

»Das war nur ein Lachen«, erklärte Gudrun. »Nichts weiter.«

»Ein Lachen, verstehe.« Eine kurze Pause. »Wozu diente es?«

»Ach, das ist nur so ein Ausdruck der Belustigung.«

»Belustigung, verstehe. Belustigung worüber?«

»Na – darüber, daß Sie gesagt haben, daß Tom Sie nichts gefragt hätte.«

»Verstehe. Es ist also lustig, wenn ich sage: Sie haben mich nichts gefragt.«

»Nein!« rief Gudrun. Sie machte eine etwas hilflose Bewegung. »Das nicht. Äh – ich meine, nicht das allein, sondern –«

»Heh, heh!« rief Tom. »Als ob das wichtig wäre!« Er deutete auf Elwood. »Er hat meine Frage immer noch nicht beantwortet.«

»Was für eine Frage?« fragte Elwood.

Tom verzog den Mund und bedachte Gudrun mit einem warnenden Seitenblick. Dann holte er tief Luft und sagte betont deutlich und beherrscht: »Was ich wissen will, ist ganz einfach: Woher sollen wir wissen, daß Sie uns auch die Wahrheit sagen?«

»Es ist mir nicht möglich, die Unwahrheit zu sagen.«

Schweigen.

Elwoods Augen wanderten von einem zum anderen, als könne er nicht verstehen, warum ihn plötzlich alle mit offenem Mund anstarrten. Er klappte seinen Mund ebenfalls etwas auf und sah erneut in die Runde, doch niemand reagierte darauf.

»Moment mal!« meinte Pierre. »Soll das heißen, daß Sie nicht lügen können?«

»Wenn Sie diese Formulierung bevorzugen – ja.«

Der Franzose schüttelte den Kopf, als könne er es nicht glauben.

»Sie wären also nicht in der Lage zu sagen, daß . . .« Er überlegte kurz. ». . . daß ihr Anzug grün ist?«

»Wieso sollte ich das tun? Er ist schwarz.«

»Darum geht es nicht«, sagte Tom. »Können Sie es nun sagen oder nicht?«

»Das weiß ich nicht.«

»Dann probieren Sie es doch einfach!«

»Was?«

»Sagen Sie, Ihr Anzug ist grün.«

»Wenn Sie es wünschen. Ich sage, mein Anzug ist grün.«

Tom holte hörbar Luft. Manchmal hatte er das Gefühl, als triebe Elwood nur ein Spiel mit ihnen, während er sich insgeheim, hinter seiner ausdruckslosen Fassade, über sie lustig machte.

»Nein, nicht so. Sagen Sie nur: Mein Anzug ist grün.«

»Wenn Sie es wünschen. Mein Anzug ist ...« Elwood stockte, setzte erneut an, schaffte es aber wieder nicht. »Wie ich es Ihnen sagte. Ich kann es nicht.«

Tom kniff die Lippen aufeinander und schwieg. Das war noch lange kein Beweis, daß ihnen der Bursche nicht etwas vormachte.

»Ich schlage vor, daß wir erst einmal eine Pause machen«, sagte Sutherland, ehe Tom weiterbohren konnte. Er spürte zunehmend Schwierigkeiten, seine Gedanken zusammenzuhalten. Zuviel Neues war auf sie eingestürmt, und außerdem war es ein anstrengender Tag gewesen. »Das Wichtigste haben wir gehört, und Mr. Elwood wird uns ja noch ein wenig länger zur Verfügung stehen.«

Wie auf ein geheimes Stichwort erschien Mortimer, um sich zu erkundigen, wann sie zu Abend speisen wollten. Sutherland sah fragend zu den anderen, wie um es von ihnen abhängig zu machen.

»Connor und ich hatten heute abend eigentlich vorgehabt, einen kleinen Abstecher nach Thurso zu machen«, sagte Pierre. »Er wollte mir dort einmal eine echt schottische Kneipe zeigen.« Er neigte den Kopf in Richtung des schwarzgekleideten Mannes. »Aber unter diesen Umständen verzichten wir wohl lieber darauf.«

Bevor der Earl of Oake Dùn antworten konnte, meldete sich plötzlich Elwood zu Wort.

»Eine Kneipe, verstehe. Ich kann keinen Grund erkennen, warum mein Hiersein Sie daran hindern sollte.«

Eine kurze Pause. »Und es wäre für mich von Interesse, mein Wissen um diese Erfahrung zu bereichern. Erlauben Sie mir, Sie zu begleiten?«

Eine neuerliche Überraschung. Connor und Pierre sahen ratlos zum Schloßherrn.

»Warum nicht?« sagte Sutherland schließlich. »Währenddessen könnten wir hier in Ruhe alle nötigen Vorbereitungen treffen, die – äh – Mr. Elwoods Hiersein betreffen.«

Connor und Pierre verstanden, was damit gemeint war. Während sie Elwood im Auge behielten, konnten die anderen den Gral an einem sicheren Ort verwahren.

»Warum nicht?« sagte Connor. »Machen wir uns einen schönen Abend.«

Der Earl of Oake Dùn nickte einvernehmlich.

»Sie können den Daimler nehmen«, sagte er. »Und lassen Sie sich ruhig Zeit.«

Connor saß hinter dem Steuer und lenkte den Wagen in gemächlichem Tempo über die kurvige Küstenstraße 836, die mehr oder weniger dicht an der zerklüfteten Felsküste entlangführte.

Der Motor schnurrte so sanft, wie man es von einer vierzigtausend Pfund teuren Luxuslimousine auch mit Recht erwarten durfte.

Am lauten Motorengeräusch konnte es also nicht liegen, daß die Fahrt recht schweigsam verlief. Ein paarmal bemühte sich Pierre, eine Unterhaltung in Gang zu bringen, doch Connor reagierte nur einsilbig, und dasselbe traf auf Elwood zu, der auf der Rücksitzbank saß und so interessiert mal links, mal rechts aus den Fenstern sah, als gäbe es draußen unendlich viel zu entdecken. Ein paarmal hob er eine Augenbraue, als hätte er eine erstaunliche Entdeckung gemacht, doch wenn Pierre in dieselbe

Richtung schaute, konnte er in der Dunkelheit nichts entdecken, was eine solche Reaktion rechtfertigte.

Thurso lag ungefähr dreißig Kilometer östlich von Oake Dùn. Der Weg dorthin führte durch mehrere kleine Ortschaften mit ein paar hundert Einwohnern, Melvich, Reay und Downraey, wobei allein letzteres eine über den Landstrich hinausgehende Bekanntheit besaß – insbesondere in Militärkreisen –, denn hier lag das *Dounreay Nuclear Power Development Establishment*, ein militärisches Atomforschungsinstitut. Als Ian Sutherland sich vor Jahren einen Hubschrauber zugelegt hatte, hatte es anfangs öfters Probleme mit dieser Einrichtung gegeben, denn natürlich unterlag das gesamte Gebiet einer sorgfältigen Luftraumüberwachung, und jedes außerplanmäßige Flugobjekt führte in britischen Luftwaffenstützpunkten auf den Äußeren Hebriden und den Shetland-Inseln zu hektischer Aktivität. Mittelweile hatte man sich längst auf den gelegentlichen Flugverkehr eingestellt, und Connor unterrichtete die Anstalt jedesmal routinemäßig über bevorstehende Starts und Landungen.

Dann hatten sie Thurso erreicht. Mit seinen rund zehntausend Einwohnern war es das größte Städtchen hier im äußersten Norden Schottlands. Die Menschen lebten zumeist vom Fischfang und ein wenig Landwirtschaft und Viehzucht. Die Besonderheiten Thursos waren schnell aufgezählt: Es gab einen malerischen Fischereihafen, eine Fährenanlegestation, von der aus man zu den Faröern oder den Orkney-Insel übersetzen konnte, eine kleine Fischfabrik, die einzige Polizeistation der gesamten Gegend, ein Sägewerk und in der Ortsmitte eine große Kreuzung mit der wohl einzigen Ampelanlage im Umkreis von hundertfünfzig Kilometern – denn so weit lag Aberdeen entfernt.

Und wie um den Ruf zu bestätigen, daß eine Ampel ein grünes Licht sei, das beim Näherkommen rot wird, sprang sie just in dem Moment auf Gelb, als sie kurz davor waren. Connor drückte das Gaspedal durch, um noch so eben bei Dunkelgelb hinüberzukommen. Zu dieser Zeit und bei dem regnerischen Wetter waren die Straßen ohnehin so gut wie leergefegt.

Das *Dead Dog's End* lag in einer abgelegenen Seitengasse, wo es die ohnehin spärlichen Touristen weder finden noch suchen würden. Hier fanden sich ausschließlich Einheimische ein, um nach getaner Arbeit bei einer gemütlichen Pfeife und *einem* – sofern man Fünfe gerade sein ließ – Glas Bier beisammenzusitzen.

Als Connor, Pierre und Elwood die Kneipe betraten, setzte das Stimmengewirr kurz aus, jedoch nur, um gleich wieder in alter Lautstärke aufzuflammen, nachdem man in Connor einen der ihren erkannt hatte. Und wen immer er mitbrachte, war ebenso herzlich willkommen.

Mit den beiden anderen im Schlepptau arbeitete sich Connor durch den verräucherten und restlos überfüllten Kneipenraum zur Theke vor, während er mit einem Nicken hier und einem Winken da auf ein bekannte Gesichter reagierte. Im Innern des *Dead Dog's End* befanden sich ausschließlich Männer. Wie in diesem Landstrich üblich, waren Kneipengänge und Stammtischrunden Männersache. Das einzige weibliche Wesen, das hier Zugang hatte und respektiert wurde, war die Frau des Wirtes. Auf dessen Gesicht erschien ein freudestrahlendes Lachen, als er den Butler von Oake Dùn herannahen sah.

»Connor!« rief McPherson. »Du alter Grabschänder!«

»McPherson!« erwiderte Connor im selben Tonfall. »Na, du alte Schwuchtel, wie geht's?«

Pierre warf Connor einen erstaunten Blick zu. Normalerweise bediente sich der Butler einer fast übertrieben distinguierten und korrekten Sprache. Wenn er derart locker redete, hieß das, daß die beiden sich schon lange und gut kennen mußten.

Auch McPherson hätte wohl jedem Fremden, der das zu ihm gesagt hätte, auf der Stelle eine ausgedehnte Kieferbehandlung verschafft, doch in diesem Fall reagierte er nur mit einem erneuten Lachen. Es war eine Anspielung auf eine uralte Geschichte, bei der er damals aufgrund einer Halbstarkenwette in Frauenkleidern zum Schulabschlußball hatte erscheinen müssen. Im puritanischen Norden Schottlands war das in etwa so ein Vergehen, als ob man anderenorts in Anzugjacke und Krawatte an einem FKK-Strand entlangspazieren würde. Seitdem hing McPherson diese Geschichte an, und niemand, der damals dabeigewesen war, ließ eine Gelegenheit aus, ihm das unter die Nase zu reiben.

»Das hast du als Glücksritter gerade nötig«, erwiderte er. »Du warst lange nicht hier. Hast du wieder mit deinem Schloßherren alte Knochen und Mumien ausgebuddelt?«

»So in etwa.«

»Und?« kam McPherson übergangslos auf den geschäftlichen Teil zu sprechen. »Was darf's sein? Ale?«

Connor nickte und sah Pierre fragend an. Der war realistisch genug, um erst gar nicht zu versuchen, sich einen Cidre oder gar einen *Sexy 6*, seinen Lieblingscocktail, zu bestellen.

»Mir dasselbe«, sagte er, und bevor Connor sich an Elwood wenden konnte, fügte mit einem verschwörerischen Blinzeln hinzu: »Und ihm auch. Wollen doch mal sehen, wie der Kerl auf Alkohol reagiert.«

Connor quittierte es mit einem Achselzucken.

»Also drei Ale«, faßte McPherson zusammen und deutete zur Seite. »Da wird gerade ein Tisch frei. Wenn ihr schnell seid, ist es eurer.«

Sie waren schnell. Nachdem sie sich gesetzt hatten, tat

Elwood eine Zeitlang weiterhin das, was er tat, seitdem sie das *Dead Dog's End* betreten hatten: Er sah sich aufmerksam um. Schließlich wandte er sich an Connor.

»Das also ist eine Kneipe«, stellte er fest, als hätte er etwas vollkommen anderes erwartet.

»Genau«, bestätigte Connor.

Elwood nickte, ein stummes »Verstehe« auf den Lippen, und sah sich abermals um. Das Ergebnis schien ihn nicht recht zufriedenzustellen.

»Ich vermag den Sinn und Zweck dieser Einrichtung nicht recht zu erfassen«, gestand er.

»Was ist so schwer daran?« fragte Pierre. »Hier trifft man sich, um etwas zu trinken und miteinander zu reden. Das ist alles. Kapiert?«

»Flüssigkeitsaufnahme und Kommunikation. Verstehe.«

»Gut.«

»Aber eine Flüssigkeitsaufnahme können Sie doch auch zu Hause durchführen. Und haben Sie für die Kommunikation nicht diese kleinen Apparate namens Telefon, durch die man miteinander sprechen kann?«

»Meine Güte«, stöhnte Leroy. »Das ist doch nicht dasselbe. Hierhin geht man, weil man etwas Lust auf Geselligkeit hat. Um Leute kennenzulernen und neue Freunde zu gewinnen.«

»Freunde, ich verstehe.« Eine kleine Pause. »Sie beide, sind Sie Freunde?«

Pierre tauschte einen kurzen Blick mit Connor, wie um sich seiner stummen Zustimmung zu vergewissern, bevor er antwortete.

»Ja, ich denke schon.«

»Und Sie haben sich an einem Ort wie diesem angefreundet?«

»Nein, das nicht. Das hat sich bei einer anderen Gelegenheit ergeben. Damals haben wir zufällig ...«

Pierre verzog das Gesicht. »Aber das spielt hier und jetzt keine Rolle.«

»Was Pierre sagen will«, sprang Connor ein, »ist, daß man Freunde überall gewinnen kann. Aber in so einer Umgebung ist es einfacher.«

»Das habe ich schon verstanden«, sagte Elwood. »Ich habe nur festgestellt, daß ich keine Freunde habe.« Obwohl seine Stimme unverändert ausdruckslos klang, schien ein Hauch von Wehmut und Trauer bei dieser Erkenntnis mitzuschwingen.

Pierre ertappte sich dabei, den Mann in Schwarz beinahe mit den Worten »Na, na, wir sind doch deine Freunde« trösten zu wollen, und verkniff es sich im letzten Moment.

»Freunde kann man immer gewinnen«, meinte er statt dessen.

»Sie meinen – ich kann das auch?«

»Warum nicht? Man muß nur auf die Leute zugehen und mit ihnen ins Gespräch kommen. Warum versuchen Sie's nicht einfach?« Es war als Aufforderung gedacht, etwas mehr über sich selbst zu verraten, aber solche Feinheiten schienen Elwood zu entgehen.

»Sie haben recht. Ich kann in der Tat keinen Grund erkennen, es nicht zu tun.«

Verblüfft sahen Pierre und Connor, wie er aufstand und sich zwischen die Leute begab, während er sich aufmerksam umsah. Dann schien er seine Wahl getroffen zu haben und ging zu einem Tisch, an dem mehrere Einheimische beisammensaßen und derbe Witze rissen. Ihrer Statur nach waren sie Holzfäller, und Elwood suchte sich den kräftigsten und breitschultrigsten aus, um ihm von hinten auf die Schulter zu tippen und zu sagen: »Na, du alte Schwuchtel, wie geht's?«

Es war einer dieser Sätze, die, wie leise sie auch gesprochen wurden, imstande waren, sämtliche Gespräche in einer Kneipe abrupt abbrechen und alle Gesichter sich in eine Richtung drehen zu lassen – in Elwoods.

Derjenige, der sich ihm zuletzt zuwandte, betont langsam und mit einem zu einer mordlüsternen Grimasse erstarrten Gesicht, war der Holzfäller selbst. Behäbig wuchtete er seine gut hundertdreißig Kilo strategisch günstig verteilte Muskelmasse aus dem Stuhl, baute sich vor Elwood auf, der gut einen Kopf kleiner war, und musterte ihn mit düster heruntergezogenen Augenbrauen.

»*Was* hast du da eben zu mir gesagt?«

Connor wollte aufspringen, um die Situation zu klären, bevor Schlimmeres geschehen konnte, doch Pierre legte ihm die Hand auf den Unterarm.

»Nicht!« raunte er dem Butler leise zu. »Laß uns noch ein wenig abwarten.«

Elwood sah den Fleischberg mit derselben neugierigen Unschuld an wie ein Kind, das dabei war, einen neuen Spielkameraden zu gewinnen.

»Ich habe gesagt: Na, du alte Schwuchtel, wie geht's?«

Der Mann benötigte ein paar Sekunden, seine Verblüffung zu verdauen. Er hatte sichtlich Schwierigkeiten zu begreifen, daß jemand – und noch dazu so ein schmales Handtuch – nicht nur die Unverfrorenheit besaß, ihm so etwas an den Kopf zu werfen, sondern daß er es sogar ohne ein Wimpernzucken wiederholte.

Dann landete seine Faust krachend in Elwoods Gesicht.

Der Mann in Schwarz flog quer durch den Kneipenraum, bis ein Tisch schließlich seinen Flug bremste, und obwohl er aus dickem Holz bestand, brach er unter der Wucht des Aufpralls splitternd entzwei.

Schnell sprangen die Leute in der Nähe beiseite, um sich vor dem umherspritzenden Bier in Sicherheit zu bringen, während Elwood zusammen mit den Überresten des Tischs und den Gläsern polternd und klirrend auf dem Boden landete.

Connor sprang ebenfalls auf, um Elwood zu Hilfe zu eilen. Jeder normale Mensch mußte sich dabei mehr als nur einen Knochen gebrochen haben. Aber der Mann in Schwarz stellte unter Beweis, daß er kein normaler Mensch war.

Augenscheinlich vollkommen unverletzt saß er inmitten der Trümmer auf dem Hosenboden, den Kopf leicht schräg gelegt, als müsse er über das, was geschehen war, noch einen Augenblick nachsinnen. Dann griff er nach seinem Hut, den er während des Fluges verloren hatte, setzte ihn auf und erhob sich.

Die Kinnlade des bulligen Holzfällers klappte ein deutliches Stück nach unten, als Elwood unbeeindruckt zu ihm zurückkam.

»Sir, wenn Sie bitte einen Augenblick warten würden«, bat er, was dem Fleischberg nicht gerade dabei half, die Fassung zurückzugewinnen. »Bitte gehen Sie nicht weg, ja? Ich bin gleich wieder da.«

Elwood kam zu Connor und Pierre, ohne sich um die verblüfften Blicke zu kümmern, die ihm folgten.

»Ich vermag die Situation nicht recht einzuordnen«, bekannte er. »Glauben Sie, daß es mir gelungen ist, ihn als Freund zu gewinnen?«

Pierre unterdrückte ein gequältes Aufstöhnen.

»Zumindest sind Sie auf dem besten Weg dorthin«, seufzte er.

»Das klingt gut.« Elwood wandte sich kurz um und schickte dem Holzfäller ein freundliches Winken zu, das er sich beim Hereinkommen von Connor abgeschaut haben mußte. Es trug nicht gerade dazu bei, die Laune des Mannes zu verbessern. »Und was muß ich jetzt tun?«

Pierre schluckte trocken, während er mit Unbehagen

sah, daß der breitschultrige Riese seine Verblüffung überwunden hatte und mit ärgerlicher Miene auf sie zukam. Langsam zwar, aber mit der Zielstrebigkeit einer Dampfwalze.

»Am besten, Sie zahlen es ihm mit gleicher Münze zurück.«

»Mit gleicher Münze?« wiederholte Elwood verständnislos. »Er hat mir doch gar kein Geldstück gegeben.«

»Was ich meine, ist: Gehen Sie hin, und scheuern sie ihm eine.«

»Eine scheuern?«

»Ja, mein Gott! Eine knallen, ballern, runterhauen, eben dasselbe, was er mit ihnen gemacht hat.«

»Eine scheuern, ich verstehe.« Er hob die Augenbraue. »Stimmt. Das erscheint mir ein überaus logisches Prinzip zu sein.«

Er kehrte wieder zu dem Fleischkloß zurück, der verblüfft, aber gleichwohl wachsam stehenblieb.

»Was ist?« knurrte er. »Hast du immer noch nicht –?«

Er kam nicht mehr dazu, den Satz zu vollenden. Mit dem Rücken voraus landete er auf dem Tisch seiner Kumpels. Mühsam hob er noch einmal den Kopf, dann verdrehte er die Augen und sank endgültig zurück.

In der Kneipe herrschte atemlose Stille, und auch Pierre schürzte erstaunt die Lippen. Er hatte Elwoods Schlag weder gesehen, noch ihm überhaupt die Kraft zugetraut, den Muskelprotz gute fünf, sechs Meter durch den Raum zu schleudern.

Die anderen Holzfäller hingegen, vier an der Zahl, waren gar nicht begeistert, den Inhalt ihrer Gläser weitestgehend auf ihren Hosen und Hemden wiederzufinden.

Wütend sprangen sie auf und näherten sich Elwood.

Der wiederum blickte ihnen interessiert entgegen, auch dann noch, als ihn der erste erreicht hatte, ihm am Krawattenknoten packte und zu sich heranzog, bis sich ihre Gesichter ganz nah beieinander befanden.

»Paß auf, du Spaßvogel!« zischte er, während er zu einem gewaltigen Schwinger ausholte. »Das machst du nicht noch mal!«

»Nicht?« hatte Elwood gerade noch Zeit, sich zu wundern, bevor er erneut durch den Raum flog.

Er landete inmitten einer Gruppe von Leuten, die ihm nicht schnell genug hatten ausweichen können, ihn auffingen und dabei selbst Mühe hatten, auf den Beinen zu bleiben.

»Verzeihen Sie«, sagte Elwood und lüftete seinen Hut kurz, »aber ich bin gerade dabei, neue Freunde zu gewinnen.« Ein kurzes Innehalten, bevor er sich anschickte, zu den Holzfällern zurückzukehren. »Das geht schneller, als ich gedacht habe.«

Connor und Pierre versuchten, zu ihm zu eilen, um ihn davon abzuhalten, was nun unvermeidlich folgen würde.

»Elwood, hören Sie auf, das war doch nur ein –«

Pierre brach ab, als sich eine schwere Hand auf seine Schulter legte, und neben ihm tauchte das dazugehörige, grobschlächtige Gesicht auf. Er spürte den biergeschwängerten Atem des anderen auf seinen Wangen.

»Bist du etwa ein Kumpel von dem da, hä?«

»Ich, nun, äh …«

»Du hast doch vorhin bei diesem Kerl gesessen, oder?« bohrte der andere nach.

»Nun ja, das schon, aber –«

Ein Kinnhaken beendete seine Erklärung und ließ ihn eine Sekunde später in den Trümmern eines anderen Tisches wieder zu sich kommen – mit dröhnendem Schädel und dem Gefühl, daß sein Unterkiefer nur noch aus formlosem Knochenbrei bestand.

Ehe er sich aus eigenen Kräften aufrappeln konnte, wurde er von jemand anderem unsanft auf die Beine gezogen – von jemandem, der erbost auf sein bekleckertes Hemd deutete und den Franzosen mit einem rechten Haken in die Richtung zurückschickte, aus der er gerade gekommen war.

Pierre torkelte nach hinten, stieß mit den Kniekehlen gegen irgendein Hindernis, verlor mit rudernden Armen rücklings das Gleichgewicht – und fand sich wohlbehalten auf einem leeren Stuhl sitzend wieder.

Er brauchte einen Moment, seine Knochen zusammenzuklauben und sich zu orientieren.

Um ihn herum herrschte mit einem Male das reinste Chaos. Überall ertönten wütende Rufe oder liefen Leute umher. Er sah, daß auch Connor es mittlerweile mit einem der Holzfäller zu tun bekommen hatte. Mehr schlecht als recht erwehrte er sich der auf ihn einprasselnden Schläge, ehe er sich mit einem Absatzkick zumindest etwas Luft verschaffen konnte.

Und von vorne näherte sich schon der nächste.

»Vorsicht, Connor!« rief Pierre, als er sah, wie gleichzeitig der vierte Holzfäller hinter dem Butler auftauchte und mit einem Stuhl zum Schlag ausholte.

Doch die Warnung kam zu spät. Krachend zersplitterte der Stuhl auf Connors Rücken und schleuderte den Butler kopfüber nach vorne. Mit dem Schädel voran landete er in der Magengrube des anderen Kerls, der mit einem ächzenden Laut von den Beinen gerissen wurde, und nachdem sie noch ein halbes Dutzend anderer Leute mit sich genommen hatten, fand ihr Flug inmitten eines wirren Menschenknäuels in einer hinteren Ecke des *Dead Dog's End* ein Ende.

Pierre wollte aufspringen und sich denjenigen vorknöpfen, der Connor von hinten niedergeschlagen hatte, als sich ihm erneut eine Hand auf die Schulter legte.

»He, du da!«

»Ja?« wandte er sich fragend um, hörte gerade noch ein

»Du sitzt auf meinem Stuhl!« – dann warf ihn auch schon ein tief angesetzter Kinnhaken aus selbigem.

»Aufhören!« brüllte McPherson hinter seine Theke und fuchtelte wild mit den Armen umher. »Aufhören!«

Doch es gab längst niemanden mehr, der auf ihn hörte. Im Gegenteil, plötzlich schien sich jeder den erstbesten Nebenmann gegriffen zu haben, um ihm ebenfalls eine Gesichtsmassage angedeihen zu lassen – ob es nun einen Grund gab oder nicht. Es war die Gelegenheit, die zählte.

Im Nu war die reinste Massenprügelei in Gang, und in Thurso sollte man sich noch lange erzählen, daß es die wohl schönste Kneipenschlägerei gewesen war, die das *Dead Dog's End* seit jenem denkwürdigen Tag erlebt hatte, an dem damals die McMillans, die McMuffins beschuldigten, unberechtigterweise um ein Stück Wild auf ihrem Grundstück geschossen zu haben, aus den Highlands hinunter ins Dorf gezogen waren, um diesen kleinen Familienzwist auf die gute alte, traditionelle Weise beizulegen.

Eine halbe Stunde, eine zertrümmerte Kneipeneinrichtung, ein halbes Dutzend Versöhnungsdrinks und die oftmals wiederholte Versprechung, für den Schaden aufzukommen, später stolperten die Abenteurer in die kühle Nachtluft hinaus.

Connor blieb nach ein paar Schritten stehen und drückte mit den Händen an den Hüften ächzend das Kreuz durch. Er hatte das Gefühl, von Kopf bis Fuß in blaue Flecken gehüllt zu sein. Und seine Kleidung stank wie eine ganze Ale-Brauerei.

»Mein Gott, ich glaube, ich werde allmählich zu alt für so etwas«, stöhnte er.

Pierre war ebenfalls stehengeblieben, legte den Kopf in den Nacken und genoß das herrlich kühle Gefühl des

Regens auf den Schwellungen rund um seine aufgeplatzten Lippen und dem wunderschönsten Veilchen, das er jemals gehabt hatte.

»Sie hatten recht«, meldete sich Elwood zu Wort. »Es ist wirklich nicht schwer, Freunde zu gewinnen. Eine überaus anregende Erfahrung. Ich kann verstehen, warum Sie dem Aufenthalt in einer Kneipe soviel Wert beimessen.«

Er bekam keine Antwort, schien aber auch keine erwartet zu haben.

»Hier«, sagte Connor, als sie den Wagen erreicht hatten, und drückte Pierre die Wagenschlüssel in die Hand. »Fahr du! Mein Kreuz tut mir so weh, daß ich kaum hinters Lenkrad komme.«

»Glaubst du, mir geht's besser?« Pierre sah den Wagenschlüssel in seiner Hand an, als wäre es eine dicke, fette Vogelspinne. »Mein Schädel brummt so sehr, daß ich nicht mal eine Polizeisirene hören würde.«

»Dann lassen Sie mich doch fahren«, schlug Elwood vor.

Die beiden Abenteurer sahen ihn entsetzt an.

»*Sie?*«

»Ja. Ich kann keinen Grund erkennen, warum Sie es nicht tun sollten.«

»Aber ich«, rief Pierre. »Eine ganze Menge Gründe sogar! Können Sie denn überhaupt fahren?«

»Ich kann keinen Grund erkennen, es nicht tun zu können.«

»Schon gut, schon gut«, rief Connor. »Gib ihm den Schlüssel. Laß uns zusehen, daß wir schnellstens nach Oake Dùn zurückkommen.« Und an Elwood gewandt: »Aber fahren Sie vorsichtig.«

»Das werde ich tun.«

Sie stiegen ein, Pierre auf der Beifahrerseite und Connor auf dem Rücksitz. Als Elwood den Motor startete, fragte Connor sich schlagartig, welcher Teufel ihn geritten hatte, den Mann in Schwarz hinter das Steuer zu lassen. Dies hier war schließlich der Wagen des Schloßherrn, und ein überaus teurer noch dazu.

Er beugte sich besorgt nach vorne, mußte aber feststellen, daß seine Sorge unbegründet war. Elwood lenkte den Daimler geschickt aus der Parklücke und handhabte den großen Wagen so sicher, als hätte er sein Leben lang nichts anderes getan. Mit angemessener Geschwindigkeit fuhr er zur Küstenstraße zurück, die mitten durch Thurso hindurchführte, und bog in Richtung auf Oake Dùn ab, nachdem er vorschriftsmäßig gestoppt und geblinkt hatte.

Connor gestattete sich ein erleichtertes Aufatmen. Seine Sorge war augenscheinlich unbegründet gewesen.

»Gehört Autofahren auch zu Ihrer ... Grundausbildung?« fragte Pierre verwundert.

»Nein.«

Der Franzose runzelte die Stirn.

»Weshalb können Sie dann so gut fahren?«

»Ich habe Ihnen auf der Hinfahrt zugesehen und mir alles gemerkt«, erklärte Elwood.

Connor spürte, wie sich seine Nackenhärchen aufrichteten.

Wenn das Elwoods gesamte fahrerische Kenntnisse waren, mußte es beim ersten unvorhergesehenem Zwischenfall unausweichlich zur Katastrophe kommen!

Halten Sie sofort an! wollte er rufen, doch im selben Moment trat Elwood das Gaspedal bereits bis zum Anschlag durch.

Connor wurde in die Polster geworfen, als der Wagen mit der gesamten Kraft seiner nicht gerade ärmlichen Motorisierung wie vom Bogen geschnellt nach vorne schoß, direkt auf die große Kreuzung zu, deren Ampel zu allem Überfluß auf Gelb stand.

»Um Gottes willen!« rief Pierre und hielt sich unwillkürlich fest. »Was machen Sie denn da?«

»Ich beschleunige«, gab Elwood unbewegt Auskunft, während die Ampel auf Rot sprang und der Wagen ein, zwei Sekunden später mit nahezu hundert Stundenkilometern über die Kreuzung jagte.

Connor blickte schreckensstarr nach vorn, und auch Pierre sah in Gedanken schon einen Lastwagen aus der Seitenstraße kommen und seitlich in sie hineinkrachen, doch zum Glück geschah nichts dergleichen.

Sofort nach der Kreuzung nahm Elwood den Fuß wieder vom Gas.

»So wie Sie es vorhin getan haben, als das gelbe Licht an diesen Pfählen links und rechts der Straße zu leuchten begann«, fügte er hinzu. »Könnten Sie mir in diesem Zusammenhang erklären, welche Bedeutung das grüne Licht darunter und das rote –«

»Stehenbleiben!« rief Connor, der seine Sprache wiedergefunden hatte. »Bleiben Sie sofort stehen!«

»Aber – ich sitze doch.«

Es gab Augenblicke, in denen Connor sich wünschte, weit, weit weg zu sein.

»Schluß jetzt! Halten Sie den Wagen sofort an. Sofort!«

Die Vollbremsung schleuderte ihn von hinten gegen den Fahrersitz und Pierre gegen das Armaturenbrett. Beide waren sie unendlich froh, als der Wagen schließlich schadlos zum Stehen gekommen war.

»War irgend etwas nicht richtig?« fragte Elwood.

»Nein, alles in bester Ordnung«, meinte Pierre, nach Luft schnappend. »Sie waren phantastisch. Einfach phantastisch.«

Er horchte auf, als sich das lauter werdende Heulen einer Polizeisirene in seine Ohren schlich, und kurz darauf hielt der dazugehörige Wagen hinter dem Daimler.

»Das hat uns gerade noch gefehlt«, stöhnte er. »Die

Polizei. Wie immer – wenn man sie mal gerade mal nicht braucht, ist sie auch schon da!«

»Lassen Sie mich das machen«, beschwichtigte Connor und sah durchs Heckfenster. »Das ist der Wagen von Constable Shadock, dem örtlichen Polizeichef. Ein herzensguter und verständiger Mann. Er wird bestimmt ein Auge zudrücken, wenn wir ihm erkl-«

»Was ist?« fragte Pierre »Was hast du?«

Connor sah stirnrunzelnd zu dem beleibten Uniformierten, der mehr aus dem Polizeiwagen quoll, als daß er ausstieg, und durch den Regen langsam auf sie zustampfte, und allein aus der Art, *wie* er es tat, war abzulesen, daß er nicht gerade zu den angenehmen Zeitgenossen zu rechnen war.

»Das ist nicht Constable Shadock«, stellte er tonlos fest. »Das ist jemand, den ich hier noch nie gesehen habe.«

»Oh-oh«, machte Pierre unheilvoll und sah resigniert zu Elwood. Es war längst zu spät, die Plätze tauschen zu wollen.

In der Tat – niemand, der Beaufort T. Justice kannte oder jemals kennengelernt hatte, wäre auf den Gedanken gekommen, ihn als angenehmen Zeitgenossen zu bezeichnen, wahrscheinlich nicht einmal unter Androhung von Waffengewalt. Und aus der Sicht des Constables, der normalerweise in einem Glasgower Stadtbezirk arbeitete, war das nur recht und billig so. Nur auf diese Weise ließ sich der Autorität des Gesetztes der nötige Respekt verschaffen. Und außerdem: Warum sollte er gut zu der Welt sein, wenn sie so schlecht zu ihm war?

Er haßte es, hier am Ende der Welt, wo er niemanden kannte, die Urlaubsvertretung für den örtlichen Polizeichef spielen zu dürfen. Er haßte es, in kalten, verregneten Nächten mit seinem Dienstwagen an einsamen Kreuzungen herumzustehen. Und er haßte es, wenn dabei ein anderer Wagen bei Rot und mit einem Affenzahn direkt vor seiner Kühlerhaube vorbeiraste.

Noch mehr haßte er es, wenn er sich in diesem Moment gerade einen Becher mit Kaffee an die Lippen hielt und ihn sich vor Schreck über die Uniform schüttete. Am allermeisten aber wohl haßte er es, danach den immer noch halbvollen Becher in dem Bemühen, sich sofort an die Fersen des Verkehrssünders zu heften, mit einer automatischen Bewegung aus dem Fahrerfenster schütten zu wollen, ohne sich vorher vergewissert zu haben, daß es auch wirklich offen stand.

Das alles rief er sich noch einmal ins Gedächtnis zurück, während er mit dem ganzen Gewicht des Gesetzes auf den Daimler zustampfte. Neben dem Fahrerfenster blieb er stehen und bedeutete dem Fahrer mit einer ungehaltenen Bewegung, die Scheibe herunterzukurbeln.

Elwood sah den Constable interessiert an, hob erst die Augenbraue, dann seine Hand, und machte ebenfalls eine kurbelnde Bewegung.

Schnell streckte Connor seine Hand zur Mittelkonsole zwischen den Vordersitzen und betätigte den Fensterheber. Elwood sah erstaunt zwischen der sirrend herunterfahrenden Scheibe und seiner Hand hin und her, als frage er sich, wie das funktionierte.

»Haben Sie irgendwelche Probleme mit dem Fahren?«

»Nein, alles in bester Ordnung«, sagte Elwood unbewegt. »Ich bin phantastisch. Einfach phantastisch.«

Der Constable kniff die Lippen zusammen.

»Nun, wenn Sie so phantastisch sind, dann ist Ihnen doch sicherlich aufgefallen, daß Sie gerade bei Rot über die Ampel gefahren sind?«

»Aber natürlich.« Eine kurze Pause. »Könnten Sie mir erklären, was dieses rote Licht zu bedeuten hat?«

Sieh an, dachte der Polizist, *ein Spaßvogel!* Wahrscheinlich einer dieser stinkreichen Spinner, die glaubten, wenn sie einen dicken Wagen fuhren, durften sie sich alles erlauben. Aber da waren sie bei ihm, Constable Beaufort T. Justice, gerade an den richtigen geraten!

»Aber sicher«, sagte er mit zuckersüßer Stimme. »Dazu bin ich ja schließlich da. Was schätzen Sie eigentlich, wie schnell Sie waren, als Sie über die Kreuzung gerast sind?«

»Das muß ich nicht schätzen. Es waren exakt siebenundneunzig Stundenkilometer zum Zeitpunkt der größten Geschwindigkeit.« Elwood hob die Augenbraue und wandte sich an Leroy. »Darf ich fragen, aus welchem Grund Sie mich in die Seite stoßen?«

»Hören Sie, Officer«, mischte sich Connor vom Rücksitz aus ein. »Wir können Ihnen das alles erklären.«

Beaufort T. Justice beugte sich vor und musterte den Butler.

»Oh, da bin ich mir sicher, Sir«, sagte er lächelnd. »Das *müssen* Sie nämlich auch. Aber warten Sie bitte, Sie, bis Sie an der Reihe sind. Einstweilen bin ich, wie Sie bestimmt schon bemerkt haben, noch dabei, den Fahrer zu vernehmen.«

»Ja, aber, das ist alles nicht so, wie es aus –«

»Natürlich ist es das nicht«, zeigte sich der Constable einsichtig. »Wissen Sie, Sir, ich bin jetzt seit zwanzig Jahren Polizist, und niemals soll etwas so gewesen sein, wie es ausgesehen hat. Aber glauben Sie mir, in diesem Fall weiß ich, was ich gesehen habe. Und wenn Sie mich nun bitte nicht länger von meiner Arbeit abhalten würden? Sie möchten sich doch nicht der Behinderung einer polizeilichen Maßnahme schuldig machen, nicht wahr?« Er verzog schnuppernd die knollige Nase, als er den Alkoholdunst im Wageninneren bemerkte, und wandte sich wieder an Elwood. »Haben Sie etwas getrunken?«

»Ja, das haben wir alle drei. Heute nachmittag schon.«

Beaufort T. Justice nickte. Natürlich, das hatte er sich gleich gedacht.

»Und Ihren Führerschein haben Sie wahrscheinlich auch gerade nicht dabei, oder?«

»Meinen Führerschein? Könnten Sie mir erklären, was das ist?«

Beaufort T. Justice schickte einen griesgrämigen Blick zum Nachthimmel. *Vielen Dank,* dachte er dabei, *drei stockbesoffene Spaßvögel – so einen Fang habe ich mir schon immer gewünscht!*

»Sie wollten mir auch noch erklären, was das rote Licht zu bedeuten hat«, erinnerte Elwood.

»Aber sicher, natürlich.« Der Constable fragte sich kopfschüttelnd, ob der Fahrer ihn wirklich für einen solchen Idioten hielt. Aber der würde ihn noch kennenlernen! »Dazu werden wir in den nächsten Stunden auf der Wache noch genug Zeit haben. Ich schätze, wir alle werden noch richtige Freunde werden.«

»Freunde?« Elwood hob erstaunt die Augenbraue, dann schien sich sein Gesicht aufzuhellen. »Ah, ich verstehe.« Er sah den Constable an. »Na, du alte –«

»Nein!« riefen Connor und Pierre im selben Moment wie aus einem Mund. »Nicht!«

Zu spät! Elwood hatte es bereits gesagt.

Ungefähr zur gleichen Zeit schlüpfte rund siebenhundert Kilometer weiter südlich in der Londoner St.-Margarete-Klinik eine schmächtige Gestalt in Valerie Gideons Krankenzimmer. Schnell zog sie den mitgebrachten Handwagen mit hinein, dann schloß sie die Tür so lautlos, wie sie sie geöffnet hatte.

Wenn Morris Aldo, so der Name des schmächtigen Mannes mit der dickglasigen Hornbrille, den Auftrag gehabt hätte, die junge Israelin umzubringen, so wäre es für ihn ein Leichtes gewesen. Er hätte nur den schalldämpferbewehrten Revolver unter dem hellblauen Pflegerkittel hervorziehen, ihn an ihren Kopf halten und abdrücken müssen.

Doch sein Auftrag lautete anders. Schließlich bezahlte niemand zweihundertfünfzigtausend englische Pfund – die Mitte letzter Woche auf ein Schweizer Sperrkonto eingegangen waren –, nur um jemanden zu töten. Außer vielleicht, es handelte sich um den Präsidenten der Vereinigten Staaten. Nein, er sollte diese Frau nicht einfach nur *umbringen,* er sollte sie *beseitigen,* und das schloß ihren Körper mit ein.

Ihren genauso wie die der anderen sechs Kranken in diesem Flügel der Klinik!

Die Beweggründe seines Auftraggebers spielten für Morris Aldo dabei keine Rolle. Und es interessierte ihn auch nicht, ob er für einen Geheimdienst, die Mafia oder eine Privatperson – in diesem Fall eine Asiatin namens Suzy Duvall – arbeitete. Was zählte, war einzig sein Honorar. Er war für seine gründliche Arbeit bekannt, und das hatte seinen Preis. Schließlich konnte er als Reverenz fast zwei Dutzend sauber ausgeführter Aufträge aufweisen. Wer immer ihn engagierte, wollte auf Nummer Sicher gehen.

Aldo war ein Meister akribischer Vorbereitung. Er schlug erst dann zu, wenn er alle Eventualitäten bedacht und sich einen todsicheren Plan ausgedacht hatte. In diesem Fall hatte ihn das nicht einmal vor allzu große Herausforderungen gestellt.

In den ersten Tagen hatte er sich darauf beschränkt, das Terrain zu erkunden. Er hatte sich Einblick in die Krankenlisten und Arbeitspläne verschafft, den Tagesablauf der Angestellten studiert, und er hatte von allen wichtigen Schlüsseln Wachsabdrücke genommen und sich Duplikate fertigen lassen – auch zum Vorratslager und Keller. Die zuständige Nachtschwester ließ sich leicht ablenken und schenkte diesem Teil des Seitentraktes, in dem so gut wie nie etwas geschah, nur wenig Aufmerksamkeit. Die Lebensfunktionen der bewußtlosen Patienten wurden automatisch überwacht, und sie mußte nur einschreiten, wenn es zu Unregelmäßigkeiten kam. Gestern hatte er dann – als Lieferbote getarnt – alle nötigen Dinge ins Krankenhaus geschafft und in einer abgelegenen Ecke des Lagers versteckt.

Er wandte sich dem schmalen Stahlschrank neben der Tür zu und tauschte die darin enthaltenen Flaschen, Fläschchen und besonderes die fünf oder sechs Mehrliterkanister aus Plastik im untersten Fach gegen diejenigen auf seinem Rollwagen aus. Anschließend betrachtete er sein Werk zufrieden. Alles sah genauso aus wie zuvor, nur mit dem Unterschied, daß sich nun überall hochentzündlicher Äthyläther befand!

Es reichte aus, den gesamten Raum binnen einer Sekunde in eine lodernde Flammenhölle zu verwandeln – eine Flammenhölle, aus der es kein Entrinnen gab. Morris Aldo würde dafür sorgen, daß die Sprinkleranlage nicht arbeitete. Und ein Ausfall der Stromversorgung würde weitere Verwirrung stiften. Die Patienten würden zu einem Häuflein Asche verbrannt sein, bevor jemand in der Lage war, ihnen zu Hilfe zu kommen.

Morgen abend würde es soweit sein.

Wahrscheinlich hätte er es jetzt genauso erfolgreich zu Ende bringen können, aber er wollte sichergehen, daß die schweren Holztüren zu den Krankenzimmern zum fraglichen Zeitpunkt auch abgeschlossen waren. Und die Schlüsselduplikate erhielt er leider erst morgen mittag. Wie gesagt, Aldo war ein gründlicher Mann. Die Gefahr, daß seine Manipulation bis dahin bemerkt wurde, war gering. Die Schränke würden erst übermorgen wieder aufgefüllt werden.

Er schloß den Schrank und verließ das Zimmer, den Handwagen hinter sich herziehend. Er mußte die beiden benachbarten Räume, in denen jeweils drei der anderen Patienten lagen, noch auf dieselbe Weise präparieren.

Valerie hatte von all dem nichts bemerkt. Wie denn auch? Das Dormicum ließ sie in tiefster Bewußtlosigkeit ruhen.

Lautes Schlüsselgerassel riß Pierre Leroy aus seinem unruhigen Halbschlaf. Schläfrig hob er den Kopf von der harten Unterlage. Durch die vergitterten Fenster drang das Licht des neuen Tages in den Zellenraum, wie er blinzelnd feststellte, und obwohl der Himmel nach wie vor bedeckt und regnerisch war, stach die Helligkeit fast schmerzhaft in seinen Augen. *Richtig* schmerzhaft war erst das metallische Quietschen, mit dem die Stahltür zum Zellenraum aufschwang und das wie ein bösartiger Teufel in seinen Schädel sprang und die Kopfschmerzen dazu anspornte, zu versuchen, ob sie ihn nicht zum Platzen bringen konnten.

Pierre bekam einen vagen Eindruck davon, was wahre Glückseligkeit war, als die Tür endlich ganz aufgeschwungen war und der quälende Ton abbrach. Er sah den Constable hereinkommen, und gleich darauf tönte dessen Stimme volltönend durch den Raum.

»Aufwachen, ihr Schlafmützen!«

Pierre hätte ihn glattweg erwürgen können, doch der Vorsatz dauerte nur so lange, bis er sah, wer hinter dem Constable in den Zellenraum trat: Ian Sutherland. Sofort schwang er die Beine von der Pritsche und stand auf – um sich im nächsten Moment zu wünschen, es nicht *ganz so schnell* getan zu haben. Sein Kopf dröhnte wie eine Glocke, und auch Connor ging es nicht wesentlich besser. Er rieb sich sein Kreuz und sah dem Schloßherrn mit schuldbewußter Miene entgegen. Nur Elwood wirkte so frisch und munter wie zu dem Zeitpunkt, da er auf Oake Dùn aufgetaucht war. Er schien keinen Schlaf nötig gehabt zu haben. Die halbe Nacht hatte er Connor und Pierre mit Fragen gelöchert – und ja, sie hatten ihm auch erklärt, was das rote Licht zu bedeuten hatte –, bis sie endlich auf die Idee gekommen waren, ihm einfach zu sagen, daß er den Mund halten sollte. Und das hatte er dann auch getan, und wenn sich Pierre nicht irrte, stand Elwood immer noch so da, wie er es getan hatte, als sie irgendwann eingeschlafen waren.

»Connor, alles in Ordnung?« waren Sutherlands erste Worte. In seiner Miene stand eine Mischung aus Besorgnis und Ärger geschrieben.

»Ja, Sir«, erwiderte der Butler. »Wir sind zwar etwas lädiert und haben eine unerfreuliche Nacht hinter uns, aber wir leben noch – wenn Sie das meinen, Sir.«

Ian Sutherland nickte, und seine Nasenflügel blähten sich auf, als er tief Luft holte. Die Besorgnis verschwand aus seinem Gesicht, und übrig blieb der Ärger. Die steile Falte zwischen seinen Augenbrauen vertiefte sich.

»Was glauben Sie eigentlich, Connor, wieviel Sorgen wir uns gemacht haben, als Sie die ganze Nacht nicht aufgetaucht sind?«

»Das kann ich mir denken, Sir. Ich habe versucht, Sie auf dem Schloß anzurufen, aber Mortimer hat nur gesagt, daß Sie um diese Zeit nicht mehr zu sprechen seien, und wieder eingehängt.« Connor sah mit finsterem Blick auf den Constable, der gerade die Zellentür aufschloß. »Und der Officer hat uns nicht erlaubt, einen zweiten Anruf zu tätigen.«

»Beschweren Sie sich nicht!« sagte Sutherland. »Der Constable hier ...«

»Justice«, half der Namensträger beflissen aus. »Constable Beaufort T. Justice, Sir.«

»Äh, danke. Wie gesagt, Constable Justice hat sich nach einem kleinen Gespräch so entgegenkommend gezeigt, die ganze Sache auf sich beruhen zu lassen.« Er sah seinen Butler strafend an. »Inzwischen ist mir einiges zu Ohren gekommen, was gestern abend passiert ist. Ich will von Ihnen jetzt keine langen Erklärungen, sagen Sie mir nur, wie es dazu kommen konnte!«

»Nun, äh, Sir, wie soll ich sagen?« meinte Connor kleinlaut und wechselte einen verstohlenen Blick mit Pierre. »Ich nehme an, die Dinge sind uns ganz einfach etwas außer Kontrolle geraten. Und ich möchte hinzufügen, daß es mir leid tut.«

Der Earl of Oake Dùn musterte seinen Butler wortlos, verlor aber kein weiteres Wort darüber. Doch Connor kannte seinen Schloßherrn gut genug, um zu wissen, daß das letzte Wort in dieser Angelegenheit noch lange nicht gesprochen war.

»Kommen Sie endlich. Wir haben heute noch viel vor, wie Sie vielleicht wissen.« Er wandte sich an den Constable. »Und noch einmal vielen Dank für Ihr Verständnis, Constable.«

»Oh, bitte, Sir, gern geschehen«, erwiderte dieser grinsend.

Sie verließen die Polizeistation. Draußen wartete Rennie Crieff, der für den Fahrzeugpark auf Oake Dùn verantwortlich war und den Schloßherrn mit dem Sportwagen hergefahren hatte. Sutherland trug dem Bediensteten auf, den Wagen alleine zurückzufahren, während er zusammen mit den anderen den Daimler nahm und sich trotz Connors Angebot selbst hinter das Steuer setzte.

»Es ist jetzt fast Mittag«, sagte er auf der Rückfahrt, und noch immer lag ein leicht verärgerter Ton in seiner Stimme. »Ich habe mit Dr. Mannors für heute abend um acht Uhr einen Termin abgemacht. Sie werden sich beeilen müssen, um bis dahin in London zu sein.«

»Das sind noch acht Stunden«, meinte Pierre.

»Sie vergessen, daß London rund siebenhundert Kilometer entfernt liegt. Mit dem Auto oder dem Zug wird es knapp werden. Und ich glaube kaum, daß Mr. Elwood ohne Papiere am Flughafen durch die Paßkontrolle kommt.«

»Ich kann keinen Grund erkennen, warum ich das nicht sollte«, sagte Elwood. Er griff in seine rechte Anzugtasche und holte einen britischen Personalausweis und Paß heraus. Sofort zog Pierre sie ihm aus der Hand.

»Elwood Blues«, las er verblüfft. »Wie sind Sie denn auf diesen Namen gekommen?«

»Das weiß ich nicht.«

»Na, ist ja eigentlich auch egal«, meinte Pierre und gab ihm die Papiere zurück. »Auf jeden Fall sehen die Dinger verdammt echt aus.«

»Trotzdem würde es zu knapp werden. Der einzig sichere Weg, rechtzeitig in London zu sein, wäre der Hubschrauber.« Sutherland warf Connor einen forschenden Blick zu. »Das heißt, wenn Sie zu einem so langen Direktflug überhaupt in der Lage sind.«

Der Butler strich sich verstohlen über die Blessuren in seinem Gesicht.

»Ich bin zwar müde, aber wenn ich kurz geduscht und die Kleidung gewechselt habe, wird es schon gehen. Es gibt da nur ein Problem, Sir: Der Hubschrauber hat nicht genügend Plätze für uns alle.«

»Ich weiß. Aber ich hatte ohnehin vor, daß Mr. Elwood von Ihnen und Pierre nach London begleitet wird. Ich selbst fahre heute noch mit Dr. Ericson nach Edinburgh, um die Artefakte zu Professor McMurphy zu bringen.« Er runzelte die Stirn. »Ich kann mich da doch auf Sie verlassen, Connor?«

»Natürlich, Sir, das können Sie«, versicherte der Butler. »So etwas wird uns nicht noch einmal passieren.«

Ian Sutherland nickte schweigend.

»Verraten Sie uns eines, Sir«, fragte Pierre. »Wie haben Sie den Constable dazu gebracht, uns freizulassen?«

»Das ist mein kleines Geheimnis.« Der Earl of Oake Dùn lächelte dünn. »Aber eines kann ich Ihnen versichern: Sie beide dürfen unter sich ausmachen, wie Sie mir zwölf Flaschen edlen Whiskys bezahlen.«

»Und ich fürchte, nicht nur das«, flüsterte Connor so leise, daß nur Pierre ihn verstehen konnte, und dachte an die so gut wie nicht mehr vorhandene Inneneinrichtung des *Dead Dog's End*.

Der Flug nach London verlief ohne Komplikationen. Um 18:00 Uhr setzte Connor den Hubschrauber auf einem kleinen Flugplatz in der Nähe der Metropole auf, wo sie kurzfristig einen Stellplatz hatten buchen können. Weitaus schwieriger gestaltete sich die anschließende Taxifahrt zur Klinik, denn London empfing sie mit der geballten Wucht seines Feierabendverkehrs.

Einmal standen sie eine geschlagene Viertelstunde auf einem Fleck, ehe sich die endlose Fahrzeugkolonne weiterbewegte – ein paar Meter nur, aber immerhin. Was in Frankreich oder Deutschland zu einem nicht abbrechenden Hupkonzert geführt hätte, wurde hier mit stoischer – sprich: britischer – Gelassenheit ertragen. Wozu sich über etwas aufregen, an dem man ohnehin nichts ändern konnte?

Es war ein oder zwei Minuten vor acht, als das Taxi schließlich am Hauptportal der St.-Margarete-Klinik vorfuhr. Pierre klopfte dem Fahrer anerkennend auf die Schulter und drückte ihm ein Extra-Trinkgeld in die Hand.

»Hier. Sie haben wirklich Ihr Bestes gegeben.« Während das Taxi wieder abfuhr, wandte er sich an

Elwood. »Wissen Sie langsam, wie Sie Valerie von dem Parasiten befreien sollen?«

»Nein, noch nicht. Ich nehme an, daß ich das erst in ihrer unmittelbaren Nähe wissen werde.«

»Na schön.« Pierre zog seine Jacke zurück und vergewisserte sich mit einer unscheinbaren Bewegung, daß die Pistole in dem Schulterhalfter noch an Ort und Stelle war. Nicht, daß sein Mißtrauen dem Mann in Schwarz gegenüber so groß gewesen wäre, daß er damit rechnete, sie gebrauchen zu müssen, aber er wollte für alle Eventualitäten gewappnet sein. Wer wußte schon, welche Information in Elwoods Schädel gespeichert war? »Dann gehen wir jetzt rein. Und denken Sie daran: Reden Sie möglichst wenig.«

»Das werde ich.« Sie setzten sich in Bewegung und blieben wieder stehen, als Elwood es tat. »Darf ich fragen, warum?«

»Damit wir nicht wieder eine Schlappe wie gestern erleiden.«

»Schlappe?«

»Egal! Ich möchte nur jedes unnötige Aufsehen vermeiden. Am besten – ja, das ist es!« Der Franzose schnippste mit dem Finger. »Sie geben sich als ausländischer Arzt aus. Vielleicht ein ... Russe. Ja, Sie sind ein russischer Mediziner. Doktor – äh – Dimitrov. Wie gefällt Ihnen das?«

»Aber – ich bin doch Elwood.«

»Das spielt doch keine Rolle. Im Gegenteil, es würde nur unnötige Fragen nach sich ziehen.«

»Sie vergessen, daß ich nicht in der Lage bin zu lügen.«

Pierre sah den Mann in Schwarz an. Tatsächlich, das hatte er übersehen.

»Nun gut.« Er überlegte. »Dann werden *wir* Sie eben als Professor Dimitrov vorstellen, und Sie sagen einfach nichts.«

»Wäre das nicht ebenfalls die Unwahrheit?«

»Nun – äh – das schon. Aber richtig gelogen wäre es nicht. Sie würden einfach nur nicht die Wahrheit sagen. Und das ist ein gewaltiger Unterschied.« Er seufzte. »Jedenfalls versuchen unsere Politiker uns das immer weiszumachen.«

Elwood hob die Augenbraue.

»Politiker. Unterschied. Verstehe.«

»Gut. Dann lassen Sie uns endlich reingehen. Wir werden bestimmt schon erwartet.«

So war es.

Im Foyer des Krankenhauses trat ein Mann, der nicht älter als dreißig war und einen weißen Kittel trug, mit jugendlichem Elan auf sie zu.

»Mr. Leroy!« Er begrüßte den Franzosen mit Handschlag. »Es freut mich, Sie wiederzusehen.«

»Dr. Marten! Die Freude ist ganz meinerseits.«

Sie hatten sich vor einem halben Jahr kennengelernt, als in der St.-Margarete-Klinik ein Inder namens Madhav obduziert worden war. In dessen Gehirn hatte einer von Kars Symbionten seine Brut abgelegt, und die herauskriechenden Larven hatten damals mehrere Patienten und Angehörige des Personals befallen, indem sie ihnen im Schlaf in die Nasen gekrabbelt waren und sich bis ins Gehirn vorgefressen hatten, wo sie rasend schnell wuchsen. Die Unglücklichen hatten unter ständig stärker werdenden Wahnvorstellungen zu leiden gehabt und waren früher oder später Amok gelaufen. Der einzige Weg, sie davon abzuhalten, sich selbst oder andere umzubringen, war eine Ruhigstellung mit Dormicum. Seitdem lagen die Überlebenden – sechs an der Zahl –, in einer Art Tiefschlaf in einem Seitenflügel der Klinik. Das war alles, was man für sie hatte tun können. Eine operative Möglichkeit, sie von den Parasiten zu befreien, gab es nicht. Jeder Eingriff dieser Art hätte das Gehirn irreparabel geschädigt.

Aber immerhin hemmte das Dormicum zugleich das Wachstum der Larven.

Für Valerie galt dasselbe. In ihrem Kopf saß ein nahezu ausgewachsener Symbiont, der sich hinter ihrem rechten Ohr in den Schädel gefressen hatte. Sutherland hatte sie hierher bringen lassen, weil es der einzige Ort war, an dem man zumindest über ein wenig medizinische Erfahrung im Umgang mit Befallenen verfügte.

»Sir Sutherland hat mir bereits gesagt, daß er zwei seiner Mitarbeiter herschicken würde, um eine alternative Heilungsmethode auszuprobieren«, sagte Dr. Cliff Marten, als er Connor ebenfalls begrüßt hatte, »aber ich hätte nicht gedacht, daß es Männer sein würden, die ebenfalls ärztlicher Behandlung bedürfen.«

Er spielte auf die dunklen Sonnenbrillen an, die Pierre und Connor trugen, um die Spuren des gestrigen Kneipenbesuchs zumindest notdürftig zu tarnen. Aber einen erfahrenen Mediziner wie Dr. Marten konnte man damit natürlich nicht an der Nase herumführen.

»Halb so schlimm. Uns ist da nur ein dummes kleines Mißgeschick passiert.« Pierre nestelte verlegen am Rahmen seiner Sonnenbrille herum. Er kam sich damit irgendwie vor wie ein mieser kleiner Vorstadtgangster. Er deutete auf Elwood. »Dies ist der Mann, der die Behandlung durchführen wird. Darf ich vorstellen? Dr. Marten – Dr. Dimitrov. Er kommt aus Rußland, von der – äh – Akademie der Wissenschaften.«

Der Arzt streckte Elwood die Hand entgegen. »Sehr erfreut, Herr Kollege.«

Elwood ergriff die Hand. »Na, du alte Schwuchtel, wie geht's?«

Dr. Marten zog seine Hand so schnell zurück, als hätte er in Hundedreck gefaßt.

»Äh – wie?«

»Verzeihen Sie«, sprang Pierre schnell ein und spürte

das Verlangen, Elwood den Ellbogen kräftig in die Seite zu stoßen. Doch das hätte ihn wahrscheinlich nur animiert, dasselbe zu tun. »Dr. Dimitrov ist unserer Sprache noch nicht sehr mächtig.«

»Ja, den Eindruck habe ich allerdings auch«, murmelte Dr. Marten und musterte Elwood mißtrauisch.

»Was er sagen will, ist, daß er sich sehr freut, hier zu sein«, ergänzte Pierre.

»So ist es«, bestätigte Elwood.

»Nun gut«, zeigte sich Dr. Marten versöhnlich. »Darf ich fragen, welche medizinischen Geräte Sie für den Eingriff benötigen?«

»Gar keine.«

»Wie bitte?« Dr. Marten glaubte, sich verhört zu haben. »Aber – wie wollen Sie die Patientin dann von dem Parasiten befreien?«

»Das weiß ich nicht. Noch nicht.«

»Äh, ich fürchte, Dr. Dimitrov hat einige Probleme, Ihre Frage richtig zu verstehen«, sagte Pierre schnell. »Ich würde vorschlagen, Sie führen uns zuerst einmal zu der Patientin. Alles weitere können wir dann dort besprechen.«

Dr. Marten zögerte, dann nickte er und führte sie hinauf ins zweite Geschoß in den Seitentrakt, wo die Befallenen untergebracht waren. Während er mit Connor voranging, ließ Pierre sich mit dem Mann in Schwarz ein paar Schritte zurückfallen.

»Hören Sie, Mr. Elwood! Sagen Sie das nie wieder!«

»Was?«

»Das mit der Schwuchtel. Sie wissen schon, was ich meine.«

»Ich habe nur versucht, ihn mir zum Freund zu machen.«

»Auch damit hören Sie ab sofort auf.« Pierre mußte sich zusammennehmen, um nicht lauter zu werden.

Elwood hob die Augenbraue.

»Möchten Sie denn nicht, daß ich Freunde gewinne?«

»So einfach geht das nicht. Dazu gehört noch eine Menge mehr. Also unterlassen Sie vorerst alles, bis Connor oder ich Ihnen mehr erklärt haben. Verstanden?«

»Noch eine Menge mehr. Verstehe.«

Valeries Zimmer war das letzte ganz am Ende eines Flures, und als sie es erreichten, trat daraus gerade ein Pfleger hervor. Der schmächtige Mann mit der dickglasigen Hornbrille schob einen Wagen mit Krankenhausutensilien vor sich her und nickte freundlich, als er an ihnen vorbeiging.

Pierres erster Blick, nachdem sie das Zimmer betreten hatten, galt Valerie selbst. Sie sah so totenbleich und wächsern aus, daß er unwillkürlich erschrak. Es war ein Tod auf Raten, den sie starb. Nicht anders konnte man ihren Zustand beschreiben. Über einen Tropf wurde ihr Dormicum zugeführt, über einen anderen wurde sie künstlich ernährt. Und durch ein Dutzend Kabel war sie mit verschiedenen Geräten verbunden, die ständig die Herztätigkeit und Hirnströme überwachten und aufzeichneten, wie Dr. Marten erklärte.

»Bedenken Sie bitte, daß ich nichts zulassen darf, was die Patientin gefährden würde. Darf ich nochmals fragen, auf welche Art Sie den Parasiten entfernen wollen?«

»Das verstehen wir vollkommen, Dr. Marten, und wir –«

»Indem ich diesen Text hier verlese«, sagte Elwood plötzlich. Er griff in die rechte Tasche seiner Anzugjacke und holte ein zusammengefaltetes Stück Papier hervor.

»Hä?« machte der Mediziner.

»Ich versichere Ihnen, Dr. Dimitrov ist eine – äh – Koryphäe, was diese Art von Erkrankung angeht«, erklärte der Franzose. »Bitte! Ich kann Ihnen zwar nicht erklären, warum und weshalb, aber wir müssen davon ausgehen, daß es womöglich die einzige Möglichkeit ist, die Patientin zu heilen.« Er fragte sich, woher er die Sicherheit nahm, das zu behaupten.

»Indem man einen Text verliest?« Dr. Marten schien zu überlegen, ob man ihn auf den Arm nahm. Er deutete auf Elwood.

»Ist dieser ... Dr. Dimitrov überhaupt Mediziner?«

Pierre warf Connor einen hilfesuchenden Blick zu. Warum mußte eigentlich immer *er* sich den Mund fusselig reden?

Doch der Butler reagierte nicht.

»Nun, ähm, nicht so richtig«, gab Pierre zu.

Dr. Marten schüttelte den Kopf, als hätte er das bereits erwartet.

»Also ehrlich, das widerspricht allem, wovon ich in meiner gesamten medizinischen Praxis bislang gehört habe!«

»Ich weiß. Aber sagen Sie mir eines: Wann vorher haben Sie jemals etwas über diese Parasiten gehört?«

Der Arzt wußte darauf nichts zu antworten.

»Was haben Sie denn zu riskieren?« hakte Connor nach. »Dr. Dimitrov wird die Patientin nicht einmal berühren. Äh, das müssen Sie doch nicht, oder?«

»Nein, es reicht, wenn ich den Text in ihrer Gegenwart verlese.«

»Na also«, meinte Connor. »Da hören Sie es. Was spricht also dagegen, es zu versuchen?«

Dr. Marten überlegte. Es war ihm anzusehen, daß er keineswegs überzeugt war.

»Mein Verstand rät mir, Ihnen kein Wort zu glauben. Und um das klarzustellen: Jeden anderen, der mir so etwas vorschlagen würde, würde ich hochkant aus der Klinik werfen lassen. Aber ich weiß, daß Sir Ian Sutherland mit höchst mysteriösen Dingen zu tun hat. Und bei unserer ersten Begegnung habe ich Sie, Mr. Leroy, als sehr realistischen Menschen kennengelernt. Also gut, warum nicht? Versuchen wir es. Aber warten Sie bitte eine Minute. Ich sage der Nachtschwester Bescheid.«

Er verließ den Raum.

Die beiden Abenteurer atmeten auf.

»Die versiegelte Information in Ihrem Kopf ist also aufgebrochen?« fragte Pierre.

»Ja.«

»Was ist das für ein Text? Darf ich mal sehen?«

Elwood händigte ihm das Papier anstandlos aus. Es war ein vergilbtes Pergament, und als der Franzose es entfaltete und die unzähligen kleinen Schriftzeichen darauf sah, weiteten sich seine Augen.

»Hieroglyphen!« stellte er fest. »Das sind ägyptische Hieroglyphen!« Er starrte Elwood an. »Sie können das lesen?«

»Das kann ich«, erwiderte der Mann in Schwarz. »Sonst könnte ich es ja nicht vorlesen.«

»Ich meine – Sie verstehen, was sie bedeuten?«

»Das tue ich.« Er hob die Augenbraue. »Verstehen Sie denn nicht, was Sie lesen?«

Pierre schickte einen kurzen Blick zur Zimmerdecke.

»Wenn es in unserer eigenen Sprache ist, dann schon.« Er gab dem Mann in Schwarz das Pergament zurück. »Los, lassen Sie mal hören, wie das klingt!«

»Die freigegebene Information in meinem Kopf besagt, daß ich den Text, sobald ich ihn vorzutragen begonnen habe, ohne Unterbrechung bis zum Ende verlesen muß. Sonst würde der Parasit den Wirtskörper töten. Soll ich trotzdem zu lesen beginnen?«

»Nein«, entschied Pierre. »Wir warten, bis Dr. Marten zurück ist. Können Sie uns wenigstens sinngemäß sagen, was da drin steht. Ich meine, ohne daß der Zauber gleich losgeht?«

»Zauber?«

»Ja, was immer dann geschieht. Jetzt stellen Sie sich nicht so blöd an!«

»Nicht so blöd anstellen. Verstehe.« Eine kurze Pause. »Ich denke, es spricht nichts dagegen, wenn ich Ihnen den Text übersetze. Natürlich kann das nur eine mehr oder minder willkürliche Wiedergabe des Originals sein und –«

»Fangen Sie schon an!«

»Gut.« Elwood sah auf das Pergament. »Sinngemäß heißt es: *Zum vollen Tageslicht schreite ich nun. Wohlan, die Todeszeichen sind aufgehoben. Entsiegelt die Seele, das strahlende Juwel! Weit schreite ich aus. Die Beine gehorchen dem Willen. Mächtig ist der Leib, die Kraft. Unwiderstehlich bringen meine Füße mich zum Tempel, wo, thronend im Ra-Boot, die große Gottheit ...*«

Dr. Marten kehrte in den Raum zurück.

»*... doch ihr Dämonen, die ihr einsperrt den freien Willen, mögt ihr vernichtet und in die Finsternis ...*«

»Schon gut, Mr. Elw- äh, Dr. Dimitrov. Ich denke, das reicht einstweilen. Damit können wir uns dann ein andermal beschäftigen.« Glücklicherweise verstand Elwood und hielt den Mund.

»Ich habe dafür gesorgt, daß wir in der nächsten halben Stunde nicht gestört werden«, sagte Dr. Marten. »Falls diese ... diese Operation überhaupt so lange dauert.« Man mußte nicht viel Menschenkenntnis besitzen, um zu erkennen, daß er nicht daran glaubte, daß überhaupt irgend etwas geschehen würde. Aber es sprach für ihn, daß er sich zu diesem Versuch bereiterklärt hatte.

Er überprüfte kurz die Apparaturen, und auf einen Knopfdruck hin zeigte ein regelmäßiger, heller Piepton Valeries Herzschlag an. Dann gab Dr. Marten zu verstehen, daß es seinetwegen losgehen konnte. Pierre informierte ihn, daß die Prozedur auf keinen Fall unterbrochen werden durfte. Auf die Frage hin, ob sie sich währenddessen ruhig verhalten mußten, verneinte Elwood.

Pierre blickte noch einmal reihum, und als ihm sowohl Connor als auch Dr. Marten ihr Einverständnis signalisierten, forderte er Elwood auf zu beginnen.

Der Mann in Schwarz nahm Aufstellung am Fußende des Bettes, sah auf das Pergament herab und begann zu sprechen:

»*Aina i bank urid ßarf an nukud urid ßarf chamß miát mark* ...«

Es waren nur Worte. Monoton und ohne jede Regung vorgetragene Worte. Worte in einer längst vergessenen Sprache.

Trotzdem trat noch im selben Moment eine spürbare Veränderung ein.

Pierre fühlte mit einem Male ein seltsames Kribbeln auf der Haut, als hätte er sich einen Wollpullover über den Kopf gezogen und seine Härchen würden sich unter der statischen Aufladung aufrichten. Und zugleich schien ein kalter Hauch durch den Raum zu wehen.

Connor, Pierre und Dr. Marten sahen sich beunruhigt an. Jeder von ihnen schien dasselbe zu empfinden.

»... *achtini kahwa ßada bi l halib* ...«

Das helle Piepen im Hintergrund beschleunigte sich mit einem Male. Dr. Marten registrierte es ungläubig, und auch die Abenteurer waren überrascht, wie schnell es begann. Ein fragender Blick zu Elwood, aber der las ungerührt weiter.

»Herz- und Pulsfrequenz steigen.« Dr. Marten sah kopfschüttelnd auf die Anzeigen und beugte sich dann über Valerie. Er konnte nicht begreifen, daß sie tatsächlich auf bloße Worte reagierte. »Das ... das ist unmöglich!«

Valeries Atmung wurde heftiger. Immer schneller hoben und senkten sich ihre Brüste unter der Bettdecke.

Und mit jedem ihrer Atemzüge schien so etwas wie ein unwirkliches Keuchen durch den Raum zu kriechen, ein dumpfes Röcheln wie aus den tiefsten Abgründen der Hölle.

Es war nicht wirklich zu *hören*, aber zu *spüren*. Pierre fühlte den Drang in sich, so schnell wie möglich zu fliehen, aber gleichzeitig waren seine Füße wie angenagelt.

»*... urid tawabich chachcha ...*«

Er kämpfte gegen das Gefühl an, mit nicht sonderlich viel Erfolg, aber immerhin schaffte er es, seine Beine zu bewegen und an das Kopfende des Bettes zu treten. Das bleiche Gesicht der Israelin war von Schweiß bedeckt, und ihr Kopf bewegte sich unruhig, als litte sie unter bösen Träumen. Über das Bett hinweg sah er Dr. Marten an.

»Alles in Ordnung mit ihr?«

»Noch ist alles im Rahmen. Aber wenn das so weitergeht ...« Er ließ den Rest unausgesprochen.

Von den Neonröhren an der Decke her erklang ein brummender Mißton.

Im nächsten Moment begann das Licht hektisch zu flackern, und plötzlich war der Raum wie in ein hektisches Blitzlichtgewitter gehüllt. Die Piepton wurde mißtönend, schräg und brach ab.

»Verflucht, was ...?« entfuhr es Dr. Marten.

Pierre zuckte zusammen, als er hinter Elwoods Rücken plötzlich eine kleine, seltsam unwirkliche Gestalt zu erkennen vermeinte – höchstens anderthalb Meter groß und in einen dunkelroten Anzug gekleidet. Sie bewegte sich wie in Trance, mit abgespreizten, verdrehten Armen.

Pierre blinzelte irritiert. Seine Augen hatten Schwierigkeiten, die Gestalt inmitten der netzhautquälenden Lichtkaskaden zu erfassen, und entsetzt weiteten sie sich, als ihm jählings bewußt wurde, woran das lag: Sie war – wie unmöglich das auch immer sein mochte – nur bei jedem *zweiten,* sekundenbruchteilwährenden Aufblitzen vorhanden!

Und dann erlosch das Licht vollständig.

Finsternis breitete sich im Raum aus.

»... *chaafwan la afham schaian* ...«, las Elwood weiter.

Pierre hatte jetzt andere Dinge im Kopf, als sich damit zu beschäftigen, wie der Mann in Schwarz das konnte. Seine Hand fuhr unter die Jacke zum Schulterhalfter, doch als einen Moment später die kleine Lampe der Notbeleuchtung über dem Krankenbett aufflammte, war von der seltsamen Gestalt nichts mehr zu sehen. Hinter Elwood stand niemand.

Und wahrscheinlich, machte Pierre sich klar, hatte dort auch in den letzten Sekunden niemand gestanden – schon gar kein Zwerg in einem roten Anzug.

Er ließ den Griff der Waffe wieder los und fuhr sich über die Augen. Jetzt nur nicht durchdrehen!

»Verflucht!« rief Dr. Marten. Die Anzeigen der Apparate waren erloschen, und auch der Piepton blieb weiterhin aus. »Ein Stromausfall. Und das ausgerechnet jetzt.«

Er eilte zur Sprechanlage neben der Tür und drückte eine Taste. Die Nachtschwester meldete sich und gab aufgeregt Auskunft, daß die gesamte Klinik betroffen war.

»Ist Dr. Kylie noch da? Er war doch gerade bei Ihnen.«

»Ja, im Zimmer von Mr. Steed, Mr. Flowers und Sir Raleigh. Nummer –«

»Ich weiß.« Cliff Marten drückte eine andere Taste und hatte den anderen Arzt an der Strippe. »Dr. Kylie, bitte schauen Sie sofort im Keller nach, und sagen Sie den Leuten, daß ich schnellstens vollen Saft in diesem Trakt brauche. Wir sind hier in einer – äh – etwas problematischen Behandlung –«

»Dr. Marten!« rief Connor vom Bett her. »Kommen Sie.«

Valerie hatte sich aufzubäumen begonnen und schlug

wie wild um sich. Pierre war sofort zur Stelle, aber auch gemeinsam hatten sie Mühe, sie auf dem Bett zu halten.

Mr. Marten löste sich von der Sprechanlage und eilte zu ihnen.

»... *aranxa dis pater urchubba wyddan ghor vicario en* ...«

Allein der Tonfall seines Kollegen hatte Dr. Kylie klar gemacht, wie dringend es war. Sofort verließ er den Raum – ohne zu bemerken, daß er die Sprechverbindung nicht getrennt hatte, genauso wie Dr. Marten im anderen Zimmer.

»... *aranxa dis pater urchuba wyddan ghor vicario en* ...«, drang Elwood Stimme leise aus der Sprechanlage, und im Hintergrund mischten sich Dr. Martens Anweisungen darunter: »Achten Sie darauf, daß sie sich nicht die Infusionsschläuche abreißt. Halten Sie sie fest, ja, gut so ...«

Der Kranke, der der Sprechanlage am nächsten lag, war Hal Flowers.

Schon nach ein paar Sekunden wurde sein Atem heftiger. Sein Körper begann sich unruhig zu bewegen und zu zittern – und schnell griff dieser Prozeß auch auf die beiden anderen Kranken über. Wären die Geräte neben ihren Bett nicht ausgefallen, so hätten jetzt auf dem Überwachungspult der Nachtschwester hektische Lichter zu blinken begonnen. So aber bemerkte niemand etwas von dem, was hier geschah.

Hal Flowers war wiederum der erste, dessen Körper in konvulvische Zuckungen verfiel. Stoßweise atmete er ein und preßte die Luft durch die Nase. Es hörte sich fast an wie ein Niesen, nur gepreßter, gewalttätiger, schmerzhafter.

Das Niesen wurde kräftiger. Flowers Hände krallten sich an den Bettseiten fest.

Bald rann ein dünner Blutfaden aus seiner Nase, und

mit dem nächsten Niesen folgte ein kleiner Klumpen blutiger Masse, in dem sich irgend etwas von der Größe eines Fingernagels krabbelnd bewegte.

Unverändert klang Elwoods Stimme aus dem Sprechgerät:

»*... mumkin atalfin ila i funduk ...*«

Morris Aldo zog verwundert die Hand zurück. Gerade hatte er sie ausgestreckt, um die Hauptsicherung unbrauchbar zu machen, als das Licht plötzlich ganz von allein zu flackern begonnen hatte und kurz darauf ganz erloschen war. Und das, bevor er die Anlage überhaupt berührt hatte!

Er hörte das tiefe Brummen, mit dem in irgendeinem benachbarten Kellerraum automatisch die Notstromaggregate anliefen. Die Notbeleuchtung flammte auf. Aldo wußte, daß die dieselbetriebenen Generatoren in erster Linie den Strombedarf der Intensivstation und der OP-Räume deckten und im Rest des Gebäudes nur für Beleuchtung sorgten.

Blitzschnell disponierte er um. Der Stromausfall kam wie gerufen. Jetzt mußte er die Anlage nicht einmal manipulieren, und damit würde später nichts mehr auf einen Anschlag schließen lassen. Denn das Inferno, das er in den drei Krankenräumen entfachen würde, sobald er den Knopf des kleinen Signalgebers in seiner Kitteltasche niederdrückte, würde – dessen war er sich sicher – keine verwertbaren Spuren zurücklassen. Nicht einmal für den gewieftesten Kriminaltechniker.

Morris Aldo verließ den Kellerraum, bevor er hier unten entdeckt werden konnte, und machte sich auf den Weg zu den Krankenzimmern.

Es galt, die Sache zu Ende zu bringen.

»*. . . aina kachat al akl . . .*«

Connor und Dr. Marten hatten Mühe, Valerie ruhig zu halten. Die Israelin gebärdete sich wie wild und schlug um sich – ohne jedoch das Bewußtsein zurückzuerlangen.

»Ich brauche Diapzepan-Lösung!« rief Dr. Marten Pierre zu. Er verfluchte den Umstand, nicht auf die Diagnose-Geräte zurückgreifen zu können. Jetzt mußte er sich allein auf seine medizinische Erfahrung verlassen – und das bei einer Art Behandlung, bei der wohl kein Mediziner der Welt irgendeine Erfahrung aufzuweisen hatte. Er deutete zur Tür. »In dem Schrank dort. Im mittleren Fach.«

Pierre setzte sich in Bewegung und verharrte, als die Tür einen Spalt weit geöffnet wurde und ein Pfleger mit dicker Hornbrille seinen Kopf ins Zimmer steckte.

»Gut, daß Sie da sind!« rief Dr. Marten. »Kommen Sie her. Ich kann Ihre Hilfe brauchen.«

Doch statt der Aufforderung zu folgen, schlug der Pfleger die Tür wieder zu, und es war zu hören, wie ein Schlüssel zweimal im Schloß herumgedreht wurde.

Pierre war vollkommen verdutzt. Er eilte zur Tür und rüttelte an der Klinke. Die Tür war tatsächlich abgeschlossen. Er pochte mit den Fäusten gegen das Holz.

»Was soll der Quatsch? Machen Sie auf!«

Es tat sich nichts, und irgendwie hatte er es auch nicht erwartet.

»Versuchen Sie es über die Sprechanlage!« rief ihm Dr. Marten vom Bett her zu. »Aber bringen Sie mir erst die Diapzepan-Lösung. Ich befürchte, der Kreislauf der Patientin kollabiert!«

Pierre öffnete den Schrank und fand das kleine eckige Plastikfläschchen mit der farblosen Flüssigkeit nach kurzem Überfliegen der verschiedenen Etiketten. Irgend etwas machte ihn stutzig, aber er verlor keine Zeit damit, darüber nachzugrübeln, sondern brachte Dr. Marten das Fläschchen und eilte weiter zur Sprechanlage.

»Die Nachtschwester hat die Null-Eins«, rief ihm der Doktor zu, während er das Festhalten Valeries Connor überließ und eine Spritze aufzog. »Sie soll die Tür öffnen und einen zweiten Arzt mit einer mobilen Diagnose-Einheit herschicken!«

Pierre drückte die entsprechenden Tasten. Ohne Ergebnis. Die Anlage war offenbar ausgefallen. Nur aus dem Lautsprecher kam so etwas wie ein entferntes Keuchen und Stöhnen. Der Teufel mochte wissen, was es war oder woher es kam.

Pierre ließ von der Anlage ab, und im Herumdrehen fiel sein Blick in den halbgeöffneten Schrank.

Und plötzlich wußte er, was ihn gestört hatte.

Es war das zigarettenschachtelgroße Plastikkästchen, das über den Kanistern im unteren Fach lag. Mit seiner ausgezogenen Antenne hätte es fast ein kleines Funkgerät sein können – wäre da nicht die Sprengpatrone gewesen, die mit Klebeband daran befestigt war.

Beunruhigt bückte Pierre sich und griff danach.

»*... achtini schaj bi l aimun ...*«, las Elwood.

Morris Aldo verharrte kurz vor der Tür, kaum daß er sie abgeschlossen hatte. Er hatte nicht damit gerechnet, im Zimmer der einzelnen Patienten vier weitere Personen vorzufinden. Aber darauf konnte er keine Rücksicht nehmen. Nicht mehr jetzt. Ihr Pech, wenn sie sich ausgerechnet diesen Zeitpunkt für einen Besuch ausgesucht hatten.

Das wütende Hämmern an der Tür vermochte ihn nicht aus der Ruhe zu bringen. In dem seit dem Stromausfall herrschendem Chaos würde es niemand bemerken, jedenfalls nicht, bevor er den kleinen Signalgeber in seiner Kitteltasche gedrückt haben würde; und die massive Holztür war zu dick, als daß sie sie aus eigener Kraft hätten aufbrechen können.

Das Hämmern erstarb. Sie schienen es selbst eingesehen zu haben.

Aldo wandte sich dem Nachbarzimmer zu. Ein kurzer Blick hinein. Alle drei Patienten lagen in ihrem Betten. Er schloß ab und steckte den Schlüssel ein.

Weiter zur nächsten Tür. Er zog sie auf – und glaubte im selben Moment, sein Herz würde stehenbleiben.

Direkt vor ihm stand einer der Patienten, das Gesicht und das weiße Nachthemd über und über mit Blut besudelt, den Mund weit zu einem lautlosem Schrei aufgerissen, und die Augen so verdreht, daß nur noch das Weiße zu erkennen war. Mit ausgestreckten Armen, von denen der linke vom Ellbogen ab nur noch aus einem Armstumpf bestand, tappte die Horrorgestalt auf den Killer zu.

Aldo stand wie vom Blitz getroffen da. Er hatte zwar keine Skrupel, andere Menschenleben auszulöschen, aber er war kein Kämpfer, sondern jemand, der jede körperliche Konfrontation möglichst vermied.

Erst als sich die rechte Hand des Patienten in seinen Kittel krallte, kehrte das Leben in ihn zurück.

Er versuchte sich loszureißen, doch der andere ließ sich nicht abschütteln. Im Gegenteil, seine Finger schlossen sich unaufhaltsam zur Faust, stießen gleich spitzen Krallen mühelos durch den Stoff der Kleidung und bohrten sich tief in die Haut über seinem Brustbein.

Der Killer brüllte gepeinigt auf, schlug blindlings um sich, erreichte aber nur, daß sie beide das Gleichgewicht verloren und kopfüber in das Krankenzimmer stürzten. Irgend etwas rutschte klimpernd aus seiner Tasche, dann schlug er rücklings auf den Boden, und der amoklaufende Patient landete auf ihm, die Hand unverändert in seine Brust verkrallt.

Aldo kämpfte um sein Leben, versuchte, den anderen abzuwerfen oder an die Pistole im Gürtel hinter seinem Rücken zu kommen, aber vergebens.

Aus den Augenwinkeln sah er die beiden anderen Patienten, nicht weniger entstellt und blutüberströmt, ebenfalls auf sich zustapfen.

Aus der Sprechanlage kam irgend etwas wie:

»*... aina maukif al baßat ...*«

»Ein Sprengzünder!« kam es Pierre über die Lippen. Ungläubig starrte auf das Kästchen in seiner Hand.

Weder Connor noch Dr. Marten hatten bemerkt, was er entdeckt hatte.

Connor hatte alle Hände voll zu tun, um Valerie auf dem Bett zu halten, und der Arzt hatte ihren linken Arm gepackt und versuchte, ihr die Injektion zu verabreichen.

Hinter Pierres Stirn begann es fieberhaft zu arbeiten.

Der Stromausfall. Der Pfleger. Die verschlossene Tür. Der Sprengzünder.

Das alles waren keine Zufälle, das waren Teile eines Anschlags.

Und er galt Valerie.

Eines aber paßte nicht.

Die am Zünder befestigte Patrone war allerhöchstens imstande, den Schrank zu demolieren. Wo war die Sprengladung selbst? In den Schrankfächern befanden sich doch nur harmlose –

»Halt!« schrie er. »Warten Sie!«

Dr. Marten, der die Spritze gerade zur Injektion angesetzt hatte, hielt inne.

»Prüfen Sie erst, ob das wirklich Diapzeptan ist!« rief Pierre erklärend hinterher.

Der Arzt nahm das Plastikfläschchen, hielt dessen Öffnung schnuppernd an die Nase und zog es schnell wieder weg.

»Mein Gott, das ist ... Äther!« Seine Augen weiteten sich in dem Begreifen, daß er die Patientin mit der Injektion umgebracht hätte. »Wie haben Sie das ahnen können? Und was halten sie da in der Hand?«

Pierre antwortete nicht, sondern sah auf die vielen Fläschchen und Behälter im Stahlschrank und wußte plötzlich, wo die Sprengladung war. Himmel, sie alle saßen auf einem Pulverfaß!

Und er selbst – schoß ihm durch den Kopf – hielt etwas in der Hand, daß jeden Augenblick detonieren und ihm den Arm abreißen konnte.

Eilig rannte er zum Fenster.

Es ließ sich nur zwei Handbreit weit öffnen, dann stieß der Rahmen gegen das draußen angebrachte schmiedeeiserne Gitter.

Aber es reichte aus, die Hand mit dem Zünder ins Freie zu strecken.

Noch ein Blick nach unten, um sich zu überzeugen, daß sich niemand auf den Rasenanlagen befand, dann warf er das Kästchen hinunter.

Er gab sich nicht der Illusion hin, daß es damit schon getan wäre. Irgendwo außerhalb des Krankenzimmers war ein brüllender Schrei zu hören, und Pierre kam es so vor, als wäre er zugleich aus der Sprechanlage gedrungen.

Er zog die Pistole aus dem Schulterhalfter und näherte sich der Tür.

»Was haben Sie mit der Waffe vor?« rief Dr. Marten erschrocken.

»Kümmern Sie beide sich allein um Valerie! Den Rest übernehme ich.« Er hob den Arm und deutete auf Elwood. »Und *Sie* hören unter keinen Umständen mit dem Lesen auf!«

Elwood sah kurz vom Pergament auf, ohne das Rezitieren zu unterbrechen, und hob seine Augenbraue.

»... *aina mahattat binsin* ...«, las er währenddessen.

Pierre beschloß, es als Zeichen des Einverständnisses zu nehmen. Er legte auf das Schloß an und drückte dreimal hintereinander ab.

Morris Aldo wand und wälzte sich herum, und irgendwie gelang es ihm, die Beine zwischen sich und den anderen zu bringen. Er zog sie an und schnellte sie so kraftvoll wie möglich von sich.

Der hagere Patient flog in hohem Bogen davon, durch die offenstehende Tür hinaus auf den Korridor.

Zwei, drei Sekunden war Aldo zu nichts anderem imstande, als keuchend auf dem Boden zu liegen. In seiner Brust tobte ein solch grauenhafter Schmerz, als ob ihm die Finger des anderen die Haut abgezogen hätten, und ihm wurde fast schwarz vor Augen, als er sah, daß dem tatsächlich so war.

Sein Überlebenswille obsiegte, als über ihm der zweite Patient auftauchte.

Auch sein Gesicht war zu einer blicklosen Grimasse verzerrt, und mit ausgestreckten Armen und zu Klauen verkrampften Händen beugte er sich herab, um nach Aldos Beinen zu greifen.

Hastig zog Morris Aldo die Beine ein und krabbelte auf allen Vieren rückwärts, bis er mit dem Rücken gegen den Stahlschrank stieß.

Von irgendwo kamen drei kurz aufeinanderfolgende Schüsse und erinnerten Aldo an seine eigene Waffe. Er tastete danach, während der Mann wie ein seelenloser Automat auf ihn zukam. Dicht hinter ihm folgte der dritte Patient, und das Entsetzen drohte Aldo die Luft abzuschnüren, als er das kleine flache Kästchen entdeckte, das direkt vor den näherstapfenden Füßen auf dem Boden lag.

Der Signalgeber für die Sprengzünder!

Er mußte ihm beim Sturz aus der Tasche gefallen sein, und das kleine blinkende Lämpchen über dem Auslöseknopf verkündete, daß dabei zugleich die Sperre entriegelt worden war.

Der Fuß des Patienten hob sich und schob sich über das Kästchen.

»Nein!« schrie Aldo. »Nicht!«

Er versuchte noch, die Waffe hochzubekommen und den Patienten mit einem Treffer zurückzuschleudern, doch da hatte sich der Fuß bereits gesenkt.

Die Schüsse hatten das Holz rund um das Türschloß splitternd bersten lassen. Ein kräftiger Tritt reichte aus, die Tür aufzustoßen.

Pierre umklammerte die Waffe mit beiden Händen und trat näher an die Öffnung heran. Rechts der Tür endete der Korridor nach zwei, drei Metern an der Außenwand, und ein vorsichtiger Blick reichte aus, um festzustellen, daß dort niemand war.

Noch ein tiefer Atemzug, dann sprang er mit vorgehaltener Waffe, zur anderen Seite hin gewandt, hinaus.

Er hatte gerade noch Zeit, im dürftigen Licht der Notbeleuchtung zu erkennen, daß irgendwo voraus eine Gestalt mit blutigem Nachhemd umhertaumelte und die Tür zum übernächsten Zimmer offenstand – dann brach dort auch schon mit donnerndem Grollen ein lodernder Feuerball in den Korridor, und nur einen winzigen Augenblick später zerbarst die Tür zum Nachbarzimmer unter einem zweiten Feuersturm.

Die glühend heiße Druckwelle traf den Franzosen mit der Wucht eines Vorschlaghammers und warf ihn wie eine Puppe ans Ende des Korridors zurück. Er krachte gegen eine Wand, rutschte ächzend zu Boden und begriff nur langsam, daß er noch einmal davongekommen war. Die Feuerwalze hatte ihn nicht erreicht.

Aber nur wenige Meter voraus, gleich hinter der Tür zu Valeries Zimmer, stand der gesamte Korridor in hellen Flammen.

Connor stürmte heraus und eilte auf ihn zu.

»Pierre! Alles in Ordnung?«

»Es ... geht so«, krächzte er. Er wollte nach der Hand greifen, die Connor ihm hinhielt, um ihn auf die Beine zu ziehen – und erstarrte.

Hinter dem Butler trat die Gestalt mit dem blutüberströmten Nachthemd aus der Feuerwand hervor. Es war Hal Flowers, wie er erst jetzt erkannte, aber zugleich hatte er kaum noch etwas mit dem Hal Flowers zu tun, wie Pierre ihn in Erinnerung hatte.

Der ehemalige Kriminalmediziner schien nicht einmal zu bemerken, daß sein Gewand an mehreren Stellen Feuer gefangen hatte. Sein Gesicht war zu einer Grimasse verzerrt, die Augen blicklos und weiß, und mit ausgestreckten Armen stampfte er wie ein blutdürstiger Zombie auf sie zu.

Pierre tastete eilig nach seiner Waffe und fand sie irgendwo hinter sich an der Wand. Doch er kam nicht mehr in die Bedrängnis, sie benutzen zu müssen. Bevor Flowers sie erreicht hatte, knickten seine Beine ein.

Er sank vor ihnen auf die Knie. In seinem verzerrten Gesicht ging irgendeine Veränderung vor sich, und mit einem Male kehrte der Blick in seine Augen zurück. Er starrte Pierre direkt an, und der Franzose hatte plötzlich das Gefühl, als würde Flowers ihn sogar erkennen.

»He ... hel ...«, kam über seine blutverschmierten Lippen. »Helfen ... Sie mir!«

Kraftlos sank er vornüber und blieb reglos liegen.

Connor und Pierre handelten wie ein eingespieltes Team. Schnell rissen sie Flowers das brennende Nachthemd vom Leib und schleiften ihn ins Krankenzimmer.

»Mein Gott!« rief Dr. Marten. »Das ist ja ...« Weiter kam er nicht. Valerie schlug um sich und nötigte ihm alle Aufmerksamkeit ab.

Elwood schien das alles nicht zu berühren. Er stand da wie ein Fels in der Brandung und las ungerührt weiter.

»Schließ die Tür!« rief Connor Pierre zu, während er zum kleinen Waschbecken eilte und ein paar Handtücher mit Wasser tränkte, um Hal Flowers' Brandwunden, besonders an seinen Füßen, wenigstens notdürftig zu kühlen. »Sonst ersticken wir!«

Der Brand hatte sich dicht an die Tür herangefressen. Schwarzer, beißender Qualm drang in den Raum. Pierre verbrannte sich fast die Hand, als er die Klinke ergriff und die Tür zuzog.

Das zerschossene Schloß verhinderte, daß sie sich ganz schließen ließ. Durch die Spalten quoll weiterhin gefährlich viel Rauch. Pierre hustete, als er einen vollen Atemzug davon abbekam.

Es half auch nicht viel, als er das Fenster mit dem Kolben seiner Waffe zerschlug. Im Gegenteil. Anstatt daß frische Luft hereinkam, saugte der entstandene Luftzug den Rauch nur noch viel stärker in ihr Zimmer.

Pierre rüttelte fluchend an den schmiedeeisernen Gitterstäben. Die Lücken waren viel zu eng, als daß sich jemand von ihnen hätte hindurchschieben können.

Sie saßen in der Falle. Und er fühlte bereits, wie sich in ihm ein leichtes Schwindelgefühl breitmachte.

»Komm, hilf mir!« rief er Connor zu. »Wir müssen den Stahlschrank leerräumen.«

Sie stapelten seine hochexplosive Fracht möglichst weit weg von der Tür und bedeckten sie zusätzlich mit feuchten Handtüchern, dann schoben sie den Stahlschrank vor die Tür. Es half nur wenig. Der Raum füllte sich immer mehr mit dunklen Rauchschwaden.

»Der Symbiont!« schrie Dr. Marten. »Ich glaube, er tritt aus!«

»*... urid rufa li schachß wahid al mifta en nueg ...*«, las Elwood.

Zwischenspiel – irgendwo östlich des Kermadec-Tonga-Grabens

Kars Schreie hallten wie das Todesbrüllen eines waidwunden Tieres durch die Schwarze Pyramide. Suzy Duvall und Jack Warden, die in einer der oberen Kammern gerade dabei waren, ihre persönlichen Beziehungen auf recht angenehme Art zu intensivieren, schreckten alarmiert hoch. Schnell zogen sie sich etwas über und gingen den Schreien nach.

Sie fanden Kar schließlich in der sogenannten Bibliothek. Er lag zusammengekrümmt hinter dem schwarzen Monolithen in der Mitte des Raumes, zitternd, keuchend, sich windend und immer wieder diese fürchterlichen Schreie ausstoßend. Er hatte kaum noch etwas Menschliches an sich. Sein kahl gewordener Schädel glich mehr dem eines Reptils, war von grünen Schuppen übersät, und sein Blick war starr wie der eines Insekts.

In seiner rechten Hand, die sich fast vollständig in eine schuppige Klaue verwandelt hatte, entdeckte Suzy einen der Apophis-Symbionten. Sie wußte, was das bedeutete: Kar hatte Kontakt mit irgendeinem der Symbiontenträger. Sie fluchte. Wie hatte Kar in seinem Zustand nur hierhergelangen und sich den Parasiten greifen können? Den ganzen Tag lang hatte er wie paralysiert in seiner Kammer gelegen. Sie hätten ihn besser einschließen sollen!

»Kar!« rief Suzy. Sie war auf ihn zugelaufen, konnte

sich aber nicht überwinden, näher als zwei, drei Schritte an ihn heranzutreten. Die körperliche Übelkeit erregende Aura, die er verstrahlte, schlug ihr mit der Macht einer massiven Wand entgegen. »Kannst du mich verstehen? Was hast du?«

Der ehemalige Professor reagierte nicht. Er schien sie nicht einmal wahrzunehmen. Stattdessen schrie er erneut, wälzte sich auf den Rücken und bog seinen Körper, bis er den Boden nur noch mit Hinterkopf und Fersen berührte. Seine ausgebreiteten Arme zuckten unkontrolliert.

Suzy sah hilflos zu Jack Warden. Er hatte mehr als einmal vorgeschlagen, sich des Professors einfach zu entledigen. Doch sie war dagegen gewesen. Noch brauchten sie ihn und sein Wissen um dieses unheimliche Erbe aus uralter Zeit.

Kar schaffte es irgendwie, auf die Knie zu kommen, und seine zuckenden Armbewegungen erinnerten Suzy unwillkürlich an einen Gesangesvortrag von Joe Cocker.

»Aaaargh ...«, löste sich aus seinem Mund. Sein echsenhafter Blick biß sich an Suzy fest, aber es war fraglich, ob er sie überhaupt erkannte. Seine Stimme veränderte sich, wurde monotoner. »*... uuuurid rufa li schachß wahid al miftaaaaaaargh ...*«

»Kar! Was ist das? Was willst du uns damit sagen?«

»*... al hißab min faklaaa ...*«

Der Rest ging in einem markerschütternden Schrei unter. Kars Arme hoben sich zur Raumdecke. Suzy schluckte, als sie bemerkte, wie sich seine Krallenhand um den Symbionten mehr und mehr schloß, bis das wurmartige Wesen zu einem formlosen Brei zerquetscht war.

»Verloren«, murmelte Kar. »Verloren ...«

Haltlos stürzte er zu Boden.

Valerie gebärdete sich wie ein Berserker. Dr. Marten brauchte beide Hände, um zumindest ihren Kopf halbwegs ruhig zu halten, und er schaffte es nur, weil Pierre und Connor Arme und Beine der Israelin auf das Bett drückten – mehr mit dem Körpergewicht denn ihrer Muskelkraft.

Die Wunde hinter Valeries Ohr hatte stärker und stärker zu bluten begonnen, und irgendwann schoben sich die umherpendelnden Fühler des Parasiten ins Freie.

Der Franzose wurde von einem neuerlichen Hustenanfall geschüttelt und brauchte seine gesamte Konzentration, Valerie weiterhin festzuhalten. Keuchend schnappte er nach Luft, um nur noch mehr des dichten, giftigen Qualmes einzuatmen. Er stach wie Feuer in seinen Lungen.

Pierre wußte nicht, wie lange sie noch würde durchhalten können. Ein paar Minuten vielleicht, mehr nicht. Er hatte das Gefühl, als würden sich der Raum, Valerie und die anderen von Sekunde zu Sekunde mehr von ihm entfernen, so als hätte sich in seinem Innern eine Falltür aufgetan, und er würde in sich selbst zurückfallen.

Dichte Schleier, genauso dunkel wie die Schwaden im Krankenzimmer, schoben sich in sein Bewußtsein und füllten es mehr und mehr aus. Er hörte von irgendwoher ein dumpfes Pochen, ohne zu begreifen, daß es nichts anderes als sein eigener Herzschlag war.

Bald bestand das gesamte Universum nur noch aus Valeries sich aufbäumendem Körper und dem Wunsch, ihn unter keinen Umständen loszulassen. Niemals und um nichts in der Welt.

Irgendeine Veränderung trat ein, Ewigkeiten später – und es dauerte weitere Ewigkeiten, ehe Pierre begriff, worin diese Veränderung bestand.

Das Aufbäumen! Es hatte aufgehört. Valeries Körper lag wie erschlafft unter ihm, und auch Elwoods Stimme, die die ganze Zeit über monoton im Hintergrund gelegen hatte, war verklungen.

Träge hob Pierre den Kopf und sah mit tränenverschleierten Augen irgend etwas Blutiges neben Valeries Kopf auf der Bettdecke herumkriechen.

Der Symbiont! arbeitete es sich in sein Bewußtsein vor. Er hatte Valerie verlassen.

»Doktor, sehen Sie«, formten Pierres Lippen, doch weder der Arzt noch Connor konnten ihn hören. Sie lagen vornübergesunken auf der anderen Seite des Bettes. Pierre hob den Arm und rüttelte an Connors Schulter, doch das einzige, was er damit erreichte, war, daß der Butler vom Bett rutschte und zu Boden plumpste.

Pierre begriff, daß er der einzige war, der noch halbwegs handlungsfähig war. Der Symbiont – er mußte ihn töten. Ehe er jemand anderen befiel.

Er starrte dorthin, wo er ihn eben gesehen hatte, und spürte eisigen Schrecken.

Die Bettdecke war leer. Er wollte nach seiner Waffe greifen, doch es wurde nur eine ungeschickte Bewegung daraus, und haltlos purzelte er zu Boden. Der dumpfe Laut, mit dem sein Hinterkopf auf den Boden schlug, hatte nicht einmal etwas Unangenehmes an sich. Die Verlockung, einfach liegenzubleiben und alles andere sich selbst zu überlassen, war riesengroß. Alles um ihn herum schien sich zu drehen, und es dauerte lange, ehe er begriff, daß die riesige, endlose Ebene, die er sah, nichts anderes als der Fußboden war.

Und irgendwo, ganz weit fern, bewegte sich etwas krabbelnd über die Ebene.

Etwas mit tastenden Fühlern. Etwas, das näher und näher kam.

Etwas, das direkt auf ihn zukroch!

Pierre wollte aufspringen, nach seiner Waffe greifen, schreien, aber sein Körper versagte ihm den Dienst. Ein unkontrollierbares Zucken war alles, was er zustande brachte. Er schaffte es nicht einmal, den Kopf vom Boden zu heben.

Er konnte nichts anderes tun, als dazuliegen und den Symbionten anzustarren, der auf seinen Kopf zukroch, als wüßte er genau um die Wehrlosigkeit seines Opfers.

Nein, schrie es in ihm. Alles, nur nicht das!

Nur noch Zentimeter waren die pendelnden Fühler von Pierres aufgerissenen Augen entfernt, als sich unvermittelt ein schwarzer Schuh auf den Symbionten herabsenkte und ihn unter seinem Absatz zerquetschte. Das Knacken und Knirschen schien so laut zu sein, als stecke ein Dinosaurier in einer Schrottpresse. Der Geruch von frischem Dill wehte in Pierres Nase.

Er sah an dem schwarzen Hosenbein hoch, das sich über dem Schuh anschloß. Höher und höher wanderte sein Blick, bis er schließlich weit über sich, irgendwo in den Wolken, ein ausdrucksloses Gesicht auf sich herabblicken sah.

»El ... Elw ...«

»Könnten Sie das bitte wiederholen? Ich habe es nicht verstanden.«

»Sie ... Sie müssen ... un ... bedingt ...«

Sein Körper erschlaffte. Pierre hatte das Bewußtsein verloren.

Elwood sah auf den Franzosen herab und hob die Augenbraue.

Menschen waren merkwürdige Individuen. Warum gaben Sie immer derart unpräzise Anweisungen?

Wieviel präziser war da doch die Anweisung in seinem Kopf, die in diesem Moment freigegeben wurde. Sie besagte, daß er – da Valerie befreit, der Parasit tot und seine Mission somit erfüllt war – unverzüglich zurückkehren sollte.

Es war eine Anweisung, der Elwood nicht zuwiderhandeln konnte. Er schaute sich im Krankenzimmer um und überlegte, ob es einen Grund geben könnte, das nicht sofort zu tun.

Zwischenspiel – irgendwo im Himalaya

Die weitläufigen Gebäude des Klosters Gompa lagen eng an die Hänge eines Berges geschmiegt. Es war ein Ort, der nur zu einem Teil in dieser Welt verhaftet war. Viele der Räumlichkeiten reichten in Regionen und Sphären hinein, die kein menschlicher Verstand zu fassen vermochte, und darunter waren einige, die selbst Paldan Manjushi zu betreten strikt vermied.

Der Raum, in dem der Lama sich momentan befand, gehörte nicht dazu. Er war strahlend weiß, und der einzige Gegenstand in ihm war ein dreibeiniger, anscheinend eherner Hocker. Es war das Orakel von Delphi, das vor kurzem von einer Schar Mönche hierher gebracht worden war.

Direkt davor schwebte Manjushi, die Füße einen guten Meter über dem Boden, die Arme vor der Brust gekreuzt und leicht nach vorne gebeugt wie ein Schilfgras im Wind. Die Levitation half ihm, sich vollkommen in sich selbst zu versenken und dem Geisteswesen, das er in sich beherbergte, möglichst viel Bewußtseinsraum zu überlassen.

»Es ist gut, daß du hier bist«, sagte Cahuna über Manjushis Lippen. »Es wäre besser gewesen, wenn du schon bei unserer ersten Begegnung mit mir gekommen wärst. Es hätte vieles erleichtert.«*

»Deine Bestimmungen sind vielfältig, aber die, mein Herr zu sein, gehört nicht zu ihnen.«

»Aus welchem Grund hast du es vorgezogen, statt des

* siehe Band 13 912, Buch 1 ›Der Weg des Orakels‹

sen den beiden Menschen zu dienen, die dich gefunden haben?«

»Jeder tut, was er tun muß, um zu erreichen, was er will«, kam die helle Frauenstimme aus dem Hocker. Keine Spur mehr von dem arroganten, schnippischen Tonfall, mit dem das Orakel den Abenteurern gegenübergetreten war. Die Worte klangen huldvoll, bedächtig und – *wahr*! »Es hat lange gedauert, ehe eine Konstellation wie diese möglich war.«

Stille erfüllte den Raum, für Minuten oder Stunden – wer vermochte das an einem Platz wie diesem schon zu sagen?

»Sie sind wie ein Stein, der die Oberfläche des Wassers durchbrochen hat«, beendete das Orakel schließlich das Schweigen.

»Und sie wissen nicht einmal, welche Wellen sie geschlagen haben«, ergänzte Cahuna.

»Oder in welche Tiefen sie eingetaucht sind.«

»Aber sie sinken. Tiefer und tiefer.« Wieder vergingen Zeiträume. »Welches wird der Preis sein, den ich dir für dein Hiersein zu entrichten habe?«

»Du fängst bereits an, ihn zu bezahlen«, lautete die Antwort des Orakels. »Lasse mich als erstes mit dem Diener reden, der sich Elwood nennt. Er hat seinen Auftrag in diesem Moment vollendet. Und ich werde ihm einen neuen geben. Sofern er es will.«

»Ein Diener hat keinen Willen. Er wurde zum Dienen erschaffen.«

»Er ist weit mehr als das«, widersprach das Orakel. »Er ist der Bauer, der zur Dame werden kann, wenn er die gegnerische Linie erreicht.«

Pierre kam in einem Krankenbett wieder zu sich. Helles Licht umgab ihn. Er bewegte den Kopf und versuchte zu sprechen, aber eine Atemmaske hinderte ihn daran.

Das Gesicht eines Arztes schob sich in sein Blickfeld. Es war Dr. Chuck Mannors, ein anderer Arzt der St.-Margarete-Klinik, den Pierre ebenfalls vor einem halben Jahr kennengelernt hatte.

»Ganz ruhig, Mr. Leroy. Sie sind in Sicherheit. Sie und die anderen.«

»Was ist. .?« Ein Hustenanfall schüttelte Pierre, und in seiner Lunge stach es fürchterlich. Tränen traten ihm in die Augen.

»Versuchen Sie nicht zu sprechen! Und atmen Sie so ruhig und flach wie möglich. Das ist reiner Sauerstoff, den wir Ihnen da verabreichen.«

Pierre versuchte es, und tatsächlich sank der Hustenreiz auf ein erträgliches Maß.

»Sie haben eine ausgewachsene Rauchvergiftung«, sagte der Doktor. »Seien Sie froh, daß es nur dabei geblieben ist. Ein Wunder, daß Sie alle aus dem Zimmer rausgekommen sind.«

»Was ist passiert?« fragte Pierre so vorsichtig wie möglich.

»Ich werde es erzählen. Aber nur, wenn Sie mir versprechen, danach keine weiteren Fragen zu stellen.«

Pierre nickte matt.

Chuck Mannors klärte ihn auf, daß man sie alle auf dem Rasen hinter dem Gebäude gefunden hatte, ramponiert, bewußtlos, mit einer Rauchvergiftung, ansonsten aber unversehrt. Dr. Marten, der in einem Nachbarzimmer lag, hatte ihm in groben Zügen erzählt, was in dem Zimmer vorgefallen war. Daran, wie sie ins Freie gekommen sind, konnte er sich allerdings auch nicht erinnern.

»Ich glaube, Sie sollten sich bei diesem Dr. Dimitrov bedanken«, fügte Dr. Mannors hinzu. »Irgendwie muß es ihm gelungen sein, das schmiedeeiserne Gitter aus der Wand zu brechen und sie alle wohlbehalten nach unten zu schaffen. Die Polizei hat übrigens schon nachgefragt, wo er zu erreichen wäre. Seit dem Brand ist er spurlos verschwunden.« Er bemerkte, wie Pierre sich zu bewegen begann, und legte ihm beruhigend die Hand auf die Schulter. »Das hat Zeit bis später. Ich habe der Polizei gesagt, daß Sie frühestens morgen aussagefähig sind. Und jetzt schlafen Sie erst einmal. Das ist jetzt die beste Therapie. Wir haben ihnen ein Beruhigungsmittel gegeben.«

Der Arzt wollte sich entfernen, aber Pierres Murmeln brachte ihn noch einmal ans Bett zurück.

»Valerie«, hauchte er. »Was ist mir ihr?«

»Ich weiß zwar nicht, wie das möglich ist, aber abgesehen von einer Rauchvergiftung ist sie offenbar vollkommen in Ordnung, jedenfalls vom rein medizinischen Standpunkt her. Endgültigen Aufschluß werden wir wohl erst bekommen, wenn sie wieder wach ist. Wir wollen sie noch so lange in einem künstlichen Tiefschlaf halten, bis die Vergiftungserscheinungen weitestgehend abgeklungen sind.«

Die Nachricht ließ Pierre beruhigt wieder einschlafen.

Am nächsten Tag waren Pierre und Connor soweit, zumindest vorübergehend das Bett zu verlassen; und sie erfuhren nach und nach die restlichen Einzelheiten. Fast der gesamte Seitentrakt war ausgebrannt. Die Feuerwehr hatte nur noch dafür sorgen können, daß das Feuer nicht auf die restlichen Gebäudeteile übergriff. Bei der anschließenden Untersuchung waren die verkohlten Überreste von sechs Toten gefunden worden. Fünf davon waren die von den Parasiten befallenen Kranken, bei dem sechsten handelte es sich offenbar um den Brandstifter. Die Überreste reichten jedoch nicht aus, ihn zu identifizieren. Weitere Tote oder Verletzte hatte es glücklicherweise nicht gegeben. Dem Krankenhauspersonal war es gelungen, die Patienten rechtzeitig aus den bedrohten Nachbarräumen in Sicherheit zu bringen.

Auch Hal Flowers würde durchkommen. Ihn hatte es am schlimmsten erwischt. Er hatte zahlreiche Brandwunden ersten und zweiten Grades davongetragen, Schädigungen im Lungenbereich abbekommen, aber – und das war wohl das Entscheidende – die Parasitenbrut hatte seinen Schädel verlassen, ohne bleibende Schäden zu verursachen. Die Fragen der Ärzte, wie das möglich war, vermochten weder Pierre noch Connor zu beantworten.

Selbstverständlich setzten sie sich schnellstmöglich mit Ian Sutherland in Verbindung. Der Earl of Oake Dùn hatte sich längst ein Bild von den Geschehnissen verschafft, und sie informierten ihn über den Rest – insbesondere über das, was sich im Krankenzimmer abgespielt hatte. Er zeigte sich erleichtert, daß unter diesen Umständen alles so glimpflich ausgegangen war, und sagte ihnen, daß sie sich vorerst keine Sorgen um die Fragen der Polizei zu machen brauchten, die sie sicherlich in eine peinliche Situation gebracht hätten. Was hätten sie schon über Elwood sagen können – darüber, wer er war, woher er gekommen oder wo er abgeblieben war? Ihre Aussage Dr. Marten gegenüber, Elwood hieße Dr. Dimitrov und käme von der Akademie der Wissenschaften, hätte sich sehr schnell als gefährlicher Fallstrick erweisen können. So aber waren die Ermittlungen aufgrund des Verdachts eines terroristischen Anschlags von der örtlichen Polizeidirektion abgezogen und Scotland Yard übertragen worden, und Ian Sutherland hatte es so zu drehen gewußt, daß der Fall in den Händen eines Inspektors gelandet war, mit dem ihn zufällig eine lange

Freundschaft verband. Beziehungen waren etwas Herrliches, besonders, wenn es gute waren!

Elwood allerdings war verschwunden. Die vage Hoffnung, er würde irgendwann wieder in der St.-Margarete-Klinik auftauchen – vielleicht nach einem ausgiebigen Bummel durch Londons Clubs und Pubs, um neue Freunde zu gewinnen –, erfüllte sich nicht.

Sutherland legte Connor und Pierre nahe, den Rat der Ärzte zu befolgen und noch einige Tage in der Klinik zu bleiben, um die Folgen der Rauchvergiftung gründlich auszukurieren. Sowohl Connor als auch Pierre verstanden die unausgesprochene Bitte, die dahinter stand. Auf diese Weise konnten sie Valerie im Auge behalten und zugleich auf sie aufpassen, falls es noch einmal zu Schwierigkeiten kam. Und sie sollten sich aus erster Hand davon überzeugen, daß mit ihr auch wirklich wieder alles in Ordnung war.

Am nächsten Tag war endlich der Zeitpunkt gekommen, da sie zu ihr durften. Dr. Chuck Mannors informierte sie vorweg, daß es keinerlei Gehirnschädigungen gegeben hätte. Den Untersuchungen zufolge hatte der Parasit beim Austreten eine Art Sekret ausgesondert, das den Wundkanal sich vollständig hatte schließen lassen. Auch die Wunde hinter dem Ohr war fast völlig verheilt. Eine kleine Narbe würde alles sein, was sie körperlich zurückbehielt.

Auf Pierres Bitte hin ließ Connor ihn zuerst allein zu Valerie. Von allen A.I.M.-Mitarbeitern war Pierre Leroy wohl derjenige, der das vertraulichste Verhältnis zu der Israelin hatte, und vielleicht war er mit Ausnahme Sutherlands sogar der *einzige*, bei dem man von so etwas wie einer freundschaftlichen Beziehung reden konnte.

»Bist du etwa auch gekommen, um zu schauen, ob ich noch alle beisammen habe?« begrüßte sie ihn, als er ihr Zimmer betrat. Er war überrascht, wie erholt sie bereits aussah. Die Blässe war aus ihrem Gesicht verschwunden, und ihr silberblondes Haar, das zu einem Pferdeschwanz zusammengebunden war, schien ebenfalls kräftiger zu leuchten.

»Nein«, log er mit einem charmanten Lächeln. »Ich bin nur gekommen, um dich zu fragen, wie du dich fühlst?«

»Matt, müde ... und beschissen! Den ganzen Morgen haben mich die Ärzte von einer Untersuchung zur nächsten geschleppt und mir Hunderte von Fragen gestellt.«

»Dr. Mannors meinte, du wärst wieder hundertprozentig in Ordnung.« Er setzte sich zu ihr auf die Bettkante. »Was meinst du selbst?«

Sie antwortete nicht gleich.

»Wie in Ordnung kann ich mich fühlen, wenn mehrere Tote auf mein Konto gehen?«

»Fang erst gar nicht an, dir das einzureden. Kar ist es, der das zu verantworten hat! Du trägst keine Schuld daran.«

»Das ist noch die Frage. Wenn ich nicht so blöd gewesen wäre, in meinem Zustand in Kars Hütte einzusteigen, wäre das alles nicht passiert.«

Pierre wußte nicht recht, was er darauf erwidern sollte, und wechselte das Thema.

»Ich soll dir von Sir Ian die besten Grüße ausrichten. Und von den anderen natürlich auch. Er freut sich, dich bald auf Oake Dùn begrüßen zu können. Leider konnte er nicht selbst herkommen. Er hat ziemlich viel um die Ohren, und außerdem muß er sein Bein schonen, weil er ...« Er zögerte. In diese Richtung hatte er eigentlich nicht zurückgewollt. »... ich meine, weil du ...«

»Stell dir vor – ich weiß! Ich kann mich schließlich an alles erinnern.«

»Er schiebt dir keinerlei Schuld zu. Er sagte, daß du dir deswegen keine Sorgen machen solltest!«

Sie starrte ernst zur Decke. »Keine Sorgen machen! Das

hört sich so einfach an.« Sie kniff die Lippen aufeinander. »Wenn ich diesen Kar in die Finger bekomme, wird er sich wundern, was ich mit ihm anstelle!«

»So wie der Assistenzarzt heute morgen?« versuchte Pierre zu scherzen. »Dr. Mannors hat mir gesagt, daß du ihm beinahe das Nasenbein gebrochen hättest.«

»Pah! Der Kerl hätte mir ruhig Bescheid sagen können, bevor er mir unters Nachthemd faßt, um irgendwelche Kabel anzubringen. Eigentlich habe ich ihm nur eine Ohrfeige geben wollen, aber meine Koordination stimmt wohl noch nicht ganz. Das Dormicum. Die Ärzte meinen, es würde noch ein paar Tage dauern, bis die Rückstände aus meinem Körper verschwunden sind.«

Sie hob die Hand und ließ sie schlaff auf das Bett zurücksinken. Er nutzte die Chance, sie mit beiden Händen zu ergreifen und zu drücken.

»Und so lange wirst du hübsch hierbleiben. Connor und ich sind übrigens auch als Patienten hier.«

»Glaub mir, ich bin nicht blöde geworden. Ich kann sehen, daß du einen Morgenmantel anhast. Und ich habe ansatzweise schon gehört, was hier vorgefallen ist. Wie habt ihr dieses Vieh eigentlich aus mir herausbekommen?«

»Das ist eine Geschichte für sich.« Er ließ ihre Hand los und erhob sich. »Aber ich denke, wir sollten Connor nicht länger warten lassen. Er ist schon begierig darauf, dich zu sehen.«

Eine Stunde später war der Franzose telefonisch mit Ian Sutherland verbunden.

»Und?« erkundigte sich Sutherland. »Welchen Eindruck haben Sie?«

»Ein paar Wochen, und sie ist ganz die alte«, antwortete Pierre und mußte lächeln. »Glauben Sie mir, sie hat schon ein paar hoffnungsvolle Ansätze gezeigt.« Er wurde wieder ernst. »Aber wir sollten sie im Auge behalten. Sie hat eine Stinkwut auf Kar, auch wenn sie es nicht so richtig zeigt. Könnte sein, daß sie da irgendeine Dummheit begeht.«

»Hm«, machte Sutherland.

»Und sie fühlt sich schuldig. Besonders Ihnen gegenüber.«

»Ich werde ihr klarmachen, daß es dazu keinen Anlaß gibt«, sagte Sutherland. »In Ordnung, Pierre, danke für Ihren Anruf. Wir hören dann morgen wieder telefonisch voneinander.«

Der Earl of Oake Dùn hängte nachdenklich ein. Einerseits war er froh über Pierres Einschätzung – wenn jemand Valerie kannte, dann er –, andererseits ahnte er, daß da noch einige Schwierigkeiten auf sie zukommen würden.

Er ging in die Bibliothek, um Gudrun und Tom die guten Neuigkeiten mitzuteilen. Kaum hatte er angesetzt, betrat Mortimer den Raum.

»Sir, ein Professor McMurphy von der *Old University* in Edinburgh möchte Sie sprechen«, sagte er. »Er hätte irgendwelche Untersuchungsergebnisse und ... äh ...« Er runzelte die Stirn, dann hellte sich seine Miene auf. »Ach ja, er läßt anfragen, ob Sie und Dr. Ericson morgen zu ihm kommen könnten.«

Sutherland und Tom sahen erstaunt auf. So schnell hätten sie das nicht erwartet.

»Und ob!« rief er.

Pünktlich zum verabredeten Termin waren Ian Sutherland und Tom Ericson in Edinburgh. Die altehrwürdige, 1583 gegründete *Old University* lag im Zentrum der Stadt, nur durch eine Straßenbreite vom *Royal Scottish Museum* mit seiner umfangreichen archäologischen Abteilung getrennt. Beide Einrichtungen arbeiteten eng zusammen.

Professor McMurphy empfing sie in seinem Arbeitszimmer. Von kreativem Chaos wie beispielsweise bei Professor Radcliffe von der Yale Universität war hier nichts zu sehen.

Im Gegenteil, alles war sauber und aufgeräumt, und sogar die Stifte auf dem Schreibtisch lagen geometrisch geordnet neben der Schreibunterlage. Sutherland mußte einmal mehr daran denken, wie sehr das Aussehen der Arbeitsstätte auf den Charakter eines Menschen schließen ließ.

»Ich denke, es ist in Ihrem Sinne, wenn ich gleich zum Wesentlichen komme«, eröffnete der Professor das Gespräch, nachdem sie sich begrüßt und Platz genommen hatten. »Was Sie sicherlich am meisten interessiert, sind die Untersuchungsergebnisse.« Er wartete kurz ihr Nicken ab, dann nahm er einen Schnellhefter zur Hand und schlug ihn auf. »Fangen wir mit dem Knochensplitter an. Wie abgesprochen, haben wir ein winzig kleines Stück abgetrennt und einer C14-Analyse unterzogen.«

»Und?« fragte Tom.

»3180 vor Christus. Plusminus fünf Prozent.« McMurphy sah auf. »Sie wissen ja, daß die C14-Methode immer ungenauer wird, je weiter man über fünftausend Jahre zurückgeht. Aber dieser Wert liegt so dicht an dieser Marke, daß er recht präzise sein dürfte.«

Sutherland nickte stumm. Es überraschte ihn nicht einmal. Er hatte von Anfang an gespürt, daß dieses unscheinbare Stück ein Geheimnis in sich barg, und das Untersuchungsergebnis bestärkte ihn nur darin. Jetzt war klar, daß es aus atlantischer Zeit stammte. Nur – *was* war es, und wie war es in die Katakomben unterhalb von Oake Dùn gelangt?

»Haben Sie bestimmen können, zu welcher Art Lebewesen der Knochen gehört?« fragte Tom.

»Es ist auf jeden Fall kein menschlicher Knochen, wahrscheinlich nicht einmal der eines Säugetieres. Mehr vermag ich nicht zu sagen. Ich habe Sie ja bereits bei unserem ersten Gespräch darauf hingewiesen, daß es uns dafür an den entsprechenden Einrichtungen fehlt. Aber ich habe mich kundig gemacht und kann Ihnen da vielleicht etwas Interessantes anbieten.«

Sutherland sah den Professor interessiert an.

»Was wäre das?«

»An mehreren Forschungsinstituten wird derzeit mit einem neuen Verfahren experimentiert. Eine Art Computeranalyse, die es erlauben soll, aus einzelnen Knochenstücken den gesamten Körper zu rekonstruieren.«

»Ja, ich habe schon davon gelesen«, sagte Tom.

»In Europa experimentiert man beispielsweise in Berlin damit. Wenn Sie möchten, kann ich die nötigen Kontakte herstellen.«

»Ja, das ist ein hervorragender Gedanke«, zeigte Sutherland sich einverstanden. »Tun Sie das.«

»Gut. Kommen wir nun zum nächsten Untersuchungsstück, dem Kristallsplitter.« Er blätterte in dem Schnellhefter ein paar Seiten weiter. »Unsere Möglichkeiten waren zwar begrenzt, aber ich darf Ihnen ein paar überraschende Erkenntnisse versprechen. Wirklich ein sehr außergewöhnliches Stück, das Sie mir da gegeben haben.« Ein kurzes Zögern. »Vielleicht sogar einzigartig.«

»Spannen Sie uns nicht auf die Folter!« bat Sutherland. »Was ist so einzigartig daran?«

»Das will ich Ihnen erklären. Da wäre einmal seine außerordentliche Härte. Ich brauche Ihnen ja nicht zu erklären, daß Diamant mit einem Härtegrad von 10 das härteste natürlich vorkommende Mineral ist. Selbst bei künstlichen Diamanten kommt man nicht über einen

Wert von 10,5 hinaus. Der Härtegrad dieses Splitters hingegen dürfte irgendwo bei 13 oder 14 liegen.«

Tom und Sutherland tauschten einen bedeutungsvollen Blick.

»Aber das ist noch nicht alles. Eine Spektralanalyse hat eine immens hohe Atomdichte ergeben. Die bei Kristallen übliche gitterförmige Atomstruktur ist hier fast zu einem kompakten Block verschmolzen.« Er sah Sutherlands etwas ratlose Miene und fügte erklärend hinzu: »Stellen Sie sich das so ähnlich vor, als hätte man einen eimergroßen Eisblock auf die Größe eines Eiswürfels komprimiert, wenn Ihnen dieses Bild weiterhilft. Entsprechend hoch ist auch sein spezifisches Gewicht – zu hoch, als daß er hier auf der Erde entstanden sein könnte, gleichwohl ob unter natürlichen oder künstlichen Bedingungen. So weit ist unsere Technik noch lange nicht.«

»Sie ... Sie wollen sagen, dieser Kristall sei *außerirdischer* Herkunft?« fragte Tom atemlos.

»Vorbehaltlich der Richtigkeit der Untersuchungsergebnisse – ja«, stimmte McMurphy vorsichtig zu. »Ich bin da kein Experte, aber ich würde vermuten, daß er von einem Himmelskörper mit weitaus höherer Schwerkraft stammt und irgendwann mit einem Meteoriten zur Erde gelangt ist.«

»Können Sie uns etwas über sein Alter sagen?« fragte Tom.

»Nein, nichts. Was Sie gehört haben, war schon alles, was ich Ihnen an Ergebnissen bieten kann. Wenn Sie wünschen, kann ich Ihnen allerdings auch da entsprechende Kontakte verschaffen. Wie gesagt, es handelt sich um ein außergewöhnliches Stück. Ich kann mir vorstellen, daß sich Institute, an denen kristalline Materialforschung betrieben wird, darum reißen würden, es untersuchen zu dürfen.«

Ja, dachte Sutherland, *gerade das befürchte ich.*

»Hören Sie sich bitte um, ob Sie jemand Vertrauenswürdigen finden«, bat er, »aber leiten Sie noch nichts in die Wege.«

»Wie Sie wünschen.«

»Kommen wir endlich auf den Kelch zu sprechen«, lenkte Tom das Thema auf den dritten Gegenstand. »Ist Ihnen eine Altersbestimmung geglückt?«

»Ja, das ist sie.« Der Professor blätterte wieder ein paar Seiten weiter. »Auch hier dürfte das Ergebnis recht präzise sein.«

»Und? Wie alt?«

McMurphy sah ihn an, als könne er Toms Ungeduld nicht verstehen, und sagte: »1530. Plusminus zehn oder zwanzig Jahre.«

Tom glaubte, sich verhört zu haben.

»Wie bitte? 1520? Vor oder nach Christi?«

»Nach.«

»Aber ...« Tom sah zu Sutherland, der die Tragweite dieser Auskunft ebenfalls begriffen zu haben schien. »Das ist nicht möglich! Sind Sie sich da vollkommen sicher?«

»Sämtliche Analysen wurden selbstverständlich doppelt vorgenommen. Darf ich fragen, warum Sie diese Datierung so sehr erstaunt?«

»Ganz einfach. Das bedeutet nichts anderes, als daß der Gra-«

»Ich bin sicher«, fiel Sutherland ihm mit erhobener Stimme ins Wort, musterte Tom scharf und senkte sie wieder, »daß es keinen Anlaß gibt, das Untersuchungsergebnis anzuzweifeln. Die sich daraus ergebenden Konsequenzen können wir später in aller Ruhe erörtern.«

Tom begriff, daß er beinahe zuviel ausgeplaudert hätte. Zum Glück war der Earl of Oake Dùn geistesgegenwärtig genug gewesen, ihn im letzten Moment davon abzuhalten.

Professor McMurphy tat, als hätte er nichts bemerkt, klappte den Schnellhefter zusammen und überreichte ihn Sutherland.

»Hier. Darin finden Sie sämtliche Untersuchungsergebnisse. Und dann habe ich noch etwas anderes für Sie.« Er zog drei großformatige Fotografien aus einer Schreibtischschublade und reichte sie weiter. »Die sind ebenfalls für Sie.«

Sutherland und Tom betrachteten die Bilder fragend. Auf jedem war das Schattenbild eines der drei Stücke vor einem dunklen Hintergrund zu sehen. Während beim Knochenstück nichts weiter zu erkennen war, war der Kelch von einer weißlich leuchtenden Aura umgeben, und der Splitter wurde von einem düsteren, bläulich-violetten Licht umwabert.

»Was ist das?«

»Kirlian-Fotografie«, antwortete McMurphy. »Die Sichtbarmachung elektromagnetischer Strahlungs-Auren. Eine Gruppe von Studenten beschäftigt sich gerade damit, und aus einer Eingebung heraus habe ich die drei Stücke ebenfalls fotografiert. Beim Knochenstück tat sich nichts, dafür aber bei den anderen beiden Stücken, wie Sie sehen.«

»Ich denke, solche Aufnahmen sind nur bei pflanzlichen und tierischen Lebewesen möglich«, wandte Tom stirnrunzelnd ein.

»Genau das ist ja das Erstaunliche daran. Glauben Sie mir, ich habe die Studenten den ganzen nächsten Tag Aufnahmen von allen möglichen anderen Gegenständen machen lassen. Bei keinem war irgend etwas Ähnliches zu sehen. Die müssen mich für ganz schön übergeschnappt gehalten haben, soviel Material zu verschwenden.«

»Soll das heißen, diese beiden Stücke würden irgendwie ... leben?« Tom sah unsicher auf die Fotografien.

»Fragen Sie mich nicht, was das bedeutet«, sagte der Professor. »Die Kirlian-Fotografie ist ein noch fast gänzlich unerforschtes Terrain. Ich wollte Ihnen das nur zeigen, damit Sie sich selbst Ihre Gedanken machen können. Die Bilder können Sie selbstverständlich mitnehmen.« Er breitete die Arme aus. »Tut mir leid, daß ich Ihnen leider nicht mit mehr Erkenntnissen dienen kann.«

»Professor, ich bitte Sie!« meinte Sutherland. »Das war viel, viel mehr, als wir erwartet hätten. Haben Sie vielen Dank für die schnelle Arbeit. Und auch für Ihr Verständnis, daß ich Ihnen vorerst keine weiteren Angaben über die Hintergründe machen kann.«

»Wissen Sie, Sir Ian, man gewöhnt sich daran, wenn man mit Ihnen zusammenarbeitet. Und was den Dank angeht – warten Sie, bis Sie meine Rechnung bekommen haben.« Er lächelte. »Sie haben doch noch bestimmt ein paar Flaschen von diesem edlen alten Whisky, nicht wahr? Sagen wir ... zwölf Stück?«

Sutherland nickte zerknirscht. Es hatte nicht nur seine angenehmen Seiten, über hervorragende Beziehungen zu diversen einheimischen Distillerien zu verfügen.

»Schön.« Professor McMurphy lächelte, als wüßte er genau, wie Sutherland zumute war. Er stand auf. »Leider muß ich etwas drängeln. Ich habe noch eine Menge Arbeit nachzuholen.«

Sie gingen zu einem Tresorraum, wo er ihnen die drei Stücke aushändigte, und keine zehn Minuten später befanden sich Sutherland und Tom wieder auf der Rückfahrt.

Eine Zeitlang war jeder mit seinen eigenen Gedanken beschäftigt.

»Wenn der Kelch tatsächlich erst um 1520 gefertigt wurde«, sprach Tom schließlich aus, was ihn am meisten beschäftigte, »kann er niemals dreihundert Jahre früher beschrieben worden sein. Das ist unmöglich.«

»Darüber bin ich mir im klaren. Aber vergessen wir nicht, daß diese Datierung lediglich für den Schliff des Obsidians gilt. Es ist immer noch möglich, daß er erst nachträglich eingefügt worden ist. Die Mittel auf Oake Dùn müßten eigentlich ausreichen, um die Spuren einer solchen Manipulation festzustellen. Ich frage mich, warum wir die Fassung nicht längst daraufhin untersucht haben.«

»Dann können wir also nur hoffen, derartige Spuren zu finden?«

»Genau. Denn sonst würde es bedeuten ...«, der Earl atmete tief durch, »daß dieser Kelch nicht der Gral ist.«

Am Abend desselben Tages hatte sich diese Befürchtung leider als zutreffend erwiesen. Die Fassung wies keinerlei Spuren einer Beschädigung oder Verformung auf, und der Obsidian saß so perfekt darin, daß keine nachträgliche Einfügung möglich war.

Mit dieser Erkenntnis machte sich Niedergeschlagenheit breit. Sie hatten geglaubt, eines der bedeutsamsten Artefakte der Weltgeschichte in den Händen zu halten – und waren einem Trugschluß aufgesessen. Sutherland regte an, erst einmal eine Nacht darüber zu schlafen. Auch er fühlte die Enttäuschung schwer wie Blei auf seinen Gedanken liegen.

Als sie sich am nächsten Morgen am Frühstückstisch zusammenfanden, drehte sich ihre Unterhaltung die ganze Zeit über um dasselbe Thema. Jeder hatte genügend Zeit gehabt, sich seine eigenen Gedanken zu machen. Als Mrs. Eleonore Paddington, die ebenso resolute wie fürsorgliche Köchin, eine halbe Stunde später ins Eßzimmer kam, mußte sie feststellen, daß noch keiner einen Happen gegessen hatte. Dafür verlangte Sutherland eine zweite Kanne Kaffee, und die Art, wie er kurzangebunden ihren einsetzenden Vortrag, wie ungesund das sei und wieviel Mühe sie sich doch damit gemacht hätte, unterbrach, machte ihr klar, daß dicke Luft herrschte.

»Das läßt nur einen Schluß zu«, faßte Ian Sutherland zusammen. »David Summerfield ist irgendwann im Laufe seiner Nachforschungen auf eine falsche Spur geraten. Und wir haben den Fehler begangen, uns rückhaltlos auf seine Erkenntnisse zu verlassen.«

»Trotz allem hat der Kelch einwandfrei magische Eigenschaften!« rief Gudrun.

»Das habe ich nie in Abrede gestellt«, sagte Ian Sutherland. »Ein magischer Gegenstand ist er zweifelsohne. Und ich denke, daß er noch die eine oder andere Überraschung für uns bereithalten wird. Aber eines ist er ganz gewiß nicht: der Heilige Gral!«

»Ich frage mich, ob es nicht reine Zeitverschwendung ist, danach zu suchen«, sagte Tom und wiederholte die Weissagung des Orakels: *»Jene, die fragen, und jene, die suchen, finden die Antwort im Lapsit Exillis*. Das kann doch nun wirklich alles, aber auch nichts bedeuten. Was für eine Antwort soll das denn sein, die wir finden können? Und es ist mit keinem Wort die Rede davon, daß wir den Lapsit Exillis suchen sollen.«

»Pierre hielt diese Deutung für am wahrscheinlichsten«, gab Gudrun zu bedenken. »Und er hat am meisten Erfahrung mit diesen Sprüchen.«

»Auch Franzosen können sich mal irren«, beharrte Tom. »Wenn das Orakel gewollt hätte, daß wir den Gral finden, hätte es uns ruhig einen Hinweis geben können, wo wir ihn zu suchen haben!«

Mortimer betrat den Raum. Sein schütteres Haar stand wirr am Kopf, als wäre er heute noch nicht dazu gekommen, sich zu kämmen – oder als hätte er es schlicht und einfach vergessen.

»Sir!« sprach er Sutherland an. »Es ist Besuch gekommen und sagt, daß er Sie dringend sprechen müsse. Sind Sie denn zu sprechen, Sir?«

Sutherland schickte einen kurzen Blick zur Decke. Typisch Mortimer – das Wichtigste vergaß er wieder.

»Das kommt darauf an, wer mich sprechen will!«

»Sehr wohl, Sir.« Mortimer nickte und wandte sich zum Gehen. »Das werde ich ihm ausrichten.«

»Mortimer!«

»Ja, Sir?«

»Ich will nicht, daß Sie ihm das ausrichten, ich will, daß Sie mir sagen, wer es ist!«

»Oh! Ja, Sir. Selbstverständlich. Es ist der Mann, der schon letzte Woche da war. Wie war doch gleich sein Name? Ach ja, Mr. Elwood.« Verwundert bemerkte er, daß der Schloßherr aufsprang.

»Bringen Sie ihn herein.«

»Sehr wohl, Sir. Das habe ich mir schon gedacht. Deshalb habe ich ihn bereits ins Schloß gebeten.«

Sutherland sah ihm kopfschüttelnd hinterher. Manchmal war zumindest ein wenig Verlaß auf ihn.

Sekunden später betrat Elwood die Küche, so schnell, als ob er es sehr eilig hätte. Schnurstracks eilte er auf Sutherland zu, und Tom war schon im Begriff, aufzuspringen und sich dazwischenzustellen, als der Mann in Schwarz stehenblieb. Er hatte sich um keinen Deut verändert.

»Sir Ian«, sagte er ohne jede Begrüßung. »Es ist der 14. Januar, 8 Uhr 30.«

Sutherland sah unwillkürlich auf seine Armbanduhr.

»Stimmt. Äh, warum?«

»Man hat mir aufgetragen, exakt um diese Zeit bei Ihnen zu sein.« Er wandte sich in Toms Richtung. »Mit einem schönen Gruß an Mr. Ericson.« Er hob die Augenbraue. »Ich frage mich, wie etwas Immaterielles wie ein

Gruß als *schön* klassifiziert werden kann. Vielleicht könnten Sie mir bei Gelegenheit erklären, was –«

»Wer läßt mir einen schönen Gruß bestellen?« unterbrach Tom scharf.

»Das Orakel von Delphi.«

Toms Kinnlade fiel herab, und er hatte das dumpfe Gefühl, gerade keinen besonders klugen Eindruck zu machen. Und wahrscheinlich wußte das Orakel das und amüsierte sich köstlich darüber – wo immer es jetzt auch war.

»Das Orakel hat Sie also geschickt?«

»Nein.«

»Nicht? Wer dann?«

»Derjenige, der die Macht dazu hat.«

Tom seufzte. Jetzt wußte er, was er die letzten Tage vermißt hatte!

»Ist das immer noch derselbe?« fragte Sutherland an seiner Stelle weiter. »Dieser Cahuna?«

»Ja.«

»Und er hat Ihnen aufgetragen, Dr. Ericson einen schönen Gruß vom Orakel zu bestellen?«

»Ja.«

»Sind denn das Orakel und Cahuna am selben Ort?« fragte Sutherland und dachte daran, daß sich das Orakel eigentlich bei Paldan Manjushi befinden müßte. Stand dieser Lama in irgendeiner Verbindung zu dieser mysteriösen Person namens Cahuna? Leider gab Elwoods Antwort keinen Aufschluß darüber:

»Das weiß ich nicht. Ich habe mich vor einigen Minuten in der Nähe dieses Schlosses vorgefunden, mit dem genauen Wissen über meinen Auftrag.«

»Aber an unsere erste Begegnung erinnern Sie sich doch noch?«

»Ja. Meine Erinnerung reicht bis zu dem Augenblick, da ich zum ersten Mal Oake Dùn betrat.«

»*Sie* haben die fünf aus dem Krankenzimmer gerettet, nicht wahr?« rief Gudrun plötzlich. »*Sie* haben sie draußen auf den Rasen gelegt.«

»Ja«, antwortete Elwood nur und hob die Augenbraue, als könne er nicht verstehen, warum ihn plötzlich alle so sonderbar ansahen.

Sutherland fiel mit einem Male auf, daß sie noch standen. Er räusperte sich und machte eine unsichere Handbewegung zum Eßtisch hin. Er wußte immer noch nicht so recht, wie man mit solch einem Mann umgehen mußte. Höflichkeitsfloskeln schienen ihm nichts zu bedeuten. Andererseits – das war für einen schottischen Earl mit seiner Erziehung noch lange kein Grund, darauf zu verzichten. In dieser Beziehung war er ganz britischer Gentleman.

»Nehmen Sie doch Platz. Sie sind doch sicherlich nicht nur gekommen, um Dr. Ericson einen schönen Gruß zu bestellen?«

»Nein«, antwortete Elwood und setzte sich. »Man hat mich geschickt, Ihnen eine Botschaft des Orakels zu überbringen.«

»Was für eine Botschaft?« riefen Tom und Sutherland fast im selben Atemzug.

»Diese hier.«

Elwood griff in seine rechte Jackentasche und holte ein zusammengefaltetes Stück Papier hervor. Tom riß es ihm ungeduldig aus der Hand und entfaltete es.

»Den Weg zum wahren Gral
weist euch das Zeichen
über der hölzernen Kiste,
die da ruht in Aksum«, las er vor und schüttelte den Kopf. »Also, das nenne ich prompte Bedienung«, meinte er sarkastisch. »Man braucht eine Spur, und man bekommt eine.«

»Die hölzerne Kiste, die da ruht in Aksum«, wiederholte Sutherland murmelnd. »Mein Gott – die Bundeslade! Das Orakel meint die Bundeslade!«

Elwood schaute sich derweil interessiert auf dem Eßtisch um, wandte sich an Gudrun und deutete auf die Tasse vor ihr.

»Trinken Sie wieder Tee?«

Gudrun brauchte einen Moment, um zu verstehen, was er meinte. Zu groß war die Tragweite dessen, was der Earl of Oake Dùn da gerade gesagt hatte. Und – er hatte recht! Es konnte nur die Bundeslade gemeint sein.

»Nein, Kaffee«, antwortete sie.

»Kaffee. Verstehe. Was ist das?«

Gudrun sah den Mann an. Er schien gar nicht zu verstehen, *was* er ihnen da überbracht hatte. Auf irgendeine Weise wirkte er unschuldig wie ein Kind.

»Erhitztes Wasser mit Beimengung eines aromatisierenden Extraktes«, meinte sie trocken.

»Verstehe. So wie Tee?«

»So ähnlich. Nur anders.«

»So ähnlich. Nur anders. Verstehe.« Es klang nicht so, täte er das wirklich.

»Wie wäre es, wenn Sie einfach eine Tasse trinken würden? Dann wissen Sie es genau.«

»Ein überaus logischer Vorschlag. Und ich sehe keinen Grund, ihm nicht zu folgen.«

»Warum sagen Sie nicht einfach bitte?« fragte Gudrun.

»Bitte?«

»Bitte.«

»Bitte. Verstehe.« Ein kurze Pause. »Bitte.«

»Na also«, meinte Gudrun und kam sich annähernd so vor, als hätte sie einem Hund erfolgreich beigebracht, dem Stöckchen nicht nur interessiert hinterherzusehen, sondern es auch zu holen. Sie schenkte ihm eine Tasse ein, und er trank in kleinen Schlucken.

»Kaffee, verstehe«, war sein einziger Kommentar.

»Hat Ihnen das Orakel oder Cahuna sonst noch irgend etwas für uns mitgegeben?« fragte Sutherland.

»Nein.«

»Sie sollten uns also nur die Botschaft überbringen?«

»Nein. Ich hatte auch die Anweisung, Dr. Ericson um 8:30 Uhr einen schönen Gruß vom Orakel zu bestellen.«

»Ja, mein Gott, das habe ich jetzt langsam kapiert!« stöhnte Tom. »Sonst noch irgend etwas?«

»Ja. Man hat mir aufgetragen, mich Ihren Anordnungen zu unterstellen.« Er hob die Augenbraue und sah sie reihum an. »Darf ich fragen, welche Bedeutung es hat, wenn Sie Ihre Augen und Münder weit öffnen?«

»Man hat – *was*?« hauchte Tom.

»Man hat mir aufgetragen, mich Ihren Anordnungen zu unterstellen. Sofern Sie das wünschen. Ansonsten soll ich wieder zurückkehren.«

»Wenn ich will, bleiben Sie also bei uns?« fragte Ian Sutherland.

»Ja.«

»Und das hat Ihnen dieser Cahuna aufgetragen?«

»Ja.«

»Aber – warum?«

»Das weiß ich nicht.«

Das war nicht die volle Wahrheit. Bevor Cahuna ihm diese Anweisung erteilt hatte, hatte er etwas sehr Seltsames getan. Er hatte ihn gefragt, ob er diesen Auftrag annehmen *wolle* und ob er bereit wäre, dem Orakel von Delphi dafür einen Gefallen zu entrichten. Eine Frage, die Elwood in höchste Verwirrung gestürzt hatte. Wie sollte er, ein *Diener*, fähig sein zu entscheiden, was er wollte? Aber seltsam, andererseits hatte er keinen Grund erkennen können, es nicht wollen zu sollen. Im Gegenteil, die Gegenwart dieser Menschen löste in ihm irgend etwas aus, das er nicht zu benennen wußte. Sie waren so ... unvorausberechenbar. So folgewidrig. So interessant.

Also hatte er zugestimmt. Aus welchem Grund Cahuna ihm diese Frage und Anordnung gegeben hatte, das wußte er nicht. Und insofern war seine Antwort keine Lüge. Und allein das war entscheidend. Es war ein Unterschied, ob man log oder nur die Wahrheit verschwieg. Das hatte der Mensch namens Pierre Leroy ihm schließlich genau erklärt.

»Und das ist alles?« fragte Tom mißtrauisch.

»Alles?«

»Ich meine, keine blockierten Informationen in Ihrem Kopf, die irgendwann freigegeben werden?«

»Nein.«

»Wie lange sollen Sie bei uns bleiben?«

»Man sagte mir, es sei mir mindestens bis zum Anfang des nächsten Zyklus gestattet.«

»Zyklus?« fragte Tom verwirrt. »Was für ein Zyklus?«

Elwood schien überrascht. Er hob die Augenbraue.

»Das weiß ich nicht. – Darf ich fragen, wie Ihre Antwort ausfällt?« erkundigte er sich.

»Sie halten sich an alles, was ich Ihnen sage?« vergewisserte Sutherland sich.

»Man hat mir aufgetragen, mich Ihren Anordnungen zu unterstellen.«

Sutherland schüttelte ungläubig den Kopf. Das war verrückt! Aber es eröffnete ihnen ungeahnte Möglichkeiten. Vielleicht gelang es Ihnen sogar herauszufinden, wer oder was diese schwarzgekleideten Männer waren.

»Also gut«, sagte er. »Dann willkommen im Team.«

»Team?«

»Das war ein Ja«, erklärte Gudrun. Sie schmunzelte. »Ich glaube, wenn Connor und Pierre heute abend mit Valerie aus London zurückkommen, werden sie das kaum fassen können. Sie werden sich freuen, Sie wiederzusehen.«

Die Ärzte hatten zumindest Valerie noch ein paar Tage

länger beobachten wollen, aber die Israelin hatte das strikt abgelehnt, und gegen ihren eigenen Willen hatte man sie schließlich nicht dabehalten können. Also hatte Sutherland sich einverstanden erklärt, daß sie zusammen mit Connor und Pierre zurückkam. Er würde schon dafür sorgen, daß sie sich die nächsten Tage schonte.

»Warum sollten sie sich freuen, mich wiederzusehen?« fragte Elwood. »Sie wissen doch, wie ich aussehe.«

Gudrun Heber hatte mit ihrer Prognose recht behalten. Connor und Pierre fielen aus allen Wolken, als sie nach ihrer Ankunft in die Bibliothek kamen und dort nicht nur von Gudrun und Tom, sondern auch dem Mann in Schwarz erwartet wurden. Obwohl der Earl of Oake Dùn vor ihrem Abflug aus London noch einmal mit ihnen telefoniert hatte, hatte er nichts von Elwood gesagt, sondern lediglich erwähnt, daß er eine Überraschung für sie hätte. Pierre hatte an so etwas wie ein Willkommensbuffet gedacht, aber *damit* hätte er nie gerechnet.

Ian Sutherland zog sich mit Valerie bald in ein ruhiges Nebenzimmer zurück, um mit ihr unter vier Augen zu sprechen.

Sie machte auf ihn einen vollkommen normalen Eindruck, aber zugleich war sie ungewöhnlich ernst und schien ihm nicht richtig zuzuhören. Er hütete sich, zu sehr in sie zu dringen. Sie würde einige Zeit brauchen, um über das hinwegzukommen, was Kar ihr angetan hatte. Soweit kannte er sie.

In der Bibliothek nutzte Pierre Leroy indessen die erstbeste Möglichkeit, um Elwood in eine stille Ecke zu dirigieren.

»Ich möchte mich noch bei Ihnen bedanken«, sagte er leise.

»Bedanken? Wofür?«

»Wofür? Das fragen Sie auch noch! Sie machen mir vielleicht Spaß!«

Elwood hob die Augenbraue.

»Spaß? Ich mache Spaß? Und warum nur vielleicht?«

»Mon Dieu! Machen Sie's einem doch nicht so schwer! Sie haben mir das Leben gerettet. Nicht nur mir, sondern uns allen. Und dafür möchte ich mich bedanken. Verstehen Sie das denn nicht?«

Eine kleine Pause.

»Nein.«

Pierre machte eine hilflose Geste.

»Na ja, vielleicht ist das von jemandem wie Ihnen auch zuviel verlangt«, meinte er resigniert. »Wie auch immer, ich freue mich, daß Sie hier sind.«

»Ich vermag nicht zu verstehen, aus welchem Grund Sie das tun sollten?«

»Tja ...« Er überlegte kurz. »Vielleicht, weil ich irgendwie das Gefühl habe, daß wir beide noch Freunde werden könnten.«

»Freunde?« fragte Elwood.

Pierre sah den Mann in Schwarz lange an, dann nickte er.

»Ja, Freunde.«

In Elwoods Gesicht ging keine sichtbare Veränderung vor, aber irgendwie hatte Pierre den Eindruck, als würde er sich freuen.

Ian Sutherland stand am nächsten Tag schon früh auf und ging, in seinen Trainingsanzug gekleidet und mit einem Frottee-Handtuch über der Armbeuge, in den Keller von Oake Dùn hinab. Einen der Räume hatte er schon vor Jahren zu einem Fitnessraum umbauen lassen, und er hatte es sich zur Angewohnheit gemacht, mindestens jeden zweiten Morgen ein bißchen zu schwitzen. Wenn er auch sein Bein schonen mußte, so wollte er wenigstens ein paar Übungen für die Oberkörper- und Bauchmuskulatur machen.

Mit zunehmendem Alter wurden die Attacken der kleinen Fettpölsterchen auf den Hüftbereich immer hartnäckiger.

Irritiert hob er die Augenbrauen, als er aus dem Trainingsraum so etwas wie dumpfe Schläge hörte, ein schnelles Atmen und das gelegentliche Quietschen von Sportschuhen auf dem glatten Boden.

Langsam schlich er näher. Wer konnte da um diese Zeit. .? In der Türöffnung blieb er überrascht stehen.

Valerie!

Sie trug kurze Shorts und ein ärmelloses Shirt und attackierte den großen Sandsack, der zwischen anderen Trainingsgeräten aufgehängt war. Leichtfüßig umtänzelte sie ihn, einmal hier eine Finte antäuschend, einmal da einem imaginären Schlag ausweichend. Und immer wieder trafen blitzschnell ausgeführte Schläge den Sandsack – mit den Handkanten, Handballen, Fingerspitzen oder Ellbogen. Oder auch Fußkicks, manchmal aus der Drehung, manchmal aus dem Stand, und jeder von ihnen traf mit tödlicher Präzision die drei Buchstaben, die in Valeries Kopfhöhe mit Kreide auf das Leder geschrieben waren: K-A-R.

Sie war so konzentriert, daß sie Sutherland erst bemerkte, als er sich verhalten räusperte. Erschrocken fuhr sie herum, als hätte man sie bei einer Untat erwischt. Schweratmend stand sie da, als wüßte sie nicht so recht, was sie sagen sollte.

»Guten Morgen, Valerie!«

Sie zuckte unmerklich zusammen, und ihre Stimme klang unsicher, als sie erwiderte: »Guten Morgen, Sir.«

»Ich hätte nicht gedacht, Sie so früh hier unten zu sehen«, meinte er im Plauderton, um keine peinliche

Pause aufkommen zu lassen. »Wie lange sind Sie schon hier?«

»Oh, nicht lange«, sagte sie ausweichend.

Ihre schweißglänzende Haut sprach eine andere Sprache, aber Sutherland ging nicht darauf ein, sondern trat zu der niedrigen Holzbank, auf der Valeries Handtuch und ein kleiner Stoffbeutel lagen. Direkt daneben nahm er Platz und tat, als müsse er seine Schnürsenkel nachziehen.

»Glauben Sie nicht, daß es noch ein wenig zu früh ist, sich derart viel zuzumuten? Sie sollten sich schonen.«

»Die Ärzte haben festgestellt, daß mir körperlich nichts fehlt. Ich versuche nur, mich wieder fit zu machen.«

»Und das ist wirklich alles?« Er sah sie forschend von unten her an, ohne im Schnüren innezuhalten. »Das sah mir nach weit mehr aus als nur Fitnessübungen.«

Sie wich seinem Blick aus.

»Ich bereite mich vor«, sagte sie tonlos.

Er deutete zu dem Schriftzug auf dem Sandsack.

»Und worauf, das ist ja nicht zu übersehen.«

Sie reagierte nicht. Es war wie eine Barriere, die plötzlich zwischen ihnen stand. Es war keine, die daraus resultierte, daß sie ihn beinahe umgebracht hätte. Zumindest nicht aus seiner Sicht. Nein, es war eine massive Wand aus Schmerz.

Vielleicht, dachte er, *wäre für Valerie alles viel einfacher gewesen, wenn sie imstande gewesen wäre, sich auszuweinen oder sich den Ballast wenigstens von der Seele zu reden.* Doch irgendeine tiefsitzende Angst schien sie davon abzuhalten, sich verletzlich zu zeigen. Vielleicht, weil sie trotz ihrer jungen Jahre schon zu oft verletzt worden war.

Statt dessen fraß sie alles in sich hinein und kapselte sich völlig ab. Er hatte sie ein paar Mal in ähnlicher Stimmung erlebt. Aber nie war es so schlimm wie jetzt gewesen.

»Hier.« Er hielt ihr ihr Handtuch entgegen. Es war wie ein Versöhnungsangebot. »Sonst erkälten Sie sich noch.«

Sie zögerte kurz, dann nahm sie das Angebot und setzte sich zu ihm auf die Bank – genau wie er es gehofft hatte. Ein Gespräch im Sitzen dämpfte die Gemüter.

Sie schlang sich das Handtuch um den Hals und zog die Stofftasche auf ihren Schoß, als bräuchte sie jetzt etwas, auf das sie herabstarren und mit dem sich ihre Hände beschäftigen konnten.

Während sie so, leicht vornübergebeugt, dasaß, erkannte er neben den dünnen Trägern ihres Shirts zum ersten Mal die Narben, die sich in Höhe ihres Schulterblattes hell auf der gebräunten Haut abzeichneten. Und er hatte genügend Umgang mit älteren Damen der High Society, um zu erkennen, daß die gröbsten Spuren durch eine sorgfältige Schönheitsoperation beseitigt worden waren. Er versuchte sich vorzustellen, was solche Narben verursacht haben könnte. Es sah aus, als hätte jemand mit dem glühenden Stück Metall dort herumgewühlt. Eine Erinnerung an ihre aktive Agentenzeit?

Sie wandte sich abrupt in Sutherlands Richtung.

»Reden wir Klartext! Sie wissen, was dieser Mistkerl mir angetan hat! Was er Ihnen angetan hat. Ihnen und den anderen vom Team. Wie lange wollen Sie noch warten, ehe Sie etwas gegen ihn unternehmen? Wir haben seinen Namen. Warum machen wir uns nicht auf den Weg und schnappen uns diesen Hundesohn? Er hat uns weiß Gott genug angetan.«

»Wie stellen Sie sich das vor? Soll ich alle Mitarbeiter dafür abstellen? Gerade jetzt, wo uns die UN eine Menge Arbeit beschert hat und wir dem Gral auf der Spur sind?«

»Sie wollen also *nichts* tun?«

»Das habe ich nicht gesagt. Natürlich habe ich schon begonnen, Erkundigungen einzuziehen. Aber vergessen

Sie nicht, es ist gerade vier Wochen her, daß wir überhaupt seinen Namen erfahren haben.«

»Ja«, sagte sie tonlos, »als ich Sie beinahe –«

Er winkte ab.

»Hören Sie auf, sich Vorwürfe deswegen zu machen. Wir haben darüber gesprochen, und Sie wissen, daß ich Ihnen nichts nachtrage. Zwischen uns beiden spielt das keine Rolle.«

»Für Sie vielleicht nicht!« stieß sie hervor. »Aber für mich! Für mich spielt es eine Rolle! Verstehen Sie das? *Mir* ist es nicht egal. Mir nicht!«

»Ich bitte Sie, seien Sie vernünftig. Unternehmen Sie nichts auf eigene Faust!«

Es dauerte ein paar heftige Atemzüge, ehe sie antwortete. Ihre Hände spielten mit irgend etwas in der Stofftasche. Es sah aus, als versuche sie, ein Stück Metall zu verbiegen.

»Wollen Sie mir das verbieten?«

Er schüttelte den Kopf. In dieser Stimmung war sie völlig unzugänglich. Er hatte zunehmend das Gefühl, als entglitte ihm das Gespräch.

»Valerie«, sagte er sacht. »Ich möchte doch nur verhindern, daß Sie irgend etwas überstürzen. Ich will nicht, daß Sie einen großen Fehler begehen.«

»Fehler?« Sie schüttelte den Kopf und preßte die Lippen zu einem dünnen Strich zusammen. »Glauben Sie mir, Sir, wenn ich diesem Hurensohn das nächste Mal gegenüberstehe, werde ich keine Fehler begehen. Keinen noch so winzig kleinen.«

Plötzlich hatte sie ihre kleine Pistole in der Hand, hob den Arm in Richtung des Sandsacks und hatte blitzschnell siebenmal hintereinander abgedrückt. Klimpernd fielen die Patronenhülsen zu Boden. Das alles war so schnell gegangen, daß Sutherland vollkommen überrascht worden war. Er sah, daß sämtliche Treffer zentimeterdicht nebeneinander lagen, alle innerhalb des Dreiecks, das vom mittleren Kreidebuchstaben umschlossen wurde. Sägespäne rieselten aus den Öffnungen.

»Valerie!« rief er ärgerlich. Er mußte nicht erst lange grübeln, um zu wissen, wen sie sich beim Abdrücken anstelle des Sandsacks vorgestellt hatte! »Das war jetzt wirklich nicht nötig! Für so etwas haben wir einen Schießstand.«

»Ziehen Sie's mir vom Gehalt ab«, meinte sie nur. Sie nahm ihre Sachen, stand auf und schickte sich an, den Raum zu verlassen.

»Valerie!«

Scheinbar widerwillig blieb sie stehen und wandte sich um.

»Was denn noch?«

»Bitte.« Er sah ihr in die Augen. »Lassen Sie uns das alles in Ruhe besprechen.«

Sie reagierte nicht, aber er glaubte so etwas wie ein Ja in ihrer Miene zu entdecken.

Als sie sich wieder dem Ausgang zuwandte, stürmten Pierre und Tom aufgeregt in den Fitnessraum. Beide in Nachthemden, und Tom hatte seinen Revolver in der Hand.

»Wir haben Schüsse gehört!« rief Tom atemlos. Sein Blick pendelte zwischen Sutherland und Valerie hin und her. »Ist Ihnen irgend etwas geschehen?«

»Nein, Tom. Alles in Ordnung.«

Er verzog schnuppernd die Nase.

»Aber hier ist doch geschossen worden! Was ist passiert?« Er deutete auf Valerie. »Hat unsere Kleine wieder irgendeinen Blödsinn angestellt?«

Sutherland holte scharf Luft, doch entgegen seiner Befürchtung explodierte Valerie nicht. Sie sah Tom mit einem herausfordernden Lächeln an und hielt ihm die geöffnete Handfläche entgegen.

»Dürfte ich mal kurz deinen Colt haben?«

Er zögerte.

»Was ist?« fragte sie. »Glaubst du, ich würde es wagen, dein Erbstück zu beschädigen?«

Er gab sich einen Ruck und hielt ihr den Colt mit dem Griff voran entgegen. Sie packte die Waffe behutsam und wirbelte dann ansatzlos herum.

Vier Schüsse hallten ohrenbetäubend wie Donnerschläge durch den Raum, und jeder Einschlag riß ein großes Loch in den Sandsack. Ihr Arm ruckte eine Handbreit höher, und der fünfte Schuß durchtrennte das Seil. Haltlos plumste der zerfetzte Sandsack zu Boden.

Valerie ließ den leergeschossenen Colt zweimal um ihren Finger rotieren und drückte ihn Tom in die Hand zurück.

»*Das* ist hier passiert«, ließ sie ihn wissen und verließ den Raum ohne jedes weitere Wort.

Pierre setzte an, ihr nachzueilen.

»Nicht«, hielt Sutherland ihn zurück. »Ich glaube, Sie braucht jetzt vor allem Ruhe, um zur Besinnung zu kommen.«

»Die Kleine tickt wohl immer noch nicht ganz richtig.« Pierre machte eine bezeichnende Geste vor der Schläfe, sah zu den Resten des Sandsacks und legte den Kopf leicht schräg. »Obwohl – schießen kann sie. Das muß man ihr lassen.«

»Ich glaube«, wandte Sutherland sich an Tom, »Sie unterschätzen Valerie noch immer.«

»Wegen ihrer Agentenausbildung? Ist sie deshalb was Besonderes?«

»Bedenken Sie, was es bedeutet, so etwas überhaupt geschafft zu haben. Der Mossad prüft jährlich mehr als fünftausend Bewerber, natürlich ausschließlich solche, die eine mehrjährige Militärausbildung und ein halbes Dutzend Spezialschulungen vorzuweisen haben. Und dann folgen weitere Jahre härtester Drill, ein gnadenloses Ausleseverfahren, das nur die Besten durchkommen läßt. Glauben Sie, *Sie* würden eine der vier oder fünf Personen sein, die zum Schluß als Agenten übernommen werden? In manchen Jahren sogar kein einziger.«

»Vier oder Fünf? Von Fünftausend?« Tom runzelte nachdenklich die Stirn, als Sutherland bestätigend nickte. »Und Valerie war unter denen, die *das* geschafft haben?«

»Sie war eine der allerbesten.«

Gudrun und Connor kamen in den Fitnessraum gestürmt. Diesmal hielt Connor eine Waffe in der Hand.

»Hier waren doch Schüsse zu hören! Was ist passiert?«

»*Er* wird Ihnen das erklären.« Sutherland deutete auf Tom und wandte sich zum Gehen. »Aber bitte möglichst ohne wieder durch die Gegend zu schießen.«

»Ich? Wieder?« rief Tom ihm empört nach. »Aber ich habe doch gar nicht –«

Aber da hatte Sutherland den Raum schon verlassen.

Valerie hatte sich den halben Tag lang nicht mehr im Schloß sehen lassen; selbst Frühstück und Mittagessen hatte sie sich von Mortimer auf ihr Zimmer bringen lassen. Am frühen Nachmittag schließlich klopfte Ian Sutherland an ihre Zimmertür.

»Valerie! Darf ich hereinkommen?«

Sie bejahte, ohne zu zögern, und als er eintrat, fand er sie vor dem geöffneten Kleiderschrank vor, als hätte sie sich gerade umziehen wollen.

»Ich weiß, was Sie jetzt sagen wollen«, eröffnete sie das Gespräch, ehe er zu Wort kam, »und Sie haben recht. Ich habe mich dumm benommen heute morgen. Und es tut mir leid.«

»Freut mich, daß Sie das eingesehen haben.« Er lächelte. »Aber eigentlich geht es mir um etwas anderes.«

Er wertete ihren stummen Blick als Aufforderung, weiterzusprechen. »Sie haben gestern ja gehört, daß uns das Orakel von Delphi geraten hat, uns die Lade in Aksum anzusehen. Ich habe bereits Kontakt mit der Koptischen Kirche in Äthiopien aufgenommen, aber es sieht, ehrlich gesagt, nicht besonders gut aus, was eine Besuchserlaubnis angeht. Ich habe bereits mit Tom und Pierre gesprochen und bin mit ihnen überein gekommen, daß sie hinunterfliegen und sehen werden, was sich vor Ort machen läßt. Es geht schließlich nur darum, einen Blick auf die Lade zu werfen und zu sehen, was für ein Zeichen darüber zu erkennen ist.«

»Schön«, sagte sie. »Und warum erzählen Sie mir das?«

»Ganz einfach. Ich möchte, daß Sie die beiden nach Äthiopien begleiten. Sie kennen sich in der Gegend aus und könnten ihnen vielleicht entscheidend helfen.«

»Beschäftigungstherapie?« fragte sie. Ihre Augenbrauen wanderten finster nach unten. »Damit ich nicht auf dumme Gedanken komme?«

»Sie geben sich wirklich Mühe, alles mißzuverstehen.« Er schüttelte den Kopf. Warum machte sie es sich nur immer so schwer? Natürlich steckte hinter seinem Vorschlag auch die Absicht, sie von ihren Rachegedanken an Kar abzulenken, aber das war nur zu ihrem Besten. Sonst würde er sie nie so kurze Zeit, nachdem sie aus dem Krankenhaus entlassen worden war, auf eine Mission schicken. Er sah sie eindringlich an. »Haben Sie so wenig Vertrauen zu uns? Glauben Sie, Sie müßten Angst haben, daß wir Sie enttäuschen?«

Sie sah zu Boden und schwieg lange, bevor sie antwortete.

»Na schön. Sagen Sie den beiden, daß ich dabei bin.«

Er sah sie überrascht an. So einfach hatte er sich das nicht vorgestellt. Es machte ihn fast stutzig, aber als sein fragender Blick sie zu keiner weiteren Erklärung veranlaßte, beschloß er, es erst einmal damit bewenden zu lassen. Sie hatte zugesagt, das war die Hauptsache.

»Ich werde es ihnen ausrichten«, sagte er. »Wir sehen uns beim Abendessen?«

»Ja.«

In der Tür wandte er sich noch einmal um. Ein Grinsen stahl sich in sein Gesicht, als er sagte: »Wenn Sie den Kleiderschrank schon offen haben, packen Sie doch gleich Ihre Sachen zusammen. Sie drei brechen noch heute abend auf. Wir sollten keine unnötige Zeit verlieren.«

Als er ihr Zimmer verlassen hatte, wandte sie sich wieder dem Kleiderschrank zu, und ihr Blick verweilte auf den beiden Reisetaschen, die dort standen.

Auf nach Äthiopien, dachte sie. Warum auch nicht? Es hätte Sutherland nur beunruhigt, wenn sie seinen Wunsch abgeschlagen hätte.

Und außerdem waren ihre Reisetaschen längst gepackt.

Schon seit dem Vormittag.

ENDE
des dritten Buches

VIERTES BUCH

DAS VERSTECK DER BUNDESLADE

von K. H. Prieß

Die Schritte des Wächters hallten durch die leeren, stillen Flure des Museums. Er konnte die Lichter von Mexico City durch die großen Glasscheiben flackern sehen, während er seine Runden drehte. Dort draußen, jenseits der Mauern und Glaswände des großen Museums, pulsierte das Leben einer gewaltigen und gefräßigen Metropole. Hier drinnen war es still wie in einem Grab.

Der Wächter blieb am Fenster stehen. Ja, dachte er, im Grunde befand er sich wirklich in einer Art von Grab. Einer riesigen Gruft, in der die Überreste vergangener Epochen aufgebahrt lagen. Ein Beinhaus voller Bruchstücke alter Kulturen, die den neugierigen Blicken Hunderttausender preisgegeben wurden.

Der Wächter betrachtete die steinernen Gesichter in den Glasvitrinen. Sie starrten unbeweglich zurück, uralt und *fremd*.

Plötzlich wünschte sich der Mann, das geschäftige Murmeln, das unablässige Füßescharren und das Gedränge des Tagesgeschäfts möge zurückkehren. Wenn das helle Sonnenlicht durch die großen Scheiben hereinfiel und die Wände von Stimmen widerhallten, dann hatte dieses Gebäude kaum noch die Aura eines Friedhofs. Eine Ahnung dieses Eindrucks mochte sogar am hellichten Tage zurückkehren, wenn man manche besonderen Ausstellungsstücke betrachtete ... etwa Reliefs von Opferritualen antiker Hohepriester ... oder jene Maske, die hinter einem besonderen Fenster aus Panzerglas ruhte.

Der Wächter blieb unwillkürlich stehen und starrte in die toten, schwarzen Augenschlitze des Kunstwerks aus Jade und Obsidian. Es war die Totenmaske des Königs Pacal von Palenque. Der Wächter erinnerte sich, daß sie erst kürzlich unter abenteuerlichen Umständen an das Nationalmuseum zurückgegeben worden war. Ein amerikanischer Archäologe namens Tom Ericson hatte das gestohlene Artefakt gefunden und zurückbringen können – Gerüchten zufolge unter Einsatz seines Lebens und höchst unheimlichen Begleitumständen ...

Es hieß, Leute, die mit der Maske zu tun hatten, seien wahnsinnig geworden und hätten grauenhafte Bluttaten begangen.*

Schaudernd wollte sich der Wachmann abwenden, als er etwas bemerkte, was er zwar nicht als grauenhaft, aber doch als höchst beunruhigend einstufte.

Das winzige rote Kontrollicht der Alarmanlage brannte nicht mehr.

Der Wächter runzelte die Stirn, und unwillkürlich fuhr seine rechte Hand zu der schweren Pistolentasche an seiner Hüfte. Der tote Blick aus den leeren Augen der Maske schien ihn hypnotisieren zu wollen. Er mußte sich auf ungewohnte Weise konzentrieren, um sich an das Wesentliche zu erinnern.

Entweder hatte jemand die Elektronik dieses Schaufensters abgeschaltet, oder die Leuchtdiode war defekt und konnte das reibungslose Funktionieren der Alarmanlage nicht mehr anzeigen. Der Wächter drehte sich mit einem Ruck um. Sein Herz schlug plötzlich schneller, und das rasende Pochen schien in den leeren, sauberen Fluren widerzuhallen, sein Echo in tausend unbeleuchteten, schattigen Ecken und Winkeln zu finden. Doch was wirklich hallte, waren seine hastigen Schritte, als er zum nächsten Haustelefon hinter der nächsten Biegung eilte.

Er schaute sich nervös um, bevor er den Hörer abhob. Ihm schien, als hätte er eine Bewegung hinter den Reihen von Vitrinen zu seiner Linken gesehen. Wie gläserne Sarkophage standen sie aneinandergereiht, dunkel und

* siehe Band 14 203, Buch 3 ›Der Fluch der Maske‹

unergründlich in der nächtlichen Sparbeleuchtung. Hatte sich dort etwas bewegt? Hatte er wirklich das leise Geräusch huschender Füße gehört? Oder gaukelte ihm sein übermüdeter, erschreckter Verstand das nur vor? *Egal,* dachte der Mann. *In ein paar Sekunden geht hier die Festbeleuchtung an, und dann werden wir ja sehen, ob da etwas ist.* Wenn *da etwas ist, dann sollte es sich besser in acht nehmen.*

Die rechte Hand des Mannes löste sich nur widerstrebend vom kühlen Griff des Revolvers an seiner Hüfte. Der großkalibrige Colt verlieh ein Gefühl der Sicherheit, das sich in dem Augenblick verflüchtigte, als sein Besitzer hastig eine Nummer in das Telefon eintippte. Es war die des Wachraums, wo sich noch einige seiner Kollegen befinden mußten.

Nie war ihm das Klicken der Plastiktasten so laut erschienen.

Er senkte die Hand wieder zur Waffe, als er die Nummer gewählt hatte, und hielt den Hörer ans Ohr. Die ganze Zeit über war er der Überzeugung gewesen, daß etwas nicht stimmte – und jetzt begriff er mit einem Schlag, daß seine Ahnung richtig gewesen war.

Es war wirklich wie ein Schlag, der ihm den Atem stocken ließ und einen eisigen Schauer über seinen Rückgrat jagte.

Das Haustelefon war tot.

»Madre de Dios«, flüsterte der Wächter entsetzt. Seine Stimme war so leise, daß er sie selbst kaum hören konnte. Ein Alptraum war Wirklichkeit geworden – er befand sich allein in einem abgelegenen Flügel des riesigen Museums, während etwas Bedrohliches vorging. Jemand hatte die elektronischen Gerätschaften abgeschaltet, die bisher immer so verläßlich funktioniert hatten. Wie ein wichtiges Körperteil, das rasch und schmerzlos entfernt worden war, unter einer tückischen Narkose, die man erst bemerkte, wenn es längst zu spät war ... Hinter dem Wächter erklang ein scharfes, schnappendes Geräusch.

Die verdammten Banditen sind schon im Museum! fuhr es dem Mann schneidend scharf durch den Verstand.

Er drehte sich hastig um und riß den schweren Revolver aus dem Holster. Er kam kaum dazu, in den bläulichen Schatten hinter den Vitrinen nach seinem Feind zu suchen.

Denn hinter der Biegung, aus der Richtung der Palenque-Maske, erklang ein furchtbares Geräusch. Es hallte durch die Gänge, mit beinahe ohrenbetäubender Intensität, und während die tiefe Stille zerbarst wie ein gewaltiges Kristallgefäß, stand der Wächter sekundenlang da – gelähmt vor Entsetzen. Das Kreischen und Knirschen fraß sich in seinen Verstand, und er begriff erst spät, daß es gar kein Ungeheuer war, was da nur ein paar Schritte entfernt plötzlich durch den glänzenden Boden der Flure stieß, sondern irgendein elektrisches Werkzeug, das sich durch Metall und Glas fräste.

Trotz des jähen Schreckens, den der Anblick in ihm auslöste, vergaß der Wachmann das Geräusch nicht, das er kurz vor diesem infernalischen Lärm wahrgenommen hatte. Viel leiser – aber wahrscheinlich letztendlich viel bedrohlicher!

Er ging leicht in die Knie, spannte den Hahn der Waffe und spähte über den langen, chromglitzernden Lauf zu den ausladenden Vitrinen hinüber. Dort mußte noch jemand sein.

Er zuckte zusammen, als er eine geschmeidige Bewegung bemerkte, das Huschen einer Gestalt von einer Deckung zur nächsten. Der Wächter hätte beinahe blindlings geschossen – doch im letzten Augenblick dachte er an die kostbaren Ausstellungsstücke in den Vitrinen. »Halt, keine Bewegung!« rief er, und seine Stimme hallte erschreckend laut durch das plötzliche tiefe Schweigen. Der Lärm der Maschine war verstummt, wie abgeschnitten.

Nur das Echo seines Schreis antwortete ihm.

Es hörte sich dünn und verzweifelt an, und der Wächter ging rückwärts, bis er die kalte Wand im Rücken spürte. Er hielt seine Waffe mit beiden Händen fest umklammert – doch zu seiner Beunruhigung merkte er, daß der Lauf leicht zitterte.

Hinter den Vitrinen rührte sich nichts mehr.

Der Wachmann wußte nicht, wie lange er so stand, in diesem anstrengenden, verkrampften *gunman's crouch*. Er glaubte fast schon, er hätte sich alles nur eingebildet.

In diesem Augenblick bog die Gestalt um die Ecke, lautlos und riesig wie der Schatten eines Ungeheuers. Ein großer Mann, ganz in Schwarz gekleidet. Er hielt ein schweres Werkzeug in den behandschuhten Händen, das wie ein übergroßer Winkelschleifer aussah. Doch der Wächter beachtete das bedrohliche Instrument kaum. Er starrte wie hypnotisiert in das Gesicht des Einbrechers.

Es war groß und oval, und es schillerte von Jade und Obsidian. Aus tiefen, pechschwarzen Augenschlitzen schimmerten schwach dunkle Pupillen herauf, kalt beobachtend. Erbarmungslos.

Die Gestalt schritt langsam durch die totenstille Halle, direkt auf den wie gebannt dastehenden Wachmann zu. Sekundenlang glaubte der Museumswächter, statt des Schleifers ein Obsidianschwert in den Händen der riesigen Gestalt zu sehen, breit, dunkel und tödlich.

Dann faßte sich der Mann endlich, hob den Lauf seines Revolvers und richtete ihn auf den Brustkorb der unheimlichen Gestalt.

Als sich sein Finger um den Abzug legte, blitzte etwas blaßblau hinter den Vitrinen auf, und der scharfe Knall einer kleinkalibrigen Pistole hallte durch den breiten

Gang. Der Wächter spürte einen harten Schlag gegen die rechte Schulter. Der Colt flog aus seinen Fingern, als hätte elektrischer Strom seine Hand versengt.

Der Einbrecher mit der schrecklichen Maske brachte die letzten Schritte hinter sich, bevor der Angeschossene seinen Schock überwinden konnte. Der Wachmann sah die Maske wie durch einen grellen Nebel, und inmitten dieses Nebels glühten die Augen.

Es waren die Augen eines wahnsinnigen Mörders.

Kreischender Lärm rannte gegen die Watte an, die plötzlich in seinen Ohren zu sein schien. Das Geräusch eines starken Elektromotors, der eine diamantharte Trennscheibe rotieren ließ.

Der Wachmann versuchte noch, sich zur Seite zu werfen, doch seine Knie waren plötzlich unendlich weich und nachgiebig. Das furchtbare Werkzeug näherte sich ihm rasend schnell.

Als sich seine Schreie mit dem Kreischen des Mordinstruments mischten, konnte er das entsetzliche Grinsen hinter der Maske ahnen.

Der Priester musterte die drei Ausländer mißtrauisch, die vor ihm auf den abgewetzten Polstern des Besuchszimmers saßen. Es war eine etwas eigentümliche Mischung von Fremden, selbst für einen Mann, der nicht so oft Ausländer zu Gesicht bekam.

Ein großer, kräftiger Mann mit rötlichem Haar und einem verschlossenen, wettergegerbten Gesicht. Er mochte gut über Vierzig sein, und er hatte scharfe braune Augen, die jede noch so winzige Kleinigkeit wahrnahmen.

Der zweite Mann war jünger und kleiner, eine drahtige Gestalt mit einem regen Mienenspiel und einem vollen Schopf dunkler Haare. Und dann war da noch die Frau mit dem silberblonden Haar. Sie hatte außerordentlich anziehende und gleichzeitig sehr beherrschte Züge, zart und energisch zugleich ... und in ihren schmalen grauen Augen schien etwas zu lodern.

Der koptische Priester wich dem forschenden Blick dieser Augen aus. Er war es nicht gewohnt, daß Frauen ihn so ansahen, aber das war es nicht allein. Diese schlanke, reizvolle Person hatte etwas Düsteres an sich. Der Priester spürte, daß sie Unaussprechliches erlebt hatte, er konnte das Leid und den Zorn beinahe körperlich erfühlen, welche diese Frau beherrschen mußten. Etwas tobte hinter ihrer gelassenen Fassade, und die Seele des alten Priesters wich instinktiv davor zurück.

Vielleicht, weil er als Äthiopier zuviel Haß und Leid gesehen hatte, in all den Jahren, da sein Land vom Bürgerkrieg zerrissen war.

Er schaute auf die Papiere hinab, die vor ihm auf dem Tisch lagen, geschrieben in einer Sprache, die er nur mühsam beherrschte. Er schob sie entschlossen von sich und schaute den Dolmetscher an, der sehr mager und sehr aufrecht an der Wand stand. Ein junger Mann in verblichener Tarnkleidung, ein Milizionär der ehemaligen Rebellenbewegung, die jetzt das Sagen im Lande hatte. Er hatte in den USA studiert, und sein Englisch war exzellent.

»Sage diesen Leuten, daß ich ihr Ansinnen für lobenswert halte. Aber ich bin nicht der richtige Gesprächspartner für sie. Und sage ihnen, ich bezweifle, daß der richtige Ansprechpartner gewillt ist, sie überhaupt zu sehen!« Er lehnte sich zurück und beobachtete die Gesichter der Fremden, während der junge Milizionär übersetzte. Es schien ihnen nicht zu gefallen, was sie hörten, aber sie bewahrten Ruhe und Anstand. Das sprach für sie – aber das reichte noch lange nicht, um ihnen zu geben, was sie wollten.

»Ich fürchte, Sie haben uns nicht richtig verstanden, Vater«, sagte Connor ruhig und musterte den alten Priester in seinem prächtigen Gewand aufmerksam. »Wir sind nicht hierhergekommen, um uns in Angelegenheiten Ihrer Kirche zu mischen oder Ihre Heiligtümer zu stehlen. Uns ist klar, daß wir dennoch viel verlangen. Aber wir wollen wirklich nichts weiter, als einen Blick auf jenen Gegenstand zu werfen, den Sie in Aksum aufbewahren ...« Der rothaarige Schotte holte tief Luft, bevor er weitersprach: »Das Heiligtum, bei dem es sich um die Bundeslade der alten Israeliten handeln soll!«

»Es ist sehr wichtig, daß wir uns die Bundeslade ansehen können«, warf Pierre Leroy ein, und er gab sich große Mühe, langsam zu sprechen, damit der alte Priester ihn verstand. Pierre war sicher, daß der Mann etwas Englisch konnte, obwohl er so tat, als wäre er völlig auf seinen Dolmetscher angewiesen. »Diese Sache entspringt nicht bloßer Neugier! Es kann für die ganze Menschheit unabsehbare Folgen haben, wenn unser Forschungsvorhaben behindert wird ...« Der dunkelhaarige Franzose hielt seine Ungeduld nur mühsam in Zaum. Es war äußerst schwierig gewesen, nach der Ankunft in Addis Abbeba überhaupt ein Treffen mit einem hochrangigen Kirchenvertreter zu erreichen. Und nun, da sie es geschafft hatten, schien dieser zerbrechliche alte Mann auf der anderen Seite des Schreibtisches nicht begreifen zu wollen, was sie eigentlich vorhatten. »Wir haben Ihnen eine offizielle Bestätigung der UN vorgelegt, daß wir für ein anerkanntes Forschungsinstitut arbeiten. Sie können also sicher sein, daß wir Ihnen die Wahrheit sagen, wenn wir Ihnen versprechen, daß wir uns das Heiligtum nur ansehen wollen. Wir werden einige Fotos machen, und dann werden wir wieder gehen!«

Das zerfurchte Gesicht des alten Priesters blieb ausdruckslos, und es veränderte sich auch nicht, während der Dolmetscher redete. Schließlich zuckte der alte Mann mit den Schultern, eine kaum sichtbare Bewegung unter den weiten Umhängen, die seine dürre Gestalt bedeckten.

Er begann wieder mit heiserer Stimme zu reden, und diesmal bedeutend länger.

Der Dolmetscher hatte offenbar keine Probleme, den ganzen Vortrag im Gedächtnis zu behalten. Er musterte Connor streng, während er in fließendem Englisch erklärte: »Es ist völlig unmöglich, die Heilige Lade zu besichtigen. Nicht einmal der Nebura-ed, der Patriarch unserer Kirche, darf vor das Höchste Heiligtum treten. Sie müßten das wissen, wenn Sie wirklich Wissenschaftler sind, wie Sie behaupten. Sie sprachen von Gefahren, die Sie abwenden wollen – aber wissen Sie denn nicht, daß wir alle in Gottes Hand sind? Er hat es so gefügt, daß die Macht der Lade vor den Augen der Menschen verborgen werden muß, und so soll es auch geschehen. Wir werden Seinen Willen mit all unserer sterblichen Kraft erfüllen, bis wir ein anderes Zeichen von Ihm bekommen!« Der junge Mann in der Milizuniform zögerte einen Augenblick, bevor er hinzufügte: »Es liegt nicht in meiner Macht, Ihnen den Zugang zur Bundeslade zu gestatten oder zu verweigern. Es gibt nur einen einzigen Menschen, der dazu in der Lage ist. Versuchen Sie, die Erlaubnis zu bekommen, mit ihm zu sprechen. Er muß entscheiden, ob Sie die Lade sehen dürfen ... doch ich weiß, wie diese Entscheidung lauten wird. Mehr kann ich Ihnen nicht sagen. Es ist mir auch nicht möglich, Ihnen noch irgendwie weiterzuhelfen.«

Der Dolmetscher warf dem Priester einen scheuen Seitenblick zu. »Das waren seine Worte. Sie dürfen jetzt gehen.«

Pierre Leroy runzelte die Stirn und schien protestieren zu wollen, doch die Frau neben ihm berührte seinen

Arm. »Laß es sein, Pierre«, murmelte Valerie Gideon. »Wir können sie nicht umstimmen!«

Connor erhob sich mit einem Ruck von seinem Stuhl, wie ein Offizier, der sich auf den Weg zu einer großen Schlacht macht. »Ich finde Ihre Entscheidung zwar bedauerlich, aber ich danke Ihnen trotzdem«, erklärte er mit kühler Stimme. Er nahm die Dokumente, die er mitgebracht hatte, aus der Hand des Dolmetschers entgegen. Ihm war nicht entgangen, daß der Priester kaum einen Blick auf das UN-Schreiben geworfen hatte.

Offenbar war die Mühe unnötig gewesen, die sich Sir Ian Sutherland gemacht hatte, um eine UN-Akkreditierung für seine Mitarbeiter zu beschaffen. Den Leuten hier schienen sowohl die UNO als auch A.I.M. herzlich schnuppe zu sein.

»Arrogante Heinis!« murmelte Pierre Leroy vor sich hin, als sie durch ein schäbiges Treppenhaus ins Erdgeschoß hinabstiegen. Es war keine Kirche gewesen, in der sie den Priester hatten treffen dürfen. Das Gebäude schien früher irgendein Amt beherbergt zu haben, der Einrichtung und dem Aufbau nach zu schließen. Durch die offenen, staubigen Glastüren unten in der Halle drang die heiße afrikanische Luft herein.

»Ein Heiligtum ist ein Heiligtum«, erwiderte Connor ernst. Der Schotte schaute seine Gefährten nachdenklich an. »Die Leute hier nehmen so etwas noch sehr ernst. Kann man ihnen das übelnehmen?«

Pierre murmelte etwas vor sich hin und marschierte auf die Straße hinaus. Es war eine schlaglochübersäte Seitenstraße, durch die nur wenige Passanten schlenderten. Neugierige Blicke trafen die drei Europäer. Seit der Diktator Mengistu gestürzt war und seine kubanischen und russischen Militärberater das Land verlassen hatten, sah man nicht mehr allzu viele Weiße auf den Straßen von Addis Abbeba.

»Wir müssen nach Aksum fahren und vor Ort sehen, was wir ausrichten können«, sagte Valerie. Die junge Frau schien in Gedanken versunken, während sie zwischen den beiden Männern daherging. »Auf die eine oder andere Art muß es uns gelingen, uns Zugang zur Bundeslade zu verschaffen.« Trotz ihrer entschlossenen Worte schien sie nicht recht bei der Sache zu sein. Die beiden Männer erinnerten sich noch gut an die Diskussionen, die entflammt waren, nachdem Valerie wieder auf den Beinen war.

Elwood, der geheimnisvolle ›Mann in Schwarz‹, hatte Valerie von dem entsetzlichen Parasiten befreit, den Kar ihr eingepflanzt hatte.* Auf die Weisung des Orakels hin hatten sie die Spur der Bundeslade aufgenommen – doch Valerie war besessen von dem Gedanken, sich an Kar zu rächen. Er hatte sie auf eine Art und Weise vergewaltigt, die vielleicht schlimmer war als die gewöhnliche Variante dieses Verbrechens: Er hatte ihren Willen ausgeschaltet und ihren Körper als ein Mordinstrument benutzt, hatte sie ihren Gefährten entfremdet und um ein Haar Sir Ians und ihren Tod verursacht.

Und Valerie Gideon war nicht der Typ, der so etwas vergessen konnte oder würde.

Es hatte Sir Ian viel Überredung gekostet, sie dazu zu bewegen, mit nach Äthiopien zu kommen. In einem eigens errichteten Sanktuarium in Aksum wurde angeblich die Bundeslade des Alten Israel aufbewahrt, jener legendäre Kasten aus Holz und Gold, der in Israel und Äthiopien gewaltige Wunder und Zerstörungen bewirkt haben sollte. Sir Ian Sutherland war der Meinung gewesen, Valerie müßte abgelenkt werden von ihrem

* siehe Buch 3 ›Elwood‹, Seite 227 ff.

abgrundtiefen Haß auf Kar. Vielleicht war Arbeit die beste Therapie – die Art von Arbeit, die Valerie am besten kannte und beherrschte.

Sie war Archäologin, und sie war Agentin des Mossad gewesen. Bei dem, was in Äthiopien zu tun war, würde sie Kenntnisse aus beiden Berufen anwenden können.

Mehr denn je nach der Abfuhr, die sie soeben erlebt hatten. Offenbar war die Möglichkeit verschwindend gering, auf legalem Wege an die Bundeslade zu kommen. Es gab keine Kompromisse, egal, welche Zugeständnisse sie an das religiöse Empfinden der äthiopischen Christen machen würden. Von Addis Abbeba aus würde ihnen niemand den Weg ebnen, der ins Allerheiligste des Sanktuariums führte.

»Wir müssen zunächst versuchen, zu Dr. Edeya Verbindung aufzunehmen«, erklärte Connor nach einer Minute schweigenden Dahinwanderns. Sie hatten eine belebte Kreuzung erreicht und hielten Ausschau nach dem richtigen Weg. Autos brummten durch die Nachmittagshitze des Hochlands, schnurgeraden Straßen entlang und an modernistischen Prunkbauten vorbei, die ein gewissenloser Diktator zu Repräsentationszwecken hatte errichten lassen. Es waren viele Uniformen auf den Straßen der Stadt zu sehen. Ein Teil der Bürgerkriegsspannung war geblieben, obwohl die einstigen Rebellen längst eine geordnete Regierung errichtet hatten und ihnen eine zermürbende Schlacht um die Hauptstadt erspart worden war.

So etwas Ähnliches wie das Taxi, mit dem sie zu ihrer Audienz mit dem Hohepriester gefahren waren, war weit und breit nicht in Sicht. »Dr. Edeya ist Äthiopier, und Sir Ian hat mir versichert, daß er uns weiterhelfen würde. Als Dr. Edeya noch in London gearbeitet hat, hatten die beiden Gentlemen offenbar ein recht gutes Verhältnis zueinander.«

Pierre Leroy grinste über Connors sorgfältige Ausdrucksweise, die eher in einen Londoner Club als in eine heiße afrikanische Straße zu passen schien. Er reckte den Kopf und erspähte die Wipfel der Jakaranda-Bäume in einiger Entfernung, die er sich gemerkt hatte. »Da drüben muß die Churchill Avenue liegen«, verkündete er. »Wenn wir der folgen, kommen wir zum Ras Hotel zurück!«

»Vielleicht müssen wir das nicht«, sagte Connor. »Sieht aus, als gäbe es doch noch so etwas wie Taxis hier ...«

Er hatte den Arm halb erhoben, um auf das Fahrzeug zu deuten, das plötzlich aus dem Verkehr ausgeschert war und langsam am Gehsteig entlang auf sie zufuhr. Doch er hielt halb in der Bewegung inne, und er sprach seinen Satz nie zu Ende.

Denn der weiße, rostfleckige Lieferwagen war voller bewaffneter Männer! Sie sahen den dunkelhäutigen, hageren Fahrer, die glänzenden Sonnenbrillen vor den gebräunten Gesichtern der beiden anderen Insassen – und die Läufe der Gewehre, die hinter der Windschutzscheibe zu erkennen waren.

»Merde!« stieß Pierre Leroy heiser hervor und machte Anstalten, in die Straße zurückzuweichen, aus der sie eben gekommen waren. Er hatte kaum einen Schritt getan, als der Lieferwagen mit quietschenden Reifen zum Stehen kam.

Die Seitentür flog auf, und die beiden Kerle sprangen heraus, dunkelhaarige, durchtrainiert aussehende Männer in einfacher Straßenkleidung. Doch ihre abgetretenen Turnschuhe und ausgebleichten Jeans paßten nicht recht zu den Kalaschnikow-Gewehren in ihren Händen. Die Waffen flogen hoch, die Hände der Männer schlossen sich fester um die abgenutzten Griffe. Ihre großen Sonnenbrillen machten es unmöglich, irgendeine Regung in ihren Augen wahrzunehmen.

Valerie starrte den Bruchteil einer Sekunde lang auf die

Läufe der AK 47. Die Waffen waren noch nicht im Anschlag, als sie einen harten, durchdringenden Schrei ausstieß.

Es war kein Angstschrei.

Er hallte in den Ohren der verdutzten Angreifer wider, während sich die schlanke Frau vorwärts warf, mit der Geschwindigkeit einer zustoßenden Schlange.

Ihre Instinkte hatten die Kontrolle übernommen – die Instinkte eines perfekt trainierten Raubtiers.

Der kleinere der beiden Sonnenbrillenträger schien etwas brüllen zu wollen, aber er hatte gerade erst den Mund aufgerissen, als Valeries Fußspitze den Schaft der automatischen Waffe in seiner Hand traf und den Lauf nach oben katapultierte. Fast gleichzeitig zielten ihre angespannten Finger nach seinem Kehlkopf, aber er konnte gerade noch den Kopf zurückreißen, so daß der Stoß nur seinen Solarplexus traf. Er torkelte zurück und rang nach Luft, während das Sturmgewehr locker von seiner Hand baumelte.

Der zweite Mann riß seine AK 47 herum, und einen Sekundenbruchteil schien es, als schaffte er es, die Mündung gegen Valeries Hüfte zu drücken. Doch ihr Körper bewegte sich abermals, gleichzeitig schwang der linke Unterarm in einer hunderttausendmal geprobten Abwehr herum. Der Gewehrlauf flog zur Seite, und das Brüllen der Salve erstickte eine Sekunde lang jedes andere Geräusch auf der belebten Straße.

Zum Glück trafen die Stahlmantelgeschosse nichts als den rissigen Asphalt, drei Schritte hinter Valerie und Pierre Leroy. Staub und Teerteilchen waren noch in der Luft, als Valeries rechte Faust auf die Schläfe des Gewehrmannes zuraste.

Doch der Mann war schnell.

Er sprang zurück, bekam sein Gewehr wieder in den Griff – und in dieser Sekunde traf ihn Connor mit einem

Handkantenschlag hoch an der rechten Schulter. Das Gewehr sackte nach unten, und Connors zweiter Schlag schleuderte den hochgewachsenen Angreifer der Länge nach auf den Asphalt.

Valerie stürzte sich auf den ersten Mann, der taumelnd vor ihr zurückwich und sein Gewehr hochriß. Der Fahrer des hellen Lieferwagens hatte inzwischen eine großkalibrige Automatik unter dem Armaturenbrett hervorgezerrt und suchte mit aufgerissenen Augen nach einem Ziel. Die Mündung pendelte sich auf die Brust des breitschultrigen Schotten ein.

Connor sprang instinktiv zur Seite, und im gleichen Moment flog etwas durch die Luft und traf den Pistolenschützen genau auf die Nase. Er stieß einen heiseren Schrei aus, eine Mischung aus Fluch und Schmerzenslaut, ließ seine Pistole fallen und faßte sich ans Gesicht.

Inzwischen versuchte Valeries Gegner, ihr den Lauf des Gewehrs auf den Kopf zu dreschen. Sie ließ ihn ins Leere laufen und setzte mit einem blitzartigen Beinfeger nach, so daß der Kerl der Länge nach stürzte.

Er fiel geradewegs in die offene seitliche Tür des Lieferwagens. Ein Schuß löste sich aus der Kalaschnikow und ging senkrecht durch die Decke des Fahrzeugs. Eine Wolke rötlichen Roststaubs erhob sich in die trockene äthiopische Höhenluft. Das Auto erbebte unter dem Aufprall des coolen Helden mit der Sonnenbrille, doch wider Erwarten gaben weder Stoßdämpfer noch Unterboden nach. Während Pierre Leroy und Connor auf den Lieferwagen zusprangen, um den Kampf zu einem sauberen Ende zu bringen, gab der Fahrer Gas. Unter der korrodierten Haube des alten Kastens mußte ein ungewöhnlich kräftiger Motor stecken, denn das Fahrzeug schoß vorwärts wie eine Rakete. Qualmender Gummi blieb auf der Straße zurück, und die Füße des zweiten Bewaffneten ragten aus der offenen Tür, während das Auto mit brüllendem Motor zur Mitte der Straße bretterte. Um ein Haar hätte es einen Laster gerammt, verfehlte haarscharf ein klappriges Mofa und donnerte dann wie von Dämonen gehetzt die Fahrbahn entlang.

Connor dachte an den schwarzen Fahrer mit seiner Pistole und warf Pierre einen Seitenblick zu. »Besten Dank für dein Eingreifen«, sagte er zu dem drahtigen Franzosen. »Aber was zum Teufel hast du nach dem Kerl geworfen?«

Pierre seufzte. »Mein Taschengläschen mit Branntweinkirschen!« erwiderte er mit leidender Miene. »Ich hoffe, es ist wenigstens kaputtgegangen, damit der Lump sich nicht noch daran delektieren kann!«

Hinter ihnen erklang ein Keuchen und Scharren. Connor und Valerie drehten sich rechtzeitig genug um, um den dritten Mann rennen zu sehen. Er hatte seine Brille und sein Gewehr auf dem Gehsteig zurückgelassen und hetzte durch die nächste Seitengasse. Connor grunzte etwas, was sehr nach einem butleruntypischen Fluch klang, und setzte dem Fliehenden mit langen Schritten nach.

»Vorsicht, Connor!« rief Pierre Leroy hinter ihm her. Immerhin konnte der Kerl ja noch eine Pistole oder ein Messer bei sich haben! Er tauschte einen schnellen Blick mit Valerie, und dann rannten sie beide hinter Connor her.

Sie kamen nicht weit.

Denn erstens hatte der Schotte schon einen Vorsprung von zwanzig Metern herausgeholt.

Und zweitens krachte hinter ihnen ein Schuß, und eine scharfe Stimme brüllte in gebrochenem Englisch: »Nix Bewegung! Erstarret! Halt!«

Connor verschwand um die Ecke. Valerie und Pierre blieben stehen und drehten sich vorsichtig um.

Ein offener Jeep sowjetischer Bauart war hinter ihnen

halb auf den Gehsteig gefahren. Zwei dunkelhäutige, schlanke Männer saßen darin. Ihre wachsamen Augen visierten über die Läufe zerschrammter Gewehre hinweg. Sie trugen helle Tarnuniformen, und der ältere der beiden hatte ein Fallschirmjägerbarett über seine kurzen schwarzen Haare gestülpt.

Pierres Blick streifte die AK 47, die auf dem Gehsteig lag und den Gewehren der beiden Soldaten täuschend ähnlich sah.

Die Militärs hatten die Waffe ebenfalls bemerkt. Diese Entdeckung flößte ihnen nicht gerade besonderes Vertrauen in die beiden Fremden ein, die sie gerade in Schach hielten.

»Das kann ja heiter werden«, murmelte Pierre vor sich hin. »Und meine *Cheries à l'eau de vie* habe ich auch verloren!«

»Wie kommen Sie dazu, auf offener Straße mit einer Kriegswaffe herumzuschießen?« fragte der Offizier aufgebracht. »Woher haben Sie das Gewehr überhaupt?«

Valerie schaute den Mann nachdenklich an, aber sie schien ihn gar nicht richtig zu sehen. Es schien fast, als wäre er von so geringer Bedeutung, daß es sich eher lohnte, seinen eigenen Gedanken nachzuhängen. Pierre Leroy saß neben ihr auf einem harten Stuhl und betrachtete einen Ast vor dem Fenster des kargen Wachzimmers, wo ein kleiner bunter Vogel fröhlich zwitscherte.

»Ich habe Ihnen doch schon dreimal gesagt, daß das nicht unser Gewehr ist! Sie brauchen nur die Fingerabdrücke zu vergleichen, Mann!« sagte Valerie kalt.

»Und den Besitz dieser geschmacklosen Sonnenbrille lasse ich mir auch nicht anhängen«, fügte Pierre hinzu. Er musterte den gedrungenen Mann in der gebügelten Uniform spöttisch, aber der schien keinen rechten Sinn für seine Art von Humor zu haben.

Man hatte sie in ein graues, klobiges Gebäude am Stadtrand gebracht, das so etwas wie eine Kaserne darzustellen schien.

Jedenfalls standen auf dem Rasen zahlreiche leichte Artilleriegeschütze und Granatwerfer herum, und überall sah man schwerbewaffnete Männer in schlampigen Uniformen. Anfangs hatten sie geglaubt, es stelle einen Vorteil dar, daß sie von einem Mann verhört wurde, der perfekt Englisch sprach. Er schien zum militärischen Geheimdienst zu gehören. Es waren nicht nur seine exzellenten Sprachkenntnisse, die diesen Schluß nahelegten.

Doch ob er nun Englisch sprach oder nicht, er weigerte sich hartnäckig, das zu verstehen, was ihm Pierre und Valerie schon etliche Male ausführlich erklärt hatten.

»Wir sind Wissenschaftler«, wiederholte Valerie die alte Leier. »Bei den Papieren, die vor Ihnen auf dem Tisch liegen, befindet sich auch mein Universitätsdiplom in Archäologie. Außerdem einige Schreiben der UN, aus denen klar hervorgeht, daß wir schon mehrmals für die Weltorganisation gearbeitet haben und man vollstes Vertrauen in unsere Tätigkeit setzt. Und A.I.M., das *Analytic Institute for Mysteries,* ist nun auch nicht gerade eine Terrororganisation! Unser Auftraggeber, Sir Ian Sutherland, hat die besten Beziehungen zur UN, Sir!« Ihre grauen Augen blitzten zornig, doch ihre Stimme war noch immer kühl und beherrscht.

»Wir sind in einer streng wissenschaftlichen Mission hier«, fügte Pierre gewollt freundlich hinzu. »Erkundigen Sie sich bei der Kirche. Wir hatten gerade eine Unterredung mit einem sehr hohen Würdenträger hinter uns, als wir von diesen Totschlägern überfallen wurden! Wir hatten großes Glück, daß wir nicht abgeschlachtet wurden.

Aber Ihre Soldaten kamen natürlich erst hinzu, als alles schon vorbei war!«

»Warum ist Ihr Begleiter geflohen?« schnappte der Offizier mit harter Stimme. Die schwarzen Augen in seinem streng geschnittenen afrikanischen Gesicht funkelten entschlossen. Es war klar, daß er glaubte, eine große Verschwörung aufgedeckt zu haben.

»Er ist nicht geflohen, sondern verfolgt einen der Angreifer«, erwiderte Pierre, da Valerie augenscheinlich keine Lust mehr hatte, den Mund aufzumachen. »Er hat bestimmt gar nicht gemerkt, daß Ihre Leute uns aufgegriffen haben!«

»Es ist sehr mutig, einen Killer oder Attentäter zu verfolgen«, knurrte der Offizier. Er hatte es bislang nicht für nötig gehalten, seinen Namen mitzuteilen. Auch das deutete darauf hin, daß er zu einer besonderen Einheit gehören mochte.

»Monsieur Connor ist ein mutiger Mann«, bestätigte Pierre sanft.

Der stämmige Offizier blätterte mißgelaunt in den Papieren, die vor ihm auf dem Tisch lagen. »Connor ist Brite. Sie sind Franzose, Monsieur Leroy. Und Sie, Miss Gideon«, er machte eine bedeutungsvolle Pause, und seine scharfen dunklen Augen blitzten auf, »Sie sind israelische Staatsbürgerin!«

Valerie lächelte ein wenig, aber in ihren Augen war nicht die geringste Sympathie, als sie erklärte: »Der Diktator, den Ihre Leute verjagt haben, hatte nichts für Juden übrig. Ich hoffe, die neue Regierung möchte diesen unvernünftigen Kurs nicht beibehalten!«

Pierre hielt den Atem an.

Das war typisch Valerie – gleich zum Angriff übergehen! Er hoffte sehr, daß der Mann vor ihnen kein Wendehals war, der sich aus der Mengistu-Ära in die nachrevolutionäre Zeit hinübergerettet hatte. Dann konnte Valeries Bemerkung nur geeignet sein, ihn in Weißglut zu versetzen.

Und Pierre glaubte nicht, daß ein weißglühender Offizier geneigt wäre, sie in den nächsten Wochen auf freien Fuß zu setzen. Oder in den nächsten hundert Jahren ...

Der Offizier sah Valerie und ihn nachdenklich an. Pierre befürchtete schon, er würde gleich explodieren, aber seine Stimme war freundlich, als er schließlich sagte: »Ich beschäftige mich nicht mit Politik, Miss Gideon. Meine Aufgabe ist es, Befehlen zu gehorchen und mein Land zu schützen. Es ist mir nur aufgefallen, daß Sie aus Ländern kommen, die in den zweiten Golfkrieg maßgeblich verwickelt waren. Und der Nahe Osten ist nicht allzu weit entfernt. Ich frage mich einfach, ob Sie Unruhestifter oder Spione sind. Und wenn Sie das sind ... was Sie dann hier in Addis Abeba vorhaben!«

»Sie werden unschwer feststellen können, daß wir weder das eine, noch das andere sind«, erwiderte Pierre. »Allerdings sollten Sie sich einmal fragen, was zwei arabisch wirkende Kerle mit automatischen Gewehren in Addis Abeba vorhaben! Vielleicht sind *das* die Unruhestifter, die Sie suchen!«

»Verlassen Sie sich darauf, ich werde genau feststellen, wer und was Sie wirklich sind«, erklärte der Offizier gelassen. »Und ich werde auch diese Dokumente sehr genau prüfen!« Er klopfte mit dem Finger hart auf das raschelnde Papier. »Bis dahin sind Sie meine Gäste!« Er stieß einen lauten Befehl auf Amharisch aus, und die Tür des Zimmers flog auf. Mehrere Soldaten traten ungewohnt zackig herein und begleiteten die ›Gäste‹ nach draußen.

Auf dem Weg zu ihren Zellen kamen sie an einem Innenhof vorbei, wo mehrere gefesselte Männer auf Stühlen saßen. Soldaten brüllten wütend auf sie ein und bedrohten sie.

Scheinbar war ein grobes Verhör im Gange.

»Offenbar haben wir die V.I.P.-Behandlung bekommen«, murmelte Valerie mit einem Blick zu den einheimischen Gefangenen.

»Ich hoffe, wir kriegen auch V.I.P.-Unterkünfte«, sagte Pierre.

Dann sah er die dreckige dunkle Treppe, die steil nach unten führte. Irgendwo in der Tiefe des stinkenden Schlunds brannte eine schwache, nackte Glühbirne. Ungeziefer von beeindruckenden Ausmaßen hockte in Winkeln und Wandrissen.

»Ich möchte aber ein Zimmer mit Whirlpool, Monsieur«, wandte sich Pierre an einen der Soldaten. Doch das Scherzen verging ihm, als sie eine Abzweigung erreichten und die Männer ihn von Valerie trennten. Ein Gewehrlauf bohrte sich in seinen Rücken, und man stieß ihn auf eine dicke rostige Stahltür zu.

Der Gedanke, hier unten mehr als ein paar Stunden verbringen zu müssen, ließ ihm das Blut in den Adern stocken.

Valerie schrak hoch, als sich die Zellentür mit einem lauten Knall öffnete. Sie hatte sich die größten Sorgen um Pierre gemacht, und sie hatte die halbe Nacht auf der Pritsche gelegen, dem Rascheln der Insekten zugehört und sich gefragt, ob man ihn foltern würde. Sie hatte natürlich auch an sich selbst gedacht – immerhin war es in vielen Ländern üblich, sich bei weiblichen Gefangenen besondere Freiheiten herauszunehmen. Irgendwann war sie eingedöst. Da ihr Verlies kein Fenster hatte und das einzige Licht von einer schwachen, flackernden Leuchtstoffröhre an der Decke kam, wußte sie nicht, ob es schon wieder Tag geworden war.

Sie richtete sich auf, bereit, um ihr Leben zu kämpfen.

Doch die beiden Soldaten, die hereinkamen, schienen nicht die Absicht zu haben, ihr etwas anzutun. Einer deutete sogar eine Verbeugung an und sagte in gebrochenem Englisch, sie möge ihm folgen. Trotz des freundlichen Benehmens der beiden blieb Valerie mißtrauisch. Es gab alle möglichen Tricks, die ein raffinierter Verhörspezialist benutzen konnte, um seine Gefangenen mürbe zu machen.

Valerie blieb stehen, als sie den großen Wagen im Hof sah. Es war ungewöhnlich kühl draußen, und früh am Morgen. Nebelfetzen hingen in den Zweigen der Bäume, die sie außerhalb des Kasernentors erkennen konnte. Addis Abeba war eine Stadt, die von Eukalyptuswäldern umgeben war, das hatte sie schon vom Flugzeug aus beobachtet.

Wollte man sie etwa in ein anderes Gefängnis bringen ...?

Dann sah sie Pierre und den Offizier vom letzten Nachmittag.

»Ah, da sind Sie ja, Miss Gideon!« rief der Offizier, als befänden sie sich auf einer amüsanten Stehparty. Er wedelte mit den Papieren herum, die er in der rechten Hand hielt. »Ich habe gute Nachrichten für Sie beide. Wir haben Ihre Angaben überprüft, und es gibt keine Handhabe, Sie weiterhin festzuhalten. Wir werden Sie selbstverständlich in Ihr Hotel zurückbringen!« Er deutete auf den olivfarbenen Wagen hinter sich.

Valerie sagte nichts. Sie wußte, es würde noch etwas nachkommen. Sie sah es in den Augen des stämmigen Mannes.

»Übrigens – es ist mir nicht entgangen, *welchem* antiken Gegenstand Sie in unserem Land auf die Spur kommen wollen«, fügte der Offizier hinzu. »Soweit ich erfahren konnte, hat die Kirche Ihnen deutlich gemacht, daß dieses Vorhaben so gut wie aussichtslos ist. Außerdem sehe ich keine Möglichkeit für Sie, überhaupt nach Aksum zu gelangen, wo die Bundeslade aufbewahrt wird!« Er lächelte freundlich, als er Valerie den Wagenschlag aufhielt, doch seine Augen waren kalt wie dunkle Kieselsteine. »Ich rate Ihnen also dringend, unser Land zu verlassen. Es wäre nur Zeitverschwendung, weiter einer vergeblichen Hoffnung nachzulaufen. Außerdem haben Sie selbst erlebt, daß unser Land leider noch nicht so friedlich ist, wie wir uns das wünschen würden. Es gibt immer noch Anhänger des alten Regimes, die versuchen, uns Schwierigkeiten zu machen. So wie es aussieht, schrecken sie auch nicht davor zurück, ausländische Gäste unseres Landes anzugreifen!«

Er wartete, bis Pierre und Valerie eingestiegen waren, bevor er sich zum Fenster hinunterbeugte. »Nehmen Sie das nächste Flugzeug nach Hause!« Seine Stimme klang jetzt beinahe wie die eines schroffen Befehlshabers, und die freundliche Tünche war beinahe völlig verschwunden. »Sie haben alles versucht, was Sie konnten, und Sie sind gescheitert. Es könnte gefährlich werden, jetzt weiterzumachen. Denken Sie daran!«

»Ich fürchte beinahe, Sie haben recht, Monsieur«, sagte Pierre. Er streckte die rechte Hand aus, und der Offizier gab ihm die Papiere und Pässe zurück. Dann knallte der Geheimdienstler die flache Hand auf das Wagendach, zum Zeichen, der Fahrer möge Gas geben.

Langsam rollte das schwere Fahrzeug zum Tor hinaus, der erwachenden Stadt entgegen.

In einem kleinen Büro, einige Stockwerke über dem Hof, stand ein Soldat und schaute dem Auto nach. Er sah mit unbewegtem Gesicht zu, wie der Offizier das Gelände überquerte und im Eingang des Hauptquartiers verschwand.

Der Soldat war allein. Auf dem wackligen Schreibtisch zu seiner Linken stand ein altes Telefon. Der Mann wandte sich vom Fenster ab und wählte eine Nummer – und dabei horchte er aufmerksam, ob auch niemand in der Nähe war oder sich gar anschickte, das Büro zu betreten.

Der Soldat wartete ungeduldig, daß sich endlich jemand am anderen Ende der Leitung meldete.

Er hatte eine Menge zu berichten.

»Sie scheinen nicht einmal unsere Sachen durchwühlt zu haben«, sagte Valerie überrascht, als das Taxi sie und Pierre Leroy zum Flughafen fuhr. Sie schien noch immer verblüfft darüber zu sein, daß sie ihr Hotelzimmer völlig unberührt vorgefunden hatte, nachdem sie aus der Kaserne zurückgekommen war.

»Wahrscheinlich haben sie unsere Papiere doch beeindruckt«, murmelte Pierre. Er hatte den Kopf zurückgelegt und die Augen geschlossen. Offensichtlich hatte er in der letzten Nacht ebensowenig wie Valerie schlafen können. »Außerdem sind die Äthiopier doch für ihre Rücksichtnahme gegenüber Fremden bekannt.«

Valerie betrachtete die grauen Wolken über der morgendlichen Geschäftigkeit der Stadt. Es sah aus, als würde es bald kräftig regnen. Hier im Hochland war das zu dieser Jahreszeit keine Seltenheit. Das Taxi fuhr zügig durch die breiten Straßen, und Valerie erhaschte einen Blick auf das Reiterstandbild eines früheren Kaisers.

»Nicht rücksichtsvoll genug, daß sie darauf verzichten würden, uns zu beschatten«, murmelte sie.

Pierre öffnete die Augen und wandte ihr das Gesicht zu. Er wirkte noch immer schläfrig, aber sie wußte, daß sein Verstand hellwach war. »Dieselben wie vor dem Hotel?«

»Dieselben beiden Figuren«, sagte Valerie. »Man wagt nicht, uns härter anzufassen, aber man möchte sichergehen, daß wir verschwinden. Nun, wir fahren zum Flughafen. Jetzt sehen sie ja, was unsere Absicht ist.«

»Ich frage mich, wo Connor steckt«, meinte Pierre. Er entspannte sich wieder auf dem Rücksitz, aber seine Stimme klang düster. »Er hat keine Nachricht für uns hinterlassen, und er war seit gestern nicht auf seinem Zimmer! Hoffentlich verliert er nicht unsere Spur.«

»Connor weiß, wie er uns finden kann«, sagte Valerie. Sie stieß den Franzosen leicht an. »Komm, wach auf, wir sind schon da!«

Das Taxi hielt vor der Flughafenhalle, und Pierre stieg gähnend aus dem Fahrzeug und holte seine Koffer heraus.

Während er Valerie mit ihrem Gepäck half, beobachtete er aus den Augenwinkeln die beiden hageren Kerle, die einige hundert Meter weiter aus einem Auto kletterten und langsam näherschlenderten. Wenn er sich nicht irrte, war einer dabeigewesen, als sie gestern nachmittag verhaftet worden waren. Da hatte der Bursche noch eine Uniform getragen, und ein Barett auf dem Kopf.

»Jaja, gutes Personal ist rar«, brummte Pierre vor sich hin, nachdem er den Taxifahrer bezahlt hatte und seine Koffer in die große Halle des Flughafens schleppte. Valerie folgte ihm durch das Gewühl zum Schalter der Ethopian Airlines. Sie stellten sich hinten an einer Menschenschlange an.

Inzwischen waren ihre beiden Verfolger an einen Zeitschriftenstand geschlendert und vertieften sich in die Schlagzeilen.

Es dauerte eine ganze Weile, bis Pierre endlich an der Reihe war. »Wir möchten uns nach dem nächsten Flug nach London erkundigen und eventuell zwei Plätze buchen«, erklärte er der Frau hinter dem Schalter. Sie war eine zierliche, feingliedrige Person, und Pierre beobachtete mit plötzlich erwachtem Interesse jede ihrer Bewegungen.

»Wir können damit aufhören. Sie sind weg«, sagte Valerie plötzlich.

Pierre riß seinen Blick von der schönen Äthiopierin los und wandte seine Aufmerksamkeit der nicht minder attraktiven Israelin zu.

Tatsächlich – die beiden Kerle vom Zeitschriftenstand waren verschwunden!

»Sie sind eben gegangen«, meinte Valerie. »Nachdem wir so lange gewartet hatten, haben sie wohl angenommen, daß wir jetzt auch wirklich fliegen würden! Ich hatte ohnehin den Eindruck, daß diese Beschattungsaktion eher lustlos organisiert worden ist.«

Pierre winkte der Frau hinter dem Schalter zu, die eben mit dem Studium ihrer Flugpläne fertiggeworden war. »Wir werden Ihrem schönen Land nun doch nicht den Rücken kehren«, erklärte er der verblüfften Angestellten fröhlich. »Ich habe mich gefreut, Sie kennenzulernen, Mademoiselle!« Als er mit Valerie einige Schritte entfernt war, sagte er: »Die Behörden brauchen nur die Ausreisebelege zu kontrollieren, um festzustellen, daß wir immer noch im Land sind.«

»Bis dahin sind wir nicht mehr in Addis Abeba«, erwiderte Valerie. »Äthiopien ist noch immer ein unruhiges Land, und die Geheimdienste haben Wichtigeres zu tun, als ein paar seltsamen Ausländern nachzuspionieren. Wenn sie uns wirklich für gefährlich hielten, hätten sie uns gleich in ein Flugzeug gesetzt und dafür gesorgt, daß wir auch wirklich abfliegen! Oder sie hätten uns gar nicht erst laufengelassen!«

»Hoffe, du hast recht«, brummte Pierre. »Aber wie wollen wir Addis Abeba verlassen ...«

»Da hätte ich schon eine Idee, Monsieur Leroy«, sagte eine tiefe Stimme hinter Pierre. Der Franzose zuckte zusammen und ließ vor Schreck beinahe seine Koffer fallen.

Er wandte sich hastig um und blickte in Connors grinsendes Gesicht. Der große, breitschultrige Mann war lautlos wie ein Schatten hinter den beiden aufgetaucht.

»Wo zum Teufel kommst du denn her?« rief Pierre. »Kannst du Gedanken lesen?«

»Man braucht keine Gedanken lesen zu können, um sich die Unannehmlichkeiten einer äthiopischen Gefängniszelle vorstellen zu können, meine Lieben«, erklärte Connor gelassen. »Weil diese Art Unterkunft mir nicht genehm war, bin ich auch meinem Hotelzimmer ferngeblieben. Aber ich habe nicht darauf verzichtet, einige Gehilfen zu bezahlen, die nach euch Ausschau halten sollten. Es gibt viele arme Leute hier, die glücklich sind, sich ein paar Birr dazuverdienen zu können. Und unser Freund Dr. Edeya hat mir geholfen, die richtigen auszusuchen.« Er grinste sparsam. »Der Rest war einfach. Ein Angestellter des Hotels, dem ich ebenfalls ein paar Scheine zugesteckt hatte, rief mich an und meinte, ihr hättet euch mehrmals nach dem Flughafen und den nächsten Flügen Richtung London erkundigt. Ich habe mir gleich gedacht, daß das eine Finte ist, um die hiesige Polizei zu beruhigen. Aber ich bin schon mal hierher gefahren, um auf euch zu warten.«

Pierre zog den Schotten beiseite, in die Deckung einer mächtigen Betonsäule. Nur für den Fall, daß die beiden Schatten zurückkehrten, die ihnen bis zum Flughafen gefolgt waren.

»Gut, daß du Edeya endlich angetroffen hast«, sagte Pierre erleichtert. Als sie in Addis Abeba angekommen waren, hatten sie es nicht geschafft, Verbindung zu Sutherlands Bekanntem aufzunehmen. Es hieß, er wäre vorübergehend nicht in der Stadt.

»Was war mit dem Attentäter, den du verfolgt hast?«

fragte Valerie. Pierre nickte. Er hatte über dem beunruhigenden Erlebnis mit der äthiopischen Militärpolizei beinahe schon den Vorfall vergessen, der ihnen diese Unannehmlichkeit erst beschert hatte.

»Ich habe die Verfolgung aufgegeben, als ich merkte, daß ihr von den Soldaten verhaftet wurdet«, erwiderte Connor. »Es war mir wichtiger, herauszufinden, was die mit euch machen. Es hätte ja sein können, daß ich euch hätte helfen müssen!« Er zuckte mit den Schultern. »Aber Dr. Edeya sagte mir, daß ihr bestimmt nichts zu befürchten hättet. Er hat eine Menge Bekannte bei der Polizei und der neuen Regierung, und er versprach mir, seine Fühler auszustrecken. Doch so, wie es aussieht, ist das ja nun nicht mehr nötig.«

»Hat er irgendwelche Hinweise darauf, wer uns so freundlich mit angelegten Kalaschnikows empfangen hat?« fragte Pierre.

»Im Gegenteil. Er war höchst verwundert. Er meinte, diese schwarzhaarigen Weißen könnten vielleicht Kubaner gewesen sein, Söldner der alten Regierung, die aus irgendwelchen Gründen im Land bleiben mußten. Vielleicht planten sie ein Attentat auf Ausländer, um die neue Regierung in Verruf zu bringen. Aber das ist eine äußerst spekulative Erklärung.«

»Das waren keine Kubaner«, erklärte Valerie ruhig, aber bestimmt.

Connor zuckte wieder mit den Schultern. Sie war die Ex-Agentin, und er würde ihr nicht widersprechen. »Vielleicht sollten wir solche Fragen nicht hier diskutieren«, sagte er. »Ich habe ein Fahrzeug gemietet. Laßt uns zu Dr. Edeyas Wohnung fahren und dort alles weitere besprechen.«

»Ich habe nichts dagegen«, versetzte Pierre. »Vielleicht hat unser akademischer Freund sogar die Ingredenzien, um uns allen einen leckeren Cocktail zu mixen!«

Dr. Turos Edeya hatte ein geräumiges Haus am Stadtrand von Addis Abbeba, ein moderner flacher Bungalow, versteckt in einer Mulde voller Eukalyptus-Bäume. Es gab sogar einen Swimming-Pool im Garten, aber dort schien seit zehn Jahren kein Wasser mehr eingelassen worden zu sein.

Wenn man Edeya sah, wunderte man sich nicht darüber. Der Doktor der Anthropologie war ein hagerer Mann mit scharfen Gesichtszügen und schnellen, energischen Bewegungen. Er war etwa vierzig Jahre alt, und er erinnerte eher an einen äthiopischen Krieger aus dem unruhigen Mittelalter als an einen modernen Wissenschaftler. Es war offensichtlich, daß er anderes mit seiner Zeit anzufangen wußte, als sich im Garten neben dem Pool zu sonnen.

»Es ist undenkbar, daß Ihnen jemand erlauben wird, die Bundeslade zu sehen«, sagte er mit seiner gelassenen, tiefen Stimme. Er saß mit seinen drei Gästen in der hellen Bibliothek, deren breite Fenster in den Garten zeigten. »Erst kürzlich ist einem englischen Journalisten, der sich wirklich ernsthaft mit der Materie beschäftigt, zum wiederholten Mal der Zutritt verwehrt worden. Nicht einmal das Oberhaupt der äthiopischen Kirche darf sich dem Artefakt nähern!«

Connor nickte. »Offenbar ist es so, daß nur ein einziger Mann an die Lade heran darf – und der darf sie nie wieder verlassen! Er bringt sein ganzes restliches Leben in jenem geheimnisvollen Raum nahe der Maria-von-Zion-Kirche zu, wo die Bundeslade aufbewahrt sein soll. Ich habe gehört, manche Hüter der Lade hätten sich anfangs nur sehr ungern in ihr Schicksal gefügt.«

»Ja«, erwiderte Dr. Edeya. Er drehte sein Glas mit Orangensaft nachdenklich in den langen, dunklen Fingern. »Der jeweilige Hüter bestimmt seinen Nachfolger – ob das dem Nachfolger nun paßt oder nicht. Interessanterweise ist sogar während der Zeit der sogenannten sozialistischen Diktatur Mengistus nie ein Versuch gemacht worden, sich der Bundeslade zu bemächtigen. Sogar den Möchtegern-Nachfolgern von Marx und Lenin war die Lade heilig, und es gab nie so etwas wie die systematische Kirchenzerstörung im stalinistischen Rußland.« Er nippte an seinem Getränk und musterte seine Gäste ernst über den Rand des hohen Glases hinweg. »Es ist ein Glaubensgrundsatz unserer Kirche, daß die Lade ungeheure Kräfte besitzt. Niemand darf sie unbedeckt sehen, außer dem Hüter der Lade. Angeblich ist die Bundeslade so mit unbegreiflicher göttlicher Macht aufgeladen, daß man die Menschen vor ihr schützen muß.« Edeya schob ein paar Fotografien über den polierten Tisch aus Rauchglas und Chrom. »Diese gewaltigen obeliskenartigen Säulen nahe Aksum sollen mit Hilfe der Lade aufgerichtet worden sein. Es gibt angesehene Wissenschaftler, die der Meinung sind, daß selbst unsere heutige Technik nicht in der Lage wäre, derartige Monolithen aufzustellen. Jedenfalls wird Ihnen jedes Kind im Simien-Gebirge erzählen, daß die Heilige Lade gewaltige Wunder vollbracht hat – und diese Stelen gehören dazu.«

Pierre Leroy betrachtete die Fotos von den kunstvoll behauenen Steinsäulen und legte sie dann auf den Tisch zurück. »Ein Grund mehr, dieses sagenhafte Artefakt in Augenschein zu nehmen«, meinte er. Es war kein Spott in seiner Stimme. Er lehnte sich zurück, griff nach seinem Lieblingscocktail und nippte zufrieden daran.

»Wie gesagt – ich halte es für ausgeschlossen, daß Sie eine offizielle Genehmigung vom Hüter der Lade bekommen, den Artefakt zu besichtigen. Vielleicht können Sie mit viel Glück eine Genehmigung des Nebura-Ed erlangen, das Kirchengelände zu betreten und die Erlaubnis des Hüters zu erbitten. Doch das wird alles sein, was Sie erreichen können. Warum sollte der Hüter der Lade wildfremden Ausländern erlauben, was nicht einmal den höchsten Würdenträgern der einheimischen Kirche gestattet wird?« Dr. Edeya blickte ernst von einem seiner Gäste zum nächsten.

Pierre Leroy schien vollauf damit beschäftigt, sein Getränk zu genießen. Connor hörte dem Äthiopier aufmerksam zu, aber sein wettergegerbtes Gesicht zeigte keine Emotion. Valerie Gideon betrachtete einen Punkt zu ihren Füßen und schien in Gedanken zehntausend Kilometer weit weg zu sein.

»Was ist mit Timkat?« fragte sie plötzlich, und obwohl ihre Stimme sehr leise war, drang sie in der tiefen, sonnigen Stille des Raum überlaut.

Der Anthropologe schaute die junge Frau verblüfft an.

»Sie kennen sich aus, scheint mir. Ja, Timkat ist in wenigen Tagen. Wenn Sie rechtzeitig zu diesem Fest in Aksum sein wollen, werden Sie sich sehr beeilen müssen!«

»Wir sind nicht hier, um unsere Zeit zu vertrödeln«, entgegnete Valerie, und in ihrer Stimme war eine leichte Schärfe zu erkennen. Sie hatte nur widerwillig zugestimmt, mit nach Äthiopien zu fliegen, und jetzt wollte sie diese Sache rasch hinter sich bringen. Sie schuldete Sir Ian und den anderen eine Menge – Pierre Leroy vielleicht am meisten. Er hatte gezögert, sie zu erschießen, als sie unter Kars Einfluß versucht hatte, Sir Ian zu töten. Wäre ihre Pistole nicht schon leergeschossen gewesen, hätte dieses Zögern Sir Ian und Pierre das Leben gekostet. Sie würde die verdammte Bundeslade aus dem Schrein in Aksum holen, koste es, was es wolle! Dann war sie frei – frei, um sich auf Kars Spur zu setzen und ihn dafür bezahlen zu lassen, was er ihr und den anderen angetan hatte.

»Timkat ist das äthiopische Epiphanias-Fest«, erklärte Edeya, da er nicht wußte, ob sich Connor und Pierre in der Materie so gut auskannten wie Valerie. »Das höchste Kirchenfest in Äthiopien. Zwei Tage lang finden Prozessionen und Tänze statt, im ganzen Land.«

»Nach dem, was ich gehört habe, ist an Timkat eine Menge los«, sagte Valerie. »Und wenn sich alles damit beschäftigt, fromme Zeremonien auszuführen, könnten wir die Zeit nutzen, einen Blick auf die Bundeslade zu werfen.«

Sie hatte ausgesprochen, was noch unausgegoren und mit Unbehagen behaftet in den Köpfen der anderen umhergespukt war.

Ihre kühlen grauen Augen begegneten Turos Edeyas erschrockenem Blick. Sie fragte sich, ob sie zu weit gegangen war. Edeya hatte eine Ausbildung an westlichen Universitäten genossen, er war ein weltoffener Mann – doch er war immer noch Äthiopier und vielleicht stärker den Traditionen seines Landes verpflichtet, als er selbst ahnte.

Der schlanke, dunkelhäutige Mann umspannte sein halbleeres Glas so fest mit den Fingern, daß es leise und bedrohlich knirschte.

Schließlich sagte er mit heiserer Stimme: »Was Sie da sagen, ist nicht nur eine schreckliche Blasphemie – es bedeutet auch, daß Sie Ihr Leben riskieren. Wissen Sie, wie es in Aksum aussieht? Haben Sie eine Ahnung von der Mentalität der Menschen?«

»Aksum gilt als Sperrgebiet«, erwiderte Connor, das gelassene Dozieren eines Mannes, der sich umfassend über ein bestimmtes Gebiet informiert hat und einen Teil dieses Wissens weitergeben möchte. »Jahrelang gab es in diesem Gebiet furchtbare Hungersnöte und erbitterte Kämpfe zwischen der Regierung und den Rebellen. Die Lage soll selbst heute noch nicht vollständig unter Kontrolle sein, wie in vielen Teilen des Landes. Und was die Mentalität der Leute angeht – ich halte es ohne weiteres für möglich, daß sie uns mit bloßen Händen in der Luft zerreißen würden, falls nur der geringste Verdacht auftauchen sollte, daß wir irgendwelche illegalen Pläne mit der Bundeslade haben.«

»Darauf können Sie sich verlassen«, bestätigte Edeya ernst. »Die Menschen sind tiefgläubig, und gerade an Timkat einen Versuch zu starten, die Bundeslade ...« Er schüttelte voller Sorge den Kopf. »Das heißt, ein Unglück geradezu herauszufordern! Ihnen ist doch klar, daß Sie scheitern *müssen*! Überall in Aksum sind schwerbewaffnete Soldaten, und zahllose Kirchenleute scharen sich dann um die Kirche Maria von Zion. Selbst wenn Sie es schaffen würden, die Lade aus der Kapelle zu holen – Sie kämen niemals lebend aus der Stadt damit! Geschweige denn aus dem Land!«

»Wir brauchen nicht aus dem Land zu kommen«, sagte Pierre, der voller Interesse zugehört hatte. »Auch nicht aus der Stadt. Wir brauchen nur in das Allerheiligste einzudringen, ein paar Fotos zu machen, vielleicht eine winzige Probe zu nehmen. Eine Sache von zwei Minuten! Für den größten Notfall müßten wir ein Versteck in der Nähe der Kirche haben, wo wir uns einige Minuten lang mit der Lade beschäftigen können. Das würde reichen!« Seine Augen blitzten verwegen, als er sich dieses Bubenstück vorstellte. Es hatte Zeiten gegeben, da war er ähnlich illegalen Beschäftigungen absolut nicht abgeneigt gewesen, und er erinnerte sich gut an den Nervenkitzel, wenn er an steilen Hauswänden hochgeklettert war, um irgendwo im zehnten Stock ein unverschlossenes Fenster zu suchen ...

»Wir würden nichts beschädigen, und die Öffentlichkeit würde niemals etwas erfahren«, fügte Connor hinzu. »Unsere Forschungsergebnisse blieben streng geheim innerhalb des *Analytic Institute for Mysteries*. Sie kennen Sir Ian, Dr. Edeya, und Sie wissen, daß man ihm vertrauen kann. Ganz abgesehen davon, daß wir ein Verbrechen zugeben würden, wenn wir irgend jemandem die Bilder oder Untersuchungsergebnisse zeigen würden!«

Edeya seufzte. Sein langes Gesicht sah düster aus, als er schließlich meinte: »Weil ich Sir Ian kenne – und nur deshalb – bin ich bereit, Ihnen zu helfen. Ich kann Sie noch heute mit einem Hubschrauber nach Norden bringen, den ein Bekannter von mir besitzt. Aber Sie wissen hoffentlich, daß ich erledigt bin, wenn Ihr Unternehmen scheitern sollte. Über kurz oder lang würde herauskommen, daß ich Ihnen geholfen habe. Die Folgen wage ich mir nicht vorzustellen!«

»Wir werden alles tun, um Ihren Namen aus der Sache herauszuhalten«, erklärte Connor. »Ich fürchte aber, wir sind auf den Helikopter angewiesen. Ich sehe keine andere Möglichkeit, nach Aksum zu gelangen!«

»Wie gesagt, ich kann Ihnen helfen, dorthin zu kommen«, meinte Edeya. Er grinste schief, und ein Funkeln war plötzlich in seinen dunklen Augen. »Ich bin einem gelegentlichen Risiko auch nicht gerade abgeneigt. Und obwohl ich Äthiopier bin, hat Ihr Plan in seiner Kühnheit etwas, das mich irgendwie anzieht! Doch Sie müssen sich klar darüber sein, daß ich nicht das geringste tun kann, um Sie in die Kapelle einzuschleusen. Und daß es auffällig genug sein wird, daß sich drei Ausländer überhaupt in der Stadt aufhalten!« Er trank seinen Orangensaft entschlossen auf einen Zug leer. »Leider kann ich nicht mehr für Sie tun, als Sie nach Aksum zu geleiten ...«

»Doch, das können Sie«, widersprach Valerie sanft. Ein rätselhafter Ausdruck lag in ihrem feingeschnittenen Gesicht. Sie hatte einen Plan, das spürte Pierre sofort, als er sie ansah.

Und er fühlte auch die Faszination, von der die Ex-Agentin und Archäologin erfüllt war. Sie war wieder mitten in einem schwierigen Projekt, aber es zeichnete sich ein Weg ab, die Hindernisse zu überwinden. Ihr scharfer Verstand arbeitete auf Hochtouren ... und vielleicht vergaß sie auf diese Weise sogar kurze Zeit ihren Haß auf Kar!

Pierre hoffte es, wie er bislang nur wenig gehofft hatte. Denn Haß macht blind – und unvorsichtig.

»Sie haben einen Computer, Mr. Edeya, und ein Modem. Diese Tatsache kann uns sehr weiterbringen – vielleicht sogar direkt ins Allerheiligste der Kapelle in Aksum!«

»Wir müssen vorsichtig sein«, sagte Valerie. Eher geistesabwesend wedelte sie mit der Handfläche den Rauch weg, den Connors Zigarette verursachte. Unter hoher Anspannung wurde der kräftige Schotte zum Kettenraucher. Doch Valerie störte sich nicht daran – sie war viel zu sehr damit beschäftigt, die hebräischen Zeichen zu lesen, die den großen Bildschirm von Dr. Edeyas Computer bedeckten. Connor und die junge Israelin waren beide Experten für Computer – wobei Connor mehr im allgemeinen Bereich Bescheid wußte, während Valeries Wissen sich auf bestimmte, vorwiegend geheimdienstliche Anwendungen beschränkte.

»Wir sind ganz nahe dran«, sagte sie leise. »Wenn wir jetzt einen Fehler machen, sind wir bis zum Jüngsten Tag draußen! Und haben noch die Kollegen vom Mossad auf dem Hals ...«

»Wenigstens sind wir vom Englischen ins Hebräische vorgestoßen«, murmelte Connor, und diese Tatsache trug nicht gerade zu seiner Beruhigung bei. Doch Valerie schien nicht die geringste Mühe zu haben, die eleganten Schriftzeichen zu entziffern und einzuordnen.

»Natürlich haben sie die Paßwörter geändert«, überlegte sie laut. »Aber, verdammt, ich war lange genug Insider! Was würde Goldstein hier eingeben, wenn er an die kitzligen Dateien will..?« Als wollte es antworten, schrillte das Telefon in ihrem Rücken. Mit seinem vom Alter vergilbten Plastikgehäuse und der antiken Wählscheibe paßte es nicht recht zum modernen Rest von Dr. Edeyas Arbeitszimmer.

Pierre sprang von seinem Stuhl auf und ergriff den Hörer, ohne daran zu denken, daß er sich mitten in Äthiopien im Haus eines Einheimischen befand. Doch er hatte die furchtbare Spannung miterlebt, seit Valerie und Connor sich Schritt für Schritt vorgetastet hatten, durch das elektronische Labyrinth, das zwischen ihrem Computer und der Anlage des äthiopischen Mossad-Zweigs aufgebaut worden war. Erst waren sie in die einfache Anlage der Scheinfirma eingedrungen, dann waren sie auf bestimmte Hinweise gestoßen, denen sie vorsichtig gefolgt waren – und jetzt standen sie vor der entscheidenden Schwelle.

Wenn Valerie jetzt nicht weiterwußte, lösten sie ein mittleres Erdbeben im elektronischen System des Mossad aus ...

»Hallo?« sagte Pierre automatisch in den Hörer, während Connor und Valerie miteinander flüsterten. Er fühlte einen seltsamen Stich der Eifersucht bei der Vertrautheit, die plötzlich zwischen den beiden Hackern entstanden war.

Durch Rauschen und Störungen klang eine vertraute Stimme, die Tausende von Kilometern weit entfernt war. »Hallo? Sind Sie das, Pierre? Hier spricht Ian Sutherland!«

»Sir Ian?« rief Pierre verblüfft. »Was verschafft mir die Ehre? – Übrigens sind wir gut angekommen und haben von offizieller Seite eine Gastfreundschaft genießen dürfen, wie sie nur wenigen Ausländern zuteil wird, falls Sie sich danach erkundigen wollten!«

Es knackte, und dann kam wieder Sir Ians Stimme durch: »... freut mich. Aber ich habe eigentlich nicht stundenlang auf diese Verbindung gewartet, um Nettigkeiten auszutauschen, Mr. Leroy. Es ist etwas geschehen, was Sie vielleicht erfahren sollten. Eigentlich steht es in keinem direkten Zusammenhang mit Ihrem Auftrag, aber es hat sich schon in der Vergangenheit gezeigt, daß ein Mangel an Informationsaustausch gefährlich werden könnte! Deshalb rufe ich an.«

»Ich hoffe, die Bundeslade ist nicht gestohlen worden«, sagte Pierre leichthin. Er konnte sich die Bemerkung einfach nicht verkneifen, obwohl er ahnte, daß Sir Ian mit einer sehr ernsten Mitteilung aufwarten würde.

»Etwas anderes ist gestohlen worden«, erwiderte Sir Ian. »Ich habe gerade erst erfahren, daß vor einer Woche ein spektakulärer Raub im Nationalmuseum von Mexico City geschehen ist.«

Plötzlich fühlte Pierre so etwas wie eine eiskalte Hand im Nacken. »Oh, mon dieu, doch nicht etwa ...«

»Genau das!« Der Ingrimm in Sir Ians Stimme kam sogar über die schlechte Leitung durch. »Die Maske des Pacal von Palenque ist abermals gestohlen worden! Und diesmal unter bedeutend grausameren Umständen als beim ersten Mal. Wegen dieser Umstände hatte die Polizei zunächst eine Nachrichtensperre verhängt, und sie lassen die Nachricht auch jetzt noch nicht nach draußen dringen. Sie hoffen, die Täter in Sicherheit wiegen zu können, wenn kein großes Aufheben um die Sache gemacht wird. Ich habe nur über meine Verbindungen zum Museumsdirektor davon erfahren.«

»Grausame Umstände?« fragte Pierre besorgt. Er dachte an das Massaker auf der Hacienda des Don Aldarez, der durch die uralte Macht der Maske zum Berserker geworden war. Doch Tom Ericson hatte den winzigen Kristallsplitter, der für die grausame Veränderung des

Mannes verantwortlich gewesen war, an sich genommen und sicher in einem Safe in Oake Dùn untergebracht.

»Mehrere Wächter sind bei dem Überfall getötet worden. Einer wurde mit einer großen Diamant-Trennscheibe buchstäblich in Stücke geschnitten! Die Polizei vermutet sogar eine Verbindung zu bestimmten schrecklichen Ritualmorden in der mexikanischen Provinz. Auf den ersten Blick scheint das keine Relevanz für Ihren Auftrag in Äthiopien zu haben, doch immerhin war es Tom Ericson, der die Maske beim ersten Mal zurückgebracht hat.«

Pierre verstand. »Die Spur führt zu A.I.M.! Wenn diese Leute nicht nur an dem Kunstgegenstand als solchem, sondern auch an der Magie interessiert sind, die dahinter steckt ... dann könnte es sein, daß sie bald bei Ihnen auftauchen und fragen, wo ein gewisser Kristallsplitter geblieben ist ...«

»Nun, ich hoffe, daß es wirklich nur gewöhnliche Kriminelle waren, die diese Maske an sich gerissen haben«, erwiderte Sir Ian. »Doch der Überfall wurde mit großer Präzision durchgeführt, und es sollen Ausländer daran beteiligt gewesen sein, vielleicht sogar Leute aus dem Nahen Osten!«

Pierre dachte an die Terroristen, die Sir Ian erst vor kurzem entführt hatten. Und dann fielen ihm die Männer ein, die mit ihren russischen Sturmgewehren auf sie losgegangen waren, erst gestern, in Addis Abeba. Valerie hatte gesagt: »Das waren keine Kubaner!«

Vielleicht war es purer Instinkt gewesen, der Sir Ian zu diesem Anruf veranlaßt hatte. Vielleicht war es auch überflüssige Vorsicht – denn eine Verbindung zwischen dem Raub der Maske und dem Zwischenfall in Addis herzustellen, das erschien doch allzu gewagt!

Dennoch erzählte Pierre, was sich ereignet hatte. Er erwähnte nichts von ihren Plänen bezüglich der Bundeslade. Immerhin bestand die entfernte Möglichkeit, daß man sie abhörte.

»Seien Sie vorsichtig«, sagte Sir Ian, bevor er das Gespräch schließlich beendete. »Ich habe ein schlechtes Gefühl bei dieser Sache! Vielleicht steckt sogar Kar dahinter und will uns Knüppel zwischen die Beine werfen.«

»Wir werden uns vorsehen, Sir«, erwiderte Pierre. Er meinte es diesmal tödlich ernst. »Ich hoffe, wir sehen uns bald.« Er legte auf und starrte eine Weile nachdenklich auf den alten Telefonhörer hinunter. Er hatte das Gefühl, daß Dinge in Bewegung geraten waren, die sie wie eine Lawine unter sich begraben konnten.

Valeries leiser, scharfer Ausruf riß ihn in die Realität zurück. »Wir haben es!« rief sie. »Ich habe es gewußt! Immerhin ist die Lade auch ein israelisches Heiligtum! Und unsere Leute geben darauf acht!«

»Du hast etwas darüber gefunden?« fragte Pierre. Er hatte eine Weile bezweifelt, daß ein Geheimdienst wie der Mossad sich um christliche Kirchenschätze scherte – ob sie nun jüdischen Ursprungs waren oder nicht! Doch jetzt steckte ihn Valeries grimmige Freude an, ließ ihn einen Augenblick die rätselhaften Neuigkeiten aus Schottland vergessen.

Valerie klopfte leicht gegen den Bildschirm. Diagramme und ellenlange Beschreibungen waren darauf zu erkennen. »Hier steht alles!« rief sie. »Sie haben sogar alle möglichen Pläne durchgespielt, wie die Bundeslade in Gefahr geraten könnte. Während des Krieges waren sie wachsam, doch jetzt scheinen sie der Meinung zu sein, daß die Äthiopier die Sache gut im Griff haben.«

Pierre dachte an die sensationelle Evakuierung von Abertausenden Falachen, jüdischer Äthiopier, nach Israel. Ohne Zweifel hatten die Israelis einen guten Draht nach Addis Abeba. Und eigentlich war doch naheliegend, daß sie ein Auge auf jenen Gegenstand hatten, in dem angeblich die Gesetzestafeln Moses' aufbewahrt wurden ...

»Jetzt weiß ich, wie wir es schaffen können«, sagte Valerie. »Hier steht alles!« wiederholte sie aufgeregt.

Pierre beugte sich vor und betrachtete die endlosen Schriftzeilen.

»Aber das ist ja alles Hebräisch!«

»Ja, was denkst du denn?« Valerie lachte herzlich, und sekundenlang sah sie aus wie ein kleines Mädchen, das ein wunderbares Weihnachtsgeschenk bekommen hat. »Sei froh, daß ich hier bin, um jedes Wort zu übersetzen. – Es dauert nicht mehr lange, und wir knacken das Versteck der Bundeslade!«

Der Hubschrauber taumelte wie ein verletztes Insekt aus dem grellblauen Himmel herunter. Einen Augenblick lang wirkte es, als würde er wie ein träges Geschoß auf dem Boden aufschlagen – doch dann fing sich die Maschine im letzten Augenblick, schwankte unschlüssig hin und her, bevor sie in einer gewaltigen gelben Staubwolke am Rand der Piste aufsetzte.

Pierre lockerte den Griff seiner Finger um die Armstützen des engen Passagiersessels. Er saß neben Turos Edeya, der den altersschwachen Helikopter persönlich steuerte, und er hatte aus nächster Nähe mitverfolgen dürfen, wie sich der Zeiger der Treibstoffanzeige mit atemberaubender Geschwindigkeit der Null-Marke näherte. Ganz abgesehen von gelegentlichen krachenden Geräuschen im Triebwerk oder jenen fröhlichen Hüpfern, wenn der Rotor aus unerfindlichen Gründen seine Umdrehungsgeschwindigkeit kurzzeitig verringerte und wieder erhöhte.

Mehr als einmal hatte Pierre zu den schroffen Tafelbergen hinabgeschaut und sich gefragt, ob er sie bald aus nächster Nähe kennenlernen würde. Zu bald. – Sie waren über Äthiopiens Hochgebirge geflogen, über dreitausend Meter hohe Gipfel und gewaltige Schluchten, und oft genug war der altersschwache Helikopter nur ein paar Meter über schroffe Vorsprünge und Felsenkanten hinweggerast.

Doch sie konnten froh sein, daß Dr. Edeya die Maschine hatte organisieren können. Denn die Zeit drängte, und wenn sie rechtzeitig zum Timkat-Fest in Aksum sein wollten, waren sie auf ein Beförderungsmittel angewiesen, das viel schneller als ein Auto war. Und sie *mußten* während der Timkat-Prozessionen nach Aksum gelangen – denn darauf war Valeries Plan aufgebaut, an die Bundeslade zu kommen. Sie hatte dem Mossad-Computer, in den sie sich mit viel Mühe eingeklinkt hatte, genug Hinweise auf geheime Schwachstellen entlocken können, um ein halbwegs erfolgversprechendes Unternehmen organisieren zu können.

Während die Rotorblätter pfeifend und klatschend zum Stillstand kamen, kletterte Dr. Edeya aus der alten russischen Maschine, gefolgt von seinen drei Mitreisenden. Connor betrachtete nachdenklich die Zeltlager, die unweit des behelfsmäßigen Flughafens begannen. Lalibela lag über 2600 Meter hoch auf einer Bergflanke, eine kleine Stadt für europäische Verhältnisse und typisch äthiopisch mit den einfachen, zweistöckigen Tukuls, in denen die meisten Menschen lebten. Doch jetzt schienen doppelt so viele Leute wie üblich in der Stadt zu sein. Selbst aus der großen Entfernung der Landepiste konnte man das wirbelnde Leben zwischen den zahllosen einfachen Zelten und sonstigen Unterkünften erkennen.

»Lalibela ist wie Aksum eine heilige Stadt«, erklärte Dr. Edeya, als er die neugierigen Blicke der drei Abenteurer bemerkte. »Manche nennen es ›Das Jerusalem der Amharen‹. Bald beginnt das Timkat-Fest, und viele Tausende pilgern dann hierher. Bis vor kurzem herrschten hier noch entsetzliche Hungersnöte, die auch durch ausländische Hilfslieferungen nur wenig gebessert wurden.«

Valerie betrachtete das öde, staubige Gelände ringsum. Die Gebäude des Flughafens schienen in der dünnen heißen Luft unendlich weit entfernt zu sein. »Und was nun?« fragte sie und konnte sich einen Blick auf ihre Armbanduhr nur mit Mühe verkneifen.

Edeya deutete auf einen braunen Jeep, der sich langsam über die kahle Fläche näherte.

»Wir haben etwas Zeit, während der Hubschrauber aufgetankt wird. Also werden wir uns die berühmten Felsenkirchen ansehen!«

»Wir werden Zeit dabei verlieren«, sagte Valerie mißgelaunt, als Pierre und Connor schwiegen. »Wir sollten so schnell wie möglich weiterfliegen, sobald die Maschine aufgetankt ist!«

Sie dachte voller Unbehagen an die wenige Zeit, die ihnen noch blieb, und an all die Beobachtungen und Vorbereitungen, die in Aksum gemacht werden mußten.

»Es wäre klüger, wenn wir uns für die Kirchen interessieren würden«, erwiderte Edeya gelassen. »Sie haben doch auch Archäologie studiert, Miss Gideon. Sind Sie denn gar nicht an Bjet Giorgis interessiert, oder an Bjet Medhane Alem – der größten bekannten Felsenkirche in Äthiopien?«

Valerie starrte ihn finster an und verschränkte wortlos die Arme vor der Brust. Connor antwortete an ihrer Stelle: »Nun, Dr. Edeya, ich würde auch sehr gerne all diese Sehenswürdigkeiten besuchen – aber in Aksum könnten wir unsere Zeit sinnvoller nutzen. Wir haben dort schließlich etwas Wichtiges zu erledigen!«

»Die Leute dort drüben auch«, entgegnete der Äthiopier mit einem schiefen Grinsen. Er deutete nur leicht mit dem Kopf in die entgegengesetzte Richtung – und als sich die drei anderen umschauten, sahen sie die beiden Männer.

Sie trugen hellbraune Tarnuniformen, und einer von ihnen schaute aus fünfhundert Metern Entfernung ungeniert mit einem starken Feldstecher herüber.

»Ich habe nur die Erlaubnis bekommen, hier zwischenzulanden, weil ich behauptet habe, an einem wichtigen Forschungsprojekt zu arbeiten. Sie sind ausländische Wissenschaftler, die unbedingt einen Blick auf zumindest eine der berühmten Kirchen werfen müssen. Ich habe nichts davon erwähnt, daß wir eigentlich auf dem Weg nach Aksum sind, aus gutem Grund! Sie haben bestimmt bemerkt, daß ich einen regen Funkverkehr mit den zuständigen Behörden in Lalibela hatte. Natürlich konnten Sie nichts davon verstehen – aber ich brauchte eine gute Erklärung dafür, daß wir nach Lalibela wollen.«

»Und wenn wir nun einfach weiterfliegen, könnte das Ärger für Sie bedeuten, nicht wahr?« meinte Pierre. Er grinste breit und winkte den Soldaten – oder Polizisten? – fröhlich zu.

»Es wäre zumindest verdächtig«, sagte Edeya.

Der staubige Jeep, der vom Flughafen gekommen war, hielt schaukelnd an. Auf einem einfachen Anhänger lagen zwei riesige Fässer voll Treibstoff. Edeya redete kurz mit den drei Männern, die im Jeep saßen, und drückte ihnen ein Bündel Geldscheine in die Hand. Daraufhin manövrierten sie den Anhänger nahe an den Helikopter und begannen in aller Ruhe mit den Vorbereitungen für das Auftanken. Einer von ihnen setzte sich wieder ans Steuer des Geländefahrzeugs und wartete.

»Na gut«, sagte Valerie schließlich. »Lassen Sie uns also fahren!«

Der Jeep holperte das letzte Stück des Weges zwischen den runden, strohgedeckten Häusern hindurch, die von den Einheimischen Tukuls genannt wurden. Pierre fand, daß die kleine Stadt eine gewisse Ähnlichkeit mit manchen Dörfern in Tibet aufwies, die er schon gesehen hatte. Olivenbäume verteilten sich über die Hügel und spendeten Schatten, und überall liefen dunkelhäutige Menschen in schlichter Kleidung herum.

Von irgendwelchen Kirchen war weit und breit nichts zu sehen. Obwohl es zwölf Stück davon direkt bei der Stadt geben sollte.

Doch Valerie interessierte sich weniger für die berühmten Felsenkirchen als für die beiden Männer, die ihnen vom Landeplatz aus gefolgt waren. Sie blieben mit ihrem Geländewagen immer ein paar hundert Meter hinter dem braunen Jeep, und es machte ihnen keine Mühe, diesen Abstand exakt einzuhalten.

Der Fahrer brachte den offenen Wagen am Wegrand zum Stehen.

Pierre betrachtete nachdenklich die Bäume, den kleinen Bach, das karge, felsige Gelände. Merkwürdig viele Menschen tummelten sich hier. Viele schauten neugierig zu den Fremden hinüber.

»Ist etwas mit dem Fahrzeug?« fragte er.

Dr. Edeya lachte und sprang elegant von der Hinterbank ins Freie. »Nein. Wir sind da!«

»Die Kirchen sind nicht *auf* dem Fels, sondern *darin* errichtet worden«, erklärte Connor, als er ebenfalls aus dem Jeep kletterte. »Hast du deine Reiseunterlagen nicht gelesen, Pierre?«

Pierre verzichtete auf eine Antwort. Er schaute sich nach ihren Verfolgern um, die weiter hinten angehalten hatten. Sie saßen noch in ihrem Fahrzeug und starrten ganz offen herüber.

Pierre zuckte mit den Schultern und folgte den anderen, die am Ufer des Baches entlangmarschierten. Er erinnerte sich, daß dieses Flüßchen, das den Sommer über austrocknete, den etwas hochtrabenden Namen ›Jordan‹ erhalten hatte.

Sie ließen sich von dem Strom der Menschen treiben, und plötzlich befanden sie sich in einem Labyrinth von Laufgräben und Durchgängen, die man erst aus nächster Nähe erkennen konnte. Es war fast, als wären sie in einen überdimensionalen Ameisenbau geraten – eine fremdartige und gleichzeitig großartige Szenerie.

»Das hier ist die Abba-Libanos-Kirche«, sagte Edeya über die Schulter, als er auf ein großes Portal zusteuerte, das in eine pechschwarze Grotte zu führen schien. Pilger drängten sich am Eingang, manche von ihnen betasteten ehrfürchtig den Tuffstein der uralten Kirche, bevor sie einzutreten wagten.

Pierre sah die beiden Polizisten hinter sich im grellen Sonnenlicht, bevor er in die stille Finsternis der Felsenkirche eintauchte. Die Männer schlenderten gelangweilt hinter ihnen her, ihre Maschinenpistolen baumelten an breiten Riemen über ihren Schultern.

Kälte und Dunkelheit hüllten Pierre ein, als er die ersten Schritte in die Kirche hinein gemacht hatte. Er konnte die Schatten seiner Gefährten vor sich kaum noch ausmachen, und der Geruch nach Weihrauch und feuchtem Stein war überwältigend. Ein einziger Sonnenstrahl fiel in das Gewölbe, durch ein schmales, filigran gearbeitetes Fenster in der Mauer.

Pierre konnte die vielen betenden und murmelnden Menschen in dem langen Kirchenschiff eher erahnen als sehen.

Er tastete sich von einer Säule zur nächsten, und als sich seine Augen schließlich etwas an die Finsternis gewöhnt hatten, sah er Edeya, Connor und Valerie weiter vorne am Altar stehen. Edeya erklärte ihnen etwas über den leuchtenden Stein, der dort lag und der seit ewigen Zeiten phosphoreszierte.

Die beiden Polizisten schienen an diesem Kleinod auch interessiert zu sein. Pierre drückte sich in den tiefen Schatten einer Nische, dicht neben einer Gruppe von Pilgern, die ihre Köpfe und Unterarme gegen die Wand gelehnt hatten und leise und inbrünstig beteten. Es war beinahe so etwas wie sportlicher Ehrgeiz, der den Franzosen veranlaßte, die beiden Verfolger ganz nahe an sich vorübergehen zu lassen.

Die beiden bemerkten ihn nicht. Sie tasteten sich etwas unsicher voran, bis sie nur noch ein paar Schritte von der Gruppe um Dr. Edeya entfernt waren.

Pierre grinste vergnügt. Es konnte nichts schaden, sich ein wenig mit der äthiopischen Architektur vertraut zu machen – und mit all den Winkeln und Verstecken, die sie möglicherweise anbot. Er hielt es für möglich, daß die Kirchen in Aksum von innen ganz ähnlich aussahen.

Pierre glitt zur nächsten Säule. Er war jetzt ziemlich nahe an den beiden Polizisten, nur ein paar Schritte in ihrem Rücken. Er fragte sich, ob er ihnen auf die Schultern tippen sollte, doch sein Verstand war kühl genug, um ihm eine solche Kinderei strikt zu verbieten. In diesem Augenblick drehten sich die beiden zu ihm um.

Pierre erschrak, obwohl er eigentlich nichts zu fürchten hatte. Instinktiv wich er zurück, stolperte dabei über etwas auf dem unebenen Boden, und prallte gegen die Wand. Er tastete sich daran entlang, bis zu einer weiteren Nische.

Jetzt hatte er die Säule zwischen sich und den beiden Männern, die ihn nicht gesehen hatten.

Er fragte sich gerade, ob er mit diesen Albernheiten aufhören sollte, als hinter ihm ein leises, kratzendes Geräusch entstand. Er spürte die Anwesenheit von Menschen hinter sich, und Bewegungen.

Und im gleichen Moment wußte er, daß dort keine Pilger waren.

Er hatte mit den falschen Leuten Versteck gespielt!

Er wollte herumfahren, im gleichen Bruchteil der Sekunde, da dieser alarmierende Gedanke durch sein Gehirn schoß, doch es war schon zu spät.

Starke Arme umklammerten mit furchtbarer Kraft seinen Brustkorb und preßten die Luft aus seinen Lungen. Bevor er sich wehren oder auch nur irgendwie reagieren konnte, traf etwas seinen Hinterkopf.

Ein lautes Dröhnen erfüllte seine Ohren, und er sah mit seltsamer Klarheit ein Stück Stein, hoch an der Decke, das wie das Traggebälk einer gewöhnlichen Kirche aussah. Dann schien die ganze Decke auf ihn herunterzufallen, und die Finsternis in der Grotte wurde undurchdringlich.

Das Sonnenlicht stach blendend in Valeries Augen, als sie aus der Dunkelheit der Kirche ins Freie trat. Ein Netz aus Stollen und Durchgängen verband die einzelnen Kirchen miteinander, die in zwei Gruppen errichtet worden waren. Dr. Edeya hatte ihnen viel erklärt, aber Valerie hatte nur mit einem Ohr zugehört. Sie wünschte sich, diese atemberaubenden Bauwerke einmal in Ruhe betrachten zu können ... doch jetzt war nicht die Zeit dazu, und ihre Gedanken beschäftigten sich mit anderen Dingen.

Sie blinzelte in den blauen Himmel hinauf, sah aus dem Augenwinkel die ausgemergelten Bettler, die halbverhungert an einem Felsenloch kauerten. Schönheit und unglaubliches Elend lagen hier so dicht beieinander, daß man wahnsinnig werden konnte, wenn man länger darüber nachdachte.

Das Heulen eines starken Motors hallte in ihren Ohren wider. Ganz kurz sah sie über den Rand des Ganges hinweg ein Fahrzeug davonrasen, in höchst unangemessener Eile. Es preschte haarscharf an Menschengruppen vorbei, hüllte sie rücksichtslos in Staubwolken und schlingerte dicht an Olivenbäumen vorbei. Aber nicht nur deswegen war der Geländewagen auffällig.

Es war das erste nagelneue amerikanische Fahrzeug, das Valerie hier sah. Ein riesiger Cherokee, schneeweiß, die hinteren Fenster mit silbernen Rollos verdeckt. Bevor der Wagen auf seinen breiten Rädern endgültig verschwand, erhaschte sie einen Blick auf den Fahrer.

Ein braungebrannter Mann mit lockigem Haar und einer großen, pechschwarzen Pilotenbrille im markanten Gesicht.

Das war der Augenblick, als Valerie beunruhigt wurde.

Plötzlich wußte sie, daß hier etwas nicht stimmte.

Bevor sie darüber nachdenken konnte, woher sie diesen Kerl kannte, sprach Connor sie von hinten an: »Hast du Pierre gesehen?«

Sie wandte sich zu dem Schotten und zu Edeyas hagerem, sorgenvollen Antlitz um. Der Eingang der nächsten höhlenartigen Kirche war nicht weit entfernt. Vor Hunderten von Jahren hatte man sie mühsam aus dem Fels herausgegraben, mit Methoden, über die man heutzutage nur noch spekulieren konnte. Valerie betrachtete die zahllosen Pilger in ihren weiten Gewändern, mit ihren sonnenverbrannten dunklen Gesichtern, und sie hatte das Gefühl, sich im Mittelalter zu befinden. Damals konnte es hier nicht gravierend anders ausgesehen haben – wenn man einmal von den beiden gelangweilten Polizisten mit ihren modernen Waffen und Uniformen absah. Valerie suchte die Menge im Halbdunkel der Gänge unter der Bergflanke mit Blicken ab, aber Pierre konnte sie nicht entdecken.

»Er war mit uns in Abba Libanos«, sagte Dr. Edeya. »In der Dunkelheit habe ich ihn aus den Augen verloren.

Aber eigentlich müßte er unseren Vorsprung inzwischen aufgeholt haben. Er wird doch nicht zum Jeep umgekehrt sein?«

»Vielleicht schaut er sich noch den Stein auf dem Altar an«, mutmaßte Connor, doch der Mangel an Überzeugung in seiner Stimme war deutlich zu erkennen.

Die beiden Polizisten begannen plötzlich, aufgeregt miteinander zu diskutieren. Sie hatten Pierres Verschwinden offenbar auch bemerkt.

Valerie deutete ungeniert in ihre Richtung. »Pat und Patachon haben inzwischen auch etwas gemerkt. Wenn Pierre noch in der Kirche wäre, hätten sie keinen Grund, sich so zu echauffieren!«

Sie spürte, daß ihr Herz heftiger schlug, und in ihrem Verstand läuteten schrille Alarmglocken.

Sie dachte an den weißen Geländewagen, der rücksichtslos durch die Menge gebraust war. An den Mann mit der Sonnenbrille. Sie hatte ihn von weitem nicht gut erkennen können ... doch die Ähnlichkeit mit einer gewissen Männergruppe aus Addis Abeba war unverkennbar gewesen. »Wir müssen zurück zum Auto!« stieß Valerie heiser hervor. »Ich fürchte, wir haben Pierre verloren! Diese gottverdammten Araber haben ihn gekidnappt!«

Sie verschluckte den Rest des Satzes, als sie Edeyas entsetzt aufgerissene Augen bemerkte. Sie hatte sagen wollen: »Oder getötet!«

Connor schaute beunruhigt zu, wie Dr. Turos Edeya mit den Polizisten diskutierte. Sie redeten und schrien seit einer halben Stunde auf amharisch aufeinander ein, und selbst Valeries Arabischkenntnisse versagten hier. Auf einen Einsatz in Äthiopien hatte man sie in Israel nie vorbereitet.

Sie standen am Ufer des Jordans, ein Dutzend Schritte von den schwerbewaffneten Männern entfernt, die sich um Dr. Edeya geschart hatten. Er hatte die beiden ›Schatten‹ angesprochen, nachdem sie noch einmal vergeblich das Innere von Bjet Abba Libanos durchforscht hatten, um Pierre zu finden. Er schien wie vom Erdboden verschwunden zu sein – und die örtlichen Polizisten oder Milizionäre waren zwar in größerer Anzahl erschienen, erwiesen sich jedoch als wenig hilfreich.

Schließlich kam Dr. Edeya zu Connor und Valerie zurück, mit erschöpfter Miene. Die Uniformierten starrten ihm mit finsteren Gesichtern hinterher, als vermuteten sie eine raffinierte Verschwörung.

»Sie glauben, daß er sich heimlich abgesetzt hat. Um in Ruhe die Kirchen studieren zu können, oder um irgendwelche illegalen Geschäfte zu machen«, berichtete der Anthropologe resigniert. »Es scheint ihnen ziemlich egal zu sein, wo er geblieben ist. Aber ich habe den Eindruck, sie mißtrauen uns dadurch noch mehr.«

»Was ist mit dem weißen Cherokee?« fragte Valerie. »Ich habe sogar einen Teil des Kennzeichens noch im Kopf! So ein Fahrzeug muß doch aufzufinden sein, in dieser Gegend!« Sie deutete auf die einfachen, strohgedeckten Häuser am Berghang. »Und der Fahrer war ein Weißer!«

»Sie kannten das Fahrzeug«, sagte Edeya. »Aber sie sagen, es wäre völlig ausgeschlossen, daß der Besitzer etwas mit dieser Sache zu tun hat. Er ist ein angesehener Mann, und er hat gute Beziehungen zur Bezirksregierung.«

»Sein Name!« fauchte Valerie. Sie erinnerte sich voller Unbehagen daran, wie Pierre in einer ähnlichen Klemme gesteckt hatte – durch ihre Schuld! Unter Kars Einfluß hatte sie ihn einer Horde von Totschlägern überlassen, die für einen Waffenhändler namens El-Ammein gearbeitet hatten. Das war in Jordanien gewesen – und jetzt befand sich Pierre abermals in der Hand von Kerlen, die wie Araber ausgesehen hatten!

Diesmal würde sie Pierre nicht im Stich lassen, das hatte sie sich geschworen.

»Den Namen wollte man mir nicht sagen«, meinte Dr. Edeya und wich Valeries loderndem Blick aus. »Aber ich konnte erfahren, daß er ein ausländischer Kaufmann ist, der in der Nähe der Stadt ein Landhaus besitzt. Östlich von hier, in den Bergen. Er hat viel getan, um die Notlage in der Stadt zu lindern. Ich konnte die Männer dazu bewegen, daß sie Nachforschungen anstellen werden. Sie wollen noch heute hinfahren und sich erkundigen, ob man etwas über Mr. Leroy weiß.«

»Erkundigen!« schnaubte Valerie zornig. »Sie werden hinfahren und ihrem guten ausländischen Freund in den Arsch kriechen, das ist alles!« Sie starrte die Uniformierten an, als überlegte sie, hinzugehen und jeden einzelnen zu ohrfeigen.

»Wir müssen vorsichtig sein«, sagte Connor und legte ihr beruhigend die Hand auf die Schulter. Sie schüttelte ihn ab, strich sich nervös und wütend das lange Haar aus dem Gesicht.

»Vorsichtig?« Sie lachte heiser, und in ihrem schmalen Gesicht zuckte es. »Habt ihr vergessen, wann wir in Aksum sein müssen? Und daß die Kerle in Addis schwerbewaffnet waren, als sie auf uns losgingen? Nein – *vorsichtig* ist das allerletzte, was wir jetzt sein müssen! Wir müssen Pierre befreien, bevor ihm etwas geschieht! Und wenn wir rechtzeitig bis zum Timkat-Fest in Aksum sein können, dann grenzt das an ein gewaltiges Wunder.« Sie knallte die flache Hand auf das heiße Blech des alten Jeeps. »Wir fahren los und suchen Pierre, und zwar sofort!« Sie warf den Kopf herum und starrte Dr. Edeya durchdringend an. »Sie kriegen jetzt heraus, wie wir zu diesem Landhaus kommen, Sir! Und wenn diese Hundesöhne Pierre dort versteckt halten, dann gnade ihnen Gott!«

Spanische Wortfetzen waren das erste, was in Pierre Leroys schmerzenden Kopf drangen, als er erwachte. Zunächst, während er langsam aus der Dunkelheit ans Licht schwamm, war er nicht überrascht darüber, diese Sprache in Äthiopien zu hören.

Er wußte noch nicht, daß er in Äthiopien war.

Er hatte einmal Spanisch gelernt, und ein Teil seines mühsam erwachenden Verstandes begann automatisch, zu übersetzen. Zumindest das, was er verstehen konnte. Denn er hatte diese Sprache niemals perfekt beherrscht, und die Stimmen der Männer waren stark akzentgefärbt – ein seltsamer Akzent, den Pierre zunächst nicht einordnen konnte.

»... nicht auch die anderen. .?«

»Das wäre zu gefährlich geworden. Soldaten ... dabei. Er wird ... wir wissen wollen ... weiß genug!«

»Na los! Dann fragen Sie ihn!«

Der letzte Satz drang laut und scharf in Pierres Gehirn und verscheuchte die letzten Nebel der Bewußtlosigkeit. Er riß die Augen auf und stöhnte, als grelles Licht wie eine glühende Nadel in seine Augen stach. Unter seiner Schädeldecke schien etwas zu explodieren, so heftig war der Kopfschmerz, den er plötzlich in voller Stärke fühlen konnte.

Er murmelte mit ausgetrocknetem Mund einen Fluch und schloß die Augen wieder.

»Ich gehe jetzt. Er braucht mich nicht zu sehen, wenn er wieder bei sich ist«, sagte eine der Stimmen. Es war diejenige, die flüssiger sprach und deren Akzent deutlicher war.

Pierre wandte mühsam den Kopf und öffnete die Lider einen winzigen Spalt weit. Er sah eine Bretterwand, eine Tür, und einen dunkelhaarigen Mann, der im Begriff war, hinauszugehen. Und jetzt war sein Kopf klar genug, um den Akzent einzuordnen.

Der Kerl sprach eindeutig südamerikanisches Spanisch! Vielleicht war er Mexikaner – oder Peruaner …?

Die Tür schlug zu, und der Mann war verschwunden.

Pierre schloß die Augen, und graue Dunkelheit hüllte ihn ein. Auch im Innern der monolithischen Kirche war es dunkel gewesen … und jemand hatte ihn gepackt!

Er zuckte zusammen, als abermals Hände seine Schultern berührten. Sanft, aber kraftvoll. Jemand stemmte ihn in eine sitzende Lage hoch und murmelte auf Französisch: »Nun, Monsieur, ich helfe Ihnen! Kommen Sie wieder zu sich!«

Pierre ließ sich Zeit damit. Erst als er sich wirklich einigermaßen klar fühlte, trotz Kopfschmerz und Schwindel, schlug er die Augen auf und lallte etwas übertrieben: »Wo … wo bin ich?«

Er sah sofort, daß er in einem kleinen, ziemlich heißen Raum war. Er hockte auf staubigen Holzdielen, und durch winzige Fenster fiel helles Licht ins Zimmer. Und wenn er sich bewegte, hatte er ein Gefühl, als ob das ganze Ding schwankte!

Oder war das nur sein angeschlagenes Gleichgewichtsorgan …?

Vor ihm stand ein schlanker, breitschultriger Mann, glattrasiert und gutaussehend. Er trug einen schneeweißen Sommeranzug, ein hellblaues Hemd und eine knallrote Krawatte. Man sah auf den ersten Blick, daß er Geld hatte, auch wenn einem das dicke goldene Armband und die Schweizer Nobeluhr am Handgelenk nicht sofort ins Auge stachen.

»Sie sind in Sicherheit, Monsieur Leroy«, sagte der

Mann freundlich. Sein Französisch war fehlerlos, aber wie sein Spanisch mit einem seltsamen Akzent behaftet. Pierre forschte in seinem scharfgeschnittenen Gesicht und kam schließlich zu dem Schluß, daß der Mann aus dem Nahen Osten stammte. Vielleicht Iraner ... oder Libanese, wenn man an das perfekte Französisch dachte!

Pierre dachte an einen Mann namens El-Ammein in Jordanien und war alles andere als begeistert.

»Mein Name ist Jacques Choreini«, fuhr der Mann im weißen Anzug fort. Er hatte durchdringende, pechschwarze Augen, in deren Tiefe etwas zu lodern schien. Pierre konnte nicht behaupten, daß ihm dieser Blick besonders sympathisch war. »Ich bin Geschäftsmann. Ich hoffe, Sie verzeihen mir meine etwas unorthodoxe Art, mit Ihnen in Kontakt zu treten. Aber ich konnte es mir nicht leisten, die Aufmerksamkeit der Behörden auf mein Vorhaben zu lenken, und ich mußte Sie unbedingt sprechen!«

»Schon gut«, brummte Pierre und stützte sich schwer gegen die knackende Holzwand, um aufzustehen. *Verzeihen?* dachte er zornig. *Bürschchen, wir reden weiter darüber, wenn ich dich am Kragen gepackt habe!*

Er stemmte sich scheinbar schwerfällig hoch und spannte gerade seine Beinmuskeln, um Choreini anzuspringen, als dieser zwei Schritte zurückwich. Er schien Pierres Absicht geahnt zu haben, denn plötzlich lag eine kleine Pistole in seiner Hand. Glitzernd und gepflegt, ein Präzisionsinstrument bester italienischer Machart.

»Bleiben Sie bitte an der Wand stehen, Monsieur Leroy«, sagte Choreini, immer noch mit äußerster Höflichkeit. Der Lauf der Beretta zeigte eher nachlässig auf Pierres Brust. »Wir wollen doch keine Mißverständnisse aufkommen lassen, nicht wahr?« Choreini lächelte, aber in seinen Augen glitzerte etwas Grausames. »Wir haben eine Menge Mühe darauf verwandt, Sie und Ihre Freunde zu beschatten und zu verfolgen. Wir haben ihre Funkgespräche mit Lalibela abgehört und Sie im richtigen Moment hierher geleitet. Es wäre schade, wenn diese Mühe dadurch zunichte gemacht würde, daß ich auf Sie schießen müßte.«

Pierre spähte durch eines der kleinen Fenster. Er erkannte schroffe braune Bergspitzen, die Flanke eines Abhangs. Es sah ziemlich einsam aus da draußen. Von irgendwoher klangen rauhe Männerstimmen heran.

Offenbar befand er sich in luftiger Höhe – wenn er das leichte Schwanken unter seinen Füßen richtig deutete, in einem Turm!

Pierre betastete vorsichtig seinen schmerzenden Kopf. Er hatte eine kleine Wunde am Hinterkopf, und eine gewaltige Beule. »Ihre Gorillas hätten mir den Schädel zertrümmern können, Sie verdammter Idiot!« erwiderte er grob. »Hören Sie auf mit dem freundlichen Geschwätz und sagen Sie mir, was Sie wollen!«

In Choreinis Gesicht zuckte etwas, und seine Augen verengten sich böse. Seine Stimme klang einige Grade kühler, als er schließlich sagte: »Wie Sie wünschen. Ich habe nur ein paar einfache Fragen an Sie. Es wäre klug von Ihnen, sie richtig zu beantworten, sonst ...« Er ließ den Rest des Satzes offen und fuhr fort: »Erste Frage, Monsieur Leroy: Warum sind Sie hier in Äthiopien?«

Pierre fuhr sich durch sein dichtes schwarzes Haar, als wollte er es ebenso wie seine Gedanken ordnen. »Forschungsauftrag. Wir schauen uns Felsenkirchen in Lalibela an. Und Holztürme im Gebirge.« Er klopfte prüfend gegen die Wand in seinem Rücken.

»Die Scherze werden Ihnen noch vergehen, Monsieur«, erwiderte Choreini. Er starrte Pierre an, und dem lief plötzlich ein Schauer über den Rücken. Der Mann im weißen Anzug hatte etwas an sich, das ihn an modrige Gräber denken ließ ...

»Sie wollen nach Aksum, um dort die Bundeslade zu untersuchen«, sagte Choreini ruhig. »Soviel weiß ich längst. Warum wollen Sie dieses Artefakt besichtigen? Glauben Sie, es könnte ... verborgene Kräfte haben?«

Das überraschte Pierre. Choreini merkte es, und er grinste überlegen. »Sehen Sie, Monsieur Leroy? Sie haben die Frage schon beantwortet!«

»Schickt Kar Sie?« fragte Pierre scharf. Er musterte sein Gegenüber aufmerksam, und jetzt war er es, der die Verblüffung in den dunklen Augen des anderen las.

»Ist das ein Freund von Ihnen?« meinte Choreini und lachte. »Nein, Monsieur Leroy, gewöhnen Sie sich bitte daran, daß *ich* hier die Fragen stelle!« Er wurde unvermittelt ernst, und das Lodern in seinen Augen nahm an Wildheit zu. Seine Stimme klang hart und schneidend, als er fragte: »Monsieur Leroy! Was haben Sie und Ihre Freunde mit der Maske des Pacal von Palenque getan?«

Pierre wurde es beinahe wieder schwindlig. Er hatte Sir Ians Stimme fast noch im Ohr, als dieser ihm von dem grausamen Überfall auf das Museum berichtete. Der Instinkt des Earl of Oake Dùn war richtig gewesen ... aber seine Warnung hatte nichts genützt! Pierre zwang sich zu einem fröhlichen Lachen. »Pacal? Ist das ein Freund von Ihnen?«

Diese Art von Humor schien Monsieur Choreini absolut nicht zu schmecken. Seine Lippen wurden schmal, der Griff um die Pistole verkrampfte sich, und in seinen Augen leuchtete kurz blanke Mordlust auf. Pierre hatte fast den Eindruck, eine furchtbare Blasphemie begangen zu haben.

Choreini wich bis zur Tür zurück und klopfte hart mit dem Griff der Pistole dagegen. Augenblicklich flog der Eingang auf. Pierre erhaschte einen Blick auf eine schmale Plattform und einen schwindelnden Abgrund dahinter. Irgendwo in der Tiefe rauschte und schimmerte

Wasser. Dann knallte die Tür wieder zu, und er mußte sich mit den beiden kräftigen Kerlen befassen, die hereingekommen waren. Einer war schwarz und offenbar Äthiopier, der andere trug eine dunkle Sonnenbrille und schien ein Landsmann von Choreini zu sein.

Beide waren unbewaffnet, aber unter ihren leichten T-Shirts zeichneten sich beeindruckende Muskeln ab. »Ich glaube, Sie irren sich, Monsieur Choreini«, sagte Pierre zögernd. »Ich stehe nicht auf hübsche Jungs!«

»Ich habe Ihnen gesagt, daß es klug wäre, meine Fragen richtig zu beantworten«, begann Choreini langsam und mit kalter Stimme. Er steckte die Beretta in die Jackettasche und holte ein schmales Plastiketui hervor. »Statt dessen bekomme ich nur dumme Sprüche zu hören. Wir werden Sie zwingen müssen, die Wahrheit zu sagen, fürchte ich ...«

Seine beiden Männer bewegten sich – und sie waren sehr schnell. Pierre schaffte es, einem hart in den Bauch zu treten. Doch der Kerl nahm den Fußtritt hin, als wären seine Muskeln aus Stahl, und zwei Sekunden später hatten Choreinis Gehilfen den flinken Franzosen gegen die Wand gedrängt und seine Arme auf den Rücken gedreht.

Choreini lächelte ein wenig, und diesmal schien sein Lächeln echt zu sein. Es gefiel ihm, den Schmerz im Gesicht anderer Leute zu sehen.

Er öffnete das Etui und holte eine kleine Spritze und eine Ampulle heraus. »Wir haben hier etwas, Monsieur Leroy, was Sie zur Vernunft bringen wird.« Choreini stieß die Nadel durch den Verschluß und zog die Spritze langsam und bedächtig auf. Er lächelte wieder, als er fertig war.

Pierre kämpfte gegen den brutalen Griff seiner Peiniger an, aber der Erfolg war gering. Die Kerle hatten Erfahrung darin, ihre Opfer festzuhalten.

Choreini trat langsam vor. Pierre sah das Sonnenlicht

auf der scharfen Spitze der Injektionsnadel glitzern. Ein kleiner, schimmernder Tropfen glitt geschmeidig an dem winzigen Stahlröhrchen herunter.

»Ich habe Sie gewarnt, Monsieur Leroy«, erklärte Jacques Choreini, als er die Nadel in Pierres Oberarm stieß.

Das sogenannte Landhaus des libanesischen Großkaufmanns Choreini war eine richtige Villa, halb hineingebaut in einen steilen Berghang. Ein großer, prächtiger Garten verteilte sich über zwei felsige Terrassen.

Das alles anzulegen, mußte viel Geld gekostet haben, überlegte Valerie Gideon, während sie ab und zu aus dem Fenster von Choreinis Arbeitszimmer blickte und in der Zwischenzeit routiniert Schubladen öffnete. Alles, was ihr interessant erschien, betrachtete sie im Schein der Schreibtischlampe und prägte es sich ein. Es gab einen winzigen Spalt in den absolut lichtdichten Jalousien am Fenster, und durch den spähte sie immer wieder ins Freie.

Draußen, vor den großen Panoramafenstern, war es dunkel. Sterne schimmerten am samtigen Nachthimmel. Lalibela war von hier aus nicht zu erkennen – eine massige Felsenschulter verstellte die Sicht auf den kleinen Ort.

Valerie pfiff überrascht vor sich hin, als sie eine Pistole in der untersten Schublade fand. Eine Heckler & Koch, zusammen mit zwei Ersatzmagazinen. *Der Mann hat Ahnung,* dachte sie spöttisch, während sie alles in ihre weite Jacke steckte. Sie hatte ihre eigene Waffe nicht nach Äthiopien mitgenommen. In einem Land, das bis vor kurzem noch einen entsetzlichen Bürgerkrieg zu erleiden hatte, konnte es gefährlich werden, mit geschmuggelten Spielzeugen dieser Art erwischt zu werden.

Die Miliz in Lalibela war sehr zurückhaltend gewesen,

Informationen über Jacques Choreini herauszugeben – doch Dr. Edeya hatte andere Informanten gefunden, die weniger zurückhaltend waren und wahrscheinlich sogar mehr wußten. Es hieß, daß er sich über Waffenlieferungen das Vertrauen der Revolutionäre erworben hätte, und daß er auch nach Ende des Krieges mit Spenden für die notleidende Bevölkerung nicht knauserig gewesen war. Er war ein mächtiger, reicher Mann – zumindest in dieser Provinz würde es niemand wagen, ihn anzutasten oder auch nur zu beleidigen.

Valerie vermutete, daß er auch mächtig bleiben würde, solange er es schaffte, Waffen zu besorgen, die sonst unerreichbar blieben. Äthiopien war noch lange nicht vollständig befriedet, und ob die Waffenbrüderschaft mit den eritreischen Rebellen anhalten würde, mußte erst noch die Zukunft zeigen. Es war jedenfalls kein Problem für die ehemalige Agentin gewesen, in das Anwesen Choreinis einzudringen. Zwei Männer tauchten ab und zu im Garten auf und starrten über die Terrassen in die Tiefe, zur gewundenen Straße hinunter. Valerie hatte die Wachen umgangen und war durch die Hintertür in das leere Gebäude eingestiegen. Da niemand außer den beiden Wächtern im Garten anwesend war, vermutete sie, daß sie alle mit dem entführten Pierre in einem anderen Versteck weilten.

Sie zweifelte nicht mehr daran, daß dieser merkwürdige Kaufmann hinter der Entführung und dem Attentat in Addis steckte. Dazu hatte sie zu viele Papiere gefunden, die ihn zumindest verdächtig erscheinen ließen, ein Gauner zu sein. Er hatte Verbindung zu El-Ammein, jenem Waffenhändler aus Amman, der mit in die Entführung von Sir Ian verwickelt gewesen war! Und er hatte eigentümlich viele Verbindungen zu mexikanischen Firmen, ohne daß klar wurde, was diese mexikanischen Firmen eigentlich kauften oder verkauften! Valerie vermutete, daß es Tarnfirmen waren, über die irgendwelche brisanten Schmugglergeschäfte abgewickelt wurden.

Aber danach suchte sie nicht.

Sie wollte nur einen Hinweis auf Pierres Aufenthaltsort finden, mehr nicht!

Doch so leichtsinnig Choreini mit seinen Geschäftspapieren war – offenbar rechnete er hier in den Bergen nicht mit Einbrechern, die des Lesens kundig waren – so sorgfältig war er darin, jegliche Verbindung zu Pierre Leroy oder A.I.M. zu verschleiern. Valerie fand nichts, was darauf hindeutete, daß er sie beschattet oder Erkundigungen über A.I.M. eingezogen hatte. Keine Fotos, keine verschlüsselten Berichte, keine Aufträge an Spitzel . . .

Wenn Choreini wirklich derjenige war, der Pierre entführt hatte, dann waren sie in Lalibela genau in der Höhle des Löwen! An jedem anderen Ort hätte der Libanese mit Sicherheit größere Schwierigkeiten gehabt, ein solches Kidnapping durchzuziehen.

Valerie hob den Kopf, als ein fernes Geräusch an ihre Ohren drang, kaum hörbar durch die dicken Wände des Gebäudes. Sie knipste die schwache Schreibtischlampe aus und glitt zum Fenster. Durch den Spalt in der Jalousie sah sie die wilde Landschaft des Hochgebirges – und ein Paar greller Scheinwerfer, die sich rasch auf der schmalen, gewundenen Straße vom Tal näherten. »Er kommt zurück«, murmelte sie vor sich hin. »Ob er wohl Pierre bei sich hat?« In diesem Augenblick flammten die Deckenstrahler auf, scharf und grell. Valerie wirbelte herum und hätte fast nach der Pistole unter ihrer dunklen Jacke gegriffen – wenn da nicht der daumendicke Lauf der Schrotflinte gewesen wäre, der mitten in ihr Gesicht zeigte. Es war eine amerikanische Riot-Gun, ein Vorderschaftrepetierer mit verkürztem Lauf, und Valerie wußte genau, was solch ein Schießprügel auf diese kurze Entfernung anrichten würde.

Der dunkelhaarige Mann, der die Waffe hielt, grinste sie an.

»Na, Schätzchen, was suchst du denn hier?« fragte er in schauderhaftem Englisch. Er hätte gut zu den Typen gepaßt, mit denen sie in Addis aneinandergeraten war – nur die Piloten-Sonnenbrille fehlte. »Ist immer schlecht, Licht zu machen, aber ohne Licht sieht man nichts, eh?«

Valerie deutete auf die Papiere, die sie achtlos auf die Schreibtischplatte geworfen hatte. Sie hätte die Durchsuchung auch so durchführen können, daß nicht die geringsten Spuren zu sehen gewesen wären, aber das hätte zu lange gedauert. »Monsieur Choreini hat mich beauftragt, seine Unterlagen zu ordnen. Ich bin die neue Sekretärin.« Sie schenkte ihm ein freundliches Lächeln und einen spöttischen Blick. Gleichzeitig war sie unauffällig beinahe einen Meter näher gekommen. Wenn sie die Flinte mit einem schnellen Fußstoß erreichen konnte ...

»Es wundert mich, daß Sie noch nicht Bescheid wissen«, fuhr sie mit sanfter Stimme fort, doch der Mann wich zurück und riß die Pump-Schrotflinte an die Schulter. Seine Augen waren schmal und entschlossen. Er starrte sie an wie eine Tontaube, während sich sein Finger langsam um den Abzug krümmte.

»*Freeze!*« zischte er in seinem kaum verständlichen Englisch. »Die kleinste Bewegung, Süße, und ich schieße dir den Kopf von den Schultern!«

Sie sah in seine Augen und wußte, daß er jedes Wort auch so meinte. Er hatte Angst ... und das machte ihn doppelt gefährlich!

»Immer mit der Ruhe«, sagte sie langsam. Sie hob die Hände vorsichtig an, aber der Kerl drückte die Flinte noch fester gegen seine Schulter, und er bewegte den Finger immer noch am Abzug!

Jeden Moment mußte der Schuß losgehen!

Valeries Kehle war plötzlich sehr trocken.

Etwas krachte trocken, und ihr Herz blieb fast stehen.

Doch dann sah sie, wie der Kerl vorwärts taumelte und bewußtlos zu Boden stürzte, während seine Flinte in Connors linker Hand blieb. Der Schotte war lautlos hinter dem Wachmann aufgetaucht, hatte gleichzeitig den Lauf der Waffe hochgedrückt und dem Kerl die Handkante ins Genick geschlagen. Nun riß er ihm den Patronengurt mit der Sauposten-Munition von der Schulter.

»Danke! Das war genau im richtigen Augenblick«, sagte Valerie heiser. Sie sprang über den Mann hinweg zur Tür, zog mitten in der Bewegung die erbeutete Pistole aus dem Hosenbund und drückte sich neben dem Türrahmen an die Wand.

Aus dem Hof klangen Männerstimmen herauf, dann war die Eingangstür zu hören.

»Es war meine Aufgabe, dir den Rücken zu decken, oder nicht?« murmelte Connor. Er gab ihr Feuerschutz, während sie schattengleich in den Flur sprang, die halbautomatische Pistole ständig feuerbereit in beiden Händen.

An der Ecke, hinter der die Treppe zur Halle lag, blieb sie stehen und sicherte die Umgebung, während Connor nachrückte. Er behielt die Flinte schußbereit im Hüftanschlag. Valerie beobachtete sein professionelles Vorgehen und kam zu dem Schluß, daß er einmal eine Spezialausbildung in einer guten Militäreinheit genossen haben mußte. Vielleicht sogar bei einem Anti-Terrorkommando. Doch selbst wenn dem so war, würde er nicht darüber reden – und jetzt war schon gar nicht der Moment dafür!

Schritte näherten sich, klangen dumpf auf der breiten Treppe, die von der riesigen Eingangshalle nach oben führte. Valeries volle Lippen waren schmal wie eine Rasierklinge geworden. Sie mußten den Kopf der Treppe passieren, wenn sie den rückwärtigen Teil des Gebäudes und den Hinterausgang erreichen wollten!

Jemand redete in lautem, selbstbewußtem Tonfall – und zwar in Spanisch! Die arrogante Stimme hallte durch den breiten, modern eingerichteten Flur, und Valerie wechselte mit Connor einen schnellen Blick. Nur ein paar Sekunden noch, bis die anderen oben waren.

Ihnen blieb sowieso nur noch die Flucht nach vorne!

Der bärtige Mexikaner auf der Treppe blieb wie angewurzelt stehen, als die beiden Gestalten wie Kastenteufel hinter der Ecke hervorschnellten. »Keine Bewegung!« donnerte Connor mit wahrhaft furchterregender Stimme, und Valerie zielte mit ihrer Pistole auf die Leibwächter hinter dem Mann, die nicht einmal dazu gekommen waren, ihre umgehängten Sturmgewehre zu berühren.

Eine Sekunde lang erstarrte die Szenerie – die beiden Eindringlinge oben an der Treppe, die drei Männer unter ihnen, die anderen Kerle in der Halle. Es waren fünf oder sechs, und sie mußten eben erst von draußen hereingekommen sein. Die große Eingangstür stand noch offen, und die Männer starrten verdutzt nach oben. Es waren Araber und Äthiopier, und jeder hatte eine automatische Waffe bei sich.

»Wer von euch Figuren ist Choreini?« schrie Valerie, schwenkte ihre Waffe mit beiden Händen blitzschnell hin und her, um jeden einmal vor die Mündung zu bekommen. Es sollte sich keiner unbeobachtet fühlen!

Dennoch beging einer der Kerle in der Halle einen Fehler, der leicht ein Blutbad hätte auslösen können: Er riß seine AK 47 an die Schulter und gab einen langen Feuerstoß auf Valerie und Connor ab!

Die beiden ließen sich fallen, und sie hätten den Mexikaner und dessen zwei Begleiter mühelos von den Beinen schießen können, während die Salve aus dem Sturmgewehr über ihren Köpfen durch Tapete und Gipskartonwand pflügte.

Doch sie waren keine Mörder – also rollten sie sich zur

Seite, hinüber in den Flur, der zum Hinterausgang führte. Der Mexikaner und seine Leibwächter hatten sich bereits fallen lassen und rollten unsanft über die breiten Stufen zur Halle herunter.

»Schnappt euch die beiden!« kreischte der Mexikaner noch im Fallen, und dann ertränkte das Knattern der großkalibrigen Kriegswaffen jedes andere Geräusch. Ein Großteil der teuren Inneneinrichtung löste sich in Fetzen und Splitter auf, als Salven in die Treppe, den Flur und die Decke fetzten, während Querschläger das Chaos in anderen Teilen des Hauses komplettierten.

Valerie war längst wieder auf den Beinen, hinter der Deckung der nächsten Ecke, und Connor war ihr dicht auf den Fersen. Sie sprangen die rückwärtige Treppe hinab, und Valerie stieß die Hintertür mit einem Tritt auf, zielte ins Freie, während sich Connor neben der Tür umdrehte und einen krachenden Schuß zum Flur hin abgab. Dort war der erste Verfolger aufgetaucht, der sich mit einem Schreckensschrei in Sicherheit warf, als das grobe Schrot neben ihm in die Wand klatschte.

Connor hebelte eine neue Patrone in den Lauf.

Valerie stürmte über die Felsenplattform hinter dem Haus. Ihre Pistole krachte mehrmals, und die Kugeln zwangen eine dunkle Gestalt in Deckung, die unvorsichtigerweise ganz offen durch den Garten stürmte.

Connor drehte sich im Laufen um und streute krachende Schrotladungen überall dorthin, wo er Gegner vermutete. Dann hatte Valerie die Deckung eines schmalen, ausgetrockneten Bachbetts erreicht. Sie kniete sich hinter einen halbkugelförmigen Fels und gab Connor Feuerschutz, während er die letzten Meter an ihr vorbeistampfte.

Keuchend hasteten sie durch das geröllübersäte Bachbett hinauf, dorthin, wo der Jeep stand, den Dr. Edeya offenbar auf Dauer ausgeliehen hatte. Hinter ihnen ertönten Salven wie auf einem Manövergelände, und das Heulen von Querschlägern füllte die äthiopische Nacht. Doch ihre Verfolger schossen offenbar blindlings drauflos – sie trauten sich nicht in die Finsternis hinein, wo Connor mit seiner Flinte lauern mochte.

Der breitschultrige Schotte ließ den Motor des Jeeps aufheulen, und Valerie wurde es fast übel, als er das Fahrzeug über eine schmale Piste jagte, die ein besserer Ziegenpfad war. Steine flogen unter den Reifen weg, und Mondlicht war die einzige Beleuchtung, als sie am Rand eines hundert Meter tiefen Abgrunds dahinrasten. Der alte Geländewagen bockte unter seinen Insassen wie ein wütender Rodeogaul, und Valerie mußte sich an den schartigen Metallgriffen festklammern, um nicht in die Finsternis geschleudert zu werden.

Etwas pfiff dicht über ihrem Kopf durch die Luft, und dann hörte sie das flache Peitschen der Salve, weit hinter sich.

»Mistkerle!« brüllte Connor zornig, dann steuerte er den Jeep über eine Kante hinweg. Sekundenlang hing das Fahrzeug in der Luft, kam dann hart auf einem Geröllhang auf und rutschte mehr, als daß es fuhr, in die Tiefe!

Valeries Atem stockte. Sie hatte das Gefühl, in einer höllischen Achterbahn gefangen zu sein. Ein seltsames Geräusch übertönte plötzlich das Brummen des Motors und das Poltern der Räder auf dem lockeren Gestein. Valerie erkannte erst nach einer endlosen Sekunde, daß es ihre Stimme war, und die von Connor.

Es war das erste Mal, daß die beiden vor Aufregung und Furcht aus vollem Halse brüllten.

Und die Schußfahrt wurde immer schneller!

Pierres Verstand drehte sich unablässig, und ihm war schwindlig.

Er drehte sich in einem grauen Nebel, aus dem die Echos von Fragen klangen. Endlose Fragen, und lange Antworten, gesprochen von einer Stimme, die ihm seltsam bekannt vorkam ...

Er konnte sich besser an die Fragen als an die Antworten erinnern. Vielleicht, weil die Stimme des Fragenden wie ein Angelhaken war, der die Informationen wie zappelnde kleine Fische aus seinem Gehirn herausriß.

»Was habt ihr mit der Maske des Pacal von Palenque gemacht? Mit der Großen Maske des Lebens?«

»Ist es wahr, was von der Hacienda des Don Aldarez berichtet wurde? Hat die Maske Macht über den Mann gewonnen ...?«

»Ihr habt einen Splitter in der Maske gefunden? Was für einen Splitter? Wo ist er jetzt?«

»Was wollt ihr mit der Bundeslade?«

»Ein Plan? Was für ein Plan? Erzähle ihn mir!«

»Die Maske ...«

»Die Bundeslade ...«

»Macht ... Tod ... Tauschen ...«

Die Stimmen wurden verworren, die Echos immer leiser.

Pierre Leroy spürte, daß er blinzelte.

Er konnte den runden Raum sehen, in dem er lag. Und die Nebel unter der Decke. Doch der Raum drehte sich nicht mehr ... und diese faszinierenden Nebelsäulen wurden immer dünner.

Schade. Eigentlich hatte er sie ganz hübsch gefunden.

Eine Stimme in seinem Innern sagte barsch und von weit her: »Hör mal zu, Pierre Leroy! Du hältst dich doch für einen tollen Burschen! Wie wäre es, wenn du mal eine wirkliche Heldentat begehen würdest? Zum Beispiel, deinen Hintern hochzukriegen und dich auf die Beine zu stellen? – Sonst könnte es nämlich sein, daß du nie wieder auf deinen Beinen stehen wirst!«

Irgendwie hatte Pierre das Gefühl, so etwas Ähnliches mal gelesen zu haben. Trotzdem hörte er auf die Stimme, wen auch immer sie nachahmen mochte.

Und es war *wirklich* eine Heldentat, sich auf die Beine zu stellen und mit der Eleganz eines stockbetrunkenen Klapperstorchs zum Fenster zu gehen!

Pierre hielt sich an der Wand fest und ließ die eiskalte Nachtluft in sein Gesicht wehen. Er spürte das kühle, rostige Gitter auf der Stirn, als seine Nackenmuskeln nachgaben und er den Kopf nach vorn sinken ließ. Seine Knie schienen sich in Marmelade verwandelt zu haben.

Irgendwann fühlte er sich fit genug, langsam auf und ab zu gehen. Er hielt sich an der Wand fest, und er kämpfte bei jedem Schritt gegen das Bedürfnis an, sich einfach fallenzulassen und zu schlafen, auf dem rauhen Bretterboden, der sich ganz gewiß wie das allerweichste, warme Federbett anfühlen würde, sobald man sich nur endlich darauf ausstrecken konnte ...

Doch er schlief nicht.

Und sein Kopf war wieder klar, als mitten in der Nacht sein Kerkermeister zu ihm hereinkam.

Der Mann war ein stämmiger Äthiopier mit einem breiten, harten Gesicht. Er richtete eine starke Taschenlampe auf Pierre, der am Fenster stand. Pierre wußte, was geschehen war.

Er befand sich in einem alten Holzturm, hoch auf den Klippen über einem reißenden Fluß. Darunter war das Lager seiner Kidnapper. Sie brauchten nur ab und zu nach oben zu schauen, um ihn zu kontrollieren. Vielleicht hatten sie gehört, wie er auf und ab marschiert war.

»Was treibst du hier? Gib Ruhe!« knurrte der dunkelhäutige Wächter, eine Hand an der großen Pistole in seinem Gürtel.

Pierre beachtete ihn kaum. Er spürte den Echos der vielen Fragen nach, die immer noch leise in seinem Gedächtnis widerhallten. Man hatte ihn unter Drogen gesetzt und ausgequetscht wie eine Zitrone, das wußte er jetzt! Es war ein verflucht demütigendes Gefühl, alles verraten zu haben. Doch die Fragen, die sie gestellt hatten, konnten ihm verraten, *wer* sie waren!

»Wie wär's mit einem Nachttopf?« fragte Pierre und blinzelte in das grelle Licht der Handlampe. »Oder soll ich euch Brüdern auf den Kopf pinkeln?«

»Ich werd' dir einen bringen!« knurrte der Wächter in gutem Englisch, aber erst nach reiflicher Überlegung. Er wandte sich schon zur Tür, als Pierre lässig sagte: »Hör mal! Du bist doch Äthiopier – und ich habe den Eindruck, daß du gut mit Choreini auskommst. Was hältst du eigentlich von der Idee, die Bundeslade zu klauen?«

Der stämmige Mann drehte sich um und starrte ihn an. Pierres Gefühl hatte ihn nicht getrogen – der Kerl war bestimmt bei der Befragung unter der Wahrheitsdroge nicht dabeigewesen!

»Ich hatte den Eindruck, Choreini gefällt die Idee. Er wollte alles ganz genau wissen. Du weißt schon – alles, was wir über das Ding in Aksum herausgefunden hatten. Ich wette, er will sich die Lade selbst unter den Nagel reißen! Sie scheint ihm fast so wichtig zu sein wie die Maske des Pacal. Er will sie haben – um jeden Preis!«

»Rede nicht so über den Chef«, sagte der Wächter böse. »Und die Lade interessiert mich nicht!«

Pierre lachte leise. »So? Obwohl du als äthiopischer Christ geboren wurdest? Obwohl du ein Kreuz um den Hals trägst? Na ja. Wenn das so ist, kann es dir ja egal sein, was Choreini mit der Lade anstellt. Vielleicht verkauft er sie an einen japanischen Bonzen. Dieser alte Plunder bringt ganz schön Geld . . .«

»Was soll das Geschwätz?« fauchte der Wächter. Seine

Augen glitzerten im Licht der starken Lampe. Pierre konnte die Unsicherheit darin lesen.

Der Mann arbeitete vielleicht für einen ausländischen Gauner – doch er war ein einfacher Mensch, und so fiel es ihm um so schwerer, den Glauben vieler Generationen abzuschütteln.

»Nur ein wenig Konversation, *mon petit*«, erwiderte Pierre sanft. Er hatte sich auf den Fußboden gesetzt und verschränkte die Hände hinter den angewinkelten Knien. »Aber du weißt, daß ich nicht lüge, nicht wahr?«

Sie blickten einander in die Augen, nur ein paar Sekunden lang. Dann fuhr der Wächter zornig herum und warf die Tür hinter sich zu. Pierre hörte seine Schritte auf der Leiter, die von der Plattform des Turms nach unten führte.

»Vergiß den Nachttopf nicht!« rief er ihm hinterher, so laut er konnte. Er spürte etwas Hartes in seiner Hemdtasche und griff danach. Es war ein billiges Feuerzeug aus Plastik, das er sich am Flughafen in Addis gekauft hatte. So klein, daß seine Kidnapper es übersehen haben mußten, als sie seine Taschen durchsuchten.

Er befühlte das Stück aus Kunststoff und Blech zwischen seinen Fingern, kürzer als der kleinste davon. Er dachte an das trockene Holz unter ihm, an die dünnen Streben, auf denen die Turmplattform ruhte. Zehn Meter freie Luft, darunter ein viel größerer Abgrund über einem reißenden Fluß . . .

In seiner Lage nützte ihm dieses Feuerzeug gar nichts!

Oder vielleicht doch . . .?

Der Jeep rumpelte auf einem platten Reifen die letzten Meter bis zum Hubschrauber, dem Zelt entgegen, das sie daneben aufgeschlagen hatten. Das Fahrzeug war staubig, aber bis auf den geplatzten Reifen kaum beschädigt –

ein Wunder angesichts der Talfahrt, mit denen seine Insassen ihren Verfolgern entwischt waren.

Valerie und Connor saßen erschöpft und staubbedeckt auf den löchrigen Sitzen. Connor stellte den Motor ab und stieg etwas steifbeinig aus – er spürte die Stöße noch immer in allen Knochen, die das Fahrwerk hatte hinnehmen müssen.

Wahrscheinlich war es die Erleichterung, etwas halbwegs Vertrautes wie das Zelt und den Hubschrauber zu sehen, die beide einlullte. Sie bemerkten die beiden Männer hinter dem Zelt erst, als diese vortraten.

»Schönen guten Abend«, sagte einer von ihnen mit spöttischer Stimme.

Er hatte die Hände in den Hosentaschen, und er zuckte nicht einmal zusammen, als Valerie blitzartig die Pistole auf ihn richtete.

»Monsieur Choreini schickt uns«, sagte der zweite Mann lässig. Im Widerschein der Jeep-Scheinwerfer konnten sie sein hageres, stoppelbärtiges Gesicht sehen. »Es wäre dumm, auf uns zu schießen. Das würde Ihrem Freund nicht gut bekommen, fürchte ich.«

»Von wem sprechen Sie?« fragte Connor. Er musterte den Mann aus schmalen Augen. Die Riot Gun lag hinten im Jeep, aber er würde sie nicht brauchen, um mit diesen Leuten fertigzuwerden.

»Von Monsieur Leroy natürlich.« Der Mann deutete kurz in die Richtung des Zelts. »Ihr einheimischer Freund hat uns auch Schwierigkeiten gemacht. Wir mußten ihm eins auf den Deckel geben. Jetzt liegt er im Zelt und schläft ganz fried-«

Er schaffte es nicht, den Satz zu Ende zu reden. Valeries Schlag mit dem Pistolengriff schleuderte ihn rücklings zu Boden. Der andere Kerl wich erschrocken zurück, als die schlanke Frau zu ihm herumwirbelte. »Hören Sie auf damit!« brüllte er, und seine Stimme war einem Kreischen verdächtig nahe. »Wenn Sie uns etwas tun, wird Leroy darunter leiden!«

»Der erste, der leiden wird, bist du«, erklärte Valerie gelassen. Sie spannte den Hahn der Pistole, senkte den Lauf und zielte auf sein Knie. »Es sei denn, du erzählst mir ganz schnell, wo ihr Pierre versteckt habt! Und warum ihr ihn überhaupt entführt habt, ihr Dreckskerle!«

»Deswegen sind wir ja hier!« Der stämmige Mann starrte auf die Pistole und dann in Valeries ausdrucksloses Gesicht. Er wußte, was ein Neun-Millimeter-Projektil von seiner Kniescheibe übriglassen würde. Und der nächste kompetente Arzt war in dieser Gegend sehr, sehr weit entfernt ...

»Die Maske!« schrie der Mann, voller Angst, die Pistole könnte losgehen. »Ihr hattet die Maske in eurer Gewalt! Wir glaubten lange, die Maske aus dem Grab wäre wertlos, eine Fälschung – doch als die Sache mit Don Aldarez geschah, wußten wir, daß es die echte war, die Große Maske des Lebens!«

»Du sprichst von der Palenque-Maske?« fragte Connor, der sich gut an das Telefongespräch Pierres mit Sir Ian erinnerte. Das war erst gestern gewesen – doch inzwischen erschien es ihm wie eine Ewigkeit. Connor legte sanft eine Hand auf Valeries Schulter. Er fürchtete, sie könnte abdrücken und eine Menge damit verderben.

»Ihr habt etwas mit der Maske gemacht!« zischte der Mann voller Furcht und Haß. »Die *Macht* war nicht mehr in ihr, als wir sie endlich zurückbekamen! Ihr habt etwas aus der Maske herausgenommen. Das müßt ihr uns zurückgeben! Sonst wird euer Freund sterben! Und er wird auf eine Art sterben, wie seit vielen Jahren niemand gestorben ist ...«

Valerie und der Schotte wechselten einen schnellen Blick. Der Sternensplitter, jenes unheilbringende Artefakt aus atlantischen Zeiten, lag sicher in einem Tresor in Oake

Dùn. Und jetzt sollten sie den Kristall Leuten aushändigen, die bei einem blutigen Überfall in Mexico City einen Wächter buchstäblich in Stücke geschnitten hatten. .?

»Ihr habt keine Wahl!« keuchte der Mann, den Valerie immer noch bedrohte.

Valerie lächelte sanft.

Der Widerschein der Autolampen schimmerte in ihren grauen Augen. »Aber natürlich haben wir eine Wahl, mein Freund«, erklärte sie, wie eine geduldige Lehrerin, die einem ABC-Schützen einen ganz einfachen Sachverhalt verdeutlicht. »Ich werde einfach ein paar Kugeln auf bestimmte Teile deines Körpers abschießen, mein Junge. Irgendwann wirst du mir mit größtem Vergnügen sagen, wo unser Freund Pierre gefangengehalten wird. Du kannst es mir natürlich auch vorher sagen. Damit ersparst du dir eine Menge Schmerzen und einen großen Blutverlust!«

»Ich weiß es doch nicht!« schrie der Mann, und diesmal war es wirklich ein Kreischen. »Ich bin nur gekommen, um diese Botschaft zu überbringen – aber man hat mir nicht gesagt, wo . . .«

Valeries Finger spannte sich fester um den Abzug.

Connor packte ihr Handgelenk.

»Schluß damit«, sagte er leise. »Ich denke, er weiß es wirklich nicht! Choreini ist doch nicht so dumm, jemanden zu uns zu schicken, den wir ausquetschen können!«

»Das wissen wir nicht, bevor wir ihn nicht ausgequetscht haben!« fauchte Valerie zornig. Connor drückte ihre Hand mit der Waffe beiseite, aber sie riß sich wütend los. »Was soll das?« rief sie. »Ich bin sicher, daß der Kerl lügt! Er gehört zu einer Mörderbande!«

Der zweite Emissär Choreinis regte sich stöhnend am Boden.

Connor ging zu ihm, packte seinen Hosengürtel von hinten und stellte ihn grob auf die Beine. Dann stieß er den taumelnden Mann zu seinem Kumpan hinüber, der ihn mit Mühe auffing und stützte.

»Haut ab!« sagte Connor mit kalter Stimme. »Sagt eurem Boß, daß wir mit *unserem* Boß reden müssen! Wenn er diesen Kristall will, dann kann er ihn kriegen! Doch wenn er unserem Freund auch nur ein Haar krümmt, kriegt er nichts weiter als eine Kugel zwischen die Augen! Bestellt ihm das!« Valerie war verblüfft, den sonst so distinguierten Butler reden zu hören wie einen Hollywood-Gangster. Doch ihre Verblüffung war nicht so groß wie ihr Zorn, als die beiden Kerle schwankend in die Dunkelheit abzogen.

Sie sicherte ihre Pistole und stieß sie in den Hosenbund zurück. »Bist du verrückt, unsere einzige Chance ziehen zu lassen?« fauchte sie. »Diese Kerle hätten uns zu Pierre geführt, wenn ich noch ein bißchen weitergeblufft hätte!«

»War es denn ein Bluff?« fragte Connor müde. »Ein Schuß, und hundert äthiopische Soldaten wären hier aufgetaucht!«

»Wir können denen doch nicht den Kristall geben! Das sind übergeschnappte Killer!« Valerie schüttelte ungläubig den Kopf. »Die werden Pierre niemals lebend freilassen! Und du hast eben zwei Kerle gehen lassen, die uns vielleicht zu ihm geführt hätten!« Ihre Stimme war jetzt ebenfalls erschöpft – und voller Bitterkeit. Sie hatten so viel in den letzten Stunden durchgestanden – umsonst!

Sie setzte sich auf die kalten Steine neben dem Zelt und stützte das Gesicht in die Hände. Sie hätte schreien können vor Verzweiflung.

»Auf deine Weise hätten sie uns *vielleicht* zu Pierre geführt«, meinte Connor mit seltsam ruhiger Stimme. »Auf meine Weise führen sie uns *ganz gewiß* dorthin!«

Valerie hatte Lust, ihm eine zu kleben.

Aber dann hob sie ganz langsam den Kopf. Sie sah das

leichte Lächeln in seinem harten Gesicht, und plötzlich begriff sie.

Offenbar hatte sie diesen Mann ganz gewaltig unterschätzt!

»Sieh an, da kommt er schon!« meinte Pierre fast fröhlich. Er stand am Fenster des hölzernen Turms, der einst vielleicht ein Wachturm für irgendein Soldatencamp gewesen war, und schaute auf die Hochfläche am Rande der Klippen.

Ein weißer Geländewagen rollte langsam in das kleine Zeltlager, gefolgt von drei anderen vierradgetriebenen Fahrzeugen, die weniger neu und luxuriös wirkten. Pierres scharfe Augen machten mühelos Jacques Choreini auf dem Beifahrersitz des weißen Jeep Cherokee aus.

Sein Wächter, der die meiste Zeit in seiner Nähe geblieben war, schaute mürrisch über die Schulter des kleineren Franzosen hinweg. Der breitschultrige Äthiopier hieß Georgios. Seit der letzten Nacht hatte Pierre versucht, mit ihm ins Gespräch zu kommen, und er hatte es geschafft, ein wenig mehr über seinen Kerkermeister zu erfahren als nur dessen Namen. Offenbar war Georgios weitaus weniger fanatisch an der Palenque-Maske interessiert als sein Boß. Pierre vermutete, daß Choreini ihn als eine Art Söldner angeheuert hatte, und daß nur Choreini und einige wenige Vertraute in die tieferen Geheimnisse der Maske eingeweiht waren. Scheinbar handelte es sich um eine Sekte, die in der Maske eine mächtige, verehrungswürdige Reliquie sah.

Eine Sekte, die bereit war, rücksichtslos dafür zu rauben und zu morden.

Pierre wunderte sich nicht besonders darüber – schließlich hatte Don Aldarez den Verstand verloren und war zum Berserker geworden, als er sich längere Zeit der

Maske und dem darin enthaltenen Kristall aussetzte. Der Sternensplitter hatte sich in seinen Schädel gebohrt und den Mann allmählich zerstört und unterjocht.

Wer ein solches Objekt für ein Heiligtum hielt, von dem konnte man in der Tat einiges erwarten!

»Er scheint eine richtige Expedition auf die Beine gestellt zu haben«, sagte Pierre. »Eigentlich recht amüsant, wenn man es genau betrachtet. Der Wohltäter von Lalibela bricht auf, um die Bundeslade zu stehlen!«

Georgios musterte ihn finster. »Du rührst dich nicht von der Stelle!« sagte er schließlich. »Wenn du versuchst, die Tür aufzubrechen, knallen wir dich ab! Hier oben bist du wie auf dem Schießstand, Freundchen!« Der stämmige Wächter eilte zur Tür, schob die beiden Riegel von außen vor und kletterte die wacklige Leiter an der Seite des hohen, hölzernen Bauwerks herunter.

Für jemanden, der so gut klettern konnte wie Pierre, hätte die bloße Höhe kein Hindernis dargestellt, mit Leiter oder ohne. Nur war fast ständig Georgios in seiner Nähe gewesen. Und wenn Pierre allein war, standen immer einige schwerbewaffnete Kerle unter dem Turm und hatten ein Auge auf ihn. Er hätte es niemals geschafft, unbemerkt die Tür aufzubrechen und an einer der dürren, rissigen Holzstelzen herunterzuklettern, auf denen die breite Plattform des Turms ruhte.

Doch Pierre hatte einen anderen Plan.

Er drehte die alte Strohmatratze um, die man ihm als Nachtlager hingeworfen hatte, drückte das trockene Stroh zu dichten Ballen zusammen und verschnürte es mit Stoffstreifen aus der Unterseite der Matratze. Dann lockerte er ein etwa fußbreites Dielenbrett an der zum Abgrund hin liegenden Seite des Raumes.

Die Öffnung war zu schmal, um hindurchzukriechen, doch er hatte einen freien Blick auf den Platz unter dem Turm. Er konnte das Wasser des Flusses sehen, tief unter der Klippe und dem Holzturm an ihrem Rand. Er war schwindelfrei, aber sein Magen verkrampfte sich dennoch, als er an das dachte, was ihm bevorstand.

Pierre ging zu einem der Fenster, mit zwei Ballen von Stroh und Stoff in der linken und seinem winzigen Feuerzeug in der rechten Hand. Noch spähten ein, zwei Kerle immer wieder zum Turm hinauf, während sich die anderen um Choreini und seinen vollgeladenen Autokonvoi versammelt hatten.

Georgios stürmte gerade auf seinen Chef zu.

Als der Streit endlich losging, kniete sich Pierre neben die Öffnung im Fußboden, holte tief Luft und schnippte das Feuerzeug an.

»Und sieben Priester sollen sieben Jobelhörner vor der Lade Jahwes hertragen. Josua sprach zum Volk: ›Geht hinüber und umzingelt die Stadt ...‹« Jacques Choreini blätterte in einem seiner Bücher, in dem die Eroberung Jerichos beschrieben wurde. Man hatte mit der Bundeslade die Stadt siebenmal an sieben Tagen umkreist – und am letzten Tag fielen die mächtigen Mauern beim Schall der israelitischen Trompeten in sich zusammen. Es war ein Bild grenzenloser Macht, das Choreini gefiel.

Er hatte in den letzten Stunden viel gelesen, während sich der gewaltige Plan in seinem Gehirn entwickelt hatte, unter anderem die Übersetzung des Kebra Nagast, jener äthiopischen Legende, die beschrieb, wie sich König Salomo und die Königin von Saba, Herrscherin über Äthiopien, trafen. Und wie später der Sohn der Königin, Menelik, die Bundeslade nach Äthiopien brachte, als Zeichen dafür, daß Gottes Gnade nun auf ihrem Volk ruhte ...

Wenn das wahr ist, dachte Choreini, *dann hat dieses Volk die Lade seit Jahrtausenden behütet und bewahrt. Und viel-*

leicht ist ja etwas dran an den Wunderlegenden der Äthiopier. Vielleicht steckt eine Macht dahinter, die so mächtig ist wie die Große Maske!

Jacques Choreini hatte sich entschlossen, es herauszufinden.

Und jener Franzose im alten Wachtturm hatte ihm sogar bis ins kleinste Detail den Weg geschildert, wie er an die Lade kommen konnte!

Choreini lächelte versonnen vor sich hin, als er das Buch wegpackte. Gerade rollte der Jeep in das kleine Lager, und seine Männer schauten neugierig herüber. Die meisten hatten keine Ahnung, worum es wirklich ging. Sie wußten nichts von der Bruderschaft, von der Lade ... und von der Maske. Sie waren Männer aus dem Libanon, die seit ihrer Jugend nichts anderes gewohnt waren, als zu kämpfen. Es war ihnen zu ruhig in Beirut geworden. Sie kamen mit einer Welt außerhalb des Krieges nicht zurecht, und sie waren dankbar, daß Choreini sie gut bezahlte und ihnen neue Aufträge gab. Einige waren sogar mit in Mexiko gewesen, der Heimat der Bruderschaft. Sie hatten geholfen, die Maske zurückzuholen – nach einer ewig scheinenden Zeit, in der die Bruderschaft geglaubt hatte, die Maske sei eine wertlose Fälschung.

Erst die Ereignisse um Don Aldarez riß ihnen den jahrhundertealten Schleier von den Augen. Doch da war es zu spät gewesen – die Große Maske des Lebens war entweiht worden, durch die skrupellosen Ketzer von A.I.M. ihrer Macht beraubt.

Er würde sie zwingen, den Kristall herauszugeben! Und er würde dafür sorgen, daß er mehr als nur ein Druckmittel besaß, um seine Forderung durchzusetzen!

Choreinis Lippen waren schmal, als er aus dem Jeep sprang.

Er wartete auf Georgios, den Lagerkommandanten, der auch schon eilfertig auf ihn zustürmte. Der Mann war einer der wenigen einheimischen Söldner in Choreinis Diensten, doch seine Kenntnisse des Landes machten ihn zu einem unverzichtbaren Helfer. Deshalb hatte er ihm einige der besten libanesischen Männer und den Franzosen anvertraut.

»Wir machen das Lager dicht!« befahl Choreini, kaum daß der stämmige Äthiopier vor ihm stehengeblieben war. »Ich will den Franzosen bei mir haben. Wir fahren sofort zu meinem privaten Landeplatz und fliegen nach Aksum! Unterwegs werde ich erklären, was wir dort zu tun haben. Die Zeit drängt!«

Er sah verblüfft, daß der Äthiopier bleich unter seiner dunklen Haut geworden war. »Wegen Timkat ist es so eilig?« brachte Georgios schließlich heiser hervor.

Choreini starrte ihn an. Konnte der Kerl Gedanken lesen?

»Timkat ist morgen, und die ersten Prozessionen fangen schon heute nachmittag an«, sagte Georgios langsam. Jedes Wort fiel wie ein schwerer Stein aus seinem Mund. »Der Franzose hat behauptet, Sie wollten an Timkat die Heilige Lade stehlen! Das ist doch nicht wahr, oder, Monsieur Choreini?«

»Darüber werden wir ganz gewiß nicht hier reden«, bestimmte Choreini mit kalter Stimme. »Beeilen Sie sich! Wir müssen in zwei Stunden unterwegs sein!« Er schaute in den frühmorgendlichen Himmel hinauf. Die Zeit war knapp – verflucht knapp!

»Monsieur Choreini«, sagte Georgios beinahe flüsternd, »das kann doch nicht Ihr Ernst sein?« Seine Augen flackerten in einem seltsamen Entsetzen, das Choreini nie zuvor an einem seiner Männer gesehen hatte. »Die Lade ist heilig! Allein der Gedanke, sie zu rauben ...« Der Äthiopier schüttelte den Kopf. »Abgesehen davon würden wir alle dabei umkommen! Ich kenne die Menschen hier. Das ist nicht so etwas wie ein Bankraub oder ein Überfall auf eine Kaserne! Wenn wir nach Aksum gehen und Hand an die Lade legen, dann werden wir alle sterben!«

Choreinis schmale dunkle Augen bohrten sich in das Gesicht des Schwarzen. »Wir sind hier nicht in einem theologischen Seminar, Major! Ich bezahle Sie dafür, daß Sie tun, was ich Ihnen sage. Also bewegen Sie sich! Und überlassen Sie mir das Denken!«

Die Stimme des libanesischen Kaufmanns war wie eine Peitsche. Doch der Äthiopier wich nicht zurück.

»Ich werde meinen Kopf nicht unter das Fallbeil legen, nur weil Sie die hiesigen Verhältnisse falsch einschätzen!« fauchte Georgios. Seine Stimme war lauter als beabsichtigt, und Gesichter drehten sich in die Richtung der beiden Männer. »Was Sie vorhaben, ist Irrsinn! Und das auch noch ohne jegliche Planung! Das ganze Land wird auf den Beinen sein und nach unserem Blut schreien, wenn wir tun, was Sie wollen! Und vielleicht werden auch gewisse ausländische Geheimdienste sich nicht zurückhalten, ebenfalls in der Sache zu ermitteln ...«

Jetzt waren alle Blicke fasziniert auf Choreini und seinen meuternden Söldner gerichtet. Die Männer rückten näher, um jedes Wort mitzubekommen.

Choreini hatte längst begriffen, daß es hier um seine Autorität ging.

Er hatte Geld ... aber manchmal mußte man diesen rauhen Kerlen zeigen, daß man sich gegen sie durchsetzen konnte, wenn es sein mußte, auch auf ihrem eigenen Gebiet. Sie brauchten das, sonst wurden sie übermütig und unverschämt.

»Ich habe sehr gut geplant, Major!« schnauzte Choreini zurück. »Wenn Sie Angst haben, dann sagen Sie es! Mein Plan ist perfekt und wird gelingen, aber wenn Sie ihn sich aus lauter Feigheit nicht einmal anhören, dann sind Sie nicht der richtige Mann für mich! Also? Wollen Sie sich beruhigen, oder wollen Sie meine Dienste augenblicklich verlassen?«

Choreinis Hand lag auf der Pistole unter seiner Jacke. Er war entschlossen, den Äthiopier auf der Stelle niederzuschießen, wenn er sich für letzteres entschied. Der Mann wußte zu viel, als daß er ihn einfach gehen lassen konnte. Und den Libanesen lag nichts an ihrem äthiopischen Boß!

Für eine endlos scheinende Minute war es totenstill. Alle starrten die beiden Männer an, die sich wie Kampfhähne belauerten. In Georgios' Augen glitzerte ein wildes Licht, und schließlich schnappte er: »Es gibt gewisse Dinge, die fasse ich nicht an! Es war niemals die Rede davon, daß ich meine Männer auf ein Himmelfahrtskommando schicken soll!«

Choreini wich einen Schritt zurück und zog die Pistole. Er war ein geübter Combat-Schütze, und die Mündung zeigte binnen eines Sekundenbruchteils mitten auf Georgios' Brust.

Der Äthiopier starrte seinen Boß fassungslos an.

Als Choreini den Finger am Abzug krümmte, brüllte jemand etwas auf Arabisch. Choreini zögerte, riß den Kopf herum, und jetzt verstand er, was der Mann brüllte.

Rauch und Flammen loderten an dem Holzturm hoch, der nur ein paar Dutzend Schritte entfernt war! Die Streben zum Abgrund hin brannten lichterloh, und das ganze Bauwerk schwankte schon bedrohlich.

Choreini starrte ungläubig in das flackernde Feuer.

Und in diesem Moment sprang Georgios ihn an!

Pierre hatte einen kleinen Strohballen nach dem anderen angezündet und nach unten fallen lassen, während der Streit zwischen Choreini und seinem Major tobte. Er hatte seinen Vorrat binnen Sekunden aufgebraucht, aber das knochentrockene Holz der rissigen Streben fing sofort Feuer. Wichtig war nur, daß sich das Feuer auf die dem Fluß zugewandte Seite begrenzte, so daß auch der Turm in diese Richtung stürzen würde.

Durch das Loch im Bretterboden des Turms sah Pierre den hellen, beißenden Rauch und die zuckenden, fast farblosen Flammen.

Er biß die Zähne aufeinander, lauschte den streitenden Stimmen aus der Entfernung und hoffte inbrünstig, daß sie lange genug streiten würden. Nur noch ein paar Minuten ...

Als er aufsprang und an der Seitenwand rüttelte, hatte er das Gefühl, daß etwas tief unten knirschend nachgab.

Draußen war es plötzlich totenstill.

Rauch zog an der Turmplattform vorbei, stach in Pierres Schleimhäute. Er rüttelte wieder am Turm, und diesmal knirschte es wirklich bedrohlich. Er konnte schon die Hitze der Flammen spüren, die mit bedenklicher Geschwindigkeit an den Holzstangen emporgeschossen waren.

Als jemand im Camp laut brüllte, wußte Pierre, daß er handeln mußte.

Er warf sich vorwärts, gegen die Holztür, die einen recht morschen Eindruck machte. Doch sie hielt dem ersten Ansturm stand, während die Plattform schwankte und unten im Camp mehrere Schüsse ertönten. Er zuckte unwillkürlich zusammen, doch offenbar hatten die Kugeln nicht ihm gegolten. Er warf sich erneut gegen die Tür.

Drei Dinge geschahen gleichzeitig. Jemand feuerte eine Maschinenpistolensalve durch den Boden des Turms, die erste brennende Strebe gab nach – und Pierre brach durch die Tür ins Freie.

Mit einem entsetzlichen, splitternden Geräusch neigte sich der Holzturm dem Abgrund entgegen. Der Boden kippte unter Pierre Leroy weg, und er konnte sich gerade noch abstoßen.

Die Wasserfläche raste ihm schäumend entgegen.

Choreini feuerte einen letzten Schuß ab und stieß den leblosen Körper des Söldners von sich. Er fluchte wütend, als er sich aufrichtete – und dann sah er, wie der Turm langsam, wie in Zeitlupe, über den Rand der Hochfläche stürzte.

Dieser Dreckskerl Leroy mußte sich das genau ausgerechnet haben!

Aber wie zum Teufel hatte er das Feuer in Gang bekommen?

Choreini sah Leroy durch die Luft wirbeln, wie eine Puppe, die der Hand eines Kindes entglitten ist. Es dauerte einige Sekunden, bis er unten im Wasser landete – schneller als die Trümmer des Turms, die weiter rechts in den reißenden Fluß klatschten.

»Holt mir den Mistkerl zurück!« kreischte Choreini. In einem Anfall von hilflosem Zorn rannte er zum Rand des Abgrunds und schoß mit der Pistole in den Fluß hinunter, bis das Magazin leer war. Er konnte sehen, wie Leroy mit den Fluten kämpfte, wie er untertauchte und mitgerissen wurde – ein Korken im schäumenden Wasser eines Abflusses. Hinter ihm fuhr der erste Geländewagen mit heulendem Motor an.

Jacques Choreini grinste plötzlich, als er sich herumwarf und zu seinem Jeep zurückhetzte. Sie brauchten nichts weiter zu tun, als beim Fluß zu bleiben und zu warten, daß ihr Treibgut wieder an Land gespült wurde. Lange konnte das nicht dauern.

»Fahr los!« schrie er den Fahrer an und stieß die wertlose Pistole in seine Jackentasche zurück.

Er warf nicht einmal einen letzten Blick auf den

erschossenen Georgios, während der Cherokee anfuhr und lospreschte, auf der Suche nach einem Weg am Ufer entlang.

Pierre schluckte Wasser. Der Strom schleuderte ihn gegen einen Felsvorsprung.

Der Stoß war so heftig, daß er ihm den Atem nahm, und die Gewalt des Flusses drückte ihn erbarmungslos unter die Oberfläche.

Irgendwie schaffte er es, sich wieder nach oben zu kämpfen. Trümmer des Turms wirbelten an ihm vorbei, gefährliche Geschosse auf der tobenden Oberfläche des Stroms. Der Aufprall auf dem Wasser hätte ihn beinahe betäubt – und er wußte, daß das sein Ende gewesen wäre.

Doch auch so sahen seine Chancen nicht besonders gut aus.

Er schwamm, so kräftig er konnte, doch die Fluten aus dem Gebirge waren eiskalt und seine Anstrengungen wie das hilflose Zappeln einer Fliege. Er wußte, daß er sich weit genug treiben lassen mußte, um von Choreinis Camp wegzukommen – doch wenn er zu lange im Wasser blieb, würde er untergehen!

Er hielt durch, bis er glaubte, jeden Moment in die Tiefe gesogen zu werden. Dann nahm er seine letzten Kräfte zusammen, strampelte und kämpfte sich durch den schäumenden Strom, bis er Boden unter die Füße spürte.

Natürlich riß ihn das Wasser dennoch weiter, aber er bekam den Ast eines tiefhängenden Gebüschs zu fassen, und dieser Ast hielt lange genug, daß er dem Ufer einige Schritte näherkommen konnte.

Schließlich taumelte er über den Fels, der sich hier flach bis ans Wasser erstreckte.

Er sank in die Knie, keuchend, am Ende.

Und als er den Kopf hob, sah er Choreinis Wagenkolonne kommen.

»Jetzt haben wir ihn«, sagte Choreini gelassen.

Er lehnte sich in die Polster des Jeeps zurück, der über einen halsbrecherischen Pfad am Ufer entlangdonnerte. Er konnte die Gestalt sehen, die sich mühsam auf den braunen Felsen aufrappelte und ein paar Schritte schwankte. Das Wasser hatte ihn fertiggemacht und wieder ausgespien, und jetzt würde Leroy brav wie ein Lämmchen sein. Jacques Choreini grinste, als der Jeep die letzten fünfzig Meter zwischen ihm und dem Franzosen in Angriff nahm.

Das Grinsen erlosch, als der rechte Vorderreifen zerplatzte.

Der Jeep schlingerte, und Choreini brüllte auf. Sein Schrei wurde abgewürgt, als er in die Gurte geschleudert wurde. Etwas krachte, und die Windschutzscheibe verwandelte sich in ein graues Spinnennetz aus Splittern.

»Da schießt einer!« brüllte der Fahrer. Er schaffte es endlich, das schwere Auto zum Stehen zu bringen. Dann riß er die Seitentür auf und warf sich der Länge nach ins Freie.

Choreini schlug auf den Öffnungsmechanismus der Gurte und duckte sich unter dem Armaturenbrett. Er hörte Gebrüll und weitere Schüsse, und als er vorsichtig zur Seite hinausspähte, sah er einen Mann, der zu dem Franzosen gelaufen war und ihn stützte. Der Mann war kräftig und rothaarig, und er hielt eine Schrotflinte in der rechten Hand, aus der er ab und zu feuerte.

Choreinis Männer hatten ihre Fahrzeuge zum Stehen gebracht, zerrten ihre Gewehre hervor und begannen auszuschwärmen und in Stellung zu gehen. Es konnte nur noch Sekunden dauern, bis sie den Franzosen und den anderen Mann in Stücke schossen.

»Ich brauche den Kerl lebend!« brüllte Choreini, trotz der hilflosen Wut, die er empfand. Man hatte tatsächlich auf ihn geschossen!

Ein knatterndes Geräusch übertönte seine Worte.

Der Hubschrauber kam tief über dem Wasser heran, schnell und elegant trotz seines unverkennbaren Alters. Er schwebte lange genug am Ufer, daß Pierre und Connor einsteigen konnten, und dann hob er ab, als hätte jemand einen Raketenantrieb eingeschaltet.

Choreinis Männer begannen zu schießen, aber es war zu spät. Sie hatten zu lange gezögert.

Der alte russische Hubschrauber schwenkte über den Felsen nach Norden und entfernte sich, während ihm der eine oder andere nutzlose Schuß hinterhergeschickt wurde. Dann wurde es still am Ufer, bis auf das monotone Rauschen des Gebirgswassers.

Jacques Choreini schlug mit der flachen Hand auf die Motorhaube des Jeeps, in die die Schrotkugeln etliche Löcher gerissen hatten. Die Windschutzscheibe hatte das meiste abbekommen.

»Sie haben uns ausgetrickst«, flüsterte er leise vor sich hin. »Aber mir bleibt immer noch Aksum. Und der Teufel wird sie holen, wenn sie sich dort blicken lassen!«

Pierre öffnete die Augen und atmete tief durch. Jede Sekunde hatte er gefürchtet, daß der brüllende Motor des alten Hubschraubers den Geist aufgeben würde, als Dr. Edeya die Maschine zu den ungewöhnlichsten Anstrengungen hochgepeitscht hatte. Die Außenhülle rasselte zwar, die Turbinen produzierten wenig beruhigende Geräusche – doch der Helikopter blieb in der Luft und entfernte sich mit atemberaubender Geschwindigkeit vom Fluß, stieg immer höher zu den eindrucksvollen kargen Bergspitzen der Ambas empor.

»Wie kommt ihr hierher?« fragte Pierre, als er wieder etwas zu Atem gekommen war. Zuerst hatte er geglaubt, einem Wunschbild zu unterliegen, als Connor wie aus dem Nichts neben ihm aufgetaucht war und den heranrasenden weißen Jeep mit zwei raschen Schrotschüssen gestoppt hatte. Doch es gab keinen Zweifel – er saß sicher in dem alten Hubschrauber, Connor und Valerie waren bei ihm, und der äthiopische Wissenschaftler saß am Steuerhebel. Er trug einen Verband um den Kopf und hatte ein blaues Auge, aber ansonsten schien er gesund zu sein. Valerie saß auf dem Kopilotensitz, eine großkalibrige Pistole im Schoß. Sie hatte Edeya Manövrieranweisungen gegeben, zumal sie bei der israelischen Armee gelernt hatte, wie bestimmte militärische Flugmanöver auszusehen hatten, wenn man den Feind überraschen wollte.

»Choreinis Leute haben uns zu dir geführt«, sagte Valerie lächelnd. »Ich hatte ein wenig elektronisches Equipment ins Land geschmuggelt, und Connor hat einem von Choreinis Boten unauffällig einen Mikrosender hinter den Hosengürtel geklebt. Die Kerle wollten uns erpressen, den Sternensplitter aus der Palenque-Maske herauszugeben. Statt dessen sind wir ihnen gefolgt – bis zu dem Camp, wo du gefangengehalten wurdest. Wir blieben mit dem Hubschrauber auf Abstand. Connor wollte sich unauffällig anschleichen und herausfinden, wo du gefangengehalten wurdest. Aber da kamst du auch schon den Fluß heruntergewirbelt, und die ganze Bande hinterdrein!«

Pierre deutete in Edeyas Richtung, auf die Blessuren des Anthropologen. »Waren das auch Choreinis Männer?«

Der Äthiopier lächelte grimmig. »Sie hatten nicht die

besten Manieren, das muß ich zugeben. Doch Miss Gideon hat ihnen etwas davon zurückgezahlt!«

Connor spähte durch das Seitenfenster hinaus, aber der blaue Himmel blieb leer. Niemand verfolgte sie mit einem anderen Flugzeug oder Hubschrauber. »Offenbar hat dieser Choreini seltsame Verbindungen nach Mexiko. Gelder wechseln hin und her, ohne daß erkennbar wird, welche Waren der saubere Herr kauft. Hast du etwas erfahren können, während du in Gefangenschaft warst, Pierre?«

Er schluckte, bevor er ihnen von dem Verhör erzählte. Er konnte sich daran erinnern wie an einen seltsamen Traum. Er hatte sich selbst gleichsam aus der Ferne beobachtet, hatte mitbekommen, wie er Geheimnisse verriet, ohne daß er sich daran hindern konnte. Aber er hatte auch einiges von dem wahrgenommen, was Choreini gesagt hatte.

»Ein Mexikaner war bei ihm, der noch über ihm zu stehen schien. Offenbar gehört Choreini zu einer Sekte, die die Maske von Palenque als eine Art Heiligtum ansieht. Sie haben sie gestohlen – und mußten feststellen, daß etwas daran fehlt. Sie wußten nicht, was, also haben sie versucht, Mitarbeiter von A.I.M. zu erwischen, um sie auszuquetschen. Es kann ja nicht schwer gewesen sein, herauszufinden, daß Tom Ericson für A.I.M. arbeitet, nachdem er die Maske an das Museum zurückgegeben hatte.« Pierre zuckte mit den Schultern. »Ach ja, da ist noch etwas! Aus einigen Fragen konnte ich ableiten, daß diese Palenque-Sekte scheinbar lange an der Echtheit der Maske im Museum gezweifelt hat. Choreini geriet richtig außer sich, als er von dem Kristallsplitter erfuhr. Das wäre auch eine Erklärung dafür, daß sie die Maske erst jetzt und nicht schon vor vielen Jahren gestohlen haben.«

»Die Sache mit Don Aldarez wird diese Brüder alarmiert haben«, meinte Connor. »Aber woher willst du wissen, daß es die Sekte schon lange gibt?«

»Sekten wie diese gründen sich nicht von heute auf morgen«, meinte Valerie. »Überleg doch mal: Pacal von Palenque wurde um das Jahr 700 begraben und erst vor vierzig Jahren wieder ausgebuddelt. Wenn sich ein Kult um die Maske nach 1950 gebildet hätte, dann hätte er doch schon viel früher versucht, das Objekt an sich zu bringen! Also muß das Wissen um die Maske aus einer früheren Zeit stammen – wahrscheinlich sogar von Zeitgenossen Pacals. Vielleicht gab es immer einen harten Kern von Sektierern, die das Wissen um die geheimnisvolle Macht der Maske jahrhundertelang bewahrten.«

»Wobei die Wahrheit immer mehr mystifiziert wurde und die Maske schließlich derartig legendäre Dimensionen angenommen hatte, daß keiner der heutigen Sektenjünger so recht daran glauben wollte, daß das wirkliche Artefakt an einem so profanen Ort wie einem Museum aufbewahrt wurde ...«, sinnierte Dr. Edeya weiter, der sich sehr für die Sache interessierte. »Das ist ja nichts Ungewöhnliches, in allen Religionen. Je mehr Zeit verstreicht, desto gewaltiger werden die Wunder, die von den Gründervätern berichtet werden.« Er zog den Helikopter über einen gewaltigen Bergrücken hinweg und tauchte in ein Meer weißer Nebelwolken ein. »Die Frage ist nur – welche Macht soll die Maske haben? Was sehen diese Leute in ihr? Ein Objekt, das Menschen zu Wahnsinnstaten treibt, kann doch nicht jahrhundertelange Anbetung finden, wenn nicht mehr dahinter verborgen ist!«

Sie schwiegen eine Weile unbehaglich und starrten hinaus in den Nebel, während der Äthiopier den Hubschrauber so hoch wie möglich hielt. Schließlich sagte Connor leise: »Es wurde doch berichtet, wenn ich mich recht erinnere, daß das angebliche Skelett des Königs

Pacal einem Mann gehörte, der nur vierzig Jahre alt geworden ist. Doch alle Überlieferungen sprechen davon, daß der Mann das für damalige Verhältnisse gewaltige Alter von achtzig Jahren erreicht hat! Also vermutet man, daß ein Fremder in dem Sarkophag bestattet wurde. Was aber . . ., wenn dieses Skelett wirklich Pacal war?«

Im Dröhnen der alten Turbinen dachten die vier Menschen eine Weile nach. »Der Mythos von der ewigen Jugend«, murmelte Dr. Edeya. »Das wäre in der Tat eine Grundlage für einen Geheimbund! Es würde auch die grausamen Taten erklären, die Aldarez begangen hat, den Verdacht gegen die Sekte, in Mexiko Massenmorde begangen zu haben. Eine Mythologie, die sich um einen simplen Austausch rankt: Das Leben anderer für das eigene. Ein Prinzip, das hinter den meisten Menschenopfer-Ritualen steht. Der Austausch von Lebensenergie, gewissermaßen – etwas, das immer mißlingen mußte!«

»Vielleicht hatte Pacal einen Weg gefunden, wie es *gelingen* konnte«, sagte Pierre Leroy düster. »Vielleicht hat er dadurch soviel Schrecken erzeugt, daß man sich seiner entledigt hat – schließlich war er körperlich erst vierzig Jahre alt. Das wäre auch eine Erklärung dafür, daß die magische Maske mit ihm begraben und sein Grab so gut abgesichert wurde. Niemand sollte ihm mehr nacheifern – und seine Anhänger waren gezwungen, ihr Wissen im geheimen zu bewahren.«

»Vielleicht haben sie immer schon versucht, die alten Rituale zu wiederholen«, überlegte Connor. »Das hat sie zusammengehalten, und die Rituale wurden wichtiger als die Maske selbst. Jetzt aber ist ihr Ziel, die Macht der Maske wiederherzustellen – und das macht diese Leute äußerst gefährlich!«

Valerie schaute hinaus, als die Maschine unvermittelt ins Sonnenlicht zurückglitt. Ein langes, karges Tal war in der Tiefe zu erkennen. »Vielleicht, vielleicht . . .«, murmelte sie. »All diese Mutmaßungen bringen uns nicht weiter. Wir fliegen nach Aksum, und da geht es um eine ganz andere Legende! Laßt uns diese Sache hinter uns bringen, bevor wir weiter über die Palenque-Spinner nachdenken!«

Pierre rieb unbehaglich die Hände aneinander. Seine Kleidung war durchnäßt, und es war nicht besonders warm im Hubschrauber. Ihm war absolut nicht danach, sein Leben noch einmal zu riskieren – doch wenn er Pech hatte, würde er das noch am selben Tag tun müssen!

Der Gang war niedrig, feucht und dunkel. Jacques Choreini mußte sich tief ducken. Spinnweben klebten in seinem Gesicht, und die Luft war unangenehm modrig. Er hatte letzte Nacht kaum geschlafen, und die Aufregung ließ sein Herz bis in den Hals hinauf pochen.

Er war seinem Ziel zum Greifen nahe!

Er duckte sich neben einem mächtigen, uralten Steinpfeiler, der ein seltsames Symbol trug – das Croix pattee der Tempelritter. Ein Symbol, das man auch in Lalibela in der Felsenkirche Beta Mariam gefunden hatte.

Doch Choreini war daran nicht interessiert. Er war so schnell wie möglich mit seinem eigenen Helikopter nach Aksum geflogen. Seine Pläne standen fest, und seine besten Männer waren bei ihm, um sie durchzuführen. Er hatte einen detaillierten Plan nach den Angaben des Franzosen gezeichnet, den sie unter Wahrheitsdrogen gesetzt hatten. Angaben, die offenbar auf geheimsten Dateien des israelischen Geheimdienstes beruhten.

Choreini grinste vergnügt vor sich hin, während er vorsichtig um die Ecke spähte. So hatte die Absicht der Israelis, die Lade zu schützen, genau das Gegenteil erreicht: Die Akten bahnten denjenigen den Weg, die sie stehlen wollten!

Und jetzt, da der Franzose entkommen war, gewann die Lade um so mehr an Bedeutung. Choreini konnte anbieten, sie gegen den Sternensplitter zu tauschen – daß er die Absicht hatte, die Lade trotzdem zu behalten, mußte er A.I.M. ja nicht gerade auf die Nase binden.

Choreini gab den Männern hinter ihm ein Handzeichen und rückte langsam weiter vor. Der Restlichtverstärker, den er trug, entriß jeden Winkel des unterirdischen Ganges der Finsternis – und dort, wo es kein Licht zu verstärken gab, genügte der kleinste Schimmer einer gedämpften Lampe, um alles im klarsten Hellgrün zu erkennen.

Im unsicheren Mittelalter mußte der Gang angelegt worden sein, um die Bundeslade im Notfall rasch aus der Kirche bringen zu können, und es gab keine Hinweise darauf, daß jemand seit dem Mittelalter etwas an diesem Schacht verändert hatte. Immerhin war der Öffnungsmechanismus, versteckt in einer alten Kirchenruine, beeindruckend. Ein kleiner Druck an der richtigen Stelle, und Gewichte verschoben sich, Sand rieselte in gewaltige verborgene Kammern, und ein tonnenschwerer Block erhob sich, um den Eingang zu enthüllen ... den Weg zum Allerheiligsten der Koptischen Kirche Äthiopiens. Diese alte Ingenieurskunst brauchte sich vor der der Pharaonen nicht zu verstecken.

Choreini merkte es in dem Augenblick, als der Fußboden unter ihm nachgab. Vielleicht lag es am Alter der Anlage, aber ein winziges Knirschen warnte ihn, bevor sich eine riesige Felsplatte geschmeidig und fast lautlos drehte.

Choreini sprang keuchend zurück, prallte gegen die Männer hinter ihm, und fast wären sie alle gestürzt. Ein paar Zentimeter vor seinen Zehenspitzen klaffte ein schwarzer, unheimlicher Schacht. Staub rieselte in eine bodenlose Tiefe hinab. Sein Magen krampfte sich zusammen, als er daran dachte, wie knapp er einem Todessturz entgangen war.

»Sie haben sich Mühe gegeben, diese Hunde«, knurrte er halblaut und verwünschte sich dafür, daß er den Franzosen nicht genauer befragt hatte. Andeutungen hatte der Kerl zwar gemacht – aber es war so unendlich mühsam gewesen, seinem widerstrebenden Verstand jedes Quentchen an Information entreißen zu müssen.

Choreini suchte die Wände ab, die aus großen, grob behauenen Steinblöcken bestanden. Da war wieder so ein Templer-Kreuz zu sehen. Also drückte er kurz entschlossen dagegen.

Es knirschte erneut, und während das Relief nachgab, schloß sich die riesige Öffnung im Boden. Choreini behielt die Hand an dem beweglichen Schmuckstein und winkte seinen Männern.

Zögernd tasteten sie sich vorwärts – und diesmal gab die Steinplatte nicht nach. Auf der anderen Seite gab es einen identisch aussehenden Schmuckstein, den man gedrückt halten mußte, bis die drehbar gelagerte Steinplatte überwunden war.

An die zweite Falle – ein Fallgitter aus ebenso kunstvoll geschmiedeten wie tödlichen Stahlspitzen – erinnerte sich Choreini. Leroy hatte Andeutungen darüber gemacht. Sie fanden den schmalen Grat an der linken Seite des Ganges, von dem sie nicht abweichen durften, wenn sie nicht als Schaschlik enden wollten.

Und dann standen sie unmittelbar vor der Tür, die in den Keller der Kapelle führte.

Choreini betrachtete ungläubig die glimmenden Anzeigen seines elektronischen Spürgerätes. Es schien tatsächlich so zu sein, wie der Franzose behauptet hatte – es gab keinerlei moderne Elektronik in diesem Keller! Keine Ultraschall-Alarmanlage, keine Geräte, die auf Körperwärme oder Erschütterung reagierten, nicht einmal einfache Lichtschranken. Geschweige denn Videokameras oder verborgene Mikrophone ...

Das Gottvertrauen der Kirchenleute muß in der Tat sehr groß sein, dachte Choreini spöttisch, als er die Tür vorsichtig aufdrückte, eine Sturmpistole mit einem langen Schalldämpfer in der rechten Hand. Nicht einmal die Tür hatten sie verschlossen ...

Der Keller war niedrig, doch die Felsenwände waren reich geschmückt mit Reliefs und Malereien. Alte Wandteppiche aus feinster Seide bewegten sich in dem leichten Zugwind, den die Eindringlinge mit sich brachten.

Hinter einem Durchgang in Form eines Rundbogens standen zwei Wächter.

Das Licht von Fackeln glitzerte auf ihren prächtigen Umhängen und ihren breitrandigen Kopfbedeckungen, von denen lange, goldene Schnüre baumelten. Offensichtlich waren die Männer Mönche oder Priester, die etwas in diesem Keller zu bewachen hatten – und sie rechneten nicht damit, daß jemand ausgerechnet durch den geheimsten aller Gänge kommen würde. Sie drehten Choreini den Rücken zu, und es war für ihn und seine Männer ein Kinderspiel, an sie heranzuschleichen und sie niederzuschlagen.

Lange Schatten huschten über die prächtig geschmückten Wände, als Choreini und seine vier Begleiter über die reglosen Körper hinwegstiegen. Zwei weitere Männer knieten in einem Nebenraum vor einem kleinen, schwach beleuchteten Altar. Choreini konnte sich nicht zurückhalten, einem von ihnen die Hand auf die Schulter zu legen und zu flüstern: »Guck mal, wer hier ist!«

Der Priester wirbelte herum, aber noch in der Bewegung traf ihn der Griff von Choreinis automatischer Waffe und schickte ihn betäubt zu Boden. Choreini starrte auf die silbern schimmernde, mit filigraner Goldschmiedearbeit bedeckte Tür hinter dem Altar. Sie war eingerahmt mit schweren, kostbaren Vorhängen, und es war klar, daß sie in eine bedeutende Kammer führte.

Er hielt seine langläufige Waffe vor sich, als er die Tür mit einem Ruck aufriß. Und war enttäuscht, nur einen langen Gang zu sehen, an dessen Ende eine weitere Treppe nach oben führte.

Durch schmale Fenster an der Seite sickerte das gedämpfte Licht des späten Nachmittags herein. Aus der Ferne waren die Geräusche des Festes zu vernehmen, das vor kurzem begonnen hatte.

Der Gang war leer – aber direkt gegenüber der silbernen Pforte war eine einfache Holztür, geschmückt mit einfachen Kreuzsymbolen. Die Priester im Keller mußten sie passiert haben, als sie nach unten gingen. Sie hatten den Raum dahinter nicht betreten müssen ...

Jacques Choreini stieß die Holztür auf – und stand vor der Bundeslade.

Er blieb stehen wie angewurzelt, und eine Sekunde lang fürchtete er wirklich, verbrennen zu müssen oder blind zu werden. Er war nie religiös gewesen, jedenfalls nicht im herkömmlichen Sinne, aber dennoch war er einen Augenblick lang voller Ehrfurcht, als er in diesem kleinen, stillen Raum im Herzen der Kapelle stand.

Er hatte es geschafft, ins Allerheiligste vorzudringen!

Ein heller Lichtstrahl fiel durch eine schmale Öffnung in der Decke und brachte das Gold und die Verzierungen auf dem viereckigen Kasten zum Schimmern, der auf einem himmelblauen Tuch stand. Zwei unendlich fein geformte Figurinen schmückten den Deckel, und die langen Tragstangen ragten in das Halbdunkel, als warteten sie seit Jahrhunderten darauf, benutzt zu werden.

Der Raum roch nach Weihrauch, Kerzen brannten an den Wänden und enthüllten prächtige Wandteppiche und Malereien, doch Choreini hatte für die Umgebung keinen Blick.

Er sah nur die Lade, und in diesem Augenblick erschien sie ihm wirklich wie eine Verheißung Gottes!

Der magische Moment war kurz.

Er dauerte so lange, bis der Mann an der anderen Seite des Raumes die Eindringlinge bemerkt hatte. Er war ein alter, aber noch recht kräftiger Mann mit einem grauen Bart und der schwarzen Tracht eines Mönchs. Er war in aller Stille mit einem Weihrauchschwenker beschäftigt gewesen, als sich die Tür hinter ihm lautlos öffnete.

Der Wächter der Lade drehte sich um und starrte Choreini ins Gesicht. Er sah die Waffe in seiner Hand und die Männer in den schwarzen Tarnanzügen dahinter, die feuerbereite Sturmgewehre vor sich hielten.

Der Wächter der Lade begriff sofort.

Er floh nicht, und er rief nicht um Hilfe.

Er ging einfach den drohenden Läufen der automatischen Waffen entgegen, und seine Stimme erfüllte den Raum: »Geht! Verlaßt diesen heiligen Ort!« Choreini konnte genug Amharisch, um den Mann zu verstehen, und er war beeindruckt von dem Mut, den dieser einsame alte Mönch aufbrachte. Er warf sich den Söldnern entgegen, im festen Glauben, daß sein Gott ihm helfen würde, die ungläubigen Sünder zu verjagen!

Doch sein Gott schwieg. Einer von Choreinis Männern streckte den Mönch mit einem Kolbenhieb zu Boden. Danach verharrten die Eindringlinge in der unheilschwangeren Stille. Choreini starrte den goldüberzogenen Holzkasten an und war verwundert, wie einfach es gewesen war. Die richtige Information zur richtigen Zeit, und sie konnten das Heiligtum durch einen Geheimgang schleppen, in einen Laster verladen und zum Hubschrauber bringen, bevor eine weitere Stunde verstrichen war. Ein kurzer Flug über die Grenze nach Djibuti, Umsteigen in seinen Privatjet, und er würde sich auf den Weg nach Mexiko machen.

Mit der Bundeslade hatten sie etwas in der Hand, womit sie auf jeden Fall die Herausgabe des Sternensplitters erzwingen konnten! Choreini genoß seinen Triumph noch eine Sekunde lang.

Dann sagte eine kalte Stimme hinter ihm: »Guck mal, wer hier ist!«

Er fuhr herum, und das letzte, was er sah, war eine Faust.

Dann wurde es dunkel um ihn.

»Runter mit den Kanonen!« brüllte Connor, kaum daß er Choreini zu Boden geschlagen hatte. Er hielt seine kurzläufige Flinte im Anschlag. Valerie stand neben ihm, mit der erbeuteten Pistole in beiden Händen.

Pierre Leroy hob hastig die Sturmpistole auf, die Choreinis Hand entglitten war. Allein diese Kreuzung aus einer gewöhnlichen Halbautomatik und einer Maschinenpistole war offenbar schon beeindruckend genug, daß sich Choreinis Männer die Sache genau überlegten. Es dauerte nur wenige Sekunden, bis sie ihre Sturmgewehre fallen ließen. Das metallische Geräusch war höchst unpassend in der weihrauchgeschwängerten Stille des dämmrigen Zimmers.

»Haut ab!« zischte ihnen Valerie zu. »In ein paar Sekunden geht hier ein Alarm los! Es wäre klug, wenn ihr dann nicht in Reichweite des zornigen Volkes wärt!«

Die vier Söldner blickten kurz auf die gefallene Gestalt ihres Anführers, dann auf die Waffen ihrer Gegner – und suchten das Weite. Valerie verfolgte sie mit dem Lauf ihrer Pistole, und sie hoffte, daß die Wirkung ihres Bluffs länger als ein paar Sekunden anhielt. Doch sie hatten nicht die Zeit, die Kerle zu fesseln oder auch nur nach Waffen zu durchsuchen. Jetzt mußte alles sehr schnell gehen!

Pierre legte seine erbeutete Waffe beiseite und zückte seine Kamera, ebenso wie Connor. Blitzlichter zuckten im Raum auf wie schnelles Geschützfeuer, als die beiden Männer so rasch fotografierten, wie es ihnen möglich war.

Valerie bezog Posten am Zugang zum Keller, ihre Waffe feuerbereit in der Hand. Choreini hatte ihren Plan gestohlen, an die Bundeslade zu kommen – aber er hatte nicht damit gerechnet, daß sie die Idee dennoch weiterverfolgen würden! Sie hatten die beiden Wachen ausgeschaltet, die am anderen Ende des Geheimganges postiert worden waren, und sie waren dem Kommandotrupp des Sektenjüngers gefolgt. Immerhin wußten sie genau, wie die Eindringlinge vorgehen würden. Sie hatten sich ja jede Einzelheit selbst ausgedacht.

Nur mit dem alten Mann wären wir behutsamer umgesprungen, dachte Valerie mit einem bedauernden Blick auf den bewußtlosen Hüter der Lade. Wenigstens hatte Choreini darauf verzichtet, ein Blutbad wie in Mexico City anzurichten!

Doch damals war er vermutlich im Hochgefühl gewesen, endlich seine Hände auf die kostbare Maske legen zu können ...

Valerie schrak aus ihren Gedanken hoch, als Geräusche aus dem Keller zu ihr heraufdrangen; Geräusche, die sie rasch identifizierte: rasche Schritte, knappe, barsche Befehle, das Schnappen eines Gewehrschlosses!

Die Söldner hatten ihre Überraschung überwunden, sich neu formiert, und kamen nun zurück.

Zu früh!

»Beeilt euch!« rief Valerie in Richtung der Laden-Kammer. Von ihrem Standort aus konnte sie nur die flackernden Lichtblitze sehen, die ihr zeigten, daß Connor und Pierre noch immer nicht mit ihrer Dokumentation fertig waren. »Unsere Freunde sind wieder da!«

Connor tauchte unter der Tür auf.

»Wir sind noch nicht soweit!« rief er zurück. »Wir müssen noch die Proben nehmen!«

Die Geräusche aus dem Keller kamen rasch näher.

»Keine Zeit mehr!« drängte Valerie. »Plan B – wir müssen die Lade mitnehmen!«

Auch diesen Notfall hatten die drei Abenteurer von Anfang an in ihrem Plan berücksichtigt, so daß sie jetzt keine Zeit vergeudeten, um sich auf die veränderte Situation einzustellen.

Es war eine Variante ihres ursprünglichen Vorhabens, die erst in höchster Gefahr in Kraft trat. Darum hatte Pierre unter dem Einfluß der Wahrheitsdroge, als er auf Choreinis gezielte Fragen antwortete, auch nichts davon verraten.

Connor und Leroy hängten sich ihre Waffen um den Hals und packten entschlossen zu. Sie hoben die Bundeslade an und bugsierten sie zur Tür hinaus.

Es blieb nur ein Weg, wenn sie eine mörderische Schießerei vermeiden wollten: nach oben. Durch die Kapelle, in den Hof hinter der Mauer. Durch das Tor in der Mauer auf das Kirchengelände.

Und dort befanden sich Hunderte von Priestern und Gläubigen. Heute begannen die Timkat-Feiern. Der Höhepunkt aller Glaubensfeste!

Und wenn Plan B nicht funktionierte, würde man sie dort oben in winzig kleine Fetzen zerreißen ...

Jacques Choreini rappelte sich vom kalten Fußboden der Kapelle hoch. Sein Kinn schmerzte und ihm war schwindlig, aber er war froh, sich nichts gebrochen zu haben.

Er starrte auf den nackten Steinblock, wo die Bundeslade gestanden hatte, auf einem Bett aus kostbarsten

Tüchern und Decken. Der Wächter des geraubten Kleinods lag noch immer bewußtlos am Boden.

Schritte trampelten hart durch den Gang vor der Tür.

Choreini wich zurück und riß seine Beretta aus der Hosentasche.

Er erwartete fast, schwerbewaffnete äthiopische Soldaten hereinstürmen zu sehen – doch es waren seine eigenen Leute! Sie starrten einander über die Läufe ihrer Waffen an, verdutzt und ärgerlich.

»Wo sind diese verdammten Kirchenräuber?« schrie Choreini, ohne sich bewußt zu sein, wie unpassend der Ausdruck in seinem Munde war. »Verdammt, jede Sekunde kann hier die Hölle los sein! Wo sind sie hin?«

»Unten waren sie nicht, im Gang auch nicht«, sagte der breitschultrige Mann, der die Söldner anführte. Er schien sich hier fast schon zu Hause zu fühlen, ungeachtet der Tatsache, daß draußen ein potentieller Lynchmob aus Tausenden von Gläubigen versammelt war.

»Dann gibt es nur einen Weg!« fauchte Choreini. Er stieß seinen neuen Major zur Seite und stürmte in den schmalen, kargen Gang jenseits des Allerheiligsten. Er nahm die Treppe in langen Sätzen, ohne jede Vorsicht. In diesen Sekunden war es ihm egal, wer oder was ihm hier begegnen mochte. Er wollte die Bundeslade, und er würde sie bekommen!

Er hörte noch leise die Schritte der A.I.M.-Leute widerhallen, als er durch einen weiteren halbdunklen Gang stürmte, an mächtigen Säulen vorbei. Die Geräusche des Festes in der Stadt waren jetzt lauter zu hören.

Vor ihm schlug eine Tür zu.

Choreini hob seine Pistole, hetzte die letzten Meter weiter, gefolgt von seinen Leuten, deren schwere Tritte in dem engen Kirchengang laut widerhallten. Er riß die Tür auf, durch welche die Verfolgten eben verschwunden sein mußten.

Sie konnten nur ein paar Meter vor ihm sein!

Er war entschlossen, sie aufzuhalten, und wenn er es vor den Augen von ganz Aksum tat!

Jacques Choreini stürmte ins Freie.

Und dann sah er die Bundeslade zum zweiten Mal dicht vor sich! Sie war bedeckt mit einem kostbaren blauen Teppich, auf den eine weiße Taube gestickt war.

Doch wo waren die Leute von A.I.M. geblieben? Priester trugen die Lade, große Männer, gehüllt in kostbare Roben, die Gesichter von breiten, schnurbehangenen Hüten in tiefe Schatten gehüllt.

Es wurde schon dunkel, und die Köpfe der Menge dahinter verschwammen zu einer einzigen, undeutlichen Masse.

Doch die Lade, die Choreini sah, war nicht die einzige.

Eine zweite Bundeslade wurde weiter rechts vorbeigetragen, bedeckt mit einem kostbaren blauen Teppich, auf den eine weiße Taube gestickt war. Priester hielten sie fest, in helle, goldbestickte Gewänder gehüllt. Menschen folgten ehrfürchtig und doch fröhlich der Prozession. Und aus einer der Nebenstraßen kamen in diesem Moment vier weitere Priester, noch eine Bundeslade zwischen sich tragend.

Jacques Choreinis Knie wurden weich, und sekundenlang schien sich alles um ihn herum zu drehen. Er sah nur noch schwarze, lachende Gesichter, goldene Roben, eine Menschenmasse in wogender Bewegung.

Und drei Bundesladen!

»Das kann doch nicht wahr sein!« stieß er heiser hervor, und in diesem Augenblick zweifelte er wirklich und wahrhaftig an seinem Verstand.

Doch dieser Sorge wurde er rasch enthoben.

Denn jemand brüllte etwas auf Amharisch, und zahllose Gesichter wandten sich den Männern in den Tarnanzügen zu, die wie bestellt und nicht abgeholt vor der

Kapelle standen, innerhalb der kleinen Mauer, die das Gelände vom restlichen Kirchenbezirk abriegelte.

Ein Gelände, das eigentlich nur der Wächter der Heiligen Lade betreten durfte ...

Empörung wallte empor wie eine furchtbare Flutwelle.

Und Choreini wußte, daß es Zeit war, sich aus dem Staub zu machen.

Solange er noch konnte!

Es war ein zugegebenermaßen waghalsiger Plan gewesen, sich die Gewänder der bewußtlosen Priester überzuwerfen, sich deren eigentümlichen, schleierähnlichen Hüte auf die Köpfe zu stülpen und mit der Lade einfach einen Weg durch die Menge zu suchen. Doch an Timkat war es üblich, überall im Lande Nachbildungen der Bundeslade in Prozessionen durch die Straßen zu tragen – Dutzende davon allein in Aksum.

Daß es an diesem dämmrigen Abend eine mehr davon gab, war bei dem Festtagstrubel völlig untergegangen. Selbst die Fremdartigkeit der neuen Priester war niemandem aufgefallen. Vielleicht, überlegte Valerie, war es wirklich ein Wunder gewesen, wie die Überquerung des Jordans vor Tausenden von Jahren, von der die Bibel berichtete. Auch damals war die Bundeslade im Spiel gewesen.

Jedenfalls hatten sie die Lade in eine Scheune in einer Nebenstraße schaffen können, deren Besitzer natürlich wie alle Einwohner Aksums den Feierlichkeiten beiwohnten.

Der goldverzierte Kasten wirkte wie ein Fremdkörper in der ärmlichen Umgebung der Scheune. Es war ein abbruchreifes Gebäude, das durch den vergangenen Bürgerkrieg stark gelitten hatte. Die glaslosen Fenster waren mit Brettern vernagelt, und jene Lücken, die noch offen waren, hatten sie mit Decken verhängt oder mit zerrissenen Proviantkartons abgedichtet.

Denn noch war die Gefahr nicht vorbei.

Schon als sie sich mit zitternden Knien und gebeugten Köpfen durch die feiernde Menge bewegten, war es plötzlich hektisch und laut geworden, als Hunderte von aufgebrachten Äthiopiern einige Söldner durch die Straßen gehetzt hatten.

Die Abenteurer wußten nicht, ob Choreini hatte entkommen können, aber wahrscheinlich war das Kontingent an Wundern für diesen Abend bereits erschöpft gewesen ...

Eben verstaute Pierre Leroy die winzige Materialprobe, die er aus dem Deckel der Lade entnommen hatte, in einer Phiole.

»Wollen wir sie nicht endlich öffnen?« fragte er dann. Seine Stimme klang eigentümlich leise durch die staubige Stille der brüchigen Scheune.

Die Lade stand unverhüllt auf dem Boden, vor dem Schmutz nur durch einige untergelegte Decken geschützt. Ihr reich geschmückter Goldüberzug verlieh selbst dem kalten Licht aus der akkugespeisten Neonröhre einen Hauch von Wärme und Feierlichkeit.

»Unsere wissenschaftlichen Untersuchungen sind abgeschlossen«, murmelte Valerie Gideon. Sie konnte ihren Blick nicht von dem sagenhaften Artefakt losreißen, und unwillkürlich hatte sie einen Platz direkt beim Eingang gewählt, so weit wie möglich von der Bundeslade entfernt. »Jetzt müssen wir nur noch telefonisch die Koptische Kirche verständigen, damit die Lade wieder an ihren angestammten Platz zurückkehren kann, und dann sollten wir uns schleunigst auf den Heimweg machen, bevor man uns doch noch auf die Spur kommt.«

»Das ist nicht dein Ernst!« rief Pierre verblüfft. »Wir stehen vor einem Heiligtum, das bislang noch kein

Mensch der westlichen Welt sehen durfte – und du willst nicht einmal den Deckel abheben und hineinschauen?«

Connor streifte Valeries blasses, verschlossenes Gesicht mit einem kurzen Blick – und nickte langsam. Auch er spürte die knisternde Spannung, die nach Pierres Worten in der Luft lag. Es gab eben Dinge, an die man nicht rühren sollte. »Wir haben die Proben genommen und genügend Fotos gemacht«, sagte er. »Warum sollen wir noch mehr riskieren?«

»Bisher hat die Lade jedenfalls keinen Widerspruch geäußert«, sagte der Franzose spöttisch. Er trat vor und streckte einen Arm nach dem prächtigen Deckel mit den fein gestalteten goldenen Figurinen aus. »Ich denke, ich riskiere einen –«

Valeries Hand war plötzlich an seiner Schulter und hielt ihn zurück.

»Du weißt doch, was in den alten Überlieferungen steht«, stieß sie mit gepreßter Stimme hervor. »Wer die Lade ansieht, wird vernichtet! Eigentlich war klar, daß sich das nicht auf ihre äußere Hülle bezieht, denn sonst hätte man sie damals kaum umhertragen können. Was aber, wenn wir sie öffnen und hineinschauen?«

»Komm schon, wir sind Wissenschaftler und keine abergläubischen Kleingeister! Meinst du wirklich, der *Zorn Gottes* käme über uns?« knurrte Pierre, aber seine Stimme klang schon weit weniger überzeugt als noch vor einigen Sekunden. Valerie war Israelin ... und vielleicht hatte sie, weil sie im Heiligen Land aufgewachsen war, eher ein Gespür für gewisse Dinge, die mit dem jüdischen Glauben einhergingen.

»Darum geht es gar nicht«, warf Connor ein. »Aber woher willst du wissen, daß die Lade kein Relikt einer uralten Technik ist? Vielleicht werden wir mit einer tödlichen Dosis Radioaktivität verseucht, wenn wir den Deckel öffnen. Es heißt in der Bibel, Frevler wären von

Aussatz befallen worden – doch damals kannte man die Wirkungen bestimmter Strahlungen noch nicht! Vielleicht vernichten wir nicht nur uns, sondern die ganze Stadt, wenn wir verborgene Mechanismen auslösen!«

Pierre atmete tief durch und dachte ein paar Sekunden darüber nach. Vermutlich hatte Connor recht. Wenn er den goldenen Kasten mit den geflügelten Figurinen und den langen, elegant geschwungenen Tragestangen jetzt anschaute, fühlte er einen seltsamen Schauer seinen Rücken herunterlaufen. Dieser Gegenstand konnte sich als tödlich erweisen – und wenn man den alten Legenden glaubte, hatte er sich bereits für zahllose Menschen als entsetzliche Nemesis gezeigt!

Doch auch sein Gegenargument war nicht von der Hand zu weisen.

»Du bist doch die studierte Archäologin, Valerie«, sagte er halblaut zu der jungen blonden Frau. »Dann sag mir eines: Hätte es in dieser Wissenschaft je irgendwelche Fortschritte gegeben, wenn man sich vor Flüchen und Fallen aus uralter Zeit gefürchtet hätte?«

Valerie nagte auf ihrer Unterlippe. An ihrem Kinn war noch ein kleiner Fleck der Tarnschminke zu sehen, mit der sie sich vor dem Unternehmen das Gesicht geschwärzt hatte. In ihren grauen Augen flackerte es.

»Du hast recht, Pierre!« verkündete sie schließlich zögerlich. »Egal, was passiert – im Grunde haben wir keine Wahl!«

Sie legte eine Hand auf den kühlen Metallüberzug des Artefakts, und einen Augenblick lang glaubte Pierre, sie zittern zu sehen. Sie warf ihm einen kurzen Blick zu, und er trat auf die andere Seite des Kastens.

»Nur zu, Ladies and Gentlemen«, sagte Connor in seinem besten Butler-Tonfall. »Heben Sie den Deckel ab. Ich werde mich aufs Beobachten beschränken. Das Gedränge an Heiligtümern war mir schon immer zuwider.«

Niemand konnte über diesen Versuch eines Scherzes lachen.

Pierre hatte das Gefühl, das Gold unter seiner schweißnassen Hand wäre elektrisch geladen. Er tastete langsam am Rand entlang, wo der Deckel auf dem Kasten saß. Dann griff er entschlossen zu, verständigte sich mit Valerie durch einen letzten Blick. Auch sie schien soweit zu sein.

Ob wir wohl einen grellen Blitz sehen werden, bevor dann alles vorbei ist? fragte eine böse Stimme in seinem Kopf. Oder werden wir erst im Flugzeug feststellen, daß uns beim Versuch, uns anzuschnallen, die leprösen Finger in den Schoß fallen..?

»Angst, mein Freund?« flüsterte Valerie, so leise, daß nur er es hören konnte. Sie grinste grimmig, und ihr Gesicht war eine Grimasse aus Entschlossenheit und unmenschlicher Anspannung.

Und dann hoben sie beide den Deckel von der goldenen Truhe.

Er war leichter, als sie gedacht hatten.

Aber diese Erkenntnis hatte kaum Zeit, in ihre Gehirne vorzudringen, denn im gleichen Moment war da dieses scharfe, knallende Geräusch, das ihnen das Blut in den Adern erstarren ließ.

»O mein Gott!« flüsterte Pierre leise in seiner Muttersprache. Er starrte Valerie über den Deckel hinweg an, den sie beide in zitternden Fingern hielten. Nur allmählich begriff er, daß der Knall nur ein Knacken in dem uralten Holz gewesen war, ein Lösen der Spannung, als die Last des Deckels verschwand. Mehr war nicht passiert. Außer ... »Ich hätte mir beinahe in die Hosen gemacht«, fügte er langsam hinzu – ebenfalls so leise, daß nur Valerie es hörte.

Das Innere der Truhe war leer.

Pierre starrte auf das nackte braune Holz im Innern,

erfüllt von einer Mischung aus Enttäuschung und grenzenloser Erleichterung. Erleichterung, daß er noch am Leben war ... und Enttäuschung über das magere Ergebnis.

»Ich dachte, da wären wenigstens die Gesetzestafeln Moses´ drin«, murmelte er.

»Der Mensch ist nie zufrieden, was?« erwiderte Valerie grimmig. Sie schaute auf den Kasten hinunter, doch in ihren Gedanken schien sie schon wieder weit weg zu sein.

Vielleicht legte sie sich eine Theorie zurecht, weshalb die Bundeslade nichts von dem enthielt, was angeblich in ihr sein sollte. Doch Pierre Leroy hatte das sichere Gefühl, daß es etwas ganz anderes war, das ihren Verstand beschäftigte.

Etwas, das ihm ganz und gar nicht gefallen würde, wenn er es wüßte ...

EPILOG

Regen schlug an die Scheiben des Reisebusses, und die junge, blonde Frau in der letzten Reihe sah aus verschleierten Augen in die trübe Winterlandschaft hinaus. Menschen stiegen in regelmäßigen Abständen ein und aus, und das Geräusch harmloser Unterhaltungen mischte sich mit dem einschläfernden Brummen des schweren Motors.

Valerie lächelte ein wenig vor sich hin, während sie die nackten Äste vorbeihuschender Bäume betrachtete. Sie berührte die Reisetasche, die neben ihr stand, mit dem Fuß. Sie hatte den anderen beiden in London gesagt, sie müsse noch schnell einen Anruf erledigen – und hoffte, daß Connor und Pierre nicht immer noch auf sie warteten.

Sie hatte Pierre einen Zettel in die Brieftasche geschmuggelt. Darauf stand alles, was sie wissen mußten.

Der Bus fuhr durch die regnerische Winterlandschaft, und Valerie fühlte eine eigentümliche, kalte Zufriedenheit in ihrem Innern.

Sie hatte getan, worum Sutherland sie gebeten hatte, und einen Teil ihrer Schuld bezahlt. Jetzt würde sie auf die Jagd gehen.

Sie würde allein jagen, und sie würde nicht ohne den Kopf des Wildes zurückkommen, das sie zu erlegen gedachte.

Kars Kopf.

ENDE
des vierten Buches

FÜNFTES BUCH

DER HÖLLENSCHLUND

von Hubert H. Simon

»Das kann nicht dein letztes Wort sein, Peter.« Sir Ian Sutherland seufzte inbrünstig. Mit dem Blick einer Schlange, die ein Kaninchen hypnotisiert, starrte er das Telefon an, diesen kleinen grauen Kasten, von dem mitunter fälschlicherweise behauptet wird, er diene dem Wohl der Menschheit. »Warum verbeißt du dich an negativen Punkten?« wollte er wissen. »Pick dir die Rosinen heraus!«

»Unsere Freundschaft in Ehren, Ian, aber ich bin schon von Amts wegen verpflichtet, alle Vor- und Nachteile genauestens abzuwägen.« Das klang endgültig.

Sutherland gab sich indes noch nicht geschlagen. »Weißt du, was du mit diesem Nein verschenkst?« drängte er. »Sehr wahrscheinlich grundlegende Erkenntnisse, die beitragen könnten, unser heutiges Weltbild zu revolutionieren.«

»Eines weiß ich mit Sicherheit schon: daß ich mir nämlich eine Menge Ärger vom Hals halte. Und das ist vermutlich noch hoffnungslos untertrieben.«

Punktum. Peter Henderson war ein Bürohengst, ein Schreibtischtäter, für den vor allem Fakten zählten. Ian Sutherland hätte viel dafür gegeben, ihm jetzt gegenüberzustehen und seine Reaktion zu sehen. Vermutlich wäre es ihm dann leichter gefallen, Hendersons Ablehnung in eine zumindest mäßige Zustimmung zu verwandeln.

Er dachte an ihr kurzes Treffen in Sellafield vor ungefähr zwei Wochen. Der Ressortchef der britischen Kriegsmarine hatte sich da noch in verhaltener Zustimmung geübt, und der Teufel mochte wissen, welche Laus ihm inzwischen über die Leber gelaufen war.

»Es geht um Forschungsergebnisse, deren Tragweite wir bislang gar nicht ermessen können«, wiederholte der Earl of Oake Dùn. »Atlantis hat wirklich existiert, das sollte dir inzwischen klar sein. Zweifellos haben die Offiziere der OCTOPUS ihre Berichte über den Tauchgang vor den Azoren in mindestens siebenfacher Ausfertigung vorgelegt.* Also weißt du, was sie in über tausend Meter Tiefe gefunden haben ... Nimm bitte Vernunft an.«

»Ich bin Beamter«, konterte Henderson selbstkritisch. »Ich darf nichts annehmen.«

»Deine Witze waren auch schon besser«, erwiderte der Earl of Oake Dùn. »Nenne mir einen stichhaltigen Grund, Peter, weshalb du einen neuen U-Boot-Einsatz verweigerst.« Er hörte deutlich, daß der Ressortchef der Kriegsmarine nach Luft schnappte.

»Einen?« erklang es gleich darauf hastig. »Aus dem Stegreif ein gutes halbes Dutzend Gründe, Ian. Und wenn ich darüber nachdenke –«

»Dann laß hören! Ich bin sicher, jedes deiner Argumente ist zu widerlegen.«

»Das führt zu nichts, Ian. Wir sollten uns irgendwann in Ruhe darüber unterhalten, aber nicht jetzt.«

»Willst du, daß ich nach London ins Ministerium komme? Das ist kein Problem.«

»Nein! Nicht in dieser Woche und auch nicht in der nächsten. Mein Terminplan ist randvoll; du kannst von Glück reden, daß du mich überhaupt erreicht hast.«

Seltsam. Sutherland hatte das Gefühl, daß sein Gesprächspartner ihm nicht nur auswich, sondern daß er ihm einiges verheimlichte. In Hendersons Stimme schwang Ungeduld mit, außerdem bemühte er sich hartnäckig, vom Kern der Sache abzulenken.

»Ob du heute oder morgen deine Entscheidung triffst, ist unerheblich«, sagte Ian. »Atlantis versank bereits vor Jahrtausenden im Meer. Andererseits wäre es ungeschickt, noch Monate mit einem zweiten Tauchgang zu warten. Gib mir einen Termin, Peter, drei oder vier Stun-

* siehe Band 14 203, Buch 1 ›Inferno unter dem Meer‹

den, die wir uns ungestört unterhalten können. Den Ort bestimmst du. Ich werde dir Unterlagen präsentieren, daß dir Hören und Sehen vergeht.«

Sutherland ahnte das Schulterzucken am anderen Ende der Leitung.

»Tut mir leid«, erwiderte Henderson schwach. »Im Moment habe ich leider den Terminkalender nicht bei mir.«

»Dann rufe bitte zu deiner Vorzimmerdame durch.« Sutherland versuchte gar nicht erst, seinen spöttischen Tonfall zu unterdrücken.

»Ich –«, begann Henderson, unterbrach sich aber sofort. »Es hat keinen Sinn, mit dir zu diskutieren«, stellte er dann resigniert fest. Ian hörte ein Knacken in der Leitung und einen fernen Summton.

»Mrs. Barbican!« erklang gleich darauf Hendersons Ruf. Stimmengemurmel im Hintergrund, offenbar telefonierte die Vorzimmerdame.

»Mr. Henderson, Sir, ich habe Referatsleiter Miller am Apparat«, platzte sie heraus. »Ihm liegt inzwischen die Genehmigung der portugiesischen Regie ...«

»Nicht jetzt, Mrs. Barbican!« Schroff unterbrach Henderson ihren Redeschwall. »Ich brauche einen Termin für Sir Ian Sutherland, möglichst einen ganzen Nachmittag.«

»Mo-«

»-mentan geht es nicht, ich weiß. Wie sieht es Anfang bis Mitte Februar aus?«

»Mittwoch, der Zehnte –«

»Am Freitag?«

»Das ist ebenfalls möglich, Sir. Soll ich den Termin eintragen?«

»Warten Sie noch einen Moment.« Henderson wandte sich wieder dem Telefon zu. »In knapp vier Wochen, Ian, wenn du einverstanden bist? Ich denke, ein Freitag ist bestens geeignet; am Samstag können wir ausschlafen.«

»Du glaubst, unsere Unterhaltung wird längere Zeit in Anspruch nehmen?«

»Hektik ist immer ein Zeichen geistiger Windstille. Also plane ich lieber etwas mehr Besprechungszeit ein. Freitag, der 12. Februar, 15:00 Uhr, hier im Ministerium?«

»Das geht klar«, bestätigte Sutherland. Er wollte noch etwas sagen, doch urplötzlich war die Verbindung unterbrochen. Wahrscheinlich hatte Mrs. Barbican den wartenden Referatsleiter auf Hendersons Apparat umgestellt.

Nachdenklich biß sich Ian auf seine Unterlippe. Erst spielte er mit dem Gedanken, die Wahlwiederholung zu betätigen und Henderson mit einigen peinlichen Fragen zu konfrontieren, doch gleich darauf sagte er sich, daß es besser sei, nichts zu überstürzen. Abgesehen davon hätte Peter wohl nur nach neuen Ausflüchten gesucht.

Sutherland legte den Hörer auf und lehnte sich im Sessel zurück. In Gedanken versunken, drückte er die Fingerspitzen beider Hände aneinander und stützte das Kinn auf den Zeigefingern auf. Minutenlang verharrte er so und rekapitulierte jede Phase des Telefonats mit Henderson. Peter hatte ausschließlich versucht, ihn hinzuhalten, er hatte ihm nicht einmal die Möglichkeit eröffnet, ein Angebot zur Kostenbeteiligung zu machen, ähnlich dem ersten Einsatz des U-Bootes OCTOPUS. Obwohl ihm ebenfalls klar sein mußte, daß weitere Nachforschungen im Bereich der Azoren von entscheidender Bedeutung sein konnten. Vor mehr als fünftausend Jahren war Atlantis im Meer versunken und nur noch die höchsten Erhebungen ragten heute aus dem Wasser: Flores, Faial, Pico, Terceira und die anderen Inseln, die sich über ein Gebiet von gut fünfhundert Kilometer erstreckten.

Ihm liegt inzwischen die Genehmigung der portugiesischen Regierung vor, das war der Satz, den Mrs. Barbican nicht zu Ende gebracht hatte. Ein eigentümliches Lächeln huschte über Sutherlands Gesicht.

Ich habe dich ertappt, Peter! dachte er.

Das war vielleicht einer von den Zufällen, die Geschichte schreiben.

Die Azoren gehörten zu Portugal. Und wofür benötigte die Kriegsmarine eine Genehmigung, wenn nicht für Operationen innerhalb der portugiesischen Hoheitsgewässer? Das erklärte auch Hendersons Verzögerungstaktik.

»Nicht mit mir«, murmelte Sutherland betreten. »Du glaubst wahrscheinlich, deine Männer hätten einen Spaziergang vor sich, aber so ist dem ganz bestimmt nicht. Du hast keine Ahnung, worauf du dich wirklich einläßt.«

Vermutlich hatte die OCTOPUS ihr Dock längst wieder verlassen und durchpflügte den Atlantik auf Südkurs Richtung Azoren.

Sutherland griff erneut nach dem Telefon, tippte aber nur eine Nummer des Hausanschlusses ein. Es klingelte mehrmals, bevor der Hörer endlich abgenommen wurde. Sir Ian vernahm das Geräusch schwerer Atemzüge, aber niemand meldete sich. »Miss Heber?« fragte er irritiert. »Geht es Ihnen gut?«

»Wer?« erwiderte eine männliche Stimme.

»Dr. Ericson?« Sutherland zögerte sekundenlang. »Ich wollte nicht –«

»Mein Name ist nicht Ericson«, erklang es, und diesmal erkannte der Earl die Stimme. Mortimer, der greise Hausdiener, hatte den Anruf entgegengenommen. Er klang ziemlich kurzatmig.

»Hier ist Sir Ian«, sagte Sutherland. »Bitte geben Sie den Hörer an Miss Heber weiter.«

»Das geht nicht.«

»Wieso?«

»Miss Heber hat ihr Zimmer verlassen.«

»Und Sie, Mortimer? Was haben Sie in den Privaträumen der Anthropologin verloren?«

Der Diener stutzte. »Ich habe nichts verloren, Sir.«

Anklagend verdrehte Sutherland die Augen. Immer öfter spielte er mit dem Gedanken, Mortimer aufs Altenteil zu schicken. Es gab schöne Wohnheime nahe der Highlands, teilweise sogar mit eigenen Pflegestationen, und die finanzielle Seite spielte ohnehin keine Rolle. Mortimer war seit rund sechzig Jahren Hausdiener auf Oake Dùn, doch in letzter Zeit häuften sich die Anzeichen einer fortschreitenden Verkalkung. Aber gerade deshalb brachte Sutherland es nicht fertig, ihn von heute auf morgen wegzuschicken. Er hätte sich als Verräter gefühlt. Mortimer zählte auf Oake Dùn längst zum festen Inventar.

»Ich meine«, sagte Sutherland, »was machen Sie in Miss Hebers Zimmer?«

»Ich suche Staub, Sir. Oder Unordnung. Auf das Personal heutzutage kann man sich nur noch verlassen, wenn man jedem ständig auf die Finger schaut.«

Besonders gut stand er sich mit dem Zimmermädchen nicht. Sie war ihm zu jung und unerfahren und gleichzeitig zu aufreizend. Frivol, hatte er erst vor kurzem behauptet, dabei seinen Blick aber nicht von ihrer Taille und dem – zugegeben – neckisch kurzen Rock lösen können.

»Lassen Sie das Zimmer wie es ist und rufen Sie den Flughafen in Aberdeen an. Ich brauche eine Auskunft über die nächsten Flüge zu den Azoren. Die Daten sollen per Telefax übermittelt werden. Haben Sie das verstanden, Mortimer?«

»Natürlich, Sir«, entrüstete sich der Diener. »Habe ich jemals etwas nicht verstanden?«

Sir Ian verzichtete auf eine klärende Antwort.

Er fand Gudrun Heber in der Bibliothek. Tom Ericson und Elwood waren bei ihr. Einige Folianten lagen aufgeschlagen auf dem Tisch, und Elwood, der ›Mann in Schwarz‹, hielt ein besonders gewichtiges Exemplar in Händen und blätterte die Seiten durch als habe er lediglich ein billiges Daumenkino vor sich und nicht ein besonders wertvolles, in Leder gebundenes Original.

»Gespeichertes Wissen. Ich verstehe.« Elwood hielt an einer beliebigen Stelle inne und legte seine flache Hand auf die betreffende Seite. »Ich spüre nichts. Welche Art von Wissen wird übermittelt?«

»Alles, was Sie sich denken können, Elwood.« Ein Lächeln umspielte Gudruns Mundwinkel, als sie den Earl bemerkte, der in der offenen Tür stehengeblieben war. Sie wandte sich wieder dem ›Mann in Schwarz‹ zu, der so korrekt gekleidet war, als gelte es, an einem Festbankett für Beerdigungsunternehmer teilzunehmen. Im Gegensatz dazu nahm sie sich in ihrem legeren Hosenrock und der mit Dinosaurierbildern bedruckten Bluse aus wie eine Sommerfrischlerin.

Und auch Dr. Ericson, in Jeans und offenem Hemd, bildete einen harten Kontrast zu Elwoods zeitloser schwarzer Eleganz.

»In Büchern stehen Wahrheit und ausgedachte Geschichten«, erklärte Gudrun. »Ein kluger Mann hat einmal behauptet, sie seien die besten Freunde des Menschen –«

»Freunde?« fragte Elwood und hob den Kopf. Doch in seinem Blick war keine Gefühlsregung zu erkennen.

»Das ist eher in übertragenem Sinn zu verstehen«, wandte Tom Ericson ein. Er spielte auf die Kneipenschlägerei im *Dead Dog's End* an, die letztlich auf Elwoods mißglückten Versuch zurückzuführen gewesen war, Freunde zu gewinnen. Weder Pierre Leroy noch Connor hatten besonders viele Worte darüber verloren, aber ein solches Ereignis machte einfach die Runde. »Sie sind ... eben geistige Freunde.«

Elwood nickte zögernd – eine Geste, die er seinem Gastgeber abgeschaut hatte.

»Ein Buch ist also eine geistige Schwuchtel?«

Er hatte da etwas aufgeschnappt, was er besser nicht gehört hätte. Tom konnte sich sehr gut in die Lage von Pierre und Connor hineinversetzen, als Elwood im *Dead Dog's Inn* einen Holzfäller als alte Schwuchtel bezeichnet hatte. Die Folgen dieser mißverstandenen Konversation würden Sir Ian noch eine Stange Geld kosten. Immerhin war die neue Inneneinrichtung für McPhersons Pub nicht eben billig.

»Sagen Sie dieses Wort bitte nie wieder!« mahnte Tom.

»Aber ...«

»Nie! Haben Sie das verstanden, Elwood?«

»Ist es verwerflich, Freunde zu suchen?«

»Niemand gewinnt Freunde, indem er sie mit Schimpfwörtern beleidigt.«

»Ah, ich verstehe.« Elwood hielt die Handfläche immer noch auf die Buchseite gepreßt. Ich verstehe jedoch nicht, weshalb das Wissen aus dem Buch nicht auf mich übergeht.«

»Das funktioniert nicht einfach durch Berührung«, wandte Sutherland ein, der leicht amüsiert der Unterhaltung zugehört hatte. »Sie müssen die gedruckten Worte lesen, Elwood.«

Der ›Mann in Schwarz‹ hob langsam den Kopf und schaute ihn an. Täuschte Sutherland sich, oder sah er tatsächlich einen Ausdruck von Überraschung in den unergründlichen Augen?

»Sie wissen, was *lesen* bedeutet?« fragte Gudrun.

»Es handelt sich um die sinngemäße Aneinanderreihung unterschiedlicher Symbole, die jeweils in einer bestimmten Richtung zu erfassen sind. Die einzelnen Zeichen können einfach erlernt werden, ergeben aber in verschiedenen Kombinationen teilweise konträre Bedeutungen.«

»Sie kennen das lateinische Alphabet?«

»Ich bin damit vertraut.«

»Demnach wäre es Ihnen möglich, Gedrucktes zu lesen. Warum tun Sie es nicht?«

»Ich halte diese Art der Datenübermittlung für antiquiert.«

Elwood war Sutherland und seinem Team ein Rätsel. Was wußten sie schon von ihm? Er gehörte zu den ›Männern in Schwarz‹, denen Tom und Gudrun erstmals im Bereich des Bermuda-Dreiecks begegnet waren, nach dem Absturz des UNO-Jets.* Nach eigenem Bekunden hatte jemand namens Cahuna ihn gesandt, und dieser Cahuna stand offensichtlich in näherer Beziehung zum Orakel von Delphi und damit auch zu dem Lama Paldan Manjushi.

»Ich bedauere außerordentlich, daß ich Ihre Lektion unterbrechen muß«, sagte Ian Sutherland. Er zog aus einer Tasche seines seidenen Hausmantels eine der kostbaren Meerschaumpfeifen, aus der anderen ein Päckchen *Daily Dream,* und begann bedächtig, die Pfeife zu stopfen. »Es gibt Wichtigeres zu besprechen.« Er machte eine kurze, bedeutungsvolle Pause, die er dazu nutzte, den Tabak festzudrücken. Danach fügte er hinzu: »Ich habe Grund zu der Annahme, daß die OCTOPUS mit Kurs auf die Azoren in See gestochen ist.«

Gudrun richtete sich kerzengerade auf. »Das darf doch nicht wahr sein«, stieß sie überrascht hervor.

»Es ist wahr, fürchte ich«, bestätigte Sutherland. »Trotz aller bisherigen gegenteiligen Beteuerungen und Dementis.«

* siehe Band 13 765, Buch 5 und 6

Er steckte den Tabak mit einem Streichholz an und schmauchte kräftig.

»Politikern und Militärs – beiden ist nicht zu trauen«, schimpfte die Anthropologin. »Wir hätten wissen müssen, daß das Ministry of Defence sein eigenes Süppchen kochen will.«

Elwood – er hielt das Buch immer noch aufgeschlagen in beiden Händen – räusperte sich; die Tonlage hatte er bei Mortimer abgehört, denn die Ähnlichkeit mit dem Hüsteln des Dieners war verblüffend. »Was haben Sie davon?« wollte er wissen.

»Wer hat was wovon?« Im ersten Moment wußte Sutherland nicht, was gemeint war.

»Sie beschleunigen die atomare Bewegung einer offenbar getrockneten und zerriebenen Pflanze durch Zufuhr von Hitze bis hin zum Zerfall der Molekularstruktur. Und Sie verunreinigen die Luft durch freiwerdende Verbrennungsrückstände.«

»Sehen Sie das nicht so eng, Elwood. Ich rauche, weil es mir Vergnügen bereitet und weil mir der Tabak schmeckt.«

»Verstehe. Erhitzter und mit Kohlendioxid und Teerprodukten versetzter Pflanzensaft ist ein Nahrungsmittel. Wie Tee und Kaffee.«

»Nahrungsmittel befriedigen die Grundbedürfnisse des menschlichen Organismus. Tabak ist ein Genußmittel.«

»Verstehe. Die Menschen genießen einen saueren und beißenden Geschmack?«

Sutherland vollführte mit der Pfeife in der Hand eine ablehnende Bewegung. »Nein, so kann man das nicht ... Ach, vergessen Sie's.«

Resignierend wandte Sutherland sich an die Anthropologin. »Bevor wir noch weiter abschweifen: Was, glauben Sie, dürfte die Besatzung der OCTOPUS bei einem zweiten Tauchgang vor Pico vorfinden? Gehen Sie davon aus, daß das Ministerium für Landesverteidigung die beste Technik zur Verfügung stellt und Kosten diesmal vermutlich keine Rolle spielen werden.«

Gudrun hatte ihre Antwort längst parat. »Irgendwo unter Wasser existieren noch funktionierende atlantische Maschinen«, sagte sie. »Das ist die einzige vernünftige Erklärung, weshalb der Wasserdruck in den Höhlen in zwölfhundert Metern Tiefe nahezu normal war. Aber darüber haben wir schon ausführlich diskutiert.«

»Wir und vermutlich auch einige Militärs«, bekräftigte Sutherland. »Was wird wohl geschehen, wenn England oder die Vereinigten Staaten in den Besitz einer Technologie gelangen, die dem heutigen Stand möglicherweise um Jahrzehnte voraus ist?«

»Das *muß* nicht bekannt werden.«

»Das *wird* bekannt«, behauptete Sutherland. »Verlassen Sie sich darauf.«

»Einige Geheimdienste dürften ganz scharf auf Details sein«, fuhr Ericson fort. »Besonders, wenn zu vermuten ist, daß sich Fundstücke als Waffen mißbrauchen lassen.«

»Sie denken an den Angriff der einäugigen Kreaturen –«, begann Gudrun, wurde aber von Tom unterbrochen.

»Das waren Zyklopen«, sagte er.

Die Anthropologin schüttelte den Kopf. »In der Mythologie ist nicht die Rede von blitzartigen Entladungen, bei deren Aufprall sogar Gestein glutflüssig wird.«

»… aber Polyphem verkündete Odysseus, daß die Zyklopen Söhne des Poseidon seien. Und Poseidon war der Herrscher des Meeres und eine sehr alte Gottheit. Er spielt in der Ilias und der Odyssee eine große Rolle. Spätere Versionen bringen ihn sogar mit Atlantis in Verbindung. Es heißt, er habe dort in Gesellschaft der Nymphe Kleisto geherrscht.«

»Demnach stammte Polyphem von Atlantis?« wandte Sutherland ein.

»Diese Behauptung steht noch unwidersprochen im Raum«, bestätigte Tom.

»Ich denke, ich verschaffe Ihnen die Gelegenheit, die Wahrheit herauszufinden. Vielleicht können Sie sogar eine Verschiebung militärischer Machtfaktoren verhindern. Falls wirklich Waffen existieren, die heutige Laser-Entwicklungen vorwegnehmen, darf kein Geheimdienst zu einem Präventivschlag provoziert werden.«

23°4' West; 48°8'23« Nord

Wie ein riesiger dunkler Fisch tauchte das U-Boot aus der Tiefe des Nordatlantiks empor – ein stählernes Monstrum, dessen Bug gischtumflutet die Wasseroberfläche durchbrach. Mannshoch aufgewühlte Wellen breiteten sich ringförmig aus, danach brandete die Flut wieder heran und spülte schäumend über den Rumpf hinweg.

Der scharfgeschnittene Bug pflügte durch die See. Aufgetaucht lief die OCTOPUS mit einer Geschwindigkeit von zwölf Knoten, angetrieben von beachtlichen 3680 PS. Der Kurs wies auf den Nordatlantischen Rücken, der mit seinen Verwerfungen und geringen Wassertiefen die Nahtstelle zwischen zwei Kontinentalplatten bildet.

Das Turmluk wurde geöffnet. Drei Männer enterten im Turm auf. Tief sogen sie die salzige Brise in ihre Lungen. Der Luft unter Deck, und war sie noch so gut gefiltert, haftete stets das Aroma von Schmierstoffen an.

»Luftaustausch läuft!« erklang es von unten. »Ladezustand der Batterien wird erhöht!«

Donald Chamberlain, der Bordarzt, ein Seebär von Kindesbeinen an, war einer der drei Männer im Turm. »Wie lange bleiben wir über Wasser, Sir?« wandte er sich an den Captain.

»Bis uns die endgültige Order vorliegt«, erwiderte Christopher Drake. »Das wird in spätestens dreißig Minuten der Fall sein.«

»Wir erleben nur Verzögerungen und Hinhaltetaktik«, schimpfte James Weyers. »Die Entscheidung hätte schon vor Tagen fallen müssen.« Der Commander war Amerikaner und trug, im Gegensatz zu den beiden anderen, die Uniform der US-Navy. »Es ist immer wieder von neuem faszinierend, wie gründlich und vor allem zeitaufwendig Politiker Probleme zerreden.«

»Ich weiß, Commander«, pflichtete Drake bei. »Zwei Monate sind für Sie eine viel zu lange Zeit. Am liebsten hätten Sie sofort einen neuen Tauchgang eingeleitet.«

»Sie waren damals nicht mit unten, Captain, deshalb können Sie nicht ermessen, was für ein Gefühl das war. Es war –« Weyers suchte nach passenden Worten.

». . . ein kleiner Schritt für Sie selbst, aber ein großer für die Menschheit«, half Drake aus. »Nein, Commander, das sollte jetzt ganz und gar nicht ironisch klingen.«

Weyers winkte ab. Aus halb zusammengekniffenen Augen fixierte er einen heranrollenden Brecher und spuckte seinen Kaugummi zielgenau ins Wasser. »So hätte ich Ihre Bemerkung auch nicht aufgefaßt, Captain. Neill Armstrongs Ausspruch trifft ebenso für unsere Entdeckungen zu wie für das Abenteuer der bemannten Mondlandung. Fragen Sie Sergeant Lauren oder Malcolm Brunswick, die Männer, die mit unten waren –«

Ein Zucken umspielte Drakes Mundwinkel. »Das habe ich längst getan. Lauren und Brunswick sind ebenso vom Atlantis-Fieber besessen wie Sie.« Verständnislos schüttelte er den Kopf. »Eines würde ich aber gerne wissen, Commander: Was haben Sie persönlich davon, wenn Sie für ein paar historische Erkenntnisse Ihre Haut zu Markte tragen? Niemand zwingt Sie zu einem solchen Einsatz.«

»Ihn reizt das Abenteuer«, bemerkte Chamberlain. »Die Tiefsee ist eine der wenigen unerforschten Regionen, die unser Globus noch zu bieten hat.«

»Unter den Azoren liegt ein Stück Menschheitsgeschichte begraben«, erklärte James Weyers. »Möchten Sie nicht zu denen gehören, die Licht in das Dunkel bringen? Eines Tages könnten unsere Namen in Schulbüchern verewigt sein.«

Drake wurde einer Antwort enthoben. »Funkspruch, Sir!« hallte es von unten herauf.

Das Ministerium hatte sich gemeldet.

Im VLF-Band im Bereich 15-kHz, ausgestrahlt von der einzigen Längstwellen-Station in Rugby. Derartige Sendungen waren bis in Wassertiefen von fünfzehn Meter noch gut zu empfangen.

Der Funkspruch war verschlüsselt. Obwohl die Dechiffrierung über Computer erfolgte, vergingen mehrere Minuten, bis endlich der Klartext vorlag. Er bestand aus zwei knappen Sätzen:

Operation ›Land unter‹ genehmigt. Handeln Sie nach Lage der Dinge in eigenem Ermessen.

Captain Drake ließ den Empfang der Order bestätigen. Danach befahl er den neuen Kurs.

»Ruder drei Strich Backbord! Fertigmachen zum Tauchen!«

Zwei Tage später hatten Tom Ericson und Gudrun Heber nicht nur den Januarregen hoch im schottischen Norden gegen den Januarregen eines hartnäckigen Azorentiefs eingetauscht, sondern auch eine kleine Weltreise hinter sich gebracht, zumindest was die Zahl der Zwischenstationen anbetraf. Es schien tatsächlich einfacher zu sein, kurzfristig Plätze in einer Maschine nach Südamerika oder Fernost zu buchen, als für die vergleichsweise geringe Distanz zwischen Großbritannien und den Azoren.

Sir Ian hatte die beiden Wissenschaftler mit dem Daimler nach Aberdeen gefahren. An Bord einer Linienmaschine waren sie anschließend nach London geflogen und von dort weiter bis Zürich. Den fünfstündigen Aufenthalt hatte Gudrun genutzt und unangemeldet ihren in Kloten wohnenden Onkel und seine Frau besucht, die beide bei der Swissair arbeiteten. Das war der erste familiäre Kontakt seit längerem gewesen; Gudrun hatte in letzter Zeit sehr wenig Zeit für sich selbst gefunden.

An Bord einer DC 10 der Swissair war es dann nach Lissabon weitergegangen. Wieder ein längerer Aufenthalt, die beiden hatten trotz Lärms und hektischer Betriebsamkeit abwechselnd einige Stunden in der Flughafenhalle geschlafen, während sie darauf warteten, daß ihr Anschlußflug zur Azoreninsel Terceira aufgerufen wurde. Die TAP startete zwar zweimal täglich nach Ponta Delgada auf der östlichen Insel São Miguel, von dort gab es jedoch keine schnelle Verbindung nach Pico. Deshalb blieb den Abenteurern keine andere Wahl, als den Flug nach Terceira abzuwarten.

Zwei Stunden Verspätung, danach strömender Regen auf Terceira und die tiefschürfende Erkenntnis, daß SATA-Flüge nach Pico im Sommer meist ein- bis zweimal täglich starteten, ansonsten mehrmals wöchentlich. Obwohl Ende Januar das »Ansonsten« zutraf, hatten Tom und Gudrun noch Glück und mußten nur bis zum nächsten Morgen auf ihre Anschlußmaschine warten. Der Regen verhinderte indes, daß sie mehr vom Land sahen als die nassen Start- und Landebahnen.

Das Flughafengebäude hatte Tom nach dreißig Minuten erforscht, danach bot es keinen Anreiz mehr. Um die Zeit einigermaßen sinnvoll totzuschlagen, kaufte er an einem Kiosk so ziemlich alle vorrätigen aktuellen Zeitungen. Als er, die Blätter unter den Arm geklemmt, in die Wartehalle zurückkam, hatte Gudrun jedoch schon anderweitig Zerstreuung gefunden.

Zwei Männer standen bei ihr, einer hatte sogar den Arm um ihre Schulter gelegt. Beide waren etwa Mitte Dreißig, schlank, sportlich gekleidet und sonnengebräunt. Genau der Typ Mann, der Frauen wechselte wie andere ihre Oberhemden. Tom verstand nicht, weshalb Gudrun überhaupt mit ihnen redete. Das war sonst nicht ihre Art.

Mißmutig schob er sich den Hut in die Stirn. Gudrun hatte ihn noch nicht entdeckt. Niemals wäre er auf den Gedanken gekommen, das prickelnde Gefühl in seinem Magen als Eifersucht zu bezeichnen; er war nur nicht damit einverstanden, daß seine Begleiterin sich von zwei Schnöseln einwickeln ließ, denen das *Dolce va niente* offen ins Gesicht geschrieben stand.

Während er sich noch fragte, ob er die Kerle kurzerhand am Kragen packen und zur Abkühlung ins Freie befördern sollte, wurde Gudrun aufmerksam. »He, Tom!« rief sie durch die Halle und winkte eifrig. »Was stehst du herum wie ein Ölgötze? Komm her!«

Die Kerle taxierten ihn abschätzend, und er gab ihre Blicke ebenso mißmutig zurück.

»Mein Kollege, Dr. Thomas Ericson«, stellte Gudrun ihn vor. »Er ist Archäologe.«

»Hi«, sagte Tom kurzangebunden.

»Das ist Richard«, stellte die Anthropologin nun die beiden Fremden vor. »Sein Freund heißt Norbert. Die beiden haben die letzten vier Wochen auf den Azoren verbracht.«

»Das dachte ich mir«, bemerkte Ericson. Gudrun kniff zwar die Brauen zusammen, erwiderte aber nichts.

»Wir sind Lebenskünstler.« Norbert grinste breit. »Seit unserem abgebrochenen Studium schlagen wir uns quer durch die Welt. Auf diese Weise sehen wir bedeutend mehr, als würden wir für irgendein obskures Forschungsinstitut malochen.«

»Richard und ich kennen uns von der Uni«, erklärte Gudrun endlich.

»Das ist richtig«, pflichtete der Mann bei und zog seinen Arm zurück. »Sie sind zu beneiden, Doc, daß sie mit ihr reisen dürfen. Das ist, als hätten Sie das große Los gezogen. Mich wollte sie seinerzeit nicht.«

Ein Ellenbogenstoß zwischen seine Rippen war die Quittung für seine vorlaute Art.

»Du warst mir zu forsch, und das bist du heute noch«, tadelte die Anthropologin.

»Sie vergessen, daß Miss Heber für ein – wie sagten Sie? – obskures Forschungsinstitut arbeitet«, erinnerte Ericson.

Ein Achselzucken begleitete seinen Kommentar. »In dem Fall könnte ich bestimmt über meinen eigenen Schatten springen.«

»Die beiden waren bis vor wenigen Tagen auf Pico«, wandte Gudrun ein, bevor die Unterhaltung in einen Bereich abglitt, der ihr nicht behagte. Außerdem war vom ersten Augenblick an eine unterschwellige Spannung spürbar. »Sie hatten kein Hotel gebucht, sondern im Vulkangebiet ihr Zelt aufgeschlagen.«

»In Hotels fühlt man sich nur eingesperrt«, kommentierte Richard und fügte bedeutungsvoll hinzu: »Wir haben eben darüber geredet: Sollten Sie beabsichtigen, im Landesinneren zu wandern, seien Sie vorsichtig. Dort ist es derzeit nicht geheuer.«

»Glauben Sie an Bigfoot?« fügte der andere hinzu, bevor Ericson zu einer Bemerkung ansetzen konnte.

»Der Waldmensch, den man angeblich in den Wäldern von Oregon gesehen und auch fotografiert hat?« erwiderte Tom. »Wieso fragen Sie?«

»Weil wir einem ähnlichen Wesen auf Pico begegnet sind. Mehrfach sogar.«

»Wann?«

»Vor sechs oder sieben Tagen zum erstenmal.«

»Haben Sie Fotos?«

»Nicht ein einziges.«

»Dann dürften Sie Schwierigkeiten haben, Ihre Behauptung zu vermarkten.«

»Wir haben nicht vor, Geld damit zu machen, und wir wollen ganz bestimmt nicht für verrückt erklärt werden. Hören Sie, Doc, die Bevölkerung hat uns ausgelacht, das genügt. Niemand kauft uns die Existenz eines affenartigen Wesens ab, und schon gar nicht, daß wir von ihm angegriffen wurden.«

»Mit feurigen Blitzen?« fragte Ericson unvermittelt. Das war so eine Eingebung, und der Schimmer in Gudruns Augen verriet ihm, daß sie darauf gewartet hatte. Andererseits – es wäre verrückt gewesen anzunehmen, daß solche Zufälle überhaupt existierten.

Norbert starrte Ericson entgeistert an. »Sie sind noch ausgeflippter als wir«, stieß er hervor. »Das Biest hat mit Steinen geworfen. Es war vielleicht zweieinhalb Meter groß und hatte Kräfte wie ein Bär –«

»Und ich habe überhaupt nur davon angefangen, weil Gudrun erwähnte, daß sie nach Pico will«, fügte Richard hinzu »Vergessen Sie's einfach.« Er fixierte die große Anzeigetafel, auf der soeben die nächsten Flüge aufgerufen wurden. »Wir sind dran«, stellte er fest, drückte Gudrun einen Kuß auf die Wange und nickte Ericson freundlich zu. »Tut mir leid, ich hätte mich gerne länger mit Ihnen unterhalten. Vielleicht ein andermal.«

Er wandte sich zum Gehen, doch Gudruns Ausruf hielt ihn zurück.

»Richard! Danke!«

»Wofür?« fragte er verwirrt.

»Für die Warnung.«

»Ist schon gut, das bin ich dir schuldig.« Ein eigentümliches Lächeln umspielte seine Mundwinkel. »Ich wollte, ich hätte noch einmal eine Nacht mit dir, so wie damals –« Er folgte seinem Freund, der bereits die Paßkontrolle erreicht hatte. Gudrun blickte ihm schweigend hinterher.

»In welcher Beziehung stehst du zu ihm?« wollte Tom nach einer Weile wissen, als der Durchgang zum Flugfeld wieder geschlossen wurde.

»In keiner«, erwiderte die Anthropologin gedankenverloren. »Das war einmal, und es liegt sehr lange zurück.«

Die Regenschlieren auf den Fenstern verzerrten die Sicht. Dennoch starrte sie nach draußen, bis die Passagiere endlich an Bord der wartenden Maschine gingen. Tom vertiefte sich in die Zeitungen.

»Kann man diesen Richard für voll nehmen?« fragte er nach einer Weile.

»Wir haben vier Semester zusammen studiert«, erwiderte Gudrun, ohne sich vom Fenster abzuwenden. »Er war immer ein Luftikus, aber er war nicht dumm.«

»Mit anderen Worten, du glaubst ihm.«

»Du hast die einäugigen Wesen nicht gesehen, Tom. Aber Pierre und ich und der Commander –«

»Als affenartig hast du sie nie bezeichnet.«

»Das ist nur eine Definitionsfrage.« Endlich drehte sie sich wieder um und setzte sich Ericson gegenüber auf einen der vielen freien unbequemen Klappsitze.

Der Archäologe faltete die Zeitung zusammen. »Ich glaube, dein Freund hat sich von einer verirrten Bergziege narren lassen«, sagte er. »Alles andere erscheint mir zu sehr an den Haaren herbeigezogen, ganz zu schweigen davon, daß deine Zyklopen in zwölfhundert Metern Tiefe hausen, und das, wenn ich es recht bedenke, seit einigen tausend Jahren. Warum sind sie nicht schon früher auf der Insel erschienen?«

»Wie kommt Kuhmist aufs Dach?« konterte die Anthropologin.

»Bitte?« machte Tom verwirrt.

»Das ist nur eine Redensart, aber ich denke, sie trifft den Kern der Sache.«

Tom Ericson murmelte irgend etwas, das Gudrun nicht verstand, aber es schien nichts von Belang gewesen zu sein.

Die nächsten Stunden wurden zur Ewigkeit. Als der Regen endlich nachließ, brach die Abenddämmerung herein. Die Luft draußen vor dem Flughafengebäude war kühl und angenehm frisch. Gudrun drehte eine Runde, und als sie in die Halle zurückkam, wartete Tom schon ungeduldig.

»Wo bleibst du?« wollte er wissen.

Die Zeitungen hatte er durchgelesen, denn sie lagen zusammengefaltet auf dem freien Sitz neben ihm. Inzwischen hatten sich auch einige andere Fluggäste eingefunden.

»Was hältst du von einem opulenten Abendessen?« fragte Gudrun statt einer Antwort. »Allmählich bekomme ich Hunger.«

»Ich wollte dich einladen«, sagte Tom. Er bemerkte ihren forschenden Blick. »Unser Gepäck habe ich vor ein paar Minuten aufgegeben und bei der Gelegenheit nachgefragt, wo man gut essen kann.«

»Die Einladung ist schon angenommen«, erwiderte Gudrun lachend. »Ich bin gespannt, wohin du mich groß ausführst.«

Es war kurz nach acht Uhr Ortszeit. Bevor sie mit dem Taxi nach Praia da Vitória fuhren, der nahegelegenen zweitgrößten Stadt auf Terceira, wählte Tom von einem Kartentelefon aus nach Oake Dùn durch. Der Anschluß war belegt, auch als er es nach ein paar Minuten erneut versuchte.

»Jemand führt Dauergespräche«, bemerkte er. »Vor einer halben Stunde habe ich mir auch schon die Finger wundgetippt.«

Sie aßen im O Pescador, einem gemütlichen Restaurant mit guter Küche – anschließend, inzwischen kurz vor Mitternacht, schlenderten sie durch weitgehend menschenleere Straßen. Nur wenige Touristen waren noch auf den Beinen, denn ein schneidend kalter Wind wehte vom Meer her.

Trotz der vorgerückten Stunde versuchte Tom sein Glück noch einmal von einer Credifone-Zelle aus. »Verrückt«, schimpfte er. »Ich bekomme keinen Anschluß.«

»Glaubst du, auf Oake Dùn hat es irgendeinen Zwischenfall gegeben?«

Er zuckte mit den Schultern. »Was sollte schon geschehen sein?«

»Bis auf Sir Ian und das Personal hält sich niemand im Schloß auf.«

»Du vergißt Elwood.« Ein Schatten huschte über Toms Gesicht. »Oder glaubst du, er könnte damit zu tun haben?«

»Ehrlich gesagt, ich weiß nicht, was ich von ihm halten soll«, gestand die Anthropologin. »Einerseits entwickelt er verblüffende Fähigkeiten, zum anderen sind ihm einfachste Dinge unbekannt.«

Aus der Ferne erklang ein dumpfes Rumoren. Innerhalb von Sekunden schwoll es zum ohrenbetäubenden Donnern an, gleich darauf glitten zwei Lichtpunkte tief über dem Meer nach Nordwesten.

»Amerikanische Jäger«, sagte Ericson. »Sie landen auf der Luftwaffenbasis nahe Lajes.«

Kurz nach zwei Uhr befanden Tom und Gudrun sich

wieder auf dem Flughafen und erhaschten noch einige Stunden Schlaf.

Im Morgengrauen wurde ihr Anschlußflug nach Pico aufgerufen. Tom blieb gerade noch Zeit, einen erneuten Anruf auf Oake Dùn zu versuchen. Die Leitung war immer noch besetzt.

»Und?« fragte Gudrun, als Ericson als letzter die startbereite Maschine bestieg.

»Unverändert«, gab er zur Antwort. Ihm war anzusehen, daß er sich sorgte.

Terceira fiel unter ihnen zurück und schrumpfte zum graugrünen Juwel inmitten der im Morgenlicht funkelnden See.

28°24′ West; 38°12′ Nord

Die OCTOPUS hatte das Zielgebiet erreicht und war in einer Tiefe von sechzig Fuß auf Schleichfahrt gegangen. An Bord herrschte angespannte Erwartung.

Die Position lag knapp elf Seemeilen südwestlich der Bucht von Lajes do Pico, am Rand eines bis zu zweitausend Meter steil abfallenden Grabenbruchs. Die Hydrophone übertrugen ein dumpfes Rumoren aus der Tiefe. Vulkanische Aktivitäten und wechselnde Strömungen waren dafür verantwortlich. Unaufhörlich entstand in diesem Bereich des Atlantischen Rückens neuer Meeresboden und tektonische Beben waren an der Tagesordnung.

Das Echolot zeichnete eine genaue Struktur des Schelfbereichs und der Abbruchkante, und die Computer erledigten die Auswertung um ein x-faches schneller als die Crew jemals in der Lage gewesen wäre. Es galt den genauen Standort wiederzufinden, an dem Anfang Dezember des vergangenen Jahres die Boote abgetaucht waren. Langsam, meterweise fast, pirschte die OCTOPUS sich an den Graben heran.

Ein Bildschirm zeigte die seinerzeit gespeicherte Reliefkarte, ein zweites Abbild die momentane Situation, annähernd deckungsgleich zwar, aber noch in manchen Strukturen verschieden.

»Tauchtiefe auf zweihundert Fuß erhöhen!«

»Tiefe erreicht!« kam gleich darauf die Bestätigung.

»Ruder ein Grad Steuerbord!«

Nahezu lautlos schwebte das U-Boot inmitten neugieriger Fischschwärme, ein Schatten in der ewigen Dämmerung, in der die Sonne nicht mehr war als ein verwaschener Fleck diffuser Helligkeit.

Immer deutlicher gelangten beide Reliefkarten zur Deckung. Endlich befahl Drake, die Maschinen zu stoppen.

»Den Check für die Tauchboote beginnen!« Commander Weyers verfolgte über die Sprechanlage den Ablauf der Sicherheitstests. In einer Tauchtiefe von tausendzweihundert Metern konnte das kleinste technische Versagen Menschenleben kosten.

Erst vor einigen Monaten war die OCTOPUS auf einer britischen Werft für Transport und Einsatz zweier moderner Tauchboote umgerüstet worden. Beide Hangars lagen achtern des Turms in den Rumpf versenkt und beeinflußten die schlanke Stromlinienform des U-Bootes nicht.

Sechzig Minuten dauerte die aktuelle Sicherheitsüberprüfung. Beanstandet und ausgewechselt wurden lediglich zwei flackernde Kontrolleuchten der Tanks für Wasserstoffperoxyd.

Der bevorstehende Einsatz ließ viele Fragen offen. Vorgesehen war zunächst ein auf sechsunddreißig Stunden begrenzter Tauchgang, dem weitere Abstiege in die lichtlose Tiefe folgen sollten. Abzuwarten blieb, welche Erkenntnisse die erste Crew gewinnen würde. Es klang zwar verrückt, doch die Männer mußten mit Angriffen rechnen; sie wußten, daß sie in den Höhlen in tausendzweihundert Meter Tiefe nicht allein sein würden.

»Atlantis versank vor über fünftausend Jahren im Meer«, sagte Captain Drake zögernd. »Zumindest wurde diese Behauptung von Miss Heber und dem Franzosen Leroy aufgestellt – ob sie einer wissenschaftlichen Nachprüfung standhält, bleibt offen.«

»Ich zweifle die Zahl nicht an«, erklärte Weyers. »Hat nicht Ihr Ministerium verlauten lassen, daß A.I.M. eine zwar private, aber doch wissenschaftlich sehr genau arbeitende Organisation ist?«

Mit einer knappen Handbewegung fegte Drake alle möglichen Einwände beiseite. »Fünftausend Jahre sind eine lange Zeit. Daß geschichtliche Zeugnisse Generationen überdauert haben, stelle ich gar nicht in Frage, auch nicht, daß die Luft in den Höhlen dort unten ebenso alt sein dürfte. Aber diese einäugigen Wesen, von denen Sie gejagt wurden ... In ihnen die Nachfahren überlebender Atlanter zu sehen, erscheint mir sehr gewagt. Allein wenn ich mir vorstelle, in welchem Ausmaß die Menschheit sich während dieser Zeitspanne entwickelt hat ...«

»Ich erwarte keine Zivilisation unter dem Meer.«

»Sondern?«

»Ich kann es nur bedingt in Worte fassen: Ein paar degenerierte Wesen vielleicht und die Bestätigung, daß die Sagengestalten der alten Griechen nicht völlig aus der Luft gegriffen waren.«

»Sie haben die Betäubungswaffe?« Drake wartete das bestätigende Nicken des Commanders nicht ab, sondern fügte sofort hinzu: »Dann reden wir weiter, sobald der erste gefangene Zyklop sich an Bord der OCTOPUS befindet. Aber vergessen Sie nicht, daß unsere Regierungen weniger an zoologischen Schaustücken interessiert sind – das sogar herzlich wenig, weil die Öffentlichkeit den Schock erst verkraften müßte –, sondern vor allem an technischen Errungenschaften. Was immer Sie dort unten sehen, dokumentieren Sie es auf Film. Und nun – machen Sie's gut, Commander! Ich erwarte Sie und Ihre Männer unversehrt zurück.« Drake streckte seinem Stellvertreter die Hand hin und Weyers schlug herzhaft ein.

Die Besatzungsmitglieder, denen er auf dem Weg nach achtern begegnete, salutierten militärisch exakt. Einigen Männern war anzusehen, daß sie liebend gerne an dem Tauchgang teilgenommen hätten.

Jedes Tauchboot bestand aus zwei kugelförmigen, jeweils über zwei Meter durchmessenden Druckkörpern, von denen der vordere als Zentrale und Aufenthaltsraum diente. Die achterliche Kugel wurde von der Antriebstechnik ausgefüllt. Ungenutzten Raum gab es nicht, bestenfalls die Einstiegsschleuse zwischen den beiden Kugeln, die jedoch zwischen Tanks und den Blei-Akkumulatoren eingebettet lag.

Umhüllt wurden beide Kugeln von einem stark stromlinienförmigen Bootskörper aus Titanstahl. Die Höchsttauchtiefe betrug beachtliche sechstausend Meter, aber erst der Druck einer Wassersäule von zehn Kilometern würde die Zerstörung bewirken. Theoretisch wohlgemerkt, eine praktische Erprobung in derart extremer Tiefe hatte noch nicht stattgefunden.

James Weyers ging als letzter an Bord des Tauchbootes HYDRA I. Die Enge der Schleusenkammer wirkte erdrückend, selbst für Männer, die das Leben an Bord von U-Booten gewöhnt waren. Hier waren nicht nur die drei obligatorischen Panzeranzüge verstaut, die im Notfall eine Überlebenschance bieten sollten – obwohl der Commander sich ernsthaft fragte, wer von den drei Besatzungsmitgliedern der Glückliche sein würde, dem es rechtzeitig gelang, den Anzug anzulegen und sogar zu schließen –, hier waren auch die Waffen festgezurrt, die sie für ihren Ausflug benötigten: außer den üblichen

Pistolen eine MPi, Handgranaten und sogar ein Flammenwerfer, alles noch in wasserdichte Folien verschweißt. Die schlanke Harpune mit dem halben Dutzend Ersatzpfeile nahm sich dagegen geradezu archaisch aus.

Commander Weyers zwängte sich in den Pilotensitz und klappte die schwenkbare Konsole mit den Bedienungsinstrumenten zu sich heran.

»Kommunikationstest . . .«

»Die Verständigung klappt einwandfrei, Commander«, antwortete Funker Lautner aus der Zentrale der OCTOPUS.

»HYDRA II?«

»Bei uns ist alles klar, Commander.« Sergeant Tommy Lauren fungierte wieder als Pilot des zweiten Bootes.

»Distanz während des Abstieges zweihundert Fuß; die HYDRA I übernimmt die Führung.«

»Aye, Sir!«

Weyers wandte kurz den Blick in Richtung seines Kopiloten. Malcolm Brunswick saß fast auf Tuchfühlung neben ihm, hatte seine Konsole aber noch weggeschwenkt.

»Bereit, Mr. Brunswick?«

»Von mir aus kann's losgehen, Sir!«

»Alles okay, Commander!« bestätigte auch Michael Ganis. Der Techniker lag bäuchlings in der schmalen Vertiefung zwischen den beiden Sitzen. Die Beine angewinkelt und den Oberkörper auf den Ellenbogen abgestützt, konnte er einigermaßen gut durch die vierzig Zentimeter durchmessende runde Sichtscheibe nach draußen blicken. Mit etwas Übung ließ sich diese Haltung über einen längeren Zeitraum hinweg ertragen.

Das Gurgeln und Plätschern einströmenden Wassers wurde lauter. Die Stahlplatten über dem Tauchboot hatten sich inzwischen fast gänzlich zur Seite geschoben.

Die Haltevorrichtungen klinkten aus; Preßluft perlte ringsum, als die HYDRA I den Hangar verließ.

Grelle Scheinwerferfinger streiften den Turm des U-Bootes, danach verloren sie sich in der Dämmerung des Meeres.

Leise summend begann der Antrieb zu arbeiten. Die HYDRA glitt über die Abbruchkante hinweg.

Alle Systeme arbeiteten zufriedenstellend. Die Sinkgeschwindigkeit betrug dreißig Meter in der Minute.

»OCTOPUS ruft HYDRA I!«

»Hier HYDRA I. Verständigung klar und deutlich. Ende.«

Sie hatten Gertrude aktiviert, ein Unterwasser-Telefon der U.S. Navy, das nicht auf der Basis elektromagnetischer Wellen arbeitete, sondern für die Signalübertragung Schallwellen nutzte.

»HYDRA II klinkt aus.«

Zitternd huschten die Lichtkegel der Bugscheinwerfer über eine kahle, steil abfallende Felswand. Nur wenige Pflanzen und Polypen hatten sich auf den Steinen festgesetzt und wogten in der sanften Strömung. Kräftige Farben beherrschten das Bild.

Der Commander erhöhte die Sinkgeschwindigkeit.

Immer neue Formen einer artenreichen Lebensvielfalt wurden sichtbar. Muschelkolonien bildeten Kanten und Überhänge, daneben hingen filigrane Fangarme wie Vorhänge in die Tiefe und filterten Nährstoffe aus dem Wasser.

»Dreihundert Meter«, las Malcolm Brunswick die Anzeige ab.

Die ersten Tiefseefische näherten sich dem Eindringling. Ihre charakteristischen großen Nachtaugen starrten unbeweglich durch die Sichtscheiben. Manche dieser Tiere verfügten über wahrhaft mörderische Gebisse. Nur würden sie der Druckverhältnisse wegen nie einem ungeschützten Taucher begegnen. Mit jeweils elf Metern Tiefe stieg der Druck um eine Atmosphäre.

»HYDRA II an HYDRA I – wir stehen schräg über euch und haben euch in der Sicht. Ende.«

»Keine außergewöhnlichen Beobachtungen«, meldete Brunswick zurück.

Knapp vierhundert Meter ... Sie erreichten den Felsvorsprung, auf dem noch Teile des goldfarbenen Schiffswracks liegen sollten. Aber nichts war zu sehen, ein Felsrutsch irgendwann während der letzten Wochen hatte alle Spuren verschüttet. Mächtige Gesteinsblöcke hatten sich ineinander verkeilt und bildeten einen neuen Unterschlupf für alles mögliche Getier. Nur starke Sprengladungen konnten das Plateau wieder freilegen, aber wahrscheinlich würde dabei alles, was irgendwie von Interesse war, auf Nimmerwiedersehen in der Tiefe verschwinden.

»Falls es unten nicht besser aussieht, waren unsere Vorbereitungen für die Katz«, schimpfte Brunswick.

»Warten Sie's ab!« riet der Commander. »Ändern können wir ohnehin nichts.«

Am Rand des Lichtkegels zog ein Riesenkrake vorbei, ohne von dem Tauchboot Notiz zu nehmen. Allein seine Fangarme maßen gut und gerne acht Meter. Majestätisch langsam glitt das Tier davon, ein Herrscher der Tiefsee, der nur wenige Konkurrenten fürchten mußte. Fischer hatten in den Mägen von Pottwalen abgebissene Fangarme gefunden, die vermuten ließen, daß die Rumpflängen der Riesenkraken bis zu zwölf Meter betrugen.

Ein solcher Krake war überhaupt schuld gewesen, daß die Höhlen in der Felswand entdeckt worden waren. Wohl kaum jemand wäre sonst auf die Idee gekommen, den etwa zwanzig Meter hohen und halb so breiten Spalt zu erkunden. Falls die Besatzungen der Tauchboote ihn überhaupt entdeckt hätten.

»Das Ziel liegt vor uns!« meldete der Commander. »Sergeant Lauren, Distanz langsam verringern.« Nur ungern dachte er daran, daß die HYDRA I bei der überstürzten Flucht aus den Höhlen von irgend etwas festgehalten worden war. Gudrun Heber hatte hinterher von einem peitschenden Fangarm gesprochen, aber auch sie hatte nichts Genaues erkennen können. Vielleicht betrachteten mehrere Riesenkraken die Höhlen als ihr angestammtes Revier.

Grell stachen die Scheinwerfer durch die ewige Nacht. Fische, die in dem Felsspalt Unterschlupf gesucht hatten, stoben aufgescheucht davon.

Brunswick aktivierte die Zielerfassung der Harpunengeschosse. Militärs dachten bei technischen Entwicklungen immer zuerst an effektive Waffensysteme, und daß die Tauchboote keineswegs wehrlos waren, hatten sie längst unter Beweis gestellt.

Das Fadenkreuz auf dem Bildschirm gehörte zur Zielerfassung; verschwommen zeichnete sich dahinter die Felsspalte ab.

Jeder rechnete damit, angegriffen zu werden. Die Spannung war greifbar. Brunswick saß wie versteinert vor seinen Kontrollen und starrte unverwandt auf die kleinen Bildschirme.

»Wir dringen ein!« entschied Weyers.

Die Antwort der HYDRA II war trotz der geringer werdenden Distanz kaum noch verständlich. Aber der Sprechkontakt war ohnehin erstaunlich lange aufrechterhalten worden, länger als beim erstenmal.

In halber Höhe glitt das Tauchboot zwischen die Felsen. Der Antrieb arbeitete jetzt im kalten Verfahren ohne Kraftstoffverbrennung und mit Minimallast. Die Lichtflut der Scheinwerfer brach sich an schroffem Stein und wurde vielfach reflektiert. Die Blendwirkung vermittelte vorübergehend das Empfinden, ins Nichts zu gleiten, lediglich die Relieftastung erlaubte noch ein sicheres Manövrieren.

Im Schrittempo steuerte der Commander die HYDRA durch den sich keilförmig verjüngenden Felsspalt. Eine geräumige Höhle schloß sich an, aber nicht Wände aus rauhem Lavagestein erwarteten die Eindringlinge, sondern glatte, metallisch reflektierende Platten, deren Anblick selbst den größten Zweifler überzeugt hätte – dies hier waren wirklich die ersten Zeugnisse einer vor langer Zeit versunkenen Kultur.

»Der Vorhof von Atlantis«, murmelte Michael Ganis. So wie ihm erging es auch den anderen. Ehrfurcht vor den Menschen, die Opfer einer gigantischen Katastrophe geworden waren, ergriff ihn, aber auch vor ihren Werken, die Jahrtausende überdauert hatten.

Die Rückwand der Halle war weitgehend zerstört, aufgerissen von den Torpedos der HYDRA I, und dahinter lag eine zweite, größere Höhle. Alles schien unverändert.

Die Wassertemperatur betrug unverändert 17 Grad. Die Halle war nur zu wenig mehr als zwei Dritteln geflutet, obwohl nach dem Prinzip der miteinander verbundenen Röhren das Wasser bis unter die Decke hätte reichen müssen. Aber das Phänomen war bekannt, und Commander Weyers fand sich damit ab, daß es vorerst dafür keine Erklärung gab. Ebensowenig wie für die Tatsache, daß der Luftdruck nur wenig mehr als eineinviertel Atmosphären betrug. Die Anthropologin von A.I.M. hatte behauptet, der Raum wäre erst geflutet worden, als die Trennwand zur Vorhöhle einstürzte. Wenn Weyers es recht bedachte, hatte sich der Wasserstand bis heute lediglich um zwei oder drei Meter erhöht. Leider besaß er keine Aufzeichnungen, die als Vergleichswerte hätten dienen können.

Grell stachen zwei weitere Scheinwerferfinger in die Finsternis. Die HYDRA II kam heran.

Mit 447 km² ist Pico die zweitgrößte Insel der Azoren. Ungefähr 90 Kilometer beträgt die Distanz zwischen den beiden Flughäfen, und die Maschine der Azoren-Airline SATA hatte sich gerade erst richtig in die Luft erhoben, als sie schon wieder zum Landeanflug ansetzte.

Aus dem Landesinneren grüßte Portugals höchster Berg, der um diese Jahreszeit verschneite Vulkan Pico. Sein kahler Gipfel schimmerte in blendendem Weiß.

Sanft wie eine Feder schwebte das Flugzeug ein, der Pico kippte scheinbar nach unten weg. Vorübergehend fühlte Gudrun sich in Urlaubsstimmung; sie sah Sandstrände mit sanfter Dünung, ein kleines Fischerdorf und gleichmäßig zum Meer hin abfallende bewachsene Hänge. Minuten später war von alldem nichts mehr übrig, das Flugzeug hatte aufgesetzt, und eine schwatzende, lärmende Menge drängte zu den Ausgängen.

Die Formalitäten waren rasch erledigt, auch das Gepäck ließ nicht auf sich warten. Zubringerbusse standen bereit, die ersten fuhren bereits ab.

Eine Reiseleiterin steuerte schnurgerade auf Tom und Gudrun zu. »Zu welcher Gruppe gehören Sie beide?«

»Wir fahren auf eigene Faust«, erwiderte Ericson.

»Aber Sie haben eine Unterkunft gebucht? Wenn Sie mir den Namen sagen –«

Sutherland hatte eine Bestätigung über Telefax erhalten, und Tom wußte genau, daß er das Blatt in einer Innentasche seiner Windjacke gut aufgehoben hatte. Leider fand er es nicht sofort.

»In Lajes do Pico«, sprang Gudrun für ihn ein. »Residenciai Alcântara.«

»Dann kommen Sie!« forderte die Frau die beiden auf. »In unserem Bus ist noch Platz.«

Tom zögerte lediglich einen Moment – eine Telefonzelle war zumindest in der Nähe nicht zu entdecken. Aber da der Busfahrer auf einen Wink der Reiseleiterin hin ihr Gepäck bereits verlud, blieb ihm kaum eine andere Wahl, als die Mitfahrgelegenheit anzunehmen.

Nach Regen sah es nicht mehr aus, obwohl auch hier die Straßen noch vor Nässe glänzten. Die Sonne stand bereits zwei Handbreit hoch am wolkenlosen Himmel. Der Tag versprach, zumindest der Jahreszeit gemäß, ungewöhnlich warm zu werden.

Madalena hieß der erste größere Ort im Westen der Insel. Gudrun hatte sich einen Fensterplatz ergattert und ließ die vorüberziehende Landschaft auf sich wirken. Auch Tom begann, den Transfer zu genießen. Für kurze Zeit verbannte er alles, was mit Oake Dùn und atlantischen Hinterlassenschaften zu tun hatte in den hintersten Winkel seiner Gedanken.

Weinfelder bestimmten eine Zeitlang das Bild. Danach erschien rechterhand, zwischen der Straße und dem nahen Meer, ein gut hundert Meter hoher, an einer Seite aufgebrochener Vulkankrater. *Porto do Calhau* stand auf einem Wegweiser zu lesen, ein altes Fischerdorf inmitten schwarzer Lava. Zweistöckige weiße Häuser mit dunkel gerahmten Fenstern und Türen; aus Lava aufgeschichtete Steinmauern und mit Wacholder und Baumheide üppig bestandene Hänge bildeten einen sehenswerten Kontrast zum tiefblauen Meer.

Der Bus folgte der Hauptstraße und erreichte nach kurzer Zeit Lajes do Pico. Eine Snackbar grüßte die Neuankömmlinge, auf der anderen Seite ein hoher Fabrikschornstein und dahinter ein großes Gebäude, das ein Schlachthof sein konnte.

Der Bus hielt hinter dem Ortszentrum. »Residenciai Alcântara!« verkündete der Fahrer lauthals.

Gudrun und Tom waren die einzigen, die ausstiegen, und zu Toms Überraschung nahm der Chauffeur nicht einmal ein Trinkgeld an, nachdem er die Koffer ausgeladen hatte.

Ein freundliches »Adeus« auf den Lippen, schwang er sich wieder hinters Steuer.

Die Residenciai erwies sich als sauberes Haus ohne den Komfort großer Hotels, dafür aber mit gepflegter Atmosphäre. Die Zimmer waren klein, doch geschmackvoll eingerichtet, mit Bad und Dusche, und von den südwestlich gelegenen Balkons konnte man zumindest das Meer ahnen. Wären nicht die anderen Häuser und die Fabrik gewesen, hätte man den Hafen sehen können. Hören konnte man die tuckernden Kutter bei gutem Wind bestimmt.

Ein Telefon fehlte beim Inventar. Als Tom sein Zimmer verließ, stieß er beinahe mit Gudrun zusammen. Sie hatte denselben Gedanken wie er.

»Willst du telefonieren, E. T.?« fragte sie.

»Bitte?« Tom verstand nicht, was sie meinte.

»Nach Hause telefonieren ... E.T., das sind doch die Initialen für Ericson Tom, oder?«

Er bedachte die Anthropologin mit einem schrägen Grinsen.

Die Dame hinter dem Tresen blickte ihnen forschend entgegen. »Ist etwas nicht in Ordnung, Senhor Doutor?« erkundigte sie sich besorgt in akzentbehaftetem Englisch. »Kann ich helfen?«

»Ich müßte nur telefonieren, Senhora«, erwiderte Ericson. »Ansonsten ist alles bestens in Ordnung.«

Ihr fiel ein Stein vom Herzen. »Kommen Sie, das Telefon steht im Büro; wenn Sie die Tür schließen, sind Sie ungestört.«

»Die Gebühren..?«

»... werden erfaßt und verrechnet.«

»Bom«, sagte Tom. »Muito obrigado.«

Diesmal war schon die Landesvorwahl belegt. Vermutlich mußte er sich auf eine längere Wartezeit einrichten.

Der nächste Versuch. Irgendwo aus weiter Ferne

glaubte Tom Stimmen zu vernehmen; im nächsten Augenblick war die Leitung tot. »Man sollte Buschtrommeln und Rauchsignale wieder einführen«, schimpfte er.

»... oder ein Fax schicken«, ergänzte Gudrun. »Wenn mich nicht alles täuscht, habe ich in der Nähe ein Postamt gesehen.«

Tom drehte sich die Finger wund. Endlich blieb das Besetztzeichen nach der Vorwahl aus, und dann kam der Ruf in Oake Dùn tatsächlich an.

»Gib schon auf!« drängte Gudrun. »Das führt zu nichts.«

Ericson schüttelte den Kopf. Am anderen Ende der Leitung klingelte das Telefon. Aber niemand hob ab.

Geh endlich jemand ran! dachte er inbrünstig. *Verdammt, warum dauerte das so lange?* Daß unvermittelt das Klingelzeichen ausblieb, fiel ihm erst auf, als ein Rascheln im Hörer zu vernehmen war.

»Hallo?« rief er und winkte heftig ab, weil Gudrun gerade auf ihn einreden wollte.

»Hallo ...«, hallte es leise wie ein Echo zurück. Die Verständigung war denkbar schlecht.

»Wer ist da?«

»Ich.« Das konnte nur Mortimer sein.

»Hören Sie, Mortimer, hier ist Dr. Ericson.«

Sekundenlang war Stille. Tom fürchtete schon, daß er gleich darauf hören würde, daß Dr. Ericson leider nicht auf Oake Dùn weilte und er möglichst in einigen Tagen nochmals anrufen sollte. Vielleicht, falls Mortimer besonders gut gelaunt war, würde er noch fragen, ob er eine Nachricht hinterlegen sollte.

Tom wurde angenehm überrascht.

»Das freut mich, Dr. Ericson!« brüllte der greise Diener ins Telefon. »Sind Sie gut angekommen?«

»Natürlich.«

»Wie war der Flug? Sie werden hungrig sein.«

»Miss Heber und ich haben unterwegs ausgiebig gespeist. Sagen Sie, Mortimer, was ...?«

»Ich werde Sir Ian ausrichten, daß Sie angekommen sind. Seien Sie vorsichtig, wenn Sie am Strand in der Sonne braten. Mit dem neumodischen Zeug ist nicht zu spaßen – wie heißt es doch gleich? – Ozon! Bis bald, Doktor ...«

»Halt!« brüllte Ericson. »Warten Sie!« In Gedanken sah er den Diener den Hörer auflegen und davonschlurfen. Wahrscheinlich würde Sir Ian von dem Anruf erst in einigen Tagen erfahren, falls überhaupt. Sollte er noch einmal durchwählen?

»Sie wünschen?« erklang es aus weiter Ferne.

»Ich möchte mit Sir Ian sprechen.«

»Wen darf ich melden?«

»Mortimer, ich bin es, Dr. Ericson.«

»Natürlich, Sir, Dr. Ericson.« Ein gequältes Husten folgte. »Dieses Mistwetter macht mich noch krank. – Hören Sie ...«

»Was noch, Mortimer? Ist Ihnen klar, daß wir ein kleines Vermögen vertelefonieren?«

»Das mag schon sein – aber, haben wir nicht eben erst miteinander gesprochen?«

»Das haben wir, und die Verbindung war noch nicht unterbrochen. Holen Sie Sir Ian an den Apparat! Schnell!«

»Ich werde mein Möglichstes tun.« Der Hörer polterte zu Boden oder krachte zumindest gegen ein Bein des Telefontischchens.

Gudrun Heber las in Toms Gesicht wie in einem offenen Buch. »Was hat er gesagt?« wollte sie wissen.

»Er tut sein Möglichstes.«

Ericson atmete tief durch und wechselte den Hörer von einer Hand in die andere.

»Das kann dauern.« Die Anthropologin begann eine

ruhelose Wanderung, drei Schritte hin, drei zurück, mehr Platz bot das kleine Büro nicht.

Auf dem Schreibtisch stapelten sich Hochglanzprospekte. *Urlaub auf Pico,* verkündete eine mehrsprachige Überschrift. Das Bild darunter zeigte den Vulkankegel im Widerschein der Abendsonne.

»Mortimer, sind Sie noch da?« rief Ericson. Er erhielt keine Antwort. Wenn er Glück hatte, suchte der Alte tatsächlich nach Sutherland. Die Frage war nur, ob er ihn auch fand.

Die Dame vom Empfang stürmte ins Büro; sie zuckte merklich zusammen, als sie sah, daß Ericson noch telefonierte. »Ich wollte Sie nicht stören, Senhor, ich brauche nur ein paar Unterlagen. – Hoffentlich nichts Ernstes?« Sie meinte den Grund des Telefonats, denn offenbar hatte sie noch nicht erlebt, daß jemand geschlagene zehn Minuten mit England redete.

Tom schüttelte den Kopf.

Er sah zu, wie die Frau auf dem Schreibtisch suchte und schließlich einen Notizblock unter den Prospekten hervorkramte.

»Dr. Ericson?« erklang es aus dem Hörer, und Tom widmete seine ungeteilte Aufmerksamkeit sofort wieder dem Apparat.

»Ja.« Der Archäologe nickte unwillkürlich. »Sind Sie es, Sir Ian?«

»Die Verbindung ist sehr schlecht!« klang Sutherlands Stimme zurück. »Bitte reden Sie laut und deutlich. – Wie sieht es aus? Haben Sie die OCTOPUS schon aufgespürt?«

»Gudrun und ich sind vor dreißig Minuten erst angekommen –«

»Sagen Sie das noch einmal!«

»Sie haben richtig gehört. Auf Terceira sind wir länger als einen halben Tag festgesessen. Ich habe versucht, Sie zu verständigen, aber auf Oake Dùn war ständig belegt. Beinahe hätten wir uns Sorgen gemacht.«

»Daran war Mortimer schuld«, rief Sutherland. »Er hat den Hörer nicht richtig aufgelegt und es nicht bemerkt. Die gesamte Anlage war blockiert. Mir fiel es erst auf, als ich zu lange auf George Mahons Rückruf warten mußte.«

»Sie haben die UNO eingeschaltet?« fragte Tom irritiert.

»Ich kann nicht untätig herumsitzen, während Miss Heber und Sie sich selbst überlassen sind.«

»Und?«

»Sie bleiben auch weiterhin sich selbst überlassen. Was die U-Boot-Sache betrifft, denkt Mahon gar nicht daran, meinen Wünschen entgegenzukommen.«

»Hat er das so gesagt?«

»Nicht wörtlich, aber sein Zögern war eindeutig. Er muß mit den Regierungen reden, weil die OCTOPUS gleichermaßen britischer wie amerikanischer Befehlsgewalt untersteht. Außerdem sei das U-Boot derzeit nicht über Funk zu erreichen – und ein Einsatzbefehl, in portugiesischen Hoheitsgewässern vor den Azoren nach atlantischen Hinterlassenschaften zu suchen, existiere bestenfalls in meiner Vorstellung. Letztes hat er exakt so von sich gegeben.«

»Ich war der Meinung, Sie und Mr. Mahon wären die besten Freunde.«

»Freundschaft ist für Politiker ein dehnbarer Begriff«, erklang es bitter. »Erlaubt ist, was den eigenen Interessen nützt. In Zukunft werde ich mich dementsprechend verhalten.«

»Wir treten also auf der Stelle?«

»Unternehmen Sie, was Sie für richtig halten, Tom, aber seien Sie vorsichtig. Niemand weiß, ob Sie nicht auf einem Pulverfaß sitzen, dessen Lunte schon brennt.

Grüßen Sie Miss Heber von mir.« Sutherland beendete von sich aus die Verbindung.

Zögernd legte auch Ericson auf. »Er versteht es wirklich, uns Mut zu machen«, murmelte er.

»Was hat Sir Ian gesagt?« wollte Gudrun wissen.

»Ich soll dich von ihm grüßen.«

»Ist das alles?«

»Genügt das nicht?« antwortete Tom mit einer Gegenfrage.

Gudrun schürzte die Lippen. »Ehrlich gesagt, nein. Ich weiß gerne rechtzeitig, woran ich bin.«

»Unterwegs erzähle ich dir alles –« Tom steckte einen der Glanzprospekte ein.

»Wohin willst du? Oder ist das auch geheim?«

»Keineswegs. Wir gehen zum Hafen. Die frische Seeluft dürfte uns guttun.«

Sie verließen das Büro. »Hat Ihr Telefonat nicht geklappt?« fragte die Frau hinter dem Tresen.

»Doch«, sagte Ericson. »Alles bestens. Bitte schreiben Sie die Gebühren auf die Rechnung.«

Das Los hatte entschieden, daß Steve Cox als Wache an Bord der HYDRA II zurückblieb, während die anderen in das Höhlenlabyrinth vordrangen. Er war nicht gerade glücklich darüber, war sich aber auch bewußt, daß auf seinen Schultern die größte Bürde ruhte. Ohne die Boote gab es keine Rückkehr zur OCTOPUS, und angesichts der Berichte über den Riesenkraken war es wohl besser, wenn er beim ersten Anzeichen einer nahen Gefahr auf die Auslöser der Torpedos drückte.

»Halten Sie es wie die alten Westernhelden«, riet ihm der Commander. »Schießen Sie erst und fragen Sie dann erst. Alles andere wäre bodenloser Leichtsinn.«

Das Wasser in der Halle war tatsächlich gestiegen.

Nicht nur Weyers traf diese Feststellung, auch Brunswick und Lauren waren einhellig derselben Meinung. Wenige Treppenstufen hatten sie damals von einer der umlaufenden Galerien getrennt, jetzt schwappte das Wasser bereits über den Mosaikboden eben dieser Galerie.

Zum Verlassen der Tauchboote legten die Männer nicht die schweren Panzeranzüge an, sondern streiften sich lediglich eine wasserdichte Gummihaut über. Dreißig Minuten nach dem Auftauchen der Boote begannen sie ihren Vorstoß.

»Können Sie mich empfangen, Mr. Cox?« Weyers und Sergeant Lauren trugen kleine, aber starke Funkgeräte bei sich.

»Ich höre Sie, Commander, wenn auch ziemlich schwach, als wären Sie bereits meilenweit entfernt.«

Weyers hatte ebenfalls Mühe, den anderen zu verstehen. »Damit mußten wir rechnen«, erwiderte er. »Wir bleiben in Verbindung, Cox. Mindestens alle fünf Minuten meldet sich einer von uns.«

Eine fremde Welt öffnete sich vor ihnen, ein Reich, das bis vor zwei Monaten vermutlich nie eines Menschen Fuß betreten hatte. Verfallenes Gemäuer wechselte ab mit gewachsenem Fels; glatte Wandverkleidungen bildeten einen nur schwer verständlichen Kontrast zu den Spuren dilettantischer Bearbeitung mit spitzen Werkzeugen. Und überall wucherten Pflanzen. Leuchtmoose bildeten flauschige Teppiche, in denen die Männer bis über die Knöchel versanken, an anderen Stellen hatten armdicke Wurzeln Bodenbeläge angehoben und zerstört. Kleine Tiere huschten vor den ungebetenen Eindringlingen davon, Albinos, die keine andere Helligkeit kannten als den von den Pflanzen ausgehenden Schimmer. Der grelle Lampenschein versetzte sie in Panik.

Regelmäßig hielt der Commander inne und lauschte in die Tiefe des Labyrinths. Aber die dumpfen, undefinierbaren Laute, die von Spannungen im Fels verursacht wurden, blieben die einzigen Geräusche.

Die Qualität der Funkverbindung änderte sich nicht. Steve Cox meldete, daß er vergeblich versucht hatte, die OCTOPUS zu erreichen.

Ein Schrei! Fred Houston am Schluß der Gruppe stieß ihn aus.

Brunswick, der vor ihm ging, wirbelte herum. Der Lichtkegel seiner Lampe huschte über rauhen Fels, streifte dichte Wurzelvorhänge und ließ huschende Schatten im Halbdunkel erkennen. Zugleich riß er die MPi hoch und feuerte eine erste Salve ab. Das Peitschen der Schüsse hallte in vielfachem Echo zurück.

»Sind Sie verrückt, Brunswick?« schnaubte der Commander. »Ballern Sie nicht sinnlos in der Gegend herum!«

»Aber ...«, begann der Techniker verwirrt.

»Das waren Fledermäuse, keine einäugigen Angreifer. Reißen Sie sich gefälligst am Riemen!«

»Natürlich, Sir. Es tut mir leid, Sir.«

»Sichern Sie Ihre Waffe! Das gilt auch für die anderen. Wir verteidigen uns, falls wir angegriffen werden, aber wir provozieren kein Gemetzel. Ist das klar?«

Weyers achtete schon nicht mehr auf das zustimmende Nicken, sondern schritt zügig weiter aus. Mehrmals teilte sich der Weg. Hatte der Commander anfangs noch geglaubt, sich leicht zurechtzufinden, so sah er sich allmählich eines anderen belehrt. Manches erschien ihm vertraut, an vieles konnte er sich aber nicht erinnern.

Ein düsterer Stollen; in den Fels geschlagene, abwärts führende Stufen – die Anthropologin hatte hier irgendwo das goldene Amulett gefunden. Nur war die Steintreppe in einer feuchten, modrigen Grotte zu Ende gewesen, am Rand eines Höhlensees, und dort waren die einäugigen, monströsen Kreaturen erschienen. Aber die Treppe, von der Weyers anfangs noch glaubte, sie führe zu eben diesem See, endete vor der Schmalseite einer ovalen Säulenhalle, die in ihrer längsten Ausdehnung gut siebzig Meter maß. Kuppelförmig wölbte sich die Decke empor.

Der Boden der Halle stieg zum Mittelpunkt hin merklich an. Einst mochte der Hang begrünt gewesen sein, jetzt wirkte er glasig, als hätten ungeheure Temperaturen die Erde geschmolzen. Der Tempelbau, der sich im Zentrum erhob, war nur noch eine Ruine. Viele Säulen hatten dem Gewicht des Daches nicht standgehalten und waren umgestürzt, Fresken, Friese und andere Verzierungen bildeten ein wüstes Konglomerat.

»Das ist ein griechischer Tempel«, behauptete Michael Ganis. »Und die Figuren – das muß Gold sein! Gold, Leute!« Er wollte losrennen, doch Sergeant Lauren hielt ihn unerbittlich zurück.

»Was versprechen Sie sich davon, Ganis? Glauben Sie wirklich, Sie könnten auch nur eine der Figuren davonschleppen?«

»Wir werden noch mehr Reichtümer entdecken«, versprach der Commander. »Aber ich muß hoffentlich niemanden daran erinnern, daß alles was wir finden, zunächst dem Staat Portugal gehört. Unser Anteil beträgt bestenfalls zehn Prozent des Materialwertes.«

Auch das war nicht zu verachten. Brunswick verschoß einen kompletten Film, um die Ruine in allen Einzelheiten zu dokumentieren. Vor ihnen lagen Skulpturen im Wert von einigen hundert Millionen US-Dollar und warteten nur darauf, geborgen zu werden.

Die Scheinwerferkegel tasteten über die mächtigen Säulen, die nicht aus verschiedenen Teilen zusammengesetzt, sondern jeweils aus einem einzigen Block Marmor herausgearbeitet worden waren. Ein fahler grüner Schimmer erfüllte inzwischen die Halle.

Brunswick ließ sich in die Hocke nieder, um den Film zu wechseln. Irritiert tastete er mit den Fingerspitzen über den glatten, glasiert wirkenden Boden vor sich. Die fahle Helligkeit war stärker geworden. Sie kam aus dem Boden. Das war kein geschmolzenes und wieder erstarrtes Gestein – das waren Platten von mehreren Quadratmetern Größe und aus einem Material, das er nicht definieren konnte.

»Was ist das?« fragte Houston tonlos. »Was geht hier vor?«

»Ich vermute, wir haben einen uralten Mechanismus ausgelöst«, sagte der Commander. »Entweder wir, oder unsere Lampen.«

Der grüne Schimmer wurde intensiver. Mittlerweile erfaßte er nahezu den gesamten Hallenboden. Aber was einst wie ein Lichtermeer gewirkt haben mußte, hatte längst matte Flecken abbekommen. Ein Teil der Platten blieb dunkel.

»Die Lampen aus!« befahl der Commander.

Nichts veränderte sich. Das grüne Leuchten wurde immer heller. Inzwischen begannen auch die Tempelsäulen von innen heraus aufzuglühen – ein Vorgang, der die Soldaten ihre Waffen fester in Anschlag nehmen ließ. Nur die umgestürzten und zerbrochenen Säulen blieben weiterhin matt.

»Fluoreszierendes Baumaterial«, bemerkte Lauren zögernd. »Wir hätten einen Geigerzähler mitnehmen sollen.«

Knisternde Entladungen sprangen von den Säulen auf das Dach des Tempels über; Funken stoben davon, gleich darauf entstanden Überschlagsblitze, die dumpf dröhnend in den Boden fuhren. Beißender Ozongeruch breitete sich aus.

Der Commander befahl den Rückzug. Doch sie kamen nicht weit. Wo vor wenigen Minuten noch eine schmale Treppe gewesen war, versperrte inzwischen massiver Fels den Weg.

»Vielleicht ist es nur die falsche Stelle.« Fred Houston blickte sich demonstrativ nach den Seiten um. »Felsen entstehen nicht einfach aus dem Nichts heraus.«

»Es war hier!« beharrte Weyers, und Sergeant Lauren pflichtete ihm bei: »Achtzehn Schritte. Ich habe sie gezählt.«

»Dann geht es dahinter weiter ...« Mit dem Kolben seiner Waffe stieß Houston gegen den Fels. Der hallende Klang, den er erwartet hatte, blieb aus. Die Wand war massiv.

Immer heftiger tobten die energetischen Entladungen im Tempelbereich. Schon vereinte sich das grüne Leuchten auf dem Dach, entstanden Schlieren und Wirbel, die sich ablösten und schemenhaft in die Höhe stiegen. Ein Stakkato von Störgeräuschen prasselte durch die Halle.

»Es muß noch einen anderen Ausgang geben.« Der Commander hastete an der Wand entlang, die ebenfalls von der Fluoreszenz erfaßt wurde. Eine unvorsichtige Berührung jagte siedendheiße Schauder durch seinen Arm bis hinauf in die Schulter. Er schrie auf. Brandblasen bildeten sich auf seinem Handrücken, mit dem er den Fels gestreift hatte.

Der Schmerz ließ nach, als er eine der matten Bodenplatten betrat. Vielleicht waren sie gar nicht defekt, sondern dienten dem Schutz von Besuchern.

»Verteilt euch auf die blinden Segmente!« brüllte Weyers, um den mittlerweile zum Stakkato angeschwollenen Lärm noch zu übertönen. Inzwischen wirkte der Tempel wie aus glühender Jade errichtet – ein besserer Vergleich kam dem Commander nicht in den Sinn. Sein Blick fraß sich auf dem First über dem Giebel fest. Die Figur dort oben erinnerte ihn an einen Sphinx, aber noch während er versuchte, mehr zu erkennen, ballte sich das grüne Leuchten um eben diese Figur zusammen, und im nächsten Moment entlud sich die fremdartige Energie in einem gewaltigen Aufleuchten. Ein mannsdicker Strahl schoß in die Höhe, sprengte Felssplitter aus der Kuppeldecke und – löste sich auf.

Von einem Sekundenbruchteil zum anderen endete der Spuk. Nur das rings um den Tempel herabprasselnde Geröll verriet, daß die Erscheinung Realität gewesen war. Von der Firstfigur zeugte lediglich noch ein zersplitterter Sockel.

Der Weg, den sie gekommen waren, blieb den Männern der OCTOPUS dennoch verschlossen.

»Vielleicht sollten wir die Wand mit den Handgranaten aufsprengen«, schlug Ganis vor.

»Das kann nicht der einzige Zugang gewesen sein«, wehrte der Commander ab. »Erst wenn wir wirklich nicht weiter wissen, wenden wir Gewalt an.«

Noch war die Halle nicht wieder in Düsternis versunken, eine fahle grüne Dämmerung blieb bestehen. Daß die Männer dennoch ihre Scheinwerfer benutzten, lag einfach daran, daß das Grün Details verwischte.

Von irgendwoher erklang ein verhaltenes Rascheln. Unwillkürlich hielt Weyers inne.

Auch Brunswick, der dicht hinter ihm ging, hatte das Geräusch gehört.

»Etwas hat sich bewegt, Commander!« raunte er. »Linkerhand, neben den ersten Säulen.«

»Verteilt euch!« wollte Weyers befehlen; er kam nicht mehr dazu.

Zwischen zwei Säulenreihen, von Brunswicks Scheinwerfer grell angestrahlt, stand eine monströse Gestalt. Größer als ein Mensch, breiter in den Schultern, muskulöser ... Viel mehr konnten die Soldaten nicht erkennen. Ein Blitz zuckte auf sie zu, eine heftige Entladung.

»Deckung!« brüllte jemand.

Zu spät.

Michael Ganis' gellender Aufschrei erstarb in einem

gequälten Gurgeln. Er wurde herumgewirbelt und brach zusammen, ehe einer der Kameraden reagieren konnte.

Eine Maschinenpistole bellte auf. Fred Houston hatte seine Waffe hochgerissen und den Abzug betätigt. Ein halbes Magazin jagte er durch den Lauf und drüben, zwischen den Säulen, spritzten die Querschläger auseinander.

»Aufhören!« brüllte Weyers. »Das hat keinen Sinn. – Houston, Lauren, nach links hinüber. Aber laßt euch nicht überraschen.« Er selbst hatte die schwere Automatik aus dem Holster gerissen und spannte den Schlitten. Allerdings bot sich ihm ebensowenig ein Ziel wie den anderen.

»Der Kerl hat sich hinter den Säulen verkrochen.« Sergeant Lauren hastete in wilden Sprüngen davon, während Houston ihm mit Einzelfeuer Deckung gab. Dreißig Schritt entfernt warf Lauren sich wieder zu Boden. Sein Scheinwerfer flammte auf, tastete durch den Säulengang des Tempels.

»Ganis ist tot, Commander!« meldete Brunswick. Er kniete neben dem Techniker und hatte ihn auf den Rücken gedreht. Ganis' Augen starrten blicklos ins Leere, vermutlich hatte er nicht einmal mehr Zeit gefunden, sein Ende zu begreifen. Eine gräßliche Wunde klaffte in seiner Brust, sie blutete nicht, weil das Fleisch bis auf die Knochen verkohlt war.

»Gott sei ihm gnädig!« murmelte Brunswick, dann drückte er dem Toten die Augen zu.

Wieder fielen Schüsse. Ob Lauren oder Houston geschossen hatte, war nicht zu erkennen. Gleichzeitig zuckte ein neuer Blitz auf und verflüssigte ein Stück Felswand hinter ihnen.

Lauren fluchte unbeherrscht.

»Nehmen Sie das Betäubungsgewehr, Sergeant!«

»Dazu müßte ich erst nahe genug an den Angreifer

herankommen, Commander. Verraten Sie mir, wo er sich verkrochen hat?«

Wieder flammte eine Entladung auf, irgendwo aus der Deckung des Tempels heraus. Diesmal war zu erkennen, daß es sich um eine nur wenige Zentimeter durchmessende glühende Kugel handelte. Für einen Moment verlangsamte sich ihr Flug, danach schwenkte sie in spitzem Winkel ab.

Wütendes Abwehrfeuer schlug der Erscheinung entgegen. Sekundenbruchteile später stürzte sie zu Boden und verging in einer grellen Stichflamme.

»Houston hat es erwischt!« gellte Laurens Stimme durch die Halle.

Ein Feuerstoß aus der MPi strafte seine Worte Lügen. Fred Houston hetzte mit Riesensätzen auf den Tempel zu. »Unkraut vergeht nicht!« brüllte er. »Nur mein Scheinwerfer ist Schrott.« Er feuerte, ließ sich fallen, sprang wieder auf. Nach der dritten Salve lag er hinter einer zerborstenen Säule einigermaßen sicher in Deckung. Weyers sah ihn zum Wurf ausholen, konnte es aber nicht mehr verhindern.

In Gedanken zählte der Commander drei Sekunden ab. Unmittelbar danach blitzte es innerhalb der Tempelruine grell auf, das Dröhnen der detonierenden Handgranate hallte von allen Seiten in vielfachem Echo wider, gefolgt von dem ohrenbetäubenden Donner einstürzender Bauteile. Heftige Erschütterungen durchliefen den Boden, als nacheinander zwei Säulen zerschmetterten und Teile des Tympanons ausbrachen. Aufwirbelnde Staubwolken machten es vorübergehend unmöglich, mehr zu erkennen.

»Verteilen und langsam vorrücken!« befahl der Commander.

Der flache Gasbehälter, den er auf dem Rücken trug, schränkte ihn in seiner Beweglichkeit merklich ein. Die

Düse des Flammenwerfers hatte er mit Schlaufen unter dem linken Handgelenk befestigt.

Die wieder eingetretene Stille war unheimlich. Nur noch gelegentlich erklang das Poltern nachrutschender Mauerteile. Weyers lauschte auf jedes Geräusch, während er langsam auf die Ruine zuging, jeden Moment gegenwärtig, erneut angegriffen zu werden.

Die Waffe des Gegners war tückisch und unberechenbar. Die glühenden Kugeln erinnerten ihn an Kugelblitze, deren Entstehung und Verhalten von der Wissenschaft noch lange nicht erforscht war.

Nur langsam legte sich der aufgewirbelte Staub. Weyers erreichte den äußeren Säulengang. Ohne zu zögern drang er weiter vor.

Aus den Augenwinkeln heraus glaubte er eine schwache Bewegung wahrzunehmen. Den Flammenwerfer betätigend, zuckte er herum; die fünf, sechs Meter lange Gasflamme fraß sich fauchend durch den Dunst. Aber da war niemand, den sie hätte treffen können.

Zehn Minuten später wußten die Soldaten, daß der Gegner den Tempel verlassen hatte.

An jeder Straßenecke wurden vielfältige Schnitzereien angeboten. Anfangs argwöhnte Gudrun, daß es sich um Elfenbein handelte, aber aus der Nähe erkannte sie den Unterschied, und ein freundlicher Verkäufer erklärte ihr, es handele sich lediglich um Walknochen.

Bei mehreren Vulkanausbrüchen, zuletzt im Jahr 1720, waren die fruchtbaren Äcker der Insel unter Lava begraben worden. Um zu überleben und ihre Heimat nicht verlassen zu müssen, hatten sich Picos Männer dem Fischfang verschrieben, später sogar als Walfänger angeheuert.

Der Schornstein am Ortseingang gehörte zu einer

früheren Walfettfabrik, wie überhaupt in Lajes do Pico bis zum heutigen Tag die Erinnerungen an den Walfang wachgehalten wurden.

Unmittelbar am Hafen liegt das Museu do Baleeiro. Walfangboote und Harpunen gehören zu den Ausstellungsstücken, die jedem Fremden schon von weitem ins Auge stechen und zum Besuch des Museums einladen.

Aber all das interessierte Tom Ericson momentan weitaus weniger als die am Kai und entlang der Mole dümpelnden Fischerboote. Trotz der vorgerückten Stunde hing der Geruch von Fisch über dem weitläufigen Hafen und vermischte sich hie und da mit den schweren Ausdünstungen frischer Farbe. Einige Boote waren an Land gehievt worden; ihre Besitzer sorgten persönlich für einen frischen Anstrich. Netze lagen zum Trocknen ausgebreitet oder wurden von fleißigen Arbeitskräften geflickt. Ein paar Kisten Fisch, im Schatten von Sonnenschirmen aufgereiht, warteten noch auf späte Käufer.

»Sardinhas, Senhor?«

Tom wehrte lachend ab. Was sollte er mit mindestens fünf Kilo Sardinen?

»Peixe espada?« Der Verkäufer hielt einen prächtigen Schwertfisch in die Höhe. »Lassen Sie den Kopf präparieren, Senhor. Sagen Sie selbst, gibt es ein schöneres Souvenir?« Er sprach sehr gutes Englisch.

Tom winkte erneut ab.

»Sie sind Engländer, Senhor? Dann warten Sie, ich kann Ihnen und Ihrer reizenden Gattin viel mehr bieten als diesen einfachen Fisch –«

»Wir sind heute erst angekommen.«

»Oh, ich liebe London, Big Ben, die Towerbridge –«

»Ich bin Amerikaner«, sagte Ericson.

Der Fischer riß die Augen auf. »Das macht gar nichts«, versicherte er eifrig und ohne zu bemerken, daß er sich mit einer solchen Aussage um Kopf und Kragen redete.

»Amerika, das sind John Wayne und Marilyn. Sagen Sie mir, was ich für Sie tun kann, Senhor.«

Sein Alter war schwer zu schätzen, er mochte Ende Vierzig sein, möglicherweise schon Anfang Fünfzig. Wind und Sonne hatten seine Haut gegerbt und das kurz geschnittene Haar ausgebleicht.

»Vielleicht können Sie uns wirklich helfen«, überlegte Ericson. »Allerdings suchen wir keine kleinen Fische, eher einen, der noch weitaus größer ist als ihr Boot.«

Der Mann kratzte sich im Nacken und nickte bedächtig. Gleichzeitig blickte er scheu um sich. Als er antwortete, tat er das in geradezu verschwörerischem Tonfall.

»Walfang ist wie Stierkampf«, raunte er. »Ich bin zu alt dazu – leider. Man muß mit vierzig aufhören, wenn man überleben will. Aber«, fügte er hinzu, »nicht alle hier wollen sich damit abfinden, daß der Walfang verboten ist. Vor sechs Jahren, Senhor, da wurden vor Lajes noch drei Wale harpuniert.«

»Der Wal, den wir suchen, ist aus Stahl«, erwiderte Ericson. »Ein U-Boot, das vor der Küste kreuzt. Wissen Sie etwas darüber?«

Spontan schüttelte der Fischer den Kopf.

»Gibt es eine Möglichkeit, mehr zu erfahren?«

»Fahren Sie hinaus aufs Meer. Drei, vier Seemeilen, oder weiter. Mag sein, daß Sie Glück haben und das Sehrohr entdecken, wenn Sie nur lange genug danach Ausschau halten.«

»Das heißt, daß unsere Chancen gering sind?«

»Eher sichten Sie einen weißen Wal –«

»Mit der entsprechenden technischen Ausrüstung ...«

Der Picaroto vollführte eine geringschätzige Handbewegung. »Sie waren noch nie mit Fischern draußen«, stellte er fest, »sonst würden Sie anders reden. »Kaum einer von uns verläßt sich auf die Krücken der Technik; die Gestirne sind bessere Wegweiser als jeder Kompaß, und ein Echolot, um Fischschwärme aufzuspüren, brauchen wir nicht. Gefühl ist gefragt, das Wissen um die besten Fanggründe.«

»Trotzdem gibt es Boote, die mit Echolot ausgerüstet sind?« hakte Gudrun ein.

»Nicht in Lajes.«

»Wir könnten ein solches Boot chartern?« wollte Tom wissen.

»Das kommt darauf an ...«

»Wir zahlen gut«, versicherte die Anthropologin.

Der Fischer blickte von einem zum anderen und nickte zuversichtlich. »Ich werde versuchen, den Eigner zu überzeugen, Senhora. Sagen wir in«, er warf einen Blick zur Sonne, »in drei Stunden. Wo finde ich Sie?«

»Wir bleiben in Hafennähe«, versprach Tom, »und werden inzwischen eine Kleinigkeit essen ...«

»Gehen Sie ins Moby Dick«, riet der Fischer. »Es gehört meinem Schwager João. Grüßen Sie ihn von Pedro, das bin ich – Pedro Amaro.«

»Sagen Sie, Pedro, das Boot, das Sie uns besorgen wollen, verfügt es über moderne Technik?«

»Aber Senhor«, entrüstete sich der Fischer. »Es ist kein Boot, es ist ein Schiff, und außerdem das Modernste weit und breit. Nur billig, das wird es nicht. Sie haben doch genügend Dinheiro?«

»Geld?« wiederholte Gudrun amüsiert. »Falls wir das Schiff nicht kaufen müssen, wird es reichen.«

Eben noch hatte Pedro Amaros Miene sich schlagartig verdüstert, nun lächelte er wieder gewinnend. »Tausendfünfhundert Dollar für den Tag, das ist nicht viel«, sagte er. »Besatzung ist com – wie sagt man? – included.«

»Im Preis enthalten«, half Gudrun aus.

»Da ist nur noch ein Problem, ein kleines, eigentlich ist es gar kein Problem –«

»Sie benötigen das Geld im voraus«, argwöhnte Tom.

»Nicht alles, Senhor, nur eine kleine Anzahlung. Quinhentos Dollar.«

»Wieviel?« Gudrun hatte die auf portugiesisch ausgesprochene Zahl nicht verstanden.

Der Fischer streckte ihnen eine Hand mit abgespreizten Fingern entgegen. »Fünfhundert ...«, wiederholte er.

Tom gab ihm das Geld, und Pedro rollte die Scheine zusammen, umwickelte sie mit einem Gummi und ließ sie in seiner Hosentasche verschwinden. »Sie werden zufrieden sein, Senhor«, versprach er, im gleichen Atemzug hob er einen Arm, fuchtelte wie wild in der Luft herum und brüllte irgend etwas Unverständliches. Tom verstand nicht viel mehr als einen Namen: Ribeira.

Eine Vespa knatterte heran, einen Schwall graublauen Rauchs hinter sich herziehend. Pedro schwang sich auf den Sozius, und Augenblicke später verschwand das lärmende und stinkende Uralt-Gefährt hinter den nächsten Häusern.

»Hoffentlich hast du das Geld nicht in den Sand gesetzt«, argwöhnte Gudrun.

»Wo bleibt deine Menschenkenntnis, teuerste Kollegin? Eine solche Gelegenheit darf ich nicht einfach auslassen, und für Ketchup und ein paar Pommes Frites reicht unsere Reisekasse allemal noch. Ärgern würde ich mich nur, wenn wir die nächsten drei Stunden sinnlos vertun.«

Gudrun Heber schwieg dazu. Was hätte sie auch sagen sollen, was nicht ohnehin schon unausgesprochen zwischen ihnen stand? Ihre Blicke schweiften übers Meer. Weit draußen zeichnete sich ein weißes Segel ab, doch den Turm eines aufgetauchten U-Bootes suchte sie vergeblich.

Zwanzig Minuten später betraten beide das *Moby Dick*, eine urgemütliche Snackbar, in der so ziemlich alles an vergangene Zeiten erinnerte. Ein weißhaariger kleiner

Mann kümmerte sich um die Gäste. »Sind Sie zum erstenmal in Lajes?« erkundigte er sich freundlich und ohne aufdringlich zu wirken, während er den Tisch abwischte und eine handgeschriebene Speisenkarte vorlegte. »Ich hoffe, es gefällt Ihnen auf Pico.«

»Wir sind heute morgen erst angekommen«, sagte Gudrun.

»Dann darf ich Ihnen als Aperitif einen Verdelho empfehlen; er wird auf Pico hergestellt. Und als Hauptgericht Alcatra, das ist eine Rindfleischspezialität, mit Zwiebeln und Speck in Weißwein eingelegt.«

Tom blickte Gudrun forschend an. Sie nickte. »Zweimal Alcatra«, bestellte er daraufhin.

»Alcatra gibt es nur in Zweierportionen«, bemerkte der Wirt geflissentlich. Trinken Sie Cerveja oder lieber Wein?«

Tom entschied sich für das Bier. »Sind Sie João?« fragte er. »Dann sollen wir Ihnen Grüße bestellen, von Pedro Amaro.«

»Sie kennen meinen Schwager? Weshalb sagen Sie das nicht gleich?« Er klatschte in die Hände und rief ein paar Worte nach hinten in die Küche. Die Folge war, daß Gudrun und Tom bevorzugt bedient wurden und ihre Getränke und das Essen schneller erhielten als die anderen Gäste.

Mehrmals erschien João an ihrem Tisch und erkundigte sich nach ihren Wünschen.

»Wenn Sie schon mit Pedro gesprochen haben, wollen Sie sicher zum *big game fishing* hinausfahren. Hai ist beliebt, aber auch einige Thunfischarten werden häufig gefangen, und vor allem Degenfisch. Wissen Sie schon, welchen Köder Sie auswerfen? Das Boot ist bestens ausgerüstet und vor allem während der Hauptsaison ständig auf See.« Augenzwinkernd fügte er hinzu: »Seit einem Jahr bin ich mit einem Anteil daran beteiligt, und irgendwann, meint Pedro, sollten wir uns eine eigene Yacht zulegen.«

»Uns interessiert nur eine besondere Art von Fisch«, erwiderte Tom mehrdeutig.

»Wal?« Joãos Augen bekamen einen merkwürdigen Glanz. Zugleich nahm seine Stimme einen verschwörerischen Tonfall an. »Aber Wale sind selten geworden. Mitunter vergehen Wochen, bis wieder ein Tier gesichtet wird.«

Tom fragte nicht nach dem U-Boot. Falls die OCTOPUS bereits einige Seemeilen vor der Küste operierte, geschah das ohnehin im Verborgenen. Dann waren wohl die Fischer die einzigen, die solche Aktivitäten bemerken würden.

João wünschte ihnen wortreich einen guten Fang, als sie das Lokal verließen. Das Sonnenlicht hatte sich verändert, war grell geworden und irgendwie unnatürlich, und weit im Nordwesten hing eine Dunstwand über dem Meer. Wahrscheinlich Vorbote eines Wolkenbruchs.

Der Hafen war inzwischen wie leergefegt, nur noch zwei Fischer arbeiteten an ihren Booten. Die beiden Wissenschaftler schlenderten ein Stück die Mole entlang. Angesichts der romantischen Umgebung war Tom versucht, den Arm um Gudruns Taille zu legen, sie an sich zu ziehen und zu küssen.

Aber er war nicht hier, um zu turteln, und abgesehen davon würde Gudruns Reaktion wie üblich abweisend ausfallen.

Unvermittelt spürte er ihre Hand an der seinen. Ihre Blicke trafen sich.

»Frühlingsgefühle?« fragte Tom, ohne es eigentlich zu wollen. Sofort zuckte ihre Hand zurück. Er war ein Idiot und benahm sich, als wäre Gudrun die erste Frau in seinem Leben. Warum sagte er ihr nicht, daß er längst mehr für sie empfand?

Gudrun ging wortlos weiter. Sie setzte sich ans Ende der Mole und ließ die Beine baumeln.

Tom blieb hinter ihr stehen. »Ich wollte dich nicht kränken«, sagte er.

»Pedro kommt bald mit dem Boot«, erwiderte die Anthropologin. Ihre Stimme klang unbewegt.

Ericson suchte den Horizont ab. Nichts. Selbst das Segel war inzwischen verschwunden.

Nach einer Weile ließ er sich neben Gudrun in die Hocke nieder, zog den Faltprospekt hervor und begann mehr oder weniger gelangweilt, ihn durchzublättern. Schon auf der zweiten Seite stutzte er. »Das ist verrückt. Weißt du, daß wir gut einen Tag verloren haben, nur weil wir nicht richtig beraten wurden?«

»Laß hören!« Gudrun lehnte sich zurück, schüttelte ihr Haar aus der Stirn und ließ sich die Sonne ins Gesicht scheinen. Sie hielt die Augen geschlossen.

»Hier steht, daß die TAP täglich von Lissabon nach Faial fliegt, das ist unsere Nachbarinsel ...«

»Ach.«

»Eine Fähre überquert mehrmals am Tag den nur sechs Kilometer breiten Kanal zwischen den Inseln.«

»Wenigstens wissen wir es jetzt.«

Sie irritierte ihn. Sie hatte sich auf den Ellenbogen abgestützt und hielt immer noch die Lider geschlossen. Ihre Brust hob und senkte sich unter gleichmäßigen Atemzügen.

Worauf wartete er eigentlich? Ein Narr, der diese Aufforderung nicht verstand.

Sein Schatten fiel auf ihr Gesicht, als er sich über sie beugte. Aber erst unmittelbar bevor ihre Lippen sich berührten, öffnete sie die Augen.

Toms Kuß war fordernd und innig zugleich. Und Gudrun erwiderte ihn auf eine Art, die er nie für möglich gehalten hatte. Alles was er sich jetzt noch wünschte, waren ein paar Dünen, Strandhafer ringsum und ein ungestörter Nachmittag, doch sein Wachtraum verflog, als Gudrun sich unvermittelt hochstemmte.

»Da kommt ein Boot!« stieß sie, nach Luft ringend, hervor.

Jetzt hörte er es auch. Das Dröhnen eines starken Motors. Ein weißer Traum näherte sich mit hoch aufgischtender Bugwelle der Hafeneinfahrt.

Das war kein Boot, das war schon ein ausgewachsenes Schiff. Tom schätzte die Länge der Yacht auf gut und gerne fünfundzwanzig Meter.

Gudrun hatte sich bereits erhoben und ordnete mit einer fahrigen Handbewegung ihre Kleidung. »Worauf wartest du, Tom? Die Pflicht ruft.«

Der Angreifer war spurlos verschwunden. Commander Weyers und seine Männer drehten fast jeden Stein um, ohne fündig zu werden.

Dabei war ihnen klar, daß der Gegner sich gewiß nicht in Luft aufgelöst hatte.

Seit dem Betreten der Tempelhalle unterlag die Funkverbindung zur HYDRA II extremen Schwankungen. Die Verständigung war miserabel, trotzdem erfuhren die Männer, daß bei Steve Cox bislang alles ruhig geblieben war. »Seien Sie auf der Hut!« warnte der Commander. »Möglicherweise stehen Sie als nächster auf der Abschußliste.«

Cox lachte schrill. »Ich glaube nicht, daß die Zyklopen lesen oder schreiben können, Commander. Das sind keine menschlichen Wesen – wenn Sie mich fragen, wir haben es mit Tieren zu tun.«

»Niemand fragt Sie«, erwiderte Weyers ungewöhnlich scharf. »Und ich sage es Ihnen nochmals: Begehen Sie nicht den Fehler, diese Wesen zu unterschätzen.«

»Commander!« Sergeant Lauren baute sich vor ihm auf. »Wir haben den Fluchtweg gefunden.«

Weyers nickte zufrieden. Noch einmal hob er das Funkgerät. »Wir dringen weiter vor, Mr. Cox. Sprechkontakt ab sofort nur sporadisch; ich glaube nicht, daß wir uns im Notfall gegenseitig unterstützen könnten. Over and out.«

Er folgte dem Sergeant.

Im Zentrum des Tempels erhob sich ein steinerner Altar, vermutlich das überlebensgroße Standbild einer Göttin. Sie war eine Schönheit mit ebenmäßigem Gesicht, kräftigen Wangenknochen und vollen Lippen. Das Haar war zwar nur angedeutet, doch fiel es ihr wie eine Mähne bis auf die Schultern. Die Stirn der Statue zierte aufwendiger Goldschmuck in geometrischen Formen, in dessen Mitte ein halb faustgroßer blutroter ovaler Stein eingelassen war.

»Sehen Sie die Schleifspuren im Boden?« fragte Lauren. »Der Altar läßt sich bewegen. Ich bin überzeugt, der Angreifer ist hier verschwunden.«

»Der Stein dürfte etliche Tonnen wiegen –«

»Wir müssen den Mechanismus finden, der ihn bewegt.«

Jede Handbreit des Altares tasteten die Soldaten ab. Es gab keine noch so winzigen Unebenheiten.

»Sprengen!« schlug Houston schließlich vor. »Irgendwie müssen wir doch weiterkommen.«

Weyers richtete den scharf gebündelten Lichtstrahl seiner Lampe im Winkel von nur wenigen Grad auf den Sockel. Aber nicht der schwächste Schattenwurf zeigte sich. Langsam ließ er den Strahl am Standbild höher wandern.

Erst als das Licht das steinerne Gesicht ausleuchtete, erfolgte eine Reaktion. Der ovale Schmuckstein begann zu glühen, pulsierte gleich darauf. Weyers schickte seine

Männer zur Seite, bevor er die Lampe voll auf den Stein richtete. Erst jetzt bemerkte er den kunstvollen Facettenschliff, der dafür sorgte, daß ein Teil des Lichtes gebündelt und nach unten abgestrahlt wurde. Ein flirrender roter Strahl berührte den Altarsockel, im nächsten Moment begann der massive Block sich zu bewegen.

Weyers zielte mit dem Flammenwerfer auf die entstehende Öffnung. Seine Vorsicht war unnötig.

Eine Steintreppe führte in die Tiefe. Als er die ersten Stufen hinabstieg, saß dem Commander noch ein mulmiges Gefühl im Nacken. Aber dann wurde er schneller. Houston folgte ihm, danach Brunswick und Lauren. Die Luft schmeckte schal und abgestanden, vermischt mit einem Hauch von Schwefel. Von irgendwoher war ein dumpfes Gurgeln zu vernehmen.

Mehr als hundert Stufen in engen Windungen, bevor die Treppe endlich in einen waagerecht verlaufenden Stollen einmündete. Es gab verschiedene Abzweigungen, doch Weyers behielt die eingeschlagene Richtung bei. Er folgte dem deutlicher werdenden Gurgeln. Anfangs hatte er noch geglaubt, daß die Geräusche von eindringendem Wasser verursacht würden, mittlerweile – obwohl erst wenige Minuten vergangen waren – hatte er seine Meinung geändert. Das war ein zähes Blubbern wie von aufkochender Erbsensuppe. Die ansteigende Temperatur registrierte er nur am Rande, als er sich mit dem Handrücken den Schweiß von der Stirn wischte. Längst klebte die Uniform unangenehm auf der Haut.

Übergangslos endete der Stollen. Der Commander trat hinaus auf ein mehrere Meter breites, scheinbar endlos nach beiden Seiten verlaufendes Felsband. Aber erst zwei Schritte weiter vorne sah er wirklich, was ihn erwartete. Entsetzt prallte er zurück.

»Das darf nicht wahr sein«, stieß Houston neben ihm hervor. Und auch die beiden anderen standen mit bleichen Gesichtern da und starrten hinab in die endlos anmutende Tiefe, in der zähflüssiges Magma brodelte, ein feuriger Schlund, der bis in die tiefsten Tiefen der Hölle hinabzureichen schien.

Die andere Seite der Spalte lag sechs, höchstens sieben Meter entfernt. Unmittelbar neben ihnen führte ein schmales Felsband über den Abgrund hinweg, eine geschwungene Brücke, die auf den ersten Blick natürlichen Ursprungs zu sein schien. Erst bei genauerem Hinsehen fiel auf, daß sie aus keilförmigen Blöcken zusammengefügt worden war.

Brunswick fühlte den forschenden Blick des Commanders auf sich ruhen. Heftig schüttelte er den Kopf. »Ich bin nicht lebensmüde«, stieß er hervor. »Keine zehn Pferde bringen mich dazu, da hinüberzugehen.«

»Wir sollten umkehren und eine der Abzweigungen versuchen«, fügte Sergeant Lauren hinzu.

Fred Houston redete nicht, er handelte. Auf dem Absatz machte er kehrt. – Er kam genau zwei Schritte weit, dann prallte er gegen eine unsichtbare Wand und schlug sich die Nase blutig. Er taumelte und wäre gestürzt, hätte Lauren ihn nicht festgehalten.

»Da soll mich doch gleich ...« Das Blut tropfte ihm in dicken Fäden übers Kinn.

Vorsichtig streckte Brunswick die Arme vor. Der Widerstand war deutlich spürbar, eine unsichtbare Wand, die den Gang abriegelte. Entweder war sie eben erst entstanden, sonst hätten die Männer nicht ungehindert auf das Felsband hinaustreten können, oder sie war nur von einer Seite aus durchlässig.

»Eine schöne Scheiße ist das«, schnaubte Houston und legte den Kopf in den Nacken. »Ich habe den Eindruck, jemand spielt mit uns.«

»Unsinn«, widersprach Brunswick heftig, doch überzeugend klang das nicht. Er feuerte eine Harpune ohne

Explosivspitze ab, doch das Geschoß konnte die Sperre ebenfalls nicht durchdringen.

»Wir haben die Wahl«, stellte der Commander fest. »Entweder bleiben wir auf dem Felsband, oder wir versuchen, auf die andere Seite hinüberzugelangen.«

Der Entschluß war eindeutig. Mit dem Ergebnis, daß sie eineinhalb Stunden später wieder vor der Brücke standen. Sie hatten das Felsband mehr als zwei Kilometer weit abgeschritten, bis es wirklich kein Weiterkommen mehr gab, aber einen zweiten Seitenstollen hatten sie nicht gefunden. Die Hitze ebenso wie die aufsteigenden vulkanischen Gase wirkten auf Dauer zermürbend. Die Männer hatten längst keinen trockenen Faden mehr am Leib, sie fühlten sich schwach und ausgelaugt.

Wieder war es der Commander, der als erster den Schritt ins Ungewisse wagte. Tief unter ihm brodelte die Glut. Die aufsteigende Hitze ließ alles vor seinen Augen verschwimmen.

Nicht nach unten schauen! schoß es ihm durch den Sinn. Die ersten Schritte waren die schlimmsten, danach hatte er sich daran gewöhnt, vorsichtig einen Fuß vor den anderen zu setzen. Er spürte die Hitze der Steine durch die Schuhsohlen hindurch.

Der Schwefelgeruch in der Luft reizte ihn zum Husten. Nur mühsam beherrschte er sich. Gerade jetzt, wo das schmalste Stück der Brücke vor ihm lag, durfte er sich keine Unaufmerksamkeit erlauben.

Zögernd breitete er die Arme aus, balancierte weiter vorwärts. Nur nicht daran denken, daß die keilförmig angeschnittenen Felsen unter dem Gewicht nachgeben könnten.

Schreie schreckten ihn aus seinen Gedanken auf. Gleichzeitig hämmerte Houstons Maschinenpistole ihr tödliches Stakkato. Entsetzt riß der Commander die Augen auf; keine fünf Meter vor ihm, auf der anderen

Seite des brodelnden Schlundes, waren zwei Zyklopen erschienen.

Die Geschoßgarbe fand ihr Ziel. Einer der Angreifer, offenbar tödlich getroffen, stürzte kopfüber in die Schlucht, der andere schnellte sich aber noch nach vorne.

Den linken Arm angewinkelt, löste Weyers den Flammenwerfer aus. Der lodernde Gasstrahl fegte den Zyklopen zurück. Ein urwüchsiges Brüllen ausstoßend, taumelte er als lebende Fackel davon, stürzte aber schon nach wenigen Schritten und blieb reglos liegen.

Die jähe Bewegung hatte Weyers aus dem Gleichgewicht gebracht. Vergeblich versuchte er noch, sich nach vorne zu werfen. Er rutschte ab, schrammte mit dem Schienbein über den Fels und hing plötzlich mit beiden Beinen in der Luft. Der Aufprall trieb ihm die Luft aus den Lungen, er rutschte weiter ab, Zentimeter um Zentimeter, doch dann fanden seine Finger ausreichenden Halt und verkrallten sich im Fels.

Er spürte, daß ihm die Sinne schwanden.

Kurz nach vier Uhr Ortszeit. Der Hafen von Lajes do Pico und die weit geschwungene Bucht fielen rasch zurück.

Die Yacht war ein Prachtstück, zwar schon einige Jahre alt, aber von ihrem Eigner bestens ins Schuß gehalten. Deck, Reling und Aufbauten blitzten frisch poliert, und Flugrost schien für die zweiköpfige Besatzung ein Fremdwort zu sein.

Der Name ALBATROS war treffend gewählt. Schnell und vor allem sanft wie eine Feder durchschnitt das Schiff die Wellen. Allerdings herrschte kaum nennenswerter Seegang.

Pedro hatte den Skipper und seinen »Bootsmann« vorgestellt und war anschließend an Bord geblieben. »Zwei Augen mehr schaden bestimmt nicht«, hatte er gesagt und bescheiden hinzugefügt: »Ich will kein Geld dafür; mir genügt die Hoffnung, einen Wal zu sichten.« Kein Zweifel, er hatte sich mit Haut und Haaren der See verschrieben, und er trauerte den alten Zeiten nach, als die internationale Walfangkommission noch keine Abschußquoten festgelegt hatte.

Kurs Südsüdwest lag an, Geschwindigkeit zwölf Knoten. Gudrun hatte dem Skipper, Miguel Pombo, das ungefähre Zielgebiet genannt. Knapp zwei Monate war es her, als die beiden Tauchboote der OCTOPUS über einem mehrere Seemeilen langen Grabenbruch ausgeklinkt worden waren. Der Graben verlief von Ost nach West, wobei die größte Tiefe mit annähernd zweitausend Metern im östlichen Teil gemessen worden war.

Gudrun tastete nach der goldenen Kette an ihrem Hals. Die Kette und das dazugehörige Schmuckstück hatte sie in den Höhlen in 1200 Meter Tiefe gefunden. Der Anhänger, etwa sieben Zentimeter lang und etwas mehr als einen Zentimeter dick, stellte eine stilisierte Vogelgestalt mit nach vorne gefalteten Schwingen dar, möglicherweise einen Falken. Eine Erklärung für dieses Kleinod antiker Goldschmiedekunst stand bisher noch aus, aber Sir Ian hatte stillschweigend akzeptiert, daß Gudrun den Anhänger trug. Ihr gefiel das Schmuckstück.

»Sehen Sie, Senhora!« Pedros Stimme schreckte Gudrun aus ihren Überlegungen auf. Der Fischer deutete nach Steuerbord. Die Schatten zweier Thunfische zeichneten sich dicht unter der Wasseroberfläche ab.

Auch der Skipper hatte die Fische entdeckt. Er gab seinem Bootsmann ein Zeichen, die Geschwindigkeit zu drosseln.

»Sind Sie sicher, daß Sie nicht doch einen Versuch wagen wollen?« wandte er sich an Ericson, der angestrengt, die Augen mit der flachen Hand beschattet, das Meer in südlicher Richtung absuchte. »In diesen Gewässern wurden von Sportanglern mehrere Europa- und sogar Weltrekorde aufgestellt.«

»Vielleicht später«, erwiderte Tom ausweichend. »Der Fisch, nach dem ich Ausschau halte, beißt entweder bald oder gar nicht.«

»Ich habe schon viel erlebt, aber daß jemand ein U-Boot jagt ...« Miguel Pombo schüttelte verständnislos den Kopf. »Mit Verlaub gesagt, Senhor: Entweder Sie sind sehr reich, oder ...« Er zögerte, als schrecke er plötzlich vor seiner eigenen Courage zurück.

»... sehr verrückt, wollten Sie sagen«, führte Tom den Satz zu Ende. »Sprechen Sie Ihre Gedanken ruhig aus, Skipper, ich kann Sie sogar sehr gut verstehen. Es geht um eine Wette. Ich habe einem Freund im Marineministerium gegenüber den Mund etwas zu voll genommen. Jetzt muß ich zusehen, wie ich es schaffe, an Bord eines im Einsatz befindlichen U-Bootes zu gelangen.«

Der Portugiese starrte ihn aus weit aufgerissenen Augen ungläubig an. »Sie werfen Ihr Geld zum Fenster hinaus, Senhor.«

»Das muß ich riskieren.« Tom wandte sich wieder zur Reling um. »Falls Sie ein Fernglas für mich hätten, wäre ich Ihnen dankbar.«

Der Skipper holte ihm das Gewünschte von der Brücke.

»Bei der Gelegenheit, Senhor Ericson, Pedro und ich sind leidenschaftliche Fischer. Wären Sie damit einverstanden, wenn wir..?«

»Werfen Sie ruhig die Angeln aus, mich stört es nicht.«

Die Insel Pico war inzwischen zum Schatten am Horizont geworden, der kurz darauf gänzlich verschwand. Dafür rückte im Fernglas die Schlechtwetterfront bedrohlich nahe heran; von Nordwesten her türmten sich düstere Wolkenbänke immer höher auf.

»Senhor Ericson!« rief der Bootsmann von der Brücke

herab. »Sie wollten informiert werden, sobald der Meeresboden tiefer abfällt.«

»Wieviel?«

»Mindestens tausend Meter Wasser unter dem Kiel.«

»Was meinst du?« wandte Tom sich an Gudrun.

»Frag mich etwas Leichteres«, erwiderte die Anthropologin. »Obwohl – wahrscheinlich ist es, daß wir den Grabenbruch erreicht haben. Die Entfernung zur Insel ist groß genug.«

»Gibt es Probleme?« fragte der Skipper, der eben einen mehrere Kilo schweren blutigen Fleischbrocken auf einen armdicken Stahlhaken aufspießte.

Tom fuhr sich mit beiden Händen durch das vom Wind zerzauste Haar. »Wir haben unser Zielgebiet erreicht. Bitte gehen Sie auf Westkurs und nur noch halbe Fahrt.«

Die Sonne verschwand hinter den ersten Wolken; schlagartig breitete Düsternis sich aus. Flirrende Strahlenfinger huschten über die See. Fern am Horizont wetterleuchtete es.

Das Gefühl, daß die ALBATROS auf ein alles verschlingendes schwarzes Loch zufuhr, wurde von Minute zu Minute bedrückender. Ein schmaler blutroter Streifen lag über dem Horizont, und darüber brodelte und wallte es wie in einer Hexenküche.

Miguel Pombo bemerkte die wachsende Besorgnis seiner Passagiere. »So lange der Wind nicht merklich auffrischt, haben wir nichts zu befürchten«, sagte er. »Auf See unterschätzt man leicht die Entfernungen. Wahrscheinlich ist das Gewitter erst gegen Mitternacht da.«

Die Wellen rollten von Westen heran, ihre Kämme begannen zu brechen, und vereinzelt bildeten sich kleine weiße Schaumköpfe. Aber selbst als die Gischt häufiger wurde, zeigte die Yacht sich davon unbeeindruckt. Nach wie vor lag der Meeresboden außerhalb des Erfassungsbereichs des Echolotes.

Ein winziger dunkler Fleck inmitten der hellen Gischt weckte Toms Aufmerksamkeit. Was immer da im Wasser trieb, es schien sich nicht von der Stelle zu bewegen. Auch Gudrun konnte nicht erkennen, um was es sich handelte.

Als Tom sich umwandte, sah er gerade noch, wie ein mächtiger Hai den Köder vom Haken riß und pfeilschnell in der Tiefe verschwand. Die beiden Picarotos, die sich mit breiten Gurten in den Sitzen vor der Heckreling festgeschnallt hatten, stießen deftige Verwünschung aus. »Das macht der Bursche kein zweites Mal«, schnaubte Miguel.

»Der Hai muß warten«, unterbrach Tom und reichte dem Skipper das Fernglas. Mit dem ausgestreckten Arm deutete er in die Richtung, in der er das dunkle Etwas entdeckt hatte.

Miguel Pombo benötigte einige Augenblicke, bis er es ebenfalls sah. »Da schwimmt etwas«, bestätigte er. »Ich kann nicht erkennen, was es ist, aber mit einem U-Boot hat es sicher nichts zu tun.«

»Lassen Sie trotzdem beidrehen«, bat Tom.

Nach ein paar Minuten stellte sich heraus, daß da lediglich Planken im Wasser trieben.

»Das Dollbord eines offenen Bootes«, stellte Pedro fest, der die Wrackteile mit einem Bootshaken näher an die Yacht heranzog. »Ich sehe nichts, was auf die Herkunft schließen läßt, geschweige denn, wie lange das Holz schon im Wasser treibt.«

Das kräftige Blau des Meeres wich allmählich einem ausgedehnten Schaumteppich. Das Wetterleuchten am Horizont wuchs sich zu einem Gewitter aus, und die Sonne verschwand endgültig hinter den Wolken.

Der Wind frischte weiter auf. Es wurde unangenehm kühl an Deck.

Tom zog den Reißverschluß seiner Windjacke zu.

»Gegen Mitternacht, sagten Sie?« erkundigte er sich beim Skipper.

»Wahrscheinlich ein paar Stunden eher. Wollen Sie, daß wir umkehren, Senhor Ericson?«

»Wir bleiben auf Kurs, so lange Sie es verantworten können.«

Pombo hatte offenbar nichts anderes erwartet. Er nickte zufrieden und wählte aus einem großen Fundus einen neuen Angelhaken. Kurze Zeit später, sie hatten gerade den nächsten Köder ausgeworfen, begann es zu regnen. Schwere Tropfen klatschten herab, ein vorübergehender Schauer, der sehr schnell von einem feinen Nieselregen abgelöst wurde.

»Wenn Sie wollen, gehen Sie unter Deck, Senhora!« rief der Skipper.

»Ich weiche schon nicht auf«, erwiderte die Anthropologin.

»Treibgut voraus!« brüllte der Bootsmann von der Brücke nach achtern.

In der beginnenden Dämmerung gerade noch zu erkennen, schwamm der Bug eines größeren Bootes kieloben. Andere Wrackteile hatten sich im Schlepptau in einem zerfetzten Fischernetz verfangen.

Langsam drehte die ALBATROS in den Wind.

Ein Mensch hatte sich am Bootskiel festgeklammert. Er war entweder besinnungslos oder tot, jedenfalls bewegte er sich nicht, als der starke Suchscheinwerfer der Yacht über ihn hinwegtastete.

»Ein Fischerboot«, murmelte Pedro betroffen. »Was immer hier geschehen ist, ich habe noch kein Boot so zertrümmert gesehen. Und das Netz ist förmlich auseinandergerissen.«

Während der Bootsmann die Yacht meterweise an das Wrack heran manövrierte, schwenkten der Skipper und Pedro das Beiboot aus und ließen es zu Wasser. Der Wellengang wurde von Minute zu Minute stärker. Das Wrackstück begann unkontrolliert zu schwanken. Aber nicht einmal das durchdringende Tuten des Nebelhorns schreckte den Schiffbrüchigen aus der Ohnmacht auf.

Gudruns Hände verkrampften sich um die Reling. »Er rutscht ab«, keuchte sie. »Schneller! Mein Gott, warum rudert ihr denn nicht schneller?«

Zwei, drei Bootslängen noch, dann hatten Miguel und Pedro das Wrack erreicht. Gudrun, längst ebenfalls bis auf die Haut durchnäßt, zitterte mit ihnen. Ein Riemen verfing sich im Netz – kostbare Sekunden vergingen, bis Pedro das Blatt wieder frei bekam.

Höchstens zehn Meter entfernt tauchte eine Dreiecksflosse aus dem Wasser auf. Der Anthropologin stockte der Atem. »Hai!« wollte sie schreien, aber sie brachte nur ein heiseres Ächzen hervor.

Pedro kniete im Bug des Rettungsbootes. Er redete ununterbrochen und gab Kommandos; ein Plankenstück benutzte er als Stechpaddel und unterstützte damit die Drehung des Bootes. Sekundenbruchteile später warf er sich nach vorne, so weit wie es wohl nur ein Fischer konnte, ohne das Gleichgewicht zu verlieren. Mit beiden Händen packte er zu, während die erste größere Woge über dem Wrack zusammenschlug. Geradezu zeitlupenhaft langsam kippte das Bugstück zur Seite, doch Pedro hatte den Schiffbrüchigen da schon fest im Griff und zerrte ihn mit aller Kraft ins Boot.

Ein mächtiger grauer Schatten glitt unter ihm vorbei, schlug einen Haken und kehrte zurück.

Tom verfluchte die Tatsache, daß er seinen Colt auf Oake Dùn zurückgelassen hatte. Die vielen Zwischenlandungen hätten nur einen unnötigen bürokratischen Aufwand provoziert.

Der Hai tauchte auf, höchstens acht Meter von der Yacht entfernt und ungefähr genauso weit von dem Rettungsboot. Eine dicke Planke zersplitterte unter dem zupackenden mörderischen Gebiß. Pedro hatte es inzwischen zwar geschafft, den Schiffbrüchigen halb aus dem Wasser zu hieven, trotzdem würde der Raubfisch schneller sein.

Tom begann wie ein Besessener zu brüllen, und das Nebelhorn tutete von neuem. Der Hai zögerte tatsächlich, tauchte, kam zwei, drei Meter näher wieder hoch. Er maß gut und gerne eineinhalb Mannslängen.

Gudrun hatte inzwischen den Bootshaken von der Bordwand gelöst, schaffte es aber nicht auf Anhieb, den schweren Schaft über die Reling zu hieven. Tom half ihr, die eiserne Spitze gegen die Bordwand zu schlagen und den Hai abzulenken. Dann stieß er mit dem Bootshaken wie mit einer Harpune zu. Obwohl er alle Kraft aufwendete, klatschte die Waffe nur dicht neben dem Fisch ins Wasser. Trotzdem zog der Räuber davon.

Ein erster Blitz schien den Himmel zu spalten, gefolgt von rollendem Donner. Der abrupt losbrechende Sturm peitschte die Wellen zu imposanter Höhe.

Die Yacht holte über. Schwer krachte die Jolle gegen den Rumpf, aber schon der nächste Aufprall wurde von Kunststoffrollen gedämpft. In aller Eile hängten die beiden Seeleute die Davits ein. Minuten später war das Beiboot wieder an Deck gehievt.

Der Bewußtlose war stark unterkühlt, wahrscheinlich hatte er stundenlang am Wrack gehangen. Gudrun half, ihn notdürftig zu versorgen, und nachdem sie ihm einige Löffel Rum eingeflößt hatte, schlug er endlich die Augen auf.

Das Unwetter tobte heftiger. Sturm und hohe See setzten der ALBATROS zu. Daß ausgerechnet jetzt, als die Angeln eingeholt wurden, der Hai den Köder schluckte und am Haken zappelte, hätte niemand mehr erwartet. Angesichts der höher gehenden See kappte der Skipper die Trosse; der Versuch, den Fisch an Bord zu ziehen, wäre zu gefährlich geworden.

Stampfend pflügte die Yacht durch die aufgepeitschte See. Unaufhörlich zuckten Blitze durch die Schwärze und ein Donner übertönte den anderen.

Als Tom sich endlich unter Deck zurückzog, saß Gudrun kreidebleich in einer Ecke und kämpfte gegen das drängende Würgen in ihren Eingeweiden an.

Eineinhalb Stunden lang tobte der Sturm, dann endete das Tosen so abrupt, wie es begonnen hatte. Ganz im Gegensatz zu den beiden Landratten von A.I.M. hatte der Schiffbrüchige sich inzwischen einigermaßen erholt. Heißhungrig stopfte er in der Mikrowelle erhitzte Dosenwürstchen in sich hinein.

Was geschehen war, daran erinnerte er sich nur verschwommen.

Er hatte weit draußen gefischt und einen guten Fang eingebracht, und deshalb hatte er zur Mittagszeit noch einmal das Netz ausgeworfen. Aber dann war dieser riesige Schatten aus der Tiefe aufgestiegen, ein Monstrum, viel größer als ein Wal, und hatte sich im Netz verfangen und das Boot mit wahnsinniger Geschwindigkeit hinter sich her gezogen. Der Versuch, das Netz zu kappen, war vergeblich gewesen, das Boot war zerbrochen, und von da an erinnerte der Mann sich nur noch vage, daß er sich irgendwo mit letzter Kraft festgeklammert hatte. Er sprach selbst jetzt noch von einem riesigen Ungeheuer –

»Die OCTOPUS?« fragte Gudrun tonlos.

»Vermutlich«, erwiderte Tom. »Die Besatzung braucht den Zwischenfall gar nicht bemerkt zu haben.«

»Das U-Boot, das Sie suchen?« wollte Pedro wissen.

»Es sieht so aus«, sagte Tom. Er wandte sich an den Skipper: »Können wir morgen früh wieder hinausfahren?«

Miguel Pombo schürzte die Lippen. »Sie sind hartnäckiger als ich dachte, Senhor.«

»Das gehört zu meinem Beruf. – Um sieben Uhr im Hafen?«

»Einverstanden.«

Das Unwetter hatte auf Pico offenbar weit weniger heftig gewütet als draußen auf See, vielleicht war der Sturm auch von den Vulkanbergen im Inneren der Insel gebrochen worden. Im Hafen jedenfalls lagen die Fischerboote friedlich vertäut, und die spärlichen Pfützen auf den Straßen verrieten, daß kaum Niederschlag gefallen war.

»Halten Sie aus, Commander!« Malcolm Brunswick warf seine Harpune dem Sergeant zu und schwang sich auf das schmale Felsband. Die ersten Schritte schaffte er ohne überhaupt daran zu denken, welcher Abgrund unter ihm gähnte, aber dann wogte ihm die Hitze entgegen und ein unwillkürlicher Blick zur Seite zeigte ihm das düster rote Brodeln. Unaufhörlich war das Magma in Bewegung, stiegen blubbernde Eruptionen Dutzende von Metern empor und fluteten zähflüssig wieder zurück.

Der Techniker spürte, daß er schwankte; ein Gefühl nie gekannter Übelkeit schnürte ihm die Kehle zu. *Stehenbleiben, nur keinen Schritt weiter,* das war es, was der eigene Überlebenswille ihm einhämmerte. Es fiel schwer, dennoch weiterzugehen.

Der Commander starrte ihm aus weit aufgerissenen Augen entgegen. Brunswick sah, daß er weiter abrutschte und gleichzeitig vergeblich versuchte, sich wieder nach oben zu ziehen. Weyers schaffte es nicht.

Noch eineinhalb Meter. Vorsichtig ließ er sich auf die Knie nieder, streckte sich bäuchlings aus. Wenigstens sah er nun die brodelnde Glut nicht mehr. Seine tastende Rechte umklammerte Weyers' linkes Handgelenk. Er hörte, daß der Commander etwas sagte, doch er verstand nicht ein Wort. In seinen Schläfen dröhnte das Blut wie ein gigantischer Wasserfall.

Endlich konnte er auch mit der anderen Hand zupacken. Seine Finger verkrallten sich im Uniformstoff.

Später erinnerte er sich nur noch daran, daß er mit aller Kraft versucht hatte, den Commander auf das schmale Felsband zu ziehen. Sein bewußtes Denken setzte erst wieder ein, als Weyers ihm mit der flachen Hand ins Gesicht schlug. »Machen Sie nicht schlapp, Brunswick! Zwei Meter noch, dann haben Sie festen Boden unter den Füßen.« Bäuchlings robbte er weiter, riß sich die Handflächen auf dem Lavagestein blutig, aber das spürte er nicht einmal.

Als er es endlich geschafft hatte, drehte sich alles vor seinen Augen. Er versuchte sich aufzurichten, taumelte und stürzte auf die Knie. Jemand faßte ihn unter den Achseln und zerrte ihn fort von der Felsspalte und den aufsteigenden Schwefeldämpfen. »Tief durchatmen, dann geht es Ihnen gleich besser!« Er schaffte es nicht, das drängende Würgen in seinen Eingeweiden war stärker. Keuchend übergab er sich, fühlte sich danach aber kaum wohler. Die Hitze hatte ihn innerlich ausgedörrt.

Als ihm jemand eine Dose an die Lippen setzte, trank er hastig und unkontrolliert. »Langsam!« mahnte Lauren. »Lassen Sie sich Zeit. Unsere Vorräte reichen nicht für ewig.«

Sie hatten sich weit genug von dem Magmagraben zurückgezogen und spürten die Hitze nicht mehr so erdrückend wie zuvor. In einer engen Felsnische vor unliebsamen Überraschungen halbwegs sicher, gönnten die Soldaten sich eine kurze Ruhepause. Drei Stunden wurden daraus. Erst hielt Houston Wache, nach zwei Stunden weckte er Lauren und ließ sich ablösen.

Wild zerklüftetes Gelände lag vor ihnen, eine Gebirgslandschaft, wie es sie an der Oberfläche zu Hunderten gab. Sie mußten klettern, stießen aber oft genug auf die Überreste einstmals ausgebauter Wege, auf denen sie dann schneller vorankamen.

Nach unzähligen vergeblichen Versuchen kam endlich erneut Funkkontakt zur HYDRA II zustande. Steve Cox hatte schon das Schlimmste befürchtet und war froh zu hören, daß die Männer zwar erschöpft, aber doch wohlauf waren. Er selbst hatte in der Zwischenzeit mit zwei Torpedoschüssen einen Riesenkraken erlegt, der die Tauchboote als willkommene Abwechslung seines Speiseplans angesehen hatte.

Nach Stunden erreichten die Soldaten ein kleines Rinnsal. Tropfenweise sickerte Wasser über kahle Felsen und sammelte sich in einer Vertiefung. Es war Süßwasser, das zwar warm und brackig schmeckte, aber doch den Durst stillte. Da sie keine Ahnung hatten, wo sie sich befanden, bestand der Commander auf einer strengen Rationierung der wenigen mitgenommenen Getränke und Nahrungskonzentrate.

Houston entdeckte die gut eineinhalb Meter durchmessenden Röhren, die in einiger Entfernung aus dem Fels ragten. Dicht darüber grenzte ein Geländer einen schmalen Vorsprung ab. Sie hatten das Plateau fast erreicht, als Zyklopen auftauchten. Rasch gingen sie in Deckung.

»Was machen wir?« raunte Lauren. »Wir können nicht ewig zwischen den Felsen liegen und darauf hoffen, daß die da oben verschwinden.«

»Haben Sie einen besseren Vorschlag, Sergeant?« Der Commander spähte in die Höhe. Drei große, muskulöse Gestalten drängten sich am Geländer. Ihre Körperbehaarung wirkte unterschiedlich dicht, aber keiner von ihnen trug Kleidung am Körper. Geschlechtsmerkmale waren zumindest auf die Distanz nicht festzustellen.

»Wir könnten versuchen, eine Verständigung herbeizuführen.«

Weyers zögerte. Er dachte an seine erste Begegnung mit den Zyklopen. Sie hatten ohne jede Vorwarnung angegriffen und nicht die Spur einer Kompromißbereitschaft erkennen lassen. Und so war es auch diesmal gewesen. Als er endlich den Entschluß faßte, das Risiko einzugehen, verschwanden die Zyklopen aus ihrem Blickfeld.

Die Soldaten kletterten weiter und erreichten nach kurzer Zeit die umzäunte Plattform. Hier oben gab es nur einen schmalen, in den Fels gehauenen Weg. Allerdings bot sich ihnen ein guter Rundblick über die bergige Landschaft. Das herrschende Halbdunkel machte es schwer, Entfernungen zu schätzen, doch die wahrhaft riesige Höhle schien sich endlos hinzuziehen. Einige Kilometer entfernt schimmerten Felsnadeln in rötlich flackerndem Widerschein. Dunst stieg aus der Tiefe auf und zerfaserte.

Das weitere Vorwärtskommen gestaltete sich leichter. Breite Pfade führten teils serpentinenartig in die Höhe. Die Zyklopen blieben verschwunden, doch ihre Hinterlassenschaften fanden sich zuhauf. Mal hingen Fellbüschel an einem scharfkantigen Stein, dann wieder stießen die Soldaten auf Exkremente.

»Weit scheint es mit der Intelligenz dieser Wesen nicht her zu sein«, bemerkte Fred Houston spitz. »Zumindest Schaufel und Besen sind ihnen unbekannt.« Die Ausscheidungen waren frisch und für die schillernden fetten Fliegen, die die Männer erstmals zu Gesicht bekamen, eine wohl unerschöpfliche Nahrungsquelle.

»Irgendwo in der Nähe sind diese Burschen«, behauptete Houston und nahm seine MPi in die Armbeuge. »Ich kann sie förmlich riechen.«

Die Luft war besser geworden. Vermutlich stiegen die

vulkanischen Gase nicht so weit auf. Auch wich die zerklüftete Lava allmählich glatteren Felsformationen. Leuchtmoose, Flechten und sogar kleinere Sträucher bestimmten inzwischen das Bild. Hie und da sammelte sich Wasser in Vertiefungen.

»Kondensierender Wasserdampf«, behauptete der Commander. »Wärme und Feuchtigkeit begünstigen das Pflanzenwachstum. Warten Sie noch ein paar Jahrtausende –«

»Mir genügt, was ich heute sehe«, erwiderte Houston. »Und ich will verdammt sein, wenn ich länger als unbedingt nötig in diesen Höhlen bleibe.«

Die Funkverbindung zur HYDRA II wurde wieder klarer. Ein Zeichen, daß sie sich auf dem richtigen Weg befanden?

Unvermittelt öffnete sich ein Höhlengang in halber Höhe auf einen sanft verlaufenden Berghang hinaus. Leuchtmoose bestimmten das Bild. Erst auf den zweiten Blick bemerkten die Soldaten die überwucherten Ruinen, die wie Vogelnester an dem Hang klebten. Einst mochte dies eine ausgedehnte Siedlung gewesen sein, ein Meer pavillonartiger kleiner Häuser, zwischen denen sich Bäume und blühende Sträucher erhoben – heute ließ sich die einstige Pracht nur noch erahnen. Wie Bausteine von Kindeshand waren mächtige Steinquader durcheinandergewürfelt worden; zersplitterte Säulen ragten anklagend in die Höhe, und gelegentlich erhoben sich noch die Reste steinerner Standbilder.

»Eine Siedlung der Atlanter«, murmelte Weyers ergriffen. »Allein dieses Ruinenfeld würde einer Heerschar von Archäologen Arbeit für Jahrzehnte bieten.«

»Sie übersehen die Transportprobleme, Commander.« Brunswick erkundete die Anlage fast ausschließlich durch den Sucher der Kamera. Die Bilder, die er schoß, würden in Fachkreisen wie eine Bombe einschlagen.

»Ich weiß nicht«, sagte Houston, »sind wir wirklich nur darauf aus, Geröll und Steine zu erforschen? Was ist mit Technik, mit Waffen und –?« Weiter kam er nicht. Höchstens dreißig Schritt entfernt verließen zwei Zyklopen eines der noch vergleichsweise gut erhaltenen Häuser. Houston warf sich bäuchlings zwischen das Geröll und visierte über den Lauf der MPi hinweg. Auch Brunswick und Lauren huschten in Deckung.

»Nicht schießen!« zischte der Commander. Er war der einzige, der hoch aufgerichtet stehen blieb und langsam die Arme hob. »Hallo!« rief er halblaut.

Die Zyklopen fuhren herum, starrten ihn an, wie man Wesen aus einer anderen Welt mustert, und dann stoben sie brüllend auseinander. Auf allen vieren verschwanden sie hinter den nächsten Mauern. Kein Kugelblitz zuckte den Soldaten entgegen.

»So reagieren nur Tiere«, behauptete Houston.

»Geben Sie mir Feuerschutz!« Der Commander drang langsam weiter vor. Nichts geschah. Das Ruinenfeld lag still und verlassen vor ihm.

Er erreichte das Haus. Türen und Fenster gab es schon lange nicht mehr. Jeden Moment darauf vorbereitet, sich mit dem Flammenwerfer zur Wehr setzen zu müssen, betrat er die Ruine. Ein fürchterlicher Gestank nach Unrat und Verwesung schlug ihm entgegen. Nur ein großer Raum war halbwegs erhalten geblieben. Knochen und faulende Pflanzenreste lagen wirr durcheinander, in einer Ecke war dürres Moos zu einem Lager aufgeschichtet. Nichts sonst.

Als Weyers wieder ins Freie trat, hatten seine Begleiter nahezu aufgeschlossen.

Und? fragte Houstons Blick. Der Commander zuckte wortlos mit den Schultern. Er hatte gehofft, die Antwort auf einige Fragen zu finden, doch es waren nur mehr Fragen geworden.

»Es sind Tiere«, behauptete Houston heiser. »Habe ich recht?«

»Haben Sie je daran gedacht, daß die Zyklopen die Nachfahren der Atlanter sein könnten?« fragte Weyers scharf. »Sie haben bestenfalls in einem recht: Diese Wesen sind degeneriert und scheinen das einstige Wissen weitgehend vergessen zu haben.«

Vor der Residenciai stand ein Auto der Policia de Segurança Pública, aber erst als Gudrun und Tom das Haus betraten, kam ihnen in den Sinn, daß möglicherweise Schwerwiegendes vorgefallen sein konnte. Ein lautstarkes Stimmengewirr – so ziemlich jeder hatte gleichzeitig mit den anderen geredet und aufgebracht mit Händen und Füßen gestikuliert – brach abrupt ab.

Besonders salonfähig sahen die beiden Wissenschaftler nicht aus. Gudrun hing das Haar wirr in die Stirn, und je intensiver sie versucht hatte, es zu bändigen, desto struppiger war es geworden. Ihre Kleidung hatte nahezu jede Form verloren und war selbst jetzt noch klamm.

Tom machte keinen besseren Eindruck. Die Windjacke hing wie ein Sack an ihm, und von den Rändern tropfte noch Wasser auf den Boden. Lediglich sein Hut, er hatte das gute Stück rechtzeitig unter Deck geschafft, war sauber und trocken.

Kein Wunder, daß beide sich unter den forschenden Blicken der Anwesenden wie auf dem Präsentierteller fühlten.

»Boa noite«, sagte Tom und hob die Hand zum flüchtigen Winken. »Ich hoffe doch, das Wetter auf den Azoren ist manchmal etwas weniger launisch.«

»Sie waren im Landesinneren unterwegs?« fragte einer der beiden Polizisten, ein junger Spund, vielleicht gerade erst der Schule entwachsen.

»Ist das wichtig?« erwiderte Tom. Irgend etwas stimmte nicht, das spürte er überdeutlich. Die Atmosphäre innerhalb der Empfangshalle knisterte schier vor Spannung, die sich von einem Moment zum anderen in einem gewaltigen Knall entladen konnte.

»Gewissermaßen ja«, sagte der andere Polizeibeamte.

»Wir waren seit dem Nachmittag auf See«, erklärte Gudrun. »Die Yacht heißt ALBATROS –«

»Es ist nicht nötig, daß Sie sich rechtfertigen, Senhora.«

Die Hotelchefin lehnte am Tresen und starrte blicklos vor sich hin.

Nervös spielte sie mit einem Kugelschreiber. Zwei Bedienstete redeten im Flüsterton miteinander, ein Kellner hatte eine Straßenkarte vor sich liegen, schien sich aber herzlich wenig dafür zu interessieren. Sein Blick pendelte zwischen den beiden Polizisten hin und her und blieb schließlich an der Urlauberin hängen, die in sich zusammengesunken auf dem Ledersofa kauerte, das dem Tresen gegenüber stand.

Gudrun entsann sich vage, daß sie der Frau am Vormittag begegnet war, in Begleitung eines Mannes, ihres Ehemannes vermutlich. Beide hatten leichte Wanderkleidung und Bergschuhe getragen.

Die Frau mochte Anfang Fünfzig sein. Auch sie war vom Regen überrascht worden, aber daß sich zu ihren Füßen eine Wasserlache gebildet hatte, schien niemanden zu stören. Sie schluchzte, wischte sich immer wieder mit dem Handrücken durchs Gesicht.

Tom ließ sich die beiden Zimmerschlüssel geben. Es war nicht seine Art, das Unglück anderer zu hinterfragen, und daß Hilfe nicht mehr benötigt wurde, war klar.

Gudrun betrat hinter ihm die ins Obergeschoß führende Treppe, als ein Ruf der Hotelchefin sie jäh innehalten ließ.

»Senhora Heber, Sie sind a alemã.«

Soviel Portugiesisch verstand sie. Ja, sie war Deutsche. Zögernd wandte sie sich um. »Gibt es Probleme?«

»Diese Dame«, die Hotelchefin schluckte schwer und deutete auf die Touristin, »stammt ebenfalls aus Deutschland. Leider spricht sie nicht Portugiesisch und nur sehr wenig Englisch.«

»Sie wollen, daß ich dolmetsche?«

»Ich wäre Ihnen dafür sehr verbunden.«

»Ist schon in Ordnung. Was ist geschehen?«

»Wir wissen es selbst noch nicht, Senhora Heber.«

Gudrun ging quer durch die nicht gerade geräumige Halle. Vor der Touristin blieb sie stehen. »Erlauben Sie, daß ich mich zu Ihnen setze? Ich bin Gudrun Heber ...«

»Helfen Sie mir, meinen Mann wiederzufinden!« Von heftigem Schluchzen geschüttelt, sank die Frau zur Seite. Der ältere der beiden Polizisten wollte ihr unter die Arme greifen, doch Gudrun winkte ab.

»Wir tun, was wir können. Aber dazu muß ich wissen, was geschehen ist.«

»Haben Sie ... ein Taschentuch?«

Gudrun brachte eine angebrochene Packung Papiertaschentücher zum Vorschein, allerdings waren sie klamm und zerfledderten sehr schnell. »Ich kenne noch nicht einmal ihren Namen«, sagte sie.

»Sperk«, schniefte die Frau und trocknete ihre Tränen so gut es eben ging. »Betty Sperk aus Fürth.«

»Dann sind wir Landsleute. Meine Heimat ist Oberfranken.«

»Mein Mann stammt auch aus ...«, begann sie, konnte dann aber, von hemmungslosem Schluchzen geschüttelt, nicht weiterreden.

Hilflos blickte die Anthropologin in die Runde. »Sie steht unter Schock. Bringen Sie ihr einen Schnaps – oder besser noch, einen Doppelten.«

Als die Frau sich halbwegs wieder beruhigt hatte, hielt

Gudrun ihr das Schnapsglas an die Lippen, und sie trank hastig und ohne abzusetzen.

»Erzählen Sie mir, was geschehen ist, aber ruhig und der Reihe nach.«

»Heute morgen ... wir wandern gern. Wir haben erst das Mistério de São João und das Wildgehege erkundet und sind dann weiter landeinwärts, am Pico vorbei zum Mistério de Santa Luzia.« Mistérios, das sind auf den Azoren die nach Eruptionen entstandenen Lavafelder, früher von den Inselbewohnern als göttliche Strafe interpretiert und deshalb so genannt. »Gleich hinter der Grotte haben wir Geräusche gehört, ein Stöhnen und Rumoren, als hätte sich jemand bei den Höhlen verletzt und brauchte Hilfe. Ich sagte noch zu Walter, daß wir lieber jemanden holen sollten, der sich besser auskennt, aber er hat nur gemeint, wenn ich nicht mitgehen wollte, solle ich auf ihn warten. Ein paar Minuten später habe ich ihn dann schreien gehört.«

»Ist er abgestürzt?«

Betty Sperk schüttelte den Kopf. Zitternd umklammerte sie das leere Schnapsglas. »Kann ich noch einen haben?«

Der Kellner schenkte nach. Gudrun übersetzte inzwischen mit knappen Worten. Sie kam allerdings nicht weit, weil die Frau schon wieder zu reden begann.

»Ich bin Walter hinterher, und da war auf einmal dieses ... dieses Monstrum; ich weiß nicht, wie ich sagen soll. Ein Bär, dachte ich, aber Bären gibt es hier ja nicht.« Fragend schaute sie Gudrun an, wie um eine Bestätigung zu erhalten, daß wirklich keine Bären auf den Inseln lebten.

»Sie haben recht, es gibt keine Bären auf den Azoren.«

»... dann dachte ich an einen Höhlenmenschen, einen verwilderten Einsiedler – aber kein Mensch ist so groß. Das Biest kam auf mich zu. Es ... es hat Walter niedergeschlagen, und ich schrie, ich glaube, ich habe nie in meinem Leben so geschrien. – Es muß der Teufel gewesen sein, jetzt weiß ich es. Sein Auge glotzte mich an –«

»Ein Auge?« wandte Gudrun verblüfft ein. »Sind Sie sicher?«

»Absolut! Das war kein Mensch, auch wenn das Biest so aussah. Sein Auge saß mitten auf der Stirn.«

»Was geschah dann?«

»Nichts. Als ich wieder zu mir kam, war der Einäugige verschwunden. Und Walter mit ihm.«

»Als sie wieder zu sich kamen?«

Die Frau zögerte. »Ich bin vor Schreck ohnmächtig geworden. – Sie glauben mir nicht, das sehe ich Ihnen an. Niemand glaubt mir.«

»Doch«, versicherte Gudrun. »*Ich* glaube Ihnen. Der Einäugige kam aus einer Höhle, sagten Sie?«

»Ich nehme es an ... ich weiß nicht ... da waren so viele Felsen und Lava ...«

Gudrun übersetzte wieder. Je länger sie redete, desto skeptischer wurden die Gesichter. »Der Teufel –«, wiederholte der ältere Polizist. »Das haben wir schon verstanden. Sagen Sie, Senhora, haben Sie den Eindruck, daß die Frau«, er machte eine unmißverständliche Handbewegung, »geistig verwirrt ist?«

»Unsinn«, protestierte die Anthropologin. »Sie ist erregt, aber auch Sie würden nicht anders reagieren.«

»Das mag sein. Aber trotzdem. Pico ist seit über 500 Jahren besiedelt, und nie hat jemand ein einäugiges Ungeheuer gesehen.«

»Die Höhle, von der Senhora Sperk sprach, ist die Grotte Furna de Frei Matias«, wandte die Hotelchefin ein, »benannt nach einem Einsiedler, der dort gelebt haben soll. Ohne Lampe können Sie jederzeit die oberen Galerien erkunden. Dort ist nichts.«

»Führt die Höhle weit in den Fels hinein?«

»Ungefähr sechshundert Meter. Aber«, die Portugiesin

schüttelte heftig den Kopf, »Sie glauben diesen Unsinn hoffentlich nicht. Wahrscheinlich ist der Mann abgestürzt.«

»Oder sie hat ihn umgebracht«, fügte der junge Polizist hinzu.

Betty Sperk blickte aufmerksam von einem zum anderen. Verstanden hatte sie herzlich wenig, aber der Tonfall und die Gesichter der Umstehenden verrieten ihr genug. Niemand glaubte ihr.

»Ich bin nicht verrückt!«

Bevor Gudrun sie zurückhalten konnte, sprang sie auf und hastete zum Tresen. Eines der Mädchen stieß sie unsanft zur Seite, im nächsten Moment hatte sie ein Blatt Papier an sich gerissen und einen Kugelschreiber und begann mit hastigen Strichen zu zeichnen. Gudrun ging dazwischen, als die Polizisten sie daran hindern wollten.

»Warten Sie, Senhores! Sicher ist es für uns alle interessant, was die Frau zeichnet.«

Die Umrisse einer kräftigen menschlichen Gestalt entstanden auf dem Papier. Nur die Proportionen waren ungewöhnlich, die Arme ein wenig zu lang, der Kopf zu groß und beinahe oval. Das konnte aber auch der Aufregung der Zeichnerin zuzuschreiben sein. Immer hastiger malte sie die Striche. Dann reichte sie das Blatt an Gudrun weiter.

»So sah das Biest aus!«

Gudrun warf nur einen einzigen Blick darauf. Sie kannte diese Geschöpfe, daran konnte es nicht mehr den geringsten Zweifel geben. Die teils zottelige Körperbehaarung war auf dem Bild angedeutet, das einzige große Auge auf der Stirn dick, mit kreisenden Strichen wiedergegeben.

Jemand nahm Gudrun das Bild aus der Hand, murmelte etwas Unverständliches und reichte es weiter. Kopfschütteln reihum, aber Betty Sperk achtete schon nicht mehr darauf, sondern kippte den nächsten Schnaps, den der Kellner ihr vorgesetzt hatte. »Sucht meinen Mann«, stieß sie stockend hervor.

Gudrun übersetzte wörtlich.

»Was geschieht nun?« fügte sie hinzu. »Die Frau ist ziemlich am Ende. Sie wird zusammenbrechen, sobald sie erst zur Ruhe kommt.«

»Wir bringen sie in die nächste Klinik«, versprach der ältere Polizist. »Dort bleibt sie vorerst unter Bewachung, so lange wir ein Verbrechen nicht mit Sicherheit ausschließen können.«

»Und die Höhlen? Vielleicht gibt es dort wirklich. .?«

»Vergessen Sie den Unsinn, Senhora! Wir werden so schnell wie möglich eine Suchmannschaft zusammenstellen, aber erwarten Sie nicht, daß wir so eine Kreatur entdecken. Das ist verrückt.«

Er hakte sich bei der Touristin ein und zog sie sanft, aber bestimmt vom Tresen weg.

»He!« protestierte Betty Sperk. »Was soll das? Wohin bringen Sie mich?«

»Sie werden die Nacht in einem Krankenhaus verbringen«, sagte Gudrun schnell. »Morgen sieht dann die Welt schon sehr viel besser aus. Bestimmt hat die Polizei ihren Mann bis dahin gefunden. Ich glaube, er hat sich nur verlaufen.«

Die Frau wollte etwas erwidern, fügte sich aber in ihr Schicksal. Schlaff wie eine Marionette, deren Fäden sich verwirrt hatten, taumelte sie neben dem Polizisten her.

Tom hielt als letzter die Zeichnung in der Hand. »Dein Freund hatte also gar nicht so unrecht«, sagte er, als Gudrun sich langsam zu ihm umwandte.

»Sieht ganz so aus«, erwiderte die Anthropologin in geradezu verschwörerischem Tonfall. »Die Zeichnung stellt eindeutig einen der Zyklopen dar.«

»Das bedeutet, es gibt eine Verbindung in die Tiefe.«

»Wahrscheinlich durch die Höhlen, von denen die Rede war.«

»Das sehen wir uns morgen an. Heute nacht dürfte es in der Gegend von Suchtrupps wimmeln.«

»Und die ALBATROS?«

»... muß warten. Ich stelle mir gerade die verblüfften Gesichter von Captain Drake und seiner Crew vor, wenn wir uns da unten über den Weg laufen. Daß ein Zugang von oben existiert, damit rechnet niemand.«

Darauf waren auch sie nicht vorbereitet gewesen.

Die Männer der OCTOPUS hatten eine zweite, diesmal längere Pause einlegen müssen. Die ungewohnte körperliche Anstrengung machte ihnen zu schaffen, immerhin hatten sie an Bord des U-Bootes, von den Fitneßgeräten abgesehen, weitaus weniger Möglichkeiten, sich zu bewegen.

Die mitgenommene Verpflegung war aufgebraucht. Sechsunddreißig Stunden hatte der Commander für den ersten Tauchgang veranschlagt, davon standen gerade noch sieben Stunden zur Verfügung.

Fred Houston bezweifelte inzwischen, daß sie je wieder zu den Tauchbooten zurückfinden würden. Das Höhlensystem schien riesig zu sein, weit ausgedehnter als sie in ihren kühnsten Vorstellungen geahnt hatten. Houston hatte aber auch von Anfang an nicht die Begeisterung der anderen geteilt. »Wir hätten das Gold aus dem Tempel bergen und verschwinden sollen«, maulte er. »Für die Fotos können wir uns nichts kaufen, und wer gibt uns schon ein Butterbrot für die Behauptung, wir hätten Atlantis gesehen?«

»Mäßigen Sie sich, Mr. Houston!« Der Commander bedachte ihn mit einem verweisenden Blick. »Falls Sie weiterhin versuchen, die Moral zu zersetzen ...«

»Was dann?« Er lachte schrill. »Wollen Sie mich zurückschicken? Bitte, Commander, tun Sie sich keinen Zwang an. Nur zu.«

»Fred«, warnte Sergeant Lauren. »Sie sollten sich wirklich zusammennehmen!«

»Sie hören es«, sagte Weyers. »Entweder fügen Sie sich, oder ich bringe Sie vor ein Militärgericht.«

Nach einer Weile brachen sie wieder auf. Es gab kaum mehr Felsen ringsum, nur noch mit Platten verkleidete Wände. Das Material schimmerte silbern, war aber hart genug, selbst einer stählernen Messerklinge zu widerstehen. Nur die Hoffnung, endlich auf einen zweiten Ausgang zu stoßen, trieb den Commander und seine Männer immer weiter ins Ungewisse. Sie hatten sich hoffnungslos verirrt. Der Kompaß, den Weyers bei sich trug, war von Anfang an keinen Pfifferling wert gewesen.

Abrupt endete der Gang. Eine schwere Trennwand versperrte den Weg. Klopfgeräusche klangen hohl und ließen vermuten, daß auf der anderen Seite zumindest ein größerer Hohlraum existierte. Intensiv bemühten die Männer sich, einen möglicherweise vorhandenen Öffnungsmechanismus zu finden.

Ausgerechnet Fred Houston bemerkte die Veränderung. Einen gellenden Warnruf ausstoßend, sprang er zurück, doch da hatte sich eine neue Wand schon quer in den Gang geschoben. Zumindest war das der Eindruck, den Houston hatte. Wütend drosch er mit den Fäusten dagegen.

»Spürt ihr das?« fragte Weyers. Da war ein Prickeln in seinem Magen, das unbestimmte Gefühl, daß der Raum, in dem sie gefangen waren, sich bewegte. Von außen erklangen verhaltene Geräusche, ein Schaben und Schleifen, als gleite Metall über rauhen Fels. Als befänden sie sich ... in einem prähistorischen Aufzug!

Unvermittelt öffnete sich die Wand, an der die Männer

vergeblich ihre Fähigkeiten versucht hatten. Das heißt, sie verschwand von einem Augenblick zum anderen, als hätte sie nie existiert. Zögernd streckte Lauren die Hand aus. »Fort«, stellte er fest. »Das ... das gibt es doch nicht, oder?« Er war sicher, daß die Wand nicht einfach zurückgeglitten war. Nein, sie hatte sich schlichtweg in Luft aufgelöst.

Vor den Soldaten lag eine ausgedehnte Halle, angefüllt mit fremdartig aussehenden Aggregaten.

»Verdammich.« Brunswick pfiff anerkennend zwischen den Zähnen hindurch.

Weyers schaltete das Funkgerät ein. »Mr. Cox, hören Sie mich? Cox, bitte melden!«

Nicht einmal das Rauschen der Statik drang aus dem Lautsprecher. Weyers versuchte es noch einmal, ebenso erfolglos wie zuvor.

Staunend, die Waffen im Anschlag und bereit, falls sie angegriffen wurden, ihr Leben so teuer wie möglich zu verkaufen, gingen die Soldaten weiter. Aber ihre Vorsicht ließ nach, je länger sie sich inmitten der fremden Maschinen bewegten. Die Halle maß mehr als hundert Meter in der Länge und war halb so breit. Licht fiel aus undefinierbaren Quellen und machte die Scheinwerfer überflüssig.

Dutzende mächtiger Aggregate standen hier, teils aneinandergefügt, teils ohne jede Verbindung zu den anderen. Die meisten waren walzenförmig und wiesen weder erkennbare Nahtstellen noch Verschraubungen auf. Dabei konnten sie unmöglich aus einem Guß hergestellt sein.

»Was sind das für Maschinen?« fragte Houston, nur um irgend etwas zu sagen.

»Luftumwälzung ... Energieerzeugung ...« Brunswicks Geste deutete an, daß alles in Betracht kommen konnte. Sie wußten es nicht, und sie hatten vermutlich nicht die Möglichkeit, es herauszufinden. Auf jeden Fall schienen die Maschinen seit langem stillzustehen, nicht das leiseste Arbeitsgeräusch war zu vernehmen.

Eher unbewußt, ohne es wirklich zu beabsichtigen, nahm der Commander den Kompaß zur Hand. Die Nadel war abgebrochen.

»Wir haben es mit starken Magnetfeldern zu tun«, sagte er überrascht. »Möglicherweise funktionieren die Aggregate auf für uns völlig ungewohnte Weise.«

Die großen Röhren fühlten sich warm an, und wenn er sich nicht täuschte, vibrierten sie sanft.

»Hier vorne geht es in einen Nebenraum!« rief Houston, der im Laufschritt weitergeeilt war. »Commander, das müssen Sie sich ansehen! Sieht aus wie ein Landschaftsmodell.«

Der Raum, den Houston betreten hatte, besaß einen sechseckigen Grundriß. Einrichtungsgegenstände gab es nicht, nur ein gut zehn Meter durchmessendes Podest, auf dem Land und Meer in absoluter Vollendung nachgebildet waren.

»Atlantis?« fragte Brunswick. Er fotografierte wie besessen, hatte allein in der Maschinenhalle einen Film verschossen und wechselte schon wieder die Patrone aus.

Ohne Anhaltspunkte war die Größe der Insel schwer zu schätzen.

Die Küstenregion erschien flach, ringförmige Kanäle umgaben einen ausgedehnten Hafen und sicherten den Zugang zum Meer. Eine weitgestreckte, begrünte Stadtlandschaft schloß sich an, sie reichte bis hin zu den ersten Höhenzügen.

Im Inselinneren wechselten Berge und fruchtbare Täler ab, markant aber war vor allem der hoch aufragende spitze Felsen, der wie ein Pfeiler in den Himmel ragte. Er mußte schon aus großer Entfernung zu sehen gewesen sein und die Richtung gewiesen haben.

»Das ist ein Modell von Atlantis«, bestätigte der Commander.

»Phantastisch«, stimmte Malcolm Brunswick bei. Längst hatte er sich die Harpune über die Schulter gehängt und hielt nur noch die Kamera in Händen. Das Klicken des Auslösers war zum gewohnten Geräusch geworden.

Das Entdeckerfieber hatte die Männer gepackt. Nie hatte ein Mensch vor ihnen all das gesehen; es schien, als würde eine große Vergangenheit vor ihnen zu neuem Leben erwachen. Die Gefahr, die ihnen von den Zyklopen drohte, war klein und unbedeutend geworden.

Sie drangen in den nächsten Raum ein. Auch hier standen seltsame, undefinierbare Maschinen. Hebel, Schalter oder Drehknöpfe suchte man vergebens.

Gedankenverloren ließ der Commander den Blick wandern. Der plötzliche Gefühlsumschwung, dieser Wechsel von beginnender Niedergeschlagenheit zur Euphorie, behagte ihm nicht. Und noch etwas störte ihn – es war die Ahnung, einen wichtigen Punkt übersehen zu haben. Die technische Anlage, die Sauberkeit – nirgendwo lag Staub. Wer hielt das alles in Ordnung?

Das ungute Gefühl, angestarrt zu werden, ließ ihn herumfahren.

Keine fünf Schritt hinter ihm stand einer der Zyklopen. Die höchstens dreißig Zentimeter lange silberne Röhre, die das Wesen auf ihn gerichtet hielt, konnte nur eine Waffe sein.

Auch Sergeant Lauren war aufmerksam geworden. Er war der Einzige, der schnell genug reagierte. Aus der Hocke heraus schoß er das Betäubungsgewehr ab. Der Pfeil mit der Injektion traf den Zyklopen in die Brust.

Ein dumpfes Brüllen war das Vorletzte, was Tommy Lauren wahrnahm. Das Letzte war ein sengender Glutball, der ihn einhüllte.

Tom Ericson hatte schon frühmorgens kurz nach sechs Uhr die Residenciai in Richtung Hafen verlassen. Während Lajes do Pico noch in wohlverdientem Schlummer lag, herrschte an den Kais längst buntes Treiben. Der Fang der letzten Nacht wurde angelandet, Fischer und Händler überboten sich gegenseitig im Feilschen.

Dunstschwaden hingen über dem Meer. Die Morgensonne schaffte es noch nicht, sie zu vertreiben.

Die ALBATROS lief kurz vor der vereinbarten Zeit ein. Erst schälten sich ihre Aufbauten aus dem Nebel, dann wurde auch der Rumpf sichtbar. Der Skipper legte draußen an der Mole an.

»Allein, Senhor Ericson?« fragte er überrascht, als Tom aufenterte. »Fährt die Senhora nicht mit uns?«

»Wir gehen beide nicht auf See.« Tom erzählte etwas von dringenden Geschäften und daß er die Yacht wohl nicht mehr benötigen würde. Er einigte sich mit dem Skipper darauf, ein Drittel des Tagespreises zu zahlen. Sutherland wurde wegen der paar Spesen nicht ärmer, und Miguel konnte mit dem Preis immer noch äußerst zufrieden sein.

Gudrun war inzwischen ebenfalls aufgestanden. Als Tom ins Alcântara zurückkam, diskutierte sie in der Empfangshalle mit der Besitzerin.

»Da bist du endlich«, sagte sie, und der ironische Unterton war unüberhörbar. »Ich habe eben überlegt, ob ich dich wecken soll.«

»Dazu hättest du bedeutend früher aufstehen müssen«, konterte Tom. »Ich komme eben von meiner morgendlichen Inseltour zurück.«

»Mit dem Taxi?«

»Zu Fuß.«

Überrascht zog Gudrun die Brauen hoch. »Du riechst nach Fisch«, stellte sie fest. »Vielleicht interessiert es dich, daß wir eben die Polizeistation angerufen haben. Die

Suche nach Walter Sperk wurde ergebnislos eingestellt. Eine halbe Hundertschaft hat das Gebiet rings um die Grotte durchgekämmt, aber weder Blutspuren, noch einen Leichnam gefunden. Ein Verbrechen kann inzwischen weitgehend ausgeschlossen werden – und wenn, dann ist es nicht im Landesinneren geschehen.«

»Vielleicht hat der Mann sich nur verlaufen ...«

»Das glaubt die Polizei mittlerweile auch.«

»... bei einer anderen Senhora.«

Gudrun bedachte den Archäologen mit einem verweisenden Blick. »Das Gelände wurde nicht abgesperrt«, sagte sie. »Wir können die Grotte ohne Probleme besichtigen. Senhora Brandão rät allerdings, falls wir tiefer hinabsteigen wollen, eine gute Ausrüstung mitzunehmen.«

»Weißt du zufällig auch, wo wir Helme, Grubenlampen, Seile und Karabinerhaken herbekommen?«

»Du hast die Eispickel vergessen.« Gudrun grinste ihren Kollegen herausfordernd an. »Es gibt auf Terceira einen Club – er nennt sich Os Montanheiros –, der sich der Erforschung von Höhlen auf den Inseln widmet. Senhora Brandão war so nett, mir die Adresse eines Mannes zu geben, der zu den Leitern von Os Montanheiros gehört.«

»Auf Terceira?« fragte Tom verblüfft.

»In São Caetano, das liegt einige Kilometer westlich von hier und für uns sozusagen am Weg.«

»Dann sollten wir diesen Senhor anrufen, falls er Telefon –«

»Ist alles längst erledigt. Senhor Várzea weiß Bescheid und erwartet uns.« Gudrun wandte sich noch einmal der Portugiesin zu. »Ich danke Ihnen für die Bemühungen –«

»Schon gut«, wehrte die Frau ab. »Ich wünsche Ihnen einen schönen Tag und – passen Sie auf sich auf.«

Die beiden A.I.M.-Wissenschaftler nahmen ein Taxi. São Caetano war ein kleines Dorf am steilen Südhang des

Pico. Das Haus von Senhor Várzea zu finden war keine Kunst, außerdem wartete er schon auf der Straße.

»Sie beide wollen also die Furna de Frei Matias erkunden.« Er musterte sie eingehend. »Die oberen Galerien sind für Touristen leicht begehbar.«

»Wir wollen tiefer in die Höhlen eindringen«, erwiderte Tom.

»Dazu gehört Erfahrung.«

»Wir sind Archäologen«, erklärte Gudrun, als sei damit schon alles gesagt. »Sie leihen uns die Ausrüstungen, Senhor Várzea?«

»Wir sollten das nicht zwischen Tür und Angel besprechen. Kommen Sie.« Er führte die Besucher ins Haus. Es war klein, aber gemütlich eingerichtet, mit Blick auf den Pico. Schon im Eingangsbereich standen die ersten Andenken, aber der Wohnraum war eine richtige kleine Galerie. Fotos hingen über alle Wände verteilt, auf den meisten davon war Várzea selbst abgebildet, häufig neben Gipfelkreuzen, aber auch vor markanten Kulissen: Eiger-Nordwand und Matterhorn ebenso wie ein Blick über Macchu Picchu oder den Grand Canyon.

»Sie sind weit gereist«, stellte Ericson anerkennend fest. »Wenn ich es richtig erkenne«, er deutete auf eines der Bilder, »wurde das Foto im Karakorum-Gebiet aufgenommen, bei den Trango-Türmen. Das daneben dürfte Südamerika sein, der Jirishanca oder auch Kolibrischnabel; die Spitze ist ebenso unverkennbar wie das Matterhorn.«

»Mein Respekt«, sagte Várzea. »Ein solches Wissen haben noch nicht viele Besucher unter Beweis gestellt.«

Knapp eine Stunde später hatten Tom und Gudrun alles erhalten, was sie benötigten, angefangen von atmungsaktiven einteiligen Kombinationen in Leuchtfarben, Tom blau und Gudrun rot, über Hosenträgergurte, Bergstiefel, jede Menge Karabinerhaken und etliche hundert Meter Seil. Einen dritten Anzug mit Rucksack und Seil hatten sie sich ebenfalls ausgeliehen.

»Sie brauchen die Rückgabe nicht zu überstürzen, falls Sie noch andere Höhlen erkunden wollen«, bot Várzea an. »Momentan läuft das Geschäft eher schleppend.«

Das Taxi hatte gewartet. Sie fuhren weiter nach Westen, nur ein paar Kilometer bis São Mateus und bogen gleich hinter dem Ort rechts ab, auf eine schmale, schlecht befestigte Straße quer durchs Gelände. Nach einer Weile wurde die Steigung größer, die Strecke kurvenreich. Die Grotte Furna de Frei Matias lag rechterhand, nur wenig südlich der von Madalena aus quer durch die Insel führenden Straße.

Es war später Vormittag, als Tom und Gudrun endlich die Ausrüstung anlegten und Getränke, Traubenzucker und Lebensmittel in den Rucksäcken verstauten. Ebenso die momentan nicht benötigte dritte Ausrüstung. Tom hatte sie für den Vermißten vorgesehen, obwohl er nicht sicher sein konnte, ob sie wirklich eine Spur des Mannes finden würden und ob er überhaupt noch unter den Lebenden weilte.

Touristen hielten sich an diesem Vormittag keine in der Nähe der Grotte auf. Vielleicht hatte sich inzwischen auch herumgesprochen, daß das Gebiet nicht ganz geheuer war.

Die Höhle verlief tatsächlich in mehrschichtigen Galerien. Die beiden Wissenschaftler hielten sich im oberen Teil nicht auf, sondern drangen sofort in die unteren Regionen vor. Schon nach wenigen Minuten waren sie auf den Schein ihrer Helmlampen angewiesen.

Bald wurde der Stollen so niedrig, daß sie nicht einmal mehr in gebückter Haltung hindurchkamen. Auf Knien und Ellenbogen robbten sie durch die Höhle.

Ein Bretterverschlag kennzeichnete das Ende des begehbaren oder zumindest des erforschten Teils. Ein Teil der Bretter war zersplittert und lag meterweit verstreut. Tom leuchtete die Bruchstellen ab. Sie waren nicht von dieser Seite, sondern von der anderen her aus ihrer Verankerung gerissen worden.

»Hast du etwas entdeckt?« fragte Gudrun.

Tom zeigte ihr die kläglichen Überreste der Absperrung.

»Du glaubst, das war der Zyklop?«

»Wer oder was sonst sollte von der anderen Seite gekommen sein?«

Sie kamen nur langsam vorwärts. Dunkle, scharfkantige Lava, von Rissen und Blasen durchsetzt, bestimmte das Bild. Die Entfernung zu schätzen, die sie zurücklegten, war so gut wie unmöglich. Anfangs versuchte Gudrun noch, ihre Schritte zu zählen, gab es aber rasch wieder auf.

Ohne den sanften Lufthauch, der unvermittelt sein Gesicht streifte, hätte Ericson dem seitlichen schmalen Spalt kaum die Beachtung geschenkt, die er verdiente. Die Verwerfung klaffte gerade fünfzig Zentimeter auseinander und reichte nur wenig tiefer als einen Meter in die Wand. Erst als Tom sich nach vorne zwängte, stellte er fest, daß das Loch in die Tiefe führte und sich schon nach kurzer Distanz leicht erweiterte. Zwanzig, möglicherweise sogar dreißig Meter weit reichte der Kamin nach unten.

Er wandte sich zu Gudrun um. »Wir werden klettern müssen«, stellte er fest.

»Geh du voran. Dann falle ich wenigstens weich«, erwiderte Gudrun trocken.

Er klinkte ein Führungsseil ein und sicherte die seiner Begleiterin. Dann schlug er den ersten Haken in den Fels. Ein geübter Bergsteiger schaffte einen solchen Kamin zwar ohne Hilfsmittel, aber warum sollte er ein Risiko eingehen? Langsam glitt er nach unten, setzte nach ein paar Metern den nächsten Haken. Als er endlich wieder Boden unter den Füßen hatte, hing Gudrun schon im unteren Drittel des Kamins.

Eine Rampe führte weiter schräg abwärts. Zähflüssige Lava hatte sich hier schichtenweise übereinandergeschoben und dabei riesige Hohlräume entstehen lassen. Sie kamen gut voran, außerdem gab es nur diesen einen Weg.

Nach zwei Stunden legte Tom die erste Pause ein. Anschließend ging es mit frischen Kräften weiter. Die Kletterpartien wurden schwieriger, aber Tom und Gudrun spielten sich aufeinander ein. Selbst Überhänge bereiteten ihnen keine Probleme mehr. Die Anthropologin sicherte, während Ericson Haken einschlug. Für einen geübten Freikletterer wäre der Abstieg allerdings ebenfalls zu bewältigen gewesen, denn die Felsen wurden nie so glatt, daß sie keinen ausreichenden Halt geboten hätten.

Irgendwann folgten wieder Höhlen und ein in Serpentinen gewundener Stollen. Austretendes Wasser hatte rötlichbraune, sinterartige Schichtungen hinterlassen; sie wirkten wie faltenwerfende Vorhänge. Offensichtlich enthielt das eindringende Wasser sehr viel gelöstes Eisen. Der Boden war über mehrere Quadratmeter mit einer dünnen Schlammschicht überzogen – und mittendrin zeichneten sich die Abdrücke nackter Füße ab. Sie waren größer als menschliche Füße, und sie führten in beide Richtungen.

»Die stammen mit Sicherheit von unserem Freund«, betonte Gudrun.

Tom schaute sie schräg von der Seite her an. »Woher weißt du, daß Zyklopen schw –?« Er brachte den Satz nicht zu Ende, riß die Arme hoch und schlug ein zappelndes dunkles Etwas von seiner Schulter.

Dutzende Fledermäuse stürzten sich mit der todesmutigen Gewandtheit von Kamikaze-Fliegern auf die Eindringlinge. Das Licht der Helmscheinwerfer schien sie geradezu magisch anzuziehen.

Gudrun, die im ersten Erschrecken einen kurzen Sprint hingelegt hatte, fluchte heftig. Wie Tom hatte sie alle Hände voll zu tun, sich der lautlos heranstürzenden Plagegeister zu erwehren.

»Wir sollten von hier verschwinden, bevor die ganze Sippschaft auftaucht, inklusive Graf Dracula.« Ericson schloß zu Gudrun auf und wollte sie mit sich ziehen, doch sie verharrte plötzlich wie angewurzelt.

»Sieh dir das an!« Sie hielt ihm einen Fotoapparat hin. Erst verstand er nicht, weil er schon wieder nach den fliegenden Plagegeistern schlug, dann sah er die auf der Tasche aufgemalten Initialen: W.S. – Walter Sperk.

»Wir sind auf der richtigen Fährte«, sagte Gudrun. Sie wollte sich die Kamera umhängen, doch diesmal wehrte Ericson ab. »Das ist nur unnötiger Ballast«, stellte er fest.

Sie stürmten weiter, verfolgt von den Fledermäusen, deren Attacken aber bald spärlicher wurden. Nach vielleicht einem halben Kilometer fanden sie endlich Ruhe.

»Atlantis ist zum Greifen nahe.« Gudrun tastete nach ihrem goldenen Anhänger wie um sich zu versichern, daß er noch da war. »Mir ist es eigentlich bisher nicht bewußt aufgefallen, aber ich entsinne mich, daß ich Fledermäuse bemerkt habe, als ich zum erstenmal unten war.«

»Fällt dir außerdem noch etwas ein, was wichtig sein könnte?«

Die Anthropologin zögerte, schüttelte dann den Kopf. »Nicht, daß ich wüßte.«

Stunde um Stunde verging. Tom schätzte, daß sie sich mittlerweile tief unter dem Meeresspiegel befanden. Außerdem waren sie schon etliche Kilometer von der Grotte des Einsiedlers entfernt.

»Warum sind früher nie Zyklopen an der Oberfläche erschienen?« fragte Gudrun während der nächsten Rast. »Es kann nicht daran gelegen haben, daß der Weg nicht gangbar war.«

»Vielleicht hat erst das Eindringen mit den Tauchbooten die Einäugigen aufgescheucht. Oder die Schockwelle, die durch die Zerstörung der atlantischen Station ausgelöst wurde.«

Seit über acht Stunden befanden sie sich auf dem Abstieg in die Unterwelt, aber zum erstenmal hatten sie einen Höhenunterschied von mehr als achtzig Metern frei am Seil hängend überwunden. Wahrscheinlich hatten sie irgendwo an einer Gabelung die falsche Abzweigung gewählt und waren nur deshalb in den gigantisch anmutenden Höhlendom geraten. Der Zyklop, dessen Spuren sie gefolgt waren, konnte hier jedenfalls nicht emporgeklettert sein.

Die Höhle schien vor Jahrtausenden durch eine riesige Luftblase im Lavastrom entstanden zu sein, und erst das schon erkaltende Magma war tropfenförmig eingedrungen und zu mannsdicken Säulen erstarrt. Gudrun verglich das Panorama mit einer Tropfsteinhöhle. Kegel aus schwarzer Lava stachen vom Boden in die Höhe, vereinten sich sogar häufig mit den von der Decke herabhängenden Formationen.

Gänzlich unerwartet stießen die beiden Wissenschaftler auf die ersten Anzeichen intelligenten Lebens. Mit primitiven Mitteln war versucht worden, einige der Stalagmiten zu bearbeiten und menschliche Gesichtszüge herauszumeißeln. Bei einiger Phantasie konnte man sogar behaupten, daß es sich um weibliche Gesichter handelte.

Tom hielt sie zurück, als Gudrun weitergehen wollte.

»Nicht in diese Richtung.« Er streckte den Arm aus. »Da entlang.«

Sie blickte ihn forschend an. Was wußte er, was sie nicht bemerkt hatte?

»Die Gesichter schauen einheitlich dort hinüber. Das muß einen Grund haben.«

Den hatte es in der Tat. Die Höhle verengte sich schlauchartig, als hätte die Luft an dieser Stelle ein Ventil gefunden, aber der annähernd ovale Gang durchmaß immer noch gut fünf Meter.

Der Übergang vollzog sich abrupt. Auf einmal waren die Wände nicht mehr rauh, sondern fast spiegelnd glatt. Für einen Moment starrte Gudrun ihr eigenes verzerrtes Antlitz an und wischte impulsiv mit der Hand über die metallisch schimmernde Beschichtung. Die Wand war warm und fühlte sich an wie mit Kunststoff überzogen.

Tom war inzwischen weitergegangen. Aber nur wenige Schritte weit. »Gudrun«, rief er überrascht aus, »das mußt du dir ansehen!«

Vor ihnen erstreckte sich eine geräumige Höhle, in deren Zentrum sich eine halb verfallene Tempelanlage erhob.

»Ein Bauwerk der Atlanter!« stieß Ericson atemlos hervor. Es war unschwer zu erkennen, daß die Anlage großen Erschütterungen wie von einem Erdbeben ausgesetzt gewesen war. Risse, die im Boden der Höhle entstanden waren, verliefen quer durch das Gebäude. Ein Wunder, daß einige der Säulen und Wände aufrecht stehen geblieben waren und sogar das Dach sich größtenteils darauf gehalten hatte.

Ein eigenartiges Licht, das keine Schatten warf und dessen Ursprung verborgen blieb, erfüllte die Halle. In der Nähe der Tempelruine schien es noch intensiver zu sein, als strahlten die Säulen diese seltsame Helligkeit aus.

Gudrun schüttelte benommen den Kopf. Es war seltsam, aber angesichts der Ruine, die doch eigentlich eine Sensation darstellte, schossen ihr die banalsten Fragen durch den Kopf. Sie fragte sich allen Ernstes, welche Museen in der Lage sein würden, Fragmente atlantischer Baukunst auszustellen und der Öffentlichkeit zugänglich zu machen. Oder würde es besser sein, der Menschheit ihr Erbe zu verschweigen?

Langsam, andächtig beinahe, ging sie weiter. Gesteinssplitter knirschten unter ihren Tritten.

Plötzlich waren da noch andere Geräusche, leiser, verhaltener, wie das Patschen nackter Füße auf glattem Boden. Tom wirbelte auf dem Absatz herum. Seine Rechte zuckte zur Hüfte, doch der 45er lag unerreichbar fern auf Oake Dùn.

Vor ihm standen drei Zyklopen. Sie überragten ihn um einige Kopfeslängen, und in ihren klobigen Händen hielten sie röhrenförmigen Waffen. Wahrscheinlich verschossen sie damit die Kugelblitze, von denen Gudrun gesprochen hatte. Er dachte daran, daß die goldene Maske der Göttin Khom auf der Insel Gardner Lichtblitze ausgesandt hatte.

»Hallo, Freunde«, sagte Tom lächelnd und hob die Hände in Brusthöhe. »Wir kommen in Frieden.«

Sie starrten ihn aus ihrem einen Auge durchdringend an. Einer der drei erwiderte etwas, das Tom nicht verstand. Doch der Klang der Worte erschien ihm seltsam vertraut. Gwadain, der Atlanter, den er hinter dem dritten Tor getroffen hatte, hatte ähnliche Worte gebraucht.*

»Sie wollen, daß wir mit ihnen gehen«, vermutete die Anthropologin.

»Dazu könnten sie uns ruhig etwas freundlicher auffordern«, protestierte Tom. »Au, verdammt ...« Er hatte

* siehe Band 13 912, Buch 9 ›Im Reich der Göttin Khom‹

Mühe, sich abzufangen, als einer der Zyklopen ihn leicht vor die Brust stieß. »Was hat der Kerl bloß für eine Kinderstube genossen? – Schon gut«, wehrte er ab, als der Einäugige zu einem heftigeren Schlag ausholte, »ich gehe ja schon.«

Sie durchquerten die Parkanlage. Ein aus schwarzen Quadern errichteter Säulentempel war das Ziel der Zyklopen.

»Dider moni«, stießen sie dumpf grollend hervor. »Ars ako emplot.«

»Im Gegensatz zu euch konnte ich Gwadain sehr schnell verstehen«, erwiderte Tom.

Die Nennung des Namens führte zu keiner Reaktion. Einer der Zyklopen zerrte Tom den Helm vom Kopf. Ein anderer tastete über Gudruns Schultern und zupfte interessiert an ihrem Overall.

»He«, schnaubte Tom. »So geht das nicht.«

Ein Schlag mit der flachen Hand trieb ihn bis an die Tempelmauer zurück. Er schüttelte sich und stürmte mit gesenktem Kopf los. Im nächsten Moment erwischte ihn ein wahrhaft mörderischer Hieb. Er verlor die Besinnung, noch ehe er den Boden berührte.

Gudrun sah nicht mehr, was mit ihrem Begleiter geschah. Sie hatte sich losgerissen und hetzte davon. Ihr blieb nur der Weg in den Tempel. In diesem Moment dachte sie nicht darüber nach, ob ihr die Flucht überhaupt einen Vorteil verschaffte Sie wollte nur weg, fort aus der Nähe der Zyklopen, und ihr Selbsterhaltungstrieb schaltete jeden anderen Gedanken aus.

Der Säulengang teilte sich. Gudrun hastete nach rechts, tiefer in den Tempel hinein. Flackernder Feuerschein wies ihr den Weg. Kniende Statuen rechts und links, stilisierte Menschen, die in ehrfürchtiger Haltung verharrten.

Unvermittelt konnte sie nicht weiter. Die Stufen, die sie

empor hastete, endeten vor einem hufeisenförmig gebogenen Altar. In der Mitte erhob sich ein lebensgroßes Standbild.

Gudrun erkannte die dargestellte Frau sofort. Gleichzeitig war ihr klar, daß das Kristallauge dieses Bild in ihr Gedächtnis eingebrannt hatte.

»Khom!« stieß sie laut hervor. Die Statue war ein Abbild der Göttin. Hoch aufgerichtet stand sie da. Mit ihren steinernen Händen hielt sie ein gläsernes Gefäß umfaßt, in dem Gudrun eine grünliche Flüssigkeit erkennen konnte.

»Khom!« rief sie noch einmal, lauter als zuvor, überrascht, daß die Nennung des Namens die Zyklopen zögern ließ. Die Blicke der Einäugigen pendelten zwischen Gudrun und der Statue hin und her, und vielleicht entdeckten sie sogar ein klein wenig Ähnlichkeit zwischen den beiden Frauen.

Die Anthropologin wußte selbst nicht, welcher Teufel sie ritt, als sie den Zyklopen entgegenschleuderte: »Ich bin Khom! Seht her!«

Wahrscheinlich verstanden sie nur den Namen. Gleichzeitig löste Gudrun ihren Helm und schüttelte den Kopf, daß ihr Haar, verschwitzt und völlig außer Form, sich zur Mähne aufbauschte. Aber erst als sie auch den Reißverschluß des Overalls öffnete und sich den Stoff über die Schultern zog, hielten die Zyklopen inne. Nackt und bloß fühlte die Anthropologin sich, hilflos den Blicken der einäugigen Wesen ausgeliefert. Doch schon sank der erste vor ihr auf die Knie.

»Khom«, kam es dumpf über seine Lippen.

Gudrun zwang sich dazu, ruhiger zu atmen. Für einen Moment schloß sie die Augen; ihr Schädel drohte schier zu zerplatzen. Zögernd strich sie mit den Händen über ihren Busen, zog den Stoff langsam wieder höher.

Die Zyklopen starrten sie unverwandt an. Wahrscheinlich hatten sie nie zuvor eine Frau gesehen – nur das Standbild ihrer Göttin.

Gudrun wagte aufzuatmen. Diese Wesen schienen nicht von Grund auf aggressiv zu sein. Vielleicht konnte sie sich ihnen sogar verständlich machen. Sie trat noch eine weitere Stufe höher und neben die Statue. Um ihre Worte zu unterstreichen, legte sie ihre Hand auf den Kopf der Göttin.

»Ich bin Khom. Ich bin zurück-«

Sie brach ab, als ein feuriger Schmerz sie durchzuckte. Sie krümmte sich und stöhnte auf. Für eine Sekunde schien ihr Gehirn in Flammen zu stehen, dann ebbte der Schmerz wieder ab.

Und im selben Augenblick spürte Gudrun die fremden Gedanken.

Atlantis existiert nicht mehr. Vielleicht werden die Menschen, die in fernen Ländern die Katastrophe überlebt haben, ihren Kindern und Kindeskindern davon erzählen und eine Legende erschaffen – vielleicht werden sie aber auch angesichts des entsetzlichen Geschehens schweigen und für immer vergessen, daß die Erde sich aufgetan hat und die Meere das Land überflutet haben.

Ich bin eines der Augen der Göttin Khom. Huanna hat mich erschaffen. Meine Aufgabe ist es, Wissen zu sammeln und aufzubewahren.

In dir, Gudrun, ist das Erbe lebendig. Du suchst nach Atlantis, und du bist auf dem richtigen Pfad. Ich spüre, daß deine geistigen Kräfte stärker sind als bei anderen Menschen, auch wenn du selbst sie noch nicht erkannt hast.

Ich pflanze dieses Wissen um Atlantis in dich, auf daß es erwache, wenn du meinem Ebenbild gegenüberstehst.

Nur wenige vom stolzen Volk der Atlanter haben den Untergang überlebt, und ihre Macht wird nie mehr die alte sein. Sie sind über die ganze Erde verstreut, wohin der Wind und das Meer sie getragen hat. Ihre Maschinen sind vernichtet, und die Insel der Götter liegt unerreichbar fern auf dem Grund des Meeres. Huanna vermutet, daß der Kern von Atlantis weiterhin von dem Schild bewahrt wird, der einst zum Schutz gegen das Transportsystem des Feindes errichtet wurde – und doch nicht half, als die Natur selbst sich gegen die Götter auflehnte. So ist es vielleicht späteren Generationen vergönnt, das Erbe anzutreten.

Doch sei gewarnt, denn es mag sein, daß die Mutationen, die Atlantis als Streiter gegen den Feind erschuf, als einzige die Katastrophe überlebt haben und nun über die tote Stadt herrschen. Ihr Verstand ist gering, denn sie wurden für den Kampf und für das Überleben geboren, und niemand kann erahnen, was die Zeit aus ihnen macht.

Du bist nun in Atlantis, Gudrun. Handle weise und bedacht, denn die Macht, die du hier finden wirst, kann in den falschen Händen Zerstörung und unendliches Leid bringen ...

Die Stimme verklang. Gudrun blinzelte und massierte sich die Schläfen. Es war unfaßbar – das Auge der Göttin Khom, das sie nicht mehr gesehen hatte, seit sie und Tom es damals an Radcliffe übergeben mußten und aus dessen Tresor es dann gestohlen worden war, hatte zu ihr gesprochen. Die ganze Zeit über mußte die Botschaft in ihrem Gedächtnis gespeichert gewesen sein, um ihr gerade jetzt, in diesem Augenblick, bewußt zu werden.

Sie hatte viel erfahren, doch im Grunde war wenig wirklich Greifbares dabei. Zu glauben, daß die Atlanter gentechnische Experimente durchgeführt hatten, fiel ihr noch leicht, aber waren die Zyklopen wirklich Überlebende der großen Katastrophe? Wie hatten sie Tausende von Jahren hier unten überleben können? Benötigten sie keine Atemluft und keine Nahrung? Oder hatte sich ihr Stoffwechsel so verändert, daß der Alterungsprozeß der Zellen gestoppt worden war?

Scheppernde Geräusche schreckten sie aus ihren Überlegungen auf. Die Zyklopen legten ihr Geschenke zu Füßen.

Eine Harpune? Sie stutzte. Daneben ein Pistole. Gudrun bückte sich und hob die Waffe auf. Allem Anschein nach handelte es sich um ein amerikanisches Fabrikat.

»Woher. .?« begann sie.

Einer der Einäugigen warf ihr ein halbes Dutzend Eierhandgranaten vor die Füße – falls er versehentlich einen Sicherungsstift gezogen hatte, ein wahrhaft umwerfendes Vergnügen. Instinktiv wollte Gudrun zur Seite springen, doch dazu wäre es längst zu spät gewesen.

»Halt, gib mir das!« Sie nahm dem nächsten Zyklopen die kurzläufige Maschinenpistole aus der Hand. Mittlerweile verstand sie genug von Waffen, um feststellen zu können, daß die MPi geladen und gesichert war. »Wo hast du das her?«

Sie erwartete nicht wirklich eine Antwort. Eigentlich gab es nur eine Möglichkeit: Die beiden Tauchboote der OCTOPUS waren wieder in die unteren Höhlen eingedrungen.

Der Zyklop stieß eine Reihe kehliger Laute aus, mit denen Gudrun nichts anzufangen wußte. Gudrun hielt die Maschinenpistole hoch: »Woher? Zeig es mir!« Vermutlich hatten die Einäugigen Tom dorthin verschleppt, wo auch die Männer des U-Bootes waren.

Ihr Gegenüber schien verstanden zu haben. Jedenfalls winkte er ihr, ihm zu folgen. Rasch hängte Gudrun sich die Harpune über die Schulter, raffte die Handgranaten zusammen und schob sich die Pistole hinter den Hosengurt, eigentlich nur, um die Waffen nicht den Zyklopen zu überlassen.

Je mehr sie sah, desto weniger kam sie aus dem Staunen heraus. Vom Tempel aus führte der Weg über einen schmalen Pfad in eine Art Maschinenhalle. Gudrun wußte nicht, daß nur wenige Stunden vor ihr die Soldaten der OCTOPUS ähnlich überrascht und ungläubig die miteinander verbundenen Röhren betrachtet hatten.

Sie hörte Stimmen. Jemand fluchte unbeherrscht.

»Tom?« rief sie.

Stille. Gleich darauf: »Teufel noch mal, was wird hier eigentlich gespielt?«

Das war nicht Ericson; er wurde von zwei Zyklopen durch einen anderen Eingang hereingebracht. »Gudrun!« stieß er ungläubig hervor. Seine Augen weiteten sich überrascht. »Wo hast du die Waffen her?«

»Knie dich hin!« befahl die Anthropologin.

»Ich soll – *was*?«

»Hinknien! Stell bitte keine dummen Fragen. Die Zyklopen halten mich für ihre Göttin Khom, und ich glaube, wir kommen hier nur dann heil wieder heraus, wenn alle das Spiel mitspielen.«

Langsam sank Tom in die Knie. »Es soll Schauspieler gegeben haben, die konnten später ihre Rolle nicht mehr von der Wirklichkeit unterscheiden«, warnte er seine Begleiterin.

Die Soldaten erschienen im Durchgang, von zwei Zyklopen flankiert. »Miss Heber!« stieß Commander Weyers verständnislos hervor. »Mr. Ericson! Was zum Teufel machen Sie beide –?«

»Erklärungen später. Die Einäugigen erwarten, daß Sie mir Ihre Ehrerbietung beweisen.«

»Geben Sie uns die Waffen!«

»Nicht jetzt!«

»Gerade jetzt!« zischte Houston. »Sonst ist es zu spät.«

Nur drei Schritte trennten ihn von der Wissenschaftlerin. Er warf sich nach vorne, entriß ihr, bevor sie in irgendeiner Weise reagieren konnte, die MPi und gab einen hastigen Feuerstoß ab. Zwei Zyklopen brachen blutüberströmt zusammen.

Im nächsten Augenblick war die Hölle los. Der Commander und Brunswick stürzten ebenfalls nach vorne, Tom versuchte noch, Gudrun aus der Gefahrenzone zu ziehen, doch einer der Zyklopen war schneller und umklammerte seine Handgelenke. Tom schrie gequält auf. Vergeblich versuchte er, sich nach hinten fallen zu lassen und den Gegner über sich hinwegzuhebeln.

Im nächsten Moment löste sich der Griff. Gurgelnd taumelte der Einäugige nach vorne und kippte nach vorn. Erst jetzt bemerkte Tom den Schaft der Harpune zwischen seinen Schulterblättern.

Stoßweise bellte die MPi auf. Houston hatte sich den Weg freigeschossen und Gudrun die Handgranaten abgenommen. Dreimal zog er ab und schleuderte die Granaten ungezielt von sich. Sie rollten zwischen die fremdartigen Maschinen. Drei Explosionen erfolgten dicht nacheinander, begleitet von berstenden Geräuschen.

»Hören Sie auf!« brüllte Tom. »Sie wissen gar nicht, was Sie da zerstören.«

Houston lachte ihn an. »Ich ziehe Sie am Arsch aus dem Sumpf, und Sie beschweren sich?« fragte er verständnislos. »Haben Sie jemals erlebt, was Krieg ist? Ich war in Vietnam stationiert, das war die Hölle, sage ich Ihnen.«

»Auf Rambos wie Sie braucht kein Land stolz zu sein«, gab Tom ebenso schroff zurück.

Houston lachte nur und gab einen neuen Feuerstoß ab, blindlings, weil sich kein Ziel mehr bot.

»Hier ist der Rest von unserer Ausrüstung!« brüllte Brunswick aus einem Nebenraum. Noch immer war die Luft erfüllt von berstenden Geräuschen und flackerndem Feuerschein.

Weyers hielt das Funkgerät in Händen. Auf Anhieb hatte er Kontakt bekommen. Die Stimme aus dem Lautsprecher klang schrill und überschlug sich schier: ». . . Wasser schießt unter wahnsinnigem Druck herein, die Wände bersten. Ich begreife das nicht. . . . volle Kraft voraus. Keine Chance . . .« Die Verbindung war tot. Vergeblich versuchte der Commander, sie wiederherzustellen.

Tom ahnte, daß sich eine Katastrophe anbahnte. »Wir müssen uns in Sicherheit bringen!« brüllte er.

»Wenn Sie kneifen wollen, dann gehen Sie, Mann!« Houston unterstrich seine Forderung mit einem knappen Wink mit der Waffe. »Aber sagen Sie hinterher nicht, ich hätte Sie nicht gewarnt. Der einzige sichere Platz ist in unserer Nähe.«

Ein dumpfes, anhaltendes Grollen erklang aus der Tiefe. Erschütterungen wurden spürbar. Es gehörte nicht viel Phantasie dazu, sich auszumalen, was geschah.

»Die Maschinen haben bisher den Druck normalisiert«, stöhnte Gudrun. »Jetzt schießt das Wasser von unten empor.«

»Und mit ihm die Lava!« ächzte Weyers. Er war kreidebleich geworden.

Houston feuerte schon wieder. Das war das Letzte, was Tom und Gudrun von ihm hörten. Er mußte den Verstand verloren haben.

Sie rannten um ihr Leben. Wind kam auf, steigerte sich innerhalb von Sekunden zum tosenden Orkan. Wasserdampf zischte wie aus einem berstenden Ventil aus unzähligen Rissen in die Höhle.

Und plötzlich war da eine lautlose, gedankliche Stimme. Jeder hörte sie, trotz des tobenden Infernos um sie herum, und trotz der Tatsache, daß es keine menschlichen Sprache war, konnten alle sie verstehen:

Achtung, Gefahr! Der Schirm ist beschädigt und kann nicht

aufrechterhalten werden. In drei – es folgte ein Begriff, den niemand verstand, der aber zweifellos Zeiteinheiten bezeichnete – *wird der Innere Bezirk abgeschottet. Bürger von Atlantis, begebt euch in den Inneren Bezirk! Achtung, Gefahr ...!*

»Durchhalten!« keuchte Tom, als Gudrun langsamer wurde und zurückfiel. »Wir müssen raus hier, oder wir werden lebendig begraben!«

Vor ihnen flimmerte die Luft. Die Konturen einer Wand begannen sich zu verdichten. Gudrun nahm alle Kraft zusammen und hetzte weiter. Sie glaubte einen schwachen Widerstand zu spüren, als sie den Schemen erreichten und einfach hindurchliefen. Sekundenbruchteile nach ihnen taumelte Commander Weyers heran und durch das sich weiter materialisierende Schott.

»Bleiben Sie nicht bei Ihren Soldaten?« keuchte Tom.

»Ich habe den Rückzug befohlen. Kindermädchen kann ich nicht spielen.«

Sie hastete weiter. Der Boden bebte. Zum Glück nicht lange. Andernfalls hätten sie sich nicht auf den Beinen halten können. Staub und feines Geröll rieselten aus der Höhe herab.

»Wohin wollen Sie?« Weyers reagierte verständnislos, als sie in die Höhle mit den riesigen Tropfsteinen aus Lava eindrangen.

»Nach oben!« Toms Geste war eindeutig. »Vielleicht paßt Ihnen sogar die Ausrüstung, die wir dabei haben.«

Sie rissen ihre Rucksäcke auf und warfen dem Commander den überzähligen Overall zu. »Beeilen Sie sich!« wies Tom ihn an. »Viel Zeit bleibt uns nicht!«

Weyers streifte sich den gelben Anzug über und setzte sich den Helm auf. Gudrun legte ihm inzwischen den Gurt um.

»Klinken Sie sich als erster ins Seil ein. Und dann nach oben, so schnell Sie können.«

Immer mehr Steine lösten sich von der Höhlendecke. Die Erschütterungen wurden heftiger und ließen die Seile pendeln. Sengende Hitze stieg aus der Tiefe herauf. Wo eben noch schwarzes Lavagestein gewesen war, brodelte nun ein Feuersee.

»Der Höllenschlund ist aufgebrochen«, stöhnte Weyers. »Wir haben die Magma in der Tiefe gesehen. Das war das Tor zur Hölle!«

Er kletterte voran, zog sich an dem roten Seil nach oben, das Tom vor dem Abstieg zur Sicherheit befestigt hatte. Mit verzerrtem Gesichtsausdruck starrte er an den beiden A.I.M.-Wissenschaftlern vorbei nach unten. Die blasenwerfende Glut stieg höher und schwappte über die ersten Stalagmiten hinweg.

Da gab jäh das Seil nach! Irgendwo über Weyers löste sich einer der Haken!

Dem Commander stockte der Atem. Entsetzt versuchte er, weiter nach oben zu greifen, sich schneller in die Höhe zu ziehen. Aber schon im nächsten Moment spürte er den Ruck, mit dem der Haken endgültig ausbrach. Gleich darauf ein zweiter. Er stürzte und versuchte vergeblich, nach einem der Stalagtiten zu greifen. Obwohl Ericson den Arm nach ihm ausstreckte, konnte auch er ihm nicht helfen.

Weyers stürzte haltlos in die Tiefe. Würde er das brodelnde Magma überhaupt noch wahrnehmen, wenn er darin eintauchte? Er schloß die Augen, alles in ihm verkrampfte sich.

Dann erfolgte ein kräftiger Ruck, der ihm fast das Rückgrat brach. Doch die tödliche Hitze, die ihm das Fleisch von den Knochen brennen würde, blieb aus.

Der Commander spürte eine pendelnde Bewegung. Über ihm schienen sich die schweren Stalagtiten im Reigen zu drehen. Unter ihm, vielleicht noch zehn Meter entfernt, blubberte glutflüssiges Gestein.

Er hing hilflos am Seil. Zwei Haken waren ausgebrochen, aber die anderen hatten gehalten und ihn aufgefangen. Ein paar Meter weit konnte er sich noch nach oben hangeln, danach mußte er versuchen, das andere Seil zu erreichen. Anders konnte er es nicht schaffen.

Die von unten hochsteigende Hitze und die vulkanischen Dämpfe wurden allmählich unerträglich. Vorsichtig erst, dann heftiger, versetzte Weyers sich in pendelnde Bewegung. Zwei Versuche, das andere Seil zu greifen, schlugen fehl. Dann endlich schaffte er es mit der ausgestreckten Linken. Nur Sekundenbruchteile später brach der nächste Haken auf seiner Seite aus. Aber da hatte er schon neuen Halt gefunden.

Tom erreichte als erster den Einstieg, Gudrun folgte unmittelbar hinter ihm. Gemeinsam zogen sie den Commander in die Höhe. Doch eine Pause blieb ihnen verwehrt. Der Wettlauf gegen die entfesselten Gewalten aus dem Inneren der Erde war immer noch in vollem Gange.

Irgendwann hatte das Magma aufgehört, weiter zu steigen. Aber die schier unerträgliche Hitze war noch immer zu spüren.

Zwölf Stunden brauchten Tom Ericson, Gudrun Heber und der Commander, bis sie endlich durch die Grotte wieder unter freien Himmel gelangten.

»Sie wußten von Anfang an, daß es einen zweiten Weg nach unten gibt?« fragte Weyers. »Dann haben Sie das Verteidigungsministerium an der Nase herumgeführt?«

»Ganz im Gegenteil«, erwiderte Tom. »Das Ministerium hat geleugnet, daß hier irgendwelche Aktivitäten stattfänden. Sir Ian wollte, daß wir am Einsatz der OCTOPUS teilnehmen – als Berater und offizielle Beobachter. Aber einige der oberen Herrschaften wollten ihr eigenes Süppchen kochen. Nun hat verdammt noch mal niemand etwas davon.«

Der Commander nahm den Helm ab und nickte. »Da unten ist alles vernichtet. Die Lava hat die Hohlräume ausgefüllt. Selbst wenn ein Teil abgeschottet wurde, so kommen wir doch nie an ihn heran. Wenn ich daran denke, daß Houston und Brunswick vielleicht sogar noch leben und da unten ...« Er brach ab und schwieg betroffen.

Gudrun legte ihm eine Hand auf die Schulter. »Machen Sie sich keine Vorwürfe, Commander. Sie trifft keine Schuld. Wären die beiden nicht so versessen darauf gewesen, die Zyklopen zu töten, hätten auch sie eine gute Chance gehabt, zu entkommen.«

»Was haben Sie jetzt vor?« fragte Weyers.

»Wir fliegen nach Schottland zurück. Alles Weitere wird sich weisen.« Sie verzog das Gesicht zu einem säuerlichen Lächeln. »Ich hoffe, daß uns ein paar Tage ohne Aufregung vergönnt sein werden.«

»Sollten Sie jemals meine Hilfe brauchen«, der Commander streckte erst Gudrun und dann Tom die Hand hin, »ich stehe tief in Ihrer Schuld.« Beide schlugen herzhaft ein.

ENDE
des fünften Buches

SECHSTES BUCH

TRAUMZEIT

von Marten Veit

Die Gestalt waberte wie ein zitternder Rauchfaden in der flirrenden Mittagshitze. Manchmal verschmolz sie vollständig mit dem rötlichen Grau der Wüste, dann wieder tauchte sie urplötzlich auf.

Bulpallungo beobachtete die Erscheinung seit geraumer Zeit von seinem schattigen Ruheplatz unter einer verkrüppelten Akazie aus. Der junge Aborigine saß mit untergeschlagenen Beinen auf dem ausgedörrten Boden, den heiligen Stein, den sein *Wirrinun* ihm auf die Wanderung mitgegeben hatte, in der rechten Hand.

War das ein Traumzeitahne, der sich ihm dort näherte? Zumindest wanderte er über den Traumzeitpfad des Ameisen-Clans, und kein Angehöriger seines Stammes würde diesen Weg jetzt beschreiten, da der Heilige Mann den jungen Krieger auf die Wanderschaft geschickt hatte. Auch die Mitglieder des Waran-Clans würden den Pfad meiden, denn die Kunde war über die Grenzen des Stammes gegangen, daß ein Initiand den Spuren des Ameisentraums folgte.

Bulpallungo rutschte ein wenig hin und her und blinzelte. Er hatte seit drei Tagen keine Nahrung mehr zu sich genommen und nur sehr wenig getrunken. Auf Weisung des Schamanen war er, ohne Waffen und nur mit seinem Lendenschurz bekleidet, allein losgezogen, um den *Bangumas* zu begegnen, den Geistern der Verstorbenen, die ihn die heiligen Gesänge und Tänze lehren würden. Aber die *Bangumas* würden nur in der Nacht erscheinen.

Oder war es etwa ein Weißer? Eigentlich war das unmöglich, denn die Weißen waren blind und würden einen Traumzeitpfad auch dann nicht erkennen, wenn sie auf Händen und Knien über den Boden krochen. Doch diese Gestalt schien tatsächlich ein Weißer zu sein.

Kurz darauf hatte Bulpallungo Gewißheit. Es *war* ein Weißer, und er war entweder krank oder ›silly along head‹, als hätten ihn die Skelettgeister besucht.

Der junge Aborigine verharrte reglos auf seinem Platz. Er war unsicher, was er tun sollte. Der *Wirrinun*, der weise Stammesschamane, hatte ihn in die Einsamkeit geschickt, damit sein Geist nicht abgelenkt wurde und sich frei erheben konnte. Sollte er fortgehen? Aber wenn der Weiße wirklich dem Traumzeitpfad folgte, würde er Bulpallungo früher oder später wieder einholen.

Der junge Mann beschloß zu bleiben. Vielleicht, wenn er sich nicht bewegte, würde ihn der Weiße gar nicht bemerken. Vielleicht aber war der Fremde auch von den Geistern geschickt worden, und dann wäre es äußerst unklug, wenn er vor ihm davonlief …

Ein paar Minuten später war der Weiße so nahe gekommen, daß Bulpallungo Einzelheiten erkennen konnte.

Der Mann war eindeutig krank *und* ›silly along head‹. Er stolperte unsicher dahin, den Blick auf den Boden gerichtet, doch er schien ihn gar nicht zu sehen, denn immer wieder stieß er mit den Füßen gegen Steine und Felsbrocken. Seine Kleidung war schmutzverkrustet und zerschlissen, als hätte er sich in einem schlammigen Wasserloch gewälzt, doch der Schlamm war längst wieder getrocknet und größtenteils abgeplatzt. Der Fremde hatte einen schlimmen Sonnenbrand, und selbst der dümmste Weiße hätte sehen können, daß er am Verdursten war. Mit der rechten Hand hielt er ein großes Messer umklammert.

Der Aborigine beobachtete ihn mit wachsender Unsicherheit. Jetzt strauchelte der Mann und fiel auf die Knie. Eine Weile schien es so, als wollte er vornüber kippen, dann aber kämpfte er sich mühsam wieder auf die Füße. Seine Lippen bewegten sich lautlos, als er sich langsam im Kreis drehte, als müßte er sich orientieren. Sein Blick strich kurz über die Akazie, unter der Bulpallungo saß, doch er schien ihn nicht zu sehen. Dann stolperte er weiter und folgte wieder dem für die Weißen eigentlich unsichtbaren Traumzeitpfad.

Aber er kam nicht weit. Bereits nach wenigen Metern strauchelte er erneut, und diesmal blieb er liegen.

Bulpallungo wartete, bis die Sonne zwei Fingerbreit weitergewandert war. Als sich der Mann immer noch nicht regte, stand er auf und ging langsam zu ihm hinüber. Er ließ sich neben ihm wachsam in die Hocke nieder und stieß ihn vorsichtig mit dem spitzen Finger an. Der Weiße rührte sich nicht. Bulpallungo verstärkte den Druck. Wieder nichts.

Der junge Aborigine drehte den Mann behutsam auf den Rücken. Der Atem des Weißen ging flach und rasselnd. Unter den halb geöffneten Lidern stierten seine Augen glasig in den Himmel. Nur die Hand mit dem Messer zuckte leicht wie im Reflex.

Es kostete Bulpallungo einige Mühe, ihm das Messer aus der Hand zu winden, ohne sich an der scharfen Klinge zu schneiden. Dann löste er die leere Feldflasche von seinem Gürtel und lief damit schnell zu dem in einer tiefen Felsspalte verborgenen nahegelegenen Wasserloch, das *Mangarkunjerkunja,* der Eidechsenahne, in der Traumzeit selbst geschaffen hatte.

Beim ersten Mal trank der Weiße zu hastig und erbrach das Wasser wieder, danach flößte Bulpallungo es ihm langsamer ein. Dreimal mußte er zum Wasserloch und zurück laufen, bis der Fremde genug getrunken hatte und wieder in Ohnmacht fiel. Der Aborigine schleppte ihn in den Schatten und wartete ab, bis die Sonne dicht über den Horizont gesunken war. Dann lud er ihn sich auf die Schultern und machte sich auf den Weg.

Etwa einen Tagesmarsch entfernt lag die Farm einer merkwürdigen Gruppe von Weißen, die noch verrückter zu sein schienen, als es die Weißen ohnehin schon waren. Bulpallungo hoffte, daß es ihm die Geister nicht übel nahmen, wenn er den Ameisentraumzeitpfad verließ, aber sein Gewissen ließ es einfach nicht zu, daß er einen Menschen dem sicheren Tod überließ.

Auch wenn dieser Mensch ein Weißer war, der einen fremden Traumzeitpfad beschritten und damit ein heiliges Tabu verletzt hatte.

»Wenn Sie darauf bestehen, können Sie den Patienten sehen«, sagte Dr. Trent, »aber er ist nicht ansprechbar. Wir behandeln ihn seit gut zwei Wochen, und abgesehen von kurzen, spontanen Phasen der Aktivität befindet er sich in einen katatonischen Zustand.«

»Sie sagten, daß er hin und wieder wirres Zeug von sich gibt, von einer Sumpflandschaft und dinosaurierartigen Tieren spricht«, meinte Tom Ericson. »Wir würden gerne mehr darüber erfahren.«

Er saß mit Gudrun Heber und Pierre Leroy im Büro des Stationsarztes der Universitätsklinik von Adelaide. Sie waren erst gestern in der südaustralischen Stadt eingetroffen, nachdem sie auf Oake Dùn, dem Sitz der privaten Forschungsorganisation A.I.M. im Norden Schottlands, die sich der Klärung geheimnisvoller und scheinbar übernatürlicher Phänomene verschrieben hatte, vom plötzlichen Wiederauftauchen Gunnar Björnstads erfahren hatten. Für Tom und Gudrun war es der zweite Besuch in Australien innerhalb eines Monats, und wie der erste hatte er unmittelbar mit dem schwedischen Physiker zu tun.*

»Was wir erfahren haben, können Sie dem Untersuchungsbericht entnehmen«, erwiderte der Arzt und deutete auf den Ordner, den Gudrun aufgeschlagen hatte. Pierre stand hinter ihr, die Hände auf ihre Schul-

* siehe Band 14 203, Buch 8 ›Das Camp am Ayers Rock‹

tern gelegt. Der kleine drahtige Franzose hatte sich weit vorgebeugt, um mitlesen zu können. Tom nahm allerdings an, daß das Interesse des Franzosen eher der attraktiven Anthropologin als dem Bericht galt. Er unterdrückte das aufkommende irrationale Gefühl der Verärgerung.

»Wir würden ihn trotzdem gerne einmal sehen«, beharrte er auf seiner Bitte. »Nur für ein paar Minuten. Wir werden ihn nicht aufregen.«

»Was versprechen Sie sich davon?« wollte Dr. Trent wissen. »Soviel ich weiß, kennen Sie sich nicht einmal persönlich.« Er betrachtete den Archäologen, der mit seiner abgewetzten Lederjacke und dem fleckigen Hut alles andere als wie ein studierter Akademiker aussah.

»Ich bin ihm einmal begegnet«, sagte Gudrun leise. »Unter sehr ... ungewöhnlichen Umständen. Auch wenn ich ihm nicht helfen kann, ich möchte wenigstens kurz bei ihm sein.«

Der Arzt sah sie fragend an, aber Gudrun schwieg. Was hätte sie ihm auch sagen sollen? Daß ihr Astralkörper Gunnar Björnstad in einer urtümlichen Sumpfwelt Gesellschaft geleistet hatte, als sie nach einem Schlangenbiß von Aborigines auf einem geheimen Ritualplatz mitten im ausgedörrten Herzen Australiens behandelt worden war? Dann hätte sie gleich das Zimmer neben Björnstad buchen können.

»Na gut, fünf Minuten«, gab Trent nach. »Aber sollte sich der Patient aufregen, verlassen Sie sein Zimmer auf der Stelle. Folgen Sie mir bitte.«

Sie verließen das Büro, durchquerten den Vorraum und betraten einen Aufzug.

»Diese Leute, die ihn gefunden haben, was hat es mit denen auf sich?« erkundigte sich Tom.

Trent zuckte die Achseln. »Ich kenne sie nicht. Es soll sich um eine Gruppe fundamentalistischer Christen handeln, die am Nordhang des Musgrave Ranges eine Farm betreiben. Angeblich hat ein Aborigine Björnstad bei ihnen abgeliefert und ist sofort wieder verschwunden. Sie haben ihn aufgepäppelt und ihn von einem ›Flying Doctor‹ nach Adelaide bringen lassen, als sie gemerkt haben, daß er einen geistigen Schaden davongetragen hat. Ein Wunder, daß er es überhaupt überstanden hat. Der Mann war völlig entkräftet und dehydriert.«

»Hat man versucht, diesen Aborigine ausfindig zu machen?« wollte Pierre wissen.

Trent lachte kurz auf. »Versuchen Sie einmal, einen Aborigine in seinem Stammesland zu finden, der nicht gefunden werden will.« Er schüttelte den Kopf. »Natürlich hat die Polizei Nachforschungen angestellt, schließlich werden fünf Männer aus Björnstads Gruppe nach wie vor vermißt. Aber die sollen rund hundert Kilometer nördlich von der Stelle verschwunden sein, an der Björnstad wieder aufgetaucht ist. Um die Gegend zu durchkämmen, bräuchte man eine Armee.«

Sie betraten einen langen Flur.

»Spielen wir das Spiel doch einmal anders herum«, schlug Trent vor. »Was wissen *Sie* von der Sache?«

»Björnstad und sein Team haben die Magnetfeldlinien vermessen, die ganz Australien durchziehen«, berichtete Tom wahrheitsgemäß. »Sie werden durch besondere geologische Gegebenheiten verursacht, leitfähige alkalische Flüssigkeiten tief unter der Erde. Anscheinend haben sich in letzter Zeit außergewöhnliche Anomalien ergeben, die Björnstad unter anderem mit den Traumzeitpfaden der Aborigines in Verbindung brachte. Und da Björnstad gelegentlich für Sir Ian Sutherland gearbeitet hat, hielt es unser Brötchengeber für angebracht, der Sache nachzugehen.«

»Ein Archäologe, eine Anthropologin und ein, ein ...«, sagte Trent zweifelnd mit Blick auf Pierre.

»Kunstexperte«, half ihm der Franzose liebenswürdig

weiter und lächelte breit. Seine Zähne hätten jeder Zahnpastawerbung Ehre gemacht. »Viele Zeichnungen der Aborigines beziehen sich auf Ereignisse aus der Traumzeit. Meine Aufgabe ist es, herauszufinden, ob diese Darstellung rein ästhetischen oder mehr dokumentarischen Charakter haben.«

Gudrun verkniff sich ein Grinsen. Mit seinem Charme und seiner Geistesgegenwart konnte Pierre auch die haarsträubendsten Lügen glaubwürdig verkaufen. Allerdings hatte er tatsächlich ein paar Semester Kunst studiert, bevor er, nach einer kurzen Zeit als Clochard, in die Dienste des schottischen Adligen Sir Ian Sutherland getreten war, Gründer und Finanzier des *Analytic Institute for Mysteries,* kurz A.I.M genannt.

»Ich würde eher ein Team aus Physikern und Geologen auf eine solche Expedition schicken«, murmelte der Arzt, »aber was soll's, das ist Ihr Problem. Wir sind da.«

Er öffnete eine Tür und geleitete seine Besucher in ein freundlich eingerichtetes Krankenzimmer.

Dr. Gunnar Björnstad, der schwedische Physiker, lag reglos in seinem Bett, als würde er schlafen, doch seine Augen waren geöffnet und starrten blicklos an die Decke.

Trent trat neben das Bett und beugte sich vor. »Mr. Björnstad«, sagte er leise, »Sie haben Besuch.«

Der Schwede reagierte nicht, zuckte nicht einmal mit den Lidern. Obwohl er eine Woche auf der Wüstenfarm und zwei hier im Krankenhaus verbracht hatte, waren ihm die Strapazen immer noch deutlich anzusehen. Sein normalerweise rundliches Gesicht wirkte länglich und eingefallen. Stirn, Wangen und Nase zeigten immer noch die Spuren eines schlimmen Sonnenbrandes. Die über der Bettdecke liegenden Hände waren schmal und zernarbt.

Gudrun erschrak bei seinem Anblick. Als sie Björnstad vor einem Monat mit seinen Begleitern in der Sumpfwelt gesehen hatte, war er zwar gehetzt und verzweifelt gewesen, hatte sich aber noch bester Gesundheit erfreut. Der Mann, der hier vor ihr lag, war kaum mehr als die leere Hülle eines Menschen.

»Gunnar, können Sie mich hören?« fragte sie sanft und legte ihm eine Hand auf den Arm.

Sie glaubte, ein kurzes Blinzeln bemerkt zu haben, aber das war die einzige Reaktion des Schweden. Gudrun fragte sich, ob Björnstad sie in der Sumpfwelt überhaupt wahrgenommen hatte. Am Anfang bestimmt nicht, aber kurz bevor sie in die wirkliche Welt zurückgekehrt war, war er zu ihr herumgewirbelt und hatte sie mit einem Messer verletzt. Die Schnittwunde an ihrem Unterarm war ein deutlicher Beweis, daß die Geschehnisse nicht nur das Produkt eines fiebergeschüttelten Gehirns gewesen waren.

»Wie ich Ihnen gesagt habe. Er reagiert nicht auf optische oder akustische Reize«, erklärte der Arzt. »Obwohl er sie wahrnimmt, das hat das EEG zweifelsfrei gezeigt. Wenn wir ihn hier in zwei Wochen zu keiner gezielten Reaktion bewegen konnten, wird Ihnen das in fünf Minuten erst recht nicht gelingen.«

Ohne auf den Australier zu achten, beugte sich Gudrun weiter vor, bis sie Björnstad direkt in die Augen sehen konnte. Seine Pupillen waren unnatürlich stark geweitet, die hellblaue Iris nur ein schmaler Ring. Ihre Finger strichen leicht über sein Handgelenk. Die Haut fühlte sich wie dünnes, brüchiges Pergament an.

»Wie sind Sie zurückgekehrt?« flüsterte sie. »Was ist aus Franke geworden?«

Das letzte, was sie gesehen hatte, waren Björnstad und Franke gewesen, wie sie kämpfend im Sumpf versunken waren.

»Franke . . .«, hauchte Björnstad. Ein Zittern lief durch seinen Körper.

»Was ist mit ihm geschehen?« hakte Gudrun nach. »Ist er ertrunken? Haben Sie ihn ...?«

Trents Augen wanderten erstaunt zwischen Gudrun und Björnstad hin und her. Mit dieser Reaktion hatte er bestimmt nicht gerechnet.

»Franke ... ich habe ihn umgebracht«, stieß Björnstad krächzend hervor. »Er hat Morrow erstochen. Ich ... ich ...«

Plötzlich wurde sein Blick klarer, seine rechte Hand schoß hoch und packte Gudruns Arm.

»Helfen Sie mir!« schrie er verzweifelt. »Wir werden alle sterben! Der Rückweg, wir müssen an den Ausgangspunkt zurück! Der Übergang, der Übergang ...«

Gudrun war bei seinem Aufschrei zurückgezuckt, aber Björnstad hielt ihren Arm mit erstaunlicher Kraft umklammert.

»Ich kenne dich!« rief der Schwede. »Ich habe dich gesehen, du warst auch da!«

»Um Gottes willen, lassen Sie ihn los!« zischte der Arzt.

»Er hält *mich* fest!« preßte Gudrun hervor. Vergeblich versuchte sie, sich aus Björnstads Griff zu befreien.

Tom stürzte vor und bog Björnstads Finger zurück. Doch erst mit Trents Hilfe gelang es ihm, den Griff zu lösen. Pierre hatte sich auf die Brust des Schweden gestützt und drückte den sich aufbäumenden Mann auf das Bett zurück. Im gleichen Augenblick, als Gudrun den Arm fortziehen konnte und aus Björnstads Blickfeld verschwand, erschlaffte er und lag wieder reglos da. Nur seine Finger zuckten noch kraftlos.

»Raus!« sagte Trent kalt. Sein Gesicht war eine eisige Maske. »Verlassen Sie auf der Stelle –«

»Schon gut, Doc, schon gut«, fiel ihm Tom beschwichtigend ins Wort. Er zog Gudrun, die wie erstarrt dastand, zur Tür. Pierre folgte den beiden und zog die Tür hinter sich zu. Er erhaschte noch einen letzten Blick auf Trent, der sich über Björnstad gebeugt hatte und auf einen Klingelknopf am Kopfende des Bettes drückte.

»Und was jetzt?« fragte Tom ratlos. Er schüttelte Gudrun, die sich mit schreckgeweiteten Augen das gequetschte Handgelenk massierte. »Los, komm zu dir!« rief er grob.

»Wir sollten machen, daß wir von hier verschwinden«, schlug Pierre vor. Er deutete den Gang entlang. Eine Krankenschwester und ein Pfleger eilten in ihre Richtung. »Hauen wir ab, bevor man uns unangenehme Fragen stellt, die wir sowieso nicht beantworten können.«

»Richtig«, stimmte Tom zu. Er ergriff Gudrun am Arm, um sie mit sich zu ziehen, aber sie schüttelte seine Hand ab. »Ich kann allein gehen«, zischte sie.

»Dann komm endlich!« herrschte er sie an und drehte sich um.

Gudrun verschluckte eine scharfe Erwiderung, als sie sah, wie Pierre schnell den Kopf schüttelte. Es war nicht allein der Schreck über Björnstads Reaktion, der sie einen Augenblick lang gelähmt hatte, es war auch dieser kurze, krampfartige Schmerz in ihren Eingeweiden und das Ziehen in den Gliedern. Seit einigen Tagen traten diese Anfälle überraschend in immer kürzer werdenden Intervallen auf und wurden heftiger. Sobald sie die Zeit fand, würde sie einen Arzt aufsuchen. Sie hob in einer hilflosen Geste die Arme und folgte Tom. Pierre schloß sich ihnen an.

Es gelang ihnen, die Klinik unbehelligt zu verlassen.

Jack Warden stand fünf Schritte hinter Suzy, den Revolver im Anschlag. Er sah gespannt zu, wie die schöne Eurasierin eine schlanke Hand auf das kaum erkennbare Feld neben der Tür legte und dann einen Schritt zurücktrat. Lautlos öffnete sich die dreieckige Tür.

Obwohl der Raum dahinter fensterlos war und keine sichtbare Lichtquelle besaß, herrschte in ihm das gleiche Licht wie überall in der halb versunkenen Pyramide östlich des Kermadec-Tonga-Grabens im südlichen Pazifik. Irgendwelche verborgenen Mechanismen paßten das Licht im Inneren des uralten Bauwerks ständig den draußen herrschenden Lichtverhältnissen an.

Das Wesen, das in der Mitte des Raumes auf dem Boden saß, schien einem Alptraum oder dem Gehirn eines Wahnsinnigen entsprungen zu sein. Es sah aus wie die Kreuzung zwischen einem Menschen und einer Echse. Die Gestalt war humanoid, aber von Kopf bis Fuß mit feinen, metallisch schimmernden Schuppen bedeckt, die je nach Blickwinkel grünlich, bronze- oder ockerfarben schillerten. Die Hände waren klauenartig mit langen, schmalen Fingern, die in spitzen Krallen ausliefen, die Füße groß, platt und trapezförmig. Zwischen den Zehen, die an den Enden kurze, gebogene Nägel trugen, waren rudimentäre Schwimmhäute zu erkennen. Am erschreckendsten jedoch war der Kopf der Kreatur: er schien zu groß für den eher schlanken Körper und hatte überhaupt nichts Menschliches mehr an sich. Die Nase war zu einem niedrigen, schmalen Höcker mit langgezogenen Luftschlitzen degeneriert, die Mundpartie hatte sich vorgeschoben und lief in einem lippenlosen, schildkrötenartigen Maul aus. Das Wesen besaß keine Ohren oder sichtbaren Gehöröffnungen.

Das Fremdartigste jedoch waren die Augen. Sie standen weit auseinander, quollen fast aus dem kahlen Kopf und waren so groß wie Tischtennisbälle. Ihre Anordnung mußte ihrem Träger ein Blickfeld von gut zweihundertsiebzig Grad ermöglichen. Sie waren bis auf die gelben Schlitzpupillen pechschwarz und wirkten kalt und starr. Als das Wesen den beiden Menschen den Kopf zuwandte, bewegten sich die Augen wie bei einem

Chamäleon unabhängig voneinander, und für einen kurzen Moment legten sich durchsichtige Nickhäutchen über sie.

»Hallo, Kar«, sagte Suzy ruhig mit rauchiger Altstimme.

Das Wesen öffnete das Maul, und eine erschreckend menschlich aussehende Zunge wurde sichtbar. »Wasch wiillz duu, Schuschie?« gab es zurück.

Das Geräusch ließ Jack einen Schauer über den Rücken kriechen. Mittlerweile verstand er die fauchenden, zischenden Laute recht gut. Seine Hand schloß sich fester um den Griff des Revolvers. Befriedigt stellte er fest, daß der Lauf nicht zitterte.

»Geht es dir gut?« erkundigte sich Suzy. Ihre Stimme klang aufrichtig besorgt, aber Jack wußte, daß sie so falsch war wie alles an Suzy Duvall. Falsch und ungeheuer aufregend.

Kar gab einen undefinierbaren Laut von sich, der sich wie ein verzerrtes Lachen anhörte. »Lasch mich rausch«, verlangte er. Es war nicht zu erkennen, ob er Suzy oder Jack anstarrte. Vielleicht beobachtete er sie gleichzeitig.

»Ja, ich werde dich rauslassen, Kar«, versprach Suzy. »Aber wir werden in deiner Nähe bleiben. Versuch nicht zu fliehen. Vergiß nicht, daß wir bewaffnet sind.« Sie hob den Elektrostab und deutete mit dem Kopf hinter sich auf Jack.

»Das ist nicht persönlich gemeint«, fuhr sie fort. »Du weißt, wir müssen uns schützen. Deine Verwandlung hat dich unberechenbar gemacht. Aber ich habe den Eindruck, daß du dich langsam wieder unter Kontrolle bekommst. Ist das wahr, Kar? Bist du wieder bei klarem Verstand?«

Ihre Stimme klang so mitfühlend und sanft, daß Jack einen Augenblick ins Zweifeln kam. War es möglich, daß sie doch noch einen Rest von Sympathie für Kar besaß?

Er schüttelte innerlich den Kopf. Unwahrscheinlich. Sie hatte Kar schon hintergangen, als der noch größtenteils menschlich gewesen war. Richard Dean Karney, der sich seit seinem Kontakt mit einer fremdartigen Flüssigkeit in einem ähnlichen uralten Bauwerk langsam in ein echsenartiges Wesen verwandelt hatte, war für sie von Anfang an nur Mittel zum Zweck gewesen. Und seit die Metamorphose vor einem Monat mit irrsinniger Geschwindigkeit vorangeschritten war, war er für sie nur noch ein Werkzeug. Und ein unappetitliches dazu.

Kar erhob sich langsam. Eine Zeitlang hatte er sich nur kriechend fortbewegen können. Mittlerweile konnte er wieder aufrecht gehen, wenn auch gebückt und watschelnd. Wie gut er wirklich auf den Beinen war, wußte er selbst nicht. In seiner engen Kammer hatte er nicht die Gelegenheit gehabt, es auszuprobieren.

»Mein Koff isch klaa«, zischte er.

Suzy bezweifelte das zwar, schon seine Wortwahl klang etwas merkwürdig, aber sie brauchte seine Hilfe. Nur Kar konnte mit der Anlage zur Zeitlosen Ortsversetzung richtig umgehen, und seit einiger Zeit zeigte die ovale Kristallplatte, die so etwas wie eine variable Landkarte der Erde darstellte, eine ungewöhnliche Aktivität im Süden Australiens. Suzy hatte Kar früher öfters beobachtet und ihn sogar mit versteckten Kameras heimlich gefilmt, wenn er an der Anlage arbeitete, trotzdem kam sie mit der Handhabung des Gerätes nicht ganz zurecht. Hier und da gelang es ihr, bestimmte Regionen der Erde in einer Art Hologramm erscheinen zu lassen, doch auf die meisten Gegenden hatte sie keinen Zugriff, und den Transportmechanismus, mit dem man Gegenstände oder auch Menschen ohne Zeitverlust über beliebige Entfernungen versetzen konnte, begriff sie überhaupt nicht.

»Dann komm«, sagte sie. »Wir gehen in den Transporterraum. Aber versuch keine Tricks, Kar, sonst müssen wir dich wieder einsperren, und das wollen wir doch alle nicht.« Sie lächelte honigsüß.

Kar watschelte auf die dreieckige Tür zu. Seinem Gesicht war keine Regung anzusehen. Als er den Raum verlassen hatte, warf Suzy einen kurzen Blick hinein.

Ihr Gesicht verzog sich, als ihr ein schwacher Schwall schaler Luft entgegenschlug, der nach Fisch und Verwesung roch. Ohne die geheimnisvollen Selbstreinigungskräfte der Pyramide wäre der Gestank wahrscheinlich mörderisch gewesen.

Der Raum war größtenteils leer. Die Pritsche, auf der Kar früher geschlafen hatte, lag, in ihre Einzelteile zerlegt, in einer Ecke. Hier und da waren Reste von Kars letzter Mahlzeit zu erkennen, Fetzen von Fischen, Krebsen, Langusten und Seetang. Seit zwei Wochen bevorzugte Kar Rohkost, am liebsten lebendige.

An einer der Seitenwände war so etwas wie ein kleiner primitiver Altar aufgebaut. Auf einem Stoffetzen, der einmal Kars Jacke gewesen war, lagen eine Handvoll Zähne, zwei halbverweste Ohren, Hautfetzen, ein kümmerlicher, schütterer Skalp und ein eingetrocknetes Gebilde, das Kars Genitalien sein mochten. Obwohl Suzy alles andere als zartbesaitet war, verspürte sie bei dem Gedanken, wie Kar den verrottenden Überbleibseln seiner Menschlichkeit huldigte, ein würgendes Gefühl der Übelkeit in sich aufsteigen. Sie wandte sich schnell ab. Lautlos schloß sich die Tür.

Jack und Suzy folgten Kar die gewundene Treppe hinab, die in die unterirdischen Regionen der schwarzen Pyramide führten. Der Gang war gerade breit genug, daß sie nebeneinander gehen konnten. Jack hielt den Revolver auf Kars Rücken gerichtet, Suzy den Elektrostab, den Taucher benutzten, um zudringliche Haie abzuwehren, zum sofortigen Zustoßen bereit.

Es war, als würden sie einer zurückweichenden, Übelkeit verursachenden Wolke folgen. Diese Aura, die Kar im Zuge seiner Verwandlung mit zunehmender Intensität umgeben hatte, schien in letzter Zeit wieder etwas schwächer zu werden, war aber immer noch sehr unangenehm. Dazu gesellte sich seit kurzem ein merkwürdiger Geruch, nicht direkt widerwärtig, aber auf eine exotische Weise abstoßend.

Die Tür zu dem Raum, in welchem die Anlage zur Zeitlosen Ortsversetzung stand, öffnete sich wie von Geisterhand, als sie sich ihr näherten. Jack schob sich schnell an Kar vorbei, um den Raum als erster zu betreten, damit sich Kar dort nicht möglicherweise verbarrikadierte. Er nahm neben der auf schlanken silbernen Säulen ruhenden ovalen Kristallplatte Aufstellung.

Die Linien auf dem obsidianartigen Material waren in Bewegung geraten. Das Zentrum der Aktivität konzentrierte sich auf eine Gegend südlich von Alice Springs im Herzen Australiens. Es war die gleiche Aktivität, die die Platte gezeigt hatte, als sich Kar auf die Reise zum Ayers Rock begeben hatte. Nach seiner Rückkehr hatte die rapide Metamorphose eingesetzt.

»Was geht da vor sich, Kar?« fragte Suzy, als sie, in zwei Metern Abstand, neben Kar vor der Platte stand. »Die ganze Anlage scheint blockiert zu sein. Was auch immer ich versuche, alle Projektionen konzentrieren sich nur auf diesen Punkt, ohne ihn allerdings klar abzubilden.«

»Heimwech«, röchelte Kar. Er stand stocksteif vor der Platte, und der Blick seiner großen kalten Augen schien noch starrer geworden zu sein. Eine Krallenhand näherte sich dem Rand der Kristallplatte und den verschlungenen Symbolen.

»Mach keinen Unfug, Kar«, warnte Suzy, und plötzlich klang ihre Stimme schneidend. »Ich möchte nur wissen, was dort vor sich geht, und ich möchte, daß die Anlage wieder ordnungsgemäß funktioniert.« Sie hob den Elektrostab, bis die Spitze nur noch ein paar Zentimeter von Kars schuppigem Oberkörper entfernt war. »Du weißt, was passiert, wenn ich dir sechzigtausend Volt verpasse.«

Kar drehte sich zu ihr um. Seine Klauenhände öffneten und schlossen sich, und Suzy trat wachsam einen weiteren Schritt zurück. Die Vorstellung, früher mit diesem ... diesem Ungeheuer geschlafen zu haben, bevor seine Impotenz dem ein Ende gesetzt hatte, erschreckte sie. Kar hatte sich an einer Flüssigkeit infiziert und sich unaufhaltsam verwandelt. Was, wenn er sie ebenfalls angesteckt hatte? Was, wenn sie sich ebenfalls in ein Monstrum verwandelte?

Ein krächzendes Grollen Kars unterbrach ihre Gedanken. »Kein' Angss, Schuschie«, stieß er hervor, und Suzy war sich einen Augenblick lang sicher, daß er sie auslachte. »Du wirsch bald sähn, wasch passiert.«

Sie schluckte. Es klang fast so, als hätte er ihre Gedanken gelesen.

»Mach schon!« befahl sie. »Zeig's mir.«

Kar beugte sich über die Platte.

Bei den riesigen Entfernungen in Australien ist das Flugzeug ein unverzichtbares Transportmittel. Wohl in keinem anderen Land der Welt kommen so viele Flugstunden pro Kopf der Bevölkerung zusammen. Neben den offiziellen Fluglinien und den weltbekannten ›Flying Doctors‹ existieren eine Unzahl privater Kleinunternehmer, die eine oder mehrere Maschinen besitzen und jederzeit von Firmen oder Privatleuten gechartert werden können.

Phil Berger war ein solcher Kleinunternehmer und sein eigener Pilot. Sein Flugzeug, eine zweimotorige Piper, nannte er nur sein ›Baby‹, und das Ritual, mit dem er es vor dem Start durchcheckte, war geradezu zärtlich zu nennen.

Wie an seinem Namen unschwer zu erkennen, war er deutscher Herkunft, als kleines Kind kurz nach dem Zweiten Weltkrieg mit seinen Eltern in Australien eingewandert. Als er erfahren hatte, daß Gudrun Deutsche war, hatte er sie kurzerhand auf den Kopilotensitz verfrachtet, um sich mit ihr in seiner Muttersprache unterhalten zu können, die allerdings so akzentbehaftet war, daß er eher wie ein waschechter Australier klang.

Er hatte die Farm der fundamentalistischen Sekte, die sich selbst ›Kinder des Lichts‹ nannten, noch nicht selbst angeflogen, aber nach einer kurze Umfrage über Funk von seinen Kollegen alles erfahren, was er wissen mußte. Direkt neben der Farm gab es eine Landepiste, und die ›Kinder des Lichts‹ besaßen, wie das im australischen Outback üblich war, ein leistungsstarkes Funkgerät.

»Es scheinen relativ umgängliche Leute zu sein«, sagte er gerade auf eine entsprechende Frage Gudruns, »sieht man einmal von ihrer religiösen Verschrobenheit ab. Soviel ich erfahren habe, leben sie zwar sehr zurückgezogen, verzichten aber nicht auf technische Errungenschaften.« Er betrachtete die hübsche dunkelhaarige Anthropologin mit den grünen Augen mit unverhohlenem Interesse, ohne jedoch die Grenze zu überschreiten, an der die Aufmerksamkeit aufhört, schmeichelhaft zu sein, und aufdringlich wird.

Gudrun war es gewöhnt, daß die Blicke der Männer länger als unbedingt nötig auf ihr ruhten. Auch wenn sie, wie jetzt, kein Make-up und keine figurbetonende Kleidung trug, war unschwer zu erkennen, daß sie auch als Modell Karriere hätte machen können.

»Also nicht vom Schlag der Davidianer in Waco, Texas?« hakte sie nach.

»Wohl kaum.« Berger lachte und schüttelte den Kopf.

»Amerikaner! Die übertreiben es in jeder Beziehung. Auf der einen Seite die größten Betbrüder der Welt, auf der anderen das schießwütigste Volk unter der Sonne.«

Gudrun lächelte. »Wem sagen Sie das? Ich bin seit Monaten mit einem unterwegs. Ich würde ihn nicht unbedingt schießwütig nennen, aber er schläft sogar mit seinem Colt.« Sie deutete mit dem Kopf hinter sich, wo Tom saß, der just in diesem Augenblick an seinem .45er Single Action Colt herumhantierte, als müßte er sich auf ein Gefecht vorbereiten.

»Verheiratet?« fragte Berger neugierig.

»Mit Tom Ericson? Gott bewahre! Wir streiten uns so schon genug. Wenn wir verheiratet wären, würden wir im permanenten Kriegszustand leben.«

Obwohl sie gerade auf dem Weg in ein neues Abenteuer waren, fühlte sie sich so ruhig und entspannt wie schon seit langem nicht mehr. Das gleichmäßige Dröhnen der Propeller und Bergers muntere Plauderei wirkten wie ein mildes Beruhigungsmittel. Und das hatte sie auch bitter nötig.

Allein im letzten Monat hatte sie mehr Aufregung bekommen als andere Menschen in ihrem ganzen Leben. Von Australien nach Großbritannien, weiter nach Frankreich, dann auf die Azoren, zurück nach Nordschottland und jetzt wieder in Australien.

Vor drei Tagen war ein Umschlag mit einem zerknitterten Brief und einem Begleitschreiben der Polizeibehörde aus Adelaide auf Oake Dùn eingetroffen. Wichtiger als der Inhalt des Briefes war sein Absender gewesen: Dr. Gunnar Björnstad. Derselbe Gunnar Björnstad, dessen vermeindliches Ende Gudrun in einer Art Vision miterlebt hatte. Da man Björnstad ohne Ausweispapiere aufgefunden hatte, hatte die Polizei anhand eines Notizbuches und eines adressierten aber unfrankierten Briefes, die der Schwede in einer wasserdichten Plastikhülle bei sich getragen hatte, Kontakt mit Sir Ian Sutherland aufgenommen. Er hatte Tom, Gudrun und Pierre unverzüglich in die nächste Maschine gesetzt, die ans andere Ende der Welt flog.

Doch Björnstads überraschendes Wiederauftauchen war nicht der einzige Grund für ihre Reise gewesen; sie wären ohnehin nach Australien zurückgekehrt, wenn auch nicht ganz so schnell.

Seit Pierre, Connor und Valerie im äthiopischen Aksum nach der Bundeslade gesucht hatten, hatten sie Hinweise darauf, daß es in vorchristlicher Zeit möglicherweise Kontakte zwischen dem Königreich Salomons und Australien gegeben hatte.

Symbole, die Pierre mit seinen Begleitern in der Kapelle in Aksum, in der die Bundeslade aufbewahrt wurde, fotografiert hatten, deckten sich mit denen auf einer bemalten Felsplatte in der Nähe des Ayers Rock. Sie waren sich nicht nur ähnlich, sie waren *identisch*. Und jetzt ergab auch ein Satz Sinn, den Tom damals gar nicht bewußt registriert hatte, der ihm nach der Auswertung der Fotografien aber wieder eingefallen war. Der junge Aborigine, der ihnen geholfen hatte, hatte etwas von einem Heiligen Mann, ›der mit Menelik spricht‹, erzählt. Nun war Menelik nicht nur ein äthiopischer Kaiser des neunzehnten Jahrhunderts, der im Jahre 1896 die Italiener in der berühmten Schlacht von Adua geschlagen hatte, sondern zufällig auch noch der Name des Sohnes von König Salomon und der legendären Königin von Saba, der, äthiopischen Überlieferungen zufolge, die Bundeslade nach Aksum gebracht haben sollte.

»... der Franzose?« fragte Berger gerade.

Gudrun schreckte aus ihrer Versunkenheit hoch. »Entschuldigung«, sagte sie. »Ich war gerade in Gedanken woanders.«

»Gehe ich Ihnen auf die Nerven, Gudrun?« erkundigte

sich Berger. »Ich weiß, ich rede ziemlich viel. Wenn es Sie stört, müssen Sie nur ... Verdammt, was ist das?«

Gudrun zuckte zusammen und richtete sich augenblicklich kerzengerade auf. »Was ist?«

»Der Kompaß!« Berger klopfte dagegen.

»Was ist mit dem Kompaß?« fragte Gudrun nervös.

»Er spinnt. Wir fliegen nach Nordwesten. Der Kompaß zeigt aber nach Nordosten.«

»Kann es sein, daß Sie sich verflogen haben?« schlug Gudrun vor.

Berger blickte sie böse an, als hätte sie ihn der Päderastie bezichtigt. »Ich bin seit zwanzig Jahren mehr in der Luft als auf dem Boden. Eigentlich bräuchte ich gar keinen Kompaß mehr. Und selbst, wenn ich unsicher wäre«, er deutete aus dem Seitenfenster nach links, »da steht die Sonne, genau da, wo sie hingehört. Nein, wir sind definitiv auf Kurs.«

Gudrun erschauderte. Tom hatte ihr erzählt, daß sein Kompaß ebenfalls verrückt gespielt hatte, als er sie, nach dem Schlangenbiß halb im Delirium, durch den Busch geschleppt hatte. Björnstad war diesem magnetischen Phänomen auf der Spur gewesen, als es ihn und seine Gruppe in ... in diese *andere Welt* verschlagen hatte. Und sie selbst war ebenfalls dort gewesen – irgendwie. Stand ihnen womöglich eine ähnliche Odyssee bevor?

»Ah, jetzt dreht er sich zurück«, sagte Berger in diesem Augenblick erleichtert. Er zog seine Flugkarten hervor, überprüfte seine Position und markierte die Stelle mit einem Filzstift. »Wahrscheinlich eine starke Konzentration von Eisenerz oder Nickel«, erklärte er. »Obwohl in den Karten nichts verzeichnet steht.«

Er wollte die Navigationskarten gerade in die Ablage zurückschieben, als der Kompaß erneut abzuweichen begann. »Oder aber, der Kompaß ist defekt«, sagte Berger und klopfte mit den Fingerknöcheln gegen das Abdeckglas. »Was allerdings so gut wie unmöglich ist. Der Kompaß ist so ungefähr das simpelste und idiotensicherste Instrument in meinem Baby.«

Gudrun drehte sich kurz um. Tom und Pierre hatten nichts bemerkt. Pierre war eingenickt, und Tom tastete mit gerunzelter Stirn über die Gravur auf der Seitenschale seines Colts, über deren Sinn er sich seit Jahren vergeblich den Kopf zerbrach.

Die Anthropologin überlegte, ob sie ihre Begleiter informieren sollte, entschied sich dann aber dagegen. Statt dessen zog sie eine Kladde hervor und notierte Zeitpunkt und Ort der Kompaßabweichung.

»Wieso wollen Sie das wissen?« erkundigte sich Berger auf ihre Frage nach der Flugposition.

»Wissenschaftliches Interesse«, sagte Gudrun wortkarg.

Der Pilot musterte sie genau. »Ich *gehe* Ihnen auf die Nerven«, stellte er betrübt fest.

Gudrun schüttelte den Kopf. »Nein«, widersprach sie und lächelte entschuldigend. »Ich bin nur müde. Ich habe einen anstrengenden Tag hinter mir.« Ein anstrengendes halbes Jahr, korrigierte sie in Gedanken.

Für den Rest des Fluges ließ sie den Kompaß nicht mehr aus den Augen.

Kar war sich Suzys Blicke nur zu gut bewußt. Obwohl er sich über die Kristallplatte gebeugt hatte und sich auf die Magnetfeldlinien konzentrierte, konnte er Suzy am Randes seines Blickfeldes beobachten. Zumindest ein Gutes hatte die Verwandlung mit sich gebracht: sie hatte seine Sehkraft erhöht und seinen Gesichtskreis gewaltig erweitert. Auch die anderen Sinne schienen geschärft zu sein. Er hatte Jack und Suzy schon gehört, bevor sich die Tür geöffnet hatte. Vielleicht waren es auch die schwachen

Erschütterungen im Felsboden gewesen, die er gespürt hatte.

Wenn er ehrlich war, mußte er zugeben, daß Suzy in gewisser Weise recht hatte. Seine Gefangenschaft diente auch seiner eigenen Sicherheit. Obwohl er wußte, daß Suzy einen Dreck auf seine Sicherheit geben würde, sobald sie erst einmal die Einrichtungen der Pyramide bedienen konnte. Dann würde sie ihn nicht nur einsperren, sondern ihn eiskalt umlegen. Mit Jack Warden stand schon ihr nächster Kronprinz bereit. Der nächste nützliche Idiot.

Kars Finger huschten über die Symbolfelder und feinen Linien. Mit seinen verwandelten Händen fiel es ihm leichter, die teilweise hauchdünnen Halbkreise und Windungen nachzufahren. Schon erschien die erste holographische Abbildung der angepeilten Region über der Platte, ein Kreis mit einem Radius von rund hundert Kilometern, an dessen nördlichem Rand ein riesiger rötlicher Monolith sichtbar war, Ayers Rock. Die Szene wirkte wie von einem hoch fliegenden Flugzeug aufgenommen, ohne die Eintrübungen der Atmosphäre, die das Bild an den Rändern verschwimmen ließen.

»So weit war ich auch schon«, hörte Kar Suzy sagen. Er grinste, aber dieses Grinsen war für einen Menschen nicht zu erkennen.

»Chäduld«, stieß er hervor.

Mit zwei kreisenden Bewegungen einer Kralle zoomte er das Bild näher heran. Der Radius verkleinerte sich, mehr Einzelheiten waren zu erkennen, Bodenformationen, ausgetrocknete Bachläufe, die nur während der seltenen aber manchmal heftigen Regenfälle Wasser führten.

»Was ist das da?« rief Suzy.

Kar hielt die imaginäre Kamerafahrt an. Suzy deutete auf ein rechteckiges Gebilde. Kar fokusierte das Bild darauf und vergrößerte es. In der kargen Landschaft wurde ein großes Haus mit mehreren kleinen, angrenzenden Gebäuden sichtbar. Ringsum lagen Felder in verschiedenen Grüntönen.

»Eine Farm«, stellte Suzy fest. Sie kam näher, hielt aber vorsichtig einen Meter Abstand zu Kar, den Elektrostab griffbereit. »Okay, mach weiter.«

Die Farm jagte mit atemberaubender Geschwindigkeit seitlich aus dem Bild. Büsche, niedrige Akazien und Termitenhügel zogen in rascher Folge vorbei. Dann kam das Bild abrupt zum Stehen. Auf den ersten Blick war nichts Außergewöhnliches zu sehen, eine hügelige Landschaft voller Spinifexgras, ausgedörrte Büsche, vereinzelte Bäume und Felsbrocken, ein weitgestrecktes, flaches Tal. Doch dann wurde ameisengroß eine Gruppe von Menschen unter einem hausgroßen, überhängenden Felsen sichtbar, die um ein nahezu rauchloses Feuer herum saß.

»Zzäntrumm därr Aktiivität«, sagte Kar.

»Eine Gruppe von Aborigines?« fragte Suzy zweifelnd. »Was haben die mit irgendwelchen Energiequellen zu tun?«

»Weiß nich'«, erwiderte Kar zischend. »Näherr.«

Während er die Gruppe mit kreisenden Bewegungen der rechten Hand näher heranzoomte, berührte er mit den Krallen der linken Hand in rascher Folge eine Reihe von Symbolen am äußersten Rand der Scheibe.

»Was machst du da?« rief Suzy scharf, der die Bewegung nicht entgangen war. Sie hob drohend den Stab, und Kar hörte überdeutlich ein trockenes Klicken, als Jack den Hahn seines Revolvers spannte.

Schnell trat er von der Platte zurück und hob in einer beschwichtigenden Geste die Arme. »Einställung fixierrn«, erklärte er und deutete auf die Holografie. »Chäht jetzz von ssälbss.«

Die imaginäre Kamera fuhr langsam und gleichmäßig

auf die Gruppe zu, bis sie in etwa zwanzig Metern Höhe stehenblieb. Jetzt waren die Aborigines deutlich zu erkennen. Es waren etwa dreißig, Männer, Frauen und Kinder. Sie saßen friedlich um das Lagerfeuer herum. Einige brieten irgend etwas an Spießen. Die anderen schwatzten miteinander, doch die Holografie konnte keine Geräusche wiedergeben. Die Kinder tollten ausgelassen herum.

»Was hat eine Gruppe von unzivilisierten Wilden mit der Störung einer Anlage wie dieser zu schaffen?« fragte Jack. »Oder befinden sie sich nur zufällig an diesem Ort?« Langsam ließ er den Hahn des Revolvers in die Ruhestellung zurückgleiten.

Kar zuckte auf eine absolut menschliche Art, die sein fremdartiges Aussehen nur um so mehr betonte, schweigend die Achseln.

In diesem Augenblick hob einer der Aborigines den Kopf und blickte nach oben. Es war ein alter Mann mit wilder Haarpracht und einem dichten weißen Bart. Er schien direkt in die Linse der imaginären Kamera hineinzusehen, so daß seine Augen jedem der drei Beobachter begegneten.

Suzy wurde starr. »Kar«, flüsterte sie. »Kann er uns sehen?«

»Unmöchlich«, erwiderte Kar. »Värrbindung chäht nurr in eine Rrichtung.«

Aber da war er sich gar nicht so sicher. Der Blick des alten Aborigine wirkte zu intensiv und zu gezielt, um nur zufällig zu sein. Allerdings hatte Kar im Augenblick ganz andere Sorgen. Er war ein großes Risiko eingegangen. Seit die Anlage nach dem Überfall der ›Männer in Schwarz‹ beschädigt worden war, konnte sie zwar weiterhin als Beobachtungsinstrument benutzt werden, aber ihre Funktion als Transmitter war stark eingeschränkt. Und doch hatte Kar den Transportvorgang initialisiert.

Von jetzt an lief eine Art Zeitschaltung ab. In etwa fünf Minuten würde sie alles, was das Feld erfaßte, an den Ort transportieren, den die Holografie zeigte.

Und die Einstellung war nicht rückgängig zu machen.

Tom hätte sich nicht gewundert, wenn sich der Anführer der ›Kinder des Lichts‹ Vater Abraham genannt hatte, aber Aaron war auch ganz passend. Er trug einen wallenden grauen Bart, ein langes weißes Leinenhemd und Sandalen.

Nur die verwaschenen Jeans störten den alttestamentarischen Eindruck etwas.

Sie saßen im weichen roten Licht der untergehenden Sonne auf der Veranda des großen Farmhauses und tranken Tee, den eine große hagere Frau namens Maria serviert hatte, die Aaron ihnen als sein Eheweib vorgestellt hatte. Wie alle Frauen, die sie bisher zu Gesicht bekommen hatten, verbarg Maria ihr Haar unter einem Kopftuch.

Gudrun fragte sich, ob die Frauen ständig Kopftücher trugen, oder ob sie das nur in Gegenwart von Fremden tun mußten. Aarons mißbilligender Blick auf ihr Haar war ihr nicht entgangen.

»Ja, wir haben gesehen, daß es ein Aborigine war«, bestätigte Aaron auf eine Frage Toms. »Samuel und David sind rausgegangen, als die Hunde im Morgengrauen angeschlagen haben. Als sie den Mann erreicht hatten, war der Heide schon weit weg. Sie halten sich immer von unserem Land fern. Sie fürchten den Zorn Gottes.«

Tom überging die letzte Bemerkung geflissentlich. »Und Sie sind sicher, daß die Aborigines Björnstad gefangen und fast umgebracht haben? Wieso sollten sie ihn dann zu Ihnen zurückbringen? Kann es nicht sein, daß sie ihn in der Wüste gefunden und ihm sogar das Leben gerettet haben?«

»Junger Mann, Sie kennen diese Wilden nicht«, erwiderte Aaron streng, und auf seiner sonnengegerbten Stirn erschien eine tiefe Unmutsfalte. »Sie sind roh und verstockt und taub für Gottes Wort. Sie huldigen Götzen und bringen in schwarzen Messen ihren Dämonen Opfer dar.«

Gudrun verschluckte sich an ihrem Tee und mußte husten. Pierre klopfte ihr auf den Rücken, und Tom schoß ihr einen kurzen warnenden Blick zu. Er kann Gudruns Impulsivität zur Genüge.

»Es heißt, daß in dieser Gegend in letzter Zeit öfters als sonst Menschen spurlos im Busch verschwunden sind«, sagte Tom ungerührt. »Glauben Sie, die Aborigines könnten damit etwas zu tun haben?«

Aaron nickte mit Nachdruck. »In der Gegend haust ein Stamm, der allen Weißen aus dem Weg geht. Selbst andere Stämme haben kaum Kontakt zu ihnen. Sie nennen sich die Ameisenleute. Ein paar getaufte Aborigines haben uns erzählt, daß dieser Stamm einen mächtigen Zauberer hat, der mit den Seelen der Vorfahren spricht und Geister herbeirufen kann. Sie halten finstere Rituale ab.« Er bekreuzigte sich. »Aberglaube und Teufelswerk!« spie er aus. »Möge Gott ihren Seelen gnädig sein.«

»Aber was hat das mit dem Verschwinden von Weißen zu tun?« wollte Gudrun wissen. »Meines Wissens nach gibt es keine belegten Beispiele für Menschenopfer unter den Aborigines. Sie bringen nicht einmal Tieropfer dar. Wenn sie etwas opfern wollen, ritzen sie sich die Arme auf und vergießen nur ihr eigenes Blut.«

Aarons Gesicht verfinsterte sich, aber er würdigte sie keiner Antwort. Gudrun wußte nicht, ob es daran lag, weil sie als Frau es gewagt hatte, sich ungefragt zu Wort zu melden, oder weil sie Zweifel an seinen Worten angemeldet hatte. Sie wußte nur, daß sie sich plötzlich verzweifelt wünschte, hochhackige Schuhe mit Pfennigabsätzen zu tragen, um sie diesem (Bezeichnung wegen Unflätigkeit zensiert) in den Hintern rammen zu können.

»Ich warne Sie, sich auf ihr Territorium zu begeben«, fuhr Aaron in Toms Richtung fort. »Zwei unbewaffnete Männer und eine Frau wären für diese Heiden wie eine Einladung, sich neue Opfer zu besorgen.«

»Ich danke Ihnen für Ihre Warnung«, versicherte Tom, »aber erstens sind wir nicht unbewaffnet, und zweitens haben wir schon gefährlichere Situationen gemeistert.«

»Ich spreche nicht einfach von wilden Tieren und kriegerischen Eingeborenen«, erklärte Aaron, »ich spreche vom Werk des Teufels.«

»Machen Sie sich keine Sorgen«, sagte Tom freundlich. »Wir legen unser Schicksal in Gottes Hände. Wir vertrauen auf den Herrn.«

Gudrun verschluckte sich zum zweiten Mal an ihrem Tee.

»Amen«, sagte Aaron feierlich.

Kar deutete auf eine Reihe von Symbolen auf der Kristallplatte. »Rächss, linkss, vorr, zurrück, hoch, rruntr«, zischte er.

»Die Einstellungen kenne ich schon«, gab Suzy zurück. Sie fuchtelte mit dem Elektrostab vor seiner Brust herum. »Stell dich da an die Wand«, befahl sie.

Gehorsam wich Kar ein paar Schritte zurück, bis er die kühle Felswand in seinem Rücken spürte.

Suzy winkte Jack zu sich heran, ohne Kar aus den Augen zu lassen. »Okay, Schatz«, sagte sie. »Merke dir die Symbole, die ich jetzt berühre. Damit läßt sich die Projektion steuern.«

Sie schmiegte sich an ihn, legte eine Hand auf seinen

Hintern und zog ihn zu sich heran. Ihr Mund öffnete sich leicht, als ihr Kopf schlangengleich auf Jack zufuhr und sich ihre Lippen auf die seinen preßten. Ihre Zunge fuhr spielerisch über seine Zähne und schob sich in seinen Mund. Sie saugte an seiner Unterlippe und biß leicht hinein. Als sie den Kopf zurückzog, biß sie fester zu, so daß sich Jacks Unterlippe dehnte und er zusammenzuckte und aufstöhnte.

»Was, zum Teufel. .?« begann er, aber da ließ sie ihre Zungenspitze schon wieder über seine malträtierte Unterlippe gleiten und lächelte. Ihre Augen funkelten. »Entschuldige, Schatz. Habe ich dir wehgetan?« Sie rieb ihre Hüften an ihm, legte ihr Kinn in die Mulde über seinem Schlüsselbein und starrte Kar an.

»Ich kann dir Schmerzen zufügen, die du genießen wirst«, flüsterte sie Jack ins Ohr. »Ich kann dir auf eine Art weh tun, daß du nach mehr verlangst.«

Sie spürte seine beginnende Erektion. *Zwanzig Sekunden,* dachte sie. *Ich schaffe dich auch noch in zehn.* Ihr Blick war weiterhin auf Kar gerichtet.

»Aber alles zu seiner Zeit.« Sie löste sich wieder von ihm. »An die Arbeit.«

Kar beobachtete sie und Jack gleichzeitig. Um Suzys Lippen spielte ein maliziöses Lächeln, das ihre ebenmäßigen Zähne entblößte. Warden atmete schwer und befingerte abwesend die schmerzende Bißstelle an seiner Unterlippe.

Kar wußte, daß Suzys kleines Schauspiel mehr ihm als Jack gegolten hatte.

Sie hatte ihm demonstrieren wollen, daß Jack nur ein Spielzeug in ihren Händen war, aber gleichzeitig eine gefährliche Waffe, die sie jederzeit gegen Kar einsetzen konnte. Und außerdem hatte sie ihm gezeigt, was er nie wieder besitzen würde.

Spiel nur deine Spielchen, Suzy, dachte er belustigt. *Mich trifft dein Stachel nicht mehr. Glaubst du wirklich, ein ... ein Geschöpf wie mich könnte eines wie dich noch reizen?*

Er sah zu, wie ihre Finger etwas unbeholfen die Symbollinien nachzeichneten. Sie hatte sich etwas vorgebeugt, und ihr Hinterteil zeichnete sich provozierend unter dem glatten roten Seidenstoff ihres Kleides ab.

Wie meistens trug Suzy ein hochgeschlossenes enges Kleid, das besser in eine Abendgesellschaft gepaßt hätte. Es betonte ihre schlanke, geschmeidige Figur. Suzy Duvall war eine Schönheit und verkörperte in perfekter Form die vollkommene Symbiose des östlichen und westlichen Menschen. Sie war sich ihrer Wirkung auf Männer – und auch auf Frauen – nur zu gut bewußt und nutzte sie skrupellos aus. Es waren nicht nur ihre Macht und ihre guten Verbindungen zur ostasiatischen Unterwelt, die Kar an ihr so fasziniert hatten, er war auch von Anfang an der Frau Suzy Duvall verfallen. Doch jetzt nahm er ihre Reize nur noch mit dem klinischen Interesse eines professionellen Gynäkologen wahr.

Er sah, wie das Bild wanderte, als sich die imaginäre Kamera nach Westen über die hügelige Buschlandschaft bewegte. Die Holografie war kristallklar und gestochen scharf. Suzy spielte mit der Anlage herum, wie eine Katze mit der Maus. Sie würde sich nicht mehr als höchstens zwanzig Kilometer von dem Punkt entfernen können, auf den er die Projektion fixiert hatte, aber dazu würde es gar nicht mehr kommen.

Noch eine Minute. Jacks Blick pendelte zwischen Suzy und Kar hin und her. Er war jetzt Kars größte Sorge. Wenn er die Nerven verlor und schoß, war alles aus. Deshalb hatte Kar die Transportsequenz auch auf Verzögerung geschaltet. Es würde so aussehen, als wäre Suzy dafür verantwortlich.

Dicht über dem Boden entstand ein feiner Nebel. Noch bemerkten Jack und Suzy nichts davon.

»Aufhörrn, Schuschie! Fählerr, Fählerr!« krächzte Kar.

Suzy fuhr herum, ihr Gesicht war plötzlich wutverzerrt. »Halt das Maul, Kar!« zischte sie. »Ich weiß genau, was ich tue!«

Kar deutete auf den Boden, wo der Nebel jetzt schon knöcheltief wallte und schnell wuchs. Auch unter der Decke hatten sich dünne weiße Schleier gebildet, die nach unten sanken und sich verdichteten. Suzy erstarrte.

»Was. .?« fragte sie erschrocken.

»Fählerr, Fählerr«, wiederholte Kar. »Transporrt, Schuschie. Wohin?«

»Komm hier her!« schrie sie. »Sofort! Mach das rückgängig!«

Kar kam auf sie zu, aber Jack hob den Revolver und spannte den Hahn. »Bleib, wo du bist!« rief er. »Suzy, das ist ein Trick, er hat uns reingelegt! Laß ihn nicht an die Platte, er hat irgend etwas vor!«

Suzy blickte gehetzt von einem zum anderen. »Was geht hier vor, Kar?« fragte sie heiser. »Was passiert mit uns?«

»Weiß nich'«, beteuerte Kar. Er war auf halbem Weg stehengeblieben und hatte die Hände erhoben. »Nich' schießn, Schäck. Transporrt läuft an. Wohin, Schuschie?«

»Ich habe keine Ahnung!« brüllte die Eurasierin. »Ich habe nichts gemacht! Komm, Jack, lauf!« Sie wirbelte herum und stürzte auf die Tür zu, aber die war plötzlich verschlossen. Hilflos blieb sie stehen, ihre Hände ballten sich rhythmisch zu Fäusten und öffneten sich wieder. Der Nebel wurde immer dichter, griff wie mit klebrigen Fingern nach ihr.

Kar machte einen Schritt auf die Platte zu. Die Holografie über ihr zeigte einen öden Landstrich. Es würde nur eine Sekunde dauern, wieder den Felsen mit den Aborigines anzupeilen, das Zentrum der magnetischen Aktivität, vielleicht eine Pforte in jene Welt, die auf ihn beim ersten Mal so fremd und erschreckend gewirkt hatte, ihm jetzt aber wie seine angestammte Heimat erschien ...

»Noch einen Schritt, und du bist tot«, klang Jacks Stimme verzerrt auf. Sie zitterte genauso wie der Revolver. Kar verharrte.

Der Nebel wogte und wallte. Jacks Umrisse begannen zu verschwimmen, Suzy war bereits von den Schwaden verschluckt.

Kar verspürte ein Gefühl, als würde ihm der Boden unter den Füßen weggezogen. Er schien haltlos zu stürzen, wie in diesem Sekundenbruchteil zwischen Wachzustand und Schlaf, in dem man noch einmal aufschreckt.

Er hörte einen peitschenden Knall, seltsam gedämpft, als würde jemand hinter einem Berg aus Watte in die Hände klatschen. Irgend etwas sirrte dicht an ihm vorbei.

Jack hatte geschossen und ihn verfehlt, und sie waren unterwegs.

Kar heulte triumphierend auf.

Bulpallungo saß in einem ausgetrockneten Flußbett nahe einer Ansammlung von runden Steinen, die die Eier *Kurrichalpongos,* der schwarzen Felsenschlange, waren, die sie auf ihrem Weg aus dem Norden hier zurückgelassen hatte. Er blickte zum klaren Nachthimmel empor, an dem der Sternenstrom schimmerte, der eigentlich der Rauch des Lagerfeuers von *Nagacork,* dem Schützenfischahnen, ist.

Diesmal war er nicht auf der Wanderung, um neue *Corrobores* zu lernen, sondern um drei Weiße zu seinem Stamm zu führen. Der *Wirrinun* hatte es ihm aufgetragen. Die Geister der Ahnen waren ihm erschienen und hatten ihm gesagt, daß er bald den Weg nach Westen in das Land antreten würde, in dem die Seelen frei waren. Der

Stamm hatte die Nachricht mit Trauer aufgenommen, doch der Weise hatte sie getröstet und ihnen versichert, daß sein Geist stets über sie wachen würde.

Bulpallungo hatte sich vor sein kleines Lagerfeuer gekauert, das er mit trockenen Zweigen nährte und in das er hin und wieder eine Handvoll heiliger Kräuter und Pilze warf. Während sein Körper langsam einschlief, lauschte seine Seele dem Flüstern der Geister.

In der sternenklaren, mondlosen Nacht schimmerte an der Biegung des ausgetrockneten Flußlaufs ein heller Schemen auf. Bulpallungo sah ruhig zu, wie sich der Schemen näherte und sich dabei in drei Skelette aufteilte. Die Knochenmänner kamen auf ihn zu und umringten ihn.

Keiner sprach ein Wort. Ein Skelett ergriff ihn bei den Beinen, die beiden anderen an den Armen. Sie legten ihn mit dem Rücken auf den Boden und holten ihre Steinmesser hervor. Bulpallungo spürte einen scharfen Schmerz, als sie seinen Leib vom Brustbein bis zum Bauchnabel aufschlitzten und seine Leber, sein Herz, seine Nieren und seinen Magen herausholten. Sie hängten sie über dem Feuer zum Trocknen auf. Dann öffneten sie seinen Schädel und entnahmen ihm das Gehirn.

Während zwei der Skelettgeister in den Boden griffen und heilige Steine daraus hervorzogen, die sie ihm in die Ohren und die Augenhöhlen schoben, blies der dritte seinen Atem in das Gehirn, bis es sauber und rein war. Dann setzte er es wieder in Bulpallungos Schädel ein. Nun legten die beiden anderen seine getrockneten Organe an ihren Platz zurück und verschlossen seinen Körper wieder. Sie drehten ihn um, so daß er auf dem Bauch lag. Der dritte Skelettgeist ergriff seinen Speer und bohrte ihn Bulpallungo in den Nacken, bis er aus seinem Mund wieder heraustrat und seine Zunge durchbohrte. Er drehte den Schaft einmal um die eigene Achse und zog ihn zurück.

Dann setzten sich alle zu ihm und palaverten eine Weile friedlich. Schließlich zogen sie sich zurück und versanken wieder im Boden.

Bulpallungo saß noch lange Zeit allein am Feuer, das jetzt niedergebrannt war. Er betastete das Loch in seiner Zunge. Nun würde er die Geister jederzeit sehen und hören und mit ihnen sprechen können. Doch im Augenblick war das nicht nötig. Die Skelettmänner hatten ihm gesagt, wo er die Weißen treffen würde, zwei Männer und eine Frau, die das Zeichen trug. Er hatte noch Zeit. Jetzt konnte er ruhig schlafen.

Der junge Aborigine legte sich auf den Boden, auf dieselbe Stelle, auf die ihn die Skelettmänner gebettet hatten, und schickte seinem Stamm einen Traum.

»Ich habe zweiundvierzig amerikanische Dollar bei mir, keine Scheckkarte und keine Ausweispapiere«, sagte Jack verbittert. »Eine fast volle Schachtel Zigaretten, ein Feuerzeug, fünf Kugeln in meiner .38er und keine Ersatzmunition. Wir sitzen mitten im australischen Outback, in Begleitung eines sabbernden Monsters, und wissen nicht einmal, in welcher Richtung die nächste Ansiedlung liegt. Und das alles, weil du an dieser verdammten Anlage herumspielen mußtest.«

Suzy starrte ihn nur wortlos an. Vor einer Stunde war die Sonne untergegangen, und die Temperatur sank rapide. Noch strahlte der trockene Boden die Hitze des Tages zurück, aber schon in Kopfhöhe war die Luft merklich kühler.

Jack rauchte eine Zigarette und ging ruhelos auf und ab. Die dritte, seit sie vor gut zwei Stunden hier im Niemandsland materialisiert waren. Eigentlich hatte er sich vorgenommen, nur eine pro Stunde zu rauchen, aber er mußte sich einfach irgendwie beruhigen. Sein Blick fiel auf Kar, der wie gelähmt ein paar Meter entfernt auf dem Boden saß und nur ab und an leise röchelte. Er schien völlig den Verstand verloren zu haben und war nicht ansprechbar. Suzy hatte Jack zurückhalten müssen, ihn in seinem ohnmächtigen Zorn einfach zu erschießen.

»Sitz doch nicht einfach nur rum, sag auch mal was!« herrschte er sie an.

»Wozu?« fragte sie verächtlich. »Du quatscht doch schon genug für uns alle.«

»Weil du verschlossen wie eine Auster herumhockst. Worauf wartest du? Auf den nächsten Bus? Auf ein Taxi? Darauf, daß wir plötzlich wieder in der Pyramide auftauchen?«

»Ich warte darauf, daß du dich endlich beruhigst und aufhörst, dich wie ein hysterisches Kind aufzuführen«, sagte Suzy kalt. »Ich habe deine ewigen Vorwürfe und dein Gejammere langsam satt. Denk lieber einmal nach. Mach einen konstruktiven Vorschlag.«

»Einen konstruktiven Vorschlag?« schrie Jack. »Lady, für wen hältst du mich eigentlich, für Moses? Glaubst du, ich kann dich durch diese gottverdammte Wüste ins gelobte Land führen?«

»Nein«, gab Suzy ungerührt zurück. »Aber vielleicht zu der Farm, die wir in der Projektion gesehen haben. Sie kann gar nicht so weit entfernt sein.«

Jacks Augen wurden zu schmalen Schlitzen. »Verdammt!« stieß er hervor. »Du hast recht. Aber in welcher Richtung liegt sie?«

»Soweit ich mich erinnere, im Osten. Das heißt, falls wir an der Stelle herausgekommen sind, auf die die Projektion eingestellt war, bevor die Anlage uns abgestrahlt hat.«

»Osten . . .«, murmelte Jack. Im Westen leuchteten noch die letzten Reste des Sonnenuntergangs. Er drehte sich um und suchte den östlichen Horizont nach einem markanten Orientierungspunkt ab. In der Dunkelheit erkannte er undeutlich eine schroffe Erhebung. Doch es war unmöglich abzuschätzen, wie weit sie entfernt war. Es konnte ein Felsen in ein paar hundert Metern oder einen Berg in einigen Kilometern Entfernung sein.

Egal, sie konnten nicht einfach nur herumsitzen und warten, sie mußten es versuchen. Ob sie hier oder irgendwo anders verdursteten, spielte keine Rolle.

Er nahm einen tiefen Zug aus der Zigarette, die fast heruntergebrannt war. »Nun gut«, sagte er. »Gehen wir nach Osten. Glaubst du, du kommst in deinen Schuhen zurecht?«

Suzy erhob sich. »Was bleibt mir anderes übrig? Die Absätze sind nicht allzu hoch.«

»Und was machen wir mit Kar?« fragte Jack. »Wir können schlecht irgendwo mit so einer Kreatur aufkreuzen. Abgesehen davon, daß man ihn sofort ins nächste Forschungslabor bringen würde, würden wir festgehalten und ausgequetscht werden. Sieh ihn dir doch an. Er ...« Seine Augen wurden groß, als sein ausgestreckter Finger ins Leere zeigte.

Kar war verschwunden.

Tom und Pierre schliefen im Geräteschuppen neben dem Haupthaus, der so etwas wie ein kleines Gästezimmer besaß. Aaron hatte darauf bestanden, Gudrun im Haupthaus unterzubringen, nachdem er erfahren hatte, daß sie mit keinem der beiden Männer verheiratet war.

Es war Pierre, der zuerst erwachte. Es war stockfinster, und zuerst wußte er nicht, was ihn geweckt hatte. Waren es dieses schmerzhafte Gliederreißen und die kurzen, kolikartigen Krämpfe, die ihn in letzter Zeit immer wieder ohne Vorwarnung überfielen? Allerdings konnte er nichts von den unangenehm kribbelnden Nachwirkungen spüren, die diesen Anfällen sonst immer folgten. Dann aber hörte er leise das aufgeregte Gackern der Hühner im Hühnerstall, der hinter der Scheune lag. Kurz darauf klang das Bellen der Hunde auf und steigerte sich zu einem wilden Kläffen. Pierre richtete sich auf seiner Pritsche auf.

»Tom!« rief er. »Wach auf! Da draußen ist irgendwas im Gange.«

Tom fuhr kerzengerade hoch. »Was?« fragte er knapp.

Pierre konnte seine Umrisse in der Finsternis nur erahnen. Er tastete nach der Taschenlampe und knipste sie an. »Die Hunde«, sagte er überflüssigerweise. Das Gekläff hatte sich zur Raserei gesteigert. Er zuckte zusammen, als ein schrilles Jaulen ertönte.

Tom war bereits aufgesprungen und eilte nur in Unterwäsche barfuß zur Tür, den Colt in der Hand.

»Komm!« rief er Pierre zu. Er stieß die Tür auf und rannte in die Dunkelheit, ohne auf den Franzosen zu warten. Pierre folgte ihm fluchend, der Strahl seiner Taschenlampe tanzte wild durch die Luft und bohrte helle Lichtkegel in die Nacht.

Wieder übertönte das schrille Jaulen das wütende Kläffen und aufgeregte Gackern und brach dann mit einem winselnden Quietschen ab. Pierre lief eine Gänsehaut über den Rücken. Er spürte einen Stich in der Ferse seines linken Fußes, fluchte erneut und rannte humpelnd weiter.

Mittlerweile war die Tür des Farmhauses aufgeflogen und warf einen keilförmigen Lichtfinger in die Dunkelheit. Pierre sah drei oder vier Gestalten in die Richtung hasten, aus der der Lärm kam. Eine trug eine Lampe, die anderen längliche Gegenstände, Stöcke oder Gewehre.

Sie passierten die Scheune und erreichten den Hühnerstall fast gleichzeitig. Im Schein von Pierres Taschenlampe und der Petroleumlampe, die einer der Farmer trug, war zu erkennen, daß die Tür des Stalls schräg in ihren Angeln hing. Ein paar Hühner rannten flügelschlagend und gackernd herum. Federn wirbelten durch die Luft.

Vor der Tür lag ein großer Schäferhund in einer sich rasch ausbreitenden Blutlache und winselte kläglich. Tom schob sich schräg neben die Türöffnung und zielte mit seinem Colt in das Dunkel.

»Los, Pierre!« rief er. »Gib mir Licht!«

Pierre trat hinter ihn und leuchtete über Toms Schulter hinweg in den Bretterverschlag hinein. Abgesehen von einem guten Dutzend Hühner, die in Panik umherflatterten, war er leer.

Hinter ihnen peitschte ein lauter, dröhnender Knall auf. Tom und Pierre fuhren gerade noch rechtzeitig herum, um zu sehen, wie ein Halbwüchsiger die doppelläufige Schrotflinte erneut abschoß. Das Mündungsfeuer leuchtete fahl in der Dunkelheit.

Zwei Hunde krochen winselnd auf dem Bauch um den verletzten Schäferhund herum, die Schwänze zwischen die Beine geklemmt.

Sie zitterten am ganzen Körper.

»Hast du irgend etwas erkennen können?« fragte Tom den Jungen, der die Schrotflinte abgefeuert hatte.

»Ich bin nicht sicher«, keuchte der Junge aufgeregt. »Ich glaube, da war was, ein dunkler Schatten, aber ich weiß nicht, ob ich ihn getroffen habe.«

Pierre richtete seine Taschenlampe in die Richtung, in die der Junge gedeutet hatte. Der Lichtstrahl verlor sich in der Dunkelheit, ohne irgend etwas außer einem Gemüsebeet zu enthüllen.

»Ben!« rief eine helle Stimme klagend. »Ben!«

Pierre drehte sich wieder um. Ein vielleicht zwölfjähriger Junge kniete neben dem verletzten Schäferhund. Das Tier atmete röchelnd, seine Flanken bebten, die Beine zuckten krampfartig. Der Schwanz klopfte schwach und verzweifelt auf den staubigen Boden.

Pierre sah, daß hier alle Hilfe zu spät kam. Die Kehle des Tieres war zerfetzt, eine kleine, schwächer werdende Blutfontäne spritzte aus der furchtbaren Wunde. Der Hund hob ein letztes Mal den Kopf, ein Zittern lief durch seinen Körper, dann erschlaffte er und lag still da. Die beiden anderen Hunde hoben die Schnauzen in den Nachthimmel und heulten klagend.

»Sybille!« stieß plötzlich der Halbwüchsige hervor, der geschossen hatte. »Wo ist Sybille?«

»Wer ist Sybille?« fragte Tom alarmiert.

»Unser Setterweibchen«, erklärte der Junge atemlos. »Ich sehe sie nirgendwo.«

In diesem Augenblick war aus der Richtung, in die er gefeuert hatte, ein fernes Kläffen und dann ein leises Jaulen zu hören.

»Verdammt!« entfuhr es Tom.

»Du sollst nicht fluchen!« tönte eine sonore Stimme streng hinter ihm auf. Tom mußte sich nicht umdrehen, um zu wissen, daß es Aaron war. Er ignorierte ihn. Jetzt war nicht die Zeit für diplomatische Rücksichtnahme. »Komm, Pierre«, sagte er. »Wir gehen nachsehen.«

»Ich komme mit!« rief der Junge mit dem Schrotgewehr.

Tom sah ihn kurz an. »Hast du nachgeladen?« fragte er.

»Nein«, erwiderte der Junge, »ich habe keine Munition dabei.«

»Dann bleibst du hier.«

»Tom! Pierre!« schrie eine Frauenstimme. »Seid ihr da?«

»Oh, nein!« stöhnte Tom. Laut rief er zurück: »Wir sind in Ordnung, Gudrun! Bleib, wo du bist! Los, Pierre, bevor uns das Biest, was immer es ist, entwischt.«

Sie liefen los, durchquerten das Gemüsebeet und folgten dem hüpfenden Lichtfinger von Pierres Taschenlampe.

»Was kann das sein?« keuchte Pierre. Er hielt ein schmales Messer mit einer langen Klinge in der linken Hand.

»Vielleicht ein Dingo«, gab Tom zurück. »Oder eine Raubkatze. Ich habe keine Ahnung. Gibt es überhaupt Raubkatzen in Australien?«

Vor ihnen tauchte eine Bewegung auf. Pierre fing sie mit dem Strahl seiner Taschenlampe ein. »Vorsicht!« schrie er.

»Schon gesehen«, erwiderte Tom schwer atmend. »Das ist nur ein Hund. Wahrscheinlich Sybille.«

Die Setterhündin hockte im Staub und schüttelte benommen den Kopf. Blut spritzte von ihrer Schnauze. Pierre leuchtete schnell die Umgebung aus, bevor er neben dem Tier in die Hocke ging und es genauer betrachtete.

Sybille hatte ein paar böse Kratzer über der Schnauze. Nein, es waren eher Schnittwunden, drei Stück. Sie waren tief und gerade, wie mit einem Skalpell gezogen, und erstreckten sich von kurz unter dem rechten Auge bis zur Nase. Die Setterhündin preßte sich zitternd gegen Pierres Beine.

»Schon gut, mein Kleines, ganz ruhig«, redete Pierre leise auf den Hund ein, während er wachsam um sich sah. Tom nahm ihm die Taschenlampe aus der Hand und leuchtete den Boden ab.

»Kannst du irgend etwas entdecken?« fragte Pierre nach einer Weile.

»Jede Menge Spuren«, gab Tom zurück. »Aber ich bin kein Fährtenleser. Keine Ahnung, wer oder was sie verursacht hat. Ein paar Federn. Anscheinend hat das Biest ein Huhn mitgehen lassen. Außerdem Blut. Stammt aber wahrscheinlich von dem Hund oder dem Huhn.«

Aus der Richtung der Farm näherte sich ein schwankendes Licht. Aaron kam in Begleitung des Jungen mit der Schrotflinte. Er trug ein weites Nachthemd und sah aus wie ein zorniger biblischer Patriarch.

»Haben Sie eine Ahnung, was das gewesen sein kann?« erkundigte sich Pierre.

Der Alte warf nur einen kurzen Blick auf den Hund, dann hielt er die Petroleumlampe dicht über den Boden und folgte den Spuren. »Nein«, sagte er nach einer Weile. »Manchmal locken unsere Hühner Dingos, Beutelwölfe oder Beutelmarder an, aber die hinterlassen andere Spuren.«

Er ging weiter, bis er Tom erreicht hatte. Pierre hörte ihn mit dem Archäologen sprechen. Er tastete vorsichtig über seine Ferse und fühlte eine harte Erhebung. Ein Dorn. Er faßte das hervorstehende Ende mit Daumen und Mittelfinger und zog es mit einem Ruck heraus.

Der Junge mit der Schrotflinte war bei ihm geblieben und streichelte den Hund, der leise winselte. Kurz darauf kamen Tom und Aaron zurück.

»Und?« fragte Pierre.

»Es kann sein, daß David etwas mit der Schrotflinte getroffen hat«, sagte Aaron. »Die Verletzung kann allerdings nicht allzu schwer sein. Wir haben die Spur noch ein Stückchen weiter verfolgt und nur noch ein paar Blutstropfen gefunden. Aber es hat keinen Sinn, in der Nacht weiterzusuchen. Wir müssen das Tageslicht abwarten.«

»Verdammt richtig«, stimmte Tom zu. »Was für ein Biest das auch immer war, nach der Aufregung kommt es bestimmt nicht wieder.«

»Sie sollen nicht fluchen«, ermahnte ihn Aaron scharf.

Kars Bewußtsein war in dem Augenblick erloschen, als er im australischen Busch materialisiert war. Er war haltlos zuckend zu Boden gestürzt und hatte dort eine Weile hilflos gelegen, bevor sich zumindest seine motorischen Reflexe wieder beruhigt hatten.

In diesem Augenblick war Kar tatsächlich nicht mehr als ein Tier gewesen. Er hatte nur stumpfsinnig auf dem Boden gehockt, verständnislos die Bewegungen der beiden merkwürdigen Gestalten verfolgt und den seltsamen Lauten gelauscht, die sie ausstießen.

Als die Sonne unterging, begann langsam ein Gefühl in ihm zu erwachen. Hunger! Eine Zeitlang hatte er die beiden häßlichen Wesen beobachtet und ihren Duft aufgenommen. Sie rochen nach Nahrung, aber sie waren zu groß für Beute. Andererseits schienen sie keine Gefahr für ihn darzustellen. Sie hielten sich ein paar Schritte von ihm entfernt.

Mit dem Sonnenuntergang war ein leichter Wind aufgekommen, der eine Vielzahl fremdartiger und interessanter Gerüche zu ihm herübertrug. Die langen Schlitze auf Kars Nasenrücken öffneten sich weiter und sogen die Luft prüfend ein. Er verband kein Bild mit diesen Gerüchen, nur eine vage Vorstellung, für die er nicht einmal ein Wort hatte: Nahrung! Beute!

Die beiden Wesen schienen nichts davon zu bemerken. Sie stießen weiter ihre unverständlichen Geräusche aus, die jetzt immer lauter und bösartiger wurden, und sonderten Düfte ab, die Kar als bedrohlich empfand. Er stand auf und ging in die Richtung, aus der die vielversprechenden Gerüche kamen.

Zuerst ging Kar langsam, als müßte er seine Beine erst erproben, doch schon bald begann er zu laufen. Die Bewegung war angenehm. Kar beschleunigte seine Schritte und lief in langen Sätzen dahin, ein groteskes und doch irgendwie geschmeidiges Hüpfen, wobei er jedesmal tief in den Kniekehlen einknickte. Die Stimmen der seltsamen Wesen blieben schnell hinter ihm zurück.

Wäre Kar noch bei Verstand gewesen, hätte er sich gewundert, wie mühelos seine Augen die Dunkelheit durchdrangen. Geschickt wich er Steinen und Bodenlöchern aus, übersprang hier einen schmalen Graben und dort einen Felsbrocken. Er folgte nur seinem Geruchssinn und dem animalischen Verlangen nach Nahrung, das ihn vorantrieb.

Irgendwann wurde der lockende Duft intensiver und gleichzeitig ein anderer Geruch stärker, scharf und beängstigend.

Feind, dachte Kar instinktiv. Er blieb stehen und witterte aufmerksam.

Vor ihm waren rechteckige Gebilde in der Dunkelheit aufgetaucht, die ihm irgendwie Angst machten. Der Wind, der aus dieser Richtung kam, trug ihm einen wahren Duftorkan zu: frische Pflanzen, Wasser, seltsame Wesen von der Art, die er zurückgelassen hatte, der verlockende Geruch nach Beute und der unbekannte scharfe, der Gefahr verhieß.

Kar stand geduckt da.

In seinem Inneren fochten zwei gegensätzliche Kräfte einen stummen Kampf aus, der Fluchtinstinkt und der Beutetrieb.

Der Hunger siegte. Langsam schlich Kar weiter. Ein unbewußtes, rudimentäres Wissen, über Generationen vererbt, sagte ihm, daß die Feinde ihn nicht wittern konnten, solange der Wind aus ihrer Richtung kam. Er erreichte den großen Holzkasten, in dem sich die Beute verbergen mußte.

Vergeblich suchte Kar nach einem Eingang. Überall waren Ritzen in dem Holz, aber längst nicht breit genug, um einen Arm hineinzuschieben, geschweige denn hindurchzuschlüpfen. Er umrundete den Kasten einmal. Ein leises Glucksen und Gackern klang aus seinem Inneren auf.

Kar verharrte und lauschte in sich hinein, als eine leise Stimme in ihm wisperte: *Tür*. Er legte den Kopf schief. Eine undeutliche Vorstellung dessen, was sich mit diesem Begriff verband, tauchte in ihm auf. Tür ... aufmachen. In seinem verwirrten Hirn materialisierte sich verschwommen ein längliches Rechteck. Wie das dort vorn.

Das echsenartige Geschöpf, das früher einmal ein texanischer Professor und Wissenschaftler gewesen war, streckte eine schuppige Klauenhand aus und zerrte an dem Rechteck. Tür ... aufmachen ... Das Ding weigerte sich, dem Zug nachzugeben.

Zorn stieg in Kar auf. Er fauchte wütend und riß mit einem gewaltigen Ruck an der Holztür. Splitternd und quietschend gab sie nach.

Ein Schwall warmer Luft voller köstlicher Gerüche sprang Kar entgegen und löschte jede Vorsicht in ihm aus. Beute! Nahrung! Essen! Er stürzte in den Bretterverschlag hinein, mitten in das Durcheinander hysterisch flatternden, krakelenden Federviehs. Mit einer blitzschnellen Bewegung packte er das erste Huhn. Seine messerscharfen Krallen bohrten sich wie Dolche in die Brust des Vogels und töten ihn auf der Stelle. Er schob ihn sich in das Maul und griff nach dem nächsten. Federn und Stroh wirbelten durch die Luft und regneten auf ihn herab.

Als er das erste Huhn mit einem einzigen Biß zerteilte und voller Wonne das süße, würzige Blut schmeckte, drang ein rauhes, wütendes Geräusch an seine Ohren. Kar erstarrte und lauschte. Das Geräusch kam rasch näher. Es verkündete Gefahr und Unheil.

Dann ging alles ganz schnell. Kar hatte gerade die Tür des Hühnerstalls erreicht, als er drei oder vier Schemen erblickte, die auf ihn zu huschten. Der erste schnellte vom Boden hoch und schoß ihm entgegen. Kar sah lange Zähne in der Dunkelheit schimmern. Er wich blitzschnell zur Seite und schlug in der gleichen Bewegung mit der freien Hand zu, während die andere das zweite Huhn weiter umklammert hielt. Seine scharfen Krallen trafen auf einen haarigen, nachgebenden Widerstand. Er hörte ein schrilles Jaulen und sah seinen Angreifer gegen die Holzwand prallen. Die anderen Hunde hatten sich auf den Boden geduckt, die Lefzen zurückgezogen und knurrten drohend, hielten aber respektvoll Abstand.

Kars Blick huschte hin und her. Er schob sich seitlich an der Bretterwand entlang, ohne seine Feinde aus den Augen zu lassen, als der erste Hund wieder auf die Beine kam und sich mit bösartigem Grollen erneut auf ihn stürzte. Diesmal erwischte er ihn am linken Arm.

Kars Schuppenhaut verhinderte Schlimmeres. Die Zähne des Hundes glitten von ihr ab, bevor sie sich in sein Fleisch bohren konnten. Einen Augenblick lang war die Kehle des Tieres ungeschützt, und instinktiv erkannte Kar seine Chance. Die Klauen seiner rechten Hand beschrieben einen blitzschnellen Halbkreis und schlitzten die Kehle des Hundes wie mit scharfen Stahlklingen auf. Das gequälte Jaulen des Tieres erstarb in einem Gurgeln.

Von den anderen seltsamen, großen Rechtecken drang Lärm auf, und Kar sah einen Lichtstrahl, der sich durch die Dunkelheit bohrte. Er wirbelte herum, setzte über einen der zurückweichenden Hunde hinweg und rannte los, in die schützende Nacht hinein.

Hinter ihm gellten Stimmen durch die Nacht, menschliche Stimmen. *Menschen* ... Der Gedanke fuhr ihm wie ein Blitzstrahl durch den Kopf und ließ ihn straucheln. Für einen Moment kehrte sein Verstand mit einer so entsetzlich grellen Klarheit zurück, daß es ihn wie ein Kübel eiskalten Wassers traf.

Was mache ich hier? dachte er verzweifelt. *Was geschieht mit mir?* Dann peitschte ein ohrenbetäubender Schuß auf und löschte sein bewußtes Denken so schlagartig wieder aus, als hätte jemand einen Schalter in seinem Kopf umgelegt. Kar rannte weiter, und noch im Rennen zermalmte er das halbe Huhn, das er im Maul trug, und würgte es samt Knochen hinunter. Der zweite Knall, der dem ersten kurz darauf folgte, wurde von einem brennenden Schmerz an seinem linken Oberarm und einem Stich in seiner Schulter begleitet.

Einer der knurrenden, scharf riechenden Feinde war ihm dicht auf den Fersen. Kar blieb so abrupt stehen, um sich seinem Verfolger zum Kampf zu stellen, daß dieser nicht mehr rechtzeitig ausweichen konnte und gegen ihn prallte. Kar traf ihn mit einer wischenden Bewegung der freien Hand und schickte ihn zu Boden. Er hielt sich nicht damit auf, ihn zu töten, sondern rannte weiter, fort von den ... *Menschen,* die ihn mit so viel Angst und Verwirrung erfüllten, hinein in die schützende Nacht.

Und während er mit seinen merkwürdig grotesken Sätzen dahineilte, verschlang er das zweite Huhn samt Federn und Knochen.

Tom winkte Gudrun und Pierre beiseite und entfernte sich unauffällig ein paar Schritte von den ›Kindern des Lichts‹.

»So ungern ich es zugebe«, sagte er leise, »aber in einem Punkt muß ich Aaron recht geben: Es *könnte* tatsächlich ein Mensch an dem Vorfall beteiligt gewesen sein.«

»Du meinst die Spuren an der Tür«, stellte Pierre fest.

Tom wirkte etwas überrascht. »Sag mir, was dir aufgefallen ist«, bat er. »Mal sehen, ob wir die gleichen Schlußfolgerungen gezogen haben.«

Keiner hatte in dieser Nacht viel geschlafen. Sie waren

zusammen mit den Farmern im Morgengrauen aufgestanden und hatten gleich nach Sonnenaufgang den Hühnerstall und die Spuren des nächtlichen Überfalls untersucht. Jetzt standen sie ein paar Meter vom Stall entfernt.

»Die Tür war nicht sonderlich stabil«, begann Pierre, »aber es erfordert doch einige Kraft, sie aufzureißen, ohne vorher den Riegel umzulegen. Ein Tier hätte wahrscheinlich eher versucht, die Tür oder ein Holzbrett einzudrücken oder sich unter den Wänden durchzugraben. Ungefähr in Schulterhöhe befinden sich deutliche Kratzspuren an der Tür, und etwas Holz ist abgesplittert. Dort muß der Eindringling angesetzt haben. Es sind aber keine Bißspuren. Also können wir ausschließen, daß sich beispielsweise ein Dingo auf die Hinterbeine gestellt und die Tür mit der Schnauze aufgerissen hat. Er hätte die Tür auch nicht mit den Zähnen greifen können, weil sie ziemlich dicht abschloß.«

Tom nickte zustimmend.

»Pfadfinder unter sich«, kommentierte Gudrun spöttisch. »Die Spuren könnten ja auch entstanden sein, nachdem die Tür aufgebrochen worden war. Außerdem hätte ein Mensch bestimmt den Riegel entfernt.«

»Nicht, wenn er absichtlich eine falsche Spur legen wollte«, widersprach Tom. »Außerdem ist die *obere* Türangel aus der Verankerung gerissen worden. Also muß der Zugpunkt über dem Riegel gelegen haben, und unser hypothetischer Dingo könnte die erforderlich Kraft nicht aufbringen, wenn er sich dazu auf die Hinterbeine gestellt hätte. Und vergiß nicht die Schnitte durch die Kehle des Schäferhundes und in der Schnauze des Setters. Die Wundränder sind so glatt, daß Dingo-, Beutelwolf- oder Warankrallen ausscheiden.«

Diesmal nickte Pierre zustimmend.

»Und die Spuren auf der Erde?« fragte Gudrun zweifelnd. »Und die Schuppen?« Plötzlich zuckte sie zusammen und preßte die Hände in die Magengrube. Ihr Gesicht verzerrte sich.

»Was ist los, Gudrun?« fragte Pierre besorgt. Er bemerkte diese Reaktion nicht zum ersten Mal an ihr. Es schien, als litte sie unter den gleichen Krämpfen wie er, und wie er hatte sie den anderen gegenüber kein Wort davon erwähnt.

»Es ist nichts«, sagte sie. »Nur ein kurzer Schmerz.« Sie lächelte schwach. »Damit müssen Frauen nun einmal leben.«

Pierre zögerte kurz, verzichtete dann aber darauf, nachzuhaken. Er bezweifelte, daß es sich um Monatsbeschwerden handelte, aber wenn Gudrun ihre Probleme für sich behalten wollte, war das ihre Sache.

»Also, wie ist das mit den Spuren und den Schuppen?« wiederholte sie ihre Frage.

»Das ist ein Problem«, stimmte Tom zu. Auch er hatte Gudrun besorgt gemustert, aber im Gegensatz zu Pierre schien er sich mit ihrer Erklärung zufriedenzugeben.

Sie hatten ein paar Schuppen, die von einem größeren Reptil zu stammen schienen, auf dem Boden und im Maul des getöteten Schäferhundes gefunden. Und die in die Wüste führenden Spuren des Hühnerdiebes waren definitiv nicht menschlich. Dazu waren sie eindeutig zu groß und merkwürdig geformt. Tom hatte gesagt, daß sie ihn ein wenig an Krokodilspuren erinnerten. Aber ein Krokodil in dieser trockenen Gegend war undenkbar. Außerdem hätte es ein Krokodil sein müssen, das mit langen Sätzen auf zwei Beinen gelaufen war, ohne den Boden mit dem Schwanz zu berühren.

»Ich sehe dir an, daß du eine andere Erklärung hast«, wandte sich Pierre an Gudrun und nickte ihr aufmunternd zu. »Raus damit.«

Gudrun blickte zögernd von einem zum anderen. »Ja,

ich habe eine Idee, auch wenn sie sehr verrückt klingt«, gestand sie. »Aber ich warne euch; wenn ihr lacht ...«

»Wir werden bestimmt nicht lachen«, versicherte Tom. »Nach allem, was wir bisher erlebt haben, würde ich sogar Außerirdische ernsthaft in Betracht ziehen.«

»Vielleicht ist meine Idee noch verrückter.«

»Komm schon, Gudrun«, drängte Pierre. »Wir sind mit Yetis durch den Himalaya gelaufen. Wie willst du das noch überbieten?«

Die Deutsche gab sich einen Ruck. »Stellt euch eine aufrecht gehende Echse vor, so etwas wie einen kleinen Tyrannosaurus.«

Sie blickte die beiden Männer herausfordernd an.

»Und wo sollte der herkommen?« fragte Tom nach einer Weile.

»Aus dieser Sumpfwelt, in der Björnstad mit seiner Gruppe war«, erklärte Gudrun. »Ich habe da einiges an urtümlichem Getier gesehen. Björnstad ist zurückgekehrt, wie wir mittlerweile wissen. Was spricht dagegen, daß noch *etwas anderes* ebenfalls zurückgekommen ist?«

Sie musterte Tom und Pierre scharf. Keiner von ihnen verzog das Gesicht.

»Das allein wäre als Erklärung etwas dünn«, fuhr Gudrun fort. »Aber betrachten wir einmal die Mythologie der Aborigines. Da wimmelt es von Traumzeitgestalten, die den verschiedenen Spezies zugeordnet werden. Unter anderen gibt es den Eidechsenahnen *Mangerkunjerkunja,* der eine wichtige Rolle spielt. Er gehört nicht nur zu den Schöpfergestalten, er hat den Aborigines auch Waffen wie den Bumerang oder den Speer gebracht und sie die Jagd gelehrt. Gehen wir einfach einmal davon aus, daß diese Mythen einen wahren Kern enthalten. Sie berichten von der Traumzeit. Was ist die Traumzeit?«

Es war eine rhetorische Frage, auf die Gudrun keine Antwort erwartete. »Einmal ist es eine quasi historische

Epoche, eine Zeit, bevor die Menschen die Welt als rational denkende Geschöpfe bevölkerten. Dann ist es ein geistiger Zustand, der auch heute noch erfahren werden kann. Mein Erlebnis mit dieser Sumpfwelt erfüllt beide Kriterien. Einerseits habe ich sie auf einer rein geistigen Ebene erlebt, während mein Körper in der ›realen‹ Welt blieb, andererseits war die Sumpfwelt auch real, materiell existent, denn sie hat physische Spuren bei mir hinterlassen.« Sie deutete auf die schmale Narbe auf ihrem Unterarm.

»Björnstad ist in diese ›Traumzeitwelt‹ gelangt, indem er einen Traumzeitpfad der Aborigines beschritten hat«, schloß sie ihre Ausführungen. »*Ich* bin dort gelandet, als ich auf einem heiligen Ritualstein gelegen habe. Ein Mann, der unser geheimnisvoller Gegenspieler Kar sein könnte, ist in dieser Felsplatte *versunken*, als wäre sie durchlässig, kurz bevor ich zurückgekehrt bin. Und das habe ich mir nicht nur eingebildet. Tom hat den Mann ebenfalls gesehen, wie die anwesenden Aborigines und der Arzt, den er geholt hat, auch wenn der das ganze für eine Sinnestäuschung hielt. Ich würde sagen, das sind eine Menge Indizien, die dafür sprechen, daß meine Theorie nicht nur eine haltlose Phantasterei ist.«

»Uff!« machte Pierre, aber es klang eher bewundernd als abfällig.

Tom sagte gar nichts. Er wirkte sehr nachdenklich. Gudruns Erläuterungen klangen in der Tat recht plausibel. Er konnte nicht ahnen, wie nahe sie der Wahrheit gekommen war – und wie sehr sie sich doch täuschte.

Um zehn Uhr vormittags herrschte bereits wieder eine trockene Hitze. Jack und Suzy schleppten sich schwitzend durch die steppenartige Hügellandschaft. Kein Wölkchen zeigte sich am Himmel.

Keiner von beiden sprach ein Wort. Nicht nur, weil es nichts zu sagen gab, doch ihre Kehlen waren mittlerweile schon so ausgedörrt, daß ihnen das Sprechen schwergefallen wäre. Beide wußten sie, daß sie binnen vierundzwanzig Stunden entweder die Farm oder eine Wasserquelle finden mußten, wollten sie überleben. Doch die Landschaft sah nicht so aus, als würde es in der Nähe offenes Wasser geben.

Jack blieb stehen, als Suzy hinter ihm ein Krächzen ausstieß. Er drehte sich um und strich sich das strähnige, fettig aussehende Haar aus der Stirn.

Suzy hatte einen Arm ausgestreckt. »Da drüben«, sagte sie mit rauher Stimme. »Was ist das, Jack?«

Jack folgte ihrem ausgestreckten Arm mit den Augen und blinzelte in die Sonne. Niedrige Akazien und Desert Oakes, so weit das Auge reichte. Die Luftspiegelungen ließen die Baumwipfel wie eine flache Dünung auf und ab tanzen. Er wollte den Blick gerade wieder abwenden, als er undeutlich ein dunkleres Gebilde entdeckte, das zu regelmäßig aussah, um natürlichen Ursprungs zu sein.

»Ich ...« Er versuchte, ein wenig Speichel zu sammeln, und schluckte mühsam. »Ich weiß nicht«, brachte er hervor. »Könnte die Farm sein. Liegt auch ziemlich genau im Osten.«

Suzy blickte ihn hoffnungsvoll an und lächelte schwach. Von ihrer kühlen, arroganten Haltung war nichts mehr zu bemerken. Jetzt wirkte sie einfach nur noch zerbrechlich und schutzbedürftig. Das verschwitzte Gesicht und das verfilzte Haar taten ihrer Schönheit keinen Abbruch. Um bequemer gehen zu können, hatte sie ihr Kleid bis zur Hüfte aufgerissen. In jeder anderen Situation hätte der Anblick ihrer langen schlanken Beine Jacks Herz schneller schlagen lassen.

Er spürte, wie mit der Hoffnung auch seine Lebensgeister wieder erwachten. »Sieht fast so aus, als hätten wir

Glück gehabt«, meinte er. »Wenn wir uns beeilen, könnten wir da sein, bevor uns die Sonne das Gehirn kochen läßt.«

Er drehte sich um und schritt schneller aus. Die Entfernung war schwer zu schätzen. Vielleicht waren es nur drei Kilometer, vielleicht aber auch zehn.

Eine Zeitlang verloren sie ihr Ziel aus den Augen, doch als sie es das nächste Mal sahen, waren sie sicher, daß es sich um die Farm handelte.

Sie machten eine kurze Pause im Schatten eines Baumes und legten sich einen Schlachtplan zurecht. Als sie danach schweigend weitergingen, ahnten sie nicht, daß sie in nur wenigen hundert Metern Entfernung eine Wasserquelle passierten.

Die Wasserquelle bestand aus mehreren Feldflaschen und einem fünfzehn Liter fassenden imprägnierten Stoffrucksack, die hinter einer Bodenwelle im Gepäck einer Frau und zweier Männer nach Westen zog.

Aaron hatte die männlichen Mitglieder seiner Gemeinde um sich versammelt und beratschlagte mit ihnen. Die drei Fremden waren vor einer Stunde nach Westen gezogen, um den Stamm des Ameisen-Clans aufzusuchen. Aaron hatte sie nicht davon abhalten können. Nicht, daß er sich sonderlich viel Mühe damit gegeben hätte. Ein paar der jungen Burschen hatten der Anthropologin heimlich begehrliche Blicke zugeworfen, aber nicht so heimlich, daß es Aaron entgangen wäre.

»Und ich sage euch, es waren die Wilden«, beharrte der Patriarch auf seiner Meinung. »Die Spuren und die Schuppen, die sie hinterlassen haben, das alles gehört zu einem finsteren Ritual. Sie haben unser Land betreten, das uns von Gott gegeben worden ist. Sie wollen uns vertreiben, denn sie fürchten das Licht der Wahrheit.«

Die anderen nickten zustimmend.

»Aber was können wir tun, Vater?« fragte David. »Die Regierung hat das Land jenseits unserer Grenzen den Eingeborenen zugesprochen. Wir können sie nicht vertreiben, selbst wenn wir wollten.«

»Nein, das können wir nicht«, stimmte Aaron zu. David war nicht sein Sohn, aber alle Mitglieder seiner Gemeinde nannten ihn Vater. »Wir können sie nicht vertreiben, und wir dürfen ihnen keine Gewalt antun. Aber wenn wir beweisen können, daß sie es sind, die hinter dem Verschwinden der Menschen stehen, werden sich die Behörden um sie kümmern. Dann können wir hier wieder in Frieden leben, so wie es uns bestimmt ist.«

Er sah sich in der Runde um und nickte David und Samuel zu, dem Jungen, der mit der Schrotflinte hinter dem Hühnerdieb hergeschossen hatte. »Ich möchte, daß ihr den Fremden folgt. Haltet genügend Abstand, damit sie euch nicht sehen. Kommt ihnen zu Hilfe, falls die Wilden sich an ihnen vergreifen sollten. Aber bringt euch nicht in Gefahr.«

Sie beratschlagten noch eine Weile, während zwei andere junge Männer das Reisegepäck für die beiden Kundschafter zusammenstellten, Proviant, Decken und zwei große Wasserschläuche. Dann segnete Aaron sie und schickte sie auf den Weg.

Er sah ihnen nach, bis sie im Buschwerk verschwunden waren. Die beiden Jungen kannten sich in der Gegend gut aus, und Samuel trug die Schrotflinte zum Schutz gegen wilde Tiere mit sich. Aaron hatte Vertrauen in sie. Gott würde über sie wachen.

Es war gegen die Mittagszeit, als es zu heiß für die Feldarbeit war und sich die Gemeinde auf der schattigen Veranda zum Mittagessen versammelt hatte, als die Hunde plötzlich anschlugen.

Von Westen her näherten sich zwei Gestalten der Farm.

Der bohrende Schmerz in seiner Schulter riß Kar aus dem Schlaf.

Noch vor dem Morgengrauen war er in einen engen Felsspalt gekrochen, hatte es sich auf dem Boden bequem gemacht und war vor Erschöpfung sofort eingeschlafen. Sein Schlaf war von wirren Träumen begleitet gewesen, in denen er über eine fremde Welt unter einer riesigen roten Sonne gewandert war. Diese Welt war von unbekannten und doch irgendwie seltsam vertrauten Gerüchen erfüllt gewesen, voller herrlich schlammiger Tümpel, aus denen sich kleine sonnige Inseln erhoben. Als Kar erwachte, begannen die Erinnerungen bereits zu verblassen, doch eine nagende, unbestimmte Sehnsucht blieb.

Er richtete sich auf, kroch bis zum Rand der Felsspalte und spähte hervor. Gleißendes Licht blendete ihn, und er zog sich in den kühlen Schatten zurück.

Das dumpfe, pochende Gefühl in seiner Schulter wurde stärker. Kar tastete mit einer Hand nach der Stelle und verspürte ein scharfes Brennen, als er mit einer Kralle über die Wunde fuhr. Er fauchte wütend, zog die Hand aber nicht zurück.

So wie ein Marder, dessen Fuß in einer Falle eingeklemmt ist, sein eigenes Bein trotz der Schmerzen durchnagt, weil ein Instinkt, der stärker als die Schmerzen ist, ihn dazu zwingt, sich auf diese einzig mögliche Art zu befreien, so schob Kar langsam eine Klaue in den engen, kurzen Schußkanal, bis er die kleine Bleikugel ertastet hatte. Ein paarmal glitt seine Kralle von der Schrotkugel ab, und die Wunde begann leicht zu bluten, doch schließlich hatte er sie entfernt. Unbeachtet fiel sie in den Staub. Die Wunde schmerzte zwar mehr als zuvor, doch jetzt war der dumpfe Druck verschwunden.

Kar verharrte eine Weile reglos in seinem Versteck, bis ein anderer Trieb in ihm wuchs und ihn zum Handeln zwang. Sein Verlangen nach Wasser siegte über die Schmerzen. Wieder schob sich Kar aus dem Spalt ins Freie.

Er wußte, wo Wasser zu finden war, dort, wo er in der letzten Nacht die Beute geschlagen hatte, aber dort lauerten auch die Feinde. Seine empfindliche Nase sog prüfend die Luft ein. Der Wind hatte gedreht, er konnte die Witterung der Feinde nicht mehr wahrnehmen. Aber ganz schwach stieg ihm ein Hauch von Feuchtigkeit in die Nase. Sein Kopf drehte sich ganz langsam um fast einhundertachtzig Grad nach rechts und nach links, bis er sich wie eine zitternde Kompaßnadel auf die Richtung eingependelt hatte, in der das Wasser sein mußte.

Gebückt machte sich Kar auf den Weg. Vorsichtig schob er sich durch die Büsche, alle Sinne bis zum Zerreißen angespannt. Er hörte das Rascheln der Wüstenmäuse auf dem trockenen, staubigen Boden, das Schwirren von Insektenflügeln in der Luft. Er sah das kaum wahrnehmbare Zittern im ausgedörrten Gras, durch das sich eine tödlich giftige Tigerotter auf der Jagd schlängelte. Und er roch den schwachen Duft der Fußspuren, die einer der häßlichen, kahlen Zweibeiner mit dem dichten langen Fell auf dem Kopf vor Tagen in der Nähe hinterlassen hatte.

All das nahm Kar unbewußt wahr, und genauso unbewußt aber gründlich verarbeitete sein Gehirn die Eindrücke und bestimmte sein Verhalten. Es dirigierte ihn nach Westen, genau auf den Punkt zu, den Kar schon hatte erreichen wollen, als er sich noch über seine Absichten im klaren gewesen war.

Wie weltfremd Aaron auch sein mochte, seit er vor mehr als zwanzig Jahren seinen bürgerlichen Namen Fred Lynn abgelegt hatte und mit seiner kleinen Gemeinde aus dem Süden seine Pilgerreise in die Wildnis angetreten hatte, erkannte er doch, daß der Mann und die Frau logen. Angeblich waren sie mit einer Reisegruppe auf einer Safari durch den Busch gewesen, hatten sich zu weit von den Geländefahrzeugen entfernt und sich dann verlaufen. Aber kein Mensch, der auch nur halbwegs bei Verstand war, würde mit derartigem Schuhwerk auf eine Safari gehen, und erst recht nicht mit so einem Kleid, wie die Frau es trug.

Doch es war nicht die Art der Kleidung allein, die die beiden trugen, es waren ihr Benehmen und die verstohlenen Blicke, mit denen sie ihre Umgebung musterten, die Aaron sofort mißtrauisch gemacht hatten. Außerdem war ihm die Ausbeulung in Höhe des Hosenbundes unter der Jacke des Mannes, der sich Bob Smith nannte, nicht entgangen.

»Wie weit ist es bis zur nächsten Ortschaft?« erkundigte sich die Frau gerade. Hätte Aaron nicht das Glücksspiel verabscheut, wäre er bereit gewesen, tausend Dollar darauf zu wetten, daß Janet Wilson nicht ihr richtiger Name war.

»Etwa siebzig Kilometer bis nach Mount Cavenagh im Osten«, erwiderte Aaron. »Von dort aus können Sie bis nach Erlunda im Norden fahren, wo die Straße westlich nach Yulara abzweigt. Aber es wäre einfacher, wenn wir die Ranger über Funk informieren damit man Sie hier abholt. Wahrscheinlich sind sie sowieso ganz in der Nähe auf der Suche nach Ihnen.«

»Nein, wir bekommen jetzt schon Ärger genug«, sagte der Mann eine Spur zu hastig. »Welche Reichweite hat Ihr Funkgerät?«

»Wir können damit Adelaide erreichen«, erwiderte Aaron. Er sah, wie sich die Augen des Mannes kurz verengten.

»Am besten wäre es, wenn Sie uns mit Ihrem Landcruiser nach Mount Cavenagh fahren könnten«, meinte die Frau mit dem zerrissenen roten Kleid. »Wir werden Sie natürlich für Ihre Unkosten und Mühe entschädigen.« Sie lächelte freundlich.

Aaron gab sich keine Mühe, seine Abneigung zu verbergen. Diese Frau war ein schamloses Geschöpf, wenn sie ihren Körper in einem Kleid, das mehr enthüllte als verbarg, so gezielt zur Schau stellte. Lüstern und falsch wie eine Schlange. »Sem!« rief er. »Hol die Schlüssel für den Wagen!«

Ein Mann mittleren Alters, der im Hintergrund gestanden hatte, lief ins Haus.

»Gibt es hier in der Nähe noch andere Farmen?« wollte ›Smith‹ wissen.

Aaron schüttelte den Kopf. »Die nächsten Ansiedlungen sind Mount Cavenagh im Osten, Ernaballa im Süden, Curtin Springs und Yulara im Norden, alle zwischen siebzig und hundert Kilometer entfernt.«

›Smith‹ nickte nachdenklich. »Sie leben ganz schön einsam hier«, sagte er. »Sollte Ihr Landcruiser einmal defekt sein, wären Sie ziemlich aufgeschmissen. Oder haben Sie noch ein anderes Fahrzeug, vielleicht ein Geländemotorrad?«

Aaron schüttelte den Kopf. Ihm gefielen die Fragen der beiden nicht. Nachdem sie ihren Durst gestillt und sich erfrischt hatten, hatten sie sich pausenlos nach allen möglichen Dingen erkundigt, für die sich Touristen in ihrer Situation bestimmt nicht interessieren würden. Er wollte sie nur so schnell wie möglich wieder loswerden. Die Frau war Gift für die jungen Leute seiner Gemeinde, und der Mann war bestimmt ein Verbrecher.

»Nein, wir haben nur den Landcruiser«, sagte er. »Für den Notfall können wir Hilfe über Funk anfordern.«

Sem war zurückgekehrt. »Der Wagen ist vollgetankt und steht bereit, Vater«, meldete er.

»Gut.« Der Alte erhob sich. »Sem wird Sie nach Mount Cavenagh fahren. Wollen Sie wirklich nicht in Yulara über Funk Bescheid sagen, daß man sich dort keine Sorgen um Sie zu machen braucht?«

Er bemerkte, daß der Mann und die Frau sich einen kurzen Blick zuwarfen und ›Smith‹ kaum merklich nickte.

»Könnte ich selbst mit der Reiseleitung sprechen?« bat ›Janet Wilson‹.

Aaron zögerte einen Augenblick. »Maria!« rief er dann. Seine hagere Frau tauchte so plötzlich auf, als hätte sie nur hinter der Tür auf die Befehle ihres Herrn und Meisters gewartet. »Begleite die Frau in den Funkraum.« So wie er das Wort ›Frau‹ aussprach, klang es wie Hure.

»Ich danke Ihnen«, sagte Suzy Duvall liebenswürdig. Sie folgte Maria.

Jack Warden tat sein Bestes, weiterhin den dankbaren, erschöpften Tourist zu spielen, obwohl er das Mißtrauen des Alten beinahe körperlich spüren konnte. Er und Suzy hatten geradezu unverschämtes Glück gehabt, auf eine Farm von verschrobenen Einsiedlern zu stoßen, die weit ab vom Schuß lag. Und nach allem, was die Spinner ihnen erzählt hatten, schien Kar ihnen einen nächtlichen Besuch abgestattet zu haben.

Dummerweise war gestern auch eine Gruppe von Wissenschaftlern angekommen und hatte sich auf den Weg nach Westen gemacht, in die Richtung, aus der Suzy und er gekommen waren. Diesselbe Richtung, in die wahrscheinlich auch Kar unterwegs war, denn mittlerweile war Jack davon überzeugt, daß es Kar und nicht Suzy gewesen war, der sie mit der Anlage zur Zeitlosen Ortsversetzung hierher gebracht hatte. Kar hatte das Zentrum der magnetischen Aktivitäten aufsuchen wollen, so wie er es vor einem Monat schon einmal getan hatte. Nur war er damals mit dem Flugzeug gereist, und sein Ziel hatte rund hundert Kilometer weiter nördlich gelegen. Das hatten sie während seiner Gefangenschaft aus ihm herausbekommen.

Irgend etwas war damals geschehen und hatte ihn auf so furchtbare Weise verändert. Vielleicht hoffte er, diese Veränderung wieder rückgängig machen zu können. Auch wenn er nach der Ankunft in Australien den Verstand verloren hatte, stand zu befürchten, daß er sich wieder erholte. Das hatte er schon einmal getan. Aber Jack und Suzy durften es nicht riskieren, ihn in die falschen Hände fallen zu lassen. Wenn Kar auspackte, war nicht nur die versunkene Pyramide und damit eine unermeßliche Macht verloren, auch Suzy war gefährdet, denn Kar wußte zuviel über ihre Verbindungen zur Unterwelt. Und wenn er Suzy verlor, würde Jack wieder der kleine Ganove sein, als der er sich seit Jahren durchs Leben geschlagen hatte.

Das aber würde er nicht zulassen, nachdem er einmal den Geschmack von Macht und Reichtum gekostet hatte. Sie mußten Kar finden und ihn entweder irgendwie heimlich zu ihrem Stützpunkt zurückschmuggeln oder ihn erschießen und in der Wüste verscharren. Jack plädierte für die zweite Option. Kar war zu einem unkalkulierbaren Risiko geworden.

Der trockene, peitschende Knall aus Suzys .22er, die sie unter ihrem Kleid verborgen getragen hatte, erlöste Jack aus seiner Zwangslage. Er sprang auf, zog seinen Revolver und richtete ihn auf Aaron. »Okay, Alter«, sagte er. »Hören wir mit diesem Theater auf. Du hast uns ja ohnehin nicht geglaubt. Und du, Sem, legst jetzt brav die Wagenschlüssel auf den Tisch und rührst dich nicht von der Stelle.«

Aaron erhob sich würdevoll. »Was wollen Sie von uns?« fragte er ruhig.

»Oh, nicht viel«, erwiderte Jack mit falscher Bescheidenheit. »Nur Ihren Wagen, ein bißchen Geld und etwas Proviant. Ihnen und Ihren Leuten wird nichts geschehen. Es tut mir leid, daß meine Begleiterin Ihr Funkgerät zerstören mußte, aber bestimmt haben Sie Verständnis dafür, daß wir unseren Rückzug sichern müssen.«

Er sah sich wachsam um. Der Schuß aus Suzys kleiner Pistole war nicht sehr laut gewesen und durch die Wände des Hauses gedämpft worden. Außer Aaron, seiner Frau Maria und Sem waren die anderen auf den Feldern.

Suzy kehrte mit Maria zurück. Sie preßte ihr die .22er in den Rücken. Die Frau war wachsbleich.

»Alles klar«, sagte Suzy. »Das Funkgerät ist hin. Holen wir uns, was wir brauchen, und verschwinden wir.«

»Lassen Sie mein Weib gehen«, verlangte Aaron.

»Mein *Weib*«, äffte die Eurasierin ihn nach. »Hast du das gehört, Ja ... Bob? *Mein Weib*. Du hast hier gar nichts zu verlangen, alter Bock.«

Aarons Gesicht wurde dunkelrot, und auf seiner Stirn schwoll eine Ader bedrohlich an. »Schlange!« zischte er und machte einen Schritt auf sie zu. »Hure!«

Suzy lächelte breit. »Lust auf eine kleine Nummer, Alter?« fragte sie liebenswürdig mit rauchiger Stimme. »Mal ein bißchen Abwechslung von diesem dürren Gestell, deinem ... *Weib*?«

Aaron stieß einen erstickten Schrei aus und wollte sich auf sie stürzen, doch da sprang Jack ihn von hinten an und zog ihm den Lauf seines Revolvers über den Schädel. Aaron ging stöhnend in die Knie. Jack packte den Revolver am Lauf und schlug noch einmal mit dem Kolben zu. Aaron fiel wie ein nasser Sack zu Boden.

Maria warf sich mit einem Aufschrei über ihren Mann. Sem stierte die beiden Fremden fassungslos an. Dann verdrehte er die Augen, knickte in den Knien ein und kippte mit einem Seufzen ohnmächtig um.

Suzy lachte glockenhell auf. »Ja, ist es denn zu fassen?« rief sie. »Das nenne ich wahre Emanzipation! Wenn das die Schwestern sehen könnten!«

David und Samuel hatten keine Schwierigkeiten, den beiden Männern und der Frau außer Sichtweite zu folgen. Die Wissenschaftler hatten keinen Grund, deutliche Spuren zu vermeiden, und manchmal, wenn der Wind günstig stand, waren sogar ihre Stimmen leise zu vernehmen.

Samuel trug die Schrotflinte, die einzige Waffe, die die ›Kinder des Lichts‹ besaßen, um wilde Tiere zu vertreiben und Kaninchen zu schießen, die mit den ersten Siedlern vor zweihundert Jahren nach Australien gekommen waren und sich mittlerweile zu einer wahren Plage entwickelt hatten.

Die Jungen unterhielten sich leise. Sie waren beide hier geboren worden und hatten kaum einmal eine fremde Frau zu Gesicht bekommen. Natürlich waren sie von der attraktiven Anthropologin sofort fasziniert gewesen, auch wenn sie nie gewagt hätten, das offen auszusprechen. Die Aussicht, Gudrun wiederzusehen, hatte Aarons Auftrag noch versüßt. In Gedanken malten sie sich aus, wie sie die schöne Frau aus den Händen der Aborigines retten und sich ihrer Dankbarkeit versichern würden. Aber vor der Vorstellung, wie diese Dankbarkeit aussehen würde, schreckte ihre Phantasie dann doch zurück.

Die Schatten der Bäume wurden bereits länger, als sie die Stimmen der drei Wissenschaftler lauter werden hörten. Samuel und David verlangsamten ihre Schritte und bemühten sich, kein Geräusch zu verursachen. Hier, im Vorland der Musgrave Ranges, war das Gelände hüglig und für die Verhältnisse des australischen Outbacks beinahe schon mit üppiger Vegetation bedeckt. Die Bäume standen dicht genug, um ihnen eine ausgezeichnete Deckung zu gewährleisten.

Die Wissenschaftler schienen Rast gemacht zu haben. Ihre Stimmen waren deutlich zu unterscheiden. Und es schien sich noch eine vierte Stimme dazu gesellt zu haben, eine neue, unbekannte.

Samuel und David schlichen geduckt weiter. Vor ihnen wichen die Bäume zurück, aber ein scharfkantiger, niedriger Felskamm, der aus dem steinigen Boden ragte, verdeckte ihnen die Sicht. Sie schoben sich vorsichtig an ihn heran und lugten über ihn hinweg.

Die beiden Männer und die Frau standen im Halbkreis auf einer kleinen flachen Lichtung. Im Mittelpunkt dieses Halbkreises saß ein hochgewachsener Mann auf einem kleinen Hocker. Er trug einen schneeweißen Anzug, der geradezu schmerzhaft hell leuchtete.

Tom, Gudrun und Pierre waren trotz der Mittagshitze marschiert, ohne eine längere Rast einzulegen. Jeder schleppte fast zwanzig Kilo Gepäck mit sich, wovon das Wasser rund die Hälfte ausmachte.

Aaron hatte ihnen gesagt, daß das Stammesgebiet des Ameisen-Clans ungefähr zwanzig Kilometer westlich der Farm begann. Wie groß es war, wußte er nicht, ebensowenig wo sich der Stamm zur Zeit aufhielt.

Traditionell lebende Aboriginestämme haben keine festen Siedlungen und bauen nicht einmal richtige Hütten. Ein einfaches Dach aus Zweigen und Blättern als Sonnen- oder Windschutz, eine Höhle oder ein überhängender Felsen, das ist alles, was sie als vorübergehenden Unterschlupf brauchen. Sie durchstreifen ständig ihr Territorium, ohne permanent an einem bestimmten Ort zu verweilen. Ihr Land ist für sie mehr als nur eine materielle Lebensgrundlage. Sie begreifen sich als Produkte dieses Landes, in dessen Tiefen ihre Vorfahren von den Traumzeitahnen gezeugt wurden und in dem die Seelenkeime oder Geistkinder darauf warten, in die Schöße vorbeiziehender Frauen zu schlüpfen, um als Menschen oder als Pflanzen oder Tiere wiedergeboren zu werden. Vertreibt man einen dieser erdverbundenen australischen Ureinwohner von seinem Land oder nimmt man es ihm weg, so stiehlt man ihm neben seiner materiellen auch seine seelische Lebensgrundlage.

Als Anthropologin hatte sich Gudrun auch mit der Kultur der Aborigines befaßt. Sie war keine Expertin auf diesem Gebiet, aber die Schönheit, der Phantasiereichtum und die tiefgründige Philosophie der australischen Mythen und Märchen hatten sie immer schon fasziniert. So wußte sie, daß ihre Begleiter und sie sich auf ein Unternehmen mit ungewissem Ausgang eingelassen hatten. Wenn die Aborigines nicht gefunden werden wollten, konnten sie wochenlang durch den Busch streifen, ohne einen von ihnen auch nur aus der Ferne zu Gesicht zu bekommen. Und es bestand immer die Gefahr, daß sie unwissentlich einen heiligen Ort entweihten oder ein Tabu brachen. Das würde die Kontaktaufnahme mit dem »Heiligen Mann, der mit Menelik spricht« erheblich erschweren oder gar unmöglich machen.

Vielleicht waren sie sowieso falsch vorgegangen. Vielleicht hätten sie an den Ort in der Nähe des Ayers Rock zurückkehren sollen, an dem Tom die Zeichen und Gravuren auf der Felsplatte fotografiert hatte, die Pierre, Connor und Valerie schließlich auch in der kleinen Kapelle in Aksum entdeckt hatten. Unter Umständen hätten sie dort den jungen Aborigine namens John wiederfinden können, der zum ersten Mal den Heiligen Mann erwähnt hatte.

Gudrun war so in Gedanken versunken, daß sie erschreckt zusammenzuckte, als Pierre ihren Oberarm ergriff und sie festhielt. Er hatte einen Finger vor die Lippen gehoben. »Hört ihr das?« flüsterte er.

Auch Tom war stehengeblieben und lauschte. Gudrun hörte nur das leise Rascheln der Blätter im schwachen Wind und hier und da das Zirpen einer Grille oder einen Vogelruf.

Sie schüttelte den Kopf.

»Musik«, behauptete Pierre. Er deutete nach vorne. »Ganz leise.«

Tom und Gudrun sahen sich fragend an und schüttelten dann beide die Köpfe.

»Kommt weiter«, forderte Pierre sie auf. Er sprach mit gesenkter Stimme, und automatisch traten die Gefährten leise und vorsichtig auf, als sie weitergingen, wie Indianer auf dem Kriegspfad.

Nach einer Weile hörte Gudrun es auch. Pierre hatte recht gehabt. Es war tatsächlich Musik, die ein wenig blechern klang. Wahrscheinlich kam sie aus einem Transistorradio.

Als sie kurz darauf eine kleine Lichtung erreicht hatten, bot sich ihnen ein skurriler Anblick. Im Zentrum der kreisrunden, ebenen Fläche saß ein schlanker, hochgewachsener Mann mittleren Alters mit kurzgeschnittenem strohblonden Haar in einem schneeweißen Anzug auf einem Klappstuhl vor einem Klapptisch und sah ihnen neugierig entgegen. Ein bunter Sonnenschirm spendete ihm Schatten. Auf dem Tisch standen ein Transistorradio und ein hohes Glas mit einer grünen Flüssigkeit, aus dem ein abgeknickter Strohhalm ragte. Der Mann hielt ein Buch in der Hand und hatte die ausgestreckten Beine auf eine kleine Kühlbox gelegt. Er trug eine dunkle Sonnenbrille, die er jetzt abnahm. Als er die drei Abenteurer anlächelte, blitzten unglaublich weiße Zähne in seinem braungebrannten, aristokratisch wirkenden Gesicht auf.

Tom erreichte ihn als erster. »Mr. Livingstone, nehme ich an?« sagte er grinsend.

»Nestor«, erwiderte der Weißgekleidete und gab ihm die Hand. »Sie sind unüberhörbar Amerikaner.«

»Tom Ericson«, stellte sich Tom vor. »Und das sind Gudrun Heber und Pierre Leroy.«

»Erfreut, Sie kennenzulernen«, sagte Nestor. Er schaltete das Radio aus. »Ich würde Ihnen gerne einen Stuhl anbieten, aber wie Sie sehen, ist der einzige bereits von mir besetzt.« Er ließ das Glas mit der grünen Flüssigkeit kreisen, in der ein paar Eiswürfel schwammen und leise klimperten. »Creme de Menthe mit viel Soda und Eis«, erklärte er. »Wirklich sehr erfrischend.«

Pierre verspürte plötzlich ein überwältigendes Durstgefühl. Er schluckte und fragte: »Dürfte ich mich erkundigen, was Sie hier tun, Mr. Nestor?«

»Ah, wie ich höre, sind Sie Franzose«, erwiderte Nestor in perfektem, akzentfreiem Französisch. »Nun, ich lese ein wenig.« Er deutete auf das Buch, das aufgeschlagen mit dem Rücken nach oben auf dem Tischchen lag. »Eugene Izzi, sehr zu empfehlen, wenn man harte Krimis mag.«

»Stell eine dumme Frage ...«, murmelte Pierre.

»Um die Frage etwas zu präzisieren«, mischte sich Gudrun ein, »wie kommt es, daß Sie Ihrer Lektüre ausgerechnet im australischen Busch nachgehen, meilenweit entfernt von jeder Ortschaft?«

»Und Sie sind zweifelsfrei Deutsche«, stellte Nestor fest, diesmal in ebenso akzentfreiem, perfektem Deutsch, wie er vorher Englisch und Französisch gesprochen hatte. »Aber um Ihre Frage zu beantworten, ich bin Ethnologe. Heute habe ich mir einen freien Tag gegönnt, um mich bei einem guten Buch und einem kühlen Drink zu entspannen. Ein hübsches Fleckchen Erde hier, nicht wahr?«

Gudrun betrachtete ihn verwirrt. Nestors Anzug wies nicht den kleinsten Schmutzfleck auf. Er war genauso makellos weiß und sauber wie seine Zähne. Die ganze Szenerie hatte etwas Unwirkliches an sich, etwas Traumhaftes.

Natürlich, dachte sie belustigt. *Wahrscheinlich folgen wir, ohne es zu wissen, einem Traumzeitpfad und sind gerade dem Snob-Ahnen begegnet.*

»Ihren Sprachkenntnissen nach scheinen Sie weit herumgekommen zu sein«, vermutete sie.

»Das kann man wohl sagen«, bestätigte Nestor mit einem entwaffnenden Lächeln. »Es gibt kaum einen interessanten Ort auf der Erde, an dem ich noch nicht gewesen bin.«

»Und was ist an diesem Ort so interessant?« erkundigte sich Tom. Er hatte seinen Rucksack abgestellt und streckte seinen verspannten Rücken.

»Hier kreuzen sich die Traumzeitpfade von drei verschiedenen Aborigine-Stämmen«, erklärte Nestor. »Gleichzeitig ist dieser Punkt ein neutraler Ort, den auch Weiße ungestraft betreten dürfen, auch wenn die Weißen nichts davon wissen. Spüren Sie seine Ausstrahlung? Wenn Sie die Augen schließen und lauschen, können Sie die Lieder der Vorzeitheroen hören.«

»Was wir gehört haben«, sagte Tom trocken, »klang mehr nach den Liedern der Western & Country-Ahnen.«

Nestor lächelte entschuldigend. »Eine kleine Schwäche von mir. Wie amerikanische Krimis.«

»Sind Sie Amerikaner?« fragte Pierre.

Nestor schüttelte den Kopf. »Ich betrachte mich als Weltbürger, als Kosmopolit.«

»Also staatenlos«, stellte Tom fest.

»Wenn Sie so wollen.« Nestor nahm einen weiteren Schluck von seinem Drink.

Die ganze Unterhaltung war auf eine verrückte Weise

absurd, fand Gudrun. Dieser Nestor war schlüpfrig wie ein Fisch und wich geschickt jeder direkten Frage aus, ohne unhöflich zu sein. Irgendwo ganz in der Nähe mußte sein Wagen stehen.

Er konnte nicht weit durch den Busch gelaufen sein, ohne seinen Anzug zu verschmutzen. Aber sie konnte nichts entdecken.

»Und was treibt Sie hierher?« erkundigte sich Nestor interessiert.

»Forschung«, erwiderte Tom einsilbig. Ihm war anzusehen, daß er über Nestors unverbindliche Art verärgert war.

»Wir suchen Belege über einen möglichen Kulturaustausch in vorchristlicher Zeit zwischen Australien und dem kleinasiatischen Raum«, sagte Gudrun, einer plötzlichen Eingebung folgend. Sie ignorierte den warnenden Blick, den Tom ihr zuwarf.

Nestor wirkte keineswegs überrascht. »Ah«, machte er und nickte verständnisvoll. »Ein interessantes Forschungsgebiet. Und noch nicht so überlaufen. Man könnte sogar sagen, ein ganz neuer Zweig. Eine taufrische Disziplin.«

Tom war die Ironie in seiner Stimme nicht entgangen. »Wenn Sie sich hier so gut auskennen«, sagte er herausfordernd, »dann wissen Sie ja vielleicht auch, ob es in dieser Gegend irgendwelche interessanten Kultstätten gibt.«

»Aber sicher, sogar ganz in der Nähe.« Nestor schnippte ein unsichtbares Stäubchen von seiner Jacke. »Eine Höhle mit faszinierenden Felszeichnungen. Ende und Ausgangspunkt eines Traumzeitpfades des Ameisen-Clans, der in eine mythische Sumpflandschaft geführt haben soll. Ein ganz bemerkenswerter Stamm. Er besitzt einen äußerst fähigen Schamanen. Leider sind diese Aborigines sehr menschenscheu –«

»Wo ist diese Höhle?« fiel ihm Tom hastig ins Wort.

»Haben Sie einen Kompaß?« fragte Nestor zurück.

»Natürlich.«

»Dann folgen Sie ihm genau nach West-Südwest. Aber Sie werden die Höhle heute nicht mehr erreichen. Das Gelände steigt an und wird unwegsamer. In der Nacht würden Sie sich verlaufen, trotz Kompaß. Es gibt hier überall natürliche magnetische Störquellen. Übrigens, ein hübscher Anhänger, den Sie da haben, Gudrun.«

»Oh, danke«, sagte Gudrun, über den plötzlichen Themenwechsel überrascht. Das kleine Schmuckstück, das Nestor meinte, bestand aus einem stilisierten Falken mit nach vorne gerichteten Flügeln. Gudrun hatte es in einer versunkenen atlantischen Station bei den Azoren gefunden.

»Ich habe einmal ein ähnliches Schmuckstück gesehen«, fuhr Nestor im Plauderton fort. »Es war allerdings etwa doppelt so groß und zeigte zwei Falken, die sich gegenüberstanden, so daß sich ihre Flügelspitzen berührten. Eine uralte Arbeit, niemand wußte, aus welchem Kulturkreis und aus welcher Zeitepoche es stammte.« Plötzlich schnippte er mit den Fingern. »Ich glaube, ich werde langsam alt!« rief er aus. »Die Höhlenzeichnungen! In dieser Höhle finden sich ganz ähnliche Abbildungen. Und sie sind ebenfalls sehr alt. Sagen Sie, Gudrun, woher haben Sie den Anhänger?«

»Es war ... ein Geschenk«, improvisierte Gudrun schnell. »Wo es ursprünglich herstammt, kann ich Ihnen nicht sagen.«

Einen Moment lang glaubte sie, ein spöttisches Lächeln in Nestors eisgrauen Augen aufblitzen zu sehen, doch er gab sich mit ihrer Antwort zufrieden.

»Wir sollten uns wieder auf den Weg machen«, drängte Tom. »Diese Höhle klingt vielversprechend.«

»Sie haben nicht zufällig Lust, uns zu begleiten, Mr. Nestor?« fragte Gudrun. Sie spürte, wie sich Tom neben ihr versteifte. »Wir könnten einen ortskundigen Führer gebrauchen.«

Nestor schüttelte den Kopf. Er deutete auf seinen Anzug. »Wie Sie sehen, bin ich nicht gerade passend für eine Wanderung durch den Busch gekleidet. Aber Sie werden Ihren Weg schon finden, da bin ich ganz sicher. Diese magischen Orte haben eine ganz intensive, spürbare Ausstrahlung. Halten Sie sich einfach nach West-Südwest und vertrauen Sie Ihrem Gefühl.«

Er streckte den Arm aus und schaltete das Transistorradio wieder an. Countrymusik klang auf. »Ich wünsche Ihnen viel Glück und Erfolg für Ihr Unternehmen«, sagte er.

Tom ergriff Gudrun am Arm. »Laß uns gehen, Gudrun. Die Zeit läuft uns davon.«

»Sie haben ja so recht«, bestätigte Nestor. »Wenn Sie wüßten, wieviel Zeit ich schon mit nutzlosen Dingen vertrödelt habe. Ehe man sich's versieht, ist eine kleine Ewigkeit vergangen.« Er wandte sich wieder seinem Krimi zu.

Gudrun zögerte noch einen Augenblick. Dann gab sie sich einen Ruck. »Auch Ihnen viel Glück, Mr. Nestor«, sagte sie. »Auf Wiedersehen.«

»Ganz bestimmt«, gab Nestor abwesend zurück, ohne von seinem Buch aufzusehen. »Ganz bestimmt.«

Der Bachlauf, der sich von den Hängen der Musgrave Ranges herunterschlängelte, führte schon seit Monaten oder gar Jahren kein Wasser. Trotzdem folgte ihm Kar, bis er eine Mulde erreicht hatte, in der sich während der seltenen Regenphasen ein kleiner See bilden mußte.

Sein Kopf pendelte suchend hin und her. Seine schlitzartigen Nasenöffnungen öffneten und schlossen sich rhythmisch. Deutlich konnte er die Duftspuren der häßlichen Zweibeiner wahrnehmen, aber sie waren mehrere Tage alt und verhießen keine Gefahr. Doch noch intensiver als dieser Duft war der Geruch von Wasser.

Ohne eine bewußte Entscheidung getroffen zu haben, ließ sich Kar auf alle viere fallen und begann zu graben. Mühelos drangen seine scharfen Krallen in den Boden ein und schleuderten Sand und Geröll hinter sich. Wie eine Maschine wühlte er sich immer tiefer. Schon nach einem halben Meter wurde der Sand feucht.

In regelmäßigen Abständen legte Kar eine kurze Pause ein und witterte wachsam nach allen Seiten. Trotzdem dauerte es kaum mehr als eine halbe Stunde, bis sich auf dem Boden des Lochs Wasser zu sammeln begann. Er trank gierig, doch das Durstgefühl erlosch schon nach wenigen Schlucken. Statt dessen begann er, sich in dem Wasserloch zu wälzen.

Noch vor einem Tag hätte er sich das Phänomen erklären können. Sein echsenhafter Körper transpirierte nicht, den einzigen Wasserverlust erlitt er durch seine Ausscheidungen und die Atmung. Die fehlende Transpiration hatte aber auch seine Kehrseite: In der stechenden Sonne heizte sich sein Körper sehr schnell auf, die Kühlung, die der verdunstende Schweiß bei einem Menschen bewirkt, entfiel bei ihm.

Doch sein Instinkt machte den fehlenden Verstand mehr als wett. Kar tat automatisch das in der jeweiligen Situation einzig Richtige, um zu überleben. Nachdem sich sein Körper ausreichend abgekühlt hatte, verließ er das Bachbett und suchte sich ein Versteck, um den Sonnenuntergang abzuwarten. Er brauchte Ruhe, damit die Wunde in seiner Schulter verheilen konnte. In der Nacht würde er dann auf die Jagd gehen. Die Beutetiere wurden erst mit Einbruch der Dunkelheit aktiv.

Die nächsten Stunden döste Kar in einer Bodenmulde unter einem Busch dahin. Der Drang, weiter nach Westen zu ziehen, wurde stärker in ihm, aber noch überwog der Schutz- und Selbsterhaltungstrieb und hielt ihn in seinem Versteck fest. In seiner Schulter zwickte und kribbelte es, während die Schußverletzung mit atemberaubender Geschwindigkeit heilte.

Als sich die Dunkelheit über das Land gesenkt hatte, machte sich Kar auf die Suche nach Nahrung. Diesmal war es ein Nest junger Wüstenmäuse, auf die ihn seine Nase stieß. Er grub sie aus und verzehrte die kleinen quiekenden Leckerbissen voller Wohlbehagen. Eine unvorsichtige Schlange, die ebenfalls auf der Jagd nach Wüstenmäusen gewesen war, bildete seinen zweiten Gang.

Kar war gerade einer fetten Beutelratte auf der Spur, als ein fernes Dröhnen an sein feines Gehör drang und ihn schlagartig aus seinem Jagdeifer herausriß.

Ein Schuß! Irgendwo in der Nähe sind Menschen!

Er richtete sich auf und versuchte, die Richtung zu bestimmen, aus der der Schuß gekommen war.

Das klang wie eine Schrotflinte, dachte er, und erst dann wurde ihm bewußt, daß er *dachte.*

Ich bin Richard Dean Karney, und ich krieche in der Gestalt einer Echse durch den australischen Busch und fresse lebendes Getier!

Der Gedanke traf ihn mit der Wucht eines Vorschlaghammers und ließ ihn taumeln.

Ich bin ein Mensch im Körper eines Ungeheuers, und ich benehme mich auch wie ein Ungeheuer.

Kar sank zu Boden, schlug sich die Klauenhände vor das Gesicht und schrie gepeinigt auf. *Ich bin Richard Dean Karney und fresse Wüstenmäuse samt Fell und Gedärmen!* brüllte die Stimme in seinem Kopf erbarmungslos weiter.

Wie ein surrealistischer Alptraum passierten die Geschehnisse der letzten vierundzwanzig Stunden vor seinem inneren Auge Revue. Ein trockenes Würgen schüttelte seinen Körper, und er krümmte sich in Embryonalhaltung auf dem staubigen Boden zusammen. Lautlos und ohne Tränen weinte Richard Dean Karney seiner verlorenen Menschlichkeit nach.

Und während ihn die Trauer und die Verzweiflung wie mit Stahlklammern in ihrem Griff hielten, erkannte Kar mit schmerzlicher Klarheit, daß er in diesem Augenblick menschlicher war als in all den Jahren zuvor, bevor ihn seine Gier nach Macht und Einfluß in diese Alptraumkreatur verwandelt hatte.

Stumm, kalt und mitleidslos zogen die Sterne über ihm ihre Bahn, als die animalischen Triebe in ihm langsam und unaufhaltsam wieder die Vorherrschaft gewannen und sich sein Bewußtsein wie ein verängstigtes Tier in eine dunkle Höhle zurückzog.

Doch Kar kämpfte nicht dagegen an. Bereitwillig hieß er die über seinen Verstand hereinbrechende Dunkelheit willkommen.

»Mach nicht so ein finsteres Gesicht, Süßer«, flötete Suzy. Sie räkelte sich auf der Decke neben dem flackernden Lagerfeuer und musterte Sem grinsend, den sie an einen Baum gefesselt hatten. Sie hatte die obersten Knöpfe ihrer Bluse geöffnet, so daß ihre Brüste bis zum Ansatz der Brustwarzen sichtbar waren.

Der dünne, grauhaarige Mann starrte krampfhaft in eine andere Richtung, konnte aber nicht verhindern, daß sein Blick immer wieder wie magisch von Suzys Körper angezogen wurde.

Jack beobachtete Suzys Spielchen mit einer Mischung aus Belustigung und Verärgerung, während er etwas Holz ins Feuer nachschob, über dem Speck und Eier in einer Pfanne brutzelten. Suzy provozierte ihren Gefangenen, seit sie ihr Nachtlager hier aufgeschlagen hatten.

Sie hatten die Farmer samt der Hunde in einem fensterlosen Kellerraum der Farm eingesperrt, der ihnen als Speisekammer diente, die dicke Holztür abgeschlossen und zusätzlich von außen verrammelt. Es würde Tage dauern, bis sich die Leute aus eigener Kraft befreien konnten.

Zuerst hatte Suzy allen Ernstes vorgeschlagen, alle ›Kinder des Lichts‹ zu töten, um sich unliebsame Zeugen vom Hals zu schaffen, aber das hatte Jack ihr ausreden können. Abgesehen von seinen Skrupeln hatte er sie darauf hingewiesen, daß sein Revolver nur noch fünf Patronen enthielt, Suzys sogar nur noch vier. Die ›Kinder des Lichts‹ zählten zweiunddreißig Personen. Auch von ihrer zweiten Idee, ihnen nämlich das Haus über dem Kopf anzuzünden, hatte er die Eurasierin abbringen können. Die Rauchwolke wäre meilenweit sichtbar gewesen und hätte Ranger anlocken können.

Also hatten sie sich darauf geeinigt, die Farmer nur einzusperren und Sem als Geisel für den Fall mitzunehmen, daß es ihnen früher als geplant gelingen sollte, sich aus ihrem Gefängnis zu befreien und Hilfe zu holen. Sobald sie Kar gefunden hatten, würden sie Sem so weit von der Farm entfernt laufen lassen, daß er mindestens einen Tag brauchte, um zu seinen Leuten zurückzukehren und sie aus dem Keller zu befreien. Bis sie in Mount Cavenagh Alarm schlagen konnten, würden zwei weitere Tage vergehen. Dadurch hätten Jack und Suzy ausreichend Zeit, um nach Adelaide zu fahren und die LAOTSE, Suzys hochseetüchtige Luxusjacht, herzubeordern.

Dieser Teil des Plans bereitete keine Probleme. Mit dem anderen sah es schon schwieriger aus. Erst einmal mußten sie das Lager der Aborigines, das höchstwahrscheinlich mit dem Zentrum der magnetischen Aktivitäten identisch war, überhaupt finden. Wenn sie die Entfernung zwischen dem Lager und dem Punkt, an dem sie in Australien aufgetaucht waren, richtig abschätzten, betrug sie zehn, maximal zwanzig Kilometer. Der überhängende Felsen mußte sich ziemlich genau im Westen befinden. Doch selbst wenn sie ihn gefunden hatten, bestand immer noch die Möglichkeit, daß Kar gar nicht dort aufgetaucht war. Trotzdem mußten sie es versuchen.

Sie hatten den Punkt, an dem ihr Australienabenteuer begonnen hatte, etwa eine Stunde vor Sonnenuntergang erreicht. Danach waren sie kaum drei Kilometer weiter nach Westen gelangt, da das Gelände zunehmend schwieriger wurde. Sie hatten nur im Schrittempo fahren können und waren immer wieder zu großen Umwegen gezwungen gewesen. Schließlich war ihnen nichts anderes übriggeblieben, als anzuhalten und ihr Nachtlager aufzuschlagen.

»Essen ist fertig, Suzy!« rief Jack. Er schob ihr einen Teller mit gebratenen Eiern und Speck und einem großen Stück Brot zu und setzte sich neben sie auf die Decke. »Du gehst heute leider leer aus«, sagte er in Sems Richtung. »Ich möchte dich nicht losbinden, und ich habe keine Lust, dich wie ein kleines Kind zu füttern.« Der grauhaarige Farmer starrte mit verschlossenem Gesicht wortlos zu Boden.

Als sie ihr Abendessen beendet hatten, schenkte Jack sich und Suzy zwei Becher Kaffee ein und füllte einen dritten mit Wasser. Er trug ihn zu Sem und ließ sich vor ihm in die Hocke nieder. »Ich bin kein Unmensch«, sagte er und hielt ihm den Becher entgegen. »Es gibt keinen Grund, dich dursten zu lassen.«

Der Gefesselte drehte den Kopf zur Seite, die Lippen zu einem schmalen Strich zusammengekniffen.

»Laß ihn doch, Jack, wenn er unbedingt den Helden spielen will«, meinte Suzy. »Morgen werden wir ja sehen, wie hart er wirklich ist. Komm lieber her. Ich will dich.«

Jack blickte über seine Schulter zurück. Suzy lag bäuchlings auf der Decke, hatte die Ellbogen aufgestützt und das Kinn in die Hände gelegt. Ihre Augen funkelten.

Warden zögerte einen Moment, dann stellte er den Wasserbecher neben Sem auf den Boden und kehrte zu Suzy zurück. Er streckte die Hand aus, um sie hochzuziehen. »Laß uns hinter den Wagen gehen«, schlug er vor.

Suzy schüttelte den Kopf und klopfte auf die Decke neben sich. »Nein«, sagte sie. »Laß es uns hier tun. Mach dir keine Gedanken wegen Sem. Schließlich ist er ein erwachsener Mann und ein richtiger Heiliger. Nicht wahr, Süßer?«

Sem antwortete nicht. Er saß mit ausgestreckten Beinen auf dem Boden, die Hände hinter dem Stamm gefesselt.

Warden warf einen kurzen Blick auf ihren Gefangenen und setzte sich dann neben Suzy. Sie ergriff seine Hand und schob sie in ihre Bluse, die sie auf der Farm zusammen mit einer Männerjeans gegen ihr verschwitztes Kleid eingetauscht hatte. Jacks Hand glitt über die seidige Haut ihrer Brüste. Ihre Brustwarzen hatten sich aufgerichtet und waren hart.

»Ich ... ich habe es noch nie gemacht, wenn jemand dabei zusehen konnte«, sagte er mit belegter Stimme.

Suzy knöpfte sein Hemd auf und streifte es ihm vom Körper. »Dann solltest du es einmal ausprobieren« flüsterte sie ihm ins Ohr. »Wer weiß, vielleicht gefällt es dir. Ich kannte einmal einen Mann, der wollte es hinterher gar nicht mehr anders machen.« Sie küßte seinen Hals und ließ ihre Lippen über seine Brust abwärts wandern. Ihre Haare kitzelten auf seinem Bauch.

Jack zerrte an ihrer Bluse, und irgendwie gelang es ihm, sie ihr vom Leib zu reißen. Suzys Zungenspitze liebkoste seinen Bauchnabel. Ihre Hände tasteten nach dem Reißverschluß seiner Hose und zogen ihn herunter. Als ihre Hände die Stelle fanden, die manche Spötter den einzigen erogenen Punkt des männlichen Körpers nennen, verschwanden die letzten Reste seiner Beherrschung. Er half ihr, sich seiner Hose zu entledigen, und wollte gerade den Knopf ihrer Jeans öffnen, als sie seine Hände festhielt.

»Warte«, hauchte sie mit sanfter und gleichzeitig heiserer Stimme. Sie stand auf und drehte sich zu Sem um. Ihre schlanken Finger lösten den Knopf und öffneten den Reißverschluß mit provozierender Langsamkeit. Sie ließ die Jeans zu Boden gleiten, zog die Füße aus den Hosenbeinen und beförderte die Hose mit einem Tritt in Sems Richtung. Der flackernde Feuerschein tanzte auf ihrem makellosen Körper. Sem hielt den Blick verbissen auf den Boden gerichtet.

»Sem, Süßer!« rief sie lockend, faßte ihre Brüste mit beiden Händen, hob sie etwas an und drückte sie ein wenig. »Was ist los mit dir? Gefalle ich dir nicht? Magst du vielleicht keine Frauen? Sind dir Jungen lieber?« Sie lachte leise und kehlig. »Oder langweile ich dich etwa? Biete ich dir nicht genug? Warte.«

Sie warf sich ihr blauschwarzes Haar mit einer geschmeidigen Bewegung in den Nacken, zog ihren Slip aus, spannte ihn sich über den Daumen, trat etwas näher an den Gefesselten heran und schnippte das Höschen wie einen Gummi in seine Richtung. Es traf ihn an der Brust und fiel in seinen Schoß. Er zuckte zusammen.

»Da hast du etwas zum Spielen«, hauchte Suzy. Sie drehte sich um und kehrte zum Lagerfeuer zurück.

»Komm schon«, krächzte Jack. Er streckte eine Hand nach ihr aus. »Laß mich nicht länger warten.«

Suzy schüttelte lächelnd den Kopf. »Langsam, Schatz, ganz langsam«, flüsterte sie. »Wir haben alle Zeit der Welt. Ganz ruhig. Ich werde dir etwas zeigen ...«

Ein dröhnender Knall schnitt ihre Worte ab. Suzy richtete sich kerzengerade auf und erstarrte. Sems Kopf ruckte hoch. Er starrte Jack und Suzy aus schreckgeweiteten Augen an.

»Oh, verdammt!« stieß Jack gepreßt hervor. »Oh, verdammt!«

Suzy ergriff ihre Jeans, ohne ihr Höschen in Sems Schoß zu beachten, und schlüpfte hinein.

»Los, beweg dich, Jack!« rief sie. »Der Schuß kam ganz aus der Nähe.«

Jack schüttelte wie betäubt den Kopf. »Oh, verdammt«, sagte er noch einmal. Dann setzte er sich auf, streifte sich mit einiger Mühe seine Hose über und schnappte sich den Revolver.

Einen Augenblick lang stand er reglos da, nur seine Wangenmuskeln bewegten sich unter der Haut. Als sein Blick auf Sem fiel, verzerrte sich sein Gesicht. Mit drei schnellen Schritten stand er vor ihm und trat wutentbrannt den Wasserbecher um.

»Ein Wort!« zischte er drohend. »Nur ein Wort, und du kannst dir ein Gebiß bestellen!«

Er drehte sich um, ging zum Feuer zurück, schob sich den Revolver in den Hosenbund und schaufelte mit beiden Händen Sand in die Glut, bis auch die letzte kleine Flamme erloschen war. Dann zog er sich wieder Hemd und Jacke an und setzte sich mit dem Rücken gegen einen Baum, mit dem Gesicht in die Richtung, aus der der Schuß aufgeklungen war.

»Versuch, ein bißchen zu schlafen«, sagte er unfreundlich zu Suzy, ohne sie anzusehen. »Ich übernehme die erste Wache. Ich wecke dich, wenn ich müde werde.«

Er zündete sich seine vorletzte Zigarette an und starrte finster in die Dunkelheit.

Es hatte eine Zeit gegeben, da war Pierres Leben aus den Fugen geraten. Eine Frauengeschichte hatte ihn aus der Bahn geworfen. Pierre hatte sein Studium abgebrochen und eine Zeitlang nur noch gesoffen, bis er sein gesamtes Geld durchgebracht hatte. Er war tief gesunken und hatte schließlich als Clochard unter den Seinebrücken gelebt.

Einerseits stumpft ein solcher Lebenswandel natürlich ab, andererseits aber kann er auch die Sinne und den Instinkt schärfen. Wer tagtäglich im Großstadtdschungel buchstäblich ums Überleben kämpfen muß, vegetiert entweder im permanenten Alkoholnebel dahin und gibt sich mit einem Stück Brot und einer Flasche billigem Wein zufrieden, oder er achtet wachsam auf jede Kleinigkeit, auf die achtlos abgestellte Tasche eines leichtsinnigen Touristen, auf die verräterische Wölbung, die eine volle Brieftasche im Jackett eines wohlhabenden Geschäftsmannes hinterläßt, oder auch nur auf das kaum wahrnehmbare Klimpern einer zu Boden fallenden Münze.

Pierre hatte eine Weile am Rande oder sogar jenseits der Grenzen der Legalität gelebt, doch er hatte den Weg zurück gefunden. Aber seine Aufmerksamkeit, seine beinahe intuitive Beobachtungsgabe, hatte er nicht verloren.

Sie wurden verfolgt. Was zuerst nur eine Ahnung gewesen war, war bald zur Gewißheit geworden. Wer die Verfolger waren und was sie von ihnen wollten, wußte er nicht. Aber jetzt waren sie hier. Ganz in der Nähe ihres Lagerplatzes.

Er erhob sich, trat an das Lagerfeuer, den Rücken den vermuteten Verfolgern zugewandt, und reckte sich. Tom, der gerade ein paar Eintragungen in seinem Notizbuch machte, blickte auf. Pierre gab ihm mit vor der Brust gehaltenen Händen Zeichen: zwei oder drei Mann im Gebüsch am Rande ihres Lagerplatzes hinter ihm.

Tom klappte das Notizbuch zu, nahm die altmodische Nickelbrille ab, die er nur zum Lesen benutzte, und massierte sich den Nasenrücken. Er stand auf und gähnte herzhaft. »Ich muß mal eben für kleine Jungen«, sagte er laut. »Kümmere du dich solange um Gudrun.«

»Geht klar, Partner«, erwiderte Pierre. »Ich nehme dich beim Wort. Also beschwer dich hinterher nicht.« Er sah zu, wie Tom zwischen den Büschen verschwand, und stocherte mit einem Stock in der Glut herum. In seiner linken Hand lag plötzlich ein schlankes Messer mit dunkler Klinge.

»Na, Gudrun, schon müde?« rief er.

Gudrun lag in einer leichten Hängematte aus feinmaschigem Leinen, die sie zwischen zwei kleinen Bäumchen aufgespannt hatte. Seit sie bei ihrem letzten Australienaufenthalt von einer Schlange gebissen worden war, weigerte sie sich, auf dem Boden zu schlafen. Sie schien Schlangen anzuziehen wie der Honig die Bären.

»Nein«, gab sie zurück, »ich träume nur so vor mich hin.«

Pierre hatte sie und Tom über seinen Verdacht informiert. Was jetzt passierte, hatten sie abgesprochen. Tom, der als einziger eine Schußwaffe trug, würde versuchen, den Verfolgern in den Rücken zu fallen, während Pierre und Gudrun lautstark Konversation machten, um sie abzulenken.

»Ich habe gerade daran gedacht, mal wieder nach Dumpwater in Florida zu fahren«, fuhr Gudrun fort. »Eigentlich ein ganz unscheinbares Nest, aber man kann dort preiswert Urlaub machen, wenn man im *Poppy's by the tree* absteigt. Außerdem gibt es da zwei Attraktionen. Man kann dem Mann begegnen, der Andy Griffith begegnet ist, und den Hotelmörder jagen, der alle fünf Jahre einmal zuschlägt.«

Pierre grinste, während er langsam um das Lagerfeuer herum ging, das Messer im Hemdsärmel verborgen. Gudruns Worte würden die Verfolger ins Grübeln stürzen, jedenfalls hatte sie es bei ihm geschafft. Wie kam sie nur auf so einen Blödsinn?

Aus den Augenwinkeln heraus beobachtete er das Gebüsch. Er glaubte, ein schwaches Zittern in den Blättern zu erkennen, obwohl der Wind völlig eingeschlafen war. Wie lange würde es dauern, bis Tom einen Bogen um das Lager geschlagen hatte?

»Ich könnte natürlich auch an den Lake Chicamococomico in der Nähe von Chicago fahren«, plauderte Gudrun munter weiter. »Angeblich kann man dort billig Land erwerben, auch wenn es heißt, daß der Boden und das Wasser etwas belastet sein sollen. Aber Jefferson hat mir versichert, daß das nur haltlose Gerüchte sind.«

»Ich träume eher von einer großen, heißen Badewanne«, sagte Pierre, »einem Eiskübel mit Champagner und ...« Weiter kam er nicht. Ein ohrenbetäubender Schuß zerriß die stille Nacht. »Deckung, Gudrun!« schrie er, wirbelte herum und stürzte mit gezücktem Messer auf das Gebüsch zu.

Die Bäume und Sträucher standen weit auseinander, und der Boden war frei von Unterholz oder Gestrüpp. Tom konnte sich mühelos bewegen, obwohl die Nacht mondlos war und nur die Sterne ein fahles Licht auf das Buschland warfen.

Er schlich gebückt um den Lagerplatz herum, den Colt in der Hand. Pierre und Gudrun redeten laut genug, um seine Schritte zu übertönen. Er kam schnell voran. Schon lag das Gebüsch, in dem Pierre die Verfolger vermutete, ein paar Meter vor ihm. Tom kniff die Augen zusammen. Da wackelten tatsächlich ein paar Zweige, und er meinte, zwei Beinpaare aus dem Busch hervorragen zu sehen.

Er hatte sich bereits bis auf zwei Meter genähert, als ein trockener Ast unter seinem Fuß knackte. Im gleichen

Augenblick raschelte es lautstark in dem Gebüsch, eine Gestalt rollte heraus, und ein dröhnender Schuß peitschte durch die Nacht. Tom sah das Mündungsfeuer, das in den dunklen Himmel zuckte, und hörte Pierre irgend etwas schreien. Mit einem Satz war er bei dem Schützen, riß ihm die Waffe aus den Händen und richtete den Colt auf die zweite Gestalt.

»Okay, Leute, macht keine Dummheiten und kommt heraus!« stieß er drohend hervor.

Vom Lagerfeuer her sah er einen dunklen Schemen in seine Richtung huschen. »Alles klar, Pierre!« rief er. »Ich habe sie!«

Sie zerrten die beiden Verfolger, die keinen Widerstand leisteten, zu ihrem Lagerfeuer.

»Sieh an«, sagte Pierre überrascht, als das Licht in die Gesichter der beiden zitternden Jungen fiel. »Unsere Freunde von der Farm.«

»Was habt ihr hier zu suchen?« herrschte Tom sie an. »Wieso habt ihr auf mich geschossen?«

»Wir ... wir ...«, stotterte einer der Jungen, Samuel, wenn sich Tom richtig erinnerte, »... ich wollte nicht auf Sie schießen, Sir. Sie haben mich erschreckt. Es ... war nur ein Versehen ...«

Tom nickte grimmig. Der Schuß war tatsächlich in den Himmel gegangen. »Setzt euch da hin!« befahl er und deutete auf eine Stelle vor dem Feuer. »Seid ihr allein? Und wieso habt ihr uns verfolgt?«

Die Jungen ließen sich gehorsam auf den Boden sinken. »Vater Aaron hat uns aufgetragen, Ihnen zu folgen, um Sie zu beschützen«, erklärte Samuel hastig. »Wir sollten aufpassen, daß Sie nicht in die Hände der Wilden fallen und wie die anderen Weißen in letzter Zeit verschwinden.« Der andere Junge, David, nickte eifrig.

»*Ihr* solltet auf *uns* aufpassen?« fragte Tom fassungslos. »Ihr seid doch noch nicht einmal trocken hinter den

Ohren! Und wie soll es jetzt weitergehen? Sollen wir vielleicht Kindermädchen für euch spielen?«

»Tom, schrei sie nicht so an«, sagte Gudrun beschwichtigend. Sie war herübergekommen, klopfte sich den Staub aus ihrem Jeansanzug und hockte sich vor den beiden Jungen auf den Boden. »Sollt ihr wirklich nur auf uns aufpassen, oder hat Aaron euch noch aus einem anderen Grund geschickt?«

Samuel und David wechselten einen schnellen Blick. »Wir sollten auch nachsehen, was die Wilden treiben«, gestand David. »Ob sie vielleicht ...«, er bekreuzigte sich, »... Menschenopfer darbringen.«

Gudrun schüttelte den Kopf. »Nennt sie nicht immer Wilde«, sagte sie mit sanftem Vorwurf. »Es sind Menschen mit einer eigenen, uralten Kultur. Sie tun nichts Unrechtes. Gerade ihr müßtet es doch besser wissen. Ihr lebt seit Jahren hier. Haben euch die Aborigines jemals etwas getan?«

»Nein, aber –«

»Haben sie euch jemals angegriffen, eure Felder zerstört oder euer Vieh gestohlen?«

»Nein, aber –«

»Haben sie euch bedroht oder versucht, euch von eurem Land zu vertreiben?«

»Nein, aber Vater Aaron sagt –«

»Euer Vater Aaron ist ein bornierter Trottel«, fiel ihm Tom ins Wort. »Er glaubt, die Weisheit mit Schöpfkellen gefressen zu haben. Hat er euch auch einmal erzählt, daß es *die Weißen* waren, die in ihrer Arroganz wie die Wilden unter den Aborigines gehaust haben?«

Samuel und David blickten schockiert zu ihm auf. Ihren Patriarchen als bornierten Trottel zu bezeichnen, mußte für sie Gotteslästerung nahekommen. Gudrun wollte gerade schlichtend eingreifen, obwohl Tom ihr aus der Seele gesprochen hatte, als Pierre, der in der Zwischenzeit das Versteck der Jungen untersucht hatte, mit ihrem Gepäck zurückkam. Er ließ es in den Staub fallen.

»Wenigstens haben sie ihr eigenes Wasser mitgebracht«, stellte er fest. »Wenn wir teilen müßten, könnte es knapp werden.«

»Tja, wir sollten uns wirklich überlegen, was wir mit euch beiden anfangen sollen«, murmelte Gudrun nachdenklich. »Vielleicht täte es euch ganz gut, wenn ihr die Aborigines einmal mit anderen Augen sehen und euch davon überzeugen könntet, daß sie keine schwarzen Messen oder Teufelsbeschwörungen veranstalten.«

»Gudrun, Tom«, sagte Pierre leise. »Dreht euch einmal um.«

Auf der anderen Seite des Lagerfeuers stand ein junger Aborigine. Er trug nur einen Lendenschurz um die Hüfte, eine aus Pflanzenfasern geflochtene Tragetasche über der Schulter und einen langen Speer in der Hand. Sein Gesicht wirkte ruhig, friedlich und selbstbewußt.

Gudrun stand auf. »Hallo«, sagte sie freundlich und streckte die Arme mit den Handflächen nach oben aus. Sie umrundete das Feuer und ging langsam auf ihn zu.

Der Aborigine betrachtete sie ernst und neugierig zugleich. Gudrun blieb einen Meter vor ihm stehen. »Sprichst du unsere Sprache?« fragte sie. »Kannst du uns verstehen?«

Offensichtlich war das nicht der Fall, jedenfalls erhielt sie keine Antwort. Sie deutete mit der Hand auf sich und klopfte sich gegen die Brust. »Gudrun«, sagte sie. »Ich heiße Gudrun.«

Der Aborigine lächelte und entblößte zwei Reihen ebenmäßiger weißer Zähne. Er legte eine Hand auf seine Brust und sagte: »Bulpallungo.«

»Bulpallungo«, wiederholte Gudrun und erwiderte das Lächeln. Sie machte eine einladende Handbewegung zum Feuer. »Setz dich zu uns«, bat sie.

Bulpallungo machte keine Anstalten, ihrer Aufforderung zu folgen. Sein Blick war auf das Schmuckstück gerichtet, das vor ihrer Brust hing. Langsam streckte er den Arm aus.

Gudrun trat einen Schritt näher auf ihn zu und hob das Amulett an. Bulpallungo strich mit den Fingerspitzen darüber.

»Kappôrœt«, sagte er, oder zumindest ein Wort, das ähnlich klang. Er zog die Hand zurück und fuhr sich damit über die Stirn. »Kappôrœt«, bekräftigte er. Damit ließ er Gudrun stehen und ging um das Feuer herum. Sein Blick strich kurz über Tom, Pierre und die beiden Jungen, die einen verängstigten Eindruck machten, und blieb schließlich an dem Archäologen hängen, genauer gesagt, auf dessen Brust.

Zögernd streckte er die Hand aus, legte seine Finger auf Toms Brust und nickte zufrieden. Dann setzte er sich an das Feuer und legte seinen Speer und die Tragetasche auf den Boden.

Tom strich über die Stelle, die der junge Aborigine berührt hatte.

Bei seinem ersten Australienbesuch hatte er dort den ›Sternensplitter‹ unter dem Hemd getragen, einen kleinen Kristall, der ursprünglich in der Totenmaske Pacal von Palenques gesteckt hatte und einem südamerikanischen Sammler zum Verhängnis geworden war. Irgendeine bösartige Ausstrahlung war von ihm ausgegangen, und die Aborigines hatten sie gespürt und abweisend auf Tom reagiert. Wenn Bulpallungo davon wußte, waren sie auf der richtigen Spur.

Gudrun nahm neben dem jungen Aborigine Platz und reichte ihm eine Feldflasche. Bulpallungo trank einen Schluck, dann öffnete er seine Tragetasche, zog eine gehäutete Beutelratte daraus hervor, steckte sie auf die Spitze seines Speers und hielt sie in das Feuer.

Gudrun schluckte, lächelte dann aber tapfer.

»Ich glaube«, sagte sie, »wir sind gerade zu einem Aborigine-Barbecue eingeladen worden.«

Sie erreichten das Lager des Ameisen-Clans am späten Nachmittag des nächsten Tages. Aus irgendeinem Grund, den sie nicht verstanden, hatte Bulpallungo ihren Aufbruch bis zum Mittag herausgezögert und sie dann über einen verschlungenen Pfad zu dem überhängenden Felsen geführt, in dem sich eine kleine versteckte Höhle verbarg. Tom schätzte, daß der kürzeste Weg, Luftlinie, nicht länger als fünf Kilometer gewesen wäre. Durch die ständigen Umwege hatten sie jedoch mehr als die doppelte Strecke zurückgelegt. Wahrscheinlich hatten sie einen rituellen Pfad beschritten. Vielleicht wollte Bulpallungo aber auch nur verhindern, daß sie den Weg alleine wiederfanden.

Nach kurzer Beratung hatten Tom, Gudrun und Pierre beschlossen, David und Samuel mitzunehmen. Sie konnten sie schlecht unbewaffnet zu ihrer Farm zurückschicken, hatten es aber auch nicht riskieren wollen, die beiden mit der Schrotflinte bewaffnet und unbeaufsichtigt im Territorium der Aborigines herumlaufen zu lassen. Der Himmel mochte wissen, welchen Unfug sie damit aus Dummheit, Angst oder religiösem Fanatismus anrichten würden.

Bis auf einen fast nackten, alten, weißhaarigen Aborigine, der einen glattpolierten Knochen in der Nase trug, war das Lager verlassen, als sie eintrafen, aber es zeigte die frischen Spuren vieler Menschen. Zwei Kochfeuer schwelten noch vor sich hin.

Der Alte unterhielt sich kurz mit Bulpallungo in ihrer vokalreichen Sprache, dann drehte er sich um und verschwand in der Höhle. Bulpallungo winkte die Gefährten heran und forderte sie mit einer Handbewegung auf, ihr Gepäck abzulegen und ihm zu folgen. Tom kramte seinen Fotoapparat aus dem Rucksack und wollte ihn sich umhängen, aber Bulpallungo schüttelte den Kopf. Er schien genau zu wissen, was für ein Gerät das war. Tom legte die Kamera seufzend auf den Boden und zog stattdessen sein Notizbuch hervor. Fragend blickte er den Aborigine an. Bulpallungo nickte.

»Ist euch eigentlich klar, was für eine außergewöhnliche Ehre sie uns damit bereiten, uns die Höhle zu zeigen?« flüsterte Gudrun ehrfürchtig, als sie sich bückte, um durch den niedrigen Eingang zu schlüpfen. »Normalerweise sind solche Orte für Weiße strikt tabu, ja sogar für die meisten anderen Stämme. Und für Frauen sowieso.«

»Zumindest diesen Nestor haben sie auch reingelassen«, gab Tom leise zurück.

Die Höhle war flaschenförmig, etwa sieben Meter lang und kaum zwei Meter hoch. Durch den Eingang und einen schmalen Spalt in der Decke fiel genügend Licht, um sie ausreichend auszuleuchten.

Die Wände und die Decke stellten eine einzige bunte Bilderlandschaft dar, ein verwirrendes Durcheinander von Tieren, Menschen, Phantasiegestalten, verschlungenen Linien und ornamentellen Verzierungen. Einige der Zeichnungen wirkten relativ frisch und neu, andere alt und verblaßt. Manche Darstellungen sahen sehr realistisch aus, andere wiederum abstrakt und stilisiert. Allein die Fülle der Details war überwältigen.

»Mein Gott, seht euch das an!« Tom deutete auf eine Stelle in Augenhöhe. »Das sieht wie ein phönizisches Segelschiff aus!«

»Und das hier wie ein Kamel!« rief Gudrun und dämpfte sofort wieder ihre Stimme.

Wie staunende Kinder schoben sie sich an den Felswänden entlang, ängstlich darauf bedacht, sie nicht zu berühren.

»Diese Gesichter hier. Eindeutig europäische oder kaukasische Züge …«

»Und das da, wie ein Düsenflugzeug, Erich von Däniken wäre begeistert …«

»Ist das wirklich ein Elefant..?«

»Ich fasse es nicht! Ein siebenarmiger Leuchter …«

»Ein Cherubim …«

»Und hier – sah so nicht die weiße Stadt aus, die wir in Tibet gesehen haben..?«

Der alte weißhaarige Aborigine hatte sich am Ende der Höhle mit überkreuzten Beinen auf den Boden gesetzt. Er blickte sie nicht an, aber trotzdem hatten sie das merkwürdige Gefühl, von ihm beobachtet zu werden. Er stieß ein tiefes, monotones, langsam an- und abschwellendes Brummen aus, das die Luft in spürbare Schwingungen zu versetzen schien. Gudrun fühlte ein leichtes Schwindelgefühl.

Tom stieß ein leises Keuchen aus. »Kommt hier her«, flüsterte er aufgeregt. Pierre und Gudrun drängten sich neben ihn und beugten sich vor, um die Stelle zu betrachten, auf die er deutete.

Die Abbildung zeigte vier Männer in langen weißen Gewändern, die einen von Stangen gehaltenen Kasten auf den Schultern trugen. Einen Kasten wie auf den Fotos, die Pierre, Valerie und Connor in Aksum geschossen hatten, mit einem Deckel, auf dem sich zwei Cherubim, die allerdings mehr Falken ähnelten, gegenüberstanden.

Sie hatten die Flügel nach vorne gelegt, so daß sich die Spitzen fast berührten. Darüber schwebte eine helle, strahlende Kugel.

»Die Lade!« hauchte Gudrun. »Und mein Anhänger! Wir müssen blind gewesen sein. Das Amulett ist eine stilisierte Nachbildung einer Hälfte der goldenen Platte, die die Lade abschloß.«

Tom schlug sich mit der flachen Hand gegen die Stirn. »Und Bulpallungo kannte sogar ihre Bezeichnung. *Kappôrœt*.«

»Wißt ihr eigentlich, was ihr damit sagt?« fragte Pierre leise. »Wenn das alles stimmt, müßte die Bundeslade ein atlantisches Artefakt sein. Als die Israeliten die Lade durch die Wüste geschleppt haben, war Atlantis längst schon untergegangen, aber Gudruns Anhänger stammt aus Atlantis. Also muß die Lade einst auf Atlantis gestanden haben.«

Gudrun starrte ihn an. Jetzt fügte sich ein weiteres Mosaiksteinchen in das verwirrende Puzzle ein. Seit sie das Auge der Göttin Khom gefunden hatten, hatte ihre Suche, schon bevor es ihnen bewußt geworden war, sie nach Atlantis geführt. Sie hatten das Tor nach Atlantis gefunden, Tom hatte es durchschritten und war in einer atlantischen Station in einer Lavablase tief unter dem Meer bei den Azoren herausgekommen. Nach seiner Rückkehr waren die Station und das Tor zerstört worden, und der Faden schien gerissen. Das Orakel von Delphi hatte sie auf eine scheinbar ganz andere Spur gebracht, nämlich auf die Spur der Lade, und, wie sich jetzt herausstellte, damit wieder zurück nach Atlantis. War es möglich, daß alle Fäden dort zusammenliefen? Stammte auch das Orakel aus dem versunkenen Kontinent?

Das sonore Brummen des alten Aborigines brach abrupt ab. Gudrun schreckte verwirrt aus ihren Gedanken hoch. Tom und Pierre standen dicht neben ihr und wirkten ebenfalls verwirrt. David und Samuel hatten sich nahe des Höhleneingangs aneinandergedrängt und zitterten. Das Licht war schwächer geworden, als wäre viel Zeit vergangen, seit sie die Höhle betreten hatten. Wie lange standen sie schon hier?

Der Alte schritt an ihnen vorbei und schob sich durch den Eingang ins Freie. Bulpallungo winkte ihnen, ihm zu folgen.

Schon bevor sich Gudrun durch den Felsspalt zwängte, hörte sie den dumpfen Singsang. Als sie ins Freie trat, stockte ihr der Atem.

Vor dem überhängenden Felsen standen ein Dutzend männlicher Aborigines, deren Körper mit weißen und gelben Streifen bemalt waren. Sie trugen Speere in den Händen, deren Spitzen in den Himmel gerichtet waren, und stampfen rhythmisch mit den Füßen auf den Boden. Alle hatten sich dem Höhleneingang zugewandt. Ihr feierlicher Gesang hallte von der Felswand wider.

Eins mußte Jack Sem lassen, der Bursche war zäh. Obwohl er seit dreißig Stunden nichts mehr getrunken hatte, weigerte er sich standhaft, irgend etwas von Jack und Suzy anzunehmen. Mittlerweile mußte er einen höllischen Durst verspüren.

Der Kilometerzähler zeigte an, daß sie seit Tagesanbruch siebenundzwanzig Kilometer zurückgelegt hatten. Trotzdem schätzte Warden, daß sie nicht mehr als zehn Kilometer nach Westen vorangekommen waren. Und der Tag neigte sich bereits dem Ende entgegen.

Suzy hatte sich wortkarg und abweisend gegeben, und Sem schwieg sowieso beharrlich. Es war zum Verrücktwerden. Jack versuchte verzweifelt, sich die Holografie über der Anlage zur Zeitlosen Ortsversetzung ins Gedächtnis zurückzurufen, sich an Einzelheiten zu erinnern. Manchmal glaubte er, einen ausgetrockneten Bachlauf oder einen Termitenhügel wiederzuerkennen, aber bisher hatte er sich jedes Mal getäuscht. Auch diesen Felsblock dort, der wie ein in den Himmel gerichteter Zeigefinger aussah, meinte er schon einmal gesehen zu haben. Er steuerte den Landcruiser näher an den roten Sandstein heran und bemerkte den schmalen aber tiefen Graben erst im letzten Moment. Hart trat er auf die Bremse und würgte den Motor ab.

Suzy sagte kein Wort, aber der Blick, den sie ihm zuwarf, sprach Bände. Jack knirschte mit den Zähnen und kämpfte gegen einen Wutausbruch an. Wortlos stieg er aus, schlug die Tür hinter sich zu und stapfte den flachen Hügel hinauf. Abgesehen davon, daß er sowieso das Gelände erkunden mußte, wollte er ein paar Minuten lang allein sein, bevor er die Beherrschung verlor und Sem oder vielleicht Suzy oder auch alle beide erschoß. Verdient hätten sie es, weiß Gott!

Direkt hinter dem Graben war das Gelände wieder befahrbar. Die Frage war nur, wie weit sich diese gottverdammte Erdspalte nach rechts und links weiterzog. Bei seinem Glück wahrscheinlich ein paar Kilometer. Und wahrscheinlich würde sich hinter dem Hügel ein Geröllfeld erstrecken, mit Felsbrocken, so groß wie ausgewachsene Kürbisse, zwischen denen sich der Wagen festfuhr. Oder ein paar dieser beschissenen scharfkantigen Felsgrate, die wie Rasierklingen ...

Was war das? Jack blieb stehen und lauschte. Ein dumpfer, auf- und abschwellender Laut. Er schien von jenseits der Hügelkuppe zu kommen. Warden drehte sich um. Der Landcruiser stand gut fünfhundert Meter hinter ihm. In seiner Wut hatte er gar nicht bemerkt, wie weit er schon gegangen war.

Eilig lief er weiter. Nach ein paar hundert Metern hatte er den Hügelkamm erreicht, hinter dem er jetzt einen Rauchfaden aufsteigen sah. Auf der anderen Seite fiel die flache Erhebung sehr viel steiler ab. Und an ihrem Fuß ...

Jack warf sich zu Boden und kroch hinter einen dornigen Busch. Er hatte es geschafft, er hatte das Aboriginelager gefunden. Da unten schien irgendeine Zeremonie stattzufinden. Etwa zehn Aborigines tanzten in einer Reihe mit schwankenden Schritten hin und her, und hinter ihnen, vor dem überhängenden Felsen, hockte ein alter bemalter Ureinwohner an einem rauchenden Feuer. Auf der anderen Seite saß ihm ein Weißer gegenüber, nackt bis auf die Unterhose.

Irgendwie kam er Jack bekannt vor, aber die Entfernung war zu groß, als daß er sein Gesicht hätte erkennen können.

Warden schob sich auf dem Bauch zurück, sprang dann auf und eilte das leichte Gefälle hinab. Als er den Landcruiser erreicht hatte, war er außer Atem.

Suzy musterte ihn mit gerunzelten Brauen. »Was ist los?« fragte sie gespannt.

»Was schon? Ich habe Disneyland gefunden«, knurrte Jack. Er kramte den vorbereiteten Knebel hervor, stopfte ihn dem gefesselten Sem, der sich nicht wehrte, in den Mund und befestigte ihn mit einen Stoffstreifen. Dann griff er nach dem lichtstarken Nachtglas, das er im Farmhaus gefunden hatte, und hängte es sich um den Hals.

Suzy war ausgestiegen. »Das Lager?« fragte sie knapp.

Jack nickte.

»Und Kar?«

»Ich habe ihn nicht gesehen. Aber irgend etwas geht da vor. Und da ist ein Weißer, der mir bekannt vorkommt. Los, wir müssen uns beeilen, bevor es zu dunkel wird.«

Er lief los, ohne auf Suzy zu warten. Seine Wut war verraucht. Aus irgendeinem Grund war er sich sicher, daß der Showdown kurz bevorstand.

Gudrun wußte nicht, worauf sich Tom eingelassen hatte. Da keiner von ihnen die Sprache der Aborigines beherrschte, hatten sie sich mit Händen und Füßen verständigen müssen, und irgendwie schien der *Wirrinun,* der Stammesschamane des Ameisen-Clans, genau zu wissen, was sie wollten.

Er hatte Gudruns Anhänger in die Hand genommen, irgend etwas damit gemacht, und plötzlich war ein leises Klicken ertönt. Dann hatte er das Schmuckstück über die Längsseite aufgeklappt, so daß es nur noch halb so dick aber doppelt so lang war. Jetzt standen sich zwei stilisierte Falken gegenüber, deren nach vorne gerichtete Flügelspitzen sich berührten. Dort, wo sich das Scharnier des Plättchens befinden mußte, war nicht einmal ein hauchdünner Spalt zu erkennen. Nun sah das Schmuckstück exakt so aus wie auf den Darstellungen der Bundeslade.

So faszinierend das Amulett auch sein mochte, im Augenblick wurde Gudruns Aufmerksamkeit von etwas ganz anderem gefesselt. Die Aborigines führten irgendein Ritual durch, bei dem Tom eine aktive Rolle spielte. Bulpallungo hatte Gudrun, Pierre und den beiden Jungen einen Platz am Rande des Lagers zugewiesen, während der alte Schamane mit Tom zu einem qualmenden Feuer gegangen war, das etwa dreißig Meter weiter brannte. Er hatte Tom aufgefordert, sich auszuziehen, und seinen Körper mit einem Strichmuster aus weißer und gelber Farbe bemalt. Dann hatte er eine Steinschale mit einer Paste hervorgeholt und sie Tom mit einem Spachtel auf den Hals, in die Achselhöhlen, die Kniekehlen und auf die Hand- und Fußflächen gestrichen.

Seither war eine halbe Stunde vergangen. Tom saß reglos aufrecht vor dem Feuer, teilweise in die Rauchschwaden eingehüllt, während der Schamane ihm gegenüber auf der anderen Seite der Feuerstelle hockte und einem schlichten, etwa siebzig Zentimeter langen und armdicken Holzrohr dumpfe, dröhnende, vibrierende Töne entlockte, deren Monotonie etwas Hypnotisches hatte.

Als sich die Dämmerung herabsenkte und die Sicht

schlechter wurde, entzündeten ein paar Männer sechs kleine Feuer in einem Halbkreis um Tom und den Schamanen, die hell und rauchlos brannten und die Szenerie mit ihrem flackernden Schein ausleuchteten.

»Ich frage mich, wie lange das noch gehen soll«, flüsterte Pierre. Er saß dicht neben Gudrun und hielt die Schrotflinte in der Hand, nicht weil er etwas von den Aborigines befürchtete, sondern damit sie nicht den beiden Jungen in die Hände fiel. David und Samuel lagen hinter ihnen auf dem Boden und hatten die Augen geschlossen, was wahrscheinlich auch besser so war. Vermutlich rechneten sie damit, daß jeden Augenblick der Leibhaftige erscheinen würde. Sie hatten die Hände gefaltet, und ihre Lippen bewegten sich unablässig und lautlos.

Nach einer Weile trat Bulpallungo, mittlerweile ebenfalls bemalt, an Tom heran. In der Hand hielt er ein Steinmesser. Er ließ es dicht vor Toms Gesicht und Oberkörper durch die Luft fahren. Pierre verkrampfte sich und umklammerte die Schrotflinte fester, aber Gudrun legte ihm beruhigend eine Hand auf die Schulter. »Entspann dich, Pierre«, sagte sie leise und eindringlich. »Das sind nur rituelle Gesten und Gebärden. Wenn sie ihm wirklich etwas antun wollten, würden sie uns nicht zusehen lassen. Sie wissen, daß wir bewaffnet sind.« Tom hatte ihr seinen Colt gegeben, bevor er dem *Wirrinun* gefolgt war.

Doch trotz ihrer Worte waren ihre Nerven bis zum Zerreißen angespannt. Sie konnte ihren Blick einfach nicht von dem qualmenden Feuer lösen, das keinen Nachschub an Brennholz zu brauchen schien. Tom saß starr wie eine Statue da.

Was geht da vor sich? fragte sie sich. Tom mußte in eine Art Trance gefallen sein. Was erlebte er in diesem Augenblick? Sie hätte nur zu gern mit ihm getauscht.

Die Rauchschwaden, die ihn hin und wieder einhüllten, rochen nicht einmal unangenehm. Tom fragte sich, was der alte Schamane eigentlich mit ihm vorhatte. Er hatte sich bereitwillig anmalen und sich sogar mit der scharf riechenden Paste bestreichen lassen, obwohl er argwöhnte, daß es sich dabei um irgendeine exotische Droge handelte. Aber wenn er jetzt einen Rückzieher machte, würden sie garantiert keine Antworten auf ihre Fragen bekommen, und der alte Schamane schien Kenntnisse über historische Vorgänge zu besitzen, die Tom noch vor einem halben Jahr als reine Hirngespinste abgetan hätte.

Zuerst hatte sich die Paste kühl auf seiner Haut angefühlt, dann waren die bestrichenen Stellen immer wärmer geworden und hatten gekribbelt, und schließlich wurden sie taub. Sonst konnte Tom keine weitere Wirkung spüren, außer vielleicht, daß er sich ruhig und entspannt und ein wenig leicht fühlte. Obwohl er bestimmt schon eine Stunde in derselben Haltung auf dem Boden hockte, spürte er keinerlei Verspannungen.

Das Dröhnen und Brummen, das unablässig aus dem Holzrohr des Schamanen erklang, hatte sich zuerst fast bedrohlich angehört, doch mittlerweile empfand es Tom als beruhigend. Es besaß sogar so etwas wie eine Melodie, wenn man nur lange genug hinhörte, und erweckte merkwürdige Assoziationen. Erinnerungsfetzen zogen an ihm vorbei, zusammenhangslose Episoden aus seinem Leben, Bilder, Geräusche und Gerüche. Der Rauch des Feuers wallte und schlängelte sich, undeutliche Schemen schienen darin zu tanzen.

Da war eine Schlange, aber eigentlich war es eher ein Mensch, und dann doch wieder eine Schlange. Ein Krokodil, das die Gestalt wechselte, während er es betrachtete, zu einem feinen Nebel zerfloß und wieder feste Konturen annahm. Ein großer Vogel, ein Emu mit einem Menschenkopf aber einem langen Schnabel voller spitzer

Zähne. Ein Skelett mit einer dritten Augenhöhle über der Nasenwurzel, das die knochigen Hände nach ihm ausstreckte, ein zweites Skelett, ein drittes …

Plötzlich spürte Tom Angst in sich aufsteigen, und er wollte die Skelette zurückstoßen, konnte sich aber nicht bewegen. Kalte Finger fuhren tastend über sein Gesicht, über seinen Hals, die Brust. *Komm mit, komm zu uns,* hörte er eine lautlose Stimme in seinem Kopf. Seine Angst wuchs, als er feststellte, daß er nicht einmal sprechen konnte. Weitere Skelette quollen aus dem Rauch hervor und umringten ihn.

Da trat eine schimmernde Gestalt zwischen sie, und ein leuchtendes Messer zuckte durch die Luft, fuhr funkensprühend durch die Knochen und trieb die Skelette zurück. Widerstrebend tauchten sie wieder im Rauch unter. Toms Angst erlosch so schlagartig, wie sie gekommen war, und machte einer gelösten Heiterkeit Platz.

Das dröhnende, melodische Brummen brach ab, und der Mann vor ihm stand auf. Er streckte ihm über das Feuer die Hand entgegen. *Komm mit mir,* sagte er.

Tom ergriff die dargebotene Hand, erhob sich und registrierte ohne Verwunderung, daß sein Körper ihm wieder gehorchte. Er schritt furchtlos durch das Feuer hindurch und folgte dem Alten zum Eingang der Höhle. Vor dem Felsspalt blieb er noch einmal stehen und drehte sich um.

Er konnte sich und den Schamanen am Feuer sitzen sehen, aber ihre Körper waren diffus und halb durchsichtig. Sein Blick wanderte über den Lagerplatz und fand Gudrun und Pierre, die neben einem großen runden Felsbrocken saßen. Er winkte ihnen zu, aber sie reagierten nicht, starrten wie gebannt auf das qualmende Feuer.

Komm, hörte er die Stimme seines Führers wieder. Tom wandte sich um, bückte sich und schlüpfte durch den Felsspalt.

Das Innere der Höhle glühte in einem klaren, smaragdgrünen Licht. Die Felszeichnungen waren lebendig geworden und bewegten sich über die Wände. Aber Tom hielt sich nicht mit ihrer Betrachtung auf. Wie von einem inneren Zwang angetrieben folgte er dem Schamanen zum Ende der Höhle, zur Quelle des Lichts.

Die Felswand, die das Ende der flaschenförmigen Höhle abschloß, war durchsichtig geworden. Ohne zu zögern trat Tom neben dem Alten durch sie hindurch.

Sie standen in völliger Leere. Um sie herum herrschte keine Finsternis, aber auch kein Licht. Unter ihren Füßen befand sich kein Abgrund, aber auch kein Boden. Die Welt war ohne Gestalt und Konturen, sie *war nicht*.

Da begann der Alte zu singen, und Tom sah, wie sich um sie herum Licht ausbreitete.

Der Alte sang den Boden unter ihren Füßen herbei, den Himmel und die Sonne über ihren Köpfen und die Luft, die sanft um ihre Körper strich. Ohne zu überlegen, stimmte Tom in das Lied ein, und sie sangen Sand, Steine und Felsen, Gras, Blumen, Büsche und Bäume, Wind und Wolken, die Tiere auf und unter der Erde, im Wasser und in der Luft.

Während sie dahinwanderten, ließen sie Hügel und Berge emporwachsen und schufen Täler, Bäche und Seen. Sie erreichten das Ufer eines glasklaren Flusses, durch den ein Schwarm großer Fische huschte, und betraten ein Floß. Tom sang sich eine Stange herbei und schob das Floß in die Flußmitte, wo es von der Strömung fortgetragen wurde.

Eine Weile trieben sie so dahin, durch eine Landschaft, die vor ihnen neu entstand und doch immer dagewesen war, als Keim, der erst durch die Lieder erblühte und Gestalt gewann. Doch dann verstummte Toms Führer plötzlich.

Ich muß dich jetzt verlassen, sagte er, *und du mußt hierbleiben. Aber fürchte dich nicht, ich werde bald zurückkom-*

men. Damit verblaßte er, und Tom stand allein auf dem Floß. Langsam trieb es flußabwärts.

Bald wurde der Fluß schmaler, und vor ihm wich die Landschaft zurück. Tom öffnete den Mund, doch die Laute, die er ausstieß, waren falsch. Voller Trauer erkannte er, daß er das Lied vergessen hatte.

Vor ihm wurden das Land und der Himmel leerer. Rechts und links des Flusses erhoben sich Termitenhügel aus der Steppe, auf die Känguruhahnen mit langen Stöcken einschlugen. Kleine Bäche und Rinnsale entsprangen an den Stellen, auf die die Stöcke trafen, und speisten den Fluß, doch je weiter das Floß trieb, desto spärlicher wurden die Bäche, die Steppe wurde zur Wüste, und der Fluß schrumpfte zusammen, bis er fast zu schmal für das Floß wurde.

Am Ufer stand der Eidechsenmann und blickte Tom ernst an. *Du reist auf einem gestohlenen Floß,* sagte er vorwurfsvoll.

Nein, verteidigte sich Tom, *ich bin kein Dieb. Ich bin ein Gast auf diesem Floß.*

Dann kehre dorthin zurück, wo du zu Hause bist, verlangte der Eidechsenmann.

Aber ich kenne den Weg nicht, erwiderte Tom betrübt. *Ich muß auf meinen Führer warten.*

Ein Ruck ging durch das Floß, als es auf Grund lief. Der Eidechsenmann wandte sich ab. Tom blickte sich um. Er war allein in einer Welt, die sich unaufhaltsam um ihn herum auflöste.

»Das darf doch nicht wahr sein!« keuchte Jack. »Der Typ da unten ist Tom Ericson!« Er reichte Suzy das Fernglas. »Sag mir, daß ich mich täusche.«

Suzy richtete das Glas auf das Feuer, an dem der Weiße und der alte Aborigine saßen. »Du täuschst dich nicht«, sagte sie, »es *ist* Tom Ericson.« Sie ließ den Blick über das flache Tal schweifen und stieß scharf die Luft aus. »Und rechts davon, neben diesem runden Felsen, sitzen Gudrun Heber und Pierre Leroy. Da sind auch noch zwei Jungen. Fehlen nur noch dieser Connor und die Israelin.«

Sie beobachteten die Zeremonie unter ihnen, bis die Dunkelheit hereingebrochen war und die Aborigines ein paar zusätzliche Feuer angezündet hatten. Tom Ericson hatte sich nicht einmal gerührt, und Pierre und Gudrun saßen weiterhin neben dem runden Felsen.

»Laß uns näher rangehen«, schlug Jack schließlich vor. »Es ist jetzt dunkel genug, und die Typen da unten machen so viel Lärm, daß sie uns nicht hören werden. Ich will wissen, was die da treiben.«

Suzy zögerte einen Moment und nickte dann.

Vorsichtig arbeiteten sie sich den Hügel hinab. Zum Glück war der Hang nicht so steil, daß die Steine, die sie immer wieder lostraten, kleine Lawinen auslösten. Unbemerkt gelangten sie an seinem Fuß an und robbten in eine Bodenmulde, keine fünfzig Meter von den Feuern entfernt, deren Licht nicht bis zu ihnen reichte. Das Dröhnen des merkwürdigen Blasinstrumentes war verstummt, aber der monotone Gesang der restlichen Aborigines hallte weiter über den Lagerplatz und übertönte ihr Flüstern.

Doch plötzlich brach auch der Gesang unvermittelt ab. Die Aborigines, die unablässig einen schwerfälligen, stampfenden Tanz aufgeführt hatten, verharrten. Jack und Suzy spähten über den Rand der Bodenmulde.

»Kar!« flüsterten sie beide gleichzeitig.

Wie ein dunkler Scherenschnitt näherte sich die echsenartige Kreatur mit wiegenden Schritten dem Zentrum des Ritualplatzes. Die Aborigines machten keine Anstalten, ihn aufzuhalten oder wegzulaufen. Sie standen einfach reglos in einer Reihe da, und Kar ging langsam an ihnen vorbei, wie ein General, der eine zum Appell angetretene Kompanie abschreitet.

Als er das qualmende Lagerfeuer erreicht hatte, blieb er einen Augenblick lang stehen und schien Ericson und den Schamanen zu mustern, die sich beide nicht rührten. Der Feuerschein spiegelte sich in metallischen Reflexen auf seiner glänzenden Schuppenhaut. Suzy warf einen Blick zu dem runden Felsen hinüber, vor dem die beiden A.I.M.-Mitarbeiter saßen. Sie sah, daß der Franzose eine doppelläufige Schrotflinte auf Kar gerichtet hatte, aber er schoß nicht. Ihr Blick kehrte zu Kar zurück.

Ein junger, schlanker Aborigine kam langsam auf ihn zu und blieb vor ihm stehen. Er sagte irgend etwas in seiner Sprache zu ihm, verneigte sich, drehte sich um und marschierte unter den überhängenden Felsen, wo er neben einem schmalen Spalt stehenblieb. Kar folgte ihm und verschwand in dem schwarzen Loch.

Jack zerbiß einen Fluch zwischen den Zähnen. »Wir sollten ihn umlegen, sobald er wieder rauskommt«, wisperte er.

Suzy schüttelte den Kopf. »Zu gefährlich«, raunte sie zurück. »Die Eingeborenen scheinen ihn als eine Art Gott zu betrachten. Die würden uns in Stücke reißen. Außerdem möchte ich von Kar wissen, was das alles soll. Es sah so aus, als wäre er wieder bei Verstand. Wir müssen ihn schnappen.«

»Und wie sollen wir das anstellen, ohne daß diese Affen über uns herfallen, wenn sie ihn wirklich für einen Gott halten?«

Suzy lächelte kalt. »Wir nehmen ihren Medizinmann als Geisel.«

Das Land war nur noch eine platte, fahle Ebene, und der Fluß war verschwunden. Tom spürte, wie sich das Floß unter seinen Füßen auflöste, als der Schamane plötzlich wieder bei ihm war.

Wir müssen uns beeilen, sagte er und ergriff Tom an der Hand. Der erste Ton seines Liedes ließ die Welt wiedererstehen, und sie erhoben sich in die Luft und flogen pfeilschnell über das Land, immer schneller und schneller, immer höher und höher. Das Land wich zurück und machte einer endlosen blauen Wasserfläche Platz.

Wir haben längst schon die Schallmauer durchbrochen, fuhr es Tom durch den Kopf, aber der Gedanke versickerte sofort wieder und ließ nur atemloses Staunen und Euphorie zurück. Vor ihnen tauchten Landmassen in der tiefblauen Weite auf und schossen mit irrwitziger Geschwindigkeit dahin. Dann neigte sich ihr Flug in einer immer steiler werdenden Kurve nach unten, und die Erde raste ihnen entgegen.

Nur einer kann hinein, sagte der Schamane und ließ Toms Hand los. Er breitete die Arme aus und lächelte sanft. *Ich kann dich nicht weiter führen. Nutze die Zeit, die dir bleibt.*

Tom erschrak, als sein Blick nach unten fiel, und in der Erwartung eines tödlichen Aufpralls versteifte er sich unwillkürlich. Doch dann kam sein Sturz abrupt zum Stillstand, und er fand sich in einem fensterlosen, quadratischen Raum von rund zehn Metern Seitenlänge wieder, der nur spärlich von kleinen Talglichtern erhellt wurde.

Er schwebte etwa zwei Meter über dem Boden. Direkt unter sich sah er eine goldene Platte, die auf beiden Seiten von zwei Cherubim flankiert wurden, deren nach vorne gefalteten Flügel sich fast berührten.

Er hatte sein Ziel tatsächlich erreicht, und instinktiv wußte er, daß dies die Bundeslade war. Aber wo stand sie? Das war nicht der Raum, den Pierre und Connor in Aksum fotografiert hatten.

Langsam drehte er sich um. Eine Wand des Raumes besaß einen mit einem Vorhang verhängten Durchgang. Von der Lade abgesehen schien der Raum leer zu sein, doch dann hörte er zwei Männerstimmen und fuhr herum.

Vor der Wand, die dem verhängten Durchgang gegenüberlag, saßen zwei Männer auf Sitzkissen und unterhielten sich. Obwohl ihre Sprache Tom fremd war, verstand er irgendwie ihre Worte. Staunend hörte er zu.

»Was *war* das?« fragte Pierre fassungslos, als die Alptraumkreatur verschwunden war. »Ist das der mythische Echsenahne? Dein hypothetischer Dinosaurier? Unser Hühnerdieb?« Er zielte immer noch auf den Höhleneingang.

»Ich habe nicht die leiseste Ahnung«, gab Gudrun zurück. Sie hielt Toms Colt in der Hand, den Hahn gespannt. Wenn sich diese ... Kreatur an Tom zu schaffen gemacht hätte, hätte sie abgedrückt, denn das Wesen wirkte nicht nur fremdartig, es wirkte auch äußerst gefährlich. »Aber was immer es ist, es ist jetzt da drin, und wir dürfen den Höhleneingang nicht eine Sekunde aus den Augen lassen. Hoffentlich kommt Tom bald wieder zu sich.«

»Vielleicht solltest du zu ihm gehen und versuchen, ihn aus seiner Trance zu wecken«, schlug Pierre vor. »Scheiß auf die heilige Zeremonie. Mir geht das alles allmählich zu weit.«

Gudrun zögerte. »Ich weiß nicht ... Die Aborigines schienen keine Angst vor dem Ding zu haben. Vielleicht ist es tatsächlich ein Bewohner dieser Sumpfwelt, und die

Höhle ist so etwas wie ein ... ein Dimensionstor. Vielleicht ist es wieder in der Sumpfwelt verschwunden.«

Pierre erwiderte nichts. *In gewisser Weise haben diese religiösen Spinner fast recht,* dachte er. *Was die Aborigines hier treiben,* ist *unheimlich. Oder haben sie gar nichts mit dem Wesen zu tun?* Sie hatten ebenfalls überrascht gewirkt, als gehörte die Erscheinung nicht zu ihrem Standardprogramm.

Er drehte sich kurz zu den beiden Jungen um. Sie hatten sich so weit hinter den Felsen verkrochen, daß sie die Zeremonie nicht verfolgen konnten. Pierre hoffte nur, daß ihre Neugier nicht irgendwann über ihre Angst siegte.

Wenn sie diese Kreatur mitten unter den Aborigines sahen, würde das ihre religiösen Vorurteile bis in alle Ewigkeit festzementieren.

Rund zehn Minuten lang, die sich wie zäher Sirup endlos dahinschleppten, tat sich nichts. Tom und der Schamane saßen weiterhin reglos wie Steinstatuen da, und auch die anderen Aborigines verharrten wie festgewurzelt auf der Stelle. Bulpallungo wartete neben dem Höhleneingang. Pierre fühlte wieder dieses Reißen in den Gliedern und einen kurzen Krampf in den Eingeweiden. Aber diesmal lag es wahrscheinlich an der Anspannung.

Dann endlich schob sich das Echsenwesen wieder aus dem Felsspalt ins Freie. Pierre hörte Gudrun neben sich tief durchatmen. Sofort visierte er die Kreatur an und folgte ihr mit dem Lauf der Schrotflinte, bis sie vor dem Schamanen stehenblieb. Er hörte sie mit fauchender Stimme etwas sagen.

Langsam hob der Schamane den Kopf und streckte eine Hand aus. Die Bewegung wirkte wie in Zeitlupe. Und dann stürzten plötzlich zwei Gestalten aus der Dunkelheit hervor und rannten auf das Feuer zu.

»Kar, bleib stehen!« gellte eine Frauenstimme auf.

Pierre zuckte zusammen. Die Schrotflinte entglitt fast seinen schweißnassen Händen.

»Kar?« stieß Gudrun mit brüchiger Stimme aus. *Das* sollte Kar sein?

Die Ausstrahlung hatte Kar wie ein Magnet angezogen. Eine Zeitlang hatte er noch versucht, sich zu wehren, doch schließlich hatte er dem Drang nachgegeben. Auch die Witterung der vielen Menschen hatte ihn nicht abschrecken können.

Sein Geist war zweigeteilt. Meistens behielt der animalische Teil die Oberhand und beherrschte seinen Körper, während der vernunftbegabte seinen Weg wie ein kühl analysierender Beobachter verfolgte. So war es auch, als er das flache Tal mit dem überhängenden Felsen und den flackernden Feuern betrat.

Das ist der Ort, den ich über der Anlage zur Zeitlosen Ortsversetzung gesehen habe, erkannte er. Sein Instinkt sagte ihm, daß ihm von den Aborigines keine Gefahr drohte, und so ging er einfach weiter, an ihrem Spalier vorbei, bis er das qualmende Feuer erreicht hatte, an dem zwei Männer saßen. Den alten Aborigine hatte er bereits in der Holografie gesehen, es war derjenige, der direkt in die hypothetische Aufnahmekamera geblickt hatte, den anderen kannte er schon von früher. Es war Tom Ericson.

Kar spürte heißen Haß auf den Archäologen in sich aufkochen und wollte sich auf ihn stürzen, aber sein Körper gehorchte ihm nicht. Da trat ein junger Aborigine auf ihn zu und sagte irgend etwas zu ihm. Auch wenn Kar ihn nicht verstand, spürte er doch, daß es so etwas wie eine Einladung war. Bereitwillig ließ er den animalischen Teil in ihm die Kontrolle übernehmen und folgte dem Eingeborenen bis zu einem Höhleneingang.

Aus dem Felsspalt schien ein Sog zu kommen, gegen

den er weder ankämpfen konnte noch ankämpfen wollte. Er bückte sich und betrat die Höhle.

Ein Sturm widersprüchlicher Empfindungen fuhr über ihn hinweg und ließ ihn taumeln. Wispernde Stimmen flüsterten ihm unerhörte Geheimnisse zu, die seinen gefesselten Verstand hoffnungslos überforderten. Nur eins verstand er, als er das Ende der Höhle erreicht hatte: dies war der Weg, den er gesucht hatte, doch er war ihm versperrt.

Wimmernd sank Kar zu Boden und vergrub den Kopf in den schuppigen Händen.

Während er so da saß, spürte er, wie sein Verstand wieder zurückkehrte und langsam die Oberhand über seinen Geist errang. Und diesmal war es nicht nur ein vorübergehender Zustand, es war die Heilung. Seine Metamorphose war abgeschlossen. Sein Geist hatte sich dem veränderten Körper angepaßt. Menschlicher Verstand und tierischer Instinkt waren eine fruchtbare Symbiose eingegangen.

Kar stand auf und kehrte zum Ausgang der Höhle zurück. Er wußte, was zu tun war. Die Menschen dort draußen, das fühlte er, waren seine Freunde. Erstaunt stellte er fest, daß er so etwas wie Zuneigung zu ihnen empfand. Sie konnten ihm helfen. Auch wenn er ihre Sprache nicht beherrschte, gab es noch eine andere Ebene, auf der man kommunizieren konnte. Der alte Mann, der Tom Ericson gegenübersaß, würde ihn verstehen, das sagte ihm der instinktgeleitete Teil seines Geistes. Er trat ins Freie und ging zu dem Schamanen hinüber.

»Alter Mann, sprich mit mir«, forderte er ihn auf. Der Alte hob langsam den Kopf, und in seinem Blick lagen Güte und stille Trauer. Er streckte ihm eine Hand entgegen. Kar wußte, daß er sie ergreifen mußte, aber er kam nicht mehr dazu. Noch bevor er die huschenden

Gestalten bemerkte, warnte ihn sein Instinkt, doch er konnte nicht mehr reagieren.

»Kar, bleib stehen!« gellte Suzys Stimme auf, dann war sie auch schon bei ihm und richtete eine kleine Pistole auf seinen Kopf.

Jack sprintete an ihr vorbei und bedrohte den Schamanen mit seinem Revolver. »Leroy, Heber, ich weiß, daß ihr da hinten hockt!« rief er laut in Richtung eines großen, runden Felsbrockens, den der Feuerschein gerade noch erreichte. »Bleibt, wo ihr seid, sonst gibt es ein Blutbad!«

»Schäck, Schuschie, ihr macht ein' grroßn Fählärr«, zischte Kar. Mit seinem weiten Blickfeld erfaßte er beinahe die gesamte Szenerie. Ericson regte sich nicht, der Schamane war in seiner Bewegung erstarrt, und die Aborigines verharrten, wo sie standen, hatten aber ihre Speere erhoben.

»*Du* machst einen Fehler, wenn du nicht sofort mit uns kommst«, preßte Suzy atemlos hervor. »Jack, schnapp dir den Alten und ...«

Ein wahnsinniges Heulen unterbrach sie, und aus der Dunkelheit, wo die A.I.M.-Leute saßen, raste ihnen ein Schemen entgegen, katapultierte sich in die Luft und schoß wie ein Pfeil auf Kar zu. Kar wich behend zur Seite, und das menschliche Geschoß flog an ihm vorbei. Jack riß in einer Reflexbewegung den Revolver herum, doch der Schuß löste sich viel zu früh und traf den Schamanen mitten in die Brust. Der Angreifer prallte hart auf den Boden. Kar war mit zwei blitzschnellen Schritten bei ihm und trat ihm wuchtig gegen den Kopf. Dann wirbelte er zu Jack herum.

»Idiot!« fauchte er. »Wirrf die Waffe wäch! Du auch, Schuschie!« Ohne weiter auf sie zu achten, eilte er zu dem Schamanen und kniete sich vor ihm nieder. Jacks Kugel hatte ihn zwei Fingerbreit links der Brustmitte in Höhe der Brustwarze getroffen, mitten ins Herz. Helles

Blut sprudelte aus der Wunde. Er sah, daß der Schamane den Mund bewegte.

Kehr auf dein Land zurück und geh deinen Weg zu Ende, vernahm er eine Stimme in seinem Kopf. Hinter sich hörte er Rufe und hastende Schritte, aber er drehte sich nicht um. Er hatte nur noch Augen für den Schamanen, der jetzt den jungen Aborigine zu sich winkte und ihm etwas ins Ohr flüsterte.

Kar beobachtete das Geschehen fasziniert. Wie kann der Alte mit einem Herzschuß noch leben? fragte er sich seltsam distanziert.

Der junge Eingeborene rief irgend etwas mit lauter Stimme, und sofort kehrte hinter Kars Rücken Ruhe ein. Er sah, wie der Schamane die Augen schloß und erschlaffte. Er war tot, und mit seinem Tod war auch etwas in Kar gestorben. Die Hoffnung auf Frieden und Versöhnung mit den Menschen, die, wie er irgendwie gefühlt hatte, sein Ziel sein mußte. Langsam erhob er sich und drehte sich um.

Jack stand hinter ihm und atmete rasselnd. Schweiß perlte von seiner Stirn. Der Revolver in seiner zitternden Hand war auf die Aborigines gerichtet, die sich bis auf wenige Meter genähert hatten, auf Bulpallungos Befehl hin aber stehengeblieben waren und gerade wieder die erhobenen Speere senkten. Suzy stand neben ihm und zielte in eine andere Richtung, in der Kar einen schlanken Mann mit einer Schrotflinte erblickte, den er kannte. Pierre Leroy. Und hinter dem Franzosen stand Gudrun Heber.

»Gib mirr die Waffe«, verlangte Kar ruhig und trat einen Schritt auf Jack zu. Warden wirbelte herum, aber er hatte die Bewegung noch nicht ganz zu Ende geführt, als Kars Hand wie eine Schlange vorzuckte und ihm den Revolver entriß. Jack schrie unterdrückt auf. Blut quoll aus drei tiefen Rissen in seinem Handrücken.

Kars Kopf drehte sich in Suzys Richtung, deren Blick hektisch zwischen ihm, Pierre und Jack hin und her pendelte. Für einen kurzen Moment spielte er mit dem Gedanken, es auf ein Feuergefecht ankommen zu lassen und sich die A.I.M.-Leute ein für alle Mal vom Hals zu schaffen, aber es war unmöglich vorauszusagen, wie die Aborigines darauf reagieren würden. Noch verhielten sie sich ruhig und befolgten damit wahrscheinlich die letzte Anweisung, die ihr Schamane ihnen gegeben hatte.

Kar gab sich einen Ruck. Es würde schon schwer genug werden, Jack und Suzy wieder in den Griff zu bekommen, denn ohne ihre Hilfe konnte er nicht in seinen Stützpunkt zurückkehren, *auf sein Land*, wie der Schamane gesagt hatte. Nicht in dieser Gestalt.

»Wirr chähn«, sagte er mit fester Stimme. »Wenn ihrr läbn wollt, kommt mitt mirr.«

»Du weißt, daß ich dir die Bundeslade nicht mitgeben kann«, erklärte der ältere Mann. Seine Stimme klang belustigt. Wie der jüngere trug er ein schlichtes weißes Gewand.

»Tedik und Caleb bestehen darauf, Vater«, erwiderte der jüngere ernsthaft. Die Ähnlichkeit mit dem älteren war unverkennbar, auch wenn seine Haut etwas dunkler war. »Sie planen sogar, sie zu stehlen, falls du sie uns nicht freiwillig gibst.«

»Menelik, Menelik«, sagte sein Vater und schüttelte schmunzelnd den Kopf. »Und das haben sie dir tatsächlich anvertraut?«

Menelik! dachte Tom fassungslos. Und wenn der andere sein Vater ist, dann sehe ich Salomon, den größten König der Israeliten, leibhaftig vor mir! Ich bin fast dreitausend Jahre in der Zeit zurückgereist!

»Sie halten mich für ihren Verbündeten.« Menelik

zuckte die Achseln. »Ich habe mich zum Schein auf ihren Plan eingelassen, um nicht die Kontrolle über sie zu verlieren. Und ich habe selbst einen Plan entwickelt.«

Salomon blickte ihn neugierig an.

»Du läßt eine Kopie von der Bundeslade anfertigen, und ich stehle sie zusammen mit Tedik und Caleb«, erklärte Menelik. »Sie würden den Unterschied sowieso nicht bemerken. So sind alle zufriedengestellt, Tedik und Caleb geben Ruhe, ich behalte meine Autorität und du das Heiligtum.«

Sein Vater lachte verhalten. »Menelik«, sagte er, »du machst deiner Mutter alle Ehre. Listig wie ein Wüstenfuchs. Ich glaube, deine Idee ist gar nicht einmal so schlecht.«

Eine Kopie? dachte Tom verblüfft. Was hatte das zu bedeuten? In den alten Überlieferungen gab es keine ...

In diesem Moment ruckte Salomons Kopf herum, als hätte er Toms Gedanken irgendwie vernommen. Ihre Blicke trafen sich, und Salomons Augen wurden größer. Er streckte einen Arm aus, und sein Mund öffnete sich, aber Tom sollte nicht mehr erfahren, was der König der Israeliten sagen wollte.

Er verspürte einen kurzen, schmerzhaften Stich in der linken Brusthälfte und fühlte sich wie von einem gespannten Gummizug in die Höhe gerissen. Einen Sekundenbruchteil später sah er ein etwa fünfzig Meter langes und fünfundzwanzig Meter breites Gebäude unter sich zurückweichen, das in einem weiten Hof lag. Rechts davon schloß sich ein Palast an. Der ganze Komplex war von Mauern umgeben und maß rund dreihundert mal dreihundert Meter. Er war auf einem Hügel erbaut worden.

Tom sah ihn schnell unter sich zusammenschrumpfen. *Ich kehre zurück,* dachte er.

Doch dann verlangsamte sich seine Bewegung und

kam schließlich zum Stillstand. *Irgend etwas läuft hier ganz furchtbar schief,* dachte er.

Die Sonne stürzte dem Horizont entgegen und verschwand dahinter. Sterne erschienen am Himmel und zogen so schnell ihre Bahn, daß sie zu Strichen wurden. Kurz darauf schoß die Sonne im Osten wieder empor und raste über das Firmament.

Ich kehre in der Zeit zurück, aber ich bleibe am gleichen Ort, erkannte Tom. Aus der Ferne glaubte er, die Stimme des Schamanen zu hören. Sie klang traurig und wurde schnell leiser.

Er verliert mich! Die Erkenntnis durchzuckte Tom mit schmerzlicher Klarheit. *Er kann mich nicht mehr zurückholen! Und allein finde ich nicht den Weg zurück!*

Mit allem hätte Pierre gerechnet, nur nicht damit, daß sich Samuel ausgerechnet auf ein Wesen stürzen würde, das in seinen Augen der Teufel sein mußte. Bevor er reagieren konnte, war der Junge an ihm vorbeigerannt und schoß wie ein heulender Irrwisch auf Kar zu.

Pierre sprang auf, als David seinem Freund folgen wollte. Mit einem Satz riß er ihn zu Boden. Der Junge kämpfte wie ein Besessener, trat um sich und schaffte es tatsächlich, sich aus seinem Griff zu befreien. Pierre blieb nichts anderes übrig, als ihn mit einem Schlag des Gewehrkolbens außer Gefecht zu setzen, um Schlimmeres zu verhindern.

Er lag noch auf dem Boden, als er den Schuß hörte. Sofort riß er die Schrotflinte hoch und legte an. Neben dem Feuer lag Samuel reglos auf dem Boden. Kar kniete neben dem Schamanen, aber Pierre konnte nicht abdrücken. Die Streuung der Schrotladung war auf diese Entfernung zu groß, er hätte auch den alten Aborigine getroffen. Außerdem war Kar unbewaffnet. Jack zielte auf die Aborigines, und erst jetzt bemerkte Pierre, daß Suzy ihre Pistole auf ihn gerichtet hielt.

»Wer hat Samuel erschossen?« stieß er verbittert hervor.

»Niemand, Pierre«, keuchte Gudrun neben ihm. Auch sie hatte den Colt im Anschlag und visierte Suzy an. »Jack hat den Schamanen erwischt. Samuel ist nur bewußtlos.« Hoffentlich, fügte sie in Gedanken hinzu.

Pierres Gedanken rasten. Die Situation war völlig konfus. Vier Waffen waren im Spiel, und jeder zielte auf einen anderen. Er fragte sich, welche Kettenreaktion ausgelöst werden würde, sobald der erste abdrückte. Sie konnten nur abwarten.

Hilflos sahen sie mit an, wie Bulpallungo die vorrückenden Aborigines durch ein paar Rufe aufhielt, wie der Schamane starb und Kar Jack den Revolver mit einer unglaublich schnellen Bewegung aus der Hand riß. Hätte Pierre ein richtiges Gewehr in der Hand gehalten, so hätte er jetzt wahrscheinlich geschossen, trotz der Pistole, die Suzy weiterhin auf ihn gerichtet hielt. Aber auf diese Distanz würde die Schrotflinte nicht tödlich wirken, zumindest nicht sofort. Und Kar schien das ebenfalls zu wissen. Jedenfalls verhielt er sich völlig ruhig und warf Pierre und Gudrun nur einen flüchtigen Blick zu. Sie hörten ihn fauchend irgend etwas sagen, dann drehte er sich um und verschwand mit Jack und Suzy in der Dunkelheit.

Pierre atmete auf. Er schleppte David zum Feuer und legte ihn auf den Boden. Gudrun hatte sich bereits über Samuel gebeugt. »Er lebt!« rief sie. »Er hat eine böse Schramme über die ganze linke Gesichtshälfte abbekommen, aber sonst scheint er nicht verletzt zu sein.«

Der einzige, der überhaupt nicht auf den Tumult reagiert hatte, war Tom.

Er saß immer noch reglos vor dem Feuer, aber als

Pierre ihn an der Schulter berührte, kippte er langsam zur Seite.

Pierre untersuchte ihn kurz. Er konnte keine Verletzungen entdecken. Tom atmete langsam und regelmäßig. Er schien einfach nur zu schlafen.

Der Franzose sah sich um. Die Aborigines hatten einen Kreis um ihren Schamanen gebildet und einen leisen Klagegesang angestimmt.

»Gib mir den Colt!«

Gudrun blickte Pierre erschrocken an. Sein Gesicht wirkte wie versteinert. Widerstrebend reichte sie ihm die Waffe. »Was hast du vor?«

»Warte hier auf mich«, gab er grimmig zurück, ohne ihre Frage zu beantworten. Er drehte sich um und lief in die Richtung, in die Kar mit Jack und Suzy verschwunden war.

Eine halbe Stunde später kehrte er in Begleitung Sems zurück. Der hagere Mann eilte auf Samuel und David zu, die mittlerweile wieder zu sich gekommen waren, und umarmte sie voller Inbrunst.

»Jack und Suzy haben die Farmer überfallen und sie im Keller eingesperrt«, berichtete Pierre. »Sie haben Sem als Geisel genommen und den Landcruiser gestohlen. Der arme Kerl ist fast verdurstet.« Er machte eine kurze Pause und sah zu, wie Sem eine ihrer Feldflaschen in einem Zug leerte.

»Ich habe sie nicht mehr erwischt«, fuhr er fort. »Als ich oben auf dem Hügel angekommen bin, haben sie Sem gerade geknebelt und gefesselt aus dem Wagen geworfen und sind davongefahren.« Er senkte die Stimme. »Zum Glück hat Sem Kar nicht richtig gesehen. Hoffentlich können wir Samuel und David davon überzeugen, daß das alles hier nicht wirklich passiert ist, und vor allen

Dingen, daß die Aborigines nicht ...« Er verstummte mitten im Satz und blickte sich suchend um.

»Sie sind verschwunden«, beantwortete Gudrun seine unausgesprochene Frage. »Sie haben sich den alten Schamanen auf die Schultern geladen und sind einfach verschwunden.«

Pierre schwieg eine Weile. Dann beugte er sich über Tom, den Gudrun auf einen Schlafsack gebettet hatte. »Was ist mit ihm?«

Gudrun zuckte hilflos die Achseln. »Er schläft tief und fest und reagiert überhaupt nicht. Ich habe ihn geschüttelt, ihn geohrfeigt und ihm Wasser ins Gesicht geschüttet, aber er wacht einfach nicht auf. Vorsichtshalber habe ich ihm die Farbe und die Paste abgewaschen. Wahrscheinlich enthält das Zeug eine Droge, die über die Haut in den Blutkreislauf gelangt, wie diese Flug- oder Hexensalben im Mittelalter. Wir müssen einfach warten, bis die Wirkung nachläßt.«

Sie deutete auf sein Gesicht. »Sieh mal, seine Augen.«

Unter Toms geschlossenen Lidern waren seine Augäpfel in hektischer Bewegung.

»Die REM-Phase«, sagte Gudrun. »Er träumt.«

Ein flüchtiges Grinsen huschte über Pierres Gesicht. »Er ist wahrscheinlich besser dran als wir«, meinte er. »Vermutlich träumt er gerade etwas Schönes.«

Die rasende Zeitreise war zum Stillstand gekommen. Tom wußte nicht, wie viele Jahre er zurückgelegt hatte, als die Stimme seines Führers endgültig erloschen war. Er schwebte zu hoch, um Einzelheiten unter sich zu erkennen, die ihm Aufschluß über die verstrichene Zeit hätten liefern können, aber es spielte auch keine Rolle mehr. Unter ihm begann die Welt sich aufzulösen.

Was wird mit mir geschehen, wenn alles verschwunden ist? fragte er sich. Kehre ich dann vielleicht in meinen Körper zurück? Oder hänge ich für alle Ewigkeit im Nichts fest?

Um ihn herum schien sich die Luft zu verflüssigen. Tom verspürte nicht einmal Angst, nur eine grenzenlose Trauer und Mutlosigkeit. Er sah, wie die flüssige Luft in Bewegung geriet und sich drehte, einen Trichter bildete wie das Wasser über dem Abfluß einer Badewanne, und er stürzte direkt darauf zu.

Das Licht erlosch. Tom wirbelte haltlos herum und stürzte und stürzte und stürzte . . .

ENDE
des sechsten Buches

SIEBTES BUCH

IM LAND DER KREUZRITTER

von Robert de Vries

Tom Ericsons Geist wurde durch die Zeiten gewirbelt.

Es gab kein Oben oder Unten, kein Rechts oder Links, kein Vorwärts oder Rückwärts, kein Gestern oder Morgen – es gab nur ein Jetzt, und das bestand aus einem immer schneller werdenden Strudel, der ihn in sich aufsog und mit jeder wirbelnden Umdrehung näher auf seinen Mittelpunkt zuriß.

Irgend etwas war falsch gelaufen, das spürte Tom so sicher wie eine Gewißheit.

Furchtbar falsch!

Eben war er noch zusammen mit einem alten Schamanen der Aborigines auf einer Traumzeitreise gewesen – einer Reise, die ihn Zeuge eines Gespräches hatte werden lassen, das vor Jahrtausenden zwischen König Salomon und seinem Sohn Menelik stattgefunden hatte –, doch dann war er plötzlich aus der Szene herausgesogen worden, hinein in den wirbelnden Strudel.

Und das Gefühl, den Schamanen, der ihn bis jetzt geführt hatte, noch immer an seiner Seite zu haben, war erloschen ...

Bilder wanderten an ihm vorbei: Brennende Städte, Häuser, Paläste, in allergrößter Panik fliehende Menschen, Frauen, die ihre Kinder an sich gepreßt hielten – und einen winzigen Augenblick lang vermeinte er sogar ihre entsetzten Schreie zu vernehmen –, aber er sah auch kriegerische Heerscharen, unüberschaubar in ihrer Zahl und klein wie Ameisen, die in geordneter Schlachtformation aufeinander zumarschierten. Mal trugen sie glänzende Rüstungen, mal gegerbte Tierhäute, mal marschierten sie zu Fuß, mal galoppierten sie auf den Rücken kleiner, gedrungener Pferde über endlose Savannen.

Dies alles sah Tom klar und deutlich, zugleich aber seltsam verzerrt und in weiter Ferne, wie durch einen verkehrt herum gehaltenen Feldstecher. Und jedes dieser Bilder zerstob so schnell wieder wie ein flüchtiger

Sinneseindruck beim Betrachten eines Kaleidoskops. Tom begriff nicht einmal, wie es möglich war, daß er überhaupt *sah,* war er in dieser Zustandform doch nicht mehr als reiner Geist. Wie konnte er als solcher über so etwas physisches wie Augen verfügen?

Aber trotzdem waren sie da, die Bilder. Ohne Vorwarnung tauchten sie aus dem Strudel auf, zogen an ihm vorbei und durch ihn hindurch.

Schneller und schneller drehte sich der Strudel aus Wirklichkeit, Zeit und Traum. Immer rasender wurde Toms Fahrt, und irgendwann hörte alles auf.

Er hatte den Mittelpunkt erreicht.

Friedliche Schwärze umhüllte ihn und ein Gefühl von grenzenloser Friedfertigkeit. Doch schon bald bohrte sich qualvolle Helligkeit und stechender Schmerz in seine Empfindungen. Es war, als stäche ihm eine scharfe Klinge durch die Rippenknochen – mitten ins Herz.

Zuckende Blitze leuchteten auf und umtobten ihn, krochen seinen Geistesleib auf und nieder und peinigten ihn wie mit glühenden Nadeln. Er spürte, wie sich etwas um sein Bewußtsein legte, nein, falsch, wie *sein* Bewußtsein in etwas anderes hineinfloß, etwas Kleines, Beengendes, Leeres. Es war, als preßte man eine Melone in eine Eierschale – eine Empfindung, die zu beschreiben menschliche Worte nicht geschaffen waren.

Tom hatte eine nicht bestimmbare Zeitspanne lang das Gefühl, als schwebe er mit seitlich ausgestreckten Armen in der Luft; doch seltsam, dieses Mal war er nicht in der Lage, irgend etwas zu sehen. Alles um ihn herum war dunkel wie geronnenes Blut.

Dann prallte er irgendwo auf, hart und mit dem Rücken voran.

Der Gefühlssturm verebbte. Was übrig blieb, war das Gefühl, auf dem Rücken zu liegen und heißes Sonnenlicht auf der Haut brennen zu spüren. Und die Empfindung, ersticken zu müssen. Tom schnappte nach Luft und war selbst erstaunt, als erfrischender Sauerstoff seine Lungen füllte.

Kein Zweifel. Er atmete. Tief und regelmäßig. Und das hieß: Er besaß wieder einen Körper. Er war in die Gegenwart zurückgekehrt!

Er schlug die Augen auf. Das erste, was er sah, war ein strahlend blauer Himmel ohne jede Wolke, und die Sonne brannte so grell und blendend hernieder, wie er es noch nie gespürt zu haben glaubte.

Australien! dachte er aufatmend. Die Reise war vorüber. Er war zurück in Australien.

Doch dann sah er die Gestalten, die ihn von allen Seiten umringt hatten. Ausgemergelte, verdreckte und blutbesudelte Gestalten. Dutzende und Aberdutzende. Einige waren in rostige verbeulte Rüstungen gekleidet, mit langen Schwertern in den Händen, die anderen – der weitaus überwiegende Teil – trugen wallende weiße Gewänder, und ihre Waffen waren Krummschwerter oder hölzerne Lanzen mit metallenen Spitzen.

Und alle – ausnahmslos alle – standen wie vom Donner gerührt da und starrten ihn an wie einen Geist, mit aufgerissenen Augen und offenen Mündern, in denen so manche Zahnlücke oder verfaulte Zähne zu erkennen waren.

Ruckartig richtete Tom den Oberkörper auf. Das war nicht Australien! Nicht das Australien, in dem er zu seiner Traumzeitreise aufgebrochen war! Zwar befand er sich inmitten wüstenähnlicher und trockener Höhenzüge, doch von dem rötlich leuchtenden Sand der australischen Wüste war weit und breit nichts zu sehen. Der Sand hier war ockergelb und beige.

Der Mann, der sich ihm am weitesten genähert hatte, mit einer Lanze im ausgestreckten Arm, als ob er Tom damit in die Seite hatte stoßen wollen, fuhr mit einem erschrockenen Schrei zurück und verschwand stolpernd im Hintergrund.

Als wäre dies ein Signal, kam urplötzlich Leben in die restlichen Gestalten. Entsetzte Schreie brandeten auf, und alle Männer, die in die wallenden Gewänder gekleidet waren, stoben plötzlich in allergrößter Panik davon. Stolpernd, schreiend und ohne sich auch nur ein einziges Mal umzudrehen, rannten sie davon, als wären ihnen sämtliche Armeen der Finsternis auf den Fersen.

Tom sah sich unwillkürlich um, um zu sehen, ob hinter ihm womöglich ein gräßliches, furchterregendes Monster stand, aber natürlich stand dort keines. Nur weitere fliehende Krieger, wohin seine Blicke auch wanderten. Auch die Verletzten humpelten davon, von ihren Kameraden gestützt oder alleine, sofern sie dazu noch in der Lage waren.

Sie liefen vor *ihm* davon, begriff er.

Die wenigen, die nicht flohen, fielen in seine Richtung gewandt auf die Knie – erst einer, dann mehrere und schließlich alle –, schlugen ein Kreuz vor der Brust und senkten ehrfürchtig die Köpfe.

Toms Blicke wanderten hektisch umher. Überall dasselbe.

Wo, fragte er sich mit explosionsartig wachsendem Unbehagen, war er hier nur gelandet? Und was um alles in der Welt ging hier vor?

Er fuhr sich mit dem Handrücken über die Augen, wie um einen bösen Traum zu verscheuchen, ließ den Arm wieder sinken und hielt plötzlich mitten in der Bewegung inne.

Entsetzt starrte er auf die Hand. Das ... das war nicht *seine* Hand!

Seine war kräftig, mit hervortretenden Adern und schlanken Fingern, doch diese hier war viel runder, die Finger kürzer und dicker, und zusätzlich verlief eine lange Narbe quer über den Handrücken. Eine Narbe, die er noch nie zuvor gesehen hatte.

Und als er erschrocken an seinem gedrungenen Körper herabsah, der in einem zerrissenen Kettenhemd, einer flickenübersäten Hose und nahezu durchgetretenen Schnürsandalen steckte, konnte er nichts entdecken, was ihm auch nur im entferntesten bekannt vorkam.

Der Körper, in dem er steckte – das war nicht *er selbst*!

Aber ... *wer* war er dann?

Und, drängte sich ihm, ohne daß er irgendeine Antwort parat gehabt hätte, schon die nächste Frage in den Kopf: *Wo* war er?

Oder sollte die Frage vielmehr lauten: *Wann*?

Langsam erhob er sich, und während er sich noch bemühte, eine halbwegs vernünftige Überlegung anzustellen, erhoben sich auch die wenigen verbliebenen Männer rings um ihn herum. Er sah, wie der Ritter, der ihm am nächsten war – ein hagerer, ausgezehrter Mann mit hohlen Wangen und einem Spitzbart, in den sich die ersten grauen Strähnen geschlichen hatten –, entschlossen auf ihn zukam, als wolle er mit seinem Schwert auf ihn einprügeln.

Und dazu rief irgend etwas in einer Sprache, die Tom nicht verstand.

»He! He!« gab er von sich, hob abwehrend die Arme und stolperte einen Schritt zurück. »Nicht so schnell!«

Der Mann hielt ihm gleichen Augenblick überraschend inne.

Tom begann sich bereits zu fragen, ob er nicht besser einfach davonlaufen sollte, als sich der Mann vor ihm bäuchlings auf den Boden warf und etwas ausrief, das ebenfalls fremd, zugleich aber seltsam vertraut klang:

»Pater, peccavi in caelum et coram te!«

Das ist Lateinisch! schoß es Tom durch den Kopf, und sofort waren alle Fluchtgedanken vergessen. Ein Lateinisch in einer noch nie vernommenen Mundart. Aber ohne jeden Zweifel war es Lateinisch. Und es bedeutete:

»Vater, ich habe gesündigt, gegen den Himmel und vor dir!«

»Wach auf, Tom!« rief Gudrun. »Verdammt, wach endlich auf.«

Sie hatte sich neben Tom gekniet und versetzte ihm ein paar Ohrfeigen, so heftig, als ob sie ihm die Schuld dafür gab, daß er reglos dalag und auf nichts reagierte. Anfangs hatten sich noch seine Augenlider bewegt, als ob er träumte, doch jetzt hatte auch das aufgehört.

»Laß ihn«, sagte Pierre, und hielt ihren Arm fest. »Das hat keinen Sinn.«

Gudrun funkelte ihn böse an, tat aber, was er sagte. Im Hintergrund hatten die Aborigines eine Trage für den toten Schamamen gebaut und ihn darauf gebettet. Jack Wardens Kugel hatte ihn ins Herz getroffen. Nun kam Bulupallungo zu ihnen herüber, um sich von ihnen zu verabschieden.

»Die Zeit ist gekommen, da sich unsere Weg trennen. Wir werden in die Wüste zurückkehren und den Schamanen an einen Ort bringen, wo er seine ewige Ruhe findet.«

»Ihr könnt doch nicht so einfach abhauen und uns hier zurücklassen!« rief Gudrun.

»Ihr werdet den Weg zurück in eure Welt auch allein finden.«

»Das meine ich nicht.« Gudrun deutete verzweifelt auf Tom. Sie schien den Tränen nahe. »Ich meine ihn! Ihr müßt uns helfen, ihn wieder zu Bewußtsein zu bringen.«

Bulupallungo sah auf Tom herab.

»Er wird nicht mehr aufwachen«, sagte er, und es klang endgültig. »Sein Geist wohnt nicht mehr in seinem

Körper. Er irrt durch die Zeiten und wird den Weg zurück niemals finden. Allein der Schamane hätte ihn zurückgeleiten können.« Er hob den Blick. »Doch es gibt keinen Grund zu trauern. Er ist nicht tot, und er wird Dinge sehen, die er sich nie erträumt hat.«

Gudrun schien wenig getröstet. Im Gegenteil, sie schien Lust zu haben, sich auf den Aborigine zu stürzen.

»Aber es muß doch jemand anderen geben, der dazu imstande ist, ihn zurückzuholen«, wandte Pierre schnell ein. Er wußte, wie leicht erregbar Gudrun war.

Bulupallungo schüttelte traurig den Kopf.

»Nein. Der alte Schamane war der letzte, der diese Kunst beherrschte. Und mit ihm ist sie gestorben. Früher, noch vor einem Menschenalter, gab es viele, die es ebenfalls konnten, doch die meisten von ihnen sind durch die Hand oder die Werke der Weißen gestorben.«

Er kehrte zu seinen Männern zurück.

Pierre legte Gudrun tröstend die Hand auf die Schulter.

»Wir werden ihn nach Sidney in eine Klinik bringen. Es wäre doch gelacht, wenn die Ärzte ihm nicht helfen könnten.«

Aber tief in seinem Innern spürte er – nein, *wußte* er –, daß dies nichts war, wobei ärztliche Kunst helfen konnte.

Der Hinterhalt der Sarazenen kam vollkommen überraschend und zudem an einer Stelle, die für eine geordnete Verteidigung kaum geeignet war. Ein langgezogener Talkessel mit zerklüfteten und sanft abfallenden Bergflanken, die genügend Versteckmöglichkeiten für eine kleine Armee boten. Eben noch waren die Hänge menschenleer und verlassen gewesen, doch nur Sekunden später waren sie von mehr als hundert Sarazenen übersät, die überall aus ihren Verstecken hervorkrochen und mit lautem

Geschrei und schwingenden Säbeln auf die Karawane zustürmten.

Diese Teufel! Raimond von Besancon fluchte haltlos, als er die Haltlosigkeit der Lage erkannte. Sie schlugen wirklich mit der Hinterlist und Heimtücke des Leibhaftigen zu!

In seinen Flüchen lag eine gehörige Portion Selbstanklage. Er war mit vieren der anderen Rittern ein Stück vorausgeritten, um die Sicherheit des Weges zu erkunden, doch ihre Aufmerksamkeit hatte in den letzten Stunden merklich nachgelassen. Schließlich waren sie bereits nahe Nablus. Bis hierher wagten sich die Sarazenen normalerweise nie.

Normalerweise! Sich darauf zu verlassen, daß es auch diesmal so sein würde, war ein unverzeihlicher Fehler gewesen, und die heidnischen Heerscharen waren in Raimonds Augen nichts anderes als ein strafender Fingerzeig Gottes, um sie für ihre Nachlässigkeit zu maßregeln.

Er zauderte oder zögerte keinen Moment. Weder er noch die anderen vier Ritter. Wie ein Mann wendeten sie ihre Pferde, drückten ihnen die Sporen in die Flanken und preschten zurück.

Die Gleichzeitigkeit, mit der das geschah, gab Raimond die Hoffnung, daß die Schlacht trotz der Überzahl des Feindes noch nicht verloren war. Jeder der Männer würde die gerechte und heilige Sache mit seinem Leben verteidigen. Wie oft hatten sie in den letzten Jahren schon gegen eine Übermacht gestanden und die Schlacht dennoch siegreich geschlagen? Und selbst wenn sie dieses Mal dabei sterben würden, dachte er, welch größere Gnade konnte Gott in seiner Allmacht jemandem zuteil werden lassen, als für seine Sache zu sterben?

»Dieu le volt! – Gott will es!« schrie er, während er sein Schwert zog und auf die ersten Angreifer zugaloppierte.

»Dieu le volt!« kam die Antwort der Männer.

Dann prallten sie auf die ersten Sarazenen. Die muselmanischen Krieger bestanden ausschließlich aus Fußtruppen, die sich ihnen mutig entgegenstellten, zugleich aber vor den Pferdehufen zurückschreckten. Raimond lenkte sein gepanzertes Roß mitten unter die Feinde und schwang sein Schwert wie ein Berserker. Die sirrende Klinge fuhr durch Haut, Sehnen und Knochen, und der Tod hielt reichlich Beute.

Aber wie viele Ungläubige er auch niederstreckte, an die Stelle jedes Gefallenen schienen zwei andere zu treten. Die Übermacht der Sarazenen war erdrückend. Schnell wurden die fünf Ritter auseinandergedrängt. Dennoch kämpften sie und auch ihre Glaubensbrüder mit der Kraft der Verzweiflung. Aber die Vorsehung lag nicht auf ihrer Seite. Schon bald hatte der Feind das Dutzend Fußsoldaten dahingemetzelt, das den von einem Ochsengespann gezogenen Wagen verteidigt hatte, und sofort schleppten die Sarazenen die eisenbeschlagene Kiste mit dem kostbaren Kleinod beiseite.

Raimond von Besancon schrie auf, als er den Frevel bemerkte. Er versuchte, sein Pferd in die Richtung des Wagens zu treiben, um zu retten, was noch zu retten war, doch zu viele Ungläubige stellten sich ihm in den Weg, stachen mit ihren Lanzen auf sein Roß ein, das wiehernd auf die Hinterhufe ging, und in dem Moment, in dem es seinen ungeschützten Unterleib präsentierte, war sein Schicksal besiegelt. Von einem tödlichen Stich getroffen ging es zu Boden.

Raimond wurde aus dem Sattel geworfen, schaffte es aber, mit den Beinen voran im Sand zu landen und das Gleichgewicht zu wahren. Wäre er zu Boden gefallen, wäre er seinen Feinden wehrlos ausgeliefert gewesen. Sie hätten ihm die Kehle durchgeschnitten, ehe er sich mit seinem schweren Kettenhemd und den Beinpanzern wieder hätte aufrichten können.

Er schwenkte sein Schwert wie einen Dreschflegel, während er sich um seine eigene Achse drehte, um sich der fünf oder sechs Männer zu erwehren, die sein treues Roß getötet hatten und sofort auf ihn einstürmten.

Die Kraft des reinen Glaubens half ihm, sie dahinzuschlachten wie die Fliegen, und für ein paar Momente hatte er Luft und Gelegenheit, sich einen kurzen Überblick zu verschaffen. Überall hatten die Sarazenen die Oberhand gewonnen. Die wenigen Männer, die noch lebten, waren in aussichtslose Rückzugsgefechte verwickelt. Kaum einer von ihnen würde die nächsten Minuten überleben. Und die Truhe mit dem Kleinod war längst außer Sicht geschafft worden.

Und dennoch dachte Raimond keinen Moment an Flucht. Ohne den von allen Seiten auf ihn zukommenden Sarazenen Achtung zu zollen, hob er den Blick zum Himmel und bat den Herrn innigst um Beistand. Nicht, daß er sich für würdig genug erachtet hätte, als daß ihm der Herr in seiner unergründlichen Güte ein Wunder widmen würde, aber er bat nicht für sich, sondern für seine Männer und für deren Seelenheil.

Erst dann stellte er sich wieder den heranstürmenden Sarazenen entgegen – beziehungsweise *wollte* er es –, aber da rollte dröhnender Donner durch die Lüfte und ließ sie wie angewurzelt stehenbleiben. Sie und jedermann in dem Talkessel.

Denn das Wunder, um das er gebeten hatte – es geschah!

Raimond sah Raoul, einen Glaubensbruder, der keine zwanzig Schritt entfernt auf einen doppelt mannhohen Felsen geklettert war, um sich der anstürmenden Feinde zu erwehren. Doch es war eine schlechte Position, denn sie war von zwei Seiten zugänglich, und sofort waren ihm die Sarazenen gefolgt und hatten ihn in die Zange genommen. Ein paar Schläge hatte er noch abwehren können, dann traf ihn ein Säbelstoß mitten in die Brust, durch eine Lücke in seinem zerschlissenen Kettenhemd. Mehr als zwei oder drei Handbreit drang die gebogene Klinge in seinem Leib.

All das hatte Raimond aus den Augenwinkeln heraus gesehen, und auch, wie der Sarazene die Klinge wieder herauszog und Raoul von dem Felsen stürzte.

Doch kurz bevor sein Körper aufschlug, vielleicht einen oder auch nur einem halben Meter über dem Grund, zuckte mit einem Male ein greller Blitz aus heiterem Himmel herab, stieß auf Raoul zu und riß ihn wieder in die Höhe, wie eine Feder, der ein Lufthauch neuen Auftrieb gibt.

Wie vom Donner gerührt, ließ auch Raimond von Besancon sein Schwert sinken und starrte auf das unfaßbare Geschehen.

In eine feurige Aureole gehüllt und sich um seine eigene Achse drehend, stieg Raoul sieben oder acht Meter über den Boden hinauf, mit kraftlos baumelnden Gliedmaßen. Dann blieb er sekundenlang in der Luft schweben, mit seitlich ausgestreckten Armen, bevor er wieder dem Boden entgegensank.

Ein Kreuz, dachte Raimond voller Inbrunst. *Das Zeichen Gottes.* Jetzt gab es keinen Zweifel mehr, wer dieses Wunder gewirkt hatte!

Dann erlosch der Blitz und auch die feurige Aureole um Raouls Körper. Haltlos fiel er nach unten und blieb auf dem Rücken liegen.

Im Talkessel war es so ruhig, daß Raimond den keuchenden Atem jedes einzelnen Mannes zu hören glaubte. Niemand dachte mehr ans Kämpfen. Alle starrten auf die im Wüstenstaub liegende Gestalt. Sie bewegte sich um keinen Deut. Nicht einmal die Brust hob oder senkte sich.

Es dauerte Ewigkeiten, ehe die Sarazenen, die der Gestalt am nächsten standen, den Mut aufbrachten, sich ihr langsam zu nähern. Vorsichtig und bedächtig traten sie auf sie zu, achtsam einen Fuß vor den anderen setzend, als hätten sie Angst, Raoul durch ein lautes Geräusch aufzuwecken. Auch Raimond trat auf seinen Mitstreiter zu, und er konnte sehen, daß dort, wo der Säbelstich in seine Brust gedrungen war, kein Tropfen Blut den Stoff tränkte.

Einer der Sarazenen, der sich dem Körper bis auf zwei, drei Schritt genähert hatte, streckte zaghaft seine Lanze aus, um ihn damit anzustoßen. Doch bevor die eherne Spitze ihn berührte, schlug Raoul plötzlich die Augen auf, blickte sich unsicher um und richtete sich dann abrupt auf.

Der Mann mit der Lanze setzte erschrocken zurück, fiel über seine eigenen Füße, rappelte sich aber sofort auf und lief davon. Und im selben Moment schlossen sich ihm die anderen Gottlosen unter großem Furchtgeschrei an. Sie hatten begriffen, daß sie gegen die Kraft des einzig wahren Gottes nichts auszurichten vermochten.

Raimond konnte das Vorrecht kaum fassen, das ihnen der Herr hatte zuteil werden lassen – und das, obwohl sie nachlässig gewesen waren und sich dadurch versündigt hatten. Ehrfurchtsvoll stieß er sein Schwert in den Boden und sank demütig davor auf die Knie, bis seine Stirn das auf dem Schwertgriff eingravierte Kreuz berührte, und er dankte dem Herrn.

Als er den Kopf hob, war Raoul bereits aufgestanden, und Raimond erhob sich und eilte freudig auf ihn zu.

»Raoul!« rief er. »Weißt du überhaupt, welche Gnade dir soeben zuteil geworden ist?«

Doch der schien ihn gar nicht zu verstehen. Stattdessen wich er zurück, als wäre Raimond ein Aussätziger, von dem er nicht berührt werden durfte, und er sagte etwas in einer nie gehörten Sprache.

Der Ritter begriff, welchen furchtbaren Fehler er

gemacht hatte. Er sprach nicht mehr mit Raoul. Er sprach mit einem himmlischen Gesandten, und natürlich wich dieser vor ihm zurück, hatte er sich doch der unreinen Sprache bedient, mit der er aufgewachsen war. Eine Gnade, daß der Herr für diesen Frevel kein Feuer vom Himmel regnen ließ, um ihn zu vertilgen, so wie er es mit den verruchten Städten Sodom und Gomorrha getan hatte, von deren bitterem Ende in der Heiligen Schrift geschrieben stand.

Sofort warf er sich demütig in den Staub, seinen eigenen Fehler erkennend. Wenn ihm der himmlische Bote Gehör schenken sollte, dann natürlich nur, wenn er sich der Sprache des Heiligen Stuhles und der Geistlichkeit bediente.

Er hatte sie als Kind erlernen müssen, in endlosen Stunden, die er in einem Zisterzienser-Kloster unterrichtet worden war. Im Innersten hatte jede einzelne verflucht, aber jetzt wußte er, daß der Herr in seiner unergründlichen Weisheit ihn damit nur auf diese Begegnung hatte vorbereiten wollen. Und so rief er laut und auf Lateinisch:

»Vater, ich habe gesündigt, gegen den Himmel und vor dir!«

Und tatsächlich – der Gesandte Gottes antwortete ihm ...

Thomas Ericson kramte seine längst vergessen geglaubten Lateinkenntnisse aus irgendeinem verstaubten Winkel seines Gedächtnisses hervor und forderte den Mann auf, sich zu erheben. Es war nicht das erste Mal, daß jemand vor ihm im Staub lag, und er hatte es noch nie leiden können – außer, der andere hatte ihn zuvor anzugreifen versucht.

Der hagere Mann erwiderte etwas, das wie »Ja, Herr,

wenn Ihr es wünscht« klang, und stand zögernd auf, um nicht weniger demütig stehenzubleiben.

Lateinisch, arbeitete es in Toms Schädel. Eine tote Sprache. Zu seiner Zeit wurde sie höchstens noch in Schulen oder an Universitäten gesprochen, aber nie und nimmer von solch ausgezehrten, heruntergekommenen Gestalten.

Und diese Erkenntnis ließ die Frage, *wann* er war, um so drängender werden. Statt dessen begann er mit etwas anderem. Nur langsam. Eines nach dem anderen.

»Wo bin ich hier?«

Der andere schien überrascht.

»Das wißt Ihr nicht, Herr?«

»Ich weiß ja nicht einmal, wie ich hierhergekommen bin!« Warum fiel ihm der Umgang mit dieser Sprache nur so schwer?

»Das kann ich euch sagen«, half ihm der Mann eifrig aus. »Ihr seid von Gott selbst geschickt worden. Ihr seid gekommen und habt uns aus der Hand des Feindes errettet.«

Er sah Tom an, als erwarte er Beifall.

Tom runzelte die Stirn. Oder sollte es besser heißen, er ließ den Körper, in dem er steckte, die Stirn runzeln?

Ohne daß er den Mann dazu aufgefordert hätte, begann dieser zu erzählen, was geschehen war. Er berichtete von dem Donner, dem Blitz und dem göttlichen Zeichen, als er mit ausgestreckten Armen in der Luft geschwebt war. Tom lauschte den Worten ungläubig und erinnerte sich daran, wie sehr er in seiner Studentenzeit geflucht hatte, daß sein Lateindozent darauf bestanden hatte, sich während der Unterrichtsstunden ausschließlich in dieser Sprache zu unterhalten. Er hatte nie eingesehen, wieso er diese Qualen auf sich hatte nehmen müssen. Nun wußte er es, und nachträglich mußte er seinem Dozenten Abbitte für all die stummen Flüche leisten.

Nachdem der Ritter geendet hatte, schwieg er kurz, dann räusperte er sich verlegen und fügte zaghaft hinzu:

»Darf ich Euch fragen, wie Eurer Name lautet?«

»Tom ...«, erwiderte Tom arglos. »Eigentlich Thomas, aber ...«

»Thomas!« fiel ihm der Ritter jubilierend ins Wort. »Ihr seid der Apostel Thomas, derjenige der zwölf Jünger, der daeinst ...«

»Moment mal!« unterbrach Tom ihn. »Ich glaube, das ist ein Mißverständnis.« Es dauerte etwas, bis er sich durchgesetzt hatte. »Ich bin kein Apostel! Beileibe nicht.«

Schweigen. Ungläubige und verunsicherte Blicke.

»*Kein* Apostel?« fragte Raimond enttäuscht.

»Kein Apostel.«

»Aber es stimmt doch, was Ihr gesagt habt? Ihr seid Thomas?«

»Ja, das schon, aber was ...?«

Weiter kam Tom nicht. Der Mann stieß sein Schwert gen Himmel und rief seinen Männern mit lauter Stimme zu:

»Dann seid Ihr der *Heilige* Thomas!«

»Der Heilige Thomas!« erscholl es aus den anderen Kehlen, und jeder hielt seine Waffe in die Höhe.

»Moment, Moment!« Thomas Ericson machte eine beschwichtigende Handbewegung, wobei ihm seine kurzen Arme seltsam ungelenk vorkamen, und drehte sich im Halbkreis. »Ich glaube, ihr versteht da etwas völlig falsch. Ich bin nicht der, für den ihr mich haltet.«

Es war sinnlos. Sie hörten ihm einfach nicht zu. Er begriff, daß jedes weitere Wort vergeblich gewesen wäre. Sie hätten ihm die Wahrheit nicht geglaubt. Schon aus dem ganz einfachen Grund nicht, weil sie sie ihm nicht glauben *wollten*. In ihren Augen war er nun einmal irgend etwas furchtbar Heiliges, wer oder was auch immer. Basta!

Und außerdem: Wie sah die Wahrheit in diesem Fall überhaupt aus? Wer war er, oder besser gesagt, der Körper, in dem er steckte? Verdammt – er mußte endlich mehr wissen!

»Ruhe!« schrie er aus voller Kehle. Diese Vokabel kam ihm leicht über die Lippen. Silencium! Sein alter Lateinlehrer hatte es immer gerufen, wenn die Klasse mal wieder mit allem möglichen beschäftigt gewesen war, nur eben nicht mit dem Unterricht.

Die jubilierenden Schreie erstarben; alle Blicke wandten sich ihm zu.

»*Wo* bin ich hier?« wiederholte er seine Frage, die unbeantwortet geblieben war, und sein Tonfall machte deutlich, daß er mit seiner Geduld am Ende angelangt war.

»Im Geheiligten Land«, bekam er zur Antwort, und wieder schien man sich zu wundern, nach so etwas Banalem gefragt zu werden.

Aha, dachte Tom verdrossen. Er war der Heilige Thomas, dies war der Heilige Krieg, er war im Heiligen Land. Hier war wahrscheinlich selbst das Toilettenpapier heilig! Doch trotz dieses lästerlichen Gedankens begann tief in ihm die Einsicht zu dämmern, was das alles zu bedeuten hatte.

Und es war eine unheilvolle Einsicht.

»Welches Jahr schreiben wir?« fragte er drängend.

»Es ist das achtundzwanzigste Jahr, seit die Heilige Stadt aus der Hand der heidnischen Heerscharen befreit wurde.«

Die Heilige Stadt.

Natürlich, die hatte in der Sammlung noch gefehlt. Aber zugleich war es endlich ein Begriff, der sich konkret greifen und einordnen ließ. Denn wenn es einen Ort gab, der dieser Bezeichnung gerecht wurde – und zwar all die Jahrtausende hindurch –, dann war es Jerusalem; die

Stadt, die den Juden, Christen und Moslems das Zentrum der Welt war.

»Die Heilige Stadt«, formten seine Lippen, und der Ritter faßte es als das auf, als das es gemeint war: als Frage.

»Ja, die Heilige Stadt. Jerusalem!«

Tom atmete schwer, und seine Gedanken überschlugen sich. Jerusalem war zweimal in der Weltgeschichte in den Händen lateinisch sprechender Besatzer gewesen. Einmal zu Zeiten des römischen Imperiums. Nach Römern oder deren Vasallen sahen Tom die Männer, denen er gegenüberstand, allerdings nicht gerade aus. Und auch nicht die Rüstungen, die sie trugen. Nein, sie sahen vielmehr nach den zweiten – zumindest teilweise – lateinisch sprechenden Besatzern aus.

Nach Kreuzrittern!

1099 war die Stadt in christliche Hände gefallen. Wenn dieses Ereignis achtundzwanzig Jahre zurücklag, dann befand er sich demnach jetzt im Jahr 1127.

Tom hatte das Gefühl, als würde ihm der Boden unter den Füßen weggezogen. Er erinnerte sich an das Gefühl während seines Sturzes durch die Traumzeiten, das ihm gesagt hatte, daß irgend etwas schiefgegangen war. Wie wahr! Wenn er sich so umsah, dann war hier eine Menge ganz verflucht schiefgegangen!

»Was sollen wir jetzt tun, Herr?« fragte der Ritter.

Welch Frage! dachte Tom. Er hätte sehr viel mehr Berechtigung gehabt, sie zu stellen!

Er sah sich um. Viele der Sarazenen waren nur verwundet, und immer noch schleppten sich einige mühsam davon. Es war nicht ausgeschlossen, daß der Rest wieder zurückkam, sobald man sich von der Überraschung erholt hatte. Also dürfte es das Klügste sein, sich so schnell wie möglich aus dem Staub zu machen.

Aber war es das wirklich? fragte er sich sofort darauf. Vielleicht mußte er an genau dieser Stelle verbleiben, um in seine Zeit zurückkehren zu können. Vielleicht war das nur hier möglich. Wie gesagt, vielleicht. Es war genausogut möglich, daß der Ort, an dem er sich aufhielt, gar keinen Einfluß darauf hatte.

Und vielleicht – darüber wollte er eigentlich erst gar nicht weiter nachdenken, aber der Gedanke drängte sich mit der Gewalt eines heranwalzenden Panzers in seinen Schädel – gab es auch *überhaupt keine* Möglichkeit, jemals wieder in seine eigenen Zeit, in seinen eigenen Körper zurückzukehren.

»Herr?« fragte der Ritter zaghaft.

Wie auch immer, dachte Tom. Er mußte sich entscheiden. Hierblieben oder aufbrechen?

»Wohin wart ihr unterwegs?« fragte er.

»Nach Jerusalem, der Stadt des einzig wahren Gottes. Sie ist nur noch eine Tagesreise entfernt.«

Tom sah sich noch einmal um. Wenn er hierblieb, würden ihn die Sarazenen massakrieren, und wenn sie es nicht taten, würden das die Geier erledigen, nachdem er verdurstet war.

»Könntest du diesen Ort wiederfinden?« fragte er. Es konnte nichts schaden, sich eine Hintertür offen zu halten. »Diesen Talkessel hier?«

»Könntet Ihr es denn nicht, Herr?«

Allmählich ging Tom diese Gegenfragerei auf die Nerven – und um die war es ohnehin nicht zum besten bestellt. Also gut, dachte er grimmig, die Leute wollten einen Heiligen, also sollten sie einen bekommen! Wenn sie ihn unbedingt als ihren Boß anerkennen wollten – warum nicht? Warum sollte er nicht die Rolle spielen, die man ihm geradezu aufdrängte? Schließlich verschaffte es ihm zusätzlichen Spielraum. Er hätte es auch weitaus schlimmer treffen können. Wäre er in einer anderen Umgebung aufgetaucht oder unter weniger spektakulären Begleiterscheinungen, er hätte jetzt schon dahingeschlachtet oder als Sklave in Ketten weggeschleppt worden sein können.

»Das ist hier nicht die Frage«, stellte er streng klar. »Die Frage war, ob *du* das könntest.«

Der Mann neigte unterwürfig den Kopf.

»Verzeiht, Herr. Ja, das könnte ich. Jederzeit.«

»Gut«, meinte Tom zufrieden. »Dann werden wir jetzt dorthin weiterreisen, wohin ihr wolltet: nach Jerusalem.« Er deutete zu dem Wagen mit dem Ochsengespann. »Sag deinen Leuten, daß sie die Verwundeten auf den Wagen laden sollen, und dann geht es los!«

Augenscheinlich hatte er den richtigen Ton angeschlagen.

»Dein Wille geschehe«, antwortete der Mann. Dann wandte er sich seinen Mitstreitern zu, mit einer Miene, als wäre er furchtbar stolz, derjenige sein zu dürfen, der Toms Anweisungen weitergab. Er rief den Männern etwas zu, das Tom nicht verstand. Offenbar handelte es sich um die Heimatsprache der Männer. Ein wenig klang es nach dem Französisch, wie Pierre Leroy es sprach, aber nur ein wenig.

Tom sah, wie seinen Anweisungen unverzüglich Folge geleistet wurde. Es waren wenig genug, die überlebt hatten. Mehr oder weniger unverletzt geblieben waren vier Ritter und fünf Männer, die zum Fußvolk gehörten. Von den Verletzten lebten nur noch sechs, aber Tom war realistisch genug, um zu sehen, daß höchstens die Hälfte von ihnen den Tag überleben würde. Die hölzerne Ladefläche des Wagens bot genügend Platz, um sie alle darauf zu betten.

Erschüttert bemerkte Tom, wie die übrigen danach über das Schlachtfeld ausschwärmten und begannen, den Sarazenen, in denen noch Leben war, die Kehle durchzuschneiden. Nur einer der Ritter beteiligte sich nicht daran, sondern blieb beim Wagen stehen: ein bulliger Mann mit kahlgeschorenem Kopf, dichten Augenbrauen und einem gestutzten Vollbart.

Entsetzt gebot Tom den anderen Einhalt.

Sie sahen ihn so erstaunt an, als hätte er behauptet, er hieße Mickey Mouse und habe vor, hier demnächst einen Disney-Park zu eröffnen.

»Aber, Herr«, wandte der Ritter ein, mit dem Tom zuerst gesprochen hatte, »warum hindert Ihr uns daran, unsere göttliche Pflicht zu tun?«

Göttliche Pflicht! Er hätte beinahe bitter aufgelacht. Wie konnte das Abschlachten von Menschen irgend etwas mit göttlichen Grundsätzen zu tun haben?

»Steht nicht in der Heiligen Schrift«, fragte er, mühsam beherrscht, »liebet eure Feinde wie euch selbst?«

Die sonst so gottesgläubigen Männer waren sichtlich verunsichert.

Tom hatte Mühe, diese Reaktion zu verstehen, und für einen Moment stiegen in ihm Zweifel auf, ob er es wirklich mit Kreuzrittern zu tun hatte.

»Unsere Feinde, ja«, erklärte der Ritter. Er wies mit dem Arm in die Runde und fügte feierlich hinzu: »Wir lieben jeden unserer Feinde, der unserer Liebe würdig ist. Aber sind diese Sarazenen nicht gottlose Geschöpfe, für die dieses Gebot nicht gilt? Denn sie sind nicht unsere Feinde, sondern die Feinde Gottes. Und für solche gilt dieses Gebot nicht.«

Tom atmete tief durch. Nicht, daß er sich besonders gut in der Bibel ausgekannt hätte, aber das, was er da eben gehört hatte, erschien ihm eine völlig verquere Auslegung der darin enthaltenen Worte, und gleichzeitig begann er etwas von der verdrehten Logik zu ahnen, mit der es den Kirchenoberhäuptern dieser Zeit gelungen war, den Menschen einzureden, daß es Gottes Willen entspräche, Andersgläubige und -denkende abzuschlachten.

»Ich sage euch, daß ihr sie schonen sollt«, pochte er auf

seine Autorität. »Wer seid ihr, daß ihr zu widersprechen wagt?«

Offensichtlich hatte er den richtigen Tonfall angeschlagen. Die Männer sahen betreten zu Boden – wenn sie auch nicht recht zu wissen schienen, warum – und fügten sich.

Dann machten sie sich auf den Weg, den staubigen Pfad entlang, der sich durch den Talkessel zog. Behäbig setzten die massigen Ochsen, die den Wagen zogen, einen Fuß vor den anderen, und sie bestimmten das Tempo der kleinen Karawane. Von den Pferden waren nur zwei übrig geblieben. Auf einem saß der Ritter, mit dem Tom gesprochen hatte – sein Name war Raimond von Besancon, wie er erfahren hatte –, auf dem anderen er selbst. Als sie aus dem Talkessel zogen, warf er einen Blick zurück und fragte sich zum x-ten Mal, ob es richtig war, diesen Ort zu verlassen.

Sie kamen nur langsam voran. Von Raimond erfuhr Tom, mit welchem Auftrag die Männer unterwegs waren. Sie waren auf der Rückreise von Tripolis, einer kleinen christlichen Grafschaft nördlich von Jerusalem, die ebenfalls im Zuge der Kreuzzüge gegründet worden war. Dorthin waren sie auf königliches Geheiß geschickt worden, und vom Herrscher der Grafschaft hatten sie eine Kiste mit einem uralten heiligen Gegenstand in Empfang genommen, der von dessen Rittern in vermauerten Katakomben tief unterhalb einer jüngst eroberten mohammedanischen Burg gefunden worden war.

Eine Kiste mit einem uralten Gegenstand! Tom horchte auf. Unwillkürlich mußte er an die Bundeslade denken. In den letzten Wochen waren sie, die Leute von A.I.M., immer wieder mit diesem Gegenstand konfrontiert worden. Erst hatten sie einen Orakelspruch so interpretiert, daß sie nach dem Heiligen Gral suchen sollten, dann hatte Elwood ihnen den Auftrag des Orakels von Delphi überbracht, die Bundeslade, die in der Stadt Aksum in Äthiopien aufbewahrt wurde, unter die Lupe zu nehmen. Es schien beinahe so, als bestünde zwischen diesen beiden Gegenständen irgendeine Affinität.

Ein Zeichen über der Bundeslade hatte Pierre, Gudrun und Tom nach Australien gebracht, wo ein uralter Schamane Tom auf eine Traumzeitreise mitgenommen hatte. Und dort war er wieder auf die Lade gestoßen.

Und jetzt war erneut die Rede von einer hölzernen Kiste. War das der Grund, warum er ausgerechnet hier, in dieser Zeitepoche, an diesem Ort gelandet war? Sofern es dafür überhaupt eine rational erfaßbare Ursache gab!

Zu seinem Bedauern vermochte Raimond nicht zu sagen, was in der Kiste gewesen war, und ihm war anzusehen, daß er es wirklich nicht wußte. Für ihn war das auch zweitrangig. Es war ein *heiliger* Gegenstand, allein das war wichtig. Und er quälte sich mit Selbstvorwürfen, weil sich die Kiste nun in der Hand des Feindes befand, denn niemand anderem als sich selbst und seiner kurzen Unachtsamkeit schrieb er die Schuld dafür zu. Mit feuriger Stimme äußerte er den Vorschlag, auf der Stelle zum Talkessel zurückzureiten, die Spur der Sarazenen aufzunehmen und die Kiste zurückzuerobern – und natürlich schwang darin die unausgesprochene Hoffnung mit, der himmlische Gesandte würde mitkommen und die Aktion mit einem weiteren Wunder gelingen lassen.

Tom redete dem Ritter den Plan eiligst wieder aus. Das hatte ihm gerade noch gefehlt – sich mit diesem Häuflein armseliger Gestalten mitten in das Lager eines hundertfach überlegenen Feindes zu wagen und nachzufragen, ob man so freundlich wäre, ihnen die Kiste zurückzugeben! Man konnte sein Glück auch überstrapazieren.

Es bemerkte, daß einer der Fußsoldaten, der neben dem Wagen herging, halblaut maulte und dabei in seine Richtung wies. Er verstand nicht, was er sagte, aber er beobachtete, wie Raimond ihn scharf zurechtwies. Tom wußte, daß es in seiner Lage wahrscheinlich am klügsten gewesen wäre, sich aus den privaten Belangen der Männer herauszuhalten, aber da er das Gefühl hatte, als ginge es um ihn, fragte er, was da los sei.

»Oh, Herr, es ist deiner Ohren unwürdig, diese Gotteslästerung zu hören«, antwortete Raimond.

»Sage es mir trotzdem.«

»Ich bitte Euch, zwingt mich nicht, diese lästerlichen, kleinmütigen Worte zu wiederholen!«

Tom zog unwillig die Augenbrauen herab und fragte sich, was auf Lateinisch »Sag mal, hast du was an den Ohren?« hieß. Raimond von Besancon schien glücklicherweise auch so zu verstehen, was er meinte.

»Dieser Unwürdige übte Zweifel an Eurer Gottgesandtheit. Er sagte, wenn Ihr von Gott geschickt worden wärt ...«, Raimond schlug ein Kreuz vor seiner Brust, als könne er sich damit gegen diesen Frevel verwehren, »... bestünde doch kein Anlaß, daß Ihr reitet und andere zu Fuß gehen laßt. Die Kraft des Heiligen Geistes würde ausreichen, Euch ans Ziel zu bringen.«

Tom sah den Fußsoldaten an, der schuldbewußt den Blick senkte. Wahrscheinlich rechnete er damit, daß jeden Moment ein Blitz aus dem Himmel herniederfuhr, um ihn zu vertilgen. Tom mußte ein Schmunzeln unterdrücken. Das schien ihm ein durchaus kritischer Geist zu sein, der sich da unter der Maske eines ausgehungerten Mannes verbarg.

»Ich habe ihm die Buße auferlegt«, fuhr Raimond in einem Tonfall fort, als erwarte er, dafür gelobt zu werden, »den Marsch die nächsten sieben Stunden lang auf den Knien zurückzulegen. Denn sieben ist die Zahl der Vollkommenheit, und diese Buße bringt ihn vielleicht auf den rechten Pfad zurück.«

Tom sah Raimond ungläubig und entsetzt an. Sieben

Stunden lang auf den Knien kriechen, in diesem ausgezehrtem Zustand und nach der gerade durchstandenen Schlacht – das war eine unmenschliche Strafe. Er wollte nicht daran denken, wie es danach um die Gelenke des Mannes bestellt gewesen wäre. Wahrscheinlich würde er niemals wieder richtig gehen können.

Er trug Raimond auf, die Strafe zurückzunehmen, doch dieser zeigte sich uneinsichtig.

»Aber, Herr, dieser Mann hat lästerlich gegen dich geredet und damit gegen Gott. Wie kannst du ein solch verabscheuenswertes Vergehen ungesühnt lassen?«

»Darum geht es doch gar nicht. Ich will nur nicht, daß ...«

Raimond schlug sich gegen die Brust und war sich wahrscheinlich gar nicht bewußt, daß er jemanden unterbrach, den er für einen Gesandten Gottes hielt.

»Wenn du ihn für zu unwürdig hältst, um deine Strafe zu empfangen«, rief er eifrig, »dann laß mich an seiner Stelle die gerechte Buße tun. Denn er untersteht meinem Befehl, und so ist es in Wahrheit meine Schuld. Verzeih, daß ich dies nicht eher erkannt habe! Denn ich bin nicht streng genug zu ihm gewesen, um eine solche Lästerung erst gar nicht über seine Lippen kommen zu lassen!«

Tom seufzte. Er war sicher, wenn er Raimond jetzt eine Geißel in die Hand gedrückt hatte, der arme Kerl hätte sich auf der Stelle totgeprügelt, nur um seine Gottergebenheit unter Beweis zu stellen. Was jetzt gefragt war, war nicht weniger als ein salomonisches Urteil.

»Hast du schon vergessen, daß ich euch trotz deiner Verfehlung aus der Hand des Feindes errettet habe?« sagte er huldvoll. So wie er die Psyche gottesgläubiger Menschen einschätzte, war es immer von Vorteil, sie bei ihrem Schuldbewußtsein zu packen. »Wie kannst du in Anbetracht dieser Gnade, die du erfahren hast, daran denken, einen Glaubensbruder wegen eines weit nichtigeren Vergehens eine solch unmenschliche Strafe aufzuerlegen?«

Seine Überlegung erwies sich als richtig. Raimond wirkte aufrichtig betroffen.

»Verzeiht!« rief er. »Verzeiht eurem unwürdigen Diener, der so kleingeistig war, das nicht zu bedenken.« Er brachte sein Pferd zum Halten, sprang herab und warf sich in den Staub. »Um so freudiger werde ich seine Strafe auf mich nehmen.«

»Steh auf!« rief Tom erbost. Das war doch nicht möglich! »Hast du noch immer nicht verstanden, was meine Worte dir sagen sollten? Dies ist nicht die Zeit der Rache und Vergeltung. Es ist die Zeit, anderen zu vergeben und ein Auge zuzudrücken.«

Natürlich ergab letztere Aussage, die er unzulässigerweise einfach wörtlich ins Lateinische transferiert hatte, in dieser Sprache keinen Sinn, aber sein Tonfall schien Raimond und die anderen genügend eingeschüchtert zu haben, daß sich niemand von ihnen zu erkundigen wagte, was denn damit gemeint wäre, anderen ein Auge zuzudrücken.

Raimond erließ dem Fußsoldaten seine Buße, und danach konnte es endlich weitergehen. Tom schüttelte den Kopf. Diese Kreuzritter waren harte Burschen und bereit, jedem Feind unerschrocken entgegenzutreten, aber andererseits benahmen sie sich wie kleine Kinder, die sofort allen möglichen Unsinn machten, wenn man nicht auf sie aufpaßte und sie bei der Hand nahm.

Schweigend schleppte sich ihre kleine Karawane weiter. Stunde um Stunde. Heiß brannte die Sonne vom Himmel, und nur langsam neigte sie sich dem Horizont entgegen. In der karstigen, staubtrockenen Landschaft ragten lediglich hier und da ein paar dürre Ölbäume oder Zypressen aus dem trockenen Boden. Tom spürte den immer quälender werdenden Durst und die Erschöpfung des Körper so real, als wäre es sein eigener. Er hatte gesehen, daß auf dem Wagen ein paar gefüllte Lederschläuche lagen, aber solange keiner der anderen Männer einen Schluck trank, wollte auch er darauf verzichten. Und er hoffte, daß die anderen es nicht allein deshalb unterließen, weil sie dasselbe dachten.

Immerhin fand er endlich die Ruhe, seine Gedanken etwas zu ordnen. Nicht, daß ihm das in irgendeiner Weise weitergeholfen hätte. Alles, was ihm durch den Kopf ging, waren Fragen. Sie beschäftigten sich ausnahmslos mit seinem Hiersein – dem Wie, dem Warum und dem Wie-zur-Hölle-kam-er-hier-jemals-wieder-weg? doch was fehlte, waren Antworten.

Aber immerhin hatte er seine Fragen jetzt hübsch übersichtlich in Schubladen geordnet. Schubladen mit riesig großen Fragezeichen.

Er sah, daß einer der Fußsoldaten ein Schild aus poliertem Messing bei sich trug, und natürlich war er nur zu gern bereit, ihm den Schild auszuhändigen. Tom hauchte das Metall an und wischte es mit dem Ärmel blank. Die anderen sahen ihm derart ergriffen zu, als vollführe er eine rituelle Handlung. Dabei ging es ihm nur darum, einen Blick auf sich selbst zu werfen.

Als Spiegel taugte der Schild nicht viel, aber er reichte aus, um Tom sein Antlitz wenigstens verzerrt erkennen zu lassen. Was er sah, war ein rundliches Gesicht mit hoher Stirn, schütterem Haar und einem kurzen Vollbart. Tom tat sich schwer, das Alter des Mannes zu schätzen. In der Gegenwart hätte er vierzig oder fünfundvierzig Jahre alt sein können, doch in diesem Zeitalter alterte man weitaus schneller. Ab vierzig war man bereits ein betagter Mann. Es gab nur wenige – jedenfalls in den Reihen des einfachen Volkes –, die ein solches Alter überhaupt erreichten.

Tom gab den Schild seinem Besitzer zurück, der ihn

strahlend entgegennahm und fortan wie eine kostbare Reliquie behandelte.

»Als ich erwacht bin, hast du mich Raoul genannt«, wandte Tom sich an Raimond. »Ist das der Name dieses ... Körpers?«

»Ja, Herr.«

»Was kannst du mir über diesen Raoul sagen?«

»Leider nicht viel«, antwortete der Angesprochene. »Er kam vor zwei Jahren ins Heilige Land. Aus Flandern, wie er sagte, doch als er vor Monaten einen seiner Landsmänner traf, konnte er sich mit ihm nicht in dessen Mundart unterhalten. Er hat kaum über seine Vergangenheit gesprochen, und niemand von uns hat ihn danach gefragt. Er kam als Streiter des Herrn in dieses Land, und er war stets ein gottesfürchtiger und guter Krieger.«

Das war etwas, was sich Toms Ansicht nach gegenseitig ausschloß, aber er unterließ es, darauf einzugehen.

»Du sagtest, ein Säbelstich hätte ihn – beziehungsweise mich tödlich verwundet?«

»Ja, das ist richtig. So wahr Gott mein Zeuge ist! Ich sah mit eigenen Augen, wie einer der Gottlosen seinen Säbel tief in deine Brust gestochen hat, so weit, daß die Klinge eigentlich auf der anderen Seite hätte austreten müssen.«

Tom sah an der Brust seines Körpers herab. Das Kettenhemd wies mehrere klaffende Lücken auf, die sichtlich mehr vom allmählichen Verschleiß und dem an etlichen Stellen nagenden Rost zeugten, denn von feindlicher Einwirkung. In dem groben Leinenhemd, das er darunter trug, klaffte auf der Brust tatsächlich ein fingerbreiter Schnitt, als ob eine Klinge durch den Stoff gedrungen wäre. Doch kein Blut tränkte den Stoff. Und auch die Haut darunter war – abgesehen von einigen alten, längst verheilten Narben – unverletzt.

»Es ist ein Wunder!« jubilierte Raimond. »Ein göttliches Wunder.« Und dann, nach einer kurzen Pause, fügte er hinzu: »Wärst du nicht in seinen Körper hineingefahren, wäre Raoul jetzt tot. So aber lebt er weiter – durch dich!«

Tom sah Raimond von Besancon überrascht an. Hatte der Ritter da eben womöglich – ohne es selbst zu wissen – die Wahrheit erfaßt? War das der Grund, warum Tom bis jetzt nichts, aber auch nicht den kleinsten Hauch von dem Geist, Bewußtsein und Wissen Raouls gespürt hatte?

Hatte er letzten Endes gar nur in ihn hineinfahren können, weil dessen Geist – dessen Seele, wenn man so wollte – zuvor zerstoben war?

Sie zogen bis zum Einbruch der Dunkelheit weiter. Nur ein einziges Mal begegneten sie einer anderen Person, einem einzelnen Mann, der einen vollbepackten Esel hinter sich herzog. Doch kaum hatte er sie erspäht, schlug er sich auch schon seitlich in die zerklüftete Landschaft. Raimond wollte hinterherreiten und ihn stellen – er argwöhnte, daß es ein sarazenischer Späher sein könne –, aber Tom hielt ihn zurück. Wahrscheinlich nur ein arabischer Händler, der früher einmal schlechte Erfahrungen mit einem ausgehungerten Trupp Kreuzritter gemacht hatte.

Für ihr Nachtlager hatten sie sich eine geschützte Stelle zwischen den Felsen gesucht, etwas abseits des Weges. So brütend die Hitze am Tage gewesen war, so schnell verflüchtigte sie sich am Abend, und der Temperaturunterschied ließ Tom frösteln. Die Männer schmiegten sich eng an die Felsen, die noch etwas von der Wärme in sich trugen. Zelte, in denen man Schutz und Wärme gefunden hätte, benutzten sie nicht. Sie waren es gewohnt, unter freiem Himmel zu übernachten, und die wenigen Decken, die ihnen nach dem Überfall verblieben war, dienten dazu, die Verletzten zu wärmen.

Auch Feuerholz, mit dem sie ein Lagerfeuer hätten entfachen können, gab es nicht. Schon in den letzten Stunden ihres Marsches waren sie allerhöchstens an ein paar vertrockneten Sträuchern vorbeigekommen. Raimond von Besancon erklärte Tom, daß vor knapp dreißig Jahren, vor dem ersten Kreuzzug, hier noch ausgedehnte und dichte Wälder gestanden hätten. Doch der damalige islamische Statthalter Jerusalems hatte unter der Bedrohung der näherrückenden Kreuzritter den Befehl gegeben, alle Bäume im Umkreis von ein bis zwei Tagesreisen abzuholzen, um den Angreifern keine Möglichkeit zu geben, Sturmgerät zu bauen. Diese Maßnahme hatte die Eroberung der Stadt zwar herausgezögert, aber nicht verhindern können. Raimond erzählte Tom amüsiert, daß die älteren Einheimischen so abergläubisch wären, zu behaupten, daß die Sommer seitdem noch trockener, die Regengüsse noch seltener geworden wären.

Tom erwiderte nichts. Was hätte er dem Mann schon über Öko-Kreislauf oder ›Das Wort für Welt ist Wald‹ erzählen sollen?

Statt dessen widmete er sich den Verletzten. Vier hatten den Tag überlebt. Die Leichname der beiden anderen lagen, in Tücher eingehüllt, noch auf dem Wagen. Sie sollten nach Jerusalem mitgenommen werden, um dort in geheiligter Erde beigesetzt werden zu können, mit allen christlichen Sakramenten. So war es Sitte unter den Kreuzrittern, und Tom hütete sich, den Männern in solchen Angelegenheiten widersprechen zu wollen.

Um einen der vier Verletzten stand es besonders schlimm. Ein Säbelstreich hatte seinen Oberschenkel vom Knie bis zum Becken aufgeschlitzt. Der tiefe Schnitt ließ das bloße Fleisch offenliegen, und eine Unmenge Fliegen umschwirrten die Wunde. Der Mann war vom Blutverlust zu sehr geschwächt, um sie noch zu verscheuchen. Seine Augen glänzten fiebrig. So schrecklich die Verletzung auch anzusehen sein mochte, mit der Medizin des zwanzigsten Jahrhunderts wäre es gar kein Problem gewesen, ihn zu retten. So aber war es fraglich, ob er die Nacht überlebte.

»Was würdet Ihr in einem solchen Fall tun?« fragte er Raimond, der zu ihm getreten war, während die anderen Männer sich nicht im geringsten um die Verletzten kümmerten.

»Die Geistlichen raten«, referierte Raimond eifrig, »das Bein abzuschlagen und das Zeichen des Herrn, das Kreuz, mit einem Messer tief in seine Stirn zu ritzen, so daß ihn der Odem des Hades und des Todes verlassen kann.«

Tom sah den Ritter entgeistert an.

»Und wie viele haben diese Prozedur überlebt?«

»Oh, Herr, du weißt selbst, es sind nur wenige, die der Gnade des Herrn würdig sind.«

Tom verkniff sich jede weitere Bemerkung. Er wusch die Wunde mit Wasser aus, und als er sah, wie einer der Fußsoldaten sein Leinenhemd mit Nadel und Faden flickte, nahm er ihm beides ab, um die Wunde zu nähen. So etwas wie ein Betäubungsmittel gab es nicht. Auf die Frage, ob man Wein oder Schnaps hätte, um das Schmerzempfinden zu lindern, reagierte Raimond entsetzt. Solche Verlockungen des Teufels würde kein aufrichtiger Ritter anrühren geschweige denn mit sich führen. So blieb dem Verletzten nichts anderes an ein Stück Stoff, das Tom ihm zwischen die Zähne schob, während er ihn verarztete.

Es war alles schrecklich grob und unhygienisch, das wußte er, aber es war wahrscheinlich das einzige, was dem Mann überhaupt eine Überlebenschance gab. Nachdem er die Wunde genäht hatte, verband er sie mit in

Streifen gerissenen Stoffhälften und umklammerte die Hand des Mannes. Vielleicht war das die beste Medizin: Der Glauben, daß ihm jetzt, da sich der Gesandte Gottes persönlich um seine Verletzung gekümmert hatte, nichts mehr geschehen könne. Mit diesem Wissen fiel der Mann in einen unruhigen Schlaf.

Tom gesellte sich wieder zu den anderen und suchte sich ebenfalls ein halbwegs bequemes Stück Felswand, an das gelehnt er die Nacht verbringen konnte. Deutlich spürte er die Distanz, die die Männer zu ihm hielten. Ein paar waren eingeschlafen, die anderen saßen schweigend da und warfen ihm von Zeit zu Zeit verstohlene und unsichere Blicke zu.

Er mußte daran denken, wie wenig diese ausgemergelten Gestalten dem glorreichen Ritterbild entsprachen, das zeitgenössische Maler von ihnen gezeichnet hatten. Dort waren sie stets triumphale Gestalten gewesen. In Wahrheit waren sie von Entbehrung, Krankheit und Tod gezeichnet.

Der einzige, der diesem Bild widersprach, war der kahlköpfige, bullige Ritter, der sich nicht an dem Massaker an den verletzten Sarazenen beteiligt hatte. Im Gegensatz zu den anderen Rittern und Fußsoldaten wirkte er geradezu wohlgenährt. Er saß Tom gegenüber, an den Felsen gelehnt, die muskulösen Arme vor der Brust verschränkt, und er wich seinem Blick nicht aus, wie die anderen es taten. *Erstaunlich,* dachte Tom.

»Wie ist dein Name?« wollte er wissen. Ihm fiel auf, daß er den Mann bis jetzt kein einziges Wort hatte sprechen hören.

»Gundemar«, antwortete er. Das war alles. Kein unterwürfiges ›Herr‹, kein demütiges Kopfsenken, kein weiteres Wort.

»Aha, Gundemar«, meinte Tom.

Ein knappes Kopfnicken.

Tom seufzte und beließ es dabei. Besonders gesprächig schien der Mann nicht gerade zu sein. Nicht, daß er letzten Endes gar ein Gelübde abgelegt hatte, zehn Jahre lang so wenig wie möglich zu sprechen, und er ihn nun dazu brachte, es zu brechen und weitere zehn Jahre drauflegen zu müssen. Oder so ähnlich. Oder auch ganz anders. Diese Zeiten konnten bisweilen furchtbar kompliziert sein – selbst für jemanden mit Universitätsabschluß in Geschichte.

»Morgen werden wir in der Heiligen Stadt sein«, sagte Raimond von Besancon. Er war der einzige, der die Nähe Toms nicht zu meiden schien. »Dort wird dich der König von Jerusalem erwarten.«

»Der König?« fragte Tom schläfrig.

»Ja, der König. Er wird sich das Vorrecht nicht nehmen lassen, den Gesandten Gottes persönlich zu begrüßen.« Er hob seine Stimme und machte eine weitausholende Geste. »Dein Kommen wird seine Herrschaft in himmlischem Glanz erstrahlen lassen, und alle Völker werden sich huldvoll beugen und . . .«

»Ja ja, schon gut!« zischte Tom ungehalten. Er hatte die Leier langsam satt, und außerdem weckte der Ritter mit seinem Geschrei höchstens die Leute auf, die bereits Schlaf gefunden hatten. In der Ferne erklang die klagende Stimme eines Kojoten oder Schakals, der sich ebenfalls darüber zu beschweren schien, daß man seit dem ganzen Kreuzzugsrummel hier nicht einmal mehr nachts seine Ruhe fand.

»Verzeiht, Herr«, bat Raimond und zog sich wie ein geprügelter Hund zurück. Im gleichen Augenblick tat er Tom auch schon wieder leid, aber er hütete sich, ihn zurückzuholen.

Der König! dachte er bei sich. Seine Ankunft würde also größere Welle schlagen. Sehr viel größere, als ihm lieb sein konnte. Er hatte bisher stets angenommen, als einfacher Ritter in die Stadt einziehen zu können. Darüber, daß der König auf die Idee kommen könnte, ihn sehen zu wollen, hatte er sich überhaupt keine Gedanken gemacht.

Er spürte Unbehagen. Ein König war sicherlich nicht so leicht von seiner Gottgesandtheit zu überzeugen wie diese einfachen – im wahrsten Sinne des Wortes ›geistig armen‹ – Ritter. Er mußte sich bis dahin unbedingt einen Plan zurechtlegen.

Aber dazu war morgen immer noch Zeit. Er spürte, wie er immer schläfriger wurde, und kurze Zeit später hatte ihn der Schlaf übermannt.

Aber nicht für lange.

Irgendwann – er hatte den Eindruck, kaum länger als eine halbe Stunde geschlafen zu haben – ließ ihn aufgeregtes Geschrei wach werden. Schnell sprang er auf die Beine. Es war noch immer Nacht, wie er sah, und der Mond war kaum eine Handbreit weitergewandert.

Sämtliche Männer waren aufgesprungen und deuteten erregt und laut rufend in seine Richtung, und einige waren natürlich gleich wieder auf die Knie gegangen. Irritiert sah Tom sich um, hielt nach irgend etwas Ausschau, das zu soviel Geschrei Anlaß gab – von angreifenden Sarazenenscharen bis zu einem giftigen Skorpion auf seiner Schulter –, konnte aber nichts entdecken.

»Was ist?« rief er. »Was habt ihr?«

Die Männer kamen näher und redeten alle durcheinander.

»Ruhe!« brüllte er. »Nur einer von euch redet!«

Es dauerte, ehe man sich einig wurde, wer der eine war, und schließlich hatte sich Raimond von Besancon durchgesetzt. Von ihm erfuhr Tom, daß über seinem Kopf so etwas wie ein rötliches Leuchten zu sehen gewesen sein sollte, ein schwaches Licht wie das von einer Kerze hinter einem Vorhang. Und sie war in dem Moment erloschen, als er erwacht war.

Tom konnte damit nicht besonders viel anfangen. Nachdem der Ritter geendet hatte, herrschte Stille, und irgendwo vermeinte Tom eine hauchdünne wispernde Stimme zu vernehmen. Sie klang lockend und drängend, und das, was sie flüsterte, hörte sich so ähnlich an wie *Ächzen* oder *Exxon*. Doch es war zu leise, zu flüchtig, um es wirklich zu verstehen oder die Richtung auszumachen, aus der es kam.

Tom sah sich vergeblich um.

»Habt ihr das auch gehört?« erkundigte er sich.

»Was sollen wir gehört haben, Herr?« fragte Raimond verständnislos. Auch die anderen schienen mit der Frage nichts anfangen zu können. Und das war Antwort genug.

Tom schüttelte unwillig den Kopf. Nur nicht verrückt machen lassen! Irgendwo hatte er mal gelesen, daß Massensuggestionen ansteckend sein sollten.

»Nichts, vergeßt es!«

»Kannst du uns sagen, Herr, was das gewesen ist?«

»Das war überhaupt nichts«, meinte er unwillig. »Das habt ihr euch alle nur eingebil-«

»Aber, Herr, wie kann da nichts gewesen sein, wenn wir alle es gesehen haben?«

Tom verzog das Gesicht. Warum mußte Raimond ausgerechnet dann kluge Gedanken haben, wenn es ihm überhaupt nicht in den Kram paßte?

»Du hättest mich ausreden lassen sollen«, wies er ihn zurecht. »Ich habe sagen wollen: Nichts, worüber ihr euch Gedanken machen müßtet. Ein Zeichen für meine Gottgesandtheit, mehr nicht.« *So, das mußte jetzt genügend,* dachte er und tat innerlich gleichzeitig Abbitte für die blasphemische Anmaßung.

Die Ritter gaben sich tatsächlich zufrieden. Allmählich kehrte wieder Ruhe ein. Als Tom sich wieder gegen die Felswand lehnte, bemerkte er allerdings, daß diesmal selbst Raimond etwas weiter von ihm wegrückte.

Es dauerte lange, ehe er wieder einschlafen konnte.

Ein rötliches Leuchten, eine wispernde Stimme, ging es ihm durch den Kopf. Tatsächlich nur Einbildung? Oder mehr? Vielleicht ein Versuch, ihn in die Gegenwart zurückzuholen? Doch so schön dieser Gedanken auch war, Tom war sich nur allzu bewußt, daß er in erster Linie von rein kreatürlicher Hoffnung getragen wurde. Der Hoffnung, hier irgendwie wieder herauszukommen. Und dabei war er erst einen halben Tag lang hier.

Der Rest der Nacht verlief ereignislos.

Als Tom am nächsten Morgen aufwachte, hatte keiner der Männer eine weitere Vision eines rötlichen Leuchtens gehabt oder etwas anderes Außergewöhnliches gesehen.

Zwei Stunden, ehe sie Jerusalem erreichten, kam ihnen eine berittene Patrouille von Kreuzrittern entgegen. Raimond hatte natürlich nichts Eiligeres zu tun, als den Männern in aller Ausführlichkeit zu erzählen, mit wem sie es da zu tun hatten.

Tom hätte ihn am liebsten zurückgehalten, aber er wußte, daß es dazu längst zu spät war. So blieb ihm nichts anderes übrig, als zuzuhören, mit welch überschwenglichen Worten Raimond ihn pries, und insgeheim bewunderte er die Gestikulierkunst des Ritters, die einem Louis de Funés in nichts nachstand. Zu schade, daß das Fernsehen erst in über siebenhundert Jahren erfunden werden würde.

Raimond deutete erst auf Tom, dann mit beiden Armen zum Himmel, er schlug ein Kreuz vor der Brust, dann folgte eine ausladende Bewegung, als wolle er die ganze Welt umspannen, dann bewegte er die Arme auf und ab, wie um einen fliegenden Vogel zu imitieren, im nächsten Augenblick faltete er die Hände, aber nur, um sofort wieder aufgeregt auf Tom zu deuten ... Und währenddessen redete er unermüdlich auf die Ritter ein. Wie ein Wasserschwall ergossen sich seine Worte über sie, und alles, was sie vielleicht an Toms Gottgesandtheit hätte zweifeln lassen können, wurde ertränkt wie von einer Flutwelle.

Drei Ritter sprangen beflissentlich von den Pferden, die weitaus ausgeruhter und gepflegter waren als diejenigen, die den tagelangen, anstrengenden Marsch durch die judäische Wüste hinter sich hatten, und stellten sie Tom und Raimond zur Verfügung, und das dritte Pferd war überraschenderweise für den glatzköpfigen Gundemar bestimmt. Während ein anderer Ritter sofort zur Heiligen Stadt davonpreschte, warteten die anderen, bis Tom aufbruchsbereit war.

Zuvor sah er jedoch nach dem verletzten Mann, um den er sich gestern gekümmert hatte. Dessen Zustand hatte sich zwar nicht verbessert, aber immerhin auch nicht verschlechtert, und er beschloß, das als gutes Zeichen zu nehmen. Wenn es irgend etwas gab, was den Mann retten konnte, dann waren es einzig die Selbstheilungskräfte seines Körpers. Tom trug den restlichen Leuten auf, dafür zu sorgen, daß er in gute Hände kam, sobald sie die Stadt erreicht hatten, und nachdem man ihm das zugesagt hatte, machte er sich mit den anderen auf den Weg.

Jetzt, da ihr Tempo nicht mehr vom gemächlichen Trab der Ochsen bestimmt war, kamen sie sehr viel schneller voran. Immer öfter begegneten sie anderen Menschen, die ihnen entgegenkamen oder die sie überholten; meist in lange Gewänder gekleidete Araber, die schnell Platz machten und die Blicke senkten, wenn sie vorbeikamen. Tom konnte das Unbehagen, mit dem sie ihre Köpfe neigten, fast körperlich spüren. Es war deutlich, daß sie die christlichen Kreuzritter lediglich als Besatzungsmacht empfanden. Die Männer um Tom herum schienen von dieser unterdrückten Verachtung nichts zu spüren, und falls doch, dann nahmen sie sie mit der Überheblich- und Hochnäsigkeit zur Kenntnis, die in diesen Zeiten Siegern zu eigen war.

Doch Siege – und das war ein immerwährendes Gesetz – hielten nicht ewig; und nichts höhlte sie so schnell aus wie die Arroganz von Siegern.

Sie erreichten Jerusalem am Nachmittag, als die Sonne den höchsten Punkt am Himmel schon überschritten hatte.

Sie kamen von Norden, über den Berg Scopus. Als sie auf dem Kamm dieser Erhebung angelangt waren, breitete sich vor ihnen, selbst um eine kleine Anhöhe, den Tempelberg, herum gelegen, die Stadt Jerusalem aus. Mit ihren hellen, im Sonnenlicht leuchtenden Mauern wirkte sie wie ein Juwel inmitten lebensfeindlicher Umwelt. Die Stadt präsentierte sich als unüberschaubares Labyrinth aus flachen Lehmdächern, engen Gassen und kleinen Plätzen, und sie wurde überragt von dem prächtigen Tempel, der sich auf dem Plateau des Tempelberges befand und mit seinen klaren Linien und seiner großzügigen Architektur im krassen Kontrast zur ›Unterstadt‹ stand.

Tom brachte sein Pferd zum Stehen, eingedenk des einmaligen Anblicks, der sich ihm bot. Es gab keinerlei geschichtliche Erkenntnisse, wie das Jerusalem dieser Zeit ausgesehen hatte. Er war wohl der einzige Mensch des zwanzigsten Jahrhunderts, dem es jemals vergönnt war, dies mit eigenen Augen zu sehen (In diesem Punkt irrte er, aber das konnte er jetzt und hier noch nicht wissen; und überhaupt war das eine ganze andere Geschichte). Dieser Gedanke ernüchterte ihn schlagartig wieder.

Und noch etwas anderes wischte seine erhabenen Empfindungen hinweg. Es war der faulige, stickige Gestank; der Gestank von Kot, Urin, Abfall und Verwesung, den der leichte Wind von der so rein daliegenden Stadt zu ihnen herübertrug, obwohl die Stadtmauern noch drei oder vier Kilometer entfernt waren. Tom hatte als Kind öfter seine Tante Martha in Cincinatti besuchen müssen, die knapp eine halbe Meile von einem Klärwerk entfernt gewohnt hatte, und wenn Ostwind geherrscht hatte, hatte es bei ihr ähnlich gerochen. Daran erinnerte er sich so genau, als wäre es erst gestern gewesen, und dabei lag es über siebenhundert Jahre in der Zukunft.

Die anderen hatten ihre Pferde ebenfalls zum Halten gebracht und warteten stumm, bis er zum Weiterreiten bereit war. Langsam näherten sie sich dem Nordtor in der Stadtmauer, und über die staubigen Wege, die dorthin zusammenliefen, waren etliche Leute unterwegs, meist Einheimische.

Tom lenkte sein Pferd neben das von Raimond.

»Was kannst du mir über den König von Jerusalem sagen? Was ist er für ein Mann?«

»Oh, er ist ein überaus mächtiger Herrscher.«

Wie ungeheuer informativ, dachte Tom. Auf die Idee wäre er allein nie gekommen.

Er kramte in seinen Geschichtskenntnissen. Welcher König konnte in dieser Epoche geherrscht haben? So viele hatte es doch nicht gegeben. Der erste, der diesen Titel getragen hatte, daran erinnerte er sich genau, hatte Balduin geheißen. Aber dessen Herrschaft dürfte jetzt längst abgelaufen sein.

»Was kannst du mir noch sagen?« fragte er. »Wie heißt er?«

»König Balduin der Zweite«, antwortete Raimond. *Natürlich,* dachte Tom. Balduin, der Zweite. Darauf hätte er auch selbst kommen können. »Er ist ein Herrscher, auf dessen Seite Gott wandelt. Er war mehr als zwei Jahre in der Hand der gottlosen Sarazenen, aber selbst diese Gefangenschaft hat seinen Glauben nicht zu brechen vermocht. Alle in diesem Königtum haben um sein Seelenheil gebetet, und Gott hat es in seiner barmherzigen Gnade geschehen lassen, daß der König entkam. Vor drei Jahren ist dies geschehen, und sofort danach hat er die gottlosen Heerscharen in zwei Schlachten siegreich geschlagen. Zwar haben auch wir vor Damaskus Tausende von Männern verloren, aber es gibt keinen Zweifel, wem Gott damals den Sieg zugestanden hat.«

Tom nickte. Was ließ sich dem noch hinzufügen? Es war wie eine Politikerrede des zwanzigsten Jahrhunderts. Man mußte nur die vielen Ausschmückungen, Lippenbekenntnisse und Halbwahrheiten weglassen, und schon hatte man pure Information.

»Im Volksmund nennt man ihn auch ›den Stachelstock‹«, fügte Raimond verstohlen dazu. »Er ist ein Mann, der peinlich genau auf die Steuern und die Verwaltung des Reiches schaut.«

Das schien Tom nicht zwingend eine unsympathische Eigenschaft zu sein. In einem Zeitalter wie diesem war es sicherlich nötig, genau auf solche Dinge zu achten, denn schließlich beruhte darauf das Fundament des Staates – wie unrechtmäßig seine Existenz aus zukünftiger Sicht auch sein mochte.

Schon ein paar hundert Meter, bevor sie das große Tor erreicht hatten, strömten eine Unzahl Menschen vor die Stadtmauern und liefen ihnen entgegen, mit jauchzenden Rufen, als wäre er der ersehnte Heiland, der gekommen war, um sie alle zu erlösen.

Tom sah ihnen mit demselben Entsetzen entgegen wie jemand, der sich von allen Seiten heranstürmenden Menschenmassen gegenübersieht und dem urplötzlich bewußt wird, daß sein Traum, er wäre Michael Jackson und ohne die Begleitung seiner Leibwächter auf die Straße gegangen, gar keiner war!

Glücklicherweise bildeten die Ritter geistesgegenwärtig einen Schild aus Pferdeleibern um ihn herum. Entschlossen drängten sie die in Verzückung geratenen Leute zur Seite. So durchquerten sie das Stadttor, aber in den engen Gassen der Stadt gerieten sie immer mehr in Bedrängnis.

Mehr und mehr Menschen strömten zusammen. Es konnte noch nicht länger als eine halbe Stunde her sein, daß der Bote in die Stadt gekommen war, aber die Nachricht über das Auftauchen eines himmlischen Gesandten schien sich in Windeseile herumgesprochen zu haben. Bald steckten sie hoffnungslos fest, und selbst die gezogenen Schwerter der Ritter vermochten niemanden abzuschrecken.

Die Leute brachen das Spalier der Pferdeleiber, eilten auf Tom zu und fielen rücksichtslos über ihn her.

Er wurde vom Pferd gezogen, fand sich auf dem Boden wieder und wurde von den Menschenmassen fast erdrückt, die über ihm und um ihn herum waren und sich mit Leibeskräften bemühten, ihn zu sehen, zu berühren, den Saum des Gewandes anzufassen oder sich ein Stück davon als Reliquie zu erobern. Von allen Seiten wurde an ihm gezerrt und gezogen. Anscheinend hatte jedermann den festen Vorsatz, ihn aus reiner Liebe totzudrücken!

Nur unter dem Einsatz aller Kräfte und so manchen Schwertstreichs gelang es den Rittern, die Leute ein paar Meter zurückzudrängen.

»Hier entlang, Herr!« rief Raimond von Besancon, der Tom mit einer Hand aufhalf und mit der anderen drohend sein Schwert schwang, um die Leute auf Abstand zu halten. Er deutete auf eine nahegelegene Tür in einem der flachen Lehmhäuser.

Gemeinsam stolperten sie in die Richtung, und Tom mußte so manchen blauen Fleck einstecken, als sie sich durch die Leute drängten. Sie hätten es wahrscheinlich trotz allem nicht geschafft, wenn nicht plötzlich Gundemar bei ihnen aufgetaucht wäre. Mit grimmiger Miene stellte er sich den Menschen in den Weg, sein Schwert wie ein göttliches Zeichen gen Himmel haltend, und unsicher wichen sie vor ihm zurück.

Dann war Tom auch schon im Innern des Hauses, und während Gundemar mit den anderen Rittern den Eingang sicherte, zog Raimond ihn weiter. Durch den Hintereingang gelangten sie ins Nachbarhaus, von dort über das Flachdach zum nächsten, und irgendwann wurden die Stimmen der durch die Straßen laufenden und nach ihnen Ausschau haltenden Menschen langsam leiser und blieben hinter ihnen zurück.

Jetzt erst wagte Tom aufzuatmen. Er sah an sich herab. Sein Gewand hing zur Hälfte nur noch in Fetzen herab. Die Leute hatten es sogar geschafft, mit bloßen Hände Teile aus dem Kettenhemd herauszureißen. Anscheinend stimmte es: Der Glaube verlieh übermenschliche Kräfte. Tom schluckte. Erst im nachhinein wurde ihm so richtig bewußt, wieviel Glück er gehabt hatte, daß man ihm nicht sämtliche Knochen gebrochen hatte.

»Verzeih ihnen, Herr«, sagte Raimond, »denn sie wissen nicht, was sie tun.«

Tom sah ihn halb erstaunt, halb belustigt an. Wenn Raimond im zwanzigsten Jahrhundert gelebt hätte, hätte er sicherlich Karriere als Texter von Film- und Buchtiteln machen können.

Auf Umwegen brachte er Tom hinauf zur weitläufigen Tempelanlage. Sie war auf einer aus mächtigen Kalksteinquadern bestehenden Plattform oben auf dem Tempelberg errichtet, die noch aus der Zeit des legendären Königs Salomon stammte und zu der auch die weltbekannte Klagemauer gehörte, die diesen Namen allerdings erst rund fünfhundert Jahre später erhalten sollte. Die Tempelanlage auf der Plattform war im siebenten Jahrhundert unter Kalif Omar gebaut worden, nachdem die Stadt Jahrhunderte zuvor vom römischen Kaiser Hadrian dem Erdboden gleichgemacht wurde. Und das war, wie Tom wußte, nur ein kleiner Ausschnitt der wechselhaften Geschichte der Stadt.

Als sie oben angelangt waren, mußten sie sich um die erregten Menschenmengen keine Gedanken mehr machen. Dieses Areal war, wie Raimond von Besancon erklärte, ausschließlich dem König, den Fürsten, natürlich deren Angehörigen sowie den Führern der Geistlichkeit zugänglich. Das gewöhnliche Volk blieb, mit Ausnahme weniger Feiertage im Jahr, ausgesperrt. Und auch sie beide wären nicht durchgelassen worden, wenn der König zwischenzeitlich nicht die Order erlassen hätte, sie sofort zu ihm zu bringen, sobald sie hier eintrafen.

Schließlich betraten sie den prächtigen, säulengeschmückten Saal des Tempels, der mindestens so groß wie eine moderne Stadionsporthalle war. Sämtliche Gespräche erstarben, als die Wache ihre Ankunft meldete, ganz so, als wären sie in eine schottische Kneipe eingetreten. Tom war von Connor einmal in einen kleinen Pub in Thurso mitgenommen worden, und dort hatte er sich nach dem Hereinkommen ganz ähnlich gefühlt.

Er versuchte den Anschein zu erwecken, als gäbe es keinen Grund, sich unsicher zu fühlen. Zwar war es angenehm kühl hier drinnen, dennoch hatte er das Gefühl, als würde ihm der Schweiß in Strömen von der Stirn laufen.

Der Saal war von einer Unmenge Leute bevölkert. Viele waren in operettenhafte Kostüme aus edlen Stoffen gekleidet, als ob sie ihren schmächtigen Figuren damit mehr Eindruck verleihen könnten; und aus Toms Sicht wirkten sie darin ganz einfach lächerlich. Andere trugen einfache Roben, aber das waren nur wenige. Der Prunk und Pomp überwog. Diese Leute hier, das sah man sofort, hatten kaum etwas mit dem einfachen Volk zu tun, das Tom unten in den Straßen fast totgedrückt hatte.

»Den Rest des Weges müßt Ihr alleine tun«, flüsterte Raimond und blieb stehen, als sie die große, freie Fläche in der Mitte des Saals erreicht hatten. Dort begann ein etwas erhöhtes Podest, auf dessen anderer Seite der König auf seinem Thron saß, mit seiner Gemahlin an seiner Seite. »Und kniet nieder, sobald Ihr vor dem König steht!«

Tom schritt weiter. Die Fürsten wichen zu beiden Seiten zurück und bildeten ein Spalier. Er schritt hindurch wie Moses, nachdem er das rote Meer geteilt hatte. Bei jedem Schritt fühlte er sich von tausend Augen beobachtet. Natürlich war das maßlos übertrieben. Es waren kaum mehr als fünfhundert.

Ihm kam es so vor, als löse sein Erscheinen Enttäuschung aus. Er wußte nicht, ob hier immer so viel Betrieb herrschte, oder ob die Leute nur zusammengekommen waren, um ihn, den himmlischen Gesandten, zu sehen. Wenn ja, dann hatten sie bestimmt eine strahlende engelsgleiche Erscheinung erwartet und nicht solch einen verdreckten und abgerissenen Burschen wie ihn. Tom registrierte so manch hochnäsigen Blick und so manch verächtlich gerümpfte Nase.

Nicht verrückt machen lassen, impfte er sich ein. Er hatte nie erwarten können, daß dies ein Heimspiel werden würde.

Langsam kam er dem König näher, der ihm schweigend entgegensah, und seinem Gesicht war nicht zu entnehmen, was hinter seiner Stirn vor sich ging. Er war von kleiner, schmächtiger Gestalt, mit einem strengen Spitzbart und schütterem Haar. Auf persönlichen Schmuck legte er anscheinend keinen Wert, und das ließ ihn angesichts des Zeitalters fast sympathisch erscheinen. Aber seine hageren Gesichtszüge wiesen ihn zugleich als vorsichtigen Menschen aus.

Tom dachte daran, daß er sich eigentlich einen Plan hatte zurechtlegen wollen. Er verfluchte die Nachlässigkeit, es nicht getan zu haben, und wahrscheinlich hatte er es nur deshalb unterlassen, weil er keine Idee hatte, wie solch ein Plan hätte aussehen können. Er mußte sich auf sein Gefühl verlassen.

Die nächsten Minuten, das stand fest, würden entscheiden, ob er noch das Licht des morgigen Tages sehen würde.

Ein paar Schritte vor dem königlichen Thron blieb er stehen, und es kostete ihn Mühe, nicht mit den Händen unsicher an den Resten seines Gewandes herumzuspielen. Was nun? Auf die Knie fallen, wie Raimond es geraten hatte? Würde ein himmlischer Gesandter so etwas tun? Oder würde er, wenn er es nicht tat, den König tödlich beleidigen?

Er wurde der Entscheidung enthoben, als Balduin sich von seinem Thron erhob und zu seinen Füßen auf den Boden fiel.

»Willkommen, göttlicher Gesandter«, rief er demütig und mit lauter Stimme. »Verzeiht eurem unwürdigen Diener! Ich lege mein Königreich in Eure Hände. Nehmt Platz auf dem Thron, der euch gebührt, und seid Herrscher über das Heilige Land, in dem Gott einst darselbst gewohnt hat!«

Tom stand wie vor den Kopf geschlagen da. Er hatte vieles für möglich gehalten, nur *das* nicht. Was für ein – ja, das war das richtige Wort – königliches Angebot! Ein einziges Wort von ihm, und er wäre der Herrscher dieses Königreiches!

Sofort rief er sich zur Besinnung. Das Angebot war nicht mehr als ein rein rhetorisches, wahrscheinlich lediglich dazu gedacht, ihn zu prüfen. Und außerdem – wenn es ihm, Tom, bestimmt gewesen wäre, in dieser Epoche König von Jerusalem zu werden, wie kam es dann, daß die Historiker später kein Wort über einen Kreuzfahrerkönig Thomas Ericson den Ersten gefunden hatten?

»Erhebe dich!« forderte er den König auf. Er wußte, daß er jetzt jedes Wort sorgfältig wägen mußte. »Es ist deiner nicht würdig, im Staub zu liegen. Du bist der von Gott eingesetzte Herrscher. Also kehre auf deinen rechtmäßigen Platz zurück!«

Balduin erhob sich, und als er sich wieder auf seinen Thron setzte, glaubte Tom so etwas wie spärliches Lächeln auf seinem Gesicht zu erkennen. Wenn er sich nicht täuschte, hatte er die erste Prüfung soeben bestanden.

»Ihr habt es gehört?« rief Balduin. »Wer bin ich armseliger Mensch, daß ich mich dem widersetzen könnte?«

Tom spürte, daß diese Worte auch als Mahnung oder gar Warnung an die umherstehenden Leute gedacht waren. Ein deutlicher Hinweis auf innere Ränkespiele um die Macht. Zugleich ein Anzeichen mehr, daß der König ein gewiefter Taktiker war, der jedes Ereignis zur Erhaltung und Stärkung seiner Macht zu nutzen wußte.

Und da war er plötzlich – der Plan, nach dem Tom so verzweifelt Ausschau gehalten hatte!

Er mußte nur dafür sorgen, daß sein Hiersein Balduin von Nutzen war, und solange ihm das gelang, würde er sich königlicher Protektion erfreuen können.

»Wohlan«, fuhr der König mit weitaus leiserer Stimme fort, die dennoch von jedermann im Saal zu vernehmen war, weil niemand es wagte, ein Wort zu sprechen oder auch nur ein Raunen von sich zu geben. Wer politische Interessen hatte, bemühte sich wahrscheinlich, die neue Lage in seine Überlegungen zu integrieren, wer auf Spektakel aus war, wartete weiter auf den großen Knall, und wer gläubig war, war wahrscheinlich einfach nur ergriffen. »Sage uns, aus welchem Grund du von Gott, dem Allmächtigen, zu uns geschickt worden bist.«

Die zweite Prüfung, dachte Tom.

»Ich bin hier, um deine Herrschaft zu bestätigen, um zu bezeugen, daß Gott auf deiner Seite wandelt«, sagte er laut.

»Wir hören deine Wort, und wir lauschen ihr wie einer Offenbarung des Allmächtigen.« Balduin wirkte äußerst zufrieden, aber auf eine Weise, daß es nur jemand wahrnehmen konnte, der ihm so nah war wie Tom. »Ich bitte dich, gib uns Bericht, auf welche Weise du bei uns erschienen bist.«

Aha. Die dritte Prüfung.

»Lasse nicht mich selbst für meine Taten sprechen«, sagte Tom bescheiden und wies auf Raimond, »sondern überlasse dies einem eurer ergebenen Untertanen. Einem der siegreichen Ritter, die dieses Land im Namen Gottes eingenommen haben und verteidigen. Einen gottesfürchtigen, untadeligen Mann, der von jeder kleinen Verfehlung nur um so eifriger angehalten wird, Zeugnis abzulegen von der Gnade, die ihm zuteil geworden ist.« Im Klartext hieß das soviel wie: Leg eine ordentliche Geschichte hin, wenn du nicht willst, daß ich die alte Geschichte von deiner Unaufmerksamkeit beim Angriff der Sarazenen wieder aufwärme!

Wahrscheinlich wäre das nicht einmal nötig gewesen. Raimond von Besancon schien glatte zehn Zentimeter zu wachsen, als er diese Worte hörte, und zehn weitere, als der König ihn aufforderte, näher zu treten. Er eilte herbei, und nur zu willig begann er zu berichten – von dem hinterhältigen Überfall, ihrer aussichtslosen Lage, dem Donner und dem Blitz, mit dem der Heilige Geist über Raoul gekommen und die feindlichen Heerscharen vertrieben hatte. Er berichtete von allem, auch über das rötliche Leuchten, das sie in der Nacht über seinem Haupt gesehen hatten. »... gleich der Flamme, die einst bei der vierzigjährigen Wanderung des nachts von der Anwesenheit der Herrlichkeit Gottes gezeugt und die Kinder Israels durch die Wüste ... blabla ...«

Tom hörte nicht weiter zu. Ihm reichte es, daß Raimond seine Sache hervorragend machte. Ein von Ehrfurcht, Überzeugung und Worten überquellender Derwisch, der der beste Fürsprecher war, den er sich hätte wünschen können. Seine Worte zogen die Leute in ihren Bann, und als er geendet hatte, schien niemand mehr Zweifel an Toms Gottgesandtheit zu haben. Der Abenteurer hätte sich am liebsten selbst auf die Schulter geklopft, weil er die Idee gehabt hatte, Raimond sprechen zu lassen.

Da stürzte aus den Reihen der Umherstehenden ein alter bärtiger Mann, gekleidet in eine kostbare scharlachrote Robe, auf das Podest. Vor ihnen fiel er in die Knie, in einer Position, daß man sich fragen konnte, ob diese Geste Tom oder Balduin galt. Offenbar keinem von beiden, denn mit theatralischer Geste breitete er die Arme aus und sah gen Tempeldach.

»Oh, ich danke dem Himmel, daß er uns diese Gnade gewährt und einen Gesandten zu uns geschickt hat«, rief er mit lauter Stimme. Tom warf dem König einen kurzen Blick zu, doch dieser schien in keinster Weise irritiert zu sein. »Wie lange habe ich gebetet, daß Gott uns einen Boten schicken möge, der uns Kraft und Stärke gibt? Tag für Tag, Nacht für Nacht habe ich den Herrn angefleht, er möge dieses Königreich stärken. Und ich danke ihm aus tiefstem Herzen, daß er mich erhört hat!«

»Wer ist das?« raunte Tom Raimond zu.

»Der Patriarch von Jerusalem«, gab dieser ebenso leise zurück. »Der Stellvertreter des Papstes in Jerusalem.«

Tom nickte unmerklich. Jetzt verstand er. Der Mann wollte natürlich auch seinen Anteil an dem Kuchen haben.

»Ich bin sicher, ehrwürdiger Patriarch«, sprach der

König feierlich, »es waren einzig deine Gebete, die ihn zu uns geführt haben.« Tom spürte den Sarkasmus, der aus diesen Worten troff, doch im nächsten Moment sprach Balduin ihn an. »So bist du gekommen, um die Gottgegebenheit meiner Herrschaft mit einem Wunder zu bezeugen.«

Es klang wie eine Feststellung, aber die Tatsache, daß Balduin nicht weitersprach, ließ es gleichzeitig eine Frage sein. Eine verteufelt gute dazu.

Und eine, deren Antwort – wenn er den König richtig verstanden hatte – von vorneherein feststand. Festzustehen hatte.

Tom wußte, daß er jetzt keinen Fehler machen durfte. Das war gefährliches Eis, auf das er da unversehens geraten war.

»Ja«, sagte er. Was blieb ihm anderes übrig? Und ehe jemand auf die Idee kommen konnte, er würde das womöglich sofort tun, fügte er schnell hinzu: »Doch noch ist die Zeit dafür nicht gekommen.«

Der König nickte wohlwollend und lehnte sich in seinem Thron zurück. Wiederum wirkte er äußerst zufrieden, und Tom wußte, daß er auch allen Grund dazu hatte. Er hatte sich nach allen Seiten hin bestens abgesichert. Falls er es wirklich mit einem himmlischen Gesandten zu tun hatte, hatte er sich nichts zuschulden kommen lassen, und falls Tom irgendwann als Betrüger entlarvt werden würde, würde dies in erster Linie auf den Patriarchen zurückfallen. Keine Frage, Balduin war wirklich ein verflucht gewiefter Taktiker.

Tom begriff, daß er sich noch mehr in Acht nehmen mußte. Diplomatie war noch nie seine Stärke gewesen.

»Jetzt, da uns eine solch große Gnade widerfahren ist«, rief Balduin, »bleibt nur noch die Frage, wer diesem himmlischen Gesandten sein Haus und Heim zur Verfügung stellt, auf daß er darin wohne und Segen bringe über den Hausherrn, seine Frau, seine Kinder und das gesamte Geschlecht.«

Sofort brach lauter Tumult los. Die herausgeputzten Fürsten, die reichen Bürger und jeder, der über Einfluß oder Vermögen verfügte, biederte sich an, Tom das Gastrecht zu gewähren. Jeder versuchte, den anderen zu überbieten, teilweise mit recht bizarren Argumenten.

Tom blickte skeptisch in die Runde, ohne auf irgendeines der Angebote zu reagieren, und mit Erstaunen registrierte er, daß auch Gundemar inmitten der Leute stand, jedoch ohne sich an dem Tumult zu beteiligen. Er stand einfach nur mit verschränkten Armen und sah mit fast finsterer Miene in seine Richtung. Tom fragte sich, wie ein einfacher Ritter wie er in den Palast kam, doch da ergriff der König, der sich insgeheim an dem Rummel ergötzt zu haben schien, wieder das Wort.

Sofort kehrte Ruhe ein.

Balduin verkündete, daß der göttliche Gesandte natürlich im königlichen Palast wohnen würde. Rings herum machten sich enttäuschte bis abfällige Stimmen breit, und kaum wurde man sich dessen bewußt, pries man um so lautstärker die alles überragende Weisheit des Königs.

Balduin entlohnte Raimond damit, ihn zum Unterbefehlshaber der Königlichen Garde zu erheben, woraufhin es diesem vor lauter Ergriffenheit die Sprache verschlug. Danach fragte der König Tom, ob es nicht seinem Wunsch entspräche, sich so rasch wie möglich in seine Gasträume zurückzuziehen, um in der inneren Einkehr Erholung von den Strapazen der Ankunft auf Erden zu suchen. Im Klartext: Sein Auftritt war beendet.

Tom bejahte nur allzu gern.

Ein Diener brachte ihn aus dem Saal in einen Seitenflügel des weitläufigen Tempelpalastes, der für hochrangige Gäste bestimmt war – in diesem Fall für ihn allein, wie er feststellte, als der Diener sich zurückgezogen hatte und er sich die Räume seines Refugiums genauer besah. Sie hätten einen Vergleich mit einer Luxussuite in einem ›Waldorf Astoria‹ wahrlich nicht zu scheuen brauchen – mit einer Ausnahme: Das Badezimmer fehlte. Auf eine Dusche hatte Tom realistischerweise erst gar nicht zu hoffen gewagt, aber eine Badewanne oder irgendeine vergleichbare Waschgelegenheit hätte es ruhig sein dürfen. Er verspürte nichts mehr als den Wunsch, endlich den Schmutz und Staub loszuwerden, der sich wie eine Kruste über seine Haut gelegt hatte.

Selbst wenn dieser Körper nicht sein eigener war, was blieb ihm schon anderes übrig, als sich an das Motto zu halten, das er sich nach so manch durchzechter Nacht morgens beim Anblick seines Spiegelbildes selbst zugeflüstert hatte: Ich kenn dich zwar nicht, aber – was soll's? – ich wasch' dich trotzdem!

Tom rief nach dem Diener. Erst leise, dann laut. Vergeblich.

Erst als er ein kleines Glöckchen entdeckte und damit klingelte, erschien der Mann so schnell, als hätte er die ganze Zeit hinter dem nächsten Vorhang gelauert. Tom verzog ärgerlich das Gesicht, begriff aber, daß ein Herummäkeln am Zimmerservice in dieser Epoche höchstens dazu geführt hätte, daß man den Kopf des Dieners am nächsten Morgen vor den Toren der Stadt auf einem Pfahl hätte bewundern können.

Er verlangte ein Bad. Ein Wunsch, den der Diener nicht allein bewältigen konnte. Zum einen, weil er kaum Lateinisch sprach, zum anderen schien der Wunsch, sich waschen zu wollen, etwas vollkommen Außergewöhnliches zu sein.

Auch der eilig herbeigeholte Vorgesetzte, ein Mann namens Nador, zeigte sich entsetzt. Aber immerhin sprach er Lateinisch.

»Ein Bad?« rief er und schlug die Hände über dem

Kopf zusammen. »Aber, Herr, wie könnt Ihr einem solch heidnischen Brauch frönen wollen? Ihr, ein Gesandter Gottes? Es gibt feuchte Tücher, falls Ihr Euch ...«

»Weißt du, was du dir mit diesen feuchten Tüchern abwischen kannst?« schrie Tom ihn an – auf Englisch.

Trotzdem schien Nador seine Worte zu verstehen. Er bekreuzigte sich und versprach, das Gewünschte so schnell wie möglich zu besorgen.

Zusammen mit seinem Kollegen verschwand er, und sofort setzte hektisches Treiben ein. Die Operation schien sämtliche Kräfte der königlichen Bediensteten in Anspruch zu nehmen. Nach Stunden fand man im Haus eines genuesischen Kaufmanns schließlich eine große Messingbadewanne und schaffte sie heran. Das Wasser wurde in Eimern herangetragen. Seife zu bekommen, war eine Geschichte für sich, aber dann war schließlich alles beisammen. Tom verscheuchte die Dienerschar, nicht ohne ein Gefühl der Befriedigung. Na also, es ging doch!

Die nächsten Stunden verbrachte er mit der köstlichsten Tätigkeit, die er sich vorstellen konnte: mit geschlossenen Augen in der Wanne liegen, die Kühle des Wassers genießen und ab und zu ein paar Bissen von den gebratenen Hähnchenschenkeln zu sich nehmen, die man ihm auf einem silbernen Tablett gebracht hatte.

Seine Gedanken jedoch kamen nicht zur Ruhe. Sein Versprechen, für den König ein Wunder zu wirken, bereitete ihm dabei weniger Kopfzerbrechen. Seine Kenntnisse aus dem zwanzigsten Jahrhundert würden ausreichen, irgendeinen Zauber abzuziehen, mit dem er die Leute beeindrucken konnte. Es gab da viele Möglichkeiten. Dynamit zum Beispiel. Zu dieser Zeit war es noch nicht erfunden, wenn man China einmal außer acht ließ. Doch China war weit und Marco Polo noch nicht einmal geboren.

Um seine momentane Situation mußte er sich ebenfalls keine Sorgen machen. Einstweilen war er in Sicherheit, wurde fürstlich umsorgt, und wenn er sich dem König gegenüber keine groben Schnitzer leistete, dürfte sich dieser Zustand noch ein paar Tage aufrechterhalten lassen.

Und dann? fragte er sich. Was nach diesen paar Tagen? Was, wenn er in einem Monat immer noch hier war? Oder in einem Jahr? Oder für den Rest seines Lebens?

Die Vorstellung schmerzte. Doch nicht wegen dem Leben, das zu führen er verurteilt gewesen wäre. Hier gab es so viel, von dem er sich immer erträumt hatte, es einmal mit eigenen Augen sehen zu können. Nein, das war schon fast ein Vorrecht. Was das wirklich Schmerzliche war, war der Gedanke an all die Freunde, die er niemals wiedersehen würde. Verwandte, private Freunde, Sutherland und die anderen A.I.M.-Mitarbeiter und ... Gudrun.

Ja, Gudrun. Vor allem sie. Sie in erster Linie!

Er verscheuchte ihr anmutiges, mitunter so unnahbares Gesicht vor seinem geistigen Auge, erhaschte einen anderen Gedankenzipfel und zog ihn zu sich heran. Und kaum hatte er ihn durchdacht, erkannte er, daß seinem Hiersein noch eine viel, viel größere Problematik innewohnte, als er sich bislang bewußt gewesen war.

Denn zweifelsohne war er ein Fremdkörper in dieser Zeit. Etwas, das überhaupt nicht hier sein durfte. Mußte nicht alles, was dieser Fremdkörper tat, unwiderrufliche Auswirkungen auf den Verlauf der Geschichte haben? Angenommen, durch sein Verschulden käme König Balduin ums Leben, Jahre bevor es geschichtlich der Fall gewesen war? Oder durch sein Zutun erreichte er einen Status, der er sonst nicht erreicht hatte? Würde das nicht die komplette Geschichtsschreibung auf den Kopf stellen?

Und – bedurfte es überhaupt solch herausragender Ereignisse?

War nicht bereits, als er Raimond und die anderen vor den Sarazenen gerettet hatte, ein nicht wieder gutzumachender Eingriff in die Geschichte geschehen? Hätten diese Männer jetzt »richtigerweise« nicht alle tot sein müssen? Und veränderte nicht alles, was sie jetzt taten und sonst nicht hätten tun können, ebenfalls die Geschichte? Genau wie das, was die taten, mit denen sie zusammentrafen oder noch würden und die während dieser Zeit eigentlich etwas ganz anderes hätten tun müssen? Etwas, das nun unterblieb und auf alle Einfluß hatte, die davon betroffen waren und die ihrerseits ...?

Stopp, stopp! schrien Toms Gedanken. Ihm wurde schwindlig, als er die Konsequenzen bedachte. Es war eine unendliche Spirale. Schon in spätestens hundert Jahren wäre die gesamte Geschichte weltweit eine komplett andere.

Aber – konnte es unter dieser Voraussetzung überhaupt noch die Zukunft geben, aus der er gekommen war? Und wenn es sie nicht mehr gab, weil er es unmöglich gemacht hatte, wie konnte er dann hier sein, an diesem Ort, in dieser Zeit? Es hätte unter dieser Voraussetzung doch niemals einen Tom Ericson gegeben, der in diese Zeit zurückgereist und die Vergangenheit verändert hatte?

Wäre damit alles wieder beim alten? Oder hatte er eine neue Spirale betreten, und es gab jetzt zwei Vergangenheiten und zwei Zukünfte?

Oder war alles, was er getan hatte und noch tun würde, bereits in der Geschichte enthalten?

Ein hoffungsfroher Gedanke.

Zugleich einer, der leicht nachzuprüfen sein müßte. Denn wenn er stimmte, dürfte es ihm beispielsweise nicht möglich sein, König Balduin zu töten. Denn dann hätte er einen nachprüfbaren geschichtlichen Eingriff vorgenommen.

War, flüsterte ihm ein diabolischer Gedanke ein, es womöglich genau das, was er tun mußte? Mußte er den Geschichtsablauf durchbrechen, um in seine eigene Zeit zurückzukehren? Oder würde dies – wenn man gerade schon bei diesen vom menschlichen Geist sowieso nicht mehr erfaßbaren Dimensionen war – das gesamte Universum zerstören?

Tom bemerkte, daß er sich im Kreis bewegte. Auf einem Kreis, der ihn früher oder später in den Wahnsinn treiben würde.

Er drängte diese Gedanken mit aller Macht beiseite. Egal, was richtig war, es war längst zu spät, einen anderen Weg einschlagen zu wollen. Er schrubbte sich den mittlerweile ausreichend eingeweichten Dreck vom Körper, stieg aus der Wanne und wickelte sich ein Handtuch um die Hüften.

Er selbst fühlte sich nun einigermaßen sauber, aber das hatte nur zur Folge, daß ihm der Gestank, der wie eine unsichtbare Smog-Glocke über der Stadt lag, um so schärfer in die Nase stieg. So etwas wie Müllabfuhr, Kanalisation oder Straßenreinigung gab es hier nicht, und die hohen Temperaturen, die den Verwesungsprozeß beschleunigten, taten das ihre dazu. Langsam verstand Tom, warum es kaum einer für nötig befand, mehr zu tun, als sein Gesicht mit feuchten Tüchern zu betupfen. Den eigenen Gestank nahm man irgendwann nicht mehr wahr, aber er überdeckte dann immer noch weitestgehend den der anderen.

In diesem Moment hörte er es wieder – das Wispern.

Exxon, schien es zu rufen. Ein langgezogenes *Oooohm,* dann wieder etwas wie *Ächzen.*

Tom sah sich um, konnte aber nicht ausmachen, aus welcher Richtung das Wispern kam.

»Wer ist da?« rief er.

Ooohm, klang es noch einmal. Und: *Ächzen.*

Lauschend lief er durch die Räume. Doch da war niemand. Er blieb stehen, stemmte die Arme in die Hüften und erstarrte.

Halt! Da war doch jemand! Dort hinter dem Vorhang! Ein Schatten. Der Schatten einer menschlichen Gestalt, die sich langsam weiterbewegte.

Tom schlich näher und wartete, bis die Gestalt das Ende des Vorhanges erreicht hatte, dann schoß seine Hand vor, ergriff sie am Unterarm und zog sie zu sich heran.

Ein spitzer, erschrockener Aufschrei.

Verblüfft starrte er auf die zierliche Frau, deren Arm er umklammert hielt. Ihr dunkler Teint, ihre mandelbraunen Augen und ihr pechschwarzes, zu einem Zopf zusammengebundenes Haar wiesen sie als Einheimische aus.

»Was machst du hier?« fragte er, mehr ratlos, denn zornig.

»Verzeiht, Herr«, erwiderte sie auf Lateinisch und sah unterwürfig zu Boden. »Ich habe nichts Unredliches im Sinn gehabt. Nador hat mich geschickt, damit ich mich erkundige, ob ihr noch Wünsche habt.«

Tom sah sie forschend an.

»Und du hast nicht nach mir gerufen?«

»Nein, Herr.«

»Und auch nichts gehört? Etwas wie ...« Er ahmte die Laute nach, die er zu hören geglaubt hatte.

»Nein, Herr.«

Er spürte, daß sie nicht log. Und daß sie unter seinem Griff zitterte. Rasch ließ er sie los. Sie sank zu Boden, und er forderte sie auf, wieder aufzustehen.

»Wie ist dein Name?«

»Tabiha, Herr.«

Das war hebräisch und hieß soviel wie ›Gazelle‹, doch das sollte Tom erst später erfahren.

»Nador hat dich also geschickt«, murmelte er nachdenklich. Ob der Vorgesetzte der Dienerschaft Angst hatte, der königliche Gast könne wegen der Wannen-Geschichte unzufrieden sein?

Sie faßte es als Frage auf.

»Ja, Herr. Er trug mir auf, mich nach Euren Wünschen zu erkunden, und jeden zu erfüllen, sofern es in meiner Macht steht.«

»Jeden?« Irgendwo in seinem Innern regte sich etwas.

»Ja, Herr.« Sie schlug den Blick nieder, aber nicht, wie eine Dienerin es tun würde. Sondern wie eine Frau, die genau wußte, was sie wollte.

Tom schluckte trocken. Da war es wieder, das Gefühl, daß er einfach nur ja sagen mußte, um alles zu bekommen, was er wollte. War dieses zarte Geschöpf nicht alles, wonach sein Herz sich jetzt sehnte? Alles, was er brauchte, um nicht den Verstand zu verlieren? Und lagen Paragraphen wie ›Verführung geistig Abhängiger‹ oder Probleme wie AIDS nicht jahrhunderteweit in der Zukunft?

Er streckte die Hand aus, und diesmal ergriff sie sie freiwillig.

Untersteh dich! zischte ihm Gudruns Gedankenbild zu, doch es hatte keinerlei Gewalt über ihn. Das Gefühl von Tabihas warmer Haut unter seinen Fingern war stärker. Und lockender.

»Komm«, sagte er.

Und sie kam. Nicht nur einmal.

Einen Großteil des folgenden Tages verbrachte Tom damit, Fürsten, königliche Verwandte und andere Edelleute zu empfangen. Nador hatte ihm am Morgen eine lange Liste von Leuten präsentiert, die um Audienz beim himmlischen Gesandten nachgesucht hatten. Tom hatte nicht sonderlich viel Lust auf solch protokollarischen Schnickschnack, aber als Nador erwähnte, daß der König sehr begrüßen würde, wenn er das tat – Tom konnte sich schon vorstellen, warum –, hatte er sich einverstanden erklärt. Sein Wohl hing in erster Linie vom König ab. Warum ihm also nicht diesen Gefallen erweisen?

Balduin hatte ihm mehrere kostbare Gewänder zur Verfügung gestellt, aber Tom hatte sich für ein schlichtes weißes Gewand entschieden, das bis zu den Waden reichte und an der Hüfte mit einem Gürtel zusammengehalten wurde. Es konnte nicht schaden, ganz gemäß christlicher Tradition Bescheidenheit an den Tag zu legen. Was ihm aber viel wichtiger gewesen war: Das Gewand war unauffällig genug, um sich damit unter die Leute der Stadt zu mischen, und außerdem verfügte es über eine Kapuze, um sein Gesicht zu verdecken. Er wollte nicht noch einmal in die Hände einer fanatischen Schar Gottesgläubiger geraten.

Die Audienzen gestalteten sich zu einer endlosen Litanei aus Bettelei, Wichtigtuerei und unverhohlenen Versuchen, sich seine Gunst oder gar gleich ein Wunder zu erkaufen. War Tom am Anfang noch neugierig bis amüsiert gewesen, hatte er die Heuchelei bald satt. Er wimmelte die Besucher so schnell und höflich ab, wie es möglich war, ohne sie zu beleidigen, und ließ sich höchstens unverbindliche Zusagen wie ›Mal sehen, was sich machen läßt‹, ›Die Wege des Herrn sind unergründlich‹ oder ›Nichts ist unmöglich‹ entlocken. Oder hätte er ihnen etwa zusichern sollen, daß etwa die verhaßte Ehefrau mit Pest und Aussatz geschlagen wird oder man beim nächsten Überfall auf eine Karawane besonders viel Beute machte?

Irgendwann ließ er die restlichen Besucher auf die

nächsten Tage vertrösten und zog sich in seine Privatgemächer zurück, wo Tabiha schon auf ihn wartete, die seit letzter Nacht seine ganz persönliche Dienerin war, mehr noch: sie war wie ein warmer Lichtstrahl in einer dunklen Welt. Den König hatte er den gesamten Tag lang nicht zu Gesicht bekommen, und irgendwie war er froh darüber.

Dafür sah er überraschenderweise Gundemar wieder, und zwar von der Terrasse aus, die zu den Gasträumen gehörte. Hier hatte er den Abend verbringen und die leichte Brise genießen wollen, die aufgezogen war. Den Gestank konnte sie nicht vertreiben, aber an den hatte er sich mittlerweile fast schon gewöhnt. Wie gesagt: fast. Von der Terrasse konnte man auf einen tieferliegenden Gebäudeflügel hinabsehen, der durch ein eigenes Holztor zugänglich war.

Gerade hatte es sich geöffnet, und ein halbes Dutzend Leute kam herausgeritten. Jeder der Reiter hatte den Kopf kahlgeschoren, jeder trug über seinem Kettenhemd ein weißes Gewand und ein Schwert am Gürtel, jeder zog ein schwerbeladenes Packpferd am Zügel hinter sich her, und einer davon war ganz unzweifelhaft Gundemar.

Tom sah stirnrunzelnd, wie sie aus seiner Sicht verschwanden und sich das Holztor wieder schloß. Er wußte, daß sich auf dem Tempelplateau normalerweise außer der königlichen Garde, zu der jetzt auch Raimond von Besancon gehörte – er hatte ihn am Nachmittag gesehen, war aber schnell vor seinen unermüdlichen Danksagungen geflüchtet –, keine anderen bewaffneten Kräfte aufhalten durften. Er rief Tabiha herbei und fragte, ob sie wüßte, was das für Leute wären.

»Ja, Herr. Eine Laienbruderschaft.«

Die Auskunft überraschte ihn. Soweit er wußte, war das ein Zusammenschluß aus Rittern, von denen keiner geistliche Weihen erhalten hatte. Oder anders ausgedrückt: Wenn ein Ritterorden eine Berufsfeuerwehr war, dann war das so etwas wie eine freiwillige. »Wieso darf sie sich hier aufhalten?«

»Der König hat ihnen den Teil seines Palastes, auf den Ihr hinabblickt, überlassen. Vorher haben sie wohl in einem anderen Teil gewohnt, aber das war, bevor ich hierher gekommen bin.«

Tom war erstaunt. Wieso sollte der König einer einfachen Laienbruderschaft einen Teil seines Palastes überlassen?

»Es steht mir nicht zu, mir darüber Gedanken zu machen«, antwortete sie, als er sie danach fragte. »Aber es gibt Gerüchte, sie wären im Besitz eines Schreibens von Bernhard von Clairvaux, das sie unter seinen Schutz stellt. Und andere sagen, es stamme sogar vom Heiligen Vater höchstpersönlich. Der König soll nicht erfreut darüber sein, aber ihm sind die Hände gebunden.«

»Das kann ich mir lebhaft vorstellen«, sagte Tom. Und zwar beides. Er schenkte ihr ein Lächeln. Für jemanden, der sich darüber keine Gedanken machte, wußte sie eine ganze Menge. »Weißt du, was diese Bruderschaft hier macht? Ich meine, weswegen sind sie hier?«

»Sie graben.«

»Graben?« Hatte er da eben zwei Vokabeln durcheinandergebracht, oder hatte sie wirklich gesagt ...?

»Ja, Herr. Jedenfalls nimmt man das an. Denn bevor sie in diesen Flügel gezogen sind, haben sie das schon an anderer Stelle getan. Kommt, ich zeige es Euch.« Sie führte ihn in einen Raum, von dessen Fenstern aus man die gegenüberliegende Seite des Plateaus überblicken konnte. Sie deutete zu einigen halbzerfallenen Mauern, die Tom schon gesehen hatte, als er mit Raimond hier angekommen war. »Diese Mauern dort haben sie ausgegraben. Man sagt, es seien die Pferdeställe des Königs Salomon. Selbst der Patriarch hat das bestätigt.«

Der Patriarch, dachte Tom, *natürlich!* Der durfte nirgends fehlen. Aber ein anderer Gedanke war weitaus stärker, einer, der seinen archäologisches Interesse weckte: die Ställe Salomons. Als solche waren sie fast ein Jahrtausend lang bekannt gewesen, bevor sich im zwanzigsten Jahrhundert erwiesen hatte, daß sie erst weit nach Salomon errichtet worden waren. Er hätte nie daran gedacht, hier auf die Männer zu treffen, die sie einst freigelegt hatten.

»Könnt Ihr mir sagen, Herr«, fragte Tabiha, »wie Männer mit gesundem Verstand auf die Idee kommen können, alte Mauern auszugraben?«

Tom sah sie an.

Ein schönes Kompliment, das sie ihm da, ohne es zu wissen, gemacht hatte. Als Archäologe hatte er viele Jahre nichts anderes getan.

»Von diesen Pferdeställen leitet sich wohl auch der Name ab, den sich diese Bruderschaft gegeben hat«, sagte sie. »Bruderschaft vom Salomonischen Tempel.«

Tom faßte sie so plötzlich an den Schultern, daß sie erschrak.

»Was hast du da eben gesagt? Die *Bruderschaft vom Salomonischen Tempel*?«

»Ja, Herr, ganz recht.«

Toms Atem beschleunigte sich. Das waren Tempelritter! Die Templer. Diejenigen, die einst – wie ihm siedendheiß bewußt wurde – den Heiligen Gral bewacht haben sollten! Und nun traf er ausgerechnet hier auf sie.

Bloßer Zufall? Oder war es seine – er zögerte – ›Bestimmung‹ gewesen, auf sie zu stoßen? Hatte ihn die Traumzeitreise, auf die der alte Schamane ihn mitgenommen hatte, deshalb ausgerechnet hierher geführt?

Aber halt! Da stimmte etwas nicht. Die Templer waren ein großer Orden gewesen und keine Laienbruderschaft. Er fragte Tabiha, ob diese Rittern vielleicht nur Abgesandte wären, aber sie verneinte. Und auch von einem großen Orden gleichen Namens wußte sie nichts.

Tom begriff, daß der Fehler womöglich auf seiner Seite lag. Er versuchte sich zu erinnern, wann der Templer-Orden gegründet worden war. Er wußte, daß er es sich einmal gemerkt hatte, aber offenbar war diese Information nur vorübergehend in seinem Kurzzeitgedächtnis abgespeichert gewesen.

Oder – fragte er sich besorgt – würde er, je länger er in dieser Zeit blieb, immer mehr von seinem Wissen verlieren? Eine erschreckende Vorstellung.

»Was habt Ihr, Herr?« fragte Tabiha besorgt. »Habe ich etwas Falsches gesagt?«

»Nein.« Er riß sich aus seinen Gedanken los und strich ihr beruhigend über das seidene Haar. »Ganz im Gegenteil. Du hast mir sehr geholfen.« Er überlegte kurz. Es gab wahrscheinlich nur eine Möglichkeit, mehr herauszufinden. »Ich schätze, ich werde ihnen mal einen Besuch abstatten. Du wartest solange.«

»Sie werden Euch nicht hereinlassen. Man sagt, sie hätten sogar dem Patriarchen und dem König den Eintritt verwehrt.«

»Abwarten«, meinte er siegesgewiß. »Vergiß nicht, ich bin schließlich der himmlische Gesandte.«

Seltsam, selbst das schien Tabiha nicht zu überzeugen.

Er kümmerte sich nicht darum, sondern verließ die Gasträume und begab sich in den Vorhof. Es war vielleicht nicht klug, so direkt aufs Ziel zuzugehen, aber jetzt, da sein Interesse geweckt war, war er bereit, es darauf ankommen zu lassen.

Laut pochte er gegen die hölzerne Pforte. Einmal, zweimal, dreimal ... Es dauerte, ehe sich jemand meldete.

»Wer ist da?« klang es dumpf durch das dicke Holz. Auf Lateinisch.

Ganz so ungebildet war diese Laienbruderschaft also nicht.

»Ich bin es. Der himmlische Gesandte. Derjenige, den sie den Heiligen Thomas nennen.«

»Was wollt Ihr?«

Die Frage überraschte Tom. Er hatte erwartet, daß ihm unverzüglich geöffnet werden würde und sich alles andere danach ergab. Na schön, wenn der Mann es deutlicher haben wollte.

»Ich begehre Einlaß.«

»Den kann ich euch nicht gestatten«, lautete die Antwort.

»Warum nicht?«

»Weil die Gebote, die sich unsere Bruderschaft auferlegt hat, es nicht gestatten.«

Mit anderen Worten: weil wir es nun mal so wollen. Tom atmete tief durch. Legte es denn jedermann in diesem Zeitalter darauf an, daß er erst auf seine Autorität pochte?

»Weißt du nicht, mit wem du spricht?«

»Das weiß ich sehr wohl. Ihr seid der himmlische Gesandte. Und ich weiß wohl, daß Euch kein irdisches Tor aufzuhalten vermag und ein Wort von Euch ausreicht, mich zu verzehren.«

»Na also«, knurrte Tom, »und warum machst du dann nicht auf?«

»Aber das entbindet mich nicht von dem Gelübde, das ich abgelegt habe. Dem Gelübde, die Regeln der Bruderschaft zu achten und zu befolgen. Wenn es also mein Schicksal ist, daß Euer Zorn mich treffen sollte, dann muß ich es hinnehmen.«

Tom begriff, daß es keinen Sinn hatte, den Mann überreden zu wollen. Jedes weitere Wort hätte ihn nur lächerlich gemacht.

Ernüchtert kehrte er in seine Räume zurück.

»Ich habe es Euch gesagt, Herr«, empfing Tabiha ihn demütig. »Sie lassen niemanden zu sich.«

»Abwarten.« Grimmige Entschlossenheit schwang in seiner Stimme mit. So leicht würde er nicht aufgeben. Er mußte nur warten, bis die Männer zurückkamen oder ein anderes Mal ihr Quartier verließen.

»Sie lehnen es sogar ab, ihre Pferde von den Stallburschen des Königs pflegen zu lassen«, sagte Tabiha. »Wenn Ihr etwas erreichen wollt, solltet Ihr Euch an die Vorsteher halten. Es sind die beiden Männer, die schwarze Gewänder tragen. Man sagt, es seien gelehrte Männer aus dem fernen Frankenreich.«

»Kennst du ihre Namen?« fragte er, und ihre Antwort ließ ihn abermals erstarren. Er mochte vielleicht nicht sonderlich gut darin sein, sich Jahreszahlen zu merken, aber diese Namen wußte er sofort einzuordnen. *Hugo de Champagne* und *Hugo de Payens*.

Die beiden Gründer des Templer-Ordens!

Jetzt gab es keinen Zweifel mehr. Diese Männer *waren* Templer, nur – sie hatten ihren Orden noch nicht gegründet. Momentan waren sie nur eine Laienbruderschaft. Allerdings eine, die schon jetzt über Einfluß zu verfügen schien.

Tom hatte das Gefühl, das große Bild, das sich hinter all diesem – den Templern, seinem Hiersein, dem Gral, der Bundeslade – verbarg, zum Greifen nahe vor sich zu haben, aber er schaffte es nicht, es zu sich heranzuziehen. Die nächsten Stunden verbrachte er damit, auf der Terrasse auf die Rückkehr der Ritter zu warten, allein mit seinen Gedanken und einer Karaffe schweren Weins. Er merkte, daß er ihm recht schnell zu Kopf stieg. Der Körper, in dem er steckte, schien Alkohol nicht gewöhnt zu sein.

Er nutzte die Stunden auch dazu, sich zu überlegen, wie er sich am besten seiner Haut erwehren konnte.

Schließlich wollte er sich nicht ewig hier im Palast verkriechen.

Es hatte wenig Zweck, sich mit einem Schwert zu bewaffnen. Das hätte zwar schön in die Zeit gepaßt, aber er wäre geübteren Männern – und das waren hier so gut wie alle – hoffnungslos unterlegen gewesen und hätte sich höchstens selbst ein Bein abgeschlagen. Nein, er brauchte etwas anderes. Auf einem Stück Papier fertigte er eine Liste von Dingen an, die er dazu benötigte. Und die Zeit und die Gegend, der er sich befand, legten ihm so manche Einschränkung auf.

Schließlich rief er Tabiha herbei, und als sie bestätigte, daß sie lesen könne, reichte er ihr das Papier.

»Hier, kannst du veranlassen, daß mir das besorgt wird?«

»Fünfzig Meter dünne Schnur, drei Stangen Siegelwachs, einen Krug Salpeter . . .«, begann sie zu lesen, und als sie fertig war, nickte sie. »Ja, ich denke schon.« Und sofort fügte sie eifrig hinzu. »Jetzt gleich?«

»Nein, das hat Zeit bis morgen.«

An diesem Abend tat sich in dem Gebäudeteil der Templer nichts mehr. Irgendwann ließ ihn der Wein sein Bett suchen, und mit Tabiha in den Armen schlief er ein.

Zwei, drei Stunden später kehrten die Templer zurück, aber das entfernte Hufgeklapper vermochte ihn nicht zu wecken.

Echsen, klang es durch seinen traumlosen Schlaf. Drängend, wie eine Warnung, und ein paarmal wälzte er sich unruhig herum. *Echsen.*

Am nächsten Morgen allerdings konnte er sich nicht mehr daran erinnern.

Tom machte Nador klar, daß er heute keine Lust habe, irgend jemanden zu empfangen. Höchstens den König höchstpersönlich. Der Chef der Dienerschaft wies ihn darauf hin, daß unter denen, die um eine Audienz gebeten hatten, auch der Patriarch sei. Er wolle mit dem himmlischen Gesandten einige Punkte des Glaubens erörtern. Tom seufzte. Wenn er zu etwas überhaupt keinen Drang verspürte, dann war es das. Er trug Nador auf, dem Patriarchen auszurichten, daß es ihm leid tue, ihn noch nicht sehen zu können, und reimte schnell ein paar pseudo-religiöse Erklärungen – innere Einkehr, Buße und so weiter – zusammen.

Die Männer der Laienbruderschaft ließen sich den gesamten Tag nicht sehen. Tabiha erklärte, daß das durchaus normal sei; manchmal sähe oder höre man tagelang nicht von ihnen. Einmal ging er hinunter und pochte gegen das Tor, doch niemand antwortete ihm. Entweder war niemand da, oder man wollte ihm nicht öffnen.

Daß ihm die Zeit dennoch nicht lang wurde, lag daran, daß er die gewünschten Gegenstände erhielt. Die wichtigsten davon waren Salpeter, Schwefel, Holzkohle, alle Zutaten, die man für Schießpulver brauchte. Er mußte etwas herumprobieren, bis er das richtige Mischungsverhältnis herausgefunden hatte und auch die Brenndauer der selbstgefertigten Zündschnüre richtig einzuschätzen wußte. Die übrigen Dinge dienten dazu, das Schießpulver in schmale Stangen aus Papier, fest umwickelt mit Schnur und mit Wachs versiegelt, zu füllen und mit einer fingerlangen Zündschnur zu versehen.

Am Nachmittag hatte er zwölf davon fertig, und er verband sie mit den Bolzen der Armbrust, die er sich ebenfalls hatte bringen lassen. Es war keine große, schwere Ausführung, die man an die Schulter legte, sondern eine kleine, die man mit einer Hand benutzte. Er mußte ihren Aufbau etwas verändern, um die mit den Sprengstangen versehen Bolzen abschießen zu können, dann war es geschafft.

Zufrieden betrachtete er sein Werk. Eine Handfeuerwaffe im wahrsten Wortsinne.

Eine große Reichweite oder Zielgenauigkeit durfte sie nicht haben, aber in diesem Zeitalter reichte sie bestimmt aus, jedem Gegner Respekt einzuflößen, sofern der Tom die Zeit gab, die Zündschnur zu entzünden und abzudrücken.

Die Zündschnur entzünden! Tom schlug sich mit der flachen Hand gegen die Stirn. Richtig, wie hatte er das nur übersehen können? So etwas wie Streichhölzer oder Feuerzeuge gab es noch nicht. Und er konnte nicht damit rechnen, ständig eine Fackel oder Kerze griffbereit zu haben. Er seufzte. Woraus bestanden Streichholzzündköpfe doch noch gleich? Kaliumchlorat, Kaliumchromat, Schwefel ... soviel wußte er. Und dann? Ihm würde wohl nichts anderes übrig bleiben, als herumzuexperimentieren.

Wie es aussah, hätte er lieber Chemie studieren sollen.

»Was ist das, Herr?« fragte Tabiha, die neben ihn getreten war und auf die Bolzen deutete. »Was habt Ihr da gemacht?«

»Etwas, das du niemals anrühren darfst, wenn du nicht ein furchtbares Unglück heraufbeschwören willst«, schärfte er ihr ein. »Denn diesen Hülsen wohnt die Kraft der Vernichtung inne. Und auch niemand anders darf sie berühren.«

»Ich werde es nicht vergessen«, antwortete sie.

Tom nickte zufrieden.

Er hatte keinerlei Bedenken, daß sie sich nicht strikt daran halten würde. Er schenkte ihr ein Lächeln und ertappte sich bei dem Gedanken, ob nicht sie allein es wert wäre, in dieser Zeit zu bleiben. Bei ihr fand er all das, was Gudrun ihm nicht gab oder zu geben bereit war: Wärme, Zärtlichkeit, Vertrauen, Anschmiegsamkeit, Respekt und – Liebe?

Die Templer verließen ihre Unterkunft am Nachmittag des nächsten Tages, und wie immer, wenn etwas Wichtiges geschah, ereignete es sich ausgerechnet dann, wenn man gerade unter der Dusche stand oder wie Tom in der Badewanne lag.

»Herr! Herr!« Tabiha kam aufgeregt herbeigelaufen. »Kommt schnell! Sie verlassen den Palast.«

Er brauchte einen Moment, um zu begreifen, was sie meinte, dann sprang er aus der Wanne, rutschte auf den glatten Fliesen aus und knallte mit wenig himmlischer Eleganz auf den Boden. Fluchend rappelte er sich wieder auf und band sich das große Handtuch um, das Tabiha ihm reichte.

Als er auf die Terrasse kam, wurde das Tor gerade wieder zugezogen, und die Männer ritten los. Wieder zog jeder Reiter ein Packpferd hinter sich her. Verdammt, er mußte sich beeilen, wenn er sie nicht aus den Augen verlieren wollte. Er trocknete sich flüchtig ab und schlüpfte in sein Gewand und die Sandalen.

»Die Männer reiten meist durch das Osttor«, sagte Tabiha, während er die Armbrust, einige Bolzen und selbstgefertigte Streichhölzer einsteckte, und deutete auf die Höhenzüge im Hintergrund. »Und wenn sie Packpferde dabei haben, nehmen sie die Weg dort hinauf.«

»Du bist ein Schatz«, rief er auf Englisch, und damit sie ihn trotzdem verstand, drückte er ihr einen Kuß auf die Stirn, bevor er seine Gemächer verließ.

Raimond von Besancon, mit dem er sich tags zuvor abgesprochen hatte, stellte ihm gerne ein Pferd zur Verfügung, und kurz darauf ritt er vom Tempelareal. Die tief ins Gesicht gezogene Kapuze verhinderte, daß ihn jemand erkannte. Unbelästigt verließ er die Stadt.

Ohne Tabihas Hilfe hätte er die Ritter nie wiedergefunden, aber so mußte er nur in die von ihr angegebene Richtung zu reiten, und irgendwann tauchten sie vor ihm auf. Schnell ließ er sich wieder zurückfallen, gerade soweit, daß er stets außer Sichtweite blieb, ihre Spur aber nie verlor.

Obwohl die größte Hitze des Tages bereits vorüber war, ließen ihn die Sonne und der Staub schnell durstig werden, und er ärgerte sich, kein Wasser mitgenommen zu haben. Ein Fehler, der in der Wüste schnell dramatische Folgen haben konnte. Er tröstete sich damit, daß er ohnehin nicht vorhatte, die Männer länger als ein paar Stunden zu verfolgen, höchstens solange, daß er bei Einbruch der Dunkelheit wieder zurück in Jerusalem sein konnte. Wenn er bis dahin nicht erfahren hatte, was die Männer wohin brachten, würde er ergebnislos umkehren müssen.

Doch dazu kam es nicht. Nach zwei oder drei Stunden – Tom war auf Schätzungen angewiesen – sah er, wie die Männer in der Schlucht vor ihm die Packpferde entluden. Aus der Entfernung konnte er nicht erkennen, was sich in den Tragetaschen befand, aber er sah, daß sie den Inhalt einfach ausschütteten.

Als sie zu ihm zurückkamen, verbarg er sich mit seinem Pferd hinter einem großen Felsen. Erst nachdem das Hufgeklapper der anderen vorbeigezogen war, wagte er sich wieder hervor, und keine zwei Minuten später betrachtete er aus der Nähe, was die Männer abgeladen hatten.

Gesteinstrümmer.

So viele, daß es nicht die erste Fuhre sein konnte, die sie hergebracht hatten. Eher die hundertste. Tom ließ seinen Blick umherschweifen, und das ein oder andere Mal hob er ein Stück auf und betrachtete es genauer. Für einen unbedarften Menschen wären es nur langweilige Trümmerstücke gewesen, aber zufälligerweise war er Experte, was langweilige Trümmerstücke betraf. Und sein geübtes Auge erkannte sofort die künstlich behauenen Stellen, die an manchen Stücken vorhanden waren.

Die Schlußfolgerung war einfach: Die Templer gruben sich durch etwas von Menschenhand Geschaffenes. Doch was ...?

Die Tempelplattform! erkannte er. Sie gruben sich durch die Tempelplattform, dieses aus riesigen Quadern bestehende Fundament, das einst von König Salomon für seinen Tempel errichtet worden war, von dem selbst ebensowenig etwas übrig geblieben ist wie von seinem legendären Palast.

Aber *wonach* suchten sie?

Er wußte, daß er hier keine Antwort darauf erhalten würde. Daß man die Trümmer bis hierher schaffte, verriet immerhin, daß sie niemand wissen lassen wollten, wonach sie gruben.

Es war Zeit, nach Jerusalem zurückzukehren, doch zuvor wollte er noch seine Waffe ausprobieren. Das war genau der richtige Ort dazu.

Sein selbstgebasteltes Zündholz ließ sich anstandslos anreiben, und auch die Zündschnur brannte sofort, als er es an ihr Ende hielt. Sofort hob er den Arm, zielte halbhoch in die Schlucht hinein und drückte ab.

Der Bolzen beschrieb einen Halbkreis, fünfzig, sechzig Meter weit – sehr viel weiter, als er es angenommen hatte –, und kaum hatte er den Boden berührt, detonierte er mit lautem Krachen.

Sein Pferd scheute im selben Moment und ging wiehernd auf die Hinterhufe, und er beglückwünschte sich, es an einem Strauch angebunden zu haben. Sonst hätte er den Rückweg zu Fuß antreten müssen. Nach einer

Minute hatte er es wieder beruhigt, und zufrieden, daß seine Waffe so funktionierte, wie er es sich erhofft hatte, machte er sich auf den Rückweg.

Die Dunkelheit hatte sich bereits über die Stadt gelegt, als er in seine Gemächer zurückkehrte. Dort wartete jemand auf ihn, den er dort nicht anzutreffen gedacht hätte.

Gundemar.

»Ich konnte nichts machen, Herr«, kam ihm Tabiha verzweifelt entgegen. »Er kam vor ein paar Minuten und hat darauf bestanden, hier auf Euch zu warten. Er sagte, er sei sicher, daß Ihr bald kämt. Soll ich die Garde rufen?«

»Nein, schon gut.« Er sah den Templer an. »Was wünschst du?«

»Ihr wolltet mit uns sprechen. Kommt!«

»Jetzt gleich?«

»Jetzt gleich.«

Das Angebot kam einigermaßen überraschend. Aber warum nicht? Schließlich war er mit der Armbrust unter seinem Gewand nicht ganz hilflos.

»Gut. Dann laßt uns gehen.«

Sie begaben sich hinunter zum Holztor. Gundemar klopfte, und obwohl er kein abgesprochenes Klopfzeichen zu benutzen schien, wurde ihnen unverzüglich geöffnet. Ein zweiter Laienbruder, ebenfalls mit Glatze, Bart und einem weißen Gewand, öffnete ihnen und führte sie weiter ins Gebäude hinein.

Sie begegneten ein paar weiteren Ordensbrüdern, dann kamen sie in einen Raum, wo zwei weitere Männer auf sie warteten. Im Gegensatz zu den anderen trugen sie schwarze Umhänge, und auch ihr Haupthaar war nicht geschoren, sondern fiel ihnen bis auf die Schultern herab. Bei einem war es voll und schwarz, beim anderen war es bereits ergraut, und die Stirn war etwas licht geworden. Tom wußte sofort, um wen es sich handelte. Er straffte sich. Er war sich bewußt, daß dies ein wahrhaft historischer Augenblick war, aber natürlich konnten die anderen nichts davon wissen. Gundemar und die anderen verließen den Raum, und er blieb allein mit den beiden zurück.

»Hugo de Champagne und Hugo de Payens, nehme ich an«, sagte Tom. Am besten, er bestimmte den Gesprächsverlauf.

»Das hat man Euch richtig berichtet«, sagte der jüngere von beiden. Er gab sich als de Payens zu erkennen. Leider schien er von Toms Eröffnung nicht im mindesten beeindruckt. »Unsere Brüder, die heute ausgeritten sind, haben gesagt, daß Ihr sie verfolgt hättet. Darf ich fragen, was Euer Begehr ist?«

Also hatte man ihn doch bemerkt. Er überlegte. Was sollte er antworten? Er konnte ja schlecht sagen: He, Jungs, ihr werdet's nicht für möglich halten, aber ich hab' genau den gleichen Job wie ihr! Ich bin auch Archäologe und nur mal vorbeigekommen, um ein bißchen zu fachsimpeln.

»Es freut mich, den berühmten Begründern eines so großen und mächtigen Ordens zu begegnen«, sagte er. Es dürfte das Beste sein, so zu beginnen und sich nicht davon irritieren zu lassen, daß die beiden Männer einen vielsagenden Blick tauschten. »Ich darf euch mein Wohlgefallen zusichern.«

»Das freut uns. Man sagt, Ihr seiet ein Himmlischer Gesandter. Seid Ihr wirklich aus dem Himmel gekommen?«

»Nun ... irgendwie schon. Gewissermaßen bin ich direkt vom Himmel in diese Zeit gefallen.«

»Warum seid Ihr an uns interessiert? Wir sind doch nur eine einfache Laienbruderschaft.«

»Ja.« Er lächelte. »So einfach, daß sowohl der Papst als auch der Heilige Bernhard Eure Mission unterstützt?«

»Der Heilige Bernhard?« fragte de Payens verwundert.

»Er meint unseren Bruder Bernhard de Clairvaux«, erkannte de Champagne und meinte amüsiert: »Allerdings muß uns vollkommen entgangen sein, daß er inzwischen heilig gesprochen worden ist.« Er wurde wieder ernst. »Obgleich, wenn unsere Mission erfolgreich ist, wird man das bestimmt tun.«

»Wonach sucht Ihr?« sprudelte es aus Tom heraus. »Was ist dort unten in der Tempelplattform verborgen?«

Die beiden Männer zuckten unmerklich zusammen. Die Bestätigung, daß er ins Schwarze getroffen hatte.

»Ein Spion des Papstes oder Königs könnt Ihr kaum sein«, sagte de Payens, ohne eine Antwort zu geben. »Bruder Gundemar hat uns von den Umständen Eures Auftauchens berichtet. Ein einfacher Mensch könnt Ihr nicht sein. Wer also seid Ihr?«

»Trotz allem nur ein normaler Mensch.«

Die beiden nickten, augenscheinlich zufrieden.

»Ihr habt uns noch nicht gesagt, *warum* Ihr uns aufgesucht habt«, erinnerte de Champagne.

»Ehrlich gesagt, das weiß ich nicht genau«, bekannte Tom wahrheitsgemäß. Seltsam, eigentlich müßte er ihnen mit seinem modernen Wissen himmelhoch überlegen sein, aber er empfand das genaue Gegenteil. Diese beiden Männer verfügten über etwas, das nur schwer in Worte zu kleiden war. Weisheit, wenn man so wollte, und zwar in einem Maße, wie es ihm nur bei ganz wenigen Menschen begegnet war. Beispielsweise bei Paldan Manjushi, dem tibetanischen Lama oder dem Atlanter Gwadain. Das machte ihn unsicher, ließ ihn aber auch Vertrauen fassen. »Ich vermute jedoch, daß das, wonach Ihr sucht, mir helfen könnte, es herauszufinden.« Er machte eine abwehrende Geste. »Damit keine Mißverständnisse aufkommen: Ich will Euch nichts wegnehmen. Mir geht es einzig und allein um Wissen.«

»Wissen«, sagte de Champagne andächtig. »Das erstrebenswerteste Gut, das es auf Erden gibt.«

»Es soll durchaus kein einseitiger Handel sein. Ich glaube, beide Seiten könnten viel voneinander lernen.«

»Was gibt es, das wir einen himmlischen Gesandten wie Euch lehren könnten?«

»Die Vergangenheit.«

»Und worüber sollten wir etwas von Euch lernen?«

»Die Zukunft.«

Er wußte, daß er sich auf gefährliches Terrain begab. Er durfte niemandem etwas über zukünftige Geschehen offenbaren. Jedenfalls nicht deutlich. Denn wenn er das tat, lief er Gefahr, dadurch die Zukunft zu verändern. Aber das war sein einziger Trumpf, die Männer zu einer Zusammenarbeit zu bewegen. Er wußte, daß kein blinder Eifer oder unsinniges Gelübde dafür verantwortlich war, sondern die Größe des Geheimnisses. Und das machte ihn nur um so neugieriger.

»Wir werden uns mit unseren Brüdern beraten, was wir von Euren Worten zu halten haben. Wir bitten Euch, hier auf unsere Entscheidung zu warten.«

Tom blieb gar nichts anderes übrig. Die beiden Männer begaben sich nach nebenan, wo die anderen auf sie warteten. Kaum hatte sich die hölzerne Tür geschlossen, schlich Tom dorthin. Durch die winzigen Ritzen zwischen den Brettern sah er, wie sich die Männer zu beraten begannen. Es waren insgesamt neun, soweit er erkennen konnte. Mehr Mitglieder schien die Bruderschaft nicht zu umfassen.

Der Raum besaß noch einen zweiten Ausgang. Zu Toms Überraschung war die Tür nicht abgeschlossen, und auf dem Korridor davor war niemand zu sehen. Er wußte, daß er hierbleiben und das Ende der Unterredung abwarten sollte, aber die Verlockung, sich ein wenig umzusehen, solange die Templer beschäftigt waren, war schier übermächtig. Vielleicht würde er nie wieder eine Chance wie diese erhalten.

Das gab den Ausschlag. Er schlüpfte hinaus auf den Korridor und orientierte sich an den Anzeichen, die ihm die Richtung zur Ausgrabungsstelle so deutlich wie Wegweiser zeigten: der feine Sand auf dem gefliesten Boden oder die Werkzeuge, die an die Wand gelehnt standen. Ihnen folgend, erreichte er eine kleine Halle, deren Marmorboden aufgemeißelt war.

Daneben türmte sich ein meterhoher Schutthaufen auf, mit den gleichen Trümmerstücken, wie Tom sie in der Schlucht gefunden hatte.

Eine Holzleiter führte in die Grube hinein. Es sah dunkel aus dort unten, und so er nahm eine Fackel von der Wand, bevor er hinabstieg. Die Grube war fünf oder sechs Meter tief, reichte bis unter das Palastfundament und weiter hinein in die Monolithen der darunterliegenden Tempelplattform.

Der Stollen, der sich anschloß, führte schräg abwärts und war hoch genug, daß Tom kaum den Kopf einzuziehen brauchte. Zwanzig, dreißig Meter weiter endete das künstliche Tempelfundament, doch die Templer hatten den Stollen auch durch das natürliche Gestein des Tempelberges weitergetrieben.

Und, als hätten sie es genau gewußt, stieß er wenig später wieder in künstliche Quader hinein.

Tom erreichte einen schmalen Durchbruch, und als er hindurchgestiegen war, präsentierte sich seinen erstaunten Augen ein schmaler Treppengang, der noch von den ursprünglichen Erbauern stammen mußte. An den Wanden reichhaltige Ornamente und hebräische Schriftzeichen. Zu dumm, daß er der Sprache nicht mächtig war. Jetzt hätte Valerie hier sein müssen.

Noch oben hin endete der Treppengang nach wenigen Metern vor einer massiven Steinwand, daher nahm Tom den Weg, den offenbar auch die Templer eingeschlagen hatten: nach unten.

Mit keinem Gedanken dachte er daran, daß er schon viel länger als beabsichtigt unterwegs war. Was er sah, zog ihn ganz und gar in den Bann. Es war bewundernswert, was die Templer mit ihren primitiven Werkzeugen vollbracht hatten. Kein Wunder, daß sie bereits seit Jahren gruben. Allein der Gedanke, *in* der riesigen Plattform nach verborgenen Räumen zu suchen, war genial.

Der Treppengang machte ein paar rechtwinklige Knicke und endete urplötzlich vor einer massiven Wand aus Granit.

Sackgasse!

Tom begriff, daß er seine Hoffnungen zu hoch geschraubt hatte. Die Templer hatten ihr Ziel noch nicht erreicht. Aber gleichzeitig spürte er, daß sie unmittelbar davor standen. Er war schon mehrfach auf ähnliche, meist meterdicke Wände gestoßen, und fast immer hatte sich dahinter etwas Wichtiges verborgen.

Und wieder fragte er sich: Was war es in diesem Fall? Was, das wichtig genug war, um jahrelang danach zu graben? Ob die Schriftzeichen auf den Wänden näheren Aufschluß gaben? Die Templer mußten sie bestimmt längst übersetzt haben.

Ein Räuspern ließ ihn herumfahren.

Wenn man vom Teufel sprach ... Hinter ihm im Gang standen die Templer. Alle neun. Ganz vorne die beiden Vorsteher, und in ihren Mienen spiegelte sich Zorn und Enttäuschung.

»Ihr habt genau gewußt, wo Ihr zu suchen hattet?« Tom schien ihre brennenden Blicke nicht zu bemerken, und ebensowenig hatte er das Gefühl, bei etwas Unerlaubtem ertappt worden zu sein. Diese Umgebung, die unmittelbare Nähe großer Geheimnisse, machte ihn fast trunken. »Das habt ihr doch, nicht wahr?«

»Ja«, bestätigte de Payens unbewegt. »Zuerst haben wir an einer falschen Stelle gesucht und sind auf die Pferdeställe gestoßen, aber dann erkannten wir, wo wir suchen mußten.«

»Ich habe es gewußt!« Tom schnippte mit den Fingern, wandte sich der Wand zu und strich ehrfürchtig darüber.

»Euch ist doch klar, daß wir Euch, nachdem Ihr dies gesehen habt, nicht mehr gehen lassen können«, erreichte ihn die Stimme Hugo de Payens'. Es klang bedauernd, aber auch, als wäre es ihm todernst. »Es würde unsere Mission und alles, was wir bisher erreicht haben, gefährden.«

Tom drehte sich zu den Männern um.

»Wie bitte?« machte er. Seltsamerweise hatte er in keinster Weise das Gefühl einer Bedrohung. Im Gegenteil, er spürte beinahe Heiterkeit. »Ihr wollt mich umbringen? Mich, einen himmlischen Gesandten?«

»Ihr sagtet selbst, Ihr wäret nur ein Mensch.«

»Ganz recht.« Er grinste, und zwar auf eine Art, von der Gudrun einmal stichelnd behauptet hatte, er hätte sie sich von einem hawaiianischem Fernsehdetektiv abgeguckt. Doch das hatte für seinen alten, seinen *eigenen* Körper gegolten. Mit diesem wirkte es wahrscheinlich wie ein Zähnefletschen. »Und zwar haargenau *der*, den ihr braucht, um Eure Mission zu beenden!«

Die beiden Vorsteher tauschten einen überraschten Blick.

»Ihr?« sagte de Payens. »Wie wollt Ihr das bewerkstelligen?«

Tom grinste noch immer.

»Das werdet ihr sehen.«

Tom rannte, was seine Beine hergaben, während sich hinter ihm die Zündschnüre funkensprühend in die Felslücke fraßen.

»In Deckung!« schrie er, als er die Gangbiegung erreicht hatte, wo die Templer auf ihn warteten. Er hatte mehrere Sprengpatronen gekoppelt und wußte nicht, wie stark die Wirkung sein würde.

Ohrenbetäubend laut brandete die Detonation durch den Treppengang. Mit winziger Verzögerung folgte eine dichte Staubwolke, und die Druckwelle hätte beinahe die Fackeln zum Erlöschen gebracht. Vereinzeltes Husten wurde laut.

»Großer Gott!« rief de Payens. »Was bei allen göttlichen Mächten war das?«

Lächelnd löste Tom sich aus der Deckung.

»Die Kraft des Wissens«, antwortete er. »Und die Nutzung göttlicher Naturgesetze.«

Als sich die aufgewirbelten Staubschwaden gelegt hatten, war zu erkennen, daß die Explosion mehrere faustgroße Stücke aus dem Block herausgesprengt hatte, und rund um den geschwärzten Spalt durchzogen armlange Risse das Gestein. Die Wirkung der Sprengpatronen war nicht so stark gewesen, wie Tom gehofft hatte, aber dennoch war er zufrieden.

»Das ist höchst erstaunlich«, sagte de Payens beeindruckt. »Könnt Ihr uns beibringen, wie man so etwas bewerkstelligt?«

»Nein«, erwiderte Tom. Er konnte die Erfindung des Schießpulvers nicht ein knappes Jahrhundert früher stattfinden lassen. »Das *darf* ich nicht. Aber ich kann genügend davon fertigen, um den Block zu durchbrechen. Und den nächsten, wenn es sein muß!«

Die Vorsteher berieten sich kurz, dann sprach de Payens:

»Vielleicht besteht Eure göttliche Bestimmung tatsächlich darin, mit uns zusammengetroffen zu sein. Wir haben beschlossen, Euch unbefristetes Besuchsrecht zu gewähren.«

Tom lächelte. Das hieß wohl soviel wie: Herzlich willkommen!

Den Großteil der nächsten Tage verbrachte er an der Seite der Templer. Wenn er seine Räumlichkeiten aufsuchte, dann meist nur zum Schlafen oder um neue Sprengpatronen zu fertigen. Selbst damit kamen sie nur langsam voran. Nach drei Tagen hatten sie gerade einmal anderthalb Meter geschafft – nicht viel, aber ohne die Patronen hätte es drei Wochen gedauert.

Mit der Zeit lernte er die einzelnen Templer besser kennen, und auch von den beiden Vorstehern, die sich anfangs so ähnlich waren, bekam er ein differenziertes Bild. Hugo de Champagne war der Stratege, Organisator und offenbar auch Finanzier der Mission, de Payens hingegen war Schriftgelehrter, zugleich aber auch Tatmensch. Langsam begann sich ein gegenseitiges Vertrauen zwischen ihnen zu entwickeln, doch es reichte noch lange nicht, als daß man ihm etwas über das Ziel der Grabungen verraten hätten. De Payens bestätigte einzig, daß der Gangabschnitt wie das gesamte Tempelplateau aus salomonischer Zeit stammte, und darin solle sich etwas verbergen, das er einmal *das Gefäß göttlicher Weisheit* nannte. Vor Jahren hätte er in Toledo eine Schrift gefunden, die ihnen den Weg hierher gewiesen hatte. Mehr war nicht zu erfahren.

Tom wußte, daß er sich in Geduld fassen mußte. Mit ganzem Eifer widmete er sich seiner Aufgabe als Sprengmeister, und dabei übersah er vollkommen eine Gefahr, die aus ganz anderer Richtung drohte. Raimond von Besancon war der erste, der ihn darauf aufmerksam machte.

»Der Patriarch hat mich vor zwei Tagen zu sich zitiert«,

erklärte er, als Tom ihm im Palast begegnete. »Ich habe seitdem versucht, es Euch zu sagen, aber Ihr wart nie zu sprechen.«

Kein Wunder, dachte Tom. Er war die meiste Zeit bei den Templern gewesen, und die ließen niemanden zu sich.

»Was wollte er?«

»Er befahl mir im Namen der Kirche, ihm alles zu erzählen, was ich von Euch weiß, Herr. Jede Kleinigkeit, jedes einzelne Wort, das Ihr gesprochen habt.«

»Nun, warum auch nicht?«

Er konnte sich lebhaft vorstellen, daß sich der Patriarch für ihn interessierte – und wie er ihn für seine Zwecke einspannen konnte. Raimond hatte sich diese Gelegenheit, sein Redetalent unter Beweis zu stellen, sicher nicht entgehen lassen.

»Herr, Ihr solltet wachsam sein. Ich sehe Unheil aufziehen.«

»Ich werd' schon auf mich aufzupassen wissen. Hab Dank.«

Er nahm es in der Tat nicht besonders ernst.

Anders darüber zu denken begann er erst, als er am Abend in sein Quartier kam und dort Tabiha tränenüberströmt und vollkommen aufgelöst vorfand.

»Was ist?« Er eilte zu ihr und nahm sie zärtlich in den Arm. »Was hast du?«

»Oh, Herr, ich bitte Euch, verachtet mich nicht!« rief sie und hielt den Blick niedergeschlagen. »Glaubt mir, ich hatte keine andere Wahl ...« Der Rest ging in einem Schluchzen unter.

»Was erzählst du da? Warum sollte ich dich verachten?«

»Weil ... weil ... Der Patriarch hat mich zu sich gerufen. Er wollte alles über Euch wissen. Ich habe ihm gesagt, es stünde mir nicht zu, etwas über meinen Herrn zu sagen, aber er drohte mir, mich zu exkommunizieren, und so ... so habe ich dann ...«

Exkommunizieren – ein hartes Geschütz. Besonders gegenüber einer solch zarten Frau. Tom spürte Zorn in sich aufstiegen.

»Schon gut.« Er strich ihr tröstend über das Haar. »Es gibt nichts, für das du dich grämen müßtest. Du hast nichts Unrechtes getan.«

»Aber der Patriarch ... er fragte mich auch, ob wir ... ob wir ...« Sie schluckte. »Er sagte, es wäre Sünde.«

Er berührte ihr Kinn und brachte sie mit sanftem Druck dazu, ihr tränenüberströmtes Gesicht zu heben, bis sie ihn ansah.

»Glaubst *du* denn, das es Sünde war?«

Sie schüttelte vehement den Kopf.

»Nein, ich ...«

»Dann war es auch keine«, sagte er leise. »Vertrau auf die Stimme deines Herzens. Darin wirst du Gott eher finden als in den Worten von Kirchenmännern.«

Sie schluchzte abermals und kämpfte um ihre Fassung.

»Ich habe gedacht, Ihr würdet mich für das, was ich getan habe, verstoßen, Herr. Ich habe Euch verraten, und ich ...«

Er legte ihr den Finger vor den Mund, und sie ergriff seine Hand mit beiden Händen und drückte sie gegen ihre Wange.

Sie war wie Wachs in seinen Händen. Weiches, wohlriechendes Wachs.

Während er sie tröstend in seinen Armen hielt, beschäftigten sich seine Gedanken mit dem Patriarchen. Der alte Mann war offenbar sauer, nicht empfangen worden zu sein. Tom beschloß, das so schnell wie möglich nachzuholen, ehe noch mehr geschah.

Daß er die Gefahr damit noch immer unterschätzte, zeigte ihm ein Besuch bei den Templern. Hugo de Champagne eröffnete ihm, daß der Patriarch auch Gundemar befragt hätte.

»Ich rate Euch, Euch in acht zu nehmen«, sagte er ernst. »Der Patriarch ist ein rachsüchtiger Mann. Uns kann er nichts anhaben, da wir unter dem Schutz des Papstes stehen, aber Ihr habt nichts, das Euch vor ihm zu schützen vermag.«

»Ich werde schon klarkommen.«

»Das wünsche ich Euch von ganzem Herzen. Ihr müßt es nämlich auch. Morgen früh schon. Der König wünscht Euch zu sehen. Zu einer Unterredung zusammen mit dem Patriarchen. Und ich fürchte, daß es unangenehm für Euch wird.«

»Morgen früh schon?« Tom erschrak. Das war etwas plötzlich.

»Ja. Ich habe erreichen können, daß auch ich anwesend sein werde. Aber macht Euch keine Hoffnungen, daß ich Euch Beistand gewähren könnte. Sowohl dem Patriarchen als auch dem König sind wir ein Dorn im Auge. Ich werde lediglich dafür sorgen können, daß die Form gewahrt wird.«

Die Unterredung glich einer Gerichtsverhandlung, und über die Rollenverteilung bestand von Anfang an kein Zweifel. König Balduin war der Richter, de Payens neutraler Beobachter, der Patriarch Ankläger – und Tom Angeklagter.

»So halte ich denn fest, daß der Mann kein von Gott Gesandter sein kann«, verlas der Patriarch genüßlich die Anklagepunkte. »Die Ritter bezeugen, daß er selbst gesagt hat, er wüßte nicht, wie er hergekommen sei. Er wußte weder, wo er war, noch in welchem Jahr, noch kannte er das Heilige Land oder die Heilige Stadt. Mehr noch, als der Ritter Raimond von Besancon auf eine

Anweisung mit ›Dein Wille geschehe‹ antwortete, nahm er diese Worte, die allein dem einzig wahren Gott gelten dürfen, ohne Widerspruch hin.« Der Patriarch hob erregt die Stimme. »Eine Gotteslästerung ohnegleichen! Aber er versündigte sich auch gegen die Lehren der Kirche, indem er den Rittern befahl, die verletzten Heiden zu schonen und –«

»Ich selbst habe schon Besiegte geschont«, warf der König ein. »Ein zulässiges Mittel, wenn es die Taktik erfordert.«

»Ja, das schon. Aber er tat es mit der Begründung, daß Jesus gelehrt hätte, man sollte seine Feinde lieben wie sich selbst. Dabei bewiesen doch die Studien unseres Bruder Bernhard von Clairvaux, daß man einen Heiden nicht als Feind lieben kann, weil er ein gottloses Nichts ist. Im Gegenteil, man ist sogar verpflichtet, ihn zu hassen und überall auszurotten, wie es in den Psalmen geschrieben steht, wo es heißt: ›Sollte ich die nicht hassen, die Dich hassen, Herr, und über Deine Feinde mich nicht härmen?'«

Keine Frage, der Patriarch hatte ganze Arbeit geleistet. Tom mußte erkennen, daß er – meist ohne es zu ahnen – gegen so ziemlich alle Regeln der Kirche verstoßen hatte. Allein dafür, daß er Wein getrunken hatte, hätte der Patriarch ihn am liebsten steinigen lassen. »... am verwerflichsten aber – er hat Verkehr mit einem Weib gehabt! Seiner Dienerin.«

Balduin schien das wenig zu beeindrucken.

»Sagt man denn nicht, auch der Papst hätte. .?« Er ließ den Rest unausgesprochen.

Der Patriarch lief rot an.

»Uns – äh – steht nicht zu, ein Urteil über den Heiligen Vater zu fällen. Heute sitzen wir über diesen Mann zu Gericht.«

»Habt Ihr, ehrwürdiger Patriarch«, fragte Balduin

gedehnt, »denn nicht selbst gesagt, Ihr hättet ihn durch Eure Gebete herbeigerufen? Bitte berichtigt mich, falls ich irre.«

Tom sah den König erstaunt an. Versuchte er ihm beizustehen, oder wollte er lediglich dem Patriarchen eins auswischen?

»Die Werke des Teufels sind vielfältig und seine Hinterlist mannigfaltig«, rief dieser. »Dennoch hat er mich nur kurze Zeit zu blenden vermocht. Spricht nicht allein das rötliche Leuchten, welches die Ritter über seinem Haupt gesehen haben, ein beredtes Zeugnis für die wahre Natur dieses Mannes? Rot, die Farbe der Hölle. Ist dies nicht Beweis genug? Außerdem soll er flüsternde Stimmen gehört haben. Teuflische Stimmen, mit denen ihm wahrscheinlich Satan daselbst befiehlt!«

»Ihr seid Euch sicher, daß er ein Gesandter der Hölle ist?«

Der Patriarch zögerte. Er war sichtlich irritiert, daß Tom keine Anstalten machte, sich gegen die Anschuldigungen zu verteidigen. Hugo de Champagne hatte es ihm geraten und gesagt, daß man ihn seiner Einschätzung nach nicht gleich einsperren oder hinrichten würde, sondern ihm ein Angebot machen würde. Bis dahin solle er sich zurückhalten. Tom hielt sich daran. Zur Not hatte er noch ein halbes Dutzend Sprengpatronen unter seinem Gewand. Damit ließ sich schnell ein kleines ›Wunder‹ bewerkstelligen. Die Wachen, die ihn zuvor untersucht hatten – ein deutliches Zeichen für seinen Stellungsverlust bei Hof –, hatten sie ihm in ihrer Ahnungslosigkeit gelassen.

»Es soll Gott allein überlassen bleiben, das Urteil über ihn zu fällen. Ich habe mich eingehend mit meinen Bischöfen beraten, und wir sind zu der Einsicht gekommen, daß er, wenn er trotz all dieser schrecklichen Verfehlungen von Gott geschickt sein sollte, den Auftrag hatte, die Truhe aus Tripolis aus der Hand der Sarazenen zu retten. »

Die Kiste! Tom hatte sie ganz vergessen.

»Beim ersten Mal ist ihm das nicht gelungen, aber in seiner Weisheit hat Gott es gefügt, ihm eine zweite Chance zu gewähren. Man hat berichtet, daß sie sich in der Hand des Emirs von Damaskus befindet, und dieser weilt momentan als Gast in der Burg Dschubn. Das kostbare Kleinod in der Kiste würde Eure Herrschaft stärken, und alle anderen Völker würden zittern vor Eurer Macht. Dies muß das Wunder sein, von dem dieser Mann hier gesprochen hat. Sofern er nicht gelogen hat.«

»Was schlagt Ihr daher vor?« fragte Balduin.

»Er soll aufbrechen und die Kiste aus der Hand des Emirs befreien. Ihm sollen zehn Ritter mitgegeben werden, die der königlichen Garde entstammen.« Ein mißgünstiger Blick zu de Champagne. »Andere Kämpfer dürfen ihn nicht begleiten.«

Zehn Ritter, dachte Tom. Das waren ja beste Voraussetzungen, eine Burg zu erstürmen! Klar, er hätte sich denken können, daß zu dieser Zeit die Unterschiede zwischen einem Gottes- und Todesurteil rein rhetorischer Natur waren.

Balduin überlegte kurz, dann hatte er sich entschieden.

»So sei es«, verkündete er, und fragte in einem Tonfall, der deutlich machte, daß er nicht wirklich damit rechnete: »Bestehen Einwände?« Tom sah er dabei nicht einmal an.

Der Patriarch konnte sich ein triumphierendes Lächeln nicht verkneifen. Er hatte sein Ziel erreicht.

»Zusätzlich muß ihm ein Übersetzer mitgegeben werden, der die sarazenischen Mundarten beherrscht«, sagte de Champagne.

Balduin wirkte kurz irritiert, dann nickte er.

»Also gut. Zehn Ritter der königlichen Garde und ein

Übersetzer.« Er erhob sich. Damit war die Unterredung beendet, ohne daß Tom überhaupt gefragt worden war.

»Eine Frage nur«, hielt er den König zurück. »Was ist dieses kostbare Kleinod, das sich in der Kiste befindet?«

Der König kam anscheinend zu der Einsicht, daß Tom, wenn er schon auf dieses Himmelfahrtskommando ging, ein Recht hatte, es zu erfahren.

»Eine der Posaunen von Jericho. So stand es auf den Inschriften in der Katakombe, in der die Truhe gefunden wurde.«

Zusammen mit dem Patriarchen verließ er den Raum. Zurück blieben de Champagne und Tom, in dessen Gedanken ein Begriff nachhallte, als ob ein riesiger Gong angeschlagen worden wäre.

Die Posaunen von Jericho!

Mit ihnen sollen die Israeliten, als sie nach ihrer vierzigjährigen Reise durch die Wüste ins Gelobte Land kamen und feststellten, daß es längst bewohnt war, die uneinnehmbaren Mauern dieser Stadt zerstört haben. Das klang so sagenhaft, daß kein ernsthafter Wissenschaftler des 20. Jahrhunderts auch nur einen Gedanken daran verschwendet hatte, daß solch eine Posaune tatsächlich existieren könnte. Und nun sollte er hier – im 12. Jahrhundert – danach suchen.

»Gundemar wird Euch begleiten«, unterbrach de Champagne seine Gedanken.

»Aber ... der König hat doch bestimmt, daß alle Ritter aus seiner Garde stammen müßten.«

»Die Ritter schon. Nicht der Übersetzer. Glücklicherweise hat Bruder Gundemar in den ersten Jahren unseres Hierseins viel Zeit damit verbracht, die heimischen Sprachen zu lernen.« Tom hob die Augenbrauen. Jetzt verstand er die Forderung, die der Templer erhoben hatte. »Die zehn Ritter werden dem König mehr ergeben sein als Euch. Zweifellos werden sie den Auftrag haben, Euch im Auge zu behalten. Gundemar wird Euch schützen und zur Flucht verhelfen. Ich kann Euch eine Schiffspassage nach Frankreich besorgen und Papiere mitgeben, damit Ihr von unseren dortigen Mitstreitern aufgenommen werdet. Tut mir leid, wenn ich nicht mehr für Euch zu tun vermag. Das Urteil des Königs erlaubt keinen Widerspruch.«

»Danke, ich weiß Eurer Angebot wohl zu schätzen.« Tom wußte, daß es das Klügste wäre, es anzunehmen. Aber dann würde er niemals zum königlichen Palast zurückkehren und miterleben können, wonach die Templer suchten. Und dann war da noch etwas anderes, was in ihm arbeitete: »Aber ich habe mir schon immer gewünscht, eine solche Posaune mit eigenen Augen zu sehen.«

»Das wird Euch nicht gelingen. In der Burg halten sich mehr als tausend Krieger auf, die dem Emir treu ergeben sind.«

»Abwarten.« Was konnte es schaden, sich die Burg erst einmal anzusehen? Danach war immer noch Zeit, zu verschwinden. Tom grinste sein Hawaii-Grinsen. »Denkt daran, ich bin schließlich der Himmlische Gesandte.«

Hugo de Champagnes Miene wirkte, als zweifle er momentan nicht nur daran, sondern an Toms Verstand überhaupt.

Die Burg Dschubn lag östlich des Toten Meeres, vier Tagesritte weit in der jordanischen oder auch schon arabischen Wüste. Wo genau, vermochte Tom nicht zu sagen. Die Gegend war von schroffen, canyonartigen Höhenzügen bestimmt. In grauer Vorzeit hatten mächtige Flüsse die breiten und tiefen Täler in den Stein gefressen, doch jetzt gab es nur noch staubtrockene, flirrende Hitze. Auf dem Ritt hierher waren sie allen Begegnungen ausgewichen. Niemand sollte sich fragen, was ein Trupp Kreuzritter tief im Gebiet des Abbasidischen Kalifats zu suchen hatte.

Dschubn war eine Felsenburg. Sie thronte auf einem steilen Berggipfel, von mächtigen Mauern umgeben, die so dick waren, daß sämtliche Sprengpatronen, die Tom mitgenommen hatte, kaum ausreichten, ein Loch hineinzusprengen. Innerhalb der Mauern waren viele Lehmhäuser erkennbar und die geschwungenen Dächer eines kleines Palastes. Hinauf kam man nur über einen schmalen Pfad, der sich in unzähligen Windungen nach oben schlängelte.

Man mußte kein Feldherr sein, um zu wissen, daß die Festung so gut wie uneinnehmbar war. Hätte Tom fünftausend Ritter zur Verfügung gehabt und einige Monate Zeit – ja, dann vielleicht. Aber zu zwölft ...?

»Die Standarte des Emirs weht über dem Palast«, sagte Gundemar, der mit Tom eine Erhebung erklommen hatte, von deren Kamm aus man über ein tiefes Tal zur Burg blicken konnte. Er mußte gute Augen haben, wenn er das auf diese Entfernung ausmachen konnte. »Also hält er sich noch immer dort auf.«

Schön, dachte Tom. Ebensogut hätte er auf dem Mond sein können. Es hätte kaum einen Unterschied gemacht.

Niedergeschlagen sah er zu den mächtigen Mauern. Was tun? Sich als Araber verkleiden, in die Stadt eindringen und des nachts im Handstreich den Palast stürmen? Lächerlich! Sie wären nicht mal an den Torwachen vorbeigekommen. Den Emir aus seinem Versteck herauslocken und dann überfallen? Nein, das war alles gleich aussichtslos. Er mußte sich etwas anderes überlegen.

Etwas vollkommen anderes.

»Ich brauche Zeit zum Nachdenken«, sagte er. »Gibt es

irgendwo eine Oase, wo wir ein paar Tage bleiben können?«

Gundemar zog ein Pergament unter seinem Umhang hervor. Es war eine Karte, doch die darauf eingetragenen Linien, Striche und Punkte taugten in Toms Augen zur Orientierung in etwa so viel wie ein kleines Steak. Dem Templer hingegen schienen sie etwas zu sagen. Doch kaum hatte er das Papier entfaltet, riß ein plötzlicher Windstoß es ihm aus der Hand und trug es schnell über die Felskante hinaus.

»Verzeiht.« Er wirkte zerknirscht. »Ich war unachtsam.«

Tom antwortete nicht, sondern starrte dem Papier hinterher, das torkelnd den steilen Abhang hinunterflatterte und dann, als es schon zwanzig oder dreißig Meter talwärts getaumelt war, von einem Aufwind erfaßt und wieder nach oben gewirbelt wurde, bis weit über den Kamm hinauf, auf dem sie standen.

Zwischen Toms Augenbrauen erschien eine tiefe Falte. Er legte den Kopf in den Nacken und sah blinzelnd zum Pergament.

Bald verlor der Aufwind es aus seinem Sog, und wie eine Brieftaube, die immer wieder nach Hause zurückkehrte, flatterte es genau zu ihnen herab. Tom mußte nur ein paar Schritte zurücktreten, um es aus der Luft zu fischen. Gundemar sah ihn an, als wäre er Zeuge eines neuen Wunders gewesen.

Tom bemerkte es nicht einmal. Das Papier hatte ihn auf eine Idee gebracht, und langsam begann in ihm ein Plan Gestalt anzunehmen. Ein verwegener Plan. Äußerst verwegen sogar.

Aber der einzige, der in seinen Augen so etwas wie den Hauch einer Erfolgschance hatte.

»Vergiß die Oase«, sagte er, während er Gundemar die Karte zurückgab. »Ich brauche einen Ort, wo man die besten Hölzer und Stoffe erwerben kann. Und wo es geschickte Handwerker gibt.«

Der Templer betrachtete das Pergament.

»Knapp anderthalb Tagesreisen von hier sind die christlichen Kreuzfahrerburgen *Krak de Montreál* und *Le Vaux Moyse* gelegen. Dort werdet Ihr finden, was Ihr wünscht.«

»Gut, dann wird das unser Ziel sein.«

Sie kehrten zu den anderen zurück, die am Fuß des Berges gewartet hatten. Die Ritter nahmen Toms Entscheidung ohne Murren hin. Vermutlich waren sie froh, daß er ihnen keine Wahnsinnstat – etwa einen Angriff auf die Burg – befahl.

Mit Sicherheit befanden sich einige Spitzel des Königs unter ihnen. Welche das waren, hatte Tom nicht herausfinden können, aber solange sie sich an seine Befehle hielten, konnte ihm das gleichgültig sein. Der einzige, der über jeden Verdacht erhaben war, war Raimond von Besancon, der sich freiwillig für diese Mission gemeldet hatte. Mit seinen Erzählungen von den früheren »Heldentaten« des Heiligen Thomas hatte er wahrscheinlich zu einem nicht unwesentlichen Teil dafür gesorgt, daß Tom mehr Respekt entgegengebracht wurde, als er angenommen hatte.

Sie kamen schnell voran. Bald blieben die canyonartigen Höhenzüge hinter ihnen zurück und wichen sanften Erhebungen. Die Hitze war erbarmungslos, und es war bewundernswert, wie die Ritter in ihren schweren Kettenhemden, Helmen und anderen Rüstungsteilen diese Tortur durchstanden. Tom hatte auf all das verzichtet und trug statt dessen weiterhin seinen leichten weißen Umhang und ein Kopftuch, das er in Beduinenart um den Kopf gewickelt hatte. Dennoch kostete es ihn Überwindung, nicht alle paar Minuten zur Wasserflasche zu greifen.

Eine Flucht kam für ihn seltsamerweise keinen Moment in Frage. Vielleicht allein, um Raimond, der ihn mit glühendem Eifer verehrte und fest an ihn glaubte, nicht zu enttäuschen.

Die Nacht verbrachten sie in einer Felsnische, und früh am nächsten Morgen ritten sie weiter. Einmal kam ihnen ein Karawanenzug entgegen, doch sie wichen ihm in weitem Bogen aus, sobald der vorausreitende Ritter es gemeldet hatte.

Die nächste Begegnung hatten sie um die Mittagszeit, als sie von einem Hügel aus freien Blick auf die vor ihnen liegenden Wüstendünen hatten. Nicht weit voraus war eine kleine Karawane mit einem Dutzend Lastkamelen zu erkennen. Anscheinend ein Familienunternehmen. Allerdings eines, das in den nächsten Minuten aus dem Firmenregister gelöscht werden würde, denn die Leute sahen sich den wilden Attacken einer Bande berittener Wüstenräuber gegenüber. Sie wehrten sich mit dem Mute der Verzweiflung, dennoch war abzusehen, daß sie sich gegen die gut dreifach überlegenen Angreifer nicht mehr lange würden halten können. Schon lagen ein paar von ihnen niedergestreckt im Sand.

Tom wußte, daß sie sich nicht weiter darum kümmern durften. Es würde höchstens ihre Anwesenheit in diesem Gebiet verraten, und außerdem lag das alles – objektiv betrachtet – achthundert Jahre zurück. Aber er hatte es noch nie fertiggebracht, einfach wegzusehen, wenn direkt vor seiner Nase ein Unrecht geschah.

»Los!« rief er kurzentschlossen. »Mir nach! Wir vertreiben die Räuber.« Er zögerte, als niemand außer Gundemar und Raimond Anstalten machte, ihm zu folgen. »Was ist? Was habt Ihr?«

»Ihr habt gesagt, daß wir unbemerkt bleiben wollen«, sagte einer. »Und sollen wir eine Schar gottloser Heiden retten, wo es unsere heilige Pflicht wäre, sie zu töten?«

»Ja«, stimmte ein anderer zu. »Der Patriarch hat uns gewarnt, daß Ihr Befehle geben würdet, die gegen den wahren Glauben verstoßen. Und er hat uns strengstens ermahnt, uns nicht vom Pfad der christlichen Tugenden abbringen zu lassen.«

Zustimmende Gemurmel erhob sich.

Tom musterte die Männer mit herabgezogenen Augenbrauen. Er hätte damit rechnen sollen, daß der Patriarch so einen Unsinn verbreitete. Ihm lagen eine Menge scharfer Erwiderungen auf der Zunge, aber wenn er die Karawane retten wollte, durfte er nicht noch mehr Zeit mit Reden vertun.

»Na schön, dann machen wir es eben allein!« Er schnippte mit den Fingern. »Gundemar! Raimond!«

Zusammen ritten sie den Hügel im Galopp hinunter. Als die Räuber sie kommen sahen, ließen sie von der Karawane ab – in der Gewißheit, daß ihnen die langsamen Lastkamele ohnehin nicht entkommen konnten –, und wandten sich den drei Ankömmlingen zu.

Tom konnte die Verwunderung auf den meist bärtigen Gesichtern sehen. Einer der Männer, der Anführer, signalisierte den anderen, zurückzubleiben, und kam ihnen in der Pose eines stolzen Wüstenkriegers entgegen. Gundemar übersetzte, was er ihnen zurief.

»Er sagt, er hätte seine Beute bislang immer jagen müssen, anstatt zu warten, bis sie zu ihm kommt. Wir sollen ihm unsere Habseligkeiten und Waffen aushändigen, dann würde er in seiner Großzügigkeit in Erwägung ziehen, uns am Leben zu lassen.«

Tom sah den Banditen an. Ein verwegener Bursche, keine Frage. Nichtsdestotrotz dienten seine Worte auch dazu, seine Unsicherheit zu überspielen und vor seinen Leuten eine gute Figur zu machen. Ehre und Stolz spielten in dieser Gegend der Erde eine überaus wichtige Rolle. Für viele die wichtigste.

»Diese unflätige Beleidigung aus dem Mund eines Heiden verlangt nach sofortiger Sühne!« rief Raimond leidenschaftlich. Er wollte sein Schwert ziehen und wäre bestimmt auf den Araber losgegangen, wenn Tom ihm nicht Einhalt geboten hätte.

Der Anführer grinste. Offenbar wertete er es als Zeichen, daß man sich ergeben wolle. Um so fassungsloser war er, als Tom ihm sagen ließ, er hätte eine Minute Zeit, mit seinen Männern zu verschwinden, sonst würde sie sein Zorn treffen. Ein, zwei Sekunden lang bot er das Bild in Stein gemeißelter Fassungslosigkeit, dann begann er lauthals zu lachen.

»Er fragt, ob Euch die Sonne das Hirn ausgedörrt hat und Ihr die Männer nicht seht, die nur auf ein Wort von ihm warten, um über uns herzufallen.«

Anstelle einer Antwort feuerte Tom eine entzündete Patrone in Richtung der im Hintergrund wartenden Wüstenräuber. Sie detonierte über ihren Köpfen – wie er es beabsichtigt hatte, denn er wollte niemanden verletzen –, aber die Wirkung war trotzdem durchschlagend genug. Sofort gingen den Räubern die Pferde durch, stiegen wiehernd auf die Hinterhufe, warfen sie ab oder preschten mit ihnen panikerfüllt davon.

Der Anführer hatte Mühe, sein eigenes Pferd ruhig zu halten. Mit geweiteten Augen sah er Tom an, der einen neuen Bolzen eingelegt hatte und mit ausgestrecktem Arm auf ihn zielte.

»Frag ihn, ob er noch einen seiner Leute sieht, der auf sein Wort wartet«, trug er Gundemar auf. »Und sag ihm, daß er sich inmitten des nächsten Feuerballs befinden wird.«

Die Wangenmuskeln des Mannes zuckten in mühsam unterdrückter Wut, dann lenkte er sein Pferd herum und preschte davon. Seine Männer folgten ihm mehr oder minder geordnet.

Sofort kam der Führer der Karawane, ein älterer Mann, der vermutlich zugleich das Familienoberhaupt war, angelaufen und warf sich vor Toms Pferd in den Staub.

»Er dankt Euch von ganzem Herzen«, übersetzte Gundemar. »Er habe schon viel von dem Wundertäter aus der Heiligen Stadt gehört, aber nie gedacht, Euch selbst zu Gesicht zu bekommen.«

Tom war erstaunt. Wie es aussah, hatte er die Durchsetzungsfähigkeit und Ausbreitungsgeschwindigkeit von Gerüchten erheblich unterschätzt.

»Sage ihm, er soll sich erheben. Es gibt keinen Grund, sich vor mir zu verneigen. Dies soll allein Allah vorbehalten sein.«

Der Mann stand sichtlich beeindruckt auf und redete weiter.

»Er sagt, er stände für immer und ewig in Eurer Schuld. Leider wäre er nur ein einfacher Tuchmacher und Händler und besäße nichts, womit er Euch diesen Dienst vergelten könne ...«

»Ein Tuchmacher?«

»Ja. Er wäre überglücklich, uns als seine Gäste bewirten zu dürfen. Seine Heimstatt befände sich nicht weit von hier. Wir könnten noch vor dem Abend da sein. Soll ich ihm sagen, daß wir dieses Angebot nicht annehmen können?«

»Nein!« rief Tom. Ein Tuchmacher – genau der, den er für sein wahnwitziges Vorhaben brauchte. »Im Gegenteil. Sag ihm, daß wir seine Einladung mit Freuden annehmen.«

Der Mann schien tatsächlich überglücklich und eilte zur Karawane zurück, um die frohe Nachricht weiterzugeben.

Bald kamen die zurückgebliebenen Ritter nach, schweigend und mit betretenen Gesichtern. Es war das erste Mal, daß Tom seine Waffe in ihrer Gegenwart benutzt hatte, und entsprechend beeindruckt waren sie. Hoffentlich so sehr, dachte Tom, daß sie ihm das nächste Mal ohne Widerspruch folgten.

Bevor sie aufbrachen, wollte er sich um die Verletzten kümmern, doch das hatten bereits deren Leute getan, und zwar so gut, daß er es nicht besser hätte machen können. Welch ein Unterschied zu den martialischen Methoden der Kreuzritter!

Gegen Abend erreichten sie ihr Ziel.

Der Karawanenführer, sein Name war Ibn Kammun, führte sie in eine enge Schlucht, die in einem großen Talkessel mit einigen Seitenarmen mündete. Ihren erstaunten Augen präsentierte sich eine komplette Felsenstadt, die ähnlich wie die von Petra in die Berghänge hineingemeißelt war, und das üppige Grün zeugte von einer Wasserquelle. Ein optimal geschützter Standort, der zwangsläufig zu einem Rast- und Umschlagspunkt geworden war. Im Talkessel herrschte reges Treiben. Dutzende Karawanenzüge hatten hier Halt gemacht.

Sie wurden von mißtrauischen Augen gemustert, aber die Fürsprache Ibn Kammuns sorgte dafür, daß sich der anfängliche Argwohn bald in herzliche Gastfreundschaft verwandelte. Tom schärfte den Rittern nachdrücklich ein, sich gut zu benehmen, und kündigte an, dem ersten, der sich etwas zuschulden kommen ließe, eigenhändig einen Kopf kürzer zu machen.

Die Warnung war deutlich genug, sie keine Dummheiten begehen zu lassen.

Für die meisterliche Baukunst der Felsenstadt hatte Tom in den nächsten Tagen kaum einen Blick übrig. Er verbrachte die meiste Zeit mit dem Tuchmacher und den Handwerkern, die ihm bei seinem Vorhaben helfen sollten.

Die geeigneten Stoffe waren noch das geringste Problem. Ibn Kammun hatte etliche Ballen kostbarer Seide auf Lager, die über die Seidenstraße aus dem fernen Osten herangebracht worden war. Schwieriger war es schon, geeignete Hölzer zu besorgen, die leicht und stabil genug waren, aber schließlich war auch das geschafft. Am problematischsten war die Konstruktion selbst. Auf Konstruktions- oder Baupläne konnte Tom nicht zurückgreifen; er war einzig auf sein Gedächtnis angewiesen. Nach seinen Skizzen und Angaben machten sich die Leute an die Arbeit.

Sie wußten zwar nicht, was sie fertigten, aber das tat ihrem Eifer keinen Abbruch. Sie sahen es als Ehre an, ihm zu helfen.

Nach vier Tagen war der erste Prototyp fertig, und als Tom ihn auf einem sanften Wüstenhügel ausprobierte, konnte er froh sein, daß er sich selbst nicht alle Knochen, sondern nur die Konstruktion zerbrach. Aber er wußte, welche Veränderungen nötig waren. Da alle Materialien bereits beisammen waren und die Männer schon wußten, was sie zu tun hatten, war die nächste Ausführung weitaus schneller gefertigt.

Mit der sechsten schließlich war er so zufrieden, daß er es damit wagen wollte. Da er nicht allein in die Burg des Emirs übersetzen konnte, sondern einen Dolmetscher brauchte, ließ er für Gundemar eine identische zweite Ausführung bauen. Der Templer lernte schnell, und nach anderthalb Tagen konnte er halbwegs sicher mit dem Gerät umgehen. All diese Versuche fanden außerhalb der Felsenstadt statt, und sie achteten streng darauf, daß ihnen niemand dabei zusah. Nicht einmal Raimond, obwohl er Tom mehrfach anflehte, sie begleiten zu dürfen.

Dann war die Zeit des Aufbruchs gekommen. Tom bot an, alle beteiligen Handwerker und Händler zu entlohnen – der König hatte sie nicht ganz mittellos auf diese Mission geschickt –, doch Ibn Kammun machte klar, daß er und alle anderen das als tödliche Beleidigung empfinden würden.

Seine besten Wünsche begleiteten sie, als sie die Felsenstadt verließen.

Fast vierzehn Tage, nachdem Tom und Gundemar von der Erhebung aus zur Burg Dschubn hinübergeschaut hatten, standen sie wieder an derselben Stelle. Die Standarte des Emirs wehte noch immer – oder schon wieder – über dem Palast.

Tom trat an die Abbruchkante und blickte ins Tal hinunter, das sich tief, tief unter ihnen erstreckte. Es lag sicher nicht nur an der staubigen Hitze, daß sein Mund mit einem Mal völlig trocken war. Nur eine unvorhersehbare Windböe, ein kleiner Materialfehler, eine winzige Unachtsamkeit – und die Geier würden sich nicht einmal mehr die Mühe machen müssen, sie in kleine, schnabelgerechte Stücke zu zerreißen.

»So Gott will, wird es uns gelingen«, sagte Gundemar, als wüßte er, was hinter Toms Stirn vor sich ging. »Hoffen wir, daß er Gefallen an lebensmüden Narren wie uns hat!«

Tom sah Gundemar an. Für dessen Verhältnisse war das schon fast ein Gefühlsaufbruch.

Er half dem Templer, die ledernen Gurte anzulegen, bevor er in sein eigenes Geschirr stieg und die Konstruktion hochwuchtete. Natürlich war sie viel schwerer und größer als diejenigen, die er aus der Gegenwart kannte. Aber Nylonstoff und Leichtmetall waren in dieser Zeit leider nicht verfügbar.

Noch ein letzter Blick, ein tiefer Atemzug – dann rannte er mit der Last auf den Abgrund zu, schickte ein Stoßgebet zum Himmel und stieß sich mit beiden Beinen von der Kante ab.

Er fiel, Meter um Meter, und einen furchtbaren Moment lang hatte er das Gefühl, daß alle seine Berechnungen falsch gewesen waren. Doch dann erfaßte der kräftige Auftrieb das gespannte, deltaförmige Stofftuch über ihm, fing den Drachengleiter auf und ließ ihn samt dem daruntergeschnallten Tom sanft in die Höhe steigen.

Unwillkürlich löste sich ein Triumphschrei aus seinem Mund. Es funktionierte! Es funktionierte tatsächlich!

Eine Zeitlang war er vollauf damit beschäftigt, das Fluggerät richtig unter Kontrolle zu bekommen, erst dann konnte er nach Gundemar Ausschau halten. Der Templer hatte den Bergkamm ebenfalls verlassen und schwebte unweit von ihm am Himmel. Tom spürte eine Zentnerlast von seinem Herzen fallen. Ohne Gundemar wäre die Mission undurchführbar gewesen.

In vielen Schleifen, bemüht, jeden noch so kleinen Aufwind zu nutzen, näherten sie sich der Burg. Die Drachengleiter waren viel schwerer als die, mit denen Tom während seiner Studentenzeit öfters geflogen war, und dementsprechend schnell sanken sie ab, sobald der Auftrieb nachließ.

Als sie die Burg erreichten, waren deren Bewohner bereits überall zusammengelaufen und sahen oder deuteten aufgeregt zu ihnen hinauf. Ihnen mußten die Drachen wie ein himmlisches Zeichen erscheinen, und das um so mehr, da Tom auf beiden dasselbe Feldzeichen hatte anbringen lassen, das sich auch auf der Standarte des Emirs befand. Er hoffte, daß es die Wachen davon abhielt, sie mit Pfeilen vom Himmel zu holen.

Das Kalkül schien aufzugehen. Niemand feuerte auf sie. Tom wählte als Landestelle einen freien Platz unmittelbar vor dem Palast. Noch war er von unzähligen Menschen gesäumt, aber sobald sie begriffen, was er vorhatte, wichen sie bis an den Rand zurück und bildeten einen weiten Kreis.

Einen Moment später setzte er auf. Es war beileibe keine Bilderbuchlandung. Er konnte den Schwung nicht mit den Beinen auffangen, rannte ein paar Schritte, stolperte, fiel vornüber, und glücklicherweise verhinderte der Drache, der sich über ihn legte, daß jedermann sein dummes Gesicht sehen konnte. Immerhin war er unverletzt angekommen, das war schon mehr, als er vernünftigerweise hatte erwarten können.

Er löste die Gurte und kroch unter dem Stoff hervor. Hinter ihm schwebte Gundemar ein. Erstaunlich, daß er es schaffte, am gleichen Ort herunterzukommen, und er landete so sicher, als hätte er sein Leben lang nichts anderes getan. Trotzdem glaubte Tom zu erkennen, daß auch der Templer weiche Knie hatte, nachdem er sich aus dem Geschirr befreit hatte.

Der Menschenkreis um die Landestelle herum wurde keinen Deut kleiner. Keiner wagte es, auf sie zuzukommen. Tom sah ergriffene, erstaunte und auch verunsicherte Blicke. Und das Wichtigste: Niemand machte Anstalten, über sie herzufallen. Auch nicht die bewaffneten Männer der Palastwache.

Im nächsten Augenblick teilte sich die Menschenmenge zum Palast hin und bildete eine Gasse, durch die ein einzelner Mann auf sie zuschritt. Er war in ein prachtvolles Gewand gekleidet, von mittlerem Alter, und seine Augen machten einen hellen und wachen Eindruck. Die Reaktion der Umstehenden machte klar, um wen es sich dabei handelte: den Emir höchstpersönlich! Offenbar war er herbeigekommen, um sich mit eigenen Augen zu überzeugen, was sich da in seine Burg verirrt hatte.

Sofort erstarb das Stimmgewirr. Stille machte sich breit.

»Sag ihm, daß wir in Frieden kommen und uns freuen, einem solch mächtigen Mann gegenüberzustehen«, trug Tom Gundemar auf.

»Das freut mich«, erwiderte der Emir auf Lateinisch, ehe der Templer es übersetzen konnte, und er schien sich über Toms erstaunte Miene zu freuen. »Es ist nicht nötig, daß wir auf Umwegen miteinander reden. Mein Vater hielt es für nützlich, wenn ich die Sprache derjenigen erlerne, mit denen wir uns seit kurzem dieses Land zu teilen haben.«

Tom bemerkte, daß der Emir es sorgsam vermied, von Invasoren oder Feinden zu sprechen.

»Er muß ein kluger Mann gewesen sein«, sagte er abwartend.

»Und *Ihr* müßt der Mann sein, von dem im ganzen Land berichtet wird. Die Kunde über Eure Wundertaten sind bis an meine Ohren gedrungen. Ich habe es nicht recht zu glauben vermocht, bis jetzt. Ihr müßt wahrlich ein mächtiger Mann sein, wenn Ihr Gewalt habt, diesen fliegenden Teppichen zu befehlen. Darf ich fragen, aus welchem Grund Ihr zu mir gekommen seid?«

Tom beschloß, erst gar nicht ums heiße Eisen herumzureden.

»In Eurem Besitz befindet sich eine Kiste mit einem Gegenstand, der weder für Euch noch für andere Menschenhände bestimmt ist. Ich bin gekommen, um ihn zurückzuholen.«

Toms Offenheit schien den Emir zu beeindrucken.

»Man sagt, Ihr wäret ein Gesandter des christlichen Gottes«, sagte er. »Trotzdem sollt Ihr bei Nablus befohlen haben, unsere verletzten Soldaten zu schonen, und vor Tagen habt Ihr eine unserer Karawane aus der Hand von Wüstenräubern gerettet. Warum tut Ihr das, obwohl wir einem anderen Gott huldigen?«

»Es ist ein und derselbe Gott, zu dem alle Völker der Erde beten«, erwiderte Tom. »Auch wenn er andere Namen trägt. Leider sind es meist die Geistlichen selbst, die das nicht erkennen.«

Der Emir sah Tom fest an, dann nickte er.

»Eure Weisheit ist so groß wie Eure Wundertaten.« Er machte eine einladende Geste in Richtung seines Palastes. »Ich bitte Euch, seid mein Gast. Laßt uns miteinander reden wie zwei Männer, zwischen denen Frieden herrscht. Es soll ein Fest stattfinden zu Euren Ehren.«

Tom verneigte sich leicht.

»Ich fühle mich geehrt.«

Es wurde ein Fest wie aus Tausendundeiner Nacht. Mit der Einwilligung des Emirs hatte Tom den wartenden zehn Rittern das verabredete Zeichen gegeben, um sie nachkommen zu lassen. Die Männer fühlten sich inmitten der erdrückenden Übermacht der Sarazenen sichtlich unwohl, aber mit der Zeit begannen selbst sie die Feierlichkeiten zu genießen.

Es fehlte an nichts. Tänzerinnen und Musikanten sorgten für Unterhaltung, die erlesensten Kostbarkeiten wurden aufgetischt, Wasserpfeifen mit Hanf herumgereicht, und es gab sogar Wein, der in diesem Zeitalter bei frommen Christen und Moslems gleichermaßen verpönt war. Tom verzichte auf all das. Es galt, einen kühlen Kopf zu bewahren.

Zumeist saß er zurückgezogen mit dem Emir zusammen. Tom lernte ihn als nüchternen und pragmatischen Mann kennen, der weit über die Grenzen seines Reiches hinaussah. Er bekam einen Eindruck davon, warum die christlichen Eroberer nicht längst von den hundert- oder gar tausendfach überlegenen moslemischen Kräften hinweggefegt worden waren. Die Herrscher dieser Region – die Emire von Damaskus, Aleppo, Diyarbakir und Mossul, der Kalif von Kairo und der Sultan von Bagdad – waren untereinander in einen unablässigen Machtkampf mit ständig wechselnden Verbündeten verstrickt, und zudem wurden aus dem Osten Persiens immer häufiger Übergriffe kriegerischer Reiterhorden gemeldet – die Vorläufer des kommenden Mongolensturms, wie Tom begriff. Angesichts dessen waren die Kreuzfahrerstaaten ein eher unbedeutender Machtfaktor.

Als der Abend schon fortgeschritten war, gab der Emir seinem Drängen nach.

»Ich spüre Eure Ungeduld, und ich möchte Euch nun nicht länger auf die Folter spannen. Kommt!«

Sie verließen den Festsaal.

Der Emir führte Tom in ein abgelegenes Gemach, das von zwei Männern bewacht wurde und in dem eine schwere, eisenbeschlagene Kiste stand. An dem Zustand des Holzes erkannte Tom sofort, daß sie sehr alt sein mußte.

»Ihr könnt sie ohne Schwierigkeiten öffnen«, sagte der Emir. »Meine Männer haben die Verschlüsse aufgebrochen. Denn natürlich wollte ich sehen, was sich drinnen verbirgt.«

»Und – habt Ihr es gesehen?«

»Ja. Es ist ein Gegenstand, wie ich ihn noch nie zuvor gesehen habe. Niemand vermochte zu sagen, worum es sich dabei handelt. Genau wie Ihr sagtet; er scheint nicht für Menschenhände geschaffen worden zu sein.« Dem Emir war demnach nicht bekannt, daß es sich um eine der legendären *Posaunen von Jericho* handeln sollte. »Doch seht selbst!«

Tom trat vor die Kiste und zögerte. Er wußte nicht recht, was er erwarten sollte. Er zog den Deckel auf – und die Überraschung brach mit einer solchen Stärke über ihn herein, daß er in die Knie ging und sich mit beiden Händen an der Truhe festklammerte, um nicht das Gleichgewicht zu verlieren.

Es war nicht nur der Gegenstand selbst, der dort lag, samtschwarz, metallen und von länglicher Form; es war vielmehr die Tatsache, daß er genau wußte, um was es sich handelte.

Es war eine *Stimme des Todes* – eine uralte atlantische Waffe!

Vor rund einem Vierteljahr – in der Gegenwart – war er über ein magisches Tor in Tiahuanaco in ein atlantisches Bauwerk gelangt und auf einen Atlanter namens Gwadain getroffen, der dort fünftausend Jahre im Tiefschlaf überdauert hatte.

Leider war nicht nur er erwacht, sondern auch eine furchterregende Kreatur, die einst gegen die Atlanter eingesetzt worden war. Nur eine einzige Waffe wäre imstande, diesen ZERSTÖRER aufzuhalten, eben eine solche *Stimme des Todes*. Diejenige, die in der Station vorhanden gewesen war, hatten sie leider nur noch zerstört vorgefunden.* Der Anblick der Trümmerstücke jedoch hatte sich Tom so unauslöschbar ins Gedächtnis eingebrannt, daß kein Zweifel bestand, daß dies genau die gleiche Waffe war.

Nur mit dem Unterschied, daß sie vollkommen unversehrt war!

»Ihr seht aus, als würde der Gegenstand üble Erinnerungen in Euch wecken«, hörte er den Emir wie aus weiter Ferne sagen.

»Ja . . .« Er brauchte ein paar Sekunden, ehe er sich von dem Anblick losreißen konnte. Mit einer hastigen Bewegung schloß er den Deckel. Nur langsam beruhigte sich sein Atem. »Es ist ein äußerst gefährlicher Gegenstand. Er vermag großes Unglück über Euch und Eure Männer zu bringen.« Das war ein wenig aus der Luft gegriffen. Aber wenn diese Waffe in der Lage war, einen ZERSTÖRER zu töten, der nach seinem Auftauchen in Peru erst durch konzentrierten Beschuß von Lenkraketen auszu-

* siehe Band 13 912, Buch 6 ›Auf dem Dach der Welt‹

schalten gewesen war,* dann *mußte* sie verheerend sein. Und mit einem Mal hielt er es nicht einmal mehr für ausgeschlossen, daß sie tatsächlich die Mauern Jerichos zerbrochen hatte. »Werdet Ihr ihn mir aushändigen?«

»Ihr wißt sicher«, sagte der Emir und strich über seinen Spitzbart, »daß es in diesem Lande üblich ist, nichts ohne eine Gegenleistung aus der Hand zu geben.«

»Was für eine Gegenleistung?« fragte Tom unheilvoll.

»Laßt mir im Austausch die fliegenden Teppiche, mit denen Ihr gekommen seid. Und bringt mir bei, wie man sie beherrscht! Es war von jeher mein Traum, einmal durch die Lüfte zu fliegen wie ein Falke, der hinauf zu den Wolken steigt.«

Tom sah den Emir erstaunt an. Sieh an! In diesem so sachlichen und nüchternen Mann schlug eine poetische Ader.

»Es ist nicht ungefährlich, mit ihnen zu fliegen, und es erfordert großes Geschick. Ihr könntet dabei zu Tode kommen.«

»Das Leben ist immer lebensgefährlich«, wischte der Emir den Einwand hinweg. »Bringt mir bei, wie man damit fliegt, und die Kiste gehört Euch. Und dazu ein vierspänniger Wagen mit den edelsten Zugpferden, auf dem Ihr sie transportieren könnt.«

Wieder stand Tom auf dem Bergkamm, von dem aus er mit Gundemar gestartet war. Diesmal jedoch befand sich der Emir in seiner Begleitung, und mit ihm zwei Dutzend seiner Männer, die die beiden Drachen hinaufgetragen hatten. Tom war ganz froh, daß er es diesmal nicht selbst hatte tun müssen.

»Denkt an alles, was ich Euch gesagt habe«, erinnerte

* siehe Band 13 912, Buch 9 ›Im Reich der Göttin Khom‹

er den Emir, nachdem sie die Gurte abgelegt hatten. Er hatte ihm in den letzten drei Tagen alles beizubringen versucht, zuerst in »Trockenübungen« in einem Saal des Palastes, dann auf einem sanften Hügel, von dem man bestenfalls zwanzig, dreißig Meter weit gleiten konnte; und nun stand die Feuerprobe bevor. »Macht es genau wie ich.«

»Dies ist die Stunde des Abschieds, nicht wahr?«

»Ja«, antwortete Tom. »Ich weiß nicht, ob wir uns jemals wiedersehen werden, aber die Aussicht ist gering.«

Der Emir nickte. Einen langen Augenblick blieben ihre Blicke aufeinander gerichtet, dann war es Zeit.

Tom lief abermals auf die Kante zu, stieß sich ab, und wieder trugen ihn die Aufwinde sanft nach oben. In einer Schleife flog er über den Kamm hinweg und sah, wie der Emir ihm todesmutig folgte und sich ebenfalls in die Tiefe stürzte.

Tom hielt die Luft an – und blies sie erleichtert aus den Lungen, als auch der Drache des Emirs sich majestätisch in die Höhe schraubte. Einen Moment näherten sich ihre Flugkurven an, und Tom hörte seine jubilierenden Rufe.

»Werdet nicht zu übermütig!« brüllte er ihm zu. »Und denkt daran: Das Schwierigste ist die Landung!«

»Das werde ich tun. Lebt wohl! Und habt Dank!«

»Lebt wohl!«

Tom lenkte seinen Drachen westwärts. Die Burg und der Emir blieben alsbald hinter ihm zurück. Langsam schwebte er über die canyonartigen Schluchten, und dieses Mal versetzte ihn die atemberaubende Aussicht in ein Hochgefühl. Und die Gewißheit, sein Ziel erreicht zu haben, ohne Kampf, ohne einen einzigen Toten, trug sicherlich nicht unwesentlich dazu bei.

Irgendwann sah er unter sich den vierspännigen Wagen und die Silhouetten seiner Ritter. Als er mit dem Emir die Burg verlassen hatte, um zum Bergkamm hinaufzusteigen, waren sie ebenfalls aufgebrochen. Er landete ein Stück voraus und wartete, bis sie ihn erreicht hatten. Er stieg auf das Pferd, das sie für ihn mitgeführt hatten. Den Drachen ließ er an Ort und Stelle zurück. Der Emir mochte ihn sich später holen.

»Nach Jerusalem?« fragte Gundemar.

»Ja. Aber vorher machen wir noch einen kleinen Umweg.«

»Ihr habt – *was*?« rief der Patriarch erbost. Er war rot angelaufen, und auf seiner Stirn traten die Zornesadern hervor. Auch der König wirkte ungehalten. Gleich nach seiner Ankunft hatten sie Tom zu sich gerufen, in denselben Saal, in dem er zu seiner Mission verurteilt worden war, und auch Hugo de Champagne war wieder anwesend. Leider hatte Tom noch keine Gelegenheit gehabt, sich mit ihm zu unterhalten.

»Wie ich es Euch gesagt habe. Ich habe die Posaune an einem Ort versteckt, an dem weder ihr noch die Sarazenen sie jemals finden werden. Und niemand außer mir weiß, wo.« Das entsprach nicht ganz der Wahrheit. Gundemar war dabei gewesen, als er die Kiste in einer tiefen Höhle nahe der Felsenstadt deponiert und den Eingang mit einer Sprengladung zum Einsturz gebracht hatte. Der Templer hatte geschworen, niemandem etwas darüber zu verraten, selbst seinen Brüdern nicht. »Es stimmt, diese Posaune ist eine mächtige Waffe. Mächtig genug, andere Völker zu unterjochen. In den Händen Eurer Feinde würde sie Euer Ende bedeuten.«

»Eine solch mächtige Waffe würden wir nie in die Hände des Feindes geraten lassen!« rief der Patriarch.

»Ach ja? Dann habe ich mir etwa nur eingebildet, sie gerade aus der Hand des Emirs geholt zu haben?«

Der Patriarch schnappte nach Luft.

Es schien, als würde er jeden Augenblick einen Schlaganfall erleiden.

»Dafür werdet Ihr auf dem Scheiterhaufen brennen«, keifte er. »Ich selbst werde dafür sorgen. Ihr hättet besser daran getan, Euch nie wieder hierher zurückzuwagen, nachdem Ihr den Auftrag des Königs in schändlichste Weise mißachtet habt.«

»Nein«, sagte Hugo de Champagne mit Bestimmtheit. »Das hat er keineswegs. Euer Auftrag lautete, die Kiste aus der Hand des Emirs zu befreien, nicht aber, sie nach Jerusalem zu bringen.«

Der Patriarch starrte den Templer haßerfüllt an. Er suchte nach Worten, fand aber keine, die dieses Argument zu entkräften vermochten. Hilfesuchend sah er zum König.

»Die Ritter haben mir von den Wundern berichtet, die Ihr gewirkt habt«, sagte Balduin zu Tom. Er schien nicht mehr ganz so ungehalten wie zu Beginn. »Beeindruckende Wunder, die –«

»Magie, nichts als schwarze Magie!« rief der Patriarch, doch ein scharfer Blick des Königs brachte ihn zum Schweigen.

»Wie auch immer«, fuhr Balduin fort. »Ich frage mich, ob Ihr auch für mich solche Wunder wirken könnt.«

Tom verneigte sich leicht.

»Ich werde für Euch tun, was ich verantworten kann.«

Die Antwort schien Balduin einigermaßen zufriedenzustellen. Für ihn schien es nach wie vor weniger darum zu gehen, ob Tom den Ansprüchen des Patriarchen oder der Kirche genügte, sondern ob er ihm von Vorteil sein konnte.

»Nun gut«, sprach er. »So kehrt in Eure Gemächer zurück und seid einstweilen weiterhin mein Gast.«

Er erhob sich.

Die Unterredung war beendet. Tom nahm die Entscheidung mit Erleichterung hin. Aber er war sich im klaren, daß es nur ein Sieg auf Zeit war.

»Glaubt nicht, Ihr würdet damit durchkommen!« drohte der Patriarch Tom hinterher, als er mit de Champagne den Saal verließ. »Noch heute werde ich eine Depesche an den Heiligen Vater schicken, damit er über Euch urteilt.«

Draußen vor dem Saal legte der Templer Tom die Hand auf die Schulter und sah ihn fest an.

»Ich freue mich von ganzem Herzen, daß Ihr wohlbehalten zurück seid. Ich hätte nicht geglaubt, Euch jemals wiederzusehen.«

Tom überlegte, was »Unkraut vergeht nicht« auf Lateinisch hieß, kam aber nicht darauf.

»Der Patriarch wird diese Schmach nicht auf sich sitzen lassen«, sprach Hugo de Champagne weiter. »Rechnet damit, daß er seine Drohung wahr macht und an den Papst schreibt.«

»Es wird Wochen, wenn nicht Monate dauern, ehe die Antwort hier ist. Solange kann er nichts unternehmen.« Tom wechselte das Thema. »Wie weit seid Ihr mit den Grabungsarbeiten? Habt Ihr den Quader durchstoßen?«

»Leider nein. Wir haben zwölf Meter geschafft, sind aber noch nicht durchgebrochen. Seit zwei Wochen müssen wir uns wieder mit unseren Werkzeugen behelfen. Wir haben sämtliche Sprengpatronen verbraucht, die Ihr dagelassen habt.«

Zwölf Meter – welch gigantische Sperre! Um so wertvoller mußte das sein, was dahinter lag. *Falls* etwas dahinter lag.

»Ich werde sofort in mein Quartier gehen und mich daran machen, neue anzufertigen.«

Bei dem Gedanken, Tabiha in wenigen Augenblicken wiederzusehen, machte sein Herz einen freudigen Sprung. Wie sehr hatte er sie vermißt!

In der nächsten Nacht hörte Tom es erneut – das Wispern.

Echsen, rief es, und obwohl es nur leise war, reichte es aus, ihn aus dem Schlaf hochfahren zu lassen. Nein, keine Täuschung. Da war es wieder!

Ooohm ... Eccson ...

Er stand vom Bett auf. Durch die Bewegung wurde Tabiha wach.

»Was habt Ihr, Herr?« fragte sie schläfrig.

»Nichts«, flüsterte er ihr zu. »Schlaf nur weiter.«

Eeee ... Icson ..., wisperte es wieder, und es schien aus dem Nebenraum zu kommen. Er folgte dem Flüstern.

»Hallo?« rief er, als er nebenan war. »Ist hier jemand?«

Er blickte sich um, ohne etwas zu entdecken. Halt, da war doch etwas. Etwas wie ein sanftes rotes Glühen, das wie ein hauchdünner, kaum wahrnehmbarer Schleier durch die Raum wehte.

Ooohm ... Eeee ... Icson ...

Tom erstarrte.

Zum ersten Mal hatte er verstanden, was das Wispern bedeutete. Wie sehr hatte er sich getäuscht! Es hatte nichts mit Echsen oder einem nordamerikanischen Ölmulti zu tun.

Dort rief jemand seinen Namen!

Ooohm Ericsooon ... Tooom Ericsooon ...

Seinen vollständigen Namen. Einen Namen, den niemand in diesem Zeitalter kannte. Er hielt den Atem an. Diese Stimme kam nicht von hier, nicht aus dieser Zeit!

Er rief den Namen des alten Schamanen.

»Bist du das?«

Neeeiin ..., antwortete das Wispern. *... andereees ...*

»Was willst du von mir?«

Zuuurück ... zu ... hooohlen ...

»Du bist gekommen, mich zurückzuholen? Zurück in die Gegenwart?« Oder sollte es heißen: Zurück in die Zukunft?

Jaaaaa ... Jaaa ... Das Wispern wurde leiser. Es schien sich zu entfernen. *Neee ... Nächstes ... Maaal ...*

»Das nächste Mal? Dann willst du mich zurückholen? Wann?«

Er bekam keine Antwort. Das Wispern war verstummt, das Leuchten verglimmt.

Er fuhr herum, als er ein Rascheln hörte, und sah Tabiha im Türrahmen stehen. Sie hatte sich ein dünnes Gewand übergezogen.

»Ihr werdet gehen, nicht wahr?« fragte sie mit erstickter Stimme. »Ihr werdet gehen und mich allein zurücklassen?«

Er begriff, daß sie zugehört hatte – so laut, wie er gewesen war, hatte sich das kaum vermeiden lassen –, und mit dem treffsicheren Instinkt einer Frau hatte sie die richtigen Schlüsse gezogen.

Er eilte zu ihr, nahm sie in den Arm und drückte sie fest an sich. Nein, wollte er sagen. Ich werde dich nicht allein lassen. Niemals.

Doch er bekam kein Wort über die Lippen.

Den Großteil der Tage verbrachte Tom wiederum im Quartier der Templer. Im Umgang mit den Sprengpatronen waren sie mittlerweile so geübt, daß er sich sparen konnte, die Arbeiten selbst zu beaufsichtigen. Er fand genügend Zeit, mit den Vorstehern ausgiebige Gespräche zu führen.

»Bitte gestattet, Euch eine Frage zu stellen«, sagte de Champagne bei einer solchen Gelegenheit. »Ihr sagtet, Ihr wäret ein Mensch. Jeder Mensch aber hat seine Heimat. Welches ist die Eure? Woher kommt Ihr?«

»Aus einer Welt, die weit, weit von hier entfernt ist.«

»Ist sie auf den beiden Kontinenten gelegen, die sich jenseits des Atlantischen Ozeans befinden sollen?«

Amerika! Tom hob die Augenbrauen. Der Templer redete von den beiden amerikanischen Kontinenten. Und das zweihundertfünfzig Jahre vor ihrer Entdeckung!

»Nein«, sagte er.

»Wieviel Tage müßte man reisen, um diese Welt zu erreichen?«

»Jahrhunderte.« Und in einem Anflug von Bitterkeit fügte er hinzu: »Mehr als acht Jahrhunderte.«

Hugo de Champagne nickte andächtig.

»Ihr sagtet uns, Ihr könntet uns etwas über die Zukunft lehren. Wie kommt es, daß ihr soviel darüber wißt?«

Tom wußte, das er vorsichtig sein mußte. Der Vorsteher war der Wahrheit bereits sehr nahe gekommen. Zu nahe.

»Mir sind gewisse Einblicke in künftige Dinge gegeben«, erwiderte er ausweichend.

»Ist das der Grund, warum Ihr bei unserer ersten Begegnung von Bruder Bernhard von Clairvaux als einen Heiligen gesprochen habt? Oder davon, daß wir ein großer und mächtiger Orden wären? Obwohl seine Gründung erst für den Fall geplant ist, daß uns hier Erfolg beschieden ist?« Er wertete Toms Schweigen als stumme Zustimmung. »Ist es so? Werden wir Erfolg haben? Wird unser Orden groß und mächtig werden?«

Tom überlegte lange. Wieviel konnte er verraten, ohne Gefahr zu laufen, die Geschichte zu verändern?

»Ja«, sagte er schließlich. »Ihr werdet Erfolg haben. Euer Orden wird dem ganzen Abendland zum Segen gereichen.«

Das Gesicht des Vorstehers blieb unbewegt, aber in seine Augen trat ein ergriffener, fast glücklicher Glanz. Und dann fragte er plötzlich:

»Auch noch in mehr als achthundert Jahren?«

Tom zuckte zusammen. Die Frage hatte ihn getroffen wie ein Peitschenhieb. Er starrte den Templer an, und begriff, daß dieser die Wahrheit längst erfaßt hatte. Vielleicht nicht in allen Einzelheiten, aber grundsätzlich schon.

Was sollte er antworten? Daß der Orden Anfang des vierzehnten Jahrhunderts von Philipp dem Zweiten, genannt ›Der Schöne‹, zerschlagen werden würde und alle Templer in den Folterkammern und auf Scheiterhaufen sterben würden?

»Euer Schweigen ist Antwort genug«, sagte Hugo de Champagne düster.

»Ich darf Euch nichts sagen. Es würde gegen göttliche Gesetze verstoßen.« Er atmete tief durch. »Aber ich kann Euch einen Rat geben: Hütet eure Schätze, wenn der Schöne den Thron besteigt.«

Der Templer nickte ernst.

»Ich werde dafür sorgen, daß dieses Wort bewahrt und ...«

Er wurde unterbrochen, als Hugo de Payens in den Raum gestürmt kam. Seine Miene zeigte, daß etwas Außergewöhnliches geschehen war.

»Was ist?« fragte de Champagne besorgt.

Aus de Payens' löste sich ein Lachen, und er fiel seinem Bruder um den Hals.

»Wir haben es geschafft!« rief er. »Wir sind durchgebrochen!«

»Und ... dahinter ...?« fragte de Champagne zaghaft.

»Ja«, rief de Payens. »Es ist der Tempel Salomons! Wie es in der Schrift geschrieben stand.«

»Der salomonische Tempel ...?« entfuhr es Tom. »Der ist doch von den Babyloniern vollkommen zerstört worden.«

Die beiden Männer drehten sich zu ihm um, als würden sie sich erst jetzt bewußt, daß er sich ebenfalls im Raum befand.

»Der oberirdische schon«, sagte de Payens. »Aber Salomon war weise genug, um zu wissen, daß dieser früher oder später zerstört werden würde. Deshalb ließ er tief unten im Fundament der Tempelplattform einen zweiten, genau identischen errichten. Und dort verbarg er sein größtes Heiligtum.«

Sein größtes Heiligtum, hallte es in Tom nach. Moment. Seines Wissens hatte Salomon den Tempel damals einzig und allein gebaut, um ...

»Die Bundeslade! Ihr habt nach der Bundeslade gesucht!«

»So ist es.« Hugo de Champagne lächelte und legte ihm den Arm um die Schultern. »Und nun komm. Laß sie uns ansehen.«

Sie stiegen in den Schacht hinunter.

Die anderen Brüder warteten vor dem Durchbruch auf sie, um den beiden Vorstehern den Vortritt zu lassen. Zusammen mit ihnen kletterte Tom durch den metergroßen Durchbruch.

Was sie dahinter erwartete, ließ Toms Herz schneller schlagen. Der Tempel Salomons! Ein länglicher, rechteckiger Raum, in dessen Mitte sich ein weiteres gemauertes Rechteck befand. Eine Türöffnung führte hinein. Das mußte das sogenannte *Heiligste* sein, ein Raum, zu dem nur die höchsten Priester und Salomon selbst Zutritt gehabt hatten.

Tom spürte, wie seine Handfläche feucht wurden. Bei dem Gedanken, daß sie die ersten waren, die seit mindestens zweitausend Jahren diese Räume betraten, erfaßte ihn leichter Schwindel. Täuschte er sich, oder flirrten plötzlich rote Nebel durch den Raum?

Ericson, wisperte es in ihm. *Tom Ericson ...*

Nein, er hatte sich nicht getäuscht. Da war sie wieder, die Stimme. Was hatte sie ihm vor Tagen gesagt? Beim nächsten Mal würde sie ihn zurückholen.

Nein, dachte er. *Nicht jetzt.* Nicht, bevor er einen Blick auf die Lade geworfen hatte. Bevor er sie mit eigenen Augen gesehen hatte!

Tom Ericson. Komm. Es ist Zeit. Zeit zu gehen.

Diesmal war die Stimme klar und deutlich. Und sie kam ihm bekannt vor. Aber er war zu abgelenkt, um darüber nachzusinnen.

Zusammen mit den anderen trat er ins *Heiligste,* und davon abgeteilt war ein weiterer Raum, das sogenannte *Allerheiligste.* Dort mußte sich der Überlieferung nach die Bundeslade befinden.

Du mußt mitkommen. Sofort ...

Er spürte, wie ihm die Knie weich wurde. Etwas begann an seinem Geist zu zerren, als ob es ihn aus seinem Körper heraussaugen wollte.

»Nein!« rief er, ohne zu bemerken, wie sich ihm die anderen Männer überrascht zuwandten. Sie konnten nicht wissen, mit wem er redete. »Nicht jetzt!«

Sträube dich nicht. Sonst verliere ich dich, und du wirst für ewig zwischen den Zeiten verloren gehen.

Aber Tom sträubte sich. Verzweifelt sah er zum Durchgang zum *Allerheiligsten,* nur wenige Meter vor ihm. Dort drinnen stand sie, die Bundeslade, zum Greifen nahe.

Er konzentrierte sich mit aller Macht darauf, den nächsten Schritt zu machen, doch seine Beine knickten ein. Er ging auf die Knie, und ehe er gänzlich vorüber stürzen konnte, war Hugo de Champagne heran und hielt ihn.

Halb sah Tom das Gesicht des Großmeister ganz dicht vor sich, halb sah er ihn tief unter sich, wie er am Boden kniete und sich über eine Gestalt in einem weißen Gewand beugte.

Und diese Gestalt war er selbst!

»Kümmert ... kümmert Euch um Tabiha!« brachte er noch über die Lippen, dann riß auch der letzte Anker, der sein Bewußtsein mit diesem Körper verband.

Sein Geist wurde fortgewirbelt wie ein Blatt im stürmischen Herbstwind, zurück in einen Strudel aus Zeit und Raum, geleitet von einem ihm fremden Bewußtsein. Tom spürte, daß es sich verzweifelt bemühte, ihn nicht aus seinem Griff zu verlieren, und trotzdem wurde der Zusammenhalt immer vager und vager.

Ich verliere dich, hörte Tom das Wispern. Es wurde leiser und schwächer. *Ich veeerlieeeereee Diiiii ...*

Das Wispern brach ab. Toms Geist war wieder allein in dem wirbelnden Strudel, der ihn mit sich riß, einem unbekannten Ziel entgegen.

Hugo de Champagne ließ den leblosen Körper sacht zu Boden gleiten und befühlte ›Toms‹ Halsschlagader. Er schüttelte den Kopf und sah zu seinen Brüdern auf.

»Er hat uns verlassen«, sagte er leise und schloß Toms Augen.

»Vielleicht war es wirklich seine Bestimmung, uns zu unserem Ziel zu helfen. Und nun, da er sie erfüllt hat, ist er wieder von uns gegangen.«

»Zurück wohin?« fragte Gundemar. »Zu Gott?«

»Vielleicht«, sagte de Payens. »Vielleicht aber auch zurück in seine Welt. Eine Welt achthundert Jahre von hier. Wünschen wir ihm, daß er dorthin zurückkehrt.« Er dachte an das, was Tom ihm oben in der Kammer gesagt hatte: Hütet Eure Schätze, sobald der Schöne den Thron besteigt. »Behalten wir ihn und seine Worte immer in unseren Herzen.«

Erst dann erhob er sich und trat ins *Allerheiligste,* wo der größte Schatz, den die Templer je besitzen sollten, auf sie wartete ...

EPILOG

Wenige Tage später verließ Gundemar die Heilige Stadt und setzte an Bord eines Schiffes nach Frankreich über. Sein Ziel: die Abtei von Clairvaux, in der Bernhard bereits sehnsüchtig auf sein Kommen wartete.

Kurze Zeit später reisten auch die anderen Mitglieder der Laienbruderschaft vom Salomonischen Tempel nach Frankreich zurück, in ihrem Gepäck Dutzende großer Transportkisten, darunter eine besonders gut gesicherte, die sie nie unbewacht ließen und hüteten wie ihren Augapfel.

Zusammen mit ihnen traf auch Tabiha in Frankreich ein, die in Clairvaux eine neue Heimat fand. Und in den ersten Tagen des kommenden Frühjahrs gebar sie dort ihren Sohn.

Sie nannte ihn Thomas, nach seinem Vater.

ENDE
des siebten Buches

ACHTES BUCH

DAS ENDE DER TEMPELRITTER

von Robert de Vries

Abermals wurde Tom Ericsons Geist durch die Zeiten gewirbelt.

Gerade noch, nur Augenblicke zuvor, war er in Jerusalem gewesen. Dem Jerusalem des Jahres 1127, den Tagen der Kreuzfahrerstaaten. Dorthin hatte es ihn – oder richtigerweise: seinen Geist – verschlagen, nachdem ihn im Australien der Gegenwart ein alter Aborigine-Schamane mit auf eine Traumzeitreise genommen hatte.

Dabei war irgend etwas schiefgelaufen. Tom hatte den Kontakt mit den Schamanen verloren, war wie jetzt haltlos durch die Zeiten getaumelt und hatte sich schließlich im Körper eines Kreuzritters wiedergefunden.

In dieser Gestalt hatte er mehrere Wochen in Jerusalem verbracht und war einer Laienbruderschaft begegnet, aus deren Mitgliedern später der Tempelritter-Orden hervorgehen sollte. Es war eine verschworene Gemeinschaft hochgebildeter Männer gewesen, die zwanzig Jahre ihres Lebens gegeben hatten, um in den Fundamenten des Jerusalemer Tempelplateaus nach einer verborgenen Tempelkammer aus salomonischen Tagen zu graben. Sie hatten geheime Schriften gefunden, die besagten, daß dort unten die legendäre Bundeslade verborgen lag.

Mit Toms Hilfe war es den Männern gelungen, bis zur Tempelkammer vorzudringen, doch ihm selbst war es nicht vergönnt gewesen, auch nur einen einzigen Blick auf die Bundeslade zu werfen.

Zuvor hatte ihn eine geisterhafte Stimme erreicht, die nur er zu hören vermochte. Eine Stimme aus der Gegenwart. Eine Stimme, die er von irgendwoher zu kennen glaubte, die er aber keiner konkreten Gestalt zuordnen konnte. Sie hatte seinen Geist aus dem Körper des Kreuzritters und zurück in den riesigen wirbelnden Strudel aus Vergangenheit, Gegenwart und Zukunft gerissen.

Sie hatte ihn durch die tosenden Gestade hindurchgeleitet, wie ein kleines Kind, das man an der Hand führte, weil es noch nicht ohne fremde Hilfe laufen konnte – doch dann war auch dieser Kontakt schlagartig abgerissen.

Erneut hatte er seinen Führer durch die Zeiten verloren. Binnen eines Herzschlages waren sie in zwei unterschiedliche Strudel hineingerissen worden. Tom spürte, daß der andere, wer immer es auch gewesen sein mochte, längst Jahrhunderte von ihm entfernt war. Oder Jahrtausende.

Und es war zu befürchten, daß niemand anderes als er selbst schuld daran war. Die Stimme hatte ihn gewarnt, sich nicht gegen das Herauslösen aus dem Körper zu wehren. Doch Tom *hatte* sich gewehrt. Mit aller Kraft sogar. Und zwar deshalb, weil er nur noch ein paar Schritte von dem größten archäologischen Schatz entfernt gewesen war.

Der Bundeslade.

Weiter und weiter trieb er auf den Mittelpunkt des Strudels zu, tauchte in ihn hinein, und dann folgte ein Augenblick vollkommener Ruhe und Schwärze.

Genau dasselbe hatte er schon einmal erlebt, kurz bevor er sich im Körper des Kreuzritters wiedergefunden hatte – und auch die folgenden Ereignisse entsprachen diesem ersten Erlebnis auf geradezu verblüffende Weise.

Bläuliche Blitze umloderten seinen Geistkörper und peinigten ihn. Wieder hatte er den Eindruck, als würde alles, was sein Denken und Fühlen ausmachte, in ein furchtbar enges Gefäß gequetscht. Das Gefühl, haltlos um die eigene Achse zu wirbeln, erlosch, ebenso wie die grenzenlose – beinahe beängstigend grenzenlose – Freiheit, die er dabei verspürt hatte.

Er merkte, daß er atmete, und ein kurzes Bewegen der Gliedmaßen bewies: Er hatte wieder einen Körper!

Und er lag auf dem Rücken.

Einen kurzen Moment lang stieg in ihm die Hoffnung

hoch, er könnte sich wieder in sich selbst befinden, wieder zurück in der Gegenwart sein, doch dieses Gefühl hielt sich nur so lange, bis er die Augen öffnete.

Sein erster Blick galt seinem Körper. Ein fremder Körper. Er war von schlanker, fast hagerer Gestalt. Die Füße steckten in stählernen Beinkleidern, die Hände in Panzerhandschuhen, ein Kettenhemd schützte seine Brust, und darüber trug er einen weißen Uniformmantel, auf dem sich ein großes rotes Kreuz befand.

Das Gewand eines Tempelritters, wie er begriff!

Zu seinen Füßen lag ein Schwert mit blutiger Klinge. Sein eigenes? Er vermochte es nicht zu sagen. Wie schon beim ersten Mal konnte er auf keinerlei Erinnerungen seines »Gastkörpers« zurückgreifen.

Erst jetzt schenkte er seiner Umgebung Aufmerksamkeit. Er befand sich auf einem holprigen Waldweg, rechts und links tiefe Wälder.

Am Himmel strahlendes Blau und eine Sonne, die warm auf ihn herabschien. Ein paar Meter weiter zwei reglose Gestalten, unter denen der Grund blutig getränkt war. Irgendwo eine Gestalt, die sich humpelnd ins Dickicht flüchtete.

Zwanzig, dreißig Meter weiter auf dem Waldweg schließlich standen mehrere, mit festgezurrten Kisten und Ballen beladene Wagengespanne. Zu beiden Seiten insgesamt ein knappes Dutzend Leute, Frauen und Männer, die ausnahmslos alle auf die Knie gesunken waren und ehrfurchtsvoll und scheu in seine Richtung starrten. Einige von ihnen hielten noch Stöcke mit spitzen Enden oder Heugabeln in den Händen. Keine Frage, hier hatte gerade noch ein Kampf stattgefunden.

Aha, dachte Tom. Demnach war er wiederum unter recht spektakulären Umständen in diesen Körper gefahren, und wer immer die Angreifer gewesen waren, es hatte ausgereicht, sie in die Flucht zu schlagen.

Tom wußte nicht recht, ob er sich darüber freuen sollte. Wahrscheinlich ja.

Beim ersten Mal hatte man ihn aufgrund dessen für einen himmlischen Gesandten gehalten, und das hatte ihm eine Menge Vergünstigungen eingebracht. Er war sogar persönlicher Gast des Königs gewesen. Ganz soviel Aufsehen mußte es diesmal nicht sein, aber es konnte nicht schaden, wenn die Leute den Eindruck bekamen, er wäre durch ein himmlisches Zeichen besonders legitimiert. Das ersparte im Zweifelsfall lästige Diskussionen, wie er aus eigener Erfahrung wußte.

Er richtete sich vollständig auf und sah den Leuten entgegen. Zunächst einmal galt es, sich genauer zu orientieren. Wo war er?

Und vor allen Dingen – wann?

Den dichten und dunklen Wäldern ringsum nach zu urteilen, war er irgendwo in Mitteleuropa gelandet. Die Wagengespanne und die Kleidung der Leute machten einen mittelalterlichen Eindruck, und das Gewand des Tempelritters, das er trug, erlaubte ihm eine weitere Einkreisung der Zeit. Dieser Orden hatte nämlich nur bis Anfang des vierzehnten Jahrhunderts existiert.

Mit diesem Gedanke drängte sich eine andere Frage in seinen Schädel: Warum war er eigentlich – bei all den Millionen und Abermillionen von Möglichkeiten, die es gegeben hätte – ausgerechnet im Körper eines Tempelritters aufgetaucht? Welche Gesetzmäßigkeiten waren dafür verantwortlich, ihn immer wieder auf diesen geheimnisvollen Orden stoßen zu lassen?

Oder machte er sich etwas vor? War es vielleicht tatsächlich nur Zufall gewesen?

Er konnte und wollte nicht so recht daran glauben. Als er mit dem alten Aborigine-Schamanen auf die Traumzeitreise gegangen war, hatte er gehofft, dadurch mehr über den Heiligen Gral zu erfahren. Statt dessen war er immer wieder auf die Bundeslade gestoßen. Zuerst war er Zeuge eines Gespräches zwischen König Salomon und dessen Sohn Menelik geworden, das sich um die Lade gedreht hatte, dann war er in Jerusalem auf diejenigen getroffen, die sie viele Jahrhunderte später aus ihrem Versteck geholt hatten.

War es seine Bestimmung, jetzt und hier wieder auf die Bundeslade zu stoßen?

Ein Mann, der bislang von den Wagen verdeckt gewesen war, trat auf ihn zu. Erstaunt bemerkte Tom, daß dieser ebenfalls das Gewand eines Tempelritters trug. Offenbar hatte er am hinten Ende des Wagenzuges gekämpft. In einer Hand hielt er ein Schwert, in der anderen ein Schild, das wie ein nach unten hin spitz zulaufendes Wappen geformt war. Der obere Teil war schwarz, der untere weiß und mit mehreren kleinen roten Kreuzen bedeckt.

Ein paar Meter vor Tom blieb er stehen, mit unsicherer, fragender Miene.

Er sagte irgend etwas, das französisch klang. Doch Tom beherrschte nur ein paar Brocken dieser Sprache. Zu wenig, um sicher zu sein, ob es wirklich Französisch war.

»Wenn du des Lateinischen mächtig bist, so rede in dieser Sprache mit mir«, sagte Tom. Soweit er wußte, waren die Tempelritter allesamt bibelfeste Burschen, und das setzte zwingend voraus, daß sie Lateinisch konnten. Denn die Bibel war in dieser Zeit fast ausschließlich in dieser Sprache zugänglich.

Der andere zögerte, dann antwortete er auf Lateinisch.

»Wieso verlangst du das von mir, Bruder? Und was ist mit dir geschehen? Du hörst dich so ... seltsam an. Und was war das für ein Blitz aus dem Himmel?«

»Sei ohne Sorge«, sagte Tom beruhigend. »Das alles hat seine Richtigkeit. Euch ist die Gnade zuteil geworden, Zeugen eines wichtigen Ereignisses zu werden.« Er spürte, daß er den richtigen Tonfall angeschlagen hatte. »Aber zuerst brauche ich Informationen. Sage mir, wo ich hier bin. Und welches Jahr schreiben wir?«

Der Mann wirkte überrascht, gab aber die gewünschten Auskünfte. Tom erfuhr, daß er sich im Nordwesten Frankreichs befand; das bestätigte seinen Eindruck, daß der andere Ritter Französisch gesprochen hatte. Und er erfuhr, welches Jahr man schrieb.

1307.

Tom erschrak.

Das war das Jahr, in dem der Ritterorden der Templer zerschlagen worden war. Aber *wann* in dem Jahr? Tom spukte so etwas wie Herbst im Kopf herum, aber sicher war er sich keineswegs.

Verdammt, wenn er damals in seiner Studentenzeit gewußt hätte, wie wichtig das einmal für ihn werden würden, hätte er diese Daten weitaus gewissenhafter gebüffelt!

Er fragte genauer nach und erhielt zur Antwort, daß man den fünften Tag des Oktobers schrieb. Das paßte zum spätsommerlichen Wetter. Aber es half ihm kein bißchen bei der Frage, wann genau die Zerschlagung stattgefunden hatte. Soweit er wußte, war es damals europaweit zu einer vollkommen überraschenden Verhaftungswelle gekommen, initiiert vom machtgierigen König von Frankreich und dem politisch schwachen Papst dieser Zeit.

Es konnte morgen soweit sein, aber auch erst in ein oder zwei Monaten. Aber stattfinden würde es. So sicher, wie es Geschichte gab. Tom begriff, daß ihn allein die Tatsache, daß er das Gewand eines Templers trug, in tödliche Gefahr bringen konnte.

»Wie kommt es, daß Ihr nicht mehr wißt, wo Ihr seid oder welches Jahr wir schreiben?« fragte der andere. Tom bemerkte, daß er von der vertraulichen Anrede abgegangen war. Ein positives Zeichen, zumindest was die Anerkennung seiner Autorität betraf. »Hat euch der Schlag des Gedächtnisses beraubt?«

»Was für ein Schlag?« fragte Tom. Einstweilen waren Gegenfragen wohl das beste Rezept. »Erzähle mit mehr darüber.«

Er erfuhr, unter welchen Umständen er aufgetaucht war. Er war einer der Begleiter dieses Wagenzuges gewesen, der eine wichtige Fracht zur nächsten Komturei der Templer zu bringen hatte. Plötzlich waren sie von Räubern und Wegelagerern überfallen worden, die von der Aussicht auf Beute herbeigelockt worden waren. Natürlich hatten sie gewußt, daß sie leichtes Spiel haben würden, sobald sie erst einmal die zwei Tempelritter – die einzigen, die im Umgang mit Waffen geschult waren – ausgeschaltet hatten. So hatten sie alle Kräfte auf sie konzentriert. Zwei der Banditen, diejenigen, die tot auf dem Boden lagen, hatte Tom – beziehungsweise der vorige Besitzer dieses Körpers – noch niederstrecken können, dann hatte ihm ein anderer von hinten einen Holzknüppel über den Kopf gezogen.

Er war zu Boden gestürzt, aber ehe er ihn erreicht hatte, war ein Blitz aus dem Himmel herniedergefahren, hatte seinen Körper in die Luft gerissen und dort, von Blitzen umtobt, als feuriges Fanal so lange stehenlassen, bis sämtliche Banditen erschrocken das Weite gesucht hatten.

Diese Erscheinungen entsprachen Toms erster Materialisation. Wahrscheinlich war der Mann in dem Moment getötet worden, da ihn der Schlag des Holzknüppels getroffen hatte, und im selben Moment war Toms Geist in diesem quasi seelenlosen Körper gefahren.

»Könnt Ihr mir sagen, was mit Euch geschehen ist?« fragte der Ritter zaghaft. »Was war das für ein Blitz, der Euch erfaßt hat?«

Tom überlegte.

»Ein göttliches Zeichen«, antwortete er dann. »Ich bin nicht mehr der, den du gekannt hast. Ich bin hier, um eine Mission zu erfüllen.« Tom sah zu den Wagen. Die Leute hatten sich mittlerweile von den Knien erhoben, blickten scheu zu ihnen und warteten, was ihr Gespräch ergab. »Wohin war der Wagenzug unterwegs?«

»Die Ladung ist für die Komturei in Libourne bestimmt, noch ungefähr eine Tagesreise von hier. Der Inhalt der Kisten muß sehr wertvoll sein, denn wir beide wurden zur Sicherheit mitgeschickt, obwohl dieser Weg als sicher gilt. Zu Unrecht, wie der Überfall bewiesen hat. Und wir beide hätten der Übermacht der Räuber nie standhalten können, wenn du nicht ... wenn Ihr nicht ...«

»Es entsprach göttlicher Fügung, daß ihr durch mich gerettet wurdet«, sagte Tom.

Er hatte nicht einmal ein schlechtes Gewissen dabei. Schicksal, Zufall, göttliche Fügung, waren das nicht nur verschiedene Ausdrücke für ein und dasselbe? Wie hatte es ein weiser Mann – in diesem Fall der französische Nobelpreisträger Anatole France – doch einmal formuliert? Zufall ist vielleicht das Pseudonym Gottes, wenn er nicht persönlich unterschreiben will.

»Wir haben nicht nur die Fracht in Libourne abzuliefern«, ergänzte der Ritter. »Ihr tragt auch noch eine Botschaft bei Euch, die für den Vorsteher jener Komturei bestimmt ist und die Ihr nur ihm persönlich zu übergeben habt.« Als Tom ihn fragend ansah, fügte er hinzu. »Sie befindet sich unter Eurem Kettenhemd.«

Tom tastete danach und wurde fündig. Es war ein mit Siegelwachs verschlossener Umschlag. Er verspürte einen Moment lang den Wunsch, ihn aufzureißen, aber er widerstand der Versuchung. Die Botschaft war für den Leiter der Komturei bestimmt, und es war besser, sich dessen Vertrauen nicht zu verspielen, selbst wenn Tom immer noch auf seine himmlische Legitimation hätte pochen können. Wahrscheinlich war die Nachricht, die sich darin befand, vollkommen unerheblich – jedenfalls für ihn.

Er steckte den Umschlag wieder weg.

»Sage mir, welches ist dein Name?« fragte er den Ritter.

»Armand de Quillan. Und wie soll ich Euch nennen?«

»Unter welchem Namen hast du mich gekannt?«

»Thomas von Annecy.«

Thomas! Wie praktisch.

»So nenne mich weiterhin Thomas.«

»Wie Ihr wünscht. Was befiehlt Ihr, daß wir jetzt tun sollen?«

»Wir werden die Reise fortsetzen«, entschied Tom. »Aber bevor wir aufbrechen, beantwortete mir noch eine Frage. Weißt du irgend etwas von Verhaftungen, die König Philipp gegen den Templerorden ausgesprochen hat?«

Armand de Quillan zeigte sich erstaunt.

»König Philipp? Der wäre nicht berechtigt, so etwas zu tun. Der einzige, der das könnte, wäre der Heilige Vater. Papst Clemens V.«

»Und der hat so etwas nie im Sinn gehabt?« fragte Tom nach.

»Der König hat ihn mehrfach dazu gedrängt, Anklage gegen uns zu erheben. Erst vor wenigen Monaten hat unser Großmeister sich mit dem Papst getroffen, um über die gegen uns erhobenen Anschuldigungen Rechenschaft abzulegen. Keine einzige Behauptung konnte aufrecht erhalten werden. Unser Orden ist von jedem Zweifel reingewaschen worden.«

»Von jedem?«

»Nun …« Armand wirkte ein klein wenig verlegen. »Unter dem einfachen Volk haben sich natürlich weiterhin schändliche Gerüchte gehalten. Gerüchte, die besagen, daß wir innerhalb unserer Tempel Götzen huldigen würden. Aber das sind unhaltbare Verdächtigungen. Mit der Zeit werden sie verschwinden. Gott wird nicht zulassen, daß seine treuesten Diener zu Unrecht beschuldigt werden.«

Tom wußte, daß den Templern noch weitaus mehr widerfahren würde. Aber er hielt den Mund. Einstweilen war er froh zu wissen, daß es noch nicht soweit war.

Aber die Frage blieb: Wieviel Tage oder Wochen waren es noch?

Sie setzten den Weg fort. Zu Fuß. Die Pferde, die vor die Wagen gespannt waren, waren reine Zugtiere. Tom dachte sehnsüchtig daran, daß er im Heiligen Land wenigstens ein Reitpferd gehabt hatte.

Mit den anderen Leuten, die die Wagen begleiteten, kam er so gut wie gar nicht ins Gespräch. Als einfache Menschen sprachen sie nur Alt-Französisch, und das schloß eine direkte Verständigung mit ihnen aus. Die Ehrfurcht, mit der sie Tom gegenüberstanden, war dennoch deutlich zu spüren.

In ihren Augen mußte das, was geschehen war, wie ein himmlisches Wunder anmuten.

»Ihr sagtet, daß Ihr eine Mission zu erfüllen hättet«, sagte Armand, der zusammen mit ihm voranging. »Darf ich fragen, worin die besteht?«

Genau das wüßte ich auch gerne, dachte Tom. Er konnte nur vermuten, daß es irgendwie mit dem Gral oder der Bundeslade zu tun hatte. Er ermahnte sich, vorsichtig zu sein. Er hatte erlebt, wie schnell man ihm aus dem, was er sagte, einen Strick drehen konnte.

»Eine Mission, über die ich nur zu Personen reden darf, die über genügend Weisheit verfügen«, sagte er ausweichend.

Armand nickte einsichtig.

»So wie Thibaut de Champagne, der Vorsteher der Komturei?« fragte er. »Er ist ein sehr weiser Mann.«

De Champagne. Tom mußte unwillkürlich an Hugo de Champagne denken, einen der beiden Vorsteher der Templer-Laienbruderschaft in Jerusalem und späteren Gründer des Ordens. Doch diese Übereinstimmung ließ auf kein Verwandtschaftsverhältnis schließen. Der zweite Namensteil gab lediglich an, woher jemand kam. In diesem Fall aus der Champagne. So wie Armand aus Quillan kam. Oder sein jetziger Körper aus Annecy.

»Wir werden sehen«, meinte Tom vage.

Armand gab sich damit zufrieden. Gut.

Sie marschierten weiter. Schweigend. Tom wurde die Zeit dennoch nicht lang. Es gab so viel, worüber er sich den Kopf zerbrechen konnte. Zum Beispiel die Frage, ob es nicht klüger wäre, sich über kurz oder lang von diesen Leuten zu trennen und das Gewand des Tempelritters abzulegen. Andererseits waren sie vorerst die einzigen, mit denen er sich verständigen konnte und von denen er vielleicht so etwas wie Verständnis zu erwarten hatte. Schließlich hatte die Art seines Auftauchens den Wagenzug gerettet.

Und er wußte noch immer nicht, wem die Stimme gehört hatte, die ihn in Jerusalem aus seinem ersten Körper herausgezogen hatte. Er fragte sich, ob er sie hier, in dieser Zeit, wieder hören würde. Oder hatte sie ihn jetzt vielleicht endgültig verloren?

Bei diesem Gedanken atmete er tief durch. Wenn dem so war, dann wäre er lieber in Jerusalem geblieben, anstatt hier im finstersten Mittelalter aufzutauchen.

Armand sah ihn fragend an, sagte aber nichts.

Einmal mußten sie übernachten, ehe sie Libourne erreichten. Die westfranzösische Stadt lag am Zusammenfluß von Dordogne und Isle, die zwanzig Kilometer weiter in den Atlantik mündeten. Nicht nur diese beiden

Flüsse trafen sich hier, sondern auch zahlreiche Handelswege. So hatte sich Libourne zu einer blühenden Stadt entwickelt.

Die befestigte Komturei der Templer lag im Zentrum und war ein großer, schloßähnlicher Besitz. Auf dem weiten Innenhof herrschte reges Treiben. Überall waren Wagenzüge und reisende Handelsleute zu sehen. Die Komturei war aber nicht nur ein Warenumschlagplatz, sondern auch ein Ort für Geldgeschäfte aller Art. Zwischen all den Leuten waren auch einige Männer zu erkennen, die ebenfalls das Gewand der Templer trugen.

Ihr Wagenzug machte auf dem Hof nicht Halt, sondern bewegte sich auf ein großes, geschlossenes Tor zu, das tiefer in die Komturei hineinführte. Die Gewänder, die Tom und Armand trugen, waren für die davor postierten Wachen offenbar Legitimation genug. Ohne jede Frage zogen sie die großen Flügel auf und ließen sie hindurch.

Tom konnte sehen, daß es dahinter zu einem zweiten, kleineren Innenhof ging, der ausgestorben und leer wirkte. Der eigentliche Zentralbereich des Gebäudes.

Mit gemischten Gefühlen schritt Tom durch das Tor.

Gegenwart

Schon seit dem frühen Morgen saß Ian Sutherland, der Begründer und Leiter der privaten Forschungsorganisation *Analytic Institute for Mysteries*, kurz A.I.M., in seinem Arbeitszimmer. Der Earl of Oake Dùn hatte sich in einen Stapel Unterlagen vertieft, die tags zuvor von einem Boten aus New York gebracht worden waren.

Es handelte sich um Dokumentationen seltsamer und unerklärlicher Ereignisse, die sich seit Ende November letztes Jahres rund um den Globus abgespielt hatten, durchweg in der Nähe alter archäologischer Stätten. Vor Wochen hatte er mit der UN eine Kooperationsvereinbarung abgeschlossen, die besagte, daß A.I.M. diese Ereignisse im Namen der Weltorganisation untersuchte und dafür gewisse Vergünstigungen, insbesondere Reiseerleichterungen, in Anspruch nehmen konnte. Er hatte die Unterlagen schon damals erhalten, aber leider waren sie ihm auf seiner Rückreise abhanden gekommen, als er bei einem kurzen Abstecher nach Jordanien in Amman in die Hände palästinensischer Terroristen geraten war.* Bei einem bürokratischen Riesengebilde wie der UN hatte es einige Zeit in Anspruch genommen, ehe man ihm Kopien der Unterlagen angefertigt hatte – aber nun hielt er sie endlich in Händen.

Er wurde vom Telefonläuten aus seinen Gedanken gerissen. Einigermaßen verwundert nahm er den Hörer ab. Er hatte Connor aufgetragen, ihn nur in dringenden Angelegenheiten zu stören.

»Sir Ian, ein Auslandsgespräch auf Leitung zwei. Aus Frankfurt, Deutschland. Ein gewisser Mr. Gideon.«

Gideon! Eine seiner Mitarbeiterinnen, Valerie Gideon, trug ebenfalls diesen Namen. Sie war vor kurzem verschwunden, um auf eigene Faust nach Kar, dem geheimnisvollen Gegenspieler A.I.M.s, zu suchen. Er hatte sie eine Zeitlang mittels eines Parasiten geistig unterjocht gehabt, und aus Scham und Wut über diese Verletzung ihrer selbst hatte sie angekündigt, erst dann zurückzukommen, wenn sie sich seinen Kopf geholt hatte. Keine leere Drohung. Valerie war nicht nur die liebenswerte, etwas vorwitzige junge Frau, für die sie auf den ersten Blick meist gehalten wurde. Mehr als acht Jahre hatte sie für den israelischen Geheimdienst Mossad gearbeitet – eine Zeit, in der sie zu einer kompromißlosen und eiskalten Kämpferin gedrillt worden war. So hatte sie ihn zum Beispiel in Jordanien im Alleingang aus den Händen der

* siehe Band 13 912, Buch 9 ›Im Reich der Göttin Khom‹

Palästinenser befreit. Doch diese Perfektion und die dazu nötige Gefühlskälte war zugleich ihr größtes Problem.

»Ich übernehme.« Er drückte eine Taste auf seinem Apparat. »Hier spricht Sutherland.«

»Sehr erfreut, Ihre Bekanntschaft zu machen – wenngleich nur telefonisch«, erklang am anderen Ende eine angenehme Stimme in gepflegtem Englisch. »Bislang hatten wir ja noch nicht das Vergnügen. Mein Name ist Daniel Gideon.«

»Daniel! Dann sind Sie Valeries Bruder!«

»Genau. Und Sie dürften der schottische Earl sein, für den meine Schwester seit einiger Zeit arbeitet.«

»Auch das ist richtig. Was kann ich für Sie tun?«

»Ich hatte eigentlich mit Valerie sprechen wollen. Ihr Butler sagte allerdings, daß sie derzeit nicht da wäre. Können Sie mir sagen, wo ich Sie erreichen kann?«

»Nun, äh ...« Genau das, dachte Sutherland bei sich, wüßte er auch gerne! »Ich fürchte, leider nein.«

»Und wann könnte ich Sie wieder bei Ihnen erreichen?«

»Tut mir leid. Auch das kann ich Ihnen nicht sagen.«

»Ich verstehe. Sie befürchten, ich könnte gar nicht ihr Bruder sein, sondern irgend jemand anderes. Vielleicht jemand, der ihr noch von früher an den Kragen wollte. Nun, wenn es Sie beruhigen sollte, dann ...«

»Nein, nein, das ist es nicht«, sagte Sutherland. Stimmt, diese Möglichkeit hatte er gar nicht in Betracht gezogen. Und daß sein Gesprächspartner ihn darauf aufmerksam gemacht hatte, war noch lange kein Grund, ihm vorbehaltlos zu vertrauen. Aber in diesem Fall konnte er sich jede Ausrede sparen. »Ich weiß wirklich nicht, wo sie momentan ist oder wann sie zurückkommt.« Eine kurze Pause. »Leider.«

»Das ist mal wieder typisch meine Schwester«, kam es schmunzelnd aus dem Hörer. »Manchmal monatelang wie vom Erdboden verschluckt. Aber machen Sie sich keine Sorgen. Irgendwann kommt sie immer wieder zurück. »

Sutherland hoffte, daß dem auch diesmal so sein würde.

»Worum geht es überhaupt?« fragte er.

»Nichts dringendes. Richten Sie ihr, wenn sie wieder da ist, einfach aus, daß sie mit mir Verbindung aufnehmen soll.«

»Das werde ich tun. Dasselbe gilt übrigens auch für den Fall, falls Sie bei Ihnen auftauchen sollte.«

Sie verabschiedeten sich.

Kaum hatte Sutherland aufgelegt, kam auch schon das nächste Gespräch herein. Er seufzte und hob den Hörer erneut an sein Ohr. Wenn man schon mal ein paar Stunden Ruhe haben wollte ...

»Ian? Ian Sutherland?« klang es aus dem Hörer. Es hörte sich sehr weit weg an. »Bist ... Bist du das?«

»Ja. Wer spricht da bitte?«

»Du ... Du bist es wirklich. Endlich. Ich dachte schon ... ich ...« Die Sätze kamen abgehackt, atemlos und teilweise von Störungen überlagert. »Hier ... ist Dimidios. Nikodemus Dimidios ...«

Dimidios! Genauer gesagt: *Professor* Dimidios. Der stellvertretende Direktor des Athener Museums. Ian Sutherland hatte den Griechen schon vor über zwanzig Jahren kennengelernt. Man konnte nicht sagen, daß sie Freunde waren. Wie sollte das auch möglich sein, wenn man sich nur alle Jubeljahre sah? Aber gute Bekannte – das waren sie in jedem Fall.

»Nikodemus! Was ist mir dir?«

»Ich ... wir ... müssen uns treffen. Schnell. So schnell wie möglich. Ehe es zu spät ist.«

»Ehe *was* zu spät ist?«

»Ehe ...« So etwas wie ein unterdrücktes Stöhnen

erklang, und dann war nur noch Knacken und Fiepen zu hören.

»Nikodemus, bist du noch dran?«

»Ja, ich ... Es geht schon wieder.«

»Was ist mit dir? Bist du krank? Verletzt?«

»Nein, ich ... o Gott! Ich glaube, *sie* haben mich entdeckt. Ich muß ... weiter ...«

»Was ist mit dir? Wer ist hinter dir her? Und wo bist du überhaupt?«

»Nicht jetzt ... nicht übers Telefon. Wir müssen reden. Persönlich über alles reden.«

»Ja, gerne, nur ...?«

»Ich ... melde mich wieder. Muß Schluß machen ...« Wieder ein Stöhnen. »Versuche, nach England zu kommen ... ich ...«

Ein hartes Knacken in der Leitung.

»Nikodemus!«

Es kam keine Antwort mehr. Die Verbindung war unterbrochen.

Verwirrt ließ Sutherland den Hörer sinken.

Er rief sich Dimidios' Worte noch einmal ins Gedächtnis zurück, ohne viel klüger zu werden. Der Professor hatte ihm irgend etwas Wichtiges zu sagen, soviel stand fest. Aber was? Und er schien verfolgt zu werden. Aber von wem oder warum?

Er befragte sein BTX-Gerät nach der Telefonnummer des Athener Museums. Eine Nachfrage brachte wenig Klarheit. Man teilte ihm lediglich mit, daß Professor Dimidios dort schon seit über vier Jahren nicht mehr arbeitete. Was er momentan mache oder wo er zu erreichen sei, konnte man ihm nicht sagen.

Über vier Jahre, dachte Sutherland. War es tatsächlich schon so lange her, seit er den beleibten, bärtigen Griechen, diesen Inbegriff von Gemütlichkeit und guter Laune, gesehen hatte? Von seinem sonnigen Gemüt war vorhin allerdings nichts mehr zu merken gewesen. Worum immer es ging, es mußte etwas sehr Ernstes sein.

Aber ihm waren die Hände gebunden. Was sollte er machen? Er wußte ja nicht einmal, wo Dimidios überhaupt steckte. Nein, er mußte warten, bis sich der Grieche erneut meldete. Vielleicht erfuhr er dann, wie und wo er zu erreichen war.

Er wandte sich wieder den UN-Unterlagen zu, ohne sich recht darauf konzentrieren zu können. Und dann kam auch noch Mortimer herein.

»Ja?« rief Sutherland ungehalten. »Was ist denn?«

»Ihr Nachmittags-Tee, Sir.« Und leicht indigniert fügte er hinzu: »Wie Sie es mir aufgetragen haben. Ich sollte ihn um sechs Uhr servieren.«

»Ist es denn schon so spät?« Sutherland sah zum Fenster. Tatsächlich. Er hatte gar nicht gemerkt, daß es draußen längst dunkel geworden war. »Schon gut, stellen Sie ihn hierher.«

»Sehr wohl, Sir.« Mortimer tat, wie ihm geheißen. »Verzeihen Sie, aber ich hätte noch ein persönliches Anliegen.«

»Ja?« Ein persönliches Anliegen. Wie lange war es her, daß Mortimer etwas derartiges geäußert hatte? »Was denn?«

»Ich möchte Sie bitten, mir von morgen an ein paar freie Tage zu gewähren, Sir. Mein Vater hat ein paar gesundheitliche Beschwerden, und ich möchte ihn besuchen.«

»Ihr Vater?« Sutherland sah seinen grauhaarigen Diener, der bereits die Achtzig erreicht haben dürfte – mindestens –, überrascht an. »Ich habe gar nicht gewußt, daß er noch lebt.«

»Aber natürlich wissen Sie das«, korrigierte Mortimer nachsichtig. »Ich hatte ihn schon bei meinem Urlaub besucht.«

»Ihr letzter Urlaub? Aber das muß ja ...« Er überlegte. Sechs Jahre? Sieben? Zehn? Er kam nicht darauf. »... Jahre her sein?«

»Zwölf Jahre«, half Mortimer aus. »Darf ich fragen, wie Ihre Antwort ausfällt?«

»Natürlich können Sie fahren. Verzeihen Sie, aber mir ist ganz entfallen, wo Ihr Vater lebt ...?

»In Drumnadrochit.«

»Ah ja, genau. Diese keine kleine Ortschaft in der Nähe von Loch Ness. Soll Connor Sie hinbringen?«

»Nein, es würde ausreichen, wenn er mich nach Thurso bringt. Von dort aus kann ich mit dem Bus weiterfahren.«

»Gut, wie Sie möchten. Connor wird morgen früh ohnehin nach Thurso fahren, um unseren Mr. Elwood zu Dr. Morrison zu bringen. Dann kann er Sie gleich mitnehmen.«

»Sehr wohl, Sir.«

Mortimer verneigte sich leicht und verließ das Arbeitszimmer.

Elwood – das war ebenfalls eine Angelegenheit, die dringend nach Klärung verlangte. Seit einiger Zeit befand sich der *Mann in Schwarz* auf dem Schloß. Er war im Auftrag einer Person namens Cahuna – von der sie nicht mehr als nur den Namen wußten – zu ihnen geschickt worden, um Valerie aus Kars Kontrolle zu befreien. Er hatte nicht nur das getan, sondern Connor und Pierre Leroy darüber hinaus das Leben gerettet, und schließlich war es ihm laut eigener Aussage gestattet worden, eine Zeitlang bei ihnen zu bleiben – vorausgesetzt, Sutherland wäre damit einverstanden.*

Natürlich war er das gewesen, ermöglichte ihnen das doch, endlich mehr über diese geheimnisvollen schwarz

* siehe Band 14 203, Buch 2 ›Der Zerstörer‹

gekleideten und regelrecht maschinenhaft wirkenden Männer zu erfahren. In der Vergangenheit waren seine Mitarbeiter mehrmals mit ihnen konfrontiert worden, und stets schienen sie im Auftrag einer fremden Macht gehandelt zu haben. Cahuna? Leider konnte Elwood darüber keine Auskünfte geben. Er konnte sich an nichts erinnern, was vor dem Zeitpunkt seines Auftauchens hier lag. Trotzdem – allein seine Anwesenheit würde ihnen wichtige Erkenntnisse liefern können.

Zumal der Mann in Schwarz selbst daran interessiert zu sein schien zu erfahren, was er eigentlich war. Mensch? Maschine? Android? Cyborg? Replikant?

Ian Sutherland hatte sich entschieden, Schritt für Schritt vorzugehen. Ehe er hochkarätige Universitätskliniken oder Forschungslabors mit der Klärung dieser Angelegenheit beauftragte, wollte er zunächst einmal abwarten, was eine Untersuchung seines Hausarztes erbrachte. Der in Thurso wohnende Dr. Morrison war zwar nur einfacher Landarzt, das aber mit Leib und Seele. Und das vielleicht gewichtigste Argument: Er war absolut verschwiegen.

Auf Sutherlands Wunsch hin hatte er zugestimmt, die Untersuchung am morgigen Sonntag durchzuführen. Denn wenn Elwood in Kontakt mit anderen Patienten kam, könnte er mit seinem ebenso ungewöhnlichen wie arglosen Verhalten schnell für unliebsames Aufsehen sorgen – wie Connor und Pierre bei einem kleinen Kneipenausflug und einer anschließenden Nacht auf der Polizeiwache bereits am eigenen Leib hatten erfahren können.

Vergangenheit

Es dauerte bis zum Mittag des nächsten Tages, ehe Tom zum Vorsteher der Komturei vorgelassen wurde.

Die Nacht hatte er in einer zwar kärglichen, aber nicht

unbequemen Kammer – bedachte man die Umstände – verbracht; gespeist hatte er zusammen mit den anderen Templern. Er war von der Disziplin, der Genügsamkeit und dem inneren Frieden der Ordensbrüder zutiefst angetan.

Sie arbeiteten und lebten mit ganzer Hingabe für den Orden. So reich dieser war, jeder einzelne von ihnen hatte keinerlei Besitz außer seiner Kleidung und den Waffen, die er trug.

Frauen hatten ebenso wie andere Außenstehende keinen Zutritt zu diesem inneren Bereich. Selbst das Essen wurde von den Ordensbrüdern allein zubereitet. Sie alle machten einen wohlgenährten Eindruck. Wie Tom erfuhr, besagte eines der Ordensgebote, daß jeder von ihnen sich ausreichend und gut zu ernähren hatte. Ein vernünftiges Gebot, fand er. Und eines, das so ganz und gar im Gegensatz zu den überzogenen Fasten- oder Selbstmarterungsgeboten anderer mittelalterlicher Orden stand.

Keiner der Tempelritter stürmte mit Fragen auf ihn ein, obwohl sich die Nachricht über sein sonderbares Auftauchen in Windeseile verbreitet hatte. Andererseits machte es auch keine Schwierigkeiten, mit ihnen ins Gespräch zu kommen, wenn er den Wunsch dazu äußerte. Sie behandelten ihn zuvorkommend und höflich, wie einen willkommenen Gast.

Dabei machte Tom eine Entdeckung. Die weißen Gewänder der Ritter wurden an der Hüfte von einem einfachen Strick zusammengehalten. Er war in einer besonderen Weise geknotet, und es gab Ritter, die einen Knoten trugen, und andere – weitaus weniger –, bei denen es zwei waren. Dazu gehörte auch er selbst.

Zuerst maß er dem keine besondere Bedeutung bei, aber als er sich erkundigte, erfuhr er, daß es damit eine bestimmte Bewandtnis hatte. Jeder dieser Knoten stand für eine Stufe der Weisheit und einen Satz, der diese

Weisheit zusammenfaßte. Erst wenn jemand sie vollständig begriffen hatte, war er reif genug, die nächste Stufe zu erklimmen.

Die erste Weisheit war nicht schwer zu erfahren. Jeder, der in den Orden aufgenommen wurde, bekam sie zu hören. Und sie lautete: *Christus ist ein Weg.*

Tom runzelte die Stirn. Christus ist *ein* Weg. Ein erstaunlicher Satz, nicht nur für diese Zeitepoche im allgemeinen, sondern noch viel mehr, wenn man bedachte, daß er offenbar einen der Grundwerte eines *christlichen* Ordens definierte. Das schien Tom fast im Widerspruch zur allgemeinen kirchlichen Lehre zu stehen. Denn das Dogma der katholischen Kirche besagte: Christus ist *der* Weg!

Die zweite Weisheit zu erfahren, war weitaus schwieriger, aber schließlich konnte er Armand, der ebenfalls zwei Knoten an seinem Gewand trug, überzeugen, es ihm zu sagen. Der Ritter nahm ihn mit in eine stille Ecke, damit niemand anders es hören konnte, und dort offenbarte er ihm den zweiten Satz: *Der rechte Weg führt zur Wahrheit.*

Tom konnte damit nicht viel anfangen. Es ließ sich alles mögliche hineindeuten. Er fragte Armand, ob es Leute gäbe, die mehr als zwei Knoten trügen.

»Ja«, antwortete dieser. »Doch sind es nur ganz wenige, die es soweit gebracht haben. Nur die engsten Vertrauten des Großmeisters.«

»Und er selbst? Wieviel trägt er?«

»Ebenfalls drei. Obwohl ...« Armand zögerte. »Es gibt Berichte von Brüdern, die gesehen haben wollen, daß er seit einigen Jahren noch einen vierten trägt. Doch das vermag ich nicht mit Sicherheit zu sagen. Der Großmeister residiert in Zypern, und nur wenige von uns gewöhnlichen Brüdern bekommen ihn zu Gesicht.«

Tom nickte. Sie kehrten zu den anderen zurück.

Kurz darauf trat ein anderer Ritter auf Tom zu und richtete ihm aus, daß der Vorsteher der Komturei bereit sei, ihn in seiner Kammer zu empfangen. Er begleitete ihn bis dorthin, um ihm den Weg zu zeigen, kam aber nicht mit hinein.

Thibaut de Champagne war ein grauhaariger Mann, der im Gegensatz zu den anderen Rittern einen schwarzen Mantel trug. Auch in seinem Hüftstrick befanden sich zwei Knoten, wie Tom auffiel. Wenn man ihn mit den beiden Gründern des Templer-Ordens verglich, denen Tom in Jerusalem begegnet war, dann war er vielleicht nicht gerade als weise zu bezeichnen, wie Armand es getan hatte. Aber ein kluger, bedächtiger und erfahrener Mann war er in jeden Fall.

Schon seine Begrüßungsworte machten klar, daß er von Armand über alles informiert worden war. Und er hatte begriffen, daß in der Gestalt des Tempelritter ein ganz anderer Mensch als der, den er gekannt hatte, vor ihm stand. Auch er war Tom gegenüber höflich und freundlich.

Die ersten Minuten ihrer Unterhaltung drehten sich natürlich um die Umstände, unter denen Tom angekommen war, und er gab bereitwillig Antwort – so gut er es wußte oder soweit er es verantworten konnte, ohne den Mann zu sehr zu verwirren. Er konnte ihm schließlich schlecht offenbaren, daß er aus der Zukunft kam und nach einem kleinen Abstecher nach Jerusalem direkt in dieses Zeitalter geplumpst war, ohne zu wissen, warum oder wie. Also erklärte er, daß die größeren Zusammenhänge auch ihm selbst verborgen waren, und der Vorsteher schien zu spüren, daß er die Wahrheit sagte.

»Wir haben Euch zu danken, daß Ihr unseren Wagenzug gerettet habt«, sagte er. »Er hatte eine wertvolle Fracht geladen. Sehr wertvoll.«

»Was für eine Fracht?« fragte Tom.

Thibaut wirkte irritiert. Von seinen Untergebenen war er solche Zwischenfragen offenbar nicht gewohnt, und er schien sich daran erinnern zu müssen, daß Tom trotz seines Aussehens und seiner Kleidung keiner von ihnen war.

»Bücher«, sagte er dann. »Wertvolle alte Bücher aus einer Klosterbibliothek, die an einen anderen Ort geschafft werden sollen. Auch Libourne ist nur eine Zwischenstation.« Er wechselte das Thema. »Bruder Armand berichtete, daß Ihr eine himmlischen Mission zu erfüllen hättet. Könnt Ihr mir sagen, um was für eine Mission es sich handelt?«

»Wie ich Euch schon sagte, das weiß ich nicht genau.« Tom hob die Schultern, und nach einer kurzen Pause fügte er nachdenklich hinzu: »Aber vielleicht ist es meine Aufgabe, Euch zu warnen. Eurem Orden droht große Gefahr.«

»Von wem?«

»Von König Philipp. Er hat vor, Euren Orden zu zerschlagen.«

Überrascht sah er, daß Thibaut mit einer verächtlichen Geste reagierte.

»König Philipp, pah! Er versucht schon seit Jahren, uns zu schaden. Sogar beim Papst hat er Anklage erhoben. Aber unser Großmeister konnte jeden Verdacht beseitigen.«

»Ja«, meinte Tom. »Armand mir davon erzählt. Aber ich warne Euch. Der König wird von seinem Vorhaben nicht ablassen. Im Gegenteil.«

»Das ist uns klar. Aber einstweilen wird er Ruhe geben. Erst vor ein paar Monaten hat unser Orden ihm für seine marode Staatskasse einen großzügigen Kredit gewährt. Geld und Macht, das ist das einzige, was den König interessiert.«

Tom begriff, wie skrupellos Philipp sein Spiel trieb.

Auf der einen Seite nahm er Geld von den Templern, auf der anderen versuchte er, den Orden rücksichtslos zu zerschlagen. Das schien wirklich kein angenehmer Zeitgenosse zu sein.

»Ich fürchte, Ihr täuscht Euch, wenn Ihr glaubt, eine Atempause gewonnen zu haben«, beharrte Tom.

Thibaut schüttelte den Kopf.

»Unser Orden ist über jeden Zweifel erhaben. Der König wird mit seinen Anklagen keinen Erfolg haben.« Er sah Tom an. »Wir können später darüber reden. Nun möchte ich Euch erst einmal bitten, mir die Botschaft auszuhändigen, die Ihr für mich bei Euch tragt.«

Tom überreichte ihm den Umschlag. Thibaut riß ihn auf und las die darin befindliche Nachricht. Sein Gesicht verfinsterte sich, und mehrfach sah er zu Tom auf, als hätte das, was er las, irgend etwas mit ihm zu tun.

Mit einem schweren Atmen faltete er den Brief wieder zusammen und steckte ihn in den Umschlag zurück. Tom wußte, daß er wahrscheinlich keine Antwort erhalten würde, trotzdem fragte er.

»Schlechte Nachrichten?«

»Ja.« Thibaut de Champagne nickte. »Es hat jedenfalls den Anschein. Es ist die Anweisung, Eure Wagenladung schnellstmöglich nach La Rochelle zu schaffen. Zusammen mit weiteren Ladungen, die uns in den letzten Wochen und Monaten aus verschiedenen anderen Klöstern und Komtureien erreicht haben.«

Tom horchte auf. Wertvolle Wagenladungen, die von überall her an einen gemeinsamen Punkt gebracht werden sollten. Das klang nach einer gründlich organisierten Aktion.

Vielleicht, überlegte er, war der Templer-Orden doch nicht ganz so unvorbereitet auf die kommende Verhaftungswelle. Er selbst hatte den Gründern vor knapp zweihundert Jahren den Rat gegeben, wachsam zu sein, wenn ›der Schöne‹ – so König Philipps Beiname – den Thron bestieg, und sämtliche Schätze in Sicherheit zu bringen. Vielleicht war dieser Rat bewahrt worden; und genau in diesen Tagen wurde er in die Tat umgesetzt. Die Zahl der Eingeweihten mußte dabei natürlich möglichst gering gehalten werden, und es war nur logisch, daß man nicht sämtliche Vorsteher aller Komtureien über die wahren Hintergründe informierte.

»Und warum habt Ihr mich dabei öfters angesehen?« fragte Tom.

»Der Wagenzug soll von mindestens zwanzig bewaffneten Ordensbrüdern begleitet werden. Verkleidet als einfache Bürger, um kein Aufsehen zu verursachen. Hier steht, daß auch Bruder Armand und Ihr darunter sein sollt. Aber das ist, was Euch betrifft, jetzt natürlich hinfällig.«

»Was, wenn ich den Wagenzug trotzdem begleiten möchte?« fragte Tom. In seinem Hinterkopf begann ein Gedanke immer mehr Raum zu beanspruchen: Konnte es sein, daß sein eigentliches Ziel, der Sinn seines Hierseins, in La Rochelle lag? Angenommen, seine Vermutung war richtig, daß dort eine landesweite Aktion zusammenlief, um die wichtigsten Schätze der Templer in Sicherheit zu schaffen, dann würde er dort bestimmt am ehesten Antworten auf seine Fragen erhalten.

»Warum solltet Ihr das tun wollen?« fragte Thibaut erstaunt zurück.

Diese Möglichkeit schien für ihn noch gar nicht in Betracht gekommen zu sein.

»Ich weiß nicht genau. Ich ahne, daß es der Sinn meines Hierseins ist, mit dorthin zu reisen.« Mehr ließ sich leider nicht sagen.

Thibaut schüttelte den Kopf.

»Das kann ich leider nicht zulassen. Ihr seid kein Angehöriger unseres Ordens. Ihr seid ein überaus seltsamer Mensch. Ich spüre, daß Ihr etwas ganz besonderes seid, und wahrscheinlich sollte ich Euch vertrauen ...«

»Na also«, meinte Tom, wohl wissend, daß die Kehrseite der Medaille noch kam.

»Aber ich darf unsere Sache nicht gefährden. Deshalb wird der Wagenzug ohne Euch auf die Reise gehen.«

Tom verstand die Motive des Vorstehers nur zu gut. An seiner Stelle hätte er vermutlich nicht anders gehandelt. Aber er weigerte sich, die Entscheidung so einfach hinzunehmen.

»Wieso wollt Ihr mir das untersagen? Glaubt Ihr etwa, daß ich ein Scherge des Königs bin? Hätte er den Wagenzug gerettet? Oder wäre er zu solch einem Wunder fähig gewesen?«

»Nein, das glaube ich nicht. Aber andererseits weiß ich auch nicht, *was* ich glauben soll.« Er seufzte. »Ich habe Gott um ein Zeichen, einen Hinweis gebeten, was Euer Hiersein zu bedeuten hat. Das ist auch der Grund, warum ich Euch erst heute habe zu mir rufen lassen.« Er seufzte schwer. »Aber offenbar hat er in seiner unergründlichen Weisheit beschlossen, mir die Entscheidung in dieser Angelegenheit selbst zu überlassen.«

»Wenn er das getan hat«, versuchte Tom es auf die sanfte Tour, »dann nur deshalb, weil sein Vertrauen in Euch groß genug ist, um zu wissen, daß Ihr die richtige Entscheidung treffen werdet.«

Der Vorsteher nickte.

»Genau deshalb habe ich mich so entschieden, wie ich es getan habe«, erklärte er. »Es bleibt dabei. Ihr werdet den Wagenzug nicht begleiten.«

»Und wenn ich die Komturei verlasse und ihm dennoch folge?« fragte Tom fast trotzig. »Wolltet Ihr mich festhalten oder daran hindern?«

Thibaut de Champagne sah ihn lange an.

»Nein, *das* würde ich nicht«, sagte er eindringlich. Tom

spürte, daß es sowohl Bitte als auch Warnung war. »Aber ich hoffe, daß Ihr es trotzdem nicht tun werdet. Ich werde einen Boten nach La Rochelle schicken. Dort befindet sich Gérard de Villers. Trotz seiner jungen Jahre ist er bereits ein Angehöriger des inneren Kreises und ein enger Vertrauter des Großmeisters. Er wird entscheiden, ob Ihr nachkommen dürft und ob er bereit ist, Euch zu empfangen. So lange seid Ihr als unser Gast willkommen, und wir werden Euch jede Hilfe geben, die Ihr wünscht.«

Gérard de Villers. Von irgendwoher kam Tom dieser Name bekannt vor. Es mochte an der mittelalterlichen, fremd klingenden Aussprache des Vorstehers liegen, daß er nicht darauf kam. Oder daran, daß er momentan drängendere Gedanken hatte.

»Wie lange wird der Bote brauchen, bis er zurück ist?« fragte er.

»Fünf Tage. Vielleicht sechs.«

Eine verdammt lange Zeit. Tom ahnte, daß es auf jeden einzelnen Tag ankommen konnte. Noch einmal versuchte er, den Vorsteher umzustimmen. Vergeblich. So ließ er schließlich davon ab.

»Eine Frage noch«, meinte er, als sich ihr Gespräch dem Ende entgegenneigte, und er schoß sie ab wie einen Pfeil. Lautlos, unmerklich, aber treffsicher. »Könnt Ihr mir etwas über einen Gegenstand sagen, den man Heiligen Gral nennt?«

Thibaut de Champagne zuckte zusammen; ein Zeichen, daß der Pfeil ihn offenbar mitten ins Herz getroffen hatte.

»Der Heilige Gral?« rief er erschrocken. »Was wißt Ihr über dieses größte Geheimnis unseres Ordens?«

»Nicht viel«, antwortete Tom wahrheitsgemäß. »Eigentlich so gut wie nichts. Ich ahne lediglich, daß mein Hiersein damit zusammenhängen könnte. Und hatte gehofft, daß Ihr mir vielleicht mehr darüber verraten könntet.« Es war naiv formuliert, aber mit Absicht.

»Nein.« Thibaut schüttelte vehement den Kopf. »Das kann ich nicht. Ich weiß selbst nur, daß es dieses Geheimnis gibt, aber nicht, was es bedeutet. Seine wahre Bedeutung ist nur dem Großmeister und den inneren Kreis bekannt.«

Als Tom wenig später den Raum verließ, war er zumindest um ein paar Erkenntnisse reicher. Erstens: Es gab tatsächlich einen Gegenstand namens Gral, der im Besitz des Tempelritter-Ordens war. Zweitens: Nur wenige Leute wußten, um was es sich dabei handelte. Und drittens: Es war der größte Schatz, den die Templer besaßen.

Daraus ergab sich eine Folgerung fast zwingend: Wenn der Templer-Orden seine sämtlichen Schätze nach La Rochelle karrte, um sie von dort in Sicherheit zu bringen – wie und wohin auch immer –, so müßte sich eigentlich auch der Gral darunter befinden. Bis in die Gegenwart hinein war nie bekannt geworden, wo dieses Vermögen abgeblieben war; und dies war vielleicht die einmalige Chance, mehr darüber herauszufinden.

Dieser Gedanke ließ Toms Wunsch, möglichst schnell nach La Rochelle zu gelangen, nur um so drängender werden. Aber er wußte, daß er sich in Geduld fassen mußte, wollte er weiterhin der Unterstützung des Ordens gewiß sein.

Vorerst jedenfalls.

Gegenwart

Dr. Morrison, der langjährige Hausarzt von Schloß Oake Dùn, öffnete ihnen auf der Rückseite seines Hauses, wo sich der Privateingang befand.

»Guten Morgen«, begrüßte er seine Besucher im Morgenmantel und mit zerzaustem Haar. »Verzeihen Sie meinen Aufzug. Heute hat meine Haushälterin ihren freien Tag, und da brauche ich morgens immer ein bißchen länger. Kommen Sie herein.«

»Vielen Dank«, antwortete Connor. »Aber ich muß Mortimer noch zur Bushaltestelle bringen. Und ein paar Besorgungen stehen ebenfalls an. Ich bin in, sagen wir, zwei Stunden zurück, um Mr. Elwood wieder abzuholen.«

»Wie Sie wünschen. Lassen Sie sich ruhig Zeit.« Er wandte sich Elwood zu, der bis auf sein blütenweißes Hemd vollkommen in Schwarz gekleidet war. Anzug, Schuhe, Krawatte und Hut wiesen exakt denselben Farbton auf. »Sie sind also der Patient?«

»Nein, ich bin Elwood.«

Dr. Morrison runzelte irritiert die Stirn.

»Lassen Sie sich bitte nicht verwirren«, erklärte Connor. »Mr. Elwood ist mit unseren sprachlichen Gepflogenheiten noch nicht sehr vertraut. Er nimmt vieles ein wenig wörtlich.« Er zögerte. »Vielleicht sollte ich doch besser sofort zurückkommen, sobald ich Mortimer –«

»Nicht nötig, Connor. Sir Ian hat mich schon darauf vorbereitet, daß ich es mit einem sehr ungewöhnlichen Patienten zu tun haben würde. Lassen Sie sich ruhig Zeit.« Und an Elwood gewandt: »Kommen Sie doch bitte herein.«

Während der Butler zum Wagen zurückging, führte der Arzt Elwood in die Küche.

»Warten Sie hier bitte kurz. Ich will mir nur etwas anderes überziehen.« Er verließ den Raum. »Ach ja, wenn Sie bitte so freundlich sein würden, die Frühstückseier aus dem Wasser zu nehmen«, klang es aus dem Flur. »Sonst werden sie zu hart.«

Elwood sah sich um und hatte den einzelnen Topf auf dem Herd sofort entdeckt.

Dr. Morrison streckte seinen Kopf noch einmal in die Küche.

»Ach ja, einen Löffel finden Sie dort in der Schublade.«

»Nicht nötig.« Elwood deutete auf die kleine Schale, in der die beiden weißen Eier lagen. »Ich habe sie hier hineingelegt. War das richtig?«

»Ja, aber ...« Der Blick des Arztes wanderte über die Küchenanrichte. Bis auf die Schale, die er herausgenommen hatte, befand sich nichts anderes darauf, kein einziges Besteckteil. Die Haushälterin hatte alles aufgeräumt.

»Aber wie ... wie haben Sie die Eier aus dem Topf bekommen?« wunderte er sich.

»Indem ich sie herausgenommen habe.«

»Ja – aber womit?«

»Mit der Hand.«

»Mit der *Hand*?« Dr. Morrison kam in den Raum zurück. »Sie wollen mich auf den Arm nehmen.«

Elwood hob die Augenbraue.

»Ich kann mich nicht erinnern, einen derartigen Versuch unternommen zu haben.«

Morrison musterte Elwood stirnrunzelnd.

»Sie scheinen alles wirklich sehr wörtlich zu nehmen.«

»Ist der Sinn einer Sprache nicht die möglichst präzise Übermittlung von Informationen?« fragte Elwood.

Dr. Morrison seufzte.

»Nicht nur. Ich denke, sie dient auch dazu, Gefühle auszudrücken. Beispielsweise.« Er schüttelte unwillig den Kopf. Wie kam er dazu, diesem Mann irgendwelche selbstverständlichen Dinge zu erklären, als hätte er ein kleines Kind vor sich? »Aber darum geht es jetzt gar nicht! Könnten Sie das noch mal machen?«

»Sie auf den Arm zu nehmen? Wie ich Ihnen schon sagte, ich kann mich nicht er-«

»Nein, das meinte ich nicht. Ich meine, ob sie die Eier noch einmal mit der bloßen Hand aus dem kochenden

Wasser holen könnten. Jetzt. Hier. Vor meinen Augen.«
So, Bürschlein, dachte er, *jetzt habe ich. Jetzt mußt du Farbe bekennen.*

»Das ist leider nicht möglich.«

Sieh an, dachte Morrison, da war er schon, der Rückzieher!

»Ach ja, und warum?«

Elwood warf einen Blick in den Kochtopf.

»Es sind keine Eier mehr drin«, stellte er fest.

Dr. Morrison hatte ein Gefühl wie angekommen und nicht abgeholt. Er atmete tief durch, nahm eines der beiden Eier, wobei er sich fast die Finger verbrannte, und ließ es in das kochende Wasser gleiten, wobei er sich beinahe die Hand im Wasserdampf verbrühte. Schnell zog er sie wieder zurück.

»So! Jetzt ist wieder ein Ei drin. Also, bitte!«

Mit geweiteten Augen mußte er mitansehen, wie Elwood ohne ein Wimpernzucken in das kochende Wasser griff, das Ei nahm und wieder auf den Teller legte.

»O mein Gott!« rief er. »Los! Zeigen Sie mir Ihre Hand!«

Elwood streckte sie ihm gehorsam entgegen. Dr. Morrison ergriff sie mit beiden Händen und spürte noch die Hitze des Wassers. Verblüfft wendete er sie hin und her. Keine Spur einer Rötung. Mehr noch. Sie war vollkommen trocken, und das, obwohl der schwarzgekleidete Mann – dessen war er sich sicher – sie nicht abgetrocknet hatte.

»Das ... Das ist unmöglich«, flüsterte er. »Spüren Sie denn gar keinen Schmerz?«

»Doch«, sagte Elwood mit unbewegter Miene. »Ein Zeichen, daß mit ernsthaften Gewebeschädigungen zu rechnen wäre, wenn ich sie zu lange dem kochenden Wasser aussetze, nehme ich an.«

Dr. Morrison sah Elwood ungläubig an.

»Das ist irgendein fernöstlicher Fakir-Trick, nicht wahr? Wie über glühende Kohlen laufen oder so ähnlich.«

»Ich verstehe nicht.«

»Bei allem Respekt, das glaube ich Ihnen nicht. Sie müssen schon verzeihen, aber wenn ...« Er brach ab. Elwoods Hand, die er noch immer hielt, hatte sich merklich abgekühlt. Nicht nur, daß sie die Wärme des kochendes Wassers verloren hatte, nein, sie war mittlerweile so kalt, als wäre Elwood gerade stundenlang ohne Handschuhe im Winterwetter herumgelaufen. Schnell legte Dr. Morrison eine Hand auf dessen Stirn, direkt unter der Krempe des schwarzen Hutes. Dort war die Haut um keinen Deut wärmer. Eher im Gegenteil.

»Sie ... Sie sind ja ganz kalt!«

»Bin ich?«

Dr. Morrison ging nicht darauf ein. Die Frühstückseier waren mit einem Male ebenso vergessen wie der Gedanke, sich etwas anderes überziehen zu wollen.

»Los, kommen Sie!«

Er schaltete den Herd aus und zog Elwood an der Hand hinter sich her. Langsam glaubte er zu verstehen, was Ian Sutherland *wirklich* gemeint hatte, als er von einem außergewöhnlichen Patienten gesprochen hatte oder davon, daß die Untersuchung unter Umständen zu recht eigenartigen Ergebnissen führen könnte. Genau davon war Dr. Morrison mit einem Male auch überzeugt.

Die nächsten Stunden sollten zeigen, daß er damit nicht falsch lag, und ein ums andere Mal war er dicht daran, an seinem Beruf zu zweifeln – und überhaupt an allem, was er bislang über den menschlichen Körper zu wissen geglaubt hatte.

Beispielsweise, als es um Elwoods Sehkraft ging.

Er gab dem Mann in Schwarz die Tageszeitung von gestern, die auf seinem Tisch lag.

»Hier, halten Sie die vor Ihr rechtes Auge.« Er deutete zur gegenüberliegenden Wand, auf der eine Tafel mit einer Pyramide aus nach unten hin kleiner werdenden Buchstaben hing. »Und dann lesen Sie mir vor, was da steht.«

»Wie Sie wünschen.« Eine kleine Pause. ». . . betonte Premierminister John Major, eine der Hauptursachen für den Niedergang der britischen Wirtschaft läge in der unverantwortlichen Finanzpolitik der deutschen Bundesbank begründet, die mit der Erhöhung der Geld –«

»Halt! Halt!« rief der Arzt verwirrt. »Was reden Sie denn da?«

»Wie Sie es mir gesagt haben.« Er ließ die Zeitung sinken und deutete mit der anderen Hand darauf. »Ich lese vor, was da steht.«

Dr. Morrisson riß sie ihm hastig aus der Hand. Tatsächlich – haargenau das stand im Leitartikel.

»Erstaunlich«, flüsterte er tonlos, und sein Blick ruckte zwischen Zeitung und Elwood hin und her. Erstaunlich – und absolut unmöglich!

»Nein«, korrigierte er nach einem tiefen Durchatmen. »Sie sollen sich die Zeitung nur vor ein Auge halten und mit dem anderen das dort auf der Tafel lesen. Und zwar Buchstabe für Buchstabe.«

»Verstehe.« Elwood nahm die Zeitung wieder und tat, wie ihm geboten. »G-R-I-S-B-N-P-U-E-S-S-E-L-N.« Ein Heben der Augenbraue. Er wandte sich an den Arzt. »Was bedeutet Grisbnpuesseln?«

Dr. Morrison machte eine hilflose Handbewegung.

»Das – äh – das . . . »

»In der norwegische Sprache umschreibt dieses Wort die Tätigkeit eines bei Neuschnee wasserlassenden Schlittenhundes. Ist das damit gemeint?«

»Nein, das . . .« Er winkte ab. »Sie können norwegisch?«

»Ja.«

»Kommen Sie denn aus Norwegen?«

»Nein.«

»Woher dann?«

»Von Cahuna.«

»Cahuna?« Der Arzt runzelte die Stirn. »Hm, nie gehört.« Er erinnerte sich, daß Ian Sutherland ihn gebeten hatte, lediglich eine Gesamtuntersuchung durchzuführen und keine Frage darüber zu stellen, woher sein Patient käme oder wer er sei. »Na, wie auch immer. Klingt jedenfalls nicht danach, als läge es irgendwo hier in der Nähe.«

Es folgten Untersuchungen des Herz-Kreislauf-Bereichs, mit nicht minder ungewöhnlichen Ergebnissen.

Probleme gab es, als Dr. Morrison Elwood eine Blutprobe abnehmen wollte.

Er hatte die betreffende Stelle am Unterarm abgetupft und die Spritze angesetzt, doch die Nadel wollte nicht durch die Haut dringen.

»Nanu, das ist doch nicht ...« Er besah sich die Nadelspitze. Sie war völlig in Ordnung. Er setzte erneut an. »Sagen Sie, wenn es Ihnen zu unangenehm wird.«

Diesmal drückte er noch kräftiger zu, so stark, daß er einem normalen Menschen die Nadel längst durch den Arm getrieben hätte, aber die Spitze drückte nur eine kleine Mulde in die Haut.

»Sie müßten fester zudrücken«, riet Elwood, und als sich der Arzt nur freudlos den Mund verzog, bot er an: »Wenn Sie wünschen, kann ich ja –«

»Nein, nein, schon gut.« Er versuchte noch, Elwood am Ohrläppchen Blut abzunehmen, doch dieses erwies sich als nicht minder widerstandsfähig. Er gab es auf. Sollten sich darum Ärzte kümmern, die besser ausgerüstet waren als ein einfacher Landarzt. »Ich glaube, äh, wir können uns das sparen.«

Als Connor mittags in die Praxis zurückkam, war Dr. Morrison noch immer im Morgenmantel.

»Erstaunlich, höchst erstaunlich«, empfing er den Butler mit einem Kopfschütteln. »So etwas ist mir noch nie begegnet. In meiner gesamten Praxis nicht.«

»Haben Sie die Untersuchung abgeschlossen?«

»Fast. Ich muß nur noch die Röntgenaufnahmen entwickeln.« Er blieb stehen und sah den Butler an. »Sagen Sie, wo haben Sie den Mann aufgetrieben? Das ist nicht zufällig ein Außerirdischer aus einem dieser UFOs, die den Zeitungen zufolge ständig über unseren Köpfen durch die Gegend brausen?« Es war halb Scherz, halb wirkliche Frage.

Connor lächelte.

»Nein, das ist er ganz sicher nicht. Aber mehr kann ich Ihnen leider nicht sagen. Sind die Ergebnisse denn so seltsam?«

»Das werde ich Ihnen erzählen, wenn ich mir die Röntgenaufnahmen angesehen habe.«

Er führte Connor in den Untersuchungsraum, in dem sich auch Elwood befand. Der Mann in Schwarz hatte seine Kleidung, derer er sich zwischenzeitlich auf Anweisung des Arztes entledigt gehabt hatte, wieder angelegt.

Kurz darauf kam Dr. Morrison mit den Aufnahmen herein. Er nahm hinter seinem Schreibtisch Platz, betrachtete die Folien noch einmal kopfschüttelnd, dann wandte er sich Connor zu.

»Er ist ohne Zweifel der gesündeste Mensch, den ich je bei mir in der Praxis hatte.«

»Ein Mensch?« fragte Elwood, emotionslos wie immer, und trotzdem klang ein Hauch von Hoffnung darin.

»*So* gesund, daß er eigentlich gar kein Mensch sein kann«, fügte Dr. Morrison hinzu.

»Kein Mensch?« Diesmal wehte ein Hauch von Enttäuschung mit.

Connor gebot Elwood mit einer knappen Handbewegung, einstweilen still zu sein. Der Mann in Schwarz verstand. Connor wußte, wie wichtig diese Frage für ihn war, aber das hatte Zeit bis später. Zuerst wollte er die Untersuchungsergebnisse erfahren.

»Der Röntgenbefund weist keine Besonderheiten auf«, begann Dr. Morrison auf Aufforderung des Butlers hin. »Skelettaufbau und innere Organen sind, soweit ich das beurteilen kann, vollkommen normal. Trotzdem weichen seine Körperfunktionen erheblich von denen eines normalen Menschen ab. Da wäre als erstes seine extrem niedrige Körpertemperatur von nur 19,2° . Ähnlich sieht es mit Herz- und Pulsfrequenz aus. Beidesmal konstant fünfundzwanzig Schläge pro Minute, normal wären siebzig bis achtzig. Und unter körperlicher Anstrengung ergab sich nur eine unwesentliche Erhöhung.« Es kamen noch einige andere Punkte, dann ließ Dr. Morrison die Unterlagen sinken. »Das zusammen ergibt eine schier unglaubliche Leistungsfähigkeit, und auch der Alterungsprozeß dürfte wesentlich verlangsamt sein.« Er nahm die Lesebrille ab und sah Connor an. »Fragen Sie mich nicht, wie so etwas möglich ist.«

»Keine Bange, das tue ich nicht. Ich weiß, daß Sie es nicht beantworten könnten. Ebensowenig wie wir. Jedenfalls bis jetzt.« Connor stand auf, und Elwood nahm es als Zeichen, es ihm gleichzutun. »Haben Sie vielen Dank. Und denken Sie bitte daran, absolutes Stillschweigen zu bewahren.«

»Sir Ian hat mein Wort«, erwiderte der Arzt fast gekränkt.

Wenig später befanden Connor und Elwood sich auf der Rückfahrt nach Oake Dùn.

»Darf ich Sie etwas fragen?« unterbrach der Mann in Schwarz kurz vor ihrer Ankunft das Schweigen.

»Fragen Sie ruhig.«

»Hat die Untersuchung nun ergeben, daß ich ein Mensch bin? Oder bin ich keiner?«

Connor seufzte.

»Tja, das läßt sich leider nur mit einem Jain beantworten.«

»Jain? Was bedeutet das?«

»Das bedeutet, daß wir jetzt zwar etwas mehr wissen, aber ansonsten noch genauso klug sind wie bisher.«

»Verstehe.« Eine kurze Pause. »Ist Jain dann aber nicht ein Widerspruch in sich?«

Ein erneutes Seufzen.

»Sie merken aber auch alles!«

Vergangenheit

Als Tom den Wagenzug in Richtung La Rochelle aufbrechen sah, kribbelte es ihn in den Fingern, seinen gesunden Menschenverstand – der ihm sagte, daß er gefälligst hierzubleiben und sich dem Wunsch des Vorstehers zu beugen hatte – über Bord zu werfen und ihm einfach auf eigene Faust zu folgen.

Gleichgültig, ob er sich nun mit den hier Einheimischen verständigen konnte oder nicht. Gleichgültig, ob er ein Reitpferd besaß oder auch nur eine einzige Münze in den Taschen hatte.

Er beherrschte sich. Mühsam. Aber er schaffte es.

Die nächsten beiden Tage vergingen quälend langsam. Er verschaffte sich Ablenkung, indem er die Brüder darum bat, ihm gewisse Dinge zu besorgen. Beispielsweise eine kleine Armbrust. Salpeter, Schwefel, und was er noch so brauchte.

Er bekam alles, was er wollte, und mit der Übung, die er bei seinem Aufenthalt in den Kreuzfahrertagen erlangt hatte, hatte er binnen eines halben Tages eine Waffe gefertigt, wie er sie schon in Jerusalem benutzt hatte. Eine

Armbrust, mit der sich kleine, mit Schwarzpulver gefüllte Sprengpatronen verschießen ließen.

Tags darauf ritt er mit einem anderen Templer aus der Stadt, um die Waffe auszuprobieren. Tom vermutete, daß er von Thibaut de Champagne angewiesen worden war, ihn im Auge zu behalten, aber es störte ihn nicht. Im Gegenteil. Sollte der Vorsteher ruhig erzählt bekommen, zu welch beeindruckenden Dingen Tom fähig war.

Doch der Mann zeigte sich nur mäßig beeindruckt. Zwar reagierte er erschrocken auf die Detonation, aber dann wandte er sich Tom zu und fragte interessiert, ob es sich dabei um das Pulver handelte, das der Benediktinermönch Schwarz vor einigen Jahren entdeckt hatte.

Tom begriff, daß er umdenken mußte. In Jerusalem war eine derartige Waffe noch ein Wunderding gewesen, in dieser Zeit jedoch war das *Schwarz*pulver bereits erfunden – auch wenn sich die Kenntnis davon noch nicht allgemein durchgesetzt hatte. Das allerdings würde sich in den nächsten Jahrzehnten schnell ändern. Europa stand kurz davor, Feuerwaffen zu erfinden. Eine Erfindung, die das Antlitz der Welt radikal verändern würde.

Trotzdem, seine Waffe würde ausreichen, um sich seiner Haut zu erwehren. Jedenfalls besser, als er es mit Schwert oder ähnlichem vermocht hätte.

Er kehrte zur Komturei zurück, gefaßt darauf, auch die nächsten Tage mit ungeduldigem Warten zu verbringen, als der Vorsteher ihn vollkommen überraschend zu sich riefen ließ.

Thibaut von Champagne präsentierte ihm mit niedergeschlagener Miene einen Umschlag.

»Was ist das?« fragte Tom. Einen Moment befürchtete er, es könne das Antwortschreiben von Gérard de Villers sein, der ablehnte, sich mit ihm zu treffen. Aber es war viel zu früh, als daß der Bote aus La Rochelle bereits hätte zurück sein können.

»Es ist ein Schreiben, das uns aufgrund glücklicher Umstände in die Hände gefallen ist«, antwortete der Vorsteher. »Es ist eine Anweisung an den Statthalter des Königs, und sie besagt ...« Er machte eine Pause, als könne er die Bedeutung dieses Sachverhalts nur schwerlich fassen. »... sie besagt, daß sämtliche Templer von Libourne am frühen Morgen des dreizehnten Oktobers zu inhaftieren sind. Ausnahmslos alle!«

Der dreizehnte Oktober. Das war in vier Tagen! Zugleich glaubte Tom sich – jetzt, da er es gehört hatte – zu erinnern, daß dies das Datum war, das in die Geschichte Einzug gehalten hatte.

»Ich ... Ich hätte das nie für möglich gehalten«, redete Thibaut weiter. Er wirkte wie ein Mann, der bis ins Tiefste erschüttert war. Dessen Weltbild durcheinandergeraten war.

»Glaubt Ihr mir endlich, daß ich die Wahrheit gesprochen habe?«

Ja, Ihr habt recht gehabt«, bekannte er. »Ich weiß nicht, wie das möglich ist, aber Ihr habt recht gehabt. Die Gefahr ist größer, als wir alle es jemals für möglich gehalten haben. Weitaus größer.«

»Und werdet Ihr mir nun erlauben, nach La Rochelle zu reisen?«

»Das werde ich«, antwortete der Vorsteher. »Und wir werden noch heute aufbrechen.«

»Wir?«

»Ja. Ich werde Euch begleiten.«

Gegenwart

Nachdem Connor und Elwood nach Oake Dùn zurückgekehrt waren, unterrichtete der Butler Sutherland über alles.

»Dr. Morrison läßt Ihnen beste Grüße ausrichten«,

endete Connor. »Er wird Ihnen die Untersuchungsergebnisse in den nächsten Tagen noch schriftlich zukommen lassen.«

Ian Sutherland nickte versonnen. Er hatte geahnt, daß sie Elwoods Identität ohne die Untersuchungen eines modern eingerichteten Labors nicht auf die Spur kommen würden. Die Diagnosen seines langjährigen Hausarztes hatten zwar ein paar neue Erkenntnisse gebracht, aber keine Antworten. Eher ein ganzes Bündel neuer Fragen. Er würde seine Kontakte spielen lassen müssen, um ein Labor zu finden, das vertrauenswürdig genug war, die Untersuchung Elwoods nicht gleich als Sensation an sämtliche Nachrichtenkanäle der Welt zu verkaufen.

»Dann gibt es da noch etwas«, meinte Connor. »Als ich Mortimer an der Bushaltestelle abgesetzt habe, ist er plötzlich unruhig geworden. Er meinte, er hätte vergessen, den Füllstand des Dieselgenerators zu überprüfen, und er wollte Sie auf der Stelle anrufen, damit Sie das persönlich überprüfen.«

»Was hat Mortimer mit dem Dieselgenerator zu tun?« wunderte Sutherland sich. »Das ist doch Rennie Crieffs Aufgabe.«

»Ich konnte ihn beruhigen und ihm klarmachen, daß dafür noch nach meiner Rückkehr Zeit ist und ich mich gleich darum kümmern werde. Aber er hat darauf bestanden, daß *Sie* sich vom Dieselstand überzeugen. Ich habe ihm versprechen müssen, daß ich es Ihnen ausrichte.«

»Seltsam«, murmelte Sutherland. Er war von Mortimer, der mit zunehmendem Alter etwas sonderlich geworden war, ein bisweilen seltsames Verhalten gewohnt. Manchmal hatte er sogar das deutliche Gefühl, daß der alte Diener sich blöder anstellte, als er wirklich war.

»Natürlich erledige ich das«, sagte Connor. »Ich wollte

es Ihnen nur ausrichten, wie ich es Mortimer versprochen habe.«

»Warten Sie, Connor, ich komme gleich mit hinunter. Bei Mortimer kann man nie wissen.«

»Wie Sie wünschen.«

Gemeinsam stiegen sie in den Keller hinab und weiter zu dem Raum, in dem sich das Dieselaggregat befand. Damit ließ sich im Notfall die Stromversorgung des Schlosses aufrechterhalten. Es hatte Ian Sutherland schon so manchen guten Dienst geleistet. Im rauhen Norden Schottlands waren schwere Frühjahrs- und Herbststürme keine Seltenheit, und manchmal gab es Unterbrechungen der Stromleitungen.

Sie näherten sich der Anzeige, die für den Füllstand der Dieseltanks zuständig war – und nahezu gleichzeitig stutzten sie.

Ein weißer Umschlag war hinter die Anzeige geklemmt.

Langsam nahm Connor ihn in die Hand. Es stand einzig und allein ein Datum darauf.

Das Datum des heutigen Tages!

Connor gab den Umschlag an den Schloßherrn weiter. Dessen ernste Miene bewies, daß er ebenfalls genau wußte, was dieser Fund zu bedeuten hatte. Eine Zeitlang hatte sich das Orakel von Delphi, ein dreibeiniger, scheinbar eherner Hocker, auf Oake Dùn befunden. Auf seinen eigenen Wunsch hin war es in die Obhut des tibetanischen Lamas Paldan Manjushi gebracht worden, doch zuvor hatte es Mortimer veranlaßt, mehrere Umschläge mit Weissagungen auf dem Schloß zu deponieren.*

Leider konnte sich der greise Diener an nichts davon erinnern; weder daran, wie viele Umschläge es gewesen waren, noch was in ihnen gestanden oder wo er sie ver-

* siehe Band 14 203, BUch 4 und Buch 5

steckt hatte. Die Datumsangaben bewiesen, daß es dem Willen des Orakels entsprach, daß diese Botschaften erst zu ganz bestimmten Terminen gefunden werden sollten. Denn die wohl faszinierendste Fähigkeit dieses ›lebenden‹ Artefaktes bestand darin, zukünftige Geschehnisse voraussagen zu können.

Einmal hatten sie bereits einen solchen Umschlag auf Oake Dùn gefunden. Hinter einem Bilderrahmen. Damals hatte die Nachricht sie auf die Spur des Heiligen Grals geführt.

Und dieses Mal? Eine weitere Spur?

Langsam, fast ehrfürchtig riß Sutherland den Umschlag auf und holte den darin befindlichen Zettel hervor.

Wie sie es vom Orakel gewohnt waren, war es eine vierzeilige Weissagung. Sie besagte:

Wehe Dir! Du hättest mich befragen sollen.
Drei ist die Zahl derer Gefährten,
die Dich sehr bald verlassen werden.
Sei wachsam, der Tod ist schon nahe.

Der Earl of Oake Dùn erbleichte. Die Prophezeiungen des Orakels waren stets mehr oder minder verschlüsselt gewesen, aber den Sinn dieser Sätze zu entschleiern, war nicht schwer.

Wehe Dir! Du hättest mich befragen sollen. – Das bezog sich eindeutig auf die wiederholten Angebote, ihm mit einer Weissagung oder einem Rat zu Diensten zu sein. Er hatte es jedesmal abgelehnt, denn für jede Voraussage verlangte das Orakel eine Gegenleistung. Und diese zu zahlen, war er nicht bereit gewesen. Valerie hatte es bereits tun müssen, ohne bis heute zu wissen, zu welcher Gegenleistung sie sich verpflichtet hatte – oder was geschah, wenn sie diese nicht erbrachte.

Drei ist die Zahl Deiner Gefährten, die sich sehr bald verlassen werden. – Das klang schrecklich eindeutig, besonders wenn man den letzten Satz berücksichtigte: Sei wachsam, der Tod ist schon nahe.

Im Ergebnis hieß das nichts anderes als: Drei A.I.M.-Mitglieder würden den Tod finden.

Und zwar bald!

Der Earl of Oake Dùn spürte Beklemmung in sich aufsteigen. Drei, hämmerte es in seinen Gedanken. Drei Mitarbeiter.

Aber welche? Welche drei?

Er erschrak, als ihm bewußt wurde, daß Tom Ericson, Gudrun Heber und Pierre Leroy gerade in seinem Auftrag in Australien waren. Zu *dritt*! Waren sie gemeint? War bei ihnen etwas schiefgelaufen? Er hatte seit ihrem Abflug nichts mehr von ihnen gehört. Das war eigentlich nichts Ungewöhnliches, denn schließlich hatte sie ihr Weg in die Tiefen der australischen Wüste geführt, wo es nicht an jeder Buschecke ein Telefonhäuschen gab. Jetzt allerdings machte es ihm plötzlich Sorge, daß sie sich noch nicht gemeldet hatten.

»Was haben Sie?« fragte Connor. »Warum sind Sie auf einmal so bleich?«

Ian Sutherland reichte ihm wortlos das Papier.

Oder dachte er in die falsche Richtung? überlegte er dabei und warf Connor einen verstohlenen Blick zu. War sein getreuer Butler einer der drei? Oder Valerie? Oder Elwood? Konnte man den Mann in Schwarz überhaupt als einen seiner Gefährten bezeichnen? Wie eng war der Maßstab des Orakels, wenn es diesen Begriff gebrauchte?

Sicher schien nur, daß er selbst nicht gemeint war.

Die Botschaft besagte, daß es seine *Gefährten* treffen würde. Und gerade das machte es für ihn noch unerträglicher.

Hätte er die drei retten können, wenn er das Orakel früh genug befragt hätte?

Verdammt! fluchte er innerlich. Jetzt denke ich schon

über sie – wer immer sie waren –, als ob sie bereits jetzt tot wären!

Aber waren sie das genau genommen nicht schon? Bislang hatte sich jede Voraussage des Orakels erfüllt, so sicher, als wäre es zum Zeitpunkt der Prophezeiung bereits Vergangenheit gewesen. Welchen Grund gab es zu hoffen, daß dem diesmal nicht so sein würde?

Connors Gesichtsfarbe wurde ebenfalls fahler, als er die Weissagung gelesen hatte.

»Aber das ... das ...«, stotterte er.

»Leider doch. Ich befürchte, daß es genau das bedeutet.«

»O Gott!« hauchte Connor, als er sich der vollen Tragweite bewußt wurde. »Aber was ... was sollen wir tun? Was *können* wir tun?«

Sutherland stieß ein humorloses Lachen aus. Eine Frage, auf die es keine Antwort gab. Das Orakel hätte sich diese Botschaft sparen können. Im Prinzip war sie nichts anderes als eine besonders perfide Art von Quälerei.

»Nichts«, sagte er bitter. »Und das ist das Perverse daran. Wir können nichts tun. Nichts außer beten, daß wir es falsch verstanden haben.«

»Wie sollte es denn sonst zu verstehen sein?«

»Glauben Sie mir, Connor, ich wäre froh, wenn ich das wüßte. Das einzige, was mir zu denken gibt, ist die Aufforderung: Sei wachsam! Wozu wachsam sein, wenn diese Dinge ohnehin nicht zu ändern sind?«

»Vielleicht eine Warnung, daß auch Sie keineswegs sicher sind.«

Ein entferntes Rufen klang an ihre Ohren.

Es war die Stimme von Rennie Crieft, einem Hausangestellten, der im Keller nach ihnen suchte. Ian Sutherland rief ihm zu, wo sie sich befanden.

»Hier sind Sie«, sagte Crieft, als er in den Raum

gekommen war. »Ich dachte schon, Sie seien vom Erdboden verschwunden.«

»Was gibt's?« fragte Sutherland, beinahe froh über diese Ablenkung.

»Hier!« Crieff übergab ihm einen Umschlag. »Ein Telegramm. Es wurde gerade für Sie abgegeben.«

Noch ein Umschlag, dachte Ian Sutherland düster, während Crieff sich wieder diskret zurückzog. Etwa eine Nachricht aus Australien? Eine Nachricht, daß Tom, Gudrun und Pierre ums Leben gekommen waren?

Er riß den Umschlag auf. Folgender Text erwartete ihn:

ERWARTE DICH IN LONDON +++ ST. JAMES COURT +++ NUR WENIG ZEIT +++ KOMM BITTE NOCH HEUTE +++ UND ALLEIN +++ DIMIDIOS

»Etwas Schlimmes?«

»Das weiß ich nicht.« Sutherland reichte Connor den Umschlag. »Jedenfalls bis jetzt *noch* nicht. Aber ich hoffe, daß Professor Dimidios mir das erklären wird.«

»Sie wollen doch nicht etwa allein aufgrund dieses Telegramms nach London reisen?«

»Nicht nur.« Er erzählte Connor von dem gestrigen Telefonat. »Wenn ich auch nicht verstanden habe, worum es geht, soviel ist sicher: Es ist äußerst dringend. Irgend jemand scheint hinter ihm her zu sein.«

»Ziemlich vage, Sir, wenn Sie mich fragen«, meinte Connor voller Skepsis. »Das riecht nach einer Falle.«

»Von wem?«

»Kar zum Beispiel. Es wäre nicht das erste Mal, daß er Sie in die Hände zu bekommen versucht.«

»Kar?« Sutherland schüttelte entschieden den Kopf. »Nein, auf solch simple Art und Weise würde er nie vorgehen. Dazu ist er zu gerissen und intelligent. Das hat er in der Vergangenheit zur Genüge bewiesen.«

»Vielleicht versucht er es diesmal gerade deshalb so«, gab Connor zu bedenken.

»Das muß ich in Kauf nehmen. Kümmern Sie sich bitte um die schnellste Flugverbindung nach London. Und machen Sie den Helikopter startklar, um mich zum Flughafen zu bringen.«

»Sehr wohl. Natürlich begleite Sie nach London.«

»Nein. Ich fliege alleine. Genau wie es hier steht.«

»Aber ...« Connor sah seinen Schloßherrn ungläubig an. »Sie werden doch nicht so leichtsinnig sein, das wirklich zu tun!«

»Doch, werde ich. Und *Sie* werden anschließend hübsch hierher zurückkehren. Ich brauche auf Oake Dùn jemand Zuverlässigen, der die Stellung hält. Oder glauben Sie, Rennie Crieff würde klarkommen, wenn sich plötzlich ein Notfall ergibt?«

Connor sah nicht sehr begeistert aus, fügte sich aber. Er spürte, daß Sir Ians Sorge in erster Linie seinen drei Mitarbeitern in Australien galt.

»Gut. Wie Sie wünschen.«

»Ach ja, Connor, noch eines. Was die Botschaft des Orakels angeht, bitte vorerst kein Wort zu einem der anderen. Ich muß mir erst über die Konsequenzen klarwerden. Bis dahin will ich keine Panik schüren.«

Vergangenheit

Ebenso wie die Tempelritter, die den vorausgereisten Wagenzug begleitet hatten, waren sie in ziviler Kleidung unterwegs. Es war Thibaut von Champagne anzumerken gewesen, daß es in seinen Augen geradezu ein Sakrileg darstellte, das Gewand eines Tempelritters abzulegen, aber er war einsichtig genug gewesen, es dennoch zu tun. Während er sich für das Gewand eines niederen Edelmannes entschieden hatte, hatte Tom Kleidung aus schwarzem Stoff bevorzugt, wie sie manche der Knappen und Diener trugen.

Zweimal übernachteten sie in einer am Wegrand gelegenen Herberge und einmal im Freien. Am Abend des dritten Tages, nachdem sie die letzten Stunden an der Küste entlanggeritten waren, erreichten sie schließlich La Rochelle.

Es war der Abend des zwölften Oktobers. Eine Nacht vor der Verhaftungsaktion, von der Tom wußte, daß sie landesweit zeitgleich erfolgen würde – und es gab keinen Grund, warum diese Hafenstadt davon verschont bleiben sollte.

Die Straßen von La Rochelle waren dicht bevölkert. Im geschützten Hafen lagen Aberdutzende von Schiffen, von kleinen Fischerbooten bis zu hochseetauglichen Koggen, dem modernsten Schiffstyp dieser Zeit. Schon immer war La Rochelle aufgrund seiner geschützten Lage ein wichtiger Atlantikhafen gewesen, und damit zwangsläufig auch eine Handelsstadt.

Es waren Templer aus allen Bereichen des Landes zusammengekommen, doch kaum einer der Bewohner ahnte etwas davon. Bis auf ganz wenige Ausnahmen trugen sie allesamt zivile Kleidung. In den Augen der Einheimischen waren die Leute normale Handelsreisende. Allein die Wirtsleute bemerkten, daß keiner von ihnen dem Alkohol zusagte, und auch die Mädchen, die sich in einschlägigen Kneipen darboten, fanden nur wenige Freier.

Entgegen Toms Erwartung ritten sie nicht zur Komturei der Stadt. Thibaut erklärte, daß diese Stätte absichtlich nicht in die Planung einbezogen worden war, um keinen Verdacht zu erregen, wenn dort mit einem Mal deutlich mehr Betrieb herrschte.

Der Vorsteher nahm unauffällig Kontakt zu einigen der verkleideten Ordensbrüder auf. Ihnen überließen sie ihre Pferde, und zu Fuß steuerten sie ein Wirtshaus an, das in einer verwinkelten Gasse gelegen war. Drinnen erwartete sie dichtes Gedränge und stickige Luft – obwohl der Tabakkonsum im Abendland noch unbekannt war.

Tom verspürte Lust auf einen Wein, aber einerseits wollte er Thibaut nicht brüskieren, und andererseits galt es, einen klaren Kopf zu behalten. Er würde sich keinen Gefallen tun, wenn er morgen, am Tag der Verhaftungswelle, mit einem riesigen Kater durch die Gegend lief. Wer wußte, wie gepanscht der Wein war, der hier verkauft wurde? Oder mit *was*! Der Wirt in seinem speckigen, schmutzigen Wams, anhand dessen man wahrscheinlich den Speiseplan der letzten drei Wochen rekonstruieren konnte, machte jedenfalls keinen sonderlich vertrauenerweckenden Eindruck.

Zu seinem Leidwesen entschied Tom sich ebenso wie Thibaut für ein einfaches Wasser. Es schmeckte zwar fahl, aber zumindest die Becher waren sauber.

Der Vorsteher mischte sich bald zwischen die anderen Gästen und sprach vertraulich mit dem einen oder anderen. Ebenfalls Templer, wie nicht schwer zu erraten war. Schließlich schien er erfahren zu haben, wonach er sich erkundigt hatte, und kehrte zu Tom zurück.

»Bleibt hier und wartet auf mich«, wies er Tom an. »Ich weiß nun, wo sich Gérard de Villers befindet, und werde versuchen, mit ihm Kontakt aufzunehmen. Danach werde ich hierher zurückkommen und Euch sagen, ob er Euch zu sprechen wünscht.«

Tom nickte, obwohl er keinen Augenblick daran dachte, sich daran zu halten. Er war nicht hergekommen, um zu hören, daß dieser geheimnisvolle Bursche keine Lust hatte, mit ihm zu reden.

Gérard de Villers – wieder ließ Tom sich diesen Namen im Geiste auf der Zunge zergehen. Von irgendwoher war ihm dieser Name bekannt.

Wenn er nur wüßte, von wo!

Kaum hatte der alte Vorsteher das Wirtshaus verlassen,

schlüpfte Tom ebenfalls in die Dunkelheit hinaus. Thibaut ging tiefer in die Stadt hinein, und obwohl er sich mehrfach umsah, bemerkte er nichts von dem dunklen Schatten, der ihm beständig folgte. Nicht umsonst hatte Tom sich für nachtschwarze Kleidung entschieden.

Zehn Minuten später erreichte Thibaut ein schloßähnliches Gebäude, das in der Nähe des Hafens gelegen war.

Er ging am Haupthaus vorbei zu einem zweistöckigen, hölzernen Nebenhaus, das wahrscheinlich die Unterkunft der Dienerschar war. Vor der Pforte verharrte er kurz und sah verstohlen in alle Richtungen, ohne Tom jedoch zu entdecken. Erst dann klopfte er.

Als die Tür geöffnet wurde, fiel heller Lichtschein nach draußen, und Tom konnte sehen, daß derjenige, der dem Vorsteher öffnete, ein Tempelritter im offiziellen Gewand des Ordens war. Thibaut de Champagne verschwand im Haus, die Tür wurde wieder geschlossen.

Tom verharrte. Er wußte, daß er nie und nimmer auf dieselbe Weise ins Haus gekommen wäre. Nein, er mußte sich etwas anderes überlegen.

In einigem Abstand schlich er um das Haus. Die Templer hatten keine Wachen abgestellt, offenbar um alles so normal wie möglich aussehen zu lassen. Die Fensterläden im Erdgeschoß waren allesamt geschlossen, nur im oberen standen ein paar offen. Und hinter einem davon, auf der Rückseite des Hauses, flackerte gerade Kerzenschein auf, so als würde der Raum gerade betreten werden.

Von Thibaut de Champagne und Gérard de Villers?

Toms Blicke tastete die Außenfassade des Hauses ab, suchten nach einem Weg, nach oben zu klettern. Die Bretter waren nur grob verarbeitet und boten genügend Halt, um sich hinaufzuziehen.

Tom war nie ein besonders geübter Kletterer gewesen, und daß er es zudem in einem fremden Körper tun mußte, bereitete ihm zusätzlich Sorge; doch letztendlich war es einfacher als erwartet.

Langsam tastete er sich an das offenstehende Fenster heran, darauf bedacht, auf kein morsches Holzende zu treten.

Er konnte Stimmen hören, die nach außen drangen. Zwei Stimmen. Eine davon gehörte Thibaut.

Und die andere ...?

Bald konnte er verstehen, was sie sagten, und schnell erhielt er Gewißheit, daß es sich bei der anderen Person tatsächlich um Gérard de Villers handelte. Nahe beim Fenster verharrte er und lauschte.

»Ihr wollt ihn also nicht empfangen?« Das war Thibauts Stimme. »Obwohl er den ganzen Weg mit mir hergeritten ist.«

Sieh an, es war gerade die Rede von ihm, dachte Tom. Und wie er es schon geahnt hatte, dieser Gérard gab sich ablehnend.

»Nein«, sagte er. »Dazu drängt die Zeit zu sehr. Und es gibt noch so viel zu tun. Noch sind es fast ein Dutzend Wagenzüge, die bis morgen hier eintreffen sollen. Ich befürchtete, daß einige von ihnen zu spät kommen werden.«

»Es ist mir zu Ohren gekommen, daß auch unser Großmeister hier sein soll.«

»Von wem habt Ihr das gehört?« rief Gérard heftig.

»Seid ohne Sorge«, beschwichtigte Thibaut. »Es war Eurer Vertrauter Hugo de Chalons, der es mir gesagt hat. Ich weiß, daß ich darüber strengstes Stillschweigen bewahren muß.«

»Das müßt Ihr in der Tat. Nicht auszudenken, was geschähe, wenn die Truppen des Königs erfahren würde, daß sich Jacques de Molay in La Rochelle aufhält. Nicht einmal ein halbes Dutzend Brüder hat Kenntnis davon. Und so muß es auch bleiben.«

»Weshalb ist er überhaupt das Risiko eingegangen, sich hierher zu wagen?«

»Er will sich persönlich vom Gelingen der Verladeaktion überzeugen. Und er hat mir detaillierte Anweisungen über unseren Zielort überreicht.«

Tom wagte es, seinen Kopf vorsichtig an die Fensteröffnung heranzuschieben, und erhaschte einen Blick auf Thibauts Gesprächspartner. Ein vielleicht vierzigjähriger Mann, schlank, mit schwarzem Haar und einem gepflegten Oberlippenbart. Er trug einen ebenso schwarzen Uniformmantel, wie Tom ihn schon beim Vorsteher gesehen hatte.

Und um seine Hüfte ein Strick mit *drei* Knoten!

Tom sah noch einmal hin, um sich zu vergewissern, und zu spät bemerkte er, daß Gérard längst zu sprechen aufgehört hatte und mit einem Male genau zu ihm herüberschaute.

Er war entdeckt worden.

Erschrocken wich einen Schritt zurück, doch der Holzvorsprung, auf den er trat, war morsch und brach unter seinem Gesicht.

Haltlos fiel er nach unten, prallte Meter tiefer hart auf dem Rücken auf. Benommen schüttelte er den Kopf, während über ihm wütende Rufe erklangen.

Schnell rappelte er sich auf, doch bevor er in der Dunkelheit verschwinden konnte, wurde eine Tür auf der Rückseite des Hauses aufgestoßen, und im Nu war er von mehreren Tempelrittern umringt.

Er wollte nach der Armbrust greifen, doch ein halbes Dutzend Schwertklingen, die in drohender Eintracht auf seinen Hals zielten, überzeugten ihn, es besser nicht zu tun.

»Wir bitten Euch, zwingt uns nicht, Euch ein Leid zuzufügen!« rief einer von ihnen. Es klang aufrichtig bedauernd, aber nichtsdestoweniger entschlossen.

Tom ergab sich in sein Schicksal und händigte ihnen die Armbrust aus.

Immerhin, dachte er voller Galgenhumor, lernte er Gérard de Villers auf die Weise wenigstens ohne Umschweife kennen. Aber er war sich natürlich bewußt, daß sich seine Lage mit einem Mal gewaltig verschlechtert hatte.

Er wurde ins Haus gebracht. Gérard de Villers empfing ihn mit einem verächtlichen bis vernichtenden Blick, und Tom begriff, daß es um seine Lage wohl noch ein Stückchen schlechter stand, als er befürchtet hatte.

»Ist dies der Mann«, fragte Gérard de Villers in Thibauts Richtung, »von dem Ihr gesagt habt, daß er mich zu sprechen wünscht?« Der Vorsteher nickte schweigend. Seine Miene zeigte deutlich, daß er sich von Tom aufs Schändlichste hintergangen fühlte.

»Nun denn«, meinte Gérard de Villers. »So wissen wir jetzt wenigstens, was es mit seiner mysteriösen Mission auf sich hat, die er angeblich zu erledigen hat. Er ist geschickt worden, um uns nachzuspionieren.«

»Ihr täuscht Euch!« rief Tom. »Ich kann Euch das alles erklären.« Konnte er? fragte er sich. Er würde sich etwas gutes einfallen lassen müssen.

Doch Gérard ließ es nicht dazu kommen.

»Nein«, sagte er rigoros. »Dafür habe ich keine Zeit. Ich weiß nicht, wieviel des Gespräches Ihr belauscht habt, aber was Ihr gehört habt, ist in jedem Fall zuviel. Ich werde Euch an einen sicheren Ort bringen lassen, an dem Ihr bis zum Ende der Aktion verbleibt. Danach werden sich meine Brüder um Euch kümmern.«

Tom wußte – es würde kein Nachher geben. Wenn er übermorgen immer noch hier war, würde er wahrscheinlich ebenso wie alle anderen Templer inhaftiert werden und in einer Folterkammer oder auf einem Scheiterhaufen enden.

»Ihr ... Ihr wollt mich also einsperren?« fragte er. Er spürte seine Chancen schwinden, jemals mehr über den Verbleib des Templer-Schatzes zu erfahren.

»Wenn Euch diese Formulierung lieber ist – ja«, erwiderte Gérard. »Ich kann mir kein Risiko leisten. Es hat absolute Priorität, die Schätze unseres Ordens in Sicherheit zu bringen.«

»Auch den Heiligen Gral?« fragte Tom.

Gérard de Villers sah ihn eindringlich an. Er hatte sich gut unter Kontrolle. In seinem Gesicht regte sich kein Muskel, aber trotzdem war Tom sicher, ins Schwarze getroffen zu haben. Dazu war der Blick des Templers ein wenig zu stechend, seine Miene zu erstarrt.

»Was habt Ihr da eben gesagt?« fragte er.

»Ich fragte, ob sich der Heilige Gral auch unter diesen Schätzen befindet«, wiederholte Tom.

Doch wenn er geglaubt hatte, damit etwas bewirken zu können, hatte er sich getäuscht.

Gérard sah ihn nachdenklich an. Eine Zeitlang schien es, als wolle er etwas erwidern, dann überlegte er es sich anders und gab den umstehenden Rittern einen Wink.

»Bringt ihn ins Herrenhaus«, befahl er. »Und sorgt dafür, daß er sicher untergebracht wird. Ihr seid mir dafür verantwortlich.«

Die Männer nickten, nahmen Tom in die Mitte und führten ihn auf den Ausgang zu. Er sträubte sich, ohne viel zu erreichen.

»Ich bitte euch«, rief er Gérard de Villers zu. »Laßt mich mit dem Großmeister reden.«

»Warum sollte Jacques de Molay seine wertvolle Zeit damit vertun, mit Euch zu sprechen?« fragte der Templer lakonisch.

»Vielleicht, weil ich ihm etwas zu sagen habe. Etwas Wichtiges.«

»Und was könnte das sein?«

»Nun, beispielsweise ...« Eine bedeutungsschwangere Pause. »Hütet Eure Schätze, sobald der Schöne den Thron besteigt.«

Thibaut de Champagne reagierte nicht darauf, ein Zeichen, daß ihm die Bedeutung dieses Satzes nicht bewußt war.

Dafür reagierte Gérard de Villers um so heftiger. Er war ein gutes Stück bleicher geworden und starrte Tom mühsam beherrscht an, mit zuckenden Wangenmuskeln.

»Woher kennt Ihr diesen Satz?« fuhr er ihn an.

Tom lächelte.

»Das werde ich nur dem Großmeister persönlich sagen«, meinte er. »Wie steht's, wollt Ihr ihm nicht doch von mir erzählen?«

Gérard atmete ein paarmal schwer, dann hatte er sich wieder unter Kontrolle.

»Verlaßt Euch lieber nicht darauf«, antwortete er. »Los, schafft ihn endlich weg.«

Sie brachten ihn hinüber ins Herrenhaus, hinauf in einen Turmbau, dessen Aufgänge mit Gittern gesichert waren und der sicherlich nicht zum ersten Mal als Gefängnis benutzt wurde. Sie erreichten einen großen Raum, und als Tom sah, um was es sich dabei handelte, blieb er unwillkürlich stehen. Sein Körper versteifte sich.

Eine Folterkammer.

Den Templern, die ihn begleiteten, blieb diese Reaktion nicht verborgen.

Sie schienen nachvollziehen können, was hinter seiner Stirn vor sich ging, doch sie reagierten nur mit einem spöttischen Lachen darauf.

»Für was haltet Ihr uns?« fragte einer von ihnen vorwurfsvoll. »Für Barbaren?«

Sie führten ihn weiter, zu einer kleinen Zelle mit einer dicken eisernen Tür.

Als sie ihn dort einschlossen und sich zu gehen

anschickten, bat er sie noch einmal eindringlich, dafür zu sorgen, daß der Großmeister von ihm erfuhr.

Doch ihnen war nicht anzusehen, ob sie diesem Wunsch entsprechen würden.

Gegenwart

Am Abend traf Ian Sutherland in London ein.

Der *St. James Court*, einen knappen Kilometer vom Buckingham Palace entfernt und in unmittelbarer Nachbarschaft mehrerer Museen, gehörte zu den vornehmeren Hotel-Adressen in London. Nicht selten logierte hoher Besuch in diesem spätviktorianischen Haus, das im schweren mittelalterlichen Stil von König Edward möbliert war. Jedes zweite Einrichtungsstück war zugleich eine kostbare Antiquität.

An der Rezeption mußte Ian Sutherland zu seiner Enttäuschung erfahren, daß Professor Dimidios weder als Gast abgestiegen war noch eine Nachricht für ihn hinterlassen hatte. Er beschloß, über Nacht zu bleiben, und buchte ein Einzelzimmer. Vielleicht war der Professor aufgehalten worden und traf später ein. Falls überhaupt.

Von seinem Zimmer aus telefonierte der Earl of Oake Dùn kurz mit Connor, um ihm mitzuteilen, daß er angekommen sei, Dimidios aber nicht angetroffen hätte. Connor war nach wie vor mißtrauisch. Es war ihm anzumerken, daß es ihn nervös machte, nicht bei seinem Schloßherrn zu sein, um ihm notfalls beistehen zu können. Ian Sutherland versprach, auf der Hut zu sein.

Eine Zeitlang quälte er sich mit dem Fernsehprogramm herum – vierundachtzig Kanäle und überall die gleiche Sch ... –, dann ging er hinunter, um zu Abend zu speisen. Im Erdgeschoß befand sich das französische Feinschmeckerrestaurant *L'Auberge de Provence*, das von dem mehrfach prämierten Küchenchef Jean-André Charial geführt wurde, und das Menü, für das Ian Sutherland sich entschied, wurde diesen Vorschußlorbeeren vollauf gerecht.

Von Professor Dimidios war weiterhin nichts zu hören oder zu sehen. Ian Sutherland kehrte auf sein Zimmer zurück und spielte bereits mit dem Gedanken, ins Bett zu gehen, als es an der Tür klopfte.

»Ja?«

»Zimmerservice«, klang es leise zurück. »Eine Nachricht für Sie, Sir.«

Sofort war er an der Tür. Draußen stand ein Hotelpage und hielt ihm auf einem Tablett einen Umschlag entgegen.

»Hier, Sir, das ist gerade für Sie abgegeben worden.«

Sutherland entlohnte den Pagen mit einem kleinen Tip – wie ein Trinkgeld in der angelsächsischen Gastronomie genannt wurde – und riß den Umschlag auf, sobald er wieder allein war.

KOMM BITTE IN DEN CALEDONIAN CLUB, war auf dem inliegendem Zettel zu lesen. SOFORT. ICH WARTE AUF DICH. DIMIDIOS.

Zwischen Sutherlands Augenbrauen entstand eine steile Falte. Das gefiel ihm nicht. Weshalb kam Dimidios nicht einfach hierher? Welchen Grund konnte es für soviel Geheimniskrämerei geben? Er hatte den griechischen Professor als vernünftigen und sachlichen Mann kennengelernt. So etwas paßte ganz und gar nicht zu ihm – es sei denn, sämtliche Geheimdienste der Welt seien hinter ihm her!

Jetzt, da Sutherland sich die Mühe gemacht hatte, nach London zu jetten, blieb ihm wohl kaum etwas anderes übrig, als der Einladung zu folgen. Er kannte den CALEDONIAN-CLUB, und es war eine kaum weniger sichere Stätte als dieses Haus. Ein exklusiver Club für vornehme schottische Landsmänner und Leute mit starken irischen

Banden. Er selbst war zwar kein Mitglied, aber er kannte etliche Earls und Lords, die dort verkehrten, wenn sie in der britischen Hauptstadt waren.

Nur – was zum Teufel hatte ein waschechter Grieche in einem solchen Club zu suchen?

Er zog sich Anzugjacke und Mantel über, vergewisserte sich, daß er die Pistole, die mitzunehmen Connor ihn eindringlich ermahnt hatte, dabei hatte, und verließ sein Zimmer.

Da der CALEDONIAN-CLUB nicht weit entfernt lag, am rückwärtigen Rand der Buckingham Palace Gardens, verzichtete er auf ein Taxi. Statt dessen ging er zu Fuß. Die kalte Abendluft klärte seinen Kopf, und nach einer Viertelstunde hatte er die Halkin-Street erreicht, in der der Club lag.

Er wollte gerade die Stufen zum Eingang hinaufgehen, als von der anderen Seite ein junger Mann auf ihn zutrat, vielleicht fünfundzwanzig Jahre alt, mit dunkler Lederjacke und einer Baseballmütze.

»Sind Sie Ian Sutherland?«

»Ja«, antwortete er vorsichtig und hielt seine Hand unauffällig so, daß er schnell zur Pistole greifen konnte. »Was kann ich für Sie tun?«

»Ich bin gekommen, um Sie abzuholen.« Er deutete auf ein Taxi, das ein paar Schritte weiter mit eingeschalteter Warnblinkanlage am Straßenrand hielt. »Kommen Sie, dort steht mein Wagen.«

»Moment!« hielt Sutherland ihn mißtrauisch zurück. »Von wem haben Sie den Auftrag, mich hier abzuholen?« Natürlich galt diese Frage Professor Dimidios.

»Der kam per Funk über die Zentrale.«

»Hm. Und wohin soll die Fahrt gehen?«

»Zum Nordufer der Battersea Bridge.«

Sutherland kannte sich gut genug aus, um zu wissen, daß die Brücke ein paar Kilometer themseaufwärts in

Chelsea lag. Soweit er wußte, eine recht einsame Gegend – besonders an einem Sonntagabend. Genau richtig, um jemanden unauffällig loszuwerden. Aber warum dann die Umstände? Hätte man das nicht auch hier, an dieser Stelle, tun können?

Er sah den Fahrer zweifelnd an.

»Und das ist alles?« fragte er.

»Ja, sicher ... Nein, warten Sie. Es wurde noch durchgegeben, falls Sie nicht mitkommen wollen, soll ich Ihnen sagen, es ginge um die Bundeslade.«

»Die Bundeslade?«

»Ja.« Seinerseits musterte er Sutherland eindringlich. »Sagen Sie, sind Sie vielleicht Filmproduzent, Bestsellerautor oder so etwas ähnliches?«

»So etwas ähnliches«, erwiderte Sutherland wortkarg.

»Na ja, ist ja auch Ihre Sache. »Der Fahrer hob die Schultern. »Was ist, wollen Sie nun mitfahren oder nicht?«

Sutherland gab sich einen Ruck.

»Also gut, bringen Sie mich dorthin.«

Wiederum eine Viertelstunde später hielt der Wagen auf der Nordseite der schmiedeeiserne Brücke, die die Londoner Stadtteile Battersea und Chelsea miteinander verband. Am diesseitigen Ufer waren unzählige buntbemalte Hausboote festgemacht, auf denen Aussteiger, City-Freaks aber auch viele »stinknormale« Leute wohnten. Dahinter erhoben sich die avantgardistischen Blocks eines ganzen Wohnviertels, das während des vorübergehenden Wirtschaftsbooms der achtziger Jahre für die Yuppies der Stadt und andere Emporkömmlinge errichtet worden war. Heute, da die Rezession England fest im Griff hatte und die negativen Auswirkungen des Thatcherismus immer offener zutage traten, war es hier merklich stiller geworden. Mindestens die Hälfte der hochmodernen, futuristisch gestylten Wohnungen standen leer.

Sutherland entlohnte den Fahrer und sah sich um. Über der Themse lag feiner Abendnebel. In einiger Entfernung schlenderte ein Pärchen Arm in Arm entlang, sonst war niemand in der Nähe.

Der Earl of Oake Dùn atmete tief durch. Was jetzt? Warten? Oder einsehen, daß er an der Nase herumgeführt worden war, und ins Hotel zurückkehren?

»Ian! Bist du allein?« Die Stimme kam von den Treppenaufgängen, die zu den Docks hinunterführten. Sutherland wollte sich dorthin wenden. »Nein, nicht! Dreh dich nicht um! Bleib so stehen.«

»Nikodemus!« raunte er. Natürlich hatte er die Stimme mit dem auffälligen griechischen Akzent sofort wiedererkannt. »Wo steckst du? Und was soll die Geheimniskrämerei?«

»Das werde ich dir erklären. Ich werde dir alles erklären.« So etwas wie ein trockenes Lachen erklang. »Jedenfalls fast alles. Aber zuerst – siehst du irgend jemanden in deiner Umgebung?«

»Nein.« Sutherland sah sich um. Selbst das Pärchen war verschwunden. »Hier ist niemand.«

»Sieh noch einmal genauer hin. Ist da wirklich niemand? Auch keine bleichen Männer mit schwarzen Augen?«

»Schwarze Augen? Was –«

»Frag nicht. Sieh dich einfach nur um.«

»Wie ich schon sagte: Hier ist niemand.«

Aus dem Schatten des Treppenaufgangs löste sich eine dunkle Gestalt und stieg mit schleppenden Schritten zu Sutherland empor.

Der Earl of Oake Dùn war erschrocken, wie schlecht der Grieche aussah. Seine Haltung war gebeugt, das ehemals volle schwarze Haar von grauen Strähnen durchzogen, und das braungebrannte Gesicht war fahl und glänzte wie fiebrig.

»Nikodemus! Mein Gott, du siehst elend aus. Was ist mit dir?«

Der Professor lächelte müde und auf irgendeine Art erleichtert. Als ob er sein Ziel erreicht hätte.

»Das ist nicht wichtig«, sagte er. Er schwankte leicht. »Nichts ist mehr wichtig, seit einer von ihnen mich berührt hat.«

»Nikodemus! Was redest du da?«

»Ich bin hier, um dich zu warnen.«

»Warnen? Wovor?«

»Du wirst es erfahren.« Dimidios sah sich nervös um. Sutherlands Blicke folgten den seinen, ohne etwas zu entdecken. Der Grieche ergriff ihn am Arm und zog ihn mit sich. »Komm, laß uns weiter. Ich ... Ich muß in Bewegung bleiben. Ständig in Bewegung bleiben. Sonst finden sie mich.«

Sie stiegen von der Brücke herunter und gingen an den Hausbooten entlang.

»Wer sind *sie*?« fragte Sutherland. »Wer ist hinter dir her?«

Dimidios lächelte erneut.

»Ah, noch derselbe ungeduldige Mensch, als den ich dich kennengelernt habe«, sagte er. »Äußerlich weise und lebenserfahren, aber innerlich immer noch das neugierige kleine Kind, das nie genug erfahren kann. Selbst wenn es sich dabei die Finger verbrennt. Oder mehr.«

»Nikodemus – bitte! Glaubst du nicht, daß ich das Recht habe, langsam eine Erklärung zu hören? Du hast mich nach London geholt. Ich bin gekommen. Du hast mich quer durch die Stadt gejagt. Schön, ich bin hier. Aber ich habe nicht die geringste Ahnung, worum es überhaupt geht. Oder wovon du sprichst.«

Der Professor blieb stehen und sah ihn eindringlich an.

»Das ist gut«, sagte er, und Sutherland gefiel nicht, wie aufrichtig das klang. »Glaub mir, das ist sehr gut! Vielleicht wärst du sonst schon längst tot. Für manches Wissen bist du noch nicht reif genug. Gefährliches Wissen.«

»Es gibt kein gefährliches Wissen«, widersprach Sutherland. »Die Gefahr geht höchstens von Menschen aus, die damit nicht umgehen können.«

»Das glaubst du. Aber es gibt auch noch anderes Wissen, verborgen, gefährlich und geheimnisvoll. Wissen, das dich ergreift, das Besitz von dir nimmt und dein Leben bestimmt, ohne daß du Einfluß darauf hättest. Wissen, an dem dein Geist zerbrechen würde, versuchtest du, es zu erfassen.«

Sutherland schwieg. Er hatte den Griechen nie so reden gehört. Es schien, als hätte er seit ihrem letzten Treffen eine tiefere Einsicht in Dinge erlangt, von denen er selbst bislang nur ahnte, daß es sie gab, nicht aber, was sie zu bedeuten hatten.

»Wissen, wie du es erlangt hast?« fragte er.

»Du lernst schnell.« Dimidios nickte anerkennend. »Sehr schnell. Aber schnell genug?«

Sie bewegten sich weiter, auf eine Ladenzeile mit Restaurants und Geschäften zu, in der noch ein paar Nachtbummler unterwegs waren. Immer wieder warf Dimidios ängstliche Blicke in die Runde.

»Du sagtest dem Taxifahrer, es gehe um die Bundeslade?« fragte Sutherland.

»Ach ja, die Bundeslade. Richtig. Drei deiner Leute waren in Aksum, um die Erlaubnis einzuholen, sie zu besichtigen, nicht wahr?«

»Wir konnten sogar eine Materialprobe nehmen.« Sutherland hütete sich davor, auszuführen, unter welchen höchst illegalen Umständen dies geschehen war. »Woher weißt du davon?«

»Es wäre zu gefährlich, dir das zu sagen. Zu gefährlich für dich. Noch seid ihr zu klein. Zu machtlos. Ihr müßt wachsam sein. Aksum war der falsche Weg. Der Bundeslade wohnt – wenn alle Teile in ihr sind – ungeheure Macht inne. Macht, die sich jeder Kontrolle entzieht. Denkt daran, falls es euch je gegeben ist, ihren Aufenthaltsort zu finden und vor sie zu treten.«

Sutherland schüttelte unwillig den Kopf. Es war fast zuviel, was da auf ihn einstürmte. »Aber meine Leute haben doch bereits –«

»Ich sagte doch schon: Aksum war der falsche Weg«, tadelte Dimidios. »Die echte Lade ist bislang noch nicht gefunden worden.«

»Die – *echte* Lade?« Sutherland war wie vor den Kopf gestoßen. »Soll das etwa heißen, daß . . .«

». . . die Bundeslade in Äthiopien eine Fälschung ist, ja«, führte Dimidios den Satz zu Ende. »Es ist wahr, viele Wissenschaftler glauben, daß sie dort liegt. Aber glaubt nicht diesen Dummköpfen. Wendet euch an Menschen, denen *wirklich* Einblick gewährt ist. Ihr braucht so jemanden an eurer Seite, wenn ihr die kommenden Dinge überstehen wollt.«

»Wo sollen wir so jemanden finden?«

»Vielleicht seid ihr einem ja längst begegnet. Sehr wahrscheinlich sogar. Sonst wäret ihr nie so weit gekommen.«

»Nikodemus!« rief Sutherland eindringlich. »Woher weißt du das alles?«

Der Professor machte ein gequältes Gesicht.

»Sagen wir, ich bin im falschen Club Mitglied geworden. Und ich war zu vorwitzig. Ich habe meine Nase in Dinge gesteckt, die nicht für mich bestimmt waren. Ich . . .« Er stöhnte übergangslos auf und preßte sich beide Arme gegen den Leib.

Sutherland war sofort zur Stelle und stützte ihn.

»Was ist mit dir?« fragte er besorgt. »Bist du verletzt? Brauchst du einen Arzt?«

»Nein . . . kein Arzt«, preßte Dimidios hervor. Sein

Atem ging stoßweise. »Er könnte mir sowieso nicht helfen.« Er straffte sich etwas. »Es ... geht schon wieder. Komm, laß uns weitergehen.« Dimidios wollte Sutherland weiterziehen und blieb abrupt stehen. Mit schreckgeweiteten Augen starrte er nach vorne. »O Gott. Da ist einer. Sie ... Sie sind schon hier.«

Augenblicklich flüchtete er sich in die nächstbeste Hofeinfahrt und blieb dort eng gegen die Wand gepreßt stehen. Sutherland kam zögernd hinterher, blieb am Rand der Straße stehen und sah dorthin, wohin Dimidios gestarrt hatte. Nichts Bedrohliches zu entdecken. Vor einem chinesischem Restaurant, dem *Dynasty*, standen ein paar Gäste, die gerade ins Freie getreten waren. Andere Passanten gingen spazieren oder besahen sich die hellerleuchteten Schaufenster. Kein einziger von ihnen blickte überhaupt in ihre Richtung.

»Ich kann niemanden entdecken, der dich verfolgen würde.«

»Der einzelne, da vorne. Vor dem Juweliergeschäft. Das ist einer von ihnen.«

Sutherland sah in die angegebene Richtung. Tatsächlich – vor dem Schaufenster stand ein einzelner Mann. Eine schlanke Gestalt, in einen hellen Anzug gekleidet. Vielleicht war er damit für die kalte Winternacht etwas zu dünn angezogen, aber es war anzunehmen, daß er in einem der futuristischen Wohnblocks ringsum wohnte und nur ein paar Schritte bis nach Hause hatte.

»Was macht er?« raunte Dimidios.

»Was sollte er schon tun?« meinte Sutherland achselzuckend. »Er schaut sich die Schaufensterauslagen an. Nein, jetzt ... jetzt dreht er sich um. Er schaut direkt zu uns herüber.«

»O mein Gott!« stieß Dimidios aus und flüchtete sich tiefer in die Toreinfahrt hinein.

Sutherland folgte ihm nicht gleich, sondern sah, wie

der andere sich wieder dem Schaufenster zuwandte und dann zielstrebig weiterging, bis er in der nächsten Seitenstraße verschwand.

Er schüttelte den Kopf. Wie er es sich gedacht hatte. Kein Grund zur Aufregung.

»Siehst du?« wandte er sich an Dimidios. »Falscher Alarm. Das war nur ein ... Nikodemus? Wo bist du?«

Die Toreinfahrt war leer, der Grieche verschwunden.

Mit einem stummen Fluch auf den Lippen ging Sutherland ihm hinterher. Er konnte ja nur in diese Richtung verschwunden sein. Ein dunkler Hinterhof schloß sich an, und ein zweiter Torbogen führte zum befestigten Themseufer hinunter.

»Nikodemus?« rief Sutherland gedämpft. »Wo bist du?«

Keine Antwort.

Er ging an den menschenleeren Docks entlang und fand den Griechen schließlich auf dem Boden liegend, stöhnend und die Hände vor den Leib gepreßt, als hätten sich von innen her ein Dutzend Giftschlangen in seinen Magen verbissen. Sein Gesicht war eine schmerzerfüllte Grimasse.

Sutherland ging neben ihm auf die Knie.

»Nikodemus!« Er rüttelte ihn an den Schultern. Ohne Ergebnis. Dimidios reagierte nicht. Ein, zweimal stöhnte er noch gepeinigt auf, dann erschlaffte sein Körper. Er hatte das Bewußtsein verloren.

Sutherland sah sich suchend um. Nirgendwo jemand, den er hätte bitten können, eine Ambulanz zu rufen, und mit seinen gut hundertzwanzig Kilo war Dimidios zu schwer, um ihn bis zur Straße zu tragen. Andererseits widerstrebte es Sutherland, ihn hier einfach liegen zu lassen, bis er vom nächsten Telefon aus Hilfe gerufen hatte. Was, wenn an dessen Gerede von seinen geheimnisvollen Verfolgern doch etwas dran war?

Sutherland gewahrte, daß Dimidios stöhnend zu regen begann.

Der Grieche schlug die Augen auf.

»Was ist mit dir?« fragte Sutherland betroffen.

»Ich bin so gut wie tot«, sagte Dimidios düster. »Das Gift in meinem Körper wird es bald geschafft haben.« Er richtete mühsam den Oberkörper auf. Er schien noch Schmerzen zu empfinden, aber nicht so stark wie vor seiner Ohnmacht. »Unsere Zeit wird knapp.«

»Unsinn!« widersprach Sutherland. Der Grieche brauchte jetzt vor allem Ruhe. Und das Gefühl, in Sicherheit zu sein. »Ich werde ein Taxi rufen, daß uns beide ins *St. James Court* bringt. Dort bist du sicher, und wir können uns in Ruhe unterhalten.«

»Nein, kein Taxi. Und kein Hotel. Das würde nichts nützen.« Seine Hände krallten sich in Sutherlands Mantel. »Hör mir einfach nur zu. Hör zu, und versuch, dir alles zu merken.«

»Aber warum. .?«

»Frag nicht, Ian. Bitte frag nicht! Ich spüre, daß es zu Ende geht.« Ein paar schwere Atemzüge. »Und nun hör zu. Erstens: Achte auf Ringe und Kreise.«

»Ringe und Kreise? Aber was –?«

»Ich hab dir gesagt, du sollst keine Fragen stellen!« fuhr Dimidios ihn fast grob an. »Du sollst nur zuhören und dir alles merken. Bitte . . . es ist wichtig. Also, hast du das behalten?«

»Natürlich. Ich soll auf Ringe und Kreise achten. Aber –«

»Gut. Zweitens: Alles ist nur eine Frage von Harmonie und Konfrontation.« Er sah Sutherland intensiv an. »Hast du das?«

Sutherlands Miene verdüsterte sich zunehmend. Was hatte das alles zu bedeuten? Noch sah er keinen Sinn in den Worten des Griechen.

»Drittens: Professor Ericson ist der Schlüssel. Er hat euch auf den Weg geführt.«

»Professor Ericson?« wiederholte Sutherland verwirrt. Warum zum Teufel sollte Tom Ericson, der momentan in Australien war, irgendeine Art Schlüssel sein? Und seit wann war der Amerikaner norwegischer Abstammung Professor? »Du meinst bestimmt *Doktor* Ericson?«

»Nein. *Professor* Ericson ... Professor Jeremiah Ericson.«

»Jeremiah?« hauchte Sutherland. Er wußte, daß Toms Onkel diesen Namen trug. »Was weißt du –?«

Er brach ab, als Dimidios mit angstvoll geweiteten Augen an ihm vorbeischaute. Sutherland folgte seinen Blicken und gewahrte, daß plötzlich drei Männer aufgetaucht waren. Drei Männer mit bleichen Gesichtern und pechschwarzen Augen! Einer befand sich rechts von ihnen, der zweite links und der dritte – derjenige, den Sutherland vor dem Schaufenster gesehen hatte – hinter ihnen.

Wie wenig er bisher auch von Dimidios' Verfolgungstheorien gehalten hatte, das Auftauchen der Männer überzeugte ihn schlagartig vom Gegenteil. Das war kein Zufall mehr.

Sofort zog er seine Pistole hervor, doch keiner der Männer machte irgendwelche Anstalten, sie anzugreifen. Sie standen einfach nur da und sahen sie beide an – nein, genau genommen trafen die Blicke aus ihren unheimlichen, pupillenlosen Augen ausschließlich Dimidios. Sutherland und die Waffe in seiner Hand schienen für sie gar nicht zu existieren.

Dem Professor ging es immer schlechter. Sein Körper zuckte unkontrolliert, dann schlug er aufs Pflaster und blieb röchelnd liegen.

»Nikodemus!« Sutherland beugte sich über ihn, drehte ihn auf den Rücken. »Mein Gott, was ist mir dir?«

Noch einmal klammerten Dimidios' Finger in Sutherlands Mantel.

»Viertens«, kam über seine Lippen, als gäbe es nichts Wichtigeres, als Sutherland das mitzuteilen, »Miß ... Mißtraut den Orakeln.« Jedes Wort schien ihn ungeheure Anstrengung zu kosten. »Macht sie ... euch zunutze, aber ... mißtraut ihnen!«

Seine Stimme erstarb. Sein Körper erschlaffte. Die Hände lösten sich aus dem Stoff und sanken herab.

Der Earl of Oake Dùn sah einen Moment lang hilflos auf den Griechen hinab, dann ruckte sein Blick zurück in Richtung der drei Männer.

Doch da war niemand!

Das Pier lag vollkommen verlassen da, als wäre niemals jemand außer ihnen hier gewesen.

Er unterdrückte den Impuls, in Richtung der Ladenzeile zu stürmen, um dort nach den Männern Ausschau zu halten. Statt dessen wandte er sich wieder dem Professor zu.

Doch für ihn kam jede Hilfe zu spät.

Nikodemus Dimidios war tot.

Connor fand keine Ruhe. Vor einer halben Stunde hatte Ian Sutherland ihn von London aus angerufen und mitgeteilt, daß der griechische Professor sich bislang nicht gemeldet habe und er deshalb beabsichtige, über Nacht im *St. James Court* zu bleiben. Sobald sich Näheres ergäbe, würde er sich wieder melden. Connor konnte nur hoffen, daß der Schloßherr sich daran hielt. Bisweilen vergaß er allzu schnell, an seine eigene Sicherheit zu denken, wie die Ereignisse in den Katakomben des Schlosses gezeigt hatten.

Der Butler, der zugleich Sutherlands engster Vertrauter war, entdeckte, daß in dem Gästezimmer, das von

Elwood bewohnt wurde, noch Licht brannte. Er ging hinauf in den ersten Stock und klopfte an dessen Tür.

»Mr. Elwood. Darf ich hereinkommen?«

»Ich kann keinen Grund erkennen, warum Sie es nicht tun dürften«, klang es zurück.

Connor, der mittlerweile wußte, daß dies ein Ja bedeutete, trat ein. Er fand Elwood auf dem Bett liegend vor, auf dem Rücken, in einer kerzengeraden, unbequem anmutenden Haltung – und vollständig angezogen.

»Können Sie auch nicht schlafen?« fragte er den Mann in Schwarz.

»Ja.«

»Was ja?«

»Ja – nein.«

»Aha.« Connor hob die Schultern. »Und *warum* können Sie nicht schlafen? Sorgen Sie sich ebenfalls um Sir Ian?«

»Nein. Es ist mir nur nicht möglich zu schlafen.«

»Wie bitte?« stutzte Connor. »Wollen Sie damit sagen, daß Sie nicht schlafen *können*?«

»Ja. Wobei natürlich nicht ausgeschlossen ist, daß ich nicht korrekt zu erfassen vermag, was Sie unter Schlaf verstehen.«

»Was wir unter Schlaf verstehen? Das ist eigentlich recht einfach. Man macht die Augen zu, dämmert langsam in eine Art Ohnmacht, und irgendwann wacht man erholt und munter wieder auf.« Und ironisch fügte er hinzu: »Oder dann, wenn der Wecker klingelt.«

Elwood dachte ein paar Sekunden nach.

»Verstehe«, sagte er dann. »Das bestätigt, daß mir eine solche Tätigkeit nicht möglich ist.«

»Tätigkeit? Schlafen ist alles andere als eine ...« Connor unterbrach sich und runzelte die Stirn. »Einen Augenblick. Sagen Sie, wenn Sie nicht schlafen – was haben Sie dann die ganzen Nächte in Ihrem Zimmer gemacht?«

»Ich habe sämtliche Erfahrungen analysiert, die ich am Tage gemacht habe. Das erscheint mir für das Verständnis einer solch unlogischen, so unvorhersehbar handelnden und reagierenden Spezies dringend geraten. Außerdem wollte ich mich Ihrem Verhalten anpassen, das offenbar vorsieht, gewisse Perioden, vorzugsweise des Nachts, einzeln und kommunikationslos in Räumen zu verbringen.«

»Also, wenn Sie wirklich nicht schlafen können ...« Connor schüttelte ungläubig den Kopf. »Sie Ärmster, Sie wissen gar nicht, was Ihnen da entgeht.«

»Das ist richtig. Allerdings würde ich meine Kenntnisse gerne um diese Erfahrung bereichern.«

»Hm.« Connor strich sich nachdenklich übers Kinn. Wenn er Schwierigkeiten mit dem Einschlafen hatte, benutzte er meistens bestimmte Meditationstechniken. Warum sollte es nicht auch bei Elwood funktionieren? Es käme auf einen Versuch an. »Probleme sollte man am besten sofort und an Ort und Stelle lösen. Und für dieses Problem gäbe es da vielleicht eine Möglichkeit ...«

Er erklärte Elwood, was er vorhatte, und der Mann in Schwarz erklärte sich einverstanden.

»Also gut«, sagte Connor. »Dann lassen Sie uns beginnen. Schließen Sie die Augen.«

Elwood schloß die Augen.

»Nun konzentrieren Sie sich vollkommen auf Ihren Atem. Nur auf Ihren Atem. Auf nichts anderes. Spüren Sie, wie sich ihr Lunge mit jedem Atemzug mit Sauerstoff füllt und ihn wieder herausläßt.« Connor bemühte sich, so monoton und betonungslos wie möglich zu sprechen. »Sie spüren nichts anderes als Ihren Atem. Sie denken nichts. Und Sie hören nichts. Sie spüren nur Ihren Atem. Ein ... Aus ...«

Connor verharrte. Elwood tat wie ihm geheißen. Flach und regelmäßig kamen seine Atemzüge, wie die eines Schlafenden.

»Elwood?« fragte Connor leise.

Keine Antwort. Sollte es tatsächlich geklappt haben? Gleich auf Anhieb?

»Elwood?«

Der Mann in Schwarz schlug die Augen auf und sah Connor an.

»Erwarten Sie, daß ich auf diese Frage antworte? Und wenn ja, wie vereinbart sich Ihre Frage mit der Anweisung, daß ich nichts hören sollte?«

Connor seufzte. Hoffnungslos!

»Tut mir leid, wenn ich Ihren Erwartungen nicht entspreche«, sagte Elwood.

»Okay, so funktioniert das wohl nicht«, sah Connor ein. Er machte eine unwillige Handbewegung. »Aber das heißt nicht, daß das Ihre Schuld wäre. Wenn Sie möchten, versuchen wir es noch einmal anders.«

Elwood erklärte sich einverstanden. Abermals wies Connor ihn an, die Augen zu schließen. Und diesmal wählte er ein anderes Bild. Elwood sollte sich alles, was sein Denken, sein Bewußtsein und seinen Geist ausmachte, von einer Kugel umschlossen vorstellen. Einer großen, glitzernden Kugel.

Einer Kugel, die beständig schrumpfte. Langsam, aber unaufhaltsam. Die solange schrumpfte, bis sie irgendwann nur noch ein winzig kleiner Punkt in unendlicher Schwärze war.

Ein klar und hell strahlender Punkt.

Ein Punkt, der alles war, was es im Universum gab.

Ein Punkt, der weiter und weiter schrumpfte ...

»Elwood?« fragte Connor leise.

Keine Reaktion.

»Elwood!«

Er berührte ihn sanft an der Schulter. Abermals keine Reaktion.

Connor erhob sich von der Bettkante und sah auf

Elwood herab, der mit regelmäßigen Atemzügen auf dem Bett lag, die Augen geschlossen, die Miene ausdruckslos wie immer.

Kein Zweifel, der Mann in Schwarz schlief.

Connor bewegte sich leise zur Tür, löschte das Licht und verließ das Zimmer.

Zurück blieb Elwood. In seinem Bewußtsein war unendliche Schwärze, und in all dieser Finsternis ein leuchtender, funkelnder Punkt. Ein Punkt, der ihn magisch anzuziehen schien.

Stimmen drangen aus dem Licht. Lockende Stimmen.

Wir rawten fua dici, whr waetrn aui dfch, wisperten sie.

Vergangenheit

Tom wartete bis zum frühen Morgen darauf, daß jemand kam und sich um ihn kümmerte. Umsonst.

Schließlich ließ die Erschöpfung ihn in einen unruhigen Schlaf fallen. Der mehrere Tage währende Ritt nach La Rochelle war anstrengend gewesen.

Als er erwachte, stand die Sonne schon hoch am Himmel, und jemand hatte ihm einen Krug mit Wasser, mehrere Scheiben Brot und sogar einen Apfel in die Zelle gebracht, ohne daß er davon etwas gemerkt hatte.

Durch das kleine, schießschartenähnliche Zellenfenster konnte er zum Hafen hinuntersehen und zusehen, wie die Schiffe beladen wurden. Und nach einiger Zeit glaubte er genügend Übung zu haben, um zu erkennen, welche von ihnen zum Templer-Orden gehörten. Es waren mindestens zehn der hochseetüchtigen Koggen.

Mit jeder Stunde, die verging, wurde seine Unruhe größer – besonders nachdem der nächste Abend angebrochen war. Der Abend vor der Verhaftungswelle. Bald glaubte er nicht mehr, daß überhaupt noch jemand zu seiner Zelle kommen würde. Jedenfalls nicht, bevor es unwiderruflich zu spät und alle seine Chancen dahin waren.

Es war schon spät in der Nacht, als Tom endlich Schritte näherkommen hörte.

Dann wurde die Tür zu seiner Zelle mit lautem Gerassel aufgeschlossen.

Er stand von der Pritsche auf und sah, daß Gérard de Villers gekommen war, zusammen mit einem anderen Mann, der ebenfalls einen schwarzen Mantel trug. Sein Gesicht wirkte hager, fast asketisch, und trotz seines hohen Alters war sein Haupt- und Barthaar voll und wallend.

»Geht, und wartet oben auf mich«, sagte er zu Gérard.

Der Angesprochene zögerte erst, als wolle er Widerspruch erheben, dann nickte er und entfernte sich. Die Tür zur Zelle ließ er offen.

»Ihr seid Jacques de Molay«, sagte Tom. Er konnte kaum glauben, daß er tatsächlich hierher gekommen war. »Der let ... der Großmeister des Templer-Ordens.«

Beinahe hätte er »der *letzte*« gesagt, hatte sich aber gerade noch verbessern können. Er wußte, daß auch Jacques de Molay verhaftet werden und in Paris vor den Augen des Königs auf dem Scheiterhaufen verbrannt werden würde – nachdem er die Sache der Templer bis zum Schluß verteidigt hatte. In die Geschichte eingegangen waren die Flüche, die er, als die Flammen bereits nach ihm griffen, gegen König und Papst ausgestoßen haben sollte. Dem Papst gab er noch einen Monat zu leben, dem König ein Jahr. Es war genau so gekommen, wie er es vorausgesagt hatte. Papst Clemens V. starb vier Wochen später an Ruhr, und Philipp IV. wurde nach einem Jahr bei der Jagd von einem Wildschwein angefallen und getötet.

»Ja«, antwortete der Großmeister. Ein Blick in die Tiefe seiner Augen reichte aus, um zu begreifen, welch unfaßbares Verbrechen es war, einen solchen Mann auf dem Scheiterhaufen zu verbrennen.

»Habt Ihr keine Angst, daß ich versuchen könnte, Euch zu überwältigen und von hier auszubrechen?«

»Warum solltet Ihr das tun?« fragte de Molay arglos, fast amüsiert. Er breitete die Arme aus. Der Mantel klaffte auseinander, und Tom erhaschte einen Blick auf die Schnur um seine Hüfte. Sie wies vier Knoten auf! »Schließlich bin ich derjenige, der Euch das zu geben vermag, wonach Ihr sucht. Antworten. Ihr seid gekommen, um Wissen zu sammeln, nicht wahr?« Und nach einer kleinen Pause fügte er hinzu: »Genau wie damals in Jerusalem – vor einhundertachtzig Jahren.«

Tom starrte den Großmeister so verblüfft an, als hätte dieser ihm gerade eine schallende Ohrfeige verpaßt.

Dieser lächelte, als sei Toms Reaktion Bestätigung genug.

»Ihr seid nun hierher gekommen, um nach den Antworten zu suchen, die zu erblicken Euch damals nicht möglich gewesen war«, sagte er. Es klang vielmehr wie eine Feststellung denn eine Frage. Er ließ sich auf der Pritsche nieder und deutete einladend neben sich. »Kommt, setzt Euch. Laßt uns miteinander reden.«

Wie betäubt nahm Tom Platz.

»Woran habt Ihr mich erkannt?« fragte er.

»Es waren die Worte, die Ihr gesprochen habt. *Hütet Eure Schätze, sobald der Schöne den Thron besteigt.* Worte, die nur den Mitgliedern des inneren Kreises bekannt sind. Sie sind nirgends aufgezeichnet und werden nur mündlich von Nachfolger zu Nachfolger weitergegeben. Nun gut, durch einen unglücklichen Zufall hättet Ihr vielleicht solch ein Gespräch belauschen können, aber nachdem Thibaut de Champagne mir von den Umständen Eures Auftauchens berichtete, wußte ich, daß dem nicht so war. Außerdem ist mir als Großmeister eine geheime Schrift bekannt, die von Hugo de Payens verfaßt wurde und in der alles festgehalten ist, was sich damals im Heiligen Land zugetragen hat. Dort steht auch von dem geheimnisvollen Mann geschrieben, der einst bei unseren Brüdern erschienen ist und ihnen ans Ziel verholfen hat. Einem Mann, der den Namen Thomas trug. Genau wie Ihr.«

»Thomas ist auch der Name, den dieser Körper seit seiner Geburt an getragen hat«, wandte Tom ein.

»Das schon. Aber ihn habt Ihr nicht geändert, obwohl Ihr sonst alles verworfen habt, das diese Person einmal ausgemacht hat. Was allerdings viel bedeutsamer ist: Ihr seid auf dieselbe Art und Weise aufgetaucht wie der Thomas, dem die Gründer unseres Ordens begegnet sind. Einer von ihnen war damals sogar persönlich dabei, und seine Schilderung wurde in die Schrift aufgenommen. Sein Name war Gundemar, wenn ich mich recht entsinne.«

Gundemar! Natürlich. Tom erinnerte sich noch gut an den wortkargen, bärtigen Templer, der ihm anfangs so düster und unnahbar erschienen war, der sich dann aber als zuverlässigster Begleiter erwiesen hatte.

Er konnte nur hochachtungsvoll nicken. Die Schlußfolgerungen waren brillant.

»Und dann war da noch Eure Waffe, die ebenfalls beschrieben wurde«, fügte Jacques de Molay hinzu. »Hier. Ich habe Sie Euch wieder mitgebracht.« Er griff unter sein Gewand, holte Armbrust, Sprengpatronen und Zündhölzer hervor.

Tom nahm alles entgegen, sich immer noch wie betäubt fühlend. Er konnte die Selbstverständlichkeit, mit der der Großmeister mit ihm redete, kaum fassen, und das, obwohl Jacques de Molay sich über die Tragweite seiner Feststellungen vollkommen im klaren zu sein schien. Dennoch erweckte er den Anschein, als wäre absolut nichts Außergewöhnliches daran, sich mit jemandem zu unterhalten, der bereits vor hundertachtzig Jahren gelebt hatte – in einer anderen Zeit, in einem anderen Körper.

»Ihr wart es, der unsere Gründer damals vor Philipp, dem Schönen, gewarnt hat«, sprach er weiter, als spüre er, daß Tom eine Erklärung benötigte. »Eure Worte wurden von Anbeginn unseres Ordens sorgfältig bewahrt und nur den Mitgliedern des inneren Kreises zugänglich gemacht. Lange Zeit wurden sie nicht verstanden, selbst ich habe sie nicht zu deuten gewußt, als ich Großmeister dieses Ordens wurde. Aber als dann Philipp den Thron bestieg und seine Attacken gegen uns immer stärker, immer rücksichtsloser wurden, haben wir begriffen, was Ihr gemeint habt.« Er deutete zum Kerkerfenster, von dem aus man auf den Hafen und die dort vor Anker liegenden Templer-Schiffe hinuntersehen konnte. »Was dort draußen vorgeht, ist das Ergebnis Eurer Warnung.«

»Ihr habt sämtliche Schätze hierhergebracht, um sie an einen sicheren Platz zu bringen«, stellte Tom fest, und in seinen Gedanken hämmerte es: Dort unten, nur ein paar hundert Meter entfernt, quasi in Reichweite, befand sich der legendäre Schatz des Templer-Ordens. Ein Schatz, der bis zur Gegenwart nie gefunden wurde.

»So ist es«, bestätigte Jacques de Molay. »Es sind die wichtigsten Schätze unseres Ordens. Doch es ist kein Geld, kein irdischer Reichtum, obwohl viele Dinge aus purem Gold und anderem Edelstein sind. Geld ist unwichtig. Nur Wissen ist wahrer Reichtum. Dort unten befindet sich das gesammelte Wissen unseres Ordens. Wissen aus allen Teilen der Welt. Aber davon weiß Phillip nichts.« In seine Stimme mischte sich Bitterkeit. »Dieser machtgierige, verblendete Narr denkt nur an Reichtum und den eigenen Vorteil. Dabei ahnt er nicht, in welches Chaos er dieses Land, vielleicht sogar ganz Europa stürzen wird. Mehr als hundert Jahre Krieg werden über die Menschen hereinstürmen.«

Der hundertjährige Krieg, der alsbald nach Zerschlagung des Templer-Ordens ausbrechen würde, dachte Tom. Oder ausgebrochen war. Seine Geschichtslehrer hatten ihn früher bis zum Überdruß damit gequält. Aber – wurde ihm schlagartig bewußt – woher zum Teufel wußte der Großmeister eigentlich von diesen Dingen, die erst in der Zukunft, lange nach seinem eigenen Tod geschehen würden?

Eine andere Frage jedoch erschien ihm wichtiger.

»Befindet sich dort unten auch der Gral, von dem man sagt, er sei der größte Schatz der Templer?«

»Ja. Er ist längst an Bord des Flaggschiffes gebracht worden.«

»Sagt mir«, bat Tom eindringlich, »*was* ist der Gral?«

Der Großmeister sah ihn stirnrunzelnd, fast tadelnd an.

»Ich dachte, Ihr wüßtet es. Wart Ihr nicht dabei, als unsere Brüder ihn gefunden haben?«

»Die Bundeslade!« rief Tom. Also doch! Er hatte es geahnt. Aber eine Ahnung war noch lange keine Gewißheit. Doch nun hatte er sie. »Der Gral ist die Bundeslade!«

»So ist es«, bestätigte Jacques huldvoll.

Tom schwieg ein paar Sekunden lang. Zu viele Gedanken wirbelten in seinem Kopf durcheinander.

»Wohin werden die Schiffe aufbrechen? Wohin werdet Ihr diese Schätze bringen?«

»An einen Ort, wo weder der Arm des Königs noch des Papstes sie jemals finden werden. Weil ein Ort wie dieser in ihren Köpfen überhaupt nicht existiert. Die Schriften, in denen er genannt wird, sind längst in Vergessenheit geraten.« Er deutete in die Richtung, in der sich der offene Atlantik befand. »Es ist ein Ort, der ienseits des Meeres liegt.«

»Amerika!« erkannte Tom. Das Wissen um diese beiden Kontinente schien eines der wohlbehüteten Geheimnisse des Ordens zu sein. Bereits Hugo de Champagne hatte in Jerusalem von ihnen gesprochen. Er hatte gemutmaßt, daß Tom von dorther gekommen war. »Ihr redet von Amerika.«

Und plötzlich wußte er auch, woher ihm der Name Gérard de Villers so bekannt vorgekommen war. Er war ihm schon einmal begegnet. Vor einem knappen halben Jahr.

Und zwar in Yukatan.*

Ein Bild stieg vor seinem geistigen Auge auf: Eine verwitterte Stele auf einer Urwaldlichtung. Eine Stele von der Form eines Templer-Kreuzes. Und auf ihr eingraviert drei Namen oder Begriffe in lateinischer Sprache:

Tecplantlaca – ein offenbar aztekischer Begriff, von dem sie bis heute nicht wußten, was er bedeutete.

Gérard de Villers – der Name des Templers, der den Schatz dieses Ordens in Sicherheit bringen sollte.

Und in der dritten Zeile ...

Lapsit Exillis – eine verschlüsselte Umschreibung für den Heiligen Gral!

Tom hielt unwillkürlich den Atem an.

Das bedeutete nichts anderes, als daß Gérard de Villers dort gewesen war. In Yukatan. Er hatte das Kreuz dort errichten lassen – und es war ein deutlicher Hinweis auf die Bundeslade. Sie befand sich in Amerika, zumindest in der Gegenwart.

Und zwar irgendwo in der Nähe dieser Stele!

Mein Gott, dachte er, warum waren sie nicht längst darauf gekommen? Dieser Hinweis hatte sich zum Greifen nah vor ihren Augen befunden, aber niemand von ihnen hatte mehr daran gedacht. Also mußte die Lade,

* siehe Buch 3 ›Elwood‹, Seite 227 ff.

die in Aksum aufbewahrt wurde, die Replik sein, von der König Salomon zu seinem Sohn gesprochen hatte!

»Amerika?« riß Jacques de Molay ihn aus seinen Gedanken.

Tom verstand, daß der Großmeister diesen Namen noch nicht kennen konnte. Erst in dreihundert Jahren würde der deutsche Gelehrte Martin Waldseemüller vorschlagen, diese Kontinente so zu benennen – nach dem Florentiner Seefahrer Amerigo Vespucci, der sie mit seinen Reisebeschreibungen erst einer breiteren Öffentlichkeit bekannt gemacht hatte. Ein Vorschlag, der sich in der Folge weltweit durchsetzen sollte.

»Es ist der Name, den dieses Land später tragen wird«, erklärte er.

»Ich verstehe. Es ist wahrhaftig so, wie Hugo de Payens in seiner Schrift angegeben hat. Ihr scheint Wissen über zukünftige Dinge zu besitzen.« Er faltete die Hände. »Nun denn, ich will Euch etwas verraten, das in der Vergangenheit liegt, von dem ich aber glaube, daß es Euer Interesse findet. Es betrifft eine Frau, die Euch damals besonders am Herzen gelegen hat.«

»Tabiha!« entfuhr es Tom. »Was ist mir ihr? Was habt Ihr mir über sie zu sagen?«

»Tabiha, ja, so war ihr Name. Es steht geschrieben, daß Ihr unsere Gründer gebeten habt, für sie zu sorgen. Ich kann Euch mitteilen, daß man Eurem Wunsch entsprochen hat. Sie reiste mit den neun Brüdern der Laienbruderschaft in dieses Land und fand ihre neue Heimat in der Abtei von Clairvaux. Und sie lebte ein langes und erfülltes Leben. Sie und ihr ...« Einen Moment lang schien es, als wollte er noch etwas hinzufügen, aber dann besann er sich.

Tom bemerkte es nicht. Tabihas sanftes Antlitz bestimmte seine Gedanken. Er konnte sich noch gut an sie erinnern, an jede Linie ihres Gesichtes, an ihre Anmut, ihre Zärtlichkeit und ihr Verständnis. Ein Verständnis in einer Intensität, wie er es noch nie zuvor verspürt zu haben glaubte. Es war, als hätte er sie erst vor wenigen Minuten zum letzten Mal im Arm gehalten. Noch jetzt vermeinte er, die Klarheit ihrer Augen, ihren Duft und ihre Nähe zu spüren. Es fiel ihm schwer, sich vorstellen, daß sie längst zu einer alten Frau geworden und gestorben war.

Er kämpfte gegen die Traurigkeit und die unendliche Einsamkeit an, die ihn bei diesem Gedanken zu befallen drohte, und zwang seine Gedanken in die Gegenwart zurück. Er suchte etwas, das ihm einen Anlaß gab, das Thema zu wechseln, und fand es in den vier Knoten in dem Strick, der um das Gewand des Großmeisters geschnürt war.

»Darf ich Euch etwas fragen?«

»Seid Ihr nicht hier, um genau das zu tun?« fragte Jacques de Molay, und es klang feine Ironie darin mit. »Und bin ich nicht zu Euch gekommen, um Euch die Antworten darauf zu geben?«

Tom schluckte. Es kam ihm vor, als könne der Großmeister in seinem Gesicht wie in aufgeschlagenen Seiten lesen, und dabei war es nicht einmal sein eigenes.

»Was bedeuten die vier Knoten an Eurem Gewand?« fragte er. »Ihr seid der erste, an dem ich sie sehe, und man sagte mir, Ihr seid der einzige, der sie je trug.«

»An deinem Gewand sind zwei Knoten«, antwortete der Großmeister, ohne wirklich zu antworten. »Weißt du, was sie zu bedeuten haben?«

»Ja.« Tom hob die Schultern. »Jeder von ihnen steht für eine Weisheit. *Christus ist ein Weg* und *Der rechte Weg führt zur Wahrheit.*«

»Ich habe nicht gefragt, was sie besagen, sondern was sie zu bedeuten haben«, korrigierte der Großmeister sanft. »Nur wenn du ihren Sinn enträtselt hast, bist du reif, die nächsthöhere Weisheit zu erfahren. Also sage mir – was bedeutet *Christus ist ein Weg*?«

Tom atmete tief durch. Hinter diesem einen Satz stand eine Vielzahl von Philosophien und Weltanschauungen. Man konnte sie unmöglich in ein paar Sätzen zusammenfassen. Er versuchte es dennoch. Die Zeit war zu knapp für stundenlange Vorträge.

Obwohl, Jacques de Molay machte den Eindruck, als gäbe es in diesem Augenblick nichts wichtigeres als diese Frage. Als hätten sie alle Zeit der Welt.

»Ich denke, das soll besagen, daß der Glaube an Christus nur eine von verschiedenen Möglichkeiten ist, zur wahren Erkenntnis zu erlangen. Sich an seine Gebote, sein gelebtes Beispiel, seine Bescheidenheit und Güte zu halten, ist gut, aber nicht die allein selig machende Methode.«

»Ganz recht.« Jacques nickte wohlwollend. »Nun die zweite Weisheit. *Der rechte Weg führt zur Wahrheit.*«

»Ich glaube, das ist so zu verstehen, daß die Wahrheit immer im Zentrum der Suche stehen muß. Gleichgültig, welchen Weg man wählt, er sollte immer zur Wahrheit führen, aus welcher Richtung man ihr sich auch immer nähert. Die Form der Suche darf nie Selbstzweck sein.«

Tom war selbst erstaunt, sich so reden zu hören. Konnte es sein, daß die Weisheit, die dem Großmeister zueigen war, auch auf ihn abfärbte? War es so, wie ein geläufiges Wort es beschrieb? Die eigene Leistung wächst stets mit der Leistung des Gegenübers.

Wie auch immer – die Worte flossen einfach aus ihm heraus, und er begriff, daß es bei all diesem um weit mehr ging als nur ein Ritual von Fragen und Antworten.

Es ging um nicht weniger als ein *Weltprinzip*! Die Antwort auf die Frage nach dem Sinn des Lebens und der menschlichen Existenz!

»Gut«, sagte der Großmeister. »Sehr gut. Ich sehe, Ihr

habt im Grunde eures Herzens verstanden, worum es dabei geht. So will ich Euch jetzt die dritte Weisheit verraten. Sie lautet: *Der Schlüssel zur Wahrheit ist der freie Geist.*«

Tom sah den Großmeister überrascht an und glaubte mit einem Male, mehr von dem Prinzip zu verstehen, das hinter diesem Orden stand. Wer ihm beitrat, verpflichtete sich, den christlichen Geboten der Nächstenliebe, des Glaubens und der Enthaltsamkeit strikt zu folgen. Erst wenn ein Ordensmitglied diese Regeln, diese Geisteshaltung verinnerlicht hatte, war er reif für die eigentliche Bestimmung des Menschen: Individualität, Eigenständigkeit und Freiheit des Geistes, jedoch strikt unter den Voraussetzung der Selbstdisziplin und des Respektes und der Achtung gegenüber Andersdenkenden.

Es war, als würde Toms Geist sich weiten. Mit einem Mal erkannte er das wahre geistig-revolutionäre Potential dieses Ordens.

Ein Potential, dessen Ziel es war, das gesamte Abendland zur einer freiheitlich-liberalen Gesellschaft zu formen, in der friedliches Miteinander aller Menschen, aller Weltanschauungen und aller Religionen möglich war, in gegenseitiger Achtung.

Zugleich aber ein Potential, für das diese von Intoleranz, Verblendung und Wahn geprägte Zeit noch nicht reif genug war und dessen eigentlicher Sinn daher verborgen hinter den Mauern des Templer-Ordens bewahrt werden mußte.

Er fragte Jacques de Molay, ob das so zu verstehen sei, und dieser zeigte sich außerordentlich beeindruckt.

»Es ist wahr, was von den Gründern überliefert worden ist. Ihr seid ein Mann, dessen Geist nicht in den Fesseln dieser Zeit verhaftet ist.«

»Die vierte Weisheit«, drängte Tom. »Wie lautet die vierte Weisheit?«

»Leben ist ein endloser, sich beständig wiederholender Kreis von Harmonie und Konfrontation«, sagte der Großmeister.

Ein endloser Kreis. Das Symbol der Wiedergeburt. Ein buddhistisches Symbol. Harmonie und Konfrontation. Ein weiteres fernöstliches Symbol. Ying und Yang. Die sich beständig im Widerstreit befindenden universellen Kräfte.

»Ist ... Ist das die endgültige Weisheit?« fragte Tom atemlos.

»Nein, es gibt noch sehr viel mehr Weisheiten. Und andere Reihenfolgen.«

»Wißt *Ihr*, was die vierte Weisheit bedeutet?«

»Ich ahne es«, schränkte Jacques de Molay ein. »Aber ich ...«

Er wurde unterbrochen, als Gérard de Villers in die Zelle kam.

Er wirkte nervös, unruhig.

»Verzeiht, wenn ich Euch unterbreche«, sagte er, und die Entschuldigung galt in erster Linie dem Großmeister. »Aber es sind Soldaten des Königs aufgetaucht. Offenbar haben Sie von unserer Aktion Kenntnis erhalten, und sie sind geschickt wurden, um unser Auslaufen zu verhindern. Unsere Brüder versuchen, sie aufzuhalten, aber es ist nur eine Frage der Zeit, bis sie den Hafen erreichen. Wir müssen aufbrechen.«

Jacques de Molay nickte und erhob sich, aber ohne jede Hektik.

»Ja, das müssen wir wohl.« Er legte Gérard die Hand auf die Schulter. »So ist denn nun die Zeit des Abschieds gekommen. Vollbringt, was vollbracht werden muß. Möge Gott seine schützende Hand über Euch halten.«

»Ich ahne, daß wir uns niemals wiedersehen werden«, sagte der Templer ernst.

»Es sind schon größere Opfer gebracht worden als dieses«, erwiderte der Großmeister. Er deutete auf Tom.

»Dieser Mann wird Euch begleiten. An Bord Eures Schiffes.«

»Er? Er hat versucht, uns zu belauschen. Ich glaube nicht, daß wir ihm trauen können.«

Der Großmeister lächelte.

»*Ich* sage, daß wir ihm trauen können. Mehr noch, unser Orden ist ihm zu großen Dank verpflichtet.« Als Gérard verständnislos dreinsah, ergänzte er erklärend: »Dies sind Geheimnisse, die Euch, geschätzter Bruder, nicht zugänglich sind. Aber glaubt mir. Er ist ein Reisender, der Wissen sammelt. Gebt ihm das Wissen, nach dem ihm dürstet. Er hat oft genug bewiesen, daß er unseres Vertrauens würdig ist.«

Gérard de Villers sah nicht gerade begeistert aus, nickte aber.

»Wie Ihr wünscht. Und nun kommt. Die Kutsche, die Euch aus der Stadt bringen wird, wartet schon.«

Sie verließen die Zelle und stiegen durch die Folterkammer nach oben.

»Warum wollt Ihr nicht mitkommen?« fragte Tom, der neben Jacques de Molay ging.

»Würde ich das tun, so würde es einer Flucht gleichen. Und es würde als Eingeständnis unserer Schuld angesehen werden. Doch dies ist nicht der Zweck dieser Aktion. Wir erkennen nur die Zeichen der Zeit und bringen das, was uns am wertvollsten ist, in Sicherheit. Ich selbst hingegen werde hierbleiben und die Ehre des Ordens bis zum letzten verteidigen.«

Es klang entschlossen.

»Ihr werdet dabei sterben«, flüsterte Tom, so leise, daß nur der Großmeister es hören konnte.

Er sah Tom an, ohne im Schritt innezuhalten.

»Ja«, sagte er, und Tom erkannte, daß Jacques de Molay sich längst darüber im klaren war, was ihn erwartete. »Ist es nicht geradezu ein Vorrecht, sein Leben für die gerechte Sache zu geben, so wie Jesus es einst getan hat? Vergeßt nicht: Christus ist ein Weg.«

»Aber ist es auch der Eure?«

»Das Leben ist ein endloser, sich beständig wiederholender Kreis«, erwiderte der Großmeister geheimnisvoll. Es klang wie eine Antwort, aber ihren Sinn vermochte Tom nicht zu erfassen.

Sie begleiten Jacques de Molay bis in den Hof. Dort bestieg er die wartende Kutsche. Ein letzter Blick, ein kurzes Kopfnicken, als wäre bereits alles gesagt, alles ausgesprochen worden, dann verschwand er in der Dunkelheit.

Gegenwart

Wir rawten fua dici, whr waetrn aui dfch.

Näher und näher kam Elwood dem strahlenden Licht, bis er völlig in ihm aufging, und einen Lidschlag später fand er sich in einem rechteckigen Raum wieder, dessen Wände mit Spiegeln und dessen Boden mit einem sinnverwirrenden Muster bedeckt waren.

Er wußte nicht, wie er hierher gekommen war. Ein unsichtbarer, unfühlbaren Wind wehte durch den Raum, die irisierenden Muster auf dem Boden begannen sich zu bewegen, ineinander zu fließen. Aus Ecken wurden Rundungen, aus Kurven Kanten.

Plötzlich war Elwood nicht mehr allein. Da war eine Stimme. Eine körperlose Stimme, die von überall und nirgends zu kommen schien.

»*Wiloklmmen. Enirnerdt su dinh coch?*«

Elwood hob eine Augenbraue. Er überlegte, ob das als Frage gemeint war. Als Frage an ihn.

»*Du enirersi dtch nhcit?*«, sagte die Stimme. Es klang irgendwie bedauernd. »*Abes er ist segcheneh. Du btsi zurkcü. Udn trodztem enirenst du dtch nhcit?*«

»Ich verstehe diese Sprache nicht«, sagte Elwood. »Wo bin ich hier?«

Die Muster auf dem Boden führten einen wilden Tanz auf. Elwood hatte zunehmend Schwierigkeiten, das Gleichgewicht zu halten.

»Di bust im iegnrdwo«, lautete die Antwort der Stimme. Als sie begriff, daß Elwood noch immer nicht verstand, begann sie zu lachen. Gackernd. Hell. Falsch. *»Gu bizt su frgh üekoemmn. Gee! Ghh wieder. Abnr eimm eids mit ...«*

Elwood spürte, wie etwas an seinem Geist zu zerren begann. Kräfte, die er nicht einzuordnen, nicht zu begreifen vermochte. Abermals begann das Licht zu flackern. Der Raum wurde unschärfer, diffuser. Die Muster auf dem Boden lösten sich auf, die Spiegelbilder erloschen.

»Wie bitte?« fragte Elwood.

Die Stimme lachte nur. Und rief:

»Bitwe tartbn ... eitta wertei ... Bntte rawten ...« Wieder und wieder. Immer nur das eine. *»... tibte wtraen ... bttie waetrn ...«*

Sie begleitete Elwood, bis er sich in Nichts aufgelöst hatte, ebenso wie die gesamte Stätte.

Elwood fuhr mit dem Oberkörper von dem Bett hoch.

Er befand sich noch immer in dem Gästezimmer, wie er feststellte. Connor war verschwunden, und draußen war es bereits hell. Er benötigte einen Blick um die Uhr, um festzustellen, wie spät es war. Halb zehn. Halb zehn Uhr vormittags!

Verunsichert überprüfte Elwood sein Gedächtnis. Er konnte sich an alles erinnern, den seltsamen Raum, die körperlose Stimme – auch wenn ihm das alles seltsam diffus, irreal erschien. Aber diese Erlebnisse – sollten sie je stattgefunden haben – waren nie und nimmer kompatibel zu den zehn Stunden Realzeit, die seit Mitternacht vergangen waren.

Verwirrt verließ Elwood sein Zimmer und begab sich

in den Frühstücksraum. Er war auf eine Nahrungsmittelaufnahme zwar nicht angewiesen, aber in irgendeiner Weise verschaffte ihm die Imitation der menschlichen Verhaltensweise, morgens eine Tasse Kaffee zu trinken, ein belebendes Gefühl, für das er keine Worte kannte. Wie für so viel, was er in den letzten Tagen erlebt oder auch am eigenen Leib und Geist erfahren hatte. Das Zusammensein mit diesen Menschen war auf eine erfrischende Art und Weise wirklich sehr … unvorausberechenbar.

»Na, wie haben Sie geschlafen?« fragte Connor, als er dem Mann in Schwarz begegnete.

»Ich weiß nicht«, antwortete Elwood wahrheitsgemäß. »Eine sehr befremdliche Erfahrung. Ich habe den Eindruck, als wären zehn Stunden meiner Existenz weitestgehend gelöscht.«

»Das ist immer so. Und, wie gefiel Ihnen die Erfahrung?«

»Ich weiß nicht. Ich würde es vorziehen, künftig auf solche Erfahrungen zu verzichten.«

»Niemand zwingt Sie zu irgend etwas.« Connor wußte, daß Elwood verpflichtet war, allen ihren Anweisungen zu folgen. Er machte eine unwillige Handbewegung. »Machen Sie meinetwegen, was Sie wollen.«

»Gerne. Was ist momentan besonders wichtig?«

Connor lächelte humorlos.

»Mein größtes Problem ist momentan meine Sorge um Sir Ian«, sagte er. »Mir wäre wohler, wenn ich wüßte, wie es um ihn steht.«

»Verstehe«, erwiderte Elwood. Er stand auf und verließ die Küche.

Connor sah ihm kopfschüttelnd hinterher. Er bezweifelte, daß Elwood wirklich verstanden hatte. Er wurde abgelenkt, als das Telefon klingelte. Am anderen Ende war Sutherland. Endlich.

Er bemerkte nicht, wie Elwood derweil Oake Dùn verließ. Wie hatte Connor ihm gestern doch gesagt? Probleme sollte man besten an Ort und Stelle lösen. Sutherland war das Problem, und der Earl of Oake Dùn befand sich in London.

Nur dort also konnte Elwood Connors größtes Problem lösen. Und das zu tun, war er nur allzu gerne bereit.

Vergangenheit

»Kommt, beeilt Euch!« rief Gérard de Villers, »wir müssen das Flaggschiff erreichen, ehe die Schergen des Königs uns den Weg versperren.«

Es klang nicht besonders freundlich, aber zumindest schien Gérard sich jetzt, da der Großmeister verschwunden war, immer noch an dessen Anweisung zu halten, Tom mitzunehmen.

Sie stürmten zum Hafen hinunter. Überall waren mit einem Male uniformierte Soldaten des Königs aufgetaucht, und überall versuchten andere Männer, sie aufzuhalten oder abzudrängen. Es gelang mehr schlecht als recht, denn trotz der bedrohlichen Situation fühlten sie sich an das Gebot gebunden, ihr Schwert nicht gegen andere Christen zu erheben. Dem, der es tat, drohte der Ausschluß aus dem Orden.

Tom fragte sich bitter, wie viele von ihnen es in diesem Moment dennoch getan hätten, würden sie ahnen, daß das, was ihnen bevorstand, weitaus schlimmer sein würde als ein Ausschluß aus dem Orden. An Zahl und Kampfkraft waren sie den Schergen des Königs mehrfach überlegen.

Zusammen mit Gérard de Villers hetzte er weiter.

Sie hatten die Docks fast erreicht, als sich ihnen plötzlich eine Handvoll Soldaten in den Weg stellte. An seinem schwarzen Uniformmantel war Gérard de Villers unzweideutig als Templer zu erkennen. Und als wichtiger noch dazu.

»Halt!« scholl es ihnen entgegen. »Im Namen des Königs.«

Gérard zog sein Schwert, und Tom begriff, daß er bereit war, selbst gegen das Gebot zu verstoßen, um des Erfolges der Sache willen.

»De par Dieu – im Namen Gottes!« hielt er ihnen entgegen und wollte auf sie zueilen.

Doch Tom war schneller. Er hatte seine Armbrust hervorgezogen, eine Sprengpatrone entzündet und jagte sie in Richtung der Soldaten.

Zwei ließen vor Schreck glatt ihre Schwerter fallen, als direkt über ihren Köpfen der Himmel zu explodieren schien und ihnen das Krachen fast die Trommelfelle zerplatzen ließ.

Schnell suchten die Soldaten das Weite.

Gérard de Villers starrte Tom verblüfft an, und zum ersten Mal lag in seinem Gesicht so etwas wie Respekt und Hochachtung. Ihm schien aufzugehen, daß er Tom bislang unterschätzt hatte.

»Was ...?« fragte er.

»Unwichtig«, meinte Tom. »Los, weiter! Zu welchem Schiff müssen wir?«

Aus der Nähe galoppierte ein Dutzend berittener Soldaten heran, die auf die Explosion aufmerksam geworden waren, doch zwei weitere Schüsse verscheuchten sowohl Pferde als auch Männer in alle Richtungen. Meist in unterschiedliche.

Zwei, drei weitere Schüsse machten die Verwirrung komplett, und es gelang ihnen, unbehelligt an Bord des Flaggschiffes zu gelangen. Kaum hatten ihre Füße die Schiffsplanken berührt, gab Gérard de Villers auch schon Befehl, abzulegen.

Sofort wurden die Leinen gelöst, und das Setzen der

Segel war für die anderen Schiffe Zeichen genug, es ebenfalls zu tun.

Ein paar königstreuen Soldaten gelang es noch, an Bord zu setzen, bevor der Abstand zum Ufer endgültig zu groß für einen Sprung geworden war, doch sie fanden sich sämtlichst alsbald entwaffnet und in den kühlen Fluten des Meeres wieder.

Langsam und majestätisch segelte ihr Schiff durch die Hafeneinfahrt aufs offene Meer hinaus. Die anderen Koggen folgten dichtauf. Eine nach der anderen. Wie Kücklein, die der Mutter folgten.

Hinter ihnen, im Osten, ging die Sonne auf.

Ein trügerisches Zeichen. Denn von diesem Tag an würde sich für viele, viele Jahre Dunkelheit über das Abendland legen.

Geistige Dunkelheit.

Gegenwart

Sutherland erklärte Connor über Telefon, was vorgefallen war. Er hatte noch in der Nacht die Polizei verständigt, ohne allerdings die drei weißgekleideten Männer zu erwähnen. Oder die gläsern anmutende und strahlende Haut, die er unter den Bandagen gesehen hatte. Das Obduktionsergebnis des Gerichtsmediziners hatte ihm recht gegeben. Nikodemus Dimidios war an Herzversagen gestorben. Keinerlei Anzeichen, die auf äußeres Einwirken hindeuteten.

»Und nun?« fragte Connor.

»Ich werde nach Oake Dùn zurückkehren. Mit dem nächsten Flug. Wir müssen versuchen, Nikodemus' Familienangehörige ausfindig zu machen.« Und in Gedanken fügte er hinzu: Falls Nikodemus überhaupt welche hatte. Er hatte niemals etwas in dieser Richtung erwähnt.

»Gut. Ich werde Sie in Edinburgh abholen. Übrigens hat Professor Murphy sich gemeldet. Die Altersbestimmung der Materialprobe, die Sie ihm gegeben haben, ist fertig. Aber er war ziemlich aufgeregt und wollte Sie Ihnen nur persönlich mitteilen.«

Sutherland ahnte, was das zu bedeuten hatte. Vor drei Tagen hatte er Professor Murphy die Materialprobe, die Valerie, Pierre und Connor in Äthiopien von der Bundeslade genommen hatten, zur Analyse geschickt. Wenn die Lade wirklich eine Fälschung war, wie Dimidios behauptet hatte, konnte diese Erkenntnis, würde sie publik werden, verheerende Folgen für die koptische Kirche nach sich ziehen.

Aber das konnte er Connor nicht durch die Telefonleitung mitteilen.

»Sobald meine Maschine in Edinburgh gelandet ist, werden wir bei Professor Murphy vorbeischauen«, entgegnete er daher nur.

So geschah es.

Murphy, der in der altehrwürdigen Edinburgher *Old University* arbeitete, war bereits mehrmals für Ian Sutherland tätig gewesen. Das Untersuchungsergebnis bestätigte im wesentlichen das, was Sutherland schon erwarten hatte.

Das Holz der Lade, die in Aksum aufbewahrt wurde, stammte von Zedern, die um 1000 v. Chr. gewachsen waren. Insofern konnte die dort aufbewahrte Lade nicht diejenige sein, die von den Israeliten bereits achthundert Jahre zuvor durch die Wüste Sinai getragen worden war, sondern nur eine Kopie.

Sie kamen überein, im Interesse der Kirche über diese Erkenntnisse Stillschweigen zu bewahren. Ian Sutherland und Connor kehrten nach Oake Dùn zurück. Und erst dort fiel ihnen auf, daß Elwood fehlte. Sie suchten das gesamte Schloß nach ihm ab und fragten die Hausangestellten, ob diese etwas über seinen Verbleib wußten. Vergeblich.

Der Mann in Schwarz war und blieb wie vom Erdboden verschwunden.

Vergangenheit

Seit mehreren Tagen segelten sie nun stetig in Richtung Westen.

Ihre kleine Flotte bestand aus insgesamt achtzehn Koggen. Sie waren zwar hochseetüchtig, dennoch war es ein wagemutiges Unterfangen, mit ihnen den Atlantik überqueren zu wollen. Trotzdem – Tom wußte, daß zumindest ein Teil der Schiffe es schaffen würde.

Wie anders konnte sonst das Templer-Kreuz mit dem Namen ihres Befehlshabers nach Yukatan gelangen?

Gérard de Villers behandelte Tom zuvorkommend, er erlaubte ihm Einsicht in gewisse Dokumente, aber verweigerte ihm strikt, einen Blick auf den Gral beziehungsweise die Bundeslade werfen zu dürfen. Sie war in einem besonderen Raum vorne am Bug des Schiffes untergebracht, der rund um die Uhr von zwei Wachen gesichert war, und Tom hatte den Verdacht, daß sie nicht zuletzt wegen ihm dort postiert waren.

Jeden Abend, zwei bis drei Stunden nach Einbruch der Dunkelheit, gingen Gérard de Villers und Hugo de Chalon, ein anderer Angehöriger des inneren Kreises und Träger von drei Knoten in seinem Hüftstrick, dort hinunter. Was sie dort machten, war nicht zu erfahren.

Einmal schlich Tom sich unauffällig in die Nähe und konnte sehen, daß so etwas wie ein goldener, hell strahlender Schein durch die Türritzen drang. Natürlich versuchte er erst gar nicht, die beiden Wachen zu überreden, ob sie ihn nicht vielleicht doch hineinlassen könnten – und eine gewaltsame Aktion verbot sich von selbst.

Statt dessen kehrte er an Deck zurück und schlenderte unauffällig an der Reling entlang, bis er sich genau über der Kabine befand. Er tat, als wolle er in die Nacht hinausschauen, dabei galt alle Aufmerksamkeit der unter ihm liegenden Bordwand.

Tatsächlich, der goldene Schein drang auch aus dem Kojenfenster, das fünf, sechs Meter tiefer gelegen war. Was zum Teufel *war* dieses Licht?

Er sah die Bordwand hinab, doch sie war zu glatt, zu feucht und zu glitschig, als daß selbst ein Klettermeister wie Pierre Leroy sich dort hätte halten können.

Vielleicht könnte es klappen, überlegte er, wenn er ein Seil an der Reling befestigte und sich daran herabließ. Doch er mußte einen guten Moment dafür abpassen. Niemand durfte ihn dabei erwischen, und normalerweise befanden sich immer fast ein Dutzend Ritter auf Deck.

Er mußte noch zwei Tage warten, ehe endlich eine Situation eintrat, in der er es wagen konnte. Es nieselte leicht, die See war etwas rauh, und so hatten sich die meisten Ritter unter Deck verzogen. Außer ihm war nur noch der Steuermann hier oben, doch der befand sich auf der hinteren Seite des Schiffes. Der direkte Blick hierher war ihm durch mehrere festgezurrte Kistenstapel verdeckt, und es war kaum anzunehmen, daß er sein Steuer im Stich lassen würde, um hier nach dem Rechten zu schauen.

Tom beugte sich über die Reling. Durch das Kojenfenster drang wieder dieser goldene Schein. Bis auf einen winzigen Spalt war es geschlossen, doch der würde groß genug sein, um einen Blick hindurchwerfen zu können. Das war alles, was er wollte – nur einen einzigen Blick auf die Lade werfen.

Tom holte das Seil herbei, das er sich tags zuvor besorgt und an einem unauffälligen Platz in der Nähe versteckt hatte. Er knotete das Ende an der Reling fest, überprüfte mit einem festen Ruck, ob es halten würde, und dann schwang er sich entschlossen über die Reling und ließ sich nach unten.

Es war schwerer, als er gedacht hatte. Die Kogge schlingerte und stampfte, und der Bug unter seinen Füßen hob sich rhythmisch aus dem Meer, um sofort wieder in die Wellen zurückzukrachen.

Wie in einem Fahrstuhl wurde Tom nach oben gehievt und sauste sofort wieder herunter, und er mußte Obacht geben, um nicht bei jedem Schlingern von der Bordwand wegzupendeln und beim Rückschwung mit dem Körper dagegenzuschlagen.

Die Gischt machte das Seil naß, und er mußte mit aller Kraft zupacken, um nicht abzugleiten. Dennoch ließ er von seinem Vorhaben nicht ab. Nicht jetzt, wo er so dicht an seinem Ziel war.

Schließlich hatte er sich bis zum Kojenfenster vorgearbeitet. Mit beiden Händen hielt er sich am Seil fest, während er sich mit gespreizten Beinen gegen die Bordwand stemmte und versuchte, das Stampfen des Schiffes so gut wie möglich abzufedern.

Er schob seinen Kopf an den Spalt heran. Daß dieser so schmal war, hatte den Vorteil, daß man ihn kaum bemerken würde, wenn er nicht irgendeinen dummen Fehler machte.

Und dann sah er hinein.

Die gesamte Koje war von goldenem, fast gleißend hellem Schein erfüllt. Er erkannte die beiden Templer, kniend, mit ehrfürchtig geneigten Köpfen.

Und vor ihnen auf einem kleinen Podest – die Bundeslade.

Tom preßte sein Auge ganz dicht an den Spalt und starrte mit offenem Mund darauf. Wie lange hatte er sich diesen Augenblick herbeigesehnt!

Auf den ersten Blick glich sie der Kopie, die Gudrun,

Connor und Pierre in Äthiopien fotografiert hatten; mit Ausnahme der beiden geflügelten Gestalten, die sich an beiden Enden des kostbaren Deckels befanden. In Aksum waren es falkenähnliche Geschöpfe gewesen, hier waren es goldene Engelsgestalten mit mächtigen, weit ausgebreiteten Flügeln.

Sie war etwas ganz besonders wertvolles, das spürte Tom. Doch es war kein Wert, den man mit Geld hätte messen können. Sie war wertvoll in einem Sinne, den man in erster Linie spüren, empfinden und fühlen konnte – den jeder fühlen konnte, den dieses gleißende Licht traf.

Es war jedoch nicht die Lade selbst, die leuchtete. Auch nicht die beiden Engelsgestalten, deren Flügel sich in der Mitte berührten.

Nein, es war das leuchtende, halb durchscheinende Gebilde, das sich über den Flügelspitzen befand, in der Luft schwebend und sich leicht um sich selbst drehend.

Und dieser Anblick traf Tom gleich einem Schock.

Es war ein Hocker – ein dreibeiniger Hocker!

Das Orakel! hämmerte es in seinem Schädel. Was zur Hölle machte das Orakel von Delphi. .?

Er kam nicht mehr dazu, den Gedanken zu beenden. Vielleicht war die Überraschung so groß gewesen, daß sich sein Griff gelockert hatte, vielleicht war es aber auch die große Welle, die gegen die Schiffswand schlug und es zur Seite schlingern ließ.

Das Seil begann ihm durch die Hände zu gleiten, und im nächsten Moment hatten auch seine Beine den Halt verloren.

Ohne richtig zu wissen, wie ihm geschah, stürzte er haltlos nach unten.

Kühl schlug das Wasser über ihm zusammen, und mit ihm die Erkenntnis, daß er verloren war, wenn es ihm nicht gelang, an Bord zurückzukommen. Er paddelte und ruderte wie wild, um zurück an die Oberfläche zu kommen, doch ehe er die erreichte, traf ihn irgend etwas mit ungeheurer Wucht, so stark, daß er beinahe das Bewußtsein verlor, und drückte ihn wieder nach unten.

Die Kogge! begriff er mit dem einzigen Gedanken, den zu denken er überhaupt noch in der Lage war. Er war *unter* das Schiff geraten.

Verzweifelt schlug er um sich, ohne zu wissen, wo oben und unten war. Seine Lungen stachen und schrien nach Sauerstoff – er war ja nicht einmal dazu gekommen, vor dem Untertauchen noch einen tiefen Atemzug zu nehmen –, und es glich einem Wunder, daß sein Kopf irgendwann wieder an die Oberfläche kam.

Das Schiff war über ihn hinweggegangen.

Prustend, keuchend, spuckend schnappte er nach Luft, und als er endlich in der Lage war, der Kogge hinterherzuschreien, war diese längst zu weit entfernt, als daß der Steuermann ihn hätte hören können.

Er wandte sich in Richtung der anderen Schiffe, schrie aus voller Leibeskraft, winkte wie wild, doch niemand sah oder hörte ihn.

Tom stellte sein nutzloses Unterfangen ein. Wenig später waren die Koggen in der Dunkelheit verschwunden.

Er war allein. Allein inmitten eines endloses Ozeans und rauher See, die das Schwimmen zu einer anstrengenden Angelegenheit machte.

Tom war realistisch genug, um zu wissen, daß man ihn auch dann nicht finden würde, wenn man am nächsten Tag kehrt machte und nach ihm suchte. Und da Gérard de Villers das ebenfalls wußte, würde er es wahrscheinlich nicht einmal versuchen.

Es gab keine Aussicht auf Rettung, und das Schlimmste daran war, daß niemand anderes als er selbst schuld daran war. Er hätte sich ohrfeigen können, wenn er nicht so sehr damit beschäftigt wäre, sich über Wasser zu halten. Die unsanfte Begegnung mit dem Schiffsleib spürte er in allen Knochen und Muskelsträngen.

Er wußte, sein Tod war nur eine Frage der Zeit. Haie oder andere Fische, die auf die Idee kommen könnten, ihn an- oder aufzufressen, gab es in diesen Breiten zwar nicht, aber das war auch gar nicht nötig.

Früher oder später würden seine Kräfte erlahmen. Tom bemühte sich, sich so sparsam wie möglich zu bewegen. Die Kräfte einteilen, sagte er sich, auf jeden Fall so lange wie möglich durchhalten.

Doch wozu?

Würde er die Qualen dadurch nicht nur verlängern? Wäre es nicht besser, den Kampf gleich aufzugeben? Sich einfach unter die Oberfläche sinken lassen und einen tiefen Atemzug nehmen. Er hatte einmal gehört, daß der Schock, wenn Wasser in die Lunge trat, einem sofort das Bewußtsein raubte. Doch das war in der Gegenwart gewesen. *Die Gegenwart,* dachte er sehnsüchtig, und mit einem Anflug von Galgenhumor überlegte er sich, daß er jeden, der ihm einst erzählt hätte, er würde über sechshundert Jahre vor seiner eigenen Geburt sterben, für komplett übergeschnappt erklärt hätte.

Aber – konnte er überhaupt sterben?

Oder würde sein Geist diesen Körper einfach nur wieder verlassen und in den endlosen Strudel aus Raum und Zeit zurückkehren?

Er sagte sich, daß er es ebensogut jetzt gleich ausprobieren könne, aber der kreatürliche Drang, um jeden Preis überleben zu wollen, so lange es irgend nur ging, hielt ihn davon ab, sich einfach aufzugeben.

Und so kämpfte er weiter, so lange, bis irgendwann die Morgensonne aufging, und mit ihrem Erscheinen beruhigte sich die See, als hätten die beiden ein Abkommen getroffen. Vielleicht das Abkommen, ihn wenigstens an einem schönen Tag sterben zu lassen.

Tooom ... Tooom Ericson ... Hörst du mich?

Tom sah so ruckhaft nach oben, daß er glatt zu schwimmen vergaß. Da war sie wieder, die Stimme, die er bereits in Jerusalem gehört hatte. Und es schien ihm, als sei rings um ihn herum so etwas wie ein sanftes rötliches Leuchten zu erkennen. Doch es konnte genausogut eine Halluzination seiner ermatteten Sinne sein.

»Ja! Ja!« rief er. »Ich höre dich. Wo bist du?«

Du kannst mich nicht sehen, antwortete die Stimme, und das Begreifen, daß er sich nicht getäuscht hatte, ließ ihn beinahe irre kichern. *Aber ich bin hier. Es war nicht leicht, dich wiederzufinden, aber nun ist es vollbracht. Gerade noch rechtzeitig, wie mir scheint.*

»Dir ... scheint richtig.«

Ich hoffe, du hast gelernt und wirst dich diesmal nicht wehren.

»Worauf du einen lablb ... grgl ...« Er spuckte einen großen Schwall Wasser aus. Man sollte beim Reden nicht zu schwimmen aufhören.

Nun denn, wenn du bereit bist ...

»Ha ... Halt. Noch eines. Wer ... bist du überhaupt?«

So etwas wie ein Lachen brandete durch sein Bewußtsein.

Hast du es noch immer nicht erfaßt? Dabei kennst du mich Wir sind uns schon begegnet.

»Ich weiß, daß ich dich kenne. Aber – *wer* bist du?«

Wir sind uns in meiner Heimat begegnet. Im Kloster Gompa.

Gompa ...? Er benötigte einen Moment.

»Manjushi! Paldan Manjushi!«

Ganz recht.

»Aber warum ... warum rettest Du ... ich meine, ihr ...«

Es ist nicht deinetwillen. Es ist ein Preis, den ich zu entrichten habe. Ein Preis an das Orakel von Delphi.

Das Orakel! Immer wieder das Orakel.

Und nun komm ...

Tom wollte noch viel mehr Fragen stellen, doch da spürte er bereits, wie etwas – eine unfaßbare Kraft – nach seinem Geist zu greifen begann.

Abermals spürte er, wie er aus dem Körper gerissen wurde. Einem Körper, dessen Bewegungen erlahmten, und der ›unter ihm‹ in den Fluten versank.

Er kehrte zurück in die wirbelnden Gefilde, die Vergangenheit, Gegenwart und Zukunft miteinander verbanden.

Und als er – irgendwann – das nächste Mal seine Augen öffneten, waren es seine eigenen.

Er war zurück.

Zurück in der Gegenwart.

HIER ENDET DER VIERTE BAND
UM DIE ABENTEURER.

Seit ihrer Scheidung hat die vierunddreißigjährige Computerexpertin ihr Leben unter Kontrolle. Niemand wird Susan Harris jemals wieder fremdbestimmen. Und niemand wird ungebeten in ihr abgeschiedenes Leben eindringen. Dafür sorgt schon *Alfred.* So nennt sie ihren unsichtbaren Diener: ein ausgetüfteltes computergesteuertes Überwachungssystem, das jede Veränderung in ihrer Villa registriert. Eines Nachts schlägt das Security-System Alarm. Susan fährt aus dem Schlaf hoch. Die Kameras zeigen keine Veränderungen in und um das Haus herum. Als sie *Alfred* nach dem Grund des Alarms fragt, erklingt immer die gleiche Antwort: *Es ist alles in Ordnung, Susan.* Aber sie spürt, daß nichts in Ordnung ist. Irgendwo im Haus lauert eine Gefahr ...

ISBN 3-404-14218-7

BASTEI
LÜBBE